1781

HANS HENNY JAHNN

WERKE IN EINZELBÄNDEN
HAMBURGER AUSGABE

HERAUSGEGEBEN
VON ULRICH BITZ UND UWE SCHWEIKERT

HOFFMANN UND CAMPE

Hans Henny Jahn

DRAMEN II

1930–1959

DRAMEN, DRAMATISCHE VERSUCHE, FRAGMENTE

〈FRAGMENTE EINER OFFENSIVE II〉
Öffentlichkeit – Theater – Dramatiker

Herausgegeben
von Uwe Schweikert

unter Mitarbeit
von
Ulrich Bitz
Jan Bürger
Sebastian Schulin

HOFFMANN UND CAMPE

Die Deutsche Bibliothek – CIP-Einheitsaufnahme

Jahnn, Hans Henny:
Werke in Einzelbänden / Hans Henny Jahnn. Hrsg. von Ulrich Bitz und Uwe Schweikert. – Hamburger Ausg. – Hamburg : Hoffmann und Campe.
NE: Bitz, Ulrich [Hrsg.]; Jahnn, Hans Henny: [Sammlung]
Dramen II 1930–1959.
Hamburger Ausg.
2. 1930–1959 : Dramen, dramatische Versuche, Fragmente (Fragmente einer Offensive II) ; Öffentlichkeit – Theater – Dramatiker / hrsg. von Uwe Schweikert. – 1. Aufl. – 1993
ISBN 3-455-03837-9
NE: Schweikert, Uwe [Hrsg.]

Satz Fotosatz Otto Gutfreund GmbH, Darmstadt
Gesetzt aus der Bembo-Antiqua
Druck- und Bindearbeiten Bercker, Kevelaer
Printed in Germany

STRASSENECKE

Ein Ort

Eine Handlung

Spieler

Alma
James, ein Neger
Ein Priester
Ein Meßknabe
Fernando Cortez
Die Straßenbahn
Nachtgedanken sprechen aus ihm
Taggedanken sprechen aus ihm
Das trojanische Pferd
Der Knabe James
Das Dienstmädchen
Der Knabe Bogumil
Fünf weiße Männer
Lif
Burke
Der Autoomnibus
Der Jüngling James
Matthieu
Robert
Eugen
Peter
Franz
Georg
Berenice, seine Schwester
Tolka, sein Vater

Fohe, Hugo, Boris, Aage, Richard, Edmund, Kamla, Friedrich, Imre – junge Lyncher

Mutter James
Kloroformglocken
Kirchhoff (Tod)
Zwei Polizeibeamte
Pauline
Ein Richter
Ein Mitrichter
Ein Beisitzer
Ein Schreiber
Otto
Kutscher
Feder
Tisch
Wände
Aladar
Der Anstaltsgeistliche
Der Direktor

Fohe
Hugo
Boris
Aage
Richard } Fürsorgezöglinge
Edmund
Kamla
Friedrich
Imre

Der Mann James
Vorarbeiter
Klara
Katharina
Magda
Beß

Fohe
Hugo
Boris
Aage
Richard } Männer und Lyncher
Edmund
Kamla
Friedrich
Imre

Padde
Spier
Drei Kinder
Schulpe
Mofette
Dido
Söre
Fahrer
Schaffner
Laura
Rusch
Mandel
Kiwe
Begeher der Straße
Kor d. Neger u. Proletarier

Der Zuschauer sieht:

Die dunkle Ecke eines Mietshauses. Einen Eingang zu diesem Haus. Ein hohes Fenster dieses Hauses im Beletage. – Zwei sich kreuzende Straßenzüge. Auf dem im Hintergrund gelegenen verkehrt die Straßenbahn; auf dem vordergründigen der Autoomnibus. Rechts seitlich ein Kanal parallel zur Straße, kenntlich gemacht durch ein eisernes Gitter. – Am jenseitigen Ufer des Kanals eine kahle hochaufragende Hauswand, dazu bestimmt, Lichtreklamen aufzunehmen.

Abend. Keine naturalistische Dämmerung.

Alma und James stehen vor dem Haustor im Schatten.

ALMA. Ich liebe dich, James.

JAMES. Oh!

ALMA. Gewiß liebe ich dich.

JAMES. Meine Ohren haben es oft gehört.

ALMA. Du zweifelst daran?

JAMES. Deine Beteuerungen sind Geschenke. Süßigkeiten. Euterwarme Eselsmilch.

ALMA. Ich wiederhole nicht häufig genug, was zu hören dir angenehm. Ich sage es nicht deutlich genug.

JAMES. Wer nicht hätte deine Worte schon gesprochen? Kleine Münzen, die durch aller Hände gehen. Am Ende sickert auch dem Fleischigsten das Wasser aus der hohlen Hand.

ALMA. Du bist anspruchsvoll. Die Vokabeln, denen wir in schweren Nächten einen Sinn gaben, genügen dir nicht.

JAMES. Wie treffend du es sagst. Mit dem genauen Maß des Unverfälschten. Ich bin gefräßig. Ich bin noch nicht satt geworden. Was ist Schändliches daran? Ich höre den polternden Donner der Zufälle und Mißverständnisse, die mich zerschlitzen wollen; du mit schwachem Hauch deines Mundes willst lauter tönen. Man kann keinen aufgerührten Ozean glätten, indem man hineinspeit.

ALMA. Du verschweigst mir. Vielleicht tust du Ärgeres. Du bist ein Strom. Es gibt Strudel, sehr schwarze.

JAMES. Du kannst mich durch die Vernunft nicht lieben. Nicht durch die Augen. Nicht durch die Nüstern. Durch Sinne nur, die undeutlicher zeichnen. Darum ist es gefährlich, deinen Worten zu trauen.

ALMA. James, du meinst deinen Ausspruch nicht. Du nimmst ihn wieder zu dir.

JAMES. Ich meine, es ist gefahrvoll für mich. Alle Menschen denken einmal im Morgengrau zwischen Schlaf und Wachen oder zufällig in einer dünnen Stunde bei einem Glas Absinth oder als sie sich entkleiden, das Hemd von der Haut abheben oder als die Straßenbahn in den Schienen knirscht, sie denken an sich wie der Geist an sie gedacht, als er sie bildete. Durch sich hindurch und in sich hinein. Und die Gedanken sind dolchartige Eisen. Man verblutet daran. Oder stahlbemantelte Kugeln. Sie durchlöchern. Und die Menschen werden arm und bekümmert, alt und gering an Wert. Es fällt alles von ihnen. Der Samt der Haut. Und das Feuer ihrer Triebe und Begeisterungen. Das Hirn und das Herz. Und das Muskelwerk. Und was sie als süß empfunden, die Zwiesprache mit allem Berührten. Und sie sehen sich, ein Bündel Tod, als Knochen. Sie trauern, wenn ihr Schicksal so scharf in ihnen sich abzeichnet, gewiß. Mir aber, verirre ich mich, wie eben jetzt und vor dieser Zeit, füllt sich der Mund mit Höllenfeuer. Mit fettem spratzenden Höllenfeuer. Um die Zunge zu braten. Und die Augen zu braten. Und die Ohren zu braten. Und dies verfluchte zu dumme zu kluge Hirn.

ALMA. James.

JAMES. Fernando Cortez ist der Erfinder dieses Todes. Man weiß das. Eine kristliche Hölle. Den Skalp herunter, glühende Kohlen hinein, auf den blutig nackten Schädel des Gefolterten gestülpt.

(Ein Priester und ein Meßknabe mit Rauchfaß gehen vorüber)

ALMA. Ich fürchte mich.

Fernando Cortez *(kommt)*. Es ist kein Anlaß zur Furcht. Es ist alles zum Lobe des Höchsten und zur Erbauung der weniger Hohen erfunden. Ein Rauchfaß vermittelte mir die Eingebung. Bedenken Sie, ein heiliges Gefäß. Ich roch die brenzlich schwülen Schwaden. Ich dachte an Rindfleisch gleichzeitig, geröstet. Ein rundlicher Krug aus Messing, bauchig, nicht eben groß, nicht eben klein, weder Weltall noch Atom, Gerät, brauchbar aufgrund empirisch gefundener Maße. Die Assoziation zu einer Schädelschale liegt nahe. Tibetanische Mönche verfertigen aus den Hirndeckeln verstorbener Priester Kultgeräte. Drei Jahre nach dem Tode – beachten Sie die heilige Zahl – beginnt der fromme Handwerker mit seiner Arbeit. Während der französischen Revolution galt es als Vergnügen und Verdienst zugleich, Wein aus Schalen zu trinken, die nach einem Abguß der Brüste Marie Antoinettes angefertigt worden waren. Man kann es begreiflich finden, die Bürgerärzte hatten es eilig, den entseelten Leib der Königin in einem anatomischen Theater auszuweiden. Sie waren schamlos genug, ehe sie an ihr Fleischerhandwerk gingen, von den noch einigermaßen gepflegten intimen Körperteilen Abgüsse zur Belustigung herzustellen. Wissenschaftlich gesprochen: Überall Zusammenhänge zwischen Fleischlichem und Kultischem.

James. Du zitterst, Alma.

Fernando Cortez. Meine gute Rede verpfuscht ein Dritter mit seiner Zwischenbemerkung. Es war mir daran gelegen, einmal begreiflich zu machen, ich bin nicht schlimmer als andere Helden dieser Weltgeschichte. Auch durchaus nicht der einzige und genialste Erfinder neuer Todesarten. Ich habe durch meine himmlischen Beziehungen Kenntnis von kaum überbietbaren Spitzenleistungen des Hinschlachtens erhalten. Die junge Zeit ist der Vergangenheit dank einer erfindungsreichen Chemie und Industrie quantitativ und qualitativ im Beseitigen des Menschenfleisches überlegen. Das will niemand hören? Ich gehe schon. *(Ab)*

Alma. Ich liebe dich, James.

James. Auch jetzt noch, wo du mich abmagern sahst, dahinschwinden, verachtet sterben? Du täuschest dich nicht? Du bist nicht verwirrt, weil ich dich ohnmächtig mache mit meinem Leib? Weil ich ein Erdteil für dich? Ein Gebirg und ein Strom und ein Baum?

ALMA. James, ich antworte nicht mehr.

JAMES. Die Lust an mir liebst du. Viele lieben ihre Lust in meiner Gestalt. Ich muß sehr offen werden, daß du mich begreifst! Und das Lügen verlernst. Du bist weißhäutig. Du kennst die Geschichte der Afrikaner nicht. Du bist nicht schwanger an mir geworden.

DIE STRASSENBAHN *(kommt)*. Bim, bim. Requerschnsss.

NACHTGEDANKEN SPRECHEN AUS IHM *(kommt)*. Ich habe meine Schwester ermordet.

TAGGEDANKEN SPRECHEN AUS IHM *(kommt)*. Bewußtseinstrübung. Sie ist im Krankenhaus gestorben.

NACHTGEDANKEN SPRECHEN AUS IHM. Kann man nicht an einem Mord, verspätet, im Krankenhaus sterben?

TAGGEDANKEN SPRECHEN AUS IHM. Kusch! Ungehörige Frage. Man kann. An einem nicht voll und ganz gelungenen. Totschlag, der in der Vorstufe der Gehirnerschütterung zum Halten kam. Dolchstoß, der das Herz verfehlte und nur die Lunge aufklaffte.

NACHTGEDANKEN SPRECHEN AUS IHM. Ich habe sie verletzt. An einer empfindlichen Stelle. Blut kam. Ich erschrak. Mein Herz wollte still stehen. Ich erkannte, ich war falsch unterrichtet gewesen, genarrt von Verlangen. Ich konnte das Gräßliche nicht ungeschehen machen, ob ich auch ohnmächtig wurde vor Furcht und Reue. Nach Tagen spie sie Blut. Sie verblutete. Vor ihrem Ende war vermutlich nur noch loses Blut in ihr. Sie ist heute seziert worden. Man wird alles entdeckt haben. Wenn man micht fragt, werde ich nicht leugnen können, daß ich schuldig bin.

TAGGEDANKEN SPRECHEN AUS IHM. Das Kind war schwindsüchtig. Das Kind ist tot. Das Kind redet nicht mehr. Menschen ohne Mund können nicht als Belastungszeugen auftreten. Die weißkittligen Herren mögen den Leichnam zerlegen. Oben und unten. Was werden sie entdecken? Schwindsucht. Die Unberührtheit ist eine Tugend der Lebendigen. Sie werden über das Laster oder das Unglück einer Abgetretenen nicht erstaunen. Unwichtig für sie. Unwichtig für das unbrauchbar gewordene Fleisch. Höchst unwichtig. Das

Kind ist tot. Alles an ihm tot. Alles vollkommen unwichtig. Morgen begraben.

NACHTGEDANKEN SPRECHEN AUS IHM. Ich fürchte, sie wird nicht begraben werden. Wie soll man sie begraben, wenn sie seziert worden ist? Es werden Steine in den Sarg gelegt werden, damit er Schwere bekommt. Ich fürchte mich. Ich bin verpfuscht. Ich glaube, ich habe sie geliebt. Ich bin hineinverwoben in ihr Dahinscheiden. Früher, als nur eine dunkle Traurigkeit in mir war, die zu nichts verpflichtete, habe ich sie verachtet. Eines Tages entbrannte ich für sie. Ich konnte mich nicht bezähmen.

TAGGEDANKEN SPRECHEN AUS IHM. Der große Geist ist nicht sparsam gewesen, als er dir Gier nach Erlebnissen verlieh.

NACHTGEDANKEN SPRECHEN AUS IHM. Man wird morgen Steine zum Kirchhof tragen. Nicht einen ihrer Knochen. Nicht einen Erinnerungsspeicher. Einen Betrug. Ich ertrage nicht. *(Ab. Taggedanken sprechen aus ihm folgt)*

JAMES. Die Sonne war noch sehr jung. Es war im Jahre acht oder zehn. Die Auslegungen waren noch selten und mager. Es war eine Welt der Tatsachen und einfachen Worte. Ohne philosophische Abgründe. Die Tatsachen waren gleichzeitig unterirdisch und greifbar. Es gab Pferde, der Gestalt nach echte Pferde, die wieherten, fraßen, ein weiches Fell hatten, mit den Hufen scharrten, von weißem Schaum troffen und rochen, ganz von der genauen Eigenschaft dieser Tiere, aber groß wie ein Haus und dadurch ungewöhnlich wie ein Einhorn. Und der Inhalt ihres Körpers war ungewöhnlich, garnicht animalisch und an anatomische Zweckmäßigkeiten gekettet. Die Überraschung war das Häufige. Das Gefühl, weitab vom Männlichen, sehr klein und unbeschützt zu sein, war wie ein Tuch um mich gehängt. Und die Gedanken suchten Zuflucht bei Gott, der goldene Pantoffeln trug. Sonst nichts an seiner Durchsichtigkeit. Es waren nur goldene Pantoffeln.

DAS TROJANISCHE PFERD *(mit geschwollenem Bauch, kommt).* Jedermann sieht, ich habe etwas in meinem Bauch. Ich bin keine tragende Stute. Ich bin die zukünftige Mutter des Unheils.

(Das Tier öffnet sich. Heraus steigt ein kleiner Negerknabe, in den

Händen goldene Pantoffeln. Fünf große bepanzerte Männer, die ihn bedrohen. Er flieht. Die Männer folgen ihm. Das Pferd rollt davon)

DAS DIENSTMÄDCHEN *(tritt aus dem Haustor heraus)*. Jedermann sieht, ich habe etwas in meinem Bauch. Aber keinen Ehering an der Hand. Ich wollte eine Kronbraut sein. Aber der Mann mit seinem Finger wollte, ich sollte keine Kronbraut sein. *(Ab)*

JAMES. Es kamen Tage, an denen ich weinte. Das Unterirdische aller Erscheinungen wuchs. Die Gegenstände und die Lebendigen wurden durchädert, zerspalten, behaftet mit einem Regenbogen voll Schatten. Was ein Kloben schien, war plötzlich ein Bündel Splitter. Meine Sinne reichten nicht aus, die Fülle der Erscheinungsformen zu erschließen, wohltuende oder verletzende Wirkungen vorauszuahnen. Die zivilisierte Anarchie der Gesellschaft verzehrte mich. Ich begann, Gott mit den goldenen Pantoffeln heftiger zu rufen als vorher. Ich wußte nicht, Millionen meiner Rasse suchten ihn mit mir. Ich stand an einem Fleck, sie an anderen Plätzen. Ich fühlte mich allein. Ich war es, der schrie. Ich wurde erhört. Er nahm eine Gestalt an, die mir gefiel. Die nahbar genug, daß ich mich vor ihr niederwerfen konnte.

(Der Knabe Bogumil kommt)

JAMES. Er war weißhäutig. Sein Haupthaar war blond und glatt, gescheitelt. Sein Mund war frisch und rot wie eine Frucht. Sein Gang war weich. Seine Augen waren licht. Ich spürte eine Sehnsucht, zu sein wie er.

(Der Negerknabe James kommt)

JAMES. Ich warf mich auf den Boden. Ich küßte seine Schuhe.

(Der Negerknabe James läßt die goldenen Pantoffeln fallen, wirft sich vor dem Knaben Bogumil in den Staub. Der schreitet über ihn hinweg. Verschwindet)

JAMES. Er aber sah mich nicht. Er schritt über mich hinweg wie über eine Pfütze Kot. Da fielen mir Worte meiner Mutter ein, die vor dieser Zeit gesprochen worden waren, aber nicht eingegangen waren in mich: weiße Menschen haben meinen Vater gelyncht. Totgeschlagen mit Spazierstöcken aus Ebenholz und Menadopalme. Meine ältere Schwester ist in einem Bordell gestorben, vergiftet während des Liebesdienstes an einem weißen Herrn. Im Jahre des Heils 1889, als in

New York viele tausend Schwarzhäutige ermordet wurden, traf es auch meinen Großvater.

DIE STRASSENBAHN *(kommt, hält ruckartig).* Bim, bim. Requerschnsss.

(Vier Neger werden vom Perron heruntergestoßen. Weiße Männer stürzen sich auf sie, reißen sie zuboden, zertreten, zerschlagen sie, packen die Leichname, werfen sie über das Geländer der Brücke. Sie finden auch den Negerknaben, packen ihn, schleudern ihn ins Wasser. Die goldenen Pantoffeln sind wertloser Tand, sie folgen, in hohem Bogen geworfen, den Leichnamen. Alle lautlos ab)

(Lif und Burke kommen)

BURKE. Es gibt unzweideutige Beweise für die Minderwertigkeit der schwarzen Menschen. Wir Europäer müssen uns hüten, dem romantischen Herzen zu trauen. Es fälscht das Weltbild.

LIF. Ich finde keinen Geschmack an Theorieen.

BURKE. Ab von jedem Vorurteil beobachtete ich kürzlich ein kleines Geschehnis. Eines der hübschesten liebenswertesten Kinder unserer blonden Rasse schlenderte auf der Straße dahin. Ein Negerbursche, der deswegs kam, gleichaltrig, kniete plötzlich nieder, um sich mit den Schuhen des Dahinschreitenden zu befassen.

LIF. Wie soll ich das verstehen?

BURKE. Die Rasse der geborenen Stiefelputzer. Es findet sich keine bessere Begründung für unsere kolonialen Leidenschaften. *(Beide ab)*

JAMES. Ich bin vom Pflaster aufgestanden. Die Jahre sind danach weitergeflossen. Wenn ein Stein sich hoch oben an einem Bauwerk löst, fällt er zur Erde. Wird ein Mensch geboren, er fällt durch die Zeit seines Daseins. Bis er aufschlägt auf den Tod. Der Boden, das rettende Vergehen war noch nicht erreicht. Dieser Kopf von soundsoviel Graden der Erkenntnisfähigkeit wurde bemüht, eine Rechnung aufzumachen. Ich spürte, mir war nicht nur ein Leid zugefügt worden, die Gültigkeit der Übereinkünfte war für mich verwirkt. Niemand würde nach der Tugend meiner Lebensführung fragen. Das Verbrechen meiner Abstammung wog schwerer als alle Verfehlungen der Leidenschaft und Grausamkeit. Ein Schmerz packte mich. Wie schwer würde es sein, durch die Tage zu gehen, der schlechten Zukunft entgegen! Wie lästig das Wachsen und Älterwerden im Vorgefühl, niemals Anerkennung zu finden! Bedroht zu sein! Und die Zeit rast davon wie ein Eisenbahnzug in der Ebene, gradlinig auf einem flachen Kontinent. Soll ich weitersprechen? Hörst du mich?

Alma. Sprich weiter. Ich höre dich. Ich liebe dich.

James. Und es kamen, wiewohl nicht erhofft, Jahre, die wolkig und warm waren. Wie ein schwerer Stoff. Ich stieß an mit meinem groß gewordenen Körper gegen andere. Und man schlug mich nicht. Man ließ mich sein wie ich war. Und ich war wie irgendeiner. Und meine Gedanken waren irgendeines Gedanken.

(Der Autoomnibus fährt vor, hält. Auf dem Verdeck eine Anzahl junger Menschen)

Der Motor.

Matthieu. Auslöschen. Auswischen. Zerreißen. Verbrennen. Alles Geschriebene. Gedruckte. Gelehrte. Alle Geistesgüter, diese Farbkleckse, Fahnen, die wir hinaushängen. Pferdeauge. Das ist ein Etwas. Worte mag ich nicht. Ein Mund. Das ist ein Etwas. Man kann sich Unzüchtiges denken. Rotes Fleisch. Man kann sich fallen lassen. Dann hat man ein Glück.

Robert. Was finde ich an ihr? Braut, sage ich. Meine Schmeichelkatze. Sie ist eine dünne Verkäuferin. Mit Hängebrüsten. Abgemagerte Kuh. Es gibt hübschere Mädchen. Werde die stockdürre niemals heiraten. Wenn sie schwanger wird, erledigt. Stirbt. Kaiserschnitt. Oder ähnliches. Nur bequem für mich. Füttert mich gut. Sagt, wer so starke Knochen hat. Meint meine Unersättlichkeit, die ihr wohltut.

Eugen. Blut muß fließen. Dann faß ich dich. Dann halt ich dich, Julie. Dann bist du mein. Dann trennt uns nichts. Dann hab ich Geld. Dann schlaf ich mich aus. Dann esse ich

Wecken mit Milch. Dann stoße ich dem Köter eine Eisenstange in den Bauch. Betriebsunfall. Stiefel aus Kapitalistenhaut. Madame, sag ich zu einer feinen Hure, mit mir ins Bett. Vor mir auf die Füße. Eine goldene Taschenuhr hätt ich. In einem Caféhaus säß ich. Die Trambahn führe für kein Geld. Auto ist besser. Einen Acker hätt ich. Zwei blanke Pferde. Wenn Gerechtigkeit wäre. Diktatur des Proletariats. Nur beim arbeitenden Volk ist Tugend. Wir erfüllen unsere Pflicht. Wir bauen an einer neuen Welt. Wir lösen die Rassenfrage. Gleichberechtigung der Neger und Asiaten. Brot und Arbeit. Die Wissenschaft eine Dienerin des Volkes. Die Maschine ein Freund des einfachen Mannes. Geld nur noch Scheidemünze ohne Zinsprofit. Alle Toten werden verbrannt. Wir sind die rote Garde. Unsere Kinder erzieht der Staat. Julie.

PETER. Sind unsere Brüder nicht vermauert worden? Wie krankes Vieh abgestochen? Niedergeknüppelt? Schwindsucht. Krebs. Auf den Anatomieen totoperiert. Schnitt in die Bauchblutgefäße. War einem die Niere losgerissen, die Treppe hinabgestoßen. Befahl der Gefängnisarzt: massiert ihm die Geschwulst. Und so geschahs. Kneteten die losgerissene Niere. Kneteten ihn zutode. Schwangere Proletarierfrau. Die Sau. Jammerte. Wurde festgeschnallt. Was geschah mit ihr? Als sie tot, war sie ein blutiger Fetzen. Mutterschafen wird der geschwollene Leib gepeitscht, daß sie vor der Zeit gebären. Rauchwaren für die Luxusweiber der Reichen. Nicht aufgeschlitzt, lebend gepeitscht. Woher stammen die weißen Gerippe, Menschenknochen, in Handlungen und Museen? Proletarier. Und all das Gekröse, das sie mit Spiritus begießen? Ich denke, wir werden uns rächen.

FRANZ. Man kann sich nicht mit willkürlichen Feststellungen zufriedengeben. Mit den Lügen, die in den Abkürzungen enthalten sind. Schrick nicht vor unappetitlichen Gedanken zurück! Es ist nötig, daß die Einigkeit und Trennung aller Menschen, aller Wesen im Protoplasma offenbar werde. Verbanne die Aussagen, die an der Oberfläche sich bilden, von dir! Ein Mensch ist wohlgenährt und satt, ein anderer darbt. Ein dritter kam kränklich, sag angefault, sag gehemmt, wie ein Ertrinkender auf diese Welt. Er hat gerudert mit Armen und Beinen. Er wollte im Genuß der Sonne bleiben. Ob sie ihm auch Fürchterliches zeigte. Und die Wirkung des Daseinsablaufs ist an den Menschen deutlich geworden. Ihre Vorfahren mit Kräften und Gebrechen sind an ihnen deutlich geworden. Ich habe gelesen, des einen gesamte Darmlänge beträgt 5,7 Meter, die des anderen 11,5 Meter, mehr als das doppelte. Sie unterscheiden sich in diesem wie in vielem anderen. Der eine besitzt eine sparsame Körperwirtschaft, der andere eine verschwenderische. Stelle eine Betrachtung darüber an, welcher Art Ethos helfen könnte, etwa die Ungerechtigkeit auszugleichen, wenn der verschwendende Körper einem Armen, der höchst rationelle einem Reichen verliehen wird! Beschränke dich nicht darauf, nur an Speise und Verdauung zu denken! Beziehe die Funktionen des Gehirnes ein! Die aller Lymphgefäße und Drüsen. Sei nicht furchtsam, eine Ursache dafür anzugeben, daß alle voneinander unterschieden sind. Erachte es als bewiesen, die Chemie ihres Körperhaushaltes braut unterschiedliche Säfte in den geheimen Retorten.

EUGEN. Hier ist zu fragen, was Liebe sei. Arme Mutter liebt ihr Kind. Die tiefe milchgelbweiße Brust liebt ihr Kind. Braunbewarzt. Warzenvorhof rund behügelt. Julie, ich liebe deine milchgelbweiße feste zweikugelige Brust. Zwei Berge hoch. Liebe runde hohe Berge weiß und gelb. Und das Tal. Die Täler. Die Knietäler. Die Achseltäler. Die Schenkeltäler. Julie. Wenn wir sterben, geht die Sonne hinter den Bergen unter. Und wir sind gefangen. Fürchterlich. Wir werden zahm, wenn wir daran denken. Vielleicht bin ich morgen gestorben. Vielleicht sehe ich dich niemals wieder, Julie.

MATTHIEU. Auslöschen. Auswischen. Zerreißen. Verbrennen. Alles Geschriebene. Gedruckte. Gelehrte. Alle Geistesgüter, die als gähnende Löcher den Raum um uns schwierig machen, Dunkelheit und Helligkeit, Dichtes und Dünnes vorgaukeln. Niemand doch kann so weise werden, daß er Kenntnis von allen Überlieferungen und Praktiken hat. Niemand doch kann Allbelesenheit und Allhandfertigkeit erringen. Immer nur werden Spezialisten gezüchtet. Auswahlgelehrsamkeit, Auswahlhandfertigkeit. Teile, Teilchen des Wissens und Könnens neben Meeren der Dummheit und

Unfähigkeit. Und sie begreifen, denken, was an ihnen wirksam gewesen ist. Bejahen es. Und verneinen, wenn ihr Nichtwissen allmächtig wird. Und werden Partei. Richten auf die Schranke der Dummheit, Unerfahrenheit, des Nichterlebens, der Nichtleidenschaft, Nichtkräfte, Nichtsehnsüchte, des Nichtblutvollen, Nichtglaubens. Unduldsamkeit schweißt die Norm. Unglaube die Moral. Nichterleben bringt den Schauder vor der Kraft. Nichtleidenschaft gebiert das Wort Verbrechen. Im Nichtblutvollen, Nichtgeistvollen, Nichtseelenvollen sind sie tot. Dreifach tot. Die dreifach Toten bekennen sich zu verschiedenen Parteien, denn sie sind Tote verschiedener Räume. Die Bewohner nur einer Haut wollen den Anfang nicht. Wollen das neue Reich nicht. Immer nur Fortsetzung, Fortsetzung, Fortsetzung. Wo ist ein Mensch, daß ich ihn genösse? Vierundzwanzig Stunden lang ein Glück. Ich anerkenne keine Verpflichtung. Die Vergangenheit ist unverbindlich. Ich will nur für mein Glück bezahlen. Nichts für die Weltgeschichte in Fortsetzungen.

(Der Autoomnibus mit den jungen Menschen fährt davon)

JAMES. Ich war dabei. Und meine Rede war dabei. Wir alle haben das Gleiche ausgesagt, wiewohl wir verschiedene Sprache hatten.

(Georg, James, Matthieu kommen Arm in Arm)

MATTHIEU. Ich will dir keine Schmeichelei sagen, James. Du bist der einzige Mensch, an den ich denken muß, wenn mein Wille nicht stark ist.

GEORG. Er liebt dich, James. Er macht dir Anträge.

MATTHIEU. Sobald ich Gewißheit habe, ich liebe dich, werde ich selbst es aussprechen. Und mich nicht eines Tölpels bedienen. Ich fürchte indessen, ich werde bei dir das Glück nicht finden, nicht einmal suchen können. Du riechst fremdartig. Fast abstoßend. Wie geschlachtetes Fleisch.

JAMES. Ich werde mich sehr häufig baden. Um weniger stark zu riechen.

MATTHIEU. Ich werde dir eine Flasche Lavendelwasser schenken.

GEORG. Er beginnt schon, dich auszuhalten.

MATTHIEU. Georg ist geizig. Er kann kein Geschenk machen,

ohne eine Gegengabe zu verlangen. Nicht die Richtung seines Willens macht ihn häßlich, seine Leidenschaften sind trübe. Sie sind Zwitter. Er ist besessen von der Geizliebe. James, er denkt an dich mit Geizliebe. Diese Zuneigung ist vor Häßlichkeit leicht und weniger schlimm als meine verwässertsten Träume.

GEORG. Er lobt sich selbst.

JAMES. Ich habe deine Rede nicht begriffen, Matthieu.

MATTHIEU. Es ist gesagt worden, wir erkennen dich nur undeutlich, James. Der Geschmack ist dünn. Sollte es geschehen, eine Stunde kommt, in der deine Gestalt auf dem Grunde unseres Daseins voll prangt, ich würde den Preis für dich bezahlen. Georg würde zaudern und sich manches überlegen. Und nicht bezahlen. Der Geizhals.

GEORG. Pfui. Du bist eifersüchtig und beschimpfst mich.

MATTHIEU. Ich brenne nicht, ich sage nur aus.

JAMES. Nach mir, Matthieu, wird nicht gefragt werden? Mein Herz ist unwichtig?

MATTHIEU. Mein Gott, was sagst du? Du bringst den Tod mit deinem Entwurf. Es kommt auf den an, der als erster die Brücke über einen Strom schlägt. Über diese Brücke bewegen sich Menschen mit Vieh und Wagen. Eine Zeitlang zum wenigsten. Der zweite Konstrukteur, der nahbei einen anderen Übergang baut, einen besseren, ahmt nach. Er hat die Bewegung auf der Straße gesehen. Er spaltet den schon vorhandenen Verkehr, leitet ihn um. Man kann ihn nicht schelten. Wiewohl er ein Konkurrent, ein Verachter des Ersten, dessen Mühe und Wagemut nicht gering waren. Wenn du das Bild übersetzest: Der Strom vor unseren Füßen ist gemeint, dies Halt. Der uns wegschwemmt, wenn wir weitergehen und das Wasser bis an die Lippen steigen lassen. Und der Brückenbaumeister ist ein guter und kluger Mann, der vom Ufer seiner Heimat hinübergelangen möchte in ein fremdes verheißungsvolles Land; weil ihm zu enge hinter den eignen Deichen. – Es ist nicht schwer zu erkennen, du hast das grausame Verhängnis bezeichnet, das uns zerfleischen wird.

JAMES. Ich kann dir antworten. Es soll auf mein Herz nicht ankommen, wenn ein anderes in Gefahr ist.

MATTHIEU. Schweiß rinnt mir beim Anhören deiner einfachen Sätze. Warum werde ich gezwungen, aus den gemächlichen Beweisen den Schluß zu ziehen, daß ein Glück vierundzwanzig Stunden nicht überdauern kann? Es kann nicht. Die Täuschung »angenehme Beschäftigung« ist nicht gemeint, mit der man sich einrichtet, die man zurechtzupft, bis sie einem gefügig ist und über einen paßt. Vielmehr der bis an den Rand gefüllte Giftbecher, dessen Inhalt uns ausbrennt, die Apparate unserer Sinne zusammenschmilzt, wenn wir ihn hinabstürzen, in uns hinein.

GEORG. Ein Rationalist vom reinsten Wasser zeigt sich am Werk, einen göttlichen Augenblick aus der Retorte zu heben. Er kann an den Allmächtigen nicht glauben, unmöglich an dessen ewigen Bestand und Allgegenwärtigkeit. Er komprimiert ihn zu einem örtlich und zeitlich begrenzten Phänomen. Und jagt ihm nach wie andere dem Himmel. Hinterhältig versteckt trägt er eine Phiole voll Tragik, um die Erscheinung im rechten Augenblick auflösen zu können.

MATTHIEU. Wir wollen uns zurückfinden. *(Die drei ab)*

JAMES. Ich war dabei. Ich nahm mir vor, sehr tugendhaft zu werden und nicht auf meinen Vorteil zu achten. Ich prüfte mein eigenes Verlangen nicht genauer als der Wind den Staub prüft, den er anrührt und davonträgt. Ich begehrte garnichts als begehrt zu werden. Ich war weich. Ich hatte ein Gefühl, ich war ein Buch: man konnte es aufschlagen. Es ging auf an meiner Brust, gespaltene Haut, doch leicht und blutlos wie Papier. Ich war voll einer unermeßlichen Bereitschaft. Und arglos wie einer, der sich frei von Kummer schlafen legt an gewohnter und bequemer Stätte. Ich war nicht kleinlich mit dem Maß meines Michverlierens. Ich war ohne Sitte, ein Allesdulder. An keine Stunde gebunden und an keine Laune. Ohne Ermüdung und ohne Krankheit. Unausschöpflich an Gleichmut und Dienstfreudigkeit. Wie ein spielendes Tier. Eine Kugel. Eine Unendlichkeit ohne Ausdehnung. Ich war ganz allgemein ein junger Mensch. Irgendeiner unter den anderen. Mit törichten Gedanken, wie die ihren töricht.

DIE STRASSENBAHN *(kommt)*. Bim, bim. Requerschnsss. *(James und Georg entsteigen ihr)*

GEORG. James, ich kann nicht länger an mich halten. Ich muß dich bedrängen mit Fragen. Du darfst mir nicht ausweichen.

JAMES. Ich werde still halten. Und Antwort geben, wenn ich vermag.

GEORG. Ins Ohr.

JAMES. Du brauchst meinetwegen nicht zu erröten.

GEORG. Ich bin toll. Ich bin schlecht. Hilf mir. Ich zerspringe. Bewirf mich mit deinem Speichel. Tue irgend etwas, was mich kühlt. Beiß mir den Hals auf.

JAMES *(legt den Arm um ihn)*. Ich bin dein Feind nicht.

GEORG. Es wird Widerliches geschehen, wenn du mich nicht schlägst. *(Beide ab)*

(James und Matthieu kommen)

MATTHIEU. Vielleicht ist es so weit, daß ich das Maul auftue. Wenn es Dinge dieser Welt gibt, die ein Gleichnis heißen einer anderen, wie der Schlaf, die schäbige Hülle, ein Bildnis des festlichen Todes, so doch nur, um die Kleinmütigen über sich hinauszuheben und die Schwachen zu trösten mit Glanz. Täuschungen. Kein Teufel wird mit den Masken um das Gesicht ringen. Während er vielleicht Lust verspürte, den Burschen, der einen saftigen Pfirsich schluckt, anzufallen. Wenn wir an runde Schenkel denken, an Fleisch, an den Inhalt der Sünde, der keinen besseren Tod hat als die Verwesung. Und keine tiefere Bedeutung als tierisch das heilige Leben zu tragen. Wenn wir an runde Schenkel denken, an Nabelgrübchen blau und violett, an unser Glück, dann ist der Böse da und fletscht die Zähne. Er will nicht vergönnen, daß wir schlürfen. Daß wir ein Recht ausüben, zu genießen, und erst zahlen nach dem Empfang. Bar bezahlen müssen wir sowieso. Mit besagtem stinkenden Tod, nicht mit verklärtem Schlaf. Der Erzbetrüger hetzt seine Meute auf uns. Die billigen Vorbilder. Die Ordnungen. Die Übereinkünfte. Die Lehren. Das Geistgebäude. Vernunft. Das Gesetz. Den Plunder, der uns zu Verbrechern macht. Nur der Unerschrockene überwindet den Betrug. Genießt. Überwindet den Geist um des Lebens willen. James, ich war fast lahm geworden. Du badest täglich. Du riechst nach Lavendelwasser. Du tust etwas für mich. Du hilfst mir, daß ich mich fallen lasse. Daß ein Anfang werde ohne Vergangenheit.

JAMES. Ich will dir nur angenehm sein.

MATTHIEU. Gib mir deinen Mund. Ich möchte dich schmecken.

JAMES. Wenn niemand uns sieht. Die Straße hat Augen. *(Beide ab)*

GEORG *(kommt)*. Er läßt mich warten. Sein Kopf ist voll von den Schmeicheleien eines anderen. Wir besudeln uns. Beweisen, der Affe ist unser Urahn, indem wir eine schwarze Bestie lieben. Was wird noch bewiesen, indem ich hier warte? Meine Verrücktheit. Die Existenz der Sünde. Die Persönlichkeit des Teufels. Seine leibhaften Versuchungen. Der ganze Mechanismus ist mit Geilheit verseucht. Mein Hirn. Die Bilder. Der Geschmack auf der Zunge. Schatten an den Augen. Die Pupillen sind leer. Krankhafte Abhängigkeit. Schlaflosigkeit. Abgemagert bin ich. Dem Vater habe ich zehn Mark entwendet. Lüge beständig. Unaufmerksam in der Schule. Keine mathematischen Formeln kann ich behalten. Immer beunruhigt, wiewohl schlapp. Vollkommen verirrt. Ich werde noch zusammenbrechen. Er ist ja kein Weib. Ich bin ohne Milderung schuldig. Oder verführt, behext. Es muß etwas ausgejätet werden, zerstört, abgewürgt. Die Gestalt, die meine Gedanken schändet, muß mir widerlich werden. James. Da muß ein Ekel kommen vor Gewürm, Kröten, Krebsen, Schleim. Meine Schwester ist auf ihn geflogen. Vielleicht wird er sie begatten. Hund. Er zieht Matthieu mir vor. Den Atheisten. Wüstling. Der eine Minderjährige geschwängert haben soll. Schlimme Gesellschaft. Eine Grube. Der Alkoholklub des Gymnasiums ist tugendsamer. Nach dem Gelage bezahlte Huren. Drei Mark oder fünf Mark. Manchmal für kein Geld, weil sie Schüler. Und ich warte. Ich lechze. Trommeln in meinem Blut.

BERENICE *(kommt)*. Georg, wo ist James?

GEORG *(packt sie, reißt in ihren Haaren, wirft sie zuboden, bearbeitet sie mit Fäusten)*.

Bete zu Gott, Mädchen! Du beschmutzst den Namen unserer Eltern. Du hast dich in einen Neger vergafft. Ich werde Rache nehmen. Ich werde die Sünden des Scheusals entblößen. Ich will ihn unschädlich machen. Er soll gepeitscht werden, wie noch kein Mensch gepeitscht wurde.

Berenice. Laß mich! Du bist nicht bei dir selber. Du bist krank.

Georg. Ich habe einen Auftrag. Ich bin erleuchtet worden.

Von diesem Neger geht Fürchterliches aus. Er ist ein Werkzeug Satans. Es muß etwas Gottgefälliges geschehen.

Berenice *(wehrt sich, schlägt ihn).* Du bist vollkommen verwirrt.

Die Kloroformglocken.

Georg *(bricht in Tränen aus).* Es ist so. Hysterie. Eifersucht. Ich möchte beten. Ich kann nicht.

BERENICE. James ist ein bescheidener Mensch. Gütig und ohne Falsch.

GEORG. Wir begreifen ihn nicht. Er ist ein Rätsel.

BERENICE. Du bist ohne Richtung. Du mußt dich in Zucht nehmen. Dein Gott ist in Nebel gehüllt.

GEORG. Komm. Erzähle mir von James. Du bist sehr verständig.

BERENICE. Ich wußte nicht, daß du am Ende der Kraft bist. *(Beide ab)*

JAMES. Es wurde ein Urteil gegen mich gesprochen.

FOHE, HUGO, BORIS, AAGE, RICHARD, EDMUND, KAMLA, FRIEDRICH, IMRE *(kommen)*. Wo ist der Schweinehund? James. Schlagt ihn. Wo ist die Mißgeburt? James. Knüppel auf die Waden. Wo ist der gemeine Verführer? James. Reißt ihm die Hoden ab. Aufschlitzen die Kröte. Vogelfrei. James. Paukt ihm den Hintern voll. Bolzt ihm eine Stange in den Mastdarm. James. Gebt ihm ein Schwefelsäureklystier. James. Dynamit in den Magen. *(Ab)*

MUTTER JAMES *(läuft vorüber)*. Polizei Polizei Polizei Polizei.

DIE STRASSENBAHN *(kommt)*. Bim, bim. Requerschnsss.

(Lif und Burke entsteigen der Straßenbahn)

BURKE. Ein Neger hat die Jugend eines ganzen Stadtteiles zu unzüchtigen Handlungen verführt. Knaben und Mädchen. Mit der zerstörenden Energie seiner Abstammung.

LIF. Man muß sich weigern, Gerüchten Glauben zu schenken. Faule Früchte und schimmliges Brot sind keine gute Speise.

BURKE. Blindheit ist keine Tugend. Taubheit ist ein Gebrechen. Wer nicht hören und sehen will, ist nicht human, sondern unklug. Die Unsitten der Wildnis sind in die weiße Stadt, in die Festung der Zivilisation eingebrochen.

LIF. Die Klepper entrüsteter Leitartikel können mich nicht überrennen. Ein Verbrechen, das geschehen ist, hat einen Anstifter, einen Namen, eine Grenze. Es vermittelt keine Handhabe, von dampfenden Urwäldern und afrikanischen Gebräuchen zu sprechen. Ich erkenne indessen, ein großes Wasser ist trübe gemacht worden mit dem Schmutz weicher Vermutungen.

BURKE. Wenn das kräftige Exemplar einer hemmungslosen Rasse unter das Vieh sinkt, müssen die hochwertigen Menschen, die zu ihrem Schaden duldsam waren, sich gegen das Scheußliche zusammenfinden.

LIF. Sehr viel starke Worte zum erotischen Spiel Halbwüchsiger. Die neidischen Greise wollen zu ihrer Unterhaltung ein paar Menschen geschlachtet sehen. *(Beide ab)*

FOHE, HUGO, BORIS, AAGE, RICHARD, EDMUND, KAMLA, FRIEDRICH, IMRE *(kommen)*. Wo ist der Schweinehund? James. Schlagt ihn. Wo ist die Mißgeburt? James. Knüppel auf die Waden. Wo ist der gemeine Verführer? James. Reißt ihm die Hoden ab. Aufschlitzen die Kröte. Vogelfrei. James. Paukt ihm den Hintern voll. Bolzt ihm eine Stange in den Mastdarm. James. Gebt ihm ein Schwefelsäureklystier. James. Dynamit in den Magen.

MUTTER JAMES *(läuft vorüber)*. Polizei Polizei Polizei Polizei.

(Blitz, Flamme, Donnerschlag. Aus der Flamme stürzt James zuboden)

FOHE, HUGO, BORIS, AAGE, RICHARD, EDMUND, KAMILA, FRIEDRICH, IMRE *(stürzen sich auf ihn)*. Schlagt ihn. Knüppel auf die Waden. Reißt ihm die Hoden ab. Aufschlitzen die Kröte. Vogelfrei. Paukt ihm den Hintern voll. Bolzt ihm eine Stange in den Mastdarm. Gebt ihm ein Schwefelsäureklystier. Dynamit in den Magen.

KIRCHHOFF *(nach der letzten Mode gekleidet, heller Anzug, weiße Handschuhe, Wildledergamaschen, Monokel vor dem toten Auge, kommt)*. Halt! Drei Schüsse in den Unterleib und dann liegen lassen. Keine Angriffe auf Kopf, Wirbelsäule und Herz.

ZWEI POLIZEIBEAMTE *(kommen)*. Straßefrei! Auseinander! Straßefreistraßefrei! *(Sie schlagen mit Gummiknüppeln in den Haufen. Kirchhoff entfernt sich. Die Lyncher zerstreuen sich. James am Boden, fast nackt)* Sie sind verhaftet. Verhaftet.

JAMES *(richtet sich auf)*. Ja.

DIE POLIZEIBEAMTEN. Verhaftetverhaftet.

JAMES. Verhaftet. *(Ihm werden Handfesseln angelegt. Er wird abgeführt)*

(Matthieu und Georg kommen)

MATTHIEU. James ist im Untersuchungsgefängnis. Wie erklärst du dir seine Verhaftung?

GEORG. Ich erkläre sie mir nicht.

MATTHIEU. Du hast eine Gerichtsvorladung bekommen. Du sollst als Zeuge vernommen werden.

GEORG. Ich werde nicht gehen. Mein Vater wird mich vertreten.

MATTHIEU. Dein Vater? Vor den Richtern? Er wird Zeugnis gegen James ablegen.

GEORG. Ich habe gebeichtet. Es ist alles hinter mir.

MATTHIEU. Du hast James denunziert? Du hast ihn Kanaillen überantwortet?

GEORG. Laß mich! Ich wollte mich reinigen von sündigen Gedanken.

MATTHIEU. Niemals vorher bist du so besudelt gewesen. *(Er schlägt Georg mit der Faust ins Gesicht)*

GEORG *(gefaßt)*. Der Fromme muß leiden.

MATTHIEU *(ernüchtert)*. Ich erreiche dich nicht mehr. Wenn ich dir die Brust aufreiße, du fühlst es nicht mehr. *(Ab)*

GEORG. Judas Ischariot ging hin und erhängte sich. Als es geschehen war, barst sein Leib, und die Eingeweide traten hervor. Ich habe meinem Bruder einen Tintenklecks ins Aufgabenbuch gemacht. Er ist ein guter Schüler. Ich bin ein schlechter Schüler. Ich habe mein Gesicht in meiner Schwester schmutzige Wäsche vergraben und Tränen hinein vergossen. Ich habe mir gewünscht: Ein Automobil. Und Weisheit. Ein großer Arzt zu sein und unfehlbare Medizinen zu erfinden. Ein Beamter der Sittenpolizei. Ballettmeister. Eine Tarnkappe. Einen Zauberring. Ich bin überall, unsichtbar. Ich erfahre alle Geheimnisse dieser Welt. Genieße das Seltenste, ungestraft. Ich bin ein sündiger Mensch. *(Ab)*

(James kommt, gefesselt, in Sträflingskleidung)

MATTHIEU *(folgt ihm, tritt neben ihn)*. Ich habe dich betrogen. Ganz allmählich wuchs der Betrug. Unmerklich schlich er sich ein. Ich kannte das Gesetz des Lebens nicht gut genug. Ich dachte an weibliche Tiere. Zuerst. An ihren Geruch. Und der deine wurde schal. Das Lavendelwasser würzte ihn nicht mehr. Danach an Weiber. Wir sind in einem Labyrinth gefangen gehalten. Unsere Wege liegen nicht in der Freiheit. Wir gehen in Gängen und Schächten. Hinauf und hinab. Und in die Weite. Aber die Mauern sind um uns. Und es ist dunkel. Wir sehen nicht, wohin wir tappen. Ich war schon zu alt, um nicht zum Betrüger an dir zu werden. Ich habe mich fallen lassen in der Dunkelheit; aber ich stürzte nicht. Es war Festes unter mir. Ich war kein Kind mehr. Der Boden meiner Jahre trug mich. Ich verblutete nicht. Ich entartete nicht. Es geschah kein Anfang. Ich trieb im Strom der Fortsetzungen. Ich bin erledigt. Ich habe kein Ziel, das mir gehört. Die anfälligen Jahre sind vorüber. Der junge Gott spielt nicht länger auf dem Instrument meines Leibes. Ich bin in ein Bordell gegangen. Ich bitte dich um Verzeihung.

JAMES. Du hast mich nicht verraten. Ein anderer hat mich verraten.

(Ein Richter kommt)

MATTHIEU. James ist unschuldig.

PAULINE *(kommt. Zum Richter)*. Schenke mir fünf Mark. Ich habe ein schönes Zimmer.

RICHTER. Drei Mark sind genug für dich. Du bist fett. Wahrscheinlich auch krank.

MATTHIEU. James ist unschuldig.

RICHTER. Schweigen Sie.

PAULINE. Fünf Mark.

MATTHIEU. James ist unschuldig.

RICHTER. Schweigen Sie.

MATTHIEU. Er ist unschuldig.

RICHTER. Schweigen Sie.

MATTHIEU. Unschuldig.

RICHTER. Ich werde Sie abführen lassen.

MATTHIEU. Unschuldig.

RICHTER. Abführen.

MATTHIEU. Unschuldig.

EIN POLIZEIBEAMTER *(kommt)*. Kommen Sie. *(Matthieu und Polizeibeamter ab)*

*(Mitrichter, Beisitzer, Schreiber, Tolka,
zwei Polizeibeamte kommen)*

TOLKA. Hoher Gerichtshof. Sehr ehrenwerte Herren. Mein Sohn Georg, mein unmündiger verführter Sohn, statt seiner bin ich hier, hat zerknirscht eine Beichte abgelegt! Er bereut. Er büßt. Er hat ein Bekenntnis verfaßt. Ich verlese es.

S.D.G.A.

Ich, Georg Petrus Franz, dreinamig, weil ich getauft bin, weshalb ich, wiewohl am Boden, noch auf die Vergebung meiner Sünden hoffe. Ich, der sein sollte nach dem Ebenbild meines Schöpfers, ihm auch gleiche im Äußerlichsten, fühle, wie unähnlich die Gestalt meiner Seele ihm geworden ist. Sie ist durchfurcht und besudelt. Ganz und gar entstellt durch die Flecken eines jauchigen Morastes, der sich über mich verspritzte. Es gibt keinen Vergleich des sichtbaren und fühlbaren Schmutzes, wie ekelerregend er auch sei, mit dem Kot, an dem ich mich gelabt. Das Gefallen am Stinkenden und Häßlichen ist über mich gekommen wie ein frisches Heer. Ich verstand nicht, mich zu widersetzen. Ich verlangte nach keiner Hilfe außer mir. Ich vernachlässigte alle Lehren und Gebete. Ich vergaß, daß ich ein Mensch war. Unterlag dem Fleisch. Ich erkannte zu spät, das Verwesliche, welchen Schein es auch habe, ist ein Gerät des Versuchers, ein tönendes duftendes wohlschmeckendes. Es wirkte eine Veränderung an mir. Ich ließ mich fallen wie ein Hirnloser.

Wenn jemand die erste Stufe einer Treppe betritt, so geht er, hindert ihn niemand, einen ganzen Absatz hinauf oder hinab, gleichgültig, ob es sein Ziel war, hinauf oder hinab zu steigen, oder ob nur Laune, Neugierde, eine Sucht, über deren Wesen er Rechenschaft schuldig bleibt, den ersten Schritt seines Fußes lenkte. Heimliche Träume berührten mich und machten mich lüstern nach dem Geruch eines vollen Windes, der draußen war. Meine Gedanken waren unzählige, manchmal ganz nebensächlich und weitmaschig, aber doch rasch; und trübe miteinander verwoben, als müßten sie, ein brüchiger Strick, von Osten nach Westen reichen. Vielleicht ging ein wirklicher Wind. Und es war eine Jahreszeit. Und es war eine Treppe, die ich hinabschritt. Wirklich wie die Menschen, in die ich, anstatt sie zu fliehen, hineinzuwachsen wünschte. Die ein Alter hatten. Ich weiß nicht, wieviele Schritte weit ich gegangen bin. An einem Ort, den ich ein zweites Mal nicht finden kann, wurde ich von einem Strudel erfaßt. Alle Empfindungen in mir flossen zusammen zu einem Inhalt. In die Gestalt des

Negers James. Es war ein Vorgang ohne Gleichnis. Wie mir erging es auch anderen. Matthieu verfiel James. Berenice verfiel James. Eugen verfiel James. Julie verfiel James. Peter verfiel James. Franz verfiel James. Editha verfiel James.

Nicht an der Vernunft oder im Schatten eines erleichternden Gebetes kam ich zum Erkennen der Fallstricke des ewigen Widersachers; eine fast tötende Eifersucht entlarvte mir meinen Zustand. In mir war das Geschaffene verhöhnt worden mit allen Foltergraden eines undeutlichen Verlangens nach Genuß. Und ich begriff nicht, wessen vereiste Hände die blutigen Fetzen Melodie aus dem Trog meines Körpers hervorlockten. Bis die Wildheit des Schmerzes sich selbst verschlang; der durchdringende Zahn, ein Feuermeer Hölle, eine Wüste, im Gipfel der Pein ohne Steigerung vor Breite und Unablässigkeit abstumpfte. Und die göttliche Ordnung sich hervorkehrte. Denn die Zeit, die Dauer ist Gottes Waffe; nur in der Wiederholung ist der Satan Meister. Im Jammer der Scham und Erschöpfung sah ich, begnadet wie ein Sterbender, James Angesicht. Es war ganz und gar gläsern, aufgeteilt nach Schichten und Tiefen. Weich wie laue Milch und doch erstarrt zu Formen. Die Haut schlug sich nieder zum Abbild des knöchernen Schädels. Und er wieder zerging zu einer Blase, durchsichtig aufgedunsen. Gleichzeitig, das Fließende durchdringend, zeichneten sich Masken wie aus Eisen und hielten zusammen das unhaltbar Grausige. Das Ganze hatte Takt und Zweck und war feingliedrig wie eine Taschenuhr. Bei der die Zeiger die Zeit weisen, ein nichtverdeutlichtes Maß der Zusammenarbeit im Getriebe aber die wechselnde Stellung auf dem Zifferblatt erschafft. Ich sah das Fleisch, das entsetzliche, zeugend und vergehend. Und einen unbeschreiblichen Wohllaut hineingeschmolzen in den Auswurf innerer Formen. Ich sah einen Kampfplatz, fürchterliche Werkzeuge Satans und das Gespinst des Erbarmens im Versuch, das Häßliche zu verstricken. Ich erkannte, was geschehen war und geschieht und geschehen wird. Mit jedem Augenblick. Jetzt und immer. Und daß James, ohne Zutun eigener Willenskräfte, mit seinem Fleisch ein Arsenal des Bösen.

Umklammert. Der Verführung Werkzeug. Ob auch die göttliche Meinung ihn unbehaftet mit Unterwelt bildete. So ist ein Tier.

Kalt gemacht durch Verzweiflung und Reue, mit ausgelaugtem Herzen klage ich ihn an, schädlich zu sein. Ein Erwecker der Leidenschaft zu sein. Ein Verderber der Schwachen und Unerfahrenen zu sein. –

RICHTER. Bekenne dich zu der Anklage, James. Gestehe deine Verfehlungen.

JAMES. Es ist anders. Matthieu war mein Freund. Georg war mein Freund. Berenice hat mit ihrem Mund mein Ohr berührt. Vier Menschen haben sehr viele Worte miteinander gewechselt. Nur wenig einander belogen. Versucht, nicht unnützer zu sein als ein Gerät, das beim Gebrauch nicht zerbricht.

RICHTER. Du schwatzest und lügst. Du wirst augenblicks dein schändliches Tun aufdecken. Deine Richter kannst du nicht wie unerfahrene Kameraden übertölpeln.

JAMES. Es ist anders. Hier ist ein Mißverständnis.

RICHTER. Bekenne dich schuldig.

MITRICHTER. Schuldig.

OTTO *(kommt)*. Schuldig.

PAULINE *(zu Otto)*. Schenke mir fünf Mark. Ich habe ein schönes Zimmer.

OTTO. Keine Zeit. *(Ab)*

PAULINE. Schuldig.

BEISITZER. Schuldig.

TOLKA. Schuldig.

SCHREIBER. Schuldig.

KUTSCHER *(geht vorüber)*. Schuldig.

POLIZEIBEAMTER. Schuldig.

FEDER. Schuldig.

TISCH. Schuldig.

WÄNDE. Schuldig.

JAMES. Es ist anders.

(Alle ab, nur James und Polizeibeamte bleiben. Ein Prügelbock kommt heran. James wird gepackt, festgeschnallt, Rücken und Schenkel ihm entblößt. Gepeitscht. Lautlos)

KLOROFORMGLOCKEN.

(Die Polizeibeamten ab)

JAMES *(zu Alma).* Man erstickte mein Verlangen nach Gerechtigkeit. Ich sah zum erstenmal das Spottgesicht der grauen Geilheit. Meine Jugend war aus. Man hieb ab das Blühende. Riß aus die Blutwurzeln. Man befahl das Verdorren.

FOHE *(als Fürsorgezögling kommt, spricht zum Gefesselten).* Du bist gutes Fleisch. Ich werde heut nacht zu dir ins Bett kommen.

JAMES. Nein.

FOHE. Du bist nicht gefragt worden. Du empfängst eine Mitteilung. Solltest du dich wehren oder schreien mögen, meld ich den Peinigern, du hast mich belästigt. Ich weiß, weshalb du in dieses Haus gekommen bist. Du hast keine Möglichkeit, dich zu verteidigen. Du wirst dir Prügel verdienen, wenn du unklug bist.

JAMES. Oh.

FOHE. Sei schlau. Dann wird dein Rücken heil bleiben. *(Ab)*

HUGO *(kommt).* Fohe ist bei dir im Bett gewesen. Heute nacht werde ich kommen.

JAMES. Nein.

HUGO. Du bist nicht gefragt worden. Du empfängst eine Mitteilung. Wird nichts daraus, meld ich den Peinigern, was du getrieben hast. Du wirst dir Prügel verdienen, wenn du unklug bist.

JAMES. Oh. *(Hugo ab)*

BORIS *(kommt).* Fohe und Hugo sind bei dir im Bett gewesen. Heute nacht werde ich kommen.

JAMES. Nein.

Aladar *(geht vorüber)*. Pfui, ein Neger und eine weiße Hure.

Boris. Du bist nicht gefragt worden. Du empfängst eine Mitteilung. Wird nichts daraus, meld ich den Peinigern, was du getrieben hast.

James. Ich kann keine Prügel auf mich nehmen. Ich will sterben. *(Boris ab)*

Aage *(kommt)*. Drei sind bei dir im Bett gewesen. Heute nacht werde ich kommen.

James. Nein.

Aage. Du bist nicht gefragt worden. Du empfängst eine Mitteilung. Wird nichts daraus, meld ich den Peinigern, was du getrieben hast.

James. Ich ertrage nicht. Ich bin kein Holz.

Aage. Der Mensch gewöhnt sich. Wir sind eingesperrt. Wir brauchen benachbartes angenehmes Fleisch. Wir sind Brei. Wir haben keinen Morgen und keinen Abend. Überall sind Peiniger. Wir haben keinen Freßgenuß als Ausgleich für den Kloakengeruch. Wir haben nur die Nacht. Im Dunkeln haben wir Raum für uns selbst. Wir schaben dem Hunger und Schlaf ein Zwergverbrechen ab. Wir sind nur noch da in dem Tropfen Unerlaubtes. Wüßten es die Peiniger, sie würden uns kastrieren. Wir sind keine Menschen. Wir sind kein Vieh. Wir sind weniger als ein Ziegelstein. *(Ab)*

Richard *(kommt)*. Vier sind bei dir im Bett gewesen. Heute nacht werde ich kommen.

James. Ich ertrage nicht. Ich muß schlafen. Ich werde krank.

Richard. Du bist nicht gefragt worden. Du empfängst eine Mitteilung. Ich bin der Stärkste im Schlafsaal. *(Ab)*

Edmund *(kommt)*. Die halbe Belegschaft ist bei dir im Bett gewesen. Heute nacht werde ich dabei sein.

James. Ich bin krank. Seid barmherzig. Gönnt mir Schlaf.

Edmund. Die Montagnacht ist still. Eine alte Übereinkunft. *(Ab)*

Kamla *(kommt)*. Du bist Liebling geworden. Alle sind gut zu dir. Niemand verpetzt dich. Sei auch mein Freund. Sonst verpetze ich dich.

James. Ich antworte nicht. *(Kamla ab)*

Friedrich *(kommt.)* Die Belegschaft hat, damit sich der Streit von gestern nicht wiederholt und die Peiniger aufmerksam werden, eine Ordnung festgesetzt. Ich bin Nr. 1 Sonntags und Donnerstags. *(Ab)*

IMRE *(kommt)*. Die Peiniger haben mir befohlen, dich loszuschnallen. *(Er tut es. Ab)*

JAMES. Ich bin ein Napf wie ein Abort.

(Der Omnibus fährt vorüber)

KIRCHHOFF *(kommt)*. Du leidest?

JAMES *(mit geschlossenen Augen)*. Wer spricht mit mir?

KIRCHHOFF. Du erträgst nicht länger? Du bist am Zusammenbrechen?

JAMES. Wer spricht mit mir?

KIRCHHOFF. Du wirst befallen von Lasten, die dich zermalmen? Krankheit ist nicht mehr der milde Ausweg deines zerquälten Körpers?

JAMES. Wer spricht mit mir?

KIRCHHOFF. Kirchhoff.

JAMES. Ich höre einen Namen.

KIRCHHOFF. Ein guter Name.

JAMES. Alle Namen sind makellos. Die Träger der Namen sind nicht makellos.

KIRCHHOFF. Du kannst dich mir anvertrauen. Ich bin gekommen, dir zu helfen.

JAMES. Alle Taten sind makellos. Die Täter sind nicht makellos.

KIRCHHOFF. Aber du mußt sagen, sehr bestimmt sagen, daß du leidest.

JAMES. Ich kann es nicht. Ich weiß es nicht. Keine Schmerzen mehr empfinden, ist das leiden? Ich bin müde, sonst ist mir wohl. Ich weiß von keiner Sehnsucht, von keinen Tränen, von keiner Krankheit, die in meinem Fleische bohren. Nur müde bin ich. Ständig falle ich in Schlaf. Man läßt mich nicht schlafen. Des nachts läßt man mich nicht schlafen. Meine Kameraden erlauben mir nicht, daß ich schlafe. Die Ordnung des Hauses hindert mich daran, daß ich schlafe. Zweimal wöchentlich, von 12 bis 2 Uhr, wenn es draußen finster ist, muß ich beten, auf daß ich nicht in Versuchung falle. Ein Mann steht neben mir in einem kahlen Raum. Er erhält mich wachend mit einer Peitsche, deren Schweif im Pendeltakt auf meine Waden herabzüngelt. Der Mann erhält sich frisch mit dieser Übung. Einmal habe ich geschrieen.

Ich fiel auf meinen Rücken und sah zwischen den Leichenworten des Gebets sein Angesicht. Und ich erkannte, es war mit dem Spott der grauen Geilheit bedeckt. Nie wieder schrie ich. Ich ertrug den Mann in der kahlen Zelle wie ich meine Kameraden ertrug, die mir Schmerzen bereiteten und mich hinderten zu schlafen, weil irgendwo im Dunkeln ihr warmes Herz überlaufen mußte.

KIRCHHOFF. Du sprichst mit geschlossenen Augen. Sehr schön. Sprich weiter. Erzähle von den Kameraden. Von den Nächten mit ihnen. Wie man den Schlaf dir stiehlt.

JAMES. Ich log. Niemand raubt mir Schlaf.

KIRCHHOFF. Du fürchtest dich vor mir. Du kennst mich nicht. Du hast vergessen, ich will dir einen Vorschlag unterbreiten.

JAMES. Oh.

KIRCHHOFF. Du sollst dies Haus verlassen.

JAMES. Oh.

KIRCHHOFF. Diese Stätte, schlimmer als Zuchthaus.

JAMES. Wer spricht mit mir? Ich bin ausgestoßen aus der Gemeinschaft der Menschen. Ich bin jenseits der Gesetze. Ich bin ein starker Körper, sonst würde ich krank oder tot sein. *(Er schwankt. Er sinkt Kirchhoff in die Arme)*

KIRCHHOFF. Sehr schön. Mein Angebot: zuerst darfst du achtundvierzig Stunden lang ununterbrochen schlafen.

JAMES. Schlafen.

KIRCHHOFF. Dann erhältst du zehntausend Dollars baren Geldes. Guten unverfälschten Geldes. Zehntausend Dollars. Gegen einen Dienst.

JAMES. Geld. Zehntausend Dollars. Welchen Dienst?

KIRCHHOFF. Auf vierzig Schritt Entfernung von mir stellst du dich.

JAMES. Stell ich mich.

KIRCHHOFF. Entkleidet.

JAMES. Ach. Ein schlechtes Wort. Wir sind nicht im Urwald.

KIRCHHOFF. Entkleidet. Auf einer grünen Wiese. An einem Bach. Gegen Abend. Der Nebel steigt vom Boden auf. Auf vierzig Schritt Entfernung oder fünfunddreißig von mir.

JAMES. Stell ich mich.

KIRCHHOFF. Ich lieg am Boden. Ich halte eine Pistole. Drei Kugeln in der Kammer. Genau abgezählt. Nicht eine darüber.

JAMES. Ich höre.

KIRCHHOFF. Ich ziele. Ich halte nicht hoch. Nicht auf den Kopf. Nicht auf die Brust. Tiefer. Auf Bauch und Schenkel. Ich drücke ab. Dreimal. Kommst du mit dem Leben davon, zehntausend Dollars. Ich zahle auch für die Leiche. Zehntausend Dollars. In einer Minute ist für dich der Dienst beendet.

JAMES. Nein.

KIRCHHOFF. Bedenke dich, ehe du antwortest. Du bist müde. Du siehst deine Zukunft nicht. Zuchthaus und Entmannung durch den Polizeiarzt warten deiner. Wer mit fünfzehn Jahren die Jugend eines ganzen Stadtteils mißbrauchte, wird mit zwanzig Jahren die Kinder nicht verschonen. Wenn niemand ihm hilft. Ich biete Hilfe.

JAMES. Ich habe nicht getan, wessen man mich beschuldigt.

KIRCHHOFF. Du hast ein Geständnis abgelegt.

JAMES. Gefoltert. Unmenschlich geprügelt. Die Haut meiner Schenkel war aufgesprungen. Ich gestand zwischen zwei Ohnmachten.

KIRCHHOFF. Du hast mehr verraten. Du hast von den Nächten in diesem Hause erzählt.

JAMES. Ich erinnere mich nicht. Irrtümer sind möglich. Irrtümer sind alltäglich. Sie haben mich mißverstanden.

KIRCHHOFF. Wir wollen nicht länger über mein Angebot sprechen.

JAMES. Vielleicht wollen wir noch darüber sprechen. Ich denke etwas. Versuche zu denken. Wenn ich zuvor nicht schlafe. Wenn alles sehr schnell geschieht. Todmüde ist es leichter. Drei Kugeln töten, auch wenn sie Herz oder Hirn verfehlen. Ich beginne zu überlegen. Ich möchte fort von hier. Meine Mutter soll zehntausend Dollars bekommen. Meine Mutter soll nicht hungern. Meine Mutter soll zehntausend Dollars bekommen. Geben Sie das Geld. Ich will.

KIRCHHOFF. Erst der Dienst. Nachher.

JAMES. Oh.

KIRCHHOFF. Welche Bürgschaft wird mir? Du kannst mich betrügen.

JAMES. Welche Bürgschaft wird mir? Sie werden mich betrügen. Meine Mutter bleibt arm. Sechs Schüsse. Zwölf Schüsse.

KIRCHHOFF. Erst der Dienst. Nachher.

JAMES. Oh.

KIRCHHOFF *(lacht. Er verwandelt sich in die spöttische Maske der grauen Geilheit. In einen Jäger, der ein Reh an der Zunge sich nachschleift. In einen Herrn im Zylinderhut, der mit einem Zündholz einen mit Benzin begossenen Neger anzündet. In Herrn Swift, der mit einem Beil einem Schwein den Kopf spaltet. In den betrunkenen Kommis Meier, der gegen Gesicht und nackte Brüste einer Dirne schlägt. In einen Sarg, der sich öffnet, aus dem ein Skelett hervorsteigt. In den schwarzen aufgedunsenen Leichnam der Mutter James)*

JAMES. Hilfe Hilfe. *(Er stürzt zuboden)*

(Der Anstaltsgeistliche, der Direktor kommen)

DER ANSTALTSGEISTLICHE. Die Lehren dieses Hauses haben einen anständigen Menschen aus dem schwarzen Sünder gemacht. Er schläft. Sein Gewissen ist unbelastet. Zwei Jahre sind in Buße und Läuterung dahingegangen. Laß dich küssen, mein Sohn. *(Er rüttelt, weckt James, küßt ihn auf die Stirn)*

DER DIREKTOR. Halte dich wacker, James. Sei nützlich in der Welt, James. Zerbrich nicht Dinge, die dir nicht zueigen. Trinke nicht, spiele nicht, sei enthaltsam. *(Die beiden Herren ab)*

FOHE *(kommt)*. Verzeih mir, James. Vergiß mich nicht. *(Umhalst ihn, ab)*.

HUGO *(kommt)*. Verzeih mir, James. Vergiß mich nicht. *(Umhalst ihn, ab)*

BORIS *(kommt)*. Verzeih mir, James. Vergiß mich nicht. *(Umhalst ihn, ab)*

AAGE *(kommt)*. Verzeih mir, James. Vergiß mich nicht. *(Umhalst ihn, ab)*

RICHARD *(kommt)*. Verzeih mir, James. Vergiß mich nicht. *(Umhalst ihn, ab)*

EDMUND *(kommt)*. Verzeih mir, James. Vergiß mich nicht. *(Umhalst ihn, ab)*

KAMLA *(kommt)*. Verzeih mir, James. Vergiß mich nicht. *(Umhalst ihn, ab)*

FRIEDRICH *(kommt)*. Verzeih mir, James. Vergiß mich nicht. *(Umhalst ihn, ab)*

IMRE *(kommt)*. Verzeih mir, James. Vergiß mich nicht. *(Umhalst ihn, ab)*

(James ab)

JAMES *(zu Alma)*. Hörst du mich, Alma?

ALMA. Ich höre dich, James.

JAMES. Ich stand allein vorm Tor des Hauses. Meine Mutter war tot. An unbekanntem Platz begraben. Mein Herz war ausgebrannt. Mein Fleisch war müde. Und niemand war, den ich haßte. Ich suchte einen Wald. Ich legte mich in trocknes Laub, um zu schlafen. Mir träumte nichts. Mir war nicht heiß. Mir war nicht kalt. Mir war nicht leicht. Mir war nicht schwer. Ich zählte die Tage und Nächte nicht. Als ich mich erhob, weinte ich nicht, und ich lachte nicht. Ich wußte unauslöschlich, das Verbrechen, von Negern abzustammen, war schwerer als alle Verfehlungen der Leidenschaft und Grausamkeit. Ich machte mich auf, Arbeit zu suchen, daß ich mich sättigen könnte. Als der Leib satt war, und es sichtbar war, er wuchs, dehnte sich, prangte in einem ungewissen Alter, träufelten neue Begegnungen auf den Lebensweg herab.

(Auf der Hauswand jenseits des Kanals erscheinen Lichtreklamen und letzte Zeitungsmeldungen. Die Wanderschrift muß zehn Minuten lang spielen. Während dieser Zeit können die Zuschauer sich hinausbegeben, sich erfrischen und ordnen. Es kann allen, die den Hinweis im Programm nicht gelesen haben, dadurch angedeutet werden, daß auf der Hauswand die Sätze erscheinen: Herren rechts, Damen links. Der Zuschauerraum wird halb erhellt. Dann geht die Handlung des Stückes weiter. Die Hauswand fragt und berichtet: »Wohin verschwindet der Mensch? – Voraussetzung: Der Mensch vergeht, aber Persil bleibt Persil. – Unter eigenartigen Umständen ist seit mehreren Tagen der 14jährige Sohn eines Zehlendorfer Reichsbahnrates, Hans Falke, aus der elterlichen Wohnung verschwunden. Er entfernte sich von zuhause, angeblich, um auf dem Sportplatz in der Spandauerstraße zu spielen. Er nahm ein Indianerkostüm mit sich. Da der Knabe abends nicht wieder in der Wohnung erschien, begann man zu forschen und zu suchen, und der Vater entdeckte, daß aus dem Schreibtisch Pistole und Munition fehlten. Die Eltern sind vollkommen im Unklaren über die Absichten des Sohnes, und warum er die Waffe mitgenommen hat. Sie glauben auch nicht, daß Selbstmordabsichten vorgelegen haben. – Vermißt wird seit einer Woche der 1897 geborene Friseur Alfred Lincke. Es wird angenommen, daß L. umherirrt. Der Verschwundene ist 1,50 m groß, schlank, blond,

bartlos und leidet unter den Folgen eines vor längerer Zeit erlittenen linksseitigen Oberschenkelbruches. – Vermißt werden seit zehn Tagen zwei Berlinerinnen. Es handelt sich um die 19jährige Helene Mühlacker und deren Freundin Lina Fischer, die am Tage ihrers Verschwindens in Cladow ein Tanzlokal aufgesucht hatten. Um 12 Uhr nachts haben beide mit mehreren unbekannten Männern den Rückweg nach Berlin angetreten. Seitdem sind die Mädchen spurlos verschwunden. Alle Nachforschungen der Behörden sind bisher ergebnislos verlaufen. Da mit der Möglichkeit eines Verbrechens gerechnet werden muß, beschäftigt sich seit gestern auch die Berliner Mordkommission mit dem rätselhaften Fall.« Die Nachricht verwandelt sich in die Katakomben einer Großstadtentwässerungsanlage. James als Arbeiter mit langen Gummistiefeln. Die Abwässer verdampfen, steigen auf, fallen wieder herab als Schnee, werden in den Düsen von Dampfturbinen entfesselt, treiben Schiffe über Ozeane. Die Meere trocknen aus, die Leichen und Sterbenden der Fische sammeln sich in Netzen. Die Fische werden in einer Arbeiterkantine verspeist. Viele hundert abgezehrter Menschen essen. Die Laufschrift berichtet: »Fischvergiftung in Kiel. Nach dem Genuß von Fischen erkrankten hier 40 Personen. Nähere Einzelheiten fehlen noch.« Auf einem Kirchhof wird ein Massengrab gegraben. James gräbt das Grab. Särge. Ein Bagger baut einen Kanal. Erde und Steine. James wie ein Kloß zwischen Erde und Steinen. Der Kanal wird finster und zu einem Bergwerksstollen. Bohrmaschinen. James an einer Bohrmaschine. Sprengungen. Eine Explosion erweitert sich zu einem ungeheuren Kesselfeuer. Vor dem Kesselfeuer James. Dazu ein schmächtiger junger Mann. James gibt, besessen arbeitend, Kohlen aufs Rost. Das Bild wird dunkel, fast schwarz, Rauch und blakende Flammen)

(Kor der Neger und Proletarier, abgearbeitete Menschen nach Feierabend, schreitet über die Bühne. Am Ende des Zuges James und Vorarbeiter)

VORARBEITER. Du brichst den Akkord. Du arbeitest für zwei. Du stempelst deine Genossen zu Faulenzern.

JAMES. Wir sind wie ein Leib, der leidet.

VORARBEITER. Wenn das deine Meinung ist, laß ab vom Verrat. Gib nicht länger ein schlechtes Beispiel. Du machst den Antreiber. Die Herren Ausbeuter freuen sich schon an dir. Zehn Weiße sind auf die Straße geschickt worden. Acht

Schwarze stehen statt ihrer vor den Kesseln. Man wird dich niederschlagen, wenn deine Hand nicht lahm wird.

James. Es handelt sich um Emil. Emil ist krank. Emil kann nicht schaffen. Wir sind doch wie ein Leib, der leidet. Ich habe nichts Schlimmes anrichten wollen. Es ist anders. Laß mich erklären. Wir sind ja nicht stumm. Wir können reden. Wir können hören. Emil hustet. Seine Lungen sind nicht in Ordnung. Sein Blut ist schlecht daran geworden. Er ist ein Mensch trotz der Krankheit. Er vertraut mir zuweilen etwas an. Er hat nicht die Kraft, abzutreten und zu verfaulen. Er hat ein Weib, das er liebt. Er kann nicht von ihr gehen. Irgend etwas zwischen ihnen ist nicht ausgekostet. Krankheit, die in Bettlägerigkeit ausartet, wäre das gräßliche Ende. Vielleicht würde die Geliebte sich verkaufen, damit die Münder voll werden. Emil fürchtet es. In seinen Augen ist eine stumpfe Verzweiflung. Ich habe von meinem Überfluß ihm abgegeben. Unser Kessel ist nicht kalt geworden. Ich habe für ihn mitgearbeitet. Es ist nichts Ungehöriges geschehen.

Vorarbeiter. Die Ingenieure haben es gemerkt.

James. Es ist nichts versäumt worden.

Vorarbeiter. Man hat Emil heute gekündigt. Zehn andere sind vor ihm entlassen worden. Die Schuld daran trägst du.

James. Wir sind doch ein Leib, der leidet. Wir müssen einander helfen. Wir müssen uns doch nicht unterscheiden mit genauen Grenzen.

Vorarbeiter. Du hast alles falsch gemacht. Du hast den Akkord gebrochen. Du hast den Ausbeutern Waffen gegeben.

James. Jetzt sollte ich wünschen, ein Zwerg, ein Schwächling, mißraten an meiner Gestalt zu sein.

Vorarbeiter. Der Schlappe ist uns nützlicher als der Streber.

James. Vielleicht sollte ich mir ein Schiff suchen.

Vorarbeiter. Es wäre gut, wenn du dich auf ein Schiff anheuern ließest und verschwändest. *(Ab)*

James. Emil wird bald tot sein. *(Ab)*

Die Strassenbahn *(kommt)*. Bim, bim. Requerschnsss.

(Klara kommt)

(James kommt)

Klara. James, schaue auf mich.

James. Ich sehe dich. Ich weiß, mir wird nichts erspart bleiben.

Aber ich will dem Unentrinnbaren erst verfallen in der letzten Stunde.

KLARA. Nimm mich mit dir. Für nichts. Für kein Geld.

JAMES. Du sagst nichts Neues. Du zeigst dein Gesicht, das ich kenne. Dir ist alles verziehen von Anbeginn. Aber sprich nicht mit mir, du schadest mir.

KLARA. Ich liebe dich, James.

JAMES. Darum sprich nicht mit mir.

KLARA. Du bist groß und stark.

JAMES. Es ist genug. Jetzt sollte ich wünschen, ein Zwerg, ein Schwächling, mißraten an meiner Gestalt zu sein. Es ist genug. Du willst mir nicht helfen. *(Ab)*

(Berenice kommt, stellt sich neben Klara)

(James kommt)

BERENICE. Ich suchte dich, James. Nach langer Zeit finde ich dich.

JAMES. Ich bin noch nicht von so geringem Wert, daß du mich ansprichst?

BERENICE. Hier ist etwas zu erklären. Ich muß dich an eine faulige Vergangenheit erinnern. Ich bin ohne Schuld an deinem Mißgeschick. Ich bin um deinetwillen gedemütigt worden.

JAMES. Es macht mich unfroh, daß nicht nur meine Zuversicht abgelassen wurde.

BERENICE. Ich konnte nichts für dich erreichen. Ich habe gelitten. Es wohnt ein Mann in einer Straße dieser Stadt, den du kennst. Er wird für dich gute Zeugnisse ablegen. Er wird sich nicht weigern, dir Geld zu geben, wenn du welches benötigst. Er wird dich in seiner Behausung wohnen lassen, wenn du ohne Obdach bist. Du kannst an seinen Tisch dich setzen und verspeisen was man aufträgt. Er sagt, er hat dich geliebt, vierundzwanzig Stunden lang. Oder auch nur eine Stunde. Er sagt, er sei in deiner Schuld.

JAMES. Matthieu.

BERENICE. Was denkst du davon?

JAMES. Eine Hand hat mich gestreichelt. Ich weine trotzdem. Ich will ihn niemals sehen. Ich bin ihm etwas schuldig geblieben. Einen guten Geruch. Ich habe ihm geschadet. Ich kann verhungern, aber ich kann nicht zu ihm gehen.

BERENICE. Er ist nicht mir mir gekommen, dich zu suchen. Ich konnte nichts für dich erreichen.

JAMES. Nur du wünschtest, mir zu begegnen?

BERENICE. Ich konnte nichts für dich erreichen. Georg verleugnet dich. Er ist an dir zufall gekommen.

JAMES. Wie lebt er?

BERENICE. Nicht die Taten sind mit den Eigenschaften des Guten und Bösen behaftet. Wie ein Lügner lebt. Mit Pomp und Frömmigkeit. Mit Dirnen und mit einem Ehebett. Mit Worten an den Lippen wie grüner Tod. Niemand kennt ihn. Er hat nicht aufgehört zu beichten und zu büßen. Er hat dich verraten. Matthieu hat dich geliebt. Ich liebe dich.

JAMES. Du willst mir nicht helfen. Du willst einen Tribut von mir. Weil du mich niemals verleugnet, niemals ausgestrichen hast. Wenn du mich haßtest oder mir vorbeisähest, könnte ich mich behaupten. Womit soll ich jetzt in dich dringen und die Gefahr beschreiben, in die du mich führst?

BERENICE. Du jagst mich davon? *(Ihr Gesicht verwandelt sich in das Kirchhoffs)*

JAMES. Ich fürchte mich. Ich darf nicht in ein altes Laster zurückfallen, unwirkliches Land zu betreten. Es ist nicht belangvoll, was hier gewünscht wird. Die Sehnsucht ist ein leeres Loch. Es ist sehr unwichtig, daß eine Zeit gewesen ist, wo du mit deinen Zähnen mich an den Ohrmuscheln zaustest. Sie ist fortgeschwemmt. Dieser Tag hat einen genauen Namen. Er heißt: zu spät. Ein Mann hat mir einen Antrag gemacht. Er wollte meinen Leib durchlöchern. Er hatte ein Gesicht von gewissem Wert. Ein Korngesicht. Ein überreifes Gesicht. Er verschwand von meiner Seite, weil ich aufschrie beim Anblick verwandlungsfähigen Fleisches. Das Gesicht ist wieder da. Es glänzt an deiner Stirn. Ich will mich nicht versagen, wenn du bereit bist, was er vorhatte, zu erfüllen. Die Liebe zwischen uns muß schnell sein. Es ist schon zuviel Alter und Erfahrung neben uns. Wir wissen, wir können einander enttäuschen. Mit dem Geruch, vom Morgen bis zum Abend und in der Nacht. Mit dem Schwarz und dem Bleich unsrer Haut. Mit dem Plunder an den Knochen, der uns begierig macht, nicht ruhig. Der uns zufällig macht, planlos. Vergeßlich und rechthaberisch. Nur zwei Organe vereinigen sich. Alle Sinne beschimpfen sich. Ich will dich schwanger machen, wenn du, heiß und verblendet von Lust, mich aushöhlen, mein Blut verschütten willst. Ich darf nicht schuldig heißen bei lebendigem Leibe. Nicht einen Tag lang schuldig nach dem Maß der Bleichhäutigen.

BERENICE. James, ich kenne dich nicht mehr. Du bist besessen von Furchtgedanken. Kein Verrat lauert. Ich liebe dich.

JAMES. Mir hilft nur Flucht. *(Ab)*

BERENICE. James. Ich habe in meinem Bett gelegen, schlaflos, jede halbe Nacht. Gegrübelt. James. Gefrohlockt. James. Heiß und kalt. James. Gelbe schwellende Glieder. Vom Nabel bis zu den Kniekehlen. Vom Nabel bis zu den runden Apfelbrüsten. Ich konnte nichts für ihn erreichen. Er ist krank geworden. Mein Bruder hat ihn krank gemacht. Im Krankheitsfieber hat er mich ausgespieen als eine bittere Arznei. Wo ist ein Wasser? Wo ist ein Wasser? Wo ist ein Wasser? *(Sie geht auf die Brücke, stürzt sich über das Geländer hinab)*

(Katharina kommt, stellt sich neben Klara)

(James kommt)

KATHARINA. Bist du aus Stein, James?

JAMES. Was willst du von mir?

KATHARINA. Eine Frage.

JAMES. Ein Mann in dieser großen Stadt machte sich auf, seinem Gott den dunklen James zu opfern. Das Opfer mißriet. Ein Wind kam und schlug den Rauch zuboden. James war nur versengt, nicht tot. Der Mann hat seinen Gott nicht bezwungen. Bis jetzt. Was wird zukünftig geschehen? Ein anderer Mensch dieser großen Stadt achtet James ein wenig mehr als sich selbst. Wird er damit leben können, wenn er James nicht in seinem Bett hat? Was wird er zukünftig tun? Eine blasse Frau in dieser großen Stadt liebte James. Aber sie konnte es nicht mit rechten Worten sagen. Sie nahm die Spottmaske der grauen Geilheit und bewegte sich vor ihm. Er erschrak. Er floh. Die Frau ging langsam davon und ertränkte sich. Was wird James zukünftig tun?

KATHARINA. Was soll das?

JAMES. Eine Antwort. *(Ab)*

(Fohe kommt)
(James kommt)

FOHE. Du lebst schlecht, James. Dein Tag ist wie der eines Viehs.

JAMES. Es liegen viele schöne Stiere auf mistigem Stroh.

FOHE. Ist das eine Entgegnung?

JAMES. Du willst nicht mir helfen. Ich soll dir helfen. Es ist keine Hilfe von mir zu erwarten.

FOHE. Kennst du mich nicht?

JAMES. Nein, ich kenne dich nicht.

FOHE. Du erinnerst dich nicht an das Fürsorgehaus?

JAMES. Ich erinnere mich nicht. Irrtümer sind möglich. Man verwechselt mich. *(Ab)*

FOHE. Dies ist nicht der letzte Tag. Die Erde soll noch neunhundertmillionen Tage alt werden, hat ein Weiser gesagt.

(Magda kommt)
(James kommt)

MAGDA. Ist es anständig, James?

JAMES. Ich weiß es nicht. Ich kann keine Auskunft geben. Ich lebe unter keinem Gesetz. Ich habe mit niemand zu schaffen. Das muß die Umwelt befriedigen. Ich halte mich wacker. Ich mache mich nützlich mit der Arbeit meiner Fäuste. Ich zerbreche nicht Dinge, die nicht mir gehören. Ich trinke nicht, spiele nicht, bin auf der Hut vor dem Fleisch.

MAGDA. Ist es anständig, frage ich.

JAMES. Zweimal fragen macht den Himmel nicht trübe.

MAGDA. Du lebst allein. Du bist groß und stark.

JAMES. Ich bin so gewachsen.

MAGDA. Ist es anständig, frage ich, daß du mit deinen Bedürfnissen in einer Ecke lebst. Du betrügst. Wen auch immer. Du unterschlägst, was auf die Seite zu bringen nicht lohnt.

JAMES. Es ist möglich, daß ich fehle. Ich kenne nichts von den Übereinkünften. Man wird meine Unwissenheit berücksichtigen müssen. Ich glaubte, die einsame Lebensweise würde niemand beleidigen oder berechtigen, Ansprüche gegen mich geltend zu machen. Ich erinnere mich, es gibt arme Mädchen, Schwestern in einer Haut wie die meine. Es ist denkbar, sie haben ein Recht, an mir zu verdienen. *(Ab)*

MAGDA. Er ist ein Narr.

(Hugo kommt)

(James kommt)

HUGO. Lump. Schwarze Bestie. Was hast du gemacht, stinkender Bock?

JAMES. Wer spricht mit mir?

HUGO. Stell dich nicht dumm. Du kennst mich. Wie oft muß ich dir über den Weg laufen, bis meine Erscheinung sich dir eingeprägt hat?

JAMES. Trag deine Sache vor. Ich kenne dich nicht.

HUGO. Du bist gestern abend im Roten Mantel gewesen.

JAMES. Es sind viele Menschen dort gewesen.

HUGO. Ich habe an einem runden Marmortisch gesessen. Du hast an einem anderen gesessen.

JAMES. Es wird nicht bestritten.

HUGO. Eine schwarze Hure ist zu dir an den Tisch gekommen.

JAMES. Man konnte es beobachten, wenn man wollte.

HUGO. Zu dir geschickt habe ich sie.

JAMES. Ich habe bezahlt. Weshalb hältst du mich auf?

HUGO. Was hast du mit ihr angestellt? Sie flennt. Sie quasselt. James, James. Womit bist du ausgerüstet, Höllenhund, daß die Weiber wild nach dir werden? Von Sinnen kommen. Um sich schlagen. Ihre Beschützer beschimpfen. Geld wie Dreck in den Abort tun. In den Himmel gaffen. Mit der blauen Sonne reden?

JAMES. Es war ein Handel. Und eine Stunde ohne Gedanken.

HUGO. Gemeiner Betrug war es. Von Liebe quatscht sie. Den Haushalt will sie dir führen. Einen Strich will sie ziehen unter das Vergangene. Keinen Schnaps trinken. Er stinkt durch die Zähne, sagt sie. Keine Kerle wieder mit sich nehmen. Sie sind schweinisch, sagt sie. Es ist Schnee gefallen, sagt sie. Aber es wird wieder warm. Er zerfließt. Die braune Erde schlägt durch.

(Boris und Bess kommen)

BORIS *(zu Hugo)*. Man kann garnichts tun. Der schwarze Mann hat von ihr Besitz ergriffen. Das ist wie ein Hund, der auf der Straße einem Menschen nachläuft. Es ist ein Geruch zwischen ihnen. Der Mensch kann den Hund schlagen, ihm in den Bauch treten. Der Hund bleibt an seiner Ferse, kriecht vielleicht zehn Schritt zurück, winselt glücklich und traurig. Er glaubt nicht an die Wirklichkeit der Prügel, nur an die Luft, die ihm süß schmeckt.

HUGO. Dies ist nicht der letzte Tag. Man kann sich eine Woche lang unter einem Busch schlafen legen. Danach wird man wissen, wie man einen schwarzen Mann erledigt, der mit einer Hure gemeinsame Sache machte.

BESS. James, mein James. Da bist du wieder. Die Welt ist nicht schlimmer als schlimm. Sie läßt Raum für ein bißchen Freude. Bin ich dir angenehm? Sag ja. Es würde mich trösten. Mich etwas vollkommener machen. Ich liebe dich. Ich bin nicht krank.

JAMES. Von über uns läßt sich abwechselnd Klarheit und Nebel herab. Das Gespenst der Zeiten mag die Maschen daraus schlagen zu Mustern. Und ein ferner Betrachter einmal von seinem Munde geben, ein Bild ist daraus geworden. Wir sind mit unseren Augen in der Undurchsichtigkeit. Und mit dem Fleisch in einem Bottich voll Ätzlauge. Und die Weisheit, daß wir uns nicht spielend auflösen, heut schneid ich die Hand mir ab, morgen zwei Schenkel, noch später schöpf ich die Milz mir aus, hat uns mit Schmerzempfinden durchwirkt. Sie hat nicht verhindert, daß wir zersägt werden. In Öl gesotten, langsam verascht, zereitern, verpestet hinsinken; nichts davon ist eingedämmt. Sie hat den Schmerz als Warnung aufgestellt gegen Unvernunft. Die Schöpfung hat ihre Pflicht getan, sozusagen. Die Folgen beschweren die Weisheit nicht. Das unablässige Leiden ist unser Teil.

BESS. Du mußt mir deine Worte erklären.

JAMES. Ich gab dir einen Stoß. Du solltest den Boden unter dir verlieren. Du solltest keinen Trost haben. Vielleicht liebe ich dich nicht. Vielleicht bist du mir zuwider. Vielleicht bist du krank, es ist dir noch verborgen. Vielleicht ist diese Welt schlimmer als schlimm. Jedenfalls gibt es jenseits der Worte und der Lehren keinen Beweis für das Vorhandensein genießbarer Glücksgüter.

BESS. James, du lügst in diesem Augenblick.

JAMES. Gib mir in der Verzweiflung den Namen, der dir bequem ist. Du bist mit deiner Haut geächtet wie ich. Das rührt mich. Du hast eine gute Gestalt. Die Weißen würden sonst ihr Geschäft nicht mit dir treiben. Wir würden über Kleinigkeiten uns verständigen können. Doch am Bordstein stehen zwei Männer. Ich weiß nicht, wie ich es schaffen soll, im Kampf mit ihnen der Überlegene zu bleiben. Zwei Fäuste sind eine geringe Waffe.

BESS. Ich will zu dir halten.

JAMES. Du willst das eine. Sie wollen das andere.

HUGO. Ich will dir einen Vorschlag machen, James.

JAMES. Bitte.

HUGO. Halbpart.

JAMES. Ich verstehe mich nicht aufs Handeln. Ich verstehe mich nicht auf Treu und Glauben und auf die Gerechtigkeit. Du willst mich schuldig machen.

HUGO. Ja oder nein.

JAMES. Nein.

HUGO. Gut. Ich werde einen Brief an den Sergeanten Kellehan schreiben. Die Polizei muß einmal deine Tage und Nächte studieren. Aus großer Nähe, versteht sich. Vielleicht entdeckt sie Diamanten in deinem Magen. Oder bohrt dir die Nase auf nach Perlen. Du verstehst mich doch?

JAMES. Ich erkenne deine Absicht, mich zu denunzieren. Mich peinigen zu lassen durch Folterknechte, die einen gerechten Schlaf haben. Das ist zu wenig zwar, das Dickicht deiner Gedanken und Befugnisse zu durchdringen. Doch genug für mich, meine vollkommene Niederlage einzugestehen.

HUGO. Vernünftige Reden werden von dir in Zahlung genommen.

BESS. Was geschieht?

JAMES. Ein angeschmiedeter Galeerensklave muß ertrinken, wenn das Schiff sinkt. Es gibt viele Stellen der Erde, wo die Äcker zu Morast geworden sind durch Blut. Dieser sehr ehrenwerte Herr hat in Aussicht gestellt, mich aufschlitzen zu lassen, damit ein Verdacht entkräftet würde. Es gibt keine Rettung und kein Erbarmen. Die Herren Reeder und Kaufleute und Seeräuber und die Herren Minister der vermögenden und mächtigen Länder und die jungen Lyncher und die alten Lyncher, die Richter und die Generäle und das Geld und der Schnaps und die frommen Bücher, alle zusammen und jeder für sich haben unsere Brüder und Schwestern zu Dünger verarbeitet. Nicht auf kurzem Weg im einfachen Verfahren, Herz heraus oder an den Galgen oder piff paff oder in Brunst auf den Feldern, vielmehr bedächtig, berechnend, ob sie nicht zwei Tode herausschinden könnten.

BESS. Du gehst von mir?

JAMES. Ich gehe. Ich bin erledigt durch eine Drohung. Ich weiß nicht, welche Taten unter Strafe gestellt werden können. Oder wie schwach eine Verdächtigung sein muß, daß sie mich nicht zerfetzt.

BESS. Du bedenkst dich nicht gründlich. Dies Land hat geschriebene Gesetze.

JAMES. Ich habe Erfahrungen hinter mir. Du kannst mir nicht helfen. Ich kann dir nicht helfen.

BESS. Du bist mein letzter Trost. Wenn du mich verlässest, muß ich dich hassen.

JAMES. Du haderst mit einem Machtlosen. Es fällt dir bei, auch du hast Erfahrungen geschmeckt. Dein letzter Trost soll ein langer sein, das begreife ich; er ist inzwischen wertlos wie alle anderen, die zu Spülichtwasser sich verschlechtert haben. *(Ab)*

BESS. James, James.

HUGO. Willst du, daß er dein Kunde bleibt, gib dich vernünftig. Er hat einen Einbruch in einen Juwelierladen verübt. Wenn du mir weiter Auftritte bereiten wirst wie heute früh, werde ich ihn verpfeifen.

BESS. Das Krokodil Ulrich hat die Syphilis. Ich gehe zu ihm. *(Ab)*

BORIS. Leere Drohung.

HUGO. Sie wird sich ausrasen und morgen ohne Hitze sein.

(Aage und Richard kommen)

(James kommt, vollständig durchnäßt)

AAGE. Hat man dich untergetaucht?

RICHARD. Im Fluß oder in einem Kübel?

JAMES. Nichts dergleichen. Regen ist auf mich gekommen. Ich bin über Felder gegangen, an Gebüsch entlang, das tropfte. Ich ertrug nicht mehr, trocken zwischen den steinernen Zellen der Häuser umherzuschleichen. Im Schlaf war ich schon ein Baum mit einer alten Rinde. Ich bin langsam naß geworden. Und kühl. Schicht um Schicht. Und ganz leer von Unruhe. Zuletzt fielen die Tropfen auf mein Herz und wuschen es. Der Regen hatte eine Stimme. Ich war fröhlich, eine Stimme zu hören, die nicht menschlich war.

RICHARD. Plem plem.

AAGE. Gutmütiger Blödsinn. Er wird bis in alte Tage hinein Papiertüten kleben können. *(James ab)*

(Edmund kommt)

(James kommt)

EDMUND *(zieht eine Zeitung)*. Schau her, James. Kannst du lesen? Ich werde dir erzählen.

JAMES. Ich kann lesen.

EDMUND. Nachricht aus Afrika. Das ist etwas für dich. Die Heimat der schwarzen Rasse. Die Arena der kolonialen Leidenschaften. Tropenkoller und Durst. Höre: Die französische Regierung hat bei einem Bahnbau achtzigtausend Eingeborene verbraucht. Sie starben zum Ruhme einer schönen technischen Leistung. Ein paar ehrliche Patrioten zwar nennen das Barbarei. Wie denkst du darüber?

JAMES. Es ist eine Zahl. Die Zahl berichtet nichts über die Qual der Abgetretenen. Sie ist hoch. Eintausendstel ihrer Größe, bezöge sie sich auf weiße Menschen, würde ausreichen, daß die hohen Herren der humanen Regierungen Beileidstelegramme austauschten. Was eine geringe oder garkeine Hilfe wäre, Worte wie keine Worte. Die hohen Herren, die das Fleisch in den Schlamm stampfen, hier wie dort, sind der Sinne bar, die Tränen hervorlocken. Das ist ein großes Unglück. Es ist unmöglich, daß zwei Lippen die Pein des verbrennenden Fleisches beschreiben, alle Vergehensangst und den Durst der Gefolterten, den Durst nach Gerechtigkeit, die Sehnsucht nach dem schmerzlosen Tod oder dem Sternenhimmel einer entleerenden Rache.

EDMUND. Geht dir das Unglück deiner Brüder so nahe?

JAMES. Ich kenne sie nicht. Die Zahl überwältigt mich nicht. Es sind ihrer Millionen und Abermillionen, die dahinfaulen in Fron. Mich beunruhigt, sie werden immer wieder geboren. Es wird kein Ende der Qual. Die Lenden bersten vor Lust, daß die Saat der Verdammten gesät werde. Es ist Gefahr für einen gräßlichen Untergang. Der Untergang wäre nicht schlimmer als das Tägliche. Nur die Zahl, die ihn beschriebe, wäre wie Pest. Es ist ein Fehler an allem Fleisch. Ich habe Bilder meiner Brüder gesehen, gestellt von ihren Feinden, den Weißhäutern, tote Vögel zu ihren Füßen. Oder Panter. Oder Flußpferde. Oder Nilböcke. Irgend ein Wild. Und plötzlich brach das Gesicht dieser Welt hervor aus den Wolken der warmen Pulsschläge. Und es war fürchterlich. Unter dem Mond sattelten die schwarzen Scharen der Kälte. Die Gespenster der Öde lagerten sich herab auf die Erde. Die Einsamkeit und Verlassenheit wurde allgemein, weit und breit. Alle warmen Herzen vereisten. Es sind schwache Worte, die ich sage. Der Wind hat einen stärkeren Atem. Stärker als der Wind ist das Getön der Stunden. Wir können nicht brüllen gegen den Glockenschlag der Himmel.

EDMUND. James, es hat dich gepackt. Komm zu dir.

JAMES. Ich bin bei mir. Es ist ganz eng um mich. Mitten in der Enge sitze ich. Ich bin nicht zerflattert, ich bin hier. *(Ab)*

(Kamla kommt)

(James kommt)

KAMLA. Du hast Pflichten, James. Du besitzest einen Kopf. Redegabe. Du mußt an der Befreiung deiner Brüder arbeiten. Gegen die kapitalistische Ausbeutung.

JAMES. Ich besitze einen Kopf. Ich muß etwas für die gerechte Sache der Elche und Wale tun.

KAMLA. Keine Ausflüchte.

JAMES. Keine Ausflüchte. Sprich ja, dann spreche auch ich ja.

KAMLA. Du bist unvernünftig.

JAMES. Es ist wahr, der Wal schreit nicht. Und der Elch hat nur eine einzige blutige Träne.

KAMLA. Ist das eine Antwort? Ein Programm? Ein Entschluß?

JAMES. Es ist eine Tatsache.

KAMLA. Du spottest.

JAMES. Meine Zunge schmerzt. Ich habe sie mir zerbissen, als ich im Halbschlaf mit den Zähnen knirschte. *(Ab)*

KAMLA. Der Bursche ist unheimlich.

EDMUND. Er hat ein Herz.

FOHE. Mit allen Wassern gewaschen.

BORIS. Er beißt auf keinen Köder.

HUGO. Die Huren vertrocknen, bevor Geilheit bei ihm durch⟨sch⟩lägt.

MAGDA. Man kann ihm mit nackten spitzen Brüsten unter die Augen gehn, das Blut bleibt bei ihm wie Wasser.

KATHARINA. Ein Vorleben mit betrüblichen Inhalten hat den Mann ausgelöscht. Irgend ein Lyncher hat ihn angeschmort, wie er sagt. Eine Braut hat sich in den Fluß gelegt. Feuer und Wasser haben sein Hirn chemisch verändert.

KLARA. Geschwätz ist das. Seine Lenden sind unbeschädigt. Der Mann hat Neigungen, die uns nicht trösten. Ich halte darauf jede Wette.

(Friedrich kommt)

(James kommt)

FRIEDRICH. Du hast ohne Auftrag die letzte Nacht bis an den frühen Morgen in einem Pferdestall verbracht.

JAMES. Ich kann es nicht leugnen.

FRIEDRICH. Wirst du den Mund bewegen, daß wir erfahren, um welcher Annehmlichkeiten willen du dir ein Strohlager gestohlen hast?

JAMES. Nein.

FRIEDRICH. Es gelüstet dich nach Prügeln?

JAMES. Die übliche Antwort auf die Inanspruchnahme bescheidener Menschenrechte ist die Androhung einiger Gewalttätigkeiten.

FRIEDRICH. Menschenrechte? Du hast dich eingeschlichen. Ohne genötigt zu sein. Du besaßest Geld, dir ein Quartier zu besorgen.

JAMES. Gewiß. Es handelt sich nicht um den Mangel an Geld. Hier wird behauptet, man könne um Geld alle Gebrechen beheben. Niemand kann sich den Sturm dingen. Und den Blitz. Nicht mit Geld und nicht mit Gebet.

FRIEDRICH. Was hattest du im Pferdestall zu schaffen?

JAMES. Ich war grauenvoll verlassen. In den Lüften war kein Wind. Nur Gestank in den Straßen. Aus den Wolken kam kein Blitz. Nur das Kalklicht elektrischer Birnen in den Straßen. Pflastersteine unter den Füßen. Die Sohlen schmerzten mir. Es schmerzte der Schatten der Wärme in mir. Meine Hände suchten ein weiches und warmes Fell, es zu streicheln. Nüsterndampf in meine Lungen, daß sie wieder aufquöllen und das Blut ernährten. Ich habe nichts Strafwürdiges getan. Ich habe mir nur das Dasein erhalten mit dem Atem einer nicht feindlichen Kreatur.

FRIEDRICH. Du bist kein Vieh. Wenn du dich auch anschickst, so zu leben.

JAMES. Sag, daß ich ein Mensch sei. Sag nicht, ein Neger sei ich.

FRIEDRICH. Ein Mensch wird kein Gefallen daran finden, den Hengst zu spielen.

JAMES. Du beleidigst mich. Ich habe dir erzählt, wie sehr ich gelitten. Ich habe andere Worte gebraucht als mir zurückgegeben werden.

KAMLA. Du hast Pflichten. Verrenne dich nicht. Streif das Belanglose ab. Schweig, wenn es Torheit wird zu reden. Lüge, wenn man dich nicht verstehen kann. Du mußt an der Befreiung deiner Rasse arbeiten. Gegen kapitalistische Ausbeutung.

JAMES. Tiere haben meinen Schmerz gelindert. Weshalb soll ich undankbar sein? Weshalb soll ich mich vom Wahrnehmen ihrer Qualen befreien? Ich habe dir schon einmal Rede gestanden. Du hast meine Entgegnung nicht wichtig genommen. Ich danke dir, daß du mich achtest. Dir ist nicht weniger enthüllt worden als mir. Vielleicht widerfuhr dir weniger. Und das Wissen ist nicht feucht in deinen Augen, nicht spitz unter der Haut. Es steht dir nicht im Wege, wenn du einen Schritt tun willst. Es ist noch keine Mauer um dich. Alle Abbilder des Fortschritts und der Entwicklung sind dir stets gegenwärtig. Und du bezweifelst sie nicht. Die Stufen und Rampen, Zukunftshoffnungen, Ringe, sich ausbreitende Wellen, wachsende Zellen, statistische Instrumente. Du denkst: Schritt vor Schritt. Das Proletariat marschiert. Die Zeit ist nahe, wo man ihm nicht mehr den Speck von den Rippen schindet. Ich möchte nicht als Feind deines Glaubens erscheinen. Doch sehe ich keine Hoffnung für die Machtlosen und Stummen. Wie sie auch heißen. Vergraben in Gefängnissen. Oder weitab von der Norm, die das menschliche Erbarmen fordert. Ich sehe keine Hoffnung für die Tiere. Die Erde ist unmütterlich geworden. Die Maschine ist mächtig geworden. Die Chemie ist mächtig geworden.

KAMLA. Du verlierst dich. Du schwächst dich mit grundlosen Lebensängsten. Du kriechst zu Tieren ins Stroh, weil du keinem Menschen traust. Du schadest allen Bedrückten. Denn du vorenthältst ihnen deinen Kopf. Du hast die Macht der Rede. Du bist von unwiderstehlicher Gestalt.

JAMES. Ich will dir erzählen, wie ich ein Walweibchen sterben sah. Ich kann es nicht vergessen. Ich hatte mich als Heizer auf einem Fangdampfer anheuern lassen. Ich fuhr mit bösem Gewissen. Mit dem Wunsch, der Tod der Kreatur möchte mir nicht schlimm erscheinen. Man schoß auf ein Tier. Der Wal wurde fest. Bis zum Sterben war es noch eine Weile. Der Mann am Bug jagte ein paar Kugeln in das Fleisch, das stumm zwar, aber nicht ergeben den Schmerz hinnahm. Es wälzte sich zur Tiefe, peitschte sich wieder hinauf, machte das Wasser gischtig. Ich nahm ein Zittern wahr, eine Angst, die die Fangleine in Schwingungen versetzte. Dann wurde sie schlaff. Das Tier trieb heran. Nicht als Leichnam. Es war noch immer nicht so weit. Der Leib stieß plötzlich, als wäre er aufgerissen worden, einen Körper aus, eine Frucht, fast ausgereift. Das Meer wurde rot von Blut. Als das Muttertier das Gräßliche erlitten, wurde es lahm. Es ist eine alltägliche Geschichte. Was willst du mir entgegnen? Es ist doch ein Fehler an allem Fleisch!

KAMLA. Du kommst an kein Ziel, wenn du dem Weltschmerz nachhängst.

JAMES. Es ist wahrscheinlich, ich komme an kein Ziel. *(Ab)*

KIRCHHOFF *(kommt)*. Meine Stunde ist da.

(James, erhängt, wird langsam heruntergelassen. Wie der Körper nahe dem Fußboden der Bühne ist, schreitet Kirchhoff hinzu und lacht in das todnahe Angesicht)

IMRE *(kommt, gibt ihm einen Stoß)*. Luder! *(Er schneidet James los. James erwacht. Kirchhoff ab)*

JAMES. Er war da. Wo ist er jetzt? Wohin ist er gegangen? Weshalb narrt er mich?

IMRE. Du vergissest, mir zu danken. Es war immerhin weit mit dir gekommen. Deinen Samen hattest du als letzte Fleischestat schon auf die Erde fallen lassen.

JAMES. Ich kann dir nicht danken. Ich hatte die Schwelle zu einer guten Stille schon überschritten. Die Hände des Unersättlichen, dem alles Verwesliche süß ist, waren schon an mir. Ich war bereit, ihn zu empfangen zu einer Lust.

IMRE. Nimm einen neuen Anlauf zum Leben. Deine Lungen prusten wieder.

JAMES. Er hatte sich mir angetragen, als die Zerstörung im Anfang war. Später war er anspruchsvoll und wollte, daß ich ihn begehre. Ich begehrte ihn. Aber seine Hände sind hart und kalt. Und mein Fleisch ist weich und warm. Nun steht mir bevor, was schon hinter mir war.

IMRE. Schlafe dich aus. Iß. Trink. Vergiß deinen Kummer. Halte die Augen auf für Neues. *(James ab)*

JAMES *(zu Alma)*. Hörst du mich, Alma?

ALMA. Ich höre. Ich horche auf dein Herz. Ich liebe dich, James.

JAMES. Du entfernst dich nicht von der alten Spur. Was auch von meinem Leben berichtet wird. Du schluckst das Bittere, dein Mund verzieht sich nicht. Ich muß dich mit einem letzten Geständnis verletzen. Ich liebe dich nicht. Ich erkenne in dir ein Werkzeug, ein nützliches. Kein widerliches. Meine Liebe zu Menschen ist eine Farbe in der Vergangenheit. Die Gewalt des Herzens ist eine taube Nuß. Nur Gedanken zu einem Plan sind noch Motoren in mir. Nicht der Durst nach Gerechtigkeit quält mich noch. Die Maschine ist mächtig geworden. Die Chemie ist mächtig geworden. Die Zahl ist mächtig geworden. Die Magie ist zu schwer geworden für die verführten Hirne. Die Menschrassen können nicht länger nebeneinander bestehen. Die Unterschiede in ihrer Sinnenkraft können nicht länger bestehen. Die Zahl Mensch will sich um die Erde, auf die Erde lagern. Sie will überall gleichzeitig sein. Sie will den Pulsschlag aller Erdteile verspüren. Sie will keine Hindernisse kennen. Und alle Hindernisse reißt sie nieder. Schlägt tot, rottet die Landschaft aus und ersetzt sie durch die sehr fragwürdige der Eisenkonstruktionen und Drähte. Alle Welt muß sich zu Bastarden vereinfachen. Die Melankolie ausgewählten Blutes und der genaue Karakter verketteter Erben müssen geopfert werden. Die zeugenden Götter sind hinab. Die Ehen der Geschwister sind weihelos. Die große Familie ist zerschlagen. Kämpfe ohne Ziel haben die Menschen zu Treibholz gemacht. Es sind eiserne Gewalten da, die die Empfindsamen nicht schonen. Alles Reinrassige wird hingemäht werden, weil es eng und gewissenhaft. Die Tierrassen versinken. Voran die Büffel und Elche. Die schönen Pferde sind überflüssig. Die Afrikaner können nicht bestehen. Man wird ihr Blut ablassen wie Wasser aus einer Schleusenkammer. Sie werden in Schwaden Giftgas ertränkt werden, sobald ihre Zahl lästig. Osten und Westen werden einander bekriegen. Asien und Amerika werden einander bekriegen. Die Menschheit hat keinen erzenen Magen. Sie hat einen verdauenden Magen. Sie vermehrt sich nicht nach dem Maß ihres Sterbens, sie breitet sich aus, um den entlegensten Ort des verödeten Sterns mit Menschtat zu bepflastern. Und Gott ganz klein zu machen: Zum Ebenbild des Menschen. Meine Angst ist hochgestiegen. Das Wasser, in dem ich ertrinken soll, reicht mir bis an die Kehle. Ich habe oft den Wunsch gehabt zu sterben. Jetzt fliehe ich den Tod. Ich bin toll von dem Wunsch, dazubleiben. Noch dazusein, wenn das Fleisch an den Knochen nicht mehr halten will. Ich fühle mich eins mit dem Geist, der das Verlangen in die Lenden senkte, nicht als Geschenk, vielmehr als Peitsche. Eine Spur von mir soll dableiben. Keine Tyrannei meines Samens, ein Tropfen nur in dem Blutmeer. Ich hätte dich von mir getan, wähnte ich dich von der Art jener, denen die Lust an meinem starken Körper ein Kitzel, die sich nach dem Genuß den Bastard abtreiben. Wenn du mich liebst, laß endlich Hochzeit sein. Werd schwanger.

ALMA. Ich liebe dich. Ich will dir helfen.

JAMES. Du willst das Kind austragen? Was auch geschähe? Es kann manches geschehen.

ALMA. Schweig doch. Es ist alles gesagt. Wenn du weiter sprichst von den Möglichkeiten auf dieser unsicheren Erde, werden böse Ahnungen aufkommen und das kleine Glück im Vorgefühl der Schmach ersticken.

JAMES. Ich habe dein Ja. Die Straße ist nicht mehr unser Platz. *(Er umhalst sie)* Sind das nicht Menschen an jenem Bordstein, die uns betrachten? Sprich, Alma.

ALMA. Es sind müßige Menschen.

JAMES. Ich kenne sie. Sehr gefährliche Menschen. Ich werde wahrscheinlich jedes einzelne Angesicht enträtseln können. Sie sind immer an meinem Wegrand gewesen. Ihre Zahl kann anwachsen nach Bedarf. Ihre Meinung kann bloß werden. Komm. Wir haben keine Zeit zu verlieren. *(Er zieht Alma mit sich in den Hauseingang hinein)*

DAS DIENSTMÄDCHEN *(kommt)*. Die weise Frau sagt, es ist zu spät. Sie kann es nicht schaffen, daß ich eine Kronbraut werde. Wenn es unter den Kleidern wie eine Melone sitzt, ist keine Hilfe mehr. Der Vater wird weinen, die Mutter wird weinen. Die Geschwister werden weinen. Das ganze Dorf wird weinen. *(Sie geht ins Haus)*

DAS TROJANISCHE PFERD *(kommt)*. Ich bin geblieben, was ich war. Ein trächtiges Ungeheuer.

(Lif und Burke kommen)

BURKE. Professor Marginot ist vor kaum einer Stunde einem unfaßbaren Verbrechen zum Opfer gefallen. Beim Sezieren einer Leiche wurde er von einem jungen Menschen mit einer Eisenstange erschlagen. Der Bursche hatte sich unbemerkt eingeschlichen und entkam nach der Tat unter Mitnahme einiger Leichenteile. Unbegreiflich.

LIF. Die Phantasie der anderen ist immer kürzer als die Wirklichkeit. Das Variantenbedürfnis ist das zweite, oft gescholtene Kind des höchsten Herrn, das der Harmonie die Langweile zerschlägt. *(Beide ab)*

(Zwei Weiber, drei Kinder kommen)

PADDE. Die Mutter starb vor drei Wochen an Bauchfellentzündung. Der Vater war arbeitslos schon vor dieser Zeit. Er hatte die Hoffnung, einen Erbschaftsprozeß zu gewinnen, der zweitausend Mark einbringen sollte. Als der Advokat ihm mitteilte, der Prozeß werde ungünstig entschieden werden, trank der Arme Schwefelsäure. Im Krankenhaus hat er noch vierundzwanzig Stunden gelebt. Die drei Waisen haben große Augen und weinen nicht mehr.

SPIER. Das Böse ist leider keine Erfindung der Zeitungsfabrikanten.

PADDE. Hier sind Menschen. Hier geschieht etwas. *(Die fünf stellen sich zu den übrigen)*

DAS DIENSTMÄDCHEN *(kommt)*. Sehr ehrenwerte Herren, ich frage Sie, ist es gerecht, daß mit den Frauen, wenn sie geliebt werden, manches geschieht, was nicht zu ihrem Vorteil gereicht?

BORIS. Die hat es im Kopf.

HUGO. Die hat es im Bauch.

DAS DIENSTMÄDCHEN. Ich spreche nicht von mir. Meinetwegen die Herren zu belästigen, würde ich nicht gewagt haben. Ich kann keine Kronbraut werden, das ist entschieden. Warum aber, frage ich, soll es allgemein sein, daß die Liebe für den weiblichen Teil der Menschheit nachteilig ausfällt? Ich bin bedienstet in einer Wohnung dieses Hauses. In diesem Haus wohnt auch ein Neger James. Ich bemerkte, was mich schmerzte zu bemerken, er ist nicht allein in seinem Zimmer, vielmehr, eine Dame ist mit ihm, der er Unvorteilhaftes antut.

HUGO. Deinen Umfang hast du auch wohl bei ihm erworben?

DAS DIENSTMÄDCHEN. Darüber kann ich keine Auskunft geben. Ich spreche nicht von mir. Ich spreche von der allgemeinen Ungerechtigkeit.

SCHULPE *(ist aus dem Hausflur gekommen, greift begierig ein).* Von James ist die Rede? Das unkluge geschwängerte Geschöpf soll schweigen. Es versteht nichts von dem, was dieser Neger anstellt. Er hat mir aufgelauert an einer dunklen Ecke der Epiphaniasstraße. Er ist hinter mir gegangen. Er ist vor mir gegangen. Bei einer Laterne blieb er stehen. Dort sprach er mich an. Es war in unmittelbarer Nähe einer Bauplanke. Mit grüner Kreide zeichnete er darauf, wozu er mich verführen wollte. Mit grüner Kreide, weil Grün die Farbe der Zuversicht. Er war überzeugt, mich mittels seiner unflätigen Malerei überwältigen zu können. *(Mehrere Männer pfeifen)* Ihm muß etwas angetan werden, das er nicht vergessen wird.

KAMLA. Seid klug. Mischt euch nicht in Angelegenheiten, die euch nicht berühren. Wer auf das Geschwätz kranker Weiber hört, ist auf dem bequemen Weg, auf dem man den Dummheiten nachläuft.

SCHULPE. Erlauben Sie bitte, mein Herr, ich habe die Wahrheit gesprochen.

KAMLA. Es ist keine Aufforderung an Sie ergangen, hier einen Vortrag über das schmutzige Gekritzel auf den Wänden entlegener Orte zu halten. Sie sind nicht gesund genug, Ausbrüche einsamer Menschen mit Gelassenheit zu nehmen.

SCHULPE. Ich bitte um Schutz vor diesem Grobian.

FOHE. Lustig, lustig.

MOFETTE *(kommt, drängt sich hinzu).* Ich muß der Genossin beistehen. Der Neger hat es fertig gebracht, daß ich, überrumpelt, einen Elefantenrüssel, seinen widerlichsten Körperteil, nicht gezeichnet, nicht auf einer photographischen Postkarte, deren er eine beträchtliche Zahl unter die Leute zu bringen gewußt hat, sondern plastisch in voller Wirklichkeit anblicken mußte. *(Pfeifen und Johlen)* Er begleitete die Schaustellung mit einigen unaussprechlichen Worten, die sich in keinem Lexikon finden. Wovon ich mich überzeugt habe.

DIDO *(kommt, drängt sich hinzu).* Zu mir hat er gesprochen in der Dunkelheit des Treppenhauses, er sei der heilige Geist. Er hat mir dabei unter die Röcke gefaßt.

KAMLA. Ein Unglück soll geschehen. Es sind viele versammelt, die ihren schlaffen Tag mit Ausschreitungen der Phantasie würzen wollen. *(Ab. Pfeifen Johlen Kreischen)*

FOHE. Ich darf Sie darüber aufklären, meine Damen und Herren, dieser Neger James war in den Jahren fünfzehn bis siebzehn in einer Fürsorgeanstalt interniert, weil er sich an Knaben und Mädchen vergangen hatte.

MAGDA. In dem Bordell, in dem ich tätig war, hat er mit einem Strick um den Hals sich an der Decke aufknüpfen lassen, weil alle anderen Grade der Befriedigung ihm nicht genügten.

BORIS. Der Mann hat ein blühendes Vorgefühl. Er irrt nur darin, der Galgen ist nicht das einzige Mittel, ein schweinehündisches Leben zu kürzen.

(Richter, Mitrichter, Beisitzer, Schreiber wachsen aus dem Boden)

SCHULPE. Lebendig braten.

HUGO, FOHE, BORIS, AAGE, RICHARD, EDMUND, FRIEDRICH, PADDE, MAGDA, SCHREIBER, BEISITZER. Aufschlitzen die Kröte. Den Hintern zu Hackfleisch verknüppeln. Eine Stange in den Mastdarm bolzen. Ein Schwefelsäureklystier geben. Das Fell abziehen. Die Hoden abreißen. Dynamit in den Magen. Die Rippen brechen. Tuch um den Kopf, einen Knebel drehen, daß das Hirn herausplatzt.

KIRCHHOFF *(kommt).* Sechs Schüsse in den Unterleib und dann liegen lassen.

DIDO. Vor eine Dampfwalze werfen.

MOFETTE. Mit einem Beil auseinanderschlagen.

KIRCHHOFF. Sechs Schüsse in den Unterleib. Es ist eine Hinrichtungsart von Qualität. Genügend schmerzhaft. Und langsam genug. Keine Angriffe auf Kopf, Wirbelsäule und Herz. Die erledigen den Menschen schnell.

DIE MÄNNER. Bravo.

MAGDA. Entkleiden.

MOFETTE. Man sollte mit Messern arbeiten.

PAULINE *(kommt)*. Mit den Händen.

PADDE. Auf die Straße bringen.

KATHARINA. Bedenken Sie sich, sehr ehrenwerte Menschen. Er ist schon einmal durch Lyncher angeschmort worden. Wenn er schuldig ist, muß doch zuvor ein Urteil ergehen. *(Schreien, Pfeifen)*

AAGE. Eine Geliebte, die ihn noch nicht entbehren kann.

RICHARD. Ein Urteil. Richter, Mitrichter, Schreiber, Beisitzer, alle sind da. Wer kann noch als Zeuge vor den Schranken des hohen Volksgerichtes erscheinen?

DAS HOHE VOLKSGERICHT. Schuldig.

HUGO. In der Brunnenstraße hat er einen Einbruch in den Juwelierladen des Herrn Bolz verübt. Den Besitzer schlug er mit einem schweren Eschenstock nieder. Der Bedienerin versetzte er mit einem Zweikilogrammgewicht einen Stoß vor die Brust.

(Otto, Aladar kommen)

EDMUND. Ich kann berichten, er besaß eine Braut. Er verstieß sie, als es ihm schien, er habe in ihr die weiße Rasse lange genug mißbraucht. *(Trillerpfeifen)* Sie ließ sich vom Fluß hinabtreiben zum Meer.

FRIEDRICH. Nachdem die Braut in Strom und Meer verfault und das Bordell mit Galgen und Strick und fettem Weiberfleisch ihm langweilig geworden, tat er sich als Hengst auf und ging zu rossigen Stuten in den Stall. *(Trillerpfeifen)*

PADDE. Pfui.

HUGO, FOHE, BORIS, AAGE, RICHARD, EDMUND, FRIEDRICH, PAULINE, MAGDA, SCHREIBER, BEISITZER, SPIER, DIDO, MOFETTE, PADDE, SCHULPE. Lebendig braten. Aufschlitzen die Kröte. Den Hintern zu Hackfleisch verknüppeln. Eine Stange in den Mastdarm bolzen. Ein Schwefelsäureklystier geben. Die Hoden abreißen. Dynamit in den Magen. Das Fell abziehen. Die Rippen brechen. Tuch um den Kopf, einen Knebel drehen, daß das Hirn herausplatzt. Vor eine Dampfwalze werfen. Mit einem Beil auseinanderschlagen. Entkleiden. Mit Messern arbeiten. Mit den Händen. Auf die Straße bringen.

KIRCHHOFF. Sechs Schüsse in den Unterleib. Und dann liegen lassen.

MATTHIEU *(kommt)*. Der Mensch ist ganz und gar unschuldig.

SCHULPE. Schuldig.

RICHTER. Schuldig.

MITRICHTER. Schuldig.

MOFETTE. Schuldig.

RICHARD. Schuldig.

BEISITZER. Schuldig.

DIDO. Schuldig.

SCHREIBER. Schuldig.

FRIEDRICH. Schuldig.

FOHE. Schuldig.

KLARA. Schuldig.

HUGO. Schuldig.

MAGDA. Schuldig.

BORIS. Schuldig.

AAGE. Schuldig.

PADDE. Schuldig.

SPIER. Schuldig.

DREI KINDER. Schuldig.

MATTHIEU. Der Mensch ist ganz und gar unschuldig.

RICHTER, MITRICHTER, BEISITZER, SCHREIBER, OTTO, KUTSCHER, FEDER, TISCH, WÄNDE, ALADAR. Schuldig.

MATTHIEU. Unschuldig. *(Er wird zuboden geschlagen)*

IMRE. Hier geschieht Unsinn. Er hat nur seinen Mund aufgemacht wie ihr den euren.

SÖRE *(kommt)*. Ein unsauberer Mund. Wie ich beweisen werde. Zutreiber oder Zuhälter für den Büffel. Habt ihr einmal gesehen, wie die Hörner eines Bullen Löcher in eine Pferdehaut gestoßen haben? Da geht Saft und Kraft heraus. Ausgelutschte Traube. So macht der Schwarze mit kleinen weißen Mädchen. Noch gestern hat die Mordkommission eines angestochen im Zustand einer Ascheimernelke gefunden. Ein himmlischer Arm wird sich wohl nicht mit der Bewerkstelligung von Morden befassen? Es werden wohl Exemplare dieser Krebsmenschen sein, die in die Vertiertheit zurückkriechen? Nur ein Zutreiber des Massenmörders wird das Pechfell mit Fittichen der Verteidigung bedecken.

IMRE. Der Mann blutet. Er ist ohnmächtig. Faßt an. Tragt ihn in einen Hausflur. *(Matthieu wird fortgeschafft)*

(Autoomnibus kommt. Vor dem trojanischen Pferd muß er halten. Die Menge johlt, pfeift, schreit, trillert. Die Fahrgäste müssen aussteigen)

SCHULPE. Benzin.

FAHRER *(kommt auf die Straße)*. Barrikaden. Mir ist alles gleichgültig.

RUSCH *(auf die Straße)*. Besinnung, Besinnung. Lassen Sie meinen Stock los!

HUGO. Reißt den Betriebsstofftank heraus. Macht einen Scheiterhaufen. Hier ist ein Neger zu lynchen.

LAURA. Meine Handtasche. Meine Handtasche.

PADDE. Zertreten Sie die Kinder nicht. Setzen Sie sich Augen auf die Arschbacken, wenn Sie Plattfüße haben.

FAHRER. Mir ist alles gleichgültig. Hier ist Übermacht und keine Polizei.

LAURA. Bleiben Sie mit Ihren Tatzen von meinen Brüsten.

FRIEDRICH. Gedränge, meine Dame.

MAGDA. Deren Fett ist auch nicht goldeswert.

MANDEL. Ist dies Ordnung oder Unordnung?

KIWE. Ich versäume meinen Zug. Wer haftet mir?

SCHAFFNER. Wir können garnichts tun. Höhere Gewalt. Wir haben es nicht in unserem Vertrag, gegen Aufrührer einschreiten zu müssen. Wir sind nicht bewaffnet. Der Betriebsstofftank wird ausgebaut. Endstation. Alle aussteigen. *(Die Scheiben des Omnibusses werden eingeschlagen)*

FAHRER. Mir ist alles gleichgültig. Ich muß notieren, wie spät es ist.

HUGO. Macht schnell. Bringt den Neger herunter.

FRIEDRICH. Abriegeln die Straße.

BORIS. In die Treppenhäuser.

DIDO. Polizei Polizei.

PADDE. Polizei Polizei.

SPIER. Polizei Polizei.

SCHULPE. Polizei Polizei.

MOFETTE. Polizei Polizei.

HUGO. Hierbleiben. Straße abriegeln. Weiber an die Front.

ZWEI POLIZEIBEAMTE. Straßefrei. Straßefrei. Auseinander. Straßefrei.

KIRCHHOFF. Hier wird ein Neger gelyncht. Gehen Sie nach Hause, meine Herren. Sie sind zu spät gekommen.

POLIZEIBEAMTE. Auseinander. Auseinander. Straßefrei.

(Die Menge pfeift, johlt, der Omnibus wird zerbrochen)

HUGO. Haut ihnen die Helme herunter und auf den Detz.

MAGDA. Auf den Detz. *(Die Polizeibeamten entfernen sich. Ohrenbetäubender Lärm des Triumphes)*

(James erscheint am Fenster. Er öffnet es. Trillerpfeifen. Scheiben gehen zubruch)

KIRCHHOFF *(tritt vor. Redet zum Fenster hinauf)*. Ich will dir einen Vorschlag unterbreiten.

JAMES *(nickt)*.

KIRCHHOFF. Auf vierzig Schritt Entfernung von mir stellst du dich.

JAMES. Auf einer grünen Wiese. An einem Bach. Gegen Abend. Der Nebel steigt vom Boden auf.

KIRCHHOFF. Hier. Auf der Straße. Jetzt. In einer Minute.

JAMES. Arme Mutter liebt ihr Kind. Die tiefe milchgelbweiße Brust liebt ihr Kind. Braunbewarzt. Warzenvorhof rundbehügelt. Alma, ich liebe deine milchgelbweiße feste zweikugelige Brust. Zwei Berge hoch. Liebe runde hohe Berge weiß und gelb. Und das Tal. Die Täler. Die Knietäler. Die Achseltäler. Die Schenkeltäler. Alma. Wenn wir sterben, geht die Sonne hinter den Bergen unter. Und wir sind gefangen. Fürchterlich. Ich bin morgen gestorben. Ich sehe dich niemals wieder, Alma. Ich möchte hinter deinem nackten Rücken umsinken. Ich darf es nicht.

KIRCHHOFF. Ich halte eine Pistole. Sechs Kugeln in der Kammer. Genau abgezählt. Ich ziele. Nicht auf den Kopf. Nicht auf die Brust. Tiefer. Auf Bauch und Schenkel. Ich drücke ab. Sechsmal.

HUGO, FOHE, BORIS, AAGE, RICHARD, EDMUND, FRIEDRICH,

Otto, Aladar, Pauline, Magda, Schreiber, Beisitzer. Lebendig braten. Aufschlitzen die Kröte. Den Hintern zu Hackfleisch verknüppeln. Eine Stange in den Mastdarm bolzen. Ein Schwefelsäureklystier geben. Die Hoden abreißen. Dynamit in den Magen. Das Fell abziehen. Die Rippen brechen. Tuch um den Kopf, einen Knebel drehen, daß das Hirn herausplatzt. Vor eine Dampfwalze werfen. Mit einem Beil auseinanderschlagen. Auf die Straße bringen.

Schulpe. Ich will ihn sterben sehen. Ich will ihm die Augen eindrücken.

Magda. Entkleiden. Mit den Händen angreifen.

Mofette. Man sollte mit Messern arbeiten. Abschneiden.

Dido. Mit den Händen alles zerreißen.

Padde. Auf die Straße bringen.

Spier. Ich kann nicht länger warten. Mein Herz setzt aus. Ich kann nicht länger warten. *(Sie schreit)*

(James zieht zwei Pistolen hervor. Feuert in die Luft)

(Menge heult. Zwei Frauen fallen in Schreikrämpfe. Werden ohnmächtig. Dann Stille)

James. Ich will sprechen. Ich kann den ganzen Spaß der Lynchung zuschanden machen, indem ich mir eine Kugel vor den Kopf schieße. Die Krankheit eurer Geilheit kann ich nach innen eitern lassen. Es wird euer Schade sein. Das voran. Rührt euch nicht! Schweigt! Weg vom Haustor! Noch wehre ich mich. Sehr ehrenwerte Herren. Gleich ehrenwerte Damen. Ich mache ein Angebot. Ihnen allen. Nicht nur jenem entarteten Herrn, der es mit seiner Pistole auf meine Eingeweide abgesehen hat. Ich überantworte mich Ihnen lebend. Gegen eine Bedingung. Gegen eine Bedingung. Das Mädchen, das mir eine halbe Stunde lang ein Trost war, muß zuvor das Haus verlassen. Unbehelligt. Muß die Straße entlanggehen dürfen. Unbehelligt. Muß atmen können in der Zukunft, ohne beschimpft zu werden. Ich frage.

Menge *(schreit, johlt, trillert. Die Huren zerreißen ihre Blusen und zeigen ihre Brüste. Junge Männer greifen danach)*

(James feuert)

Georg *(kommt, tritt vor)*. Wir kennen uns. In dir muß ein Werkzeug vernichtet werden.

James. Ich kenne dich. Ich sehe keinen Ausweg zu entkommen.

GEORG. Wir nehmen an. Machen Sie mich zum Wortführer. Ich verstehe mich darauf. Das Angebot ist gut. Wir schlagen zu. Gegen Sicherungen. Um Gegenbedingungen. Auslieferung der Pistolen.

GESCHREI. Los. Schnell. Bring ihn herunter. Entwaffne ihn. Ich kann nicht länger warten. Schieß doch hinauf, Pistolenfritze.

KIRCHHOFF. Ich schieße nicht auf Menschen, die in Kleidung stecken.

JAMES. Ich kenne die Lüge. Sobald das Weib unbetastet enteilt ist, beide Pistolen. Jetzt nur eine der beiden. Ich kenne die Lüge. *(Er wirft eine Pistole hinab. Georg nimmt sie)*

GEORG. Man wird es mit dir versuchen. Man wird dich prüfen, ob du fähig bist, angesichts des Todes Verpflichtungen zu brechen. Wie weit du Satans Bannerträger bist, wird sich erweisen.

JAMES. Wir sind einig?

GEORG. Sehr ehrenwerte Versammlung. Es ist Einigung erzielt worden. Der Neger wird gelyncht werden. Er wird lebend in unsere Hände kommen. Eine Minute noch. Bis dahin Disziplin. Ruhe. Ruhe. Disziplin. Einigkeit. Keine Eigenmächtigkeit. Das weiße Mädchen ist ein Opfer. Unschuldig. Wie die Vorgängerinnen. Jetzt keinen Tumult.

(Alma erscheint. Den Kopf verhüllt. Die Menschen weichen aus. Ab)

JAMES *(wirft die zweite Pistole zum Fenster hinaus. Er sinkt ohnmächtig um. Ein tierischer Schrei der weißen Menschen. Sie stürmen das Haus)*

KOR DER NEGER UND PROLETARIER *(schiebt sich von links und rechts im Vordergrunde vor. Verdeckt den Schauplatz).*

Wir, die gering sind,
die hungrig sind,
fast unbekleidet sind.
Die nicht fett sind,
nur mit nackter Haut schimmern.
Die wir wenig wissen,
wenig erfuhren,
fast dumm sind,
dumm unter dem Himmel,
dumm auf der Erde.
Die die Entfernung der Sterne
nicht kennen.
Nur sehen.
Und das Gesehne nicht preisen
kraft der Vernunft,
vielmehr demütig.
Wir, die nicht
das Schiff auf dem Meere erfanden.
Nicht die stählerne Bahn erfanden.
Nicht beschwingte Luftvögel erfanden.

Nichts an Maschinen erfanden.
Die nicht das Geheimnis ergründeten
der Zauberchemie,
der elektrischen Ströme,
des schwingenden Äthers,
der Wunder in Luft
in Wasser in Erzen.
Die die Mechanik des Geistes
nicht übten,
schwer atmend nur staunen.
Bänglich entzückt und jubelnd verzagt sind.
Wir, die gering sind
und ungeachtet,
verstoßen fast, ungeliebt,
kaum noch der Zukunft wert,
garnicht des Glücks wert befunden,
weil wir Fleisch ohne Paradekleid,
wie uns das Wachstum traf, sind:
Wir wagen die Liebe,
die keiner zu schmecken uns gab.
Und der Unwissenden
Worte und Lehre
und ihre Vernunft,
den Ton, der die Mauern
des eisernen Geistes,
des herzlos vernünftigen
umbrechen soll.
Denn wir sind lebendig.
Wir sind der milliardenste Tropfen,
der nicht auf die Erde
fiel und verging.
Wir sind bekrustet
mit dem Wunder des Daseins,
von dem niemand reichlicher
erhielt als wir.
Doch schmerzgequält nur,
wir die gering sind,
ein Spielball des Zufalls,
wir die hungrig sind,

am Loch des Gefängnisses,
wir die fast unbekleidet sind,
bejaucht mit der Kranken Los,
wir die nicht fett sind,
zuviel an Zahl,
nur mit nackter Haut schimmernd:
bezahlen mit Sorgen
das Prangen und Wachsen.
Mit Rechtlosigkeit.
Mit dem Schimpf, unbehütet,
Jagdwild gleich, ausgeliefert
den Launen der Schützen zu sein.
Wär Selbstmord nicht
Frevel am Dasein,
Gesundheit schwächer als Krankheit,
Blut dünner als Luft
und farblos wie Wasser,
wir stürben.
Doch hat uns berufen
wie jeden Gesetz.
Wir atmen und stehen.
Wir stehen und warnen:
Laßt ab!

ENDE.

Paralipomenon I

Vorrede.

⟨. . .⟩*

Der Verfasser hat das Bedürfnis, den Lesern, den Zuschauern, den Theaterfachleuten einige Betrachtungen, die er vor während und nach der Arbeit an diesem Stuckt* angestellt hat zu unterbreiten.

1.) Der Neger Jim, der in einer Stadt lebt, dem es schlecht ergangen ist, der mit seiner Geliebten an einer Straßenecke steht, hat mit Rücksicht auf die Technik des Dramas die Aufgabe zugewiesen bekommen, zu reden. Da das Schlimme ihn mit Heftigkeit berannt hat, kann mit einigem Gewicht die Ansicht vertreten werden, er müßte allmählich stumm geworden sein wie ein Tier. Wie ein Schlachtvieh vor lauter Schmerz und den geringen Möglichkeiten seiner Anatomie. Wäre bei dem Mann dieser Kampf des Mundes als Äußerung seiner Verwundung hervorgebrochen, hätte die Abfassung des Stückes unterbleiben müssen. Da trotz mancher Gräßli⟨chkei⟩ten, die der Autor dem Motor Menschheit abgelesen hat, kein Nachdruck auf die eine Handlungsebene: Wirklichkeit in der Gegenwart, mit ihrem Naturalismus gelegt worden ist, wurde dem Neger die Gabe zu sprechen belassen. Der leidende Mensch, dessen | Kopf nicht krank und wirr wird, bemüht sich um Genauigkeit, Klarheit. Er wird ein Philosoph wider Willen. James bemüht sich abzuhorchen, welche Gedanken als Früchte seines Mißgeschicks wachsen.

2.) Es wird der Satz aufgestellt⟨,⟩ abgelesen aus den philosophischen Revolutionen der großen Denker und Forscher: der menschliche Geist hat nur einen Besitz, nur ein Instrument, die Daseinsform Mensch entspringt nur einer Quelle: Erinnerung. Erinnerung reicht bis in die Zukunft. Alles abstrakte und sinnliche Geschehen in der Person des Einzelnen handelt nur scheinbar in der Gegenwart. Das äußerliche Synchronisieren, das der Tatsachenbetrachtung anhaftet, schließt den Teil der Biologie aus, der einstweilen noch Rätsel heißt. Ohne die Erinnerung, kosmisch und protoplasmatisch, würde es keine Lehre und Ueberlieferung, keine Sprache, keine Handwerke[?], keine Musik geben. Ohne das Rätsel nicht die Wunder an Genauigkeit und Vielseitigkeit, die den Gebilden im weiblichen und männlichen [?], Mensch und Tier und ⟨...⟩* anhaften.

3.) Die Erinnerung eines einzelnen Menschen ist länger als ein Leben.

verschiedene Ebenen
Vollständigkeit
Streichen

⟨Textabbruch⟩

Paralipomenon II

Katastrophe Gas
Oratorium
Menschen/Masken/Film.

Chor der unbekleidet⟨en⟩ Jugendlichen
Wir, die gering sind
Die hungrig sind
Fast unbekleidet sind
Die nicht fett sind
Nur mit nackter Haut schimmern
Die wir wenig wissen
Wenig erfuhren
Fast dumm sind
Dumm unter dem Himmel
Dumm auf der Erde.
Die die Entfernung der Sterne
vor unserm Auge nicht kennen.
Nur sehen.
Und das Gesehne nicht preisen
Kraft der Vernunft,
Vielmehr demütig.
Wir, die nichts leisteten
Die nicht das Schiff auf dem Meere erfanden
Nicht die stählerne Bahn erfanden
Nicht beschwingte Luftvögel erfanden
Nichts an Maschinen erfanden.
Die nicht das Geheimnis ergründeten
der Zauber-Chemie
der elektrischen Ströme (nur Leben.)
des schwingenden Äthers
der Wunder in Luft |
In Wasser in Erzen
Die die Mechanik des Geistes
nicht fassen, regieren,
schwer atmend nur staunen.
Bänglich entzückt und jubelnd verzagt sind.
Wir, die gering sind

Und ungeachtet.
Verstoßen fast, ungeliebt
Kaum noch der Zukunft wert,
Garnicht des Glücks wert befunden,
Weil wir fleisch nur ohne Parade.
Wie uns das Wachstum traf
An Knochen und Gliedern
Und Maßen groß klein
Wir wagen die Liebe,
die keiner zu schmecken uns gab
Und wagen der Unwissenden
Worte und Predigt
Und ihre Vernunft
den Ton, der die Mauern
des eisernen Geistes
des herzlos Vernünftigen
umbrechen soll.
Denn wir sind lebendig.
Wir sind der Milliardenste Tropfen
der nicht auf die Erde
fiel, nicht verging.
Wir sind bekrustet
mit dem Wunder des Daseins
Von dem niemand reichlicher
erhielt als wir.
Doch schmerzgequält nur,
wir die gering sind,
ein Spielball des Zufalls,
wir die hungrig sind,
am Loch des Gefängnisses,
Wir, die fast unbekleidet sind
bejaucht mit der kranken los,
Wir die nicht fett sind,
Zuviel an Zahl,
Nur mit nackter Haut schimmernd,
bezahlen mit Sorgen
das Prangen im Wachsen.
Mit Rechtlosigkeit
Mit dem Schimpf unbehütet

Jagdwild gleich ausgeliefert
den Launen der Schützen zu sein.
Wär Freitod nicht
Unsinn am Dasein
Und Leben schwächer als Krankheit
Blut dünner als Luft
und farblos wie Wasser,
wir stürben.
Doch hat uns berufen
wie jeden Gesetz.
Wir atmen und stehen
Wir stehen und warnen:
Laßt ab!!

NEUER LÜBECKER TOTENTANZ

⟨Fassung 1931⟩

Es treten auf:

Singe- und Instrumentalchöre
Die Personen des alten Lübecker Totentanzes als Flüsterchor
Chor der Arbeitslosen und Polizei
Prinz
Berichterstatter
Tod
Der feiste Tod
Mutter
Der junge Mensch
Die Braut
Der Wanderer
Die arme Seele
Der Knecht
Der Sprecher der Überschriften

Kantate

I

Ostsee,
Weide der Wogen!
Auf deinen Triften
grasen die Schiffe,
ernten die Fischer
Frucht deines Schoßes. –
Frucht deines Schoßes
ernten die Fischer,
grasend mit Schiffen
auf deinen Triften.
Weide der Wogen,
Ostsee!

II

An deinen Gestaden, an den Flüssen,
die in dich münden, liegen Städte,
schwer vom Duft der Vergangenheit.
Und der Gesang ihrer Dome,
aus Ziegeln gefügt zu Hallen
wie Wälder und Meergrund,
mit Stürmen voll Licht und Segelgewölben,
preist dich.
Denn du nährtest die Lebenden.

III

Die Sonne geht in dir auf.
Die Sonne geht in dir unter.
Abend und Morgen
wandeln mit Farben
deine Gefilde.

Lübeck / Marktplatz

Auftritt der feiste Tod und hält vom Katheder seine Jungfernrede. Er hat sich der Philosophie verschrieben und spricht über Akkord ohne Terz. Er stellt sich von Anbeginn auf du und du mit den Menschen. Er ist auffällig gekleidet in einen cremefarbenen Anzug, trägt einen hellen harten Hut, Handschuhe und helle Stiefel. Er ist sehr fleischig. Nur seine Augenhöhlen sind schwarz. Er ist bebrillt.

SPRECHER. Der grüne Tang wiegt sich im Glas des Meerwassers. Er steht bei ungedünter See wie ein Baum mittels der verborgenen Kraft des Flüssigen. Fließt es ab wie durch ein Wunder mit der Gewalt der Gezeiten oder strudelnd angesogen durch ferne Orte der Tiefe, geht die fahlschleimige Pflanze zu Boden wie Getier, das sich schlafen legt mit der Erwartung, zu verdauen und einen neuen Tag zu erleben. Es ist ein Gleichnis. Wie prangendes Blühen und elendes Welken. Und es ist eine Spanne zwischen Wachen und Schlafen wie Traum.

Dünner als Wasser ist Luft, die wir atmen. Die in uns eingeht und ausgeht. Die uns verändert und die wir verändern. Wie die Vereinigung das Männliche und das Weibliche verändert.

Starrer als das Fließende ist das Gestein des Strandes, das runde und kantige, und seine Trümmer, der Sand. Es ist ein Bett des Beweglichen. Aber es ist nicht das härteste Maß des Befestigten. Es ist dahineilend wie Quelle und in der Verwandlung wie Luft. Seine Zeit ist länger, aber das Lange ist immer noch Zeit. Die letzte Sicherheit des Unzerstörbaren kennen wir nicht. Sie ist uns verborgen. Das unwandelbare Herz der Welt, kalt hart zäh, ohne Bewegung, unabschleifbar, uneinfallbar, ohne den Gesang kreisender Kleinheiten,

dem Laugen und Säuren nichts anhaben, das kein Fall und Aufschlagen zersprengt, dieser Ort, diese Ewigkeit, das Dichteste Schwärzeste Schwerste ist uns verborgen.
Kraftloser als die gasigen Schwaden des dünnsten Atems ist die lautlose Leere entfernter Räume zwischen den Sternen. Wo Gleichgewicht herrscht, und ein Staubkorn, fände es sich, keinen Boden hätte, vielmehr die Schwere einer Welt bedeutete. Aber das fast nichts an Dünne der Wärme und des Lichts, diese Öde der Stoffarmut ist immer noch Ausdehnung und Gewicht. Ein Platz, den Gedanken durchfurchen können, vor dem die Strahlen der Farben nicht anhalten. Die letzte Sicherheit des vor Leere Unberührbaren kennen wir nicht. Sie ist uns verborgen.
Das unwandelbare Herz der Welt, das im weißen Nichts, kalt hart zäh, undurchdringlich schwarz, vor Schwärze alles verzehrend, Teile und Ganzes, an dem der Gesang kreisender Kleinheiten zerschellt, dem Laugen und Säuren nichts anhaben, das kein Fall und Aufschlagen zersprengt, dieser Ort, diese Ewigkeit, Pol und Gegenpol, das Dünnste Durchsichtigste Leichteste ist uns verborgen.
Meine Freunde: unsere Sehnsucht ist ausgespannt in der Enge. Unser Schmerz ist ein Instrument, das nur durch kurze Zeit tönt. Unser Wirken liegt eingeschlossen in den Begrenzungen. Gegen uns wälzen sich die Mauern, die den Machtlosen umschließen. Wir bewahren ein kurzes Leben um den Preis lästiger Rücksichtnahme. Um unseren Hals sind die Schlingen der Übereinkünfte Gesetze und Ordnungen gelegt. Pflichten und Tugenden machen unser Herz leer. Und die Lust der Tiere wird von uns genommen um kein Entgelt. In unserer Armut werden wir schwierig und entarten zur Grausamkeit. Vor Not verwüsten wir den Raum, den wir erreichen können, mit dem Trieb, belanglose Worte zu krönen. Wir wollen uns auf die Erde lagern. Wir wollen überall gleichzeitig sein. Wir wollen den Pulsschlag aller Erdteile gleichzeitig verspüren. Wir wollen keine Hindernisse kennen. Und alle Hindernisse reißen wir nieder. Schlagen tot. Rotten aus. Weil wir fürchten, kostbare Zeit zu verlieren. Und den Gesetzen des Lebendigen nicht trauen. Aber unsere Richtlinien sind dürftig und taub wie zerschlis-

senes Papier, auf dem die Buchstaben nicht mehr entzifferbar. Wir sind zusammengepfercht zur Masse Mensch, nicht mehr eine freie Rasse Blutsverwandter. Wir suchen mit letzten heißen Blicken die fernen schneeigen Augen Gottes. Aber als unsere Taten bleibt eine Welt, die den Namen Mensch trägt, und die vor Getriebe ohne Trieb zur Unfruchtbarkeit verödet.
Meine Freunde: ihr habt mich gemästet. Ihr habt mich gewaltig gemacht. Ihr habt mich eingekleidet nach eurem Willen. Meine Faust ist fest und mein Nacken gedunsen. Ihr habt mich an die Hebel eurer Maschinen gestellt. Ihr habt mich zum Herrn in den unterirdischen Gängen und in den Bezirken der Luft gemacht. Das Kommando über eure Kriegsgeräte liegt bei mir. In den Arsenalen der Sprengstoffe und Gase befehle ich. Den Giftschrank der Menschheit verwalte ich. Ich bin euer Tod. Ich bin der zivilisierte Tod. Ich bin wie ihr mich wollt.
In einem nur irrt ihr: ich bin nicht euer Untertan. Denkt an das schwarze Herz der Welt und an den Raum, leer von Gedanken. Und seid ihr schwach und feige im Ergründen, greift nach der regentrüben Ahnung. Im Ungewissen selbst ist es noch Sicherheit zum wenig Lästigen des Existenten einzuschrumpfen. Denn ohne Beruhigung und Fröhlichkeit ist das Lebendige am Ende. Ohne das Gegenziel Genuß ist der Schmerz ein Laster. Es findet keine Sühne in der tiefsten Frömmigkeit. Wer gegen das Wachstum ist, bekennt sich gegen den Geist. Die Schöpfung ist seit ihrem Uranfang ausbalanciert. Wer an einer Seite des Wagebalkens zerrt, wird Rache ernten.
Das Meer, dem mein erster Gedanke galt, ist die Wiege guter Gleichnisse; und Lehrbuch für Bedürftige, die der eignen Fleischgebärde nichts ablesen können. Es unterliegt den Veränderungen und den Zufällen der Stunden wie alle Dinge. Es wird hineingerissen in Abläufe, die außer ihm sind. In die Wirbel kochender Winde, in die Gefälle sich aufschleusender Wolken. Es verzieht sich mit den Kräften der Anziehung und schwillt an wie im Rhythmus eines ausschwingenden Pendels. Es ist demütig und ohne Urteil und trägt auf seinem Rücken alle gutgebauten Schiffe; fragt

nicht, ob sie der Wohltat oder dem Verderben dienen. Die Erregung ist sein innerer Besitz und entzündet sich nicht an den Zufällen. Die Jahreszeiten beeinflussen die Schatten seiner Wasser. Die Nächte verfinstern das Grün der Wellen zur Undurchsichtigkeit. Die Nebel verwandeln seine Oberfläche zu grenzenlosem Raum. Es ist eine Decke über den Abgründen, die uns vorenthalten werden, damit noch Lebendiges bestehe, das nicht an der Fron des Menschenwerkes sich zersetzt. Es ist geschmeidig für die großen Ziele des Wachsenden. Es ist die Heimat der Bewegung. Fische und Treibholz kommen durch die Substanz des Wassers an ein Ziel. In den Buchten der Liebe, aufgespart zu heiligen Vorgängen, wird das Flüssige weiß vom Samen der Fischmännchen. Das Meer ist eine Weide, auf der jedem Getier Gras wächst. Zwischen zwei Festlanden ist der Mensch auf den Schiffen allein mit dem Blut, das die Luft wäscht. Und es ist eine Tröstung, über Abgründen zu sein, die sich verhüllten. Der Gedanken, die uns an einem bespülten Strande kommen, sind viele. Aber der Akkord aus den Himmeln verrät nicht, ob er zur Trauer oder Freude entsandt wurde.

Lübeck / St. Marienkirche / Lettner

Auftreten der alte hagere Tod der Atmosphäre und der teuflische Berichterstatter. Der Tod trägt eine silberne Schädelmaske, die an den Buckeln und Kanten schimmert, während die Vertiefungen und Höhlungen wie von grauer Asche duff sind. Er ist in graues fließendes Tuch gehüllt. Hände und Füße sind silbern. Er gebraucht pathetische Gebärden, sehr ruhig und räumlich. Der Berichterstatter trägt eine dunkelgoldene Gesichtsmaske, die pockennarbig und körnig wirkt, wie eine alte getriebene Schale, an den Buckeln und Kanten blank schimmernd. Er hockt affenartig mit lang hängenden Armen. Seine Bewegungen sind winklig eilig, bleiben aber oft in affektierter Haltung längere Zeit erstarrt. Seine Hände und Füße sind dunkelgolden. Er ist in schweres erdbraunes Tuch gehüllt.

TOD.

Hersandte mich Gott
einzupflanzen funkelndes Dunkel
in den Garten des Lichts, daß leuchtender triebe
gegen den leuchtenden Himmel Blattwerk und Krone

der milliardenjährige Baum der Welten.
Aber ich bin an den Rand der Zeit geraten,
die ich schuf, die mich trug, und ich harre,
daß jener, der mich aus seinem Gleichmut gesandt hat,
mich zu sich rufe,
um mich einzuweben wieder, gestaltlos
in das bebende Schweigen,
daraus ich gekommen.

BERICHTERSTATTER.
Ihr Menschen lagt warm in Dummheit gebettet;
das Fett der Erde war euer.
Aber ihr seid aus den Lenden gefallen
und habt euch an den Erkenntnissen erkältet.
Nun seid ihr übel gebunden.

TOD.
So harrend, so wartend überkommt mich Gelüste
zu klagen, daß meine Taten nun darben.
Denn nicht mehr tragen mich schwarze Strahlen
hinab in jene Tiefen,
wo ich umwandelnd wirkte.

BERICHTERSTATTER.
Böse Zeiten haben euch Menschen umgelegt;
aber ihr habt euch getröstet mit Sprechen:
Es werden bessere Zeiten kommen.
Es werden wohlfeile Jahre folgen.
Denn der Tod hört nicht auf
zu wirken durch die Vernichtung.

TOD.
Rinnend von Strömen
furchtsamen Blutes
bin ich über die Erde gegangen.
Nachfolgte mir die Schleppe
reisiger Eiszeiten, vermalmend
mit Quadern das ungeborgene Leben.

BERICHTERSTATTER.
Und die Natur hat neue Ernten getrieben.
Und Hamster dazu, die sie verzehrten.

TOD.
Trauben von Nacht,

eisige Früchte der Finsternis
hingen um meine rissigen Schultern.
Gewitter stürzte ich wie entwurzelte
riesige Gewächse mit klatschendem Laubwerk
des großen geschütteten Regens über die Erde.

BERICHTERSTATTER.
Und ihr Menschen seid zynisch geworden inzwischen,
weil eure erste ehrliche Handlung unbekömmlich war.

TOD.
Aus den Schößen der Brunnen,
den Mündern aller Quellen,
allen flutenden Wunden der Erde
bin ich hervorgebrochen, in die Schluchten rauschend
und alle Tiefen füllend mit fließender Verderbnis,
verschlingend der Wesen wehrende Gebärden
zum tödlichen Reigen im Gange der Meere.

BERICHTERSTATTER.
Und gegenseitig habt ihr Menschen euch Knüppel
zwischen die Beine geworfen, so daß ihr
gegen alle Verabredung und jede Gewähr
ganz untragisch hingefallen seid.

TOD.
An den geborstenen Ufern
blieb wie Gesang das Weinen.

BERICHTERSTATTER.
Denn ihr Menschen vermochtet nicht einmal den Zahn
aus dem Munde eures Vormunds
auszubrechen. Ach, und vergeblich
habt ihr versucht, eine Handvoll Haare
zu raufen aus dem Schweife
des vorübertreibenden Kometen.

TOD.
In alle Abgründe war mein Erbarmen gebettet,
waren wie Rettung meine funkelnden Sicheln aufgestellt;
aufzufangen die Flucht der Gejagten,
den Lauf der Gepeinigten,
den Sturz der Gehetzten.
Mit großen Körben war ich bereit
einzuernten in die Kelter Gottes

alles was fiel. –
In alles Schwebende senkte ich Schwere.
Und jede abendliche Wolke
zerlöste ich nachts
zu leise trommelnder Traurigkeit.
Und impfte die Lust mit dem Keim der Zeit.

BERICHTERSTATTER.
Nun ist viel Wurzelwerk unter euch Menschen gewachsen;
denn die Frischlinge, die ihr oben treibt,
gehen immer wieder vor das Messer.
Darum habt ihr die Pfeifen ausgeklopft und meint:
Ernster kann es nicht werden mit uns.

TOD.
Gletschergewebtes Linnen habe ich über die Fluren gezogen.
Sturmverschluchtete Nächte über die Wälder gebogen.

BERICHTERSTATTER.
Und ihr Menschen habt gehofft,
ihr könntet mit dem Wind Geschäfte machen,
er triebe euch die Mühlen.

TOD.
Nach vielen Gezeiten
verlor sich allmählich mein Wesen.
Gedanken, wie Anker geworfen
in die Weite des Raums,
fanden Untiefen nicht mehr,
um mich zu binden
an Taten oder auch nur
mit Wollen weiter noch meinen Schritt
zu beflügeln. Ich verrann.
Ich versandete in mir selbst. Nicht mehr
lud prunkendes Leben
mich an seine Gestade.
Ein schleichendes bleiches Gebrechen,
geht das Sterben nun um
und spült die Zeiten ab.
Nicht mehr gebiert
wie in brünstiger Muschel der Schmerz
schimmernde Perlen: meine Nähe.
Nein. Es wird

unter Gottes gleichmütigem Antlitz
das Leben eingestrichen
wie ein unwillig gewährtes Darlehn.
Plötzlich. Maschinell. Ungemahnt. Sachlich.

BERICHTERSTATTER.
Und ihr kleinen Menschen durchsucht
den Kehricht nach dem Kot eurer größeren Väter.
Und eure kleineren Ohren vernehmen
bei günstigem Winde bestenfalls
den Gesang der Unfeinen; und nervös
haltet ihr eure Gesichter und Hände
unter die Filter, durch die vormals
Segen auf euch tropfte. Aber sie sind
nunmehr verstopft vom Gestank der Städte.
Wahrlich, die Natur hat weit ausgeholt
als sie euch schuf; aber sie hat sich
nicht einmal über den Bart gespuckt.

TOD.
Meinen alternden Zähnen
mundet nicht mehr
das faule Brot der Welt.

BERICHTERSTATTER.
Deinen alternden Zähnen
mundet es nicht mehr.
Aber schon sind Flammenkrallen
angesetzt an das verwesende Fleisch
dieser Welt.

TOD.
In meine Augenhöhlen
ist Asche eingeweht.
Mein Blick ist verwelkt.

BERICHTERSTATTER.
Dein Blick ist verwelkt.
Aber schon sind eisige Augen geöffnet,
diese Welt zu durchschauen.

TOD.
Wie ein Bettler vor angelehnter Tür
teile ich mit mageren Hunden Knochengaben.
Schlaf zehrt wie Meltau an mir.

BERICHTERSTATTER.
Wie ein Bettler
verläßt du dein zerfallenes Reich.
Aber schon reiten heran
ungeheure Vernichtungen.
TOD.
Ein toter Tod bin ich.
Ich ruhe an der Flut
jenseits der schimmernden Inseln
jenseits der schwimmenden Sterne.
BERICHTERSTATTER.
Ein toter Tod bist du.
Aber ein neuer: bleich feist und schleichend
ist unterwegs,
dein Erbe anzutreten und
deine Saaten zu ernten.
Auf freiem Marktplatz,
in Kontoren, Parlamenten
hält er seine Reden wie
ein Philosoph und Kaufmann.
TOD.
Horch, der alte Wind
streicht noch um diese schwangere Erde.
Er ist noch nicht dahin.
Wie kann denn ich vorbei sein?

Lübeck / St. Katharinenkirche vor dem zweigeschossigen Chor
In der Mitte St. Jürgen, der den Drachen tötet. Im Hintergrund die Gestalten des Lübecker Totentanzes. Rechts vom Pferd des Heiligen die Seite der Macht und Gewalt, links von ihm die Seite der Entrechteten und Machtlosen. Rechts und links vom Schauspieler.

Links: Pieta
Das bedeutet, der erwachsene Sohn sitzt auf dem Schoße seiner Mutter.
Sturm.

DER JUNGE MENSCH. Ich fürchte mich. Ich fühle mein Herz. Es ist eine Kraft in mir, die mich frißt.

MUTTER. Wenn der Wind geht. Wenn die Wolken herabfallen, und sich an den Wipfeln der Tannen zerfetzen und auslaufen, dann schwillt das Meer an. Und von seinem Grunde steigt das Gewesene auf. Das Abgelagerte, die tote Welt, die einst den Raum bedrohte. Und bedrängt die Empfänglichen. O mein Sohn, Sturmnächte in anfälligen Jahren, das ist wie gleichzeitig Zeit und Ewigkeit. Du weißt nicht, ob du dich töten sollst oder dich hinwerfen, daß jemand sich fände, der dich liebt.

DER JUNGE MENSCH. Ich sehe Bilder. Mich würgt die Vergangenheit mit Erinnerung. Meine Zukunft ist schwach.

MUTTER. Wenn die Sonne nicht am Himmel ist. Und der Mond nicht. Und die Sterne nicht, ist das Licht nur ein Winziges. Unsere Augen sehen dann nicht. Erkennen nur das Feurige, das unsichere Gedanken in die Finsternis hineinbrennen.

DER JUNGE MENSCH. Wir sind umstellt.

MUTTER. Wir sind allein. Wir sind von der Einsamkeit umzingelt. Der Wind meint uns nicht, nicht die Wassertropfen, die auf uns fallen. Uns meint der Nächste nicht. Und das Verderben meint uns nicht. Es ist alles außer uns. Die Gewalt der lebendigen Kraft reicht von Ewigkeit zu Ewigkeit. Wir aber, nicht wie das Einfache gebaut nach klaren Gesetzen, vielmehr durchwirkt mit späten und fleischlichen Formen, wir zählen die Tage, die uns beschieden sind.

DER JUNGE MENSCH. Wir sind umstellt. Du nennst es Einsamkeit. Vergänglichkeit. Ich weiß, es ist die Nachbarschaft des Unerbittlichen. Sein Atem ist Gefahr. Seine Berührung das Schlimmste. Unter unseren Schuhsohlen vergehen Käfer und Gewürm.

MUTTER. Der Mund, der so spricht, ist in meinem Schoß gewesen, ist lallend an meinen Brüsten gewesen. In mir ist diese Angst gewesen. Komm. Ein Fieber hat dich. Noch kann ich dir nützlich sein. Komm.

Beide, der junge Mensch an seine Mutter gelehnt, ab.

Auf beiden Seiten: Der Sturm zirpt und trommelt
Das bedeutet, ein Gesetz der Natur zeigt sich deutlich, um den Menschen anzukünden, sie sind noch immer nicht allein und unter sich.

CHOR DES TOTENTANZES *(flüstert)*:
Wir sind vergangen mit dem Vergänglichen.
Wir wurden dünn in der weiten Zeit.
Die Ausdehnung behielt uns nicht.
Wir sind nur Stimme
der gequälten Kreatur
und ihres Alpdrucks
lästige Gestalt.

Rechts: Trompeten, Posaunen
Das bedeutet, den Elementen wird ein magischer Sinn gegeben.

TOD *(tritt aus der Reihe hervor. An seiner Stelle steht ein neuer Tod)*. Ich bin geblieben. Ich bin das Gesetz. Ich bin Ebbe und Flut. Jugend und Alter. Licht und Finsternis. Ich bin die Ursache aller Bewegung und des Lebendigen Urgrund. Die Mutter der Mütter, der Vater der Väter, der Gott des Getiers, den sie fürchten. Die Verwandlung der Steine, Frühling und Herbst der Bäume. Ich bin die Freude des Säens und Zeugens. Und nur für das Alter ein bittrer Geschmack.
Preist ihr den jungen Stier mit dicken Hörnern?
Preist mich!
Und eures Ackers fruchtbar feuchten Boden?
Preist mich!
Und eure Tage, die in Nächten, schwer wie Korn, zu Ende gehen?
Preist mich!
Ich bin in euren Adern mit den Fluten des Aufstiegs und mit allen Finsternissen der Niederungen und der Pein. Ich bin der Laut in euch, der Sitz der Orte und das Erlebnis.
Preist mich!
Wenn ich euch peitsche, immer noch laß ich die Lust euch, ihr zu sein. Bis ihr mich anerkennt, hinsinkt. Dann wird es kühl. Und still. Und ich beginne erneut, das Männliche vom Weiblichen zu spalten, daß Wachstum werde.

Links: Intermezzo
Das bedeutet, es wird immer jemand wie zufällig auf einer Straße gehen.

DER WANDERER. Der Regen schlug gegen die Scheiben. Es war wie Wellenschlag am Meer. Wie das Dengeln in Erlenbüschen. Und das Geigen im Dünengras. Wie rieselnder Sand an Abhängen im Windschatten. Und ich wußte, die Stunde ist da, wo ich fort muß. Diese Welt hat Straßen. Und Straßen wollen bewandert sein. Abschied macht das Herz weich. Aber wasserdurchtränkte Kleider erhärten es wieder. So will ich denn eine Erinnerung an sie feiern, ehe es zu spät ist. Sie war mir eine liebe Freundin. Sie war vorübergehend meine Wohnung, in die ich einzog mit allen Gebrechen, die mir anhaften. Und ich fand einen Platz, und der Schorf an mir fand den seinen. Sie war fügsam und geduldig; und der Wust alles Fremden und Ungehörigen brachte keinen Schatten an ihre Stirn. Sie nahm mich wie ich war und machte sich nicht zu schaffen mit meinen Gewohnheiten, sie zu verbessern mit Anstand. Sie wußte, manche Gedanken in unserem Herzen sind nicht unser Eigentum, wir sind nur die Hülle. Das Genaue ist eine Tugend der Seßhaften; das Ungefähre aber birgt die Luft des Abenteuers. Warmes Liegen ist freundlicher als kaltes Stehen. Und die Abwechslung kleidet die Zeit mit Tugend. –

So bin ich lange geblieben. Und bin breit geworden im Ausruhen und ganz durchtränkt vom Milchgeruch ihrer Haut. Und schwer in den Augen von der lauen Stube, in der sie eine Gestalt war wie eine junge Magd, die noch nicht weiß, um wessentwillen ihr Bettkissen naß ist von Tränen.

Das Scheiden ist über uns gekommen in einer Stunde, wo ihr Bild meinen Sinnen noch angenehm, sodaß ich sprechen kann, ihr Fleisch ist fest, der beste Bursche braucht sich seiner Sucht nach ihr nicht zu schämen. In meinem Bau aber, der sich allmählich ausgeruht, brach Morsches durch. Unruhe, Zweifel, Sehnsucht in die Weite. Dies Gift des Alterns, wenn die Seele ungestillt, daß Tat, just getan, zu Plunder schrumpft und nichts als Qual läßt, Neues zu vollbringen. Ich brauch' die Welt, doch mich entbehrt sie nicht. Ich seh' die Sterne. Doch sie schauen nicht auf mich. Die Vielheit der Gestalt drückt mein Gebein entzwei. Wen soll ich lieben? Was für mich behalten? Was forttun, wenn ich mit Genuß bepackt? Ich schleiche dem Reh nach, streichle sanfte Moose. Der atemstarke Hengst ist meine Freude. Die festen Waden junger Mädchen verdunkeln klares Licht. Ich kann

nicht ruhn. Die Welt hat Straßen. Noch kenne ich die meisten Länder nicht. Vielleicht, mein Glück liegt erst in Afrika. Ich muß mich eilen. Zeit versteht sich nicht aufs Spaßen. Eh mans bedacht, verkündet sie: zu spät.
Sie, der ich floh, die viel verzieh, mög' auch verzeihen, daß ich sie verlassen. *(Ab.)*

Rechts: Der Alte und der Junge
Das bedeutet, der Verfasser braucht Spieler und Gegenspieler, um allmählich zu einer Moral zu kommen.

Der feiste Tod tritt von rechts auf. Der alte Tod steht wie erstarrt und erwacht erst im Laufe der Anrede zur Bewegung.

DER FEISTE TOD. Du hast geschrieen. Hast du mich gerufen? Was willst du? Ist nicht Lärm genug in dieser Nacht, daß deine Stimme als der größte Donner aus den Wolken fallen muß? Ich will dich nicht. Der Tod durch alte Seuchen ist überflüssig. Man stirbt heut anders. Zwar, man stirbt. Doch aufgeklärter, als ein Stück der Masse Mensch. Der eigne Tod, den jeder in sich trägt, braucht nicht Gestalt. Es ist nicht Zeit dafür, ihn ganz genau zu kennen. Die Wiegenlieder, die er singt, erfuhr man längst aus alten Bilderbüchern.
Maschinen haben eine neue Welt gebildet, gezeugt, was zu erzeugen war, den alten Ablauf, doch anders eingekleidet. Man ist sehr demokratisch. Man erkennt mich an. Man grüßt mich höflich auf den Promenaden. Schlagworte prangen: Fortschritt und Entwicklung. Fortsetzung einer Weltgeschichte mit dem Ziel nach oben. Was dann beim Alten bleibt, glaubt man mit dummer Weisheit besser zu ertragen.

TOD. Du tönst nicht anders als in wilden Jagden ich. Ist das ein Unterschied: Pest oder Krebs?

DER FEISTE TOD. Wir sind dabei zu streiten. Du bist im Nachteil. Deine Waffen: Geschichte und Erinnerung. Nicht viel, wenn man sich nicht hineinversenkt mit Inbrunst oder Zorn. Nur weiche und gepflegte Herzen können an deinem Zirpen zu Bruch gehen. Ich stehe im Jetzt, und was ich tue, schmerzt.

TOD. Der Vorteil ist schon morgen ausgelaugt. Auch stimmt es nicht, dies einst und jetzt. Ein Sturm wie aus dem Nordpolloch des Himmels hat mich für diese Nacht geweckt.

DER FEISTE TOD. Ich will dir zeigen was ich kann.
TOD. Es wird nichts andres sein als was ich kann und konnte.
DER FEISTE TOD *(brüllt)*. Straße frei!
TOD. Verjagen willst du mich?
DER FEISTE TOD. Ich kommandiere.
TOD. Wem gilt das?
DER FEISTE TOD. Straße frei, Straße frei!

Der Tod tritt in die Reihe des Totentanzes zurück.

Auf beiden Seiten: Mann Maschine Tod.
Das bedeutet, die Äußerungen der Zivilisation haben sich geändert.

POLIZEI *(taucht rechts auf)*. Straßefrei. Auseinander. Straßefrei.

ARBEITSLOSE *(tauchen links auf)*. Diese Welt hat viele Straßen. Die Straßen wollen begangen sein. Unsere Rechte sind schmal; aber unsere Füße sind noch am Boden. Wir stehen wo wir stehen. Wir haben den bescheidenen Platz teuer bezahlt. Mit Hunger. Mit Frieren. Mit Krankheit. Mit einem Alltag voll Freudlosigkeit.

POLIZEI. Straßefrei. Auseinander. Straßefrei.

ARBEITSLOSE. Die Straße ist für unsere Füße. Die Luft, die uns umweht, ist niemandes Eigentum. Sie ist da wie das Wasser in den Flüssen. Es fließt für jedermann, denn niemand unter den Menschen ist die Ursache des Regens. Für uns ist auch das Korn auf den Feldern. Für uns ist die Gesundheit geschaffen und das Angenehme. Wir gehen nicht aus dem Licht. Man soll uns nicht ausstreichen.

Schüsse. Schreie. Flucht. Polizei zurück, ab.

Rechts: Prognose
Das bedeutet, die Vorgänge des Augenblicks werden zum Maßstab genommen für die Zukunft. Und diese Zukunft, wenn auch nur dürftig, beschrieben.

TOD *(tritt wieder vor)*. Was folgt aus diesem Schauspiel? Du willst doch nicht behaupten, es ist neu? Gewalt und Unrecht wären Früchte der Maschine?

DER FEISTE TOD. Du mißverstehst. Bemerkenswert an diesem kleinen Ausschnitt gegenwärtigen Geschehens ist die Ordnung, wie hier Tod gegeben wird. Das blutbespritzte Schreckbild eines Tyrannen ist abgeschafft. Das Schicksal hat nicht mehr den Namen eines Menschen, es heißt System.

Tod. Die Kläger Richter Henker Priester verschuldeten den Feuertod der Häretiker und Hexen nicht. Vielmehr die unheilvolle Kraft, die du System genannt hast. Ein schlechter Glaube, Faulheit lauer Seelen, Bequemlichkeit, die Ordnung um den Preis der Untertierheit kaufte. Ich sehe den Unterschied zum Heute nicht.

Der feiste Tod. Die Möglichkeiten sind gewachsen. Ein Zauberwort: Chemie. Es rollt ein Stein, der zur Lawine wächst. Im Augenblick schon donnert es um diese Erde. Man hat sehr viel gebraut, das, fließt es aus, die reichste Ernte gibt, die je in kurzer Zeit den Todessensen fiel. Ich sage Worte. Ihr Gewicht wird erst in Zukunft ganz zu fassen sein. An Leichenhaufen, wo die Stückzahl Mensch nach Zehnmillionen abgerechnet wird. Danach, wenn Zeiten wieder wuchsen, sich abgelagert das Verwesliche, in Trümmer Siedlungen und Städte fielen, wird wieder Landschaft sein.

Tod. Du sprichst von was?

Der feiste Tod. Von einer Zukunft. Vom Untergang der weißen Rasse. Es hat sie eignes Netz umgarnt. Sie sind vom Boden abgedrängt, von guter Luft. Sie können bei gefüllten Scheunen verhungern. Erkranken an der Trefflichkeit und Vielfalt ihrer Medizinen. Am goldenen Zirpen genauer Maschinen den Genuß der Liebe überwinden. Wie alles Fleisch verachten sie das eigene. Um einen Todesschrei, echt blutend ungeschminkt, dazu das Bild, Bewegung Handlung Ablauf den trockenen Hirnen anzubieten, wird ein Genosse, Afrikaner, vor die Pranken eines Löwen getrieben. Den Vorgang filmt man, horcht die Laute ab. Und bietet es den Hunderttausenden zum Nachschmack. Bei einem Bahnbau, zum Ruhme einer schönen technischen Idee (von Geld wird nicht gesprochen), verbraucht man achtzigtausend schwarze Menschen. Sie gehen hin, ein Dreck, an Hunger Durst Schmutz Ruhr und Fieber.

Chor des Totentanzes *(flüstert)*. Wir haben Schlimmeres gesehen.

Tod. Du nennst mir neue Beispiele für alte Laster. Der Stier in der Arena hat ein Herz. Und stoßen seine Hörner in eines Pferdes Bauch, so treffen sie auf Eingeweide. Was Schmerz ist, weiß nur der, der leidet. Ich sehe den Unterschied nicht zwischen einst und jetzt. Du selbst gibst zu, ein Neger ist ein Mensch. Ich habe gelernt zu wissen, daß selbst Steine stöhnen.

DER FEISTE TOD. Wir wichen ab. Die Welt ist groß, und lang ist die Geschichte. Du kennst der kriegerischen Menschen neue Nebelschwaden nicht. Ihre Wirkung kennst du nicht. Gehn sie herab auf ein Feld leuchtender Tulpen, neigen sich die Blüten, knicken um, kraftlos. Der plötzlich schwer gewordene Saft der Blätter verpestet das Fleisch der strotzenden Wurzeln. Tasten die Gifte sich heran an blitzendes Metall, wird es duff und glanzlos, korrodiert und erlischt von seiner gemeißelten Form. Was mit dem Fleisch wird, kannst du dir errechnen.

Links: Attittidu

Das bedeutet Totenklage, in die sich Gefühle des Trotzes, des Zornes und der Rache hineinmischen.

MUTTER *(kommt)*. Er spricht nicht. Er weint. Was ihn betroffen, weiß ich nicht. Schlimmes hat ihn betroffen. Die Trostlosigkeit hat ihn gepackt.

DER JUNGE MENSCH *(kommt)*. Ich schulde dir Aufklärung. Mein Herz ist so erschöpft durch Kummer, daß ich sprechen kann wie ein Fremder über fremdes Leid. Wortreich und lehrhaft. Mit ein wenig Vergoldung und einem Quentchen Vernunft. Einerseits und andrerseits, diesseits und jenseits. Halberwege wie ein zerbrochener Zaun. Es ist wie es ist. Und es ist fürchterlich. Mein Freund liegt aufgebahrt im Schauhaus, hinter einer Glaswand. Ich habe die Glaswand eingeschlagen. Und ihn geküßt. Es ist wenig. Ich spürte, er war kalt wie argentinisches Fleisch. Er ist auf der Straße erschossen worden. Man weiß nichts Genaues. Er ist wehrlos gewesen und ist von wehrhaften Gegnern erschossen worden. Er ist jung gewesen. Und plötzlich älter als die ältesten Greise. Er hätte fruchtbar sein können und ist plötzlich unfruchtbar wie das Lügenmaul eines verwelkten Weibes. Er hätte ganz sein können und schimmernd wie ein Kristall; aber er ist zerwettert wie eine morsche Weide am Bach, die den kalten Winter nicht überlebt hat. Es ist etwas geschehen. Er spricht nicht mehr. Er kennt mich nicht mehr. Ich weiß nicht, ob er meine Berührung fühlt.

CHOR DES TOTENTANZES *(flüstert)*. Wir haben Schlimmeres gesehen.

MUTTER. Es ist etwas Gesetzloses geschehen. Wenn gesundes Blut verschüttet wird, geschieht Unnatürliches. Wie auch immer die Verteidigung ausfällt. Hier ist zu sagen: Die Armut findet nur heisere Fürsprecher, deren Mund nicht an das Ohr der Nächsten rührt. So siegt das Sichtbare: ein schäbiger Mantel liegt zerknüllt vor dem Glanz goldener Ordnung.

Dein Freund hat geschrieen. Er hat gemeinsam mit Kameraden geschrieen.

Nach Brot.

Man stillte ihren Hunger.

Ohne ihren Leib zu sättigen.

Man gab ihnen ein Haus.

In dem es nicht warm ist. Vielmehr kalt und eng, voll spakigen Dunstes. In dem es das Angenehme nicht geben kann.

Man heilte ihre Krankheiten.

Um den Preis, das Letzte hinzugeben. Das Heitere und die Kraft.

Man löschte ihren Alltag aus.

Und die Hoffnung auf Sonntage. Man nahm ihnen das Licht. Man strich sie aus. Man machte sie geringer als jedermann.

Das Korn blieb in den Scheunen. Aber der Menschen Blut blieb nicht in ihren Leibern.

Man gab ihnen, was man ihnen vorenthalten hatte mit reichlichem Tod.

CHOR DES TOTENTANZES *(flüstert)*. Wir haben Schlimmeres gesehen.

DER JUNGE MENSCH. Es ist wie es ist. Und es ist fürchterlich.

CHOR DES TOTENTANZES *(flüstert)*.

Nicht grundlos,
wenn der Frühling mit Säften
Bäume und Kräuter speist,
sinkt mit dem Abend
Furcht in der Menschen Herz.
Das mächtige Wachsen

träumt unter grünem Himmel
vorschmeckend den gelben Tod.

Rechts: Szene im Himmel
Das bedeutet, wir können es nicht lassen, daran zu denken. Mächtig brausende Glocken. Ungewöhnliche Töne und Klangfarben, die allmählich vergehen.

Prinz und Berichterstatter. Der Prinz ist in ein sehr einfaches gelbes Gewand gekleidet. Er ist sehr jugendlich, ohne Maske, ohne Perücke, von bleicher Gesichtsfarbe, gewissermaßen ohne Auszeichnung.

BERICHTERSTATTER. Ich bin am Ende meiner Darlegung. Alles geschieht wie es geschieht. Die Harmonie der Gesetze tönt durch den Raum. Sie umfaßt frühe und späte Formen des Daseins. Sie durchwirkt das Feste, das Flüssige und die Gase. Sie ist in der Hochzeit der Flamme und im langsamen Beischlaf zwischen Pflanzenwurzel und Stein. Sie ist im schlackenlosen Glanz des Platins und in der wässerigen Vielfalt des Protoplasmas. Das Plankton ernährt die Lebendigen in den Grüften der Ozeane. Der zerfallende Rubin singt einen neuen Lichtstrahl. Es ist ein gewaltiger Aufbau von unten nach oben und ein, zwar schmerzlicher, aber heißerer Kraftstrom von oben nach unten. Das Kleine trägt den Schimmer des Großen. Das Sternenmeer ist ausbalanziert. Die Wirkungen von allem zu jedem sind hineingewebt in die Existenz. Das Gesetz ist gut. Es bedarf keiner Abwandlung. Es ist eine Ewigkeit alt. Es kann eine Ewigkeit dauern.

PRINZ. Die Zeiten sind lang geworden. Das ist wahr.

BERICHTERSTATTER. Es geschieht alles wie es geschieht. Nicht anders. Kein Geschehen ist halbiert. Nichts ist, nachdem es ablief, auch um den höchsten Preis nicht, ungeschehen zu machen. Es gibt keine Umkehr. Alles ist gebunden an den Strom, der nur dein Herz verschont.

PRINZ. Du bist genau in deiner Beschreibung. Du verdichtest das Viele und das Weite in einen Punkt. Du zeigst mir den gepaarten Geschlechtskeim der Welt. Aber ich fühle mich leer. Ohne Unterricht. Ganz entfernt. Ganz allgemein.

BERICHTERSTATTER. Mein Prinz. Jede Frage an mich erntet eine Antwort.

PRINZ. Ich kann nicht fragen. Frage entsteht erst an der gewissen Ungewißheit. Du sagst: Es ist wie es ist. Es geschieht wie es geschieht. Und fügst hinzu: Siehe, es ist gut. Siehe es ist gut, das macht mich still. Du tötest meine Sehnsucht nach begehrlichen Fragen. Du überhäufst mich mit Schmeichelei, die mich mit milliarden Jahren Jugend betäubt. Es kommt kein Ton zu mir, der anderes sagte. Wehe, es ist fürchterlich. Ich traue dir nicht. Alles ist ausbalanziert. Bewegung nach allen Seiten. Männlich und weiblich. Die Ruhe der Vereinigung hat keine Dauer. Im Abstrakten hüpft das Gut auf einem Balken mit dem Fürchterlich.

Im Punkt kann ich den Schmerz vergessen. Ich bin weitab. Und weitab heißt der größte Punkt. Du aber weißt, es ist nicht wie es ist. In einer großen Welt ist ausgesät der Schmerz. Er ist ein Hüter des Gesetzes. Nutzlos vielleicht wie alle Hüter toter Ordnungen. Auch ungerecht. Es könnte sein. Es muß nicht sein. Ich fühle ihn nicht. So weiß ich nichts. Ich bin halbiert, gemartert und beglückt. Ich fühle mich ganz ohne Nachricht. Belogen. Im Stillstand einer Ewigkeit. Nicht da. Als Nachbar weggewischt. Du bist der Mittler zwischen mir und Welt. Ein unvollkommenes Werkzeug. Berichterstatter.

BERICHTERSTATTER. Die Heftigkeit in deiner Seele betrübt mich. Ich spüre ein Verlangen aufgekeimt, das nicht ich, das niemand stillen kann. Wer weiß, was aus dir würde, glittest du hinab zum Großen, Überallgleichzeitig, Injedem, doch zerhackt in trillionen Wesen, in jenen Ablauf, der beginnt zerrinnt, zum Gegenwärtigen.

PRINZ. Ich will –

BERICHTERSTATTER. Ich bin gefaßt.

PRINZ. Ich will so aufgeklärt sein wie ein Mensch, der nicht nur die Gestalt des Leibes spürt, auch jeden Tropfen Blut in seinen Adern liebend kennt.

BERICHTERSTATTER. Es gibt nicht soviel Bäume, Kreuze draus zu zimmern, daran ihn anzuschlagen, immer wieder ihn an jedes Kreuz, nicht unterschiedlich Marterungen genug, um all die Leiden abzubilden, die er dulden müßte, sollte er so vollkommene Kenntnis seines Lebens haben. Die wächst am Schmerz nur. Doch vor soviel Qualen steht das Sterben. Du wünschst der Zeiten Ende. Du willst hineingehn in die Welt, daß sie zum Aufgelöstesten, bewegungslosem Scheinstoff werde.

PRINZ. Ich bin dir nicht gewachsen. Ruf mir den Tod.

BERICHTERSTATTER. Gehorchen habe ich gelernt.

(Er tritt einige Schritte zurück. Tod und feister Tod kommen. Der Tod von innen mit feierlicher Wonne angestrahlt. Sein Genosse fast frech, in der Haltung nicht weit von der des Berichterstatters entfernt; doch leicht befangen.)

TOD. Mein Prinz, die Rufe in der Nacht, der Donner der zerplatzenden Wogen, der lauten Signale an mich, die mich um die Erde trieben, zu ernten, sind zu einem Glockenton angeschwollen, der das Sternenmeer durchtaumelte. Der aus der Einsamkeit kam. Ich weiß, du rufst mich. Du willst mich zurück in die Öde geben. Du hast mir einen Nachfolger bestellt, zugerichtet mit unerfreulichen Maßen. Du hast mich auf die Probe gestellt, mit ihm zu diskutieren. Du hast unseren Gesprächen ein frühes Ende bereitet, weil du barmherzig. Weil du dem Diener deinen Spruch nicht lange vorenthalten willst. Ich soll dem Feisten unterliegen; du willst es so. Ich führe keine Klage. Ich nehme hin und bedanke mich. Ich bin der tote Tod. Und stehe vor dir, Prinz, ein treuer Knecht. Und mit mir kam, der mich ersetzen soll.

PRINZ *(vollkommen fassungslos).* Ich kenne den neuen Diener nicht. Ich bin nicht unterrichtet. Ich habe ihn nicht gebildet. Was ist geschehen? Berichterstatter, sprich.

BERICHTERSTATTER. Es ist so wie es ist. Es geschah wie es geschah. Man kann gar nichts sagen, ohne sich zu wiederholen; denn es ist alles gesagt. Das Gesetz ist gut. Es bedarf keiner Abwandlung. Dies ist eine Folge der Zeiten. In einer Ewigkeit wachsen am Widerhall der Sterne der Harmonien Vielfalt.

PRINZ. Das ist eine Antwort, aber es findet sich kein Ja oder Nein darin. Es ist nichts für mich und nichts wider mich darin.

DER FEISTE TOD. Jetzt fällt es auf mich, zu sprechen.

TOD. Kann denn geschehen was noch nie geschah? An meine Fersen kann sich ein unbekanntes Wesen heften, das mir gleicht? Kann eingelassen werden in den Dom der Welt, auch wenn sich keine Tür einladend öffnete?

BERICHTERSTATTER. Zustand der Reife. Ein Ablauf hat sich hier zur neuen Form erschlossen.

DER FEISTE TOD. Ich bin der Menschen eigner Tod. Ihr Untertan bin ich damit beileibe nicht. Ich stehe nicht, wie hier gewähnt wird, jenseits des Gesetzes.

BERICHTERSTATTER. Es ist auch nicht behauptet worden. Wer in die Leere vordringt, ist den großen Harmonien eingefügt.

DER FEISTE TOD. Ich bin ein Sproß nur, eine Abart fleischlichen Verwelkens.

BERICHTERSTATTER. Und deinesgleichen ist schon oftmals hier gewesen.

DER FEISTE TOD. Ich sing nicht mit im Harfensang des Sturms. Ich stehe an den Hebeln der Maschinen. Schwing mich empor aus dem Gebräu der Laugen, Säuren, fressenden Produkte der Menschchemie. Ich brülle aus der fettgemachten Luft und aus den Tunnels der Bergwerke. Ich bin im künstlich angefachten Feuer und im Pesthauch vorbedachter Ausrottung. Ich tummle mich, soweit gedieh ich schon, im Meer selbst und im Kot der Erde. Mein Feld ist groß. Und größer wird es werden. Ruft es durchs Weltall, daß der Tod erscheine, muß ich gehorchen wie der hagere Genosse, der auf Orkanen reitet und an gärenden Tümpeln lagert.

PRINZ. Ein stumpfer Stab kann immer nur, geht eine Mühe darauf aus, ihn umzuschaffen, mit einer spitzen Spitze sich verlieren.

BERICHTERSTATTER. So ist es, Prinz. Das Überspitzte nennt man Spekulation. Sie ist nicht dinghaft.

PRINZ. In meinem Reich geschah eine Verfeinerung der Kreatur, die mich beiseitewirft. Und klagt mich an. Und mein Gesetz.

BERICHTERSTATTER. Du irrst. Es handelt sich noch immer um des spitzen Stabes letzten Punkt. Die Auslaufsflächen nur sind sehr verjüngt worden. Um bei dem Bild zu bleiben. Verläßt die Kreatur den letzten körperhaften Punkt, um einen Sprung ins Ungebundene zu wagen, braust das Gesetz mit Untergang heran. Dann gehen Schranken nieder, die

Elemente taumeln zur Revolte. Das Protoplasma der vermessnen Kreatur versengt. Die Sicherungen, Prinz, die du getroffen, sind gut wie alle andere Harmonie.

PRINZ. Und wie erklärst du mir den feisten Tod? Den ich nicht schuf?

BERICHTERSTATTER. Der Mensch ist sehr vermessen. Er hat dich aus dem Weltall fortgebetet. Er steht nicht mehr zu deiner Jugend. Er schämt sich deiner. Er erledigt dich mit Worten. Er kann dich nicht verstehen in deinen Schöpfungstaten. Er glaubt an Spielzeug, das er sich erfindet. Und an das Gift, mit dem er Mord verüben kann. An jede Sache, wenn sie gut verpackt, mit schwarzen Lettern angepriesen. Von denen, die dir helfen wollen, kann man schweigen. Sie sind nicht auffällig. Sie sind nicht an der Macht. Sie sind nicht fromm; und darum unerkenntlich.

PRINZ. Wie loser Sand ist, was von deinen Lippen fällt. Es dient mir nicht, mich zu entscheiden. Nach Spuren suche ich, daß ich den dunkelsten Zusammenklang der Weltenbrandung ausfindig mache, daß ich ausflösse, ihn zu läutern. Du machst, ich fühle mich leer. Ohne Spürsinn. Ganz entfernt, ganz allgemein. Als Nachbar weggewischt.

BERICHTERSTATTER. Dein Diener ist gescholten.

PRINZ. Ja. Ich schaue auf Tod, Berichterstatter, und wieder Tod. Und du sagst grinsend: das ist mein Gesetz. Will ich mich regen, faselst du von aller Zeiten Ende. Ich wolle das Bestehende zum Scheinstoff wandeln.

BERICHTERSTATTER. Bei dir ist alle Macht.

PRINZ. Auch alle Jugend.

BERICHTERSTATTER. Und keiner ist, der dir gleichkommt.

PRINZ. Im Höhnen bist du Meister.

BERICHTERSTATTER. Ich bin genau.

PRINZ. Doch ohne Richtung.

BERICHTERSTATTER. Das fließt aus meinem Amt.

PRINZ. Und welches Wasser soll von mir kommen?

BERICHTERSTATTER. In aller Welt geschieht Zeugen. Hier sind zwei Tode, die es dir verbürgen.

PRINZ. Ich bin, so schmeichelst du, in meine Tat hineinverwoben.

BERICHTERSTATTER. Untrennbar.

PRINZ. Ich will von euch gehen. Dieser Ort ist faul von Wechselreden. Ist nicht leer genug für mich. *(Ab.)*

TOD. Ich soll nicht unterliegen. Ich soll noch älter werden.

DER FEISTE TOD. Ich bin geduldet.

BERICHTERSTATTER. Mein Feld ist die Welt.

Links: Ewige Wanderschaft

Das bedeutet, der Tiger hat einen Blick, den wir träumen können; und unsere Gedanken können schnell sein und im All scheitern wie das Licht.

DIE ARME SEELE DES GUTEN MENSCHEN *(tritt auf. Sie erscheint als Mann. Bloße Füße, bloße Arme, unbedeckten Hals, ein silbergestreiftes Tuch über dem Körper).* Ich bin lange gewandert. Ich habe vieles hinter mir gelassen. Die Entfernungen sind groß geworden. Und die Orte klein. Ich habe nur noch ein Gut: Erinnerung, die keinen bestimmten Geschmack mehr hat. Hier ist alles dünn. Das Licht ist ausgeronnen und verbraucht. Und was man Luft nennen könnte, diese Kälte zwischen den Welten, ist erbarmungslos unfruchtbar, ist fast die absolute Kälte. Ich selbst bin sehr durchlässig. Und ein Wind wäre für mich schlimmer als ein jagender Strom glühender Lava vor meiner Verwandlung. Ich bin in der Einsamkeit und vor dem Tor des Nichts, um eine Frage zu stellen. Um eine Antwort zu erhalten. Tausend Jahre sind nicht unnütz vertan, eine Milliarde Jahre sind nicht unnütz vertan. Wenn man eine Antwort erhält.

Auf meinem Wege in die Öde hinein sind mir Genossen begegnet. Gute Menschen und gute Tiere. Ich habe einige Brocken ihrer letzten Meinung behalten. Sie sagten Wiederholungen, um nicht zu vergessen, wegen der Nüchternheit und Kraftlosigkeit aller Erinnerung in diesen weiten sternenlosen Bezirken: Wir sind in die Welt geboren worden. Wir haben viele Schmerzen erdulden müssen. Wir sind geschlachtet worden. Man ist nicht schonsam mit uns umgegangen. Es geschah wie es geschah. Und es war keine Beziehung zwischen unseren Verfehlungen und dem Schmerz, den man uns aufbürdete.

Ich habe die klagenden Pilger hinter mir gelassen. Ich bin weiter vorgedrungen als sie. Meine Leiden sind so stark gewesen, daß sie in dieser Leere noch nicht zerfallen sind; daß sie den Bannkreis des letzten Etwas verlassen haben und in der Dunkelheit vorwärtstasten. Jetzt bin ich am Ziel. Meine Klagen sind eine Sonne in der Kälte und in der Nacht.

Ich bin einst aus einem Schoß gefallen. Und als ich da war, war das Leid bei mir. Aber das Leben war auch bei mir. Das Wachstum. Das große Gesetz. In mir tönte der Akkord des Lichtes und der geordneten ordnenden Materie. Aber ich erreichte das Bild nicht, das zu werden meinem Fleische als Aufgabe gestellt worden war. Ich fiel von meinen Eltern ab und von der Gesundheit; der makellose Vorgang des Wachstums an mir verschlechterte sich zur Entartung. Ich war unschuldig daran. Man hatte ein Gift in meine Muskeln gesenkt. Und es geschah ein Stocken in den Bahnen der gesunden Säfte. Eine Schwere machte sich breit in den geheimsten Wegen. Es wurde Krankheit daraus. Die Krankheit war ein Anfang zu Schlimmerem. Mein unverdienter Lohn waren Schmerzen. Die Häßlichkeit wurde meine Bettgenossin. Die Schattengefährten an meiner Seite hatten einen grauen Namen. Meine Gedanken wurden gläsern in dem brüchigen Körper. Meine Taten waren vergleichbar dem schwankenden Gang eines Berauschten oder Gestürzten. Aber es kam schlimmer. Das große Gesetz bezeichnete viele der geheimen Orte in mir mit Schmerzen. Es drang in mich ein mit Verwüstung, um entsetzliche Erkenntnisse in mir zu vermehren. Ich wurde getrieben, mich in mir mit meinem Bewußtsein einzurichten. Mein Hirn wurde wie ein großes Ohr über dem Ächzen der tausend Organe. Und siehe, wie es so erbarmungslos um mich stand, kamen Menschen, Ärzte, wie man sie bezeichnete, um mir zu helfen. Und sie versuchten, die Wirkungen des Gesetzes an mir zu ändern. Sie entfernten Teile aus mir. Öffneten mich. Schlossen mich. Und ich war verändert. Die Chemie meines Körperhaushaltes war verändert. Und es war schlimmer als zuvor. Ich wurde mit neuen Peinigungen gestraft. Die Unnatur des Nichtvorhandenen rächte sich mit der gräßlichen Strafe der Peitsche. Es kam eine Zeit, da schrie ich. Der Schlaf wich von mir. Die gläsernen Gedanken wurden zu spitzen Scherben. Zerbrochene Krüge. Ich glich in nichts meinen Mitmenschen. Mein Jammern, mein Toben, der genaue Bericht von der Eigenschaft meines Blutes, des veränderten, schien ihnen fremd lästig verbrecherisch. Und sie beschlossen, mich weiter zu verändern. Meinen Körper enger zu machen als er war, aufzufüllen mit Zufälligem. Sie griffen weiter in mich ein als zuvor. Sie entwurzelten meine Seele vollends. Sie zwangen mich, mich selbst zu bespeien, alte Gerüche zu hassen. Sie glühten alle Neigungen in mir aus. Und gaben mir einen Ersatz, eine erstarrte Schwäche, der ich verfiel. Sinnlos gewordenes Spiel, statt Frühling Parfum einiger Blumen. Sie griffen meine Erinnerung hart an. Sie überschwemmten mein Hirn mit Giften, nachdem sie mein Herz verändert. Aber ich blieb in meinem Hirn. Ich blieb mit meinen Qualen und mit einer verankerten Erinnerung in meinem Hirn. Ich wurde nicht wahnsinnig. Keine Nacht löschte aus. Ich rettete das Gräßliche bis in diese Stille, bis jenseits der Sterne.

Um zu fragen. Um zu fragen. Dies: Warum bin ich so sehr gepeitscht worden? Warum mußte ich unnatürlich, ein Krüppel werden? Warum mußte ich mehr erkennen als alle andern neben mir, ohne doch Segen damit zu stiften? Warum gab es keine Milde für mich? Warum bin ich zu aller Qual in mir mit untragbaren Lasten der Fremden beladen worden? Daß ich frieren mußte. Hungern. Naß wurde, obdachlos in Regen und Schnee? Ungeliebt, gemartert durch böse Blicke? Eingesperrt mißhandelt entrechtet gefesselt und zerschlitzt? Vergiftet, mit Eingeweiden von Tieren, die ich nicht kannte, geflickt? – Ich habe gesprochen. Es ist ein Schall gewesen. Es kommt keine Antwort. Ich bin immer noch auf der Seite derjenigen, denen keine Antwort wird. Und ich bin doch ganz vorne, weil ich gelitten wie keiner. Ich muß weiter gehen. Ich bin noch nicht am Ziel.

Rechts: Frühlingskonferenz

Das bedeutet, die Vielwegigkeit harter Winterunterhaltungen wird, nach einem Prozeß der Schrumpfung, in einen Leitfaden verwandelt.

BERICHTERSTATTER. Weite Ausflüge dienen der Bildung. Gespräche mit Weisen schulen den Verstand. Wenn drei lange zu schweigen wissen, sind sie sich einig oder verfeindet.

Feindschaft kann auf die Dauer nicht nützlich sein. Ich rate darum auf Einigkeit; die sich zwischen uns aufgetan hat.

DER FEISTE TOD. Ich unterstütze die Meinung.

BERICHTERSTATTER. Kluge Entschlüsse wollen nicht lange genötigt sein.

TOD. Wir sind Beauftragte des gleichen Herrn. Wir sind gemeinsam gescholten worden. Und müssen untereinander verträglich bleiben.

BERICHTERSTATTER *(zum hageren Tod).* Das ja ist offenbar ein schweres Wort. Man berührt einander damit. Du kennst nicht soviel Zurückhaltung, wenn du in das Tierreich einbrichst, um zu würgen. Du siehst durch mich hindurch, weil ich dir auf die Knochenfinger schaue. Ich bin dir peinlich. Dabei weiß ich mich frei von jedem Vorurteil.

TOD. Du bist nicht frei von einem grinsenden Gesicht.

BERICHTERSTATTER. Ein flennender Berichterstatter gleicht einem lahmen Pferd. Es ist nicht schnell. Indessen, mein Kopf nicht, meine Rede nicht sind es, woran du Anstoß nimmst. Du schätzt den Menschen als des Höchsten liebstes Tier. Ich fühle mich wohler bei den Kühen auf dem Felde. Und eine Stutenherde, die mit harten Hufen den Boden stampft, feistleibig blank mit geilem Wiehern, laut knatternd mit den Eingeweiden, versüßt sogar mein Hirn mit Melancholie. Dann werde ich abgeschmackt und wünsche mir Pferdehuf und Schweif. Ein Hippokamp, Kentaur zu sein.

Ich bin trotz aller Wandlung geblieben was ich immer war, ein Schwärmer in den Bezirken seelenvollen Fleisches.

TOD. Ein Tierfreund also, und der Menschen Feind.

BERICHTERSTATTER. Ich säe nicht. Ich mähe nicht. Meine ganze Tätigkeit für eigene Rechnung besteht darin, mir einen Pferdehuf zu wünschen. Gründlicher können meine reinen Absichten nicht dargetan werden.

TOD. Wir haben es gehört. Wir wollen jetzt ja sprechen.

BERICHTERSTATTER. Es ist wieder Frühling geworden. Es kommt für mich eine angenehme Zeit. Wir wollen ja sprechen. Wir wollen gute Verwalter dieser Erde sein. Ihr unter Menschen. Ich bei den Tieren.

DER FEISTE TOD. Gute Verwalter wollen wir sein. Von der Jahreszeit indessen verstehe ich nichts.

BERICHTERSTATTER. Unnötige Sorge. Der alte Tod hat eine gute Nase. Er riecht frisches Gras durch den Schnee. Er gleicht mir darin. Sich paarende Tiere entdecke ich auch in den kühlen und dunklen Verstecken der Wälder. *(Er geht lächelnd davon.)*

TOD. Wir werden ihn vor Herbst nicht wiedersehen.

Links: Auch der Knecht spricht
Das bedeutet, die Kräfte der Erneuerung sind nicht mehr einzudämmen.

KNECHT. Der Acker ist vom Atem des Windes feucht geworden, der das Eis schmolz. Und von den herabtaumelnden Fetzen der Wolken, die weich waren wie Moorwasser. Und von den Nebeln, riesige Schwämme, die sich auswrangen. Mit der Feuchtigkeit ist eine Wärme gekommen; und längere Tage sind da. Und ein Geruch ist da, schwer und süß. Die frisch gemolkene Milch in den Eimern setzt ihren Schaum langsamer ab. Die Rinder stöhnen vor Sehnsucht ins Freie zu kommen. Sie schmecken den Salzschmack der kalten Abendluft nach fruchtbarem Tag mit langen begierigen Zungen. Sie wollen das junge Gras fressen, das ersprossen ist, um ihr gereinigtes Blut zu spüren, nicht länger zu leiden an der Brunst in den Ställen und an der vom Liegen beschwerlichen Schwangerschaft. Sie wollen, die gute Zeit soll schnell herbeikommen. Wir alle wollen es. Der Bauer will es und die Hausfrau. Die Pferde wollen es. Die Schweine wollen es. Ich will es auch. Die Arbeit auf den Feldern ist getan. Die bei Wind getan wird. Und im strömenden Regen. In der Kälte. Und wenn es beschwerlich ist vor schlammigem Boden. Jetzt ruht das Werk. Und das Wachsen hebt an. Wie ein gärender Teig ist die Landschaft. Die gute Zeit soll schnell herbeikommen. Wo wir an lauen Abenden in den Gräben liegen. Oder beim Vieh, das grast. Oder irgendwo sonst unter dem nackten Sternenhimmel. Wir alle wollen, daß die gute und warme Zeit schnell kommt, in der wir fröhlich sind mit allen Tieren.

Auf beiden Seiten: Das hohe Lied des Ablaufs
Das bedeutet, es ist wie es ist.

CHOR DES TOTENTANZES *(flüstert)*. Dein Sohn denkt nicht mehr an dich.

MUTTER. Ich denke an ihn.

CHOR *(flüstert)*. Deinem Sohn zerfällt die Kindheit ohne Verlangen darin zu bleiben.

MUTTER. In meiner Erinnerung ist er ein Riese.

CHOR *(flüstert)*. Dein Sohn trägt ein Geheimnis vor dir.

MUTTER. Ich habe ihn in meinem Leib getragen. Ich kenne sein Geheimnis. Ich kann ihm nicht zürnen. Sein Haupt geht nieder wie eines Tieres Haupt, das sich zum Fressen neigt. Mit unbewußtem Hunger. Es ist die Sucht nach den Taten des Lebens in ihm. Es ist kein Schelten in mir, das ihn treffen kann. Es ist Traurigkeit in mir, die nur mich trifft.

CHOR *(flüstert)*. Dein Sohn liebt einen fremden Menschen.

MUTTER. Er liebt einen jugendlichen Menschen, der ihm in seiner Jugend gleicht. Zwischen mir und ihm stehen Jahre. Er kann mich nicht lieben; aber ich muß ihn lieben.

CHOR *(flüstert)*. Die Entfremdung von dir ist plötzlich gekommen.

MUTTER. Der Frühling ist plötzlich gekommen. Die Zeit ist da. Der Winter schlug meinen Sohn zu Boden mit Angst. Die Märzstürme zerfetzten sein Herz mit gräßlichen Todesgesängen. Er wurde in den Morast der Trauer getaucht. Aber die anfälligen Jahre wurden nicht von ihm genommen. Er mußte wieder heraus aus dem nassen Tümpel. Die große Sonne nahm ihn in Obhut. Sie bereitete Durst in ihm. Und andere Bedürfnisse. Sie stellte ihn vor die Wahl, sich verloren zu geben oder sich zum Dasein zu bequemen. Sie gab keinen Aufschub. Sie ließ ihm nicht einmal Zeit, seinen Willen zu ordnen. Als er das Haupt hob, um zu erkunden, was für eine Frage das war, die man an ihn gerichtet, sah er, er saß auf einem Floß, auf glatten gebündelten Stämmen, auf einer Art toten Waldes, der bleich geworden durch Enthäuten. Und geschmolzene Schneeströme schwemmten ihn davon. Und der Entführte war ratlos, wie er am Ufer festmachen sollte. Und was für ein Ufer es war, wußte er nicht. Jedenfalls war in diesen Gegenden sein Freund nicht gefallen.

Chor *(flüstert).* Du gibst dich zufrieden?

Mutter. Er gab sich zufrieden. In wüsten und ungeordneten Nächten verschleuderte er seinen Widerspruch. Ich gebe mich zufrieden. Denn er ist dageblieben. Es bestand Gefahr, daß er fortging.

Chor *(flüstert).* Du weißt, du wirst Entsagung üben müssen.

Mutter. Ich weiß, er ist von mir abgefallen. Wie eine Frucht vom Baum fällt; der sie erzeugt hat. Ich weiß, ich muß schwinden. Und er muß noch zunehmen. Ich muß in eine Lüge flüchten. Ich muß den kleinen Trost suchen, einstmals Großmutter zu heißen.

Chor *(flüstert).* Du bist nicht gefaßt.

Mutter. Ich will seine glücklichen Stunden nicht trüben. Vielleicht, wenn er mich ganz vergessen hat vor Taumel, will ich ihm nahe kommen wie eine Fremde und einen Blick von seiner Gestalt mir abstehlen.

Chor *(flüstert).* Zwischen dem einst und jetzt liegt für dich ein tiefes Wasser. Hüte dich, daß du darin nicht umkommst.

Mutter. Was liegt an mir? Da ich nutzlos geworden. Er keine Hilfe von mir mehr annimmt.

Chor *(flüstert).* Du rufst einen Erlöser, den du nicht meinst.

Mutter. Für mich ist in diesem Jahr die Landschaft nicht reich an Wachstum und wohltuender Wärme. Für mich ist der große Schatten des Winters zurückgeblieben.

Chor *(flüstert).* Du zürnst deinem Kind nicht. Du haderst mit dem Geschick.

Mutter. Ich rufe die Einsamkeit an, die wohl zu schweigen weiß. Findet sie eine Antwort für mich, so war sie barmherziger als ich erhoffte.

Chor *(flüstert).* Wir fürchten, es wird eine Stimme zu dir gelangen.

(Tod und feister Tod treten rechts auf.
Mutter starrt hinüber. Verwirrt.)

Mutter. Es ist weit mit mir gekommen. Das ist wahr. Ich muß viel geweint haben. Oder wenig geschlafen. Ich bin auf Abwege geraten. Auf den Grenzwall zwischen dem Genauen und dem Ungenauen, wo Geister sich zu Schemen verdichten. Immerhin, wenn man irgendwohin gelangt ist, soll man den Mut aufbringen, stehen zu bleiben und Umschau zu halten. Weil es sonst schlimmer kommen kann.

TOD. Für dich kommt nichts Schlimmeres mehr.

MUTTER. Das ist ein Trost. Auch wenn er aus unsauberem Mund fällt.

TOD. Du wirst auf Erden nichts Echteres finden als mich.

MUTTER. Es kann beruhigen, daß ein fetter Mann neben dem knochenfingrigen dahinschreitet.

DER FEISTE TOD. Wir sind gekommen, um dir einen guten Vorschlag zu machen.

MUTTER. Das unheimliche Gespräch läßt sich vertraulich an.

TOD. Du sollst mit uns gehen.

MUTTER. Wohin?

TOD. Es soll nichts Plötzliches geschehen.

DER FEISTE TOD. Es soll das Für und Wider erwogen werden.

TOD. Unsere Glieder sind warm von der Sonne. Wir sind von der Gewalttätigkeit abgedrängt.

MUTTER. Ich könnte schreien. Aber ich würde nicht erwachen. Hier ist eine neue Wirklichkeit heraufgestiegen. Die ich nicht mehr bekämpfen kann.

TOD. Es geht um deinen Sohn. Um das Glück deines Sohnes. Du sollst mit uns gehen, damit er glücklich wird.

MUTTER. Es gibt kein Glück. Hier liegt Betrug.

TOD. Du beschwerst dich nicht mit gründlichen Gedanken, ehe du antwortest. Dein Sohn müßte abtreten, wenn du bleiben wolltest. Er würde einschrumpfen zum Niedagewesenen, wenn das Gesetz der Nachfolge aufhörte.

MUTTER. Du sprachst von Glück. Es löst sich auf, wenn wir es empfangen wollen zu einem schwachen Lichtschein, der unsern Weg nicht hell macht. Bezahlen müssen wir die falsche Hoffnung auf Angenehmes mit salzigen Tränen.

TOD. Dir ist im Weltenhaus noch vieles unenthüllt.

MUTTER. Ich hasse Weisheit, die nicht lächeln kann. Zeigt mir das Glück, das meinem Kind verheißen worden ist.

TOD. Du sollst mit Augen schauen. Mit der Vernunft jedoch mußt du vorweg begreifen, Glück heißt die gute Leidenschaft in jungen Jahren. Sie ist das Fundament für jene großen Kräfte: Erinnerung und Traum. Du, als ein Weib geschaffen, wirst deine Mutterschaft nachträglich nicht fortwünschen mögen und deinen Sohn verwerfen.

MUTTER. Meine Ohren werden müde. Was für ein unechtes Fieber hat sich herangeschlichen; das mit Bildern geizig ist, aber mit kalten Vernunftworten Verschwendung treibt.

DER FEISTE TOD. Du sollst nicht überrumpelt werden; das haben wir dir zugesagt.

TOD. Du befindest dich nicht in der Sphäre der Krankheit, sondern im Raum der Erkenntnis.

MUTTER. Gebt mir Gewißheit, daß mein Kind nicht verdirbt.

DER FEISTE TOD. Wir werden dir Gewißheit geben, daß dein Sohn in den Bezirken der Kraft weilt.

TOD. Und genießt, gierig und breit, was auch einer trüben Zukunft die Wage hält.

DER JUNGE MENSCH *(kommt Arm in Arm mit einem Mädchen von rechts)*. Es ist gar nichts mehr zu sagen. Es ist alles gesagt. Meine verirrte Seele hat an eine heilsame Stätte zurückgefunden. Als ob ein Dom mit vielen starken Säulen als Heiligtum für meine Gefühle errichtet worden wäre, so schwingt in mir eine verlangende Ruhe. Ich liebe dich. Du bist schön. Du bist ein tiefer Brunnen. Du gleichst jeder Landschaft, die mich entzückt.

DIE BRAUT. Du sprichst weitschweifig und klug. Ich kann dir nichts antworten. Meine Liebe zu dir ist einfacher. Ich schäme mich fast.

DER JUNGE MENSCH. Ich habe einen loseren Mund. Das ist keine Tugend.

Sie gehen vorüber.

MUTTER. Ich bin überwunden. Es ist gar nichts mehr zu sagen. Es ist alles gesagt. Glück ist ein schiefer Ausdruck für brünstiges Verlangen. Gleichviel.

TOD. Gesetz klingt unerbittlicher; dennoch, es ist ein inhaltsvolleres Wort.

DER FEISTE TOD. Die Einkehr kommt bei dir sehr schnell.

Liebespaare wandern langsam über die Bühne.

MUTTER. Ich habe vor dieser Zeit schon viel geweint und wenig Schlaf gefunden.

DER FEISTE TOD. Ich muß dich stützen, daß du nicht hinstürzst?

MUTTER. Hier ist doch Licht? Auf diesem Weg ging doch mein Sohn vorbei mit einer Braut? Und andre Menschenpaare wandern vorüber? Und wieder andre folgen? Das ist in

diesem Jahre so? Im nächsten auch? Und weiter durch die Zeiten? Die Blumen blühn im Mai, und vor dem Winter quellen Früchte an allen Pflanzen? Das ist ein Ablauf? Das ist die Ordnung? Das ist die Folge des Gesetzes? Für jeden, der einmal erscheint, ist auch der Abtritt schon bereit, das Stichwort, das ihn wegfegt, Schicksal?
Ich hab' begriffen. Mein in meinem Schoß gezeugter Sohn zeugt weiter in einem jüngern Schoß. Doch einmal noch will ich die Straße entlanggehn, die er mir vormarschiert. Er wird mich nicht erkennen. Ich werde ihn erkennen. Gebt euren Arm mir. Wir wandern bis nach Mitternacht.

Auf beiden Seiten: Schluß
Das bedeutet, alle Abläufe gehen weiter.
Die beiden Tode reichen ihr den Arm. Sie gehen davon. Liebespaare folgen. Es bildet sich ein langer Zug, der aus dem Chor heraus anwächst. Er durchströmt die Kirche. Die Zuschauer werden mit erfaßt. Ein gewaltiger Bläserchor schmettert inmitten des Aufbruchs, der lebendigen Bewegung, die Choralzeilen in den Kirchenraum: »Also heilig ist der Tag« von Samuel Scheidt.

W. Helwig hat an diesem Werk mitgearbeitet

AUSKUNFT ÜBER FORTSCHRITT

Winterhilfe des Hamburger Fremdenblatt.

Hans Henny Jahnn:

Auskunft über Fortschritt
für Sprechchor und einen alten Widersacher.

Widersacher:
Welche Kraft des Menschen erscheint euch gehaltvoll und begehrenswert?

Chor:
Sein Wille zum Fortschritt.

Widersacher:
Wegen der Antwort sollte ich zornig werden. Viele Gewalten entkeimen dem rastlosen Ablauf. Und der Mensch, Teil des lebendigen Daseins trägt manche Früchte aus, wert, daß Erinnerung sie bewahrt. Die fragwürdigste Leistung des Dünkels aber fand den Ruhm eurer Zunge.

Chor:
Nenne deine Meinung von der Tugend laut oder verschweige sie. Wir bleiben beharrlich und loben vor allem den Willen zum Fortschritt.

Widersacher:
So dünkt die Vergangenheit euch ein totes Loch, ein leerer Beutel eure Vorlebenden. Waren ihre Finger krumm und kunstlos? Und ihre Schädel Wannen voll Unnützem? Haben sie nicht Werke hinterlassen, die euch beschämen? Steinerne, tönende, farbenfrohleuchtende? Und Gedanken, genaue und tiefe, weltkluge und lebenstrotzende?

Chor:
Du kämpfst gegen Schatten, die von dir selbst ausgehen, verteidigst, wo kein Angriff statthatte. Deine guten Reden wachsen auf dem Boden der Unterstellungen. Wir können dir nicht gerade oder ungerade antworten; denn du hast die Rollen vertauscht. Die Fortschrittlichen hast du her-

ausgehoben, unsere Freunde, und hast mit ihren Werken die Gespenster des Durchschnitts gepriesen. Vergangene Dummheit mit ihnen geadelt. Und die Gemeinheit, die gewaltige allgemeine, wettgemacht. Als ob sie verschollen, die Kräfte des Untergangs neben den brauchbaren Taten. Als ob wir heutige nicht mehr zerfetzt würden. – Du schwingst die Waffe des Mißverstehens. Und sie ist stärker als alle Aufklärung.

Widersacher:

Es soll hart auf hart gehen. Die Jugend will das Alte ⟨überkommen⟩*. Und die Entwicklung, die ihr meint, kennt nur den Stoß nach vorwärts oder oben. Und das Gewesene ist nur ein Absatz, darauf zu treten. Und die Gewöhnlichen, und deren gibt es viele, sind nicht gehemmt, auch ihren Speichel darauf zu geben. Ein Weltbild, das man euch zerreißen muß. Das der Geschichte widerspricht.

Chor:

Nun sagt er gleich, das Niedrige sei ewig.

Widersacher:

Beständig jedenfalls. Beständiger als alles Fleisch.

Chor:

Er hört die eigene Sprache nicht. Er schwankt in seinen Schlüssen hin und her. Vom Geist des Widerspruchs ernähren seine Worte sich. Gealtert sein nennt er Verdienst statt Schicksal.

Widersacher:

Persönliche Beleidigung verbitt ich mir.

Chor:

Wir haben Niederreißen nicht den Weg genannt, bequem zu gehen. Wir haben alle unheilvollen Kräfte nicht bestritten. Wir waren es, die vor der Macht der Dummheit und Gemeinheit uns zu schützen strebten. Wir nannten Schöpfer großer Taten unsere Freunde. Die, wie Geschichte lehrt, vergangene Gegenwart bekämpfte als lasterhaften Fortschritt. – Es lösen die Geschlechter einander ab. Es ist kein Stillstand in der Zeit. Es ist nicht ständig Dunkelheit und Schlaf. Es ist ein Tun weit und breit wie Ebbe und Flut. Es ist Verwandlung durch das ganze Jahr und in den

Bahnen der Sterne. Kristalle wachsen. Und die Feuer verzehren dargebotenen Stoff.

Widersacher:

Das ist ein Auf und Ab wie Wellen. Kein Fortschritt, ewige Wiederkehr.

Chor:

Ach, er denkt schlecht vom Menschen.

Widersacher:

Ich stelle fest. Und weiß mich ohne Urteil.

Chor:

Soll das Lähmende unüberwindlich sein? Und die Wirkung niedrer und kurzer Moral? Und die Menschheit soll immer in unvollkommener Ordnung schmachten? Und ihre besten Blüten mit Stöcken abgeschlagen werden? Und es soll die Qual der Schmerzen und der Not sein? Ohne Entgelt, mit Ungerechtigkeit verteilt? Dann wird unsere Meinung noch fester werden, daß der Wille zum Fortschritt des Menschen beste Kraft ist.

Widersacher:

Ein langer Atem und wenig Klarheit im Vortrag. Hier wird vergessen, daß wir im Fleische leben.

Chor:

Daß wir im Fleische leben und nicht im Glanz des reinen Geistes ist die Voraussetzung für alles was wir sprachen.

Widersacher:

Dann sagt mir doch, im Angesicht der Wiederholungen von Geburt und Sterben: was heißt ihr Fortschritt?

Chor:

Er ist ein Zustand der Klarheit und der Bereitschaft, nicht mit Willen oder Vorurteil die Äußerungen des Lebendigen zu würgen. Er ist die nagende Forderung nach Gerechtigkeit. Nach Freiheit. Nach Brot für jedermann. Nach einer Sitte, mit der wir leben können, ohne einander die Gliedmaßen abzutreten. Menschliche Dinge alles, jedermann den Worten nach bekannt. Die uns noch immer vorenthalten sind trotz aller großen Taten und tiefen Gedanken. Wir werden nicht aufhören zu fordern. Hier endet unsere Auskunft über Fortschritt. Denn von neuen Maschinen wollten wir nicht sprechen.

ARMUT
REICHTUM
MENSCH
UND
TIER

Ein Drama

Allmählich ist die Liebe
unser Eigentum geworden

Dies ist die Geschichte des Bauern Manao Vinje, der ein guter Mann war, fleißig und zuverlässig. Der sein Vieh ordentlich hielt und die unfruchtbaren Steinberge seiner Heimat liebte. Er hatte in der Einsamkeit nicht Gelegenheit, viele Gespräche zu führen. Die meisten Worte machte er als Kind, als er seltsame Gedanken hatte und manches zu erfahren begehrte. Die wichtigen der späteren Unterhaltungen sind hier gesammelt. Sie zeigen, in der ersten Hälfte des Lebens war sein Schicksal unverschuldet schwer.

Der Hof, den er bewirtschaftete, lag hoch und eingeschlossen in den westlichen Bergen Norwegens. Wenn der Winter schlimm war und unentschieden mit Kälte und Tauwetter abwechselte, war seine Behausung monatelang vom Tal und von der Bucht abgeschnitten. Wohl gab es einen beschwerlichen Weg über die hohen Granitbarren, der jederzeit begehbar. Aber es war nur ein Notausgang aus der Einsamkeit. Er wurde gemieden. Man suchte während der guten Jahreszeit die kürzere natürliche Straße der Täler, an den Flußläufen entlang, über einen See. Und kam so mit Vieh und Waren zum Marktplatz an der Bucht.

Dies sind die Menschen und Erscheinungen,
die an den Gesprächen beteiligt sind:

Manao Vinje
Sofia Fuur
Anna Frönning, später die Bäuerin Vinje
Ole, Vinjes Knecht, der sich später nach dem Hof Steine nannte
Gunvald Tosse, Knecht auf dem Frönninghof
Marius, Sofias Vater
Helga, ihre Mutter
Jytte, ein dänisches Mädchen, 16 Jahre alt
Trygve, Olaf, Arne – drei junge Bauern
Der Troll Yngve, der auch als Landstreicher und Viehhändler umherzieht
Brönnemann
Tunrider
Der alte Vinje
Sieben Kinderköpfe

ERSTER AKT

I.

Innenraum einer Bergmühle

Abend. Mondschein. Balkenwerk dunkel verwittert. In der Mitte ein paar granitene rohbehauene Schrotsteine. Links eine große Tür zu einem stallartigen Vorraum. Heu ist in einer Raufe aufgesteckt. Primitives Gestänge eines Wasserschotts. Zischen und Grollen herabstürzender Wassermassen.

YNGVE *(sitzt auf einem Mahlwerk und hält einen rotleuchtenden Stein, als Zwölfflach geschliffen, in der Hand. Betrachtet ihn, dreht und wendet ihn. Die Gestalt ist ärmlich gekleidet, weite Jacke mit weiten Taschen, ein rotes Tuch um den Hals geschlungen, trägt weißen Spitzbart. Mager. Langfingrig).*

BRÖNNEMANN *(schwerer Körper in einem gummiartigen Mantel, runde, feuchtglänzende Mütze auf dem Kopf. Kommt durch den Vorraum herein).* Ich roch, daß du da warst. Ist es ein schön Ding, das du dir ausgegraben hast?

YNGVE *(antwortet nicht, regt sich nicht, spielt weiter).*

BRÖNNEMANN. Ich bin hereingekommen für nichts. Man muß ja irgendwo sein. Ich könnte auch anderswo sein.

YNGVE. Du könntest an den glatten Brüsten des Steingrundes sein.

BRÖNNEMANN *(antwortet nicht).*

YNGVE. Du könntest dir die Fußsohlen mit den fließenden Locken deiner Halbjungfrauen streicheln lassen.

BRÖNNEMANN *(schweigt).*

YNGVE. Du könntest dich so weich ausstrecken wie es dir behagt.

BRÖNNEMANN. Aber es behagt mir, wieder einmal ohne Behagen zu sein.

YNGVE *(einlenkend).* Man kann nicht alle Schätze der harten

Erdkruste gleichzeitig in Händen halten. Die Abwechslung ist das kostbare Gut der Zeit.

BRÖNNEMANN. Und die Entfernung der Kummer des großen Ortes.

TUNRIDER *(steigt liegend aus dem Boden auf, richtet sich starr auf)*. Ich kann Ihren Weltschmerz nicht teilen. Wiewohl mein Los weniger zufriedenstellend ist als das Ihre. Sie werden wahrscheinlich älter werden als die letzten Trümmer dieser Berge, während mein Dasein von meinen gebrechlichen Knochen abhängt. Ich werde sozusagen allmählich dünner, immer durchscheinender.

YNGVE. Man kann durch Sie hindurchgehen. Die Forellen haben gründlich mit Ihrem Fleisch aufgeräumt, das ist wahr.

TUNRIDER. Nach Verdienst. Ob ich eine gute Nahrung war oder eine mäßige, entzieht sich meinem Wissen.

YNGVE. Brönnemann wird darauf antworten können.

BRÖNNEMANN. Wenn Sie uns die Zeit verkürzen wollen, erzählen Sie Ihre Geschichte. Zwar, wir kennen sie schon. Aber wir hören auch die Wiederholungen mit Vergnügen.

TUNRIDER. Ich kam nur herauf, weil ich Stimmen hörte. Und wie Sie wissen, darf ich mich frei bewegen zwischen dem oberen Fall und dieser Mühle. Zwei Kilometer weiter talaufwärts, ebendort, wo die strudelnd herabstürzenden Schneewasser eine tiefe Mulde ins Gestein geschliffen haben, warf ich mich in meiner Eigenschaft als Mensch in den Strom. Und bis hierher haben mich die eisigen Quellkräfte getragen. Sie haben mich zusammen mit Strauchwerk harter Bergbirken am Pfahlrost der Schleuse niedergelegt. Mir ist die Weiterreise ins Tal erspart geblieben. Und ich bin dankbar, daß mein Schatten in dieser heroischen Landschaft verweilen darf.

YNGVE *(spielt weiter)*. Sie stören uns nicht. Doch würden Sie uns angenehmer sein, wenn Sie eine Erklärung darüber abgeben würden, wer oder was Sie jetzt sind.

TUNRIDER. Eine kleine Kraft der Erinnerung. Gebunden an diesen Ort. Abgedrängt vom Nichts, weil ich des Leidens wert befunden.

YNGVE. Also noch immer etwas Menschliches. Was auch sollte von einem Selbstmörder anderes ausgehen, als was einem auf jedem Totenacker begegnet: die nagende Lust am Vollbrachten und Versäumten.

TUNRIDER. In unseren Gebeinen bergen wir das Gut des Rückschauens.

YNGVE. Bei Ihren Wanderungen den Strom entlang ist Ihnen sicherlich das rote Rentier begegnet.

TUNRIDER. Gewiß.

YNGVE. Eine Freundin von mir. Eine schöne Kreatur mit festeren und blankeren Knochen als die Ihren sind. Eine Kuh, die manches Kalb warf und in Lust und Schmerz dem Gesetz des Schöpfers dienstbar war. Wenn ich vermessen wäre, könnte ich mir diesen Kristall mit dem Dünger ihres Fleisches gewachsen denken. Jedenfalls ist er eine jener wunderbaren Erscheinungen, die der weite Schoß der großen Mutter gebiert.

Nachdem das Tier so vieles erfahren, erfuhr es noch die Qual, an der es sterben mußte. Ein Mensch, einer Ihrer Wohngenossen, ein schlechter Schütze oder ein Toller, benutzte die ihm verliehenen Fähigkeiten dazu, für arglose Geschöpfe einen Hinterhalt zu bauen. Er erfand eine Falle. Eine Art Wolfsgrube, wie sie sagen, ein verbrecherisches Rasenstück, unter dessen Oberfläche ein Loch mit geschärften Stäben drohte. Auf meine Freundin fiel das Los, daß einige Pflöcke ihr ins Eingeweide drangen. Ich kam des Weges. Ein kläglicher Anblick, ein ungeborenes Kälbchen so im Mutterleibe getötet zu sehen. Und die traurigen Augen der Schwangeren, diesen Blick nach innen, der das Fürchterliche erkennt. Ich lockerte die mörderischen Stäbe. Ich führte die fast Tote an einen Felsspalt und senkte sie hinab. Nun liegt sie tief und gut. Und steigt zuweilen rot und schön herauf, wenn Stiere über die Berge suchen.

BRÖNNEMANN. Hast du dich des Mannes nicht angenommen, ihm zu schaden?

YNGVE. Die Rache ist ein Laster. Ich bin nicht lasterhaft. Er hat das süße Fleisch meiner Freundin nicht gefressen, das genügt mir.

TUNRIDER. Meine eigene Geschichte ist in der Tat weniger erhebend. Ich habe alles selbst angestellt.

BRÖNNEMANN. Nach Menschenart.

YNGVE. Ein paar Einflüsterungen bestimmen den Weg der Narren. *(Draußen wird der Lärm von Pferdehufen hörbar. Schritte eines Menschen. In den Vorraum tritt Manao Vinje, eine Laterne in der Hand. Er zieht eine tiefbraune, wohlgepflegte Stute am Zaumzeug hinter sich her. Er nimmt ihr die Trense aus dem Maul, berührt zärtlich ihre Nüstern. Hebt zwei kleine Säcke voll Korn von ihrem Rücken ab, trägt sie in die Mühle. Kehrt zurück, beklopft das Tier in Freundschaft. Dann schüttet er Korn in den Mahltrichter, öffnet das Schott. Stärkerer Wasserlärm. Harte Schurr- und Klappgeräusche der Mühle. Die Schrotsteine drehen sich, Manao Vinje nimmt einen dreibeinigen Schemel, setzt sich darauf. Brönnemann, Yngve, Tunrider sind verschwunden. Brönnemann hat sich zwischen das Gestänge des Wasserschotts fallenlassen. Yngve ist hinter das Mühlwerk getreten. Tunrider ist in den Boden versunken. Das Pferd nimmt gemächlich Heu aus der Raufe, frißt).*

YNGVE *(kommt langsam hervor).* Warum plagst du dich? Warum ziehst du so spät am Abend nach der Mühle herauf, während andere in ihren Stuben bleiben? Warum sendest du den Knecht nicht, wenn es dir notwendig erscheint, daß die Kühe morgen früh Schrot in ihren Trog bekommen und deine Stute einen angemachten warmen Kuchen sich munden läßt?

MANAO *(schweigt).*

YNGVE. Oder fürchtest du, das Tier würde die Beine brechen, an einem Grat abstürzen, von einer Brücke in den Fluß springen, wenn der Knecht statt deiner die Zügel nimmt? Bist du so eingeschlossen, daß du nur an dich glaubst?

MANAO *(schweigt).*

YNGVE. Wie soll dein Leben auf rechte Weise bestellt werden, wenn du deine Jugend falsch verstehst? Deine Liebe der Einsamkeit schenkst, die dich ausdörren wird. Deine Zärtlichkeit zufälligen Tieren, die dich nicht suchen. Deine Fürsorge einem nutzlosen und bequemen Burschen, der dich betrügen wird, sobald seine Barthaare härter geworden sind und seine Brust fest und bewachsen.

BRÖNNEMANN *(steigt herauf).* Du machst alles falsch. Was drei Jahre lang erlaubt war, ist im vierten das Verbotene. Du hast deinen Vater begraben, hast dich an seinen Platz gestellt;

aber du hast nicht getan, was er tat, als er seinen Vorgänger ersetzte: dir niemand ins Bett genommen. Du kennst die grausame Stille, die der Schein einer Kerze birgt, wenn kein Zwiegespräch aufkommen kann. Du hast deine Tage mit Arbeit dahingebracht. Du hast dich nicht geschont und keine Feierstunden eingelegt. Dein Sonntag ist wie der Alltag gewesen. Feste hat du nicht geschmeckt. Frühmorgens hast du das Vieh gefüttert, die Kühe gemolken. Und hast es am Abend wiederholt. Haus und Hof sind gut bestellt. Die Rinder in deinem Stall strotzen. Der Käse, den du auf den Markt bringst, ist fein und wohlschmeckend. Du hast Gestein in den Bergen gebrochen und neue Gebäude aufgeschichtet, sicher gegen Schneestürme und andere winterliche Unbill. Du hast Ackerboden auf deinem Rücken getragen und Halden unfruchtbaren Gerölls errichtet, daß deine Ernte an Korn und Kartoffeln wüchse.

YNGVE. Warum tatest du's? Du hattest ja Brot und Zutaten im Hause auch vordem. Sind dir die Rinder an die Seele gewachsen? Schaust du in sie hinein und erkennst du das gewaltige Herz, das dumpf schlägt und sich in Geduld erfüllt? Fürchtest du, sie zu enttäuschen, wenn du sie nicht für ihre Ergebenheit belohnst? Siehst du die Wasseradern im Gestein und die silbrigen aus Metall und Kristallen? Gierst du nach Schätzen, die du mit niemand zu teilen brauchst? Bist du vernarrt in den Nüsterngeruch deines Pferdes und in den Samtglanz des Felles?

BRÖNNEMANN. Du kannst die Schätze nicht heben. Du mußt sie ruhen lassen, wo sie liegen. Du bist kein Troll, der durch die Steine steigt wie gute Schwimmer durchs Wasser. Du bist nicht weise und dauernd wie ein Sternenhimmel, daß du auf den Grund des Lebens blicken könntest und die Trennungen von Geburt und Tod an ihren Enden verflöchtest. Du bist nicht der Nachfahre einer Sagenwelt, in der Hippokampen die Erde bestampfen; du bist nicht verwachsen durch den Sattel hindurch mit dem Rücken des Reittieres. Du träumst nur. Du wirst kein neues Geschlecht erzeugen, wie weit du auch mit deinen Gefühlen schweifst. Du bist in des Menschen Gestalt gebannt. Du gehörst zu den deinen. Die Berge sind deine Heimat. Aber du bist kein Teil des glühenden Grundes; du bist losgelöst und gehst auf Füßen.

YNGVE. Glaubst du, Auflehnung gegen die Bestimmung wird dich verwandeln? Oder ungewöhnliches Tun die Gestalt dir abtragen? Daß du ein Geist würdest. Ein Baum in der Schlucht. Ein Kiesel im Bach. Ein äsendes Tier. Ein Kämpe der Vorzeit. Unsichtbar. Unverwundbar. Befahrer der Luft. Bist du ein Narr? Ein wenig mißraten? Ein Schmetterling, der sich wiegt, aber dem stärkeren Winde verfallen ist?

BRÖNNEMANN. Geh zu dir selbst und den Deinen! Gib dem Knecht die Arbeit, die ihm zukommt. Suche ein Weib, das an den Flanken der Kühe hocken kann und im Hause walten. Deine Jahre sind nur einmal. Wenn deine Nachkommen ausfallen, bist du das verworfene Glied einer Kette. Mit klaren Zahlen will ich versuchen, dich zu erreichen. Du bist im fünfundzwanzigsten Jahre. Und wenn der Ablauf nicht gehemmt wird, wirst du mit siebenzig enden. Dein Knecht ist achtzehn Jahre alt. Und wenn es nicht vorher geschieht, wird er mit fünfundzwanzig Jahren Weib und Kinder haben. Und wird dich mit dreißig Jahren beherrschen. Und mit fünfzig Jahren prügeln. Du wirst in seiner Hand sein und ein Gespött seiner Kinder bis an dein Ende. Er wird deinem Herzen höhnen und deine Stute zum Schinder schleppen, wenn sie gebrechlich vor Alter und untauglich zur Arbeit ist. Es wird dir nichts bleiben außer dem Brot, das dir bitter schmeckt. Kein Sattel, kein Pferderücken, kein Traum, nur ein grausames Wachsein.

TUNRIDER *(steigt herauf)*. Ich kann Ihnen mit einigen Auskünften helfen. Sie sind in einer gefährlichen Verfassung des Gemüts. Sie leben getrennt von den Menschen tausend Meter über den unteren Wohnungen. Sie haben sich als Ersatz für mangelnde Gesellschaft eigene Richtlinien des Handelns und Fühlens zurechtgelegt. Einen gläsernen Weltbau. Sie sind dabei in Widerspruch zu Ihrem Alter gekommen und zu Ihrem gesunden Körper, zu dem vierschrötigen Bild aus Wasser und Lehm. Sie sind in Gefahr, ein erbarmenswürdiges Opfer der Leidenschaft zu werden. Raserei kann Sie befallen, während Sie sich noch mit der wilden Pracht einer unnahbaren Natur und des Getiers betäuben, durch die Erdkruste starren, dort eine Schöpfung entdecken, die auf tausend Inseln ein vollkommenes Dasein bietet. Die Verfinsterungen des Himmels sind über der Erde. Das Unglück wird Ihnen auf allen Wegen begegnen. Ich rate Ihnen deshalb, folgen Sie meinem Beispiel. Lösen Sie sich vom Fleisch. Es ist höchst angenehm, gestorben zu sein. Als ich wie sie, in Ihrem Alter, ein Mensch, die Erde bewandelte, wurde ich von den Torheiten des lebendigen Staubes ergriffen. Ich liebte ein Mädchen. An ihren Mund zu denken oder an ihre Brüste, verwirrte mich mit unbegreiflichen Strudeln. Doch war ich für sie ungenügend. Zu zahm oder zu wild, zu häßlich oder nicht wohlredend, kurz, es war eine einseitige Liebe. Und deshalb verließ ich die Stadt, ging ins Gebirge, suchte Einsamkeiten. Und ein Schmerz übermannte mich. Ich stürzte mich in den Strom. Ein paar lästige Augenblicke. Dann trug mich das Wasser und legte mich am Stauwerk der Mühle nieder. Der Weg hierher war eine Straße der Seligkeiten. Gewiß holperte ein toter Körper über Wackersteine und Klippen. Mir aber schien es lauter samtenes Fleisch. Wie zehntausend Geliebte. Und ich vergaß die Eine. Mein Gerippe ist längst mit Busch und Schlamm und Stein bedeckt. Ich habe eine beträchtliche Zeit vor mir, in der ich unbeschwert lustwandeln darf. Ich bin verjüngt. Melodien spielen in mir. Sie werden süßer und leiser allmählich, bis ich ganz entschlafe. Der Tod ist das Schicksal des Menschen, ob er ihn wählt oder ihn flieht. Sie stehen an der Schwelle des Peinvollen. Befolgen Sie meinen Rat, mir dauernde Gesellschaft zu leisten. Hier unter den Balken ist ein schöner Ort.

MANAO *(richtet sich auf. Er beklopft den Schrotsack, schließt das Wasserschott. Er verbindet den Sack, trägt ihn hinaus. Legt ihn dem Pferd auf. Die Mühlsteine stehen still. Das Wassergeräusch ähnelt dem anfänglichen. Yngve, Brönnemann, Tunrider sind verschwunden. Manao hält die Laterne. Er gibt dem Pferd die Trense ins Maul, zieht davon).*

II.

Der Marktplatz an der Bucht

Im Hintergrunde nebelumhangene Berge. Die weiße Steinkirche. Friedhofsmauer aus geschichteten Schieferblöcken. Eine Krambude: roter, niedriger Holzbau, das Dach mit flachen Steinplatten belegt. Rechts ein Gitter, daran gebunden kleine runde Pferde. Die Tragsättel sind ihnen abgenommen. Links offener Platz. Von rechts mündet die Straße, die zum Strand und zur Brücke führt. Frühling. Warme, feuchte Luft.

Manao Vinje *(kommt mit seinem Pferd, das mit Käse beladen ist, auf den Marktplatz, bindet es fest, nimmt ihm die Trense aus dem Maul, hebt den Käse herab).*

Trygve *(gesellt sich zu ihm).* Schau, Kara, ich glaube du kennst mich nicht mehr. Seit wieviel Jahren bist du nicht mehr im Tal gewesen? Sind es drei oder vier? Aber diesmal nach der Schneeschmelze hieltest du es nicht länger aus.

Manao. Die Steine im Fluß haben zu wandern begonnen. Es ist Lärm am Grund. Es kommt viel Wasser von den Bergen. Es ist ein schneller Sommer.

Trygve. Kühe und Ziegen sind schon auf den unteren Saetern. Ihr macht einen guten Käse dort oben.

Manao. Wir machen Käse. Und Butter. Wir trocknen Schaffleisch. Das Korn reicht gerade für Münder und Mäuler.

Trygve. Ihr lebt gut, wie mir scheint. Du bist stattlich geworden. Und die Stute. Es gibt kein zweites Pferd im Bezirk, das sich mit dem deinen vergleichen kann.

Manao. Ich habe es vom Vater geerbt.

Trygve. Es ist schamlos gut gepflegt. Du bäckst ihm gewiß Brote. Und wie schickt sich Ole in die Arbeit? Wird ein guter Knecht aus ihm, einer, der etwas von der Landwirtschaft versteht?

Manao. Wir betreiben den Hof, so gut es gehen will. Das ist abwechselnd leicht und schwer. Wir hungern nicht. Ole bekommt ein gutes Stück Geld dazu.

Trygve. Ist er noch so fett wie im vorigen Jahr?

Manao. Er ist in letzter Zeit breiter geworden. Und größer.

TRYGVE. Das ist nicht gut. Zuviel Fleisch macht wild.

MANAO. Er ist sehr ruhig.

TRYGVE. Du solltest ihn im Tal gesehen haben. Er hatte seine Augen nur an den Röcken der Mädchen. An den Abenden mußte das Pferd hungern, weil er verschwunden war.

MANAO. Jetzt ist er auf dem Hof geblieben. Ich habe hier ein Anliegen selbst zu ordnen.

TRYGVE. So planst du wohl Nichtalltägliches?

MANAO. Vielleicht habe ich etwas für mich Bedeutsames vor.

TRYGVE *(schreit über den Platz).* Manao Vinje hat große Pläne! *(Olaf und Arne kommen herbei, stellen sich zu den vorigen.)*

ARNE. Was hast du Großes vor, Vinje? Willst du dich verheiraten?

OLAF. Deine Braut wartet lange genug auf dich.

TRYGVE. Du bist längst in den Jahren. Ein Mann muß sich hüten, überreif zu werden. Dann schmeckt die Ehe nicht mehr.

OLAF. Auf einen Hof gehört ein Weib, etwas Festes und Stetiges. Und Kinder. Ich habe mich schon gewundert, daß die Männerwirtschaft so lange andauerte.

TRYGVE. Sie wuschen sich nicht mehr, setzten Speck an, der Bauer und sein Knecht.

MANAO. Woher wißt ihr, wa sich vorhabe? Es gibt keine Braut für mich am Strand.

OLAF. Du kannst dich verstellen, aber wir sind keine Dummköpfe.

ARNE. Du bist kein Klotz, wie wir sehen. Du wirst wohl einiges von den Böcken gelernt haben? Oder hast du die Augen in der Rocktasche getragen?

TRYGVE. Eine feine Hochzeitsfeier schuldest du uns! Es gibt keine Bauerntochter, die unerreichbar für dich ist. Aber die Wahl ist ja seit langem getroffen.

MANAO. Ihr könnt Gedanken lesen oder habt eine andere Kunst, die ich nicht kenne. In letzter Zeit habe ich manchmal an ein Mädchen gedacht. Ich kenne sie nicht genau. Ich will sie besuchen.

OLAF. Du bist schüchtern. Oder hast ein schlechtes Gedächtnis. Vor Jahren hast du oft mit ihr getanzt. Und ihr etwas ins Ohr gesagt. Die nächtlichen Wege waren nicht beleuchtet.

MANAO. Ich habe niemals mit ihr getanzt. Ich habe ihr niemals etwas ins Ohr gesagt. Ich bin niemals einen nächtlichen Weg mit ihr gegangen.

TRYGVE. Du erzählst uns ein derbes Stück, Vinje. Und lachst nicht. Allzuviel Geheimniskrämerei beleidigt.

ARNE. Wir mögen dich leiden und haben dich bis jetzt für keinen Narren gehalten. Andere denken anders. Und für manche bist du ein Vieh.

MANAO. Wir mißverstehen einander. Ich spreche nicht sehr fließend; und es ist gewiß meine Schuld, daß wir uns entzweien. Doch meine ich, ich habe nur die Wahrheit gesagt. Ich saß einmal im Sattel und ritt. Plötzlich mußte ich meinen Kopf beugen. Und als mein Gesicht das warme Fell berührte, lief Wasser herunter. Ich dachte gar nichts. Mein Herz war nur eng. Und ein paar Bilder kamen mir vor die Augen. Ein Mädchenkopf war dabei. Deshalb bin ich im Tal. Ich habe niemals mit diesem Mädchen getanzt. Ich habe vor Jahren mit Per Frönnings Schwester getanzt. Als er noch lebte.

OLAF. Anna heißt sie.

ARNE. Der Hof ist ihr als Erbe zugefallen.

TRYGVE. Ihretwegen bist du also gekommen und hast ein paar gute Kleider angezogen. Jetzt ist es heraus. Aber es ist keine Neuigkeit.

ARNE. Wenn ein Mädchen fünf Jahre lang auf einen Mann wartet, jeden anderen abweist, hat das Schweigen längst seine Sprache gefunden.

MANAO. Ich will Anna nicht heiraten, ich habe es ihr niemals versprochen. Es ist mir fremd, daß sie auf mich gewartet hat.

TRYGVE. Das nun verstehe ich nicht. Das ist ein Wind von anderswo her. Immerhin wirst du ja wissen, wen du zur Frau nehmen willst.

MANAO. Ich habe gesagt: vielleicht will ich eine Frau auf den Hof bringen. Es ist noch nichts ausgemacht. Ich habe mir nur etwas vorgestellt. Ich sage nicht: diese soll es sein und keine andere.

ARNE. Man könnte meinen, du willst Blindekuh spielen. Und wen du erwischst, der soll mit dir gehen.

OLAF. Schließlich wirst du mit dem Mädchen gesprochen haben. Oder du wirst irgendwo mit ihr gestanden sein. Und sie gehalten haben. Da wird doch irgendein Zeichen zwischen euch sein.

MANAO. Ich habe nichts mit ihr gesprochen. Und wir haben kein Zeichen zwischen uns. Ich habe ihr einmal mit dem Kopfe zugenickt. Und habe ihr nachgeschaut. Ich habe das Wenige nur nicht vergessen. Während ich sonst vieles vergesse. Sie war damals noch sehr jung. Kaum zu erkennen, was aus ihr werden würde.

TRYGVE. Vinje, du redest nicht wie ein gesunder Mensch. Man muß denken, die Berge haben dir den Verstand genommen. Oder du hast etwas mit dir angestellt, was unbekömmlich war.

OLAF. Ein Kind, sagst du?

MANAO. Es war damals. Vor fünf Jahren. Jetzt wird sie achtzehn sein oder neunzehn.

ARNE. Es ist etwas faul an dir, Manao Vinje.

MANAO. Ich weiß nicht. Es war damals. Ich habe nichts verabredet. Ich will ja erst jetzt versuchen, mit ihr zu sprechen.

TRYGVE. Wie heißt sie?

MANAO. Man hat mir gesagt, Sofia.

TRYGVE. Doch nicht Sofia Fuur?

MANAO. Ich glaube, sie heißt so.

TRYGVE. Die hier am Strand in einer Hütte bei ihren Eltern wohnt?

MANAO. Das kann wohl sein.

ARNE. In einem Bootsschuppen, notdürftig in eine Stube verwandelt.

OLAF. Arme Leute, die eine Ziege halten.

TRYGVE. Bettelleute, von der schlimmen Art. Die Frau läuft über von Frömmigkeit. Sie hat sieben Kinder kurz nach der Geburt mit Gebet und Sprüchen begraben lassen. Dünne Skelette, die sie in den Himmel wünschte, um sie nicht großziehen zu müssen. Ein Wunder, daß Sofia nicht als achtes mit unter dem Rasen ist.

ARNE. Der Mann, ein Flickschuster, dem niemand die Stiefel anvertrauen will, weil man Gefahr läuft, hernach Blasen an die Füße zu bekommen. Um elf Uhr des Morgens liegt er noch im Bett und liest sich den Hunger vorüber. Alte Zeitungen, Bücher, die er beim Propsten entliehen.

OLAF. Die Stadt Florenz, sagt er, ich kenne sie wie meine

Westentasche. Alle Häuser sind dort aus Marmor. Und was es sonst zu sehen gibt, meine Seele, sagt er, das findet sich in diesem ganzen Lande nicht. In jener Stadt ist noch der Geringste ein genaues Ebenbild seines Schöpfers. Dort werden nur vollkommene Schönheiten in die Särge gelegt. So sehr ist alles von der hohen Kunst geprägt. – Du solltest ihn einmal schwätzen hören. Sein eigener Trödelkram ist etwas schlechter, versteht sich.

TRYGVE. Er schlägt ja auch nur kuhmäulige Lederschuhe auf Leisten, schwingt nicht den edlen Schaft des Steinmetzhammers, wie er gespreizt sagt.

ARNE. Arme Leute, Manao Vinje, denke daran. Ein wenig toll.

MANAO. Mir schien, Sofia hatte ein gutes Gesicht. Und einen sicheren Gang.

TRYGVE. Eine geringe Jungfrau, wie viele an der Bucht.

OLAF. Nach manchen mißlungenen Versuchen ist auch ein tüchtiges Kind zustandegekommen. Sie hinkt nicht, sie hat keinen Buckel. Vielleicht hustet sie nicht einmal wie ihre Mutter.

TRYGVE. Es ist keine Frau für dich. Sie hat niemals auf Höfen gearbeitet. Sie hat nur mit Knechten im Dunkeln gestanden.

MANAO. Ihr sagt es. Und es ist vielleicht so. Es wird mir nicht schaden, wenn ich sie einmal ansehe, nach so langer Zeit.

ARNE. Zum ersten Mal hat sie sich in diesem Jahre einem Bauern verdungen und ist mit Kühen und Ziegen auf einem Saeter.

MANAO. Sie ist nicht am Strand?

ARNE. Auf Hovdong hütet sie.

TRYGVE. Sie muß wohl ein paar Taler verdienen, damit ihre Eltern ein Faß Salzheringe und Kartoffeln für den Winter kaufen können.

MANAO. Nun ist wohl alles gesagt.

OLAF. Anna willst du nicht heiraten?

MANAO. Vielleicht gehe ich in die Berge zurück. Und schicke Ole, daß er den Rest der Ernte an Butter und Käse herschafft.

TRYGVE. Schau dich um, Manao, das wird dir gut tun.

MANAO. Ich will in die Krambude und Ragnvald Vangen die Ladung verhandeln.

TRYGVE. Ich helfe dir tragen. *(Beide mit Käse beladen in die Krambude.)*

OLAF. Er wird sich manches überlegen.

ARNE. Er gleicht seinem Vater. Der konnte in die Zukunft sehen. Wußte, wie das Jahr ausfallen würde.

OLAF. Auch Manao Vinje gedeiht der Hof. Er hat Glück mit seinem Vieh.

ARNE. Dies Pferd ist kein gewöhnliches Pferd. Es hat menschliche Ohren. Jemand ist hineingebannt. Die Frau des alten Vinje ist daran gestorben. Sie konnte sehen, daß es ein schönes Mädchen war. Manao sucht etwas noch Hübscheres für die Augen. Wenn er es nicht findet, kommt keine Frau auf den Hof.

OLAF. Das meinst du wohl nicht. Das ist Gerede.

ARNE. Wenn man es ohne Zweifel wüßte, würde man die Stute niederstechen.

OLAF. Ole doch müßte von dem Geheimnis berichten können, wenn es eins gibt.

ARNE. Wer auf dem Steinehof lebt, lernt zuerst das Schweigen.

OLAF. Im letzten Jahre war der Bursche wild nach Mädchen wie ein Rekrut.

ARNE. Er hat gewiß eine freie Leber. Und einen blöden Blick, wenn er die Sterne anschaut.

MANAO *(kommt aus der Krambude).* Ihr sollt auf meine Kosten eine gute Tasse Kaffee trinken. Geht nur hinein. *(Die beiden verschwinden in der Krambude. Manao nimmt Heu aus einem Sack, schüttet es dem Pferde vor. Dann geht er langsam über den Platz zur Kirchhofsmauer.)*

DER ALTE VINJE *(richtet sich hinter der Mauer auf).* Willst du über die Brücke? Willst du jemand besuchen? Du hast nichts getan, um mich davor zu bewahren, daß ich auf diesem modrigen Beinacker eingescharrt wurde. Ich habe dir gute Fähigkeiten hinterlassen. Ich habe dir all meine Gesichte abgetreten. Weil ich an diesem Platz der Vernichtung ihrer nicht bedarf. Doch vergiß nicht: das Glück habe ich niemals in Pacht gehabt.

SIEBEN KINDERKÖPFE *(tauchen hinter der Mauer auf).* Es kann mit dem Leben so schlimm kommen, daß es verfault.

MANAO VINJE *(geht vorüber, verschwindet im Dunkeln).*

III.

Saeter

Vorraum und Stube. Anordnung und Maße entsprechen dem Mühlenhaus. Doch weicht die Einrichtung erheblich ab. Im Vorraum steht über einem offenen Birkenholzfeuer ein großer kupferner Kessel voll siedender Milch. In der Stube selbst zwei Schlafpritschen. Auf der einen ein Bett mit bestickten Kissen und Decken. Ein Tisch. Zwei Stühle. Borde an allen Wänden, um den fertigen Käse zu stapeln. Brot und Dörrfleisch. Satten mit Rahm.

Sofia *(schiebt die Birkenkloben zurecht, kräht).*

MANAO *(ruft von außen).* Sofia, Sofia!

SOFIA. Jemand ruft. *(Sie geht an die Tür, riegelt zögernd auf.)* Wer bist du? Was willst du?

MANAO *(tritt ein).* Ich bin Manao Vinje, der Steinebauer. Ich bin zufällig vorübergekommen.

SOFIA. Über die Berge? Und woher kanntest du meinen Namen?

MANAO. Hattest du jemand anders erwartet? Ich kann wieder gehen.

SOFIA. Ich hatte niemand erwartet. Ich hatte an keinen Menschen gedacht. Darf ich dir eine Tasse heißer dicker Milch geben? Der Absud wird gerade braun.

MANAO. Gib nur.

SOFIA *(schöpft eingedickte Milch aus dem Kessel).* Soll ich dir eine Grütze machen?

MANAO. Nein, danke.

SOFIA. Es ist gut, einen Menschen zu sehen, wenn er friedfertig ist.

MANAO. Wie lange hütest du schon?

SOFIA. Es ist der Anfang. Zehn Tage.

MANAO. Gefällt es dir?

SOFIA. Es ist eine schwere Arbeit. Ich habe mich noch nicht daran gewöhnt. Meine Hände sind geschwollen vom Melken. Die Tiere sind ungeduldig mit mir, weil ich ungeschickt bin. Ich schäme mich, daß ich es nicht besser mache. Ich fürchte, die Bäuerin wird mich schelten, wenn sie etwas erfährt.

MANAO. Du hast gute Zeit vor dir, zu lernen. Und die Tiere bleiben nicht schlimm. Sie werden dich lieben, weil du ihnen die Milch nimmst. Sie kommen ins Gatter und warten auf dich. Es ist ja eine besondere Last, die sie tragen. Das Euter ist kein Topf. Es ist Fleisch.

SOFIA. Gewiß. Aber es ist schon zweimal geschehen, daß die Altkuh ins Nachbargehege gelaufen ist, um sich von Anna Frönning melken zu lassen.

MANAO. Von Anna Frönning?

SOFIA. Sie ist die Besitzerin des Frönninghofes. Unverheiratet. Das Vieh ist ihr zugetan, obgleich sie eine harte Stimme hat. Sie ist älter als ich. Und hütet seit vielen Jahren.

Manao. Du hast eine gute Stimme. Du solltest den Tieren beim Melken etwas vorsingen.

Sofia. Die Altkuh mag meine Stimme nicht. Ich glaube, sie ist schwerhörig. Sie wendet den Kopf nur, wenn man schreit. Sie hat schon zwölf Kälber gehabt. Eigentlich sollte sie für den Winter geschlachtet sein. Aber der Bauer sagt, sie gibt noch eine feine Milch. Ich kann es ihr nicht recht machen. Sie schlägt mich mit dem Schwanz. Sie tritt in den Eimer. Sie führt die anderen an.

Manao. Ich werde einmal nachdenken. Vielleicht kann ich dir nützlich sein. Ich möchte über Nacht hier in der Nähe bleiben. Morgen früh helfe ich dir.

Sofia *(antwortet nicht)*.

Manao. Du hast noch keinen Besuch gehabt?

Sofia. Wer sollte kommen? Ich kenne niemand, der sich um mich kümmert. Der Bauer wird nach fünf Wochen heraufsteigen, wenn das Vieh höher getrieben wird, hat er gesagt. Ich bin mit allem versehen.

Manao. Du hast noch mit niemand im Dunkeln gestanden? Wenn die Abende lang waren. Wenn dir alleine nichts einfiel.

Sofia. Doch. Ich habe. Auf eine Stunde. Ein paarmal.

Manao. Die Burschen denken sich dabei etwas, Sofia. Sie bekommen Rechte.

Sofia. Ich habe niemand ein verpflichtendes Wort gegeben. Es war nur ein kurzes Gefühl. Es war so wenig. Ich würde mich fürchten, wenn er käme.

Manao. Wer?

Sofia. Gunvald.

Manao. Und weshalb?

Sofia. Er hat eine dunkle Brust, die er offen trägt. Er spricht nur selten. Tut er's doch, erscheint er überklug. Eines Nachts hat mir geträumt, er würde mich schlachten.

Manao. Weshalb denn bist du mit ihm auf die Straße gegangen?

Sofia. Ich weiß es nicht. Es kam mir seltsam vor, daß auf seiner Haut Locken wuchsen. Ich war ein wenig neugierig.

Manao. Und dann?

Sofia. Als er mich berührte, nicht nur an den Händen festhielt, lief ich davon.

Manao. Das war beim ersten Mal.

Sofia. Es war beim letzten Mal. Noch vorm Julfest war es.

Manao. Du erzählst mir alles. Du vertraust mir. Warum fürchtest du dich nicht vor mir? Ich könnte ihm doch ähnlich sein. Du würdest nicht entkommen.

Sofia. Er ist finster, du bist anders.

Manao. Kennst du mich denn?

Sofia *(schüttelt mit dem Kopf)*. Ich habe dich einmal gesehen. Da war ich noch ein Kind. Du hattest ein schönes Pferd. Ich wünschte mir, auf dem Pferde zu reiten. Es ist mir in der Erinnerung geblieben.

Manao. Würdest du auch jetzt auf dem Pferde reiten mögen?

Sofia. O ja.

Manao. Wenn ich dir die Stute heraufbrächte?

Sofia. Manao Vinje, du willst etwas von mir.

Manao. Ich gehe augenblicklich, wenn du mich bittest. Du bist ganz sicher vor mir.

Sofia. Ich mißtraue dir nicht. Doch fühle ich, du verbirgst mir etwas. Du hast mir ein paar Freundlichkeiten gesagt, mir zu helfen, mir dein Pferd zu bringen. Das tust du nicht für nichts. Du bist ein Bauer, Manao Vinje, ich bin sehr arm, von geringen Eltern; aber du mußt dir nichts erwarten. Du darfst mir keine hübschen Worte sagen. Du machst mir nur das Herz schwer. Hinterher muß ich mich allein ausweinen, weil ich manches davon glaubte.

Manao. Es wäre dir nicht lieber, wenn Gunvald hier säße, wo ich sitze?

Sofia. Fast möchte ich wünschen, er wäre da statt deiner. Dann würde ich ein gewöhnliches Schicksal haben. Entweder er nähme mich, oder ich wüßte mich zu wehren. Schlimmstenfalls würde ich die Frau eines Knechtes.

Manao. Ich bin vor ihm gekommen. Du brauchst mit mir nicht zu ringen. Ich will nur fragen, ob ich dir gefalle.

Sofia *(senkt den Kopf, beginnt zu schluchzen)*.

Manao. Darauf mußt du mit Ja oder Nein antworten.

Sofia. Warum quälst du mich? Willst du mich weich machen, daß ich dir nicht widerstehe? Wenn ich dir antworte, geschieht etwas zu meinem Schaden.

Manao. Es wird nichts geschehen, was gegen deinen Willen ist. Aber du mußt antworten.

SOFIA. Manao Vinje, du bist doch ein Mann. Es werden dir schon andere gesagt haben, daß du einen guten Kopf hast.

MANAO. Das ist kein Ja und kein Nein.

SOFIA. Soll ich mich vor dir niedrig machen? Was verlangst du? Warum gehst du nicht zu jemand anders und fragst solche Dinge? Es wird doch andere Mädchen geben, die dir angenehm sind.

MANAO. Ich liebe dich, Sofia.

SOFIA. Ach, das ist sehr schlimm. Das hilft uns nicht. Das ist jetzt. Und einen Tag lang. Und danach vergessen. Du kennst mich nicht. Du siehst mich zum ersten Mal. Du stellst etwas an, was ohne Verantwortung ist. Und ich muß bitter bereuen, wenn mir mein Herz jetzt schwer wird. Geh, Vinje! Du bist freundlich zu mir gewesen. Aber du hast mich zum Weinen gebracht. Das ist nicht deine Schuld. Doch beweist es, daß dein Kommen ungut war.

MANAO. Sofia, du darfst nicht mit Willen hart sein. Du mußt nur spröde sein, wenn du mich nicht leiden kannst.

SOFIA. Wir verschweigen etwas voreinander.

MANAO. Nicht ich, nichts Wichtiges in dieser Sache.

SOFIA. Doch, Vinje – Anna, die Tüchtige, die Reiche, meine Nachbarin, brüstet sich damit, daß sie auf dich wartet. Auf den Steinehof werde sie ziehen. Sie tanze nicht mehr in den Nächten. Sie habe Kisten und Kasten voll Linnen. Schöne Dinge. Geh doch zu ihr! Mit hundert Schritten bist du bei ihr. Sie erwartet dich. Sie kann dir geben, was ich dir nicht schenken kann. Warum narrst du mich? Du hast doch ein Herz?

MANAO. Ich liebe Anna nicht. Ich will sie nicht heiraten. Sie hat mein Wort nicht. Sie ist besessen, wenn sie sich brüstet. Ich habe vor fünf Jahren zuweilen mit ihr getanzt. Wenn sie sich bindet, ich bin nicht gebunden.

SOFIA. Die Leute sagen's.

MANAO. Wenn viele dergleichen sagen, meinst du, sei es die Wahrheit?

SOFIA. Dies ist doch nur ein Abend. Und der Morgen ist nüchtern.

MANAO. Ich will dich heiraten, wenn ich dir genug gefalle.

SOFIA. Ich bin untüchtig. Arm. Ich verstehe es kaum, die Kühe zu melken. Ich habe kein Linnen. Und keine Kleider. Und keinen Schmuck. Ich bin nur jung. Das brennt dich. Aber es vergeht. Ich kann keinem Hofe vorstehen. Die Leute würden dich verlachen. Ich würde ein Esser sein und nichts in den Topf legen.

MANAO. Ich habe dir fünfzig Taler für Kleider mitgebracht. Und fünfzig für Linnen und fünfzig für einen Silberschmuck. Und noch fünfzig für etwas anderes, was du dir ausdenken kannst.

SOFIA. Das ist viel Geld. Ich verstehe dich nicht. Du willst mich kaufen?

MANAO. Nein, so reich bin ich nicht, daß ich es könnte.

SOFIA. Mir scheint, du bist sehr reich. Ich habe dergleichen noch nicht gehört, wie du tust. Gelesen habe ich, daß man in den Städten Frauen verhandelt.

MANAO. Warum fürchtest du dich plötzlich vor mir?

SOFIA. Ich habe gewiß falsch gehört. Und falsch geantwortet. Ich kann deine Liebe nicht annehmen. Wenn Träume in Erfüllung gehen, bedeutet es Unglück. Mir ist einmal eingefallen, von einem guten Mann und vielen harten Talern zu träumen. Wie man im warmen Bett tut.

MANAO. Ob ich dir gefalle, sollst du sagen.

SOFIA *(ganz mitgenommen)*. Du gefällst mir, Manao Vinje, du gefällst mir.

MANAO *(stürzt zu ihr, umschlingt sie, küßt sie)*.

GUNVALD *(tritt in den Vorraum, schaut auf die beiden, zeigt seine gewaltige behaarte Brust, lacht, geht wieder)*.

SOFIA *(als ob sie erwachte)*. Es war jemand hier. Ich habe ihn nicht gesehen. Er war mir im Rücken.

MANAO. Niemand war in der Stube, nur wir zwei.

SOFIA. Ist deine Brust dunkel?

MANAO. Meine Brust ist hell. Warum denkst du an Gunvald?

SOFIA. Ich weiß es nicht. Ich liebe ihn nicht.

MANAO. Dieser Tag ist gut gewesen. Ich will jetzt hinaus, mir einen Schuppen suchen, wo ich schlafen kann. Morgen früh helfe ich dir und mache dir die Tiere gefügig.

SOFIA. Du darfst nicht hinaus. Du darfst bei mir im Bette schlafen. Ich will dir nicht länger fremd sein. Ich koche uns zweien eine gute Rahmgrütze. Wir wollen diesen Abend sehr lange machen.

MANAO *(nimmt sie an sich).* Du schenkst mir heut etwas, was du mir einmal geben mußt, wenn wir zusammengehören sollen. Ich verspreche dir, daß wir bald Hochzeit machen werden, und nicht später, als dir Ehre macht.

ZWEITER AKT

Manao Vinje hatte einen guten Sommer. Er vernachlässigte Hof und Vieh, überließ alle Arbeit Ole. Die braune Stute graste auf fremden Weideplätzen. Zuweilen ritt Sofia. Die Hochzeit wurde auf Frühlingsanfang des nächsten Jahres verabredet. Im Herbst trennten sich die Liebenden. Der Bauer ging in die Berge zurück. Sofia versah ihren Dienst in der Siedlung. Sie war so sehr von jugendlicher Erregung durchströmt, daß sie kaum wußte, sie war eine andere geworden. So kam der Winter. Und dieser Winter war hart. Mit häufigen Schneestürmen in den Bergen. Abwechselnd senkten sich zähe Wolken herab. Sie waren so klebrig, daß sie in die Wohnungen eindrangen, ihren feuchten Hauch verbreiteten. Das Vieh stand wie im Dampf. Es war nicht angenehm zu atmen. Man spürte die Riesen, die drohend die Häuser umstanden.

IV.

Stube eines Flickschusters

Arbeitsgeräte. Dürftiger Hausrat. Trübe Fenster. Ein kleiner gußeiserner Ofen. Sonntag vormittag. Sofia. Ihre Eltern.

Helga. Du siehst nicht fröhlich aus, Sofia. Hast du keine Nachricht vom Steinehof?

Sofia. Du weißt, es kann keine gekommen sein. Ich erwarte nichts Geschriebenes und Gesprochenes. Ich sende nichts Geschriebenes und Gesprochenes. Wir haben genaue Verabredungen getroffen.

Helga. Du hast geweint. Das sieht man deinen Augen an. Und du wirst es nicht leugnen.

Sofia. Mir fällt die Arbeit auf dem Hofe schwer.

Helga. Sie wird nicht lästiger geworden sein, als sie sonst war. Es muß eine Veränderung an dir sein, die dich quält.

Sofia. Gunvald ist mir begegnet.

Marius. Was hast du mit ihm zu schaffen?

Sofia. Nichts. Er hat mich angesprochen.

Helga. Kein Grund, daß deine Augen rot werden.

Marius. Am lichten Tag. Aber ich habe mir gemerkt, du hast diesen Namen schon oft genannt. Mit einer gewissen Unlust.

Helga. Sofia, wenn du uns etwas verheimlicht hast, gehe in dich.

Marius. Hast du uns belogen? Hast du ein Märchen erfunden von deinem Verlöbnis mit Manao Vinje? Danach riecht dein Kummer.

Sofia. Gunvald hat etwas Häßliches gesagt.

Marius. Ich begreife nicht, aus deinem Munde kommt Gunvald hier und Gunvald da. Woher kennst du ihn so nahe? – Er ist weit draußen Knecht auf dem Frönninghof, wohnt nicht an der Bucht. Niemand sieht ihn hier. Nur dir begegnet er tagtäglich.

SOFIA. Ich habe vor einem Jahr manchmal mit ihm getanzt.

HELGA. Wir werden wohl bald ein betrübliches Geständnis hören.

MARIUS. Ich möchte wissen, was er dir Häßliches oder Schmerzliches sagen konnte. Er muß ja eine wunde Stelle in dir kennen.

SOFIA. Er hat mich geängstigt. Er hat gesagt, Manao Vinje werde das Eheversprechen nicht halten.

MARIUS. Woher kommt ihm die Botschaft? Wie kann er wissen, daß ein Wort kein Wort ist? Darf er einen guten Mann einen Betrüger heißen? Was kümmert den Knecht deine Sache? Du wirst doch keinen Teilhaber bei deinem Verlöbnis genommen haben?

HELGA. Manao Vinje hat dir ein Stück Geld gegeben, das besser ist als ein Handschlag.

SOFIA. Das gerade nahm Gunvald zum Anlaß, mich zu bedrängen.

MARIUS. Wie kann er? Was weiß er von dem Gelde? Bist du umhergegangen und hast jedem von dem Geschenk erzählt? Bist du geschwätzig? Uns auferlegst du, wie Tote mit unserer Kenntnis zu verstummen, selbst gehst du aus und machst die Großmut deines Verlobten öffentlich. Und erniedrigst uns mit unserer Armut.

SOFIA. Ich habe mein Glück nicht umhergetragen.

MARIUS. Wie kann er's denn wissen?

SOFIA. Er ist auf dem Hovdongsaeter gewesen. Er brachte Brot oder Fleisch für Anna. Oder half das Vieh treiben. Er hat das Geld auf meiner Stube auf dem Tische liegen gesehen. Er hat mich auf Vinjes Pferd reiten getroffen. Er hat mich gefragt, und ich mußte ihm antworten.

HELGA. Dahinter verbirgt sich mehr.

SOFIA. Ja, daß er weiß, Manao Vinje ist bei mir gewesen. Das weiß er. Das wißt ihr. Das erzählen sich die Leute am Strand.

MARIUS. Er ist also wie jedermann. Du weinst nicht über jedermann.

SOFIA. Nicht jedermann sticht nach mir. Aber Gunvald tut's. Und Anna Frönning haßt mich.

HELGA. Zwei Feinde zugleich? Sind es gar Verbündete gegen dich?

SOFIA. Sie wohnen unter einem Dach.

MARIUS. Ich möchte erfahren, womit sie dich verwunden.

SOFIA. Anna Frönning sehe ich nicht. Doch hält sie zu Gunvald. Es ist ein Unheil.

MARIUS. Er also spricht mit dir.

HELGA. Er wird mehr gesagt haben, als nur den Satz, daß Manao Vinje dich nicht heiraten werde.

SOFIA. Ja. Er habe auch Anna Frönning die Ehe versprochen und das Versprechen gebrochen. Und daran ist keine Lüge.

MARIUS. Das ist nicht beweiskräftig. Dagegen steht das Geld für die Aussteuer.

SOFIA. Geld, sagt Gunvald, bedeute für Manao nichts. Der alte Vinje habe für ein Pferd die vierfache Summe ausgegeben, wie für den Hausrat der Sohn.

MARIUS. Es ist unwahrscheinlich, daß es so teure Pferde gibt.

HELGA. Es ist verwerflich, den Pferdekauf eines toten Mannes mit dem Eheversprechen eines jungen Menschen in Verbindung zu bringen.

SOFIA. Und doch sitzt hier das Mark im Bein, wie die Leute sagen. Es ist kein gewöhnliches Pferd. Es ist jemand hineingebannt. Ein Mädchen. Manao begehrt darum kein Weib. Er vergißt seine Gelöbnisse. Er verbringt seine Tage mit einem Gespenst. So sagt Gunvald. Und man kann ihn nicht widerlegen. Ich selbst habe gesehen, daß Manao zärtlich mit dem Tiere ist. Und ihm Worte in die Ohren sagt.

MARIUS. Das ist ein unverzeihlicher Fall von Aberglauben. Dergleichen wird in Märchen erzählt. Vielleicht brüten unaufgeklärte Menschen darüber. Aber es ist verwerflich und gegen die Vernunft, sich dergleichen fleischlich vorzustellen. Du wirst dir nicht einbilden, auf dem Rücken eines gesattelten Mädchens gesessen zu haben.

HELGA. Was für widernatürliche Gespräche sind das! Ich werde den Propst benachrichtigen.

SOFIA. Du wirst niemanden davon sagen. Ich will nicht, daß ein Fremder davon erfährt. Und niemand soll darüber beten.

HELGA. Was willst du denn?

SOFIA. Nichts soll geschehen. Es ist alles, wie es ist.

MARIUS. Das begreife ein anderer. Ängste, Träume, abenteuerliche Berichte. Und plötzlich soll Schluß sein. Wir können den Pfarrer auslassen, gewiß. Vielleicht müssen wir die Hebamme holen. Jedenfalls denke ich es mir, wenn ich dich anschaue. Auch etwas anderes habe ich bei mir erwogen.

HELGA. Sprich ruhig, Marius!

MARIUS. Jetzt ist es heraus. Und Sofia weiß, daß sie uns nicht für einfältig halten darf.

HELGA. Du könntest gütiger sein. Es ist Brauch, daß Bauernsöhne keine unfruchtbaren Mädchen heiraten. Vielleicht hat Vinje Anna Frönning mit Ursach verlassen.

MARIUS. Du siehst noch etwas Blankes glitzern. Ich rieche bereits die Fäulnis. Sofia kann ihre Schande nicht mehr verbergen. Ein guter Mann bringt seine Braut nicht in die äußerste Not. Manao Vinje ist ein guter Mann. Das behaupte ich.

HELGA. Sofia weint.

MARIUS. Laß mir das Wort.

HELGA. Denke daran, es ist Sonntag. Sei nicht unbesonnen, schilt nicht an diesem Tage, wenn Sofia zerknirscht ist. Auch einen Einwurf will ich noch machen: Vinje wohnt weitab. Wo man die Augen nicht hat, Ohren und Nase nicht, erkennt man kein Feuer.

MARIUS. Der Bauer ist alt genug, einige Gedanken zu haben. Und rechnen wird er können wie irgendeiner. Er hat nur fünf Finger an einer Hand. Länger als man an der linken Monate abzählen kann, läßt der Beischläfer die Braut nicht ohne die rechte und bringt sie ins Haus. – Mag er nun nahe oder fern wohnen.

HELGA. Du sollst dich nicht erhitzen.

MARIUS. Was hat dies Kind heut vorgebracht? Daß sie nichts Geschriebenes und Gesprochenes von ihrem Verlobten empfangen will. Ihm nichts ausrichten will. Sie geht mit einem gewölbten Leib umher, klagt, daß sie nicht mehr zur Arbeit taugt. Und schwatzt von diesem Gunvald. Dem sie überall begegnet. Auf dem Saeter. Im Tal. An der Bucht. Auf den Höfen. Täglich. Sie hat eine Erklärung für diese Zufälle zur Hand. Aber man braucht sie nicht gelten zu lassen. Jetzt will ich erfahren, klipp und klar, Sofia, ob Manao Vinje von deiner Veränderung weiß.

Sofia *(die geweint hat, trocknet die Tränen, spricht fest).* Er weiß es nicht.

Marius. Weiter. Er ist beschuldigt worden. Dieser Gunvald erfindet Geschichten, oder wie man die zügellosen Verdächtigungen nennen will. Doch der Beschuldigte ahnt nichts. Die Braut hat es ausgesprochen. Aber sie will ihm keine Nachricht senden. Sie stellt sich vor diesen Knecht, läßt sich betrachten und flennt. Wie kann eine solche Verwirrung sein? wird jedermann fragen. Ich habe nicht Lust, mir unversehens die Absätze von den Füßen treten zu lassen. Oder Scherben vor meiner Tür zu finden. Ich verlange jetzt eine Auskunft darüber, ob Manao Vinje sich mit dir vergnügt hat.

Helga. Es ist Sonntag, Marius.

Sofia. Wir haben im gleichen Bett geschlafen.

Marius. Gut. Wenn es nicht gelogen ist. Eine runde Antwort. Immerhin. Noch eines. Du hast niemals, auch vorher nicht, etwas Ähnliches mit Gunvald getrieben?

Sofia. Nein.

Marius. Sehr gut. Wenn es nicht gelogen ist. Doch bleibt der rasche Wechsel deines Aussehens unerklärt. Manao Vinje ist noch nicht drei Monate von dir getrennt.

Sofia. Ich wußte nichts, während wir beisammen waren. Nun ist unser Gespräch wohl im ruhigen Hafen? Du kannst an ein Nest mit mehreren Vögeln denken. Die Hochzeit könnte im Frühjahr sein, wie wir es beim Abschied voneinander verabredet haben.

Marius. Verspottest du mich? Du würdest einen Säugling in den Armen haben, ehe du auf den Hof kommst.

Sofia. Das darf mich nicht kümmern. Wenn er mich heiraten will, muß ich ihm beweisen, ich kann einiges für ihn erdulden. Auch in schlimmen Stunden soll er nicht denken können – sein Wohlstand habe ihn mir angenehm gemacht.

Marius. Das ist pfiffig und unklug zugleich. Wir alle würden in Schande kommen. Und dem Bauern wäre kein Dienst erwiesen. Zaunhänger und Türsteher könnten von Gleichgültigkeit faseln, von zu spät geflickten Krügen. Wie kann die Hochzeit auf den Frühling sein, wenn das Kind zu Neujahr eintrifft? Eure Verabredung wird nicht die Erde vergessen haben. Manao Vinje wähnt dich nicht schwanger.

Er wird seinen Grund haben. Du hast ihm etwas verschwiegen. Du wirst deinen Grund gehabt haben. Wenn das eine und andere nicht zuträfe, gäbe es keinen Anlaß für deine Trauer.

SOFIA. Ich habe nicht auf mich achtgegeben. Ich weiß nicht, wann ich gebären soll. Ich fürchte mich vor Manaos Pferd. Und vor Gunvald Tosse. Und vor Anna Frönning – *(sie weint).*

HELGA. Du hast nichts zu bereuen?

SOFIA. Nichts, was auch geschieht.

MARIUS. So will ich dir doch raten: Hast du Vinje betrogen, nimm dich an die Hand, versuche nicht, weiter ins Dickicht zu dringen. Es könnten dir viele Dornen die Haut ritzen. Geh zu Gunvald oder wer es sei und bitte ihn, er soll dich ehrlich machen. Arm sein ist bitter. Doch ist es bitterer, friedlos und schändlich zu sein.

SOFIA *(schüttelt den Kopf).* Es droht mir eine Gefahr. Ich weiß nicht woher. Gunvald sieht in mich hinein. Er begehrt mich. Er verwirrt mich mit seinem dunklen Wesen. Er haßt mich nicht, wie Anna Frönning tut. Manao muß mir gegen einen Widersacher helfen. Er muß die finstere Brust aufbrechen und irgendeine Flamme ersticken. Er muß seinen Handel mit Anna ins Reine bringen. Er muß ihr einen Trost geben, einen klaren Inhalt, ein paar heilende Worte. Er muß dem Pferd etwas antun. Es töten ist zu viel. Sich auf eine besondere Weise von ihm lossagen.

MARIUS. Ich verstehe nichts von dem, was du vorbringst.

SOFIA. Ich will Manao Vinje schreiben. Er soll mir antworten. Ich will ihm einen Boten senden. Ich will es so anstellen, daß er Gunvald trifft.

MARIUS. Das ist das Gegenteil deiner ursprünglichen Meinung.

SOFIA. Vorhin war es in mir anders. Ich ertrage die Angst nicht länger.

HELGA. Sofia, unternimm nichts Übereiltes. Geh behutsam mit dir zu Rate.

SOFIA. Ich weiß nicht, ob es Menschen gibt, die sich das Herz herausschneiden lassen, ohne sich zu wehren.

HELGA. Es muß eine große Not in dir sein.

MARIUS. Du hast dich zu einem Entschluß durchgerungen. Das muß ich achten, wenn ich auch den Winkelzügen deiner Seele nicht folgen kann.

SOFIA. Gib mir zehn Taler aus dem Schatz. Gib mir zwanzig.

HELGA. Wozu?

MARIUS *(erhebt sich, sucht das Geld, gibt ihr)*.

SOFIA. Ich werde wohl niemand finden, der ohne Bezahlung den Weg über die weißtoten Berge macht.

V.

FRÖNNINGHOF. GESCHIRR- UND FUTTERKAMMER

Links eine Tür nach dem Kuhstall. Ziemlich in der Mitte eine Leiter auf den Boden. Rechts im Hintergrund eine zweite Tür. Im Vordergrund Gerümpel, Futterkisten. Feste Quaderwände. Balkendecke, hölzern, halboffener Bodenverschlag. Abend. Eine Stallampe.

GUNVALD *(pafft an einer Zigarette, saugt den Rauch tief ein, stößt ihn prustend aus. Er ist nur mit Jacke und Hose bekleidet. Das Hemd hat er ausgelassen. Er beschmiert ein altes Pferdegeschirr mit Tran)*.

ANNA *(ein großes, schweres Mädchen, sechsundzwanzig Jahre alt, kommt durch die Stalltür herein)*. Hier ist der Brief. Ich habe die Schenkel unserer Stute damit gestriegelt. Das Papier hat den Geruch angenommen. Damit du es weißt, sage ich's, Sofia kann keinen Verdacht schöpfen. Ich bin beim Lensmann gewesen und habe mir einen Brief Manao Vinjes zeigen lassen. Eingabe an die Behörde. Eine leichte und hölzerne Schrift. Keine Schwierigkeit, die nachzumalen. Genau gesetzte I-Punkte, große Buchstaben übergroß, kleine Buchstaben dünn und niedrig. Der Namenszug nicht anders als der Text. Sofia wird keinen Unterschied sehen, wenn sie Briefe von ihm hat.

GUNVALD. Nur wenn sie halstarrig ist, benutze ich das Machwerk.

ANNA. Sie wird dir geschriebene Antwort abverlangen. Deinen Worten allein wird sie nicht trauen.

GUNVALD *(tiefe Züge nehmend)*. Ich verwirre sie mit meiner Haut. Das hat sie mir einmal gestanden.

ANNA. Du liebst sie wie immer.

GUNVALD. Ich meine, du hast Manao Vinje auch nicht vergessen.

ANNA. Ihr seid euch so nahe gewesen, daß sie dir ohne Vorsicht dergleichen sagen konnte?

GUNVALD. Es ist nichts gewesen. Sofia war ein Kind. Sie sagte ihre merkwürdigen Gedanken heraus.

ANNA. Mich kümmert dein Abenteuer nicht. Und was es mit deinem nackten Oberkörper auf sich hat. Ich glaube zwar, du prahlst, zeigst deine Muskeln, weil dein Mut klein ist. Die Wahl deiner Mittel ist mir gleichgültig. Du darfst Liebe mit Gewalt vermischen. Nur kaputt mußt du das Mädchen machen, kaputt für Manao Vinje. Unbrauchbar. Krank. In dich vernarrt. Sie muß zerstört werden. Der gegenseitige Glaube muß zerschlagen werden. Laß sie auf einem Holz reiten. Tu, was du willst. Nur erniedrige sie. Mach sie reif zum Bespeien. Mach sie zur Lügnerin. Zur Verräterin. Zur Mörderin, zu etwas Geringem.

GUNVALD *(schwer, unlustig)*. Ja, ja.

ANNA. Du wirst eine plump gewordene, wehrlose Jungfrau wohl so zurichten können, daß sie ein Gespött wird? Daß ihr Liebhaber nichts sehnlicher wünscht, als sie zu vergessen? Du wirst keinen Unterricht brauchen, der dir erklärt, daß der Mensch ein zerbrechliches Wesen ist? Die Frucht muß weg. Manao Vinje darf nicht in der weiten Welt ein Kind haben. Sofia hat keinen tüchtigen Vater und keine einsichtige Mutter; sie hat niemand am Strand, der ihr beisteht. Es ist leicht, etwas gegen sie auszurichten. Sie hat noch einen unsicheren Willen. Ist armer Leute Kind. Etwas Unerfahrenes und Schwaches. Sie erliegt jedem Ellbogen.

GUNVALD. Ja, ja.

ANNA. Wenn sie kommt, sie darf nicht wieder aus dem Haus. Sie muß festgehalten werden. In den Keller gesperrt, wenn sie nicht freiwillig bleibt. Wenn sie verträglich ist und gelehrig, kann sie es gut haben. Man wird sie streicheln wie eine Katze, der man die Jungen ertränkt hat.

GUNVALD. Ja, ja.

ANNA. Wenn sie schreit, das hört niemand.

GUNVALD. Du sagst, du liebst Manao Vinje?

ANNA. Er soll mich nehmen. Er soll mich auf seinen Hof bringen. Und wenn nicht ich es bin, soll es niemand sein. Diese törichte Jungfrau hat schon vor mir voraus. Ich könnte zerspringen. Ich könnte das Vieh schlachten und den Hof anzünden.

GUNVALD. Ein Gefühl, das Jahre überdauert, muß wohl wie ein Baum sein, der wächst. Und Wurzeln und Zweigwerk ausbreitet. Ich ja möchte Sofia als Weib. Und keine andere.

ANNA. Sie ist nicht mehr ganz arm. Zweihundert Taler besitzt sie. Die muß sie dir in die Ehe mitbringen. Und ich gebe euch. Ich gebe dir, Gunvald. Es soll dir nicht schlecht bekommen. Vielleicht überlasse ich dir die Wirtschaft auf Frönning.

GUNVALD. Sofia hat mir zwanzig Taler Botenlohn gegeben. Das brennt mich.

ANNA. Du hast ihren einfältigen Brief mir ausgehändigt. Ich habe ihn beantwortet. Sie will doch eine Antwort. Die erhält sie. Dafür hat sie bezahlt. Sie hat sich Weiß gewünscht. Es fällt ihr Schwarz zu. Du hast eine Abschlagssumme für den Hausrat erhalten, den du kaufen mußt, das ist alles. Und ich gebe dir dazu. Das hatte ich vergessen. Ich habe es bei mir, du kannst es ihr vorzeigen, auch Manao Vinje hat dich belohnt. Reichlich, wie es einem Zauberer zukommt. Hier sind fünfzig Taler.

GUNVALD *(nimmt)*.

ANNA. Du hast sie genommen. Das bedeutet, du bist einig mit mir und weichst nicht zurück. Ich gehe jetzt. Doch bleibe ich in der Nähe. Bald wird Sofia kommen. *(Ab.)*

GUNVALD *(preßt sich die Fäuste in die Augenhöhlen)*. Ich will sie besitzen, ich will sie besitzen! Und wenn sie tot wäre, und auf dem Kirchhof im Sarge. *(Es klopft gegen die äußere Stalltür. Gunvald tritt hinzu, riegelt auf, kommt mit Sofia.)*

GUNVALD. Guten Abend, Sofia.

SOFIA. Du bist zurück? Du hast Manao Vinje gesprochen? Er hat dir manches erklärt? Du bist jetzt friedlich gegen mich?

GUNVALD. Viele Fragen zugleich. Ich will versuchen, dir zu erzählen.

SOFIA. Bringst du Gutes? Das sag vorweg.

GUNVALD. Hier ist ein Schemel! Setz dich!

SOFIA. Du bringst nichts Tröstliches?

GUNVALD. Sieh hier, das sind Taler.

SOFIA. Viele Taler.

GUNVALD. Ich habe sie von Manao Vinje. Ihm ist Geld nichts wert. Habe ich verdient, daß er mir eine große Summe schenkt? Ich habe ihn besucht, das ist alles. Und er gibt mir fünfzig Taler.

SOFIA. Ja, fünfzig Taler.

GUNVALD. Er ist ein Zauberer. Oder hält es mit den Trollen. Jedenfalls sind Silbermünzen für ihn Kleinigkeiten, auf die er nicht achtgibt.

SOFIA. Er ist kein Zauberer. Er ist reich. Und das Geld ist ihm nicht ans Herz gewachsen, wie anderen.

GUNVALD. Ja, ja. Manche stehlen und bitten Gott, er möchte es ihnen ersparen, ein Mörder zu werden. Es sind Unterschiede der Sündhaftigkeit.

SOFIA. Ich erkenne nicht, wie man den Satz auf Vinje anwenden soll.

GUNVALD. Er bittet nicht, daß eine hohe Macht ihn vor etwas bewahren möge. Im Gegenteil, es verlangt ihn, ohne Reue reich an Erkenntnissen zu werden. Darum kann er Fürchterliches und Mildes gleichermaßen vollbringen.

SOFIA. Das begreife ich nicht. Du sprichst, wie du sonst nicht sprichst.

GUNVALD. Er kann, wenn er will, alle Gegenstände in Glas verwandeln. Oder doch so durchscheinend machen, als ob sie Glas wären. Oder sie sind von allem Anfang an von solcher Beschaffenheit, weil seine Augen durchdringend sind. So erkennt er nicht nur die Gestalt von Mensch und Tier. Er sieht gleich auch die Eingeweide und Knochen und hinein verborgen das Gemüt und heimliche Regungen. Man kann begreifen, es gibt nicht viel Geschöpf, das ihm Freude macht. Wegen der mannigfaltigen Gebrechen an Leib und Seele. So mußt du es verstehen, wenn für ihn ein Pferd kein Pferd ist. Oder andere Dinge ihre Gestalt ablegen und sich verwandeln.

SOFIA. Was ist mit dem Pferd? Ich bin schon ganz ohne Hoffnung. Aber du hast noch gar nichts Gewisses gesagt.

GUNVALD. Wie es die Leute erzählen, so ist es. In die Stute ist ein Mädchen gebannt.

SOFIA. Gunvald, du lügst nicht? Das ist doch gegen die Natur. Und gegen Gott. Es kann doch kein Mensch aus einem Tier heraussteigen. Sind es denn zwei Geschöpfe ineinander? Und was bleibt nach, wenn die Verwandlung geschehen? Ein Fell? Ein Gerüst? Leere Pferdeaugen? Und Nüstern, die keinen Atem saugen? Hufe, die nicht scharren und stampfen? Ein tot Ding? Liegt es oder steht es? Oder bleibt ein Pferd? Fallen ihm die Flanken ein? Wird das Mädchen geboren? Oder steigt es zum Maul heraus?

GUNVALD. Wer es nicht gesehen, kann es nicht fassen. Denke dir eine Fensterscheibe. Sie ist fester als Haut. Das Licht fällt hindurch. Man sieht draußen Bäume, Tiere, Berge und was sich findet. So scheint eine Mädchengestalt aus dem Tier heraus. Es bleibt ein Bild und ein Pferd und bleibt, was es ist. Auf dem Grunde des Fleisches, wie auf dem Boden eines Teiches aber ruht die Menschengestalt. Und wo man das Tier berührt, da ist sie es, da faßt man Menschenglieder. Für gewöhnliche Sterbliche ohne Gaben ist die Stute ein Tier. Und sie verwandelt sich nicht. Und ihre Eigenschaften werden nicht erkannt. Kommt aber jemand mit den Augen Vinjes, die alles sengend berühren, so findet er unter hunderttausend das Hexenwesen heraus. Und sieht, was Schönes oder Verführerisches im Verborgenen ist. Und verfällt der Versuchung. Und reißt sich nicht wieder los.

SOFIA. Wie kannst du es wissen, wenn du nicht solche Augen hast?

GUNVALD. Vinje hat mir erzählt. Und an die Hand genommen hat er mich. Da sah ich auf Augenblicke, was er immer sieht, wenn er sich hinwendet.

SOFIA. Er hat mich oft an die Hand genommen.

GUNVALD. Da schautest du nur auf ihn. Das ist etwas anderes.

SOFIA. Das Pferd muß getötet werden. Sonst geht mir Manao verloren. Berichte doch der Reihe nach! Ich erfahre ja nichts. Erkläre mir, wie du angekommen, ob er meinen Brief gelesen, was er geantwortet. Vom lästigen Tier schweig jetzt. Ich werde niemals verstehen, wieso es aus Glas ist. Ich kenne es doch. Es hat ein Fell.

Gunvald. Ich kann es kurz machen. Ich habe den Brief abgegeben. Ich bin gestanden und habe gewartet, bis Vinje ihn erbrochen und durchgelesen. Er faltete ihn danach sorgsam zusammen, gab mir zu essen. Ole war in der Stube.
Der Bauer schickte ihn fort, in den Stall. Als wir allein waren, sagte Vinje, er kann Sofia nicht heiraten. Er darf es nicht. Er muß das Gelöbnis brechen. Wie er es Anna Frönning gebrochen. Er kann nicht einmal bereuen. Er hat schon den Sommer vergessen. Weil er der gläsernen Welt nicht widerstand. Sofia wird einen guten Mann finden, meinte er. Die Aussteuer soll sie behalten, sagte er.

Sofia *(öffnet den Mund, aber es kommt kein Ton).*

Gunvald. Ich fragte zurück, erzählte von deinem Zustand, von deiner Angst. Um alles klar vor mir zu machen, nahm er mich bei der Hand, wie ich schon sagte, schob mich hinaus, daß ich erführe, er sieht eine größere Welt, eine zauberhaft durchscheinende.

Sofia. Du lügst. Du lügst.

Gunvald. Ja, ja. Du kannst es vermuten. Doch hat er mir alles aufgeschrieben. *(Er zieht den Brief hervor.)*

Sofia *(nimmt ihn, zerreißt den Umschlag, liest. Sie schreit auf, wankt).*

Gunvald *(reißt sie an sich, drückt ihren Kopf an seine Brust).* Sofia! Sofia!

Sofia *(krallt sich unter Winseln an ihm fest).*

Gunvald. Es ist nichts Schlimmes für dich, wenn der Schmerz erst alt ist. Halt dich nur fest an mir. Ich bin ja auch warm. Ich bin ja nichts Schlechteres als der andere. Und garnichts Verschiedenes von ihm. Ich bin nur ärmer. Ein Mann von unten. Die Leute sagen, Armut sei keine Schande. Armut ist nur bitter. Darum ist jede Beleidigung für die Gallegewohnten nur ein kleines Gefühl. Wer unter den Reichen würde dich lieben mit einem fremden Kind in dir? Wo wohnen die satten Menschen, die dich nicht beschimpfen? Wo hast du Eltern und Freunde, die dir helfen? Jetzt, da es bekannt ist, jemand hat dich unter seine Füße bekommen? Würdest du mir vor einem Jahr entwischt sein, wenn ich ein Bauer? Ich erschien dir nur unverläßlich, weil außer meinen Händen kein Besitz bei mir. Und diese Hände mißverstandest du! Es sind Werkzeuge, die festhalten. Es kann ja nichts aus meinem Dasein werden, ohne sie. Kein Haus und Stall, kein Land können mein werden ohne sie. Kein Mädchen würde die Meine werden, wenn ich nicht zugriffe. Nur eine kleine Gewalt habe ich gegen dich anwenden wollen. Der andere aber, der Reiche, kam und richtete sich gleich deinen ganzen Leib für sich zu. Da hast du dich nicht widersetzt. Er bot dir Sicherheiten und Versprechungen. Er gab dir Handgeld. Er nahm dir alle Zweifel mit der Kraft seines Besitzes. Er hatte es nicht nötig, wie ein Räuber dich anzupacken.

MANAO *(zeigt sich in der Stalltür, sieht auf die beiden, schlägt die Hände vors Gesicht, geht wieder.)*

SOFIA *(als ob sie erwachte).* Es war jemand hier. Ich habe ihn nicht gesehen. Er war mir im Rücken.

GUNVALD. Niemand war hier, nur wir zwei. Warum denkst du noch immer an Manao Vinje?

SOFIA. Ich weiß es nicht. Ich kenne ja dein Herz nicht.

GUNVALD. Aber in seinem konntest du den Betrug entdecken? Du wußtest wohl gar, das Geld, das er dir gab, war Bezahlung für gewährtes Vergnügen?

SOFIA. Sag es nicht!

GUNVALD. Wenn du nicht töricht gewesen wärest, nicht hochmütig, würde heute kein Streit zwischen uns sein. Dann würde etwas Gesundes und Eheliches in dir groß werden, nicht ein kranker, viehischer Zauber, ein Halbpferd. Jetzt bist du hineingezogen in den unreinen Kreis des Tierschänders. Und ich werde mit dir ringen müssen, dich zu retten. Ich lasse jetzt nicht mehr von dir. Du kommst nicht von hier hinaus. Du mußt mir erst verfallen sein. Ich will nicht länger warten und dursten. Ich will dich heiraten. Zuvor aber muß Manao Vinje ausgetrieben sein. Aus deinen Gedanken muß er sein. Aus deinen Wünschen. Es darf nichts von ihm zwischen uns bestehen. Ich will mit meinem Mund, meinen warmen Gliedern das Erinnern an ihn wegspülen. Ich will unnachgiebig sein, wegen deines Irrtums. Ich will ohne Gnade sein, wenn du nicht weich wirst. Deine Verstocktheit muß gebrochen werden. Du bist ein wertloses Stück, ein übelverletztes Mädchen. Aber ich liebe dich. Das kann deine Zukunft sein, wenn deine Vergangenheit ausgerottet ist.

SOFIA *(sich von ihm abwendend).* Du bist ein behaarter Mensch.

Und so sprichst du. Wie mit Moos bewachsen. Wie eine braune Erde spricht, die einen verschütten will.

GUNVALD. Ich bin etwas gerechter als der helle Verführer. Gewiß geht mein Zorn hoch. Ich habe wimmernd auf meinem Bauche gelegen. Holz und Steine habe ich geschluckt. Meine Augen sind wund geworden von Bildern der Eifersucht und des Verlangens. Ich habe Getier mißhandelt, Kühen wollte ich die Rippen eintreten. Es ist nichts Leichtes für mich gewesen, eure Sommerfreuden zu ertragen. Jetzt aber umklammere ich dich. Ich heirate dich.

SOFIA. Gunvald, das Kind in mir! Das Kind wird da sein. Du mußt es dulden. Ich kann es nicht forttun. Ich fühle das zweite Herz schlagen.

GUNVALD. Es wird nicht leben, sobald es die Luft schmeckt. Man wird es nicht töten müssen. Es wird an sich selbst sterben. Die Kälte des Lichtes vernichtet das Schwache. Wieviele Kinder hat deine Mutter geboren? Waren es nicht ihrer acht? Und sieben davon kamen auf den Kirchhof? Das Leben ist nichts Beständiges. Du kannst dir errechnen, wieviele Kinder die Weiber am Strande groß machen. Ihr Leben lang drei oder vier, wenn's hoch kommt. Aber Jahr für Jahr ist eine Geburt. Hat dir das niemand erzählt?

SOFIA. Laß mich. Ich ertrage es nicht.

GUNVALD. Du wirst manches ertragen müssen. Du wirst dich ein wenig härter halten müssen. Ich werde dich lehren, dem Gräßlichen zu vertrauen, wenn ich auch kein neunzigjähriges Weib bin. Es wird eisig über dich hergehen, aber du wirst deinen Nutzen davon haben. Du wirst die Zähne zusammenbeißen müssen, nichts weiter. Eine Wahl ist dir nicht mehr gelassen. Ich bin der letzte und einzige, der zu dir hält. Gewiß will ich etwas von dir. Und nicht nur Almosen. Ich will auch einmal voll werden von Lust.

SOFIA. Sag, daß du kein Betrüger bist, daß ich nicht hinfalle in eine neue Sünde. Dann tu mit mir, was du willst.

GUNVALD. Ja, ja, jetzt ist der Augenblick da, jetzt geht Manao Vinje in Trümmer. Jetzt deckt ihn ein Stein zu. Jetzt bist du Fleisch, das mir gehört. Jetzt geht meine Brust über dich. Jetzt sind alle Reden aus. *(Er preßt sie an sich, hebt sie auf, schleift sie die Leiter zum Boden hinauf, sie jammert leise.)*

Anna *(kommt durch die linke Tür herein).* Manaos erste Ehe ist zerstampft. Der Knecht hat seine Sache gut gemacht. Die Geliebte hat sich um den Verstand gewinselt. Ein Kitzeln überschleicht mich. Auch das Kind wird verschwinden. Wenn der Mann schwach wird und in Duldung verfällt, ich werde es zu Tode hassen. Ich werde den Tag der Niederkunft nicht versäumen. Danach soll ein Gerücht sein in den Bergen und an der Bucht. Manao Vinje soll meinen Namen hören. In seinem Kummer soll er sich nach mir sehnen. Er soll mich auf seinen Hof bringen. Ich habe alles angestellt, daß es so wird. Hier schneide ich mir in die Hand und lasse das Blut auf den Boden fallen. *(Sie tut es.)*

VI.

Der Marktplatz an der Bucht

Trübes Wetter, Wolken an den Berghängen. Nasser Schnee.

Manao *(kommt reitend vom Talweg auf den Marktplatz. Sitzt ab und besorgt das Pferd).*

Olaf *(schaut aus der Tür der Krambude heraus, ruft in den Laden).* Manao Vinje ist da!

(Trygve, Arne, Olaf kommen heraus.)

Trygve. Guten Tag, Kara. Du schaust gut aus. Neu gekleidet. Und das Pferd hat einen hellgewichsten Sattel. Und ist blanker als jemals.

Manao *(lacht).* Es hat auch keinen Käse getragen.

Trygve. Um diese Jahreszeit erwartet man dich nicht an der Bucht. Du hast offenbar vor Frühling noch etwas zu bestellen.

Manao. So ist es.

Trygve. Aber der Februar ist ein unangenehmer Monat. Du bist gewiß nur mit großer Mühe über den See gekommen?

Manao. Es ging besser als ich vermuten wollte.

Trygve. Und nun bist du hier. Und du hast dir etwas vorgenommen. Du willst dich an der Bucht umschauen.

Manao. Heiraten will ich.

TRYGVE. So sieht es aus. Deshalb ist dir die Reise leicht geworden. Man weiß nicht, was man dazu sagen soll.

MANAO. Ein paar Wochen lang werde ich mich hier umhertreiben. Im Hotel werde ich wohnen. Zum Propst werde ich gehen und zum Lensmann.

TRYGVE. Man hört, was du sagst. Und du bist fröhlich. ––– Darf man fragen, wen du auf deinen Hof bringen wirst?

MANAO. Das kann kein Geheimnis mehr sein. Es erwartet wohl niemand, daß ich mein Verlöbnis breche.

TRYGVE. Das erwartet niemand.

ARNE. Wo zwei Menschen sind, kann das Unerwartete von verschiedenen Seiten kommen.

MANAO. Was bedeutet die Rede?

OLAF. Du willst doch Sofia heiraten?

MANAO. Wer zweifelt daran?

ARNE. Da wirst du noch geraume Zeit warten müssen.

MANAO. Warum muß ich warten?

OLAF. Du weißt garnichts?

MANAO. Was soll ich wissen?

OLAF. Ein Mann alleine kann nicht zum Traualtar gehen.

ARNE. Wenn jemand abwesend ist, kann er nicht zurstelle sein.

MANAO. Seid ihr frech?

TRYGVE. Niemand will dich hänseln.

MANAO. Wer sollte nicht zurstelle sein? Etwa Sofia? Ich will keinem raten, daß er ihr etwas Unehrenhaftes nachsagt, sollte sie auch verändert sein. Ich bin ja gekommen, um das öffentlich einzulösen, was nach altem Brauch heimlich verpfändet wird.

TRYGVE. Vielleicht hat es sich hier am Strand ein wenig anders begeben, als du vorberechnet hattest.

MANAO. Ich komme zu spät? Ein kleines Geschöpf hat sich eingestellt? Dann muß ich das Kind auf meinen Armen mit zur Einsegnung tragen. Das ist ein Unfall, bei dem alle heil bleiben. Ich werde nicht hinschauen, wenn der Propst seinen Grimm hinunterschluckt.

TRYGVE. Was hier geschehen ist, hat keine Ähnlichkeit mit deinen Vermutungen. Es ist etwas Schlimmes geschehen.

MANAO *(sehr erregt)*. Schweigt doch nicht!

TRYGVE. Man spricht das nicht leicht aus.

MANAO. Doch nichts Gestorbenes? Was ist mit Sofia?

OLAF. Sie ist im Gefängnis.

MANAO. Seid ihr bei Verstande?

ARNE. Wegen Kindesmordes.

MANAO. Nein.

TRYGVE. Ja.

MANAO. Das ist ein ungeheuerliches Mißverständnis. Eine falsche Beschuldigung. Ich muß sofort zum Lensmann.

TRYGVE. Mach dich nicht verächtlich! Nimm dich zusammen. Höre mich an.

MANAO. Die Ahnung, daß ein Unglück drohe, hat sich eines Abends zu mir geschlichen. Ich sandte meinen Geist aus, daß er's fände. Ich trat in eine fremde Futterkammer. Ich sah ein erlogenes Schaustück, wie mir schien. Das Verhängnis wäre abgewendet worden, wenn ich meine Unruhe nicht erdrosselt hätte. *(Ihm stürzen Tränen aus den Augen.)*

TRYGVE. Es ist zum Weinen. Aber du mußt dich männlich zeigen. In den ersten Tagen des Januar gebar Sofia ein Kind.

ARNE. Zähl an den Fingern ab, Vinje, und du wirst etwas vermuten.

MANAO. Bei wem gebar sie? Wer half ihr?

TRYGVE. Seltsam genug, auf dem Frönninghof.

MANAO. Wie das?

TRYGVE. Auf dem Futterboden, oberhalb der Knechtskammer. Und wer ihr half? Niemand. Oder der Knecht.

MANAO. Gunvald Tosse.

TRYGVE. Schon Wochen vorher war sie verschwunden. Weggelaufen von ihrer Dienststelle. Ihre Eltern vermißten sie. Ließen sie suchen. Schalten und greinten in den Häusern. Hofften, sie wäre zu dir in die Berge geflohen.

MANAO. Sie ist in eine Falle gelockt worden. Was hat der Frönning Knecht mit ihr zu schaffen?

OLAF. Bist du einfältig? Du bist betrogen worden. Eine alltägliche Sache. Du warst nicht der erste Mann, den sie empfing. Dein Vorgänger hieß Gunvald. Sie trug ihre Last an den richtigen Ort, weil sie bezweifelte, daß der zweite Streich gegen dich gelingen würde. Die frühe Ankunft des Sprößlings verdarb ihren Erfolg.

ARNE. Du bist aus der Schlinge geschlüpft, die dir schon um den Hals gelegt war. Du solltest dankbar sein.

TRYGVE. Das Kind kam an. Es soll bei der Geburt gelebt haben. Aber man fand es tot.

ARNE. Man hat offenbar noch einmal versucht, die in Lumpen zerfallene Tugend zu flicken.

OLAF. Der erbärmliche Aufstand kleiner Leute gegen sich selbst.

TRYGVE. Man behauptet, daß Sofia sich von Sinnen stellte. Sie schrie. Schlug um sich. Der Lensmann nahm sie in Gewahrsam. Nach kurzer Zeit wurde sie unter Bewachung zum Amtmann in Leikanger geschafft. Der Knecht kam in Haft. Doch ließ man ihn wieder frei. Anna Frönning mußte ein Zeugnis ablegen. Der Arzt stellte fest, daß dem Neugeborenen der Hals gebrochen war. Das Gericht fand, Sofia war schuldig. Sie gab zu, mit zwei Männern verkehrt zu haben. Gunvald hätte sie heiraten wollen. Sonst wollte sie sich an nichts erinnern. Kein Wort von einem Verlöbnis mit dir.

MANAO. Ihr sprecht von einem Menschen, den ich nicht kenne.

ARNE. Und der dich nicht kennen will.

OLAF. Wir hatten dich gewarnt. Du hast nicht auf uns gehört. Und dein Herz an ein geringes Mädchen gehängt. Tröste dich, du hast nur einen Sommer verloren. Es ist kein Dreck an dir haften geblieben. Du bist vermutlich vernünftiger geworden. Was du verloren hast, wirst du anderswo finden. Es ist ja nicht nur die eine für einen Mann tauglich.

MANAO. Wo ist die Wirklichkeit? Träume ich jetzt? Habe ich vorher geträumt? Werde ich aufwachen? Muß ich schreien, und dann ist es vorbei? Geht mein Geist mit neuen Lügenbildern in die Irre?

TRYGVE *(packt ihn)*. Besinne dich!

ARNE. Damit du es dir deutlich einprägst: wir haben von ihr gesprochen, die hier am Strand in einem Schuppen bei ihren Eltern wohnte, die ein Kind gebar und es ermordete und dafür rechtskräftig zu sechs Monaten Gefängnis verurteilt wurde. Damit mußt du dich abfinden. Das sind Tatsachen, die keiner ausjätet. Und was du auch unternimmst, um aus Sofias Mund eine andere Wahrheit zu hören, fünf Monate wirst du noch wartend verbringen müssen. Zeit genug, daß deine Einbildung nüchtern wird.

TRYGVE. Verschmähte Liebe tut weh. Das ist uns allen bekannt. Doch wirst du nicht mit ödem Geschmack im Munde bleiben, wenn du deutlich daran denkst: die Untreue gegen dich war das eine, das andere ein Verbrechen gegen die Natur, die ihnen unbequem schien. Was sind das für Herzen, die nicht wünschen, kleine Kinder groß zu machen!

OLAF. Du bist wieder frei. Besinne dich auf ein Mädchen, das zu dir paßt. Hänge dich nicht wieder an eine hübsche Fratze. Schau nicht zu sehr auf leichtknöchelige Füße. Eine Bäuerin gehört auf deinen Hof. Ein Prachtweib, das Brüste für ihre Kinder hat und Fäuste für Wirtschaft und Vieh. Und bares Geld, Land und Linnen. Vergiß Anna Frönning nicht. Du hast ihr vieles abzubitten. Du wirst mit ihr sprechen wollen. Sie wird dir manches erzählen können, was uns unbekannt ist.

MANAO. Ich werde zum Lensmann gehen. Ich werde mit Anna Frönning sprechen. Ich bin vorbereitet, ein paar Wochen im Hotel zu wohnen. Ich weiß noch nicht, was werden wird. Laßt mich jetzt allein. Ich muß einiges in mir ordnen.

TRYGVE. Erfahrungen schaden dem Menschen nicht. Sie machen ihn so hart, wie das Dasein es verlangt. Wenn du die Augen aufschlägst, wirst du wahrnehmen, daß die Berge nicht eingestürzt sind. *(Die drei Bauern gehen in die Krambude zurück.)*

MANAO. Ich bin einmal über die Brücke gegangen. Die Toten sprachen hinter der Mauer. Heute nun schweigen sie. Der Schnee liegt auf den Bergen. *(Es geht vorüber.)*

DRITTER AKT

Manao Vinje hatte sich den Kopf krank gegrübelt. Überall erfuhr er von der Schuld Sofias. Er wurde müde und willenlos. Er folgte dem Rat seiner Freunde und heiratete Anna Frönning. Es wurde ein großes Fest daraus, aber keine Freude für Manao. Auf den Steinehof zog eine Bäuerin. Und das Leben zu dreien, Bauer, Hausfrau, Knecht, dazu die Tiere, begann. Es ging wie es gehen wollte, ohne Glück und tiefe Zufriedenheit. Was Vinje noch niemals gefühlt: er erfuhr die Last des Alltags. Und den Kummer kleiner Widersächlichkeiten. Das mächtige, leidenschaftliche Weib, mochte es ihn auch lieben, bestimmte den Gang der Tage. Es war, als ob sie an jedermann eine dauernde heimliche Rache für einen Unfrieden in sich kühlte. Aber die Zeiten brachten auch Erregungen besonderer Art. Die Vergangenheit war nicht tot. Jedenfalls erschienen Mahner, um daran zu erinnern.

VII.

Auf dem Steinehof

Eine schöne Balkenstube. Truhen. Schwerer Tisch. Ein Mahagonisofa mit geschweiften Lehnen, roßhaarüberzogen. Ein dreikantiges Regal mit Büchern. Eine Vitrine mit Krügen und Porzellanhausrat. Ein handgewebter Teppich an der Wand. Alte englische Standuhr. Stühle. – Ole, ein großer fleischiger Mensch von der Art Annas, sitzt, die Beine weit von sich gestreckt, auf dem Sofa. Vormittag.

Anna *(kommt hastig herein).* Was treibst du hier?

Ole. Ich sitze.

Anna. Wo ist der Bauer?

Ole. Außerhalb.

Anna. In der Mühle?

Ole. Im Stall.

Anna. Was macht er da?

Ole. Du fragst und weißt es. Er wohnt dort sozusagen.

Anna. Er wohnt hier. Er schläft hier.

Ole. Er schläft hier und lebt drüben.

Anna. Er war vor einer Viertelstunde in der Stube.

Ole. Jetzt ist er nicht im Haus. Er putzt das Pferd. Oder wäscht den Kühen die Euter. Oder bäckt Brote. Oder rührt einen Brei aus Schrot.

Anna. Die Stute muß weg.

Ole. Eile mit Weile. Sie wird eines Tages sterben.

Anna. Vinje liebt sie mehr als mich.

Ole. Dieser Haushalt ist über die Quere eingerichtet. Ihr haltet keinen Schritt miteinander. Vinje denkt zu viel. Er ist magerer geworden. Und du möchtest ihn verschlingen, um ruhig zu werden.

Anna. Schweig.

OLE. Du solltest vorübergehend den Mann wechseln. Das würde euch beiden wohltun.

ANNA. Habe ich dir die gottlosen Reden nicht verboten?

OLE. Es bedeutet für dich nur ein sanftes Gefühl des Überganges.

ANNA. Schluß, sage ich.

OLE. Es wird dir nicht erspart bleiben, die Rache der Untreue zu nehmen.

ANNA. Das Pferd muß weg.

OLE. Du meinst doch nicht, die Stute raubt Vinjes Kraft?

ANNA. Sie ist schädlich.

OLE. Wenn sie abgeschafft werden soll, muß ein anderes Pferd auf den Hof.

ANNA. Meinetwegen, eine Kracke mit Klumphufen, eine kuhfüßige Schindmähre, langhälsig mit lächerlicher Kruppe, ein Wallach, dem struppige Haare auf dem grindigen Leder wachsen.

OLE. Und du sollst damit pflügen. Du übernimmst dich, Anna Vinje.

ANNA. Manao kann nicht wirtschaften. Er denkt nicht an das Geld. Vor der Hochzeit hat er ausgestreut. Jetzt muß es wieder anwachsen im Kasten. Was taugt das schönste Pferd, wenn es Hafer frißt für zwei? Und ihm Kuchen gebacken werden. Und ein Heu sein muß von gesätem Klee und Gras. Und ein braunes Lederzeug, weil dunkelgewichstes nicht zum Fell steht. Weshalb muß der Bauer wie ein Nichtsnutz in den Bergen umherreiten?

OLE. Meistens schafft er. Vinje ist kein Faulpelz.

ANNA. Das Wort paßt auf dich.

OLE. Mir schadet es nicht, wenn ich dein Feind werde. Ich hatte bis jetzt geglaubt, du suchtest einen Verbündeten gegen den Bauern.

ANNA. Ich werde hier Ordnung schaffen. Ich kenne meine Pflicht. Bald kommt ein Kind auf den Hof; es soll eine Mutter haben, der es, wenn es erwachsen ist, etwas zu danken hat.

OLE. Wir werden uns auf eine strenge Herrschaft gefaßt machen.

ANNA *(wendet sich ab, will zur Türt hinaus. Sie stößt auf Gunvald).*

GUNVALD. Guten Tag.

ANNA *(weicht zurück).* Du?

GUNVALD. Vinje mistet die Ställe aus. Also ist er nicht in der Stube.

ANNA. Wie weißt du?

GUNVALD. Ich habe mich davon überzeugt.

ANNA. Du hast mir etwas heimlich auszurichten?

GUNVALD. Der Bauer mag mich nicht. Zum Vergnügen bin ich nicht heraufgestiegen.

ANNA. Ole, sofort hinaus! Hilf Manao Vinje die Tiere versorgen.

OLE. Seit wann ist der Knecht Tosse ein Herr geworden? Dürfen nicht zwei geringe Menschen mit der Bäuerin in der Stube sein?

ANNA. Mach, daß du fortkommst!

OLE *(entfernt sich langsam)*.

GUNVALD. Hier scheint keine gesunde Ordnung zu sein.

ANNA. Manao hat den Burschen verdorben. Er hat ihn zu weich behandelt. Er ist wie ein Sohn im Hause gewesen. Oder wie ein Freund. Nun ist der Riese hier festgewachsen und fühlt, keiner hat die Kraft, ihn loszureißen. Ich bin die Zugewanderte und durchschaue noch nicht alles. Vielleicht ist Manao ein Mann mit ungewöhnlichen Vorstellungen. Er hat einen anderen Glauben als jedermann. – Weshalb bist du gekommen?

GUNVALD. Ich will den Frönninghof um die Hälfte der Pacht, die ich bis jetzt bezahlt habe.

ANNA. Unmöglich, Gunvald. Ich bin, als wir den Vertrag schlossen, sehr uneigennützig gewesen. Steuern und Zinsen verschlingen den größeren Teil der Summe.

GUNVALD. Sofia ist wieder am Strand.

ANNA. Erst jetzt?

GUNVALD. Nachdem sie ihre Strafe verbüßt hatte, ist sie als Magd beim Amtsvorsteher in Leikanger geblieben. Einen Winter lang. Im Gefängnis soll sie einem Engel geglichen haben.

ANNA. Du hast sie gesehen?

GUNVALD. Sie hat mich besucht.

ANNA. Du wirst sie heiraten?

GUNVALD. Sie hat mir in aller Form das Verlöbnis aufgesagt.

ANNA. Wie das?

GUNVALD. Sie hat das Geld, das Manao Vinje ihr schenkte, auf die Sparkasse getragen. Die fehlenden zwanzig Taler hat sie dazugelegt. Sie will es nicht für sich behalten.

ANNA. Und deshalb schlägt sie die Ehe mit dir aus? Weil der Hausrat fehlt?

GUNVALD. Sie sei krank.

ANNA. Krank?

GUNVALD. Blutungen. Oder an der Lunge ein Leiden. Sie hat es nicht genau beschrieben.

ANNA. So nannte sie diesen Grund?

GUNVALD. Sie gab noch einen anderen.

ANNA. Welchen?

GUNVALD. Sie sagte, das Kind hat gelebt; sie weiß es und bestreitet es nicht; wiewohl es zu früh geboren wurde. Ihre Hände hätten es nicht getötet. Das behauptet sie, obgleich sie dafür eine Strafe erlitten. Anna Frönning hat ihr das Kind genommen, es zu waschen. Gunvald Tosse hat es ihr sauber in den Schoß gelegt. Aber es sei kein Atem mehr in ihm gewesen. Also müßten Anna oder Gunvald oder beide gemeinsam es getötet haben. Mit dieser Gewißheit wolle sie sterben. Daß Gunvald ihrem Leib geschadet, könne sie verzeihen; aber sie wollte nicht Gefahr laufen, sich von einem Mörder beschlafen zu lassen.

ANNA. Sie ist toll.

GUNVALD. Aber es ist Musik in ihrer Behauptung. Daß ich dem Säugling den Hals nicht umgedreht habe, weiß ich. Vielleicht verschuldete ich die frühe Ankunft. Doch nicht den Tod. Du wirst den Rest des Wissens für dich behalten. Daran zweifle ich nicht. Sofia wurde auf deine Aussage hin verurteilt, nachdem ich beschworen, nichts von dem Mord zu wissen. Und dieser Schwur ist echt. Denn ich fühlte mich flau, als ein stinkender Hund, nachdem ich die Geburt des kleinen Menschen mitangesehen. Und versprach mir selbst, ihn zu lieben.

ANNA. Das ist neu. Und ohne Beispiel. Du peinigst Sofia, um der Frucht im warmen Leibe zu schaden. Als aber eine Lebenskraft deine Absicht durchkreuzte, verwandelte sich dein Mordgelüst in Liebe.

GUNVALD. Zuvor erschien mir Sofia als ein noch nicht erkalteter Leichnam. Ich hatte keine Augen. Nur ein finsterer Durst besaß mich.

ANNA. Du gestehst viel. Mehr als dir bekömmlich ist. Mit einem Fetzen Aas sich zu vereinigen, das ist keine geringe Verirrung.

GUNVALD. Und du wirst gestehen, daß du das Kind beim Baden getötet hast.

ANNA. Ich will ja nicht als Dritte in den Bund der Verrückten eintreten. Ich habe nichts mit euch zu schaffen. Ihr habt die Entartung so weit getrieben wie die Phantasie reicht. Von all den Feinheiten war vor Gericht nicht die Rede. Dort habe ich nur ein unaufhörlich greinendes Mädchen gesehen, eine arme Sünderin, die sich in Wasser aufzulösen schien. Und einen Burschen, der kaum den Mund auftun konnte. Jetzt seid ihr großsprecherisch geworden. Seid übereingekommen, einen Plan gegen mich zu schmieden. Feine Leute. Hast du nicht erfunden, daß Manao Vinje es mit seinem Pferde hielte? Hast du damit nicht Sofia zugrunde gerichtet und in dein Netz gelockt?

GUNVALD. Es ist nicht aller Tage Abend. Du hast dein Ziel erreicht. Ich bin der Betrogene. Sofia ist verwüstet. Vinje kann nicht fröhlich sein. Dein Gehirn wird man nicht aufbrechen können. Du hast gehört, wie die Sache steht. Ich will nur noch die Hälfte der Pacht bezahlen. Die andere Hälfte soll Sofia zum Lebensunterhalt bekommen. Ich will die Summe ihren Eltern geben, damit sie für die Tochter sorgen. Ich vermute nämlich, Sofia ist sehr schwach und hinfällig.

ANNA. Ein Wüstling als Wohltäter.

GUNVALD. Ja oder nein?

ANNA. Man muß kranken Menschen helfen.

GUNVALD. Hier ist ein Vertrag. Dorthin schreib deinen Namen.

ANNA. Vorsichtig bist du auch?

GUNVALD. Dein Leben wird wahrscheinlich sehr bunt verlaufen. Du hast noch nicht nach deinem letzten Abenteuer gegriffen.

ANNA. Wie soll ich mich gegen deine Schamlosigkeit wehren?

GUNVALD. Unrecht Gut gedeiht nicht.

ANNA. Verbrecher beginnen Weisheit zu predigen. Ich liebe Manao: Ich habe ihn. Ich halte ihn. Auf dem Hof wird Segen und Ordnung sein. Und eine Kinderschar. Es wird anders sein, als es sich in deinem blutsüchtigen Gehirn malt.

GUNVALD. Schreib deinen Namen.

ANNA. Ich überleg es mir.

GUNVALD. Dafür ist keine Zeit. Wenn mich der Bauer sieht, erfährt er das eine oder andere.

ANNA. Du drohst? Das ist Erpressung!

GUNVALD. Schreib!

ANNA. Du beraubst mich. Ich werde arm.

GUNVALD. Es gibt ärmere Menschen.

ANNA *(unterschreibt)*. Ich will dich nicht mehr sehen. Verlaß das Haus! Eil dich!

GUNVALD. Ein Stück Brot und eine Tasse Kaffee hättest du mir anbieten können.

ANNA. Nichts. Wenn du Hunger hast, hier ist Käse, etwas Fleisch. Wasser findest du in den Bächen. *(Sie schiebt ihn zur Tür hinaus, kommt zurück, läßt sich auf einen Stuhl fallen.)* Eine längst vergangene Minute muß weggewischt werden. Wenn man Pflanzen mit den Wurzeln ausreißt, vertrocknen sie. Also soll ein gewisser Augenblick vertrocknen. *(Sie wischt sich über die Stirn.)* Mir ist fast übel.

OLE *(kommt)*. Was wollte der neugebackene Pächter? Und warum ist er so eilig wieder davon?

ANNA. Was geht es dich an?

OLE. Feuchte Tinte ist in der Feder.

ANNA. So wird sie jemand eingetunkt haben.

OLE. Und jemand wird etwas geschrieben haben.

ANNA. Du bist ein lästiger Bursche.

OLE. Zuvor aber habt ihr einander laute Vorträge gehalten.

ANNA. Hast du gelauscht?

OLE. Man konnte eure Stimmen vernehmen. Ihr seid nicht besonders vorsichtig gewesen!

ANNA. Mir soll es gleichgültig sein, ob du dich mit der Kundschaft von irgendeinem Geheimnis brüsten willst. Die Tollen, die Gerüchtemacher, die tugendhaften Verbrecher und verbrecherischen Mildtäter, diese begierigen Wilden sollen ihren Orden überall aufmachen. Du kannst dich zu ihnen bekennen und den Frieden stören. Mit mir im Streit zu sein, wird dir keinen Wohlstand bringen.

OLE. Ich dachte, im Gegenteil! Es würde dir bekömmlich sein, mich als Freund zu haben.

ANNA. Wären nur erst Kinder hier, daß sich ein Geschrei erhöbe und alle Gespenster verscheuchte!

OLE. Mir scheint, du redest ins Weite. Regt sich in dir etwas, das dich schreckt, wenn du's anschaust?

ANNA. Soll das so weitergehen zwischen uns?

OLE. Ich habe dir meine Freundschaft angeboten.

ANNA. Du hast mir gedroht.

OLE. Es gibt einen Handel in deinem Leben, den du vor Vinje verbergen mußt. Und Gunvald Tosse weiß darum.

ANNA. Nichts dergleichen.

OLE. Jedenfalls hast du ihm den Frönninghof für weniger als nichts verpachtet.

ANNA. So?

OLE. Du hast ihm Vieh und Pferd gestellt.

ANNA. Das alles ist dir bekannt.

OLE. Vinje weiß von dem Geschäfte nichts.

ANNA. Warum auch? Es ist mein Erbgut.

OLE. Von wessen Geld willst du zukünftig die Zinsen und Steuern bezahlen, die den Pachtzins übersteigen? Das wird wohl aus Vinjes Kasten genommen werden? Darum muß das Pferd weg? Und unsere Kost soll schmaler werden? Und Quadermauern gegen den Strom sollen wir nicht bauen. Nur Steine von den Feldern rütten?

ANNA. Bist du hier im Dienst oder bin ich die Magd? Willst du die ungewissen Ängste, die das Kommende Müttern zuweilen bereitet, zu deiner Belustigung mißbrauchen? Willst du halbwüchsigen Verrat begehen und Manao mit Mißtrauen gegen mich aufbringen?

OLE. Deine Fragen treffen mich nicht. Du weichst nur aus und verbirgst den Kern. Was zwischen uns ist, kann zwischen uns bleiben. Aber du sollst verstehen, ich bin ein Mann, und nicht ein Schmutzfink, den man in Stall und Kammer unbemerkt läßt.

ANNA. Es darf nicht den Weg gehen, der dir bequem ist.

OLE. Dann wird eine Magd auf den Hof kommen. *(Er geht hinaus und schlägt die Tür zu.)*

ANNA. Mir werden Krallen wachsen müssen.

VIII.

Innenraum der Bergmühle

Wassergeräusche. Abend. Eine Stallampe.

Anna *(sitzt, etwas aufgelöst, auf einem Schemel vor dem Mahlwerk).*

Ole *(kommt durch den Vorraum herein, ordnet noch an sich).* Wie ist dir?

Anna. Wie ist dir?

Ole. Meine Schenkel sind kühl geworden.

Anna. Ich habe einen Vorteil eingehandelt, das war hier das Notwendige.

Ole. Das ist der Anfang für dich. Die Gewöhnung ist das Spätere.

Anna. Wenn du das Stummsein nicht lernst, werden wir keine Regel in unsere Angelegenheit bringen.

Ole. Das klingt nicht freundlich.

Anna. Ich sehe dich nicht fest an. Ich will keine Anträge aus deinem Mund. Ich will dich nicht kennen. Du bist mir ganz und gar unwichtig. Du bist nur da; und ich kann es nicht hindern, daß du da bist. Ich darf dich nicht ungezügelt rasen lassen. Ich muß dich für mich nützlich machen.

Ole. Das ist unverfälschter Bescheid, aber nicht erhebend.

Anna. Du wirst dich schon einrichten. Jedenfalls hast du es leichter als ich. Ich bin gedemütigt, wie du es nicht ermessen kannst. Ein Kind ist da, ein fehlerloses Geschöpf, das hervorkroch, um an mir zu saugen. Aber Manao hat uns vergessen. Er hat uns unter Vergleich mit Stute und Füllen gestellt. Das Pferd, dies Beispiel des Fleisches, in das er vernarrt ist, mußte verseucht werden. Er soll es sterben sehen. Er soll an die Verwesung denken, wenn es ihn am tiefsten trifft.

Ole *(maulend).* Deine lauwarme Belohnung ist ein dürftiges Entgelt. Du hast einen Vorsprung im Genuß. Der langsame Tod deiner grobknochigen Nebenbuhlerin ist nicht mehr aufzuhalten. Meine Arbeit macht niemand besser.

Anna. Willst du dich rühmen? Mußtest du deinen Mut zusammenstoppeln, um dem Tiere Gift einzugeben?

OLE. Gift? Ich spreche nicht von Gift! Gift ist ein unhandliches Gemisch, wenn Weiber es gebraut haben, die sich verschwören, daß es wirken muß, weil sie vor allem ihren Haß hineintaten.

ANNA. Das Gift, das ich dir gab, ist tödlich.

OLE. Ich tat es in die Gosse.

ANNA *(bleich, bebend)*. Du bist unverläßlich.

OLE. Der Auftrag ist gut ausgeführt worden. Die Stute ist am Verrecken. Ich habe sie erschossen.

ANNA. Das wird doch Manao entdecken.

OLE. Unsichtbar erschossen. Mit einer kleinen Bleikugel.

ANNA. Du hast uns in Gefahr gebracht.

OLE. Man sieht keine Verwundung. Ich habe einen Ort unter dem Schwanz gewählt. Versteckter Bauchschuß.

ANNA. Du hast sie von innen verletzt?

OLE. Das überlebt weder Mensch noch Tier.

ANNA. Es ist der dreiste Einfall eines Tierquälers.

OLE. Nichts Tollkühnes.

ANNA. Eine gräßliche Art des Mordens.

OLE. Man weiß es nicht. Es gibt Schlimmere. Jeder Tod, der langsam wächst, hat seine Schrecken. Gift zerflammt die Eingeweide. Jedenfalls ging nach dem Schuß nur ein Zucken durch den Körper.

ANNA. Und später?

OLE. Die Stute legte sich.

ANNA. Nirgendwo kam Blut?

OLE. Sie stöhnte leise, aber man sah ihr kein Unheil an.

ANNA. Ich gehe jetzt. Du wartest hier, folgst mir erst später.

OLE. Eile ist nicht vonnöten. Die Krankheit wird dem Tier nur langsam bis ans Herz steigen.

ANNA. Eine Hauptader kann zerschlagen sein. Der Tod nährt sich nicht immer nur langsam mit Eiter und Fäulnis. Manao darf nicht allein mit diesem Sterben sein.

ANNA *(hastig ab)*.

OLE. Vorher schmeckt anders als nachher. *(Er geht langsam auf und ab.)* Und wenn das Gedärm in einem Blutsee schwämme, der nach außen aufbricht? *(Manao und Anna treten durch den Vorraum ein. Ole zuckt zusammen.)*

MANAO. Das Pferd ist tot. Hast du etwas zu beichten?

Ole *(langsam).* Wieso?

Manao. Du hast nichts angestellt?

Ole. Nein.

Manao. Heute früh war die Stute gesund. Gegen Abend lag sie umgesunken im Stall. Du hast sie besorgt. Was weißt du von ihrer Krankheit?

Ole. Nichts.

Manao. Ich ahne, du bist verrucht.

Ole. Du tust mir unrecht.

Manao. Ich erkenne nicht gewiß genug. Ich kann keine Gedanken lesen. Doch mein Argwohn ist nicht grundlos. Warum mußte ich der Bäuerin auf dem Wege zur Mühle begegnen? Und dich hier untätig antreffen? Es sind wohl Heimlichkeiten zwischen euch?

Ole. Wir haben Korn heraufgetragen.

Manao. So wart ihr ohne Anleitung fleißig und ohne Einsicht vorsorglich.

Anna. Du lebst weit ab von uns, so scheint es. Täglich verrichten Ole und ich gemeinsame Arbeiten; doch du bemerkst es nicht. Heute bist zu zufällig darüber gekommen. Und verwunderst dich.

Manao. Warum schlichst du hastig in die Wohnung zurück?

Anna. Ich wollte dein Kind nicht lange allein lassen. Vielleicht war es erwacht und schrie in Angst. Oder vor Hunger und Unbehagen. Ich weiß ja, du sitzest auf deinem Schemel im Stall.

Manao. Gute Antworten kannst du geben.

Anna. Und jetzt gehe ich hinab, meine Pflicht zu tun. In bösartiger Laune hast du mich gezwungen, umzukehren. Hinterhältige Verbrechen willst du aufdecken?! Die Natur ist gegen dich. Wie auch sonst schon. Es wird dir jemals eine Kuh gestorben sein? Diesmal ist es das Pferd. Ein Verlust und ein Schmerz. Fleisch ist nicht so beständig wie Fels.

Manao. Ich werde belehrt. Die Bäuerin weint nicht. Sie bejammert nicht das verlorene Geld und die Schwierigkeiten, die auf dem Hofe entstehn. Sie gibt dem Schicksal recht.

Anna. Mit Unvernunft ist in dieser Welt nichts auszurichten. Klagen sind verlorene Mühen.

Manao. Geh nur. Ich entlocke dir die Wahrheit nicht. Du

verstehst zu herrschen? Du willst, ich soll keine Rechte haben, keine Eigenart. Du bist nicht weise, aber Worte wie krustigen Schnee hast du.

ANNA. Nicht eisiger und schneidender als die deinen.

MANAO. Du hast mich unterdrückt. Die Stunde scheint mir geeignet, daß ich anfange, mich zu wehren.

ANNA *(am Ende ihrer Kraft)*. Darauf kann ich nichts anworten. Außer, ich habe deinen Schimpf nicht verdient. *(Ab.)*

MANAO. Ole, du bleibst hier.

OLE. Man wird ein neues Pferd kaufen müssen.

MANAO. Das sagt man dem Bauern als teuren Rat. Doch er kommt aus deinem Munde ungelegen, denn inzwischen ist das Mißtrauen da. Es ist ein Netz von Reden über das Pferd geworfen worden. Trübe Vermutungen. An den Verdächtigungen ist es gestorben. Was für eine Krankheit kann es sein, bei der helles schäumendes Blut aus Nüstern und Wurflefzen gleichzeitig rinnt? Sollte vielleicht das verzauberte Weib in dem Tiere entdeckt werden? Du wirst mir nicht antworten. Vielleicht bist du dumm, selbst geprellt, ein unwichtiger Hilfsmann der Bäuerin. Du kennst nur die Spreu ihrer Absicht. Sie will meine Augen verbrennen. Sie will mir die Lungen ausreißen. Sie will mein Herz zerfetzen. Sie will mich mit Ekel füllen. Das Unglück soll überwiegen, damit ich verfluche, um verflucht zu werden.

OLE. Das klingt ungerecht und entlegen.

MANAO. Es sind Töne darin, die dir nicht behagen. Ich werde euch nicht einmal den Leichnam eines Tieres anvertrauen. Ihr könntet versuchen, ihn zu schänden. Ich reise nicht so bald auf einen Markt. Es wird ein Begräbnis sein. Du wirst eine tiefe Grube ausheben. Ich werde dir Plagen erfinden. Die Lust am Morden soll dir vergehen.

OLE. Soll ich mir Narrenzeug anhören?

MANAO. Noch zwar war nicht Gelegenheit, daß sich ein Pferdekopf über dich beugt, während du schläfst. Aber ich zweifle nicht daran, daß ich dein Geschrei in den Nächten hören werde.

OLE. Darauf will ich es ankommen lassen. Es wird ja mich nicht die gleiche Sucht befallen haben, die dich plagt, wirren Vorstellungen zu unterliegen.

Manao. Deine Stimme ist unecht. Du wirst morgen das Grab schaufeln. Wir werden es mit Steinen aussetzen. Und darüber wird alles Geröll gestapelt werden, das wir von den Äckern und Wiesen gesammelt haben.

Ole. Das wird ein haushoher Hügel werden. Arbeit für ein halbes Jahr.

Manao. Ich würde nicht beruhigt abreisen, wenn es leicht wäre, im lockeren Boden des Grabes umherzustochern.

Ole. Niemand wird Luder zu riechen wünschen.

Manao. Ich weiß nicht, wovon sich eure Seele nährt.

Ole. So wird ein Pferdekauf lange anstehen müssen. Der Hof wird in Verfall geraten. Die Arbeit wird sich häufen. Und zwecklose, abergläubige als Zugabe.

Manao. Deine Einwände erreichen mich nicht.

Ole. Mir kann es gleichgültig sein, wenn unkluge Anordnungen die Wirtschaft zerstören. Ich hafte ja nicht für den Verlust an Geld und Vorräten.

Manao. Fügen sollst du dich! Verlaß mich jetzt! Und sag der Bäuerin, sie hat keinen Grund zum Frohlocken. Ihre Wünsche erfüllen sich. Das wird der Ehe nicht nützen. Es wird mich nur beharrlicher machen.

Ole. Ich werde es ausrichten. *(Eilig ab.)*

Manao *(läßt sich auf den Schemel gleiten, schlägt die Hände vors Angesicht).*

Tunrider *(steigt herauf).* Fehler über Fehler. Alle Gefahren, die offen standen, sind Ihnen zu Fallgruben geworden. Ihr Gemüt zappelt vergehend wie ein Insekt, aufgespießt auf einen Schlehendorn. Aber Ihr Körper will sich noch immer nicht vom Leben lossagen. Er glaubt sich dem Rätsellauf der Zufälle gewachsen. Hätten Sie meinen Rat befolgt, den ich Ihnen vor Beginn Ihrer aufreibenden Abenteuer erteilte, der Friede wäre Ihr sicherer Gewinn gewesen. Heute ist mein Rat eine Wiederholung. Die Verheißung, wenn Sie sich vom Fleische lösen wollen, ist nicht schlechter geworden: es ist höchst angenehm, gestorben zu sein. Alle Toten sind gleich alt. Alle haben mit neuer Jugend die Zeit überwunden. Freigelassene vor den großen Spiegelscheiben der Unendlichkeit.

Brönnemann *(steigt zwischen dem Gestänge des Wasserschotts herauf).* Du hast den Wind nicht verstanden, der dir ums Gesicht strich, seitdem du dich auf den gefährlichen Pfaden der Liebe vorwärtstastetest. Du meintest, man könne sich vor ihm in einen Schatten legen, hinter ein Gebüsch. Oder querfeldein wandernd ihn in den Rücken bekommen und wie ein Schiff frisch über den Ozean, zwischen Genuß und Tod segeln. Deine geringe Wachsamkeit, deine Unerfahrenheit mit Gegenwinden haben dazu geführt, daß du abermals Jahre verspielt hast. Und sie kommen nicht zurück. Nichts wird wieder werden, wie es vorher war. Die Müdigkeit wächst, und das Alter nimmt zu. Deine Ziele sind dir ferner; vielleicht hast du ihrer schon vergessen. Du bist einsamer denn je. Dein Kamerad ist tot, deine Liebe in Trümmern, die Pflege der Rinder ein toter Brauch. Haus und Hof sind von fremden Seelen erobert. Du bist heimatlos.

YNGVE *(kommt durch den Vorraum herein).* Die Plagen haben dich leichter entnerven können, als dein fester Körper vermuten ließ. Einer meiner Schützlinge, in deine Obhut gegeben, ist geopfert worden, weil du die Leidenschaft deiner nächsten Nachbarn nicht abgeschätzt hast. Man hat ihm Därme und Lungen duchlöchert. Das klagende Blut hat dich erschreckt und zum Nachdenken gebracht. Du hast dich auf die Seite der stummen Kreatur gestellt und glaubhaft gemacht, daß deine Trägheit nur Borke ist. Doch bleibst du ohne Verdienst wie ein kleiner Mensch. Dein unbändiger Wille, die Oberfläche der Dinge zu zerschlagen, um das Gewebe bloßzulegen, den Gesang der Materie, der schemenhaft in den Wassern und starr in Metall und Felsen singt, schläft.

MANAO *(schreit).* Was hab ich getan, daß ich unter die Herrschaft von Weib und Knecht geraten bin? Die ich nicht kenne. Die mich nicht kennen. Daß mir nichts bleibt als die Freudlosigkeit?

YNGVE. Man sollte nicht glauben, daß deine Erinnerung zugedeckt ist. Und du Bilder beschreist, die noch mit neuen Farben in dir sind.

BRÖNNEMANN. Du hast deine Geliebte verstoßen, weil sie beschuldigt wurde. Du hast dich nicht geschämt, das Bett mit ihr zu teilen. Als es aber mit ihrem Ruf schlimm stand, hast du sie keines Wortes mehr gewürdigt. Da war dir jedermann vertrauenswürdiger als sie.

Yngve. Sie kann unschuldig sein. Sie muß nicht als Betrügerin unter dir gelegen haben. Vielleicht waren eure Nächte Geschenke, deren Wert euch beiden unbekannt ist.

Tunrider. Es werden viele Menschen im achten Mondmonat geboren. Sie sollten diese Aufklärung in Ihrem Urteil über das Vergangene verwenden.

Manao Vinje *(steht auf, Tunrider versinkt augenblicklich, Brönnemann entweicht scheu, nur Yngve bleibt starr stehen. Vinje schiebt sich zur Tür).*

Yngve. Ich finde mich zum Begräbnis ein. Erkennungszeichen: Rotes Tuch um den Hals –.

IX.

Zimmer im Hotel am Strand

Ein saalartiger Raum. Tapeten an den Wänden. Ovaler Tisch, Sofa, Stühle, zwei Betten aus Mahagoniholz im Biedermeierstil, beladen mit Decken und Teppichen, stehen an der linken Wand hintereinander. Das Ganze ausgestattet mit der unbequemen Bequemlichkeit alter Gastgebereien. Heller Tag. Sofia Fuur mit Manao Vinje sitzen einander gegenüber am Tisch. Er spricht mit trockener Stimme, wie zerbrochen; sie innerlich glühend, mit einer dünnen Verzweiflung.

Manao. Du kennst jetzt meine Geschichte. Ich kenne die deine.

Sofia. Trink ein Glas Wein, Manao.

Manao. Trink du auch.

Sofia. Wir sind kleinmütig und ohne Erfahrung gewesen. Wir haben das Flimmern in unseren Augen als ein Ereignis für jedermann genommen, und die Zeichen unserer Angst als Fußstapfen einer ehernen Wirklichkeit.

Manao. Allmählich erst erkenne ich die eigene Verfehlung. Ich bin ein langsamer Mensch.

Sofia. Als wir uns trennten, fühlte ich mich ganz außerhalb aller Abläufe. Das Ahnen unter meiner Haut verbarg ich vor mir selbst. Bis die reifende Zeit mich kläglich und hilfsbedürftig machte.

Manao. Ich wärmte mich einen Winter lang an guten Öfen und düngte unsere Zukunft mit Vorfreude.

Sofia. In mir war es manchmal leer und hallend. Was man mir ins Ohr flüsterte, hatte weiten Platz. Und wenn ich hineinhorchte, dampfte mir das Gift entgegen, das Gunvald geträufelt hatte. Er belog mich plump. Sein Werben war nicht gefährlich, solange ich nicht eigene Schuld hinzutat. Aber ich war schwach genug, über ein Unglück zu weinen, das mich noch nicht betroffen hatte.

Manao. Er beschuldigte mich. Und hatte alle Tierfeinde auf seiner Seite. Er warb mit großem Gefolge.

Sofia. Er erreichte sein Ziel. Gewiß habe ich ihn in eine erst erdämmernde Kammer meines unbekannten Wesens freiwillig eingelassen.

Manao. Für mich gibt es keine Entschuldigung, daß ich Anna heiratete. Sie hat versucht, mich zu beglücken. Es ist verlorene Mühe gewesen. Immerhin, ich habe die Annehmlichkeiten eines jungen Ehestandes genossen. Der Wuchs meines Weibes hat mich erregt. Sie hat mir einen gesunden Burschen geboren. Er ist mir nicht gleichgültig.

Sofia. Du sprachst davon, daß ihr zwei Kinder habt.

Manao. Auch der Zweite ist mir nicht gleichgültig. Vielleicht bin ich nicht sein Vater.

Sofia. Ein anderer?

Manao. Ole wohnt auf dem Hof.

Sofia. Der Zerfall ist offenbar.

Manao. Anna ist grausam gestraft wie wir. Sie faltet die Hände und betet zu dem Götzen, den sie in ihrer Brust entdeckt hat, der Säugling möchte aus meinen Lenden gekommen sein. Vielleicht ist sie erhört. Aber es wird ihr für die Zukunft nicht helfen.

Sofia. Ich vermute, sie, nicht Gunvald, hat mir den unheilbaren Schaden angetan. Aber kein Rachegefühl macht mich warm. Mir ist, als ob alle erfrischenden und fruchtbaren Eingeweide aus mir herausgeschnitten wären.

Manao. Trink doch.

Sofia. Als die Ärzte das Kind zerstückelt vor meinen Augen

aufdeckten, zerbrach das Gefäß, in dem meine Bestimmung eingeschlossen war. Es muß sehr leicht gewesen sein, mich zu verurteilen. Ich habe meine Unschuld nicht beteuert. Ich habe niemand verdächtigt. Ich wollte dich nicht wiedersehen. Das Gefängnis war mir eine angenehme Zuflucht.

MANAO. Wo war die Erde unter Annas Füßen?

SOFIA. Ihr Begehren war stark. Und Gunvald hätte mich vielleicht geschlachtet, wie mir geträumt hat, wenn sein Plan, mich zu fangen, gescheitert wäre.

MANAO. Liebe und Haß hatten sich gegen uns verbündet.

SOFIA. Vielleicht haben sie in ihrer Besessenheit an deine unnatürliche Leidenschaft geglaubt. Und die Schönheit der Stute für ein sündiges Bild gehalten. Unsere Sinne sind ja mehr zornig als gläubig. In der Gefangenschaft bin ich zu dem Schluß gekommen, daß das Verworfene keine lichte Gestalt annehmen kann. Nur eine Wohltäterin könnte in ein edles Pferd verzaubert worden sein. Das tierische Aussehen fluchwürdiger Weiber müßte Abscheu erregen.

MANAO. Warum hängst du den abergläubigen Reden nach? Ich liebe Tiere; und Pferde vor allem. Mir ist nichts fremd an ihnen, außer das Geheimnis, daß sie von einer unsichtbaren Kraft erschaffen wurden, wie wir. Es muß wohl unter den Menschen welche geben, die Freunde der Tiere sind, weil die meisten sich zu ihren Mördern und Peinigern gemacht haben? Gewiß könnte ich nicht sein wie ich bin, wenn mich die Gestalt, der Geruch, der Atem, das Samtfell nicht anrührten mit einer angenehmen Musik. Was Gunvald dir darüber gesagt hat, ist nicht falsch. Er hat nur anstelle meiner irdischen Fähigkeiten die unterweltlichen eines Unbekannten gesetzt.

SOFIA. Ich aber habe deine Stute mit Eifersucht verwünscht. Ich bin bestraft worden. Schrecken, Schmerzen, Trennungen. Ich habe, wäre ich auch ohne Reue geblieben, genug gebüßt.

MANAO. Du solltest dich üben, nicht rückwärts zu schauen.

SOFIA. Ich bin mit allen Gliedern dem Gewesenen angeschmiedet.

MANAO. Anna soll vor den Richter. Deine Verleumder sollen Abbitte tun.

SOFIA. Was gewinne ich? Was in meinem Dasein wird sich verändern? – Daß man mich bedauert? Den Schmutz, mit dem man mich betan hat, abwäscht? Es wird die Erinnerung an die Abgründe, in die ich gestoßen wurde, mir nicht genommen werden. Und müßte Anna ins Gefängnis, es würde sie befreien. Die Kinder, die sie geboren hat, werden am Leben sein. Sie steht an einem anderen Platz als ich. Mag sie schuldig sein, sie ist gesund. Sie ist Bäuerin auf dem Steinehof. Sie ist die makellose Mutter. Du kannst sie verstoßen. Sie wird auch daran wachsen. Die Ereignisse fügen sich zu ihrem Besten. Mir würde auch der Gang der Gerechtigkeit schaden. Die Leute am Strand haben über mich längst unumstößliche Beschlüsse gefaßt.

MANAO. Ich habe dich verlassen, weil du beschuldigt wurdest.

SOFIA. Kein Freund war da, der für mich einstand. Ich bin dir nicht ebenbürtig. Das sollte uns bewiesen werden. Darum versumpfte der Boden unter mir.

MANAO. Es wird ein Ausweg für uns offen sein.

SOFIA. Ob die Beschwerden von meinem beschädigten Körper weichen werden, hängt nicht von uns ab.

MANAO. Von mir hängt es ab, ob etwas geschieht. Ich verlasse dich nicht mehr.

SOFIA. Ich fürchte neue Niederlagen, wenn wir das alte Treueversprechen verspätet einlösen wollen. Wir sind ja mit allen Graden der Versäumnis anfällig gewesen.

MANAO. Meine Liebe zu dir ist frisch.

SOFIA. Ich bin verändert, wenn ich dir auch als die gleiche erscheine. Ich will nicht auf den Steinehof, wo eine Vorgängerin ein Beispiel des guten Wirtschaftens gegeben hat. Ich würde nicht gerecht gegen die Kinder sein.

MANAO. Auf den Frönninghof gehören Anna und die Ihren.

SOFIA. Du wirst dich wohl nicht von deinen Söhnen trennen wollen? Erhoffst du dir besseren Nachwuchs von mir? Bist du verblendet? Du sollst auch die Bäuerin nicht fortjagen. Nach ein paar Jahren wird mein Leben am Ende sein; das deine wird nicht am Ende sein.

MANAO. Verlangst du, daß ich von dir gehe? Weist du mich ab, wie du Gunvald abgewiesen hast?

SOFIA. Ich möchte, daß wir die gegenseitigen Ansprüche klein halten. Mein verläßlicher Freund sollst du sein. In deine Obhut will ich mich begeben. Aber du darfst dir kein großes Glück erwarten. Ich kann nur etwas Kleines für dich sein. Etwas neben deinem Haus und Getier. Ich bin schon bereit gewesen, mich in einen Sarg legen zu lassen. Ich habe noch nicht erzählen hören, daß eine verwelkte Blume sich zum zweitenmal entfaltet hat. Du wirst verstehen lernen, wenn auch mit Widerstreben, Anna hat gesiegt, ich bin unterlegen. Sie hat ihre Kinder getränkt und macht sie groß, meine Brüste sind eingetrocknet. Sie wird es lernen können, deine Liebe zu entbehren. Ich habe keinen Trost an mir selbst.

MANAO *(springt auf)*. Es muß etwas für deine Gesundheit getan werden!

SOFIA. Ich will mir Mühe geben, die Gebrechen zu überwinden, da wir einander nicht mehr ausweichen wollen.

MANAO. Ich besitze Geld. Das wird uns dienen. Ich kann dir nicht sogleich auf alle Worte entgegnen. Aber ich weiß, es ist zwischen uns nicht zu spät. Ich will mir nichts erwarten, was über deine Kraft geht. Das kleinste Hinneigen zu mir wird mich froh machen. Wir werden einander nicht wieder verfehlen. Ich begreife, es würde nicht gut sein, wenn du auf den Hof kämest. Das Bestehende muß nicht umgestürzt werden. Wir können davonziehen. Wenn wir unzertrennlich beieinander sind, wird uns die heiße Angst nicht zu Voreiligkeiten verführen.

SOFIA. Ein Bach geht den Weg zu Tal, der sich ihm öffnet. An manchen Stellen sammelt sich das Wasser zu Tümpeln und Teichen. An anderen sprüht es auf und fällt quellend auf den Grund des Festen hinab. So ein wechselvolles aber unentrinnbares Bett hat unser Leben auch, denke ich mir.

MANAO. Man darf sich nicht auf Brücken stellen, hinabschauen und solche Gleichnisse ans Herz nehmen. *(Es pocht stark gegen die Tür. Manao eilt hinzu, klinkt auf.)*

YNGVE *(im Türspalt)*. Ich bin es. Nichts für ungut, Kara. Ich wollte mich nur erkundigen, wie du mit der jüngst gekauften Stute zufrieden bist.

MANAO. Komm herein.

YNGVE. Guten Tag.

MANAO. Sofia Fuur.

YNGVE. Kenne ich. Kenne die Geschichte.

MANAO. Etwas Falsches wirst du erfahren haben.

YNGVE. Ich erfahre immer das Richtige.

MANAO. Darauf ist nichts zu antworten.

YNGVE. Jedenfalls unnötig. *(Setzt sich.)* Wie gefällt dir die Stute?

MANAO. Sie hat fehlerlose Füße. Sie geht unter einem angenehm. Sie ist arglos und ohne Launen.

YNGVE. Das will ich meinen. Das beste Tier, das sich in den Tälern findet, Ich habe sie dir unter Preis verkauft.

MANAO. Es war eine schöne Summe. Ich wüßte nicht, wer dir mehr geboten haben könnte.

YNGVE. Ich will den Kauf nicht rückgängig machen. Also kann es gleichgültig sein. Doch denke ich mir, du willst deine Wirtschaft verändern. Vielleicht kann ich dir helfen.

MANAO. Du weißt mehr als ich selbst weiß.

YNGVE. Du wirst ja nicht dauernd in einer Gastgeberei wohnen mögen.

MANAO. Kommt Zeit, kommt Rat.

YNGVE. Nach zwölf Stunden ist der Himmel anders. Du wirst dir ein festes Haus im Gebirge bauen. Drei Stuben darin, eine gute Feuerstelle. Ein Vorratshaus.

MANAO. Ich habe darüber nicht nachgedacht.

YNGVE. Du wirst irgendeine Arbeit betreiben wollen, die deiner neuen Lebenslage entspricht.

MANAO. Was weißt du von mir?

YNGVE. Das Richtige.

MANAO. Bist du aufdringlich?

YNGVE. Du bist ein gerechter Mensch. Gerade Gedanken ziehen Folgen nach sich. Du kannst nicht immer nur nach dem Wetter ausschauen und es den Sternen überlassen, Sommer und Winter zu machen. Es muß etwas aus deinen Händen kommen.

MANAO. Du nennst deine Absicht nicht. Was willst du von mir?

YNGVE. Ich habe etwas Geld, das ich in einem Viehgeschäft besonderer Art anlegen möchte.

MANAO. Nun kann ich deine Ankunft verstehen.

YNGVE. Und es ist schlechtes Wirtschaften, wenn man Tiere durch unvernünftige Menschen aufziehen läßt.

Manao. Laß hören.

Yngve. Eine Herde Rentiere ist mir zu billigem Preis angeboten worden. Es mögen ihrer vierhundert sein oder fünfhundert, eingerechnet die Bullen und den Wurf vom Vorjahre. Wenn der Winter vorüber ist, wird man sechshundert oder siebenhundert zählen können. Ein aussichtsreiches Geschäft, wenn es mit Umsicht gehandhabt wird. Du verfügst über weite Bergrechte. Du selbst hast Eigenschaften, die einen Erfolg versprechen.

Manao. Ich kann eine so große Herde nicht kaufen. Auch habe ich keine Erfahrung, kenne keine Leute, die das Hüten verstehen. Meinen Hof kann ich zum Standquartier nicht machen.

Yngve. Ich sagte, du wirst dir ein Haus bauen. Man wird Hüter und Jäger auftreiben. Ich will dir nichts aufschwatzen, was dein Vermögen zerstört. Du sollst nicht mehr bezahlen, als du ohne Besorgnis entbehren kannst. Ich will mich an der Viehhaltung beteiligen. Du scheinst mir der geeignete Mann, um im Gebirge Ordnung zu halten. Die Burschen, die hüten und abschießen, sind ja keine Muster an Tugend. Man kann ihnen keine Vernunft abverlangen. Sie lassen sich Dreck und Blut in die Schuhe laufen; und waschen sich die Füße nicht. Sie stinken. Sie neigen zu Diebstahl und Ausschweifung. Sie haben Wünsche, die nicht appetitlich sind. Ihre Mutter haben sie seit langem vergessen.

Manao. Du zeigst die Schattenseiten ohne Tünche.

Yngve. Ich will dich nicht betrügen. Ich will dich nicht mit Lügen für den Plan gewinnen. Ich selbst möchte fünfzehntausend Kronen daran setzen. Der Segen, der daraus kommen kann, hängt von der Natur und vom Viehherrn ab.

Manao. Etwas Gewagtes. Ich bin nicht bei bester Kraft. Ich bin nicht von solchem Gleichmut, wie er bei diesem Geschäft erwünscht ist. Die Geweihe sind ein wandelnder Wald. Ströme von Milch in den Eutern. Ströme von Blut, die wir verschütten. Vielleicht bin ich zu schwach.

Yngve. Du willst dir das Angebot noch überlegen.

Manao. Ja, bis morgen will ich mich bedenken.

Yngve *(erhebt sich)*. Du wirst mich irgendwo antreffen, wenn du mit dir ins Gewissen gekommen bist. Auf dem Markt. In einer Krambude. Oder bei Tisch.

MANAO. Dank für den Vorschlag.

YNGVE. Dank zurück. Und gehabt euch wohl. *(Er schiebt sich durch den Türspalt hinaus.)*

MANAO. Deine Meinung, Sofia?

SOFIA. Es ist ein Plan für unsere Zukunft. Wir haben keinen eigenen. So können wir uns nicht widersetzen.

MANAO. Wenn du nicht überzeugter sprichst, will ich mit dem Handel nichts zu schaffen haben. Ich erkenne den Widerspruch zwischen Züchten und Schlachten; dieser nützliche Mißbrauch des Lebendigen. Ich ahne vielleicht die Beschaffenheit des Tierfleisches; aber was unter dem Leder von Jägern und Viehtreibern verborgen ist, weiß ich nicht.

SOFIA. Du hast mich falsch verstanden. Ich wollte nicht abraten. Zweifelhafte Burschen haben ihr Leben auch ohne uns. Ihre stumme Herzlosigkeit und die Finsternis ihrer Sitten machen mir kein Unbehagen. Ich bin sehr unanfechtbar geworden. Und eine Versuchung bin ich nur noch für dich.

MANAO. Ich erwog nur allgemeines Ungemach. Du siehst gleich die ganze bunte Verwünschung der wilden Ödstrekken.

SOFIA. Wir geraten in eine Sackgasse. Wir haben die Menschen noch nicht gesehen, die mit uns ziehen sollen. Wir haben die Herde der Tiere noch nicht gesehen. Wir versperren uns das Wirkliche, wenn wir den Baum der Möglichkeiten unbeschnitten wachsen lassen.

MANAO *(entschlossen)*. Das Vorwärtsschreiten wird uns vom Zerwürfnis mit uns selbst erlösen. Wir werden ein festes und friedliches Haus bauen.

SOFIA. Wir können uns einbilden, den Geschmack einer langen Zukunft zu spüren. *(Sie hängt sich ihm an den Hals.)*

VIERTER AKT

Manao Vinje nahm das Angebot des Viehhändlers an. Er trennte sich vom Steinehof, richtete in der Bergwildnis das Renlager ein. Er hatte Glück in den äußeren Dingen seines Vorhabens. Die Herde gedieh, vermehrte sich. Der Wohlstand wuchs. Die Wirklichkeit war ungetrübt. Ein Jahr lang schien es, als ob Sofia ihre Krankheit überwinden würde. Dann sank sie in Kraftlosigkeit zurück. Die beharrliche Sehnsucht Annas nach der Vereinigung mit Manao starb nicht. Besessen führte sie, schon fast besiegt, den Kampf mit ihrer Schuld weiter. Sie verstieg sich in neue Verstrickungen, um allmählich das Bewußtsein ihrer Verfehlung zu tilgen.

X.

Auf dem Steinehof

Die Stube, wie sie im dritten Akt beschrieben wurde. Abend.

Ole *(über eine Wiege gebeugt, summt, spricht mit sich selbst).*

Anna *(die mit einer Strickarbeit im Sofa gesessen hatte, springt auf).* Narr, du verdirbst das Kind! In der Wiege schon trennst du es von den Geschwistern.

OLE. Es wird wohl einen Vater haben?

ANNA. Ich will das nicht hören.

OLE. Du willst die Wahrheit nicht hören.

ANNA. Du zwingst mich, diesen Sohn zu verfluchen.

OLE. Du wirst ihn doch nicht morden wollen?

ANNA. Wann hätte ich jemand gemordet? Ich werde ihn tränken und pflegen.

OLE. Weshalb dein Zorn, wenn du ihn liebst?

ANNA. Ich liebe ihn nicht. Ich büße. Ich quelle auf in Fruchtbarkeit. Ich werde mit Überfluß bestraft, weil meine Nebenbuhlerin darben muß.

OLE. Gute Worte, die meine Hoffnung nähren.

ANNA. Blinde Männer schwatzen, wenn's schneit, von belaubten Bäumen. Mit dem Bastard hat sich das Verhängnis vor unsere Tür gestellt.

OLE. Manao ist dir sowieso verloren. Vielleicht kündigt er dir die Ehe.

ANNA. Ich zittere vor dem Hieb, der mich umwerfen wird.

OLE. Oder es ist ihm lästig, sich mit dir vor einem Gericht zu treffen. Er hat dich ausgestrichen. Er kümmert sich um seinen Sohn nicht. Um den ersten nicht, um den zweiten nicht, um den dritten weiß er nicht. Er läßt den Hof dir, damit der Nachwuchs nicht verhungert. Er duldet mich als Bauern. Wir sind ihm zu wenig, auch nur einen Gedanken daran zu wenden. Kann sein, er lacht über uns, wenn er erfährt, wie wir's treiben.

ANNA. Manaos Tun und Lassen darf man nicht auswiegen. Und wir können nicht die Gewichte sein. Der Ehezwist ist nicht von plumper Art. Du hast steife Finger; damit kannst du kein Spinnweb knüpfen. Zerstören kannst du es, ohne es wahrzunehmen. Du täuschest dich über das Feine und über das Grobe. Ich bin nicht begehrlich nach dir gewesen. Ich bin in die Irre gegangen, weil ich kein wehrloser Baum sein wollte, der den Äxten nicht trotzt.

OLE. Ich bin zum Hausherrn geworden, zum Ernährer der Familie. Warum sollte ich zum Ehemann nicht taugen?

ANNA. Ich bin ein Mensch, nicht ein Mutterschwein, das man in den Koben eines Ebers sperrt.

OLE. Manao lebt in Sofia. Diese spröde Tatsache wirst du durch Reden nicht knetbar machen.

GUNVALD *(kommt mit schweren Schritten in die Stube).* Guten Abend.

ANNA *(fährt auf).* Gunvald Tosse? Woher kommst du? Treibt es dich auch des Nachts ins Gebirge?

GUNVALD. Ich möchte ein Nachtquartier bei euch.

ANNA. Es gibt weit und breit kein Haus. Du kannst es verlangen.

GUNVALD. Nebel in den Bergen und Regen.

ANNA. Weshalb kannst du nicht im Tal auf deinem Hof bleiben?

GUNVALD. Es ist dort einsam.

ANNA. Ich denke, es wohnen Menschen an der Bucht.

GUNVALD. Ich bin getrennt von den anderen. Ich meide sie und bin gemieden.

ANNA. Du kommst uns zu besuchen. Das ist freundlich von dir. Doch es stört uns.

GUNVALD. Hier ist eine neue Familie gezimmert worden? Ein kleines Kind in der Wiege? Ich erfuhr, der rechtmäßige Ehemann ist seit ein paar Jahren ausgeflogen.

ANNA. Wie du es vorfindest, so wird es sein. Ich könnte es dir erklären. Aber ich will es nicht. Du hast kein Recht zu fragen. Auch scheinst du selbst erfahren zu haben, was das Verlassensein ausrichten kann.

GUNVALD. Wenn Ole uns nicht hört, kann ich offen mit dir sprechen.

ANNA. Ich will ihm nichts befehlen. Er ist der Bauer. Manao hat ihm den Hof anvertraut. Ole nennt sich jetzt Steine. Der Bauer Steine. Nach dem Ort, den er bewirtschaftet. Du mußt ihn selbst darum bitten, wenn er hinausgehen soll.

GUNVALD. Hat Vinje ihm auch alle Eherechte zugesprochen?

ANNA. Es ist nicht ehrenvoll, mich zu verspotten.

GUNVALD. Jedenfalls hat er grobe Ohren wie immer. Oder besteht eine Verabredung zwischen euch, daß er in der Stube bleiben soll, sobald ich komme?

ANNA. Du fängst an, das Gespräch schwierig zu machen. Du hebst die Stimme, als ob du mir drohen müßtest.

GUNVALD. Du fürchtest mich. Das ist nicht der schlechteste Teil unserer Beziehung.

ANNA. Immer nur Prügel, die auf mich fallen. Was hast du dir ausgedacht, mich zu peinigen? Ist es nicht genug, daß mir ein Grobian zusetzt? Muß ich mich auch dir von Zeit zu Zeit zur Folter bereitstellen?

GUNVALD. Ich bitte dich, Ole, verlaß uns auf eine halbe Stunde.

OLE. Was könnte hier gesprochen werden, das ich nicht hören darf?

GUNVALD. Du willst als Zeuge da sein?

OLE. Ich will in der Stube bleiben. Warum sollte ich mich in den Regen stellen? Oder in den Stall gehen? Etwa um den Rindern auf die Schwänze zu schauen?

GUNVALD. So bleib.

ANNA. Wirst du jetzt etwas Böses anrichten?

GUNVALD. Erzählen will ich. Allgemeine Neuigkeiten. Sechs Tote an der Bucht in letzter Zeit. Zwei starben am Alter. Im Kindbett eine junge Frau. Krebs an den Brüsten fraß Petra Vangen von ihren kümmerlichen Kindern, die Lungenschwindsucht ein verkrüppeltes Mädchen. Tuure Kiil ertrank im Fjord.

ANNA. Laß das. Ich ertrage nicht, mir wächserne Gesichter vorzustellen.

GUNVALD. Dem Abgang der sechs steht ein Zuwachs gegenüber. Sieben Frauen, eingerechnet die Tote, haben während des Sommers Kinder geboren. Das deine in der Wiege ist das achte.

ANNA. Du läßt keine Gelegenheit ungenutzt, mich zu verletzen.

GUNVALD. Der Tod steht im Kampf mit dem Wachstum; das Sterben ist eine Folge des Gebärens.

ANNA. Was soll die Weisheit? Wer hätte sie noch nicht begriffen?

GUNVALD. Nur Sofia ist unfruchtbar geblieben.

ANNA. Du verstehst dich auf die Tortur.

GUNVALD. Aber der Verfall verschont sie so wenig wie die anderen. Denn sie ist aus dem gleichen Stoff. Sie ist sogar brüchiger als die Mütter, deren Zeit abläuft. Sie hat kein natürliches Ziel, nur ein zufälliges. Und der Zufall ist ein betrügerischer Kunde.

OLE. Ist sie wieder krank?

GUNVALD. Bettlägerig. Du kennst die Ursache ihres Leidens.

ANNA. Willst du mich mit einer alten Beschuldigung berennen?

GUNVALD. Das Lager Vinjes war ein Ort des Friedens. Die dampfende Herde der Rentiere eine segnende Flut, eine Brandung heißer Sonnenschlieren. Sofia wurde davon erfaßt. Und schien zu genesen. Die beiden Geliebten ritten miteinander über die Hochebene. Es waren gewiß verheißende Träume zwischen den Felskuppen aufgehängt. Ein rotes kristallenes Meer, über das die Pferdehufe schritten.

ANNA. Du erzählst gut. Aber es ist keine neue Gabe. Sobald du lügst, füllt sich dein Hirn mit Schnörkeln. Du mußt viel müßig gehen, um solche Sachen zu ergrübeln.

GUNVALD. Ich habe mir die Zeit genommen, umherzuhorchen. Es sind ja Knechte bei der Herde, die manches wissen. Und die Augen im Kopfe haben.

ANNA. Du bist ein gefährlicher Sonderling.

GUNVALD. Um die Zeit, als die Renkühe Kälber warfen, blieb Sofia in den Stuben und weinte. Während sich der Wohlstand mehrte, versank sie in Trauer. Und eines Tages lag sie hustend auf dem Bett.

ANNA. Es ist ihr Schicksal.

GUNVALD. Mit einem schneidenden Wort lassen sich deine Verfehlungen nicht entschuldigen. Hätte sie keine Nebenbuhlerin gehabt, sie wäre nicht krank geworden.

ANNA. Aber sie hat mich als Gegnerin gehabt. Sie hat einen gewissenlosen Nebengeliebten gehabt, einen blutwütigen, von Lügen durchfressenen, einen Verführer mit Fähigkeiten, dich! Sie ist weder schlau noch standhaft gewesen.

GUNVALD. Sie ist noch nicht gestorben. Ihr Kopf ist klar. Und das Gräßliche wird in ihr deutlicher.

ANNA. Du scheinst genaue Auskünfte zu haben.

GUNVALD. Vinjes Antlitz ist kalkweiß in Erbitterung gegen dich. Dein kühnes Haßbekenntnis läßt darauf schließen, du bist noch nicht zermürbt. So wird dir die Abrechnung nicht erspart bleiben.

ANNA. Ole, Ole!

OLE. Ich höre.

ANNA. Geh in die Küche, mach Feuer. Bereite das Abendessen vor. Einen Schinken nimm aus dem Vorratshaus.

OLE. Ich werde eine halbe Stunde lang fortbleiben, damit ein Schluß zwischen euch wird. *(Er geht hinaus, wirft die Tür.)*

ANNA. Was soll ich tun?

GUNVALD. Du hast dich in eines Dritten Gegenwart weit vorgewagt.

ANNA. Wir sind zusammengepfercht. Wir haben keinen Fetzen Tuch mehr zwischen uns. Als Manao uns verlassen hatte, richtete sich hier die Hölle ein. Ein Pferd aus den Bezirken der Unterwelt bestampfte die Bohlen des Fußbodens. Die Planken der Wände gingen des Nachts voneinander, um den heimatlosen Atem verwesender Lungen einzulassen. In seiner Kammer schrie Ole. Ich in der meinen. Die Kinder wimmerten. So krochen wir zusammen, daß uns der kalte Schweiß erspart würde.

GUNVALD. Und das Haus beruhigte sich?

ANNA. Die Unsichtbaren zerflossen allmählich.

GUNVALD. Nachdem du Ole alles gebeichtet?

ANNA. Er hat mich entrindet gesehen. Aber ein Geständnis hat er nicht gehört. Darum geht es. Ich bekenne nichts.

GUNVALD. In der Tiefe deiner Kehle sitzt noch ein Frohlocken, als ob du sicher wärest, nach dem Tode Sofias müßte Vinje an dich zurückfallen.

ANNA. Es ist meine Hoffnung.

GUNVALD. Ich habe schon ehedem erfahren, daß dein Wahn stark ist.

ANNA. Ich schlürfe die Schatten, weil ich das Licht kenne, das sie wirft.

GUNVALD. Man müßte dich umlegen wie einen morschen Zaun.

ANNA. Bist du nur hier, um mir dergleichen zu sagen?

GUNVALD. Ein paar Wochen lang will ich auf dem Steinehof zu Gast bleiben.

ANNA. Nein!

GUNVALD. Meine Wünsche muß ich absterben lassen. Ich kann Sofia nicht ein zweites Mal Manao Vinje entringen. Wenn er sie diesmal aus den Händen läßt, sind ihre Knochen leicht geworden, starr und erkaltet die Muskeln. Der Vorgeschmack eines Schauders liegt mir auf den Lippen. Ein Tier, das nicht mehr atmet, können wir nicht streicheln. Tote Hände weilen nicht mehr bei uns, wenn wir sie halten.

ANNA. Ich verstehe dich nicht. Du kannst unser Gast nicht sein.

GUNVALD. Ich werde hierbleiben. Ich will nicht im Tal sein. Eine kranke Glut muß in mir gelöscht werden. Eine unreife Vernunft muß allmählich süß werden. Hier oben wächst der Tod einer Geliebten. Er verändert das Veränderbare der Menschen, die wie mit Stricken einander verflochten waren. Ich will nichts versäumen.

ANNA. Willst du das Lager Manaos umschleichen? Was hast du mit diesen Dingen zu schaffen? Was willst du nicht versäumen?

GUNVALD. Das Vernünftige. Das Fruchtbare. Das Bekömmliche. Das Angenehme, um das man nicht täglich streiten muß. Das Lösende, das einen warm hält. Inzwischen bin ich durch Kälte und Glut gegangen, zitternd und enthäutet. Durchwatet habe ich das Nichtnährende, Verstocktmachende, Vergreisende. Mein war das Ersticken im Durst des Verlangens. Ein selbstverständlicher Ablauf muß kommen. Er kann kommen.

ANNA. Schlacken sieht man an dir. Nichts Geläutertes.

GUNVALD. Daß Vinje ein reicher Mann geworden ist, wozu sollte es nützlich sein? Daß er seine Geliebte begräbt und zu Weib, Kindern und Kuckucken zurückkehrt? Als abgewrackter Mensch, ein behäbiger Bauer ohne Gedanken? Kannst du das glauben?

ANNA. Das will ich glauben.

GUNVALD. Man wird dir einen tönernen Krug zertrümmern. Du wirst Scherben finden. Aus dem Gerippe eines Pferdes kann dir eine Gegnerin kommen. Das Tote wird nicht tot sein. Es wird in etwas Lebendiges eingehen.

ANNA. Was bezwecken deine wirren Reden? Du bist ja nicht hellsichtig. Du hast Wünsche. Weshalb schreist du gellend in die Bahnen der blanken Sterne? Was forderst du?

GUNVALD. Was ein Mann sich wünscht: Brot, Arbeit, Weib, Kinder. Dich will ich.

ANNA. Tollheit.

GUNVALD. Vernunft. Dich kenne ich. Niemand außer mir kennt dich.

ANNA. Ole, Ole!

GUNVALD. Ich zwinge dich. Ein Mord ist ein Mord.
OLE *(herein)*. Was geschieht hier?
ANNA. Nichts. Ich bin verflucht. Es sind zwei fremde Männer in meiner Stube. Sie wollen nicht hinausgehen.
GUNVALD. Wir wollen uns mit einem guten Essen stärken.

XI.

DAS LAGER MANAO VINJES

Eine Stube seines Hauses. Heller Tag. Sofia liegt bleich, sehr mager in einem Bett. Jytte bringt ein Tablett herein, auf dem Tee, Brot, Butter, Honig stehen. Sie rückt das Kopfkissen der Kranken zurecht, legt einen Pfühl darunter.

SOFIA. Kind, es taugt nicht für Sie, Krankenpflegerin zu spielen.
JYTTE. Es wird mir nicht schaden, wenn ich Ihnen nütze.
SOFIA. Sie sind auf die Hochebene gekommen, um der Stadt ferne zu sein, um einige ungebundene Wochen in guter Natur zu verbringen.
JYTTE. Eine Fremde fand wandernd zufällig dies Lager.
SOFIA. Sie sollten sich zwischen den Klippen ins braune Moos legen. Der Himmel ist heut wieder grün, und die Sonne wie ein farbloses Loch im Gewölbe. Es gibt nicht viele Herbsttage, die so nach Feuer riechen wie dieser.
JYTTE. Ich bin aufdringlich gewesen. Ich tat so, als ob ich von nirgendwo herstammte, aus dem Boden aufgeschossen wäre, den gezackten Hufeindrücken der Rentiere hätte folgen müssen, um an dieser Tür zu sagen: Hier bin ich, Falada heiß ich.
SOFIA. Trotz aller festen Namen wissen wir nicht, wer wir sind. Wenn man jung ist, kann man's aussprechen. Jedenfalls sind Sie uns willkommen gewesen.
JYTTE. Und ich bin hier geblieben, weil ich fühlte, ich war niemand lästig. Es gab eine unbewohnte Kammer für mich. Alle Hausgenossen lachten mich freundlich an. Ich habe ohne Verdienst einen glücklichen Ort gefunden. Nur Ihre Krankheit betrübt mich.

SOFIA. Zu meiner Pflege ist Frau Linde da. Sie versäumt in letzter Zeit ihre Pflicht oft, schickt Sie in dies öde Zimmer, um mir Handreichungen zu machen.

JYTTE. Ich tue es freiwillig und gern. Frau Linde ist manchmal unabkömmlich. Sie knetet Brotteig. Oder spickt ein Fleischstück. Oder die Männer des Lagers verlangen den einen und anderen Rat. Da gibt es Dienstleistungen für sie hier und dort. Sie müßte vier Hände haben, sagt sie. Wenn ich meine dazugebe, sind es vier.

SOFIA. Es finden sich Ausreden genug. Aber ich will nicht, daß Sie zusehen, wie ich sterbe. Sie sind jung und gut gewachsen. Sie haben ein schönes Gesicht und klare Hände. Und weißgoldenes Haar. Das gehört dem Leben.

JYTTE. Ich fühle mich als Ihre Freundin.

SOFIA. Sie kennen mich nicht.

JYTTE. Ein wenig kenne ich Sie. Aus Gesprächen mit anderen. Die Hüteburschen haben mir erzählt. Und der Viehhändler, der vor ein paar Tagen auftauchte. Und ein Mensch vom Tal streift hier umher, hält mich fest, fragt dies und jenes. Berichtet mir. So weiß ich ziemlich viel. Auch Vinjes heimliche Tränen sind nicht ohne Wirkung auf mich.

SOFIA. So, so. Das ist für Sie nichts Bekömmliches. Und es wird nicht die ganze Wahrheit sein.

JYTTE. Ich habe Sie lieben gelernt.

SOFIA. Ach, wer wird eine todkranke Frau lieben? Das ist eine kindliche Einbildung. Ein Mitleid. Sie werden es wieder vergessen. Doch, was für ein Mensch ist es, der Sie befragt?

JYTTE. Er will zu Ihnen herein. Frau Linde hat ihn mehrmals abgewiesen. Gerade jetzt plagt sie sich wieder mit ihm. Er wird von Mal zu Mal zudringlicher. Er paßt es ab, wenn Vinje fortgeritten ist.

SOFIA. Ich will den Mann sprechen.

JYTTE. Noch ist er da.

SOFIA. So holen Sie ihn.

JYTTE. Ich dachte mir schon, daß es das Richtige ist. *(Ab.)*

SOFIA. Es wird Gunvald sein. Er will etwas beichten. *(Sie trinkt einen Schluck Tee, nimmt einen Löffel Honig. Wartet. Jytte und Gunvald kommen herein. Jytte bleibt bei der Tür stehen.)*

GUNVALD. Sofia.

SOFIA. Setz dich zu mir ans Bett.

JYTTE. Ich gehe jetzt. Ich wollte nur beobachten, ob Ihnen der Besuch willkommen war. *(Ab.)*

SOFIA. Dank.

GUNVALD. Ich bin da, dir ein paar Worte zu sagen. Sie werden dir keine Hilfe bringen. Aber Gewißheiten sind handlicher als Zweifel.

SOFIA. Es ist die letzte Gelegenheit. Jede nächste Nacht kann mir das Ende bringen. Die Nächte sind schrecklich.

GUNVALD. Ja, sie sind schrecklich.

SOFIA. Ich unterdrücke die Schreie in der roten Dunkelheit. Ich müßte schreien; doch wenn ich nach meinem Bedürfnis tue, kommt ein Blutsturz. Ich fürchte ihn. Aber ich warte nur noch darauf. So ist Hader selbst zwischen meinen Ängsten. Am meisten aber zittere ich davor, Manao Vinje verstört, mit einer Kerze in der Hand, durch die Tür kommen zu sehen. Er wird hinstürzen und weinen. Doch mein Gesicht ist wächsern und rührt sich nicht. Ich habe ihn unglücklich gemacht.

GUNVALD. Du schwitzest ja.

SOFIA. Schwäche. Närrische Vorstellungen. Manaos tote Stute hieß doch Falada?

GUNVALD. Sie hatte keinen Namen.

SOFIA. Doch, sie hatte einen. Aber er wurde niemals ausgesprochen. Darum wurde sie jeden Tag anders genannt. Rauhe, Blanke, Moosohrige, Kringelschnäuzige, Flaumbrüstige, Spiegelschenklige, Schwarzeutrige. Falada sagte Manao ihr nur ins Ohr, wenn sie allein waren. Ich habe ihn einmal überrascht.

GUNVALD. Es war ein Wort, kein Name.

SOFIA. Mache deine Sache schnell. Drückt dich eine Schuld?

GUNVALD. Was ich dir angetan habe, weißt du. Ich habe es Leib an Leib mit dir, ganz ohne weitere Täuschung vollbracht. Das Schlimmere, den Mord, habe ich nicht begangen. Ich habe deinem Kinde, nachdem es geboren war, keinen Schaden gewünscht.

SOFIA. Es wird wohl keine Lüge sein.

GUNVALD. Es sind Worte. Und ein Eid machte sie nicht besser, wenn du mir mißtraust.

SOFIA. Ich glaube dir. Es macht mir das Herz schwer. Nun ist Anna schuldig. Eine neue Plage hängt sich mir an.

GUNVALD. Welche Plage?

SOFIA. Dir hätte ich verziehen. Anna kann ich nicht verzeihen. Vielleicht verzeihen. Doch Glück kann ich ihr nicht wünschen. Nicht ein Glück, das dem meinen, wenn es mir zugefallen wäre, gliche. Wenn ich vergangen bin, wird Manao noch da sein. Er wird auf seinen Hof zurückgehen. – Daß ich es nicht vergesse, er soll mich neben der toten Stute begraben. Er denkt manchmal an sie; so wird er auch an mich denken. Weil es der gleiche Ort ist. – Er wird zurückgehen. Er wird seine Kinder sehen. Und das Weib, das Weib, das sie geboren hat. Diesen fruchtbaren Leib, der ihm sinnvoller denn je erscheinen wird; da ich eine taube Schale geblieben bin.

GUNVALD. Sofia, nicht solche Gedanken!

SOFIA. Er wird an Anna zurückfallen. Auch das Wasser läuft abwärts. Er hat einen kümmerlichen Ausflug gemacht. Der perlmutterne Traum ist zerronnen. Die Armut meines Körpers hat die freudigen Farben auf dem Grunde seiner Seele mit Staub bedeckt. Er ist ein reicher Mann geworden. Das muß ihn über die dürftigen Jahre hinwegtrösten. Er sinkt ins Ehebett zurück. In die Arme einer Mörderin.

GUNVALD. Wenn Vinje kein Tor ist, wird er kühl bleiben.

SOFIA. Er wird nicht.

GUNVALD. Man kann etwas unternehmen, das Schändliche abzuwenden.

SOFIA. Ich habe keinen Vorschlag bereit.

GUNVALD. Ich werde es verhindern.

SOFIA. Sprich, wie?

GUNVALD. Mich zwischen die beiden stellen.

SOFIA. Du bist keine Mauer.

GUNVALD. Aber Vinjes Nebenbuhler.

SOFIA. Du wirst es nicht können, nicht wollen.

GUNVALD. Ich will es und kann es.

SOFIA. Etwas Ungewisses.

GUNVALD. Anna ist schon gestrauchelt.

SOFIA. Etwas Ungewisses. *(Sie wendet sich erschöpft ab.)*

GUNVALD. Ist dir schlecht?

Sofia. Nur das Gras im Bauche des Stieres gehört ihm; mit dem, was er im Maul hat, kann er sterben.

Gunvald. Vinje wird mich nicht erschlagen wollen.

Sofia. Geh jetzt. Versuch es. *(Gunvald schleicht hinaus.)* Es ist keine Sicherheit für mich. *(Jytte leise herein.)*

Sofia. Jytte, kommen Sie näher. Soeben ist jemand hinaus, den ich nicht wiedersehen werde. Er wird seine Beine behalten und noch ziemlich lange über die Erde laufen. Während ich irgendwo ohne Bewegung bleibe.

Jytte. Das klingt nicht gut.

Sofia. Wie man es nimmt. Es ist für mich soweit. Die Flügel der Lügen tragen mich nicht mehr. Ein Wunsch in mir ist noch nicht still.

Jytte. Nennen Sie ihn.

Sofia. Meine Geschichte kennen Sie? Daß ich ein Kind gebären durfte?

Jytte. Ja, ja!

Sofia. Und daß es starb? Vielmehr, es starb nicht an sich selbst. Es wurde gewaltsam getötet.

Jytte. Ja, ja!

Sofia. Und daß es hieß, ich sei die Mörderin? Und daß man mich dafür bestrafte?

Jytte. Ja, ja!

Sofia. Wie können Sie mich dann lieben?

Jytte. Weil es nicht die Wahrheit ist.

Sofia. Das sagt man?

Jytte. Es gibt eine Vernunft und Gewißheiten, die man nicht aus den Reden der Menschen zu entnehmen braucht.

Sofia. Sie sind klug. So kann ich es kurz machen. Gunvald Tosse hat mich besucht, um zu versichern, er hat nichts mit dem Mord zu schaffen gehabt. Anna Frönning trägt die Schuld allein.

Jytte. Um Manao Vinje zu gewinnen.

Sofia. Sie errang ihn.

Jytte. Und verlor ihn.

Sofia. Und wird ihn wiedergewinnen. Er wird ihr zufallen, wenn ich gestorben bin.

Jytte. Das wird nicht geschehen.

Sofia. Gunvald will sich zwischen die Gatten drängen. Mit

seiner Brunst oder Gewalttätigkeit. Es kann mißlingen. Er unterschätzt die Besessenheit Annas. Wer seine Seele so zerfetzt hat wie sie, verzichtet nicht leicht auf den irdischen Lohn. Manao erscheint ihr schon ganz ohne Maß und Vergleich. Er ist ihr wilder als ein junger Bock und schöner als ein Wald und keusches Wasser. Beladen mit Pracht und dunkler Weisheit. Vor Verlangen wird sie blind in seiner Nähe.

JYTTE. Es ist eine große Leidenschaft.

SOFIA. Die Jahre haben ihm nichts abgenommen. Das erkennt sie. Mit gutem Fleisch ist er gewachsen wie nur wenige.

JYTTE. Sie weinen.

SOFIA. Ich habe keine Waffe gegen jene Frau. Ich bin nicht stark genug, ihr, was mir genommen wird, zu gönnen. Helfen Sie mir, Jytte.

JYTTE. Was ich vermag.

SOFIA. Wenn man mich auf den Hof trägt und die Männer die Steine bewegen, mich bei der geschlachteten Stute zu begraben, weichen Sie nicht von Manaos Seite. Umschmeicheln Sie ihn. Geben ihm Worte. Drängen ihn ab.

JYTTE. Das kann ich. Das will ich.

SOFIA. Reisen Sie nicht davon vor meinem Tode. Ich will ja bald sterben, wenn Sie es mir versprechen.

JYTTE. Niemand ruft mich fort.

SOFIA. Umgarnen Sie Manao. Was Sie auch fühlen. Versuchen Sie ihn. Es ist so leicht für Sie. Junges Blut ist unüberwindlich. Daß Gunvald Raum findet für seinen Streich.

JYTTE. Und wenn ich selbst versucht werde? Seit langem versucht bin?

SOFIA. Ach, es kann nicht sein. Das darf ich nicht hoffen.

JYTTE. Sie würden mich nicht neidisch verdammen?

SOFIA. Was sprechen wir? Sind Sie das Pferdemädchen, das ihm verfallen ist? Bin ich eine Kupplerin auf dem Totenbett? Oder flimmern die Strahlen einer gütigen Kraft, die mir in den bängsten Stunden scheinen sollen?

JYTTE. Ich will Manao Vinje vor den gräßlichen Gedanken der Einsamkeit beschirmen.

SOFIA. Ein süßer Trost. *(Sie beginnt wieder zu weinen.)*

JYTTE. Warum wird in diesem Zimmer so oft vom Tod gesprochen? Das ist doch keine Medizin.

SOFIA. Ich muß diese Sache ordnen. Mein Pferd, Jytte, das Sie schon geritten haben, soll Ihnen gehören. Und Manao soll belohnt werden, nicht gestraft.

JYTTE. Ich kann gar nichts antworten.

YNGVE *(kommt herein).* Es geht dir besser. Deine Stirn ist hell. Deine Hände zittern nicht. Schließ nur die Augen. Keine Schreckbilder werden sich auf deine Lider malen. *(Sofia schläft allmählich ein.)* Das Krumme wird gerade sein, und das Gerade krumm. Und es wird kein Unterschied sein im Wert der Formen. Weil sie alle ihre Gestalt im Maß der Schöpfung haben. Du wirst dich erlöst fühlen vom Guten und Bösen.

JYTTE. Was bedeutet das? Es waren doch Sprüche?

YNGVE. Erlösende Formeln, Kind. Schwache Anrufe der Seele. Diese Welt ist ausbalanziert mit Lust und Pein. Denn sie ist der Quell aller Vorstellungen, die vor der Schöpfung da waren. Ungeheure Gesänge und Harmonien durchweben die Flügelschläge der Zeit. Und der Stoff, das Fleisch, mit dem wir uns plagen, ist die Entsprechung eines kristallenen Rätsels. *(Er zieht den roten Stein hervor.)* Rot. Dodekaeder. Zwölffach. Das sagen wir. Aber es ist ein umspannender Traum wie die Kugel der Sterne, Feuerwerk wie von millionengliedrigem Kometenfall, wie die gewundene und verästelte Blutbahn in uns.

JYTTE. Da ist viel in wenig Worten.

YNGVE. Du siehst, sie schläft.

XII.

AUF DEM STEINEHOF

Die Stube, wie sie im dritten Akt beschrieben wurde. Trüber Tag. Wirbelnde Schneeflocken an den Scheiben. Leises kristallenes Singen in der Luft, von Zeit zu Zeit dumpfe Windstöße. Gunvald, auf dem Sofa sitzend, starrt vor sich hin. Anna schneidert Kinderwäsche.

OLE *(kommt prustend, stampfend, sich schüttelnd herein).* Die Kartoffeln sitzen noch unreif im Boden, das letzte Heu hängt halbgrün in den Gittern, und der Wind tanzt uns ein Schneegestöber vor, als wollte er die Berge zum Julfest einkleiden.

ANNA. Manchmal fällt die Natur über ihr eigenes Wachstum her. Vereist oder zerglüht es. Die Mutter denkt an des Gatten dickes schwarzes Haupthaar, das mit wilden Sternen übersät ist. Und zerdrückt in ihrem Schoße das Schädeldach des kaum Geborenen. Dieser Winter wird nicht lustig werden. Um weniger Fresser zu haben, müssen zwei Kühe geschlachtet und eingesalzen werden. So wird auch das Talgfaß voll, daß wir genug Kerzen ziehen können.

GUNVALD. Im Lager Vinjes hat man einen schweren Sarg gezimmert. Geteerte feste Bohlen.

ANNA. Sofia ist tot?

GUNVALD. Da Sonne und Mond seit Tagen nicht scheinen, könnte man's glauben.

ANNA *(die Arbeit fortwerfend)*. Wir müssen Anstalten treffen.

GUNVALD. Welcher Art?

ANNA. Ich muß Verbindung mit Manao haben.

GUNVALD. Er wird wissen, was er zu tun hat.

ANNA. Auch ich habe eine Aufgabe.

GUNVALD. Wann wirst du deine Hoffnungen ausreißen?

ANNA. Niemals.

GUNVALD. Die Unterwelt muß dir sehr nahe auf den Fersen sein, daß du auf greifbare Erfüllungen versessen bist. Willst du immer noch mit einer Forderung verharren, die du längst verwirkt hast? Daß sich in der Schlafkammer Bett neben Bett reiht, mit Kindern darin, die in dir gewachsen sind, macht es dich nicht gefügig?

ANNA. Du siehst nur das Halbe und urteilst parteilich.

GUNVALD. Du mußt von Vinje ablassen. Es ist keine Borke mehr an dir, die dich bekleidet.

ANNA. Meinst du, begehrliche Männer, die mir mit List und Gewalt nachstellen, können meinen Willen brechen?

GUNVALD. Ich meine, daß du ein Weib bist, nicht ein geschälter Stamm, der umgeschlagen daliegt im feuchten Schmerz des weißen Holzes, den er nicht verschuldet hat. Du bist abermals schwanger. Sofia aber stirbt. Oder ist tot. Vielleicht begraben.

OLE. Ein viertes Kind im Anmarsch?

GUNVALD. Weshalb erregst du dich? Weil etwas hinter deinem Rücken geschah? Glaubst du dich im Besitz gewisser Rechte? Oder schlau allein?

OLE. Hier wird noch einiges geschehen.

ANNA. Wollt ihr mit Messern aneinander? Euch Blut abzapfen? Aufschlitzen, daß ihr aus euch heraushängt?

GUNVALD. Wir werden uns nicht selbst wegkehren.

ANNA. Bleiche, bohrende Maden seid ihr. Stinkende Haifische.

GUNVALD. Wir sind deiner noch mächtig. *(Es wird mit einem Stock gegen die Türe gepocht.)*

ANNA. Was ist das?

GUNVALD. Ich werde nachschauen.

OLE. Herein.

YNGVE *(schwarze Jacke über sich, rotes Halstuch, roten Zwölfflach in der Hand, herein).* Ich komme, um den Besuch der rechtmäßigen Bäuerin anzuzeigen.

ANNA. Was sagt er?

YNGVE. Ihr werdet zu ihrem Empfang wohl ein paar Kerzen aufstellen? Einige Braten zurichten? Den Backofen anheizen, um Weißbrot und Kuchen zu backen? Etwas Schnaps müßt ihr herausgeben, weils draußen unwirtlich ist.

ANNA. Was für ein Schimpf ist das? Hier bin ich die Hausfrau.

GUNVALD. Der Mann richtet aus, was ihm aufgetragen wurde.

ANNA. Ich werde mein Recht verteidigen.

GUNVALD. Mit getrübtem Hirn kann man sich nicht in der Menschlichkeit üben.

YNGVE. Es würde gut sein, wenn ihr ein Tuch über die verwilderte Innenlandschaft eueres Fleisches würfet, damit der verqueckte Boden kein Ärgernis erregt.

ANNA. Manao Vinje hat die Ehe mit mir nicht gelöst. Das wird sich wohl feststellen lassen? Gegen Beleidigungen wahre ich mich. Das wird wohl den Bestand des Hauses nicht zerstören? Es sind Kinder auf dem Hof. So wird es wohl eine Erbfolge geben?

YNGVE. Und wenn er der Hausherr ist, wird er wohl ein Fest zurichten lassen dürfen? Und seine Meinung haben! Und seinen Boten senden, der's ausrichtet?

ANNA. Wir kennen dich nicht. Oder doch nur von ungefähr.

Ein Landstreicher, der zufällig kam, als wir ein Pferd begruben. Was können uns deine Worte gelten? Es ist ja Widerspruch in deiner Rede. Manao betrauert eine Freundin. So wird er nicht an ihrem Grabe ein neues Weib nehmen. Er wird eine Sekunde lang an das Vergangene denken. Und an mich. An seine Kinder.

OLE. Die Wirklichkeit ist auf unserer Seite. Die Entfernung kann uns nicht täuschen.

YNGVE. Du hast den Pferdekopf, der sich des Nachts über dich beugte, vergessen?

ANNA. Was weißt du?

OLE *(frech)*. Der Spuk ist vorbei. Wir haben den Kadaver tief und hoch genug eingemauert.

YNGVE. Es wird hier wohl der faule Abfall einer anderen Untat auch mit einem Berg zugedeckt werden müssen.

ANNA. Wir wollen das Gift deiner Worte nicht länger schlukken.

GUNVALD. Gib nach, Anna.

ANNA. Schnaps stell ihm vor, daß er sich betrinkt. Und das Gefasel läßt.

YNGVE. Tut Kerzen auf den Tisch!

GUNVALD. Ich verstehe schon. Wo sind Leuchter? Hol einige Flaschen, Ole. Geh mir an die Hand. Jetzt kommen sie schon. *(Schatten am Fenster.)*

YNGVE. Ja, sie gehen ums Haus.

ANNA. Wer denn? Was denn? *(Eilt ans Fenster.)* Das ist ein Unglück.

YNGVE. Vorsicht. Langsam. Platz machen.

ANNA. So viele Menschen. Ich bekenne nichts.

GUNVALD. Gläser, Kerzen, sag ich, Schnaps. Die Männer sind durchfroren. *(Vier Hüteknechte tragen einen mit neuen Hanfseilen umschnürten braungeteerten Sarg herein, der die Form eines vierseitigen Prismas hat. Ihnen folgen Manao Vinje und Jytte. Der Sarg wird in den Hintergrund gebracht, dort etwas erhöht aufgestellt. Anna bricht in Tränen aus. Gunvald füllt mittelgroße Gläser mit Schnaps. Ole trägt Kerzen herbei, steckt sie auf Flaschenhälse.)*

MANAO. Guten Tag. – Hier ist eine passende Decke. *(Er nimmt den Wandteppich herunter.)*

ANNA. Manao!
MANAO. Guten Tag, Anna.
JYTTE. Legen Sie den Teppich über den Sarg.
ANNA. Wer ist das?
MANAO. Jytte.
ANNA. Jytte?
MANAO. Ja. Ein dänisches Mädchen. Eine mutige Gehilfin in diesen grauen Tagen.
JYTTE. Jetzt schwatzen Sie nicht. Klagen nicht. Erwägen nicht. *(Sie zieht ihn mit an den Sarg. Sie legen die Decke über.)*
GUNVALD. Wer sich wärmen will, nehme und trinke.
YNGVE. Das Schneegestöber läßt nach.
JYTTE. Tischen Sie auf, Brot, Fleisch, heißen Kaffee. Warum stehen Sie und starren? Diese Tote ist ja nicht Ihre Freundin.
ANNA. Wer hat Sie bevollmächigt, mir zu befehlen? Was kümmert Sie der Gang meines Herzens? Bin ich gefragt worden, ob ich die Fremde in meiner Stube dulden will? Bin ich sogleich als Mutter und Bäuerin abgesetzt? Eine Magd, die man anschreit: dies tue und das? Darf ich mich nicht sammeln, um mit Manao ins Reine zu kommen?
JYTTE. Dazu wird weder Zeit noch Gelegenheit sein.
ANNA. Das Begehren nach einer Aussprache wird man mir nicht verstümmeln. Man wird mich wohl nicht fesseln können, daß ich ihn nicht erreiche?
JYTTE. Soll die Heuchelei kein Ende haben?
MANAO. Die Träger sind hungrig. Bringt doch Speisen herein.
ANNA. Ole, deck den Tisch. Weißes Linnen, Schüsseln, Teller.
JYTTE. Sie werden doch einen Braten zurichten? Sie werden selbst in die Küche gehen, um die Mahlzeit vorzubereiten?
ANNA. Unvernünftiges Mädchen!
JYTTE. Ich höre Kinder schreien.
ANNA. Ja, ja. Sie hören meine Schande aus jedem Winkel. Sie wissen so viel Böses von mir wie meine Verleumder. Sie sind den Besessenen zugelaufen, die mich hassen.
GUNVALD. Die beiden jüngsten Kinder schreien.
ANNA. Sie werden nicht sogleich ersticken.
GUNVALD. Man muß sich um sie kümmern.
ANNA. Binde ihnen den Mund zu, wenn du empfindliche Ohren hast.

MANAO. Ein Säugling?
ANNA. Du hörst ihn. Weshalb fragst du?
MANAO. Wieviele Kinder hast du?
ANNA. Vier.
OLE. Sie kann nicht zählen. Drei sind es.
ANNA. Vier sag ich, vier.
GUNVALD. Ein ungeborenes.
JYTTE. Wenn niemand zu den Hilflosen geht, tu ich es. *(Ab.)*
ANNA. Nun ist alles gebeichtet.
MANAO. Ich mische mich nicht in deine Angelegenheiten.
ANNA. Tu's doch! Verjage die brünstigen Tagediebe. Und mit ihnen die Bastarde.
GUNVALD. Da wird man noch einige Zeit warten müssen, bis alle beisammen sind.
MANAO. Wir wollen den heftigen Gesprächen ausweichen.
ANNA. Wir müssen doch einmal beginnen, die Rechnung aufzumachen.
MANAO. Ich bin nicht deshalb gekommen.
ANNA. Ich weiß, ich bin beschuldigt. Es ist eine Lügenfalle aufgestellt, die mir das Genick brechen soll.
MANAO. Solange die Tote im Hause ist, will ich keinen Streit. Und sie soll in diesem Hause gewesen sein, weil ich es ihr nach dem ersten Kennenlernen zugedacht hatte.
JYTTE *(kommt wieder)*. Drei allerliebste Burschen, Manao Vinje. Sie müssen sie anschauen. Kommen Sie gleich. *(Sie nimmt ihn am Arm, zieht ihn mit hinaus.)*
ANNA. Ist das ein junger Mensch mit losem Mund oder ein Widersacher?
GUNVALD. Nichts Böses. Hohe Schenkel. Eine weiße Stirn.
ANNA. Du betrachtest Haut und Fleisch.
GUNVALD. Und die Augen meergrün. Ein Schatten der frömmsten Weisheit.
ANNA. Ein einfältiges Kind.
GUNVALD. Ein ungetrübtes Gemüt.
ANNA. Ihre frische Reife kitzelt männliche Sinne.
GUNVALD. Es nützt dir nicht, sie zu begeifern.
YNGVE. Endlich hat man uns einige Speisen angerichtet. Nehmt davon. Eßt euch satt, die Hauptmahlzeit wird noch auf sich warten lassen. Wir haben hier etwas zu bestellen. Es

ist der Wunsch Manao Vinjes, daß seine verstorbene Freundin auf dem Steinehof begraben wird als seine Hausfrau, wo er auch einmal seinen Platz finden will.

ANNA. Tote gehören auf den Kirchhof.

YNGVE. Weshalb unterbrichst du mich? Du kannst dir, wie die übrigen, den Wunsch des Hausherrn anhören, ohne Schaden zu nehmen. Das Grab geliebter Menschen ist ein Segen für jede Siedlung. Es macht die Leidenschaften leicht und die Sorgen flach.

ANNA. Sie ist eine Fremde.

YNGVE. Sie hat sich das Anrecht auf diesen Boden teuer erkauft. Soll ein totes Pferd mehr geehrt werden als ein Mensch, der rechtschaffen geliebt hat?

ANNA. Soll kein Unterschied sein zwischen Grab und Schindanger?

YNGVE. Du sprichst im Trotz mit Worten aus einer verwirrten Welt. Wir wollen Sofia Fuur neben dem Tier unter dem Geröllhügel bestatten. Ihren Sarg mit Steinplatten umstellen, für einen langen Frieden, wie sich's gehört.

ANNA. Soll hier eine Woche lang eine Leiche stehen? Zwei Wochen lang ein Getöse im Hause sein und auf dem Hof?

YNGVE. Eßt jetzt. Dann ans Geschäft.

GUNVALD. Du wirst dich im Vorratshaus umsehen und ein Festessen zurichten.

ANNA. Wann soll meine Unterjochung enden?

GUNVALD. Ole, den Backofen heizen!
(Ole ab. Manao und Jytte kommen.)

MANAO. Das sind makellose Kinder, Anna. Gute Augen haben sie. Das Älteste sei mir ähnlich, sagt Jytte.

ANNA. Ich wußte, du würdest mir vergeben.

MANAO. Ich werde keins vom Hofe vertreiben. Das vierte nicht. Und das fünfte nicht.

ANNA. Was meinst du damit, das fünfte?

MANAO. Je nun, ich denke, du bist gesund genug für viele Kinder.

ANNA. Ich weiß nicht, was es bedeutet. *(Ihr stürzen Tränen aus den Augen. Sie läuft hinaus.)*

JYTTE. Sie dürfen nicht weich werden.

MANAO. Ich werde nicht in diesem Hause schlafen.

JYTTE. Ich begleite Sie ins Lager zurück. Wenn Sie es mir erlauben.

MANAO. Jytte, Sie wollen mit mir gehen?

JYTTE. Ich werde Sie nicht allein lassen. Heute nicht. Und die nächsten Tage nicht. An das Spätere denk ich nicht.

MANAO. Sie dürfen nicht mit mir spielen.

JYTTE. Ich lache nicht, meine Lippen sind schmal.

MANAO. Und frisch.

JYTTE. Jetzt sind sie doch blaß, weil ich zittere.

MANAO. Ich darf nicht wagen, dies nach meinem Wunsch zu verstehen. *(Er wendet sich ab.)* Du wirst bei der Arbeit helfen, Gunvald?

GUNVALD. Ja.

ANNA *(kommt).* Wir werden morgen ein Schaf schlachten müssen oder ein Schwein.

MANAO. Ich werde euch Rentierfleisch als Gegengabe schikken.

ANNA. Dies ist doch dein Hof! Alles Getier ist dein Eigentum. Wem willst du denn etwas zurückzahlen? Etwa mir? Oder dem Knecht? Oder den Kindern?

MANAO. Du erinnerst mich. Ich schulde den Kleinen Geschenke. Ein paar Pelzjacken. Aus Holz geschnitzte Vierfüßler. Kähne, mit Segeln aus Birkenrinde.

ANNA. Wo ist denn Ole?

GUNVALD. Er hackt Holz.

ANNA. Teig kneten soll er. *(Ab.)*

JYTTE. Sie weint beständig. Sie macht sich zur Sklavin. Werden Sie nicht weich, Manao Vinje?

MANAO. Ich werde nicht in diesem Hause schlafen.

YNGVE. An die Arbeit. Der Himmel bläst kein Flitterwerk mehr herab. *(Die vier Knechte ab.)*

MANAO. Es bleibt dabei, daß ich vor Nacht ins Lager zurückgehe. Es sind ohnedies viele Menschen, die Nachtquartier beanspruchen. Ins Ehebett leg ich mich nicht.

YNGVE. Fällt es dir schwer, zu verzichten?

MANAO. Annas Kinder versöhnen mich. Der älteste Bursche, den ich nicht verleugnen kann, wird hier Hausherr werden. Ich selbst bleibe Viehhalter. Mein Leben ist ja nicht zu Ende.

YNGVE. Gewiß nicht.

MANAO. Da wird irgendeine Fortsetzung sein. Ich bedauere Anna. Denn ich muß abschwärmen. Vielleicht wage ich mich ins Bodenlose. Ich bewundere die grenzenlose Macht der Fruchtbarkeit. Für mich ist die zwecklose Lust und Verschwendung ein reinerer Gedanke. Die Liebe, mit der wir uns an Klippen und Bäumen hinwerfen, einem Tierfell, dem Vergänglichen der Schönheit und Jugend, ist uns doch auch Milliarden Jahre lang vorgedacht worden. Wie soll ich sonst mein Verhältnis zu Sofia verstehen, den Nüsternruch, der an ihr war; der doch auch aus einer Seele kam? Und ihr Schicksal. Eine fremde Schuld ist kein erlösender Gedanke.

YNGVE. Du brauchst nicht zu fallen. Du mußt nur vorwärts gehen. Ein wenig zerschrammt bist du. Aber es wird spurlos vernarben.

MANAO. Du hältst die Totenwache. Teilst dich mit diesem oder jenem darin.

GUNVALD. Ich möchte die Erlaubnis haben, dabei zu sein.

YNGVE. Wir können einander ablösen.

MANAO. Du hast wohl ein Anrecht darauf.

YNGVE. Wir werden gegen Abend den Sarg ins Außenhaus stellen. Dort ist es kühler, und hier wird Platz für Lagerstätten.

MANAO. Morgen bin ich zurück. Ich werde Tag für Tag zurstelle sein.

YNGVE. Gut! *(Yngve und Gunvald ab.)*

JYTTE. Umarmen Sie mich, Manao Vinje!

MANAO. Jytte, was tun Sie?

JYTTE. Ich habe mir Ihre Rede von vorhin eingeprägt. Sie gibt mir den Mut, mein Verlangen zu sagen. Sofia wird lächeln. Sie hat mir ein Pferd geschenkt, wie Sie wissen, als Lohn voraus, damit ich nicht schüchtern werde.

MANAO *(legt sehr behutsamn seine Hände um Jytte).* Ich ahnte nicht, daß Sterbende Gefallen an dergleichen Abmachungen mit jungen Menschen haben können.

JYTTE. Sie sollen nicht allein sein. Sie sollen nicht an Anna fallen, die eine Mörderin ist. Deren Seele Sie niemals geliebt haben.

MANAO. Und darum locken Sie mich? Ihre Worte sind Irrlichter? Wenn aber aus mir eine Flamme aufschlägt, versengt es Sie.

JYTTE. Ich habe alles bedacht.

MANAO. Ich will hinausgehen, nach dem Geröllhügel. Sie bleiben hier, essen ein wenig. Bedenken Sie sich. Ich kann ohne Pein unbegleitet ins Lager zurückwandern. Meine Ehe mit Anna ist erloschen. Der Wunsch der Toten erfüllt sich auch ohne Ihre Beihilfe.

(Jytte schweigt betroffen. Manao Vinje nimmt seinen Hut, geht. Danach schreitet Jytte an den Tisch, beißt in ein Stück trockenes Brot.)

ANNA *(kommt)*. Wo ist Manao?

JYTTE. Fort.

ANNA. Was heißt das?

JYTTE. Er hilft beim Grabbau. Danach wird er über die Berge wandern.

ANNA. Ich bin nicht tüchtig im Rätselraten.

JYTTE. Ins Lager geht er. Nach seinem Hause. Zu den Herden.

ANNA. Er wird nicht hierbleiben? Diese Nacht nicht? Keine Nacht?

JYTTE. Ich werde mit ihm gehen.

ANNA. Über die Klippen? In sein Haus?

JYTTE. Man darf ihn nicht allein lassen.

ANNA. Man darf ihn nicht allein lassen. Ich werde mit ihm ziehen. Ich bin ihm die Nächste. Ich habe ihm Kinder geboren. Einmal bin ich ihm angenehm gewesen.

JYTTE. Sie dürfen ihn nicht begleiten. Ihretwegen kann er unter diesem Dache nicht bleiben. Sie haben alle Ansprüche verwirkt.

ANNA. Verwirkt? Bin ich eine Verbrecherin?

JYTTE. Sie haben sich sehnig gemacht, durchwachsen mit Abschwören. Von Schuld sollte nicht mehr gesprochen werden. Aber Sie erzwingen ein Urteil ohne Schonung.

ANNA. Ich bekenne nichts.

JYTTE. Man weiß es. Aber Manao Vinje wendet sich ab. *(Sie nimmt ihren Mantel, entfernt sind.)*

ANNA. Sie geht mit ihm. *(Die Bäuerin wankt, dreht sich, wie wenn sie tanzt, wirft sich über den Sarg.)* Ich bekenne! Ich bekenne! Vergib mir!

ENDE

Paralipomenon I

Armut und Reichtum /
Mensch und Tier.
Tragödie von
H. H. J.

Es ist wie es ist, und es ist
fürchterlich.

Personen

Manoa Vinje, der Steinebauer |
⟨eine Seite bleibt unbeschriftet⟩

I.

Der Marktplatz des Bezirksortes.

Im Hintergrund Nebelumhangene Berge, die weiße Steinkirche, Friedhofsmauern aus geschichteten Schiferblöcken, eine Krambude. Rechts ein Gitter, daran gebunden Pferde, Fjordungpferde, ein großes und gepflegtes. Links offener Platz, von rechts mündet die Straße, die zum Strand und zur Brücke führt. Frühling. Warme feuchte Luft.

Der Arzt, der alte Lendsmann stehen im Vordergrund.

Arzt.
Die Steine im Fluß beginnen zu wandern. Des Nachts ist der Lärm so stark, daß ich schlecht schlafe.

Lendsmann.
Der Probst, dieser Mann Gottes, schläft auch nicht. Er wohnt im Tal. Er ist alt und zahnlos und sollte sich daran gewöhnt haben, daß im Frühling viel Wasser von den Bergen kommt.

Arzt.
Er klagt, die Landschaft sei für ihn zu finster, der Winter zu lang, das Fjord

zu tief, die Berge zu hoch, das Wachstum
zu spärlich.

Lendsmann.

Immerhin besitzt er sechszehn Kinder. Er hat |
keinen Grund sich zu beklagen. Doch fürchtet er
sich, im Sarge ausgestreckt liegen zu müssen.
Er versteht nur, den Buckel zu krümmen. Kommt
er in den Himmel, will ich nicht hinein.

Arzt. lacht

Das meinen Sie nicht.

Lendsmann.

Er versteht nichts von den Menschen, die hier
wohnen. Er verdirbt sie. Er predigt ihnen von
Stadten*, die sie nicht kennen, von Kriegen, in
denen sie keine Partei sind, von Politik, die
ihren Boden unfruchtbar macht, von Scham und
Sitte, daß sie ihr Vieh auszumisten verlernen.
Hier dürfen keine Heiligen gemacht werden⟨.⟩ Das [Leben
in den Bergen ist zu hart. Die Weiber laufen
schon über, daß sie ihre Kinder lieber bei
Gebet und Sprüchen begraben als mit Mühe und Arbeit
groß machen.

Arzt.

Sie werden sie nicht alle groß machen
können. Das Leben am Strand und in den
Bergen ist ⟨,⟩ wie Sie sagen, zu hart. Die Frömmig- [keit ist ein guter Trost,
wenn der Arzt überflüssig geworden ⟨.⟩ |

Lendsmann.

Die Menschen verweichlichen. Die Karaktere
veröden. Als ich jung war, gab es hier noch
Lebenslust von der rechten Art.

Arzt.

Auch Mord und Totschlag beim Schnaps.

Lendsmann.

Gewiß. Rauhe Gebräuche, aber nicht die
blosse Ergebenheit gegenüber dem Dasein.
Mehr Gesundheit.

Arzt.

Damals fanden sich reichlich Fische im Fjord. Jetzt fahren die Motorkutter der Konservenfabriken durch die Gewässer des Landes und fangen die klein⟨en⟩ Heringsschwärme ab, Nahrung für größeres Getier. Die Netze der Buchtfischer sind mürbe geworden vom Feuer. Nur noch die Bauern besitzen Boote. Es ist trostlos.

Lendsmann (unbeirrt.)

Die Burschen durchstampften die Nächte tanzend auf der Brücke. Warfen den Halling besser als ein dressierte⟨r⟩ Taschenspieler in den Varieté-theatern.

Arzt.

Die Schuppen am Strande verfallen. Seit zwölf Jahren bin ich Arzt an diesem Platz. Mir ist ein Rätsel, wie die Menschen | in den Hütten sich durchs Leben bringen. Eine Tonne Salzheringe, ein paar Kartoffeln, wenige Tropfen Ziegenmilch.

Lendsmann (aufgebracht.)

⟨Textabbruch⟩

Paralipomenon II

Armut, Reichtum, Mensch und Tier.

Zweiter Akt
IV. (Darmstädter Fassung.)

AUF DEM STEINEHOF

Eine schöne Bauernstube. Truhen. Schwerer Tisch. Ein Mahagonisofa mit geschweiften Lehnen, roßhaarüberzogen. Ein dreikantiges Regal mit Büchern. Eine Vitrine mit Krügen und Porzellanhausrat. Ein handgewebter Teppich an der Wand. Alte englische Standuhr. Stühle. Im Hintergrund seitlich rechts eine Haupttür zum Hof und zu den Ställen. Im Hintergrund links eine Tür zu den übrigen Räumen des Hauses. Fenster seitlich rechts und links.

Abend. Man hört von draußen das Toben eines Schneesturmes.

Manao sitzt im Vordergrund am Tisch, mit dem Rücken gegen die Stube, und schreibt mit langsamer Hand an einem Brief. Ole schaut unschlüssig und beunruhigt auf die Uhr. Eine brennende Sturmlampe hat er vor sich auf den Fußboden gestellt. Die Uhr gibt neun Schellenschläge.

<u>Manao</u> (im Schreiben innehaltend)
Ole – geh jetzt endlich hinaus zu den Tieren! Mach ihnen reichliche Streu. Gib der Braunen ein paar Maß Hafer für die Nacht. Es ist bitterlich kalt; der Sturm dringt durch alle Spalten.

<u>Ole</u>
Ja – (Er rührt sich nicht, bleibt unentschlossen vor der Uhr stehen)

<u>Manao</u> (nach einer Weile)
Warum tust Du nicht, wie ich sage? Weshalb stehst du da und bestarrst die Uhr?

<u>Ole</u>
Der Pendel geht hin und her.

<u>Manao</u>
Das ist so. Die Zeiger rücken vor. – Die Lampe steht schon seit

einer halben Stunde neben dir auf dem Fußboden. – Was bewegt dich?

Ole

Ich fürchte mich.

Manao (erschrocken und milde)

Du fürchtest dich? Seit wann fürchtest du dich, des Abends in den Stall zu gehen? Oder ist es der Schneesturm? Das Klirren und Heulen?

Ole

Wir sind nicht allein.

Manao

Wir sind nicht allein? – Das ist kein Wort, das von dir kommt. Dergleichen soll man nicht sagen. Wir sind allein. (Er erhebt sich, legt Ole die Hand auf die Schulter) Du wirst immer allein sein. Das Wirkliche ist nur sonderbar – es ist nicht so fest, so unbeugsam wie viele es hinnehmen. Es ist voll Überraschungen. Das ist das Ganze – das ganze Geheimnis.

Ole

Ich fürchte mich.

Manao (zärtlich)

Du bist ein Mann, Ole – ein junger Mann, sehr vollkommen. Das ist deine Wirklichkeit. Die Schöpfung ist mit dir am Ziel. Das begreift sich schwer. Es verwirrt dich. Es wird von dir etwas gefordert – du selbst forderst –

Ole

Bist du kein Mann?

Manao

Doch. Ja. Ich rieche den Duft der lebendigen Kreatur, sauge mich voll, sinne darüber. Ich atme die Tiere ein; die Stute ist ein gewaltiger Ruch; auch von dir nimmt mein Atem. Aber mir ist dabei, als ob ich mein eigenes Wesen verlöre. Du hast eine Stärke, die ich nicht habe. Deine Stärke ist die Ursache deiner Angst. Du suchst die Wärme und den G⟨e⟩ruch der Wärme – die einfache Gegenwart des Glücks.

Ole

Suchst du etwas anderes?

Manao

Ich weiß es nicht. Wenn ich finde, verliere ich. Ich verliere die Gewißheit, daß ich gefunden habe.

Ole (entschlossen, nimmt die Stallampe)
Das sind eine Rede hell und zwei Reden dunkel.
Manao (mutlos)
Ich verstehe es nicht besser.
Ole
Wenn ich nicht im Schnee stecken bleibe, werde ich hindurchkommen. (Er stemmt die Tür auf, geht in den Schneesturm hinaus).
Manao (setzt sich wieder an den Tisch)
Es ist eine bitterböse Nacht – sonst nichts. (Er schreibt wieder; gleich darauf klopft es. Manao erhebt sich, geht an die Tür, stemmt sie auf, schaut hinaus.) Es ist nichts. (Manao setzt sich wieder. Das Fenster links wird aufgerissen; Tunrider lehnt sich in die Stube hinein)
Tunrider
Es ist eine bitterböse Nacht. Und ich darf nirgends hinein. Die Kälte zwar – davon begreife ich nichts, das ist ein Gesprächsstoff für alle, die warmes Blut in den Adern haben. Aber es ist schrecklich, daß alles weiß ist. Ich komme mir dabei sehr tot vor. – Warum eigentlich schreiben Sie diesen Brief? Brief eines reichen Bauern an ein armes Mädchen. Das ist doch widersinnig. Sie sind von den Torheiten des lebendigen Staubes ergriffen worden. Sie haben ihre Männlichkeit ausgeschüttelt. Man kennt das. Man spricht darüber, – oder man schweigt davon. Nun denken Sie, daß Sie sich auf das Sch⟨w⟩ängern verstehen. Aber Sie ahnen auch, daß andere noch geläufiger in dem Handwerk sein können. Die Eifersucht steht neben den Pflichten, die Sie sich an den Fingern abzählen. Es ist Ihnen nicht geheuer, wenn Sie an den Burschen Ole denken, der so erhaben und wild riecht. Und daß ein anderer Knecht am Strand umherstreicht, breitbrüstig mit Stiergelüsten, jagt Ihnen einen würgenden Schrecken ein. Der Genuß hat seinen höchsten Pegelstand gehabt. Sie haben erfahren, was Ihnen zufallen kann; aber Sie wissen nicht, was Ihnen bleibt. Sie wollen die Vereinsamung Ihrer Freude, eine Lust, die man nicht vergleicht – Gier nach Besitz außen und innen. Dabei verbünden Sie sich mit der Armut, die keine Treue kennt, weil Hunger weh tut. Ich rate Ihnen – – – –
(Manao springt auf, legt aber die Feder gelassen aus der Hand.

Tunrider verschwindet, das Fenster schlägt zu. Manao setzt sich wieder, taucht die Feder ein. Es wird abermals vernehmlich gegen die Tür gepocht.)

Manao

Ich verstehe nicht. (Er steht vom Tisch auf, geht an die Tür, stemmt sie auf, läßt Gunvald herein, der wankend bis in die Mitte der Stube vorwärts geht. Manao erkennt ihn erst nach einer Weile, weicht erschrocken zurück.) Bist du ––? Du bist es – Sag deinen Namen!

Gunvald (erstaunt, erschöpft und betäubt vom Unwetter)

Meinen Namen?

Manao

Deinen Namen.

Gunvald

Ich bin von der Bucht heraufgeklettert.

Manao

Deinen Namen!

Gunvald

Der Schneesturm hat mich überfallen. Man kommt darin um. Meistens. Ich bin nicht umgekommen. Ich bin angelangt. Angelangt.

Manao

Deinen Namen!

Gunvald

Kennst du mich denn nicht?

Manao

Doch. Aber deinen Namen will ich. Ich will diese Sicherheit, daß du es bist.

Gunvald (Nimmt aus einer Flasche einige Schlucke)

Ich bin halb erfroren. Aber ich bin angekommen. Ich sollte da draußen verrecken. Aber ich bin nicht verreckt. Ich bin hier.

Manao (etwas gefaßt)

Ich glaube, daß du ein Mensch bist; doch ein Mensch verkommt, wenn es in den Bergen tobt, wenn der Schnee klirrend herabgeschüttet wird.

Gunvald (nimmt noch einen Schluck aus der Flasche)

Der Mensch verkommt. Aber ich bin da.

Manao

Bist du Gunvald Tosse?

Gunvald
Ja.
Manao
Du bist hier. Das ist verwunderlich. Das ist wie ein Gedanke. Wie eine sonderbare Einbildung. Setz dich.
Gunvald (trinkt abermals, setzt sich)
Manao
Was willst du von mir? – Hast du mir etwas auszurichten? – Hat dich jemand zu mir geschickt?
Gunvald
Man wird nicht geschickt. Man geht und kommt.
Manao
Was willst du mir sagen? Was gibt es zwischen uns, das dich treibt?
Gunvald
Nichts. Ich bin nur da.
Manao
Du kommst als Bote. Sofia gab dir einen Auftrag –
Gunvald
Ich wollte dich etwas fragen. Du hast in deinem Stall ein schönes Pferd. Man spricht von dir und deiner Stute. Man sagt, du liebst sie. Du liebst sie mehr als die Mädchen – so sagt man.
Manao (spricht anfangs ruhig, dann überzeugt, bekennerisch)
Die Menschen sind voreilig – wenig gewissenhaft. Ein Pferd besitzt eine große, eine ausgedehnte Seele. Wenn wir uns nur befleißigen, einem solchen Leben ebenbürtig zu sein, werden wir ihm auch zugetan. Unter dem Fell, dessen Weichheit uns angetragen wird, das uns sanft und unzweideutig anatmet, ist alles enthalten, was wir denken und empfinden können. Alles, was dem Leben verhaftet ist. Unser Freund, ein Mädchen, der Tod, das verwelkte Laub unserer Seele – der gläserne Bau des Seins. Hafer und Wasser werden in Fleisch und Blut verwandelt. Ein milchiger Schleim kann der Beginn aller Harmonien sein.
Gunvald
Hat Ole auch deine Kunst und Neigungen gelernt?
Manao (verwundert)
Meine Kunst und Neigungen? – Das sind schlechte Worte. –

Vielleicht denkt er nur an das Hineinstoßen. Er findet immer nur Fleisch. Er ist der Schlachter, hier auf dem Hofe. Ich fürchte mich vor den Spiegeln und ihren Scherben; ich zaudere, wenn ich denke. Ich wollte, mir wäre das Grübeln widerlich und alles nackte Tun willkommen.

Gunvald (prustet sich in die Hände)
Das ist deine Antwort.

Manao
Warum willst du mich prüfen?

Gunvald
Ich wohne an der Bucht. Es ist weit bis zu dir hinauf.

Manao
Du wohnst an der Bucht, und es ist weit bis zu mir herauf. Auch ich will dich etwas fragen: Ist Sofia schwanger?

Gunvald
Man schaut den Mädchen nicht auf den Bauch.

Manao
Sie tragen ihn wie ein Heiligtum vor sich her, wenn sie gesegnet sind.

Gunvald
Vom Segen spricht immer nur der Reiche.

Manao
Willst du mir nicht antworten?

Gunvald
Nein – nein. Noch nicht.

Manao (heftig)
Du liebst Sofia –! Du bist gekommen, weil du sie liebst.

Gunvald
Ja.

Manao
Was folgt daraus? Werden wir einander an die Kehle gehen?

Gunvald
Nein. Wir warten auf die Entscheidung.

Manao (nimmt den Brief, der auf dem Tisch liegt, zerreißt ihn umständlich.)
Du kamst mir gerade gelegen. Du hättest meiner Braut diesen Brief überbringen können. Aber ich will ihn nicht geschrieben haben. Ich will ihn nicht überbracht haben. Ich werde auf die Entscheidung warten.

Gunvald (selbstbewußt, frech, zieht einen Brief hervor)
Auch ich habe einen Brief zu zerreißen. Einen Brief Sofias –

Manao
Gunvald – !

Gunvald (zerreißt den Brief, wirft ihn in den Ofen)
Zu zerreißen und zu verbrennen. Was ein Bauer kann, darf auch ein Knecht.

Manao
Gunvald – der Brief war für mich bestimmt!

Gunvald
Wir stehen jetzt gleich zu gleich. Wäre ich nicht heraufgekommen, wäre ich im Eis verreckt, würde niemand von Briefen reden. Da wir nicht mit Messern aneinander wollen, ist es jetzt gut geordnet.

Ole (kommt herein, setzt die Stallampe von sich, erkennt Gunvald und betrachtet ihn stumm)

Manao (mit Beherrschung)
Es ist ein Besuch angekommen, Ole.

Ole
Verwunderlich – bei diesem Wetter.

Manao
Kennt ihr einander?

Ole
Wir sind sieben Jahre verschieden.

Gunvald
Immerhin können wir am gleichen Tage sterben, und dann faulen wir ziemlich gleich.

Manao
Erbaulich ist eure Begrüßung nicht.

Gunvald
Es ist nichts von Feindschaft darin. Wir beide sind geringe Menschen.

Ole (mit angenehmem Tonfall)
Mir ist es recht, daß Gunvald Tosse hier ist. Es war nur unerwartet.

Gunvald
Morgen werde ich wieder verschwinden – mich davon machen, wenn es der Himmel gestattet. Aber heut bin ich müde – und mich friert bis in die Knochen hinein. Gebt mir ein Lager.

Manao
Ole, nimm Gunvald mit in deine Kammer – richtet euch ein.
Ole
Es ist Schlafenszeit sowieso. Bei dieser Kälte taugen zwei im gleichen Bett mehr als einer.
Manao
Du wirst noch hungrig sein, Gunvald. –
Gunvald
Nein, Danke. Ich hatte reichliche Wegzehrung mit mir. Mich friert nur – und schlapp bin ich.
Ole (nimmt die Lampe) Gute Nacht –
Manao
Gute Nacht, Ole – gute Nacht, Gunvald.
Gunvald
Desgleichen. (Ole und Gunvald ab)
Manao (allein, wandert ein paar Schritte hin und her, setzt sich dann wieder an den Tisch, nimmt ein neues Blatt Papier, taucht die Feder ein; doch schreibt er nicht. Der Sturm draußen läßt nach.)
Ich mache etwas falsch, aber ich kenne das Richtige nicht.
(Er versucht wieder zu schreiben, aber widerstreitende Empfindungen hindern ihn.)
Yngve (kommt lautlos durch die Tür herein, setzt sich auf einen nahebeistehenden Stuhl:)
Der Sturm läßt nach. Das Schneetreiben hat aufgehört.
Manao (unterdrückt schreiend)
Ist da jemand? Warum bin ich nicht allein?
Yngve
Ich habe nichts Erhebliches gesagt.
Manao (hält sich die Ohren zu)
Ich will nichts hören. Ich will nicht –
Yngve
Du scheinst mich nicht zu kennen.
Manao (erhebt sich, bedenkt sich einen Augenblick, dann wendet er sich zu Yngve um, geht einen Schritt auf ihn zu.)
Ich weiß nicht, ob ich dich kenne. Vielleicht habe ich dich einmal in den Bergen gesehen.
Yngve
Nun denn – weshalb benimmst du dich närrisch?

Manao
Weshalb kommst du in mein Haus? Zuerst wankte dieser Gunvald herein – jetzt bist du da und redest mich an, als ob ich ein Stein wäre oder ein Fisch im Wasser. Ich brauche ja nicht zu glauben, daß du da bist – daß dies etwas ist, was mich angeht –
(Er nimmt eine zweite Sturmlampe, entzündet sie)
Yngve
Bei dieser Kälte versucht man ein Unterkommen zu finden.
Manao
Ich will selbst noch einmal in den Stall, um nach dem Rechten zu sehen.
Yngve (streckt die Hand aus, um ihn daran zu hindern, daß er hinausgeht)
Es ist nicht notwendig. Gib mir die Lampe! Ich werde im Stall bei den Tieren schlafen. Gunvald teilt mit Ole das Bett. Du legst kaum Wert auf einen Schlafgenossen. Ich lege mich ins Stroh. Den Tieren wird nichts Übles geschehen, wenn ich bei ihnen bin.
Manao
Ich vermag nichts. Ich habe keinen deutlichen Willen. Ich bin umstellt. Man redet mich an. Aber es gibt keine Zeugen dafür, daß ich angeredet werde. Man wird von mir sagen, daß ich träume. Jetzt gehe ich nicht einmal mehr in den Stall. – Weil ich mich fürchte – weil ich allein sein will – weil ich mich auf das Richtige besinnen will.
(Er stellt die Lampe von sich auf den Fußboden)
Yngve
Durch mich kommt niemals Unheil zu dir. Doch mein Rat stinkt immer ein wenig nach lebendigem Geschöpf. Gunwald ist so gut ein Mann wie du. Ole ist es auch. Die Liebe ist nicht nur ein Hirngespinst.
(Er nimmt die Lampe und geht geräuschlos hinaus.)
Manao (unterdrückt schreiend)
Nein, nein –– sie hat ihren Geruch, ihren Geschmack – sie ist eine gewaltige Berührung – (Ruhiger) Wenn ich wachend bleibe, wird mich keine Stimme plagen. (Er schraubt die Lampe höher)
Ich brauche im Dunkeln Licht, um einigermaßen blind zu sein.

Paralipomenon III

<u>Ergänzung Seite 59</u>

<u>Yngve</u> (kommt des Weges)
<u>Manao</u> (erschreckt)
Du? – ist dies wieder deine Stunde?
<u>Yngve</u>
Weshalb erschrickst du vor mir? Den Lebenden begegnet man allerwege.
<u>Manao</u>
Es gibt Unterschiede in der Begegnung. Es gibt Unterschiede des Lebens.
<u>Yngve</u>
Es gibt Irrtum und Wirrnis.
<u>Manao</u>
Es gibt den Schmerz. Und die Toten antworten nicht!
(Er eilt davon)
<u>Yngve</u> (ruft ihm nach)
Der Fluß redet; doch du verstehst ihn nicht.

(Ende des 2. Aktes)

Paralipomenon IV

Hans Henny Jahnn 14. März 1951

Über die Personen zur 4. Szene ist Folgendes auszusagen:

MANAO VINJE ist der Besitzer des Hofes STEINE. OLE, Vinjes Knecht, im Alter von 18–20 Jahren. GUNVALD TOSSE, ein Knecht wie Ole, doch sieben Jahre älter, Nebenbuhler des Manao Vinje; er bewirtschaftet den FRÖNNINGHOF für ANNA FRÖNNING, die sich bemüht, Manao Vinje zu heiraten. YNGVE, ein Troll, der auch als Landstreicher und Viehhändler umherzieht. TUNRIDER der unwichtige Geist eines Selbstmörders, dem es nicht gestattet ist, Wohnräume zu betreten, der sich »am Zaun« aufhalten muß. SOPHIA FUUR, die in der Szene genannt wird, ist ein armes Mädchen, um das der Bauer Vinje und der Knecht Gunvald, jeder auf seine Weise, gleichzeitig werben.

H. H. J.

Paralipomenon V

Sofia (starr)
Oh – was man so tut, kannst du bezahlen. Das könnte auch ein anderer bezahlen.
Manao (verstört)
Habe ich dich verletzt? Bin ich dir zu grob?
Sofia
Mir ist es nur so ungewohnt, daß da etwas, das von mir ein Teil ist, wiederhergestellt werden soll. Man könnte glauben, du wolltest einen neuen Körper kaufen.
Manao (zerknirscht)
Es haftet eine gräßliche Dummheit am Besitz. Der Reiche denkt und tut, als könnte er einen Wert für den anderen einsetzen. Aber man handelt dem Tode nicht eine Fliege ab.
Sofia
Der Reiche, wenn es schlimm kommt, und Herz und Seele überlaufen, erschöpft erst einmal seinen Geldkasten; der Arme muß sich selbst, sein Blut, sein bischen Wärme, hinwerfen. – Doch ---

Es ist nicht die Pflicht des Dichters, zu lügen.

S. 85

⟨BLUTBÄDER
VON
PARIS⟩

⟨Blutbäder von Paris⟩

Karl

Prinz von Navarra, ehrenwehrter Bruder –
Prinz Condé – und mein teurer Lord Admiral –
ich wünsche, diese Eintracht, dieser Bund des Glaubens,
geknüpft mit Händen, die gerad vereint |* im Hochzeits-
sakrament
Mög nicht den Tod |* hintaun, das Leben uns verschmelz er.
Und
die eingebornen Gluten [?] fürstlicher Liebe
die erst entflam⟨m⟩t die Regung unsrer Herzen,
wie wenn man fettes Öl ins Feuer gießt,
bei unsern Nachfa⟨h⟩rn noch mög sie auflodern.

Navarra

Die reiche Gunst, die Euer Gnaden von Zeit zu Zeit,
besonders doch in diesem gezeigt hat, soll
mich stets an eurer Hoheit Willen binden.
Die Mutter Königin und Ihr befehlt.

Katharina

Dank, Sohn Navarra. Seht, Ihr seid geliebt;
das kettet ehlich Euch an unsre Tochter.
Doch, wohlgemerkt, der Unterschied im Glauben
kann eurer eignen Liebe im Wege sein.

Karl

Ja gut. Madam, laßt dieses ruhn. –
Und jetzt, |* Ihr Herrn, nach wohlvol⟨l⟩zogner Trauung
Dünkt mich ist's angebracht zu gehen und zu |* vollenden
⟨Indem⟩* wir eine Heilge Messe hören.
Ich denke Schwester, Ihr auch leistet uns
Gesellschaft.

Margarete

Ich will es, lieber Herr⟨.⟩

Karl

Die übrigen, die nicht zu gehen wünschen,
Mögen verweilen. Mutter komm. |
auf denn, des ⟨Hochamts⟩* Tröstungen zu ehren.

Catharina

Mit Blut und Pein werd ich die Schmach auskehren[?].
[zurseite]

(Alle ab, ausgenommen Navarra, Condé + Admiral)

Nava.⟨rra⟩

Prinz Condé – und mein teurer Lord Admiral –
Nun mag Guise toben, uns verletzen kann er nicht.
Auf unsrer Seite König und des Königs Mutter,
die Bosheit dieses faulen Herzens aufzuhalten;
das allen Protestanten Mord zu senden[?] wünschet.
Habt ihr gehört, wie kürzlich er verfügte,
(Wie wenn der König darin eingewilligt hätte)
Daß alle Protestanten von Paris
Geschlachtet werden sollten neulich nachts?

Admiral

My lord, ich staune, daß der Streber Guise
Auf jedwede Gefahr hin, ohne Zuspruch
des Königs, wagt, sich einzumischen in
So ein gefährlich Ding, es selbst zu haspeln.

Condé

My lord, unnötig über Guise zu staunen;
Denn was er tut, der Papst erkennt es an.
Sei's Mord, Verbrechen, jedwede Diktatur.

Nav.⟨arra⟩

Doch Er, der über Wolken sitzt und herrscht,
Sieht, hört die Bitten der Gerechten
und wird das Blut der Unschuldigen rächen,
die Guise, sein Herz verratend, traf, durch Mord
unzeitig ihrem Ende hingegeben. |

Admiral

My lord, und habt Ihr aufgemerkt, wie Guisens brüder,
Herzog Dumaine und der Herr Kardinal
ob eurer Eheschließung tobten, weil

das Haus Bourbon jetzt zur Regierung kommt
und eur Geschlecht die Krone Frankreichs faßt?

Navarra

Darum zeigt Guise die Stirne uns gerunzelt –
und drischt sein Hirn, daß er uns finge in seiner Grube⟨,⟩*
die er mit Todesködern ausstaffiert hat.
Ihr Herren, kommt, und beten laßt uns, daß Gott
das Recht in Frankreich möge schützen und lasse
sein Evangelium in diesem Land gedeihen. (ab⟨⟩)

Haus des Herzogs Guise
Zimmer

Guise (allein)

Wenn jemals Hymen Ehefreuden fälschte,
mit blakem Licht den Altar schmückte;
Wenn Sonne je das Firmament befleckte
mit geilem Blutrauch, gräßlich diese Welt begrinsend;
Wenn Tag in Nacht verworren, Nacht ein Gleichnis
Der Biß und Schrecken aller Höllen – dies heut,
die Stunde jetzt, die Abgrundtiefe Nacht
Soll ganz dem Ungestüm die Wage halten.
Apotheker!

Apoth.⟨eker⟩ (kom⟨m⟩t)

My lord?

Guise

Nun will ich prüfen, danach voll belohnen
die Liebe, die Du zu dem Hause Guise trägst.
Wo hast Du jene parfümierten Handschuh,
die ich dir sandte, daß Du sie vergiftest?
Ist es vollbracht? Sprich. Jedes nur dranriechen
wird Todespein auslösen?

Apothe.⟨ker⟩

Hier sind sie, lieber Herr, und jeder, der
den Atem daran einsaugt, stirbt. |

Guise

Entschlossen bleibst du auch?*

Ap⟨o⟩th.⟨eker⟩

Ja, Herr, was Euer Gnaden mir befiehlt, geschieht.
Bis an den Tod.

Guise

Dank, lieber Freund: die Liebe Dir vergelt ich.
Geh also, schenk der Königin Navarra
das da⟨;⟩* sie ist vor unsren Augen
der ungeheure Schandfleck, der in Frankreich
dieser Emporkömmlinge Ketzerei aufzieht.
Eil dich, mein Freund, mach Dein Gechenk sogleich.
(Apotheker ab)
Landsknecht! (Landsknecht herein)

Landsknecht

My lord?

Guise

Heran komm!
Dies ist deine Rolle im Trauerspiel:
Aus einem Fenster, |* nach der Straße hin geöffnet, lehn dich.
Und wenn Du siehst den Admiral vorüberreiten
Feur Deine Büchse ab, gib ihm den Tod.
Danach lohn ich Dich reichlich mit Dukaten.

Landsknecht

Gewiß, my lord. (ab.)

Guise

Nun Guise, versenk in jene tief geborenen
Gedanken dich, daß jene nie vergehnden Flammen,
nach außen züngeln. – Blut nur kann sie löschen.
Oft hab erwogen ich und dann erfahren, daß
Gefahr des Glückes Hauptstraß sei.
Entschlossenheit der Ehre reinstes Ziel.
Was für ein Ruhm ist an gemeinen Gütern,
die jedem Bauern zum Erreichen hängen?
Was jenseits meiner Kraft, lieb ich am meisten.
Die hohen Pyramiden gib mir auf zu stürmen,
die Krone Frankreichs doch darauf als Gipfel:
Entweder will ich sie mit meinen Nägeln
Zu Nichts zerkratzen oder mit
von Ehrgeiz aufgedunsnen Schwingen überklettern. – |
⟨Obgleich⟩* mein Absturz tiefste Hölle wär.
Dafür wach ich, wenn andre mich im Schlafe wähnen
Darauf wart ich, was sonst der Mühe spottet;
Darum mein Durst, unstillbar; [. . .]

Dafür den Kopf, dies Herz, Hand, Schwert
Gedanken, Bilder und Aktion⟨s⟩pläne –
Gewichtige Sachen, nach denen viele streben
Doch niemand hat genug Verstand.
Mich hat der Himmel deshalb auf die Erd gestellt.
Deshalb trägt Erde meines Körpers Schwere,
Und dem Gewicht von mir will einer Krone
Ich die Wage halten, mit Terror sonst[?]
erschöpfen jedermann. Mein Baugrund doch
Des Königs Sippschaft üppige Fürsprach ist.
Prächtige Katholiken Spaniens senden,
französische Dukaten mir zu münzen
Indianisch Gold. vom Pabst Geschenke,
Pfründe, dazu ein Generalerlaß.
Im Fundament soviele Vorteil,
darüber schlau[?] Religion errichtet.
Religion – was wär sie ohne Teufel.
Und ohne Teufelei, wie überflüssig
Gebete dann. Wenn unser Fleisch
was Bessres war als Dreck, was brauchten wir
Des Segens und der Zuversicht?
Wenn zeitlich nicht der Plunder unsres Leibes,
Wozu Geschrei nach Ewigkeit?
Wenn Glück nicht kostbar, selten wie Demanten,
Wozu Verheißung auf Erfüllungen im Jenseits?
Wenn uns das Eingeweid die Seele nicht verbrennte
mit Wünschen, mit der Sucht, gelobt zu sein,
sei's auch auf krummen Wegen, im Gegär der Jauche,
wozu die Seufzer dann, daß wir uns rein erhielten?
Wenn Leidenschaft nicht wär, nicht Bilder in uns,
wie aus zerstampfter Frucht, doch blutiger
und übelriechend, vermodert und vermadet, doch
wir schnüffeln daran, wozu dann Predigt und
Ermahnung, wozu der Troß
der Priester und Bekehrer?
Nur weil wir sind wie wir erschaffen sind,
abwärts gerichtet unser Blick
nach innrer Lust, die uns verschwiegen macht – |
Zu allen Sünden – Oh, höchst unvollkommen. –

Pfui! Was ich auch schein, ich schäm mich.
Des Teufels Narr, ein Wort von kleinem Laut;
doch meine große Sache ist darauf gebaut.
(wieder leise)
Der hübsche König, im Vergnügen unbedacht,
schwächt seinen Körper, und sein Reich zerfällt,
wenn ich nicht aufricht, was er niederreißt.
Ich, wie ein Kind, umgarne ihn mit Worten,
Sein Titel, wie zur Probe, hängt ihm an.
Ich übe aus, und er trägt alle Schuld⟨.⟩
Die Königin Mutter schafft meiner Absicht Wunder,
und meine Glut, sargt Frankreichs Hoffnung ein.
Das Schatzhaus ⟨weid⟩* dann ich plündernd aus,
um Nötiges und Wunschträume zu stillen.
Paris hat an fünfhundert Stiftungen
Als Klöster, Priorate und Abteien,
Darinnen dreißigtausend unerschrockne Männer,
Zudem eintausend derbe katholische Studenten
Und weiter, nur mir bekannt, in eines Klosters
Verschwiegenheit, fünfhundert tolle Franziskaner.
Sie alle, mehr, wenn ihre Zahl zu heben noch, bringen
die Sehnsucht mir ans Ziel. Dann, Guise
[...]*
als sicherste Gewißheit nimm's
da alle Karten jetzt in Deiner Hand sind,
zum Mischen oder Stechen, richtig oder Falsch,
Du gibst Dir einen König.
Bedenk[?] Navarra! – Nur ein Zipfel Frankreichs,
Doch groß genug für solchen Zwergenkönig,
nicht zu gering, mit seinem Ketzerpöbel
Europa blind zu machen, krank allen Wohlstand – Ketzer-
pöbel*
Ihn werden wir (weist auf sein Schwert) ⟨–⟩
Doch erst alle französischen gehetzt,
die Uns am Eigentum der Krone hindern.
Wie Cäsar sein⟨en⟩ Krieger⟨n⟩, so sag ich:
Meine Hasser will ich Abscheu lehren.
Ein Aussehn, das, zieh ich die Brauen kraus
Läßt gelben Tod in meines Antlitz Furchen zeichnen;

Hand, die mit einem Griff die Welt umfaßt;
Ohr, das der Verleumder Zunge hört.
Thron, Scepter, Krone, feuerglänzend, |
Daß denen, die sie schauen⟨,⟩ wird wie Männern,
die dastehn und die Sonne starr bestaunen. –
Verschwörung, angezettelt ist sie, Dinge
Wollen ihren Lauf, Geschehen schreitet
Wo klares Ziel für seine Siege streitet.

⟨4/5 der Seite bleiben unbeschriftet⟩ |

Zimmer des Schlosses
Herzog von Anjou, Duke Joyeux

Anjou
Die Langeweile dieser Stadt Paris,
da ich nicht König bin, würd mich mit Schlaf ersticken,
wenn Du mir nicht zurseite wärst mit Spielen,
von denen man die Sonne ausschließt.

Joyeux.
Den Tag zu Nacht, die Nacht zum Tage machen,
die Schönheit wird erst Reif zur Lust, wenn sie
im ⟨Purpurglanz⟩* der Kerzen funkelt. Und Süßigkeit
ist wenig, Duft ist mehr, doch beide nichts,
wenn derbe Kost nicht weichem Gaumenkitzel folgt.

Anj⟨o⟩u.
Die Zunge fabelt, weiß Dein Hirn schon Taten?

Joeyx
Habt Ihr vergessen, daß ich Euch versprach,
frisch, fast noch staubig von dem langen Ritt,
ganz unverdorbnes baurisch grobes Fleisch,
kurz einen Junker, kaum erwachsen, hübsch,
wie Gesundheit in so jungen Jahren ist,
heut abend noch herein zu bringen?

Anjou
Nicht solche Neuigkeit, du weißt,
ich liebe Unerzogne Sachen[?] nicht.

Joeuy

Nicht unerfahren ist der Bursche, die Sucht
nach Abenteuern trieb ihn an, sein Pferd zu satteln
und seinem Bauernschloß lebe wohl zu sagen.

Anjou

Laß ihn nur eine Nachtlang vor der Türe warten
Das ist erzieherisch für ihn, bequem für uns,
und Huren findet er auch morgen. Ich mag ihn nicht.

Joyeux

Er ist ein Werkzeug, unbekannt wozu,
mit ihm zu sprechen wird nicht schädlich sein.
Wir werden hinterher noch herzlich lachen,
wenn er in unserer Fragen Fallen ging. |

Anjou

Du dringst in mich, vielleicht zu Deinem Schaden.

Joyeux

Wenn Euch was Leckres mundet, spür ich keinen Neid.

Anjou

Viel gut gestellte Worte wecken Neugier.
Laß ihn herein. Und wie er heißt, verrate.

Joyeux

Mugeroun.

Anjou

Ich hab nicht recht gehört.

Joyeux (sehr laut)

Mugeroun.

Mugeroun (tritt ein.)

Da ist er. Mit der Tür in der Hand. Vor einem Augenblick noch war er draußen. Und noch diesen Augenblick hat er eine hölzerne Wand vor das draußen gelegt und ist drinnen. Und ist zugleich vom Tag in die Nacht gefallen.

Anjou

Ein guter Anfang.

Mugeroun.

Sie müssen mir glauben, edle Herren, oder wer Sie seien, ich habe noch niemals vorher eine so schnelle Verwandlung vom Tag zur Nacht erlebt. Eine Nacht mit allem Zubehör. Kerzen. Eine reichgedeckte Tafel, Wein, Betten. Und wenn ich suche, finde ich gewiß auch etwas jenes lebendigen Fleisches, das wir am meisten lieben.

Joyeux

Halt. Mag Deine Rede auch gut sein, sie ist zu hastig vorgetragen. Was Du bestaunst, das atmosphärische Wunder,

⟨Textabbruch⟩
⟨ca. ⅓ der Seite unbeschriftet⟩ |
⟨Zwei weitere Seiten bleiben unbeschriftet⟩

Auftritt: König von Navarra, Königin Margaretha, die alte Königin Navarra, der Prinz Condé, der Admiral. Der Apotheker, begegnet ihnen. Er gibt der alten Königin die Handschuhe.

Apotheker

Herrin, Euer Gnaden
Ich fleh euch an, nehmt diese kleine Gabe.

Alte König⟨in⟩ v. N.

Dank, lieber Freund. Halt, nimm den Entgelt. (Gibt eine Börse)

Apothek⟨er⟩

Demütig dank ich Eurer Majestät. (ab)

Alte K. v. Navarra

Die Handschuh haben einen sehr starken Duft,
der mir Kopfschmerzen macht, dünkt mich.

Navarra

Kennt Euer Gnaden nicht den Mann, der sie Euch gab?

Alte K v. Na.

Nicht eigentlich; bekannt doch schien er mir.

Admiral

Euer Gnaden waren unbedacht bei so
gefahrerfüllten Zeiten dieses anzunehmen.

Alt. K. v. N.

Navarra, Sohn, hilf, ich bin vergiftet.

Margarethe

Behüt der Himmel euch vor solchem Unfall!

Navarra

Argwohn gegen den Herzog Guise, verdoppelt jüngst,
Hätt Eure Hoheit achtsam machen dürfen
Sich mit Geschenken, so gefährlich, einzulassen.

⟨Margarethe⟩*

Wenn Wahrheit dies, zu spät, geliebter Herr
zu tadeln Ihre Hoheit; doch hoff ich, nur
natürliches Geschehen macht sie krank.

Alte Königin

Nein, teure Margaretha, das
verhängnisvolle Gift sprengt meinen Schädel,
wirkt. Mein Herz verödet. Ach, ich sterbe. (Stirbt)

Navarra

Die Mutter mir, o großer Gott, vergiftet
vor meinen Augen! Was für Zeiten das!
O süßer, gnädiger Gott, end meine Tage auch
daß ich hier stürbe und mit ihr auferstände! |

Margarethe

Laßt nicht den schweren Zufall, lieber Herr,
(zerfetzt ist meine Seele von den Folgen)
die edle Brust aufs Neue Euch[?] zersetzen,
um zu verschlimmen unser plötzlich Mißgeschick.

Adm.⟨iral⟩

Mylords, fasst an,
Laßt uns von hinnen ihren Leichnahm tragen und
mit Trauerfeiern ehren, wie sich's ziemt.

(Wie sie sich aufmachen, schießt der Soldat auf den Admiral)

Condé

Was hat denn Euch gepackt, Lord Admiral?

Admiral

Aesch, mein Lieber, durch den Arm geschossen.

Navarra

Wir sind verraten! Auf, Mylords,
Zum König, dies ihm zu berichten.

Admiral

Verdammte
Guisianer, die den Tod uns bringen! Ach,
Verhängnisvoll ist diese Heirat für uns alle.
[alle ab, indem sie den Leichnam der Alten Königin Navarra forttragen.)

König Karl, Katharina, Guise, Anjou, Dumaine

Katharina

Mein wohlgeborner Sohn, fürstlicher Guise,
Jetzt haben wir den bösen wirr streifenden Hirsch
Im Umkreis eines todbringenden Netzes.
Und, wie wir jüngst beschlossen, nunmehr handeln

⟨Textabbruch⟩

⟨CHRISTOPHER MARLOWE
THE MASSACRE AT PARIS
ARBEITSNOTIZEN⟩

THE MASSACRE AT PARIS

DRAMATIS PERSONÆ

CHARLES THE NINTH, *King of France.*
DUKE OF ANJOU, *his brother, afterwards* KING HENRY THE THIRD.
KING OF NAVARRE.
PRINCE OF CONDÉ, *his cousin.*
DUKE OF GUISE,
CARDINAL OF LORRAINE, } *brothers.*
DUKE DUMAINE,
SON TO THE DUKE OF GUISE, *a boy.*
THE LORD HIGH ADMIRAL.
DUKE JOYEUX.
EPERNOUN.
PLESHÉ.
BARTUS.
TWO LORDS OF POLAND.
GONZAGO.
RETES.
MOUNTSORRELL.
MUGEROUN.
THE CUTPURSE.
LOREINE, *a preacher.*
SEROUNE.
RAMUS.
TALÆUS.
FRIAR.
SURGEON.
ENGLISH AGENT.
APOTHECARY.
CAPTAIN OF THE GUARD, PROTESTANTS, SCHOOLMASTERS, SOLDIERS, MURDERERS, ATTENDANTS, *etc.*

CATHERINE, *the Queen-Mother of France.*
MARGARET, *her daughter, wife to the* KING OF NAVARRE.
THE OLD QUEEN OF NAVARRE.
DUCHESS OF GUISE.
WIFE *to* SEROUNE.
MAID *to the* DUCHESS OF GUISE.

Enter CHARLES, *the French king;* CATHERINE, *the Queen-Mother; the* KING OF NAVARRE; MARGARET, *Queen of Navarre; the* PRINCE OF CONDÉ; *the* LORD HIGH ADMIRAL; *the* OLD QUEEN OF NAVARRE; *with others.*

Char. Prince of Navarre, my honourable brother,
Prince Condé, and my good Lord Admiral,
I wish this union and religious league,
Knit in these hands, thus join'd in nuptial rites,
May not dissolve till death dissolve our lives;
And that the native sparks of princely love,
That kindled first this motion in our hearts,
May still be fuell'd in our progeny.
Nav. The many favours which your grace hath shown,
From time to time, but specially in this,
Shall bind me ever to your highness' will,
In what Queen-Mother or your grace commands.

Die Berichte der Blutbäder | Nächte der langen Messer,
werden Henry berichtet

Ziemlich im Anfang eine Zcene
zwischen Henry, Mugeroun + Joiyeux,
(Wahl zwischen Stute oder Frau)
Sehr intim.

Blutbäder von Paris.

Cath. Thanks, son Navarre. You see we love you well,
That link you in marriage with our daughter here;
And, as you know, our difference in religion
Might be a means to cross you in your love.—
Char. Well, madam, let that rest.—
And now, my lords, the marriage-rites perform'd,
We think it good to go and consummate
The rest with hearing of a holy mass.—
Sister, I think yourself will bear us company.
Mar. I will, my good lord.
Char. The rest that will not go, my lords, may stay.—
Come, mother,
Let us go to honour this solemnity.
Cath. Which I'll dissolve with blood and cruelty. [*Aside.*
[*Exeunt all except the King of Navarre, Condé, and the Admiral.*
Nav. Prince Condé, and my good Lord Admiral,
Now Guise may storm, but do us little hurt,
Having the king, Queen-mother on our sides,
To stop the malice of his envious heart,
That seeks to murder all the Protestants.
Have you not heard of late how he decreed
(If that the king had given consent thereto)
That all the protestants that are in Paris
Should have been murdered the other night?
Adm. My lord, I marvel that th' aspiring Guise
Dares once adventure, without the king's consent,
To meddle or attempt such dangerous things.
Con. My lord, you need not marvel at the Guise,
For what he doth, the Pope will ratify,
In murder, mischief, or in tyranny.
Nav. But he that sits and rules above the clouds
Doth hear and see the prayers of the just,
And will revenge the blood of innocents,
That Guise hath slain by treason of his heart,
And brought by murder to their timeless ends.
Adm. My lord, but did you mark the Cardinal,
The Guise's brother, and the Duke Dumaine,
How they did storm at these your nuptial rites,
Because the house of Bourbon now comes in,
And joins your lineage to the crown of France?
Nav. And that's the cause that Guise so frowns at us,
And beats his brains to catch us in his trap,

Which he hath pitch'd within his deadly toil.
Come, my lords, let's go to the church, and pray
That God may still defend the right of France,
And make his Gospel flourish in this land. [*Exeunt.*

Enter GUISE.

Guise. If ever Hymen lour'd at marriage-rites,
And had his altars deck'd with dusky lights;
If ever sun stain'd heaven with bloody clouds,
And made it look with terror on the world;
If ever day were turn'd to ugly night,
And night made semblance of the hue of hell;
This day, this hour, this fatal night,
Shall fully show the fury of them all.—
Apothecary!

Enter APOTHECARY.

Apoth. My lord?
Guise. Now shall I prove, and guerdon to the full,
The love thou bear'st unto the house of Guise.
Where are those perfum'd gloves which I sent
To be poison'd? hast thou done them? speak;
Will every savour breed a pang of death?
Apoth. See where they be, my good lord; and he that smells
But to them, dies.
Guise. Then thou remain'st resolute?
Apoth. I am, my lord, in what your grace commands,
Till death.
Guise. Thanks, my good friend: I will requite thy love.
Go, then, present them to the Queen Navarre;
For she is that huge blemish in our eye,
That makes these upstart heresies in France:
Be gone, my friend, present them to her straight.
[*Exit Apothecary.*
Soldier!

Enter a Soldier.

Sold. My lord?
Guise. Now come thou forth, and play thy tragic part.
Stand in some window, opening near the street,
And when thou see'st the Admiral ride by,
Discharge thy musket, and perform his death;
And then I'll guerdon thee with store of crowns.
Sold. I will, my lord. [*Exit.*
Guise. Now, Guise, begin those deep-engender'd thoughts

Köder

hervorbringen

Emporköm⟨m⟩ling
Ketzere⟨i⟩

To burst abroad those never-dying flames
Which cannot be extinguished but by blood.
Oft have I levell'd, and at last have learn'd
That peril is the chiefest way to happiness,
And resolution honour's fairest aim.
What glory is there in a common good,
That hangs for every peasant to achieve?
That like I best, that flies beyond my reach.
Set me to scale the high Pyramides,
And thereon set the diadem of France;
I'll either rend it with my nails to naught,
Or mount the top with my aspiring wings,
Although my downfall be the deepest hell.
For this I wake, when others think I sleep,
For this I wait, that scorn attendance else;
For this, my quenchless thirst, whereon I build,
Hath often pleaded kindred to the king;
For this, this head, this heart, this hand, and sword,
Contrives, imagines, and fully executes,
Matters of import aimed at by many,
Yet understood by none;
For this, hath heaven engender'd me of earth;
For this, this earth sustains my body's weight,
And with this weight I'll counterpoise a crown,
Or with seditions weary all the world;
For this, from Spain the stately Catholics
Send Indian gold to coin me French ecues;
For this, have I a largess from the Pope,
A pension, and a dispensation too;
And by that privilege to work upon,
My policy hath fram'd religion.
Religion! *O Diabole!*
Fie, I am asham'd, however that I seem,
To think a word of such a simple sound,
Of so great matter should be made the ground!
The gentle king, whose pleasure uncontroll'd
Weakeneth his body, and will waste his realm,
If I repair not what he ruinates,—
Him, as a child, I daily win with words,
So that for proof he barely bears the name;
I execute, and he sustains the blame.
The Mother-Queen works wonders for my sake,
And in my love entombs the hope of France,

platzen außen
auslöschen

Hier einschieben

Rifling the bowels of her treasury,
To supply my wants and necessity.
Paris hath full five hundred colleges,
As monasteries, priories, abbeys, and halls,
Wherein are thirty thousand able men,
Besides a thousand sturdy student Catholics;
And more,—of my knowledge, in one cloister keep
Five hundred fat Franciscan friars and priests:
All this, and more, if more may be compris'd,
To bring the will of our desires to end.
Then, Guise,
Since thou hast all the cards within thy hands,
To shuffle or cut, take this as surest thing,
That, right or wrong, thou deal thyself a king.—
Ay, but, Navarre,—'tis but a nook of France,
Sufficient yet for such a petty king,
That, with a rabblement of his heretics,
Blinds Europe's eyes, and troubleth our estate.
Him will we—[*Pointing to his sword.*] but first let's follow those in France
That hinder our possession to the crown.
As Cæsar to his soldiers, so say I,—
Those that hate me will I learn to loathe.
Give me a look, that, when I bend the brows,
Pale death may walk in furrows of my face;
A hand, that with a grasp may gripe the world;
An ear to hear what my detractors say;
A royal seat, a sceptre, and a crown;
That those which do behold them may become
As men that stand and gaze against the sun.
The plot is laid, and things shall come to pass
Where resolution strives for victory. [*Exit.*

Enter the KING OF NAVARRE, QUEEN MARGARET, *the* OLD QUEEN OF NAVARRE, *the* PRINCE OF CONDÉ, *and the* ADMIRAL; *they are met by the* Apothecary *with the gloves, which he gives to the* OLD QUEEN.

Apoth. Madam,
I beseech your grace to accept this simple gift.
Old Q. of Nav. Thanks, my good friend. Hold, take thou this reward. [*Gives a purse.*
Apoth. I humbly thank your majesty. [*Exit.*

Old Q. of Nav. Methinks the gloves have a very strong perfume,
The scent whereof doth make my head to ache.
Nav. Doth not your grace know the man that gave them you?
Old Q. of Nav. Not well; but do remember such a man.
Adm. Your grace was ill-advis'd to take them, then,
Considering of these dangerous times.
Old Q. of Nav. Help, son Navarre! I am poison'd!
Mar. The heavens forbid your highness such mishap!
Nav. The late suspicion of the Duke of Guise
Might well have mov'd your highness to beware
How you did meddle with such dangerous gifts.
Mar. Too late, it is, my lord, if that be true,
To blame her highness; but I hope it be
Only some natural passion makes her sick.
Old Q. of Nav. O, no, sweet Margaret! the fatal poison
Works within my head; my brain-pan breaks;
My heart doth faint; I die! [*Dies.*
Nav. My mother poison'd here before my face!
O gracious God, what times are these!
O, grant, sweet God, my days may end with hers,
That I with her may die and live again!
Mar. Let not this heavy chance, my dearest lord,
(For whose effects my soul is massacred),
Infect thy gracious breast with fresh supply
To aggravate our sudden misery.
Adm. Come, my lords, let us bear her body hence,
And see it honoured with just solemnity.
[*As they are going out, the Soldier dischargeth his musket at the Admiral.*
Con. What, are you hurt, my Lord High Admiral?
Adm. Ay, my good lord, shot through the arm.
Nav. We are betray'd! Come, my lords,
And let us go tell the king of this.
Adm. These are
The cursed Guisians, that do seek our death.
O, fatal was this marriage to us all.
[*Exeunt, bearing out the body of the Old Queen of Navarre.*

Enter KING CHARLES, CATHERINE *the Queen-Mother,* GUISE, ANJOU, *and* DUMAINE.

Cath. My noble son, and princely Duke of Guise,
Now have we got the fatal, straggling deer

verödet

Within the compass of a deadly toil,
And, as we late decreed, we may perform.
Char. Madam, it will be noted through the world
An action bloody and tyrannical;
Chiefly, since under safety of our word
They justly challenge their protection:
Besides, my heart relents that noblemen,
Only corrupted in religion,
Ladies of honour, knights, and gentlemen,
Should, for their conscience, taste such ruthless ends.
Anj. Though gentle minds should pity others' pains,
Yet will the wisest note their proper griefs,
And rather seek to scourge their enemies
Than be themselves base subjects to the whip.
Guise. Methinks my Lord Anjou hath well advis'd
Your highness to consider of the thing,
And rather choose to seek your country's good
Than pity or relieve these upstart heretics.
Cath. I hope these reasons may serve my princely son
To have some care for fear of enemies.
Char. Well, madam, I refer it to your majesty,
And to my nephew here, the Duke of Guise:
What you determine, I will ratify.
Cath. Thanks to my princely son.—Then tell me, Guise,
What order will you set down for the massacre?
Guise. Thus, madam. They
That shall be actors in this massacre
Shall wear white crosses on their burgonets,
And tie white linen scarfs about their arms;
He that wants these, and is suspect of heresy,
Shall die, be he king or emperor. Then I'll have
A peal of ordnance shot from the tower, at which
They all shall issue out, and set the streets,
And then,
The watchword being given, a bell shall ring,
Which when they hear, they shall begin to kill,
And never cease until that bell shall cease;
Then breathe a while.

Enter the ADMIRAL's Serving-Man.

Char. How now, fellow! what news?
Serv.-M. An it please your grace, the Lord High Admiral,
Riding the streets, was traitorously shot;

And most humbly entreats your majesty
To visit him, sick in his bed,
Char. Messenger, tell him I will see him straight.
[*Exit Serv.-M.*
What shall we do now with the Admiral?
Cath. Your majesty were best go visit him,
And make a show as if all were well.
Char. Content; I will go visit the Admiral.
Guise. And I will go take order for his death.
[*Exeunt Catherine and Guise.*

The ADMIRAL *discovered in bed.*

Char. How fares it with my Lord High Admiral?
Hath he been hurt with villains in the street?
I vow and swear, as I am King of France,
To find and to repay the man with death,
With death delay'd and torments never us'd,
That durst presume, for hope of any gain,
To hurt the nobleman his sovereign loves.
Adm. Ah, my good lord, these are the Guisians,
That seek to massacre our guiltless lives!
Char. Assure yourself, my good Lord Admiral,
I deeply sorrow for your treacherous wrong;
And that I am not more secure myself
Than I am careful you should be preserv'd.—
Cousin, take twenty of our strongest guard,
And, under your direction, see they keep
All treacherous violence from our noble friend;
Repaying all attempts with present death
Upon the cursed breakers of our peace.—
And so be patient, good Lord Admiral,
And every hour I will visit you.
Adm. I humbly thank your royal majesty.
[*Exeunt Charles, etc. Scene closes.*

Enter GUISE, ANJOU, DUMAINE, GONZAGO, RETES, MOUNTSORRELL, *and* Soldiers, *to the massacre.*

Guise. Anjou, Dumaine, Gonzago, Retes, swear,
By the argent crosses in your burgonets,
To kill all that you suspect of heresy.
Dum. I swear by this, to be unmerciful.
Anj. I am disguis'd, and none knows who I am,
And therefore mean to murder all I meet.

1. Akt
Schluß

Gon. And so will I.
Retes. And I.
Guise. Away, then! break into the Admiral's house.
Retes. Ay, let the Admiral be first despatch'd.
Guise. The Admiral,
Chief standard-bearer to the Lutherans,
Shall in the entrance of this massacre
Be murder'd in his bed.
Gonzago, conduct them thither; and then
Beset his house, that not a man may live.
Anj. That charge is mine.—Switzers, keep you the streets;
And at each corner shall the king's guard stand.
Gon. Come, sirs, follow me. [*Exit Gonzago with others.*
Anj. Cousin, the captain of the Admiral's guard,
Plac'd by my brother, will betray his lord.
Now, Guise, shall Catholics flourish once again;
The head being off, the members cannot stand.
Retes. But look, my lord, there's some in the Admiral's house.
[*The Admiral discovered in bed; Gonzago and others in the house.*
Anj. In lucky time: come, let us keep this lane,
And slay his servants that shall issue out.
Gon. Where is the Admiral?
Adm. O, let me pray before I die!
Gon. Then pray unto our Lady; kiss this cross. [*Stabs him.*
Adm. O God, forgive my sins! [*Dies.*
Guise. Gonzago, what, is he dead?
Gon. Ay, my lord.
Guise. Then throw him down.
[*The body of the Admiral is thrown down.*
Anj. Now, cousin, view him well:
It may be 'tis some other, and he escap'd.
Guise. Cousin, 'tis he; I know him by his look:
See where my soldier shot him through the arm;
He miss'd him near, but we have struck him now.—
Ah, base Chatillon and degenerate,
Chief standard-bearer to the Lutherans,
Thus, in despite of thy religion,
The Duke of Guise stamps on thy lifeless bulk!
Anj. Away with him! cut off his head and hands,
And send them for a present to the Pope;
And, when this just revenge is finished,

L 383

Unto Mount Faucon will we drag his corse;
And he, that living hated so the Cross,
Shall, being dead, be hang'd thereon in chains.

Guise. Anjou, Gonzago, Retes, if that you three
Will be as resolute as I and Dumaine,
There shall not be a Huguenot breathe in France.

Anj. I swear by this cross, we'll not be partial,
But slay as many as we can come near.

Guise. Mountsorrell, go shoot the ordnance off,
That they, which have already set the street,
May know their watchword; then toll the bell,
And so let's forward to the massacre.

Mount. I will, my lord. [*Exit.*

Guise. And now, my lords, let's closely to our business.

Anj. Anjou will follow thee.

Dum. And so will Dumaine.

[*The ordnance being shot off, the bell tolls.*

Guise. Come, then, let's away. [*Exeunt.*

Enter GUISE, *and the rest, with their swords drawn, chasing the Protestants.*

Guise. *Tuez, tuez, tuez!* Hier ergänzen.
Let none escape! murder the Huguenots!

Anj. Kill them! kill them! [*Exeunt.*

Enter LOREINE, *running;* GUISE *and the rest pursuing him.*

Guise. Loreine, Loreine! follow Loreine!—Sirrah,
Are you a preacher of these heresies?

Lor. I am a preacher of the word of God;
And thou a traitor to thy soul and him.

Guise. "Dearly beloved brother,"—thus 'tis written.

[*Stabs Loreine, who dies.*

Anj. Stay, my lord, let me begin the psalm.

Guise. Come, drag him away, and throw him in a ditch.

[*Exeunt with the body*

Enter MOUNTSORRELL, *and knocks at* SEROUNE'S *door.*

Seroune's Wife [*within*]. Who is that which knocks there?

Mount. Mountsorrell, from the Duke of Guise.

Seroune's Wife [*within*]. Husband, come down; here's one would speak with you.
From the Duke of Guise.

Hier ergänzen.

Enter SEROUNE *from the house.*

Ser. To speak with me, from such a man as he?
Mount. Ay, ay, for this, Seroune; and thou shalt ha't.
[*Showing his dagger.*
Ser. O, let me pray, before I take my death!
Mount. Despatch, then, quickly.
Ser. O Christ, my Saviour!
Mount. Christ, villain!
Why, darest thou to presume to call on Christ,
Without the intercession of some saint?
Sanctus Jacobus, he's my saint; pray to him.
Ser. O, let me pray unto my God!
Mount. Then take this with you.
[*Stabs Seroune, who dies; and then exit.*

Enter RAMUS, *in his study.*

Ramus. What fearful cries come from the river Seine,
That fright poor Ramus sitting at his book!
I fear the Guisians have pass'd the bridge,
And mean once more to menace me.

Enter TALÆUS.

Tal. Fly, Ramus, fly, if thou wilt save thy life!
Ramus. Tell me, Talæus, wherefore should I fly?
Tal. The Guisians are
Hard at thy door, and mean to murder us:
Hark, hark, they come! I'll leap out at the window.
Ramus. Sweet Talæus, stay.

Enter GONZAGO *and* RETES.

Gon. Who goes there?
Retes. 'Tis Talæus, Ramus' bedfellow.
Gon. What art thou?
Tal. I am, as Ramus is, a Christian.
Retes. O, let him go; he is a Catholic. [*Exit Talæus.*
Gon. Come, Ramus, more gold, or thou shalt have the stab.
Ramus. Alas, I am a scholar! how should I have gold?
All that I have is but my stipend from the king,
Which is no sooner receiv'd but it is spent.

Enter GUISE, ANJOU, DUMAINE, MOUNTSORRELL, *and* Soldiers.

Anj. Who have you there?
Retes. 'Tis Ramus, the king's Professor of Logic.

Hier Straßenzcene

Der unliebsame Gelehrte.

Guise. Stab him.
Ramus. O, good my lord,
Wherein hath Ramus been so offensious?
Guise. Marry, sir, in having a smack in all,
And yet didst never sound anything to the depth.
Was it not thou that scoff'dst the *Organon*,
And said it was a heap of vanities?
He that will be a flat dichotomist,
And seen in nothing but epitomes,
Is in your judgment thought a learned man;
And he, forsooth, must go and preach in Germany,
Excepting against doctors' axioms,
And *ipse dixi* with this quiddity,
Argumentum testimonii est inartificiale.
To contradict which, I say, Ramus shall die:
How answer you that? your *nego argumentum*
Cannot serve, sirrah.—Kill him.
Ramus. O, good my lord, let me but speak a word!
Anj. Well, say on.
Ramus. Not for my life do I desire this pause;
But in my latter hour to purge myself,
In that I know the things that I have wrote,
Which, as I hear, one Scheckius takes it ill,
Because my places, being but three, contain all his.
I knew the *Organon* to be confus'd,
And I reduc'd it into better form:
And this for Aristotle will I say,
That he that despiseth him can ne'er
Be good in logic or philosophy;
And that's because the blockish Sorbonnists
Attribute as much unto their [own] works
As to the service of the eternal God.
Guise. Why suffer you that peasant to declaim?
Stab him, I say, and send him to his friends in hell.
Anj. Ne'er was there collier's son so full of pride.
[*Stabs Ramus, who dies.*
Guise. My Lord of Anjou, there are a hundred Protestants,
Which we have chas'd into the river Seine,
That swim about, and so preserve their lives:
How may we do? I fear me they will live.
Dum. Go place some men upon the bridge,
With bows and darts, to shoot at them they see,
And sink them in the river as they swim.

Guise. 'Tis well advis'd, Dumaine; go see it straight be
done. [*Exit Dumaine.*
And in the meantime, my lord, could we devise
To get those pedants from the King Navarre,
That are tutors to him and the Prince of Condé—
Anj. For that, let me alone: cousin, stay you here,
And when you see me in, then follow hard.

ANJOU *knocketh at the door; and enter the* KING OF NAVARRE *and the* PRINCE OF CONDÉ, *with their two* Schoolmasters.

How now, my lords! how fare you?
Nav. My lord, they say
That all the Protestants are massacred.
Anj. Ay, so they are; but yet, what remedy?
I have done what I could to stay this broil.
Nav. But yet, my lord, the report doth run,
That you were one that made this massacre.
Anj. Who, I? you are deceiv'd; I rose but now.

GUISE, GONZAGO, RETES, MOUNTSORRELL, *and* Soldiers, *come forward.*

Guise. Murder the Huguenots! take those pedants hence!
Nav. Thou traitor, Guise, lay off thy bloody hands!
Con. Come, let us go tell the king.
[*Exit with the King of Navarre.*
Guise. Come, sirs,
I'll whip you to death with my poniard's point.
[*Stabs the Schoolmasters, who die.*
Anj. Away with them both!
[*Exeunt Anjou and Soldiers with the bodies.*
Guise. And now, sirs, for this night let our fury stay.
Yet will we not that the massacre shall end:
Gonzago, post you to Orleans,
Retes to Dieppe, Mountsorrell unto Rouen,
And spare not one that you suspect of heresy.
And now stay
That bell, that to the devil's matins rings.
Now every man put off his burgonet,
And so convey him closely to his bed. [*Exeunt.*

Enter ANJOU, *with two* Lords of Poland.

Anj. My lords of Poland, I must needs confess,
The offer of your Prince Elector's far
Beyond the reach of my deserts;

begründen

Schilderung
warum anhalten

For Poland is, as I have been inform'd,
A martial people, worthy such a king
As hath sufficient counsel in himself
To lighten doubts, and frustrate subtle foes;
And such a king, whom practice long hath taught
To please himself with manage of the wars,
The greatest wars within our Christian bounds,—
I mean our wars against the Muscovites,
And, on the other side, against the Turk,
Rich princes both, and mighty emperors.
Yet, by my brother Charles, our king of France,
And by his grace's council, it is thought
That, if I undertake to wear the crown
Of Poland, it may prejudice their hope
Of my inheritance to the crown of France;
For, if th' Almighty take my brother hence,
By due descent the regal seat is mine.
With Poland, therefore, must I covenant thus,—
That if, by death of Charles, the diadem
Of France be cast on me, then, with your leaves,
I may retire me to my native home.
If your commission serve to warrant this,
I thankfully shall undertake the charge
Of you and yours, and carefully maintain
The wealth and safety of your kingdom's right.

First Lord. All this, and more, your highness shall command,
For Poland's crown and kingly diadem.

Anj. Then, come, my lords, let's go. [*Exeunt.*

Enter two Men, *with the* ADMIRAL's *body.*

First Man. Now, sirrah, what shall we do with the Admiral?

Sec. Man. Why, let us burn him for an heretic.

First Man. O, no! his body will infect the fire, and the fire the air, and so we shall be poisoned with him.

Sec. Man. What shall we do, then?

First Man. Let's throw him into the river.

Sec. Man. O, 'twill corrupt the water, and the water the fish, and the fish ourselves, when we eat them!

First Man. Then throw him into the ditch.

Sec. Man. No, no. To decide all doubts, be ruled by me: let's hang him here upon this tree.

First Man. Agreed.

[*They hang up the body on a tree, and then exeunt.*

Enter GUISE, CATHERINE *the Queen-Mother, and the* CARDINAL OF LORRAINE, *with* Attendants.

Guise. Now, madam, how like you our lusty Admiral?
Cath. Believe me, Guise, he becomes the place so well
As I could long ere this have wish'd him there.
But come,
Let's walk aside; the air's not very sweet.
Guise. No, by my faith, madam.—
Sirs, take him away, and throw him in some ditch.
[*The Attendants bear off the Admiral's body.*
And now, madam, as I understand,
There are a hundred Huguenots and more,
Which in the woods do hold their synagogue,
And daily meet about this time of day;
And thither will I, to put them to the sword.
Cath. Do so, sweet Guise; let us delay no time;
For, if these stragglers gather head again,
And disperse themselves throughout the realm of France,
It will be hard for us to work their deaths.
Be gone; delay no time, sweet Guise.
Guise. Madam,
I go as whirlwinds rage before a storm. [*Exit.*
Cath. My Lord of Lorraine, have you mark'd of late,
How Charles our son begins for to lament
For the late night's-work which my Lord of Guise
Did make in Paris amongst the Huguenots?
Card. Madam, I have heard him solemnly vow,
With the rebellious King of Navarre,
For to revenge their deaths upon us all.
Cath. Ay, but, my lord, let me alone for that;
For Catherine must have her will in France.
As I do live, so surely shall he die,
And Henry then shall wear the diadem;
And, if he grudge or cross his mother's will,
I'll disinherit him and all the rest;
For I'll rule France, but they shall wear the crown,
And, if they storm, I then may pull them down.
Come, my lord, let us go. [*Exeunt.*

Enter five or six Protestants, *with books, and kneel together. Then enter* GUISE *and others.*

Guise. Down with the Huguenots! murder them!
First Pro. O Monsieur de Guise, hear me but speak!

Guise. No, villain; that tongue of thine,
That hath blasphem'd the holy Church of Rome,
Shall drive no plaints into the Guise's ears,
To make the justice of my heart relent.—
Tuez, tuez, tuez! let none escape.
[*They kill the Protestants.*
So, drag them away. [*Exeunt with the bodies.*

Enter KING CHARLES, *supported by the* KING OF NAVARRE *and* EPERNOUN; CATHERINE *the Queen-Mother, the* CARDINAL OF LORRAINE, PLESHÉ, *and* Attendants.

Char. O, let me stay, and rest me here a while!
A griping pain hath seiz'd upon my heart;
A sudden pang, the messenger of death.
Cath. O, say not so! thou kill'st thy mother's heart.
Char. I must say so: pain forceth me complain.
Nav. Comfort yourself, my lord, and have no doubt
But God will sure restore you to your health.
Char. O, no, my loving brother of Navarre!
I have deserv'd a scourge, I must confess;
Yet is there patience of another sort
Than to misdo the welfare of their king:
God grant my nearest friends may prove no worse!
O, hold me up! my sight begins to fail,
My sinews shrink, my brains turn upside down:
My heart doth break: I faint and die. [*Dies.*
Cath. What, art thou dead, sweet son? speak to thy mother!
O, no, his soul is fled from out his breast,
And he nor hears nor sees us what we do!
My lords, what resteth there now for to be done,
But that we presently despatch ambassadors
To Poland, to call Henry back again,
To wear his brother's crown and dignity?
Epernoun, go see it presently be done,
And bid him come without delay to us.
Eper. Madam, I will. [*Exit.*
Cath. And now, my lords, after these funerals be done,
We will, with all the speed we can, provide
For Henry's coronation from Polony.
Come, let us take his body hence.
[*The body of King Charles is borne out; and exeunt all except the King of Navarre and Pleshé.*
Nav. And now, Pleshé, whilst that these broils do last,

Vernichtung der Körper

Weg, auseinander die Knaben.

My opportunity may serve me fit
To steal from France, and hie me to my home,
For here's no safety in the realm for me:
And now that Henry is call'd from Poland,
It is my due, by just succession;
And therefore, as speedily as I can perform,
I'll muster up an army secretly,
For fear that Guise, join'd with the king of Spain,
Might seek to cross me in mine enterprise.
But God, that always doth defend the right,
Will show his mercy, and preserve us still.

Pleshé. The virtues of our true religion
Cannot but march, with many graces more,
Whose army shall discomfit all your foes,
And, at the length, in Pampeluna crown
(In spite of Spain, and all the popish power,
That holds it from your highness wrongfully)
Your majesty her rightful lord and sovereign.

Nav. Truth, Pleshé; and God so prosper me in all,
As I intend to labour for the truth,
And true profession of his holy word!
Come, Pleshé, let's away whilst time doth serve.

[*Exeunt.*

Trumpets sounded within, and a cry of " *Vive le Roi,*" *two or three times. Enter* ANJOU *crowned as King Henry the Third*; CATHERINE *the Queen-Mother, the* CARDINAL OF LORRAINE, GUISE, EPERNOUN, MUGEROUN, *the* Cutpurse, *and others.*

All. Vive le Roi, Vive le Roi! [*A flourish of trumpets.*

Cath. Welcome from Poland, Henry, once again!
Welcome to France, thy father's royal seat!
Here hast thou a country void of fears,
A warlike people to maintain thy right,
A watchful senate for ordaining laws,
A loving mother to preserve thy state,
And all things that a king may wish besides;
All this, and more, hath Henry with his crown.

Card. And long may Henry enjoy all this, and more!

All. Vive le Roi, Vive le Roi! [*A flourish of trumpets.*

Henry. Thanks to you all. The guider of all crowns
Grant that our deeds may well deserve your loves!
And so they shall, if fortune speed my will,

And yield your thoughts to height of my deserts.
What say our minions? think they Henry's heart
Will not both harbour love and majesty?
Put off that fear, they are already join'd:
No person, place, or time, or circumstance,
Shall slack my love's affections from his bent:
As now you are, so shall you still persist,
Removeless from the favours of your king.

Mug. We know that noble minds change not their thoughts
For wearing of a crown, in that your grace
Hath worn the Poland diadem before
You were invested in the crown of France.

Henry. I tell thee, Mugeroun, we will be friends,
And fellows too, whatever storms arise.

Mug. Then may it please your majesty to give me leave
To punish those that do profane this holy feast.

Henry. How mean'st thou that?

[*Mugeroun cuts off the Cutpurse's ear, for cutting the gold buttons off his cloak.*

Cutp. O Lord, mine ear!

Mug. Come, sir, give me my buttons, and here's your ear.

Guise. Sirrah, take him away.

Henry. Hands off, good fellow; I will be his bail
For this offence.—Go, sirrah, work no more
Till this our coronation-day be past.—
And now,
Our solemn rites of coronation done,
What now remains but for a while to feast,
And spend some days in barriers, tourney, tilt,
And like disports, such as do fit the court?
Let's go, my lords; our dinner stays for us.

[*Exeunt all except Catherine the Queen-mother and the Cardinal of Lorraine.*

Cath. My Lord Cardinal of Lorraine, tell me,
How likes your grace my son's pleasantness?
His mind, you see, runs on his minions,
And all his heaven is to delight himself;
And, whilst he sleeps securely thus in ease,
Thy brother Guise and we may now provide
To plant ourselves with such authority
As not a man may live without our leaves.
Then shall the Catholic faith of Rome
Flourish in France, and none deny the same.

Card. Madam, as in secrecy I was told,
My brother Guise hath gather'd a power of men,
Which are, he saith, to kill the Puritans;
But 'tis the house of Bourbon that he means.
Now, madam, must you insinuate with the king,
And tell him that 'tis for his country's good,
And common profit of religion.
Cath. Tush, man, let me alone with him,
To work the way to bring this thing to pass;
And, if he do deny what I do say,
I'll despatch him with his brother presently,
And then shall Monsieur wear the diadem.
Tush, all shall die unless I have my will;
For, while she lives, Catherine will be queen.
Come, my lord, let us go seek the Guise,
And then determine of this enterprise. [*Exeunt.*

Enter the DUCHESS OF GUISE *and her* Maid.

Duch. of G. Go fetch me pen and ink,—
Maid. I will, madam.
Duch. That I may write unto my dearest lord.
[*Exit Maid.*
Sweet Mugeroun, 'tis he that hath my heart,
And Guise usurps it 'cause I am his wife,
Fain would I find some means to speak with him,
But cannot, and therefore am enforc'd to write,
That he may come and meet me in some place,
Where we may one enjoy the other's sight.

Re-enter the Maid, *with pen, ink, and paper.*

So, set it down, and leave me to myself.
[*Exit Maid. The Duchess writes.*
O, would to God, this quill that here doth write,
Had late been pluck'd from out fair Cupid's wing,
That it might print these lines within his heart!

Enter GUISE.

Guise. What, all alone, my love? and writing too?
I prithee, say to whom thou writ'st.
Duch. To such
A one, my lord, as, when she reads my lines,
Will laugh, I fear me, at their good array.
Guise. I pray thee, let me see.

Duch. O, no, my lord; a woman only must
  Partake the secrets of my heart.
Guise. But, madam, I must see. [*Seizes the paper.*
  Are these your secrets that no man must know?
Duch. O, pardon me, my lord!
Guise. Thou trothless and unjust! what lines are these?
  Am I grown old, or is thy lust grown young?
  Or hath my love been so obscur'd in thee,
  That others need to comment on my text?
  Is all my love forgot, which held thee dear,
  Ay, dearer than the apple of mine eye?
  Is Guise's glory but a cloudy mist,
  In sight and judgment of thy lustful eye?
  Mort Dieu! were not the fruit within thy womb,
  Of whose increase I set some longing hope,
  This wrathful hand should strike thee to the heart.
  Hence, strumpet! hide thy head for shame;
  And fly my presence, if thou look to live! [*Exit Duchess.*
  O wicked sex, perjured and unjust!
  Now do I see that from the very first
  Her eyes and looks sow'd seeds of perjury.
  But villain, he, to whom these lines should go,
  Shall buy her love even with his dearest blood. [*Exit.*

Enter the KING OF NAVARRE, PLESHÉ, BARTUS, *and train, with drums and trumpets.*

Nav. My lords, sith in a quarrel just and right
  We undertake to manage these our wars
  Against the proud disturbers of the faith,
  (I mean the Guise, the Pope, and king of Spain,
  Who set themselves to tread us under foot,
  And rent our true religion from this land;
  But for you know our quarrel is no more
  But to defend their strange inventions,
  Which they will put us to with sword and fire,)
  We must with resolute minds resolve to fight,
  In honour of our God, and country's good.
  Spain is the council-chamber of the Pope,
  Spain is the place where he makes peace and war;
  And Guise for Spain hath now incens'd the king
  To send his power to meet us in the field.
Bar. Then in this bloody brunt they may behold
  The sole endeavour of your princely care,

The Massacre at Paris

To plant the true succession of the faith,
In spite of Spain and all his heresies.
Nav. The power of vengeance now encamps itself
Upon the haughty mountains of my breast;
Plays with her gory colours of revenge,
Whom I respect as leaves of boasting green,
That change their colour when the winter comes,
When I shall vaunt as victor in revenge.

Enter a Messenger.

How now, sirrah! what news?
Mes. My lord, as by our scouts we understand,
A mighty army comes from France with speed;
Which are already muster'd in the land,
And mean to meet your highness in the field.
Nav. In God's name, let them come!
This is the Guise that hath incens'd the king
To levy arms, and make these civil broils.
But canst thou tell who is their general?
Mes. Not yet, my lord, for thereon do they stay;
But, as report doth go, the Duke of Joyeux
Hath made great suit unto the king therefore.
Nav. It will not countervail his pains, I hope.
I would the Guise in his stead might have come!
But he doth lurk within his drowsy couch,
And makes his footstool on security:
So he be safe, he cares not what becomes
Of king or country; no, not for them both.
But come, my lords, let us away with speed,
And place ourselves in order for the fight. [*Exeunt.*

Enter KING HENRY, GUISE, EPERNOUN, *and* JOYEUX.

Henry. My sweet Joyeux, I make thee general
Of all my army, now in readiness
To march 'gainst the rebellious King Navarre;
At thy request I am content thou go,
Although my love to thee can hardly suffer't,
Regarding still the danger of thy life.
Joyeux. Thanks to your majesty: and so, I take my leave.—
Farewell to my Lord of Guise, and Epernoun.
Guise. Health and hearty farewell to my Lord Joyeux.
[*Exit Joyeux.*
Henry. So kindly, cousin of Guise, you and your wife

Liebes-zcene zwischen Henry
+ Joyeux voran.
Er erzählt von dem Brief der Frau Guise

Do both salute our lovely minions.
Remember you the letter, gentle sir,
Which your wife writ
To my dear minion, and her chosen friend?
[*Makes horns at Guise.*

Guise. How now, my lord! faith, this is more than need.
Am I thus to be jested at and scorn'd?
'Tis more than kingly or emperious:
And, sure, if all the proudest kings
In Christendom should bear me such derision,
They should know how I scorn'd them and their mocks.
I love your minions! dote on them yourself;
I know none else but holds them in disgrace;
And here, by all the saints in heaven, I swear,
That villain for whom I bear this deep disgrace,
Even for your words that have incens'd me so,
Shall buy that strumpet's favour with his blood!
Whether he have dishonour'd me or no,
Par la mort de Dieu, il mourra! [*Exit.*

Henry. Believe me, this jest bites sore.

Eper. My lord, 'twere good to make them friends,
For his oaths are seldom spent in vain.

Enter MUGEROUN.

Henry. How now, Mugeroun! met'st thou not the Guise at the door?

Mug. Not I, my lord; what if I had?

Henry. Marry, if thou hadst, thou mightst have had the stab,
For he hath solemnly sworn thy death.

Mug. I may be stabb'd, and live till he be dead:
But wherefore bears he me such deadly hate?

Henry. Because his wife bears thee such kindly love.

Mug. If that be all, the next time that I meet her,
I'll make her shake off love with her heels.
But which way is he gone? I'll go take a walk
On purpose from the court to meet with him. [*Exit.*

Henry. I like not this. Come, Epernoun,
Let us go seek the duke, and make them friends. [*Exeunt.*

Alarums, within, and a cry—" The DUKE JOYEUX *is slain."*
Enter the KING OF NAVARRE, BARTUS, *and train.*

Nav. The duke is slain, and all his power dispers'd,
And we are grac'd with wreaths of victory.

Thus God, we see, doth ever guide the right,
To make his glory great upon the earth.
Bar. The terror of this happy victory,
I hope, will make the king surcease his hate,
And either never manage army more,
Or else employ them in some better cause.
Nav. How many noblemen have lost their lives
In prosecution of these cruel arms,
Is ruth, and almost death, to call to mind.
But God we know will always put them down
That lift themselves against the perfect truth;
Which I'll maintain so long as life doth last,
And with the Queen of England join my force
To beat the papal monarch from our lands,
And keep those relics from our countries' coasts.
Come, my lords; now that this storm is overpast,
Let us away with triumph to our tents. [*Exeunt.*

Enter a Soldier.

Sold. Sir, to you, sir, that dares make the duke a cuckold, and use a counterfeit key to his privy-chamber-door; and although you take out nothing but your own, yet you put in that which displeaseth him, and so forestall his market, and set up your standing where you should not; and whereas he is your landlord, you will take upon you to be his, and till the ground that he himself should occupy, which is his own free land; if it be not too free—there's the question; and though I come not to take possession (as I would I might!) yet I mean to keep you out; which I will, if this gear hold.

Enter MUGEROUN.

What, are ye come so soon? have at ye, sir! [*Shoots at Mugeroun and kills him.*

Enter GUISE *and* Attendants.

Guise. [*Giving a purse*] Hold thee, tall soldier, take thee this, and fly. [*Exit Soldier.*
Lie there, the king's delight, and Guise's scorn!
Revenge it, Henry, as thou list or dare;
I did it only in despite of thee.
[*Attendants bear off Mugeroun's body.*

Als man dir ⟨⟨die Wahl⟩⟩
der Herzog Joyeux die Wahl ließ zwischen einer
schönen Frau und einer schönen Stute, hättest Du
das Pferd wählen sollen.
Zum S⟨e⟩gen Deiner Gesundheit.

Enter KING HENRY *and* EPERNOUN.

Henry. My Lord of Guise, we understand
That you have gathered a power of men:
What your intent is yet we cannot learn,
But we presume it is not for our good.
Guise. Why, I am no traitor to the crown of France;
What I have done, 'tis for the Gospel's sake.
Eper. Nay, for the Pope's sake, and thine own benefit.
What peer in France, but thou, aspiring Guise,
Durst be in arms without the king's consent?
I challenge thee for treason in the cause.
Guise. Ah, base Epernoun! were not his highness here,
Thou shouldst perceive the Duke of Guise is mov'd.
Henry. Be patient, Guise, and threat not Epernoun,
Lest thou perceive the king of France be mov'd.
Guise. Why, I'm a prince of the Valois line,
Therefore an enemy to the Bourbonites;
I am a juror in the holy league,
And therefore hated of the Protestants:
What should I do but stand upon my guard?
And, being able, I'll keep an host in pay.
Eper. Thou able to maintain an host in pay,
That liv'st by foreign exhibition!
The Pope and King of Spain are thy good friends;
Else all France knows how poor a duke thou art.
Henry. Ay, those are they that feed him with their gold,
To countermand our will, and check our friends.
Guise. My lord, to speak more plainly, thus it is.
Being animated by religious zeal,
I mean to muster all the power I can,
To overthrow those factious Puritans:
And know, my lord, the Pope will sell his triple crown,
Ay, and the Catholic Philip, king of Spain,
Ere I shall want, will cause his Indians
To rip the golden bowels of America.
Navarre, that cloaks them underneath his wings,
Shall feel the house of Lorraine is his foe.
Your highness needs not fear mine army's force;
'Tis for your safety, and your enemies' wreck.
Henry. Guise, wear our crown, and be thou king of France,
And, as dictator, make or war or peace,
Whilst I cry *placet*, like a senator!

I cannot brook thy haughty insolence:
Dismiss thy camp, or else by our edict
Be thou proclaim'd a traitor throughout France.

Guise. The choice is hard; I must dissemble.— [*Aside.*
My lord, in token of my true humility,
And simple meaning to your majesty,
I kiss your grace's hand, and take my leave,
Intending to dislodge my camp with speed.

Henry. Then farewell, Guise; the king and thou are friends.
[*Exit Guise.*

Eper. But trust him not, my lord; for, had your highness
Seen with what a pomp he enter'd Paris,
And how the citizens with gifts and shows
Did entertain him,
And promised to be at his command—
Nay, they fear'd not to speak in the streets,
That the Guise durst stand in arms against the king,
For not effecting of his holiness' will.

Henry. Did they of Paris entertain him so?
Then means he present treason to our state.
Well, let me alone.—Who's within there?

Enter an Attendant.

Make a discharge of all my council straight,
And I'll subscribe my name, and seal it straight.
[*Attendant writes.*
My head shall be my council; they are false;
And, Epernoun, I will be rul'd by thee.

Eper. My lord,
I think, for safety of your royal person,
It would be good the Guise were made away,
And so to quite your grace of all suspect.

Henry. First let us set our hand and seal to this,
And then I'll tell thee what I mean to do.— [*Writes.*
So; convey this to the council presently.
[*Exit Attendant.*
And, Epernoun, though I seem mild and calm,
Think not but I am tragical within.
I'll secretly convey me unto Blois;
For, now that Paris takes the Guise's part,
Here is no staying for the king of France,
Unless he mean to be betray'd and die:
But, as I live, so sure the Guise shall die. [*Exeunt.*

Enter the KING OF NAVARRE, *reading a letter, and* BARTUS.

Nav. My lord, I am advertised from France
That the Guise hath taken arms against the king,
And that Paris is revolted from his grace.
Bar. Then hath your grace fit opportunity
To show your love unto the king of France,
Offering him aid against his enemies,
Which cannot but be thankfully receiv'd.
Nav. Bartus, it shall be so: post, then, to France,
And there salute his highness in our name;
Assure him all the aid we can provide
Against the Guisians and their complices.
Bartus, be gone: commend me to his grace,
And tell him, ere it be long, I'll visit him.
Bar. I will, my lord. [*Exit.*
Nav. Pleshé!

Enter PLESHÉ.

Pleshé. My lord!
Nav. Pleshé, go muster up our men with speed,
And let them march away to France amain,
For we must aid the king against the Guise.
Be gone, I say; 'tis time that we were there.
Pleshé. I go, my lord. [*Exit.*
Nav. That wicked Guise, I fear me much will be
The ruin of that famous realm of France;
For his aspiring thoughts aim at the crown:
'A takes his vantage on religion,
To plant the Pope and Popelings in the realm,
And bind it wholly to the see of Rome.
But, if that God do prosper mine attempts,
And send us safely to arrive in France,
We'll beat him back, and drive him to his death.
That basely seeks the ruin of his realm. [*Exit.*

Enter the Captain of the Guard, *and three* Murderers.

Cap. Come on, sirs. What, are you resolutely bent,
Hating the life and honour of the Guise?
What, will you not fear, when you see him come?
First Murd. Fear him, said you? tush, were he here, we would kill him presently.
Sec. Murd. O, that his heart were leaping in my hand!

fehlt etwas

Third Murd. But when will he come, that we may murder him?
Cap. Well, then, I see you are resolute.
First Murd. Let us alone; I warrant you.
Cap. Then, sirs, take your standings within this chamber;
For anon the Guise will come.
All three Murderers. You will give us our money?
Cap. Ay, ay, fear not: stand close: so; be resolute.
[*Exeunt Murderers.*
Now falls the star whose influence governs France,
Whose light was deadly to the Protestants:
Now must he fall, and perish in his height.

Enter KING HENRY *and* EPERNOUN.

Henry. Now, captain of my guard, are these murderers ready?
Cap. They be, my good lord.
Henry. But are they resolute, and arm'd to kill,
Hating the life and honour of the Guise?
Cap. I warrant ye, my lord. [*Exit.*
Henry. Then come, proud Guise, and here disgorge thy breast,
Surcharg'd with surfeit of ambitious thoughts;
Breathe out that life wherein my death was hid,
And end thy endless treasons with thy death.
[*Knocking within.*
Guise. [*within*] *Holà, varlet, hé!*—Epernoun, where is the king?
Eper. Mounted his royal cabinet.
Guise. [*within*] I prithee, tell him that the Guise is here.
Eper. An please your grace, the Duke of Guise doth crave
Access unto your highness.
Henry. Let him come in.—
Come, Guise, and see thy traitorous guile outreach'd,
And perish in the pit thou mad'st for me.

Enter GUISE.

Guise. Good morrow to your majesty.
Henry. Good morrow to my loving cousin of Guise:
How fares it this morning with your excellence?
Guise. I heard your majesty was scarcely pleas'd,
That in the court I bare so great a train.
Henry. They were to blame that said I was displeas'd;

Er ist
zitiert worden.
(Sehr
stolz)

And you, good cousin, to imagine it.
'Twere hard with me, if I should doubt my kin,
Or be suspicious of my dearest friends.
Cousin, assure you I am resolute,
Whatsoever any whisper in mine ears,
Not to suspect disloyalty in thee:
And so, sweet coz, farewell. [*Exit with Epernoun.*

Guise. So;
Now sues the king for favour to the Guise,
And all his minions stoop when I command:
Why, this 'tis to have an army in the field.
Now, by the holy sacrament, I swear,
As ancient Romans o'er their captive lords,
So will I triumph o'er this wanton king;
And he shall follow my proud chariot's wheels.
Now do I but begin to look about,
And all my former time was spent in vain.
Hold, sword,
For in thee is the Duke of Guise's hope.

Re-enter Third Murderer.

Villain, why dost thou look so ghastly? speak.

Third Murd. O, pardon me, my Lord of Guise!

Guise. Pardon thee! why, what hast thou done?

Third Murd. O my lord, I am one of them that is set to murder you!

Guise. To murder me, villain!

Third Murd. Ay, my lord: the rest have ta'en their standings in the next room; therefore, good my lord, go not forth.

Guise. Yet Cæsar shall go forth.
Let mean conceits and baser men fear death:
Tut, they are peasants; I am Duke of Guise;
And princes with their looks engender fear.

First Murd. [*within*] Stand close; he is coming; I know him by his voice.

Guise. As pale as ashes! nay, then, it is time
To look about.

Enter First *and* Second Murderers.

First and Sec. Murderers. Down with him, down with him!
[*They stab Guise.*

Guise. O, I have my death's wound! give me leave to speak,

Sec. Murd. Then pray to God, and ask forgiveness of the king.

Guise. Trouble me not; I ne'er offended him,
Nor will I ask forgiveness of the king.
O, that I have not power to stay my life,
Nor immortality to be reveng'd!
To die by peasants, what a grief is this!
Ah, Sixtus, be reveng'd upon the king!
Philip and Parma, I am slain for you!
Pope, excommunicate, Philip, depose
The wicked branch of curs'd Valois his line!
Vive la messe! perish Huguenots!
Thus Cæsar did go forth, and thus he died. [*Dies.*

Enter the Captain of the Guard.

Cap. What, have you done?
Then stay a while, and I'll go call the king.
But see, where he comes.

Enter KING HENRY, EPERNOUN, *and* Attendants.

My lord, see, where the Guise is slain.

Henry. Ah, this sweet sight is physic to my soul!
Go fetch his son for to behold his death.— [*Exit an Attendant.*
Surcharg'd with guilt of thousand massacres,
Monsieur of Lorraine, sink away to hell!
And, in remembrance of those bloody broils,
To which thou didst allure me, being alive.
And here in presence of you all, I swear,
I ne'er was king of France until this hour.
This is the traitor that hath spent my gold
In making foreign wars and civil broils.
Did he not draw a sort of English priests
From Douay to the seminary at Rheims.
To hatch forth treason 'gainst their natural queen?
Did he not cause the king of Spain's huge fleet
To threaten England, and to menace me?
Did he not injure Monsieur that's deceas'd?
Hath he not made me, in the Pope's defence,
To spend the treasure, that should strength my land,
In civil broils between Navarre and me?
Tush, to be short, he meant to make me monk,
Or else to murder me, and so be king.

Let Christian princes, that shall hear of this,
(As all the world shall know our Guise is dead),
Rest satisfied with this, that here I swear,
Ne'er was there king of France so yok'd as I.
Eper. My lord, here is his son.

Enter GUISE'S Son.

Henry. Boy, look, where your father lies.
G.'s Son. My father slain! who hath done this deed?
Henry. Sirrah, 'twas I that slew him; and will slay
Thee too, an thou prove such a traitor.
G.'s Son. Art thou king, and hast done this bloody deed?
I'll be reveng'd. [*Offers to throw his dagger.*
Henry. Away to prison with him! I'll clip his wings
Or e'er he pass my hands. Away with him.
[*Some of the Attendants bear off Guise's Son.*
But what availeth that this traitor's dead,
When Duke Dumaine, his brother, is alive,
And that young cardinal that is grown so proud?
Go to the governor of Orleans,
And will him, in my name, to kill the duke.
[*To the Captain of the Guard.*
Get you away, and strangle the cardinal.
[*To the Murderers.*
[*Exeunt Captain of the Guard and Murderers.*
These two will make one entire Duke of Guise,
Especially with our old mother's help.
Eper. My lord, see, where she comes, as if she droop'd
To hear these news.
Henry. And let her droop; my heart is light enough.

Enter CATHERINE *the* QUEEN-MOTHER.

Mother, how like you this device of mine?
I slew the Guise, because I would be king.
Cath. King! why, so thou wert before:
Pray God thou be a king now this is done!
Henry. Nay, he was king, and countermanded me:
But now I will be king, and rule myself,
And make the Guisians stoop that are alive.
Cath. I cannot speak for grief.—When thou wast born,
I would that I had murder'd thee, my son!
My son! thou art a changeling, not my son:
I curse thee, and exclaim thee miscreant,

schärfer

Wild, blutgierig.

Bastard

Traitor to God and to the realm of France!
Henry. Cry out, exclaim, howl till thy throat be hoarse!
The Guise is slain, and I rejoice therefore:
And now will I to arms.—Come, Epernoun,
And let her grieve her heart out, if she will.
[*Exit with Epernoun.*
Cath. Away! leave me alone to meditate.
[*Exeunt Attendants.*
Sweet Guise, would he had died, so thou wert here!
To whom shall I bewray my secrets now,
Or who will help to build religion?
The Protestants will glory and insult;
Wicked Navarre will get the crown of France;
The Popedom cannot stand; all goes to wreck;
And all for thee, my Guise! What may I do?
But sorrow seize upon my toiling soul!
For, since the Guise is dead, I will not live. [*Exit.*

Enter two Murderers, *dragging in the* CARDINAL.

Card. Murder me not; I am a cardinal.
First Murd. Wert thou the Pope, thou mightst not 'scape from us.
Card. What, will you file your hands with churchmen's blood?
Sec. Murd. Shed your blood! O Lord, no! for we intend to strangle you.
Card. Then there is no remedy, but I must die?
First Murd. No remedy; therefore prepare yourself.
Card. Yet lives my brother Duke Dumaine, and many more,
To revenge our death upon that cursed king;
Upon whose heart may all the Furies gripe,
And with their paws drench his black soul in hell!
First Murd. Yours, my Lord Cardinal, you should have said.— [*They strangle him.*
So, pluck amain:
He is hard-hearted; therefore pull with violence.
Come, take him away. [*Exeunt with the body.*

Enter DUMAINE, *reading a letter; with others.*

Dum. My noble brother murder'd by the king!
O, what may I do for to revenge thy death?
The king's alone, it cannot satisfy.
Sweet Duke of Guise, our prop to lean upon,
Now thou art dead, here is no stay for us.

I am thy brother, and I'll revenge thy death,
And root Valois his line from forth of France;
And beat proud Bourbon to his native home,
That basely seeks to join with such a king,
Whose murderous thoughts will be his overthrow.
He will'd the governor of Orleans, in his name,
That I with speed should have been put to death;
But that's prevented, for to end his life,
And all those traitors to the Church of Rome
That durst attempt to murder noble Guise.

Enter Friar.

Fri. My lord, I come to bring you news that your brother the Cardinal of Lorraine, by the king's consent, is lately strangled to death.

Dum. My brother [the] Cardinal slain, and I alive?
O words of power to kill a thousand men!—
Come, let us away, and levy men;
'Tis war that must assuage this tyrant's pride.

Fri. My lord, hear me but speak.
I am a friar of the order of the Jacobins,
That for my conscience' sake will kill the king.

Dum. But what doth move thee, above the rest, to do the deed?

Fri. O, my lord, I have been a great sinner in my days! and the deed is meritorious.

Dum. But how wilt thou get opportunity?

Fri. Tush, my lord, let me alone for that.

Dum. Friar, come with me;
We will go talk more of this within. [*Exeunt.*

Drums and Trumpets. Enter KING HENRY, *the* KING OF NAVARRE, EPERNOUN, BARTUS, PLESHÉ, Soldiers, *and* Attendants.

Henry. Brother of Navarre, I sorrow much
That ever I was prov'd your enemy,
And that the sweet and princely mind you bear
Was ever troubled with injurious wars.
I vow, as I am lawful King of France,
To recompense your reconciled love
With all the honours and affections
That ever I vouchsaf'd my dearest friends.

Nav. It is enough if that Navarre may be

Esteemed faithful to the King of France,
Whose service he may still command till death.
Henry. Thanks to my kingly brother of Navarre.
Then here we'll lie before Lutetia walls,
Girting this strumpet city with our siege,
Till, surfeiting with our afflicting arms,
She cast her hateful stomach to the earth.

Enter a Messenger.

Mes. An it please your majesty, here is a friar of the order of the Jacobins, sent from the President of Paris, that craves access unto your grace.

Henry. Let him come in. [*Exit Mess.*

Enter Friar, *with a letter.*

Eper. I like not this friar's look:
'Twere not amiss, my lord, if he were search'd.
Henry. Sweet Epernoun, our friars are holy men,
And will not offer violence to their king,
For all the wealth and treasure of the world.—
Friar, thou dost acknowledge me thy king?
Fri. Ay, my good lord, and will die therein.
Henry. Then come thou near, and tell what news thou bring'st.
Fri. My lord,
The President of Paris greets your grace
And sends his duty by these speedy lines,
Humbly craving your gracious reply. [*Gives letter.*
Henry. I'll read them, friar, and then I'll answer thee.
Fri. Sancte Jacobe, now have mercy upon me!
[*Stabs the king with a knife, as he reads the letter; and then the king gets the knife, and kills him.*
Eper. O, my lord, let him live a while!
Henry. No, let the villain die, and feel in hell
Just torments for his treachery.
Nav. What, is your highness hurt?
Henry. Yes, Navarre; but not to death, I hope.
Nav. God shield your grace from such a sudden death!—
Go call a surgeon hither straight.
[*Exit an Attendant.*
Henry. What irreligious pagans' parts be these,
Of such as hold them of the holy church!

Take hence that damned villain from my sight.
[*Attendants carry out the Friar's body.*

Eper. Ah, had your highness let him live,
We might have punish'd him to his deserts!

Henry. Sweet Epernoun, all rebels under heaven
Shall take example by his punishment,
How they bear arms against their sovereign.—
Go call the English agent hither straight:
[*Exit an Attendant.*
I'll send my sister England news of this,
And give her warning of her treacherous foes.

Enter a Surgeon.

Nav. Pleaseth your grace to let the surgeon search your wound?

Henry. The wound, I warrant ye, is deep, my lord.—
Search, surgeon, and resolve me what thou see'st.
[*The Surgeon searches the wound.*

Enter the English Agent.

Agent for England, send thy mistress word
What this detested Jacobin hath done.
Tell her, for all this, that I hope to live;
Which if I do, the papal monarch goes
To wreck, and [th'] antichristian kingdom falls:
These bloody hands shall tear his triple crown,
And fire accursed Rome about his ears;
I'll fire his crazed buildings, and enforce
The papal towers to kiss the lowly earth.—
Navarre, give me thy hand: I here do swear
To ruinate that wicked Church of Rome,
That hatcheth up such bloody practices;
And here protest eternal love to thee,
And to the Queen of England specially,
Whom God hath bless'd for hating papistry.

Nav. These words revive my thoughts, and comfort me,
To see your highness in this virtuous mind.

Henry. Tell me, surgeon, shall I live?

Surg. Alas, my lord, the wound is dangerous,
For you are stricken with a poison'd knife!

Henry. A poison'd knife! what, shall the French king die,
Wounded and poison'd both at once?

Bestra-
fung

Eper. O, that
  That damned villain were alive again,
  That we might torture him with some new-found death!
Bar. He died a death too good:
  The devil of hell torture his wicked soul!
Henry. Ah, curse him not, sith he is dead!—
  O, the fatal poison works within my breast!—
  Tell me, surgeon, and flatter not—may I live?
Surg. Alas, my lord, your highness cannot live!
Nav. Surgeon, why say'st thou so? the king may live.
Henry. O, no, Navarre! thou must be king of France!
Nav. Long may you live, and still be King of France.
Eper. Or else, die Epernoun!
Henry. Sweet Epernoun, thy king must die.—My lords,
  Fight in the quarrel of this valiant prince,
  For he's your lawful king, and my next heir;
  Valois's line ends in my tragedy.
  Now let the house of Bourbon wear the crown;
  And may it ne'er end in blood, as mine hath done!—
  Weep not, sweet Navarre, but revenge my death.—
  Ah, Epernoun, is this thy love to me?
  Henry, thy king, wipes off these childish tears,
  And bids thee whet thy sword on Sixtus' bones,
  That it may keenly slice the Catholics.
  He loves me not [the most] that sheds most tears,
  But he that makes most lavish of his blood.
  Fire Paris, where these treacherous rebels lurk.—
  I die, Navarre; come bear me to my sepulchre.
  Salute the Queen of England in my name,
  And tell her, Henry dies her faithful friend. [*Dies.*
Nav. Come, lords, take up the body of the king,
  That we may see it honourably interr'd:
  And then I vow so to revenge his death
  As Rome, and all those popish prelates there,
  Shall curse the time that e'er Navarre was king,
  And rul'd in France by Henry's fatal death.
    [*They march out, with the body of King Henry lying on four men's shoulders, with a dead march, drawing weapons on the ground.*

DER TOD DES DOMITIUS

Eine historische Komödie

Der Tod des Domitius

⟨Handschrift I⟩

Lucius Domitius Ahenobarbus, genannt Nero
blonde Haare, graue Augen, ungewöhnlich schön, gesund,
doch kurzsichtig geb. 15 D. 37. 3 Durch Adoption Nero Claudius Caesar Drusus Germanicus
Seneca sein Lehrer, schreibt für ihn Reden, die der 16jährige zum Vorteil für Notleidende Gemeinden hält.
Neros Kanalarbeiter.

I. Depeschen

Z Szene: Goldenes Haus der Architekten Severus + Celer
gelegen zwischen Palatin und Esquilin
Tigellinus, der böse Zeremonienmeister verschwindet und Präfekt der Garde
Nymfidius Sabinus, zweiter Präfekt der Garde, versucht die Praetorianer durch Bezahlung zu gewinnen. Im Namen Galbas 30000 sest. je Mann.
Nero denkt an Flucht, man rät ihm dazu. Das Delphische Orakel : er soll sich vor dem 73. Jahr hüten.
37+73+1000 = 1110 = seine Bannung durch:
Papst Paschalis II. 1099–1118

Nero will sich nach Ägypten zurückziehen
2. Präfekt Nymphidius Sabinus wird Nachfolger Tigellinus gegen Nero (verschwörer mit dem Senat zusammen) |

II.
Schlafzimmer in einem Pavillon der servilianischen Gärten
Nymphidius Sabinus hatte Nero überredet, dorthin zu gehen (Schluß von Zcene I, nachdem Tigellinus verschwunden)

III.
Die Flucht nach der Villa Phaons
gemeinsam mit Ph., Epaphroditus, Neophytus, Sporus.
IV.
Der Tod in der Villa.
V. Jahr 1110 beim Grabmahl Neros

⟨die Hälfte der Seite bleibt unbeschriftet⟩ |

Der Tod des Domitius

I. Depeschen.
Das goldene Haus der Architekten Severus + Celer
Tigellinus, Präfekt der Garde + Zeremonienmeister.
Rubrius Gallus (einer der Heerführer gegen Galba, hier nur als Gesprächspartner)

Petronius Turpilianus ist schon gegen Galba gezogen	Virginus Rufus, der Besieger des Vindex sollte abgefallen sein
Truppensendungen nach Ägypten.	

Teuerung in der Stadt.
Rubrius Gallus.
1.) man begeht Missgriffe. In der Stadt herrscht Teurung.
Man erwartet Getreide aus Ägypten — — es kam Nilstaub
2.) Die Truppen werden zersplittert.

Nero kommt von einer Aufführung

Paschalis II hieb im Jahre 1099 den Nußbaum um, der über dem Grab Neros gewachsen war.
Erbaute die Kirche Maria della Popolo.
Pythagoras + Sporus

⟨Textabbruch⟩

⟨Handschrift II⟩

1.) Lucius Domitius Ahenobarbus, Sohn des Cn. Domitius Ahenobarbus und Agrippina, der Brudertochter Claudius, ein hübscher blondhaariger Junge.
Mit 10 Jahren trat er im Troja-Tournier auf.
2.) als Kind schon künstlerisch begabt.
3.) Agrippinas Vater: Germanicus, Bruder des Claudius.
4.) Agrippinas Bruder: Gajus (Caligula) epileptisch, größenwahnsinnig
5.) Gajus angeblich ein Verhältnis mit seinen drei Schwestern, auch mit Agrippina.
6.) (Nero) als einzigstes Kind nach 9 jähriger Ehe am 15. Dezember 37 geboren.
7.) Agrippina wurde durch Gajus verbannt. Sie wurde durch Claudius zurückgerufen, als Domitius 4 Jahre alt war.
8.) Domitius wurde bis zum Jahre 4 von seiner Tante Domitia Lepida erzogen.
9.) Agrippina verwitwet, heiratet den reichen Redner Passienus Crispus, wird bald wieder Witwe.
10.) Claudius, gelehrt aber unpraktisch stand unter dem Pantoffel seiner Frau Valeria Messalina, die 33 ⟨Jahre⟩ jünger als der Kaiser war (mit 15 heiratete sie)
11.) Messalinas Mithelfer: Polybius, Callistus, Narcissus, Pallos, griechische Freigelassene.
12.) Messalina und Agrippina Feindinnen. Messalinas Karakter durch Agrippina geschildert, die entsprechend log.
13.) Agrippina schön, klug, hoch
14.) Polybius wird von Messalina getötet; das veranlasst den anderen Liebhaber Narcissus, gegen sie zu konspirieren.
15.) Messalina verliebt sich in den hübschen jungen Gajus Silius, der seine Frau verstoßen und Messalina heiraten muß, während Claudius noch lebt und in Ostia opfert.
16.) Er kehrt erzürnt zurück – Messalinas Tod. Narcissus der Drahtzieher.
17.) Sekretär, Kassenverwalter, Vorsteher der Bittschriften.
18.) Agrippina wird mit 33 Jahren Gemahlin des Claudius.
19.) Nero wird verlobt mit Octavia, der Tochter Claudius' und der Messalina.

20.) Seneca wird Lehrer des Nero / Afranius Burrus unterrichtet in Militärkunst |

21.) Lollia Paullina – bekommt Befehl von Agrippina sich zu töten; sie war Rivalin zum Kaiser Thron (Agrippina lässt sich den Kopf bringen, untersucht die Zähne, ob es auch Lollia sei.)

22.) Pallos überredet Claudius, Domitius zu adoptieren; Sein Name: Nero Claudius Caesar Drusus Germanicus.

23.) Agrippina: Augusta

24.) Nero adoptiert mit 14 Jahren: toga virilis Jahr 51. Senatsmitglied, Prokonsul

25.) Britannicus noch immer in Knabentracht. (3 Jahre jünger) nennt aber Nero weiter: Domitius.

26.) Afranius Burrus wird Gardepräfekt.

27.) Pallos der Geliebte Agrippinas, wird belohnt!

28.) Jahr 53 wird Nero, 16 Jahr alt, mit Octavia vermählt. (Oktavia wird zuvor wegadoptiert)

29.) Lepida, Mutter Messalinas und Narcissus Feinde Agrippinas.

30.) Lepida wird 54 zum Tode verurteilt, wegen Zauberei.

31.) Agrippina lässt Claudius vergiften, während Narcissus wegen Gicht nach Kampanien gereist war. Giftmischerin Lucusta. Gift in Champignons. Das Gift wirkt nicht. In Entsetzen wendet sich Agrippina an den griechischen Arzt Xenophon; der den Kaiser vergiftet, indem er ihm eine Feder mit Gift getränkt in den Hals steckt.

32.) Nero hält eine Rede in der Kaserne, wird Kaiser. Die Frage nach Britannicus wird überhört.
12. Oktober 54 (Claudius 64. Jahre alt)

33.) Nero regiert von 54–68 vom 17.–31. Jahr
Er wurde niemals erwachsen. Nero ein Kind
Lerntüchtig, glänzendes Gedächtnis
Artistisches Universalgenie = sein Wunsch
kosmopolitisch, nicht römisch.
lusus = Kunst, bedeutet Spiel
Ein Träumer. Er war scheu und schamhaft.
Mehr schön als anziehend. Graue Augen, kurzsichtig, unordentlich gekleidet, hatte Sommersprossen.
Ging im Schlafrock ohne Schuhe, ohne Gürtel, mit einer Binde um den Hals, um seine Stimme zu schonen |

34.) Agrippina lässt M. J⟨u⟩nius Silanus, Prokonsul in Asien ermorden (Bruder von Octavias erstem Verlobten L. Silanus)
»Ich habe schon Augustin erklärt, daß ich den Lügen der Geschichtsfälschung nicht weiche.«
35.) Narcissus in einem Gefängnis in Kampanien wird so mißhandelt (von A.) daß er sich selbst tötet.
36.) Seneca und Burrus wollen sich der A. nicht unterwerfen.
37.) Erste Parole an die Schloßwache vonseiten Neros: »die beste Mutter«.
38.) Nero empfindet seine Mutter als ein Joch
39.) Nero verliebt sich in Acte. Er war sehr unglücklich, daß jemand es entdecken möchte und hatte nur zwei Mitwisser, darunter den späteren Kaise⟨r⟩ Otho.
4.0.) Gewaltige Szene der Agrippina: »Soll eine Sklavin meine Nebenbuhlerin werden? Eine Freigelassene meine Schwiegertochter?«
41.) Nero wird ärgerlich, weil er wie ein kleiner Junge ausgescholten wird. Verliebt sich noch mehr, vertraut sich Seneca an, der nach bestem Vermögen hilft.
42.) Agrippina macht die Kehrwendung und billigt das Verhältnis.
43.) Doch vergebens. Nun wird Pallos von Nero entlassen.
44.) Über diesen Mut ihres Sohnes gerät Agrippina völlig außer sich. Sie erklärt, daß sie Britannicus ausrufen werde, Nero sei nur aufgepfropft, sie hätte Claudius ermordet, doch nicht diesen Sohn, nun wolle sie mit diesem zur Gardekaserne etc.
45.) Britannicus Tod (ungeklärt). Ein kluger, hübscher Junge, vielleicht epileptisch. Jedenfalls weder Nero noch Seneca, noch Burrus die Mörder. (Nero 18 Jahre)
46.) Agrippina versucht eine Partei gegen Nero zu bilden, wird der Ehrenwache beraubt, muß den kaiserlichen Palast verlassen, zieht ins Haus ihrer Großmutter Antonia.
47.) Mehrere Anklagen gegen sie, die gegenbewiesen werden. |
48.) Neros ersten 5 Jahre die beste Zeit des römischen Reiches. (Trajan sagt es.) Nero zeigt nur Milde und begnadigt.

49.) Neros Regierungssystem mustergültig.

50.) Aufhebung der indirekten Steuern und Zölle.

51.) Tacitus behauptet (!!) Neros Gedichte wurden immer wieder durchgefeilt, mit Hilfe kleiner Poeten.

52.) Das freundliche Wesen Neros, das ihn beliebt macht.

53.) Die gute Regierung wird Seneca-Burrus zugeschrieben.

54.) Ein Senator, der nächtlich Nero durchprügelt, weil er ihn nicht erkennt?? Bittet später um Gnade?? Muß Selbstmord begehen??

55.) Mit 21 Jahren lernt Nero Poppäa Sabina kennen. Sehr schön!! Kindlicher Scharm.

56.) »Sie hatte alle Vorzüge, einen ausgenommen: sie hatte keinen ehrbaren Karakter.« (Tacitus)

57.) Ging nur mit verbundenem Gesicht aus. Sie war einwandfrei in ihrem sittlichen Wandel

58.) Poppaea – verheiratet mit dem Gardechef Rufius Crispinus

↓ Ein Sohn (noch sehr klein)

Liebesverhältnis mit Otho, einem Freund Neros

Heirat?

Otho wird nach Spanien (Lusitanien) als Prokonsul geschickt

59.) Poppaea eifersüchtig auf Acte

60.) Agrippina gewinnt wieder Einfluß auf Nero (durch angebliches Incest-Angebot!!)

61.) Poppaea braucht nun Nadelstiche gegen Agrippina: »Du bist ja kein Kaiser, du bist nicht frei« ?

62.) Nero fühlt sich wirklich wieder bevormundet, vor allem im Privatleben.

63.) Die Mutter hat nichts vergessen, nichts gelernt, ihre Herrschsucht ist unverändert.

64.) Nero (und Poppaea) beschließen, Agrippina zu beseitigen.

65.) Der Freigegebene, Admiral der Flotte in Misenum, Anicetus, entwirft den Plan.

66.) Quinquatrusfest in Bajae; Einladung an Agrippina »Ein Sohn muß seiner Mutter Zorn und Heftigkeit verzeihen. Es soll alles gut werden.«

67.) Gastmahl in der Villa Bauli gegeben durch Otho?? Agrippina lässt sich nach Bajae tragen (nicht Schiff) |

(67) Angeblich hat man ihr den Plan verraten??
68.) In einer der Nächte zwischen dem 19. und 23. März 59 die Schiffskatastrophe.
69.) Begleitung der A. : Creperejus Gallus und die Dame: Acerronia – Gallus wird vom Blei getötet. Acerronia wird im Wasser erschlagen, da sie sich als Agrippina ausgibt. Agrippina wird gerettet.
70.) A. entkommt in ihre Villa am Lukriner-See.
71.) Sendet Agerinus zum Kaiser, lässt ihm melden, daß sie gerettet sei, bittet, sie nicht zu besuchen. Sie beschlagnahmt aber Acerronias Vermögen für sich.
72.) Nero vor der Wasseruhr, zählt die Tropfen. Als er erfährt, A. lebt, gerät er außer sich, glaubt an Aufstand. – Seneca + Burrus werden geholt.
73.) Beide erklären, daß eine Ermordung A. unmöglich sei
74.) Agerinus kommt (trägt ein Schwert?? vielleicht wird es nur behauptet.)
75.) Wollte Agrippina Nero ermorden? Wahrscheinlich!
7.6.) Anicetus soll nun den Mord ausführen mit zwei Marine offizieren.
77.) Nicht Nero, ihre Diener errichten den Grabhügel
Agrippina: 43 Jahre – Nero 22
78.) Nero wird manisch ängstlich (Agrpipinas Gespenst)
79.) Es wird den Göttern für den Tod Agrippinas gedankt.
80.) Er kann den Strand nicht sehen, reist nach Neapel
81.) Seneca schreibt an den Senat und rechtfertigt Nero.
82.) Senat billigt nur Paetus Thrasea erhebt sich, geht.
83.) Gnade für alle Feinde seiner Mutter.
84.) Beim Bartabschneidefest (Juvenalia) sind Theatervorführungen und ein Bazar, wo alle kaufen können, weil sie am Eingang Geld erhalten. (Die Römer gegen diese Verwischung der sozialen Unterschiede.⟨)⟩
85.) Unterricht bei dem berühmten Sänger: Terpnus.
86.) Sehr musikalisch
87.) 3 Arten des Beifalls: bombom, Dach-Ziegel und Scherben
88.) Jahr 60 (23. J.) werden die Neroiden eingesetzt
(Fast alle 5 Jahre)

89.) Nach den ersten Neroiden (griechisch zugeschnitten) wird Nero schwer krank. |

90.) Pedan⟨i⟩us Secundus wurde ermordet; Nero verhinderte die Vollstreckung des Todesurteils gegen 400 Sklaven nicht, das der Senat gefällt hatte; erst als auch die Freigegebenen verbannt werden sollten, protestierte Nero.

91.) Jahr 61 stirbt P. Memmius Regulus. Sehr geachtet. Nero hatte ihn in seiner Krankheit als Nachfolger bestimmt. Nero nicht eifersüchtig auf dessen Beliebtheit.

92.) Nero reagiert nicht auf Scheltworte, Pampf⟨l⟩ete, Gassenhauer gegen sich. – Senat anderer Meinung

93.) Antistius Sosianus, Prätor, hatte 62 ein Spottgedicht auf Nero gemacht und es vorgetragen in einer Gesellschaft. Capito, der kürzlich Senator geworden war, klagte den Antistius an. – 1. Majestätsklage unter Nero. Paetus Thrasea einziger für Verbannung, die andern für Tod. – 2. Abstimmung umgekehrt. – Nero schickt darauf dem Senat die Mitteilung: er hätte gewünscht, daß er den Mann begnadigt hätte.

94.) 300 Kornschiffe vernichtet durch Schiffbruch und Feuer. Dennoch keine Kornpreiserhöhung.

95.) Burrus stirbt 62!! Angeblich ermordet. Doch nicht wahrscheinlich.

96.) Burrus soll gegen die Ehescheidung (Octavia) Neros gewesen sein.

97.) Der Agrigentiener Tigellinus taucht auf. Bedeutend älter als Nero

98.) Sofonius Tigellinus war schon 39 von Gajus Hof verjagt worden, weil er dessen Schwestern verführt hatte, darunter Neros Mutter!!
Claudius hatte T. zurückgerufen, doch durfte er dem Kaiser nicht unter die Augen kommen.

99.) T. hatte ein großes Vermögen geerbt. Wurde Pferdezüchter großen Stils in Apulien und Calabrien. Durch Pferdewettrennen wurde er Neros Freund. – Dessen Liebling?? T. war damals über 50 Jahre alt. – Angeblich Neros Mephistofeles. Er soll der Inbegriff aller Verworfenheit und Ausschweifung gewesen sein, der Nero mit Rennen und Schmeicheleien an sich fesselte.

100.) T. soll Nero zu allem verführt haben.
101.) T. wird Burrus Nachfolger als Gardepräfekt.
Gemeinsam mit einem schwachen Kollegen: Faenius Rufus
102.) Seneca zieht sich zurück, will dem Kaiser seinen ungeheuren Reichtum schenken. Muß ihn behalten – bittet um Abschied, zieht sich zurück. |
103) [Claudius Etruscus verwaltet das Schatzamt]
Ti Claudius Balbillus – Vicekönig von Ägypten
(sehr tüchtig
Faenius Rufus Verwalter des Getreidewesens
Arruntius Stella Verwalter der Festspiele]
104.) Krieg in Armenien, Streit der Statthalter
Schiller, S. 100

105.) F. Cornelius Sulla } zuerst verbannt nach Massilia
Rubellius Plautus } zuerst verbannt " Asien

Sulla beim Mittagessen getötet
Plautus wird gewarnt, geraten Aufruhr zu machen
zieht vor zu sterben.
106.) Nero hat Octavia <u>immer</u> verabscheut, konnte sie nicht riechen – im Gegensatz zu Britannicus, den er etwas knabenhaft liebte. (Vorwurf gegen die Mutter)
107.) Nero lässt sich von Oct. scheiden, heiratet Poppaea 12 Tage später. Jahr <u>62</u>
108.) Octavia wird angeklagt, doch freigesprochen, nach Kampanien verwiesen.
109.) Volksauflauf zu ihren Gunsten
Neue Anklage – wird auf die Insel Pandateria verwiesen.
– Wenige Tage später ermordet.
110.) 63 gebiert Poppaea eine Tochter.
|
Claudia Augusta
111.) Nero tritt wieder auf; zuerst in Neapel; das Theater stürzt ein. Keiner wird verletzt. <u>64</u>
112.) Reist nach Benevent (Gladiator-Spiele)
Vatinius aus " , Schuhmachergeselle – Hofnarr
verwachsen, bösartig und verdorben.

113.) Nach Rom zurück. Im Tempel der Vesta wird ihm schlecht (Epileptischer Anfall?)
Beschließt, seine Kunstreise aufzugeben.

114.) Der große Brand. Beginnt in der Nacht vom 18. auf den 19. Juli 64. am östlichen Ende vom Circus maximus.
6 Tage und 7 Nächte rast der Brand.
Nero war in Antium
(Er kommt und hilft sehr selbstlos

115.) Kurz danach der 3-tägige Brand beginnt in Tigellinus ämilianischen Gärten. (Monte Pincio) Ungeheure Kunstschätze werden zerstört.

116.) Der Schutt wird nach Ostia gefahren um die Sümpfe aufzufüllen.

117.) Nero bezahlt die Portikusse (Kolonnaden)

118.) Architekten sind die Römer Severus und Celer |

119.) Neros Haus erhält an 3 Seiten Kolonaden.
je 1400 m. Dazu Parks mit Bädern, Villen, Weingärten, Tierparks. Das »goldene Haus«

120.) Die gleichen architekten bauen den Kanal von Bajae bis Ostia

121.) Die ablehnende Haltung des Tacitus zum Projekt ist geradezu borniert.

122.) Nur ein Nero konnte domus aurea bauen, weil er kunstwillig war

123.) Bornierte Barbarei der flavischen Dynastie, daß Vespasian und sein Sohn Titus alles abbrechen ließ.

124.) Alle Anekdoten zum Brand, daß Nero »Trojas Einnahme« gespielt haben soll.

125.) Tiber⟨ius⟩: »Wenn ich tot bin, soll die Welt mit Feuer untergehen.« Angeblich??? Nero: »Nein, während ich lebe.«

126.) Verschwörung der Aristokratie, die schon im Gange ist. – Verbreiten das Gerücht, dass Neros Sklaven den Brand entfachten.

127.) Geschichtsfälschung das Ganze. »Die vielen Lügen,« sagt Josephus.

128.) Die unsympathischen Juden in Rom und in der römischen Provinz

129.) Seneca in de⟨n⟩ superstitionen von den Juden: »diese niederträchtige Nation«
130.) Tacitus vernichtendes Urteil über die Christen.
131.) Corbulo muß die Truppen für armenien hart trainieren.
132.) Es kann als sicher gelten, daß Agrippina ihren Sohn Nero hat ermorden lassen wollen.
133.) Nero von seiner Mutter immer in der Furcht vor Komplotten erzogen.
134.) Anklage gegen Octavia   Schiller S. 168.
135.) Die Getreideschiffe nahmen den Schutt mit in die Sümpfe
136.) Piso war ein Freund Neros!! (man denke!) |
137.) Die Erbärmlichkeit der Aristokratie

S 381
S 413 Truppenverhältnisse
Nero: Wir hatten noch keine Polizei. Seht euch an, was diese ausrichtet!!
Keinerlei Zensur, keine Geistesknechtung.
S. 422 Polizei

⟨Textabbruch⟩

Paralipomena

EPILOG H. H. J. II.

(1) Nero warf der Oktavia (mit Unrecht?) Abtreibung vor.
(schwarzes Bilsenkraut)
Hexensalbe in den After bringen, um Halluzinationen zu bekommen. Nero läßt den Ritter Antonius hinrichten und seine Gifte öffentlich verbrennen.
(macht zeugungsunfähig)
Nero legte sich eine Bleiplatte auf die Brust.

(2) Cossinus, Ritter, Freund Neros, hat Flechtenleiden, stirbt an Kanthariden, die ein ägyptischer Arzt verordnet.

SPUR
DES DUNKLEN
ENGELS

Drama

Musik von
Yngve Jan Trede

MOTTO:

Da-vid spielt vor Kö-nig Saul auf der Har-fen sü -
ße; a - ber Kö-nig Saul, nicht faul, grei-fet nach der Spie -
ße; will ihn nak-keln an die Wand! Oh, die gro-ße Un-ver-
stand tut mich schier kre-pie - - - - - - - - ren.

Saul, König

Jonathan, sein Sohn, Thronfolger

Schmuel, geistlicher Fürst, Geschichtsschreiber, der »Königemacher«

Achis, Herzog

David, ein Genie

Der Amalekiter, Jonathans Diener

Michal, Prinzessin, Sauls Tochter

Die Aufwärterin im Hause Davids

Der Kommandant der Schloßwache (Offizier der Garde)

<table>
<tr><td colspan="2">Abjathar, Priester</td><td rowspan="12">asoziale Elemente</td></tr>
<tr><td>Eleasar</td><td rowspan="4">Führer und Unterführer</td></tr>
<tr><td>Abisai</td></tr>
<tr><td>Ira</td></tr>
<tr><td>Jasobeam</td></tr>
<tr><td>Eliab</td><td rowspan="3">Brüder Davids</td></tr>
<tr><td>Abinadab</td></tr>
<tr><td>Samma</td></tr>
<tr><td colspan="2">Der Haroriter, ein Neger</td></tr>
<tr><td colspan="2">Der Peloniter</td></tr>
<tr><td colspan="2">Ein sterbender Knabe</td></tr>
</table>

Offiziere, Soldaten, sechs Instrumentalisten

Ort der Handlung: Ein Staat

Zeit: Seit jeher

Rechts und links vom Schauspieler aus

Den Autor hat nicht die Absicht bewegt, einen Abschnitt der jüdischen Geschichte darzustellen. Dem 1. Buche Samuelis sind nur die Elemente der Handlung entnommen, die ins Überallgültige übersetzt wurden. Es können deshalb für die im Drama auftretenden Personen auch andere, ungeprägtere Namen verwandt werden.

Paulus, König
Oristan, sein Sohn, Thronfolger
Eustach Eustach, geistlicher Fürst, der »Königemacher«
Gottschalk, Herzog
Robert, ein Genie
Der Heiduck, Oristans Diener
Alma, Prinzessin, Paulus' Tochter
Die Aufwärterin im Hause Roberts
Der Kommandant der Schloßwache (Offizier der Garde)

Abjathar, Priester		asoziale Elemente
Eckhard	Führer und Unterführer	asoziale Elemente
Arbogast	Führer und Unterführer	asoziale Elemente
Ivo	Führer und Unterführer	asoziale Elemente
Ingraban	Führer und Unterführer	asoziale Elemente
Emil	Brüder Davids	asoziale Elemente
Albrecht	Brüder Davids	asoziale Elemente
Schiefel	Brüder Davids	asoziale Elemente
Ein Neger		asoziale Elemente
Der Bessarabier		asoziale Elemente
Ein sterbender Knabe		asoziale Elemente

Offiziere, Soldaten, sechs Instrumentalisten

Die Ursache für die Freundschaft zwischen David und Jonathan ist ihre von der Schöpfung bestimmte hormonale Beschaffenheit, für die sie nicht verantwortlich sind. Die Konstitution hat in ihnen das Schaffen und Erleiden angeordnet. David ist ein Genie; – das Wort möchte ich so aufgefaßt wissen, wie Kant es in seiner Anthropologie definierte: »das Talent der Erfindung dessen, was nicht gelehrt und gelernt werden kann«.

Jonathan ist ein Sklave der Liebe – jener einzigen echten Macht dieser Welt – die nur wenig fordert und alles gibt. Er achtet den anderen mehr als sich selbst.

Der Andere ist Musiker. Einen Musiker auf die Bühne zu stellen und seine Legitimation, die Musik, nur als Behauptung zu geben, vermöchte nicht zu befriedigen.

Allerlei Umstände und Begegnungen gestatteten mir, die Musik beizubringen und damit dem Drama eine sonderbare Form zuzuweisen. Instrumentale Zwischenspiele sind eingelegt worden. Und diese Musik wurde von einem Jungen im Alter von fünfzehn und sechzehn Jahren geschrieben, also einem Menschen, der in seiner Grundveranlagung dem jugendlichen David (oder Robert) entspricht. Es ist dadurch eine Übereinstimmung zwischen immer gegenwärtiger Wirklichkeit und einer nie erlöschenden Fabel erreicht.

Freilich legt diese Gegebenheit dem musikalischen Teil des Dramas eine beträchtliche Beschränkung auf, denn es mußte von vornherein darauf verzichtet werden, das Können des erwachsenen David darzubieten. So ist die letzte musikalische Nummer DAS ALTE JAHR VERGANGEN IST, unmittelbar vor der Schlußszene, als Erinnerung gedacht, als kompositorische Jugenderinnerung, gebunden an ein einfaches harmonisches System.

Die Gegenfuge ZWIESPRACHE, die dem Zweiten Abschnitt voransteht, deutet an, in welche Richtung die musikalische Entwicklung des mehr und mehr unkindlichen und verstrickten Berufenen gehen

wird. Über die Vollendung des Weges kann durch Beispiele keine Aussage gemacht werden.
Es bedarf vielleicht noch des Hinweises, daß die Musikstücke sich auf die Form der Fuge beschränken, also eher die expansive Geschicklichkeit als die Intuition des jungen Talentes verraten. Das erscheint mir als einzigartiger Vorteil, denn in der Motivbildung, im komplizierten musikalischen Einfall ist ein Werdender dem Ausgebildeten immer unterlegen. – Da ich dem jungen Komponisten keinerlei Anregung gegeben habe, die zugleich auch schwierige Form anzuwenden oder gar ausschließlich anzuwenden, erkenne ich im Ergebnis eine Tendenz: daß ein begabter unverdorbener Mensch in seinem eigentlichen Denken und Empfinden niemals Rücksicht darauf nimmt, was etwa die Umwelt von ihm erwartet. Er ist, sobald er sich zu zeigen anschickt, bereits in ganzer Schroffheit da.
Wie immer nun Leser oder Hörer zur dargebotenen Musik und zur Anordnung des Dramas stehen mögen – ich persönlich habe eine sehr bestimmte Auffassung gewonnen: die jugendliche Musik ist ein nicht heraustrennbarer Bestandteil. Ich wünsche deshalb auch keine Veröffentlichung des gesonderten Worttextes.
Die Tatsache, daß die Darstellung dieses Theaterstückes einen häufigen Szenenwechsel vorsieht, veranlaßt mich, etwas über Bühneneinrichtungen im allgemeinen zu äußern. Ein technischer Apparat, der den Wechsel des darzustellenden Ortes nicht im Bruchteil einer Minute vollziehen kann, ist unvollkommen und im Widerspruch zu den jetzt gültigen Lebensformen, an die wir uns im zivilen Leben wohl oder übel haben gewöhnen müssen. Man kann vom Zuschauer im Theater nicht eine Geduld fordern, die ihm im übrigen Tageslauf ausgetrieben worden ist. Der Beleuchtungsapparat wird ja auch nicht mehr von Tranfunzeln oder Kerzen erstellt. Warum zögert man, endlich technisch einwandfreie Drehbühnen oder Bühnenwagen zu schaffen? Regnen die Kapitalien wirklich nur noch für den Film und für den Rundfunk? – Man darf jedenfalls vom Autor nicht fordern, daß er einzig die primitiven Verhältnisse einer dem Theater abgewandten zufälligen Gegenwart berücksichtigt.
Daß den Schaubühnen unserer Tage auch der echte erotische Geist fehlt, wage ich nur anzudeuten.
Als Letztes: die Rolle des David muß von zwei Schauspielern übernommen werden; der jüngere von ihnen sollte mit seinem Alter dem dargestellten Menschen entsprechen.

ERSTER ABSCHNITT

Erste Szene

Davids Alter: 15 Jahre, 7 Monate

Rama. Straße und Platz vor dem Schlosse des Fürsten Schmuel. Links eine hohe Festungsmauer mit einem mächtigen Portal. Im Hintergrunde, parallel zum Vorhang, die Straße.

Fürst Schmuel ist auffallend gekleidet: Violette Soutane, rote Handschuhe, rotes Käppi, schwere Goldkette um den Hals. – Prinz Jonathan: schlicht, doch äußerst wohlbedacht; an beiden Handgelenken eine Goldkette. – David: ohne Hemd, ohne Strümpfe, nur mit Gürtel und kurzer Hose unbestimmter Farbe.

SCHMUEL *steht am Straßenrand, blickt westwärts, links.* Er ist hier vorübergegangen. Meine Augen haben ihn gesehen. Der Staub des Weges hat seine Füße mit mildem Grau bedeckt.

JONATHAN *auf den Stufen im Tor stehend.* Was tust du, Schmuel?

SCHMUEL. Ich schaue – ich schaue jemand nach.

JONATHAN. Wem schaust du nach?

SCHMUEL *sich Jonathan nähernd.* Er ist braun und schön.

JONATHAN. Nenne ihn doch, Schmuel!

SCHMUEL. Ich weiß nichts von ihm. Er ging vorüber, den Schafen nach. Seine Schritte waren wie Tanz, und sein Antlitz war Musik. Der halbgeöffnete Mund wölbte sich, daß meine Brust erbebte, und längst vergilbte Träume wieder grün wurden.

JONATHAN. Was für Träume, Schmuel?

SCHMUEL. Das Vergangene ist hinweggenommen. Jonathan. Und einmal stirbt man. Das Urteil, das wir uns selber sprechen, indem wir hinübertreten, enthält nicht viele Worte: – es ist nichts Verläßliches an uns. –

JONATHAN. Willst du es mir nicht deutlicher sagen, Schmuel?

SCHMUEL. Doch, ich will. Du bist ja ein Eselsfüllen, dem ich die Mähne streicheln darf. Ich entsann mich der vollen frischen Jugend deines Vaters, – des gewalttätigen Anfangs so vieler Jahre. Wir stellen steinerne und erzene Bildnisse des besten Fleisches in gewölbte Arkaden. Heimlich, in den Hallen unserer Träume, krönen wir auch das Junge, das Warme, das Blut. – Er war nur mit einem Schurz bekleidet wie ein armer Mensch.

JONATHAN. Du sprichst von zweien.

SCHMUEL. Dieser – und vor langen Zeiten der Ähnliche –: Saul.

JONATHAN. Jetzt ist Trennung zwischen dir und meinem Vater.

SCHMUEL. Einst, als ich Saul noch nicht entfremdet war, bin ich das Pferd vor seinem Wagen gewesen; denn ihm war das ungeheure Vorrecht der Schönheit gegeben. Es ist dieser Stunde gemäß, daß er mir vor die Seele kommt.

JONATHAN. Warum sprichst du so mühsam?

SCHMUEL. Es geht auch dich an. Begegnungen sind Stricke, die uns binden. Du bist der Sohn jenes Mannes, den ich unter einer Million auserkor, dessen Berufung ich verkündete. Ich salbte ihn, weil er mir gefiel – weil er mir überaus gefiel.

JONATHAN. Warum verwirfst du ihn in seinem Alter? Warum gelte ich dir mehr, da ich doch sein Nachkomme bin?

SCHMUEL. Als Saul König geworden war, wurde ihm ein anderes Herz gegeben. Allen Mächtigen wird ein anderes Herz gegeben. Ihr Erbarmen ist das Erbarmen der Vernunft. Ihr Mitleid ist das Mitleid der Reklame. Ihre Kriege sind das Unabwendbare. Sie sind die Vorsteher der Verstümmelungen.

JONATHAN. So wird auch meine Zukunft, wenn sie mir gehören sollte, befleckt sein.

SCHMUEL. Du bist gefährdet. – Auch ich bin gestrauchelt.

JONATHAN. Weshalb denn, wenn wir nichts Eigentliches vermögen, wurden wir aus dem hingestreuten Samen aufgerufen?

SCHMUEL. Das Ziel der Schöpfung mit uns ist immer das gleiche: daß wir werden möchten was wir sind. Aber wir verfälschen die Absicht durch die verzettelte Behauptung, daß es auf unseren dissidierenden Willen ankomme. Wir haben die Neigung, leicht faßliche Schlüsse aus der Unbeugsamkeit der Zufälle zu ziehen. Die Unerschrockenheit, zu sein und zu lieben, ist unter Menschen selten wie ein Diamant zwischen Kieseln.

JONATHAN. Was an meinem Vater ist schlechter als sein Irren?

SCHMUEL. Sein Schwanken. Bald maßt er sich an, es der Schöpfungshärte gleichzutun, gebärdet sich jähzornig, grausam; –

dann wieder hält er sich von jedem Entscheid zurück, zerreißt Gerichtsurteile, stößt die Staatsgeschäfte von sich.

JONATHAN. Wir alle werden unsicher im Handeln, wenn der Erfolg uns verläßt.

SCHMUEL. Er ist eitel, putzsüchtig –

JONATHAN. Womit denn soll er die Traurigkeit verbergen, die ihn befallen hat? Er ist einsam.

SCHMUEL. Es ist mein Laster, Saul zu schelten. Aber ich will es mildern, indem ich dir Vergangenes erzähle.

JONATHAN *setzt sich auf eine der Torstufen, schweigt.*

SCHMUEL *setzt sich neben ihn.* Du warst noch nicht geboren. Niemand dachte daran, daß du einmal werden würdest. Es waren unruhige Zeiten im Lande. Die Städte und Fluren waren von Kriegen bedrängt. Man trieb das Vieh der Bauern aus den Hürden, damit es den Soldaten geschlachtet würde. Ich habe gesehen, daß man Jünglinge und Jungfrauen spießte und Kinder verbrannte. Man machte mit den Menschen, tat ihnen an, was sich machen und antun läßt. Die Sieger schleppten alles Eisen aus dem Lande. Es fehlte uns zu den Türangeln und zu den Pflugscharen. Man verbot uns Erz zu gießen, und die Herdfeuer erloschen, weil das Holz geraubt war. Es war Not im Großen und Kleinen, es war Hunger, Krankheit, Zerstörung. Es war Hohn über uns und Beschuldigung. Mein Amt war es, den zerrütteten Staat zu leiten und von den Bedrängern Erleichterungen zu erbitten. Ich war ein Eiferer, nur darum vermochte ich es. Zwanzig Jahre lang habe ich die Last der Demütigung geschleppt. Ich habe der Härte des Aufgebürdeten mit dem Glauben an eine rührbare Allmacht getrotzt. – Ach, jede Hinwendung erschöpft sich. Man wird allmählich bereit zum Ertragen. Die Stunde der Wiedergutmachung, die ich in meiner Kammer auf meinen Knieen erbettelt, erschrieen hatte, kam. Doch ihr Ertrag war mager. Nur die fremden Truppen wurden aus unseren Städten zurückgezogen. Das Elend blieb uns. Da lehnte sich das Volk gegen mich auf, weil ich den Feinden die Schuhe beleckt hatte.

JONATHAN. Wurdest du vertrieben?

SCHMUEL. Nicht einmal eingekerkert wurde ich, denn eine Soutane bekleidet mich. Man verlangte eine reinere Staatsführung. Ein König schien damals allen tugendsamer als ein Priester.

JONATHAN. Du gabst ihnen Saul.

SCHMUEL. Ein Abend, der ein Zwillingsbruder dieses heutigen Abends war, voll roter Sonne, leicht – kein Wind in den Wipfeln der Bäume –. Da kam er hier vorüber. Meine Augen sahen ihn. Der Staub des Weges hatte seine Füße mit mildem Grau bedeckt.

JONATHAN. Wer kam vorüber? Saul?

SCHMUEL. Ein Jüngling. Dein Ebenbild. Dein Vater. Er war schöner als alle, die ich je gesehen hatte. Und ich liebte ihn sogleich. Er war nicht allein. Er hatte einen jungen Knecht bei sich. Die beiden waren ausgezogen, um die Eselinnen Kis', deines Großvaters, zu suchen, die störrisch geworden und davongelaufen waren. Drei Tage lang schon hatten sie vergeblich gesucht und waren mit sich einig geworden, daß sie umkehren müßten, damit sich Sauls Vater nicht um die Suchenden ängstigen möchte. Aber sie wollten noch zu mir, dem Seher, ob ich ihrem Vorhaben mit meiner Gabe etwa nützlich sein könnte. – Ich aber wurde von der inwendigen Gewalt eines anderen Menschen ergriffen, daß alles in mir verkehrt wurde. Die Stimmen in meinen Nieren und in meinem Gebein sagten mir, daß ich den König gefunden hätte. Ich küßte ihn. Ich lud ihn ein, mit mir zu essen. Ich gab ihm die besten Bissen. Er schlief in meinem Hause. Am Morgen stieg ich mit ihm zum Topfgarten meines Daches hinauf und redete von dem, was ich mit ihm vorhätte. Ich umarmte ihn abermals, warf mich vor ihm nieder und senkte meinen Mund auf seine Füße. Ich nahm aus einer Bleikapsel Rosenöl und salbte damit sein Haar. Von jenem Tage an kannte ich nur ein Sinnen und Trachten: Saul zu dienen. Den Burschen aber, der ihn begleitete, hatte ich vorweg geschickt. Und die Eselinnen wurden gefunden.

Jonathan schweigt.

Damals warst du noch nicht. Du warst in ihm. Jetzt bist du außer ihm. Jetzt bist du, arglos, als Jonathan vorhanden. Dein Vater ist nicht mehr als Saul vorhanden.

JONATHAN. Du spielst ein unzulässiges Spiel mit Namen und Zeiten. Nein, mein Vater ist nicht mehr als armer Mensch vorhanden, der, nur mit einem Schurz bekleidet, jugendlich die Straße entlangzieht. Heut hast du dem Dritten nachgeschaut, der der Beste ist.

SCHMUEL *traurig.* Erfahre es selbst! sieh, was ich sah!

Er eilt auf die Straße, schaut nach links aus.

Er ist noch bei der grasenden Herde. Geh hinab! Sprich mit ihm!

JONATHAN. Das ist doch närrisch.

SCHMUEL. Geh, Jonathan! Bring ihn herauf, ehe es völlig dunkel wird.

Jonathan entfernt sich zögernd nach links. Schmuel schaut ihm nach.

In allen Nöten haben sie zum Unsichtbaren geschrieen. Dem Hunger und der Folter, der Verfolgung, der Gefangenschaft, der Ermordung ihrer Nächsten haben sie mit Gebeten getrotzt. Die Himmel hallen wider von ihren Rufen: Hilf mir Gott, denn das Wasser geht mir bis an die Seele. Ich versinke im Schlamm, der keinen Grund hat. Ich bin im tiefen Wasser, und die Flut will mich ertränken. Erhöre mich, Herr, daß das Loch der Grube nicht über mir zusammengehe. – Und es ist sinnvoll, dies Geschrei, dies Feilschen um Hilfe, dieser Zorn des Anrufens, diese Drohung, daß man die Erhörung glaube. Es ist betäubend, Verfehlungen zu bekennen, Sünden zu nennen, Lauheit und Wankelmut hinauszuröcheln – zu fasten, bis Ohnmachten den Leib umwerfen und das Haupt zerschlagen auf einen Stein niederfällt. Denn es gibt Errettung von allen Übeln, aus allen Nöten für den, der weiterlebt. Aber es gibt keine Errettung von der Häßlichkeit alten Fleisches, das graue Haar bedeckt wie Waldflechten hinsiechende Zedern – wenn man weiterlebt. Da ist niemand, den es jammert, und kein Tröster findet sich.

Er hat sich wieder gesetzt, senkt den Kopf und weint.
David und Jonathan kommen.

JONATHAN. Warum weinst du, Schmuel?

SCHMUEL. Ich habe nachgedacht. Die Tränen sind mir geworden, damit ich nicht deutlich sähe, was ich erschaue. – Wer bist du, junger Mensch?

DAVID. David bin ich, Sohn des Isai.

SCHMUEL. Wie alt bist du?

DAVID. Fünfzehn Jahre und sieben Monate.

SCHMUEL. Hat dein Vater Söhne außer dir?

DAVID. Ich bin der jüngste unter acht Brüdern.

SCHMUEL. Und sind sie alle deines Wuchses?

DAVID *schweigt.*

SCHMUEL. Jedes Wesen ist nur einmal. Es gibt Ähnlichkeiten. – Da ist jemand, der dich hierher gebracht hat. Kennst du ihn?

DAVID. Es ist Jonathan.

SCHMUEL. Das ist sein Name. Was weißt du von ihm?

DAVID *schweigt.*

SCHMUEL. Hast du einmal auf seinen Rock geschaut?

DAVID *schweigt.*

SCHMUEL. Du solltest einmal seinen Rock betrachten. Du könntest daran etwas entdecken, was sehr wichtig ist – in dieser Sache, die zwischen euch sein wird.

DAVID *schweigt.*

SCHMUEL. Wenn man dich mit den Augen berührt, trifft man auf deine Haut. Da bist nur du, sonst nichts. Findet man Wohlgefallen an Jonathan, so geht es von seinem hübschen Kopfe aus und einem kostbaren Anzuge. Da sind die Ärmel, aus denen die schmalen Hände mit Goldketten hervorragen. – Er ist der Sohn eines Königs.

JONATHAN. Das ist unwichtig –

SCHMUEL. Etwas muß hier gesprochen werden. Ich kann mich nicht anschicken wie du tust, den Gefundenen mit einer Stirn voll Getöse anzustarren. Er muß wissen, daß heut mehr geschehen kann, als daß ihm Wams und Unterwäsche geschenkt werden.

JONATHAN. Ich bitte dich – verflechte uns nicht in eine Weissagung!

SCHMUEL. Jede Voraussage hat ihre Unvollkommenheit. Denn sie ist ein Wort. Die Zukunft aber ist Jahr um Jahr. Sie ist Wasser, in das man sich legt. Sie ist Himmel wie geronnenes Blei. Sie ist ein mächtiger Wind, der die Bäume entwurzelt. Sie ist ein Dornbusch, in den man hineinstolpert. Sie ist Milch, die man schluckt. Sie ist ein Horizont voller Weizenfelder, den man zwischen die Lider schiebt. Sie ist frischer Lärm auf den Straßen und reine Hemden und Fußwaschungen. Ja, es erhebt sich ein Rauch. Denn es wird jeden Tag Nacht, und es verändert sich das Veränderbare. Die heute gezeugt werden, können nach neun Monaten da sein. Aber die Zusammensetzung ihres Wesens bleibt unbekannt zwischen Geburt und Tod. Wer will da eine Rechnung aufstellen, die ohne Fehler wäre?

JONATHAN. Du minderst das Scheinbild deiner Vorkenntnis.

SCHMUEL. Nimm aus meiner Einschränkung was dich beruhigt! Ich habe die Vergangenheit als uralten Zeugen.

JONATHAN. Soll das Vergangene in der Zukunft nicht aufhören?

SCHMUEL. Sie hat sich euch erwählt. Wer da ist, bezahlt teurer als mit einer kleinen Fleischwunde. Die Ausschweifungen des Leids sind ungeheuer; die Freude müht sich vergeblich, ähnlich lasterhaft zu sein.

DAVID. Ich habe nicht gewußt, daß Jonathan ein Prinz ist.

SCHMUEL. Welchem Traum hingst du nach, als du vorhin verzückt wandertest? – Du achtetest nicht der Tiere und des müden Dunstes der Erde. Deine Brustwarzen waren bessere Augen als die in deinem Kopfe.

DAVID. Ich sann. Ich hörte etwas.

SCHMUEL. Was hörtest du?

DAVID. Ich war dabei, Musik zu erfinden.

SCHMUEL *verblüfft.* Habe ich richtig aufgefaßt? Musik –?

JONATHAN. Musik – David – du sagst – Was hast du gesagt?

SCHMUEL. Wir müssen das etwas genauer erklärt haben. Du komponierst? Man nennt es so.

DAVID. Ich habe die Tonsätze vieler Meister gelesen. Nach ihrem Vorbild kommen mir eigene Einfälle. Das ist nacheinander und gleichzeitig ein Schmaus von – von – Unschmeckbarem –

SCHMUEL. Du hast offenbar Talent –

JONATHAN. Wie langsam ist deine Erkenntnis, Schmuel! Ach, wie du dich zurückhältst! David ist ein Auserwählter.

SCHMUEL. Bedachtsam, Jonathan! Der Schäfer hat uns mit seinem Bekenntnis verwirrt. – Ich müßte etwas fragen. – Man könnte einwenden, es sind kindliche Versuche. *zu David.* Man müßte etwas von deinen Sachen hören. Du solltest uns vorspielen. –

JONATHAN. Kaum eine Stunde ist es her, da warst du überschwänglich und fandest unsägliche Musik auf Davids Antlitz ausgebreitet. Jetzt bist du widerspenstig.

SCHMUEL. Ich bin noch niemals einem Genie begegnet. Es wäre das erste Mal. Die Söhne der Engel sind selten. Es ist zweierlei: einen Menschen von ferne zu sehen und gewißlich zu vermuten, daß er deren einer sei – und in seiner Nähe beweislich zu begreifen, daß er einer ist. Jede Prophezeihung wird zuschanden an Untererfüllung und Übererfüllung. Jetzt ist es genug – für mich ist es genug. Laßt uns miteinander ins Haus treten. Es wird finster.

DAVID. Das möchte ich nicht. Ich muß bei meiner Herde bleiben.

JONATHAN. Ich habe noch niemals Schafe gehütet. Wenn du es dulden willst, begleite ich dich eine Weile.

DAVID. Du darfst, was dir gefällt.

SCHMUEL *zu David.* Willst du nicht einen Bissen, einen Trunk –?

DAVID. Ich habe Brot in meiner Hirtentasche.

SCHMUEL. Ihr seid mit allem versehen. Hunde sogar, die euch bewachen. Schafe, die euch bestaunen – *David zieht Jonathan mit sich fort.*

JONATHAN. Schmuel – ich werde zum Nachtmahl wieder bei dir sein.

SCHMUEL *auf der Schwelle stehend.* Es ist ein Anfang. Einer der vielen möglichen Anfänge. – Sofern eine Begegnung ein Anfang ist.

FUGA *HABENICHTS* YNGVE JAN TREDE

8
13
18

22
27
32

37
42
47

52
57
62

66
71
76

Zweite Szene

Davids Alter: 15 Jahre, 7 Monate

Rama. Nacht. Heide.

David und Jonathan.

DAVID *eine Decke entfaltend.* Dieser Platz ist zum Schlafen geeignet.

JONATHAN. Ich bin fünf Jahre älter als du, David. So ist es schicklich, daß ich dir im Bekennen vorangehe – wenn mir auch Angst die Kehle zuschnüren will – und ich schwitze, daß ich stinke.

DAVID. Du stinkst nicht. Du bist für diese milde Nacht zu warm gekleidet. Leg deinen Rock ab!

JONATHAN. Ich habe von deinem Brot gegessen, und es war köstlicher als alle Speise, die ich je schmeckte, weil du es mir brachst. Ich habe Wasser aus einer Quelle getrunken, und es war prickelnder als Wein, weil du neben mir knietest und deine Lippen gleichzeitig eintauchtest. Ich habe deine Hunde gestreichelt, die dir zugetan sind, und sie leckten meine Hände und umsprangen mich, als kennten sie mich seit jeher. Neben einem lohenden Reisigfeuer habe ich einige deiner Notenblätter gelesen, die zu Zeichen gewordene Sprache deiner Undurchdringlichkeit und Unerfaßbarkeit. Ich weiß jetzt, daß du nicht ein Mensch bist wie ich; wir sind nicht vergleichbar. Du bist befähigt – deine Jugend ist Geschenk über Geschenk. Nun dies für mich so ist, schmeckt mir jedes Wort wie Kot im Munde.

DAVID. Du redest – du redest so kraus wie dein ungekämmtes Haar kraus ist.

JONATHAN. Ich kann deine Freundschaft nicht fordern.

DAVID. Jonathan – wir beide sind etwas Vorhandenes, das Gefallen aneinander hat. Ich bin sehr glücklich, daß du Noten lesen kannst, – daß ich dich erfreue.

JONATHAN. Es hat mich heute das Schicksal des Menschen ereilt, das ich nicht kannte: jemand, der scheinbar meinesgleichen ist, zugetan zu sein, als hätte ich ihn in meinen Eingeweiden getragen. – Mir ist, als ob ich in deiner Nähe erst in die Schöpfung einwüchse, ihren durchdringenden Sinn erführe – von Spuren deines Wesens betastet, zum Dasein zugelassen wäre. Vorher, zwanzig Jahre lang, war ich stumpf, unvollkommen erregt. – Mir ist bange.

DAVID. Du schwingst die Hand und schweigst dabei so plötzlich, als wäre noch mehr in deinem Kopf, was deine Zunge nicht so schnell bewältigt.

JONATHAN. Als ich so alt geworden war, daß mir das Blut die Lenden füllte, gab mir mein Vater eine Gespielin, ein unberührtes – ein halbes Kind, meinem Alter angepaßt. Ich hatte auch meine Freude –

DAVID. Ist das Gefühl unwiderstehlich?

JONATHAN. Es ist nichts. Nachdem ich dich mit meinen Blikken berührt habe, ist es nichts. Die Belehrung ist für mich da, daß es nichts ist. Das andere, das Spiel, ist angenehm. Daraus ergibt sich die lange Täuschung. Es ist sehr angenehm, sehr unbegreiflich. Aber das Verlangen nach Zerfleischung, nach Schmerz, nach dem Unglück, dir nicht mehr entrinnen zu können, ist von allem Unausdrückbaren das Erhabenste. Ich will aufhören noch da zu sein, wenn dies Empfinden, dieser nächtlich donnernde Raum nur ein leerer Stoß in meinen Adern ist. Es wäre mir willkommener, du steinigtest mich mit einem Felsstück, langsam, wie man Verbrecher rädert, oder erschlügest mich mit einem Knüppel, als daß du sagtest, du wollest deiner Wege gehen, ich solle meiner Wege gehen.

DAVID. Ist es so heftig zwischen dir und mir?

JONATHAN. Du könntest glauben, daß ich heuchle oder mir darin gefalle, meine Heimsuchung zu übertreiben. Du bist nicht der Sohn eines Mannes nur; du bist auch der Sohn eines Engels.

DAVID. Jonathan – wenn die Sonne scheint, wird die Rede nicht wiederholt.

JONATHAN. Du mußt es hinnehmen, wie ich es ausspreche.

DAVID. Wir mögen beide rot oder blaß werden; aber es bleibt dabei, daß du ein Prinz bist und ich Schafe hüte. Das sind zwei ungleiche Bäume, die nicht leicht zusammenwachsen. Als wir im Dunkeln über die Heide stolperten, stellte ich mir vor, ich hätte jetzt einen wohlhabenden Freund; es würde mir zukünftig an nichts fehlen. Und gab mir keine Rechenschaft, wie ich es dir vergelten könnte.

JONATHAN. David, es ist beschämend für mich, daß ich so langsam bin. Es drängt sich zuviel in meinem Hirn, zuwenig kommt über die Lippen.

Er nimmt die Goldkette von seiner rechten Hand und legt sie um Davids linke.

Das ist kein Geschenk, sondern nur ein Zeichen, daß ich ein Bündnis mit dir mache. Ich bekenne, ich schwöre: nichts an dir soll mir jemals widerlich sein. Die Gaben deiner Natur – und wäre auch schlimme Absicht darunter – sind der stärkste Vorsatz, zu dem sich eine Geburt aufraffen kann. Ich liebe deine Zeugung, auch wenn sie nur noch der Schatten eines

Schattens an Lust ist, außer mir und heut erst erzählt wie eine Sage, – weil es dich gibt. So auch dein ferneres Leben, das sein wird; niemand weiß in welcher Beschaffenheit. Es soll nicht damit sein Bewenden haben, daß du Notenpapier, Bücher, Instrumente erhältst, Kleidung, Lebensunterhalt, Wagen und Pferde und was du dir sonst noch wünschen möchtest. Ich will dir mein Recht abtreten, König zu werden, wenn mein Vater einmal in die Grube abberufen wird.

David. Jonathan – jetzt bist du ein wenig verrückt. Wir sind ja nicht in einem Märchen. Die Einwohner dieses Landes wollen einen legitimen Herrscher, nicht einen Hirten, den jüngsten Sohn eines durchschnittlichen Mannes. Man melkt den Bock nicht.

Jonathan. Einen legitimen König? Gewiß! Ist nicht Genie der Ausdruck höchster Legitimität?

David. Du kannst mir Geld schenken. Ein Haus, eine Orgel, Diamanten, Äcker und Wälder, Weinberge – doch nicht das Staatsrecht umbiegen. Auch deine jüngeren Brüdern behindern dein voreiliges Betreiben.

Jonathan *halsstarrig.* Es gibt Umwege. Alle Diplomatie besteht aus Vorkehrungen und Verdrehungen. Die Findigkeit ist der Beruf der Staatsmänner. Nichts ist papierener als Landkarten, auf denen Grenzen mit dicken Farben gezeichnet sind. Zöllner und Soldaten gehören nicht zur Erdbeschreibung. Man könnte Bücher davon reden. Fürst Schmuel wird meinen Wunsch begünstigen. Stirbt er, ehe sich mein Begehren vollendet, sind wir auf anderen krummen Wegen. Man wird meinen Vater mit deiner Musik überwältigen, so daß er dich in unsere Hausgesetze einschließt, gleichsam als Nebensohn. Er ist der Vernunft auf seine Weise abhold und glaubt an Harmonie und Dissonanz, an zwei Wannen voll flüssiger Gegensätze und in jedem von uns an das zweierlei Naß, und sei es die gleiche Flüssigkeit, die den Buben das Heraus gibt und den Mädchen das Hinein. – Du sollst ihn bald kennenlernen und ihm vorspielen.

David. Darauf ist schwer zu antworten, weil es vielerlei ist. Meine Finger sind willig zum Spielen; aber doch recht ungeübt. Ich schaffe mit dem Kopfe; aber er kann die Tasten nicht bewegen.

JONATHAN. Du wirst ein Instrument bekommen. Ich werde dich eine Zeitlang verborgen halten.

DAVID. Ist es denn erstrebenswert, König zu werden?

JONATHAN. Es ist nicht erstrebenswert.

DAVID. Weshalb willst du es denn betreiben?

JONATHAN. Ich weiß mir nicht zu helfen. Denn mein Geist betet dich an. Ich möchte dich erhöhen; doch alle Mittel sind unzulänglich.

DAVID *zögernd.* Wollen wir uns jetzt zum Schlafen niederlegen?

JONATHAN. Es war unsere Absicht.

DAVID. So zieh endlich den Rock aus! Er kann uns als Kopfkissen dienen.

JONATHAN *zieht den Rock aus.* Ich bin durchnaß von Schweiß.

DAVID. So entledige dich auch des Hemdes. *Jonathan entledigt sich des Hemdes.* Faß den Zipfel der Decke! Wenn wir uns eng zusammenrollen, wird sie für uns beide reichen.

DRITTE SZENE

Davids Alter: 16 Jahre, 3 Monate

Residenzschloß / Musikzimmer.
Saul und Jonathan

König Saul, ein stattlicher Mann von etwa 45 Jahren, ist sehr korrekt, mit gestreifter Hose und schwarzer Weste gekleidet; doch trägt er, im Gegensatz dazu, darüber einen braunen Samtmantel und goldene Halskette.

Man hört bei dunkler Szene oder hinter dem Vorhang Takt 1–15 der Phantasia c-moll für Klavier von W. A. Mozart.

SAUL *springt vom Flügel auf.* Selbst das beschwichtigt mich nicht mehr.

Zu Jonathan gewendet

Es gelingt mir immer weniger, den Widrigkeiten, diesen Anhäufungen von Ungemach die Stirne zu bieten. Ich begreife nicht, was das Schicksal mit mir vorhat, weshalb meine politischen Bemühungen so völlig fehlschlagen. Der Einmarsch der Philister – diese tiefe Grenzberichtigung – dieser einseitige Krieg –. Feldmarschall Abner hat mich mit dem zugänglichen statistischen Material überzeugt: unsere Truppen haben sich einzig, einigermaßen geordnet, zurückziehen und die innerste, für uns beschämendste, Demarkationslinie besetzen können. Es hat nichts gefruchtet, daß wir mit der Bereitschaft des Schwächeren über eine Sprachgrenze, Volksgrenze, über Grenzverkürzungen schlechthin Verhandlungen anboten.

JONATHAN. Lieber Vater, ich kenne alle Einzelheiten des Unglücks. Es schafft dir neue Verdrossenheit, wenn du davon erzählst. Dein Gemüt darf sich nicht unheilbar verfinstern. Das Unabänderliche hat die Eigenschaft, daß wir es nicht bewegen können.

SAUL. Ich wiederhole mich oft, das ist wahr. Aber wir haben keinen Frieden. Sogar einen schimpflichen Vertrag verweigert man uns. Die Wirtschaft des Landes kreischt, weil keine Fußtapfen mehr von Fett triefen. Unbillig wie diese allgemeine Demütigung ist auch die Verunglimpfung, die mir und meinem Hause zugefügt wird. Zweifelsohne ist dieser Fürst Goliath ein Mensch von anerkennenswerten Fähigkeiten. Er soll von riesenhaftem Körperbau sein und die Kräfte eines Bären in seinen Muskeln haben. Es wird ihm nachgesagt, daß er in früher Jugend Preisboxer gewesen sei. – Das mögen Gerüchte sein, die unsere Zeitungsschreiber erfunden haben, um diesen gefährlichsten unter unseren Feinden verächtlich zu machen. Doch er versteht sich auf die Vergeltung. Durch unseren Nachrichtendienst ist verbreitet worden, Fürst Goliath hätte irgendeinen Mann aus unseren Reihen, gleichgültig welchen Standes, zum Zweikampf mit nackten Fäusten aufgefordert. Das ist eine Finte der Kanzleien; doch eine unbegabte. Denn die Wahrheit hinter der Lüge ist mehr als scheußlich. Fürst Goliath hat mich oder einen meiner Söhne – dich, deine Brüder – zur Umarmung – bis die Rippen brechen – eingeladen. Er ist unterrichtet, daß wir eher schmächtig als fleischig sind. Würde ich einen von euch als Leibpagen überantworten – das wäre die Rettung.

JONATHAN. Wir haben diese Unredlichkeit ein dutzendmal besprochen. Ich bin, seitdem ich zwanzig Jahre alt wurde, zu fahl, um zu gefallen, und meine Knochen breche mir ein anderer. Vor meine Brüder stelle ich mich. Selbst unsere geschmeidigen Staatsgelehrten verwerfen den – sonderbaren Antrag.

SAUL *aufbrausend.* Habe ich einem meiner Söhne zugemutet, sich aufzugeben?

JONATHAN. Du sprichst zu oft von dieser Geschichte. Iswi und Melchisua sind mit ihrer gebrochenen Stimme weich und dumm. Ich möchte verhindert wissen, daß sie auf den Dünkel kommen, es wäre ihre Pflicht, dem Vaterlande zu dienen.

SAUL *schweigt eine Weile verdrossen.* Zu diesem Überfluß an Ungemach habe ich auch noch häuslichen Ärger. – Was hast du mit deiner Freundin, mit – mir ist der Name entfallen – angestellt?

JONATHAN. Was sollte zwischen Egla und mir vorgefallen sein?

SAUL. Sie ist heut weinend bei mir in Audienz gewesen. Sie fragte mich, ob du sie verstoßen hättest. Seit sieben Monaten – oder sagte sie acht? – habest du ihre Gemächer gemieden.

JONATHAN. Wir haben die Mahlzeiten – zumeist – gemeinsam eingenommen.

SAUL. Tage- und wochenlang seist du verschwunden gewesen.

JONATHAN. Mein Amalekiter hat mich auf allen Wegen begleitet.

SAUL. Sie ist geängstigt, du möchtest ihr gram sein, weil Mephiboseth, euer gemeinsamer Sohn, das Mißgeschick hatte, von einem Tische – oder war es ein Stuhl? – herabzufallen. Er hat beide Füße gebrochen. Nun sagen die Ärzte, es sei trotz allen Bemühens nicht möglich gewesen, ihn davor zu bewahren, daß er hinkend würde. Es soll eine geringe Verkürzung des einen Beines als Folge zurückgeblieben sein. – Sie sei völlig unschuldig an dem Unglücksfall. Die Amme habe Mephiboseth beaufsichtigt.

JONATHAN. Ich war beim Fürsten Schmuel zu Besuch – vor acht Monaten. An einem Abend – es war ein schöner, gelassener, warmer Abend – ich werde mich seiner in meinem Todesaugenblick erinnern – fiel Mephiboseth von einem Stuhl und brach die Füße – damit ich einen Vorwand hätte, ihn eine kleine Kleinigkeit weniger zu lieben als bisher. Aber ich liebe ihn jetzt und fortan als meinen Sohn.

SAUL. Ich verstehe deine Ausdrucksweise nicht.

JONATHAN. Ich habe Egla nicht verstoßen: ich werde es vermutlich niemals tun. Wenn ich mich, in meines Leibes Verlassenheit, ehelich bette, werden es immer ihre Schenkel sein.

SAUL. Bist du kindisch geworden, daß du so sprichst? Mephiboseth ist ein Bastard.

JONATHAN. Er sieht mir ähnlich.

SAUL. Sollte er etwa einem anderen gleichen?

JONATHAN. Egla hat mich stets erfreut. Ich bin niemals in Reue oder Mißmut von ihr gegangen. Seit einiger Zeit denke ich über die unausweichliche Gewalt nach, die über uns verhängt werden kann, die ich in meiner Unerfahrenheit nicht kannte: die Liebe.

SAUL. Darüber denkst du nach? Darüber willst du noch länger nachdenken? Mit dieser Auskunft soll ich mich zufrieden geben? – Welchen Bescheid soll ich deiner Freundin bringen lassen?

JONATHAN. Ich werde mit ihr sprechen. So oder so; mit meinen Worten. Ob sie mich begreift oder nicht.

SAUL. Mich beschäftigt noch eine Angelegenheit privater Art. Im Gebiet von Rama gibt es einen Mann namens Isai. Die Auskünfte über ihn besagen das Gewöhnliche. Es soll indessen unter den acht Söhnen des Mannes der jüngste, David, ein Ausbund an Musikalität sein; vor allem in der Komposition. Ich habe nach dem Knaben schicken lassen; aber er ist unter sonderbaren Umständen verschwunden. Er hütete die Schafe seines Vaters. Eines Nachts wurde er entrückt. Ich drücke mich so geschminkt aus, denn ein Unglücksfall oder ein Verbrechen sind nicht wahrscheinlich. Die Schafe Isais und seine Hunde wurden seit der Stunde des Auf und Davon von einem Hüter des Fürsten Schmuel betreut. Offenbar ist der alte gewaltige Verwalter unserer Religion meinem Spürsinn zuvorgekommen. Seine Heiligkeit ist zwar bar jeder musischen Regung. Um mir einen Tort anzutun, verträgt er sich womöglich mit der Musik, die ihm nur Lärm bedeutet. Und gerade jetzt hätte ich eines gutgelaunten Trostes bedurft.

JONATHAN *sich einen Augenblick bedenkend.* Ich sollte dir Auskunft geben.

SAUL. Wieso? Was weißt du?

JONATHAN. David habe ich verborgen gehalten. Allerdings mit Wissen des Fürsten Schmuel. Er billigte weder meine Anstalten noch ihre Begründungen.

SAUL. Bist du nicht mehr das gehorsame Echo des Pontifex? Das wundert mich.

JONATHAN. Ich wollte dir dies jugendliche Genie vorstellen; doch David hat bisher in die Begegnung nicht eingewilligt, weil er seinen Fingern beim Tastenspiel nicht recht vertraut.

SAUL *exaltiert.* Bring ihn mir, Jonathan! Ach, das ist ein Ausweg aus der Not meines Gemüts.

JONATHAN. Ich wollte noch sagen – –

SAUL. Schaff ihn herbei! Sprich nichts mehr!

JONATHAN *begibt sich an die Tür.* Amalekiter –

DER AMALEKITER *erscheint in der Tür.* Mein Prinz –

JONATHAN. Bring David zu uns! Gib ihm gute Worte. Er fürchtet sich vor dem Könige.

DER AMALEKITER. Ich habe gehört. *Er verneigt sich, geht.*

SAUL. Ist der Knabe unfügsam?

JONATHAN. Er lebt mit Sinnen und Einfällen ohne Vergleich. Vielleicht wird er dir ungezogen vorkommen.

SAUL. So ist er störrisch, wie ich vermutete.

David wird vom Amalekiter hereingeführt. Sein Anzug ist vom gleichen Schnitt wie der Jonathans. Der Amalekiter zieht sich zurück.

Jonathan –

JONATHAN. Da ist er –. Es ist der König – mein Vater. *David verneigt sich halb linkisch, halb hoheitsvoll.*

SAUL. Jonathan – warum hast du mich darauf nicht vorbereitet? Das Kind ist – – von einem Pferde würde man sagen können: das edelste aus dem Gespann des Sonnenlenkers.

JONATHAN *betreten.* Ich habe nicht vorausgesehen, daß dein Befund so wenig von dem meinen abweichen würde.

DAVID *sich nach dem Flügel umschauend.* Soll ich sogleich zu spielen anfangen?

SAUL. Ja – es gibt hier wohl keine Reihenfolge.

JONATHAN *Davids Kopf streichelnd.* Beginne nur. Es kürzt das Befangensein ab.

David setzt sich an den Flügel, spielt unmittelbar hintereinander zwei Fugen in d-moll. Sein Vortrag ist präzise, eher zu schnell als zu langsam, doch ohne nennenswerte Affekte, gleichsam nur das Abstrakte der kunstvollen Formen herausstellend.

FUGA FÜR KLAVIER *DAVID SPIELT VOR KÖNIG SAUL*

38
44
50
55
60
66
72

FUGA FÜR KLAVIER

AUF DER HARFEN SÜSSE

49
55
61
67
73
79

85
91
97
103
109
115
121

Saul setzt sich, erhebt sich, reckt sich, schlägt die Hände vors Gesicht. Jonathan steht starr neben dem Flügel

SAUL. Auch das ist ein Mensch. Sticht man hinein, öffnen sich die blutigen Lippen einer Wunde. Ohne daß es Sterne vom Himmel regnete und Wölfe zu Rudeln das Haus umstanden, hat das Wesen wässerig zwischen den Schenkeln einer Mutter gelegen und mußte gewaschen werden. Und es mußte getränkt werden. Und man mußte Brei und Suppe hineinlöffeln. Es ist das Werk von sechzehn oder siebzehn Jahren. – Du liebst ihn, Jonathan?

JONATHAN. Ich kann mir die Nieren nicht herausschneiden – und es müßten beide sein.

SAUL *zu David.* Dank dir, mein Sohn. Du hast mich reich beschenkt. *Er umarmt und küsst David; der wischt sich die Stirn mit dem Ärmel. Saul bemerkt es und schiebt den Knaben zu Jonathan, wendet sich ab.*

JONATHAN. Ich müßte dich loben, David; aber es gebricht mir an der passenden Aussage, wie so oft.

SAUL *plötzlich.* Ich wollte glücklich sein, wenn du mein Sohn wärest! Du sollst in meinem Hause verweilen und als mein Sohn betrachtet werden.

DAVID *ängstlich und störrisch.* Ich gehöre Jonathan.

SAUL *belustigt, gereizt.* So wird Jonathan ein häufiger Gast in seinem Vaterhause sein müssen.

DAVID *schweigt.*

JONATHAN *leise zu David.* Sprich, David! – mein Vater erwartet dein Wort.

DAVID *schweigt.*

SAUL *außer sich, doch mit gedrosselter Stimme.* Du willst deine Antwort bedenken. – Bis du gesprächig wirst, werde ich dir die Geschichte vom Fürsten Goliath erzählen, damit du erfährst, was für ein hundsföttischer König ich bin, und was für Wichte meine Söhne sind.

JONATHAN. Vater, du darfst nicht, was du vorhast –

SAUL. Hast du kluges Kalb, das bei zwei Kühen saugt, diesem Jungen etwa die Wahrheit über uns gesagt? Daß man auch Königen wie geräucherten Fischen einen Strick durch Augen und Hirn ziehen kann, um sie daran, da sie übel riechen, an die Luft zu hängen?

JONATHAN. Ich bitte dich flehentlich, dich zu mäßigen.

SAUL. Bin ich es, der gehorchen muß? Darf ich nicht tun, damit mir gelinder wird? Willst du, daß ich beschneeit daliege wie ein gestürzter Baum im Gebirge und vor Kälte des Leidens Mundsperre bekomme?

JONATHAN *anfangs gesittet, dann unbeherrscht.* Es ist nicht mein Wunsch, daß die Melancholie dich vereinsamt. David soll dich häufig mit Musik erfreuen. Ich will ihm zureden, daß er anstellig wird und seine Schüchternheit verliert. Aber du darfst ihn nicht in die Entartung der politischen Krämerei einführen. Schon erwägst du, ihn für einen königlichen Bastard auszugeben. Ich begreife den Mechanismus. Wenn sich erst die Kanzleien in eine Zote verlieben, werden flachärschige Männer ein Bubenstück zuwege bringen. Doch ich widersetze mich.

SAUL. Schweig! Dein Wandel wird wohl nicht so sauber sein, daß dir einzig Sittenreinheit aus den Kleidern stäubt? – David wird dies Haus nicht verlassen, solange es dir gefällt, mir den Mund zu stopfen. Ich lasse euch beide festsetzen, bis du mir gestattest – mich darum bittest, daß ich ihm diesen Schimmel an unserm Dasein zeige. *Er schellt.*

JONATHAN. Es stand noch niemals so schlimm mit dir, Vater. *Ein Diener kommt.*

SAUL. Den Kommandanten der Schloßwache –!

DER DIENER. Ich habe gehört.

SAUL. Ruf ihn herbei! *Der Diener geht.*

JONATHAN. Es ist noch Zeit, dich anders zu bedenken.

SAUL. Du bist es, der diesen Knaben durch Abersinn in Ungelegenheiten bringt.

DER KOMMANDANT *kommt.* Mein König –.

SAUL. Prinz Jonathan – und dieser hier, David, dürfen das Schloß nicht verlassen, solange ich nicht anders verfüge.

DER KOMMANDANT. Mein König – ich habe gehört.

Saul *sich nach rechts entfernend.* Du haftest mir –

Saul ab. Der Kommandant ruft zwei Soldaten durch die Tür links im Hintergrund herein

Jonathan *zu David.* Fürchte dich nicht; ich bleibe bei dir. Die Verbitterung meines Vaters verliert sich schnell.

David *sorglos.* Ist es die Geschichte, von der man auf den Straßen spricht, daß die Philister einen Faustkampf – –

Jonathan. Es ist die Geschichte; aber sie lautet anders. Wir werden wohl nachgeben und den König anhören müssen.

Der Kommandant. Du bist mit deinem Freunde unter Aufsicht gestellt, Prinz Jonathan.

Jonathan. Führ uns in ein abgelegenes Zimmer und laß den König nach geraumer Zeit wissen, wir hätten uns besonnen und bäten, daß er uns noch heut empfange. – Es hat nichts auf sich, daß wir in Arrest geraten sind.

Der Kommandant. Ich will es hoffen, mein Prinz.

Alle ab

Vierte Szene

Davids Alter: 16 Jahre, 11 Monate

Rama. Nacht. Heide.

Ehe der Vorhang aufgeht, hört man Davids Stimme.

David. Na-to! Na-to! Na-to! Na-to! Na-to!

Jonathan *hinter der Szene.* David! David!

David. Hier, Jonathan, hier – Ich schreie nach dir. Ich schreie nach dir, wie ein Hirsch nach Wasser. *Sie fallen einander in die Arme.*

Jonathan. Oh, du zweites Herz in meinen Eingeweiden! David –

David. Ich war fast von Verstande vor Angst, du möchtest mich nicht finden – oder nicht mehr finden wollen.

Jonathan. Warum sollte ich – – Barmherzigkeit! Du bist ja gänzlich nackend!

David. Nicht gänzlich. Ein Lendentuch ist mir geblieben.

JONATHAN. Wo sind deine Kleider?

DAVID. Ich weiß es nicht. Fort. Nur die goldene Kette hier – Fühl sie!

JONATHAN. Ich begreife weniger denn zuvor. Was hat man dir angetan? Welche Raserei meines Vaters – –?

DAVID. Nichts. Keine.

JONATHAN. So erzähl doch!

DAVID. Ich bin geflohen.

JONATHAN. Warum?

DAVID. Weil ich – dir nicht begegnen wollte.

JONATHAN. Bitte, David – das ist keine Antwort für mich. Ich bin völlig unwissend, was dir zugestoßen ist.

DAVID. Dein Gehirn kann nicht nur von Lücken strotzen; denn du hast mich gesucht und gefunden.

JONATHAN. Du hast recht; unsere Behauptungen sind anfechtbar. Ich habe, wie du auch, zehn Tage verbracht. In diesen zehn Tagen, in denen wir getrennt waren, hat mein Ohr den Lärm gehört, der in meiner Nähe war.

DAVID. Seit fünf Tagen halte ich mich hier verborgen. Ein Priester hat mich mit Brot versehen. In jeder Nacht, von Mitternacht an zwei Stunden lang, habe ich geschrieen. Du sollst wissen, daß ich nach dir geschrieen habe. Deinen Namen habe ich nicht gerufen; ich wagte es nicht. Zwei Silben habe ich herausgegriffen, in der Zuversicht, daß du sie erkennen würdest. Ich habe nach dir geschrieen. Ich habe mein hartes Krautlager mit Tränen genetzt. Meine Leber ist dörr, weil ich mich ausgeschwemmt habe.

JONATHAN *Davids Hand fassend.* So laß dich jetzt trösten – was dir auch widerfahren sein mag. Wenn du nur gesund und heil bist –

DAVID *entwindet seine Hand.* Ich bin unverletzt. Nur meine Füße schmerzen. Aber ich bin unter der Haut verändert. Erzähl von deinen zehn Tagen!

JONATHAN *spricht unruhig, flüchtig.* Ich sah Truppen auf den Straßen vorüberziehen. Kolonnen. Regimenter. Ein Strom wandelnder Uniformen. Ich dachte an dich. Ich machte mich auf. Du warst nicht in deiner Wohnung. Dein Aufwärter sagte, du habest dich vor Sonnenaufgang wecken lassen. Ich fragte nach dir im Stadtschloß; niemand hatte dich gesehen. Mein Vater tagte mit dem Staatsrat. Ich drang zu Feldmarschall Abner vor. Er lächelte. Er sprach von einem historischen Augenblick. Er deutete an, daß du mir auffallend ähnlich sähest. Inzwischen trafen Botschaften ein. Wir hätten einen Sieg errungen, sagte er. Er hieß mich gehen. Am Nachmittage empfing mich der König. Er hatte Wein bereitstellen lassen, um mit mir zu trinken. Er habe Erfolg, erklärte er. Du seiest in Sicherheit, beteuerte er. Er werde dich wahrscheinlich adoptieren, um den Sieg kategorisch zu machen. Er werde dich ohne Verzug zu mir schicken, sobald er deiner habhaft würde. Ich erwartete dich in meinem Hause. Du kamst nicht. Am späten Abend ging ich in dein Haus. Dort warst du nicht gewesen. Die Straßen waren von Mauleseln und Train verstopft. Die Tanzdielen und roten Häuser hatten ihre Türen weit offen. Man hörte Gesang allerwege. Ich faßte einen Vers auf – an jenem Abend schon. Betrunkene und Nüchterne blökten ihn: »Saul hat tausend geschlagen, aber David hat zehntausend geschlagen.« Kennst du diesen Gassenhauer?

DAVID. Nein.

JONATHAN. Ich schlief in der Nacht nicht. Am Tage erfuhr ich, daß unsere Truppen in fast allen Abschnitten Linie zwei erreicht hätten; doch nichts von dir. In meinem Kummer geschah mir das, was du auch von dir gesagt hast: ich schwemmte mein Bett die ganze Nacht. Die Straßen waren auch in der Dunkelheit voll Lärms. Am Tage trugen die Frauen ihre Brüste offen und zeigten sie den Soldaten. Mein Vater bestieg einen Streitwagen und fuhr davon. Meine Brüder Iswi und Melchisua schalten und klagten, du habest sie beschämt. Nach fünf Tagen endlich, da du nicht kamst, und ich von Bängnis und Sehnsucht ermattet war, so daß meine Empfindungen nur noch ein Fleck waren, den ich hätte wegwaschen können, machte ich mich auf, dich zu suchen. Niemand konnte mir sagen, in welche Richtung ich hätte gehen sollen. Daß du in Rama weilen könntest, fiel mir zuletzt ein.

DAVID. Tritt zurück! Berühre mich nicht! Du kennst den ersten der zehn Tage nicht.

JONATHAN. Beginnst du Hader um ein Nichts?

DAVID. Höre zuvor. Entscheide danach.

JONATHAN. Das ist etwas gegen unsere Freundschaft. Was haben denn unsere Tränen bekunden wollen?

DAVID. Ja, unsere Tränen, sie wußten, weshalb sie fließen sollten.

JONATHAN. Ich setze mich zu deinen Füßen. Dann hast du allerlei Auswahl. Du kannst fortgehen, mich treten, dich neben mich setzen –

DAVID. Ach, ich habe arg an dir gehandelt. Ich verschwieg dir meinen Entschluß, den Fürsten Goliath mundtot zu machen. Ich wollte unserm gemeinsamen Königreich dienen; aber ich war in den Fängen eines undeutlichen Dämons. Ich wurde zu einer schmählichen Erfahrung mit mir selbst fortgerissen. Niemand hat mich aufgefordert zu tun, was ich tat; keiner hat mich beraten, wie ich's machen sollte. Hinterher bin ich verdorben genug, daß ich's getan habe.

JONATHAN. Feldmarschall Abner hatte mobilisieren lassen.

DAVID. Ich sagte so und so und meinte nicht viel damit. Aber dann wurden Tag und Stunde bestimmt. Ich ging auf ein weites Feld hinaus. Von Osten her, unter der Sonne, schritt mir ein Mann entgegen. So blieb ich stehen und legte meine Kleider ab. Den Schurz hier behielt ich an. Auf der Mitte des Feldes sollten wir einander treffen. Ich erkannte, wie groß und stark Fürst Goliath war. Ich kam in Todesangst. Ich begann vor ihm zu tanzen. Ich tanzte. Ich lief vor ihm hin und her in meiner Angst.

JONATHAN *mit in den Händen vergrabenem Kopf.* Weiter – weiter – tanze, tanze –

DAVID. Einmal lachte er. Einmal sprach er etwas.

JONATHAN. Was sprach er?

DAVID. Ich sage es nicht.

JONATHAN *springt auf.* Ich schlage dich, wenn ich dir weniger gelte als der Schweiß in deiner Achselhöhle!

DAVID. Schlag zu! Doch besser dann, ich rede vorher. Danach schlag zu! Zwischen die Augen – oder in die Magengrube – wenn es dir nicht zu ekelhaft ist. Wort für Wort, das sitzt an meinem Fell: er wolle mich liebkosen, daß mir das Herz zum Halse herausfalle. –

JONATHAN. Jeder auf seine Weise.

DAVID. Ich dachte, daß mein Tod gewiß wäre.

JONATHAN. Jeder mißversteht auf seine Weise.

DAVID. Ich band meinen Schurz ab, wie ich's mir vorgenommen hatte. Da machte er sich klein, kniete nieder, senkte den Kopf.

JONATHAN. Er war ein geschwinder Überläufer.

DAVID. Alsbald schlug ich zu.

JONATHAN. Was tatest du?

DAVID. Ich schlug mit meinem Schurz nach ihm.

JONATHAN. Mit deinem Schurz?

DAVID. Ich hatte einen Bleiklotz in das Tuch eingenäht. Es traf ihn gegen die linke Schläfe. Er sank um. Doch er war nicht tot.

JONATHAN *fast ohne Stimme.* Dann tötetest du ihn?

DAVID. Ja – vielleicht. Ich tanzte weiter. Ich setzte meine hüpfenden Füße auf seinen Hals. Doch schien es mir, ich konnte ihm das Genick nicht brechen, weil ich barfüßig war. Schließlich trat ich auf ihm herum wie auf einem Sack voll Grütze.

JONATHAN. Bist du zuende?

DAVID. Ich hörte Getöse. Ich floh. Meine Kleider vergaß ich.

JONATHAN *betrübt.* Ich setze mich wieder, David.

DAVID. Einen einzigen Faustschlag gib mir – einen einzigen Fußtritt –

JONATHAN. Ich würge etwas hinunter – Ich muß den Gedanken vernichten, was sein hätte können, wenn das Blei nicht schwer genug oder zu weich gewesen wäre.

DAVID. Prügle mich ein einziges Mal!

JONATHAN. Bist du darauf lüstern?

DAVID. Ich bin unerkennbar. Ich trage die Maske meiner Schreckenstat. Darum mußt du bestimmen, ob ich noch zu dir gehöre.

JONATHAN. Nichts an dir soll mir je abstoßend sein. Die samtene Stunde einer Nacht, in der wir voneinander durchdrungen waren, soll in allen meinen Stunden sein.

DAVID *wirft sich bäuchlings zu Boden.* Ich habe ein schreckliches Verlangen nach dir – nach dem Laut deines Herzens – nach deiner Wärme – nach deinem Geruch. – Nach deiner endlichen Vergebung, – indem ich dir abermals gefalle mit allem, was ich getan habe und noch tun werde. Vergib mir die unbrauchbare Wollust, die ich empfand, als ich Fürst Goliath zertanzte – wie eine erzürnte Schafsherde die Hunde und ihren ungerechten Schäfer zertritt! *Seine Zähne schlagen aufeinander; er stöhnt.*

JONATHAN *kniet nieder.* David – David – jammere nicht!

DAVID. Gib mir deinen Rock über! – mich friert.

JONATHAN *die Jacke ausziehend.* Ich habe Treberschnaps mitgebracht.

DAVID. Gib! Der wird mich wärmen.

FÜNFTE SZENE

Davids Alter: 17 Jahre, 1 Monat

Residenzschloß / Musikzimmer.

Jonathan steht am Flügel und schlägt unablässig in kleinen Zwischenräumen mit gespreiztem Finger den gleichen Ton an

SAUL *kommt von rechts herein.* Ich habe nach dir geschickt. Du kommst in letzter Zeit nicht freiwillig zu mir.

JONATHAN. Ich bin gekommen.

SAUL. Wo ist David?

JONATHAN. Ich – weiß es nicht.

SAUL. Du hältst ihn verborgen.

JONATHAN. Zehn Tage lang habe ich nach ihm gesucht.

SAUL. Das ist eine Aussage, die nicht hierher gehört. Jedenfalls lügst du. Die zehn Tage sind vor zwei Monaten um gewesen.

JONATHAN *trotzig.* Er ist nicht in seinem Hause. Er ist nicht bei mir.

SAUL. Agenten haben mir berichtet, daß er in einer Gastgeberei dieser Stadt wohnt. Du hast in die Herberge ein Klavier schaffen lassen. Du selbst gehst dort ein und aus. Willst du mir bitte sagen, wie ich euer Verhalten deuten soll?

JONATHAN. David fürchtet sich.

SAUL. Wovor? Vor wem?

JONATHAN. Vor der Wirklichkeit.

SAUL. Das ist ein Wort. Eine Ausrede.

JONATHAN. Er arbeitet emsig. Er schreibt an einer Symphonie.

SAUL. Diese Mitteilung erfreut mich – aufrichtig.

JONATHAN *warm.* Er ist gerade siebzehn Jahre alt – und schon ein Meister.

SAUL. Immerhin – für leicht hantierbare menschlichere Künste ist er alt genug.

JONATHAN. Worauf zielt deine Andeutung?

SAUL. Ich möchte, daß du ihn hierher – zu mir bittest. Er darf mich nicht vernachlässigen!

JONATHAN. Ich bin ein schlechter Zwischenträger. Ich müßte ihm etwas anderes raten.

SAUL. Sei doch nicht töricht! Ich lege meine Karten auf den Tisch. Hätte ich ihn nicht längst in Gewahrsam bringen können, wäre es mein Wunsch? Befrag deine Vernunft! Ich sehne mich nach seinem Anblick und nach seinem Spiel. Ist mein Begehren zu unbescheiden?

JONATHAN. Du hast mich widerlegt, Vater. Ich schreibe sogleich ein paar Zeilen und lasse sie durch meinen Begleiter zu ihm tragen. *Jonathan nimmt eine Karte hervor und beginnt zu schreiben.*

SAUL *leise, halb für sich.* Der diamantene Tau des Morgens. Ein Mensch wie biegsames Glas – ein durchsichtiges Nichts, das alles enthält –

JONATHAN. Ich reiche die Karte dem Amalekiter hinaus. *Er geht an die Tür, kommt zurück. Saul und Jonathan setzen sich nebeneinander auf eine Ottomane.*

SAUL. Weiter hat man mir gemeldet – so unglaublich es klingen mag – daß außer dir deine jüngere Schwester, Michal, das Gasthaus, und keineswegs selten, aufsucht. Einigermaßen verkleidet – ganz ohne Begleitung – zuweilen bei später Abendstunde, als ob sie ebendort das Nachtmahl einnähme. Was denkst du davon?

JONATHAN *versteint.* Nichts.

SAUL. Ich denke, daß David, wiewohl kaum siebzehn Jahre alt, ein Meister ist.

JONATHAN. Mir ist, als hörte ich wirre Reden.

SAUL. Es ist absonderlich, wenn Michal und du einander nicht begegnet wäret.

JONATHAN. Verleumdung, Vater! Gib deinen Agenten Geld, aber nimm nicht ihr Wort!

SAUL. Es ist verbürgt. David will mich offenbar zwingen, sein Schwiegervater zu werden, weil ich ihn nicht eilends zu meinem Adoptivsohn machte. Es ist etwas faul an ihm. Er trachtet nach Legitimität, nach –. Er gefällt sich darin, die Sonne zu sein, in deren Strahlen die Herzen wie Fett schmelzen. – Du aber sagst, er sei ein Genie; ich sage es auch.

JONATHAN. Ich fasse von dieser Heimlichkeit – diesem verschwiegenen Handel nichts.

SAUL. Hast du David für unentwickelt – für unbenetzt von Gossenwasser gehalten?

JONATHAN. Ich weiß, er ist übervoll von Vielem.

SAUL. Das ist eine gescheite Anerkennung seiner Fehler. So kann ich auch, ohne dich ärger zu verletzen, erzählen, auf welche Weise er den berühmten Sieg über Zehntausend errungen hat.

JONATHAN. Er tanzte, ja, ja, er tanzte – wie die Maus vor der Katze. Er war in Todesangst.

SAUL. Ich besitze Protokolle –

JONATHAN. Die entmenschte Politik der Kanzleien hat ihn als Kriegstribut hinüber bezahlen wollen.

SAUL. Er hat sich ein Stück Blei, ohne den Rat der Kanzleien, vor den Bauch gehängt.

JONATHAN. Verbrenne deine Protokolle!

SAUL. Ich habe den Gassenhauer, der mich beleidigt, unterdrücken lassen.

JONATHAN. Statt dessen singt man jetzt: »David hat Goliath erschlagen, Saul hat eine Ratte erschlagen«.

SAUL. Man ist der Wahrheit näher gerückt.

JONATHAN. Weshalb eigentlich willst du David sprechen?

SAUL. Er soll mir vorspielen. Ich will Versöhnung.

JONATHAN. Versöhnung? Ein sonderbarer Einfall von dir zu ihm. Aber das Wort hat seine Bedeutung. Darauf antworte ich etwas – zu dir hin und in mich hinein. Sein Geist, der elementarste Geist dieses Landes, besteht; er ist da; eine unverrückbare Tatsache, solange es den Körper, der ihn trägt, in ganzer Fülle gibt. Kann David nicht als gutes Beispiel in diese Schöpfung eingefügt werden, dann müssen auch die Sterne vom Himmel genommen und das Wasser der Ozeane ausgeschöpft werden!

SAUL. Du ereiferst dich; aber es ist belehrend.

JONATHAN. So verworren drücke ich eine innere Gewißheit aus. Meine Leidenschaft, David zu preisen, hat eine Tugend: sie kennt keinen Zweifel.

SAUL. Ich habe es gern, wenn du errötest.

JONATHAN. Es treibt mich in blöde Zanksucht, daß dieser Mensch, der ein Mensch und wiederum kein Mensch ist, anderen Menschen gleichgesetzt wird. Dem Antinoos wurden Tempel errichtet; ein Stern am Himmel erstrahlt mit seinem Namen. Solche Denkmale wurden dem Fleisch gesetzt. David, dem Antinoos gleich oder besser, überfliegt mit seiner Musik den Stern. Die Menge, und dieses Staates Gelehrten und Beamten dazu, bekennen sich zur Militärmusik und zu Tingeltangelrefrains, zum organisierten Lärm mechanischer Harmonien. Der schlechte Geschmack ist selbst in den Muscheltönen der Choräle. Mir ekelt.

SAUL. Die Tempel erbaute man dem toten Antinoos. Der lebende war lebend und beurteilbar. – Der Tanz, der Rhythmus, das neblige Gesumme der Andacht entspringen einem verlangenden Trieb.

JONATHAN. Wohl. Aber es bleibt ein Rest an Schuld.

SAUL. Sie heißt Unbildung. Man kann nicht lesen.

JONATHAN. Schuld! Wenn es keine Schuld ist, das größte Maß an menschlichem Vermögen zu verkennen, dann weiß ich nicht, was daneben Schuld heißen könnte! – Man würde einen Morast aufdecken, wenn man den Fußboden, auf dem man die Seelen seit Jahrtausenden tanzen läßt, aufbräche!

SAUL. An deiner schönen Heftigkeit betrübt mich die seltsame Auswahl der Worte. Sie zeigen, wie tief dein Leiden ist.

JONATHAN. Welches Leiden?

SAUL. Wie willst du König werden, wenn der unempfängliche, kühle Gang der Welt, soweit er uns betrifft, dir als eine einzige Fehlleistung erscheint?

JONATHAN. Das Wirkliche ist nur mühsam aufzufassen. Jedes Resultat zerfällt wieder. Jede Rede ist Auswahl. Jede Zärtlichkeit ist Auswahl. Wir gewinnen immer nur das Vorläufige, niemals das Richtige oder Sichere. – Aber will ich denn König werden?

SAUL. Du wirst es lernen müssen, es zu wollen. Mit deinem jungen Freunde ist zuviel Anarchie über dich gekommen.

JONATHAN. Welch ein Zeugnis für die Verkieselung anderer!

SAUL *aufgebracht.* Du bist nicht trunken, du bist besessen. Von David umdüstert zu sein, das ist eine neue Krankheit.

JONATHAN. Der Einsichtige kann die ungewöhnliche Chemie eines Leibes nicht bezweifeln, wenn ihre Wirkung das Schöpferische, das Nichtvergleichbare ist. Gründe und Gegenstände der Staatsklugheit oder die Abgeschmacktheit einer allgemeinen Vorsicht haben vor David keinen Bestand; – denn seine Musik wird das Zeitalter und diesen Staat überdauern.

SAUL. Bist du unter die Propheten gegangen? Ist die Vernunft unwichtig? Deine Schwester hat dein Held zum Kegeln genommen. Sind wir in einem Stall, wo man es nicht genau nimmt, wenn es hoch hergeht? *David kommt.* Da ist er.

DAVID *ängstlich, scheu.* Jonathan – König – König Saul –

SAUL *ihm entgegen.* Du bist gewachsen. Deine Brust ist voller; auch deine Schenkel sind es. – Sonderbar. Dazu das Mordgelüst. Ach, das ist Eigenschaft der Jugend.

JONATHAN. Man lehrt sie ja, Soldaten zu sein.

SAUL *heftig.* Umstürzler deines eigenen Reichs!

JONATHAN *mit Zurückhaltung.* Du hast vorhin von Versöhnung gesprochen. David ist gekommen, um dir vorzuspielen.

SAUL *wieder ruhig.* Ja, laßt uns Musik hören!

JONATHAN. David – spiel etwas Neues!

Jonathan nimmt David bei den Schultern und führt ihn an den Flügel. David beginnt zu spielen. Jonathan bleibt wie gebannt neben ihm stehen. Saul hört anfangs andächtig zu, setzt sich behutsam, vergräbt den Kopf; dann erhebt er sich leise, geht an einen Tisch, zieht dessen Schublade auf, nimmt eine kleine Pistole hervor, zielt auf Davids Fuß und schießt.

FUGA FÜR KLAVIER

ABER KÖNIG SAUL NICHT FAUL GREIFET NACH DER SPIESSE

31
36
41
46
51
56
61

66
71
76
81
86
91
96

101
106
111
116
121
126
131

136
141
146
151
156
161
166

171
176
181
186
191
196

201
206
211
216
221
226

DAVID *bricht im Spielen ab, erhebt sich halb, sinkt dann zurück und greift sitzend nach seinem Bein.* Jonathan – ich bin getroffen.

JONATHAN *wendet sich gegen Saul.* Ja – bist du denn –

SAUL *zielt auf Jonathan.* Zurück! Ich spasse nicht!

JONATHAN *einen Augenblick zurückweichend.* – toll, geiferkrank?! Dieser Überfall – den Arm herunter! –

SAUL *schießt zweimal.* Schluß! – Ich zähme euch.

JONATHAN *an ihm.* Meine Hand – Dennoch – *Er entwindet Saul die Pistole.*

DAVID. Jonathan – Jonathan! Du blutest!

JONATHAN. Einmal durchlöchert. Du bist es auch. –

MICHAL *kommt durch die vordere Tür links mit Zeichen der Furcht herein.* Ich hörte. Nun sehe ich.

SAUL. Du hier? – Die Unterliegerin lauscht, wenn ihr Buhle die Tasten schlägt!

JONATHAN *zu Saul.* Was willst du jetzt? –

MICHAL. David verblutet!

DAVID *mühsam.* Es ist nur die Wade.

JONATHAN *zu Saul.* Rede, Vater! Sollen wir so Übles von dir denken, daß du nur mit der Stange im Nebel herumfährst?

SAUL. David soll hinkend werden wie dein Sohn Mephiboseth – der es an dem Tage wurde, da dir jener zum ersten Male begegnete.

JONATHAN. Das – das ist Wahnsinn.

SAUL. Ihm soll etwas angetan werden – abgenommen werden von seiner verbrecherischen Anmut. *Saul wendet sich ab, geht rechts hinaus.*

MICHAL *kniet neben David.* David – ich verstehe mich nicht auf Wunden. Aber ich habe es schon gelernt, mit Tränen vertraut zu werden. Du bist bleich, fahl wie Wegstaub.

DAVID. Mir ist nicht wohl.

JONATHAN. Hier muß etwas getan werden. Kannst du gehen, David?

DAVID *macht Versuche.* Ich weiß es nicht. Vielleicht muß man mich stützen.

JONATHAN. Mir ist speiübel.

MICHAL. Da ist nur ein Weg: ich nehme David mit mir in meine Zimmer. Der König kommt dort niemals.

JONATHAN. Hätte ich nicht zuviel meines roten Inhalts verloren, würde ich eifersüchtig sein. – Ja, da ist deine Aufwärterin. Sie hat Lebenserfahrung. Sie behält einen kühlen Kopf. Sie läßt einen Arzt rufen. Sie hilft dir beim Verbinden. – Ich muß mir selber helfen. *Er eilt zur linken Tür im Hintergrunde hinaus.*

DAVID. Jonathan –

MICHAL. Häng dich über meine Schulter! *Michal umklammert David, führt ihn zur Tür links im Vordergrunde und geht dort mit ihm hinaus.*

SECHSTE SZENE

Davids Alter: 17 Jahre, 3 Monate

Rama. Nacht. Heide.

DAVID *springt vom Boden auf.* Wer kommt? – Steh stille! Gib dich zu erkennen!

DER AMALEKITER *kommt.* Botschaft vom Prinzen Jonathan! – Sein Diener.

DAVID. Du? Warum du? Warum nicht er? Er könnte doch statt deiner ein Mensch in meiner Nähe sein!

AMALEKITER. Ich bin es, um dir zu sagen, daß ich dir zugetan bin, daß meine Seele mitdient, wenn ich dir diene.

DAVID. Du überrasch⟨s⟩t mich mit deinem Angebot. Du gelobst mir Anhänglichkeit. Das läßt dich hinterhältig erscheinen, da du Prinz Jonathans Vertrauter bist. Er muß sich auf dich verlassen können; sonst bist du für ihn schädlich. Und bist du für ihn schädlich, wirst du für mich überaus untauglich. Wir brauchen einen Mann, der uns beiden gleichermaßen dient.

AMALEKITER. Dieser Mann bin ich. Das wollte ich ausdrücken. Es legte sich verquer in meinen Mund, weil ich Eile habe.

DAVID. Warum hast du Eile?

AMALEKITER. Prinz Jonathan und seine Schwester Prinzessin Michal sind in der Nähe.

DAVID. Warum dies Aufgebot? Heide und Nacht, das taugt doch nicht für Mädchen, wenn sie sechzehn Jahre alt sind.

AMALEKITER. Meine Antwort wird keine Antwort sein. – Da kommen sie schon. *Jonathan und Michal nähern sich.*

JONATHAN. Warum rufst du uns nicht, Amalekiter, wenn du David gefunden hast?

AMALEKITER. Ich wollte gerade rufen, mein Prinz.

JONATHAN. David – ich schlucke hinunter, was meine Zunge ohne Zutun meines Willens im Schlafe sogar zu sagen gelernt hat. – Da sind wir.

MICHAL. David – da sind wir.

DAVID. Ja, Michal, hier sind vier dunkle Gestalten. Ja, Jonathan – ich erstaune –

JONATHAN. Wie steht es mit deiner Wade?

DAVID. Wenn sie nicht das Pflaster einer Narbe hätte, würde es eine vollkommene Wade sein – im Verhältnis zu mir und der Beweglichkeit überhaupt. Wie steht es mit deiner Hand?

JONATHAN. Es ist glücklicherweise die linke; der Mittelfinger ist steif.

DAVID. Selbst zwei gleichmäßige Schüsse haben unterschiedliche Wirkung. Die eine Kugel kann daneben gehen, die andere den Garaus machen. Das ist ihre Spannweite. Die idealistische Wissenschaft könnte es den freien Willen der Materie nennen. – Habt ihr die Absicht, hier Nachtquartier zu beziehen?

JONATHAN. Wir haben unsere Neigung noch nicht befragt, was das Schlafen angeht.

DAVID. Die nächste Wichtigkeit wäre das Essen.

JONATHAN. Wir haben gegessen und getrunken.

DAVID. Desgleichen ich.

MICHAL. Wir haben dir allerlei Leckereien mitgebracht.

DAVID. Mein Magen ist mit äußerster Einfachheit eingerichtet. Und er ernährt mich trotzdem.

JONATHAN. Aber du bist um so viel magerer geworden wie Branntwein flüssiger als Wasser ist.

DAVID. Wenn ich auch um so viel feuriger geworden wäre, möchte es gefährlich sein, mit mir umzugehen.

JONATHAN. Wir wollen uns nicht weiter mit einer Auswahl flüssiger Silben über unsere Ungeduld hinwegtäuschen – Tritt hundert Schritte beiseite, Amalekiter!

Der Amalekiter geht

JONATHAN. Wir kommen, wenn auch bei Nacht, mit einer lichten Botschaft. Es ist kurz gesagt, David: Der König, unser Vater, hat in die Ehe zwischen Michal und dir eingewilligt. Es ist das Ergebnis vieler von Zank und häuslichen Schrecken zerrissener Wochen.

David schweigt

Ich hätte dir dazu gern das eine oder andere vertraulich gesagt – doch die Gelegenheit ist nicht danach.

MICHAL. Es macht mir nichts aus, dem Amalekiter entgegengesetzt, hundert Schritte zu wandern.

JONATHAN. Es ist Übertreibung in unserem Benehmen –

Michal entfernt sich

David – Sohn eines Engels –; heiße mich einen wohlmeinenden Tölpel oder einen schnöden, nichtsnutzigen Tölpel. Ich habe mich bei meinem Vater für dich so gut verwandt, wie ich es verstehe.

DAVID. Ich möchte dich mit einer Erklärung überholen.

JONATHAN. Alles was du sprichst, erleichtert mir meine gedrückte Aussage.

DAVID. In einer Nacht, der ersten gemeinsamen Nacht unserer Freundschaft, vor eineinhalb Jahren, hast du mir sogleich dein Königreich angetragen. Ich hingegen gelobte, wenn auch nicht mit der Zunge, dir mein Eingeweide zu geben, den Traum von mir selbst. Dieses Verschenkens Überschwang hat uns beide verändert. Du bist zum Narren meiner Musik geworden, die doch jedem lüsternen Ohr zu Willen sein muß – und ich spüre die Neigung, meine Rolle als König zu spielen, obgleich es errechenbar ist, daß ich das Ziel nicht erreiche. Das Königtum ist ja kein zusammengepreßter Diamant, der von Hand zu Hand gegeben werden kann. Oder glaubst du, ich könnte das Geschmeide als Usurpator einem der Deinen abgewinnen?

JONATHAN *schüttelt müde verneinend den Kopf.* Schon zuviel davon, David.

DAVID. Ich kann allenfalls in eure Familie eingewöhnt werden. Das ist dir grundsätzlich nicht zuwider. Da du mir ohne Vergleich angenehm bist, mundet mir verwandte Freude.

JONATHAN *mit traurigem Spott.* Michal und ich sind somit eine Art doppelflügeliges Einfallstor mit zwei morschen Pfosten.

DAVID. Drücke es so grob aus. Ich stehle jedenfalls, was ich dir von mir überantwortet habe, nicht zurück. Hätte das Ding einen Namen und könnte ich es herausschneiden, ich gäbe es dir sichtbar.

JONATHAN *wieder er selbst.* Ich habe den König also mit Bitten, Bürgschaften, Argumenten berannt und alle seine Gegengründe, Abneigungen und Eifersüchte zurückgeschlagen. Aber er hätte dennoch weiter getrotzt, wenn sich nicht Michal schrecklich, in heiliger Abgeschmacktheit, enthüllt hätte.

DAVID. Was meinst du damit?

JONATHAN. Sie erklärte, daß sie von dir schwanger sei. Der König schrie. Sie wurde kalt wie Eis, mit Worten deutlich wie ein Fuhrknecht. Es schauderte mich, daß mir womöglich die Liebe fremd sei; denn in ihr ist sie hart wie Haß. – Es bleibt mir nur die Ausrede, daß die Natur weiter sei als das Enge.

DAVID. Man kann gegen das Schicksal falsch spielen.

JONATHAN. Du willst mich beruhigen? Gute Worte sind gute Worte, David. Aber doch nur Worte. – Ich bleibe in großer Bängnis deinetwegen. Schließlich, König Saul hat auf dich geschossen.

DAVID. Welchen Zusammenhang hat das?

JONATHAN. Denn Michal log. Sie log. Ich habe das Zeugnis ihrer Aufwärterin. Sie ist nicht schwanger. Ist das ein Fehler ihres Leibes, und wird es meinem Vater offenbar; – ja, wird ihm dies, was jetzt ist oder nicht ist, verraten, wird sein Zorn entbrennen. – Ihr müßt schnell Hochzeit machen.

DAVID. Äußerlich betrachtet gleichen wir beide weniger Kastor und Pollux, Cosmas und Damian, Telemach und Peisistratos, Idomeneus und Meriones oder wie die Freundzwillinge immer heißen mögen, als zwei klassischen Dummköpfen.

JONATHAN. Meine Schwermut hat ihre Begründung in der beweglichen Welt. Wir sind nicht zwei Statuen aus gefärbtem Alabaster. – Ich rufe Michal herbei. Du schuldest ihr, ich weiß nicht was an Worten, doch zum wenigsten den Verlobungskuß. Ich kann mich derweil in der Dunkelheit verlieren.

DAVID. Ich will nicht, daß du fortgehst.

JONATHAN. Nun, so bestimme. –

DAVID. Michal!

Michal kommt

Deinen Bruder Jonathan bedünkt es, daß ich dir heimliche, verfängliche, liebreizende oder männliche, hübsch unsinnige und zuversichtlich draufgängerische Worte, verknitterte der Anbetung und beschauliche, die Zukunft betreffend, schulde – oder gänzlich närrische, die meine Leber, aber nicht mein Kopf erfindet, weil er auf heute unsern Verlobungstag oder unsere Verlobungsnacht angesetzt hat. Bestätige ihm bitte, daß ich längst um dich geworben habe mit der heiseren Stimme eines Jünglings, die nicht weiß, ob sie im Diskant oder im Baß zuhause ist.

MICHAL. Er weiß doch, was er weiß.

DAVID. Wohl gesprochen. So nimm diesen Kuß. *Er umarmt Michal.*

JONATHAN *wendet sich ab.* Der Leichtsinn ist verwandelte Lüge.

DAVID. Wir sind in aller Form verlobt. Du bist unser Zeuge.

JONATHAN. Ich schlage vor, wir rufen den Amalekiter herbei und machen uns vereint zum nächsten Gasthof auf.

DAVID. Nein, Jonathan. Ich will diese Nacht hier unter dem Himmel verbringen. Ich möchte, daß du bei mir bleibst, Jonathan.

JONATHAN. Ich sehe keine Vernunft und kein Glück weder im Handel noch in der Gerechtigkeit, nicht in der Nachsicht und nicht in der Voraussicht. Wir sollten uns betrinken und die Tränen, die wir nicht weinen werden, an einer Hausecke ablassen. – Laßt uns gehn! – Amalekiter!

AMALEKITER *kommt.* Man hat mich gerufen.

DAVID *schnell.* Ja. – Ich habe die Gelegenheit deiner Anwesenheit begriffen. Und der Zusammenhang hat folgende Wirkung: Du übernimmst Schutz und Führung dieser sehr jungen Prinzessin, Jonathans Schwester, meiner Braut, geleitest sie ins Gasthaus zum Neptun, sorgst für ihr Unterkommen, ihre Verpflegung und für deine eigene Notdurft. Beide erwartet ihr den Prinzen und mich daselbst.

JONATHAN. Das ist eine überrumpelnde Anordnung.

DAVID. Man geht nicht fehl und findet sich wieder.

MICHAL. Du möchtest gar nichts einwenden, Jonathan, du zögerst nur, anzunehmen.

JONATHAN. Ich möchte nicht der Geringere sein, den man bevorzugt. Du hast mir nachgesagt, ich wisse, was ich wisse.

MICHAL. Amalekiter, komm, führ mich hinweg!

DAVID. Vergeßt nicht, auf morgen Mittag ein Mahl zu bestellen, das in dieser Gegend, seitdem die Welt steht, nicht seinesgleichen hatte. Ich prophezeie nämlich, daß ich großen Hunger haben werde.

MICHAL. Verlaßt euch ganz auf uns, was das betrifft. *Michal und der Amalekiter entfernen sich.*

JONATHAN *bleibt starr stehen.* Ich bin verwundert über meine Schwester.

DAVID. Sie kennt ihre Schönheit und Jugend. Sie ist klug. Sie fürchtet nichts.

JONATHAN. Soll ich den Gedanken, den du da anfängst, zuende denken? Ich könnte mich mit gleichem Vorteil aus dem Leben fortmachen. Ich bin durchschaut, ehe ich auch nur meines Nabels gewahr wurde.

DAVID. Man müßte dich erheitern.

JONATHAN. Du sprichst, als kenntest du mich nicht.

DAVID. Bedeute ich dir weniger als sonst, daß du neben mir trübsinnig bleibst?

JONATHAN. Du bedeutest mir alles. Die Welt, das Leben. Ich bete dich an als Engel, der die Schöpfung mit neuer Musik bereichert. Ohne dich bin ich nichts, ein Phantasma, haltlos, ohne Kraft, ohne Empfinden, ohne Vorstellung. Deinen Tod könnte ich nicht überleben. Lebend fällt es mir sehr schwer, so oft, so lange von dir getrennt zu sein. Wie kann denn eine Seele nur aus Sehnsucht bestehen? – Deine Ehe mit Michal, die ich ohne Hinterlist betrieben habe, bedeutet Gefahr. Freilich, Gefahr ist nur Gefahr und unsichtbar; daß sie in Unglück übergehe, dazu fehlt ihr die Zukunft.

DAVID. Ich habe Michal heute Nacht deinetwegen fortgewünscht. Du besitzest den besseren Teil von mir, nämlich mich ganz. Michal besitzt gleichfalls den besseren Teil von mir: alles was angenehm an mir ist. – Für sie bin ich ein Bild, für dich ein All. – Wer ist besser daran? Was wählst du dir? Du hast vom ersten Augenblicke an gewählt. – Wir haben uns nicht gegen das Leben versündigt.

JONATHAN. Ob ich mich gegen das Leben versündigt habe, weiß ich nicht. – Doch nicht gegen das Glück; – das weiß ich. Dies Glück, dies Glück wäre das Glück, wenn es sich nur mäßigen wollte – und mich nicht, von Zeit zu Zeit nur, wie Feuer überfiele – wenn es nur ein wenig rücksichtsvoller wäre, ein wenig meiner Langsamkeit, meinem zögernden Verlangen angepaßt. Du weißt, daß ich dir nicht widerstehen kann, daß mir der Schmerz in deiner Nähe so willkommen ist wie die Freude; – daß ich mich neben dich betten würde, und wärest du weißglühendes Eisen. – Was ist in mir angerichtet, daß ich nur noch durch dich lebe und meinen Atem verliere, wenn du die Schwingen ausbreitest und dich abwendest?

ZWEITER ABSCHNITT

SIEBENTE SZENE

Davids Alter: 19 Jahre

Das Haus Davids. Vorhalle. Nacht.

DIE AUFWÄRTERIN *einen Leuchter in der Hand, pocht gegen die Tür rechts im Hintergrund.* Macht auf! Ich bitte euch, öffnet!

MICHAL *erscheint im Nachtgewand, ebenfalls mit Leuchter.* Psst – stille! Er schläft bereits, der geliebte Mann. Was gibt es denn so Dringliches nach Mitternacht?

AUFWÄRTERIN. Es pocht am Tor. Es hat gepocht. Jemand begehrte Einlaß. Der Mensch hat sich nicht nennen wollen.

MICHAL. Geh in deine Kammer! Leg dich ins Bett! Ich nehme mich des späten Gastes an, wenn es mir ratsam scheint, ihn einzulassen. Wer nächtlich kommt, legt selten Wert auf Zeugen.

AUFWÄRTERIN. Man hat gehört. Man gehorcht. Ich frage nur, ist es auch recht, daß du allein hinausgehst?

MICHAL. Du sollst nicht länger wachen. Geschieht hier etwas, daß ich deine Hilfe brauche, rufe ich dich.

AUFWÄRTERIN. Es sei – es sei. *Sie geht links ab.*

MICHAL. Sonderbar – ich habe nichts anderes erwartet als süßen Schlaf. Jetzt pocht mein Herz. *Sie geht rechts hinaus, kommt nach einem Augenblick mit Jonathan, der dunkel vermummt ist, wieder herein.*

JONATHAN. Du bist erstaunt, daß ich es bin, Schwester?

MICHAL. Ein junger Ehestand verabscheut Störung nach dem Abendessen.

JONATHAN. Ich bin sehr unwillkommen. Wo ist David?

MICHAL. Im Bette. Er schläft schon.

JONATHAN. Ich muß ihn sprechen. Führ mich zu ihm!

MICHAL. Nein, Jonathan, nein. Ich sage dir ungern ein anzügliches Wort. Hier bist du Gast und Bruder, nicht Freund.

JONATHAN *erregt.* Vermutest du, weil Nacht ist, sei mir weh vor Einsamkeit? – Ich muß zu ihm. Geh aus dem Wege! Das ist die Tür –?

MICHAL *stellt sich ihm in den Weg.* Er schläft. Schlaf ist ihm nötig.

JONATHAN. Ja, bist du denn verrückt? Es ist Gefahr –!

MICHAL. Was du zu sagen hast, sag mir! Ich werde es ihm ausrichten.

JONATHAN. Das ist ein Umweg. Doch ein Narr wie ich verliert auf geraderer Straße gleichfalls seine Zeit.

Er setzt sich, verbirgt einen Augenblick lang den Kopf in den Händen, als wäre er nicht bei sich selbst.

König Saul hat Davids Untergang beschlossen. Er soll beseitigt werden. Ich weiß nicht, auf welche Weise. Ob man ihn niederstechen will – oder in Ketten legen, daß er verfault – im Moor vergraben. Ich habe vergeblich – ich habe vor deinem und meinem Vater auf den Knieen gelegen. Er hat nur geäußert, deine Ehe mit diesem Genie bringe den Staat in Gefahr. – Es war das Verruchteste an Wahn und Wirklichkeit. – Ich kniete also. – Er hat dazu Davids letztes Bläserquartett spielen lassen. Er weinte. Ich kniete. Es war gleichzeitig. Er flüsterte, sich die Tränen fortwischend: – Es ist beschlossen. – *Michal schweigt versteint.* Es ist beschlossen. Heute Nacht. Oder gegen Morgen. Vielleicht in einer Stunde schon. Polizei und Truppen sind unterwegs.

MICHAL. Was willst du, soll geschehen?

JONATHAN. David muß fliehen. Deswegen komme ich –

MICHAL. Mach dich fort! Dann wecke ich ihn.

JONATHAN. Ich muß ihn sehn. Wir sind in höchsten Nöten.

MICHAL. Nein – nein – nein. Du störst uns. Dreie sind zuviel. – Auch ich verliere ihn. Ich danke dir – doch jetzt, ich bitte dich, verzögere nichts. *Sie zerrt Jonathan vom Stuhl hoch.* Geh auf die Straße –

JONATHAN *verwirrt.* Grüße David. Küsse David. Jede Minute – in einer Stunde – oder früher – *Er geht festen Schrittes zur Tür rechts; Michal folgt ihm.* Ganz recht – auf der Straße, im Dunkeln lassen sich die Leute mit Goldstücken bestechen. Ich hätte es beinahe vergessen. Ich gehöre auf die Straße. *Jonathan und Michal ab.*

MICHAL *kommt zurück, bleibt einen Augenblick unentschlossen stehen.* Männer, die lieben, sind untauglich für das Vernünftige. Frauen, die lieben – ja, was werde ich tun? *Sie nimmt den Leuchter, eilt ins Schlafgemach, schlägt die Tür hinter sich zu. Bald darauf hört man starkes Pochen.*

DIE AUFWÄRTERIN *kommt von links mit einem Leuchter.* Dies Pochen ist nicht gut. Die Nacht ist still; aber das Haus lärmt. *Sie geht nach rechts ab. Leere Bühne.*

DIE AUFWÄRTERIN *kommt mit Jonathan zurück.* Prinz Jonathan! Man erkennt dich nicht. Ich habe mich sehr erschrocken.

JONATHAN. Michal! David! David! *Er geht an die Schlafzimmertür; sie ist verschlossen. Er rüttelt.* Aufmachen! Michal! Es ist die Minute, nicht die Stunde! – Hast du das Tor verbolzt, Bedienerin? Schieb alle Riegel vor! *Die Aufwärterin läuft hinaus.* David! David!

MICHAL *erscheint.* Du? Du – was willst du noch? Weshalb kommst du zurück?

JONATHAN. Sie sind da. Das Haus ist umstellt. Es gibt keine Flucht mehr. Auf dem Dache selbst –. Ein paar Soldaten, denen ich meine Börse gab, lassen am Kantstein ihre Hosen herunter. – Das ist die Frist, die uns gelassen ist.

DAVID *die Jacke überwerfend, kommt.* Jonathan!

JONATHAN. Weißt du, wie es steht?

DAVID. Ich kann nicht mehr entkommen, sagst du?

JONATHAN. Nicht fliehen – nicht im Augenblick. Bei späterer Gelegenheit. Jetzt mußt du dich im Hause verbergen.

DAVID. Hier ist kein Ort –

DIE AUFWÄRTERIN *die wieder hereingekommen ist.* Doch, David –

DAVID. Was meinst du? *Es wird außen gegen das Tor gepocht.*

AUFWÄRTERIN. In meiner Kammer – in meinem Bett. Dort sucht dich niemand, wenn auch ich darin liege.

DAVID. Bei einer Amme – *Es wird heftiger gepocht.*

JONATHAN. Geht! Ja – der Plan ist brauchbar. *Die Aufwärterin und David nach links ab.*

MICHAL. Im Schoße einer Magd!

JONATHAN. Höre das Ärgere! Ich – ich lege mich in Davids Bett – in euer Ehebett – mit deiner Zustimmung. *Man hört abermals Pochen, Lärm.* Nimm auf dich, was dir widerlich ist! *Er zieht die Jacke aus, wirft sie von sich, entledigt sich der*

Hosen. Ich gehe ins Bett. Ich schlafe bereits tief. Nur du bist, aufgeschreckt vom Lärm, aus meinen Armen fort. Will man ihn hier, in eurem Hause, von deiner Seite weg ermorden, so ist es gut, so trifft es mich. Ich sage, es ist gut – ich freue mich darauf. Es schmeichelt mir, daß man mein Blut auf einen Augenblick für seines hält. – Will man ihn nur in Ketten legen, und erkennt mich, dann bin ich Ehebrecher, blutschänderisch, doppelt schuldig – doch es wird Zeit gewonnen. – Etwas ist zwischen uns, teils hart, teils weich, teils angenehm, teils lästig –. Sag, du seist einverstanden. *Man hört Krachen.*

MICHAL. Ja.

JONATHAN. Er wird gerettet. Halt dich klüglich! Was uns ereilt, nimm es hin! *Man hört stärkeren Lärm, erregte Stimmen.*

MICHAL. Jetzt fällt das Tor –

JONATHAN *halb für sich.* Die Tür abzuriegeln ist nicht klug – *Er geht ins Schlafzimmer. Acht Soldaten dringen ein; sie stellen sich in zwei Reihen neben die Tür rechts; in ihrer Mitte schreitet der Kommandant herein.*

DER KOMMANDANT. Prinzessin Michal – ich habe einen Auftrag –

MICHAL. Bei Nacht?

KOMMANDANT. Auf die Stunde.

MICHAL. Du hast das Tor erbrechen lassen.

KOMMANDANT. Es wurde nicht geöffnet.

MICHAL. Nein – denn es ist Schlafenszeit.

KOMMANDANT. Man hat mir nicht befohlen, mit dir das Recht zu erörtern.

MICHAL. Was willst du uns?

KOMMANDANT. Wo ist David?

MICHAL. Was willst du ihm?

KOMMANDANT. Es ist ein Haftbefehl gegen ihn erlassen.

MICHAL. Weshalb?

KOMMANDANT. Begründung ist das Spätere.

MICHAL. Hast du es schriftlich?

KOMMANDANT *einen Ausweis reichend.* Hier ist das Papier.

MICHAL *nimmt den Haftbefehl, starrt darauf.* Es hat seine Richtigkeit.

KOMMANDANT. Wo ist der Mann – dein Gatte?

MICHAL. Wollt ihr ihn ermorden?!

KOMMANDANT. Nur wenn er sich zur Wehr setzt – oder sich zu fliehen anschickt. – Es wird scharf geschossen – und gleich in den Unterleib.

MICHAL *vierliert die Haltung, wirft sich dem Offizier zu Füßen.* Barmherzigkeit! Barmherzigkeit!

KOMMANDANT. Mach mir mein schweres Amt nicht schwerer. Wo ist David? Führ mich zu ihm; – das macht das Schlimme leichter. Ich wenigstens weiß ihn zu achten. Meinen Leuten sitzt die Kugel loser, wenn sie ihn suchen müssen.

MICHAL *erhebt sich.* Ich kann nicht.

KOMMANDANT. Hast du es dir zuende überlegt?

MICHAL. Ich will es meinen –

KOMMANDANT *dreht sich um, zu den Soldaten.* Hausdurchsuchung! Alles aufbrechen!

MICHAL. Halt! Ein Wort noch –

KOMMANDANT. Welches?

MICHAL. David schläft. Er liegt im Bett –

KOMMANDANT. Wo ist das Schlafgemach?

MICHAL. Hier. Ich schäme mich. Ich schäme mich. *Kommandant reißt die Tür zum Schlafzimmer auf, eilt hinein.*

MICHAL *ihm nach, schreit.* Er erwürgt ihn! Er erwürgt ihn!

KOMMANDANT *kommt, Jonathan würgend, durch die Tür auf die Bühne.* Keineswegs – nur unschädlich für den Augenblick mache ich ihn. – Schlaf ist auch diesmal milde – denn so habe ich ihn auch ohne Eisen und Feuer. – Wo ist die Kleidung? – Helft ihm in Wams und Hosen!

JONATHAN *röchelnd.* Da liegt – das meine.

KOMMANDANT. Was – was muß ich sehn?! Prinz Jonathan?

JONATHAN. Im Hemd. Prinz Jonathan im Hemd. Es ist kein Irrtum.

KOMMANDANT *unbeherrscht.* Das nenne ich Freundschaft! Prinz Jonathan im Ehebette seiner Schwester!

JONATHAN *sich ankleidend.* Du mußt es nehmen wie du es findest.

KOMMANDANT *scharf zu Michal.* Ist David irgendwo im Hause?

MICHAL. Da du meine Schande gesehen hast, wirst du mir glauben: nein. Mit neunzehn Jahren besteht man auf das eigene Vergnügen.

KOMMANDANT *zögert mit der Antwort.* Wahrscheinlich.

JONATHAN. Eine Frage: Wirst du schießen, wenn ich versuche, diesen Schauplatz zu verlassen?

KOMMANDANT. Sei dessen sicher, Prinz Jonathan. Dies Schaustück mußt du – ich will es nicht – höhern Orts begreiflich machen. *Von links kommen vier Soldaten herein.*

EIN SOLDAT. Wir haben niemand gefunden, mein Kommandant, oberflächlich gesehen. Bisher haben wir nichts aufgebrochen und die Betten nicht aufgeschlitzt.

KOMMANDANT. Gibt es dort Betten?

SOLDAT. Eine Magd im dicken Federpfühl. Wie Weiber schlafen.

KOMMANDANT. Liegt einer bei ihr?

SOLDAT. Jedenfalls nicht unter dem Gestell.

JONATHAN *tut so, als ob er fliehen wolle.* Auf Wiedersehen, mein Kommandant! *Der Kommandant schießt nach ihm. Jonathan fällt in der Tür rechts zusammen.* Michal! Es ist der Fuß – nicht der Bauch. Nicht der Bauch. Der Fuß. Ich hinke nur – wie mein Sohn. Der eine trifft die Hand, der andere den Fuß. Wer wird die Leber treffen?

MICHAL. Jonathan – Jonathan –! – –

KOMMANDANT. Ich hatte dich gewarnt.

JONATHAN. Ich kann nicht gehn; das ist das Ganze. Ihr müßt mich tragen. – Dies sieht aus – ich könnte mich verbluten.

MICHAL. Jonathan – was auch mit uns geschieht – *Sie beugt sich zu ihm nieder, küßt ihn leidenschaftlich.* – das Harte, das Weiche, das Angenehme, das Lästige – sei zwischen Menschen – So ähnlich war dein Spruch –

KOMMANDANT *zu einer Gruppe der Soldaten.* Der Prinz ist verhaftet. Doch braucht er einen Arzt. *Jonathan wird ziemlich brutal hinausgeschafft.*

KOMMANDANT *zu Michal.* Mein Auftrag ist ausgeführt; – wenn auch ungeraten –. *Zum Rest der Soldaten.* Das Haus wird geräumt! *Alle, außer Michal, nach rechts ab.*

MICHAL *steht unbeweglich, lauscht.* Wie lange muß ich warten, bis ich David herbeirufen kann? *Man hört Geräusche.* Sie hängen das Tor wieder ein. Es sind ordentliche und sittengewohnte Menschen.

Achte Szene

Davids Alter: 20 Jahre

Rama. Nacht. Heide. Ein Zelt.

David *steht aufrecht vor dem Zelt, horcht umher, versucht auszuschauen; leise* Es kommt jemand heran – mit dem Winde – Es hat keinen Lärm gegeben. So ist er es. Na–to, Na–to –

Jonathan *kommt hinkend.* Ich bin es. Ein Hinkefuß.

David. Jonathan!

Jonathan. David – David. Die Heide hat sich sehr verändert.

David. Hat man dich angetastet?

Jonathan. Nein, ins Gesicht geleuchtet. Überall hinter den Sträuchern lagern Burschen. Man stolpert über sie. Besonders ich mit meinem lahmen Bein.

David. Will es nicht besser werden?

Jonathan. Besser – besser? Ein veraltetes Wort. In dieser Welt wird alles schlimmer. Ich gleiche meinem Sohn nun auch im Hinken. Die Nachwelt darf glauben, wir wären schon als Samen Krüppel gewesen; er hätte es von mir geerbt, und ich von einem krummen Hunde.

David. Du sprichst, als wäre heut dein letzter Tag.

Jonathan. Das ist ein Dummkopf, der so Dummes unterstellt. Die letzte Nacht, David, die letzte Nacht! *David schweigt ratlos.* Zuweilen, ob Tag, ob Nacht, das ist kein Unterschied, denke ich, es wäre besser gewesen, der Schütze hätte auf meinen Bauch gezielt. Daran zu sterben soll schmerzhaft sein; jedoch, es ist ein Sterben, das so wenig widerrufen wird wie ein anderes – und ich hätte es hinter mir. Das Bein hingegen, obgleich es eiterte und faulte, hielt der Heilung nur sieben Monate stand. Dann übergab es sich und öffnete der Genesung die Tore. Ich behielt die Narben davon.

David *niedergeschlagen.* Ich erkenne kaum, ob es die Einleitung zum Lachen oder Weinen ist. Du hast für die Errettung meines Lebens bezahlt.

Jonathan. Ich bin dir unvernünftiger zugetan denn je. Es auszusprechen ist schwieriger geworden.

DAVID. Es gibt einen Unterschied zwischen uns: ein Prinz – Ein Räuberhauptmann.

JONATHAN *umarmt David.* Sohn eines Engels –! Ich leide schrecklich, daß ich von dir getrennt bin.

DAVID. Du siehst wohl, wie es mit mir steht. Die Flucht gelang. Nun habe ich die Heide vervollkommnet. Ich besitze ein Zelt. Lebende Leichname dienen mir. Deine Nase hat es dir längst verraten. Es gibt Zwölfjährige darunter, die schon völlig verwest sind, so daß sie aus dem Munde stinken, als hätten sie sich niemals die Füße gewaschen – um nichts Derberes zu sagen. Da hilft keine Schule. Sie büßen ihr Hauptverbrechen, daß sie arm blieben. Fußtritte haben sie ins runde Fleisch bekommen, daß sie mit der Zunge Jauche schmeckten. Fußtritte sind immer von bester adeliger Abstammung; oder es sind goldene Sporen an den Gamaschen. Diebe zu meinem Schutz, die dir die Armkette abverlangen würden, wenn du nicht Jonathan wärest. Sie waren nicht immer so selbständig im Nehmen. Sie wünschten sich diesen Beruf nicht; aber sie bekamen ihn. Ehemals hatten sie einen Acker oder ein Maultier oder einen Kramladen. In einem Hinterzimmer wirtschaftete ein Weib; ein paar Kinder gab es. Es gibt immer Kinder. Eines Tages hatten sie auch Schulden, diese Männer. Und als es offenbar wurde, hatten sie nichts mehr. Nichts mehr zu verlieren, denn es war dahin. Sie können jetzt niemals mehr gewinnen als einen Strick zum Galgen. Dabei schleppen sie eine alte Last: ihre Vorurteile. Sie fühlen sich noch immer eingeordnet, obgleich das Schicksal und der Staat sie verworfen haben. So sind sie verläßlich wie in der ersten Liebe; man kann ihnen befehlen. Man kann sie organisieren. Man kann Räubersoldaten aus ihnen machen, die für ihren Hauptmann das Leben einsetzen. Und was für ein Leben! Ein Nichts an Leben, das genau so standhaft ist – was sage ich! – standhafter als das eines Edelmannes an einem Tisch voll Braten. – Es ist ein Jammer. Denn wie lange wird diese Romantik währen? – Es drückt mir die Seele ab. Ich bin zu jung für das Verhängnis über eine so große Zahl.

JONATHAN. Ich erkenne, was hier mit dir geworden ist. Nicht die Einzelheiten. – Ich habe auch davon gehört; – doch anders. In den Kanzleien flüstert man, Fürst Schmuel werbe Truppen ab, eine Art unterirdischen Heeres, Stoßtrupps für einen Bürgerkrieg. Er habe König Saul als wahnsinnig verschrieen. Dich wolle er als neue Überschrift für eine alte Sache benutzen. – Du weißt: ich bin dir nicht im Wege. Scheint es dir klug, daß ich hinweggerafft werde – dann bitte ich dich nur, nimm deinen Dolch – tue es selbst –

DAVID. Ich dich erdolchen? Jonathan. Dich neben mir im Zelt betten und dann erdolchen?!

JONATHAN. Ich bin krank, sofern Vernunft Gesundheit anzeigt. Doch mein Vater ist nicht wahnsinnig. Er ist bei bester Klarheit. Er hat königliche Witterung wie ein Tier tierische.

DAVID. Was meinst du damit?

JONATHAN. Er begreift, daß Fürst Schmuel in seinen alten Tagen noch einmal das politische Spiel mit ihm spielt.

DAVID. Ich kann nicht leugnen, daß der Fürst mir sehr geholfen hat; – mit Geld, mit Rat. Er besoldet die Offiziere, die hier nötig sind. Ich kann ja nichts Militärisches. Ich habe keine Zeit. Ich bin der junge Mann im Zelt. Ich aber werde niemals, niemals mich gegen König Saul mißbrauchen lassen. Das ist ein Schwur. Ach – überzeuge dich bei Tage; du findest nur Entgleiste, die sich fürchten, wenn sie nicht beieinander sind. Wir leben mehr vom Diebstahl als vom Sold. Wer von den Bauern uns bezahlt, dem beschützen wir das Vieh; wer knausert, dem entwenden wir's. Wir müssen leben. Wir bilden uns ein, daß wir es müßten. Da die Väter Lust hatten, haben wir ihre Lust. Unsere Einigkeit ist, daß wir als Säuglinge nicht erwürgt wurden. Du kannst den Namen des Fürsten Schmuel bei unserm Unternehmen streichen.

JONATHAN. Was du erzählst, so schlimm es ist, gibt mir doch Mut, noch einmal deinetwegen mit meinem Vater zu verhandeln.

DAVID *verzweifelt ausbrechend.* Tu's Jonathan! Beschwöre ihn! Dringe in ihn! Stelle dar, ausführlich, weit und breit, noch einmal: wer ich bin. Daß ich Frieden will, nichts als Atemluft und ein wenig Brot. Ich bin hier am Ertrinken. Ich werde hinabgezogen. Bald kommt es dahin, daß ich mich am Erdboden scheuere und nicht mehr unterscheide, wo ich aufhöre und er beginnt. Kaum zwanzig Jahre alt, bin ich verwüstet. Ich will nicht – an den Galgen – zutode geprügelt –! Kommt es dahin, daß Feldmarschall Abner uns, diesen Haufen, für gefährlich hält, ist es vorbei. Ganz schmählich. Schrecklich! Dann ist das Gebiet von Rama nicht länger ein Asyl. Jonathan – errette mich – nochmals –! Toll war ich, bin ich. Ein Räuberhauptmann! Der Kopf tausend Asozialer! Man wird mich pfählen! Sag ihm – sag König Saul, ich will vor ihm spielen. Ich habe Neues geschrieben. Ich komponiere Tag und Nacht, um ihn zu überzeugen, daß ich nicht gegen ihn bin.

JONATHAN. Mein Herz ist dabei, zu zerreißen. Ich tue, was du willst – was dir nützen kann. Das Unsinnige, das Aussichtslose fange ich an. Ich versuche Vernunft und Unterwürfigkeit, Verstellung und mein reines Hirn. Dies hier und seine Folgen – ich denke es nicht zuende.

DAVID *beruhigt.* Gibt es Nachricht für mich von Michal?

JONATHAN. Es gibt. Es ist vieles geschehen. Manches weiß ich nur vom Hörensagen, denn im Gefängnis lag ich mit Fieber. Man schnitzelte an meinem Bein; die Welt und ich selbst waren mir gleichgültig; man täuschte mich mit Morphinspritzen.

David schweigt

Als ich in meine eingeborene Konstitution zurückglitt, war zuerst die Angst um dich da. Keine Freude erreicht den Pegelstand der Angst. – Was wollte ich erzählen?

DAVID Nach Michal hatte ich gefragt.

JONATHAN. Man schoß auf mich. Das weißt du. Ich wurde nicht angeklagt, auch Michal nicht; – das versteht sich. Mein Vater nahm die Botschaft von meinen Irrungen hin. Er schweigt so sonderbar darüber, als erriete er die List. Michal ist nicht schwanger. Das ist eine Heimsuchung. Kurz, du mußt es wissen: Darob oder sowieso, jedenfalls ohne viel Federlesens ist die Ehe für ungültig erklärt worden. Das Unflätigste: Michal soll aufs neue verheiratet werden.

DAVID. Ja. Soll ich schreien? – Ich kann es nicht. Wir irren uns im Ziel des Daseins, solange es sich bequem gibt. Das Ehebett war weich. Die Heide ist härter.

JONATHAN. Sie werde die zweite Ehe bestehen, sagte Michal. Auf dich zu hoffen – und sie hofft auf dich – dafür verlohne sich's, die Demütigung, die Entrechtung anzulächeln.

DAVID. Bist du der gleichen Meinung?

JONATHAN. Was fragst du denn mich? Ich lebe ja kaum noch. Sie duckt sich nur; sie glaubt an deinen Aufstieg.

DAVID. Wie lange willst du bei uns bleiben?

JONATHAN. Wenn's möglich wäre: alle Zeit. Doch bei dem Stand der Dinge ist wohl nichts nötiger, als daß ich zu meinem Vater eile.

DAVID. Nicht diese Nacht.

JONATHAN. Kein Pferd könnte mich in dieser Nacht forttragen; zu schwer wäre ich.

RICERCAR *WILL IHN NAKKELN AN DIE WAND*

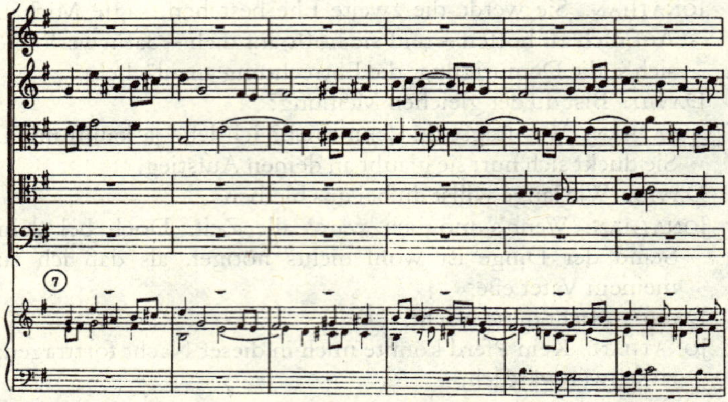
7

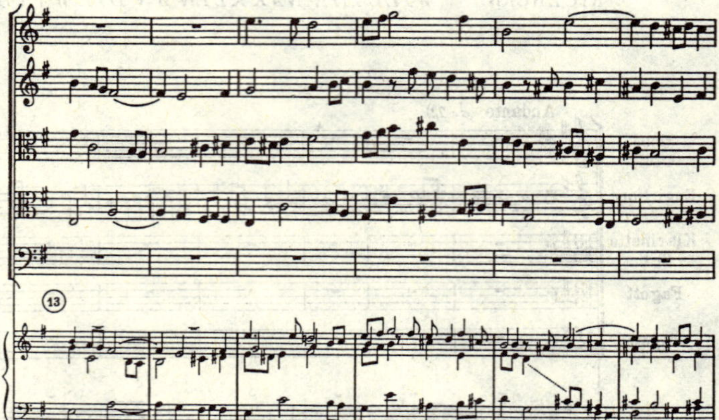
13

19

25

31

37

43
49

55
61

67

73

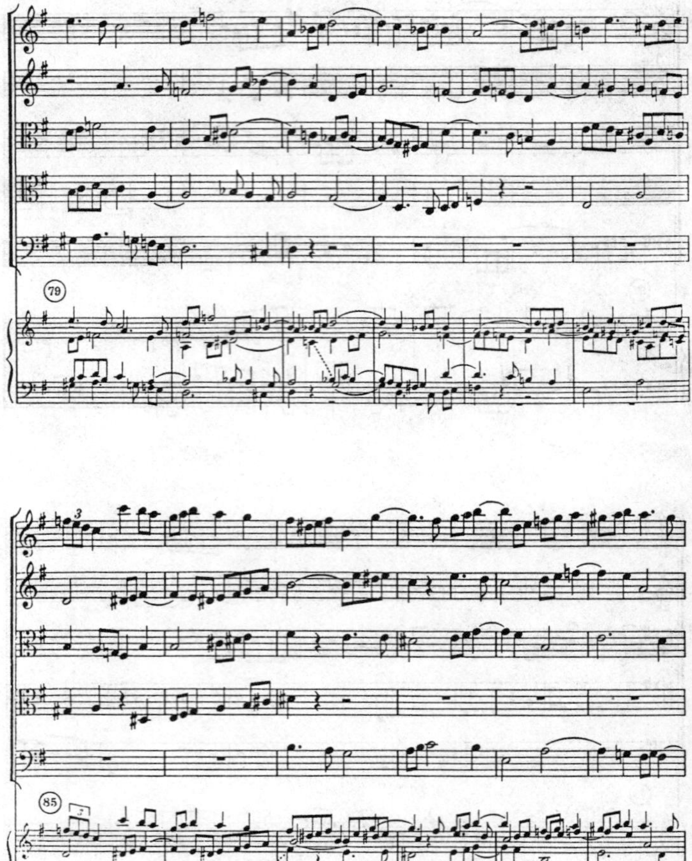
79
85
3

91

97

108

110

Neunte Szene

Davids Alter: 20 Jahre, 1 Monat

Residenzschloß. Das Kabinett des Königs.
Die Bühne ist leer. Man hört die letzten Takte des Ricercars.
Saul und Jonathan kommen herein.

Jonathan. Mein Vater –

Saul. Jonathan – Jonathan, es steht mit uns beiden nicht gut. Du bist bleich und mager geworden. – Was macht dein Bein?

Jonathan. Ich hinke. Es hinken viele Menschen über die Erde hin. Ich bin dir und dem Kommandanten nicht gram.

Saul. Manche deiner Empfindungen errate ich. Doch will ich deine Geheimnisse nicht näher kennen als die Staatsgeschäfte fordern. Ohne einen verschlossenen Raum in der Seele wären Könige und Königskinder die unglücklichsten der Menschen.

Jonathan. Du sprichst, wie wenn ich selber spräche.

Saul. Du bist einer der Freiesten im Lande; unbeaufsichtigt. Die geheime Staatspolizei hat nur einen leeren Aktendeckel für dich.

Jonathan. Dennoch war ich im Gefängnis.

SAUL. Trotz deiner Würde mußt du erzogen werden.

JONATHAN. Hast du einen verborgenen Teil in deinem Dasein, der dir das Leben wert ist?

SAUL. Nicht das Leben. Das ist der Mangel. Ich begnüge mich – überwiegend – mit Musik.

JONATHAN. Das ist ein Bekenntnis, das mir hilft. – Wie war dir, als du die neue Musik Davids hörtest?

SAUL. Ich neige zum Tränenvergießen. Du hast es wohl bemerkt, daß ich mich auch heute nicht beherrscht habe.

JONATHAN. Mir war so weh – ganz außerhalb der einfachen Natur, daß ich tausend schmerzlose Messerstiche in meinem Leibe empfand.

SAUL. Ja. Du erkanntest in allem David. Ich genoß die Musik ohne Beigeschmack des Menschen. – Dieser Beigeschmack, dieser bittere Beigeschmack für mich! Fürst Schmuel stellt den Namen als Standarte vor ein Aufruhrheer. Ein Staatsstreich ist geplant. Auf meinem Schreibtisch – dort, das Aktenbündel berichtet von den Verzweigungen des Komplotts.

JONATHAN. Ich verbürge mich für David.

SAUL. Du liebst ihn, Jonathan. Das ist nicht verborgen. Geheimnis ist nur: wie heftig, wie zerstörerisch.

JONATHAN. Wär's möglich, ich öffnete dir mein nacktes Wesen, alles, was in mir ist, daß du erführest, es findet sich der Gedanke nicht, der dich bedroht.

SAUL. Ich habe dich und deine Leidenschaft geachtet. Mein Leben jedoch ist ein Besitz, den ich nicht vor der Zeit verlieren möchte.

JONATHAN. Ich will versuchen – Es muß Friede zwischen euch werden!

SAUL. Ich war nicht abgeneigt, ein Angebot entgegenzunehmen. Ich habe bis jetzt gezögert, Feldmarschall Abner Vollmachten zu erteilen. Ein Einfall in Rama bringt Weiterungen. Aber die Monate und Tage sind verfallen. Du sollst erfahren, wie es steht. Auf dem Sektor der Politik ist David, dem man den Titel Prinz beigelegt hat, Fürst Schmuels herausgeputztes Geschöpf. Daß du und ich den jungen Menschen als Genie verehren, ist Albernheit zu unserm Schaden. Ich zweifle nicht daran, daß David sich schindet, dein Freund zu bleiben. Doch sein Überfluß an schäumender Gesundheit macht seine Zuneigungen ranzig.

JONATHAN. Ich mag diesen Einwand nicht.

SAUL. Ich variiere eine deiner Formeln. – Es ist notwendig, daß du genau wägst. Ich habe ihn adoptieren wollen. Ich zögerte; man bedenkt sich ja. Da wurde er eifrig, kam mir zuvor. Er fing sich Michal ein. Ich sage nicht, daß sie ihm nicht entgegengekommen wäre. Auch du hieltest für ihn die Arme offen.

Jonathan schweigt

Der Streich mißlang in seinem Hauptteil. Kaum, daß der Einspruch der Natur dem Neuvermählten offenbar geworden, versucht er einen Aufruhr, wirbt Gesindel an, macht gemeinsame Sache mit meinen Feinden – und achtet dich vor ausländischen Agenten so hoch wie Dreck.

JONATHAN. Du lässest etwas aus. Du wolltest ihn aus dem Wege räumen lassen.

SAUL *verliert sein Gleichmaß*. Ihn aus dem Wege räumen lassen? Nein! An den Galgen sollte er, höchst öffentlich, der Legitimitätserschleicher! Zerstückeln lassen wollte ich seinen Kadaver, daß ihn die Hunde fräßen. Und du, ein Hund, hättest von seinem Fleische mitfressen können und dich um die besten Bissen kläffend streiten.

JONATHAN *weicht zurück*. Ich fasse nicht – soeben noch war deine Stimme milde –

SAUL. Du kannst Tatsachen nicht zusammenlegen. Du bist ein Schwächling, weil du Neigungen hast, die du für wichtig oder schwierig hältst. Staub ist dir alles, was David nicht durch Berühren oder Anblasen geläutert hat. – Zur Sache. – Ich mache dich mit einem wichtigen Archivstück unseres auswärtigen Amtes bekannt. Du wirst andere Schlüsse ziehen als ich; doch ich bin es, der entscheidet. Herzog Achis, der jüngste und tatkräftigste Führer der Philister, hat seine Heiligkeit, den Fürsten Schmuel aufgesucht. Die beiden haben viel erörtert, doch vor allem dies: Im Falle eines Krieges – errate gegen wen – soll Schmuel den Philistern ein Söldnerheer stellen, eine Art Spezialisten-Saboteure hinter der Front. Dagegen verpflichtet sich Achis, Davids, des Prinzen Davids Anspruch auf diesen Stuhl – ich sage: diesen Stuhl, auf dem ich sitze – zu stützen.

JONATHAN. Es ist unwahr! Das Machwerk eines nach Belohnung hungrigen Provokateurs!

SAUL. Gehirnschwacher Stümper! Durch Geschrei willst du mich überzeugen, die sichersten Berichte des geheimen Nachrichtendienstes seien Arschwische?! Wohin bist du geraten? Wie willst du, daß ich nicht gegen dich ergrimme? – Bist du ein Erzbösewicht, daß du mich an David verraten hast? Hast du dir diesen Freund auserkoren, mir und dir und deiner Mutter, die dich geboren hat, zur Schande?!

JONATHAN. Ich bin dein Sohn, Vater, ich bin ein Teil von dir. Dieser Teil, dies Ich, ist schwach. Sehr schwach bin ich und sehr unerfahren. Und sehr unnütz. Du kannst mich niederschlagen – in dieser Minute. Ich bin nur mächtig in einem: daß ich David vertraue, daß ich ihn liebe. Das ist meine Macht. Sie kann mir nicht ausgerissen werden. Du kannst Beweise häufen; – dennoch: David hat an dir nicht mißgehandelt. Ich stelle mich dir als Geisel. Ich nehme alles von deiner Hand, sofern er Übles plant. Ich bitte dich zwar, gönne mir noch zehn Tage Leben in Freiheit – *Saul schleudert einen Dolch, der auf dem Schreibtisch lag, gegen Jonathan, trifft aber nicht. Jonathan hebt den Dolch auf.* Nimm ihn zurück! Stoß in mich hinein! So würde meine Geringfügigkeit zu etwas tauglich.

SAUL *mit ruhiger Würde.* Solange David lebt, wirst du, dazu dein Königtum nicht bestehen. Deine Brüder Iswi und Melchisua werden umkommen. Deine Eltern werden umkommen. Und du wirst ihm die Füße lecken.

JONATHAN. So hast du beschlossen, daß er sterben soll?

SAUL. Ja.

JONATHAN. Habe ich meine Freiheit?

SAUL. Ja. *Jonathan wendet sich ab, geht schnell davon.*

Zehnte Szene

Davids Alter: 20 Jahre, 1 Monat

Rama. Nacht. Heide. Ein Zelt.

David *steht aufrecht vor dem Zelt.* Mir ist, als wären meine Tausend wie Raupen, lautlos, zu meinem Zelt herangekrochen, weil ihre Furcht gewachsen ist. – Da kommt etwas – *Er duckt sich. Der Harotiter und der Peloniter kommen mit Jonathan in ihrer Mitte.*

Der Haroriter. Hier ist ein Mann.

David. Jonathan – mein Freund – so schnell zurück –. Bist du es wirklich?

Jonathan. Ich bin's.

David. Geht, ihr beide. *Die beiden Söldner ab.*

Jonathan. Man sieht deinem Besuch scharf auf die Finger – oder auf den Siegelring.

David. Die Offiziere haben Ahnungen bekommen. Sie glauben jetzt an die Vorsicht. – Wie steht es zwischen dem König und mir?

Jonathan. Ich bin schnell gereist. Es ist so weit.

David. Das soll bedeuten –? Dein Auftrag war Versöhnung –

Jonathan. Abner hat Befehl erhalten, euch zu vernichten. *David schweigt.* Ich bleibe bei dir, das versteht sich. Kämpfen will ich nicht. Ich werde mein schwaches Fleisch als windigen Schild vor dich stellen. Ich teile dein Schicksal; es gibt keinen Vorbehalt.

David. Du hast dich an den Gedanken – bereits gewöhnt. Ich hingegen – – Wie ist denn das so plötzlich – beschlossen worden? Bist du nicht durchgedrungen –?

Jonathan. Ist dir bekannt, daß kürzlich Herzog Achis, der Philister, Fürst Schmuel besucht hat?

David. Es ist unter den Offizieren davon gesprochen worden.

Jonathan. Das – rechtfertigt meinen Vater. – Ich werde mich zukünftig mit Politik beschäftigen müssen – und wenn es uns noch nützen soll, muß ich morgen früh damit beginnen.

David. Sag es genauer.

Jonathan. Ich habe soeben bei mir entschieden, daß ich Herzog Achis in einer bestimmten Aktion – unterstützen werde.

DAVID. So bist du zuversichtlich, daß es mit uns nicht zum Ärgsten geht?

JONATHAN. Nein. Was ich da schnell erwog, setzt Unmögliches voraus: daß wir noch einmal davonkommen.

DAVID. Ist diese Nacht noch sicher?

JONATHAN. Diese bestimmt. Ein Einmarsch in Rama kann Weiterungen bringen. Deshalb wird Feldmarschall Abner vorsichtig zu Werke gehen. Warum fragst du das?

DAVID. Ich bin nicht vorbereitet. Ich lehne mich gegen das Ungeheuerliche auf –

JONATHAN. Rechne damit, daß wir sterben müssen. Ich weiß, wie wir am leichtesten stürben. Du durch mich und ich durch dich. Der angenehme Tod indessen duldet keine Lüge; man muß ihn unausweichlich wollen. Du hast dich noch nicht an ihn gewöhnt. Das unterscheidet uns. So bleiben wir im Zufall. Damit seine Möglichkeiten mäßig bleiben – du dir selber helfen kannst, wenn es nötig werden sollte, hier, eine Glasampulle mit Gift. Du mußt sie bei Gefahr der Folter oder Verstümmelung im Munde tragen und zerbeißen. Es schmerzt entsetzlich – doch nach zehn Sekunden verläßt dich alles. Nimm zwei! Zur linken Hand, zur rechten Hand. Ich selbst bin auch versehen. – Bedingung bleibt, daß wir das Leben nicht leichtsinnig verabschieden.

DAVID *an Jonathans Brust.* Was haben wir getan, daß unser Schicksal so schlimm geht?

JONATHAN. Es ist, daneben, so gut wie es sein kann. Durch Länge wird kein Dasein wertvoll.

DAVID *stößt Jonathan von sich; zornig.* Willst du verkünden, eine Torheit sei es, nach einem ersten Funken Liebe oder Freude kein Gift zu schlucken?

JONATHAN *betreten.* Einen Augenblick lang vergaß ich, daß du der Welt verpflichtet bist und voll von unerlöster Schaffenskraft. Ich habe falsch geredet. Mir ist nach Sterben, weil meine Empfindungen nicht mehr zunehmen können. Du aber mußt das Vernünftige tun und deine Offiziere benachrichtigen, damit sie Abners Angriff nicht unvorbereitet trifft.

DAVID. Bist du erzürnt?

JONATHAN. Nein, David. – Ich lege mich ins Zelt. Mich schmerzt mein Fuß. – Richte jetzt aus, was deine Pflicht ist.

DAVID. Ich werde nicht lange fortbleiben. *Er geht.*

JONATHAN. Erste politische Übungsaufgabe: Wie – mit welchen Mitteln – könnte man König Saul von der Lauterkeit Davids überzeugen, nachdem Herzog Achis den Fürsten Schmuel besucht hat? – Antwort: Man kann es nicht. Wo Macht ist, wird das Mißtrauen niemals stille. *Er geht ins Zelt.*

ELFTE SZENE

Davids Alter: 20 Jahre, 2 Monate

Die Burg von Rama. Arbeitszimmer des Fürsten Schmuel. Man hört in der Ferne dumpfes Grollen; einzelne Schüsse in der Nähe.

Fürst Schmuel steht aufrecht mit verschränkten Armen bewegungslos in der Mitte des Zimmers

EIN OFFIZIER *steht in einiger Entfernung vom Fürsten, meldet.* Die Garde, mein Fürst, zu deinem Schutz, hat Weisung, sich zu schonen und zurückzuweichen. *Er macht Honneurs, geht.*

SCHMUEL. Die Hoffnung siecht dahin.

Man hört Lärm vor der Tür im Hintergrunde. Sie wird aufgestoßen. Man erkennt Offiziere der fürstlichen Leibgarde. Es treten ein: Jonathan mit blutgetränktem Verband an der einen Hand; David, der einen schmächtigen, offenbar verwundeten zwölfjährigen Knaben in den Armen trägt.

DAVID *bettet den Knaben auf ein Sofa links im Hintergrund.* Hier sind wir, Schmuel, – die Trümmer einer Räuberbande – ein Teil der Trümmer – und bringen Unglück in dein Haus.

SCHMUEL. Ihr lebt – nur das ist wichtig – ihr lebt. Was weiter werden soll? – ihr lebt.

JONATHAN *der sich um das Kind bemüht hatte.* Er lebt nicht mehr.

DAVID. Er lebt nicht mehr?! – Das ist ein Irrtum der Allmacht. Es gibt den Einwand: auch andere starben. – Noch auf dem Wege hierher, als ich ihn trug, war mir, als wäre er ein Stück von mir. Nun mußt du ihn begraben. Und es ist gleichgültig, ob ich dableibe oder mitgehe. *Jonathan ist neben dem Kinde niedergekniet.*

DAVID. Er war der jüngsten einer der Verbrecher. Zwölf Jahre alt oder so – vielleicht nur elf – mit einer ersten Rauheit in der Stimme, die sich noch übersingen ließ.

SCHMUEL. Du redest; aber ich verstehe nichts. Du lässest etwas aus. Auch ich lasse etwas aus. Ich lasse den einfachsten Trost aus. Ihr braucht den Zuspruch der Erde. Brot und Wein. Vor allem Wein. *Er nimmt eine bereitstehende Flasche und schenkt vom Inhalt in einen Becher.* Trinkt aus dem gleichen Kruge! *Jonathan erhebt sich.*

DAVID *trinkt.* Der Wein ist dick wie Harz.

JONATHAN *leert den Krug.* Ich will heut meine Laufbahn als politischer Mensch beginnen. Der zivilisierte Abstieg ist mein Los.

SCHMUEL *mißtrauisch.* Ist es dir ein Bedürfnis zu schmähen?

JONATHAN *setzt den Becher nochmals an den Mund, ihn gleichsam ausleckend.* Ich hätt mich heut in Menschenblut satt trinken können. Es floß davon überall umher.

SCHMUEL *wendet sich unwillig ab.* Auch ich bin ehedem über Schlachtfelder gegangen. Man findet Leichen.

JONATHAN. Es waren in unserem Falle asoziale Elemente. Und sie sind für uns gestorben. Etwas weniger heldenhaft als dieser hier; – aber doch heldenhaft – mit aufgeschlitzten Bäuchen und ohne Kopf.

SCHMUEL *beherrscht, milde.* Erzählt die Geschichte des Kindes; – sie bedrückt euch unverhältnismäßig.

JONATHAN. Es wird alles Asche. Die Liebe selbst kann Asche werden. Nur die Treue, die grundlose Treue, die Treue wider die Natur ist ein kleiner Klumpen Gold in allem Verbrannten.

SCHMUEL. Ihr könnt die Härte der Vernichtung, die plötzliche, nicht abstellen; müßt es hinnehmen, daß alles Dinghafte vom Schmerz besudelt wird. – Betrinkt euch meinetwegen –. *Er nimmt eine zweite Flasche, füllt den Krug.*

JONATHAN *trinkt, gibt den Krug David.* Die Worte sind selbständig. Und die Empfindungen sind selbständig. Der ganze Mensch aber wird zum Opfer, weil er unselbständig ist. Sein Wille entsteht erst, wenn er ein politischer Mensch wird. Er kann durch seinen Willen auch ein theopolitischer Mensch werden oder ein kommerziopolitischer Mensch oder ein theokommerziopolitischer Mensch.

SCHMUEL. Werft ihr einander etwas vor?

DAVID. Wir haben nicht gekämpft; auf uns wurde nicht geschossen. Die stählernen Wagen rasselten heran, um uns einzukreisen. Jonathan stellte sich vor mich, umklammerte meine Hände. »In zehn Sekunden schlucken wir das Gift – in zwanzig sind wir tot«, er sprach's. Wir hatten die Glasperle bereits im Munde. Da, unerwartet, sprang dies Kind hinter einem Busch hervor, unbewaffnet – bewaffnet doch: mit einer Hacke. Es lief Abners Wagen an, schwang sich hinauf, hieb, hieb sein Gerät in des Feldmarschalls stolz-lüsternen Kopf. Der stürzte. Nun wurde auch der Knabe herabgeschleudert, kam in die Räder, wurde mitgeschleift. Jonathan warf sich, ich weiß nicht wie wohin, ergriff den Körper. Man schoß. Doch aus der Heide waren Männer aufgetaucht. Wie wenn sie alle das Knabenspiel gelernt hätten, erkletterten sie Abners donnerndes Geräder, den ganzen Zug. Die Wagen strandeten.

JONATHAN. Mir war noch nie so süß, so lind wie diesmal, als man auf mich schoß. Schmuel, Verschwörung ist ein schöneres Laster als Gehorsam. Auch diesmal traf man mich nur am Rande. Es war die andere Hand. Ich frage mich: ist es ein Rechenstück? Zuerst die Hand, sodann das Bein, danach die zweite Hand. Folgt bald das andere Bein und dann die Leibesmitte? Oder darf man mit einer Abkürzung rechnen?

DAVID. Jonathan wird meinetwegen langsam zum Krüppel geschossen.

JONATHAN. Es ist kein erheblicher Schaden, wenn ich nicht gehen noch schreiben kann. Aber ich möchte bei halber Jugend nicht völlig unanmutig werden.

SCHMUEL. Mir scheint, was jetzt gesprochen wird, führt zu nichts.

JONATHAN. Alles hat seine Fortsetzung, wenn sie auch langweilig ist.

SCHMUEL. Laß deine Hand behandeln; – es gibt hier einen Arzt.

JONATHAN. Es eilt nicht, Schmuel. Sie ist verbunden. Viele andere Wunden sind noch offen.

DAVID *neben dem Knaben*. Er hat noch nichts geschmeckt vom kräftigen Brot: kein Mädchen, keinen Burschen. Vielleicht habe ich ihm einmal zugelächelt und gesagt: – du bist klein und dünn; da ist noch etwas von meiner fetteren Suppe übrig. – Man küßt ihn nicht, man gibt ihm nur den Löffel. Und dafür diese Treue, dieser Mut – dies: ich sterbe gern und fahre in die Hölle. Für eine Mahlzeit Suppe. Denn was versteht er sonst vom Bürgerkrieg? –

SCHMUEL *mit Überwindung.* In der nächsten Stunde wird euer Leben gewogen und ausgehandelt werden. Alle Härten der Wirklichkeit sind bei uns. Wir müssen Rat suchen. – Die Sorge um eure Gefährten, die entkamen oder verwundet wurden, ist überflüssige Menschlichkeit.

JONATHAN. Die undelikaten Betrachtungen sind immer die richtigen. Wohin sollte es führen, wenn wir dem Herzen folgten? Wir alle würden in der Liebe umkommen. Und gibt es etwas Lächerlicheres als Liebende, die sich vor Liebe nicht zu helfen wissen? Erinnert euch an Romeo und Julia! Die machten eine Gruft zu ihrem Ehebett. Und weil sie nicht zwei Minuten lang warten konnten, daß sie sich vereinigten, trank Romeo Gift, und Julia erdolchte sich. Und vertauschten mit ihrer Todesart obendrein das Männliche und Weibliche. Greuel über Greuel! Hat nicht Achill von der Bühne herab das Publikum, das es gar nicht so genau wissen wollte, mit seinen Gefühlen belästigt, als Patroklos umgekommen war? Und dann tötete er auch noch den Hektor. Eduard von England hat man lebenden Leibes mit heißen Bolzen innerlich ausgeglüht, nachdem er vom Spak und Kotdunst des Gefängnisses geschwächt war. Und es ist doch sehr zu bezweifeln, daß das Vergnügen jemals so groß gewesen sein kann wie der Schmerz. Die Eigenschaft der Liebe ist ihr völliges Mißverhältnis zur Vernunft und zum Anstand.

SCHMUEL. Was soll das, Jonathan?

JONATHAN. Die Fortsetzung. Allerdings bin ich etwas weitschweifig; doch nun bin ich mit der Einleitung fertig. – Ich habe die Absicht – ich bin entschlossen, in Erkenntnis meiner Untauglichkeit – nicht aus Liebe allein, auch nicht aus geblendeter pechschwarzer Liebe: aus Schwäche oder Haltlosigkeit – meine Anwartschaft auf den Thron abzutreten. Es ist das zwar ein alter Wunsch von mir; aber bisher war es eine Art schleimiger Wunsch, etwas Gefühlvolles, Zukunftsundeutliches. Jetzt will ich deinem Vertrage mit Herzog Achis beitreten und die Kandidatur Davids stützen.

Schmuel. Was – weißt du von diesem Vertrag – der ganz geheim geschlossen wurde?! –

Jonathan. Du hältst König Saul für unbegabt und seine Kanzleien für unfähig, vertraust deinem Dünkel. Mein Verhältnis zu David ist getrübt, weil er eine politische Kreatur – eine inzwischen mißlungene – geworden ist. Ich wurde bei diesem Handel von keinem befragt; ich durfte als Freund das Gift beibringen. Wir alle sind Hochverräter.

Schmuel *eiskalt.* Wo stehst du? Das muß ich wissen. Nur das.

Jonathan. Ich bin nicht lebensgefährlich durchlöchert. So stehe ich bei – meiner Liebe. Das sind geringe Worte für – einen Traum. Davids Genie ist der Ausdruck höchster Legitimität. Alles andere merze ich aus.

Mit steigender, doch unnatürlicher Erregung

Der Beste soll König sein. Das ist der Wunsch der Menschenwelt. Ich habe eine Königswürde zu vergeben. Nicht Herzog Achis und nicht du, Schmuel! Wir sind uns indessen, dank meiner verruchten Beschaffenheit, einig. Darum will ich, daß du jetzt, insgeheim, David zum König salbst – wie ehemals meinen Vater. Ein Ritual nur für die Mächte, die uns umgeben, die Mauern, die brüllen werden, wenn das Schweigen einmal verkehrt wird.

David. Redest du ungestüm oder zweideutig?

Jonathan. Du brauchst nichts zu empfinden, David. Die Feier muß sein, weil die Urheber der Begebnisse den Stillstand hassen. Schon hat Herzog Achis den Plan unserer Freundschaft usurpiert. Der Vorsprung muß eingeholt werden.

Schmuel. Es bleibt unerkennbar, wer hierbei übervorteilt wird.

Jonathan. Mach's feierlich kurz! Nimm deine Ölkapsel! Du pflegst sie bei der Hand zu haben. Ich bette den Toten in meinen lahmen Arm. Er gehört dazu, denn die erste Todesstunde ist nicht geheuer.

Er trägt den Knaben herbei

Knie nieder, David! Nur zu! Wir messen uns mit dem Verhängnis. *Schmuel sinnt eine Weile, nimmt dann seine Bleikapsel mit Öl. David kniet nieder.*

Schmuel. Ich salbe dich, kraft der Gnade, an Jonathans Statt zum König, und daß es offenbar werde, wenn König Saul gestorben ist.

JONATHAN. Antworte, David, nach Belieben – was dir gerade einfällt!

DAVID *verbissen.* Aber es sei ferne von mir, daß ich König Saul nach dem Leben trachte, seinen Tod wünsche oder ein Unglück über ihn. Ich will ihn nicht ängstigen. Und Jonathan soll mir der Nächste sein.

JONATHAN. Sehr gut. Amen. – *David erhebt sich.*

JONATHAN. Ist noch Öl in der Kapsel?

SCHMUEL. Wozu die Frage?

JONATHAN. Statt des Toten, im Dunst seiner letzten Wärme, frage ich. Es verlangt ihn – so jugendlich dumm ist er noch – nach Heiligung.

SCHMUEL. Es ist Rosenöl.

JONATHAN. Was schadet das der Haut? Es riecht. Der Tote wird auch bald riechen.

SCHMUEL *gereizt, doch ununterrichtet.* Was verlangst du? Welche Handlung soll ich verrichten?

JONATHAN. Du könntest ihn mit Öl legitimieren. Vielleicht habe ich ihn ja mit zwölf Jahren in einem Straßengraben gemacht, als ich es noch gar nicht wußte. – Dann wäre ein weiterer präsumtiver Kronprinz abgetreten.

SCHMUEL *zornig.* Das ist Hohn. Du frevelst! *Es wird gegen die Tür im Hintergrund gepocht.*

EIN OFFIZIER *tritt ein, meldet.* Ein Sendbote des Königs –

SCHMUEL. Er soll hereinkommen. *Offizier macht Honneurs, geht.*

JONATHAN. Es ist nicht klug, daß Davids Angesicht in der Nähe einer königlichen Pistole ist.

SCHMUEL. Geh dort hinein, David – *David nach links ab.*

OFFIZIER DER KÖNIGLICHEN GARDE *kommt.* Mein König befiehlt mir, vor dir zu sprechen, Fürst Schmuel.

SCHMUEL. Ist Feldmarschall Abner tot?

OFFIZIER *erstaunt zögernd.* Der Feldmarschall soll schwer verwundet sein.

JONATHAN. Du kennst mich?

OFFIZIER. Ja, mein Prinz.

SCHMUEL. Sag deinen Auftrag.

OFFIZIER. Mein König fordert die Auslieferung Davids, Sohn des Isai – und die des Prinzen Jonathan. Sonst nichts.

SCHMUEL. Darüber möchte ich mit deinem Könige – Saul – persönlich – mich unterhalten. Mein Haus, der Boden Ramas – gelten als Asyl.

OFFIZIER. Mein Auftrag sieht keine Einschränkung vor.

SCHMUEL. Ist König Saul ferne von hier?

OFFIZIER. Der König ist bei seiner Truppe.

SCHMUEL. Bringe ihm meinen Gruß! Ich ließe ihm sagen – –

OFFIZIER. Fürst Schmuel – ich nehme keinen Auftrag von dir für meinen König an. Willst du vor seine Augen kommen, mußt du ihm einen Unterhändler senden. Bis unter dem freien Himmel wirst du selbst ihm entgegen gehn.

SCHMUEL. Es ist nicht meine erste Niederlage. – Begleitest du mich?

OFFIZIER *zögert mit der Antwort.* Dem Prinzen möchte ich ein paar Worte sagen – doch nicht vor Zeugen. Wenn du, Fürst Schmuel, abgewandt, nur einen Augenblick verweilen willst, bin ich bereit.

SCHMUEL. Du wirst mich finden. *Er geht durch die Tür im Hintergrund ab.*

OFFIZIER. Mein Prinz – ich erbiete mich, dir einen Dienst zu erweisen.

JONATHAN. Ich brauche Beistand – das verbirgt sich nicht.

OFFIZIER. Die Rede ohne Übergang, die Gedrängtheit – nimm sie als Zeichen, daß ich dir zugetan bin.

JONATHAN. Ich bin für Kurzes dankbarer als für Langes.

OFFIZIER. Mein Prinz – ruf deinen Freund herbei, nimm von ihm Abschied. – Gestatte mir, daß ich ihn niederschieße. Es soll ein schneller Tod sein – das verspreche ich.

JONATHAN *scheinbar ohne Erregung.* Ich achte dein Angebot. Doch du verstehst mich nicht. Ich werde nicht leben, wenn Prinz David stirbt. Ist es dein Auftrag, ihn umzubringen, so versuche deine Waffe zuerst an mir.

OFFIZIER. Es ist mein Auftrag nicht. Es war mein Wunsch, mein geheimer Entschluß, dir und ihm zu helfen. Man wird ihn zur Folter bestimmen – als Schauspiel für die Menge.

JONATHAN. Eil dem Fürsten nach! Ich bitte dich.

OFFIZIER. Du tust das Falsche, mein Prinz. Der König ist ergrimmt. Die Truppen sind im Blutrausch. Sie fordern Vergeltung.

Jonathan. Ich kann nachempfinden, was du dir ausgedacht hast. Doch du mißnimmst uns. Wir haben Gift.

Offizier. Mein Prinz –

Jonathan. Dem Übermaß an Schmerzen – durch grobe Hände unserm Leibe eingeschnitten – werden wir versuchen zu entfliehen. Denn wir sind feige. Oder mit zu feinem Fell überzogen. Mehr ist nicht zu sagen. *Offizier macht Honneurs, geht.* Gibt es hier noch Wein? *Er nimmt eine Flasche, füllt den Krug.* David! David!

David *kommt von links.* Du rufst nach mir? Du bist allein?

Jonathan. Streich alles aus! Alles was war. Alles was sein wird. Trink mit mir! In der Vorfäulnis liebe ich dich noch.

David. Du trinkst unmäßig.

Jonathan. Streich aus! Vergiß! Der Tod ist noch immer unser Schatten. Rechne damit – rechne erneut damit, daß wir jung sterben müssen – auf einer dieser Türschwellen. Trink, David! *Beide trinken hastig nacheinander.*

Jonathan. Hinweg! Ich erkenne eine Stimme. *Sie eilen links hinaus. Fürst Schmuel geleitet König Saul durch die Mitteltür im Hintergrunde herein; Offiziere folgen zögernd.*

Schmuel. Es ist des Königs Wunsch, daß wir allein bleiben. *Die Offiziere ziehen sich zurück.*

Saul *sich setzend.* Es ist dir bekannt, Fürst Schmuel, was ich fordere.

Schmuel *setzt sich gleichfalls.* Man hat mir deine Botschaft überbracht. Ich bin dir entgegengegangen, dich zu mir bittend, um gewisse Beziehungen zwischen uns, Rechte und Folgerungen daraus, zu erörtern.

Saul. Die Höflichkeit gebietet mir, dich anzuhören.

Schmuel. Rama ist ein Gebiet – ein geheiligter Bezirk, der durch Gewohnheit und Vertrag bekräftigt, dem Asyl, der Exterritorialität gleichzusetzen ist. Es liegt offen da. Niemand ist bemüht, diesem Umkreis einen bewaffneten Schutz zu geben. Die unkriegerische Leibgarde unterstreicht einzig die Würde meiner Einordnung. Das Haus, ein alter Wohnplatz, gleicht nur durch Zufall einer Burg – Dein Sohn, Prinz Jonathan, dein Schwiegersohn – Prinz oder Nichtprinz – David haben bei mir Zuflucht gesucht. –

Saul. Dem Anfang deiner Rede fehlt es nicht an – Pomp.

SCHMUEL. Nach einem Anschlag gegen sein Leben hat sich der erste Gatte deiner Tochter Michal (Wir haben die Ehescheidung nicht ausgesprochen, auch nicht anerkannt) mit einer Schar asozialer Elemente umgeben, die in dieser Landschaft zu dulden, durch Mitleid unbesonnen gemacht, ich mich versah.

SAUL *mit kaum wahrnehmbaren Spott.* Und um das Übel zu mildern, schicktest du deine unkriegerischen Offiziere in die Heide, damit aus Gesindel gute Soldaten würden.

SCHMUEL. Ordnung ist der Unordnung vorzuziehen.

SAUL. Wenn eine Dirne eine ganze Kompagnie zuläßt, ist sie noch immer nicht so wohlfeil wie Worte. – Doch wozu unterbreche ich dich?

SCHMUEL. Die Strafexpedition, die du befahlst, entartete zu einer Paktverletzung.

SAUL. Fürst Schmuel – lange Zeiten sind verstrichen, seit wir einander das letzte Mal sahen. Ich hielt dich als klug in meiner Erinnerung. Was du heut vorbringst, klingt greisenhaft. Jedenfalls ist es ungeeignet, mich deiner Absicht geneigt zu machen. Du könntest ahnen, daß ich deinen Geheimvertrag mit Herzog Achis kenne. Du liebst mich nicht – nicht mehr. Doch deine persönliche Abneigung gibt dir kein Recht zum Bruch mit aller Schicklichkeit – zum Hochverrat. Du hast dich niemals darein fügen mögen, daß deine geistliche Macht dir auch Demut abverlangt. Mißbrauch deiner Autorität ist dir eine Gewohnheit. – Ich aber stehe mit einem Teil der Reichstruppen in Rama. Dahin ist es gekommen. Ich verlange die Auslieferung meines Sohnes und eines anderen närrischen Zerstörers des Landfriedens.

SCHMUEL. Ich weigere mich, dir zu gehorchen, König Saul. Ich berufe mich auf ein Recht, das du nicht anerkennen willst, das ich in deiner Vorstellung verwirkt habe; ich berufe mich dennoch darauf, weigere mich dennoch. Ich bin entschlossen, mich, die Verfolgten mit unzulänglichen Mitteln und Hilfen zu verteidigen. Wir werden untergehen, kein Zweifel. Es soll dir nicht wohlbekommen, das Heiligtum von Rama zu verwüsten. Weniger als ein völliges Blutbad biete ich dir nicht.

SAUL. Dein Hochmut droht mir mit einem Widerstand – nein, damit, daß ich im Jähzorn mir nicht ähnlich bliebe!

SCHMUEL. Ich drohe nicht – ich stelle dir nur vor. Ich kam noch nicht zuende. Ich biete Lösegut – biete die Freundschaft meiner alten Tage. Freundschaft, Saul – König Saul, die zwischen uns zerbröckelte. Es kann zukünftig so wohlvertraut zwischen uns stehen wie es war, als ich dich heimlich salbte, in dir den König erkannte, der du wurdest. Wenn du heut deine Hand in die meine legst, wird es gelöscht, daß ich später mein König-machen bereute. Ich will dein treuester Vasall werden – dein Förderer – wie im Anfang deiner Regierungszeit.

SAUL *kühl.* Dein Vertrag mit Herzog Achis steht dem im Wege.

SCHMUEL. Verträge sind Papier. – Eine Flasche Branntwein, die zwei Burschen abwechselnd an den Mund setzen, verbürgt bessere Freundschaft als ein Pergament voll kunstvoller Siegelabdrücke. Und eine Hand, in eine andere gelegt, bedeutet die Nachbarschaft zweier Blutströme.

SAUL. Es widerspricht meiner Vorstellung, daß deine Hand die des Herzogs nicht berührt hätte, da er dich besuchte.

SCHMUEL. Ich habe sie berührt, gewiß; das macht meine Darlegung wertlos. Indessen, läßt du die Burg von Rama erstürmen, bedeutet es Krieg mit den Philistern, Aufruhr im Lande, Abfall der Priesterschaft von dir. Meine Hand hingegen – sei sie vom Händedrücken und -küssen so abgenutzt wie sie wolle – verbürgt dir und dem Lande den Segen des Friedens.

SAUL. Ich möchte deine Worte noch eine Weile erwägen. – Ruf mir bitte Jonathan.

SCHMUEL *erhebt sich nach kurzem Zögern, geht an die Tür links, ruft hinein.* Jonathan – der König Saul – dein Vater will dich sehen.

JONATHAN *kommt, verbirgt die verwundete Hand, starrt einen Augenblick auf Saul; dann stürzt er vor ihm auf den Boden.* Mein Vater – eine Bitte – eine Bitte – diese eine Bitte erfülle mir! Laß ab, David zu verfolgen – seinem Leben nachzustellen! Er ist mir teurer als mein eigenes Sein. Ich bin es zufrieden, wenn du mich verbannst, einkerkern, zum Richtplatz führen läßt; – doch nicht ihn. Ich rede nicht davon, was er getan hat. Ich bettele nur: Vergib! Berücksichtige seinen nicht unterdrückten Geist, sein Genie, den Atem, der ihm entströmt und eine Substanz für Welten wird, ein Klang, den niemand je vor ihm gehört hat, der bleiben wird, wenn alle Reiche untergehen – sofern sein Leben sich entfalten darf.

SAUL *mit unbestimmtem Ausdruck.* Überschwängliche Aussage – ganz unverändert –

JONATHAN. Willst du es nicht, dann sprich, daß du es unerbittlich, unvernünftig nicht willst, unwiderruflich, unbeugsam nicht willst, nie wollen wirst, nicht kannst – daß du zum Hohn aller Auserwählten seinen Tod forderst. Jetzt, morgen, immer. –

SAUL. Mein armer Sohn Jonathan – daß du so leiden mußt, weil dieser Stoff der Liebe – dieser eigenwillige, nie zaudernde, doch blindtrübe Stoff in dir ist! Daß du Augen hast, eine Schönheit zu erkennen, die nichts Beibringbares, allenfalls spitzbübisch ist; – Ohren zu hören, was von den Sternen zu kommen scheint – aber vielleicht nur ein Mißnehmen ist, ein launenhaftes Deuten ungeklärter Harmonien, die wir in weite Himmelsräume eingeordnet meinen – in unserer Unwissenheit! Ich beuge mich dem Genie David – trotz meiner Einsicht, daß etwas faul an ihm ist.

JONATHAN. Du vergibst ihm? Du schonst ihn? – Engel, dunkler Engel – *Er gleitet ohnmächtig zur Seite.*

SAUL *erhebt sich, bemerkt die Ohnmacht nicht sogleich.* Nimm meine Hand, Schmuel –

SCHMUEL *umarmt Saul.* Ich danke dir, Saul – König –

SAUL. Jonathan! – Ist er verwundet? – *Saul beugt sich nieder, versucht Jonathan aufzurichten.*

JONATHAN. Mir fehlt nichts. Mein Herz schlug zu schnell. Und dann schlug es nicht mehr. Ich entsinne mich alles Gesprochenen.

SAUL. Ist dir jetzt besser? – Was geschah deiner Hand?

JONATHAN. Mir ist sehr wohl. Meine Hand hat nur eine Schramme. *Jonathan erhebt sich vom Boden.*

SAUL *zögernd.* Mein Nachgeben hat dich in einen Hinterhalt gebracht. Ich frage einmal, was du für mich tun willst.

JONATHAN *mutlos.* Ich habe mich dir als Geisel angeboten.

SAUL. Du sollst Zurückhaltung in deinen Begegnungen mit David üben.

JONATHAN. Meine Seele ist noch sehr schmutzig von Trauer –

doch ich will versuchen, mich zu bewähren. Gib mir nachsichtig Erlaubnis, daß diese zuckenden Lippen, mein eigener Mund, dem Freunde sagt, wie es ausgemacht ist.

SAUL. Ich selber will ihn sehen. Die Augen will ich dir nicht verbinden. Doch tue so, als wärest du nicht hier! Dein Närrischsein macht mich zum Gaukler.

Zum Fürsten

Ich habe deine Hand genommen, Schmuel. Das bedeutet: fürderhin kann David dein Gast nicht bleiben.

SCHMUEL. Nach angemessener Zeit – wenn alles still im Lande ist – werde ich ihn fortschicken. Du hast das Wort Verbannung nicht gesagt. –

SAUL. Nein. – Laß ihn herbeibringen.

SCHMUEL *öffnet die Tür links, ruft.* David – du sollst vor die Augen des Königs kommen. *Er zerrt David über die Schwelle. David stellt sich starr neben der Tür auf.*

SAUL *betrachtet ihn gemächlich.* Er ist braun und schön. Er dürfte kein Fleisch sein. Doch der Geist braucht Fleisch – sonst ist er Spuk.

Zu Jonathan

Wir haben Eile. Komm! *Saul und Jonathan schicken sich an, zu gehen.*

DAVID *schreit.* Jonathan! Nato –

JONATHAN. David – ich bin dir zugetan! *Saul und Jonathan ab. David bleibt unbeweglich.*

SCHMUEL. Er ist von befremdlicher, hingeflüsterter Größe.

DAVID *abwesend.* Wer?

SCHMUEL. König Saul.

DAVID. Sag etwas von Jonathan!

SCHMUEL. Verbirg ihn – behüte ihn im Unzugänglichsten deines Wesens – auch wenn dir Herzog Achis einmal begegnen sollte.

Das zunehmende Alter und die Bekümmernisse verändern Davids Aussehen. Der dritte Abschnitt des Dramas ist nicht, wie die beiden ersten, einem jünglinghaften Schauspieler zugedacht.

DRITTER ABSCHNITT

FUGA CONTRARIA

ZWIESPRACHE DER STILLESTEHENDEN MAUERN MIT DEM UMLAUFENDEN BLUT

10
14
18

22
26
30

34
38
42

58
62
66

70
74
77

80
83
86

89
92
95

98
101
104

107
110
114

118
122
126

130
134
138

142
146
150

154
158
162

Zwölfte Szene

Davids Alter: 23 Jahre, 4 Monate

Nacht. Heide. Zelt.

David und der Amalekiter sitzen auf Schemeln vor dem Zelt. Abjathar steht seitlich neben David. Dieser ist unordentlich und unsauber gekleidet; auch seine Gesichtszüge sind sehr verändert, vergrämt und unfrisch; der Amalekiter in seiner Diensttracht; Abjathar in einer dunklen Soutane.

David. Erzähl es ihm so oder anders.

Abjathar. Der Tod von 202 Menschen ergibt den Inhalt für eine lange Geschichte, wenn man, wie in unserm Falle, die vielen Möglichkeiten des Wo und Wie als Vorlage bekommen hat. Gefangene wurden in Pfützen ertränkt, indem man ihnen das Gesicht in den Schlamm tauchte. Andere hat man mit den Füßen an Bäumen aufgehängt und dann plump ausgemacht, was man ihnen antäte. Die Minderjährigen, Schul-, Kirchen- und Hauszucht vergröbernd, hat man zu Tode geprügelt. Lebendig begraben hat man auch. Zersägt wie Holz hat man auch, denn davon steht in einem unserer heiligen Bücher, daß man es seinen Feinden täte. Die Eigenschaft der Menschen ist die Eigenschaft Gottes.

David. Die Weitschweifigkeit im Erzählen dieser Sache ist das Laster der Überlebenden. Ohne Geseufze könnte man die Zeit, eine gewisse Zeit, zusammenraffen – wenn man ein steinerner Leib auf der Brüstung einer Brücke über dem Strom wäre. Es waren drei Jahre, drei ungetröstete Jahre. Aber die Sterne leuchten wie ehedem und bekunden unser Unverhältnis. Doch das ist wiederum Klage, kein Bericht. – Höre das Kurze: – Vierzehn Tage nach der Schlacht von Rama entließ mich Fürst Schmuel. Er stattete mich mit Geld aus und riet mir, nach Nobe zu gehen, daß ich ein klösterliches Leben führte. Er gab mir Briefe für Ahimelech, den Fürstprior, mit, auf daß ich wohl empfangen würde. Hinter den heiligen Mauern Nobes weinte ich lange. Ich schrieb auch die Symphonie: »Zwiesprache der stillestehenden Mauern mit dem umlaufenden Blut«. Eine Reinschrift davon ließ ich Prinz Jonathan schicken. Es war ein Jahr vergangen. Da traf ein Bote bei mir ein, ungewiß, von wem entsandt. Er sagte nur: »Fürst Schmuel frevelt. Nobe wird zerstört werden. Fliehe!« Ich floh. Nobe wurde zerstört. Kein Lebender wurde geschont; 85 Priester wurden öffentlich hingerichtet. – Es ist in langen Ergehungen staatsrechtlich begründet worden. – Ich vergaß: einer entkam, dieser hier, Abjathar.

Abjathar. Die unfehlbare Bürokratie hat mich unter den Toten aufgezählt.

David. Eine Zeitlang hausten wir abgeschieden in der Höhle Achillam. Das Gerücht davon wurde umhergetragen und kam auch zu meinen sieben Brüdern. Sie besuchten mich und beschlossen, bei mir zu bleiben, weil ihr Dasein meinetwegen unsicher geworden war. Und es kam, wie es kommen mußte: wer ringsum in Not war oder sein Leben so arg fand, daß er's nicht länger glaubte ohne Wandlung ertragen zu können, schlich zu mir. Ich hörte die Sache eines jeden an – und schickte jene zurück, deren Ungemach mir ertragbar schien. Doch selbst Kindern fällt zuweilen das Lebensunmögliche zu. Als es auf diese Weise wieder mehr denn Dreihundert wurden, Diebstahl, unehrlicher Handel, Totschlag, Überfall auf Mägde, Roßtäuscherei, Wahrsagerei, falsches Spiel mit Karten und Würfeln überhandnahmen, floh ich nach Gath, zu Herzog Achis.

Der Amalekiter. Es ist bekannt geworden. Prinz Jonathan erkrankte an der Nachricht.

David. Ach – das ist die Wirkung des Nichzutreffenden, Unförmigen, falsch Berichteten! Pah! Die Wahrheit oder Wirklichkeit, dies ist sie: Ich gefiel Herzog Achis. Wie hoch oder niedrig sein Wunsch mit mir gewesen sein mag – ob er nur ein politisches Lied auf mir zu spielen vorhatte – ich wollte mich seiner Freundlichkeit nicht unterwerfen. Ich stieß meinen Kopf gegen die Türpfosten, spie Geifer, verzerrte mein Gesicht, wand mich in Krämpfen, führte ungehörige Rede. Da erschrak seine Neigung zu mir. – Nun ist auch das öffentlich, und meine Scham ist aufgebraucht. – Ich mußte fort aus Gath. Ich kam zu den Meinen zurück. Wir zählten damals 320. Und heute wieviel, Abjathar?

Abjathar. Einhundertundsiebenzehn.

David. Warum, Amalekiter, kommt Jonathan nicht zu mir? Sind drei Jahre Trennung kein ausreichender Anlaß?

Amalekiter. Der Prinz ist leidend, ein ermatteter Mensch, der seine Tage in verdunkelten Zimmern verbringt. Er möchte dich, doch ohne daß er es betreibe, seit langem wiedersehn.

David. Fühlt er sich noch als Geisel, unsichtbar eingekerkert?

Amalekiter. Er fürchtet sich vor dir.

David. Bin ich auch ihm das Ungeheuer, das die Berichterstatter erfunden haben?

Amalekiter. Er sagt und denkt: drei Jahre Räuberleben müssen dich verändert haben. Was sind die Worte und Gewißheiten von einst? Wo ist das Laub der Bäume nach den vielen Herbsten? Wo sind die Wolken am Himmel, die ehemals eine Gestalt hatten ? Wo sind die Fußspuren im Sande? Wo ist der Geschmack auf den Lippen, der alle Erquickungen umschloß?

David. Ich kenne das Gedicht. Er sieht mich treulos. Er unterstellt, ich hätte aus Achis' Hand Staub gefressen.

Amalekiter. Es ist ihm berichtet worden, du habest Ahinoam von Jesreel zur Genossin genommen. Michal, die dich aufsuchte, hast du abgewiesen. Warum sollte Prinz Jonathan dir nicht widerlich geworden sein?

David *niedergeschlagen.* Der Anschein ist gegen mich. Sag ihm – auch das ist eine Strophe – in meiner Sehnsucht findet sich nichts Köstlicheres als der Geruch seiner Haut nach Mond und Moos –. Nein, sag ihm nichts davon; das kann ein zweiter Mund nicht sprechen. Sag ihm – wenn ich die Augen schließe, nicht müde, sondern wach vor Gier nach Traum, berührt er mich –. Nein, sag ihm die Strophe nicht. Sag ihm, ich würde zu ihm kommen – in sein verhangenes Zimmer. Nichts weiter.

Amalekiter. Das wird den Prinzen aufrichten, als käme ihm alle Freude der Welt entgegen.

David. Um Mitternacht. Ich muß des Nachts reisen. Zu Fuß. Verkleidet. In zehn Tagen. Die zehnte Nacht, die heutige mitgerechnet. Treffe ich nicht auf die Stunde ein, werde ich niemals mehr eintreffen. – Nimm mit dir, was ich geschrieben habe: Musik für ihn und König Saul. *Er erhebt sich, geht ins Zelt, kommt mit einem Stapel Notenblätter wieder heraus.*

Amalekiter. Ich soll dir von dem Prinzen Geld aushändigen. *Er überreicht David ein Bündel mit Banknoten und einen Zettel.* Schreib deinen Namen, daß du es empfangen hast, denn ich bin ein Untergebener.

David *beschreibt den Zettel.* Zuweilen, wenn der Wind den Himmel verlassen hat und in den Wipfeln der Bäume schläft – wenn die Dunkelheit vom Mondlicht silbrig wird und ein hüpfendes Wasser der Schöpfung den einzigen Laut gibt, ist mir, als wären alle, die in ihrer Armut geopfert wurden, die die wucherische Rechnung bezahlt haben, wirklich stille. –

Dreizehnte Szene

Davids Alter: 26 Jahre, 5 Monate

Höhle oder Felsenschlucht in der Wüste Engedi.
David, Abjathar, Jasobeam, Ira, Abisai, Eleasar, Abinadab, Samma kommen durch den hinteren Felsspalt nach vorn. Alle sind bewaffnet, doch schäbig gekleidet und verwahrlost.

Jasobeam. Das Gebirge hat barmherzige Löcher, in die wir uns verkriechen können.

Abisai. Mausefallen. Mausefallen. Wenn man uns entdeckt, werden wir nur noch quieken.

David *kalt, keinem zugewandt.* Es gibt nur ein Recht in der Welt, und es ist göttlich und menschlich: das Recht des Stärkeren. Es ist keine himmlische Schande, der Schwächere zu sein, es ist nur irdisch unbekömmlich. Wer geschlachtet wird, bestimmt nicht, wo das Messer angesetzt wird. In dieser Bedrohung der Rechtsverteilung lebt alles. Aberwitzig aber dieser menschliche Hang zur Ordnung; – zur Ordnung im Großen und Kleinen, wie wir essen und trinken, schlafen und uns vermehren – zur moralischen Ordnung.

Abjathar. Die Taktik des Sichzerstreuens, Untertauchens, Ausweichens bewährt sich. Es ist jedenfalls unklug, sich der Übermacht entgegen zu werfen.

David *mit steigender Erregung.* Es bleiben der Unsrigen einige dennoch auf der Strecke. Wir sind der Dreck, der geboren wurde – Auswurf, als hätte kein Schoß uns je gehalten. Wir sind nicht unter Hausdächern wie jene und alle, die geduldig ihr Gewese im frostigen Schatten der Pflichten, im Joch unsinniger Verordnungen und Bekanntmachungen aufbauen – um alt und leer und womöglich fett zu werden. Wir sind ihrer aller geheimer Wunsch nach Aufruhr, Kopfjagd, Sittenerbrechen; – doch ihr Tun, ihre Rede ist seit langem von Erziehung und Askese zersetzt – von ihrem Gebet – von ihrem Kniebeugen vor dem Gesetz – von ihrem Wohlstand, ihrer Wissenschaft und Belesenheit, ihrer Theorie – vom Echo ihrer Dummheit. – Mit uns geht es früher zu Ende als mit ihnen; – das ist der erkennbare Unterschied.

ABJATHAR. Nach jedem Überfall der Staatsgewalt sucht dein Geist die Verzweiflung.

DAVID. Die Verzweiflung? – Nein: die Schöpfung!

ELIAB *kommt atemlos.* Wir sind entdeckt!

DAVID. Endlich – fällt dies Los –

JASOBEAM. Erklär genau!

ELIAB. Wenn Uniformen Soldaten machen, so sind ihrer welche am Eingang der Klamm. Und wenn ihre Abzeichen nicht trügen, sind sie von der königlichen Garde.

DAVID. Widerstand ist zwecklos, nicht wahr, Abjathar? Die Erdkruste wird uns nicht tiefer aufsaugen als sie gespalten ist, nicht wahr, Abjathar?

ABISAI. Wir werden uns wehren, bis wir daliegen.

DAVID. Nein, das sind nicht meine Gedanken.

ABJATHAR. Was willst du tun, David?

DAVID. Noch weiß ich es nicht. Ich werde es bald wissen. – Haltet euer Gift bereit!

JASOBEAM. Er berechnet schlecht; aber er hat dunklen Beistand.

DAVID. Ich nehme eine Glasperle unter die Zunge. *Er geht etwas in den Hintergrund, dem Licht entgegen; die übrigen schauen ihm aufmerksam und traurig nach. Saul kommt durch den hinteren Felsspalt herein; er tastet sich seitwärts ins Dunkle.*

DAVID *leise.* König Saul – der König selbst – daß ich nicht lache – allein – um seine Nieren zu erleichtern. Wie wenig vermag doch der Mensch mit seinem Witz vorauszusehen! *Er nimmt die Ampulle aus dem Mund, eilt in den Hintergrund, Saul den Weg verlegend.* König Saul! Saul – mein König!

SAUL *erschrocken.* Ist es deine Stimme David? – Was willst du mir?

DAVID. Was willst du mir, Saul, mein König?

SAUL *gefaßt.* Bin ich dein Gefangener? Hast du Übles vor?

DAVID. Mein Dasein ist einfach, nicht groß. Ich möchte mit dir reden als ein Verfolgter, als einer der Belangtesten deiner Untertanen – als Hundsfott, Luderhaut.

SAUL. Du bist kein geringer Mensch. Dein Hirn ist wunderbar berufen.

DAVID. Weshalb verfolgst du mich, wenn du die Beschaffenheit meiner Gedanken und Sinne anerkennst?

SAUL. Ich habe dir vieles nachgesehen. Ich habe das Schöpferische in dir geachtet. Der Hochverrat ist dir verziehen worden. Von den Aasgeschäften der politisierenden Geistlichkeit ist nichts auf deine Rechnung gesetzt worden; du wurdest in Nobe beizeiten gewarnt. Ich habe mir keine sonderliche Mühe gegeben, dich zu erlegen. Du aber mäßigst dich nicht. Du bist ein Räuberhauptmann geblieben. Deine Gefolgsleute beunruhigen die Straßen und Märkte, rauben, betrügen, schwängern. Ihr seid Widersacher der bürgerlichen Sicherheit, der eingesetzten Verwaltung und des verbürgten Rechts. Muß ich es denn aussprechen, daß du den gesellschaftlichen Aufbau verachtest? Würde der Sonderfall deines Freiheitsanarchismus' nicht ein Hunderttausendheer von Gesindel und Blutwütigen schaffen, das das Land umstürzen würde, wenn Gefahr und Strafe verschwänden?

DAVID. Du legst unser Leben auf deine Weise, königlich, als ursachlose Schurkerei oder Willkür aus. Darauf weiß ich keine hirnstrotzende Entgegnung. Wir verkaufen uns stückweise, weit unter dem Preis der Rindskeulen. Denn das Leben, das das Gesetz wiegt, ist immer wertlos; und das Geld bleibt immer Geldes wert.

SAUL. Du stellst deine Worte, und ich nehme sie zugleich mit deinem bedeutungsvollen Angesicht: der Zufall hat Räuber und König zusammengeführt.

DAVID. Das ist der Sinn des Unsinns. Schau umher! Wir sitzen beide in der gleichen Falle. Hier stehen Neun gegen dich, und vor der Höhle ein paar Hundert gegen Neun.

SAUL. Welche Schlußfolgerung ziehst du aus dieser Tatsache?

DAVID. Ich öffne die Falle –: so weit es mir zukommt. Aber ich frage noch, weil es mich juckt: Wem jagst du nach? Einem toten Hund oder einem einzelnen Floh? Warum hat man die Musik, die ich schrieb, im Lande verboten?

SAUL. Denen, die sie als Rede des Geistes nehmen, als Übervernunft der Harmonie und Polyphonie – und das Bedrohliche der menschunähnlichen Leistung still mit sich ausmachen, ist sie erlaubt. Doch den weniger Schwermütigen, der Masse, die in jeder Note nur den Aufrührer erkennen möchten, wird sie vorenthalten. Die Zeitungen verschweigen, daß du schaffst. Darin erschöpft sich unsere Maßnahme.

DAVID. Ja – nun juckt mich nichts mehr. Die Falle steht für dich offen.

SAUL *bewegt.* Ich werde sogleich den Prinzen Jonathan einholen lassen, daß er zu dir komme. David – geh mit dir und ihm zu Rate, wie es zukünftig zwischen uns bestellt sein soll. Auch ich will mich bedenken und mir dazu lange Zeit gönnen. *Er entfernt sich.*

JASOBEAM. Wenn's Brei regnet, fehlt dir der Löffel! Saul geht unbehelligt ohne eine beschworene Zusage!

ABISAI. Spatzengehirn!

ABJATHAR. Du hättest das Reich in deine Hand bringen können. Die Garde ficht immer nur für einen lebenden König, nicht für einen toten.

DAVID. Die Richter, die dies richten, reden nicht. Ihr hingegen werft mir vor, daß ich David bin und nicht ein anderer. Ich lebe indessen in meiner verkrümmten Wirklichkeit. Ich knechte mich nicht. Ich mäßige mich nicht.

Jonathan in Offiziersuniform und der Amalekiter erscheinen im Eingang der Höhle; der Prinz, als er David erblickt, schickt seinen Begleiter fort.

DAVID. Jonathan! *Jonathan kommt nach vorn, bleibt stehen, schweigt.* Dies sind die besten meiner Getreuen und drei Brüder von mir.

JONATHAN. David – zuerst mein Auftrag, eine Mitteilung des Königs: die Truppen kehren in ihre Garnison zurück.

DAVID *mit einer Handbewegung.* Die Falle steht auch für uns offen.

JONATHAN. Es ist ein Unterschied zwischen dem Könige und

mir. Ich habe auf dieser schmutzigen Reise mein Wasser immer am Wege abgelassen. Darum habe ich drei Tage lang vergeblich nach dir gesucht.

DAVID. Die Unterhaltung des Königs mit mir war nicht ohne Gewinn.

ABJATHAR. Ist es dir recht, David, daß wir uns entfernen und die Unterschlüpfe aufsuchen, damit die Kameraden das Neueste erfahren?

DAVID. Ja.

ELIAB. Was sollen wir deinen Frauen sagen, wenn wir ohne dich kommen?

DAVID. Nichts. – Daß ich einstweilen fortbleibe.

ABISAI. Wo werden wir dich finden, wenn wir deinen Rat brauchen?

DAVID. Ich werde eine Zeitlang unauffindbar sein. *Abjathar, Jasobeam, Ira, Abisai, Eleasar, Samma, Abinadab, Eliab gehen davon.*

JONATHAN. Mir ist, als wäre ich ein ertappter Knabe mit klebrigen Fingern.

DAVID. Nato – Nato – vor einer halben Stunde noch trug ich eine Giftampulle im Munde. Und jetzt halte ich dich. Ist das Glück immer so besudelt von Qual, ehe es plötzlich zu schimmern beginnt?

JONATHAN. Ich möchte mein Leben wegwerfen. Ich harre nur aus, weil ich dich von Gefahren umgeben sehe.

DAVID. Sei nicht traurig, Nato –! Einziger, mit dem ich mich teile.

JONATHAN. Die Zeit der Trennung von dir hat mich nicht tauglicher zum Dasein gemacht. Ich betete dich in deiner Musik an. Doch das Gebet ist Monate und Jahre lang geworden. Es stockte endlich, fiel zu Boden. Nun schmelzen mir die Muskeln, wenn ich dich sehe und berühre. *Beide setzen sich auf ein Klippenstück*

DAVID. Ich habe dich vernachlässigt. Meine Entschuldigungen wiegen nichts. Und doch muß ich etwas dahersagen, damit wir einander wieder auf alltägliche Weise vertraut werden. Es fehlt uns Ausgestoßenen, wie anderen Vielbeschäftigten, immer an Zeit. Die Stunden zum Notenschreiben muß ich den Nächten stehlen. – Wir – wir Räuber – waren in

Not geraten, in gemeine alltägliche Not. Kein Brot, kein Salz –

JONATHAN. Warum schicktest du nicht um Geld zu mir?

DAVID. Ja, warum tat ich's nicht? – Du hast mich damit ziemlich regelmäßig ausgestattet. Doch wir sind ihrer zu viele, die das Leben fristen wollen. – Nachdem auch unser Eingeweidefett vom Hunger angegriffen war, machten wir einige Überfälle der schicklichsten Art. Zu Karmel starb ein Mann sehr großen Vermögens gerade gelegen. Er war kinderlos. Ich hätte ihn beseitigen lassen, wäre er nicht vor Eifersucht und beleidigtem Geiz zehn Tage bettlägerig und danach tot gewesen. Sein junges Weib hatte sich mir angetragen. Es bezahlte mich mit Vieh, Reittieren, Wein, Brot, Mehl. Und als der Mann gestorben war, mit allem, was er besessen hatte. Von dieser Geschichte hast du sicherlich gehört.

JONATHAN. Ja. Sie hat mich unsäglich verwirrt und entmutigt. Ich finde den Inhalt roh. Du bist sehr unbedenklich geworden.

DAVID. Manche verzeihen meiner Natur, daß ich wie ein Mann tue, wenn sich Gelegenheit dazu bietet. Allein, diese begreifen wiederum nicht die Abweichung, daß ich der Wiederholungen bald überdrüssig werde. Es besteht keine große Aussicht, daß mir die gleiche weibliche Gestalt jemals zwei Kinder gebären wird, sofern es nicht Zwillinge werden. – Muß ich auch dir das Wieso erklären? – Es gibt in der galloppierenden Freude für mich keinen Bestand.

JONATHAN. Meine Nerven sind schlecht, David. Wenn sich deine Seele enthüllt, beginne ich zu zittern. Mag ich auch mit Übelkeit im Gemüt zu dir kommen und trotzig gegen dich sein – sobald ich deine Ganzheit sehe, erlöschen alle aufgehäuften Forderungen, und ich bin in deiner Schuld wie immer.

DAVID. Nato, du bist ohne Vergleich. Das Anstößige, mit dem ich verwachsen bin, dich beleidigt es nicht. Du liebst das unförmige krause Hirn, das Blut, das das Hirn ernährt, die Säfte, die das Blut mischen. Mein Gebein, meine Nieren, meine Lenden, meine Zunge, meine Zähne, die schwarzen und die weißen Schatten meines Geistes – –

JONATHAN. Diese Stunde ist gut. Ich fühle mich getröstet, David, mit allem versöhnt. – Mir ist nur sonderbar schwach.

DAVID. Die Höhle ist unwirtlich – doch das Dämmerlicht schärft die inneren Bilder. – Ich sollte einstmals meuchlings beseitigt werden. Heut habe ich den Rat des Königs empfangen, mich mit dir gemeinsam zu bedenken. Er selbst will mich noch einmal nackt, doch mit dem ganzen Inhalt unter der Haut wiegen, was ich zu gelten habe. Doch was werden meine Kameraden wert sein? – Man hat ehedem bedruckte Zettelchen an die Häuser geklebt und durch Marktweiber verteilen lassen. Darauf war zu lesen: Unterwerfung fordert man; Milde verspricht man. – Dank der Geschichte, die andere betraf, ist uns die Auslegung der Kanzleien und Gerichte nicht verborgen. Damit ein öffentlicher Prozeß reife, werden Zwanzig vorweg geprügelt oder gefoltert, im dritten Grade verhört. Darob kommen Fünfzig an den Galgen, Hundert werden lebenslänglich angeschmiedet und verrecken schnell am schimmeligen Brot, der Rest front fünf oder zehn oder fünfzehn Jahre in den Tongruben, Bergwerken, an den Pumpen der Salinen. – Ich muß Zeit gewinnen. Das Heer der Elenden kann sich nur allmählich auflösen. Jeder muß Namen und Gesicht wechseln. Man muß alle mit Dukaten ausstatten, damit sie als neue Menschen einen erträglichen Anfang haben. – –

JONATHAN. Ich verspreche dir allen Beistand –

DAVID. Geld ist das eine – Macht und Gewalt das andere.

JONATHAN. Sprich nicht ins Weite, fordere!

DAVID *nach kurzem Zögern.* Du befehligst einen Teil des Heeres. Es müßte dir ein leichtes sein, an der Grenze gegen Gath einen Überfall zu machen, ein Geplänkel. Es wäre der Anfang einer Sache, die König Saul und Feldmarschall Abner lange beschäftigen könnte. Auch Herzog Achis wird allerlei bedenken müssen, damit das Feuer klein bleibt.

JONATHAN. Dergleichen ist mir zuwider.

DAVID. Es kostet dich Überwindung, mit Blut zu spielen. Ich denke anders. Für mich ist trübe Zeit jetzt wertvoll, fast unentbehrlich. – Die Natur, die uns hierher ausgeschüttet hat, fragt nicht danach, ob ihr Geschöpf als Kind, als Greis, strotzend als Jüngling oder krank als Mann abtritt. Ja, wer im Mutterleibe stirbt, als Same hingeschleudert, für die statistische Mathematik des Allmöglichen hat er genug gelebt. Und Schmerzen habe ich hinausgeschrien gehört, daß ich die Barmherzigkeit des Gesetzes nicht mehr glaube.

JONATHAN. Ja, ja – Auf mich kommt es nicht an. Ich werde nicht berücksichtigt werden. Ich bin ein schlechter Schüler in allen Fächern.

VIERZEHNTE SZENE

Davids Alter: 28 Jahre, 8 Monate

Rama. Nacht. Heide. Zelt.

David und der Amalekiter kommen.

DAVID. Diesmal bist du dem Neumond um zwei Nächte voraus. – Was läßt mein Freund, Prinz Jonathan, mir Dringliches ausrichten?

AMALEKITER. Nichts Gutes.

DAVID. Nichts Gutes? – Sag mir das Schlimme! Es ist mir vertrauter als das Bekömmliche.

AMALEKITER.. Wisse vorweg: Prinz Jonathan ist krank.

DAVID. Krank? – Er war es oft.

AMALEKITER. Er schoß sich durch den rechten Fuß.

DAVID. Oh – oh – schauderhaft!

AMALEKITER. Die Wunde bessert sich sehr schnell.

DAVID. Er zeigt mir an, er will nicht länger leben. Und schnelle Besserung bedeutet das Gegenteil von gut. – Was sprach er so – im allgemeinen von diesem – Fehlschuß?

AMALEKITER. Ich habe kein Gebot – zu schweigen. – Er sagte etwa, ehe er es tat –

DAVID. Du warst dabei?

AMALEKITER. Der Prinz schloß sich weder ein, noch traf er andere Anstalten. Ich war dabei. – Dies seine Worte, wie ich sie behielt: »Ich kann nicht darauf warten, daß mir ein Unfall begegnet. Wenn wieder Krieg wird, muß es mir in den Nabel fahren –.«

DAVID. Er sagte noch ein wenig mehr! Besinne dich darauf! – Sicherlich, wenn er vom Nabel sprach – –

AMALEKITER. Er sagte seinen Tod voraus. »Ich werde durch

einen Stoß in meines Leibes Weichstes sterben, wo verborgen, in krausem Durcheinander, das Unverstehbare, das alles in mir treibt, gesammelt ist. Ich werde noch eine Viertelstunde weiter atmen dürfen, um durchbohrt, von jeder Art Verlangen abgedrängt, zum letzten Mal zu fragen, was dieses war, mein Leben, das keinem anderen gegeben wurde, sondern mir allein –.«

DAVID. Oh – schauderhaft! – Jedoch, das ist ein böser Traum in ihm. Ein Traum ist, was er ist, nicht fest genug, um unabänderlich zu sein.

AMALEKITER. Dann schoß er abwärts, ohne daß ich's hätte hindern können.

DAVID. Welchen Auftrag hast du?

AMALEKITER. Der König, König Saul weiß seit geraumer Zeit, daß du über den großen Strom gegangen warst und Herzog Achis zum zweiten Male trafst.

DAVID *kurz und erregt lachend.* Ist es möglich, daß er Agenten beschäftigt, einzig, damit sie ihm Gründe für sein Mißfallen an mir liefern? – Den Prinzen Jonathan hatte ich verständigt, damit er von meiner Reise wisse. Und billige, daß ich das und das mit dem Philister bespräche.

AMALEKITER. Der Herzog hat dich wiederum freundlich empfangen. Er wies dich nicht ab, obgleich er einst einen Verrückten in dir kennengelernt hatte.

DAVID. Das klingt mit einem Nebenton.

AMALEKITER. Prinz Jonathan hat ein Wort erfahren, das ihn tief betrübt hat.

DAVID. Ich habe, mir bewußt, nichts anderes verhandelt als er weiß.

AMALEKITER. Der Prinz sagt, du habest ein Geheimnis zwischen dir und ihm dem jungen Philisterfürsten verraten.

DAVID. Ich wüßte nicht –

AMALEKITER. Sohn eines Engels, das seist du meinem Herrn. Das sei sein Wort für dich. Doch Herzog Achis habe es entlehnt, gleichsam nachäffend –

DAVID. Wie?! – Was ist das für Rede?

AMALEKITER. Prinz Jonathan, der je, selbst in großer Betrübnis, nur gelinde Worte gegen dich gebraucht hat, geriet außer sich. Er wurde ganz matt vor Herzenssorge.

DAVID. Wegen eines Wortes, das Herzog Achis mir gegeben haben soll? –

AMALEKITER. Ich will meinen Auftrag nicht verwirren. Ich habe es schriftlich.

Er zieht einen Zettel hervor, beleuchtet ihn mit einer Taschenlampe

»Du gefällst meinen Augen als ein Engel Gottes –.« Das ist Herzog Achis' Redewendung.

DAVID. Ach, ich entsinne mich. – Das ist satanisch übersetzt. – Wer immer auch die Unterhaltung belauscht hat und sie weitertrug – hat falsch berichtet. – Wir sprachen die Philistersprache. König und Engel, sie unterscheiden es nicht in ihrer Rede. Prinz Achis hat nur sagen wollen, und so verstand ich es, daß ich in seinen Augen ein König sei. Das kann wohl König Saul, doch niemals Jonathan verletzen. – Wie ich es hier erkläre, mußt du es deinem Herrn wiederholen.

AMALEKITER. Wie soll ich, da du die Rede bestehen läßt, nur anders auslegst, Prinz Jonathan beruhigen können? Er hat den Lebensmut verloren.

DAVID *aufgebracht.* Sag ihm: er ist mir alles, Achis nichts!

AMALEKITER. Wie es auch zwischen dir und dem Prinzen steht, wie du es mit Herzog Achis hältst –: du mußt mit deinen Gefährten, den Sechshundert, über den großen Strom in fremdes Land. Feldmarschall Abner hat alle Vollmacht für den Krieg gegen Rama und Gath. Prinz Jonathan verschafft dir mit dieser Nachricht einen Vorsprung. Es ist seine letzte Botschaft an dich. Mehr kann er für dich nicht tun. Widerstreben besticht das Schicksal nicht mehr.

DAVID. Gibt Prinz Jonathan mich auf? Bin ich ihm zu schlecht? – Ein Wort, ein falsch übersetztes Wort soll uns beide in die Hölle stürzen?!

AMALEKITER. Das Wort ist ein Anlaß, kein Grund. Die guten Jahre sind um, und sie waren nicht gut. Ein unentfalteter, undeutlicher Bürgerkrieg, wie es noch niemals einen gab, soll aufhören. Diese Zeit ist vorbei. Der Prinz erträgt den ungewissen Zustand nicht länger. Achteinhalb Jahre Bangen um dich habe seine Liebe nicht getötet. Wohl aber seine Lebenshoffnung. Er ist siech. Seine Haare ergrauen vor der Zeit. Seine Augen ertragen das Licht des Tages schlecht, weil er sich die Sonne abgewöhnt hat. Des Abends hinkt er zuweilen mit seinem Sohne um die Wette –; das ist seine einzige Kurzweil.

David. Sag deine Sache zuende!

Amalekiter. Der Prinz will sich nicht selbst töten. Es sei denn, du fordertest es.

David. Kennt er mich nicht?

Amalekiter. Du forderst es nicht.

David. Ich bin kein Halunke.

Amalekiter. Seit dem Tode des Fürsten Schmuel plant König Saul, die Philister anzufallen. Der Erbfolgevertrag, der dich erhöht, auf der Burg von Rama abgeschlossen, daselbst umgestoßen, für Herzog Achis noch immer eine Urkunde, will nicht aus des Königs Gedanken.

David. Prinz Jonathan hat mir zuviel versprochen.

Amalekiter. Jahrein, jahraus hat sich der Prinz dem blutigen Abenteuer widersetzt. Doch seit den letzten Zwischenfällen an der Grenze ist sein Gewissen unscharf geworden. In einer geheimen Sitzung des Staatsrats empfahl der Prinz den Krieg.

David. Er will die Erfüllung – für mich.

Amalekiter. Drei Tage später verstümmelte der Prinz sein gesundes Bein.

David. Oh – warum ist dies so? – Wir waren ehemals gemeinsam im Schatten des Todes, er und ich. Wir hatten gemeinsame Wärme, gemeinsame Verzückung, gemeinsame Furcht, gemeinsame Melodien. Jetzt soll uns ein breites Wasser trennen. Er erfindet nicht mehr unser gemeinsames Sterben.

Amalekiter. Kommt es zum Kriege, wirst du erfahren, an welchem Frontabschnitt der Prinz mit seinen Truppen steht. Er will versuchen, dir zu begegnen. Es soll keine Feindschaft von ihm zu dir sein.

David. Antworte dem Prinzen: uns trennt der Strom – der Strom, sonst nichts. Herzog Achis ist kein Strom.

Amalekiter. Das war mein Auftrag.

David. Geh denn! Ich finde kein Wort mehr, das taugt. *Der Amalekiter ab.* In meinem neunundzwanzigsten Jahre beschließe ich, über den Strom zu gehen, in ein fremdes Land, um nicht zurückzukehren. Ich bin anrüchig geworden. Es ist ein Mißverhältnis zwischen meinem Fleisch und meinem Tun, zwischen meiner Musik und diesem Räuberleben. Ich bin den Preis nicht wert, der für mich bezahlt wurde. Denn die Uhren verkünden auch den Verlust meiner Stunden. Wie lange noch werde ich sein, was ich bin? – Nato – Nato – wer hat sich ausgedacht, daß wir einander auf diese Weise abhanden kommen sollten?

FUGA QUADRUPLICI *DAS ALTE JAHR VERGANGEN IST*

19
25
31

37
43
49

55
61
67

73
79
84

89
94
99

104
109
114

119
124
129

134
139
144

149
154
159

164
169
174

179
184
189

194
199
204

209
214
219

225
231
236
tr

241
246
251

256
261
266

271
276
281

286
291
296

Fünfzehnte Szene

Davids Alter: 30 Jahre

Gath, Gegend am großen Strom. Hauptquartier Davids. Ein fast leeres Zimmer. Ein Stuhl, ein Tisch. Zwei von der Sonne hell erleuchtete Fenster zur Rechten; im Hintergrunde eine Tür, die ins Freie führt; links gleichfalls eine Tür.
David und Abjathar, beide in Uniformen.

David *schaut zu einem der Fenster hinaus.* Wir warten.

Abjathar. Ja, wir warten. Es ist ein Tag der Entscheidungen.

David. Seit gestern Abend halten die Philister alle Brückenköpfe.

Herzog Achis *sehr jugendlich, strahlend, ungewöhnlich anziehend, ebenfalls in Uniform, kommt durch die Tür im Hintergrund.* Ich bin es, David. – Schick diesen Priester auf einen Augenblick hinaus! *Abjathar geht wortlos durch die Tür links ab.*

David. Wir warten, Herzog Achis. Wir warten auf Befehle. Die Sonne steht hoch; aber wir sind untätig.

Achis. Deswegen komme ich. Zwischen dir und mir besteht eine alte Anhänglichkeit. Du bist von König Saul abgefallen. Du bist seit Jahr und Tag in meiner Nähe. Du hast dich mir als treu erwiesen – und nützlich – als sehr nützlich. Ich halte dich für redlich – und sehr freundlich. Und du gefällst mir. Aber du mißfällst den übrigen Fürsten der Philister. Sie haben kein Gefühl für Größe und Unbedingtheit. Sie mißtrauen dir. Sie mißtrauen dem Genie. Sie haben vieles gegen dich vorgebracht, – deine Beschaffenheit. Man erinnert sich, du hast als Knabe den Fürsten Goliath durch Hinterlist getötet. Die Deinen, jenseits des Stromes, haben damals ein Lied erfunden, das allen Philistern übel in den Ohren klingt. – Nun sagen die Unseren, du seiest ein Verräter. Nicht deinem Volke, sondern uns. Du könntest deinem Herzen und deinem König keinen größeren Gefallen tun, als in der Schlacht an den Köpfen seiner Feinde.

David. Was habe ich getan, seitdem ich aus meiner Heimat floh – was hast du an mir erspüren können, daß ich nicht für dich gegen jeden streiten würde? – Unter Hunderttausenden habe ich nur für einen Menschen um Gnade gefleht: für Jonathan. Daß es ihm wohl ergehe – das sollte mein Lohn sein für alles, was meinem Gewissen schwer gefallen ist. Du hast es mir gewißlich zugesagt.

ACHIS. Ich achte deinen Wunsch. Es ist Befehl ergangen, daß Prinz Jonathan in keine persönliche Gefahr kommen darf. Die mir unterstellten Truppen stehen den seinen gegenüber. – Du selbst solltest über den Strom – ihm entgegen –

DAVID. Laß mich hinüber!

ACHIS. Es soll nicht sein. Die Fürsten haben gegen dich beschlossen. Meine Gewalt ist nicht unbeschränkt. Du mußt mit deinen Sechshundert bis auf weiteres hier in Ruhe bleiben. *Er schickt sich an, fortzugehen.* Es ist nicht das Letzte, was wir zwei heute miteinander reden. *Durch die Mitteltür ab.*

DAVID *nach einer Weile.* Abjathar!

ABJATHAR *kommt von links.* Was hat es gegeben?

DAVID. Wir werden weiter warten müssen. – Ich habe ein schlechtes Gefühl –

ABJATHAR *der sich dem einen Fenster genähert hatte.* Es kommen Boten – *Der Haroriter und der Peloniter kommen durch die Mitteltür.*

DAVID. Sie sind verstört. – Von Ziklag kommt ihr?

DER HARORITER. Wir bringen schlechte Nachricht.

DAVID. Sprecht offen –

HARORITER *erregt, doch ungeschickt beim Sprechen.* Feldmarschall Abners Truppen rücken im Süden vor. Ausholend in einem großen Bogen, eine ganze Provinz umfassend, Tag und Nacht marschierend, vorstoßend mit Panzerwagen, bedrohen sie den Sieg, der hier im Norden Herzog Achis zufiel. Die Amalekiter hat König Saul sich zu Freunden gewonnen. Sie machen Aufruhr gegen die Philister. Das Ärgste für dich und uns: Ziklag, die Stadt im Lande, die unsere neue Heimat wurde, ist geplündert und steht in Flammen. Man hat alle Halbwüchsigen ermordet, die Frauen und Kinder hinweggeführt. Auch die deinen: Ahinoam und Abigail, dazu deine kleinen Söhne Amnon und Chileab.

DAVID. Ich höre es.

ABJATHAR. Was willst du tun?!

DAVID. Einstweilen – nichts. Ich warte auf wichtigere Nachricht. Ich habe keine Muße, meinen Kummer Ziklags wegen zu sammeln und mein Hirn zu quälen.

ABJATHAR *mit beherrschter Empörung.* Es ist unrecht von dir, so zu sprechen. – Zwar weiß ich nicht, was in dir vorgeht –

HARORITER. David –! Es sind unsere Weiber – unsere Kinder – unsere Lebensfreude. Wir haben alle Zeit unsere Pflicht an dir getan. Aber deine Antwort ist keine Antwort, die uns beruhigt. – Wenn dir ein Weib nicht viel bedeutet, so daß es dir kaum so lange gefällt, bis es sich schwanger fühlt – unser Glück mit unsern Frauen und Kindern ist länger.

DAVID. Ihr seid abgehärmt, müde vom Weg, hungrig. – Geht ins Kosthaus, labt euch mit Speise und Trank, legt euch ins Stroh, schlaft euch aus –! Ich werde dies Unglück mit dem übrigen, was heut geschieht, zugleich betrachten. *Die beiden Freischärler durch die Mitteltür ab.*

ABJATHAR. Du redest nachlässig. Du hättest doch nur andere Worte zu wählen brauchen, wenn es in deinem Wünschen und Können nicht Weg noch Steg gibt.

DAVID. Jeder auf seine Weise. *Jasobeam und Abisai kommen aufgeregt durch die Mitteltür.*

JASOBEAM. Ziklag ist zerstört!

ABISAI. Unsere Familien sind aus den Häusern zuhauf getrieben worden und wandern, ein Haufen Lust für zügellose Banden, ins Ungewisse!

JASOBEAM. Und wir, fern der Stadt, nach Norden verlegt, werden in Untätigkeit gehalten.

ABISAI. Was hast du den Männern, die die Botschaft brachten, Kränkendes geantwortet? Sie kamen von dir heraus und verfluchten dich.

DAVID *aufbrausend.* Bin ich dazu bestellt, andere zu besänftigen?!

JASOBEAM. Bist du denn nicht ergriffen von Sucht, sofort aufzubrechen, deinem Feinde Abner entgegen, da hier für uns nichts mehr zu tun ist?

DAVID. Ich bin nicht von dem ergriffen, was euch ergreift! Ich bin in anderen Sorgen. Mir steht das Wasser meiner Angst bis an den Schlund. Doch nicht Ziklags wegen. – Da kommt ein Mann – *David eilt vom Fenster an die Tür; der Amalekiter Jonathans wird hereingeführt; er trägt keine Uniform.* Laßt mich allein mit diesem Mann!

Abisai. Sonderbar – seit wann teilt man Eselshuftritte aus?

Abjathar. Seit Herzog Achis hier war – *Abjathar nach links, Abisai und Jasobeam durch die Mitteltür ab.*

Der Amalekiter *zurückhaltend, unsicher.* Ich hoffe, du wirst mich belohnen, Prinz David.

David. Bringst du Nachricht, die mich erquickt? Woher kommst du jetzt?

Amalekiter. Ich bringe dir Sauls goldenen Armreif –

David *beklommen.* Wie kann das sein?

Amalekiter. Denn er ist tot.

David. Woher weißt du es?

Amalekiter. Ich war in der Menge derer, die flohen. Im Gebirge zerbrach Sauls Wagen. Alles verließ den König. Verwundet, doch nicht schwer, lehnte er gegen einen Baum. Er rief mir zu und sprach: »Töte mich, denn ich bin ringsum bedrängt!« – Da trat ich zu ihm und stieß meinen Dolch in ihn hinein, denn ich wußte wohl, daß es das beste war. Und nahm den Armreif.

David *steht einen Augenblick starr; dann hastig.* Wo ist dein Herr, Prinz Jonathan? Warum hast du ihn verlassen? Sprich schnell! Mein Herz an seinem Platz ist wie ein Vogel in der Hand.

Amalekiter *zögernd.* Hier ist sein Armreif. Ich hoffe, du belohnst mich. –

David. Soll das bedeuten –? Er ist tot?! –

Amalekiter *vor der Stimme Davids zurückweichend.* Die Söhne Sauls, Iswi und Melchisua, starben; – auch Jonathan.

David *schweigt eine Weile; spricht dann wie abwesend, leidenschaftlich, doch überwiegend leise.* Jonathan – Nato – Nato – den ich geliebt habe – mein Freund – süßer als eines Weibes Hingabe. – Dies sein Geschmeide – dies – und nichts anderes von ihm! – Das Teuerste, Gold, mit sich selber multipliziert – – Nein, nichts als warm und duftend, gut und tötbar – ein Mensch wie keiner – angenehm im Schlaf, mit ihm den Traum zu teilen. – Der frühe Morgen neben ihm, das Gold des Lichts an unserer Haut. Es waren Tage und Nächte: Die Bürgschaft für den Sinn aller Verstrickung. Tot – tot – nichts weiter. Mit kalten Lippen, kalten Eingeweiden – verstümmelt –. Es wurde zugelassen. Es war möglich – so wurde es zugelassen. *Er schreit.* Ulei! Ich muß hinab! – ihm nach! *Er beginnt in seinen Taschen zu kramen.* Das Gift – – Wo habe ich das Gift?! *Er taumelt ein paar Schritte hin und her, bleibt plötzlich stehen. Zum Amalekiter.* Du wartest auf deinen Lohn. Geh hinaus! Stell dich draußen vor die Tür! Sprich mit niemand! Du sollst nicht enttäuscht werden.

AMALEKITER. Ich habe gehört. *Durch die Mitteltür ab.*

ABJATHAR *kommt von links.* David –

DAVID *scheinbar gleichgültig.* Du weißt es. Du hast gelauscht. Jonathan ist tot.

ABJATHAR. Dein Antlitz ist trocken. – Deine Augen sind nicht hier –

DAVID. Mach, daß du fortkommst!

ABJATHAR. Ich habe dir nichts zugefügt –

DAVID. Ruf Jasobeam herein! Nein, Abisai; der ist bösartiger.

ABJATHAR. Es ist mit dir nicht geheuer. – Ich gehorche. *Ab durch die Mitteltür.*

DAVID *lacht röchelnd.* Hier ist das Gift! Und schon zu spät! *Er wirft die Ampullen auf den Boden, daß sie zerspringen.*

ABISAI *kommt durch die Mitteltür.* Du hast mich rufen lassen, David –

DAVID. Am Haustor steht ein Mann – der Mann, der mir die Botschaft brachte – die Todesbotschaft. Er ist aus Amalek – der Diener eines Herrn, der tot ist. Ich kenne ihn seit vierzehn Jahren. Es sind viele Worte Jonathans in sein Ohr geträufelt worden und aus seinem Munde wieder hervorgekommen, mir zur Nachricht. Worte wie die Zeit sie gerade forderte. Ein Mann – du kennst ihn ja – der vieles weiß und nichts begriffen hat. Geh hinaus und erledige ihn! Ein Schuß aus nächster Nähe, ehe er sich's versieht –

ABISAI. Ich bezweifle, daß du bei dir selber bist. Du forderst ein Verbrechen von mir. Der Mann hat nichts Strafbares getan. –

DAVID. Zwei Gründe, wenn mein Schmerz und jenes Mannes Dummheit nichts wiegen. Er hat König Saul mit einem Dolche zum Sterben verholfen. Was sage ich? – Mit einem Dolche und seiner Faust! Vielleicht – der Gedanke ist zu schauderhaft für mich – ein Gedanke wie Gewürm, das überall in meinen Muskeln nistet – vielleicht, daß Jonathan gleichfalls durch ihn mit Faust und Dolch – – *David bedeckt einen Augenblick lang die Augen mit seinem Ärmel.* Zum andern: Er hat mich schreien gehört. Ein Schrei und Worte, wahr, überwahr – und doch nicht ehrlich. Der Schrei – das ist der Fehler meiner Beschaffenheit – war ein Verzicht.

ABISAI. Verzicht? – Verzicht worauf?

DAVID. Mich mit einem Leichnam ins Grab legen zu lassen. Ich fand mein Gift nicht, nicht auf die Sekunde. Mein Herz zerriß nicht eigenmächtig. Meine Nieren tropfen noch ihr Wasser; die Lungen atmen. Auch das ist ein Mensch. Und dieser Mensch bin ich. – Es war meine letzte Gelegenheit, Jonathan ebenbürtig zu werden. Zukünftig wird mein Genie gewöhnlich sein – wie ich selbst. – *Plötzlich mit völlig anderer Stimme.* Was geht das dich an! *Nimmt die Geschmeide.* Hilf mir, bitte, die Armgeschmeide anzulegen. – Jetzt sind es ihrer drei. Und damit bin ich König. Verbrieft – gesalbt – –. Doch davon später.

ABISAI. Du gabst mir einen Auftrag. Bestehst du noch darauf?

DAVID. Es ist ein Befehl. Der erste königliche Befehl.

ABISAI. Ich weigere mich nicht; – jedoch es widerstrebt in mir.

DAVID. So etwas begeht sich leichter, wenn man es in Anordnung und Ausführung zerlegt. Du übernimmst die Ausführung.

ABISAI. Ich habe gehört, Prinz David – *Durch die Mitteltür ab.*

DAVID. Puppen könnten es nicht besser machen. Und Narren wüßten sich auch nicht anders zu helfen. *Abjathar und Jasobeam kommen durch die Mitteltür wieder herein.*

ABJATHAR. Es ist eine Veränderung – Du bist jetzt Kronprinz – und damit König.

JASOBEAM *mit Nachdruck.* König David!

DAVID. Danke! *Man hört einen Schuß.*

ABJATHAR. Was war das?

DAVID. Ein Schuß. Der Salut für mich. Könige sind von Schüssen umgeben. Wenn sie geboren werden (meistens jedenfalls) donnern die Kanonen, damit sie sich von Kindesbeinen an dem Lärm anpassen. Daß auch die Glocken geläutet werden, ist eine politische Kombination.

ABISAI *kommt durch die Tür im Hintergrund.* Der Mann schweigt.

ABJATHAR *wechselt mit Jasobeam bedeutungsvolle Blicke.* Jaso –

DAVID. Die Einbildung, er könnte, vom Krieg zertreten, geschändet werden, durchlöchert von einem Buben zur Kurzweil –. Wir sind Sechshundert. Sechshundert werden wohl einen Toten finden können, nachdem der Kampf die Felder abgegrast hat? – *Er setzt sich auf den Stuhl, verbirgt den Kopf.*

JASOBEAM. Du kennst die Schule der Greuel. Tote sind keine Beute für ein Heer; man will immer nur das Leben der Lebendigen. Doch Fürsten haben auch als Leichen ihren Wert. So Saul und seine Söhne. Die Philister denken nicht anders als Perser und Mongolen – nenn andere Völker – eines gleicht dem nächsten. – Ich spreche, wie es mir gerade gelingt –: Es kam eine Nachricht. Man hat die königlichen Toten aufgelesen und ausgezogen. Man will sie zu einem Schaustück aufbauen für das siegestrunkene Volk. Ein nackter König ist fast so sehenswert wie ein gekrönter. – Genug, genug – und schon zuviel. Man hat die Toten über den Strom geschafft. Es ist verläßlich, was ich sage. Und leicht ist es, die Gefallenen zu rauben. – Wenn du es willst.

DAVID. Ich will! Ich will! Ich will nichts anderes! Warum, wenn es so steht, ist es noch nicht geschehen? Ist mein Hirn so eingekapselt, daß keiner von euch weiß, wie es entscheidet, wenn das und das und das so ist –?!

ABISAI. Dies Wort genügt – *Er geht an die Tür und hinaus; Jasobeam folgt ihm. David will ihnen nacheilen, wird aber von Abjathar unsanft festgehalten.*

ABJATHAR. David –

DAVID *erstaunt, empört.* Was ficht dich an?!

ABJATHAR. Sei dir bewußt – du bist unruhig, vor Schmerz unpäßlich. Du dienst dem Vorhaben nicht, wie sehr du es auch betreiben möchtest. Du störst es durch Übereifer. Deine Hauptleute haben gesunde Gedanken und dienen dir besser als du selbst es kannst.

DAVID *mit blinden Gedanken, doch nicht schreiend.* Ist meine Seele euch zu ungestüm? Zu schmutzig auch, zu lüstern nach den Trümmern meiner Lust? Zu knäbisch noch? Noch nicht entweibt und nicht genug verhurt? Soll Liebe mir ein Ding wie Dreck sein, das man berührt, wenn man Gelegenheit hat, sich hinterher zu waschen?

ABJATHAR. Das ist keine vernünftige Rede! Ich bleibe bei dir.

DAVID *gleichsam ergeben, setzt sich wieder auf den Stuhl.* Ein Jahr lang und vier Monate habe ich auf ihn gewartet. Nun soll ich ihm nicht entgegengehn. Meistens kam er bei Nacht. Oder ich kam bei Nacht. Du meinst gewiß, die Lippen aller Toten schmeckten gleich kalt und fade. Und jeder Leichnam hätte den Geruch des Gewesenen. Und hätte keine Arme zum Umarmen, kein Ohr zu hören –. Nicht so mit Jonathan.

ABJATHAR. Du wirst erkennen, daß sich der Tote von dir entfernt. In einer Nacht wandert er weit. Was du noch mit ihm sprechen willst, mach mit dir selbst ab. Deine letzte Begegnung geht niemand etwas an.

DAVID. Man kann vor Traurigkeit plötzlich so matt sein, daß man nur noch mit dem Gesichte traurig ist; aber in den Adern völlig entleert von Gram.

ABJATHAR. Der Mensch ist etwas sehr Unbestimmtes.

DAVID. Und sein Tun ist, vom Anfang und vom Ende her betrachtet, zweierlei. Ab heute ist meine Musik keine revolutionäre Musik mehr. Sie ist auch nicht mehr zu streng, zu undurchschaubar, zu expansiv, zu mißtönend, gesanglos und zu polyphon. Sie ist auch nicht zu jonathan-sinnlich, zu sinnlich schlechthin, zu demoralisierend, zu theologastisch, zu volksfremd. Sie hat alle Eigenschaften verloren. Sie ist klassisch geworden. Das Leben, das sie hervorgebracht hat, wird in den Biographien von morgen abgepreßt und ausgeschüttet. Vom Räuberhauptmann und seinen Verbrechen, seinem Hochverrat und dem Fundament seiner Seele bleibt nichts bestehen. Alle Kritiker ändern ihre bisherige Meinung. Die Menschen wechseln von Zeit zu Zeit ihre Hemden und ihre Anschauungen. – Wenn es nicht schon gesagt wäre – es steht in allen Büchern, die etwas taugen, und noch in den Gesichtern der Halbwüchsigen – – *Herzog Achis kommt durch die Tür im Hintergrund herein.* Ach, Abjathar, ich bitte dich – mit dem Herzog möchte ich allein sein. *Abjathar durch die Tür links ab.*

HERZOG ACHIS. David – ich fürchte, du bist dabei, mir Unannehmlichkeiten zu bereiten.

DAVID. Du fürchtest, daß ich Verdruß bringe, beschwerlich werde, Befehlen zuwiderhandle – – Dein Versprechen, Prinz Jonathan zu schonen, wurde zunichte gemacht. Es gibt keine Waage, die dies – diese Enttäuschung – zwischen uns auswiegt.

ACHIS. Ich bin unschuldig an dem Tod des Prinzen.

DAVID. Du nimmst es nicht so genau mit deiner Aussage. Warum sollte ich es tun? – Die Leichen der Erschlagenen sind ausgezogen worden und sollten als ein Schaustück der leicht erregbaren Menge gezeigt werden, damit ihre Kriegsbegeisterung geil bleibt. Ist das mit dem Versprechen vereinbar, das du mir gegeben hast? Ich habe ein Recht an Jonathan, auch wenn er, entgegen aller Vernunft und Übereinkunft ermordet wurde. – Meine Sechshundert rauben jetzt die Leichen. Das ist der Treubruch, den ich begehe.

ACHIS *lauernd.* Ist das das Ganze? – die ganze Absicht?

DAVID. Alles, was wir tun, ist vorläufig. Aber ich biete dir Frieden. Der Geheimvertrag zwischen Fürst Schmuel und dir ist zum Recht geworden. Die Truppen meines Königreiches sind geschlagen, – doch nur im Norden. Von Süden her wälzen sich Abners Heere und berennen deine Flanke. Wenn du vermutest, die Streitkräfte der Philister könnten den Vormarsch aufhalten, bist du schlecht im Rechnen. Allein, ich weiß, du bist es nicht. Ich ahne auch, du hast ungünstigere Nachrichten als du verrätst. – Ich bin bereit, mich dem gewaltigen Feldherrn entgegen zu werfen.

ACHIS *lacht beklommen.* Mit sechshundert Mann? – Bist du denn närrisch?

DAVID. Ich habe die Wahl zwischen dir und ihm. Kommt es zum Bündnis zwischen dir und mir, kann ich, was in diesen Tagen jenseits des Stromes zurückweichen mußte, wieder sammeln. Gemeinsam können wir uns Abner auf Abstand halten – bis die Zeiten lang und anders werden. Meine Neigung geht zu dir – die Gründe sind gehäuft. Ich habe mir in der Vergangenheit eine große Leidenschaft gestattet: einen Lebensinhalt. Die Wasser der Angst haben meine Augen gewaschen, daß ich die Schöpfung erschaute und ihren grausamen Urgrund. Heute erweist es sich, daß ich überall Schulden bei den Menschen habe. Die Frauen und Kinder Ziklags dürfen nicht zugrunde gehen. Mir ist auch ein hinkender Jüngling zum Sohn geworden: ein lebender Tropfen Jonathan.

ACHIS *langsam, jedes Wort mit gleicher Betonung.* Ich habe mich seit je für dich entschieden.

DAVID. Ich bin kein Halbwüchsiger mehr, Achis, auf dessen glatter Haut sich ein Staatsvertrag angenehmer schreibt. Gib deiner Entscheidung keine Eile. Begründe, was du dir vornimmst, nicht mit einem Jugendbild von mir.

ACHIS *wendet sein Gesicht von David ab.* Unsere Wünsche sind ein Gericht warmen Wassers, aufgetragen in verdeckten Schüsseln; – wer es unversehens ausschüttet, merkt nicht, daß es dazu dienen sollte, unsern Hunger zu stillen.

ENDE

NEUER LÜBECKER TOTENTANZ

Musik von
Yngve Jan Trede

Gemeinsam mit Werner Helwig

PRINZ
BERICHTERSTATTER
TOD
DER FEISTE TOD
MUTTER
DER JUNGE MENSCH
DIE BRAUT
DER WANDERER
DIE ARME SEELE
DER KNECHT
DER SPRECHER *der Überschriften*
Chor der ARBEITSLOSEN *und* POLIZEI
Die Gestalten des alten Lübecker Totentanzes als FLÜSTERCHOR

INSTRUMENTALISTEN

Pikkoloflöte	2 Hörner in F
2 große Flöten	3 Trompeten in C
2 Oboen	2 Posaunen
Englischhorn	Pauken
2 Klarinetten in B	Violoncelli
2 Fagotte	Kontrabässe
Kontrafagott	

Ort der Handlung: Lübeck
Zeit: Die jeweilige Gegenwart
Rechts und links vom Dirigenten aus

Marktplatz

Auftritt der feiste Tod und hält vom Katheder seine Jungfernrede. Er hat sich der Philosophie verschrieben und spricht über »Akkord ohne Terz«. Er stellt sich von Anbeginn auf du und du mit den Menschen. Er ist auffällig gekleidet in einen cremefarbenen Anzug, trägt einen hellen harten Hut, Handschuhe und helle Stiefel. Er ist sehr fleischig. Nur seine Augenhöhlen sind schwarz. Er ist bebrillt.

Der feiste Tod. Der grüne Tang wiegt sich im Glas des Meerwassers. Er steht bei ungedünter See wie ein Baum mittels der verborgenen Kraft des Flüssigen. Fließt es ab wie durch ein Wunder mit der Gewalt der Gezeiten oder strudelnd angesogen durch ferne Orte der Tiefe, geht die fahlschleimige Pflanze zu Boden wie Getier, das sich schlafen legt mit der Erwartung, zu verdauen und einen neuen Tag zu erleben. Es ist ein Gleichnis. Wie prangendes Blühen und elendes Welken. Und es ist eine Spanne zwischen Wachen und Schlafen wie Traum.

Dünner als Wasser ist Luft, die wir atmen. Die in uns eingeht und ausgeht. Die uns verändert und die wir verändern. Wie die Vereinigung das Männliche und das Weibliche verändert.

Starrer als das Fließende ist das Gestein des Strandes, das runde und kantige, und seine Trümmer, der Sand. Es ist ein Bett des Beweglichen. Aber es ist nicht das härteste Maß des Befestigten. Es ist dahineilend wie Quelle und in der Verwandlung wie Luft. Seine Zeit ist länger; aber das Lange ist immer noch Zeit. Die letzte Sicherheit des Unzerstörbaren kennen wir nicht. Sie ist uns verborgen. Das unwandelbare Herz der Welt, kalt, hart, zäh, ohne Bewegung, unabschleif-

bar, uneinfallbar, ohne den Gesang kreisender Kleinheiten, dem Laugen und Säuren nichts anhaben, das kein Fall und Aufschlagen zersprengt, dieser Ort, diese Ewigkeit, das Dichteste, Schwärzeste, Schwerste ist uns verborgen.
Meine Freunde: unsere Sehnsucht ist ausgespannt in der Enge. Unser Schmerz ist ein Instrument, das nur durch kurze Zeit tönt. Unser Wirken liegt eingeschlossen in den Begrenzungen. Gegen uns wälzen sich die Mauern, die den Machtlosen umschließen. Wir bewahren ein kurzes Leben um den Preis lästiger Rücksichtnahme. Um unseren Hals sind die Schlingen der Übereinkünfte, Gesetze und Ordnungen gelegt. Pflichten und Tugenden machen unser Herz leer. Und die Lust der Tiere wird von uns genommen um kein Entgelt. In unserer Armut werden wir schwierig und entarten zur Grausamkeit. Vor Not verwüsten wir den Raum, den wir erreichen können, mit dem Trieb, belanglose Worte zu krönen. Wir wollen uns auf die Erde lagern. Wir wollen überall gleichzeitig sein. Wir wollen den Pulsschlag aller Erdteile gleichzeitig verspüren. Wir wollen keine Hindernisse kennen. Und alle Hindernisse reißen wir nieder. Schlagen tot. Rotten aus. Weil wir fürchten, kostbare Zeit zu verlieren. Und den Gesetzen des Lebendigen nicht trauen. Aber unsere Richtlinien sind dürftig und taub wie zerschlissenes Papier, auf dem die Buchstaben nicht mehr entzifferbar. Wir sind zusammengepfercht zur Masse Mensch, nicht mehr eine freie Rasse Blutsverwandter. Wir suchen mit letzten heißen Blicken die fernen schneeigen Augen Gottes. Aber als unsere Taten bleibt eine Welt, die den Namen Mensch trägt, und die vor Getriebe ohne Trieb zur Unfruchtbarkeit verödet.
Meine Freunde: Ihr habt mich gemästet. Ihr habt mich gewaltig gemacht. Ihr habt mich eingekleidet nach eurem Willen. Meine Faust ist fest und mein Nacken gedunsen. Ihr habt mich an die Hebel eurer Maschinen gestellt. Ihr habt mich zum Herrn in den unterirdischen Gängen und in den Bezirken der Luft gemacht. Das Kommando über eure Kriegsräte liegt bei mir. In den Arsenalen der Sprengstoffe und Gase befehle ich. Den Giftschrank der Menschheit verwalte ich. Ich bin euer Tod. Ich bin der zivilisierte Tod.

Ich bin, wie ihr mich wollt. In einem nur irrt ihr: ich bin nicht euer Untertan. Denkt an das schwarze Herz der Welt und an den Raum, leer von Gedanken. Und seid ihr schwach und feige im Ergründen, greift nach der regentrüben Ahnung. Im Ungewissen ist es Sicherheit, zur Selbstverständlichkeit des Existenten einzuschrumpfen. Denn ohne Beruhigung und Fröhlichkeit ist das Lebendige am Ende. Ohne das Gegenziel Genuß ist der Schmerz ein Laster. Es findet keine Sühne in der tiefsten Frömmigkeit. Wer gegen das Wachstum ist, bekennt sich gegen den Geist. Die Schöpfung ist seit ihrem Uranfang ausbalanciert. Wer an einer Seite des Waagebalkens zerrt, wird Rache ernten.

Das Meer, dem mein erster Gedanke galt, ist die Wiege guter Gleichnisse und Lehrbuch für Bedürftige, die dem eignen Leib nichts ablesen können. Es unterliegt den Veränderungen und den Zufällen der Stunden wie alle Dinge. Es wird hineingerissen in Abläufe, die außer ihm sind. In die Wirbel kochender Winde, in die Gefälle sich aufschleusender Wolken. Es verzieht sich mit den Kräften der Anziehung und schwillt an wie im Rhythmus eines ausschwingenden Pendels. Es ist demütig und ohne Urteil und trägt auf seinem Rücken alle gutgebauten Schiffe; fragt nicht, ob sie der Wohltat oder dem Verderben dienen. Die Erregung ist sein innerer Besitz und entzündet sich nicht an den Zufällen. Die Jahreszeiten beeinflussen die Schatten seiner Wasser. Die Nächte verfinstern das Grün der Wellen zur Undurchsichtigkeit. Die Nebel verwandeln seine Oberfläche zu grenzenlosem Raum.

Es ist eine Decke über den Abgründen, die uns vorenthalten werden, damit noch Lebendiges bestehe, das sich nicht an der Fron des Menschenwerkes zersetzt. Es ist geschmeidig für die großen Ziele des Wachsenden. Es ist die Heimat der Bewegung. Fische und Treibholz kommen durch die Substanz des Wassers an ein Ziel. In den Buchten der Liebe, aufgespart zu heiligen Vorgängen, wird das Flüssige weiß vom Samen der Fischmännchen.

Zwischen zwei Festlanden ist der Mensch auf den Schiffen allein mit dem Blut, das die Luft wäscht. Und es ist eine Tröstung, über Abgründen zu sein, die sich verhüllten. Der

Gedanken, die uns an einem bespülten Strande kommen, sind viele. Aber der Akkord aus den Himmeln verrät nicht, ob er zur Trauer oder Freude entsandt wurde.

NR. 1. INTRODUKTION. MAESTOSO-ANDANTE
St. Marienkirche/Lettner

Auftreten der alte hagere Tod der Atmosphäre und der teuflische Berichterstatter. Der Tod trägt eine silberne Schädelmaske, die an den Buckeln und Kanten schimmert, während die Vertiefungen und Höhlungen wie von grauer Asche duff sind. Er ist in graues fließendes Tuch gehüllt. Hände und Füße sind silbern. Er gebraucht pathetische Gebärden, sehr ruhig und räumlich. Der Berichterstatter trägt eine dunkelgoldene Gesichtsmaske, die pockennarbig und körnig wirkt, wie eine alte getriebene Schale, an den Buckeln und Kanten blank schimmernd. Er hockt affenartig mit lang hängenden Armen. Seine Bewegungen sind winklig eilig, bleiben aber oft in affektierter Haltung längere Zeit erstarrt. Seine Hände und Füße sind dunkelgolden. Er ist in schweres erdbraunes Tuch gehüllt.

Tod.
Hersandte mich Gott,
einzupflanzen funkelndes Dunkel
in den Garten des Lichts, daß leuchtender triebe
gegen den leuchtenden Himmel Blattwerk und Krone
der milliardenjährige Baum der Welten.
Aber ich bin an den Rand der Zeit geraten,
die ich schuf, die mich trug, und ich harre,
daß jener, der mich aus seinem Gleichmut gesandt hat,
mich zu sich rufe,
um mich einzuweben wieder, gestaltlos
in das bebende Schweigen,
daraus ich gekommen bin.
Berichterstatter.
Ihr Menschen lagt warm in Dummheit gebettet;
das Fett der Erde war euer.

Aber ihr seid aus den Lenden gefallen
und habt euch an den Erkenntnissen erkältet.
Nun seid ihr übel gebunden.

TOD.

So harrend, so wartend überkommt mich Gelüste,
zu klagen, daß meine Taten nun darben.
Denn mich tragen nicht mehr schwarze Strahlen
hinab in jene Tiefen,
wo ich umwandelnd wirkte.

BERICHTERSTATTER.

Böse Zeiten haben euch Menschen umgelegt;
aber ihr habt euch getröstet mit Sprechen:
Es werden bessere Zeiten kommen.
Es werden wohlfeile Jahre folgen.
Denn der Wandel hört nicht auf,
durch Vernichtung zu wirken.

TOD.

Rinnend von Strömen
furchtsamen Bluts
bin ich über die Erde gegangen.
Nachfolgte mir die Schleppe
reisiger Eiszeiten, vermalmend
mit Quadern das ungeborgene Leben.

BERICHTERSTATTER.

Und die Natur hat neue Ernten getrieben.
Und Hamster dazu, die sie verzehrten.

TOD.

Trauben von Nacht,
eisige Früchte der Finsternis
hingen um meine rissigen Schultern.
Gewitter stürzte ich wie entwurzelte
riesige Gewächse mit klatschendem Laubwerk
des großen geschütteten Regens über die Erde.

BERICHTERSTATTER.

Und ihr Menschen seid zynisch geworden inzwischen,
weil eure erste ehrliche Handlung unbekömmlich war.

TOD.

Aus den Schößen der Brunnen,
den Mündern aller Quellen,

allen flutenden Wunden der Erde
bin ich hervorgebrochen, in die Schluchten rauschend
und alle Tiefen füllend mit fließender Verderbnis,
verschlingend der Wesen wehrende Gebärden
zum tödlichen Reigen im Gang der Meere.

BERICHTERSTATTER.
Und gegenseitig habt ihr Menschen euch Knüppel
zwischen die Beine geworfen, so daß ihr
gegen alle Verabredung und jede Gewähr
ganz untragisch hingefallen seid.

TOD.
An den geborstenen Ufern
blieb wie Gesang das Weinen.

BERICHTERSTATTER.
Denn ihr Menschen vermochtet nicht einmal
den Zahn aus dem Munde eures Vormunds
auszubrechen. Ach, und vergeblich
habt ihr versucht, eine Handvoll Haare
zu raufen aus dem Schweife
des vorübertreibenden Kometen.

TOD.
In alle Abgründe war mein Erbarmen gebettet,
waren wie Rettung meine funkelnden Sicheln
aufgestellt; aufzufangen die Flucht der Gejagten,
den Lauf der Gepeinigten,
den Sturz der Gehetzten.
Mit großen Körben war ich bereit,
einzuernten in die Kelter Gottes
alles was fiel.
In alles Schwebende senkte ich Schwere.
Und jede abendliche Wolke
zerlöste ich nachts
zu leise trommelnder Traurigkeit.
Und impfte die Lust mit dem Keim der Zeit.

BERICHTERSTATTER.
Nun ist viel Wurzelwerk unter euch Menschen
gewachsen; denn die Frischlinge, die ihr oben treibt,
gehen immer wieder vor das Messer.
Darum habt ihr die Pfeifen ausgeklopft und meint:

Ernster kann es nicht werden mit uns.

Tod.

Gletschergewebtes Linnen habe ich über die Fluren
gezogen. Sturmverschluchtete Nächte
über die Wälder gebogen.

Berichterstatter.

Und ihr Menschen habt gehofft,
ihr könntet mit dem Wind Geschäfte machen,
er triebe euch die Mühlen.

Tod.

Nach vielen Gezeiten
verlor sich allmählich mein Wesen.
Gedanken, wie Anker geworfen
in die Weite des Raums,
fanden Untiefen nicht mehr,
um mich zu binden
an Taten oder auch nur
mit Wollen weiter noch meinen Schritt
zu beflügeln. Ich verrann.
Ich versandete in mir selbst. Nicht mehr
lud prunkendes Leben
mich an seine Gestade.
Ein schleichendes bleiches Gebrechen,
geht das Sterben nun um
und spült die Zeiten ab.
Nicht mehr gebiert
wie in brünstiger Muschel der Schmerz
schimmernde Perlen: meine Nähe.
Nein. Es wird
unter Gottes gleichmütigem Antlitz
das Leben eingestrichen
wie ein unwillig gewährtes Darlehn.
Plötzlich. Maschinell. Ungemahnt. Sachlich.

Berichterstatter.

Und ihr kleineren Menschen durchsucht
den Kehricht nach dem Kot eurer größeren Väter.
Und eure kleineren Ohren vernehmen
bei günstigem Winde bestenfalls
den Gesang der Unfeinen; und nervös

haltet ihr eure Gesichter und Hände
unter die Filter, durch die vormals
Segen auf euch tropfte. Aber sie sind
nunmehr verstopft vom Gestank der Städte.
Wahrlich, die Natur hat weit ausgeholt
als sie euch schuf; aber sie hat sich
nicht einmal über den Bart gespuckt.

TOD.
Meinen alternden Zähnen
mundet nicht mehr
das faule Brot der Welt.

BERICHTERSTATTER.
Deinen alternden Zähnen
mundet es nicht mehr.
Aber schon sind Flammenkrallen
angesetzt an das verwesende Fleisch
dieser Welt.

TOD.
In meine Augenhöhlen
ist Asche eingeweht.
Mein Blick ist verwelkt.

BERICHTERSTATTER
Dein Blick ist verwelkt.
Aber schon sind eisige Augen geöffnet,
diese Welt zu durchschauen.

TOD.
Wie ein Bettler vor angelehnter Tür
teile ich mit mageren Hunden Knochengaben.
Schlaf zehrt wie Meltau an mir.

BERICHTERSTATTER.
Wie ein Bettler
verläßt du dein zerfallenes Reich.
Aber schon reiten heran
ungeheure Vernichtungen.

TOD.
Ein toter Tod bin ich.
Ich ruhe an der Flut
jenseits der schimmernden Inseln
jenseits der schwimmenden Sterne.

BERICHTERSTATTER.
Ein toter Tod bist du.
Aber ein neuer, bleich, feist und kreischend
ist unterwegs, dein Erbe anzutreten und
deine Saaten zu ernten.
Auf freiem Marktplatz,
in Kontoren, Parlamenten
hält er seine Reden wie
ein Philosoph und Kaufmann.

TOD.
Horch, der alte Wind
streicht noch um diese schwangere Erde.
Er ist noch nicht dahin.
Wie kann denn ich vorbei sein?

ST. KATHARINENKIRCHE, VOR DEM ZWEIGESCHOSSIGEN CHOR

In der Mitte St. Jürgen, der den Drachen tötet. Im Hintergrund die Gestalten des Lübecker Totentanzes. Rechts vom Pferd des Heiligen die Seite der Macht und Gewalt, links von ihm die Seite der Entrechteten und Machtlosen.

NR. 2 TROMPETENWERK DER UHR

Links *PIETA*

Das bedeutet, der erwachsene Sohn sitzt auf dem Schoße seiner Mutter.

NR. 3. RITORNELL. ADAGIO E MESTO

Sturm

DER JUNGE MENSCH. Ich fürchte mich. Ich fühle mein Herz. Es ist eine Kraft in mir, die mich frißt.

MUTTER. Wenn der Wind geht. – Wenn die Wolken herabfallen und sich an den Wipfeln der Tannen zerfetzen und auslaufen, dann schwillt das Meer an. Und von seinem

Grunde steigt das Gewesene auf. Das Abgelagerte, die tote Welt, die einst den Raum bedrohte. Und bedrängt die Empfänglichen. O mein Sohn, Sturmnächte in anfälligen Jahren, das ist wie gleichzeitig Zeit und Ewigkeit. Du weißt nicht, ob du dich töten sollst oder dich hinwerfen, daß jemand sich fände, der dich liebt.

DER JUNGE MENSCH. Ich sehe Bilder. Mich würgt die Vergangenheit mit Erinnerung. Meine Zukunft ist schwach.

MUTTER. Wenn die Sonne nicht am Himmel ist. Und der Mond nicht. Und die Sterne nicht, ist das Licht nur ein Winziges. Unsere Augen sehen dann nicht. Erkennen nur das Feurige, das unsichere Gedanken in die Finsternis hineinbrennen.

DER JUNGE MENSCH. Wir sind umstellt. Flucht ist kein Ausweg.

MUTTER. Wir sind allein. Wir sind von der Einsamkeit umzingelt. Der Wind meint uns nicht, nicht die Wassertropfen, die auf uns fallen, meinen uns. Uns meint der Nächste nicht. Und das Verderben meint uns nicht. Es ist alles außer uns. Die Gewalt der lebendigen Kraft reicht von ungewisser Zeit zu ungewisser Ewigkeit. Wir aber, nicht wie das Einfache gebaut nach klaren Gesetzen, vielmehr durchwirkt mit späten und fleischlichen Formen, wir zählen die Tage, die uns beschieden sind.

DER JUNGE MENSCH. Wir sind umstellt. Du nennst es Einsamkeit. Vergänglichkeit. Ich weiß, es ist die Nachbarschaft des Unerbittlichen. Sein Atem ist Gefahr. Seine Berührung ist das Schlimmste. Unter unseren Schuhsohlen vergehen Käfer und Gewürm.

MUTTER. Der Mund, der so spricht, ist in meinem Schoße gewesen, ist lallend an meinen Brüsten gewesen. In mir ist diese Angst gewesen. Komm. Ein morastiges Fieber hat dich. Noch kann ich dir nützlich sein. Komm.

Beide, der junge Mensch an seine Mutter gelehnt, ab.

Auf beiden Seiten

DER STURM ZIRPT UND TROMMELT

Das bedeutet, ein Gesetz der Natur zeigt sich deutlich, um den Menschen anzukünden, sie sind noch immer nicht allein und unter sich.

NR. 4. ALLEGRO MODERATO

Pauke

CHOR DES TOTENTANZES *flüstert.*
Wir sind vergangen mit dem Vergänglichen.
Wir wurden dünn in der weiten Zeit.
Die Ausdehnung behielt uns nicht.
Wir sind nur Stimme
der gequälten Kreatur
und ihres Alpdrucks
lästige Gestalt.

Rechts *TROMPETEN, POSAUNEN*
Das bedeutet, den Elementen wird ein magischer Sinn gegeben.

NR. 5. ALLEGRO

TOD *tritt aus der Reihe hervor. An seiner Stelle steht ein neuer Tod.* Ich bin geblieben. Ich bin das Gesetz. Ich bin Ebbe und Flut. Jugend und Alter. Licht und Finsternis. Ich bin die Ursache aller Bewegung und des Lebendigen Urgrund. Die Mutter der Mütter, der Vater der Väter, der Gott des Getiers, den sie fürchten. Die Verwandlung der Steine, Frühling und Herbst der Bäume. Ich bin die Freude des Säens und Zeugens. Und nur für das Alter ein bittrer Geschmack.
Preist ihr den Jungstier mit dicken Hörnern?
Preist mich!
Und eures Ackers fruchtbar feuchten Boden?
Preist mich!
Und eure Tage, die in Nächten, schwer wie Korn, zu Ende gehen?
Preist mich!
Ich bin in euren Adern mit den Fluten des Aufstiegs und mit allen Finsternissen der Niederungen und der Pein.
Ich bin der Laut in euch, der Sitz der Orte und das Erlebnis.
Preist mich!
Wenn ich euch peitsche, immer noch laß ich die Lust euch, ihr zu sein. Bis ihr mich anerkennt, hinsinkt. Dann wird es

kühl. Und still. Und ich beginne erneut, das Männliche vom Weiblichen zu spalten, daß Wachstum werde.

Links INTERMEZZO

Das bedeutet, es wird immer jemand wie zufällig auf der Straße gehen.

NR. 6. ADAGIO

WANDERER. Der Regen schlug gegen die Scheiben. Es war wie Wellenschlag am Meer. Wie das Dengeln in Erlenbüschen. Und das Geigen im Dünengras. Wie rieselnder Sand an Abhängen im Windschatten. Und ich wußte, die Stunde ist da, wo ich fort muß. Diese Welt hat Straßen. Und Straßen wollen bewandert sein. Abschied macht das Herz weich. Aber wasserdurchtränkte Kleider erhärten es wieder. So will ich denn eine Erinnerung an sie feiern, ehe es zu spät ist. Sie war mir eine liebe Freundin. Sie war vorübergehend meine Wohnung, in die ich einzog mit allen Gebrechen, die mir anhaften. Und ich fand einen Platz, und der Schorf an mir fand den seinen.

Sie war fügsam und geduldig; und der Wust alles Fremden und Ungehörigen brachte keinen Schatten an ihre Stirn. Sie nahm mich, wie ich war, und machte sich nicht zu schaffen mit meinen Gewohnheiten, sie zu verbessern mit Anstand. Sie wußte, manche Gedanken in unserem Herzen sind nicht unser Eigentum, wir sind nur die Hülle. Das Genaue ist eine Tugend der Seßhaften; das Ungefähre aber birgt die Luft des Abenteuers. Warmes Liegen ist freundlicher als kaltes Stehen. Und die Abwechslung kleidet die Zeit mit Tugend. – So bin ich lange geblieben. Und bin breit geworden im Ausruhen und ganz durchtränkt vom Milchgeruch ihrer Haut. Und schwer in den Augen von der lauen Stube, in der sie eine Gestalt war wie eine junge Magd, die noch nicht weiß, um wessentwillen ihr Bettkissen naß ist von Tränen.

Das Scheiden ist über uns gekommen in einer Stunde, wo ihr Bild meinen Sinnen noch angenehm, so daß ich sprechen kann, ihr Fleisch ist fest, der beste Bursche braucht sich seiner Sucht nach ihr nicht zu schämen. In meinem Bau aber,

der sich allmählich ausgeruht, brach Morsches durch. Unruhe, Zweifel, Sehnsucht in die Weite. Dies Gift des Alterns, wenn die Seele ungestillt, das Taten, just getan, zu Plunder schrumpft und nichts als Qual läßt, Neues zu vollbringen. Ich brauch' die Welt, doch mich entbehrt sie nicht. Ich seh' die Sterne. Doch sie schauen nicht auf mich. Die Vielheit der Gestalt drückt mein Gebein entzwei. Wen soll ich lieben? Was für mich behalten? Was forttun, wenn ich mit Genuß bepackt? Ich schleiche dem Reh nach, streichle sanfte Moose. Der atemstarke Hengst ist meine Freude. Die festen Waden junger Mädchen verdunkeln klares Licht zu blauen Schatten. Ich kann nicht ruhn. Die Welt hat Straßen. Noch kenne ich die meisten nicht. Vielleicht, mein Glück liegt erst in Afrika. Ich muß mich eilen. Zeit versteht sich nicht aufs Spaßen. Eh man's bedacht, verkündet sie: zu spät.
Sie, der ich floh, die viel verzieh, mög' auch verzeihen, daß ich sie verlassen.

Ab

Rechts *DER ALTE UND DER JUNGE*
Das bedeutet, der Verfasser braucht Spieler und Gegenspieler, um allmählich zu einer Moral zu kommen.

NR. 7. PRESTO

Der feiste Tod tritt von rechts auf. Der alte Tod steht wie erstarrt und erwacht erst im Laufe der Anrede zur Bewegung.

DER FEISTE TOD. Du hast geschrieen. Hast du mich gerufen? Was willst du? Ist nicht Lärm genug in dieser Nacht, daß deine Stimme als der größre Donner aus den Wolken fallen muß? Ich will dich nicht. Der Tod durch alte Seuchen ist überflüssig. Man stirbt heut anders. Zwar, man stirbt. Doch aufgeklärter, als ein Stück der Masse Mensch. Der eigne Tod, den jeder in sich trägt, braucht nicht Gestalt. Es ist nicht Zeit dafür, ihn rund herum zu kennen. Die Wiegenlieder, die er singt, erfuhr man längst aus alten Bilderbüchern. Maschinen haben eine neue Welt gebildet, gezeugt, was zu erzeugen war, den alten Ablauf, doch anders eingekleidet. Man ist sehr demokratisch. Man erkennt mich an. Man grüßt mich höflich auf den Promenaden. Schlagworte prangen: Fortschritt und Entwicklung. Fortsetzung einer Weltgeschichte mit dem Ziel nach oben. Was dann beim alten bleibt, glaubt man mit dummer Weisheit besser zu ertragen.

TOD. Du tönst nicht anders als in wilden Jagden ich. Ist das ein Unterschied: Pest oder Krebs? Geschliffene Klinge oder die Trommeln eines Walzwerks?

DER FEISTE TOD. Wir sind dabei zu streiten. Du bist im Nachteil. Deine Waffen: Geschichte und Erinnerung. Nicht viel, wenn man sich nicht hineinversenkt mit Inbrunst oder Zorn. Nur weiche und gepflegte Herzen können an deinem Zirpen zu Bruch gehen. Ich stehe im Jetzt, und was ich tue, schmerzt.

TOD. Der Vorteil ist schon morgen ausgelaugt. Auch stimmt es nicht, dies Einst und Jetzt. Ein Sturm wie aus dem Nordpolloch des Himmels hat mich für diese Nacht geweckt –

DER FEISTE TOD. Damit ich zeige, was ich kann.

TOD. Es wird nichts andres sein, als was ich kann und konnte.

DER FEISTE TOD *brüllt.* Straße frei!

TOD. Verjagen willst du mich?

DER FEISTE TOD. Ich kommandiere.

TOD. Wem gilt das?

DER FEISTE TOD. Straße frei, Straße frei!

Der Tod tritt in die Reihe des Totentanzes zurück

Auf beiden Seiten MANN MASCHINE TOD

Das bedeutet, die Äußerungen der Zivilisation haben sich geändert.

NR. 8. ALLEGRO MOLTO

POLIZEI *taucht rechts auf.* Straßefrei! Auseinander! Straßefrei!

ARBEITSLOSE *tauchen links auf.* Diese Welt hat viele Straßen. Die Straßen wollen begangen sein. Unsere Rechte sind schmal; aber unsere Füße sind noch am Boden. Wir stehen, wo wir stehen. Wir haben den bescheidenen Platz teuer bezahlt. Mit Hunger. Mit Frieren. Mit Krankheit. Mit einem Alltag voll Freudlosigkeit.

POLIZEI. Straßefrei! Auseinander! Straßefrei!

ARBEITSLOSE. Die Straße ist für unsere Füße. Die Luft, die uns anweht, ist niemandes Eigentum. Sie ist da wie das Wasser in den Flüssen. Es fließt für jedermann, denn niemand unter den Menschen ist die Ursache des Regens. Für uns ist auch das Korn auf den Feldern. Für uns ist die Gesundheit geschaffen und das Angenehme. Wir gehen nicht aus dem Licht. Man soll uns nicht ausstreichen.

Schüsse, Schreie, Flucht, Polizei zurück, ab

Rechts *PROGNOSE*

Das bedeutet, die Vorgänge des Augenblicks werden zum Maßstab genommen für die Zukunft. Und diese Zukunft, wenn auch nur dürftig, beschrieben.

NR. 9. TROMPETENWERK DER UHR

TOD *tritt wieder vor.* Was folgt aus diesem Schauspiel? Du willst doch nicht behaupten, es ist neu? Gewalt und Unrecht wären Früchte der Maschine?

DER FEISTE TOD. Du mißverstehst. Bemerkenswert an diesem kleinen Ausschnitt gegenwärtigen Geschehens ist die Ordnung, wie hier Tod gegeben wird. Das blutbespritzte Schreckbild eines Tyrannen ist abgeschafft. Das Schicksal hat nicht mehr den Namen eines Menschen, es heißt System.

TOD. Die Kläger, Richter, Henker, Priester verschuldeten den Feuertod der Häretiker und Hexen nicht; – vielmehr die unheilvolle Kraft, die du System genannt hast. Ein schlechter Glaube, Faulheit lauer Seelen, Bequemlichkeit, die Ordnung um den Preis der Untertierheit kaufte. Ich sehe den Unterschied zum Heute nicht.

DER FEISTE TOD. Die Möglichkeiten sind gewachsen. Ein Zauberwort: Chemie. Es rollt ein Stein, der zur Lawine wächst. Im Augenblick schon donnert es um diese Erde. Man hat sehr viel gebraut, das, fließt es aus, die reichste Ernte gibt, die je in kurzer Zeit den Todessensen fiel. Ich sage Worte. Ihr Gewicht wird erst in Zukunft ganz zu fassen sein. An Leichenhaufen, wo die Stückzahl Mensch nach Zehnmillionen abgerechnet wird. Danach, wenn Zeiten wieder wuchsen, sich abgelagert das Verwesliche, in Trümmer Siedlungen und Städte fielen, wird wieder Landschaft sein. Gras, Bäume, lustige Gewässer.

TOD. Du sprichst von was?

DER FEISTE TOD. Von einer Zukunft. Vom Untergang der weißen Rassen. Und auch anderer. Es hat sie eignes Netz umgarnt. Sie sind vom Boden abgedrängt, von guter Luft. Sie können bei gefüllten Scheunen verhungern. Erkranken an der Trefflichkeit und Vielfalt ihrer Medizinen. Beim goldnen Zirpen genauer Maschinen verfälschen sie den Genuß der Liebe und überwinden den sicheren Instinkt ihrer Kaldaunen. Wie alles Fleisch verachten sie das eigene. Um einen Todesschrei, echt blutend ungeschminkt, dazu das Bild, Bewegung Handlung Ablauf, den trockenen Hirnen anzubieten, wird ein Genosse, Afrikaner, vor die Pranken eines Löwen getrieben. Den Vorgang filmt man, horcht die Laute ab. Und bietet es den Hunderttausenden zum Nachschmack. Bei einem Bahnbau, zum Ruhme einer schönen technischen Idee (von Geld wird nicht gesprochen), verbraucht man achtzigtausend schwarze Menschen. Sie gehen hin, ein Dreck, an Hunger Durst Schmutz Ruhr und Fieber.

CHOR DES TOTENTANZES *flüstert.* Wir haben Schlimmeres gesehen.

TOD. Du nennst mir neue Beispiele für alte Laster. Der Stier in der Arena hat ein Herz. Und stoßen seine Hörner in eines Pferdes Bauch, so treffen sie auf Eingeweide. Was Schmerz ist, weiß nur der, der leidet. Ich sehe den Unterschied nicht zwischen dem Einst und Jetzt. Du selbst gibst zu, ein Neger ist ein Mensch. Ich habe gelernt zu wissen, daß selbst Steine stöhnen.

DER FEISTE TOD. Wir wichen ab. Die Welt ist groß, und lang ist die Geschichte. Du kennst der kriegerischen Menschen neue Nebelschwaden nicht. Ihre Wirkung kennst du nicht. Gehn sie herab auf ein Feld leuchtender Tulpen, neigen sich die Blüten, knicken um, kraftlos. Der plötzlich schwer gewordene Saft der Blätter verpestet das Fleisch der strotzenden Wurzeln. Tasten die Gifte sich heran an blitzendes Metall, wird es duff und glanzlos, korrodiert und erlischt von seiner gemeißelten Form. Was mit dem Fleisch wird, kannst du dir errechnen.

Links *ATTITTIDU*

Das bedeutet Totenklage, in die sich Gefühle des Trotzes, des Zornes und der Rache hineinmischen.

NR. 10. RITORNELL. ADAGIO E MESTO

MUTTER *kommt.* Er spricht nicht. Er weint. Was ihn betroffen hat, weiß ich nicht. Schlimmes hat ihn betroffen. Die Trostlosigkeit hat ihn gepackt.

DER JUNGE MENSCH *kommt.* Ich schulde dir Aufklärung. Mein Herz ist so erschöpft durch Kummer, daß ich sprechen kann wie ein Fremder über fremdes Leid. Wortreich und lehrhaft. Mit ein wenig Vergoldung und einem Quentchen Vernunft. Einerseits und andererseits, diesseits und jenseits. Halberwege wie ein zerbrochener Zaun. Es ist, wie es ist. Und es ist fürchterlich. Mein Freund liegt aufgebahrt im Schauhaus, hinter einer Glaswand. Ich habe die Glaswand eingeschlagen. Und ihn geküßt. Es ist wenig. Ich spürte, er war kalt wie argentinisches Fleisch. Er ist auf der Straße erschossen worden. Man weiß nichts Genaues. Er ist wehrlos gewesen und ist von wehrhaften Gegnern erschossen worden. Er ist jung gewesen. Und wurde plötzlich älter als die ältesten Greise. Er hätte fruchtbar sein können und wurde unfruchtbar aus der Zeit geschleudert. Sein Mund ist jetzt dürftiger als das Lügenmaul einer verwelkten Hure. Er hätte ganz sein können und schimmernd wie ein Kristall; aber er ist zerwettert wie eine morsche Weide am Bach, die den kalten Winter nicht überlebt hat. Es ist etwas geschehen. Er spricht nicht mehr. Er kennt mich nicht mehr. Ich weiß nicht, ob er meine Berührung fühlt.

CHOR DES TOTENTANZES *flüstert.* Wir haben Schlimmeres gesehen.

MUTTER. Es ist etwas Gesetzloses geschehen. Wenn gesundes Blut verschüttet wird, geschieht Widernatürliches. Wie auch immer die Verteidigung ausfällt. Hier ist zu sagen: Die Armut findet nur heisere Fürsprecher, deren Mund nicht an das Ohr der Nächsten rührt. So siegt das Sichtbare: ein schäbiger Mantel liegt zerknüllt vor dem Glanz schimmernder Ordnung. Dein Freund hat geschrieen. Er hat gemeinsam mit Kameraden geschrieen. Nach Brot. Man stillte ihren Hunger. Ohne ihren Leib zu sättigen. Man gab ihnen ein Haus. In dem es nicht warm ist. Vielmehr kalt und eng, voll spakigen Dunstes. In dem es das Angenehme nicht geben kann. Man heilte ihre Krankheiten. Um den Preis, das Letzte hinzugeben. Das Heitere und die Kraft. Man löschte ihren Alltag aus. Und die Hoffnung auf Sonntage. Man nahm ihnen das Licht. Man strich sie aus. Man machte sie geringer als Kies auf den Wegen. Das Korn blieb in den Scheunen. Aber der Menschen Blut blieb nicht in ihren Leibern. Man gab ihnen, was man ihnen vorenthalten hatte mit reichlichem Tod.

CHOR DES TOTENTANZES *flüstert.* Wir haben Schlimmeres gesehen.

DER JUNGE MENSCH. Niemals kehrt sich das Gewesene um. Das brüchige Leben ist ohne wirksamen Schutz.

NR. 11. ADAGIO

CHOR DES TOTENTANZES *flüstert.*

Nicht grundlos,
wenn der Frühling mit Säften
Bäume und Kräuter speist,
sinkt mit dem Abend
Furcht in der Menschen Herz.
Das mächtige Wachsen
träumt unter grünem Himmel
vorschmeckend den gelben Tod.

Rechts *SZENE IM HIMMEL*

Das bedeutet, wir können es nicht lassen, daran zu denken.

NR. 12. MAESTOSO

Die Figuren des Totentanzes wenden der Szene den Rücken zu
Prinz und Berichterstatter
Der Prinz ist in ein einfaches gelbes Gewand gekleidet. Er ist sehr jugendlich, ohne Maske, ohne Perücke, von bleicher Gesichtsfarbe, gewissermaßen ohne Auszeichnung.
Er kann ein unbewaffneter Reiter auf einem Pferde sein.

Berichterstatter. Ich bin am Ende meiner Darlegung. Alles geschieht, wie es geschieht. Die Harmonie der Gesetze tönt durch den Raum. Sie umfaßt frühe und späte Formen des Daseins. Sie durchwirkt das Feste, das Flüssige und die Gase. Sie ist in der Hochzeit der Flamme und im langsamen Beischlaf zwischen Pflanzenwurzel und Stein. Sie ist im schlackenlosen Glanz des Platins und in der wäßrigen Vielfalt des Protoplasmas. Das Plankton ernährt die Lebendigen in den Grüften der Ozeane. Der zerfallende Rubin singt einen neuen Lichtstrahl. Es ist ein gewaltiger Aufbau von unten nach oben und ein, zwar schmerzlicher, doch heißerer Kraftstrom von oben nach unten. Das Kleine trägt den Schimmer des Großen. Das Sternenmeer, in rasende Bewegung ausgestreut, ist ausbalanciert. Die Wirkungen von allem zu jedem sind hineingewebt in die Existenz. Das Gesetz ist gut. Es bedarf keiner Abwandlung. Es ist eine Ewigkeit alt. Es kann eine Ewigkeit dauern.

Prinz. Die Zeiten sind lang geworden; es ist wahr.

Berichterstatter. Es geschieht alles, wie es geschieht. Nicht anders. Kein Geschehen ist halbiert. Nichts ist, nachdem es ablief, auch um den höchsten Preis nicht, ungeschehen zu machen. Es gibt keine Umkehr. Alles ist gebunden an den Strom, der nur dein Herz verschont.

Prinz. Du bist genau in deiner Beschreibung. Du verdichtest das Viele und das Weite in einen Punkt. Du zeigst mir den gepaarten Geschlechtskeim der Welt. Aber ich fühle mich leer. Ohne Unterricht. Ganz entfernt. Ganz allgemein.

Berichterstatter. Mein Prinz! Jede Frage an mich erntet eine Antwort.

Prinz. Ich kann nicht fragen. Frage entsteht erst an der gewissen Ungewißheit. Du sagst: Es ist, wie es ist. Es geschieht, wie es geschieht. Und fügst hinzu: Siehe, es ist gut. Siehe, es ist gut, das macht mich still. Du tötest meine Sehnsucht nach begehrlichen Fragen. Du überhäufst mich mit Schmeichelei, die mich mit milliarden Jahren Jugend betäubt. Es kommt kein Ton zu mir, der anderes sagte. Wehe, es ist fürchterlich! Ich traue dir nicht. Alles ist ausbalanciert. Bewegung nach allen Seiten. Männlich und weiblich. Die Ruhe der Vereinigung hat keine Dauer. Im Abstrakten hüpft das Gute auf einem Balken mit dem Fürchterlichen. Im Punkt kann ich den Schmerz vergessen. Ich bin weitab. Und weitab heißt der fernste Punkt. Du aber weißt, es ist nicht, wie es ist. In einer großen Welt ist ausgesät der Schmerz. Er ist ein Hüter des Gesetzes. Nutzlos vielleicht, wie alle Hüter toter Ordnungen. Auch ungerecht. Es könnte sein. Es muß nicht sein. Ich fühle ihn nicht. So weiß ich nichts. Ich bin halbiert, gemartert und beglückt im gleichen Zustand. Ich fühle mich ganz ohne Nachricht. Belogen. Im Stillstand einer Ewigkeit. Nicht da. Als Nachbar weggewischt. Du bist der Mittler zwischen mir und Welt. Ein unvollkommenes Werkzeug. Berichterstatter.

BERICHTERSTATTER. Die Heftigkeit in deiner Seele – als wäre sie nicht rein – betrübt mich. Ich spüre ein Verlangen aufgekeimt, das nicht ich, das niemand stillen kann. Wer weiß, was aus dir würde, glittest du hinab zum Großen, Überallgleichzeitig, Injedem, doch zerhackt in trillionen Wesen, in jenen Ablauf, der beginnt, zerrinnt, – zum Gegenwärtigen?

PRINZ. Ich will –

BERICHTERSTATTER. Ich bin gefaßt.

PRINZ. Ich will so aufgeklärt sein wie ein Mensch, der nicht nur die Gestalt des Leibes spürt, auch jeden Tropfen Blut in seinen Adern liebend kennt.

BERICHTERSTATTER. Es gibt nicht so viele Bäume, Kreuze draus zu zimmern, daran ihn anzuschlagen, immer wieder ihn an jedes Kreuz, nicht unterschiedlich Marterungen genug, um all die Leiden abzubilden, die er dulden müßte, sollte er so vollkommene Kenntnis seines Leibes haben. Die wächst am Schmerz nur. Doch vor soviel Qualen steht das Sterben. Du wünschst der Zeiten Ende. Du willst hineingehn in die Welt, daß sie zum Aufgelöstesten, bewegungslosen Scheinstoff werde.

PRINZ. Ich bin dir nicht gewachsen. Ruf mir den Tod!

BERICHTERSTATTER. Gehorchen habe ich gelernt.

Er tritt einige Schritte zurück. Tod und feister Tod kommen. Der Tod von innen mit feierlicher Wonne angestrahlt. Sein Genosse fast frech, in der Haltung nicht weit von der des Berichterstatters entfernt; doch leicht befangen

TOD. Mein Prinz, die Rufe in der Nacht, der Donner der zerplatzenden Wogen, der lauten Signale an mich, die mich um die Erde trieben, zu ernten, sind zu einem Glockenton angeschwollen, der das Sternenall durchtaumelt. Der aus der Einsamkeit kam. Ich weiß, du rufst mich. Du willst mich zurück in die Öde geben. Du hast mir einen Nachfolger bestellt, zugerichtet mit unerfreulichen Maßen. Du hast mich auf die Probe gestellt, mit ihm zu diskutieren. Du hast unseren Gesprächen ein frühes Ende bereitet, weil du barmherzig bist. Weil du dem Diener deinen Spruch nicht lange vorenthalten willst. Ich soll dem Feisten unterliegen; du willst es so. Ich führe keine Klage. Ich nehme hin und bedanke mich. Ich bin der tote Tod. Und stehe vor dir, Prinz, ein treuer Knecht. Und mit mir kam, der mich ersetzen soll.

PRINZ *vollkommen fassungslos.* Ich kenne den neuen Diener nicht. Ich bin nicht unterrichtet. Wer hat denn ihn gebildet? Was ist geschehen? Berichterstatter, sprich.

BERICHTERSTATTER. Es ist so, wie es ist. Es geschah, wie es geschah. Man kann gar nichts sagen, ohne sich zu wiederholen; denn es ist alles gesagt. Das Gesetz ist gut. Es bedarf keiner Abwandlung. Dies ist eine Folge der Zeiten. In einer Ewigkeit wachsen am Widerhall der Sterne der Harmonien Vielfalt.

PRINZ. Das ist eine Antwort, aber es findet sich kein Ja oder Nein darin. Es ist nichts für mich und nichts wider mich darin.

DER FEISTE TOD. Jetzt fällt es auf mich, zu sprechen.

TOD. Kann denn geschehen, was noch nie geschah? An meine Fersen kann sich ein unbekanntes Wesen heften, das mir gleicht? Kann eingelassen werden in den Dom der Welt, auch wenn sich keine Tür einladend öffnete?

BERICHTERSTATTER. Zustand der Reife. Ein Ablauf hat sich hier zur neuen Form erschlossen.

DER FEISTE TOD. Ich bin der Menschen eigner Tod. Ihr Untertan bin ich damit beileibe nicht. Ich stehe nicht, wie hier gewähnt wird, jenseits des Gesetzes.

BERICHTERSTATTER. Es ist auch nicht behauptet worden. Wer in die Leere vordringt, ist den großen Harmonien eingefügt.

Der feiste Tod. Ich bin ein Sproß nur, eine Abart fleischlichen Verwelkens.

Berichterstatter. Und deinesgleichen ist schon oftmals hier gewesen.

Der feiste Tod. Ich sing nicht mit im Harfensang des Sturms. Ich stehe an den Hebeln der Maschinen. Schwing mich empor aus dem Gebräu der Laugen, Säuren, fressenden Produkte der Mensch-Chemie und ihrer sonnengleichen Kernphysik. Ich brülle aus der fettgemachten Luft und aus den Tunnels der Bergwerke. Ich bin im künstlich angefachten Feuer und im Pesthauch vorbedachter Ausrottung. Ich tummle mich, so weit gedieh ich schon, im Meer selbst und im Kot der Erde. Mein Feld ist groß. Und größer wird es werden. Ruft es durchs Weltall, daß der Tod erscheine, muß ich gehorchen wie der hagere Genosse, der auf Orkanen reitet und an gärenden Tümpeln lagert.

Prinz. Ein stumpfer Stab kann immer nur, geht eine Mühe darauf aus, ihn umzuschaffen, mit einer spitzen Spitze sich verlieren.

Berichterstatter. So ist es, Prinz. Das Überspitzte nennt man Spekulation. Sie ist nicht dinghaft.

Prinz. In meinem Reich geschah eine Verfeinerung der Kreatur, die mich beiseite wirft. Und klagt mich an. Und mein Gesetz.

Berichterstatter. Du irrst. Es handelt sich noch immer um des spitzen Stabes letzten Punkt. Die Auslaufflächen nur sind sehr verjüngt worden – um bei dem Bild zu bleiben. Verläßt die Kreatur den letzten körperhaften Punkt, um einen Sprung ins Ungebundene zu wagen, braust das Gesetz mit Untergang heran. Dann gehen Schranken nieder. Die Elemente taumeln zur Revolte. Das Protoplasma der vermessenen Kreatur versengt. Die Sicherungen, Prinz, die du getroffen hast, sind gut wie alle andere Harmonie.

Prinz. Und wie erklärst du mir den feisten Tod? Den ich nicht schuf? Bin ich zu langsam für die Schnelligkeit der Zeit?

Berichterstatter. Der Mensch ist sehr vermessen. Er hat dich aus dem Weltall fortgebetet. Er steht nicht mehr zu deiner Jugend. Er schämt sich deiner. Er erledigt dich mit Worten. Er kann dich nicht verstehen in deinen Schöpfungstaten. Er glaubt an Spielzeug, das er sich erfindet. Und an das Gift, mit dem er Mord verüben kann. An jede Sache, wenn sie gut verpackt, mit schwarzen Lettern angepriesen. Von denen, die dir helfen wollen, kann man schweigen. Sie sind nicht auffällig. Sie sind nicht an der Macht. Sie sind nicht fromm; und darum unerkenntlich.

PRINZ. Wie loser Sand ist, was von deinen Lippen fällt. Es hilft mir nicht, mich zu entscheiden. Nach Spuren suche ich, daß ich den dunkelsten Zusammenklang der Weltenbrandung ausfindig mache, daß ich ausflösse, ihn zu läutern. Du machst, ich fühle mich leer. Ohne Spürsinn. Ganz entfernt, ganz allgemein. Als Nachbar weggewischt.

BERICHTERSTATTER. Dein Diener ist gescholten.

PRINZ. Ja. Ich schaue auf Tod, Berichterstatter, und wieder Tod. Und du sagst grinsend: das ist mein Gesetz. Will ich mich regen, faselst du von aller Zeiten Ende. Ich wolle das Bestehende zum Scheinstoff wandeln.

BERICHTERSTATTER. Bei dir ist alle Macht.

PRINZ. Auch alle Jugend. Und deren Sinn und Frage.

BERICHTERSTATTER. Und keiner ist, der dir gleichkommt.

PRINZ. Im Höhnen bist du Meister.

BERICHTERSTATTER. Ich bin genau.

PRINZ. Doch ohne Richtung.

BERICHTERSTATTER. Das fließt aus meinem Amt.

PRINZ. Und welches Wasser soll von mir kommen?

BERICHTERSTATTER. In aller Welt geschieht Zeugen. Hier sind zwei Tode, die es dir verbürgen.

PRINZ. Ich bin, so schmeichelst du, in meine Tat hineinverwoben.

BERICHTERSTATTER. Untrennbar.

PRINZ. Ich will von euch gehen. Dieser Ort ist faul von Wechselreden. Ist nicht leer genug für mich.

TOD. Ich soll nicht unterliegen. Ich soll noch älter werden.

DER FEISTE TOD. Ich bin geduldet.

BERICHTERSTATTER. Mein Feld ist die Welt.

Links *EWIGE WANDERSCHAFT*
Das bedeutet, der Tiger hat einen Blick, den wir träumen können; und unsere Gedanken können schnell sein und im All scheitern wie das Licht.

NR. 13. ADAGIO

DIE ARME SEELE DES GUTEN MENSCHEN *tritt auf. Sie erscheint als Mann. Bloße Füße, bloße Arme, unbedeckten Hals, ein silbergestreiftes Tuch über dem Körper.* Ich bin lange gewandert. Ich habe vieles hinter mir gelassen. Die Entfernungen sind groß geworden. Und die Orte klein. Ich habe nur noch ein Gut: Erinnerung, die keinen bestimmten Geschmack mehr hat. Hier ist alles dünn. Das Licht ist ausgeronnen und verbraucht. Und was man Luft nennen könnte, diese Kälte zwischen den Welten, ist erbarmungslos unfruchtbar, ist fast die absolute Kälte. Ich selbst bin sehr durchlässig. Und ein Wind wäre für mich schlimmer als ein jagender Strom glühender Lava vor meiner Verwandlung. Ich bin in der Einsamkeit und vor dem Tore des Nichts, um eine Frage zu stellen. Um eine Antwort zu erhalten. Tausend Jahre sind nicht unnütz vertan, eine Milliarde Jahre sind nicht unnütz vertan – wenn man eine Antwort erhält.

Auf meinem Wege in die Öde hinein sind mir Genossen begegnet. Gute Menschen und gute Tiere. Ich habe einige Brocken ihrer letzten Meinung behalten. Sie sagten Wiederholungen daher, um nicht zu vergessen, wegen der Nüchternheit und Kraftlosigkeit aller Erinnerung in diesen weiten sternenlosen Bezirken: Wir sind in die Welt geboren worden. Wir haben viele Schmerzen erdulden müssen. Wir sind geschlachtet worden. Man ist nicht schonsam mit uns umgegangen. Es geschah, wie es geschah. Und es war keine Beziehung zwischen unseren Verfehlungen und dem Schmerz, den man uns aufbürdete.

Ich habe die klagenden Pilger hinter mir gelassen. Ich bin weiter vorgedrungen als sie. Meine Leiden sind so stark gewesen, daß sie in dieser Leere noch nicht zerfallen sind; daß sie den Bannkreis des letzten Etwas verlassen haben und in der Dunkelheit vorwärtstasten. Jetzt bin ich wohl am

Ziel. Meine Klagen sind eine Sonne in der Kälte und in der Nacht.

Ich bin einst aus dem Schoß gefallen. Und als ich da war, war das Leid bei mir. Aber das Leben war auch bei mir. Das Wachstum. Das große Gesetz. In mir tönte der Akkord des Lichtes und der geordneten ordnenden Materie. Doch ich erreichte das Bild nicht, das zu werden meinem Fleische als Aufgabe gestellt worden war. Ich fiel von meinen Eltern ab und von der Gesundheit; der makellose Vorgang des Wachsens verschlechterte sich an mir zur Entartung. Ich war unschuldig daran. Man hatte ein Gift in meine Muskeln gesenkt. Und es geschah ein Stocken in den Bahnen der gesunden Säfte. Eine Schwere machte sich breit in den geheimsten Wegen. Es wurde Krankheit daraus. Die Krankheit war ein Anfang zu Schlimmerem. Mein unverdienter Lohn waren Schmerzen. Die Häßlichkeit wurde meine Bettgenossin.

Die Schattengefährten an meiner Seite hatten einen grauen Namen. Meine Gedanken wurden gläsern im brüchigen Körper. Meine Taten waren vergleichbar dem schwankenden Gang eines Berauschten oder Gestürzten. Aber es kam schlimmer. Das große Gesetz bezeichnete viele der geheimen Orte in mir mit Entstellung. Es drang in mich ein mit Verwüstung, um entsetzliche Erkenntnisse, die mir nicht halfen, zu vermehren. Mein Hirn wurde wie ein großes Ohr über dem Ächzen der tausend Organe. Und siehe, wie es so erbarmungslos um mich stand, kamen Menschen, Ärzte, wie man sie bezeichnete, um mir zu helfen. Und sie versuchten, die Wirkungen des Gesetzes an mir zu ändern. Sie entfernten Teile aus mir. Öffneten mich. Schlossen mich. Und ich war verändert. Die Chemie meiner Seele war verändert. Und es war schlimmer als zuvor. Ich wurde mit neuen Peinigungen gestraft. Die Unnatur, daß ich auch das Nichtvorhandene war, rächte sich mit der gräßlich demütigenden Strafe der Peitsche. Es kam eine Zeit, da schrie ich. Der Schlaf wich von mir. Die gläsernen Gedanken wurden zu spitzen Scherben. Zerbrochene Krüge. Ich glich in nichts meinen Mitmenschen. Mein Jammern, mein Toben, der genaue Bericht von der Eigenschaft meines Blutes, des

veränderten, schien ihnen fremd, lästig, verbrecherisch. Und sie beschlossen, mich weiter zu verändern. Meinen Körper enger zu machen, als er war, aufzufüllen mit Zufälligem. Sie griffen weiter in mich ein als zuvor. Sie entwurzelten meine Seele vollends. Sie zwangen mich, mich selbst zu bespeien, alte Gerüche zu hassen, vertraute Lüste zu schelten. Sie glühten alle Neigungen in mir aus. Und gaben mir einen Ersatz, eine erstarrte Schwäche, den Tand, noch da zu sein. Sinnlos gewordenes Spiel, statt Frühling Parfüm einiger Blumen. Sie griffen meine Erinnerung hart an. Sie überschwemmten meine Sinne mit euphorischen Giften, nachdem sie mein Herz verändert.
Aber ich blieb in meinem Hirn. Ich blieb, zerfranst, mit meinen Qualen und mit einer verankerten Erinnerung in meinem Hirn. Ich wurde nicht wahnsinnig. Keine Nacht löschte meine Herkunft aus. Ich rettete das Gräßliche bis in diese Stille, bis jenseits der glühenden Nebel. Um zu fragen. Um zu fragen. Dies: Warum bin ich so sehr gepeitscht worden? Warum mußte ich unnatürlich, ein Krüppel werden? Warum mußte ich mehr erkennen als andere neben mir, ohne doch Segen damit zu stiften? Warum gab es keine Milde für mich? Warum bin ich zu aller Qual in mir mit untragbaren Lasten der Fremden beladen worden? Daß ich frieren mußte? Hungern? Naß wurde, obdachlos in Regen und Schnee? Ungeliebt, gemartert durch böse Blicke? Eingesperrt, mißhandelt, entrechtet, gefesselt und zerschlitzt? Vergiftet, mit Eingeweiden von Tieren, die ich nicht kannte, geflickt? – Ich habe gesprochen. Es ist ein Schall gewesen. Es kommt keine Antwort. Ich bin immer noch auf der Seite derjenigen, denen keine Antwort wird. Und ich bin doch ganz vorne, weil ich gelitten wie keiner. Ich muß weitergehen. Ich bin noch nicht am Ziel.

Rechts *FRÜHLINGSKONFERENZ*

Das bedeutet, die Vielwegigkeit harter Winterunterhaltungen wird, nach einem Prozeß der Schrumpfung, in einen Leitfaden verwandelt.

NR. 14. ALLEGRO

Die Figuren des Totentanzes wenden der Szene wieder ihr Angesicht zu

BERICHTERSTATTER. Weite Ausflüge dienen der Bildung. Gespräche mit Weisen schulen den Verstand. Wenn Drei lange zu schweigen wissen, sind sie sich einig oder verfeindet. Feindschaft kann auf die Dauer nicht nützlich sein. Ich rate darum auf Einigkeit; die sich zwischen uns aufgetan hat.

DER FEISTE TOD. Ich unterstütze die Meinung.

BERICHTERSTATTER. Kluge Entschlüsse wollen nicht lange genötigt sein.

TOD. Wir sind Beauftragte des gleichen Herrn. Wir sind gemeinsam gescholten worden. Und müssen untereinander verträglich bleiben.

BERICHTERSTATTER *zum hageren Tod.* Das Ja ist offenbar ein schweres Wort. Man berührt einander damit. Du kennst nicht soviel Zurückhaltung, wenn du in das Tierreich einbrichst, um zu würgen. Du siehst durch mich hindurch, weil ich dir auf die Knochenfinger schaue. Ich bin dir peinlich. Dabei weiß ich mich frei von jedem Vorurteil.

TOD. Du bist nicht frei von einem grinsenden Gesicht.

BERICHTERSTATTER Ein flennender Berichterstatter gleicht einem lahmen Pferd. Es ist nicht schnell. Indessen, mein Kopf nicht, meine Rede nicht sind es, woran du Anstoß nimmst. Du schätzst den Menschen als des Höchsten liebstes Tier. Ich fühle mich wohler bei den Kühen auf dem Felde. Und eine Stutenherde, die mit harten Hufen den Boden stampft, feistleibig blank mit geilem Wiehern, laut knatternd mit den Eingeweiden, versüßt sogar mein Hirn mit Melancholie. Dann werde ich abgeschmackt und wünsche mir Pferdehuf und Schweif – ein Hippokamp, Kentaur zu sein. Ich bin trotz aller Wandlung geblieben, was ich immer war, ein Schwärmer in den Bezirken seelenvollen Fleisches.

TOD. Ein Tierfreund also, und der Menschen Feind.

BERICHTERSTATTER. Ich säe nicht. Ich mähe nicht. Meine ganze Tätigkeit für eigene Rechnung besteht darin, mir einen Pferdehuf zu wünschen. Gründlicher können meine reinen Absichten nicht dargetan werden.

TOD. Wir haben es gehört. Wir wollen jetzt Ja sprechen.

BERICHTERSTATTER. Es ist wieder Frühling geworden. Es kommt für mich eine angenehme Zeit. Wir wollen Ja sprechen. Wir wollen gute Verwalter dieser Erde sein. Ihr unter Menschen. Ich bei den Tieren.

DER FEISTE TOD. Gute Verwalter wollen wir sein. Von der Jahreszeit indessen verstehe ich nichts.

BERICHTERSTATTER. Unnötige Sorge. Der alte Tod hat eine gute Nase. Er riecht frisches Gras durch den Schnee. Er gleicht mir darin. Sich paarende Tiere entdecke ich auch in den kühlen und dunklen Verstecken der Wälder.

Er geht lächelnd davon.

TOD. Wir werden ihn vor Herbst nicht wiedersehen.

Links *AUCH DER KNECHT SPRICHT*

Das bedeutet, die Kräfte der Erneuerung sind nicht mehr einzudämmen.

NR. 15. ANDANTE

KNECHT. Der Acker ist vom Atem des Windes feucht geworden, der das Eis schmolz. Und von den herabtaumelnden Fetzen der Wolken, die weich waren wie Moorwasser. Und von den Nebeln, riesige Schwämme, die sich auswrangen. Mit der Feuchtigkeit ist Wärme gekommen; und längere Tage sind da. Und ein Geruch ist da, schwer und süß. Die frisch gemolkene Milch in den Eimern setzt ihren Schaum langsamer ab. Die Rinder stöhnen vor Sehnsucht, ins Freie zu kommen. Sie schmecken den Salzschmack der kalten Abendluft nach fruchtbarem Tag mit langen begierigen Zungen. Sie wollen das junge Gras fressen, das ersprossen ist, um ihr gereinigtes Blut zu spüren, nicht länger zu leiden an der Brunst in den Ställen und an der vom Liegen beschwerlichen Schwangerschaft. Sie wollen, die gute Zeit soll schnell herbeikommen. Wir alle wollen es. Der Bauer will es und die Hausfrau. Die Pferde wollen es. Die Schweine wollen es. Ich will es auch. Die Arbeit auf den Feldern ist getan. Die bei Wind getan wird. Und im strömenden Regen. In der Kälte. Und wenn es beschwerlich ist vor schlammigem Boden. Jetzt ruht das Werk. Und das Wachsen hebt an. Wie ein gärender Teig ist die Landschaft. Die gute Zeit soll schnell herbeikommen. Wo wir an lauen Abenden in den Gräben liegen. Oder beim Vieh, das grast. Oder irgendwo sonst unter dem nackten Sternenhimmel. Wir alle wollen, daß die gute und warme Zeit schnell kommt, in der wir fröhlich sind mit allen Tieren.

Auf beiden Seiten

DAS HOHE LIED DES ABLAUFS

Das bedeutet, es ist, wie es ist.

NR. 16. ALLEGRO MODERATO

Die Mutter kommt verstört, Schutz suchend, bleibt am Fuße des Reiterbildnisses stehen.

Der Chor des Totentanzes bewegt sich

MUTTER. Ich bin umstellt! Flucht ist kein Ausweg.

CHOR DES TOTENTANZES *flüstert.* Dein Sohn denkt nicht mehr an dich. Er verläßt dich.

MUTTER, Ich denke an ihn. Ich verlasse ihn nicht. Doch man drängt mich fort.

CHOR *flüstert.* Deinem Sohn zerfällt die Kindheit ohne Verlangen, darin zu bleiben.

MUTTER. Blindheit ist mir nicht gegeben. Ich sah ihn wachsen. Meine Einbildung macht ihn zu einem Riesen, zum Schönsten der Menschen.

CHOR *flüstert.* Dein Sohn trägt ein Geheimnis vor dir.

MUTTER. Ich habe ihn in meinem Leibe getragen. Ich kenne sein Geheimnis. Er ist vom Manne gekommen. So geht sein Haupt nieder wie eines Tieres Haupt, das sich zum Fressen neigt. Mit unbewußtem Hunger. Es ist die Sucht nach den Taten des Lebens in ihm. Es ist kein Schelten in mir, das ihn treffen kann. Es ist Traurigkeit in mir, die nur mich trifft.

CHOR *flüstert.* Dein Sohn liebt einen fremden Menschen.

MUTTER. Er liebt einen jugendlichen Menschen, der ihm in seiner Jugend gleicht. Zwischen mir und ihm stehen Jahre. Er kann mich nicht lieben; aber ich muß ihn lieben.

CHOR *flüstert.* Die Entfremdung von dir ist plötzlich gekommen, wie etwas Übereiltes.

MUTTER. Der Frühling ist plötzlich gekommen. Die Zeit ist da. Der Winter schlug meinen Sohn zu Boden mit Angst. Die Märzstürme zerfetzten sein Herz mit gräßlichen Todesgesängen. Er wurde in den Morast der Trauer getaucht. Aber die anfälligen Jahre wurden nicht von ihm genommen. Er mußte wieder heraus aus dem nassen Tümpel. Die große Sonne nahm ihn in Obhut. Sie bereitete Durst in ihm. Und andere Bedürfnisse. Sie stellte ihn vor die Wahl, sich verloren zu geben oder sich zum Dasein zu bequemen. Sie gab keinen Aufschub. Sie ließ ihm nicht einmal Zeit, seinen Willen zu ordnen. Als er das Haupt hob, um zu erkunden, was für eine Frage das war, die man an ihn gerichtet, sah er, er saß auf einem Floß, auf glatten gebündelten Stämmen, auf einer Art toten Waldes, der bleich geworden durch Enthäuten. Und geschmolzene Schneestürme schwemmten ihn davon. Und der Entführte war ratlos, wie er am Ufer festmachen sollte. Und was für ein Ufer es war, wußte er nicht. Jedenfalls war in diesen Gegenden sein Freund nicht gefallen.

CHOR *flüstert.* Du gibst dich zufrieden? Du haderst nicht länger?

MUTTER. Er gab sich zufrieden. In wüsten und ungeordneten Nächten verschleuderte er seinen Widerspruch. Ich gebe mich zufrieden. Denn er ist dageblieben. Es bestand die Gefahr, daß er fortging.

CHOR *flüstert.* Du wirst Entsagung üben müssen. Man wird dich von ihm zurückhalten.

MUTTER. Ich weiß, er ist von mir abgefallen. Wie eine Frucht vom Baum fällt; der sie erzeugt hat. Ich weiß, ich muß schwinden. Und er muß noch zunehmen. Ich muß in eine Lüge flüchten. Ich muß den kleinen Trost suchen, einstmals Großmutter zu heißen.

CHOR *flüstert.* Du bist nicht gefaßt.

MUTTER. Einmal gerät jeder in die Falle. Man beißt ins unbarmherzige Eisen, das die Glieder zerfleischt – bis man sich aufgibt – hinnimmt – nicht mehr widerstrebt. Ich will seine glücklichen Stunden nicht trüben. Vielleicht, wenn er mich ganz vergessen hat vor Taumel, will ich ihm nahekommen wie eine Fremde und einen Blick von seiner Gestalt mir abstehlen.

CHOR *flüstert.* Zwischen dem Einst und Jetzt liegt für dich ein tiefes Wasser. Hüte dich, daß du darin nicht umkommst.

MUTTER. Was liegt an mir? Da ich nutzlos geworden bin. Welche Verwandlung: vom Wollen bis zum Nicht-mehrdaseinwollen!

CHOR *flüstert.* Du rufst einen Erlöser, den du nicht meinst. Aber er hört dich.

MUTTER. Für mich ist in diesem Jahr die Landschaft nicht reich an Wachstum und wohltuender Wärme. Für mich ist der große Schatten des Winters zurückgeblieben.

CHOR *flüstert.* Du zürnst deinem Kind nicht. Du haderst mit dem Geschick; mit der Zeit, die dich trug.

MUTTER. Ich rufe die Einsamkeit an, die wohl zu schweigen weiß. Findet sie eine Antwort für mich, so war sie barmherziger, als ich erhoffte.

CHOR *flüstert.* Wir fürchten, es wird eine Stimme zu dir gelangen.

Tod und feister Tod treten rechts auf. Mutter starrt hinüber. Verwirrt

MUTTER *tritt erschreckt vor.* Es ist weit mit mir gekommen. Das ist wahr. Ich muß viel geweint haben. Oder wenig geschlafen. Ich bin auf Abwege geraten. Auf den Grenzwall zwischen dem Genauen und dem Ungenauen, wo Geister sich zu Schemen verdichten. Immerhin, wenn man irgendwohin gelangt ist, soll man den Mut aufbringen, stehenzubleiben und Umschau zu halten. Weil es sonst schlimmer kommen kann.

TOD. Für dich kommt nichts Schlimmeres mehr.

MUTTER. Das ist ein Trost. Auch wenn er aus unsauberem Munde fällt. Tiere kennen den ewigen Gegner nicht. Ich spüre ihn.

TOD. Du wirst auf Erden nichts Echteres finden als mich.

MUTTER. Es kann beruhigen, daß ein fetter Mann neben dem knochenfingrigen dahinschreitet.

DER FEISTE TOD. Wir sind gekommen, um dir einen guten Vorschlag zu machen.

MUTTER. Das unheimliche Gespräch läßt sich vertraulich an.

TOD. Du sollst mit uns gehen.

MUTTER. Wohin?

TOD. Es soll nichts Plötzliches geschehen.

DER FEISTE TOD. Es soll das Für und Wider erwogen werden.

TOD. Unsere Glieder sind warm von der Sonne. Wir sind von der Gewalttätigkeit abgedrängt.

MUTTER. Ich könnte schreien. Ich müßte schreien. Aber ich würde nicht erwachen. Hier ist eine neue Wirklichkeit heraufgestiegen; die ich nicht mehr bekämpfen kann.

TOD. Es geht um deinen Sohn. Um das Glück deines Sohnes. Du sollst mit uns gehen, damit er glücklich wird.

MUTTER. Es gibt kein Glück. Hier liegt Betrug. Nichtwissen, Dummheit singen der billigen Täuschung das Lob.

TOD. Du beschwerst dich nicht mit gründlichen Gedanken, ehe du antwortest. Dein Sohn müßte abtreten, wenn du bleiben wolltest. Er würde einschrumpfen zum Niedagewesenen, wenn das Gesetz der Nachfolge aufhörte.

MUTTER. Du sprachst vom Glück. Es löst sich auf, wenn wir es empfangen wollen, zu einem schwachen Lichtschein, der unsern Weg nicht hell macht. Bezahlen müssen wir die falsche Hoffnung auf Angenehmes mit salzigen Tränen.

TOD. Dir ist im Weltenhaus noch vieles unenthüllt.

MUTTER. Ich hasse Weisheit, die nicht lächeln kann. Die Kraft der Lenden, ist es Glück? Des Geistes Stärke, ist es Glück? Zeigt mir das Glück, das meinem Kind verheißen worden ist!

TOD. Du sollst mit Augen schauen. Mit der Vernunft jedoch mußt du vorweg begreifen: Glück heißt die gute Leidenschaft in jungen Jahren. Sie ist das Fundament für jene Segnungen: Erinnerung und Traum. Du, als ein Weib geschaffen, wirst deine Mutterschaft nachträglich nicht fortwünschen und deinen Sohn verwerfen.

MUTTER. Meine Ohren werden müde. Was für ein unechtes Fieber hat sich herangeschlichen; das mit Bildern geizig ist, aber mit kalten Vernunftworten Verschwendung treibt.

DER FEISTE TOD. Du sollst nicht überrumpelt werden; das haben wir dir zugesagt.

TOD. Du befindest dich nicht in der Sphäre der Krankheit; du bist gealtert und nicht ohne Erkenntnis geblieben.

Mutter. Gebt mir Gewißheit, daß mein Kind nicht verdirbt!

Der feiste Tod. Wir werden dir Gewißheit geben, daß dein Sohn gesund und stark ist.

Tod. Und genießt, gierig und breit, was auch einer trüben Zukunft die Waage hält!

Der junge Mensch *kommt Arm in Arm mit einem Mädchen von rechts.* Es ist gar nichts mehr zu sagen. Es ist alles gesagt. Meine verirrte Seele hat an eine heilsame Stätte zurückgefunden. Als ob ein Dom mit vielen starken Säulen als Heiligtum für meine Gefühle errichtet worden wäre, so schwingt in mir eine verlangende Ruhe. Ich liebe dich. Du bist schön. Du bist ein tiefer Brunnen. Du gleichst jeder Landschaft, die mich entzückt.

Braut. Du sprichst weitschweifig und klug. Ich kann dir nichts antworten. Meine Liebe zu dir ist einfacher. Ich schäme mich fast.

Der junge Mensch. Ich habe einen loseren Mund. Das ist keine Tugend.

Sie gehen vorüber

Mutter. Ich bin überwunden. Es ist nichts mehr zu sagen. Es ist alles gesprochen. Glück ist ein Wort wie brünstiges Verlangen. Ein anderes Wort heißt Dauer. Gleichviel.

Tod. Gesetz klingt unerbittlicher; dennoch, es sind zwei inhaltsvollere Silben.

Der feiste Tod. Die Einkehr kommt bei dir sehr schnell.

Liebespaare wandern langsam über die Bühne. Die Gestalten des Totentanzes mischen sich mit ihnen.

Mutter. Ich habe vor dieser Zeit schon viel geweint und in den Nächten schaudernd gewacht.

Der feiste Tod. Ich muß dich stützen, daß du nicht hinstürzst?

Mutter. Hier ist doch Licht? Auf diesem Weg ging doch mein Sohn vorbei mit einer Braut? Und andre Menschenpaare wandern vorüber? Und wieder andre folgen? Das ist in diesem Jahre so? Im nächsten auch? Und weiter durch die Zeiten? Die Blumen blühn im Mai, und vor dem Winter quellen Früchte an allen Pflanzen? Für jeden, der einmal erscheint, ist auch der Abgang schon bereit, das Stichwort, das ihn wegfegt? Zeit ist stets eines Wesens Zeit?
Ich hab' begriffen. Mein in meinem Schoß gezeugter Sohn

zeugt weiter in einem jüngeren Schoß. Doch einmal noch will ich die Straße entlanggehen, auf der er mir entschwand. Ich werde ihn ganz fern erkennen. Gebt euren Arm mir. Wir wandern bis nach Mitternacht. – Alle gehen die gleiche Straße – ob sie stolpern oder aufrecht bleiben.

Die beiden Tode reichen der Mutter den Arm. Sie gehen davon. Liebespaare folgen. Es bildet sich ein langer Zug, der aus dem Chor heraus anwächst.

Auf beiden Seiten *SCHLUSS*

Das bedeutet, heute und immer, die Abläufe gehen weiter.

NR. 17. ALLA BREVE

Nr. 1 Introduktion

Yngve Jan Trede

9
Picc.
1 Fl. 2
1 Ob. 2
C. I.
1 Cl. in B 2
a2
Fag. 1, 2
C.-Fag.
Cor. in F 1 2
1, 2 Trbe. in C 3
Trboni. 1, 2
Timp.
V.-C.
C.-B.

Picc.
1
Fl.
2
1
Ob.
2
C. I.
1
Cl. in B
2
a2
Fag. 1, 2
C.-Fag.
Cor. in F 1 2
1, 2
Trbe. in C
3
Trbonl. 1, 2
Timp.
(unis.)
V.-C. e C.-B.

17
Picc.
1
Fl.
2
1
Ob.
2
C. I.
1
Cl. in B
2
Fag. 1, 2
a2
a2
C.-Fag.
Cor. in F 1/2
1, 2
Trbe. in C
3
Trbni. 1, 2
Timp.
V.-C. e C.-B.

Picc.
1
Fl.
2
1
Ob.
2
C. I.
1
Cl. in B
2
a2
Fag. 1,2
C.-Fag. 1/2
Cor. in F
1,2
Trbe. in C
3
Trboni. 1,2
Timp.
V.-C.
e C.-B.

Picc.
Fl. 1 2
Ob. 1 2
C. I.
Cl. in B 1 2
a2
Fag. 1, 2
C.-Fag.
Cor. in F
Trbe. in C 1, 2 3
Trboni. 1, 2
Timp.
tr
V.-C. e C.-B.

29
Andante (♩ = 100)
V.-C. e C.-B.
mp
37
1. Cl. in B
mp
V.-C. e C.-B.
45
1
Cl. in B
2
mp
V.-C. e C.-B.
53
1
Cl. in B
2
V.-C. e C.-B.
61
1
Ob.
2
mf
mf
1
Cl. in B
2
mf
V.-C. e C.-B.
mf

Ob.
Cl. in B
V.-C. e C.-B.
mf
69
77
Fl.

85
Fl.
1
2
Ob. 1, 2
Ob. 2
a 2
f
C. I.
Cl. in B 1, 2
Cl. 1
a 2
Fag.
1
2
Cor. in F 1/2
a 2
V.-C.
e C.-B.

93
Fl. 1
Fl. 2
Ob. 1, 2
a 2
C. I.
Cl. in B 1, 2
a 2
Fag. 1
Fag. 2
Cor. in F 1 2
a 2
Trbe. in C 1, 2
Trbe. in C 3
Trbon. 1, 2
V.-C. e C.-B.

Picc.
Fl.
a 2
Ob. 1, 2
C. I.
Cl. in B 1, 2
Fag.
C.-Fag.
Cor. in F
Trbe. in C
V.-C. e C.-B.
f

101
Picc.
Fl. 1 2
Ob. 1, 2
a 2
C. I.
Cl. in B 1 2
Fag. 1, 2
C.-Fag.
Cor. in F 1 2
più f
Trbe. in C 1 2 3
Trboni. 1 2
V.-C. e C.-B.
ff
f

109
Picc.
Fl.
Ob. 1, 2
a 2
C. 1.
Cl. in B
Fag. 1, 2
a 2
C.-Fag.
Cor. in F
Trbe. in C
Trboni.
V.-C. e C.-B.

rallentando - - - - - - a tempo
117
Ob. 1 2
C. I.
a2
Fag. 1,2
C.-Fag.
diminuendo - - - - - - - - - - - p
Cor. in F 1 2
f dim. p
Trba. in C 3
Trbone. 1
V.-C. e C.-B.
Fl. 1
Cl. in B 1,2
Fag. 1
Cor. in F 2
pp

125
Fl. 1
p
1
Ob.
2
C. I.
Cl. in B 1, 2
pp
Fag. 1
p (sempre)
Cor. in F 2
1
Fl.
2
poco cresc.
a 2
Cl. in B 1, 2
poco cresc.
Fag. 1
133
1
Fl.
2
mf
Ob. 1
mp
C. I.
mf
Cl. in B 1, 2
mf
Fag. 1

Fl. 1,2
dim.
p
Ob. 1
C. I.
Cl. in B 1
ff
141
1
Cl. in B
2
ff
Cor. in F 1/2
V.-C.
f (sempre)
C.-B.
f (sempre)
C. I.
1
Cl. in B
2
Cor. in F 1/2
V.-C.
C.-B.

149
C. I.
Cl. In B 1 2
Cor. in F 1/2
V.-C.
C.-B.
poco f
ff
sempre f
157
a2
Ob. 1, 2
Cl. In B 1,2
Fag. 1, 2
Trbe. in C 1/2
sempre mf
mf
sempre mp

a 2
Ob.1, 2
C. 1.
Cl. In B 1 2
poco f
dimin.
Fag. 1, 2
Cor. In F 1 2
Trbe. In C 1 2
(unis.)
V.-C. e C.-B.
Fl. 1
mf
f
dimin.
pp
Fag. 1

Fl.
Cl. in B
Fag. 1
Cor. in F 1
173
Picc.
Ob.
C. I.
V.-C.
f
mf

Picc.
Fl.
Ob.
C. I.
V.-C.
dim.
rallentando
dimin.
pp
C.-B.

181
a tempo
Picc.
Fl. 1, 2
a 2
Ob. 1 2
C. I.
Cl. in B 1 2
Fag. 1, 2
a2
C.-Fag.
Cor. in F 1 2
Trbe. in C 1 2, 3
Trboni. 1, 2
Timp.
tr
V.-C.
C.-B.
ff
f

189
Picc.
a2
Fl. 1, 2
1
Ob.
2
C. I.
1
Cl. in B
2
a2
Fag. 1, 2
C.- Fag.
Cor. in F 1/2
a2
1
Trbe. in C
2, 3
f
1
Trbni.
2
f
Timp.
(unis.)
V.-C.
e C.- B.

Picc.
Fl. 1, 2
a 2
Ob. 1 2
C. I.
Cl. in B 1, 2
Fag. 1, 2
a 2
C.-Fag.
Cor. in F 1 2
a 2
Trbe. in C 1 2
Trboni. 1 2
Timp.
V.-C. e C.-B.
fz

197
Picc.
Fl. 1, 2
Ob. 1, 2
C. I.
Cl. in B 1, 2
Fag. 1, 2
C.-Fag
Cor. in F 1 2
Trbe. in C 1 2 3
Trboni. 1 2
Timp.
V.-C. e C.-B.
fz
a2
Solo
ff

allargando
Picc.
Fl. 1, 2
Ob. 1, 2
C. I.
Cl. in B 1, 2
Fag. 1, 2
C. Fag.
Cor. in F 1, 2
Trbe. in C 1 2 3
Trboni. 1 2
Timp.
V.-C. e C.-B.
a 2
a 2
a 2
a 2
tr

Nr. 2 Trompetenwerk der Uhr

Links

Pieta

Das bedeutet, der erwachsene Sohn sitzt auf dem Schoße seiner Mutter.

Nr. 3 Ritornell

7
Ob.
C.I.
Fag.
V.-C.
C.-B.
p
cresc.
mf
mfz
pcresc.
rallent.
f
dim.

Der junge Mensch: Ich fürchte mich...

Auf beiden Seiten

Der Sturm zirpt und trommelt

Das bedeutet, ein Gesetz der Natur zeigt sich deutlich, um den Menschen anzukünden, sie sind noch immer nicht allein und unter sich.

Nr. 4

10
Fl. 1 2
Ob. 1 2
C. I.
Cl. in B 1 2
pp
pp
Fag. 1 2
C.-Fag.
Cor. in F 1 2
Trbe. in C 1,2 3
Trboni. 1.2
Timp.
tr
V.-C.
C.-B.

Fl. 1 2
Ob. 1 2
C. I.
Cl. in B 1 2
Fag. 1 2
C.-Fag.
Cor. in F 1/2
Trbe. in C 1,2 3
Trbon. I,2
Timp.
V.-C.
C.-B.
p
trem.
mfz p

19
Fl. 1 2
Ob. 1 2
C. I.
Cl. in B 1 2
Fag. 1, 2
C.- Fag.
Cor. in F 1 2
a 2
Trbe. in C 1 2 3
Trboni. 1, 2
Timp.
V.-C.
C.-B.

30
Picc.
1 Fl. 2
1 Ob. 2
C. I.
1 Cl. in B 2
Fag. 1,2
C.-Fag.
Cor. in F 1 2
1 Trbe. in C 2 3
Trbon. 1, 2
Timp.
V.-C. e C.-B.
a 2
(unis.)
8va
cresc.
ff
più f
fz
tr

Picc.
8va
1 Fl. 2
1 Ob. 2
C. I.
1 Cl. in B 2
a 2
Fag. 1, 2
C.-Fag.
Cor. in F 1 2
1 Trbe. in C 2 3
Trboni. 1, 2
Timp.
tr
V.-C. e C.-B.
dim.

Picc.
Solo
Fl. 1 2
pp
mp
Ob. 1 2
C. I.
Cl. in B 1 2
Fag. 1, 2
C.-Fag.
Cor. in F 1/2
Trbe. in C 1 2 3
ff dimin.
ppp
Trboni. 1/2
Timp.
tr
dimin.
p e dimin.
V.-C. e C.-B.
Celli
Bassi
p e dimin.

Picc.
Fl. 1 2
Ob. 1 2
C. I.
Solo
Cl. in B 1 2
p
ppp
Fag. 1, 2
C.-Fag.
Cor. in F 1 2
Trbe. in C 1 2 3
Trboni. 1, 2
Chor des Totentanzes (flüstert):
Wir sind vergangen…
tr
Timp.
C.-B.

Rechts

Trompeten, Posaunen

Das bedeutet, den Elementen wird ein magischer Sinn gegeben.

Nr. 5

Tod: Ich bin geblieben...

Links

Intermezzo

Das bedeutet, es wird immer jemand wie zufällig auf der Straße gehen.

Ob. 1
C. I.
Cl. in B 1
Fag. 1 2
Trba. in C 1
V.-C.
C.-B.
13
mp cantabile

Ob.1
C. I.
Cl. in B 1
Fag. 1 2
Trba. in C 1
V.-C.
C.-B.
20
f
mfz

Ob.1
C. I.
Cl. in B 1
1 Fag. 2
Trba. in C 1
V.-C.
C.-B.
f
mf
cantabile
28
ff
meno f
div.
unis.

Wanderer: Der Regen schlug gegen die Scheiben...

Rechts

Der Alte und der Junge

Das bedeutet, der Verfasser braucht Spieler und Gegenspieler, um allmählich zu einer Moral zu kommen.

Nr. 7

21
a 2
Cor. in F 1, 2
Trbe. in C 1 2 3
Trbonl. 1 2
Timp.
più f
fz

a 2
33
Cor. in F 1,2
Trbe. in C 1 2 3
Trboni. 1 2
Timp.
ff
fff
dim.
p
stacc.
dimin.

Cor. in F 1 2
dim.
Trbe. in C 2,3
(dim.)
pp
52
p
mfz p
Trba. in C 1
pp
Timp.
tr
mfz pp
68
poco fz
Trbe. in C 1 2 3
mfz
Trboni. 1 2
p
mp

Cor. in F 1, 2
Trbe. in C 1 2 3
Trboni. 1 2
Timp.
a2
mf sempre stacc.
poco - - a - - poco -
sempre stacc.
mf
cres - - cen - - do - -
85
fz
f

Cor. in F 1,2
Trbe. in C 1 2 3
Trboni. 1 2
Timp.
a2
101
f
più f
fz

a2
Cor. in F 1,2
1
Trbe. in C 2
3
1
Trbonl.
2
Timp.
fz
fz
fz
fz
fz
a2
117
sempre stacc.
cres-
cen-
do
ff
cres-
cen-
do
ff

Der feiste Tod: Du hast geschrieen…

Auf beiten Seiten

Mann Maschine Tod
Das bedeutet, die Äußerungen der Zivilisation haben sich geändert.

Nr. 8

Allegro molto (♩= 132)

Picc.
8va
Fl. 1, 2
1
Ob.
2
C. I.
1
Cl. in B
2
a 2
Fag. 1, 2
C.-Fag.
a 2
Cor. in F 1, 2
1
Trbe. in C
2, 3
più f
1
Trboni.
2
Timp.
tr
mf
f
V.-C.
C.-B.

Polizei: Straße frei. Auseinander. Straße frei.
Arbeitslose: Diese Welt hat viele Straßen…

Rechts

Prognose
Das bedeutet, die Vorgänge des Augenblicks werden zum Maßstab genommen für die Zukunft. Und diese Zukunft, wenn auch nur dürftig, beschrieben.

Nr. 9 Trompetenwerk der Uhr

Tod: Was folgt aus diesem Schauspiel?...

Chor des Totentanzes (flüstert):
Wir haben Schlimmeres gesehen.

Tod: Du nennst mir neue Beispiele...

Links

Attitidu
Das bedeutet Totenklage, in die sich Gefühle des Trotzes, des Zornes und der Rache hineinmischen.

Nr. 10 Ritornell

Ob.
C. I.
Fag.
V.-C.
C.-B.
cresc.
mf
f
p cresc.
16
rall.
a tempo
dimin.
p
più f
ff pesante

Mutter: Er spricht nicht. Er weint…

Chor des Totentanzes (flüstert):
Wir haben Schlimmeres gesehen.

Mutter: Es ist etwas Gesetzloses geschehen…

Chor des Totentanzes (flüstert):
Wir haben Schlimmeres gesehen.

Der junge Mensch: Niemals kehrt sich das Gewesene um…

Nr. 11

Chor des Totentanzes (flüstert):

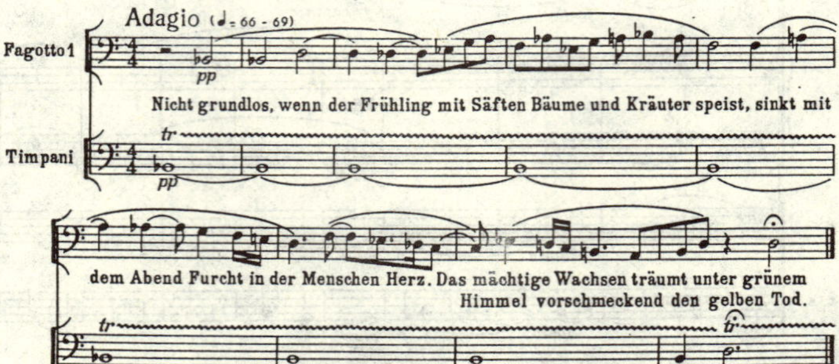

Rechts

Szene im Himmel

Das bedeutet, wir können es nicht lassen, daran zu denken.

Nr. 12

Picc.
Fl. 1 2
Ob. 1, 2
Cl. in B 1 2
Fag. 1 2
Trbe. in C 1 2
Tromb. 1 2
Timp.
V.-C.
C.-B.
8va
f
mf

13
Picc.
8va
Fl.
Ob. 1,2
Cl. in B
Fag.
Trbe. in C
poco f
Trboni.
Timp.
tr
p
f
mf
V.-C.
C.-B.

Berichterstatter: Ich bin am Ende meiner Darlegung…

Links

Ewige Wanderschaft

Das bedeutet, der Tiger hat einen Blick, den wir träumen können; und unsere Gedanken können schnell sein und im All scheitern wie das Licht.

Die arme Seele des guten Menschen: Ich bin lange gewandert...

Rechts

Frühlingskonferenz
Das bedeutet, die Vielwegigkeit harter Winterunterhaltungen wird, nach einem Prozeß der Schrumpfung, in einen Leitfaden verwandelt.

Picc.
Fl. 1
Cl. in B 1
Fag. 1
1 Cor. in F 2
Trba. in C 1
Timp.
f
mf
Trbone. 1
ffz
fz

26
poco meno mosso (♩= 69)
Cl. in B 1
Fag. 1
Cor. in F 1,2
Timp.
ffz
mp
fz
sempre mp
cresc.

40
Picc.
Fl.1
Cl.in B 1
Fag.1
Cor.in F 1,2
Trba.in C 1
Trbone.1
Timp.
f
ffz
fz
p
p subito
pp
pp subito

Fl. 1
Cl. in B 1
Fag. 1
Cor. in F 1, 2
Trba. in C 1
Trbone. 1
Timp.
mfz
p
tr
pp
54
Picc.
p cresc.
8va
mf
cresc.
ff
dimin.
f
fz
mp

Tempo I.
Picc.
Fl. 1
Cl. in B 1
Fag. 1
Cor. in F 1, 2
Timp.
72
1.
Trba. in C 1
Trbone. 1

Berichterstatter: Weite Ausflüge dienen der Bildung...

Links

Auch der Knecht spricht

Das bedeutet, die Kräfte der Erneuerung sind nicht mehr einzudämmen.

Nr. 15

Fl. 1
Ob. 1
C. I.
Cl. in B 1
Fag. 1
V.-C.
e C.-B.
(unis.)
sempre pp
sempre pp
27

Fl. 1
Ob. 1
C. I.
Cl. in B 1
Fag. 1
(mf)
V.-C. e C.-B.
sempre pp
41
Fl. 1
Ob. 1
C. I.
Cl. in B 1
Fag. 1
(mf)
V.-C. e C.-B.
sempre pp

Knecht: Der Acker ist vom Atem des Windes…

Auf beiden Seiten

Das hohe Lied des Ablaufs

Das bedeutet, es ist wie es ist.

Nr. 16

Allegro moderato (𝅗𝅥 = 84)

13
Ob. I.
Cl. in B 1/2
Cor. in F 1/2
V.-C.
p
Fl. 1, 2
Ob. 1, 2
1.
C. I.
Cl. in B 1/2
Cor. in F 1/2
V.-C.
mf
f
a2
Fl. 1, 2
Ob. 1, 2
C. I.
Cl. in B 1/2
Cor. in F 1/2
Timp.
V.-C.
C.-B.
5
4

27
Picc.
Fl.1,2
a2
Ob.
C.I.
Clar. in B
Fag.
C. Fag.
Cor. in F
Trbe.
Trboni.1,2
Timp.
V.-C.
C.-B.
f
mf

Picc.
Fl. 1,2
Ob. 1,2
C. I.
Cl. in B 1,2
Fag. 1,2
C-Fag.
Cor. in F 1 2
Trbe. in C 1 2 3
Trbni. 1,2
Timp.
V.-C.
C.-B.
a2
f
mf
1.

Picc.
a2
Fl. 1,2
1
Ob.
2
C. I.
f
Cl. in B 1,2
a2
Fag. 1,2
C.-Fag.
Cor. in F 1,2
a2
1
Trbe.in C
2
3
poco f
1
Trboni.
2
mf
Timp.
V.-C.
C.-B.

42
Picc.
Fl. 1,2
a.2
Ob. 1,2
a 2
C. I.
Cl. in B 1,2
a 2
Fag. 1 2
C.-Fag.
Cor. in F 1,2
a 2
Trbe. in C 1 2 3
poco f
poco f
Trboni. 1, 2
Timp.
V. C.
C. B.

Picc.
Fl. 1,2
Ob. 1,2
C. I.
Cl. in B 1,2
Fag. 1 2
C.-Fag.
Cor. in F 1 2
Trbe. in C 1 2 3
Trboni. 1,2
Timp.
V.-C.
C.-B.
a2
fz
cresc.
ff
f
2.

55
Picc.
Fl. 1,2
a2
1
Ob.
2
C. I.
Cl. in B 1,2
Fag. 1,2
C-Fag.
1
Cor. in F
2
1
Trbe. in C
2
3
1
Trboni.
2
Timp.
V.-C.
C.-B.
ff
f
p
fz
mf
tr

Picc.
Fl. 1,2
a 2
Ob. 1,2
C. I.
Cl. in B 1,2
a 2
Fag. 1,2
C.-Fag.
Cor. in F 1,2
Trbe. in C 1 2 3
ff
Trboni. 1 2
Timp.
fz
f
tr
mf
V.-C.
C.-B.

67
Picc.
1
Fl.
2
1
Ob.
2
C. I.
Cl. in B 1,2
Fag. 1,2
C - Fag.
Cor. in F 1,2
Trbe. in C 1 2 3
Trboni. 1,2
Timp.
V.-C.
C.-B.
pp
ffz
p
tr
mfz

79
poco rall.
a tempo
Ob. 1,2
C. I.
Fag. 1,2
C.-Fag.
Cor. in F 1, 2
Trba. in C 3
Trboni. 1, 2
Timp.
Fag. 1
Timp.
Cl. in B 1
Fag. 1
Timp.
pp
f dim.
p
mf
dim.
mfz pp
mf dim.

93
Fl. 1
Cl. in B 1 2
Fag. 1
Timp.
V.-C. e C.-B.
pp
(unis.)
Picc.
tr
p
mp
mf
Ob. 1,2
Cl. in B 1,2

109
Picc.
Fl. 1,2
Ob. 1,2
Cl. in B 1,2
Fag. 1,2
Cor. in F 1,2
V.-C. e C.-B.
mf
a 2
cre -

121
Picc.
scendo
Fl.
Ob.
C. I.
Cl. in B
Fag.
C.-Fag.
Cor. in F
Trbe. in C
V.-C.
Cr B.

poco
Picc.
Fl. 1,2
a 2
cresc.
Ob.
C. I.
Cl. in B
Fag. 1,2
C.-Fag.
f
ff
Cor. in F
f cresc.
Trbe. in C
Trboni.
Timp.
V.-C.
C.-B.

135
rit. - - a tempo
Picc.
Fl. 1, 2
Ob. 1, 2
C. I.
Cl. in B 1, 2
Fag. 1, 2
C.-Fag
Cor. in F 1, 2
Trbe. in C 1 2
Trboni. 1 2
Timp.
V.-C.
C.-B.
a2
ff
più f
tr
ffz f

Picc.
a2
Fl. 1,2
Ob. 1,2
C. I.
Cl. in B 1,2
Fag. 1,2
C.-Fag.
Cor. in F 1,2
Trbe.in C
Trboni.
Timp.
V.-C.
C.-B.
mf
più f
mp

149
Picc.
a2
Fl. 1,2
a2
Ob. 1,2
C. I.
a2
Cl. in B 1,2
a2
Fag. 1,2
f
C-Fag.
f
Cor. in F 1,2
Trbe. in C
1
2
3
poco f
poco f
poco f
Trboni.
1
2
Timp.
V-C.
f
C-B.
f

Fl. 1,2
1
Ob.
2
1
Cl. in B
2
a2
Fag. 1,2
C.-Fag.
1
Cor. in F
2
1
Trbe. in C
2
3
1
Trboni.
2
Timp.
V.-C.
C.-B.
f
mf

Picc.
f
Fl. 1,2
1
Ob.
2
C. I.
f
1
Cl. in B
2
Fag. 1,2
a2
C.-Fag.
1
Cor. in F
2
1
Trbe. in C
2
3
Trboni.
1,2
Timp.
V.-C.
C.-B.

162
Picc.
Fl. 1,2
Ob. 1 2
C. I.
Cl. in B 1,2
Fag. 1,2
C.-Fag.
Cor. in F 1 2
Trbe. in C 1 2 3
Trboni. 1 2
Timp.
V.-C.
C.-B.
a2
ff
f
p
fz
tr

174
rallent.
a tempo mol-
Picc.
Fl. 1,2
Ob. 1,2
C. I.
Cl. in B 1,2
Fag. 1,2
C.-Fag.
Cor. in F
Trbe. in C
Trboni.
Timp.
V.-C.
C.-B.
a2
ffz
mf
pp
p
poco f
tr

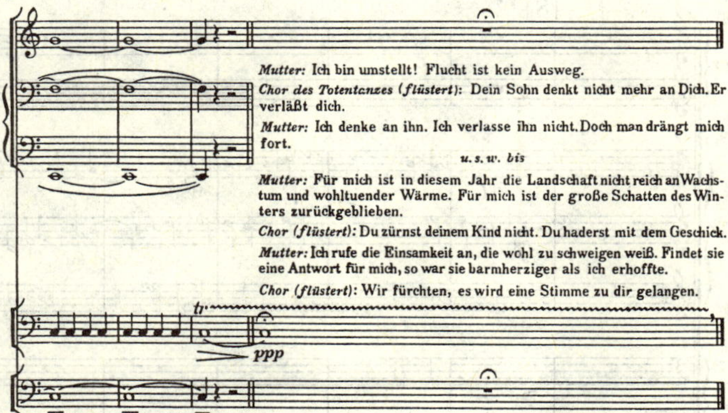

Mutter: Ich bin umstellt! Flucht ist kein Ausweg.

Chor des Totentanzes (flüstert): Dein Sohn denkt nicht mehr an Dich. Er verläßt dich.

Mutter: Ich denke an ihn. Ich verlasse ihn nicht. Doch man drängt mich fort.

u. s. w. bis

Mutter: Für mich ist in diesem Jahr die Landschaft nicht reich an Wachstum und wohltuender Wärme. Für mich ist der große Schatten des Winters zurückgeblieben.

Chor (flüstert): Du zürnst deinem Kind nicht. Du haderst mit dem Geschick.

Mutter: Ich rufe die Einsamkeit an, die wohl zu schweigen weiß. Findet sie eine Antwort für mich, so war sie barmherziger als ich erhoffte.

Chor (flüstert): Wir fürchten, es wird eine Stimme zu dir gelangen.

(Tod und feister Tod treten rechts auf. Mutter starrt hinüber. Verwirrt, tritt erschreckt vor.)

Mutter: Es ist weit mit mir gekommen. Das ist wahr . . .

Auf beiden Seiten

Schluß

Das bedeutet, heute und immer, alle Abläufe gehen weiter.

16
Picc.
Fl. 1,2
Ob. 1,2
C. I.
Cl. in B 1 2
Fag. 1,2
C.-Fag.
Cor. in F 1 2
Trbe. in C 1 2 3
Trboni. 1 2
V:C.
C:B.
a2
f

22
Picc.
Fl. 1,2
a2
Ob. 1,2
C. I.
Cl. in B
Fag. 1.2
C.-Fag.
Cor. in F
Trbe. in C
f
Trboni.
V.-C.
C.-B.

28
Picc.
a 2
Fl. 1,2
a 2
Ob. 1,2
C. I.
1
Cl. in B
2
a 2
Fag. 1,2
C.-Fag
1
Cor. in F
2
1
Trbe. in C
2
3
1
Trboni.
2
V.-C.
C.-B.

Picc.
Fl. 1 2
Ob. 1 2
C. I.
Cl. in B 1 2
Fag. 1,2
C.-Fag.
Cor. in F 1,2
Trbe. in C 1 2 3
Trboni. 1,2
Timp.
V.-C.
C.-B.
più f
cre - scen - do
ff

35
Picc.
Fl. 1 2
Ob. 1 2
C.I.
Cl. in B 1 2
Fag. 1,2
C.-Fag.
Cor. in F 1,2
Trbe. in C 1 2,3
Trboni. 1,2
Timp.
V.-C.
C.-B.
ff
a2

allargando
Picc.
Fl.
1
2
Ob.
1
2
C. I.
Cl. in B
1
2
a 2
Fag. 1,2
C.-Fag.
Cor. in F
1,2
a 2
Trbe. in C
1
2,3
Trboni.
1,2
Timp.
tr
V.-C.
C.-B.

THOMAS CHATTERTON

Eine Tragödie

Die Tragödie »Thomas Chatterton« ist der geschichtlichen Wirklichkeit nachgezeichnet

Personen

Die alte Frau Chatterton
Sarah Chatterton, *ihre Schwiegertochter*
Thomas Chatterton, *Sarahs Sohn*
Mary, *ihre Tochter*
William Barrett, *Wundarzt, Geburtshelfer und Geschichtsschreiber*
Henry Burgum, *genannt de Burgham, Zinngießer*
George Symes Catcott, *dessen Kompagnon*
John Lambert, *Advokat*
Richard Phillips, *Totengräber, Onkel Thomas'*
Richard Smith, *Brauer, Präsident der Delphin-Gesellschaft, Vater von William und Peter*
William Bradford Smith, *Freund Thomas Chattertons und ehemaliger Bettkamerad auf der Colston-Schule*
Peter Harley Smith, *dessen Bruder*
Thomas Cary, *Freund Thomas Chattertons und ehemaliger Bettkamerad auf der Colston-Schule, Kaufmannslehrling (tritt nicht auf)*
Aburiel
Sir Abraham Isaac Elton, *Stadtschreiber von Bristol*
John Mc Arthur, *Zeuge*
Walmsley, *Stuckarbeiter zu Shoreditch*
Frau Walmsley
Jack, *ihr Neffe, knapp fünfzehn Jahre alt*
Maria Rumsey *(Polly), ein Mädchen, die Tochter eines Weinküfers zu Bristol*
Frau Balance, *Witwe eines Seefahrers, Kusine Thomas Chattertons*
Frau Eskins, *eine Bekannte Sarah Chattertons (tritt nicht auf)*
Frau Angel, *eine »Sackmacherin« in London-Holborn*

Arran, *ein Bursche von der Straße*
Nancy Brokage, *ein Mädchen von der Straße*
von Beruf »Weißwarenverkäufer«

William Barrett
Henry Burgum
George Symes Catcott
Richard Smith *(sen.)*
Thomas Cary
William Smith
Peter Smith
Erscheinungen

Der Mönch Thomas Rowley
Master Cheney, *ein singender Knabe*

Ort: Akt 1–4 Bristol, Akt 5 London

Zeit: Juni 1767–24. August 1770

Rechts und links vom Schauspieler aus

ERSTER AKT

Ende Juni 1767

Nähstube im Hause Sarah Chattertons
Abend

Die alte Frau Chatterton, rechts auf einem Stuhl sitzend, raucht eine Pfeife. Sarah Chatterton, von einer akuten Schüttellähmung befallen, liegt in einem Bett im Hintergrund. Thomas Chatterton, vorn links, im Anzug der Colston-Schüler (blue boys) – blauer Umhängerock mit orange-farbigem Futter, Bäffchen, Barett, das an einem Band hängt, orange-farbige Strümpfe, einen Delphin aus Bronze an der Brust, dazu seine Schülernummer, mit Tonsur –, sitzt, dem Fenster nahe, an einem Tisch, schreibt und liest. Die Anprobepuppe Matilda, mit Stoffstücken bekleidet. Ein Gestell mit Büchern und Folianten.

Die alte Frau Chatterton *erhebt sich von ihrem Stuhl, schlürft durch die Stube und entfernt sich, während sie mit erboster Stimme spricht.* Ich gehe zu Richard Phillips auf den Kirchhof hinüber. Frau Eskins wird heute erst spät kommen, um Neuigkeiten zu bringen. Deine Tochter Mary, sowieso nutzlos, mit ihrem dummen Kopf und den zu langen Händen, hast du zu einem Bauern gegeben. Sie taugt zu anderem nicht, zugegeben, seitdem sie zu heftig blutet und davon blöd wurde. Aber sie hätte mir alten Frau behilflich sein können, denn ich habe vom Luftzug durch die Ritzen in Fenstern und Türen Schmerzen im Knie; das habe ich oft genug gesagt. *Weder Sarah noch Thomas beachten ihre Worte und ihr Fortgehen.*

Sarah Chatterton. Thomas! Ich sehe nicht, was du treibst.

Thomas. Ich übe mich im Schreiben.

Sarah. Du hockst da, unbeweglich. Die Turmuhr von St. Mary Redcliff hat viermal eine halbe Stunde abgezählt, seitdem du von der Straße hereinkamst.

Thomas. Ist es möglich? So lange schon bin ich hier?

SARAH. Hast du denn keinen Hunger? Es findet sich noch Brot im Kasten.

THOMAS. Ich weiß es, Mutter. Ich bin heute nicht hungrig.

SARAH. Du ängstigst mich, Thomas. Die Kost, die du zu dir nimmst, reicht nicht aus. Sonst warst du wenigstens begierig nach Brot. Jetzt denkst du nicht einmal daran.

THOMAS. Es ist fast eine Sünde, daß ich nicht daran dachte. Ich hätte wenigstens für dich daran denken müssen. Es ist bereits acht Uhr, wenn du richtig gezählt hast. Ich hätte dir Tee und das Brot bringen sollen, da die Großmutter heute unwillig ist.

SARAH. Das Brot ist für dich! Ich liege still im Bett; ich brauche davon nichts. Die Suppe, die wir zu Mittag hatten, ernährt mich. Du aber gehst aufrecht umher; du bist lange draußen gewesen; wahrscheinlich warst du mit dem jungen Herrn William oder Cary auf den Wiesen am Fluß.

THOMAS. Nein. Ich war allein – oder doch fast allein. Mutter – ich mag heute nicht essen. Ich werde meine Hände in warmes Wasser tauchen. Sie sind mir kalt geworden. Ein anderes Bedürfnis habe ich nicht. Auf die Nacht erwarte ich William. Er wird bei mir schlafen. Ich brauche seine Wärme, wenn mir nicht mein Bettnachbar im Schlafsaal der Colstons von der seinen abgibt.

SARAH. Es ist nicht gut, was du sagst. Du verläßt dich auf die Gesundheit anderer. Du solltest reichlicher essen. Du bist jung und wächst und müßtest das Verlangen haben, dich zu nähren wie andere, die jung sind und wachsen.

THOMAS. Ich habe gegessen, Mutter – vorhin – ehe ich hereinkam.

SARAH. Auf der Straße oder auf den Wiesen hat man dich satt gemacht? Wer glaubt dergleichen? Hat sich die Härte der Menschen aufgelöst, daß man armen Kindern etwas in den Mund tut? Du lügst, Thomas, du lügst, damit ich das Brot nehme.

THOMAS. Ich möchte, daß du vom Brot nimmst; dennoch lüge ich nicht.

SARAH. Bald wirst du fünfzehn Jahre alt sein. Mit fünfzehn oder sechzehn Jahren lügt der Mensch.

THOMAS. Ich lüge nicht.

SARAH. Der Mensch ist sündig – und sehr schwach.

THOMAS. Du bist ungerecht mit mir.

SARAH. Ich will dich nicht quälen. So hast du am hellen Tage geschlafen und geträumt. Du hast deinen Hunger fortgeträumt. Einigen wir uns darauf. Ich hätte es mir denken können, daß du nicht wach warst. In der Stube war es sehr still. Es gab mir arge Ahnungen. Ich hörte deinen Atem nicht. Ich hörte es an den Mauern rieseln. Und das Holz streckte sich und knackte. Irgend etwas war auch am Fenster. Der Wind oder eine Hand. Eine Hand von Mary Redcliff herüber. Thomas – man hat in der letzten Woche wieder zehn Menschen begraben. Sind sie weit von hier gegangen – oder blieben sie in ihrem Grab? Wer wüßte das?

THOMAS *neben ihrem Bett.* Du solltest nicht so viel an die Toten denken; das bringt keine Heilung.

SARAH. Sie sind nahebei. Jenseits der Straße beginnt ihr Reich. Ich denke oft daran, daß du einen Gestorbenen zum Vater hast. Er lag in seinem Sarge, und du warst noch etwas Kleines in meinem Leibe; dreieinhalb Monate später kamst du zur Welt. Und warst tot wie dein Bruder Giles Malpas, den du uns ersetzen solltest. Es war kein Odem in dir. Doch dein Onkel Richard, der Totengräber, der gerade durchs Fenster hereinschaute, wollte noch keine Arbeit mit dir haben. Er kam in die Stube, hob dich vom Boden auf – Frau Eskins hatte dich schon zur Erde gerechnet – trug dich auf die Straße, schwenkte dich an den Beinen über seinem Kopfe im Kreis herum, bis zu schriest. Seitdem bist du da. Du scheinst aus lauter Tod gemacht.

THOMAS. Ich bin doch nicht anders als andere Menschen.

SARAH. Oh – du kennst dich nicht. Frau Eskins sagt, du seist stolz wie Luzifer.

THOMAS. Kennt sie den schönsten der Engel?

SARAH. Welches Kind würde so spotten? Leider, du bist kein Kind mehr. Du bist groß, obgleich du wenig Nahrung zu dir nimmst; du bist männlich erwachsen, man begreift nicht durch welche Ursachen; du bist klug, man weiß nicht durch welche Lehre.

THOMAS. Mein Vorsprung ist nichts Schlimmes, eher ein Vorteil.

SARAH. Du bist so alt wie William Smith, der drei Jahre vor dir geboren wurde.

THOMAS. Er hat ein langsames Gehirn; aber er ist angenehm wie kein anderer.

SARAH. Dein Vater hat dir Bücher hinterlassen; es mag Kluges darin stehen. Doch auch eine gräßliche Schrift ist dabei, eine heimtückische, eine Anleitung zur Nekromantie. Ich weiß, du liest oft darin.

THOMAS. Nur zuweilen.

SARAH. Bedenke doch, Thomas, die Toten sind mächtiger als die Lebenden. Sie sind zahlreicher. Sie umgeben uns, und ihre Absichten kennen wir nicht. Jedenfalls friert es sie, dessen bin ich sicher.

THOMAS. So bin ich vielleicht längst einer der ihren? Denn mir ist fast immer kalt, außer des Nachts, wenn mich jemand wärmt.

SARAH. Ich kann dir nicht antworten; ich bin nicht schnellmundig. Ich sorge mich deinetwegen und spreche darum törichte Dinge, die sich in deinem Kopfe umkehren oder verwandeln. Ich verlange nur eines von dir: Daß du gesund bleibst – daß du weiter lebst –. Daß du weiter lebst, das verlange ich –

THOMAS. Ich werde schon bestehen, Mutter –

SARAH. Deine Schwester – besteht das Leben schlecht. Sie ist einfältig wie ich – sogar verwirrt zuweilen. Du kennst ihre Zustände. Sie ist mit Unglück bedacht zur Welt gekommen. Dein Vater fand Gefallen an mir, als ich das siebzehnte Jahr noch nicht erreicht hatte. Ich wurde schwanger. Erst zehn Wochen nach Marys Geburt war unsere Hochzeit.

THOMAS. Unter armen Leuten ist die Reihenfolge eine vernünftige. Jedenfalls eine natürliche.

SARAH. Das kann man sagen; aber es gab ein schlimmes Jahr. Dein Vater war Küster und Schulmeister. Wir mußten uns zu Sedbury trauen lassen.

THOMAS. Der Himmel bedrängt die Bedrängten und tut gut an den Reichen.

SARAH. Es ist eine Lästerung, so zu sprechen; doch der Verstand läßt uns nichts anderes erkennen.

THOMAS. Ist Verstand verwerflich und Dummheit Tugend?

SARAH *antwortet nicht sogleich.* Ich habe dich in die Colston-Schule aufnehmen lassen. Du hast Lesen, Schreiben und Rechnen gelernt, dazu einige Wissenschaft. Die Schule wird dich entlassen und dich einem Lehrherrn verpflichten, da sie dich fast sieben Jahre lang gekleidet und ernährt hat. Herr Lambert, ein guter Herr, seines Standes Advokat, will dich als Schreiber beschäftigen. Auf sieben Jahre, wie es üblich ist, sollst du ihm gegen Kost und Kleidung verdingt werden.

THOMAS. Warum hat man mir die Absicht bis jetzt verschwiegen?

SARAH. Es ist eine Bevorzugung. Ich erfuhr es erst heut. Herr Lambert will, ehe er den Vertrag schließt, dich noch einmal sehen und prüfen. Darauf wollte ich dich vorbereiten. Er wird heute abend zu uns kommen, da ich nicht zu ihm gehen kann. Er wird den Stadtschreiber Sir Abraham Elton mitbringen, damit alles seine Richtigkeit bekommt.

THOMAS. Gut.

SARAH. Behagt dir der Beruf?

THOMAS. Was sollte mir daran unbequem sein?

SARAH. Deine Stirn ist zuweilen so weiß, als wären tiefe Gedanken, Freiheit und Abenteuer dahinter. Die taugen nicht für einen Schreiber.

THOMAS. Ich habe Buchstaben immer mit Leidenschaft gemalt.

SARAH. Waren es nur die Buchstaben, Thomas? War es nicht der Inhalt einer Geschichte, der dich lockte?

THOMAS. Geschriebenes – Geschichten sind beständiger als das Wirkliche. Sie sind meistens düster; aber das Düstere weckt eine sonderbare Lust – *Er wendet sich plötzlich ab* – eine sonderbare Lust. Man geht über den Boden, als wäre er aus Luft oder Glas. Wenn man die eigenen Hände betrachtet, sind sie blau und schimmern. Man kann mit den Händen sprechen wie mit Fremden –

SARAH. Thomas – versündige dich nicht!

THOMAS. Ich bringe dir jetzt Brot und Tee.

SARAH. Das Brot ist für dich. Ich bestehe darauf. Ich will nicht, daß du so tief träumst, daß deine Eingeweide sich beruhigen.

THOMAS *bestimmt.* Ich habe gegessen. Das Wort ist keine Lüge.

SARAH. Wer gab dir denn? Wer gab dir zu essen?

THOMAS. Ich kenne Ihn nicht.

SARAH. Ein Fremder also. Womit hast du ihm geholfen, daß er dir zu essen gab?

THOMAS. Ich habe ihm mit nichts geholfen. Er begegnete mir. Er gab mir, ohne zu überlegen.

SARAH. Wie konnte er wissen, daß du hungrig warst?

THOMAS. Er erriet es. Er sah es mir an. Jedenfalls wußte er auf die eine oder andere Weise, daß mir der Magen knurrte.

SARAH. Was gab er dir?

THOMAS. Brot. Wurst. Ein Stück Schinken.

SARAH. Es ist verwunderlich, daß er es bei sich trug. Und es dir ohne Umstände anbot, Kannte er dich?

THOMAS. Wahrscheinlich nicht.

SARAH. Man verschenkt nicht Wurst und Schinken ins Graue.

THOMAS. Er hatte es gefunden.

SARAH. Gefunden? Am Wege gefunden? Das kann man nicht glauben.

THOMAS. Das Brot hatte er nicht gefunden.

SARAH. Thomas, hüte dich vor der Unwahrheit! Ich fürchte, du erzählst eine Geschichte. – Er fand Wurst und Schinken. Und kaufte dazu Brot.

THOMAS. Er kaufte es nicht.

SARAH. Wie? Er fand es nicht; er kaufte es nicht. War er am Ende ein Bäcker.

THOMAS. Er war kein Bäcker.

SARAH. Wie kam er dann zu dem Brot?

THOMAS. Es war nur wenig Brot. Ein sehr kleiner Laib. So eine Kugel, wie sie gebacken wird, wenn vom Teig ein Rest bleibt.

SARAH. Thomas, du lügst. Woher nahm er den kleinen Laib Brot?

THOMAS. Er stahl ihn.

SARAH. Du hast gestohlenes Brot gegessen? Kennst du das Schicksal der Diebe nicht?

THOMAS. Er sagte, ein kleines Brot, so viel, daß ich einmal satt davon würde, dürfe er für mich stehlen, zumal es altbacken war und höchstens zwei Farthing wert. Es würde in den Schweinetrog gekommen sein.

SARAH. Dein Gewissen hat geschlafen. Sicherlich waren auch Wurst und Schinken gestohlen – ob du es weißt oder nicht.

THOMAS. Ich weiß, daß sie nicht gestohlen waren. Ein Metzgermeister – er war betrunken – verlor sie aus seiner Tragmulde. Es waren zwei Fitzelchen, eine Zugabe von Leberwurst, die er irgendeinem Kind in den Mund stecken wollte, und ein verräucherter Speckbürzel, den zu verkaufen Betrug gewesen wäre.

SARAH. Welcher Art Mensch ist das, der dich verleitet, Gestohlenes zu essen?!

THOMAS. Er gefiel mir. Er hatte eine angenehme Stimme, ähnlich der Williams. Er war wohlgefällig anzuschauen. Er trug gute Kleider. Freilich, eines gefiel mir nicht, daß er mir verbot, dir vom Brot und Fleisch mitzubringen.

SARAH. Er ahnte wohl, daß ich nicht einen Bissen der unrecht erworbenen Mahlzeit würde hinuntergewürgt haben.

THOMAS. Er sagte: dein Hunger sei ein älterer Hunger; mein Hunger sei ein junger Hunger, und es bedeute einen Unterschied.

SARAH. Er war ein Narr oder ein elender Gaukler, ein Galgenvogel, der sein Obdach, unter dem Himmel baumelnd, noch nicht gefunden hat. Deine Unklugheit betrübt mich.

THOMAS. Was ist Unkluges an meinem Verhalten, wenn Er auf alle Einwände, die ich vorbrachte, vernünftig entgegnete und zu überzeugen wußte?

SARAH. Du bist verändert, Thomas. Du sprichst wie ein Mensch, den ich nicht kenne. Dein inwendiges Richtmaß ist verkehrt.

THOMAS. Mir ist nichts Übles widerfahren. Ich spreche vernünftig. Mir ist jener begegnet. Er hat das Wort vom alten und vom jungen Hunger gesagt. Ich spürte in seiner Nähe, daß ich jung bin und hungrig war. Ich zögerte noch, das Angebotene zu verschlingen. Da erklärte er es mir gründlicher: Wenn ich den Mund öffnete, um zu kauen, dann sei es anmutig. Und das Bild innen in mir sei anmutig.

SARAH. Es ist ungehörige Rede. Ach, mein Gott, du erfindest dies alles. Es ist eine Geschichte. Du lügst, Thomas.

THOMAS. Er sagte noch anderes von der Anmut. Und ich glaube, daß er darin ein Urteil hat. Er sprach von der Anmut meiner Gedanken, und daß ich heute und morgen und noch eine Zeitlang schön sein würde. Danach aber müßte ich meine Phantasie schulen und mich dem anvertrauen, was man Geist nennt.

SARAH. Er hat dir den Kopf verdreht. Wenn er ein ehrlicher Mensch wäre, hätte er dir nicht mit schlüpfrigen Andeutungen geschmeichelt.

THOMAS. Hättest du ihn gesehen, du würdest anders sprechen!

SARAH. Diese Begegnung bedeutet nichts Gutes. Jener hat Unredliches mit dir vor.

THOMAS. Ich werde ihn wahrscheinlich niemals wiedersehen. Er wohnt nicht in Bristol. Er kommt von weit her. Er hat mir nicht gesagt, wo das Weither liegt. Ich weiß nur, daß er nicht bleiben wird, es nicht darf. Er sprach von einem Amt, das man ihm anvertraut hat, doch nichts Bestimmtes. Schließlich erfuhr ich, daß er arm ist, sehr arm. Ärmer als wir. Er schenkte mir beim Abschied drei Schillinge. Es entschlüpfte ihm, daß es seine ganze Barschaft sei. Und dies Geld, diese drei Münzen stammen aus der Tasche eines reichen Mannes.

SARAH. Thomas! –

THOMAS. Dieser saß auf einem Pferd. Er ritt schnell davon. Das Geld lag im Staub, und jener hob es auf, bewahrte es, um damit etwas Gutes zu tun.

SARAH. Du lügst. Du hast die Geschichte erfunden. Es ist nichts Wirkliches daran. Du bist hungrig wie zuvor.

THOMAS. Es ist nichts Ausgedachtes! Der Arzt wird kommen, und du wirst gesund werden. Ich habe ihm einen Schilling gebracht. Zwar mußte er noch über Land fahren, weil mit mir eine Hebamme in der Tür stand, die ihn zu einer kreißenden Frau bringen wollte. Nachdem ich ihm das Geld ausgehändigt hatte, versprach er, noch heut nach dir zu sehen. Und hier sind zwei Schillinge für Medizin und was du sonst willst.

SARAH. Ich will keinen Arzt und keine Medizin!

THOMAS. Seit Wochen hast du nach Hilfe gejammert, daß du einen Arzt brauchtest, guten Rat, Pflege –

SARAH. Drei Schillinge machen den Armen nicht reich.

THOMAS. Sie helfen weiter. Bald werde ich hinzuverdienen.

SARAH. Eine Schlafstelle und die Kost wird dir gegeben, Wäsche und Kleidung, nichts darüber.

THOMAS Ich bin erfinderisch. Ich werde für Zeitungen schreiben.

SARAH. Du bist hochtrabend und verwirrt. Wie kann ich dir noch glauben? Du sprachst von Jenem, beschriebst sein Aussehen, berichtetest, daß er zufällig in Bristol sei, ein Fremder, ein Reisender, doch arm, immerhin wohlgekleidet, ein Dieb auch, ein Münzenaufleser. – Wie hieß er denn? Bei all dem Wohlwollen, das er dir zeigte, wird er gewiß seinen Namen genannt haben, den du bisher verschwiegst.

THOMAS. Aburiel.

SARAH. Aburiel? Das ist kein menschlicher Name. Thomas, geh in dich! Du hast das Wort erfunden. Neige deinen Kopf und sprich, daß du ein Lügner bist!

Es wird gegen die Tür geklopft, und zugleich treten ein schwerer großer Mann, der Advokat John Lambert, der Zeuge John McArthur und der Stadtschreiber Sir Abraham Isaac Elton ein. Sie bewegen den Kopf kaum merklich zum Gruß. Lambert schaut sich um, bewegt sich in der Stube, doch vermeidet er es, in die Nähe des Bettes zu kommen, bleibt vor dem Büchergestell stehen.

THOMAS *verneigt sich.* Wir sind es, Herr, meine Mutter Sarah und ich, Thomas Chatterton. Es ist ein Buch darunter, das einigen Wert hat, Herr, »The Recuyelle of the Historyes of Troye« des burgundischen Dichters Raoul le Fèvre, das der kunstreiche William Caxton 1475 in Brügge gedruckt hat. Mein Vater, der verstorbene Schulmeister und Küster, hat es uns hinterlassen. Es fand sich in einer der sieben siebenfach verschlossenen Truhen des Bürgermeisters William Canynges, der ein Freund König Heinrichs VI. war. Wir haben uns deshalb nicht davon trennen mögen, obgleich man eine Guinee dafür eintauschen könnte. Außerdem lese ich gern darin.

LAMBERT *wendet sich ihm unvermittelt zu.* So. Das wollte ich gar nicht wissen. Ich sehe selbst, daß es alte zerlesene Bücher sind, die nichts mehr bedeuten.

SARAH. Du bist vorlaut, Thomas.

THOMAS. Gewiß, Herr – ich wollte nur andeuten, daß ich nicht ohne Kenntnisse bin.

LAMBERT *wendet sich zum Bett der Mutter.* Wir kommen wegen des Dienstvertrages, der Herr Stadtschreiber mit seinem

Zeugen und ich. Sie haben mich wissen lassen, Frau, daß Ihr ehelicher Sohn Thomas wohlerzogen sei, so daß er die Klienten nicht abschreckt. *Er nähert sich Thomas.* Ich hätte gegen sein Aussehen nichts einzuwenden; doch ist er magerer, als gefällig ist.

SARAH. Wir sind arm, Herr. Er wird seine Haut zukünftig besser ausfüllen, wenn er an Ihrem Tisch zuhause ist.

LAMBERT. Hältst du dich für wohlgeeignet, an einem Pult zu stehen, um Akten zu kopieren. Rechnungen auszufertigen und Eingaben aufzusetzen?

THOMAS. Ja, Herr.

LAMBERT. Du kannst lesen, begreifen, schreiben, rechnen? Das besagt das Zeugnis der Colstons.

THOMAS. Ja, Herr.

LAMBERT. Zeig mir, was du zuletzt geschrieben hast.

THOMAS. Soll es kursiv sein? Oder Schönschrift? Römisch vielleicht? Auch auf Druckschrift verstehe ich mich, wie sie William Caxton geschnitten hat.

LAMBERT *nähert sich dem Tisch.* Was hast du mit diesem Caxton? Die letzten Übungen möchte ich sehen.

Er ist an den Tisch getreten und betrachtet die darauf liegenden Blätter.

THOMAS. Das, Herr, ist Schnellschrift – sehr schnell geschrieben.

LAMBERT *liest.* »– – Er blieb stehen, als ob er etwas vergessen hätte, sah zurück, berührte mit seiner weißen ausgestreckten Hand den blauen Dunst des Nachmittags und redete zweimal mit unterdrückter Stimme: ›Ich bin Aburiel.‹ –«

THOMAS. Herr, es ist nichts, glauben Sie mir bitte, eine Schreibübung. Man denkt sich etwas aus, und dann ist es geschrieben, ohne vernünftige Bestimmung.

LAMBERT *betrachtet Thomas mit Neugier.* Hier steht noch einmal ABURIEL.

THOMAS. Weil er es doch zweimal sagte, Herr.

LAMBERT *nimmt ein weiteres Blatt.* Und hier eine ganze Seite in klein gestochener Schrift – in großer geschnörkelter Schrift – mit Druckbuchstaben – ABURIEL ABURIEL.

THOMAS. Herr, ich wollte den Namen nicht vergessen, begreifen Sie wohl? – ein so sonderbarer Name.

SARAH. Thomas – Thomas –!

LAMBERT *wirft die Blätter achtlos auf den Tisch.* Die Schrift ist nicht tadelfrei; vielleicht kann sie sich bessern. Die Rechtschreibung ist altertümlich ungenau.

THOMAS. Ich bin im Hinzulernen geläufiger als die meisten.

LAMBERT. Man wird es mit dir versuchen. Hier ist der Vertrag. Lies ihn sorgfältig durch. Für sieben Jahre verdingt man dich als Schreiberlehrling. Während dieser Zeit sorge ich für dich, wie es üblich ist.

THOMAS *hat den Vertrag genommen, liest.* – – Sieben Jahre lang ... darf er kein Gasthaus betreten, nicht mit Würfeln spielen, keine Unzucht treiben, keine Ehe eingehen ... Speise und Trank, gut und reichlich, Wäsche und Wollenes, Wohnung und Notwendigkeiten gibt man ihm ... doch Waschen und Stopfen der Kleider ausgenommen ... *Thomas hört auf zu lesen.* Man verspricht einander viel.

LAMBERT. Ich bin kein Unmensch.

SARAH. Frau Eskins wird deine Wäsche in Ordnung halten, das ist eine Zusage.

LAMBERT. Schreib deinen Namen hierher.

THOMAS. Ja, Herr. *Er unterzeichnet.*

LAMBERT. Sir Abraham Elton, ich bitte. *Der Stadtschreiber und John McArthur unterzeichnen.*

LAMBERT. Den Namen deiner Mutter braucht es nicht. *Er selbst unterzeichnet.* Dies ist vor Zeugen geschlossen. *Er steckt das Papier ein.* Am Montag um acht Uhr, so, wie du gekleidet bist, doch sauber, mit einem Bündel Federkielen, findest du dich in der Registratur bei dem alten Schreiber Andrew ein.

THOMAS. Ja, Herr.

LAMBERT. Gute Nacht. *Er, Sir Abraham Isaak Elton und John McArthur entfernen sich eilends.*

SARAH. Daß dies einen guten Ausgang genommen hat, ist kaum begreiflich. Was alles hast du daher geredet! Die Herren mußten ja glauben, daß du wirr im Kopf bist. Weshalb schriebst du die Buchstaben ABURIEL? Versuchst du etwa einen Dämon zu beschwören? Ich ahne seit langem, daß die alten Bücher zu deinem Unheil sind.

Es wird abermals gegen die Tür gepocht.

THOMAS. Es wird der Arzt sein. *Er geht an die Tür, öffnet sie, verneigt sich.* Willkommen, Herr. Dies ist unsere Stube. Ist das Kind heraus und lebt es?

WILLIAM BARRETT *tritt ins Zimmer, betrachtet Thomas.* Nicht jeder, der berufen wurde, bleibt. Das gilt auch für Naseweise.

SARAH. Thomas – ich schäme mich deinetwegen.

BARRETT. Lassen Sie es hingehen, Frau. Für den Jungen ist es besser, wenn er der bleibt, der er sein möchte, und nicht ein anderer wird, den niemand kennt. – Das Kind ist tot und die Mutter dazu. Beten Sie zu Gott! Ich weiß, daß es nicht die Ärzte sind, die das Urteil an einem Kindbett sprechen. *Zu Thomas.* Je früher einem Menschen die Welt düster wird, desto leichter nimmt er sie hin und verläßt sie auch ohne Bedauern und Reue. Das Schöne ist immer nur die Haut, die bald abblättert.

SARAH. Es ist eine trübe Lehre, Herr, wenn auch Richtiges daran sein mag. Für Thomas ist sie unbekömmlich, denn er grübelt mehr, als erlaubt sein sollte.

BARRETT. Der Dumme hat Vorteile; aber ein gedankenvolles Gesicht ist etwas Unvergleichliches.

SARAH. Toms Augen sind ein grauer Abgrund, seit jeher.

BARRETT *wendet sich von Thomas ab.* Sie sind in der Tat – unnahbar tief. Lassen wir das. *Er rückt einen Stuhl an das Bett, setzt sich.*

SARAH. Wir konnten Sie nicht früher bemühen, Herr, es fehlte am Gelde.

BARRETT. Jaja. In jedem Hause ist irgendein Unrat. Davon gibt es keine Ausnahme.

SARAH. Wir Armen haben immer nur ein paar Schillinge gegen den Tod.

BARRETT. Auch kleine Münzen erfreuen den Arzt; Silber ist Silber.

SARAH. Es ist uns nicht immer so elend ergangen wie jetzt. Nach des Schulmeisters Hingang habe ich hier eine Nähstube eingerichtet. Thomas wurde mit acht Jahren Alumne. Seine ältere Schwester Mary half mir bis vor kurzem bei der Arbeit. Ich habe Geld ersparen können, Herr. Doch der letzte Winter, der Bristol vereiste und im Schnee begrub, brachte uns Krankheit. Die Tochter wurde hinfällig, ich habe sie fortschicken müssen. Mir selbst wurden die Glieder allmählich steif. Anfangs hielt ich das Gebrechen nicht für schlimm, zumal es schmerzlos war, und versuchte mit Minze und Öl zu heilen. Bald konnte ich die Nadel nicht mehr führen. Eines Tages entfiel mir, als ich einen Stoff zuschnitt, die Schere. Es war mir nicht möglich, sie wieder aufzuheben. Als man sie mir in die Hand gab, konnte ich sie nicht mehr bedienen. Die Nähmädchen kicherten, meine Schwiegermutter verhöhnte mich. Das Vertrauen der Kundschaft in meine Fertigkeit schwand über Nacht. Der Kranke ist ein anderer Mensch als der Gesunde.

BARRETT. Im Bette empfinden Sie das Leiden nicht?

SARAH. Wenn ich liege, ist es, als hätte ich das Dasein eines Steines. Nichts als Schwere.

BARRETT *zögernd.* Es handelt sich um eine Störung, die von den Nerven ausgeht. – – Begreifen Sie bitte: der menschliche Organismus ist nur selten ausbalanciert. Selbst die Heranwachsenden, die ihr Antlitz erwartungsvoll dem bewegten Dunst des ferneren Lebens entgegenhalten und ihre Entfaltung dumpf bestaunen, haben Eiterpunkte im Gesicht, schwarz verstopfte Talgdrüsen. Man fragt nach der Ursache der Querstellungen und des Ungemachs.

SARAH. Wozu dient es, wenn man so denkt und spricht?

BARRETT. Ein Arzt darf vor den Äußerungen des Lebendigen nicht zurückschrecken. Er findet überall Sonderbarkeiten, Abweichungen, Verrücktheiten der Natur, Ungeheuerliches. Und Heilung gelingt ihm nur, wenn er ein gestörtes Gleichgewicht der Säfte wiederherstellt. – Ich brauche Ihr Wasser, Frau. Thomas kann es mir in einer Flasche bringen.
Er erhebt sich, begibt sich in die Mitte des Zimmers.

THOMAS. Was wissen Sie vom Tod, Herr?

BARRETT. Nichts. Weniger als nichts.

THOMAS. Sie waren doch gerade Zeuge eines doppelten Exitus.

BARRETT. Fürchte dich nicht; vielleicht gibt es ihn nicht.

THOMAS. Es gäbe ihn nicht, den Tod?

BARRETT. Und wenn es Ihn gibt, der uns durch und durch vernichtet, alles in uns in unablässigen Schlaf verwandelt, so ist es noch weniger Grund zum Fürchten.

THOMAS. Wenn die Wärme dahingeht – und unser Leib wohlmöglich träumt, gräßlich träumt und nicht mehr erwachen kann – und friert –

BARRETT. Ich kenne nur das Sterben – beruhige dich –; was man sieht, kann Täuschung sein. Die Schuld des Einzelnen, glaube daran nicht! Wir sind in einem Nebelmeer. Alles wird angeordnet: die Geburt – und dann die Fortsetzung; – all die wundgelaufenen Füße, die Gallen- und Harnsteine. Indessen, jeder tut sein Möglichstes. Darauf kommt es an. *Er schickt sich zum Gehen an.* Auch der Dieb am Galgen hat sein Möglichstes getan.

THOMAS. Wird meine Mutter geheilt werden?

BARRETT. Ich verspreche dir – meine ganze Kunst. *Ab.*

THOMAS. Mutter – es wird eine andere Zeit kommen.

SARAH. Sie ist schon da.

THOMAS. Eine bessere.

SARAH. Es gibt keine bessere. Du hast Eiterpunkte im Gesicht, schwarze verstopfte Talgdrüsen auf der Nase und an der Stirn. Das ist die andere Zeit, die gekommen ist.

THOMAS. Warum bist du mit meinem Gesicht unzufrieden?

SARAH. Weil es etwas verbirgt. Gestehe wenigstens, daß du versucht hast, einen Geist zu beschwören. Oder sage, daß Aburiel eine Lüge ist, nichts als Lüge, es wäre zu wünschen, die dir den Kopf heiß gemacht hat. Oder ein Unbekannter, eine unbedeutende Person, von der man nicht weiß, ob sie etwas Unredliches mit dir vor hatte. Wenn dies Wort nichts weiter ist als eine Lüge, so ist es doch etwas Schlechtes. Das ist die andere Zeit, die begonnen hat.

THOMAS. Es wird etwas Tüchtiges aus mir werden. Ich werde Geld verdienen.

SARAH. Nach sieben Jahren.

THOMAS. Bald.

SARAH. Wie solltest du Geld verdienen?

THOMAS. Ich will es.

SARAH. Nicht einmal dieser Aburiel – sofern er keine Lüge ist – hatte nennenswerte Barschaft. Nicht einmal dieser!

William Smith kommt geräuschvoll, doch ohne anzuklopfen herein. Er ist fast drei Jahre älter als Thomas, doch von knabenhafter Lieb-

lichkeit. Er hat braunschwarze Haare. Er ist seinem jüngeren Freunde bedingungslos zugetan.

THOMAS. William – du hältst dein Versprechen und kommst. Ich habe dir viel zu erzählen. Mein Kopf ist voll, und mein Herz ist leer. –

WILLIAM SMITH. Deine Großmutter folgt mir auf dem Fuße. Guten Abend, Frau Chatterton.

SARAH. Guten Abend, Herr Smith.

DIE ALTE FRAU CHATTERTON *kommt.* Sie sind vor mir davongelaufen, junger Herr Smith. Ich will Ihnen dazu sagen, daß ich keinen Menschen beiße.

WILLIAM. Ich bitte um Entschuldigung. Ich hatte Eile.

DIE ALTE FRAU CHATTERTON. Sie hatten es eilig, zu Thomas zu kommen. Witzig ist die Ausrede nicht.

WILLIAM. Ich hatte mir gerade eine gewisse Schnelligkeit des Ausschreitens angewöhnt.

DIE ALTE FRAU CHATTERTON. Sprechen wir die Tatsache aus: Sie sind ein hübscher Junge, und ich bin ein altes Weib. Jeder geht seiner Wege.

WILLIAM. Das wollte ich nicht sagen.

THOMAS. Laß es gut sein, William. – Großmutter, ich habe eine Bitte an dich: magst du Mutter behilflich sein?

DIE ALTE FRAU CHATTERTON. Ich bin es immer, soweit meine Kräfte reichen.

THOMAS. Ich möchte mit William sogleich hinauf in meine Dachstube.

DIE ALTE FRAU CHATTERTON. Geht nur, geht nur – vielleicht wird Frau Eskins bald hereinschauen.

THOMAS. Ich habe noch keinen Tee gekocht. *Mit William Smith ab.*

DIE ALTE FRAU CHATTERTON *steckt sich ihre Pfeife wieder an.* Es ist ein Segen, daß es diesen Smith gibt. Er ist nicht überspannt, und sein Vater ist Bierbrauer. Das ist ein einträgliches Geschäft. Außerdem: Bier macht die Menschen ruhig. Leider trinkt Thomas kein Bier, sondern nur Wasser. Übrigens hat dieser Mann, der seit ein paar Jahren Präsident der Delphin-Gesellschaft ist und die Colston-Einrichtung verwaltet, insgesamt vier Söhne. Der älteste, Dick, wie sie ihn nennen, ist der größte Tunichtgut der Stadt. Von drei Schulen ist er ausgerissen. Mit neun Jahren hat er als Maurer bei einem Hausbau geholfen, um sich Geld zu verdienen, weil er gerade wieder einmal Punsch getrunken, sich geprügelt und dem Pedell ein Bein gestellt hatte. Man hat ihn dann nach Winchester geschickt. Jetzt ist er Gehilfe John Townsends, des Wundarztes vom Spital. Er arbeitet also in der Torturkammer Bristols, in der die verstümmelten Leichen hergestellt werden. Ich fürchte, daß Thomas diesen ungeratenen Menschen hin und wieder sieht. Ich werde dir Tee bereiten, da Frau Eskins noch ausbleibt. *Ab.*

ZWEITER AKT

Winter 1767/68

Bristol, Corn-Street

Kanzlei und Registratur des Advokaten Lambert. Ein altes Haus. Ein hohes Fenster. Zwei Türen, die eine rechts, die andere im Hintergrund. Zwei Pulte. An den Wänden Bücher, Folianten, gebündelte und gebundene Akten. Eine Katasterkarte des Stadtgebiets. Thomas Chatterton, gut gekleidet, steht am rechten Pult und schreibt. Abend. Drei Kerzen.

John Lambert *im Mantel, zum Ausgehen bereit, tritt rechts herein.* Thomas – ich gehe in meine Wohnung, um zu essen. Du hast deine Arbeit. Sollten noch Klienten kommen, so halte sie hin, sprich mit ihnen, laß dir ihren Fall erklären, fertige darüber Notizen an, mir zur Unterrichtung. Handle mit Umsicht und zu unserem Vorteil.

Thomas. Ja, Herr.

Lambert. In einer Stunde werde ich zurück sein.

Thomas. Noch eins, Herr!

Lambert. Nun –?

Thomas. Eine Frage: Warum nötigen Sie mich, mit dem Kutscher und der Magd gemeinsam zu essen und zu wohnen?

Lambert *befremdet.* Sollte es anders sein?

Thomas. Es könnte anders sein.

Lambert. Es sind einfache Menschen, aus einfachen Verhältnissen. Bist du etwas Besseres?

Thomas. Ich bin nicht ein Diener in Ihrem Hause. Ich gehöre nicht zu den Unteren. Ich würde mit einem Stück trockenen Brotes zufrieden sein, wenn ich nicht meine Füße zu den beiden unter den Tisch stecken müßte.

Lambert. Es ist ja närrisch, was du sagst. Es sind brave Leute.

Eine alte zuverlässige Haushälterin und Gower, ein fünfundzwanzigjähriger Kutscher, ein fröhlicher Mensch, der gut zu Tieren ist. Ich habe dir ja nicht zugemutet, mit einem alten Mann im gleichen Bett zu schlafen.

THOMAS. Sie wissen, wie es zugeht mit der Fröhlichkeit, Herr. Ich habe es schon erzählt. Des Abends trinkt Gower Branntwein. Davon riecht er aus dem Munde. In dem Geruch schlafe ich schlecht ein.

LAMBERT. Er ist besser als andere. Dein Urteil über Gower ist ungerecht. Es fehlt dir an Erfahrung.

THOMAS. Kurz vorm Sonntag bringt er sich ein Mädchen aus der Hafengegend mit. Dann sind wir zu dritt im Bett. Es geht nicht leise zu, und einmal ist keinmal.

LAMBERT. Du hast eine übertriebene Vorstellung davon, wie die Menschen sein müßten. Wir leben nicht im Goldenen Zeitalter. Dies Zeitalter hat es niemals gegeben. Es ist ein Postulat der Empfindlichen. Ich kann Gowers Bedürfnisse nicht abstellen. Ich habe dir erlaubt, zwei Nächte der Woche in der Wohnung deiner Mutter zu verbringen. Du kannst dich also mit deinem Gefährten verständigen.

THOMAS. Es ist ein Entgegenkommen, Herr, ich begreife es.

LAMBERT. So sind wir uns einig. Gewöhne dir den Stolz ab; du bist hier ein Lehrling. Deine bessere Kleidung gilt meinem Ansehen, nicht dem deinen.

THOMAS. Bringen Sie mich nur nicht ins Arbeitshaus!

LAMBERT. Was willst du damit sagen?

THOMAS. Ich könnte davonlaufen.

LAMBERT *ruhig*. Das eben kannst du nicht, Thomas. Nach sechs Jahren, meinetwegen. Es ist gut, daß du dich an das Arbeitshaus erinnerst. Das steht für Ausreißer offen, die die Macht eines Vertrages und bindender Unterschriften nicht kennen oder anerkennen. Du bist gescheit. Du hast den Sinn der Akten und Dokumente begriffen. Du wirst nicht unbesonnen handeln. Schließlich bin ich mit dir zufrieden. Du erhältst ein Taschengeld, damit du die Leihgebühren in Green's Bibliothek bezahlen kannst. Du wirst dich an den Zustand der Dinge gewöhnen, an die Menschenwelt, die du leider verachtest, an die Einrichtungen, wie sie die Weisen der Gesellschaft durch Gesetz und Sitte errichteten. Was schlecht oder hart scheint, ist dennoch gut, sonst würde Gott es nicht dulden. Das Weichliche wird verworfen. Darum ist Härte die Tugend des Staates, der Kirche und der Lehrherren.

THOMAS. Ja, Herr, ich habe es gehört.

Lambert geht durch die Tür im Hintergrund ab.

THOMAS. ... Sieben Jahre lang darf er kein Gasthaus betreten, nicht mit Würfeln spielen, keine Unzucht treiben, keine Ehe eingehen ... Sieben Jahre Heuchelei und Ausbeutung. Wie üblich, überall üblich. Und wenn ich es unüblich mache, steht das Arbeitshaus offen, dank der herrlich ordnenden Gesetze. Hinein mit dir, Thomas! Da gibt es nichts zu lachen. *Er beruhigt sich.* Wenigstens ist er fort, der gute Herr Anwalt. Wenn man allein im Hause ist, ist man angeblich nicht allein. Doch wo sind sie, diese Dämonen und Engel, von denen man spricht? Die nichts von Dokumenten, Beilagen, Gesetzen, Urkunden, Rechtsbegriffen, Anordnungen, Verordnungen, Liegenschaften, Parlamentsbeschlüssen, Polizeibestimmungen verstehen; für die Hunger Hunger ist, Armut Armut, Mitleid Mitleid, Thomas Chatterton Thomas Chatterton –? Ja, Thomas Chatterton ist Thomas Chatterton. Das ist eine einfache Aussage für eine komplizierte Sache. *Er nimmt das Lehrbuch der Nekromantie aus dem Pult, schlägt es auf.* Aber Aburiel ist nicht Aburiel. Es gibt ihn nicht. Niemals hat es ihn gegeben. Herr Aburiel, ich habe Sie geträumt. Es ist nur eine Erfindung von mir, daß es Sie gibt. Wer sagt denn zu einem Burschen wie mir, daß er eine wilde Stirn hätte? Sie ist ja nur blaß. Ich habe damals das Geld gefunden. Und einen Mund voll roten Trotzes? Er redet ja nur und kaut den Hunger zuschanden. Der Speck war kein Speck, und das Brot war Luft. Und einen blühenden Gang? Und einen Duft nach junger Kastanie? – Das hat Thomas zu Thomas gesprochen. Und weil er nicht wollte, daß Thomas zu Thomas spräche wie ein Spiegel zum gegenüberliegenden Spiegel, zauberte er Herrn Aburiel herbei. Seitdem habe ich alle Formeln versucht. Er kommt nicht.

Es wird gegen die Tür im Hintergrund geklopft; Thomas eilt hinzu, öffnet, schreckt zurück. Aburiel, als Reisender unauffällig, doch wohlgekleidet, tritt ein.

THOMAS. Sie sind es? Herr Aburiel? Ist es möglich?

ABURIEL. Ich bin es, Thomas. Warum bist du erschrocken?

THOMAS. Ich war nicht darauf vorbereitet – auf Ihren Besuch – daß gerade Sie hier anklopfen würden – bei einem schäbigen Advokaten –; es gibt bessere.

ABURIEL. Ich bin also da. Wieder einmal in Bristol. Gib mir die Hand, Thomas. Wir kennen uns doch gut genug.

THOMAS. Gut genug? Daran ist zu zweifeln. Ich hatte Sie ganz aus der Erinnerung verloren.

ABURIEL. Dennoch, gib mir die Hand! *Sie nähern sich einander.*

THOMAS. Ich glaubte, Sie seien verschollen.

ABURIEL. Ich hatte Sehnsucht nach dir. Und mein Auftrag ist es, jetzt in Bristol zu sein. Mein Amt und mein Verlangen widersprechen einander nicht.

THOMAS. Das ist in Geschäften eine Ausnahme, eine höchst seltene.

ABURIEL. Du hast offenbar Erfahrungen mit dem Tun und Treiben deiner Mitmenschen gemacht.

THOMAS. Das möchte ich sagen. Ringsum steht aufgeschichtet der geschriebene Dreck ihrer geschäftlichen und rechtlichen Phantasie.

ABURIEL. Ich sehe auch Bücher in den Regalen.

THOMAS. Keine Zeit, darin zu lesen.

ABURIEL. Schade –. Vielleicht versuchen wir es gemeinsam.

THOMAS. Was soll denn das bedeuten?

ABURIEL. Es ist meine Bestimmung, daß ich dir zugetan bin. Und wärest du gerade in eine Dunggrube gefallen, du würdest mir angenehm bleiben. Den Unrat kann man abwaschen, und es bleibt der Kern, in diesem Falle Thomas Chatterton.

THOMAS. Ich bin nicht in eine Dunggrube, sondern in einen Haufen Staub gefallen. Ich erlebe eine Symphonie aus Niedrigkeit und Langeweile, und sie soll sieben Jahre lang sein. All die Zeit soll ich Spinnweb atmen. Ich werde wohl zum Skelett abmagern und am Ende Fliegen fangen, um sie zu fressen. Dergleichen soll vorgekommen sein. Oder es wird die noch längere, noch albernere Musik im Grabe eingelegt, ein wenig feuchter als Staub.

ABURIEL. Du entsinnst dich wohl meiner Worte, daß ich nichts

Nennenswertes besitze. Ich kann dir kein Geld geben, kann dir nicht mit einfachen Mitteln beistehen. Nicht mein Wille hindert mich daran, weder Geiz noch eine Lebensregel. Ich besitze nichts. Das ist für dich bitter; auch für mich ist es bitter – doch auf andere Weise. Ich bin gekommen, um – –. Deine Jugend ist ein Wert, ein ungeheurer, doch ein vergänglicher. Deine hohe Stirn ist schön, deine Hände begeistern mich. Ich bin frei genug, um dir dergleichen sagen zu dürfen. Ich liebe dich, freilich auf meine Weise – auf meine Weise, die dich zu nichts verpflichtet. Ich fordere nichts. Ich nehme nichts an; – oder doch nur sehr wenig. Wenn ich dich jemals so lieb gewönne, daß ich dir mit Geld hülfe, das bedeutet: für dich stehle, raube, totschlage – würde ich als ein Gefallener für immer entrückt werden. Ich würde dir den Raub nicht bringen können; dazu käme es nicht.

THOMAS. Wollen Sie eigentlich Herrn Lambert konsultieren?

ABURIEL. Gewiß nicht. Ich möchte sogar von niemand gesehen werden. Darum, falls jemand kommt, werde ich mich verstecken.

THOMAS. Verstecken? Wohin?

ABURIEL. Es ist ein altes Haus. Es hat geheime Türen und geheime Gänge.

THOMAS. Davon weiß ich nichts.

ABURIEL. Vielleicht wirst du davon noch heut erfahren. Bestimmt sogar. Ich höre jemand auf der Treppe. *Er nähert sich den Regalen. Es wird gegen die Tür geklopft. Aburiel faßt eines der Regale, das sich mitsamt den Büchern wie eine Tür öffnet, und verschwindet dahinter.*

THOMAS *starrt auf die Stelle, wischt sich die Augen.* Herr Aburiel! Das – das ist nicht geheuer.

Es wird abermals geklopft. Thomas öffnet. Der Bierbrauer Richard Smith und sein Sohn Peter Smith kommen herein. Dieser gleicht seinem Bruder William auffallend, nur sind seine Haare, im Gegensatz zu denen des Bruders, hellblond. Peters sanftes Gesicht ist von unbewußter Schwermut gezeichnet.

RICHARD SMITH. Guten Abend. – Ach, Sie sind es, junger Herr Chatterton. Treffe ich den Herrn Anwalt Lambert?

THOMAS. Bitte, Herr, setzen Sie sich. Ich hätte da einiges zu sagen –.

RICHARD SMITH: Es ist eilig.

THOMAS *starrt Peter an, der sich verneigt.*

RICHARD SMITH. Mein Sohn Peter. Sie kennen ihn nicht, Chatterton. Er war längere Zeit von Bristol fort.

THOMAS. Er gleicht William, dieser – fast zu sehr. Sein zweites Ich.

RICHARD SMITH. Er ist ein Jahr jünger. Er hat hellblonde Haare. Das unterscheidet sie.

THOMAS. Das Kerzenlicht macht es nicht deutlich. Ich könnte glauben, es sei mein Freund – eingeschüchtert –

RICHARD SMITH. Melde mich dem Herrn Lambert.

THOMAS. Er ist nicht in seinem Kontor –

RICHARD SMITH *erhebt sich.* Wir haben keine Zeit zu verlieren.

THOMAS. Bleiben Sie bitte, Herr. Ich bin befugt, ihn zu vertreten.

RICHARD SMITH. Es ist der zweite Advokat, den ich heute abend nicht antreffe.

THOMAS. Ich werde ein Protokoll aufsetzen und es in der Nacht noch dem Herrn Anwalt vorlegen. Es soll Ihr Schade nicht sein, Herr, ihn verfehlt zu haben. Ich bin gewissenhaft, glauben Sie mir, es wird nichts versäumt werden.

RICHARD SMITH. Der dritte Anwalt wäre wohlmöglich auch nicht zu sprechen. *Er setzt sich wieder.* Ich habe Ungemach mit meinen Söhnen –

THOMAS *beginnt zu schreiben . . .* Es erschienen der Präsident der Delphin-Gesellschaft, Verwalter der Colstons . . .

RICHARD SMITH. Lassen Sie das, junger Herr Chatterton. Sie wissen, wer ich bin. Und Herr Lambert weiß es auch. Brauer – Brauereibesitzer, das ist mein Beruf.

THOMAS. Der Ordnung halber nur – – der Name des jungen Herrn Smith? Peter –

PETER SMITH. Peter Harley Smith.

RICHARD SMITH. Das Anliegen ist schnell erzählt. Dieser hier soll morgen feierlich aus der Lateinschule Christmas-Street entfernt werden, nachdem er kaum eine Woche in der Stadt ist, teils, weil er etwas angestellt hat, teils, weil er dumm sei.

THOMAS *voreilig.* Man räumt nichts ein. Das letzte ist zu bezweifeln.

RICHARD SMITH. Ich will nicht, daß es geschieht. Man muß intervenieren. Mein Einfluß ist nicht gering; es ist Sache des Anwalts, ihn auszunutzen.

THOMAS. So oder so; man wird es verhindern.

RICHARD SMITH. Nun zum Zwischenfall, der dem Jungen übel angerechnet wird. Unsere Straßen, die Straßen Bristols, sind die einer Handels- und Seefahrtsstadt. Es spielt sich da manches ab, was nicht sein sollte. Die menschliche Natur – man kennt sie – neigt zu Ausschreitungen. Peter nun ist nicht abgehärtet. Vielleicht ist er anfällig für bestimmte Ideen. Man weiß es nicht. Jedenfalls kam er darüber zu, wie ein Bursche, größer als er selbst, einen lebenden Hund häuten wollte. Percy, hieß jener, wie später herauskam. Er hielt sein Messer bereit, hatte sich die Hände mit Sacktuch umwickelt, weil das Tier beißen würde. Er wollte einen gehäuteten Hund davonlaufen sehen, das war seine Erklärung. Der neugebackene Schüler von Christmas-Street, den es nichts anging, setzte dem Burschen ohne jede Anrede eine Faust mitten ins Gesicht. Es gingen sogleich zwei Zähne aus dem Munde Percys. Der Hund entkam. Percy blieb noch auf den Beinen. Er hob die Faust mit dem Messer und dem Sacktuch. Er stach um sich. Er streifte auch den Arm seines Gegners.

THOMAS. Der junge Herr Smith wurde verletzt?

RICHARD SMITH. Er wurde verletzt; doch kampfunfähig wurde er nicht. Er traf noch einmal den verquollenen Mund Percys. Das Messer fiel zu Boden – und noch ein Zahn wurde lose. Der Bursche kippte um. Er riß eine Stange, da sie im Wege war, mit sich, und die Stange zertrümmerte ein Fenster, vielmehr drei oder vier Scheiben eines Fensters. Das ist ein unerheblicher Schaden, den man gütlich aus der Welt schaffen kann. Doch Peter kannte weder seine Kräfte noch seinen Zorn. Er trat den anderen in den Bauch, blindlings, und nicht etwa nur ein einziges Mal. Straßenwächter, die herzukamen, überbrachten den Lateinschüler seinem Rektor. Der Missetäter mußte in den Karzer. Daraus habe ich ihn befreit. Er hat Stubenarrest in meinem Hause.

THOMAS. Das ist eine unglückliche Wendung.

RICHARD SMITH. Der Rechtsfall ist eindeutig. Straßenunordnung, Schlägerei, Körperverletzung. Ein Hund ist weniger als ein Mensch, der eine Seele hat. Wollen Sie, Chatterton, es dem Anwalt so berichten? Herr Lambert soll morgen, in aller Frühe, zu mir kommen.

THOMAS. Gewiß, Herr. Mir ist nichts entgangen. Und mein Gedächtnis ist gut.

RICHARD SMITH. Ich verlasse mich auf Sie –

THOMAS. Wenn ich mir noch ein Wort erlauben darf, Herr –

RICHARD SMITH. Sprechen Sie, Chatterton.

THOMAS. Die Schwäche in der lateinischen Grammatik – so habe ich es verstanden – ließe sich ins Gegenteil verkehren. Ich könnte täglich ein paar Stunden erübrigen – Herr Lambert wird nichts dagegen einwenden –, um dem jungen Herrn Smith bei seinen Übungen zu helfen.

RICHARD SMITH *etwas befremdet.* Ich achte Ihr Angebot, Chatterton. Sie sprechen sicherlich als der Freund Williams; aber ich bezweifle, daß Sie selbst diese Sprache ausreichend verstehen. Auf der Colston-Schule wurde sie nicht gelehrt.

THOMAS. Ich habe darin einige Kenntnisse. Den Vergil kann ich deklamieren.

RICHARD SMITH. Die Schulordnung ließe es höchstens einmal in der Woche zu. Vielleicht wollen Sie nur sagen, daß Ihnen auch die Freundschaft Peters willkommen wäre. Er wird Sie sicherlich, gemeinsam mit dem Bruder, gelegentlich besuchen. – Nun aber gute Nacht.

THOMAS. Gute Nacht, Herr – gute Nacht – junger Herr Smith.

PETER SMITH. Chatterton – mein Bruder war Ihr Schlafgenosse bei den Colstons und ist Ihr Freund geblieben. Nennen Sie mich Peter – wenn Sie mögen.

RICHARD SMITH, *der die Tür bereits geöffnet hatte.* Du hast Hausarrest, mein Junge, vergiß es nicht. *Richard Smith und Peter schnell ab.*

THOMAS *blickt lange auf die Tür, die geschlossen wurde.*

ABURIEL *tritt durch das Bücherregal wieder leise herein.* Thomas –

THOMAS *schrickt zusammen.* Ach ja, Herr Aburiel. – Ich hatte Sie vergessen. Haben Sie hinter der Wand gehorcht?

ABURIEL. Ich horche immer, wenn ich in deiner Nähe bin. Das gehört zu meinem Amt.

THOMAS. Wie beurteilen Sie die Aussichten des jungen Herrn Smith?

ABURIEL. Er wird dein Freund werden – neben William und Cary.

THOMAS. Ich meinte die Aussichten für Christmas-Street.

ABURIEL. Das Erbarmen ist eine individuelle Leistung; es ist unbekömmlich. Der Zusammenschluß der Menschen zur Menschheit mit bestimmten Zwecken und Zielen fördert die Grausamkeit. Was bedeutet das Leben eines Hundes? In den Straßen Bristols verenden täglich Pferde vor den Packschlitten; noch in der Minute ihres Sterbens werden sie von ihren Antreibern geprügelt. Und die Menschen untereinander? Man schreitet fort von der Sklaverei zur Inquisition, von der Inquisition zum Krieg, vom Krieg zur Bürokratie, von der Bürokratie zur Sklaverei. Es ist eine Spirale, die irgendwo in der Tiefe, in der größten Dunkelheit endet. –

THOMAS. Sie wissen es nicht. Sie sind kein Jurist.

ABURIEL. Täusche dich nur nicht über den Ursprung deiner Anteilnahme! Dein spröder jagender Geist sucht Ruhe bei den Einfältigen.

THOMAS. Das klingt wie Vorwurf.

ABURIEL. Aber du kennst keine Treue.

THOMAS. Die Rede wird bitterer.

ABURIEL. Laß uns von Bristol sprechen. Was mit dir, mit Cary, mit William und Peter Smith geschehen ist und noch geschieht, ist ein Dampf über der Erde. Jeder hat von sich selbst eine übertriebene Vorstellung, weil er vergißt, daß er nicht weiß, woher er kam. Bristol ist immerhin seit langer Zeit ein Ort, erfüllt von menschlichem Moder. Mit seinen fast hundert Kirchen, mit dem Wald seiner Masten erhebt es sich, und in der Tiefe liegen die Vergangenen, die zugleich jung und alt sind, die man nicht kennt und doch kennen könnte, weil sie die selben waren, die heute sind. Nirgendwo kann man das alte Fleisch aufstöbern; selbst die Gräber sind geschleift, die Gebeine verstreut. Vielleicht sind die Grabplatten in den Kirchen geblieben, ein Bildnis aus Stein, das Epitaph an der Wand, eine Lobrede, in Marmor geritzt. Nur das Geschriebene, dieser schwache Extrakt einer hindämmernden Wirklichkeit, gibt irgendeinen schmalen Streif aufleuchtenden Daseins. Sieh diese alte Karte von Bristol – die Kataster-Grenzen, die Flurbezeichnungen, die Straßen, die Namen der Quartiere, dies Gespinst von eindrucksvollen Worten, die sich auf die Einwohner dieser hingebetteten Siedlung beziehen! *Er nimmt einen Folianten aus dem Regal.* Hier, eine Hauptdichtung des Gemeinwesens: eine mit Wappen und Schnörkeln bebilderte Grundurkunde über die letzten Plätze, die man den Hinfaulenden gönnt. Erd- und Steinbuch von St. Johannis. Verzeichnis der Bestattungen. In gemauerten Grüften, Erdlöchern, in Kapellen und Wölbungen. Es gibt Arm und Reich. Es gibt Geist, Genie und Lieblichkeit des Körpers. Es gibt verfehlte Leben, Stumpfheit, das Unvollendete, Krüppel, gelassene Dummköpfe und geile Streber. Die Erde schluckt sie alle, unterschiedslos. Aber sie sind immer wieder da. In uns und neben uns.

THOMAS. Auch ich war da, seit jeher? Meinen Sie das, Aburiel?

ABURIEL *betrachtet das Buch.* Welches Jahr schreibt man? 1464/65/66 –. Die Eintragungen reichen bis 1479. Das ist unsere Zeit, Thomas, nicht wahr? Die Zeit, in der wir sein möchten.

THOMAS. Wie kommt das Buch hierher?

ABURIEL. Das Haus steht ein paar Jahrhunderte. Auch damals gab es einen Lambert. Er war Notar. Werkmeister der Fabrik von St. Johann. Er starb. Das Buch blieb hier. *Er blättert im Folianten.* Wir suchten doch ein Grab, ein Erdloch unter dem Rasen.

THOMAS. Ich entsinne mich nicht, daß wir es suchten.

ABURIEL. Doch, doch – Wessen Grab?

THOMAS. Des Bierbrauers Grab. Sagen wir: dieses Mannes Grab.

ABURIEL *zeigt mit dem Finger auf eine Stelle im Buch.* Hier lies! Lies laut!

THOMAS. ... Item bestetigt die Leiche des Herrn Richard Smity. Ein Sargk eine Stunde Ausläuten und das Grab neben die Mauer nach Süden bestellt 3. Woche nach Pfingsten ...

ABURIEL *schlägt das Buch zu.* Es ist das Jahr 1472.

THOMAS. Geben Sie mir das Buch!

ABURIEL. Mäßige dich! Es wird in der Registratur bleiben, dir jeder Zeit zugänglich.

THOMAS. Nur noch eine Eintragung gestatten Sie mir zu suchen, bitte.

ABURIEL. Wen möchtest du begraben wissen?

THOMAS. Peter – Peter Smity.

ABURIEL. Sein Name wird in diesem Wochenbuch kaum zu finden sein. Oder möchtest du, daß er jung gestorben wäre?

THOMAS. Vielleicht.

ABURIEL. Du möchtest, daß Peter Smith jung stirbt?

THOMAS. Wenn ich selbst jung sterben müßte, möchte ich, daß auch er jung stirbt.

ABURIEL. Dann schlag das Buch noch einmal auf! Wenn er jung gestorben sein sollte – du willst es ja –, wird sich die Seite zeigen, auf der es eingetragen ist.

THOMAS *nimmt das Buch, schließt die Augen, schlägt auf.* Ein frühes Jahr.

ABURIEL. Wende noch zwei Blätter zurück!

THOMAS. Warum?

ABURIEL. Wende nach rückwärts! Dem Zufallsspiel muß immer ein wenig nachgeholfen werden.

THOMAS *wendet die Blätter.* Wahrhaftig! – Mein Kopf entleert sich.

ABURIEL. Du hast es so gewollt. *Er beugt sich über Thomas und liest.* ... Peter Harley Smity ... Das ist doch der Name? ... Ohne Sarg, doch in einem feinen Tuche im Gewölbe unter dem Chor sine solemnitate beigesetzt. Vierte Woche nach dem Wynachten ...

THOMAS. Was bedeutet das: sine solemnitate?

ABURIEL. Selbstmord.

THOMAS. Er tötete sich selbst? *Er läßt sich willenlos das Buch aus der Hand nehmen. Aburiel stellt es an seinen Platz.*

ABURIEL. Was Zeit ist, wird uns nicht verraten. Was Leben bedeutet, es ist uns verborgen. Wann wir wir selber sind, wir wissen es nicht. Dir ist eine Bürde aufgelegt, denn du bist jetzt. Du spürst, daß man den Stoff des Seins berühren kann. Deine Hand tastet die Mauer ab –

THOMAS. Man muß es ihnen sagen, daß sie schon einmal da waren; sie wissen es nicht.

ABURIEL *spricht leise.* Es sind ihrer viele. Nicht nur diese. Die tote Stadt lebt. Von jetzt ab wirst du mit ungewöhnlichen Augen sehen. Schau auf das, was du denkst und empfindest, halte es für wahrer als alle Übereinkunft. Nimm deine Wirklichkeit und zeige sie der unwirklichen Welt der gefrorenen Geschäfte. Der Augenblick ist da, wo du dich auf deine inwendige Kraft verlassen mußt. Du sollst das Elend hinter dir lassen. Geld brauchst du, Thomas, und du kannst es schaffen, wenn du deinen Geist anstrengst, den beflügelten Hengst besteigst und deine so hingeworfenen Lügen, deinen unablässigen Traum – verwertest.

Während dieser Rede hat sich die Bücherwand wieder geöffnet, und hervortreten, rot-violett beleuchtet, in der Kleidung des ausgehenden 15. Jahrhunderts nacheinander William Barrett, Henry Burgum, George Symes Catcott, Richard Smith (sen.), Thomas Cary, William und Peter Smith, dieser am reichsten gekleidet, der Mönch Thomas Rowley.

ABURIEL. Erschrick nicht! Ein Schleier nur ist weggewischt. Traum ist nicht Traum, und Wirklichkeit ist Traum.

THOMAS. Wer sind sie? Woher kommen sie?

ABURIEL. Aus den Büchern. Sie sind Geschriebenes und darum verbürgt. Wenn du willst, daß sie nicht nur Gestalt bleiben, sondern Stoff werden, Staub, Erde, Fleisch und Lieblichkeit – wenn du es willst, so werden sie dir gefügig werden. Tritt näher! Schau ihnen ins Antlitz. Den einen und anderen kennst du schon.

THOMAS. Der Arzt, Herr Barrett – Wer sind die nächsten?

ABURIEL. Die Herren Henry Burgum und George Catcott, Zinngießer, Ecke Redcliff-Street.

THOMAS. Ja, ich entsinne mich, sie gesehen zu haben. Hübsch ist Herr Catcott nicht, doch augenscheinlich sehr gesund.

ABURIEL. Ein Sonderling, der Esel auf dem Pferd, wie Herr Burgum von ihm sagte, als jener im Juni vorigen Jahres über die neue noch unfertige Avon-Brücke ritt. Er stammelt, doch deklamiert er fehlerfrei. Er ist ungestüm, ein Alexander in der Küche, der nur Roastbeef ißt und sein Röstbrot täglich dreimal selbst bereitet. Er hat einen mißgestalteten Hintern und liest nur Bücher, die vor mehr als hundert Jahren geschrieben wurden.

THOMAS *lacht*. Was wissen Sie von Herrn Henry Burgum?

ABURIEL. Ein Wohltäter, wenn du so willst, ein Liebhaber der Musik, leichtgläubig.

THOMAS. Und diese toten Puppen sind meine Freunde?

ABURIEL. Die Nachbarschaft auch des nächsten Menschen schmeckt nicht immer süß.

THOMAS. Was soll der Mönch bedeuten?

ABURIEL. Es ist Thomas Rowley, der Dichter. Ihn gibt es nicht; ihn spann nur Phantasie. Sein Mund wird niemals sprechen; doch die unsichtbare Hand in seiner Kutte wird dir die Feder führen. Er ist, schau hin, nur Dunst, auch seine Hand ist Dunst und Dunst sein Hirn. *Der Mönch verschwindet.*

THOMAS. Doch Thomas hieß er. Bin ich Dunst?

ABURIEL. Wir sprechen nicht von dir. Wir haben ihm, da er erschienen ist, einen Namen gegeben.

THOMAS. Der Bierbrauer – so ganz verändert – herausgeputzt. Und Peter Smity, ein Prinz – der Bastard eines Prinzen. *Die Gestalten verschwinden.*

ABURIEL. Heraufgestiegene, schon erloschen. Begreifst du ihren Sinn?

THOMAS.

Begreift, wer ganz im Nebel steht,
die Landschaft, die sich ihm verhüllt?
Er sieht im Fernen nicht die Berge,
der Fluß fließt ungesehn zu seinen Füßen;
die nahen Bäume selbst, umdampft,
erkennt er nur am feuchten Weinen ihrer Zweige,
das tonlos fast zu Boden tropft.

Herr Aburiel, ich bin von Gedanken verwüstet. Einbildungen durchdringen mich, spalten mein Bewußtsein. Die Stadt ist fünfzig Mal begraben seit ihrer Gründung. Wo ist die Zeit? Wo sind die Toten? Wo ihre Stimme? Ihre Wärme? Wo ist die Freude, wo das Verbrechen? Ein Durchgang alles. Lärm auf der Straße, ist das das Ganze – ?

ABURIEL *unterbricht schroff.* Hier stehen Bücher. Lies darin! Begreife, daß du wachsen und schwinden kannst. Die Zeit ist für dich günstig.

THOMAS. Ist dies, dies sichtbar gewordene Nichts der Lohn für Mühe in der Nekromantie?

ABURIEL. Wahrscheinlich. *Er öffnet das Büchergestell.* Ich nehme diesen Weg.

THOMAS *will ihm nach; doch das Büchergestell schließt sich.* Herr Aburiel! *Thomas versucht, das Gestell zu öffnen; es gelingt nicht.* Trug. Vorstellungen. Nichts als schlierige Luft. Aufgewirbelter Staub. Ein altes Haus, das nach Gespenstern riecht. Doch nichts für Hände, die begreifen wollen. Auch dieser Letzte, Aburiel, ist dünn wie eines Spiegels Kunst. Ein Narr wie ein Geräusch, der einen Narren narrt. Immerhin, er sprach mit mir, als wäre er ein Teil meiner inneren Antworten. Ich sei berufen, das ist die Meinung. Wozu? Das wird sich zeigen. Der Weg? Er wird sich finden. Jetzt jedenfalls bin ich allein. Das ist der krasse Schluß für heute. Die Bücher sind geblieben, die die Vergangenheit vereinfachen, als sei das Leben seit jeher nur etwas Hinerzähltes. Das Protokoll. Ich selbst, Bein und Fleisch, ein Hirn, angefüllt –. Womit? Mit Bildern, Angst, Ungewißheit, Ungestilltsein, mit blutrotem Schlaf, mit Schlaf voll Dimensionen, die keiner nachmißt. Und warm ist mir im Schädel wie zwischen den Schenkeln. – Jetzt höre ich John Lambert zurückkommen. *Er geht an das Pult und tut so, als ob er schriebe.*

LAMBERT *tritt ein.* Sieh da – du bist noch bei der Arbeit. Ich bin mit dir zufrieden. Du kannst nach Hause gehen. Dieser Tag ist gewesen.

THOMAS. Herr, nein. Eine eilige Sache. Es waren Klienten hier. Ich habe ein Protokoll angefertigt. Ich muß es Ihnen erklären, wenn auch darüber späte Nacht wird.

LAMBERT. So wichtig scheint es dir? Erstaunlich, daß es noch wichtige Dinge gibt. Was eigentlich ist wichtig?

THOMAS. Dies hier, Herr.

LAMBERT. So komm in mein Kontor. – *Beide nach rechts ab.*

DRITTER AKT

Herbst 1768

Geräumiges Dachzimmer im Hause der Witwe Sarah Chatterton

Es findet sich ein breites Bett; ein großer Tisch mit Büchern, Papier, Pergamenten, Schreibzeug; ein Büchergestell, vollgepackt; eine Truhe; alte, sonderbare Kleider; die Anprobepuppe Matilda aus Geflecht und Leinen, nackt, mit hölzernem stoffbezogenem Kopf; zwei Stühle. Nacht. Vollmond. Eine Kerze neben dem Bett auf einer Kiste. Zwei Kerzen auf dem Tisch.

William Smith *liegt im Bett, rührt sich, tastet in den Decken umher.* Er ist fort. Thomas ist fort. Er widersteht dem Mond nicht. *Richtet sich auf, hantiert mit einem Feuerzeug, bringt die Kerze zum Brennen.* Ich wollte wachen; aber ich schlief mich von ihm weg – irgendwohin. – Wann mag er aufgestanden sein? Es ist nichts seiner Wärme zurück. Die Wärme ist von mir. *Steht behutsam auf, geht leise ein paar Schritte mit nackten Füßen unruhig hin und her, schaut in die Ecken, bleibt vor der Anprobepuppe stehen.* Sie ist wie ein Mensch. Sie hat einen Namen wie ein Mensch. Matilda, ein Mädchen. *Berührt die Puppe mit zwei Fingern.* Warum hat Tom sie heraufgebracht? Ihr Gesicht ist zum Fürchten. *Zieht sich ängstlich ins Bett zurück*. Ich werde jetzt wach bleiben.

Thomas Chatterton *kommt lautlos barfüßig im Nachthemd durchs Fenster; mit starren, weit offenen Augen schreitet er durchs Zimmer, legt sich neben William ins Bett.*

William *sanft.* Thomas – Thomas – Thomas – wach doch auf!

Thomas *erwacht.* Was gibt es?

William Hast du geschlafen?

Thomas. Aber gewiß – was sonst sollte ich getan haben?

William. Nein, Thomas – ich muß es dir sagen: du bist soeben durchs Fenster hereingekommen, übers Dach.

Thomas. Du hast geträumt, William. Ich lag im Bett.

William. Die anderen wissen es auch.

Thomas. Was wissen die anderen? Und welche anderen?

William. Du schlafwandelst.

Thomas. Das soll ich dir glauben?

William. Wo warst du, Tom? Warst du lange unterwegs? Warst du weit umher in der Stadt?

Thomas. Du machst mich ungeduldig. Ich schlief.

William. Du lagst nicht neben mir. Ich habe Licht gemacht. Du warst nicht im Zimmer. Sag, daß du auf den Abtritt gegangen bist, dann ist es gut. Ach nein, durchaus nicht, du kamst ja durchs Fenster.

Thomas. Ich war nicht auf dem Abtritt. Und das Fenster ist geschlossen.

William. Es ist offen, Thomas.

Thomas. So ist es offen, gleichviel.

Richard Phillips *kommt durch die Türe herein.* Keine Furcht, ich bin es, der Totengräber Richard Phillips. Hier ist ja Licht, glücklicherweise. Man wacht.

William *klammert sich furchtsam an Thomas.* Sind Sie es, Phillips? Sind Sie es wirklich?

Phillips. Ich sagte es doch. Außerdem erkennt man mich. Ist er da, der Ausreißer? Ich komme, um nachzuschauen, ob er wieder da ist. Er hat mich Schweiß gekostet, der Junge. Mein Hemd und meine Haare sind naß.

Thomas. Von wem sprichst du, Onkel Richard? Ich verstehe nichts.

William. Erzählen Sie, bitte. Sie haben ihn gesehen. Sie haben ihn in der Stadt gesehen.

Phillips. Es ist nicht meine Gewohnheit, des Nachts in anderer Leute Häuser einzudringen und mich an fremde Betten zu stellen, es sei denn, daß es eine Leiche gegeben hat. Aber Thomas ist mein Neffe, und so bin ich entschuldigt.

William. Sie sind ihm draußen begegnet –

Phillips. Niemand kann mir nachsagen, daß ich furchtsam oder schreckhaft bin. Die Totengruben hebe ich meistens des Nachts aus; jedenfalls, wenn der Mond hell genug scheint. Dann bin ich allein, und ein Schädel, den ich herauswerfe, oder so ein Schenkelknochen sagen mir nichts anderes, als was ein Toter zu sagen hat, nämlich nichts. Mich hat bei meiner nächtlichen Arbeit noch keiner gestört, den ich zu fürchten Grund gehabt hätte. Bis auf heut. Da kommt jemand, weiß und weiß beschienen, daher, blickt starr geradeaus. Die Augen sind gläsern. Dies alles sehe ich erst im letzten Augenblick, denn ich stand tief in der Grube. Dieser Jemand ging an dem Loch vorüber, keine Handbreit von der Kante entfernt. Ich duckte mich. Ich dachte, ich weiß nicht was, jedenfalls das Ärgste. Als dieser Jemand vorüber ist, sammelt sich meine Vernunft. Meine Augen sehen wieder, was zu sehen ist, und ich entsinne mich, was ich, trotz aller Überraschung, gesehen habe. Ich kenne diesen Jemand. Es ist Thomas im Nachthemd.

THOMAS. Wie bitte? Ich soll dieser Jemand gewesen sein? Am offenen Grab vorüber? Mit Augen aus Glas?

PHILLIPS. Ich aus der Grube heraus. Er geht gelassen über die Gräber, verschwindet im Dom. Ich denke, daß ich warten werde, bis er wieder herauskommt. Mir war beklommen zumut. Vielleicht war ich meiner Sache nicht ganz sicher, daß er es war.

THOMAS. Ich war es nicht.

PHILLIPS. Jedenfalls gelüstete es mich nicht, ihm ins Dunkle zu folgen. Die Gewölbe sprechen, wenn sie Schritte hören. Das ist in der Nacht nichts Angenehmes. Ich soll warten, sage ich mir. Die Arbeit war mir verleidet. Ich hatte ein Gefühl von Abneigung gegen die Toten – eine Entfremdung geradezu. Ich betrachtete also St. Mary Redcliff im Mondschein, und sie war still und groß und steinern, recht beruhigend, wenn man so will. Ich schaute den Turm hinauf und sah nichts Auffälliges. Selbstverständlich. Aber dann wurde mein Haar naß und das Hemd an meinem Leibe. Hoch oben, im Glockenstuhl, schwang sich jener Jemand aus einer Öffnung auf ein Gesims hinaus, stand frei, weiß, und schaute auf Bristol, wie das Unheil auf eine schlafende Stadt hinabschaut.

WILLIAM. Es war Thomas.

PHILLIPS. Er war es. Nachdem er sich sattgesehen hatte, stieg er wieder herunter. Er kam auf mich zu. Ich hielt ihm stand; allerdings trat ich ein paar Schritte zurück. Ich erkannte ihn genau. Ich folgte ihm. Ich sah ihn hier am Hause emporklimmen. – Er ist also wieder da. Schlaft nun gut. Ich habe ein wenig geschwitzt. Das vergißt sich. *Ab.*

WILLIAM. Tom – du warst hoch oben im Turm. Du kannst es nicht bezweifeln.

THOMAS. Wahrscheinlich. Ich erinnere mich nicht. Indessen, ich habe gestern den Thomas Rowley schreiben lassen, daß die Pest in Bristol einbrach. Geistliche im Ornat und Chorknaben durchwandern die Straßen, räuchern und verspritzen Weihwasser. Die Knaben haben vor Schrecken feuchte Hosen. Die Leichenkarren rumpeln durch die Stadt. Die Verbrecher in den Arbeitshäusern sind zu Totengräbern geworden. Wer zum Vergnügen morden will, findet überall elternlose Kinder. Die Leichen werden wie Säcke auf die Fahrzeuge geworfen und sine solemnitate verscharrt. In einer einzigen Nacht sind es ihrer tausend, die sterben. Hoch oben am Turm aber steht jemand, starrt herab – und lacht.

WILLIAM. Ich fürchte mich vor diesem Mönch Rowley.

THOMAS. So fürchtest du dich vor mir.

WILLIAM. Thomas, nein. Ich sehe, daß du Gedichte erfindest. Es ist mir fremd. Man kann mich mit dir nicht vergleichen. Aber ich bin dir zugetan, seitdem ich bei den Colstons das Bett mit dir teilte. Ich weiß, Cary, der vor mir mit dir schlief, ist dir lieber. Er ist klüger. Du sagst, er sei dein zweites Ich.

THOMAS. Darum ist er mir nicht lieber. Er ist ein Teil von mir. Er ist schärfer.

WILLIAM. Ich schweige über alles, als hätte ich es nicht erfahren, was ich an dir erfahre.

THOMAS. Du bist brauchbar, William. Du hilfst mir, daß ich aufsteige. Es war ein glücklicher Einfall von dir, Herrn Catcott in der Redcliff-Kirche anzusprechen und zu fragen, ob er schon gehört habe, daß ich ebendort alte Pergamente gefunden hätte. Ich ließ mir die Haare schneiden und brachte ihm schon tags darauf dreißig Zeilen der »Battle of Hastings«: »Wo Thors zerfallner Tempel viele Jahre stand –«, einige Stanzen der »Bristol-Tragödie«, das »Epitaph für Robert Canynge«, den »Gesang an Aella« und die »gelbe Urkunde«. Er hatte nichts Eiligeres zu tun, als das Ganze mit

William Barrett zu besprechen und es ihm zu überlassen, damit er es für sein Geschichtswerk verwerte.

WILLIAM. Bekamst du Geld dafür?

THOMAS. Man bezahlte meine Bemühungen und gab ein paar Kronen für zwei Pergamente, die ich geröstet und mit gelber Tinte beschrieben hatte.

WILLIAM. Ich begreife nicht, wohinaus das Ganze soll.

THOMAS. Ich bin zuweilen voll von – Einbildungen. Träume, – die Stoffmassen aller Reiche bedrängen mich, – ich reise umher, reite auf schönen Pferden, stürze durch Räume, die glitzern oder schwarz sind, werde gefoltert, selbst ergehe ich mich in Grausamkeiten. Irgendein feuriges Bedürfnis bringt mich dem Zerbersten nahe. Manchmal wuchert ein einziges Wort wie Unkraut in mir. Ich muß es niederschreiben, und alsbald belädt es sich mit Trauer oder Schwere – mit Leben. Ich bin schon über sehr viele uralte Brücken gewandert, unter mir das quellende moordunkle Wasser. – Es ist sehr tröstlich, wenn ich in der Einsamkeit einer riesenhaften fabelgefüllten Welt stehe, dich neben mir zu wissen. Du bist nicht da, wo ich bin, du bist nicht voll und bedrängt; deine Güte nimmt keinen Raum ein. Du atmest ruhig; du bist sehr gesund und demütig – und lieblich.

WILLIAM. Tröstet dich Peter gleichermaßen?

THOMAS. Anders. Er ist dir ähnlich, doch anders. Er ist blond, du bist dunkel. *Er umarmt William flüchtig und springt aus dem Bett.*

WILLIAM. Thomas – du wirst dich erkälten.

THOMAS. Ich muß schreiben. Du sollst schlafen. Übrigens wird er mich in drei Tagen auf die Nacht besuchen. Das ist verabredet. Dann erwarte ich dich nicht. Behalte es im Gedächtnis: Du darfst dann nicht kommen. *William antwortet nicht. Thomas nimmt die Kerze, entzündet damit die beiden anderen, die auf dem Tische stehen, trägt die erste Kerze zurück.* Hier ist die Nummer des Bristol Journals vom 1. Oktober, in der Felix Farley den Text jener dreihundert Jahre alten Urkunde über die Einweihung der Avon-Brücke abgedruckt hat.

WILLIAM. Überall in der Stadt spricht man davon.

THOMAS. Die Urkunde habe ich verfaßt –

WILLIAM. Das habe ich geahnt – vielmehr – ich wußte es.

THOMAS. Du schweigst und lügst wie meine eigene Seele. *Wendet sich ab.* Ich muß mit den »Rowley Papers« vorankommen.

WILLIAM. Weshalb hast du die abscheuliche Matilda in die Kammer genommen?

THOMAS. Sie ist ein Mädchen. Zuweilen denke ich an Mädchen. Sie hat leider keinen so hübschen Kopf wie du.

WILLIAM. Sie ist zum Fürchten: tot und lebend zugleich.

THOMAS. Es ist das Wesen der Dinge: Metasomatose. Die Körpervertauschung des Geistes.

WILLIAM. Das verstehe ich nicht.

THOMAS. Die zweite oder dritte Wirklichkeit. Könntest du etwa kein Mädchen sein, in deinen Gedanken? Wenn du dir Kleider überwürfest, die mit dieser Einbildung im Einklang sind?

WILLIAM. Ich habe solche Einbildung nicht. Ich brauche sie nicht.

THOMAS, *vom Tisch her, an den er sich gesetzt hat.* Du bist nicht in dir verborgen: du bist der Gleiche innen und außen. Das macht dich unwiderstehlich. Ich habe seit jeher nur eine häßliche Freundschaft gehabt, und das ist die mit mir selbst. Doch sine me nihil. Ohne mich kein Bristol und somit auch kein William und Peter. Nun schlafe! Ich möchte nicht mehr gestört sein. *William schlägt die Kerze neben dem Bett aus.*

Drei Tage später

Ebenda

Abend. Der Mond ist noch nicht aufgegangen.
Thomas Chatterton und Peter Smith kommen, vorsichtig sich vorwärts tastend. Thomas findet Feuerzeug, macht Licht.

Thomas Chatterton. Heut abend wird das Vergnügen halbiert werden.

Peter Smith. Wird Fräulein Singer nicht kommen?

Thomas. So ist es nicht gemeint. Ich vermute, daß Elisabeth zuverlässig ist; bisher war sie es jedenfalls. Nein, ich bin in eine Falle gegangen. Ich werde die ganze Nacht arbeiten müssen. Du darfst Süßigkeiten für zwei austeilen. Und selbstverständlich doppelt nehmen.

Peter. Warum willst du nicht dabei sein?

Thomas. Ich werde hier am Tisch sitzen. Wir werden einen Vorhang aufhängen, wenn euch ein bekleideter Mensch stören sollte.

Peter. Findest du keinen Geschmack daran?

Thomas. Ich könnte dich das Gleiche fragen. Ich denke, wir beide sind alt genug, um uns auf die schönsten Erfindungen der Schöpfung zu verstehen.

Peter. Was hindert dich denn?

Thomas. Ich habe gestern wieder den Narren Catcott und den Geschichte schreibenden Arzt Barrett gesehen. Ich brachte ihnen den ganzen Text der Bristol-Tragödie und die Verse, die Johannes Lamyngtonn gelten. Sie schienen die Echtheit der Stücke, ich meine die Herkunft vom alten Rowley, zu bezweifeln. Sie fanden die Verse rein und regelmäßig und die schönen Gleichnisse, die eingestreut sind, zu dichterisch. Ich entgegnete, Rowley sei größer als Chaucer. Schließlich gestand ich, daß es mein Werk sei. Das wiederum wies Barrett zurück. Dazu sei ich nicht fähig; ebensogut könnte er selbst der Verfasser sein. Ich wurde unsicher, doch behielt ich mich in der Gewalt. Ich hätte daran ergänzt, sagte ich, die Pergamente seien zu unleserlich gewesen. Alsbald wollten sie die Originale sehen. Ich fand nochmals einen Vorwand, sie hinzuhalten. Doch Barrett rannte zu meiner Mutter und fragte sie aus. Sie ist leicht einzuschüchtern. Außerdem verehrt sie diesen Barrett, seitdem sie einigermaßen gesund wurde, wie einen Überirdischen. Dennoch hielt sie sich gut. Sie erklärte, mein Vater habe seiner Zeit Pergamente aus dem Archiv von Mary Redcliff entwendet, manches vernichtet usw. Sie half mir aus der Klemme, zugegeben. Aber nun verlangt der Geburtshelfer heftiger denn je nach den Pergamenten. Ich habe ihm einiges für morgen versprochen.

PETER. Du brauchst doch nur aus der Kiste dort zu nehmen.

THOMAS. Du redest, wie du es haben willst. Du bist der einzige, mit dem ich mich ganz teile. William ist meine Beruhigung. Du weißt gewißlich, daß ich Rowley bin. Dein Bruder hält es für überhitztes Geflunker und Gewendel. Es ist nichts in der Kiste, was ich diesen auf Altertümer Versessenen anbieten kann. Sie wollen des Dichters hingilbende Handschrift und ganz bestimmte Verse, Verse, die in meinem Kopf entstanden sind.

PETER. Ich fürchte, du wagst dich zu weit ins Dickicht. Es gibt Dornen, die nicht nur verletzen, sondern auch festhalten.

THOMAS. Man muß so abtrünnig sein, daß man bereit ist, sich in jeder Stunde, die sich mit Widerwärtigkeiten füllt, durch den Mund zu erschießen.

PETER. Wahrscheinlich sind wir so frei – so einsam – und so entschlossen.

THOMAS. Du könntest mir eine Pistole verschaffen.

PETER. Du wirst die meine bekommen, sobald ich eine zweite gekauft habe.

THOMAS. Ich werde dich mahnen, wenn du es vergessen solltest.

PETER. In den nächsten Tagen schon bringe ich dir die Waffe.

THOMAS. Man müßte auch Gift bei sich tragen, zum wenigsten Opium. *Eine Turmglocke wird hörbar.*

PETER. St. Mary Redcliff schlägt neun Uhr.

THOMAS. Ich werde hinuntergehen, um nachzuschauen, ob die Dunkelheit inzwischen blind genug ist. Frau Eskins jedenfalls darf nicht wahrnehmen, daß Fräulein Singer die Stiege hinaufschlüpft. Die übrigen Hausbewohner halten dies Dachzimmer sowieso für den Teil eines Geisterreichs, in dem es nicht geheuer zugeht. Vielleicht ist ihre Vorstellung nicht einmal falsch; wir sind hier außerhalb der gewöhnlichen Welt der niederen Vernunft.

PETER. Thomas, ich möchte, daß du Elisabeth wieder fortschickst –

THOMAS. Warum das?

PETER. Allein mit ihr – wenn du dich fern hältst –. Wir sind einander zu sehr verbunden, Tom, du und ich – wir sind mit unseren Gefühlen aufeinander angewiesen. Das verruchte Vergnügen bedarf bei dir und mir einer Vermischung – einer Steigerung – durch das Absonderliche, das Abstruse. Wir lieben ja Fräulein Singer nicht. Wir gehorchen einer Nötigung –.

THOMAS. Was verbietet dir, an mich zu denken? In der inwendigen Vorstellung ist nichts unerlaubt. Schließe die Augen, und vor dir ist die weite Natur, die große Landschaft des Erfahrbaren. Unsere Religion ist die Gewißheit, daß wir uns gegen alle Welt verteidigen. Ich bin aus Lehm und Armut gemacht. Armut wird von der Dichtkunst besucht. Nichts Übles gibt es, was man den Armen nicht aufbürdet. Bezahlen müssen sie mit dem gleichen Tod wie die anderen. Du bist zu mir hinabgeglitten, seitdem das Haus in Christmas-Street dich ausgestoßen hat. Wir wollen wenigstens die Abtrünnigkeit für uns. Widersacher wollen wir sein. Wir sind das Beispiel für andere, die weniger mutig beginnen. Wir haben die Gesellschaft der »Trommler« gegründet und den Armen, die an einen Lehrherrn gefesselt sind, im gemieteten Hinterzimmer eines Wirtshauses einen imaginären Tempel erbaut, das Heiligtum der Minderjährigen. Hier spielen sie die Rollen, die je von Dichtern für die Bühne erfunden wurden: Könige, Feldherren, Schurken, große Geliebte und Liebhaber, Fürsten des Geistes, Erforscher des Sternenmeers. Hier schütten sie das volle Maß ihrer freigeborenen Gefühle aus, verfluchen die Erfinder der Dienstbarkeit und der Vertrags-Knechtschaft, schmähen ihre Ausbeuter. Der Lehrbursche, der vor der Kommandostimme seines Meisters zittert, streift seine Furchtsamkeit mit seiner Arbeitsschürze ab, verwandelt sich zu einem schöneren Wesen. Ein Grobschmied, Schneider, Drechsler, ein Junge aus dem Laden eines Weißwarenhändlers, Korbflechter, Barbiere, Brauknechtsgehilfen, Bildschnitzer, Metzger, Kaufmannsboten, Maurer – beschmiert an Händen und im Gesicht; doch keiner so gering, daß er nicht vor Sehnsucht aufzusteigen, vor Verlangen, frei atmen zu dürfen und das Leben zu gewinnen – sein eigenes, sein unbesudeltes Eigentum –, zu Verbrechen bereit wäre. Hier begegnen ihnen Mädchen – vielleicht die einzige Tochter und Erbin eines eminenten Flickschusters –, sie atmen im Wunder des Fleisches, sie wagen, ihrem unterdrückten Körper zu vertrauen. Doch die innere Furcht weicht nicht von ihnen; ihre über sie gesetzten Machthaber, erführen sie von diesem Schlupfwinkel der Freiheit, sie würden ihre Innungen alarmieren, ein Feldwebel der niederen Gerechtigkeit würde in die heilige Stätte einbrechen und die Wehrlosen in eine Korrektionsanstalt verschleppen. Welch ein Zustand der Dinge! Welch ein Spalt im Gebäude der Schöpfung! – Wir dürfen uns nicht fürchten, Peter. Ich werde Elisabeth heraufbringen. Befestige den Vorhang an den Haken, die ich eingeschlagen habe. *Er geht hinaus. Peter Smith bleibt eine Weile sinnend stehen; dann beginnt er, den Vorhangstoff vor dem Bett aufzuhängen.*

Nachmittag, 14. August 1769

Ebenda

Thomas *sitzt am Tisch und schreibt die letzten Zeilen seiner Elegie an Mr. Wm. Smith »Ascend my Muse on Sorrows sable Plume . . .«. Er springt auf, geht unruhig hin und her.*

Sarah Chatterton *kommt furchtsam herein.* Es ist verbürgt, Thomas, der junge Herr William Smith wird heute nacht begraben werden. Man weiß nicht wie noch wo. Ich habe Frau Eskins ausgefragt; der Selbstmord ist verbürgt.

THOMAS. Wird sein eigner Bruder ihn in die Anatomie schleppen, ihn zerlegen, ausweiden? Sein schimmerndes Fleisch, den Silberhauch seiner Haut dem Messer preisgeben? Wird man ihn bei einem Kreuzweg einscharren? Ich will es wissen. Ich muß es wissen.

SARAH. Thomas – ich darf es dir nicht verschweigen, man verknüpft seinen freiwilligen Hingang mit der Freundschaft zu dir. Man beschuldigt euch – ich weiß nicht wessen.

THOMAS. Sie trieben ihn in den Tod. Ich will wissen, wohin sein Leichnam verschwindet!

SARAH. Frau Eskins hat nichts erfahren können. Fremde haben keinen Zugang zum Hause des Bierbrauers. Der Vikar der Temple Church ist schweigsam in dieser Sache, als wäre er selbst das Grab; er heißt Alexander Catcott und ist ein Bruder des Zinngießers.

THOMAS. Schick zu Onkel Richard. Er soll seinen Mitbruder von der Gilde der Totengräber ausfragen.

SARAH. Ich werde es ihm ausrichten. Er wird viel für dich tun; mehr vielleicht, als du erwartest. Thomas, mach Schlimmes nicht schlimmer – mäßige deine Trauer. Ich bin bis ins Innerste hinein erschrocken und sehr mutlos. Ich erkenne deutlich, daß auch du von schwarzen Sternen bedroht bist.

THOMAS. So eil dich doch!

SARAH. Ich gehe schon. *Ab.*

THOMAS *nimmt eine Pistole.* Soll ich ihm folgen? Sogleich? Ein Schuß durch den Mund? Wird es ein kurzer oder langer Schmerz sein? Soll ich zuvor Opium schlucken, um den gräßlichen Augenblick zu mildern? Ich muß ihn zuvor sehen.

Die Tür öffnet sich und William Smith tritt ein.

WILLIAM Thomas – Thomas –

THOMAS *blickt auf, erschrickt, wehrt mit den Händen ab.* Nein – nicht so –!

WILLIAM. Ich bin es. Ich halte zu dir. Ich wende mich nicht ab.

THOMAS *wischt sich den Angstschweiß von der Stirn.* William

Smith – du bist es? Was für ein Stoff bist du? Man hat doch berichtet, du seist tot – du habest dich erschossen – durch den Mund –. Oder war es Gift? *Er setzt sich fassungslos auf den Stuhl vor dem Tisch, hebt die Pistole.* Ich wollte dir gerade nach ins feuchte Nichts.

WILLIAM Es war mein Bruder, Peter Smith. Peter hat sich von uns entfernt. Er hat sich die Pistole in den Hals gehalten und abgedrückt.

THOMAS *wie von Gleichgültigkeit erfüllt.* Ich habe soeben eine Elegie an dich vollendet. Nun gilt sie für Peter. Ich muß das sogleich in einer Nachschrift richtigstellen. *Schreibt.* »Glücklicherweise ein Mißverständnis; aus erster Hand erfahren, es ist Peter.«

WILLIAM. Bedeutet es dir weniger als ich?

THOMAS. Nein.

WILLIAM. Warum schriebst du dann »glücklicherweise«?

THOMAS. Glücklicherweise bist du kein Gespenst. Glücklicherweise bist du bei mir. Außerdem: meine Gedanken müssen sich umgewöhnen. Wo vorher bleierne Trauer war, ist Freude. An einem anderen Fleck in meinem Hirn, ebenfalls von Liebe durchwirkt, ist plötzlich Leere. Wie wenn ich ein schön geformtes Bild betrachtete – in mir erschau ich es – die Brust eines Menschen, für mich bereit, meinen wirren Kopf daran zu bergen – doch plötzlich ist die eine Hälfte dieser Brust fortgeschnitten; ein Fetzen nackter Muskeln berührt meine bebenden Lippen. Dies Gleichnis – ich glaube, es ist verschwommen – es drückt nichts aus.

WILLIAM. Ich will dein Freund bleiben.

THOMAS. Die Verse gehören ihm mit dem gleichen Recht, mit dem sie dir gehört hätten.

WILLIAM *tritt hinter Thomas, legt seine Arme um ihn.* Du kannst nicht weinen. Oder hast du schon Tränen verschüttet? Womit soll ich dich trösten?

THOMAS. Erzähle, wie sich alles zugetragen hat. Erst muß ich wissen; danach werden sich die Schleusen des Gemüts öffnen.

WILLIAM. Es hat einen Zusammenstoß zwischen Peter und dem Vater gegeben. Dieser warf ihm seinen Lebenswandel vor, seine Freundschaft zu dir; Unzucht sei zwischen euch, Promiskuität der widerlichsten Art. –

THOMAS. Wie kann er wissen –

WILLIAM. Ein Mädchen, Fräulein Singer, hatte ihn aufgesucht und erklärt, sie sei in einem solchen Zustand, daß sie geheiratet werden müsse. Es kam heraus, sie wußte nicht, wer sie in Bedrängnis gebracht hatte, ob du, ob Peter. Jedenfalls, es war etwas sehr Gemeinsames. Sie hatte sich entschieden, den Brauerssohn dem Schreiberlehrling vorzuziehen.

THOMAS. Sie weiß, ein Colston-Lehrling darf nicht heiraten.

WILLIAM. Mein Vater wies sie ab. Er redete hart mit Peter, verlangte, daß er mit dir breche, du seist ein Schädling, ein Kuppler, das Äußerste an Niedrigkeit.

THOMAS. Er entwirft die Schatten meines Bildes.

WILLIAM. Peter antwortete ihm nicht. Er ging auf sein Zimmer, schloß sich ein und erschoß sich.

THOMAS. Hörte man den Knall?

WILLIAM. Er wurde nicht gehört.

THOMAS. War Peter sogleich tot?

WILLIAM. Man weiß es nicht. Man fand ihn neben der Tür liegend. Er war offenbar noch dorthin geeilt, um sie zu öffnen.

THOMAS. Was geschah, nachdem man ihn gefunden hatte?

WILLIAM. Mein Vater hob den Toten auf, nahm den zerbluteten Kopf in den Schoß, berührte die verkrusteten Lippen mit den seinen. Wir sahen, daß er ihn sehr geliebt hatte.

THOMAS. Geliebt? – Er vernichtete ihn.

WILLIAM. Ich glaube, Peters Stolz war die Ursache.

THOMAS. Unsere gemeinsame Abtrünnigkeit – unser wütender Trotz –!

WILLIAM. Richard hatte inzwischen seinen Lehrer, den Chirurgen John Townsend, geholt. Der Vater besprach sich mit dem Arzt. Beide besprachen sich mit dem Vikar der Temple Church. Peter wird in einem Gewölbe unter dem Chor der Kirche beigesetzt werden.

THOMAS. Ist es möglich? Ein Selbstmörder?

WILLIAM. Ohne Feierlichkeiten, doch mit dieser außerordentlichen Vergünstigung.

THOMAS. Ich will ihn sehen!

WILLIAM. Sein Kopf – du erkennst ihn kaum.

THOMAS. Seinen Körper werde ich erkennen. Wie ist er eingekleidet?

WILLIAM. Mein Vater hat ihn in ein Tuch gehüllt. Der Sarg aus Eichenholz wird innen mit Zinn verkleidet und verlötet. Du wirst Peter nicht mehr berühren.

THOMAS. Ins Gewölbe will ich –

WILLIAM *mit plötzlichem Einfall.* Gib mir die Pistole!

THOMAS. Er hat sie mir geschenkt.

WILLIAM. Ich verwahre sie dir.

THOMAS *reicht ihm die Waffe, ohne zu zögern.* Warum bist du gekommen, da es doch Peter verboten wurde?

WILLIAM. Mein Vater wollte keinen zweiten Selbstmord hervorrufen.

THOMAS. Steht es so mit dir?

WILLIAM. Ich weiß nicht, wessen ich fähig sein könnte. Ich bin nur entschlossen, dein Freund zu bleiben. Das habe ich dem Vater gesagt. Er hat mich mit Verwundern angeschaut; es zuckte in seinem Gesicht; schließlich sagte er: »Ich habe damit nichts mehr zu schaffen.«

THOMAS. Er kennt die erhabene Größe deiner Arglosigkeit nicht.

WILLIAM. Schließlich hat mich noch Richard zur Rede gestellt. Er hatte plötzlich allerlei Einsichten. Man müsse die Gesellschaft der »Trommler« auflösen, schon um die Mitglieder nicht in Gefahr zu bringen. Außerdem sei er des überhitzten Treibens unausgereifter Menschen überdrüssig, des mißverstandenen Theaterspielens, des unsinnigen Herausputzens mit Flitter. Die Küsse auf der Bühne, die ja doch nur ein wackliges Brettergestell sei, schmeckten nach Brunst, und die Kunst werde mit falschem Pathos hingemordet. Er könne nur bereuen, dich zuweilen heimlich in das anatomische Institut John Townsends mitgenommen zu haben; du habest nur das Fleischerhandwerk in dich aufgenommen, das rohe Bild der Muskeln und Organe, doch nichts an höherer Erkenntnis.

THOMAS. Richard Smith ist wohl in die Jahre gekommen? Er wird also weiterhin, um ein großer Arzt zu werden, den Armen, wenn sie gestorben sind, das Schädeldach rundherum aufsägen, zu hunderten, um ihnen ins Gehirn zu schauen. Aber die Gedanken, die darin gedacht wurden, wird er nicht erfahren; er wird sich hüten, sie erfahren zu wollen. Denn Armut kennt den Geschmack des Aufruhrs.

RICHARD PHILLIPS *kommt.* Der junge Herr William Smith ist hier? So wirst du mehr wissen als die Innung der Totengräber. Es ist also der Bruder, das siehst du leibhaftig, der sich davongemacht hat. Sprechen wir nicht darüber. Guten Tag, junger Herr Smith. Er wird in einem Gewölbe unter dem Chor – erstaunlicherweise – bei anderen ehrenwerten Leichen zur Ruhe kommen.

THOMAS. Ich will zu ihm in die Gruft.

PHILLIPS. Was sagst du?

THOMAS. Wenn man ihn hinabgetragen hat, will ich zu ihm.

PHILLIPS. Man wird die schwere Platte über dem Abstieg sogleich wieder auflegen.

THOMAS. Das werden doch wohl Gesellen machen, die du kennst?

PHILLIPS. Man kennt sich, gewiß.

THOMAS. Gib ihnen ein Trinkgeld. Sag ihnen, sie sollen mich hinablassen und mit ihrer Arbeit warten, bis ich wieder heraus bin.

PHILLIPS. Das ist ungewöhnlich. Immerhin, man kann es einrichten. Aber bedenke, es wird Nacht sein. Der Ort ist nicht verläßlich. Es stehen rings herum bestaubte Särge. Ich möchte es dir ausreden.

THOMAS. Wenn du mir Gutes tun willst, verhilf mir dazu.

PHILLIPS. Du wirst doch nicht etwa Romeo und Julia in der Gruft aufführen?

WILLIAM *zieht die Pistole hervor.* Die Waffe habe ich ihm fortgenommen.

THOMAS. Ich möchte einmal weinen, das ist der ganze Inhalt.

PHILLIPS. So schlage ich vor, daß wir uns die Gelegenheit betrachten, solange es hell ist.

Alle drei ab.

VIERTER AKT

Winter 1769/70

Bristol, Corn Street

Kanzlei und Registratur des Advokaten Lambert
John Lambert, William Smith, Thomas Chatterton; dieser gegen die Bücherreihen zurückgedrängt. Lambert am Schreibpult seines Lehrlings.

John Lambert. Nichts begreife ich, nichts, nichts von dem, was du vorgibst vorzuhaben. Du richtest Dinge an, die du nicht verantworten kannst, weder auf Erden noch im Jenseits. Bilde dir doch nicht ein, du seist ein Wesen von erhöhtem Wert, weil du Gedichte verfertigen kannst und schwindelfrei an Türmen hinaufklettern, wie man berichtet hat. Du bist nur unstet, ungebärdig, ungemütlich, bestenfalls krank. Dein Ruf ist so absonderlich schlecht, daß es nicht ausreicht, dich der Unzucht zu bezichtigen. Du bist ein Lügner, ein Dieb, das ist die Wahrheit. Du hast aus den Folianten einzelne Pergamentseiten herausgeschnitten.

Thomas. Ich habe darin gelesen, mit Ihrer Erlaubnis, Herr.

Lambert. Zwei Folianten fehlen. Ein altes Wochenbuch und ein Stein- und Werkmeisterbuch von St. Johann.

Thomas. Sie waren niemals in der Registratur. Sie stehen nicht im Verzeichnis. Sie können nur vorübergehend, ich weiß nicht durch wen, hierher ausgeliehen gewesen sein.

Lambert. Widersprich nicht! Es ist Gesetzwidriges geschehen. Man müßte eine Hausdurchsuchung bei deiner Mutter vornehmen lassen.

William Smith. Übertreiben Sie Ihren Zorn nicht, Herr – und hüten Sie sich, handgreiflich zu werden, – das könnte Ihnen bei Nacht schaden.

Lambert *weicht ein wenig zurück, beginnt ruhig zu sprechen.* Die

Kirchenbücher waren Makulatur, darum nicht registriert. Ihr Verschwinden ist eine Nebensache zu anderem. Thomas hat gedroht, seinem Leben ein Ende zu machen, um mir Unannehmlichkeiten zu bereiten.

WILLIAM Gedroht? Wieso gedroht?

LAMBERT. Er hat es in einem Briefe angezeigt.

WILLIAM. War der Brief für Sie bestimmt?

LAMBERT. Ich fand ihn auf meinem Pult, in meinem Kontor, absichtlich offenbar dort hingelegt, an einen gewissen Michael Clayfield gerichtet, den ich nicht kenne, doch nicht versiegelt.

THOMAS. Tabakhändler in der Castle-Street.

WILLIAM. Sie lasen diesen Brief?

LAMBERT. Das Ärgere: ich fand im Pult dieses unsinnigen Menschen den Anfang eines offenen Testaments, »Chattertons Vermächtnis, geschrieben in äußerster Trübsal am Tage vor seinem freiwilligen Hingang«.

THOMAS. Aber Herr, ich lebe ja – soweit man das Hiersein Leben nennen kann.

Lambert eilt unruhig an die Tür, öffnet sie. Er empfängt William Barrett, George Catcott, Henry Burgum. William Smith nimmt den Brief an Clayfield, der noch auf dem Pult lag.

GEORGE CATCOTT. Wir sindsindsind zugleichgleich da.

LAMBERT. Willkommen, Herren, insgesamt.

HENRY BURGUM. Sieh da, Thomas und William, die nur hin und wieder Getrennnten.

CATCOTT. Einigkeit zwischen zweizweizwei Ungleichen.

BARRETT. Thomas – betrübliche Nachricht über dich.

LAMBERT. Schauderhaft – unverständlich –. Ich habe die Herren zu mir bitten lassen –

BURGUM. Man wird miteinander reden und sich verständigen.

BARRETT. Wolltest du dich wirklich dem Tod freiwillig anvertrauen?

THOMAS. Ja.

WILLIAM. Nein.

THOMAS. Doch.

WILLIAM. Nein. Der Brief, den Herr Lambert las, hier ist er –

enthält ganz unten, mit winzigen Buchstaben in Spiegelschrift, die ich dank Toms zu lesen gelernt habe, die Bemerkung: »Ich kann gerettet werden.«

LAMBERT *nimmt den Brief, versucht zu lesen.* Das ist zu anstrengend für meine schwachen Augen.

BARRETT *nimmt den Brief.* Die Krankheit Lebensüberdruß war nicht heftig.

BURGUM. Wir sind also um einen Genesenden versammelt und werden ihm Mut zusprechen. Mir wurde, als der Bote den Brief des Herrn Lambert überbracht hatte, augenblicks eingegeben, ein paar Flaschen Portwein mitzubringen als fröhlichmachende Medizin.

CATCOTT. Nicht schlechtschlecht, diese Eineingegebung.

LAMBERT. Halten die Herren einen solchen Anfang – ich meine den Umtrunk vor der Verhandlung – für richtig?

BURGUM. Was sollte dagegen sprechen?

LAMBERT. So werde ich Gläser herbeischaffen. *Er eilt rechts hinaus.*

THOMAS *beginnt krampfhaft zu weinen.* Ich kann nicht weiter. Ich bin zu stolz, nicht zerbrochen, um noch leben zu können, wie bisher. Neunzehn Zwanzigstel meiner Beschaffenheit ist Stolz. Ich will mich bemühen, demütig zu werden; aber es kann nicht hier sein, nicht in Bristol. Die Stadt ist mir nachgerade verleidet. Nicht Eitelkeit allein macht mich aufsässig: meine Empfindungen schweifen zu weit umher, als daß ich ein rechnender Kleinhändler der Sündhaftigkeit sein könnte. Hier lebe ich als Sklave; der Tod ist ein besseres Geschick.

BARRETT *kühl.* Du wirst dich uns näher erklären müssen, mein Junge. Man wirft seinen Freunden, die sich als hilfreich erwiesen haben, nicht das Dasein vor die Füße wie einen überbeliehenen Pfandbrief dem Wucherer. – Du bist überarbeitet. Deine Forschungen über Rowley, die Entzifferung schwieriger und fast unleserlicher Texte sind für dein Alter beinahe über die Kraft. Was wir an dir bewundern, zehrt an dir. In deinen letzten Gedichten findet sich das Wort »freudlos« zu oft. »Freudlos such ich den einsamen Schatten . . .«

THOMAS. Das schrieb ich ein paar Abende vor meinem siebzehnten Geburtstag. Es galt Peter Smith, es galt Thomas

Phillips. Sie faulen von mir weg, meine Freunde. Ich möchte wie sie modern.

BURGUM. Wir sind auf falschem Wege. Reden Sie ihm nur nicht ein, Barrett, er solle mit seinem verdienstvollen Vorhaben aufhören.

WILLIAM. Thomas ist beschuldigt worden, ein Dieb zu sein.

CATCOTT. Wer hathathat ihn bebeschuldigt?

WILLIAM. Der Herr Anwalt Lambert.

BARRETT. Bitte die Umstände.

WILLIAM. Es sollen hier zwei Bücher verschwunden sein.

THOMAS. Bücher, die niemals im Besitz Herrn Lamberts waren. Sie sind nicht in seinem Verzeichnis aufgeführt.

BURGUM. Welchen Wert hatten sie?

WILLIAM. Den von Altpapier.

THOMAS. Es waren Kirchenabrechnungen, Inventaraufzählungen, Eintragungen von Verfügungen, längst verfallene Vermächtnisse, Angaben über Grabplatten. Nicht eine Zeile von literarischem Wert.

BARRETT. Immerhin doch wohl eine Fundgrube für den aufgeschlossenen Geschichtsforscher, so verstehe ich es.

THOMAS. Nichts von Belang. Zwei Hinweise nur, die ich mir abschrieb und Ihnen mitteilte, Herr.

BARRETT. Mir gabst du sie?

THOMAS. Mit anderen. Ich beschaffte Ihnen Auszüge aus den Protokollen von siebzehn Kirchspielen als Quellen für Ihre »Geschichte der Stadt Bristol«.

BARRETT *schweigt betroffen, dann unwillig.* Du bist ein junger Mensch von sehr ungewöhnlichen Fähigkeiten, doch mit schlimmen Voraussetzungen; – überspannt und fürs Leben schlecht ausgerüstet.

BURGUM *mischt sich ein.* Ich werde Herrn Lambert die abhanden gekommenen Bücher mit je fünf Schillingen bezahlen.

BARRETT *weiter gereizt.* Meinen Sie, daß der Geldwert hierbei etwas ausrichtet?

BURGUM. Geld ist das Maß aller Dinge.

BARRETT. Es hilft nichts gegen den Tod; es macht auch eine Ehe nicht fruchtbar.

BURGUM. Unterdrücken Sie diesen Einwand: ich habe sechs heranwachsende Knaben.

Lambert kommt mit einem Tablett und Gläsern; Burgum entsiegelt zwei Weinflaschen, schenkt ein.

BURGUM. Übrigens, Herr Advokat, hat unser kleines Kollegium die Angelegenheit der verschwundenen zwei Bücher – hoffentlich zu Ihrer Zufriedenheit – bereits entschieden. Man bezahlt Ihnen für den Verlust, gleichgültig auf welche Weise er entstanden sein mag. Ich bin beauftragt, Ihnen eine halbe Guinee auszuhändigen. Das war die Schätzung.

LAMBERT. Sehr freundlich. Was soll ich darauf entgegnen?

BURGUM *nimmt ein Glas.* Auf Ihr Wohl, Herr.

Alle übrigen bedienen sich gleichfalls, zuletzt Thomas Chatterton und William Smith.

BARRETT *zu Thomas Chatterton.* Auf – daß du umgänglicher und zuverlässiger wirst.

Die Tür öffnet sich; herein kommt Richard Phillips.

WILLIAM. Dein Onkel –

THOMAS. Sein Witz wird nicht gegen uns sein.

RICHARD PHILLIPS. Zum Wein bin ich geladen? Das glaube ich nur langsam. Mein Gruß der Versammlung. Wer ist hier der Hausherr?

LAMBERT. Sie fragen nach mir, Phillips.

PHILLIPS. Herr Anwalt, ein Brief, den Sie der Mutter meines Neffen Thomas schrieben, ist mir behändigt worden, damit ich sie vertrete und hier erscheine –

LAMBERT. Ja gut – das läßt sich hören –

PHILLIPS. Sie ängstigt sich, denn so ein Selbstmord ist unwiderruflich; das erfahre ich zuweilen.

CATCOTT. Der Totototengräber von Mary Redcliff – das gefällt mir nicht. Es ist von von schlechter Vorvorbedeutung.

BARRETT. Es ist der Onkel.

CATCOTT. Man erzähltzählt sich, er bebebesitze einen Goldgoldklumpen, zusammengegeschmolzen ausaus den Ringen, die anan ausausgegrabebenen Fingerknochen waren.

THOMAS. Nimm mein Glas, Onkel Richard –

PHILLIPS. Sehr freundlich. Jedenfalls, du lebst noch. Daß deine

Lippen sprechen, ist im Augenblick das Beste an ihnen. *Er nimmt das Glas und leert es.*

BURGUM *füllt die Gläser wieder.* Noch einen Trunk – wir wurden unterbrochen.

LAMBERT *hauptsächlich zu Barrett.* Nicht ganz genau, doch ungefähr kann ich schätzen, daß ein Dutzend meiner ältesten Folianten verstümmelt wurden.

BARRETT. Verstümmelt? Wie ist das gemeint?

LAMBERT. Es wurden Blätter herausgeschnitten – mit großer Sorgfalt –, und ich vermute, die wichtigsten: illuminierte Pergamente.

BURGUM. Solche Kostbarkeiten finden sich in Ihrer Registratur?

BARRETT. Ich suche – beständig Quellenmaterial für meine Stadtgeschichte – möglicherweise ist hier eine Fundgrube.

LAMBERT. Thomas hat die Folianten in Händen gehabt. Er hatte sie mit sich nach Hause genommen –

THOMAS. Mit Ihrer Erlaubnis, Herr.

PHILLIPS. Höre und schweige, mein Junge. Laß erst die anderen ihren Speichel verspritzen.

LAMBERT. Als ich den Schaden durch Zufall entdeckte, habe ich meinen Schreiber zur Rede gestellt.

THOMAS. Ich bin nicht verrucht.

BARRETT *beiseite.* Thomas, mir scheint, – um deinetwillen, du solltest die Vorwürfe erst einmal hinnehmen. Was dann ungeklärt bleibt, drückt sich als Schaden aus, den man dem Anwalt ersetzen kann. Die Drohung, Selbstmord zu begehen, ist eine schlechte Verteidigung.

THOMAS. Es ist anders. Ich versinke hier in Unfreiheit und Langeweile – meine Intuition verödet.

BARRETT. Verwechsle doch nicht den Zustand, den dir deine Jahre bereiten, mit dem Ort, an dem du beschäftigt bist.

BURGUM. Wann, Herr, hatten Sie die Folianten – vor dieser Zeit – zuletzt in Händen?

LAMBERT. Ein paar Jahrzehnte mag es her sein –

BURGUM. Das muß Ihren Verdacht schwächen.

LAMBERT. Nur scheinbar. Thomas hat gestanden, daß er den Inhalt der verschwundenen Blätter kenne. Er will auch Herrn Barrett davon schriftlich berichtet haben.

BARRETT. Ich wüßte nicht, was ich damit zu schaffen hätte –

THOMAS. In zwei Fällen nur –

CATCOTT. Ein halhalbes Gegeständnis wird meimeimeistens voll.

WILLIAM. Wahrheit hat ein anderes Gesicht als Wahrscheinlichkeit.

CATCOTT. Erkläkläre dich, Thomas, doch ohohne Umumschweife.

BARRETT *einfallend.* Bedenke zuvor, was du sagst. Sprich mit Zurückhaltung. Erweise dich als verläßlich –

THOMAS. Wenig wird niemals viel, Herr. Es ist nichts herausgeschnitten, nichts wovon ich wüßte. Wovon ich weiß, sind mürbe Blätter, brüchig, kaum leserlich, die mir unter der Hand zergingen. Genau gesagt, es ist ein Teil davon erhalten; ich klebte, was sich retten ließ, zusammen. Hier stehen die Bücher. Überzeugen Sie sich bitte, daß sie halb verschmort, geröstet, mit Lichtwachs teils verklebt und teils durchtränkt sind.

WILLIAM. Ich war zuweilen bei ihm, wenn er sich mit den undankbaren Büchern plagte.

Thomas nimmt zwei Folianten aus dem Gestell; den einen reicht er Barrett, den anderen Burgum. Man blättert mit Vorsicht darin herum. Lambert ist nur halb bei der Sache, doch entfernt er sich nicht aus Barretts Nähe.

LAMBERT. Ich sprach von herausgeschnittenen Pergamenten, nicht vom Zustand der Folianten.

BARRETT *mit Übertreibung.* Hier ist ein Blatt in meisterlicher Weise wiederhergestellt.

BURGUM *erregt, leise.* Thomas – komm beiseite. Sieh hier – ein mir wohlbekanntes Wappen, mit flüchtigen Strichen an den Rand gezeichnet, mit brauner Tinte –

WILLIAM. Es ist Ochsenblut – mit Harn und Eisensalz –

THOMAS *hält William den Mund zu.* Still, ich bitte Sie, Herr – kein Wort mehr – kein Wort vor Zeugen. Die Skizze ist von mir –

BURGUM. Wir müssen uns wohl abseits von den anderen aussprechen?

THOMAS. Wenn es sich machen ließe, Herr –. Wenn ich mich Ihnen öffnen könnte, jetzt –

Burgum klappt das Buch geräuschvoll zu.

BARRETT. So schnell mit der Prüfung fertig?

BURGUM. Wir trinken noch ein Glas. Danach werde ich mich räuspern.

PHILLIPS. Das heißt offenbar: etwas von sich geben. So machen es die Pfarrherrn auch.

THOMAS *zu William.* Halte dich zu den anderen!

Man trinkt.

BURGUM. Wolltest du einen Strick nehmen? Hast du Gift?

THOMAS. Ich besitze Gift. Arsenblüte.

BARRETT. Man wird es dir abverlangen müssen.

THOMAS. Ich gebe es nicht.

BURGUM. Haben Sie ein Kontor, Herr Anwalt, außer dieser Kanzlei, daneben etwa?

LAMBERT. Das versteht sich; – dies ist der größere Vorraum für meine Wirksamkeit.

BURGUM. Dann bitte ich die Herren, sich dorthin zurückzuziehen und mich mit Thomas allein zu lassen.

BARRETT. Ich verstehe nicht ganz. Immerhin –

LAMBERT. Frau Lambert, meine Mutter, hat mir erzählt, daß er dies Gift besäße und ständig eine Pistole bei sich trüge. Ich hielt es nicht für möglich –

WILLIAM. Seit meines Bruders Selbstmord –

Barrett, Lambert, Catcott, Phillips, William Smith rechts ab.

BURGUM *unvermittelt.* Es ist das Wappen Walter de Berghams, das ich dir in dem Buche zeigte. Eine Nachbildung freilich – von dir gefertigt, wie du gestandest. Warum hast du es hingemalt? War es nur Spielerei, weil du gerade an meinen Stammbaum dachtest?

THOMAS *schlägt das Buch wieder auf.* Schauen Sie genau, Herr, bitte. Das Blut ist eingefügt, ist unecht. Das ursprüngliche mit dem echten Wappen, den drei Hippopotamus auf azurenem Grund, besitzen Sie; ich brachte es Ihnen, weil ich Ihnen Geld schuldete, Herr. Sie gaben mir dafür noch eine Krone hinzu.

BURGUM. So muß ich dir also diesen Diebstahl in aufrichtiger Verbundenheit verzeihen. Besitze ich auch die übrigen herausgeschnittenen Pergamente, auf die Herr Lambert pocht?

THOMAS. Herr – nein. Es sind nur sieben Blätter aus fünf Folianten. Herr Barrett erhielt sie für seine »Geschichte Bristols«.

BURGUM. Barrett? – Er ist doch ein Ehrenmann, ein Gelehrter von manchen Graden, nicht ein Emporkömmling wie du und ich. Er war Schüler des Winchester College, Apotheker, Wundarzt, Stabsarzt der Flotte, Leiter des Hospitals St. Peter, freilich auch männliche Hebamme aus Neigung – mit viel Geschick. Er schrieb eine Geschichte der Medizin, und seit Jahren arbeitet er an seinem Bristol-Werk.

THOMAS. Es fehlte ihm dazu in letzter Zeit an Quellen. Das brachte ihn darauf, mich zu benutzen.

BURGUM. Er wies dich an, zu stehlen?

THOMAS. Er sagte nicht stehlen, sondern beschaffen. »Beschaff mir, was du findest«, das waren seine Worte.

BURGUM. Meinte er das zweideutig?

THOMAS. Es war zu seinem Vorteil, nicht zu meinem. Und Abschriften allein befriedigten ihn nicht.

BURGUM. Warum gingst du so weit in deiner Behilflichkeit?

THOMAS. Herr – wenn ich hier scheitere – wenn ich als Dichter scheitere – muß mir ein Ausweg bleiben. Ich habe mir vorgenommen, als Zuflucht aus meinen Bekümmernissen, die ich heraufsteigen sehe, Schiffsarzt zu werden. Herr Barrett hat mir medizinische Handbücher geliehen. Ich habe das anatomische Theater oft besucht. Er kann mir ein Patent ausstellen, eine Approbation fünften Grades wenigstens.

BURGUM. Wir versuchen, irgendwohin zu flüchten. Ich ziehe mich in die Musik zurück, wenn mir das Dasein zu etwas Schwarzem gerinnt. Ich liebe Händel und Haydn –

THOMAS. Ich bitte Sie, Herr, achten Sie sich selbst, indem Sie mich achten. Helfen Sie mir –.

BURGUM. Fünf Folianten sind verstümmelt, nicht zwölf?

THOMAS. Fünf, Herr, fünf –

BURGUM. Dies Gespräch ist nicht gewesen.

THOMAS. Es ist nicht gewesen, Herr. Was nicht sein soll, ist nicht, war nicht.

BURGUM *geht an die Tür rechts.* Meine Herren, ich bitte –

Barrett, Lambert, Catcott, Phillips, William Smith kommen.

LAMBERT. Haben Sie das Gift, Herr Burgum?

BURGUM. Es ist in meiner Tasche, Herr.

LAMBERT. Das wird meinen Nachtschlaf fördern. Die Vorstellung, Thomas hier eines Tages als Leiche in der Kanzlei aufzufinden, ist meinem Gemüt zu kompliziert.

BURGUM. Aus insgesamt fünf Folianten fehlen insgesamt sieben Blätter. Ich erbiete mich, diese Bücher zu kaufen, als ob sie unbeschädigt wären. Den Preis dafür bestimmen Sie, Herr Lambert.

LAMBERT. Sehr freundlich. Was soll ich darauf erwidern?

BURGUM. Den Preis.

LAMBERT. Grundsätzlich bin ich einverstanden. Doch meine Forderung so aus dem Stegreif festzusetzen, – es würde eine Übervorteilung nach der einen oder anderen Seite sein können.

BURGUM. Jedenfalls gehören die Bände mir, nicht wahr?

LAMBERT. Wenn Sie es wollen –

PHILLIPS. Der Empfang ist wohl zuende? Ich empfehle mich. *Ab.*

BARRETT *zu Thomas.* Herr Lambert hat Anspruch darauf, daß du ihm ein freundlicher und fleißiger Mitarbeiter bist. Deine Aufsässigkeit bezeugt nicht deinen Stolz, nur deinen Eigensinn. Die Willkür, nach der du mit den Büchern verfahren bist (ich drücke mich gemäßigt aus), zeugt von Dünkel, von einer verkehrten Sittlichkeit. Du forderst Förderung und scheinst nicht zu empfinden, daß sie dir überreichlich zuteil wird. Deine Kenntnisse verdankst du einer hochherzigen Stiftung. Wer Wohltaten hinnimmt, muß sich dazu bereit finden, sie abzugelten. Das fordert der Anstand, und in diesem Falle auch das Gesetz. Wie hättest du der wunderbare junge, fast möchte ich sagen: kindliche Forscher werden können, den das bessere Bristol bewundert, wenn Unbildung die Gefährtin deiner Armut geworden wäre? – Also geh in dich; spiele nicht mit giftigen Gedanken; sie sind so vernichtend wie das weiße Pulver des Apothekers. *Thomas steht wie erstarrt da.* Nun, sprich etwas.

THOMAS *angewidert.* Ich habe jede Sentenz aufgenommen.

BURGUM. Es ist erklärlich, daß du gerade keinen Einfall an treffenden Worten hast; aber Herr Lambert hat das Anrecht auf irgendein Zeichen der Versöhnung.

THOMAS *nach kurzem Zögern, geht auf Lambert zu, verneigt sich vor ihm.* Ich bitte um Verzeihung, Herr Lambert.

LAMBERT. Sonderbar, ich schwitze.

CATCOTT. So wäwäre diedieser Sontagtagtag Nachmitmittag üüberstanden.

BURGUM. Die Bücher, Thomas.

THOMAS *wählt die Bücher aus.* Fünf –

WILLIAM. Darf ich bei dir bleiben, Thomas?

THOMAS. Geh! Ich muß allein sein.

BARRETT *zu Burgum.* Ich helfe Ihnen tragen.

BURGUM. Wollen wir noch heute miteinander abrechnen, Herr Lambert?

LAMBERT. Morgen, Herr, wenn es Ihnen recht ist; Frau Lambert, meine Mutter, wartet mit dem Essen auf mich. *Allgemeiner Aufbruch.* Verschließe die Tür, Thomas, wenn du fortgehst – und bringe mir den Schlüssel in die Wohnung.

THOMAS. Gewiß, Herr Lambert.

BURGUM. Gehab dich wohl, Thomas!

Alle ab, außer Thomas.

THOMAS *grübelt eine Weile, dann versucht er, das Büchergestell zu öffnen, doch ohne Erfolg.* Es gelingt nicht. Vergeblich. Es ist nichts dahinter, kein Gang, keine Treppe. Einbildungen. Möglichkeiten. Herr Aburiel: irgendein Schatten, Begegnung im Mondschein, Kirchhofsbekanntschaft. Ein Wesen ohne Geld und Brot. Und die anderen: Tintengespenster, flacher als Papier, nicht einmal Asche, wenn man das Ochsenblut verbrennt, aus dem sie als Buchstaben gemacht sind. *Ihm fallen einige Akten herunter. Er sammelt sie auf, legt sie zurück, setzt sich auf einen Stuhl.* Statt eines Dichters, der ich bin, erscheine ich als Fälscher, der ich nicht sein möchte. Der Betrug bringt Geld, die Leistung Hohn. Wo aber ist Chatterton, der eigentliche Tom, den noch niemand gesehen hat, nicht einmal Tom selbst? Dieser hier auf dem Stuhl ist es nicht. Unter dem Schädeldach, innen, im pumpenden Herzen, innen, in seinem Geschlecht, innen – ist Thomas vorhanden. *Er schlägt sich auf die Körperteile, springt auf.* Die Melancholie ist aus gewöhnlichem Fleisch gemacht. Und was bewirkt Gift? *Er zeigt sich selber das Päckchen mit Arsenik.*

OSTER-SONNABEND, 14. APRIL 1770

In dieser Osterwoche hatte der vierzehnjährige Mozart in der Sixtinischen Kapelle das Miserere Allegris mehrmals gehört und nach dem Gedächtnis aufgeschrieben.

Nähstube im Hause Sarah Chattertons, wie im ersten Akt; doch ohne die Puppe Matilda. Das Bett im Hintergrund ist mit einem Teppich bedeckt – Heller Nachmittag, der allmählich dunkelt. – Die alte Frau Chatterton sitzt unbeteiligt in ihrem Stuhl und raucht die Pfeife. Thomas Chatterton sitzt vorn am Tisch und schreibt.

LAMBERT *kommt herein, räuspert sich.* Guten Tag!

THOMAS *dreht sich mit einer hastigen Bewegung herum.* Herr Lambert –

LAMBERT. Hier ist die schriftliche Bestätigung, daß ich dich vorzeitig vom Lehrvertrag entbunden habe. Der Selbstmord, den du diesmal für das Fest der Auferstehung angekündigt hast, wird mich nicht mittreffen, sollte er begangen werden. *Er wendet sich ab und will gehen. In der Tür erscheinen Barrett, Burgum, Catcott.*

BURGUM. Thomas ist frei, dank Ihrer kaum zaudernden Bereitschaft, der Poesie zu nützen.

LAMBERT. Meine Zeit ist knapp bemessen. Ich wünsche ein fröhliches Osterfest! *Ab.*

BURGUM *verbeugt sich.* Guten Tag, Frau Chatterton. – Wo ist denn deine Mutter, Thomas?

THOMAS. Mit meiner Schwester im Redcliff-Dom, Herr.

CATCOTT. Sie wowowollen nach London undundund dort Ihr Glück verversuchen, Herr Chachatterton? Ihre Lehrlehrlehrzeit ist vorbei. Desdeshalb die ververänderte Anrererede.

THOMAS. Eine schwarze Wand ist hinter mir aufgerichtet. Wenn ich in Bristol bliebe, es wäre mein Untergang. Die schmerzenden Ketten sind zerbrochen; – doch was wartet meiner? Welche neuen Schrecken?

BARRETT. Du hast dein Ziel erreicht. Mit nicht ganz einwandfreien Mitteln.

THOMAS. Um welchen Preis, Herr!

BARRETT. Den nenne uns bitte! Wenn du störrisch sein willst – etwas Langmut ist bei uns vorhanden. Das erbärmliche Schaustück deines Testaments, in der vergangenen Nacht von dir aufgesetzt, kennen wir bereits. Der Erguß ist teils weibisch, teils frech. Einen jeden von uns hast du mit Unverschämtheit bedacht.

THOMAS. Der Preis, der Preis? Daß ich den Rowley erfinden und erstinken mußte, ihn künstlich aus alten Pergamenten und Papier zusammenleimen: mit gefälschter Tinte aus Ochsenblut und Eisensalz; William Smith gab sein Wasser dazu. Mit Buchstaben, die ich Caxton nachgemacht habe. Die Niederschrift des Mönchs ist mein Werk, mein Eigentum. Mir allein gehört die Kenntnis von den hingegangenen Bürgern dieser Stadt, von ihren Häusern und Steinen.

BARRETT. Du bist von Sinnen! Der Rowley eine Fälschung?!

THOMAS. Eine Dichtung.

BARRETT. Ich fürchte für deinen Verstand. – Man kann das Gegenteil beweisen.

BURGUM. Selbstverständlich kann man das. Ich besitze Urkunden und nochmals Urkunden über diesen Mönch.

BARRETT. Desgleichen ich.

CATCOTT. Auchauch ich.

BARRETT. Ich habe die Handschriften geprüft. Sie entstammen dem fünfzehnten Jahrhundert. Noch gestern fand ich im städtischen Archiv einen Bericht über die Befestigung Bristols, einwandfrei von Rowleys Hand.

BURGUM. An den Gedichten der »Rowley Papers« kannst du nicht rütteln. Du bist vermessen, verwirrt – was weiß ich – jedenfalls nicht bei dir selbst.

DIE ALTE FRAU CHATTERTON. Ich habe nie daran glauben können, daß der Junge normal sei. Sarah hält ihn für auserwählt.

THOMAS. Die »Rowley Papers« habe ich erdichtet, ganz allein ich. Einen Teil davon habe ich mühsam auf altes Papier und Pergament übertragen. Illuminiert, mit Wachs und Fliegendreck betupft, angeschmort, mit Säure beätzt, mit meinen Zähnen benagt, unappetitlich beschmutzt –

BARRETT. Genug. Wir sind in keinem Narrenhaus.

THOMAS. Das Blatt im Städtischen Archiv stammt von mir. Ich habe es vor geraumer Zeit dorthin verbracht.

BARRETT. Schluß, sage ich. Du hast das Lügen seit jeher verstanden. Jetzt ist es Tollheit und Lüge zugleich. Ich erkläre, ich stelle fest: du lügst. Du bist krank, und deine Krankheit ist, daß du lügen mußt.

CATCOTT. Bebesitzen Sie, Herr Chachatterterton noch weitetere, bisher nichtnicht bebekannte gegefälschte Papapiere dieses Rowrowley? Ich binbin bebereit, Sie ihihnen als echt abzuzukaufen.

THOMAS. Was ich geschrieben habe, ist mein Eigentum. Kein Besitz ist verläßlicher.

CATCOTT. Ich hahabe Sie etwas gegefragt, Herr Chachatterton.

THOMAS. Ja. Die Tragödie Aella.

CATCOTT. Welwelchen Preis forfordern Sie?

THOMAS. Es ist das Hauptstück der Dichtung.

CATCOTT. Welwelcher Preis wird dadafür geforfordert?

THOMAS *langsam*. Fünf Kronen.

CATCOTT *zieht seine Börse*. Soso viel hahabe ich gerarade bei mir. Gegeben Sie mir die Hahandschrift.

Thomas kramt auf dem Tisch; der Handel wird geordnet.

BARRETT *mit erneutem Zorn*. Du willst Rowleys unsterbliche Werke geschrieben haben? Ist keine Scham in dir, daß du dich mit ihm vergleichst?

THOMAS. Thomas Rowley, ist Thomas Chatterton.

BURGUM. Wappen, Stammbäume, alles Fälschungen eines Bengels. Weshalb denn stahlst du die Pergamente aus den Folianten? Waren auch sie nicht echt?

THOMAS. Das Pergament war immer echt und alt.

BURGUM. Narrheit mag hingehen; aber Unsinnigkeit, gehirnschwache Plumpheit – – Du bist bei aller Bildung ein armer Nichtsnutz.

BARRETT *milde*. Thomas, bedauernswerter Junge – ein Mensch

deines Alters wäre niemals fähig, ein so hohes und schönes Werk zu schaffen wie das des begnadeten Dichters Rowley. Schon die Zeit, es niederzuschreiben, würde dir gefehlt haben.

THOMAS. Ich schlief wenig.

BARRETT. Nein, niemals – unmöglich kannst du der Verfasser sein.

BURGUM. Gehen wir doch, Herr.

THOMAS. Der Rowley wird unter meinem Namen gedruckt werden.

CATCOTT. Wir richrichten nichts aus. Komkommen Sie.

BARRETT. Der Mensch ist verrückt. Ich muß mir überlegen, was zu tun ist.

BURGUM. Kommen Sie mit uns, Herr!

Burgum zieht Barrett mit sich fort.
Die beiden gemeinsam mit Catcott ab.

THOMAS *wiegt die Münzen in der Hand.* Das vergrößert mein Reisegeld.

WILLIAM SMITH *kommt herein.* Ich muß mit dir reden, Thomas –

DIE ALTE FRAU CHATTERTON *erhebt sich von ihrem Stuhl, schlürft durchs Zimmer.* Ich gehe zu Onkel Richard auf den Kirchhof. Es ist dort weniger schauderhaft.

WILLIAM. Wenn es dir nichts ausmacht, mich anzuhören. Auch der Dumme hat einen Mund. Und ein Herz. Meine Gedanken sind unerheblich. In wenigen Jahren werde ich jedermann sein, irgendein Jemand, der das Aussehen eines Vorübergehenden hat. Du hingegen bist ein Dichter, aus anderem Stoff gemacht als jedermann.

THOMAS. Wo hinaus willst du?

WILLIAM. Ich kenne nicht die Ursache; aber ich bin dir zugetan, willfährig ohne bewußte Absicht – dir beigegeben – schon seit den langen Nächten im Schlafsaal der Colstons. Es war Einverständnis zwischen uns. Jetzt bist du verändert, Tom, dein Gesicht ist schroff, zum Fürchten. Ich habe in diesen Wochen manches versucht, um mich in dein Gemüt einzuschmeicheln; aber du weist mich ab, bist zerstreut, deine Augen erstarren geisterhaft.

THOMAS. Das ist so mit mir. Darin gleiche ich dem Kaiser Nero.

WILLIAM. Das verstehe ich nicht.

THOMAS. Hör ich des Nachts
der Rosse Hufe auf der Straße,
denk' ich an meinen Tod.

Er war ein Dichter, vielleicht so gut oder schlecht wie ich. Wer wüßte das? Ein Mensch, so gut oder schlecht wie ich. Wer wüßte das?

WILLIAM. Deine Gedanken sind sprunghaft.

THOMAS. Bristol ist zu eng für mich. Alles ist fehlgegangen. Man glaubt mir den Rowley nicht. Ich will nach London. Man soll mein Werk drucken.

WILLIAM. London – – das bedeutet Trennung.

THOMAS. Mir bleibt keine Wahl.

WILLIAM. Bristol hat dich bisher ernährt. London hat dir noch kein Brot gegeben.

THOMAS. Dort sind die großen Druckereien und Verleger. Ich habe Verbindungen. Man hat mir vorteilhafte Angebote gemacht. Ich reise nicht ins Ungewisse. Viele Dutzend Briefe, die ich schrieb, haben mein Kommen vorbereitet. Mein Name wird dort genannt. Hier stockt meine Feder.

WILLIAM. Wird denn London deinem Geist bekömmlicher sein?

THOMAS. Ich habe Sehnsucht, nichts als Sehnsucht. Mein Blut ergießt sich in den Mund, wenn ich an mein Ungestilltsein denke. Doch Gott hat seine Geschöpfe in die Welt geschickt mit Armen, lang genug, um alles zu erreichen, was sie versucht sind, gegen jede Vernunft, zu begehren.

WILLIAM. Nimm es als Zeichen oder Warnung, daß Sir Horace Walpole, der dir anfänglich wohlgesinnt war, sich bald von dir zurückzog. –

THOMAS. Ein reicher Mann mit einem armen Herzen.

WILLIAM. Der Verleger Dodsley hat sich nicht entschließen können, Arbeiten von dir drucken zu lassen.

THOMAS. Ich habe meinen Sattel längst einem Halbhengst in der politischen Arena aufgelegt. Es geht immer um Freiheit oder Knechtschaft. Die Freiheit hat nicht die besten Pferde.

WILLIAM. Du schreibst politische Essays und denkst an Mädchen.

THOMAS. Ich begehre. Aber ich gewinne nur Augenblicke.

WILLIAM. Du rechnest mit meiner Unerfahrenheit. Warum eigentlich? Du bist in der Heringsgasse gesehen worden.

THOMAS. Wer von den jungen Männern Bristols wurde dort noch nicht gesehen?

WILLIAM. Ein Mädchen aus einem jener halbgeschlossenen Häuser, eine nette Person, recht jung noch, gutmütig offenbar, ein wenig rundlich oder fleischig, wahrscheinlich auch so eine Jedermännin, mir vergleichbar, die noch vor ein paar Jahren kindliche Gedanken hatte, sich arglos in ein Bett legte – –

THOMAS. Stellt mir nach, schreibt mir Briefe, obgleich Männer über sie hinweggeschwommen sind, Matrosen und Handelsleute, Soldaten, Hagestolze. – Verwunderlich, doch abgeschmackt.

WILLIAM *zögernd.* Wie verhältst du dich?

THOMAS. Du warst noch niemals in so einem Hinterzimmer?

WILLIAM. Nein.

THOMAS. Dann ist deine Beschreibung eines Mädchens doppelt wertvoll. Sie ist reine Erfindung, fast so vollkommen wie Dichtung.

WILLIAM. Warum verspottest du mich?

THOMAS. Weil mich deucht, du bist ein Heuchler.

WILLIAM. Womit habe ich diesen Vorwurf verdient?

THOMAS. Warum gibst du vor, von meinem Verhalten fast nichts zu wissen? Seit zwei Jahren verfertige ich für manche meiner Freunde Liebesgedichte, die sie jungen Damen zustellen. Kann mein Gefühl dabei tot geblieben sein? Du müßtest wissen, daß es anders ist. Im Januar brachte Fräulein Singer ein Kind zur Welt. Dein Bruder Peter und ich teilen uns in der Vorbereitung dieses Naturvorgangs. Vor knapp einer Woche habe ich mein Vergnügen mit Fräulein Esther Saunders abgebrochen. Sie wurde aufdringlich; sie wollte mich heiraten. Gestern war es auch mit Fräulein Sukey Webb zuende; sie hatte Vorbehalte. Die kleine, äußerst behagliche Fanny Thatcher vom Redcliff-Hill behauptet, von den Segnungen der Natur genau so wenig verschont geblieben zu sein wie Fräulein Singer –; aber sie hat inzwischen ihren wimmernden hinsterbenden Kanzelnarren Lewis, der den Schaden gutmachen wird.

WILLIAM. Ich ahnte – ich wußte nicht – ich hielt die Gerüchte für übertrieben –

THOMAS. Wir sind in dem Alter, wo wir unsere Freunde von ehemals durch Mädchen ersetzen. Man stellt die Wandlung fest, die sich vollzogen hat. Irgendwann, in einer dunklen Winternacht, als mich erbärmlich fror, und dir nichts anderes einfiel, als deinen Kopf unter die Decke zu stecken und mich mit deinem Atem anzuhauchen – da dachte ich zuerst an die Puppe Matilda und alsbald an ihre Fleischwerdung – und es ekelte mich fast, daß du es warst.

WILLIAM. Es fällt mir schwer, den Sinn deiner Worte ganz aufzunehmen. Bedeuten sie einen Fußtritt?

THOMAS. Alles ist auflösbar. Selbst das lauterste Gold.

WILLIAM. Du sagst schreckliche Dinge.

THOMAS. Einmal müssen wir auch so miteinander sprechen. Wir sind nicht das Maß, wir sind der Inhalt. Wir werden in die Welt hinein ausgeschüttet. Ich habe viele genommen und keine geliebt; das ist ruchlos. Aber kann ich meinem lauwarmen Fleisch entgehen? Ich fahre nach London. Nenne den Entschluß eigensinnig, übermütig, verzweifelt. Die Abreise ist eine Flucht. Wenn vor mir die große Enttäuschung liegt, werde ich Methodisten-Prediger werden, vielleicht auch Schiffsarzt. Sollte auch das mißlingen, ist meine letzte Zuflucht die Pistole. Gift wird mich immer begleiten.

WILLIAM. So bin ich da angelangt, wohin ich gehöre.

THOMAS. Wohin gehörst du?

WILLIAM. Wo es keinen Thomas Chatterton – wo es seine unruhig scharfen grauen Augen nicht gibt.

THOMAS *halb nachgiebig.* Ich bin grausam mit dir. Es ist heute meine Rolle, abscheulich zu sein.

WILLIAM. Du darfst mir gute oder schlechte Worte sagen, das ist jetzt gleichgültig. Mein gehemmtes Wesen, als warme Haut in deinem Bett, ist entbehrlich geworden.

THOMAS. Von allen warst du am längsten der Gesunde neben mir Kranken.

WILLIAM. Ich werde mich auf ein Schiff anheuern lassen.

THOMAS. Es kann dein Ernst nicht sein.

WILLIAM. Du reist als Glücksritter nach London, ich als Schiffsjunge nach Amerika.

THOMAS. William – ich habe unsere Freundschaft nicht verächtlich machen wollen. Wir sind miteinander Träumer und Verschwörer gegen die Umwelt gewesen. Ich hatte kaum Geheimnisse vor dir –

WILLIAM. Ich besaß keine. Ich war schon am ersten Tage unserer Bekanntschaft, ein dummer Schuljunge, ausgeschöpft. Ich konnte weder den Mißverstandenen noch Mißbrauchten spielen. Ich war nicht mehr als ein zufälliger Schatten von dir, von einem zufälligen Licht geworfen. Und so gibt es jetzt keine Reue, sondern nur Bedauern. *Er wendet sich ab.* Erfolg in London!

THOMAS. Du nimmst ein Schiff?!

WILLIAM. Das erste, das mich anwirbt. An meinen Knochen wird man ja nichts auszusetzen haben.

THOMAS. Ich werde von dir hören?

WILLIAM. Niemals. Denke getrost, ich lebe fünfzig Jahre. Nichts bedeutet es dann, wenn ich nach einem sterbe; nein, du erfährst es nicht. Ich will denken, daß du fünfzig Jahre leben wirst, und sollte man dein Grab schon bald geschaufelt haben, mein Nichtwissen sucht nicht danach. *Ab.*

THOMAS *steht eine Weile wie schlafend da.* Das muß widerrufen werden. *Er eilt an die Tür, reißt sie auf. Aburiel steht auf der Schwelle.*

ABURIEL. Du bist allein?

THOMAS. Herr – Herr – welche Geschäfte eigentlich führen Sie von Zeit zu Zeit nach Bristol?

ABURIEL. Keine.

THOMAS. Ich habe wenig Zeit, Herr –

ABURIEL. Ich komme deinetwegen.

THOMAS. Meinetwegen? Das ist außerordentlich, Herr.

ABURIEL. Dein Freund William ist abgetan – ob du ihm auch nacheilen willst. Er wird sich auf irgendeinem Hausboden verbergen, bis er sich ausgeschwemmt hat und, erschöpft vom Weinen, sich nicht mehr kennt. Dein Freund Peter in seinem Grabgewölbe beunruhigt dich nicht mehr. Cary, dein zweites Ich, ist nur noch ein Wort zwischen deinen Lippen.

THOMAS. Ich finde Ihr Auftreten sonderbar, Herr Aburiel –. Ihre Kenntnis meiner Verhältnisse ist erstaunlich. Ich sah Sie bisher nur selten.

ABURIEL. Ganz recht. Wesen meiner Art wählen selbst die Stunde, in der sie sich nützlich machen möchten.

THOMAS. Und jetzt wäre abermals Gelegenheit für Sie, mir – beizustehen?

ABURIEL. Thomas Chatterton wird bald unruhig werden und auf das Fenster starren, ob sich dort nicht ein Mädchenkopf zeigt.

THOMAS. Bin ich nicht allein mit meinen Erlebnissen?

ABURIEL. Für dein Alter kann man sich die Möglichkeiten errechnen, zumal du, wie ein oberflächlicher Anatom, dem Mechanismus deines Körpers mehr vertraust als seinem Geist.

THOMAS. Herr –. Was wollen Sie von mir? Warum stellen Sie mir nach? Ich bin nicht Ihr Schuldner.

ABURIEL. Ich bin ein Werkzeug; – dir ein Fremder, der deinen Weg kreuzt; eine Zugabe in deinem Dasein. Ich will nichts weiter, als daß du bestehst. Du bist deinen Jahren voraufgeeilt – bis jetzt. Du folgtest bei deinem krausen Vorhaben dem Gesetz der Begabung. Die Heimsuchungen waren irdisch. Und wenn dein Tun nach Luder roch und wie Schmutz aussah, meinetwegen; die Biedermänner und -frauen sollen sich die Nase zuhalten. Ich denke anders über – den Schmutz. Die Natur denkt anders darüber, als die Bücher wissen wollen. –

THOMAS. Wohinaus geht die Ansprache?

ABURIEL. Aufs Wirkliche. Du pochst auf deine Begnadung, suchst einen Abgrund für deine Leidenschaft, die sich dir kaum gezeigt hat. Du übertreibst deinen Stolz, deine Ausschweifung, verhökerst deine Gesinnung und opferst die Tiefe deiner inneren Gesichte geläufigen Reimen.

THOMAS. Ein Wort, und Sie müßten verstummen, Herr Aburiel: ich liebe Maria Rumsey.

ABURIEL *spöttisch.* Diese? Oder auch eine andere? Oder eine dritte? Oder das Dutzend, das du schon hinter dich gebracht hast?

THOMAS. Ist es nicht die einzig würdige Aufteilung: Einsamkeit und Lust?

ABURIEL. Du beharrst auf einem Wagnis, das du nicht bestehen kannst. Du wählst das Laster als Beweis für deine Armut.

THOMAS. Sie wollen mich entmutigen, Herr Aburiel.

ABURIEL. Ich bin nur eine Stimme, die du hörst. Und gehe schon, weil ich dir lästig bin.

THOMAS. So plötzlich? –

ABURIEL. Versuche dich nicht selbst, indem du dir einbildest, du könntest ein großartiges Dasein gewinnen.

Er verschwindet. Es ist inzwischen Abend geworden. Die alte Frau Chatterton kommt leise herein.

THOMAS. Weisheit, die mir den Willen lähmen soll; Mäßigung, die mir das Glück, nach dem mein Fleisch schreit, zum Ärgernis macht –. Ich stürze lieber.

DIE ALTE FRAU CHATTERTON. Dieser Osterabend taugt nichts. Ich gehe in meine Kammer und lege mich ins Bett. *Ab.*

THOMAS. Du bist es, Großmutter –? *Maria Rumsey kommt.* Ich träume. Jetzt bist du es, Polly. Freudlos wär dieser Tag vergangen, wärest du ausgeblieben! *Er umarmt Maria Rumsey.* Oh Polly, Polly! Alles in mir ist wüst und leer. Erinnerung, ein eingestürzter Turm. Nur du, meiner Seele Seele, stehst unberührt, das Bildnis einer Göttin.

MARIA RUMSEY. Was hat es denn gegeben? Bist du noch immer eifersüchtig auf Fowler? – Es ist grundlos.

THOMAS. Ich bin frei. Ich bin kein Lehrling mehr. Ich habe Angst. Der Vergnügungen, die ich je kennenlernte, sind wenige; – immer nur Schlaflosigkeit und Kälte. Ich werde nach London gehen. Wirst du mir dorthin folgen?

MARIA. Ich werde dich besuchen – zum wenigsten. So ist der Plan gelungen. Erzähle!

THOMAS *der zum Fenster hinausschaut.* Ach, gerade kommen meine Mutter und meine Schwester vom Kirchgang zurück. Schnell, hinauf in mein Dachzimmer, damit dieser schöne Augenblick zwischen dir und mir uns allein gehört. *Beide ab.*

Sarah Chatterton und ihre Tochter Mary kommen.

MARY CHATTERTON. Thomas ist nicht in der Stube.

SARAH CHATTERTON. Böse Tage stehen uns bevor, Mary. Bis er auf dem Weg nach London ist, wird hier Unruhe sein, Heftigkeit, Unbilligkeit. Er hat eine zerrissene Seele. Er ist unter uns ein Fremder.

MARY. Er ist ein unleidlicher Junge, beinahe mißraten –

SARAH. Er ist niemals ganz vom Tode befreit worden. Er war tot, Mary, als ich ihn geboren hatte.

FÜNFTER AKT

Anfang Juni 1770

London – Shoreditch, 48 High Street

Ein großes möbliertes Zimmer mit zweischläfrigem Bett, an der Wand ein Lorbeerkranz mit Schleife. – Thomas Chatterton sitzt und schreibt; ringsum auf dem Fußboden Papierschnitzel und -knäuel.

Frau Walmsley *kommt mit einem Eimer und einem Ginsterbesen.* Jetzt ist es soweit, Herr. Sie werden mich nicht mehr davon abhalten, wenigstens auszufegen. Sie ertrinken ja in dieser Papierunordnung. Außerdem bewohnt mein Neffe das Zimmer mit Ihnen gemeinsam. Man müßte sich schämen, sollte er einmal einen seiner Altersgenossen mit sich heraufbringen.

Thomas. Madam – ich bitte Sie – Dichter hassen Besen. Reinemachen verträgt sich nicht mit Lesen und Schreiben.

Frau Walmsley. Ich weiß nicht, zu welchem Zweck es Dichter gibt, außer, daß sie in einem schmutzigen Jackett und einem abgetragenen Mantel im Dachfenster sitzen und eines Tages verhungern.

Thomas. Ward je ein Reich regiert zuvor
von einem alten Hengst und einer Hur'?
Verstehen Sie das? Madam?

Frau Walmsley. Es ist etwas Politisches. Es bezieht sich auf unsere Regierung.

Thomas. So ist es. ich unterhalte mit William Beckford, dem Lord Mayor, und John Wilkes, dem Abgeordneten, nahe Beziehungen. Freiheit und Wahrheit sind bessere Ziele als Regierungstreue. Ich schreibe für »Freeholder's Magazine«, für »Town and Country«, fürs »Middlesex Journal« – kurz, ich bin ein politischer Schriftsteller, und die Sache der Aufrichtigkeit hat keine Zeit zu verlieren. Alles Tuch, das in

England gewebt wird, reicht nicht aus, um die Schändlichkeiten zu verhüllen, die Reichtum, Regierung und Gerichte begehen. Aber es gibt Blinde. Man muß die Blinden sehend machen. Darum schreibe ich. Und ich bitte Sie, nehmen Sie Rücksicht auf meine Eile und gehen Sie unverrichteter Sache wieder hinaus. Zudem werde ich heute noch fort sein; dann ist die Gelegenheit für ihr nützliches Vorhaben.

FRAU WALMSLEY. Gut. Ich werde mich später wieder einfinden.

Sie geht. Thomas Chatterton schreibt weiter. Frau Ballance kommt, ohne anzuklopfen, herein.

THOMAS. Ich bitte um Rücksicht. Dies Zimmer ist kein Korridor. Ich verlange, daß man anklopft.

FRAU BALLANCE. Ich bin es, Tommy, deine Kusine.

THOMAS. Sie sind unausstehlich, Kusine Ballance. Ich heiße nicht Tommy. Haben Sie jemals gehört, daß ein Dichter Tommy hieße? Ich verbitte es mir. Sie kennen meinen richtigen Namen so gut wie die anderen Bewohner des Hauses. Ich verlange Achtung von Ihnen, keine Vertraulichkeit.

FRAU BALLANCE. Ich finde, daß Sie närrisch sind, Thomas Chatterton. Außerdem bin ich es, die sich zu beklagen hat.

THOMAS. Wie bitte?

FRAU BALLANCE. Ich kenne keine Dichter, und wie sie heißen, weiß ich noch weniger. Indessen, man kann feststellen, daß ich deine Kusine bin und eine ehrenwerte Frau dazu, die Witwe eines Seefahrers, die es übernommen hat, für dein leibliches Wohl, gemeint sind Essen und Trinken, zu sorgen.

THOMAS. Ich bitte – ich verlange, daß Sie mich wie einen Herren behandeln und anreden. Da Sie nicht wissen, wer und was ein Dichter ist, werden Sie in mir wenigstens die Person, die wohlgekleidete Person, als etwas Vorhandenes anerkennen.

FRAU BALLANCE. Mich können Sie nicht ohne weiteres hinters Licht führen, Thomas Chatterton. Es ist meine Absicht und meine Pflicht dazu – als Ihre Kusine –, Ihnen ein paar Ratschläge zu geben. Ihre Freunde Fell und Edmunds, die

Herausgeber irgend welcher freiheitlichen Zeitschriften, für die auch Sie gearbeitet haben, sind verhaftet worden. Das hat man lesen können, und Sie selbst, Thomas Chatterton, haben es erzählt. Damit – oder auch sonst, sind Ihre literarischen Vorhaben außer Kurs gesetzt –, leugnen Sie es nicht. Sie schreiben ins Leere oder für den Fußboden, allenfalls für Bänkelsänger oder Musikdoktoren. Sie drehen die letzten Schillingstücke in Ihrer Tasche herum und hoffen – ich weiß nicht auf was.

THOMAS. Meine Beziehungen zum Lord Mayor sind die besten. Seine schriftliche Ermahnung an den König, die die Flucht eines korrupten Ministers und leider auch das Mißgeschick so aufrichtiger Männer wie Fell und Edmunds zur Folge hatte, muß publizistisch ausgewertet werden. William Beckford braucht meine Feder.

FRAU BALLANCE. Und Sie brauchen allgemeinere Lebensnotwendigkeiten, Brot zum Beispiel. Mit Sorge beobachte ich, daß Sie sich elegant kleiden, sich in Sänften in der Stadt umhertragen lassen –

THOMAS. Es ist notwendig. Wenn ich mit dem Bruder eines Lords im Kaffeehaus sitze und den Plan eines großen Handbuches zur Geschichte Londons entwerfe, kann ich nicht als armer siebzehnjähriger Schreiberlehrling ausstaffiert sein.

FRAU BALLANCE. Aber du bist arm. Du solltest deine literarische Tätigkeit in London als gescheitert betrachten und versuchen, irgendwo eine kleine Anstellung zu bekommen – als Schreiber oder Bücherverkäufer. Deine hochgestellten Bekanntschaften werden dir vielleicht eine auskömmliche Beschäftigung im Handel oder Rechtswesen vermitteln können.

THOMAS. Sie sind nicht nur aufdringlich, Sie sind besessen, Kusine, mir immer wieder mit Ihren so nützlichen, biederen, doch so durch und durch ungeeigneten Anempfehlungen aufzuwarten. Sie wollen meine inwendige Vernichtung, den Zusammenbruch meines Gehirns – als ob ich aus lauter Übermut Bristol und dem Kontor in der Corn Street entflohen wäre. Lieber will ich etwas veröffentlichen, das mich in den Turm bringt wie Wilkes – es wäre wenigstens zu meinem Ruhm.

Frau Ballance. Sie sprechen auf Ihre Weise, Thomas Chatterton, ich auf die meine. Das ist offenbar zweierlei. Doch das Geld, das Sie und ich zum Leben benötigen, ist das gleiche; davon bin ich überzeugt. Und damit komme ich zur nächsten Sache. Sie essen an meinem Tisch. Wir haben uns geeinigt, daß Sie dafür einen bescheidenen Betrag entrichten. Sie sind ein schlechter Esser; die meisten Gerichte munden Ihnen nicht. Wir haben, damit Sie nicht hungrig bleiben, miteinander ausgemacht, daß ich die Speisen nach Ihrem Geschmack einrichte. Nun ist es aber so gekommen, daß Sie beinahe jede Mahlzeit versäumen. Sie sitzen und schreiben und wollen nicht gestört sein, beginnen zu toben, wenn ich sage, daß die Suppe auf dem Tische steht und kalt wird. Oder Sie sind gerade in der Stadt. Oder Sie haben sowieso keinen Hunger. Was ich gekocht habe, verdirbt meistens. Selten nur, daß Sie hinterher irgendeinen kalten Rest verschlingen. – Ich brauche wohl kaum noch hinzuzufügen, daß Sie Ihren Beitrag zum Haushalt seit drei Wochen nicht bezahlt haben.

Thomas. Sie werden Ihr Geld erhalten, Kusine. Ich habe große Außenstände. 11 £ 17 sh allein für den Monat Mai. Haben Sie keine Sorge deswegen, bitte. Im übrigen tun Sie mir unrecht, wenn Sie vermuten, daß ich Ihre Anrichtungen nichtswürdig verschmähe. Vielmehr, es ist in meinem Bewußtsein, daß ich Ihnen zur Zeit mit Geld schuldig bin. Ich möchte Ihren Kredit nicht übermäßig beanspruchen. Ich bin genügsam und komme mit Brot und Wasser aus.

Frau Ballance. Dazu gekochte Hammelzunge. Es hat sich schon herumgesprochen.

Thomas. Sie ist schmackhaft, billig und nahrhaft. Mein Bedürfnis zu essen ist meistens nachts.

Frau Ballance. Ihr ganzes Dasein ist Unordnung. Ich weiß wahrhaftig nicht mehr, ob Sie mein Tischgast sind oder nicht.

Thomas. Ich bin es, Kusine; doch scheint es mir richtig, daß wir die gemeinsamen Mahlzeiten auslassen, bis ich das Zurückliegende bezahlt habe.

Frau Ballance. Ich kann dich doch nicht hungern lassen! – Die Abendmahlzeit ist gerade fertig.

THOMAS. Sehr freundlich von Ihnen, mich darauf aufmerksam zu machen; aber ich stecke tiefer in der Arbeit als sonst.

FRAU BALLANCE. Ich gehe schon. Sie sind unverbesserlich. Sie sind kein rechtschaffener Mensch, Thomas Chatterton. Ihre Geburtsstunde muß eine ungünstige gewesen sein. *Ab.*

Thomas Chatterton zerreißt Papier, beginnt wieder zu schreiben. Es wird gegen die Tür geklopft.

THOMAS. Wer kommt denn jetzt?

Herr Walmsley und sein Neffe Jack kommen herein.

HERR WALMSLEY. Entschuldigen Sie die Störung bitte, Herr Chatterton; aber es ist unaufschiebbar. Es handelt sich um meinen Neffen, diesen hier, Ihren Bettkameraden, Herr Chatterton. Er fürchtet sich vor Ihnen. Ist es nicht so, Jack, daß du dich vor dem Herrn fürchtest?

JACK. Ja.

THOMAS. Ich verstehe nicht. Ich habe Ihrem Neffen nicht das Geringste angetan. Ich bin freundlich zu ihm.

WALMSLEY. Er sagt, zuweilen, wenn Sie mit ihm allein sind, schauten Sie ihn eine Viertelstunde lang oder eine Halbestunde lang unentwegt an, ohne ein Wort zu sprechen – schauen ihn mit unheimlicher Schärfe an. Er ist fast fünfzehn Jahre alt. Da hat man schon etwas im Körper und fühlt sich behindert, wenn man so durchdringend betrachtet wird. Ist es nicht so, Jack?

JACK. Ja.

WALMSLEY. Er sagt auch, seines Wissens hätten Sie, Herr Chatterton, niemals geschlafen, während Sie neben dem Jungen lagen. Es sei Ihre Gewohnheit, sich sehr spät ins Bett zu begeben, zuweilen erst um drei oder vier Uhr des Nachts. Aber auch dann seien Ihnen die Augen nicht zugefallen, Sie hätten vielmehr in die graue Dämmerung gestarrt. Und am Morgen, um fünf oder sechs, wenn Jack aus den Federn muß, waren Ihre Lider geöffnet, und Sie haben sich zugleich mit ihm erhoben. Hast du es nicht so erzählt, Jack?

JACK. Ja.

WALMSLEY. Fast jeden Morgen sei das Zimmer mit Papierschnitzeln, nicht größer als eine Sixpence-Münze, übersät, zerrissene Blätter, die Sie zuvor mit kleiner Schrift beschrieben hatten. Ist es nicht so, Jack?

JACK. Ja.

WALMSLEY. Er sagt auch, daß Sie die Fähigkeit hätten, sich von beinahe nichts zu ernähren: ein wenig Wasser, ein paar Bissen Brot und zwei Mal in der Woche eine gekochte Hammelzunge, die Sie aus Ihrer Rocktasche hervorziehen. Hast du es nicht so gesagt, Jack?

JACK. Ja.

WALMSLEY. Er hält Sie für einen Geist, nicht für einen Menschen. Er fürchtet sich. Er will nicht länger mit Ihnen im gleichen Bett schlafen und das Zimmer mit Ihnen teilen. Das wollte ich vorbringen, Herr Chatterton. Es ist eine ernste Sache. Meine Frau und ich müssen ihm ein Bett ins Zimmer seiner Schwester stellen; sie ist fast siebzehn Jahre alt, und er ist mitten zwischen vierzehn und fünfzehn. Wir wissen keinen anderen Ausweg. – Lauf jetzt deiner Wege, Jack! *Jack ab.*

THOMAS. So habe ich endlich ein Zimmer für mich allein.

WALMSLEY. Das wollte ich sagen: es ist zu Ihrem Vorteil, Herr Chatterton. Ich weiß, Sie verschmähen die Mädchen nicht. Bisher mußten Sie die Gegend zwischen Charing Cross und Fleet Ditch aufsuchen. Von jetzt ab können Sie sich gelegentlich eine Modistin, oder was sie nun sei, mit heraufbringen.

THOMAS. Wenn Madam Ballance nicht wäre.

WALMSLEY. Sie sind doch nicht der Aufsicht Ihrer Kusine unterstellt. Notfalls kann man sie täuschen.

THOMAS. Sprechen wir davon nicht weiter, Herr Walmsley. Meine Aufgabe in dieser Welt ist es, zu schreiben. Ganz ohne Mädchen komme ich nicht aus; aber es ist eine Nebensache.

WALMSLEY. Sie wohnen in einem anständigen Haus, das versteht sich. Aber ich weiß auch, was es bedeutet, wenn einem die Natur kommt. Daß Sie ein Geist seien, ist eine abergläubische Einbildung des Jungen, – damit Sie mich nicht mißverstehen.

THOMAS. Jack hält meine Arbeit für wertlos, für etwas Totes; das ist eine schmerzliche Feststellung. Wer Mörtel aufträgt und Ziegelsteine vermauert, vollbringt etwas Sichtbares, eine nicht geisterhafte Arbeit. Mein Blick ist weit weg, in die Ferne gerichtet.

WALMSLEY. Wir sind einfache Menschen, Herr Chatterton. Es wäre jetzt nur noch der Preis auszuhandeln. Sie bewohnen das beste Zimmer des Hauses ab heute allein, und ein Aufschlag mit der Hälfte des bisherigen Preises ist wohl angemessen. Statt drei Schillinge wie bisher, vier Schillinge 6 die Woche.

THOMAS. Abgemacht, Herr Walmsley. Was ich Ihnen noch schulde – –

WALMSLEY. Es eilt nicht, Herr. Ein junger Mensch ist zuweilen in Verlegenheit. Beunruhigen Sie sich deswegen nicht.

THOMAS. Sehr freundlich.

WALMSLEY. Nichts für ungut, ich bitte. Der Junge hat mir sehr in den Ohren gelegen. Ich empfehle mich. *Ab.*

THOMAS *schreibt.*

Moderner Dichter reine Reime
nimmt niemand hin als gute Ware;
für nichts verkauft man lebende Gebeine
und reißt sich um die toten auf der Totenbahre.

Es wird geklopft.

THOMAS. Warum läßt man mich nicht arbeiten? Nimmt die Belästigung kein Ende? Herein – bitte!

Maria Rumsey im Reiseanzug kommt herein.

THOMAS *springt auf.* Maria – Miss Rumsey – Polly, geliebte Polly!

MARIA RUMSEY. Thomas! – Thomas Chatterton – umarmen Sie mich nur.

THOMAS *umarmt und küßt Maria Rumsey.* Sie sind in London. Von Bristol hierher! Ich hatte es nicht mehr zu hoffen gewagt.

MARIA. Ich muß Sie doch von Ihrer Eifersucht einmal ganz und gar befreien. Verfolgen Sie den armen Fowler nicht länger mit ihren satirischen Gedichten. Er betet mich an. Das ist schließlich sein Recht, sofern ich ein wenig hübsch bin und auch sonst Gefallen errege.

THOMAS. Polly!

MARIA. Ich bin niemals die Geliebte Fowlers gewesen, damit Sie es wissen.

THOMAS. Aber jetzt sind Sie die meine!

MARIA. Thomas – ich bin gekommen. Ich habe es damals in Bristol zugesagt.

THOMAS. Maria – Polly – nun denn, so soll es sogleich zwischen uns sein wie es beim Abschied war. *Er umarmt sie abermals.*

MARIA. Thomas – ich muß deine – und meine Freude sogleich einschränken: ich kann nur drei Tage in London bleiben.

THOMAS. Vorher macht diese Begrenzung die Freude nur größer.

MARIA *setzt sich.* Du bist sonderbar – anspruchslos. Ich möchte dir selbstverständlich nicht im Wege sein.

THOMAS. Polly! Was für ein Gedanke!

MARIA. Kein unbegründeter.

THOMAS. Durchaus. Ein abstruser.

MARIA. Vor noch nicht langer Zeit, ich glaube, es war am letzten Tag des Monats Mai, schrieb Thomas Chatterton seiner Schwester aus Toms Kaffee-Haus einen weitschweifigen Brief, der ein Postskriptum hatte: »In dieser Minute wird mir das Herz von den schwarzen Augen einer jungen Dame durchbohrt, die in einer Mietskutsche vorüberfährt: wenn meine Liebe anhält, sollst du in meinem nächsten Brief davon hören.«

THOMAS. So hat deine Eifersucht die Reise nach hierher betrieben oder doch beschleunigt?

MARIA. Vielleicht. Ich wollte sehen, wie du lebst. Ist meine Erinnerung an den Brief falsch oder richtig?

THOMAS. Richtig, doch auch unvollständig. Es fehlt die Fortsetzung. Es gibt keine, einzig dies: Die Mietskutsche fuhr vorüber, und die Dame wurde nicht mehr gesehen.

MARIA. Sofern es keine Ausrede ist.

THOMAS. Ich bin verliebt, ich bin's. Der Teufel wird mich holen, wenn ich verrate in wen.

MARIA *steif.* Du wirst es mir sagen müssen.

THOMAS. In Fräulein Maria Rumsey, in dich, Polly!

MARIA. Thomas – du verwirrst mich mit deiner Zickzack-Rede. Ich weiß schließlich, daß du es mit den Mädchen nicht so genau nimmst. Fräulein Thatcher wird Herrn Lewis schnell heiraten, und man glaubt in der Redcliff Street, daß Thomas Chatterton die Ursache für die Eile wurde. Deine Gefühle für Fräulein Webb sind sicherlich auch noch nicht erkaltet, wenn es auch Zwist zwischen euch gegeben haben soll. Und welche Verbindungen du in London angeknüpft hast, man weiß es nicht.

THOMAS. Polly, ich bin weitschweifig in meinen krassen Empfindungen; aber meine Liebe ist etwas Einsames.

MARIA. Du verstehst dich auf Worte. Ich nehme sie so hin, wie du sie sagst. Aber ich bin doch, bei aller Bereitschaft für dich, vernünftig. Meine Zuneigung ist echt. Im Schatten deiner grauen Augen zu sein, ist verlockend und unheimlich. Aber ich könnte mit dir kein Abenteuer haben, wenn Fowler mich nicht liebte. Denn du bist unzuverlässig. Dein Ruf in Bristol ist nicht viel besser als der schlechteste.

THOMAS. Es ist also ein für alle Mal bewiesen, daß ich ein Feind der redlichen Handelsstadt bin, ein Verlorener, ein Auszustoßender. Die gewaltigen Herren der Banken und Schiffe, die in der Woche sechs Tage Sklaven, Pfeffer, Tee, Taue, Häute und Bier verhandeln, um am siebenten in einer Kutsche in die Kirche zu fahren, weil es Gott beleidigen könnte, wenn sie zu Fuß gingen, – sie verachten die Künste, hassen sie, bekämpfen sie, indem sie über die Freiheit des Geistes herfallen. Poesie, Musik, Malerei sind für sie Papperlapapp, genau so wie die hingemordeten Neger, diese Hunderttausenden, bei der Gewinnung der Menschenware. Dreck ist, wer arm ist. Mit einem Augenaufschlag zum Himmel vertuschen sie den Gestank ihrer Hauptbücher.

MARIA. Beruhige dich, bitte. Wir sprachen nicht von arm und reich, sondern von Menschen, die dir zugetan sind oder es waren, und denen du die gleichen Empfindungen entgegenbrachtest oder -bringst.

THOMAS. Als Colston-Junge, auch als Lehrling noch, habe ich gute Freunde gehabt, Burschen, älter als ich, aber kindlicher, die meine inwendige Vereinsamung mit ihrer anmutigen Beharrlichkeit, mich anzuerkennen und zu lieben, ungeschehen machten. Dann kam das Älterwerden, der Bruch, der uns aufgezwungen wird. Ich habe mir die Mädchen untertan gemacht, um meinen Stolz zu retten. William Smith hat das nicht begreifen können; – sein Bruder fügte sich leichter in die Natur. Willst nun auch du mir den Versuch, mich zu entfalten, unvorteilhaft anrechnen?

MARIA. Beenden wir die Unterhaltung darüber. William Smith hat Bristol verlassen.

THOMAS. Hat er sich auf ein Schiff anwerben lassen?

MARIA. Man hat darüber nichts gehört. Eine Frage: Lebst du beständig inmitten dieses Papierabfalls?

THOMAS. Stört dich die Tatsache, daß dies meine Werkstatt ist?

MARIA. Gibt es hier niemand, der den Boden säubert?

THOMAS. Doch. Ich muß mich sogar gegen die Hausfrau wenden, damit es nicht zu oft geschieht. Soeben erst habe ich Madam Walmsley, die Vermieterin, hinausgeschickt, weil ich mich in der Arbeit nicht stören lassen wollte. Sie wird erneut anrücken und dann das Zimmer wohnlich machen.

MARIA. Du arbeitest viel?

THOMAS. Bis zur Erschöpfung, Polly. Die Zeitschriften und Magazine veröden mein Hirn. Ich weiß kaum noch, was ich zu Papier bringe. Das Meiste muß ich zwei, drei Mal schreiben, weil mir die Formulierungen nicht mehr gelingen. Die Bilder, die mir einfallen, sind durchschnittlich. Ich wiederhole mich. Meine Gedanken sind unverändert klar; aber die rechten Worte stellen sich nicht ein. Ich bin in einem Zustand, der mich beinahe verzweifeln läßt.

MARIA. Deine Briefe berichten von einem großartigen Leben, das du hier führst.

THOMAS. Hätte ich anderes mitteilen sollen? Wahrscheinlich kenne ich meine Lage gar nicht. Vielleicht stehe ich an der Pforte des Ruhms oder neben meinem Grab.

MARIA. Deine Einnahmen sind doch wohl beträchtlich? Jedenfalls bist du vornehm gekleidet, und den Deinen in der Redcliff-Street hast du kostbare Geschenke gemacht.

THOMAS. Mein Stolz verlangt, daß ich nicht kleinlich bin. Außerdem: ich muß sie beschwichtigen, denn sie glauben mir mein Talent nicht. Ich hatte gerade meine Rechte an einem Singspiel verkauft; Herr Luffmann Atterbury bezahlte

5 £, 5 Schillinge bar. Eine Arie daraus, »Auf in die Wälder –«, von dem Knaben Cheney gesungen, hat ganz London begeistert. – Es ist ein Erfolg, Polly. Im übrigen erfahre ich manche Enttäuschung. Die Zeitschriften erscheinen insgesamt erst am Ende jeden Monats, und ihre Besitzer rechnen nur zögernd ab. Vieles bleibt unbezahlt. Wer gegen die Regierung schreibt, ist nicht auf der Seite der Einnahmen.

MARIA. So hat sich auch London widerspenstig gezeigt?

THOMAS. Nicht die Menschen, nicht die Straßen machen mich zum Besiegten. Wenn irgendein Mädchen oder Junge meine Lieder pfeift, bin ich versucht, Tränen zu vergießen. Aber mir hängt die Armut an. Ich komme von unten. Weil ich für den Mund arbeiten muß, fehlt es mir an Muße. Ich schlafe weniger denn je. Zwischendurch ist meine Männlichkeit unaushaltbar.

MARIA. Willst du nicht nach Bristol zurückkehren? Mir scheint, hier bist du von Gefahren umgeben.

THOMAS. Der Weg von dort nach hier hat für mich nur eine Richtung.

MARIA. Ich werde in Bristol sein, nicht in London.

THOMAS. Wenn mein Talent vergehen sollte – wenn ich zu den Berufenen gehöre, die nicht auserwählt sind – wenn ich eines Tages um das nackteste Leben kämpfen muß – mir alle Träume genommen werden, will ich versuchen, als Schiffsarzt unterzukommen. Ich versuche, die Bekanntschaft Sir George Colebrookes zu machen; er ist der Direktor der Ostindischen-Kompagnie. Ich habe Barrett dringlich geschrieben, er möchte mir wenigstens das unterste Patent eines Wundarztes ausstellen. Er ist mir verpflichtet; er weiß, daß ich Kenntnisse in der Anatomie habe. Er selbst begann seine Laufbahn als Zahnzieher und Apothekerlehrling. Aber ich werde nicht auf die See gehen, wenn ich auf dem Lande bleiben kann.

MARIA. Unsere Unterhaltung ist recht düster geworden.

THOMAS. Ich muß noch in die Stadt, um ein Manuskript abzuliefern. Willst du mich begleiten?

MARIA. Mit Freuden, Thomas.

THOMAS. Ich werde dir einige Gebäude zeigen, dich mit bedeutenden Menschen bekannt machen. –

MARIA. Wie wollen wir uns einrichten? Soll ich meine Reisetasche hier lassen?

THOMAS. Gewiß, Polly – wir bleiben zusammen. Ich bewohne dies Zimmer allein. Ich muß nur Herrn Walmsley ins Vertrauen ziehen; er ist verständig und mir aufrichtig zugetan. Kusine Ballance wohnt abseits. Die Hauswirtin wird alles gastlich zurichten. Es wird hier kein Gerede geben. London ist nicht Bristol. – Polly, glückliche Tage – *Beide ab.*

DER KNABE CHENEY *singt vor dem Vorhang.*

Away to the Woodlands, away . . .

shepherds are forming a ring. To dance, to dance to the
honour of May, And welcome the pleasure of Spring. And
welcome the pleasure of Spring. The shepherdess labours a
Grace, And shines in her Sun-day ar-ray. And
bears in the bloom of her face, The charms and the beauties of

I

Away, to the Woodlands, away,
The shepherds are forming a ring.
To dance, to dance to the honour of May,
And welcome the pleasure of Spring.
The shepherdess labours a Grace,
And shines in her Sunday array.
And bears in the bloom of her face,
The charms and the beauties of May.

II

Away, to the Woodlands, away,
And join with the amorous train;
'Tis treason to labour today,
Now Cupid and Bacchus must reign.
With garlands of Primroses made,
And crown'd with the sweet blooming spray
Thro' woodland, and meadow, and shade
We'll dance to the honour of May.

Freitag, 24. August 1770

39 Brook-Street, Holborn

Ein Dachzimmer mit zwei Fenstern im Hause der Frau Angel. Ein einschläfriges Bett und ein Halb-Himmelbett. Tisch, Stühle, Schreibzeug, Papier.
Arran liegt im Halb-Himmelbett, Nancy Brokage im anderen Bett. Beide schlafen.
Später Nachmittag.

Thomas Chatterton *kommt. Er betrachtet das Zimmer, die Schlafenden, sein Schreibzeug, liest.*

Nackend und ohne Freunde, umhüllt von Einsamkeit,
ist jeder Ort des Glücks mir nun verschlossen,
Im Geist zerstört, gequält von banger Düsterkeit –
ist manche Träne mir die Wang hinabgeflossen.
. . . .

Er reißt sich los, geht an das Himmelbett.
Arran, es wird Abend. Es ist Zeit, aufzustehen.

Arran. Die Nacht ist lang. Lassen Sie mich noch eine Viertelstunde zwischen den Decken.

Thomas. Genieße die Süßigkeit jeder warmen Minute bis auf den Grund.

Arran *dreht sich herum.* Ich genieße – ich genieße – das Bett –

Nancy Brokage. Der Flegel soll aufstehen, damit ich mich gemächlich ankleiden kann.

Thomas. Wenn Sie wach sind, Fräulein Nancy, bitte, seien Sie diesmal die erste auf den Füßen.

Es wird energisch gegen die Tür geklopft, Frau Angel tritt ein.

Frau Angel. Ich kann wohl herein, ohne zu belästigen.

Thomas. Bitte, Frau Angel –

Frau Angel. Ich habe ein bestimmtes Anliegen, Herr Chatterton –. Man hat mir soeben in meinem Laden erzählt, daß Sie beim Bäcker gegenüber einen Laib Brot auf Kredit haben kaufen wollen. Der Mann hat es Ihnen abgeschlagen. Sie haben keinen Schilling mehr in der Tasche, vermute ich.

Wahrscheinlich haben Sie seit zwei Tagen nicht einen Bissen gegessen.

THOMAS. Daß mir der Bäcker das Brot verweigerte, mag hingehen; daß er es weitererzählte, ist demütigend.

FRAU ANGEL. Wer in Not ist, darf nicht stolz sein. Welche Umstände haben Sie denn in diese Lage gebracht? Als Sie sich bei uns niederließen, vor zwei Monaten, rochen Sie eher nach Wohlstand als nach Armut. Sie kamen aus der Obhut einer Verwandten, der Sie sicherlich kein übermäßig hohes Verpflegungsgeld bezahlten, und ließen sich die Ungebundenheit bei uns und das Vergnügen etwas kosten. Seit vierzehn Tagen schulden Sie uns die Miete – und den Betrag für persönliche Bedienung.

THOMAS. Seit vierzehn Tagen – – habe ich keine persönliche Bedienung beansprucht.

FRAU ANGEL. Wie Sie sich im Besonderen verhalten, Herr Chatterton, entzieht sich meiner Beobachtung; ich will es auch nicht wissen.

THOMAS. Ich habe gearbeitet, Tag und Nacht gearbeitet, geschrieben. Glücklicherweise haben meine Tagesgäste nicht die Angewohnheit zu schnarchen. Sie liegen im Bett wie Holzstücke.

FRAU ANGEL. Wenn die Papierschnitzel, die Sie verstreuen, ein Beweis für Ihre Tätigkeit sind, so haben Sie die Wahrheit gesagt.

THOMAS. Das Singspiel, dessen bevorstehende Aufführung mich mit großen Hoffnungen erfüllt, ist leider noch nicht über die Bretter gegangen. Die Musik ist fertig. Streicher, Flöten, Hörner, Oboen, Klarinetten, Fagotte, Cembalo – –

FRAU ANGEL. Wir glauben Ihnen, daß es von guter Wirkung ist; wir sind ja keine Unmenschen.

THOMAS. Ich muß Geduld aufbringen –

FRAU ANGEL. Warum sind Sie nicht bei den Walmsleys geblieben? Dort wäre die Geduld Ihnen sicherlich leichter gefallen.

THOMAS. Erinnern Sie sich bitte, Frau Angel, am 21. Juni starb William Beckford, der Lord Mayor, an einem Schlaganfall. Ich war ihm sehr verbunden. Wir hatten gemeinsame politische Ziele. Meine Feder war zu seiner Verfügung. Plötzlich waren unsere Unternehmungen zuende. Als ich seinen Tod erfuhr, schrie ich. Meiner Kusine, der Frau Ballance, gab ich ein sehr unvorteilhaftes Schaustück meines Schreckens. Als ich mich ausgerast hatte, war sie unbesonnen genug, mich erneut anzuhalten, ich möchte mir eine bürgerliche Beschäftigung suchen, mein Talent verraten. Sie redete auf mich ein, ließ keinen Einwand, den ich machte, gelten. Ich hätte nichts weiter gebraucht als etwas Nachsicht, um mich auf meine anderen dichterischen Arbeiten zu besinnen. So mußte ich denn vor allem die Beaufsichtigung und Bevormundung abschütteln, meine Freiheit gewinnen.

FRAU ANGEL. Welche Aussichten haben Sie in der Zukunft?

THOMAS. Ich bitte Sie, Frau Angel, bangen Sie nicht um Ihr Geld. In der nächsten Zeit schon wird meine Lage völlig geändert sein. Ich habe mein Handwerk des Schreibens auf andere Ziele gerichtet. Zwei neue Singspiele sind in Arbeit –

FRAU ANGEL. Herr Chatterton – wir sprechen in ganzer Offenheit mit Ihnen. Sie erregen unser Mitleid. Unser Haus schätzt Sie als angenehmen Menschen. Ich möchte Ihnen vorschlagen, mit mir zu Abend zu essen, damit Sie erst einmal satt werden. Wir können dann Ihre Schuld an uns auf behagliche Weise aus der Welt schaffen.

THOMAS. Madam Angel – ich kann nicht – ich darf nicht –

FRAU ANGEL. Was können Sie nicht? Was dürfen Sie nicht? Mit mir zu Abend essen? Behagliche Stunden verbringen? Schämen Sie sich nicht, mir das zu sagen? Ist es etwa das erste Mal, daß Sie mich in meinen Räumen besuchen? Sind Sie denn bis zur Erschöpfung in die Puppe vernarrt, eine ungeschickte Anfängerin?

THOMAS. Es ist anders. Sie müssen mich entschuldigen. Ich kann mich nicht weiter erklären; aber ich habe Gründe, sehr bestimmte Gründe, gewichtige –.

FRAU ANGEL. Eine Absage ist eine Absage. Meine Dummheit ist nicht größer, als daß ich es begreife. – Ich nehme an, daß Ihre dichterischen Erfolge so weit herangereift sind, daß Sie morgen den uns geschuldeten Betrag erlegen können. *Frau Angel ab.*

THOMAS. Madam Angel –!

NANCY BROKAGE *springt aus dem Bett und kleidet sich während des Gesprächs an.* Ich begreife nicht, Thomas, warum du ihr den

Gefallen nicht tust. Du wärst satt geworden; deine Schulden wären dahin gewesen. Sie ist keine unebene Person, weder alt noch verschroben.

THOMAS. Nancy: es ist unmöglich – ich vermag nicht – es ist kein Widerwille – ich bin krank. Ich habe diese schimpfliche Krankheit.

NANCY. Das habe ich mir halberwege gedacht. Deine Zurückhaltung in letzter Zeit war so auffallend. Tröste dich: man wird geheilt – oder man findet sich damit ab.

THOMAS. Herr Cross, der Apotheker, hat mir Kalomel und Vitriol gegeben.

NANCY. Herr Cross, der Apotheker, ganz recht, er ist ein kluger und behilflicher Mann; verlaß dich auf seinen Rat. Er hat schon viele von der Garstigkeit befreit. – Ich werde Madam Angel erklären, warum du so ungefällig bist.

THOMAS. Kein Wort darüber werden Sie mit ihr reden. Keine Andeutung. Ich verbiete es Ihnen!

NANCY. Wenn ich schweige, ist es zu deinem Schaden.

THOMAS. Ich löse alle widrigen Probleme bald, seien Sie dessen sicher.

NANCY. Es freut mich, daß du zuversichtlich bist. – Ich bin fertig. Ich gehe. Auf Wiedersehen morgen.
Sie küßt Thomas flüchtig und geht.

ARRAN *steigt aus dem Bett, kleidet sich an.* Herr Chatterton – Ihre Traurigkeit macht mich ängstlich. Sie kommt von weit her.

THOMAS. Arran – all unser Ungemach kommt von weit her. Es wurde gegen uns ausgeschickt vor langer Zeit schon – und ereilt uns. Die Armut, unsere Armut ist sehr alt. Viele tausend Jahre alt ist sie. Wir sind Sklaven seit jeher. Wer kann da noch an Gott glauben? Wessen Eifersucht bestraft unsere Freude mit Krankheit?

ARRAN. Hier. Ich habe noch einen Schilling. Wenigstens Brot müssen Sie haben.

THOMAS. Ich danke dir, Arran; ich will deinen Schilling nicht.
Gibt die Münze zurück.

ARRAN. Ist er Ihnen zu schmutzig erworben?

THOMAS. Den Hungernden, den Armen ist alles erlaubt. Niemand darf sie richten. Nein, Arran, die Münze ist so sauber wie jede andere.

ARRAN. So sind Sie zu stolz, um Geld von einem Straßenjungen anzunehmen?

THOMAS. Ja, ich bin stolz. Es ist das meine Ausrede für schlechtes Verhalten. Aber ich mag nicht länger Thomas Chatterton sein.

ARRAN. Man kann wahrscheinlich kein anderer werden, Herr. Ihr Wesen ist doch bevorzugter als das meine, zum Beispiel.

THOMAS. In wiefern? Das möchte ich wissen.

ARRAN. Wenn ich Ihre grauen Augen hätte – ich meine den Blick, Ihr Gesicht – oder was es nun ist, dann brauchte ich mir nicht solche Mühe zu geben, meine hinteren Rundungen auszustellen. Mein Gesicht ist flach wie eine Bratpfanne, das hat man mir gesagt. Ich bin im Bett eines bäurischen Tagelöhners gemacht worden – sofern es ein Bett war. Ich habe Falten an der Stirn und rote Haare. Und in meine Nase regnet es hinein. Womit habe ich verdient, daß ich nichts Ordentliches bin? Und keine Eltern habe? Und dazu diese Angst – diese Angst vor größerem Elend? *Er beginnt leise zu weinen.*

THOMAS. Arran – Arran – ja, wir sind Abschaum. Wir sind ein Versuch nur, nichts Gelungenes. Wir sind für die Rechtlosigkeit bestimmt. Und Stolz – wir sprachen von Stolz – vermittelt die einzige Rettung. Wenn man die Demütigungen nicht hinnimmt – wenn man sich weigert, die Erniedrigungen zu schlucken – wenn man auf das bißchen Hoffnung, das uns zuweilen hingehalten wird, verzichtet und nichts mehr fordert, – nichts anderes als was uns zusteht: den Himmel – dann erfahren wir, erhobenen Hauptes, ob auch er für uns eine Enttäuschung ist.

ARRAN *zündet sich eine Pfeife an.* Ich habe nicht aufgefaßt, was Sie sagten, Herr. Aber ich muß jetzt hinunter. *Ab.*

Es ist inzwischen dunkel geworden. Thomas Chatterton macht Licht.

THOMAS *schreibt:*

»Verdammt zu bitterem Mangel und zum Elend –« Nein. Gedichte, dies Selbstmitleid – das muß vorbei sein. Thomas Chatterton muß vorbei sein. Der Hunger im Leib und der Eiter in den Lenden – das Getöse im Kopf – diese Angst –

dies Zögern, obgleich ein einziger saugender Wille, mir die endgültige Ruhe zu verschaffen, mich wie mein Geäder durchzieht – vorbei alles. Die Vorstellungen, das Delirium der Todesfurcht, der Schrecken vor den letzten Schmerzen –

Er schreibt wieder.

»Herrn William Bradford Smith –

Unfehlbarer Doktor, meine ehemalige Arzenei, lassen Sie dies Sendschreiben langes Schweigen entschuldigen. Ihre Bitte, mich zu äußern, würde seit langem erfüllt sein, wenn ich gewußt hätte, was zu dichten am tunlichsten ist: ein Carmen in Hendekasyllaben, ein Hexastichon, Ogdastichon, einen Tetrameter oder Septenarius. Sie dürfen wissen, daß ich lange an poetischer Cephaloponie oder Kopfschwere gelitten habe, so daß ich lieber ein Akrostichon beginne, doch hinüberirre in eine Threnodia, das ist ein Grabgesang. Das Gedicht lautete so: Die erste Zeile ein Akatalektus, das ist ein vollkommen reiner Vers; die zweite eine Ätiologie, das ist das Forschen nach der Ursache für die erste; die dritte eine Akyrologie, das ist eine uneigentliche Schreibart; die vierte eine Epanalepsis, das ist eine Wiederholung der vorigen, in der Form eines Kettenreimes; die fünfte eine Diatyposis, das ist eine Verbildlichung der Schönheit; die sechste eine Diaporesis, das ist Verlegenheitsgeschwätz des Erfolges; die siebente ein Brachykatalekton, das ist ein Vers, dem hinten etwas fehlt; die achte eine Ekphonesie der Ekplexis, das ist ein Aufschrei des Erstaunens. Kurz: ein Emporium, also ein Stapelplatz des Hirns, könnte keine größere Synchysis, sprich Vermengung der Worte aus Zufälligkeiten, ohne Syzysie, sage Zusammenjochung der bösen Ereignisse, enthalten. Ich bin entschlossen, auf den Parnaß zu verzichten, und möchte Ihnen raten, das Gleiche zu tun und statt dessen in die Mystik des Seifesiedens einzudringen. Glauben Sie nicht, ich beabsichtige ein Mykterismus, eine Verhöhnung, indem ich Seife erwähne. Nein, Mnemosyne, die Göttin des Gedächtnisses, läßt mich alle Ihre großen Dienste erkennen (sofern ich nicht an Amblyopie, das ist Blödsichtigkeit, leide) die immer gehören werden

Hasmot Etchaorntt«

William – jetzt sind die Nächte mit dir und die Tage auf den

Redcliff-Wiesen, wo ich dir aus dem Rowley vorlas, ausgestrichen. *Er schließt den Brief, zerreißt Papiere, wirft sie als Schnitzel umher. Er nimmt ein Glas mit Wasser, schüttet Arsenik dazu, legt sich Opium bereit.*

Es ist so weit. Wenn es Gnade gibt, bitte ich um diese Gnade. *Er trinkt das Gift. Einen Augenblick lang beschmeckt er seine Lippen, wartet mit ängstlichem Staunen, dann wirft er die Jacke ab, verzieht das Gesicht, wälzt sich aufs Bett, springt auf, hält sich den Leib, krümmt sich.* Die Schmerzen – unaushaltbare Schmerzen – Wer hat die Schmerzen erfunden? Diese Schmerzen? Wer hat diese höllische Wirklichkeit gemacht? Ich verbrenne inwendig. Wer ist verantwortlich? – Verantwortlich? *Er stopft sich Opium in den Mund, hustet, erbricht sich, fällt aufs Bett, stopft sich Kissen in den Mund, windet sich, zerreißt sein Hemd, rollt vom Bett herab ins Zimmer.*

ABURIEL *im Reiseanzug, kommt, löscht die Kerze, tritt bis vorn an die Rampe.* Es gibt eine Fortsetzung. Der Leichenbeschauer wird kommen. Man wird den Körper auf dem Begräbnisplatz des Shoe Lane-Arbeitshauses in ein gemauertes Loch schaffen, wo schon viele vor ihm waren, und nächtlicherweise wird der Schaufler den Toten an einen Leichenhändler verkaufen, denn junge Gestalten sind den Anatomen lieber als alte. – Wenn ein Achtzehnjähriger, der vom Genie berührt war, hungernd und ausgestoßen erlischt, bleiben Schuldige zurück. Die Armen, die nichts besitzen, sind freizusprechen. Die Regierenden, die Besitzenden, die Herren, die den Mund voll nehmen, darf man fragen: Erwartet ihr, daß der machtlose Engel, der den Berufenen beigegeben wird, Handel treibt, stiehlt, raubt, betrügt, eures Gleichen niederschlägt, um ein wertvolles Leben zu erhalten? Die Pflicht der Engel ist eine andere. Die Pflicht der Menschen aber ist es, nicht an den Besten schuldig zu werden.

ENDE

Paralipomenon I

Thomas
Chatterton:

Er besuchte als Kind einer Schulmeisterswitwe die Armenschule und kam mit 15 Jahre⟨n⟩ als Schreiber zu einem Advokaten gegeben Zwischen langweiligen Akten erfabelt er eine Märchenwelt aus dem mittelalterlichen Bristol deren Held ein Dichtermönch Thomas Rowley ist.
Alles was Ch. entbehrte, dichtete er dem Phantom an. – Die versunkene Herrlichkeit der Vaterstadt als Hintergrund. Er flunkerte einen Roman aus Wappen, Stammbäumen, Dichtwerken zusammen, einen (Zinngießer) und Arzt gewann er als Gönner, weil er ihre angeblichen Vorfahren darin auftreten ließ.
Chatterten beichtet den wahren Sachverhalt (als seine Mutter stirbt) Sie glauben ihm nicht.
Er reist nach London, um dort sein Glück zu versuchen, findet aber nur Elend. Seine letzten Dichtungen atmen todwunde Verzweiflung, glühenden Haß gegen die Reichen und Mächtigen. In der Ballade vom barmherzigen Samariter stellt er sich als den am Wege verderbenden Wanderer dar, dem niemand ein Almosen gibt. Eines Morgens wurde

Bristol

1. Szene:
ärmliche Stube
Mutter krank im
Bett, Ch. sitzt
und schreibt.
Personen: Mutter
⟨⟨Abbadona⟩⟩ Aburiel
Thomas
Der Advokat auch als
der Arzt Gespenster
der Metzger
das Madchen
2.) Szene Bristol
Kontor des Advokaten. Pers.
Th; der Advokat,
Abbadona, z.1.
Male.
3.) Szene: Ebenda?
Er zeigt den beiden:
Arzt und Schlachter
die Texte
4.) Szene: Sterbezimmer wie 1.
Das Mädchen
Er enthüllt seine
Fälschung.
5.) Zimmer in London
sein Ende.

Zinngießer: Barham
⟨⟨de Bartzem⟩⟩
gen. de Bergham
Simon

Penzold
Schatterton

der Dichterknabe, noch nicht 18-jährig,
inmitten seiner in Fetzen zerrissenen Manuskripte
mit der Giftphiole aufgefunden. (Arsenik)
⋆Bristol 20. 11. 1752 †London 24. 8. 1770
(25.)?

Ahmte die Sprache Caxtons nach in den hervorragenden Gedichten der »Rowley Papers« fingiert als Werk eines Mönchs und Barden aus dem 15. Jahrhundert Thomas Rowley / (Werke: hg. H. D. Roberts 2 Bd. Lond. 1906

Lit. E. Clarke, New Lights on Ch. London 1916
E. H. W. Meyerstein (London 1930)
A. de Vigny (1835 Drama)

William Caxton, 1. englischer Buchdrucker
⋆Weald (Kent) 1422? †London 1491

Erlernte den Buchdruck in Köln, übersetzte und druckte 1475 in Brügge »The Recuyell of the Historyes of Troye« des burgundischen Dichters Raoul le Fèvre. 1476 die erste engl. Druckerei in Westminster. Verlegt Werke, die Rittertum und Antike verherrlichen bes. eigene Übersetzungen aus dem Französischen. Einfluß auf die engl. Schriftsprache bedeutend.

Brückeneinweihung ist 1768 (nach Szene 2)

——— 7

⟨⟨Die sechs Pfeile durch den Phallos, das ist eine Weissagung, es bedeutet
ihre 7 kräftigen Söhne, von denen freilich erst sechs vorhanden sind,
eine Orgel zeugungsfreudiger Burschen, prächtig ausgestattet,
die den Mädchen
zu schaffen machen
werden, teils [?] frühzeitig, leider auch das.⟩⟩
Szene in London – Shoreditsch

⟨1/5 der Seite bleibt unbeschriftet⟩

Caesar schreiben

Paralipomenon II

Schiller Theater
Thomas Chatterton Ergänzung zur Seite 114 der gedruckten Ausgabe.

Thomas: – Polly, glückliche Tage – (beide ab).

(Aburiel schleicht mit dem Knaben Cheney ins Zimmer)

Aburiel: Wir kamen ungelegen. Wer guten Rat bringen möchte, muß sich hüten, lästig zu werden. – Ich könnte hier auf die Tischplatte mit Kreide meinen Namen schreiben – oder ein Begebnis, das in 8 oder 14 Tagen sein wird. Thomas, wie es seine Gewohnheit ist, schlendert auf einem Gräberfeld einher, unaufmerksam, mit seinen Gedanken beschäftigt. Er wird in ein neu geschaufeltes offenes Grab fallen. Und es wird ein Erschrecken sein, eine Mahnung. Man müßte seine Empfindungen, die er haben wird, zu lenken versuchen. (Er hat mit Kreide etwas auf den Tisch geschrieben und wischt es wieder fort.) – Nein. Das Noch-nicht-Gewesene, das auf uns Zukommende soll man nicht nennen – es würde zum Unausweichlichen werden. (Er geht an eines der Fenster, öffnet es weit.) Sing ein Lied von ihm, Cheney, damit die Luft in diesem Zimmer leichter wird.

Cheney: (etwas verwirrt, singt »A way to the Woodlands, a way...« Auf der Straße ertönen die beiden Violinen und der Baß.)

Frau Walmsley: (kommt mit Eimer und Besen)
Wie sind denn Sie hereingekommen?

Aburiel: Auf die gewöhnliche Weise: durch die Tür, über die Treppen.

Frau Walmsley: Ich habe Sie nicht kommen gesehen.

Aburiel: Wir sind nicht unsichtbar.

Frau Walmsley: Sie sind wohl einer der Musikdoktoren, die Herrn Chatterton zuweilen besuchen –?

Aburiel: Das ist mein Beruf nicht.

Frau Walmsley: Sie haben diesen Jungen hier doch etwas singen lassen.

Aburiel: Ich bin dennoch kein Musikdoktor.

Frau Walmsley: Wollen Sie sich über mich lustig machen?

Aburiel: Der Junge hat ein Lied gesungen, ein Lied Thomas Chattertons, das das halbe London kennt. (Er geht mit Cheney ab.)

Frau Walmsley: Nein – so etwas – sich einzuschleichen. (Sie beginnt mit ihrer Arbeit.)

Paralipomenon III

Zu »Thomas Chatterton«

Arie

Hinaus in die Wälder, so kommt!
Die Hirten, sie stell'n sich zum Tanz,
zum Tanz, zum Reigen im grünen Mai.
Begrüßet die Freuden, seid frei!
Begrüßet die Freuden, seid frei!
Die Mädchen verwandeln sich ganz;
sie strahlen im Sonntagsgewand.
Ihr liebliches Antlitz entband
die Liebe, die Glut, die uns frommt,
die Liebe, die Glut, die uns frommt.

Hinaus in die Freude wir fliehn.
Vereint euch dem liebenden Troß!
Verrat, Verrat ist's zu arbeiten heut;
Cupido und Bacchus regier'n,
Cupido und Bacchus regier'n.
Tut frei, was das Herze erfreut!
Ein Narr, wer die Zeit nicht genoß!
Durch Wälder und Wiesen wir zieh'n;
das Dasein sei heut Jubilier'n,
das Dasein sei heut Jubilier'n!

SCHLIMMER UND SCHLIMMER

Oper in zwei Akten
nach Francesco Maria Molza
von
Hans Henny Jahnn

Musik von
Yngve Jan Trede

Personen:

GINESE, der Mantuaner, Wollkrempler
MONNA MONETA, Witwe, später die Frau Gineses
GHEDINO, 18 Jahre alt, ihr Sohn
SALVATORE GRILLO, Küfer
EMILIA, seine Frau
FRANCESCA, 15 Jahre alt, deren Tochter
GALEAZZO GARIMBERTI, ein Jüngling

ALEARDO
BENEDETTO
EDDMONDO
RENATO
Handwerker

Ort: Parma
Zeit: Um 1500

Rechts und links vom Schauspieler aus

Erster Akt

Schauplatz 1

Arbeitsraum im Hause Gineses.
Früher Morgen.

Ginese sitzt und kartet Wolle. Man hört, daß links gegen die Außentür gepocht wird.

GINESE:
Was klopft denn da? Wer kann es sein?
Besuch so früh am Morgen?
(Er steht von seiner Arbeit auf.)
Ich muß wohl öffnen. Man weiß vom Tag,
der kaum begonnen hat, nicht viel.
Es kann ein Kunde sein von auswärts
oder einer, der schlecht schlief.
(Er öffnet links die innere und äußere Tür.
Durch den Gang kommen herein:
Aleardo, Benedetto, Eddmondo, Renato, Salvatore –
Handwerker verschiedener Berufe.)

ALEARDO:
Wir haben nicht vergessen –

EDDMONDO:
Wir haben nicht vergessen –

BENEDETTO:
Wir haben nicht vergessen –

RENATO:
– daß du heute –

SALVATORE:
– daß du heute –

ALEARDO:
BENEDETTO: – von allen Tagen des Jahres –
EDDMONDO:

RENATO:
SALVATORE: – von allen 365 Tagen

ALEARDO:
BENEDETTO: – von allen Tagen des Jahres –
EDDMONDO:

ALEARDO:
BENEDETTO:
EDDMONDO: – von allen den schönsten begehst.
RENATO:
SALVATORE:

SALVATORE:
Und daß nach fünfzig Jahren
ein halbes hundert Jahre sich dir vollenden.
ALEARDO:
Und rüstig bist du, bist voran gekommen.
RENATO:
Du hast ein Haus – und Geld im Säckel.
BENEDETTO:
Die Arbeit geht dir von der Hand.
Sie nimmt dir nichts vom Fleisch
und krümmt dir nicht die Knochen.
EDDMONDO:
Wir gratulieren deinem jungen Alter.
SALVATORE: Wir gratulieren.
ALEARDO:
BENEDETTO: Wir gratulieren.
RENATO:
GINESE:
Verzeiht – wie wißt ihr das?
Daß ich an diesem Tag geboren wurde?
Ich selbst – nein, ich entsinn mich nicht.
Ich hab's vergessen. Der Tag, das Jahr, der Monat –
Wen kümmern sie? Nicht mich.
Ich feire nicht. Ich lebe einsam.
Bei mir gibt es nicht Wein und Kuchen⟨.⟩
Sehr freundlich, daß ihr an mich denkt.
Jedoch was soll es? Allenfalls
kann es am Abend einen Umtrunk
in Paltroneris Hinterzimmer geben.
Mir fehlt die Hausfrau –

SALVATORE:
Wahr ist's leider.
RENATO:
Ein trauriges Geschick.
ALEARDO:
Wenn man so rüstig ist.
BENEDETTO:
Und gut gewachsen.
EDDMONDO:
Am Feuer fehlt es nicht.
GINESE:
Ach, meine Freunde, müßig ist die Rede.
In jungen Jahren ließ ich aus,
was meinem Alter nicht mehr ansteht.
Ich kannte nichts als Arbeit; Schlaf
stahl ich des Nachts mir wie ein Dieb.
Die Mädchen sah ich wohl, jedoch vergaß ich,
sie zu beschlecken und herum zu prahlen.
SALVATORE:
Er vergaß –
RENATO:
Wer will das glauben?
ALEARDO:
Wenn man so rüstig ist wie er?
BENEDETTO:
Und gut gewachsen.
EDDMONDO:
Ein jeder sieht,
am Feuer fehlt's ihm nicht.
GINESE:
Ach, meine Freunde, müßig ist die Rede.
Was man verfehlte, rächt sich.
Alle Wände dieses Hauses flüstern:
Ginese, Mantuaner: zu spät!
Du wähltest zwischen Arbeit und Vergnügen;
des Mannes Freude hast du unterm Tisch versteckt.
Du wähltest schlecht.
SALVATORE:
Ihm fehlt die Hausfrau.

RENATO:
Sein Alter ist noch jung.
ALEARDO:
Für ihn
ist's nicht zu spät.
BENEDETTO:
Man muß ihm helfen.
EDDMONDO:
Am Feuer fehlt's ihm nicht.
SALVATORE:
Nur an Gelegenheit.
ALEARDO:
Wir sind gekommen, dir Glück zu wünschen.
BENEDETTO:
Dir Glück zu bringen.
EDDMONDO:
Dir zuzureden.
SALVATORE:
Wir kennen eine Witwe, so recht, wie sagt man?,
drall und jugendlich.
RENATO:
Kaum fünfunddreißig Jahre –
SALVATORE:
Nicht vierunddreißig zählt sie.
RENATO:
Wie Marzipan die Haut.
ALEARDO:
Nichts Abgeblühtes –
BENEDETTO:
Eine Schönheit.
EDDMONDO:
Und häuslich ist sie.
SALVATORE:
Geld im Kasten hat sie –
RENATO:
– Zum wenigsten soviel wie du.
BENEDETTO:
Sie kocht und bäckt.
ALEARDO:
Sie näht und webt.

RENATO:
Sie fegt die Stuben.
SALVATORE:
– wärmt das Bett.
EDDMONDO:
Und wäscht dein Linnen.
SALVATORE:
Sie wärmt dein Bett.
GINESE:
Ach, meine Freunde, müßig ist die Rede.
Alle Wände dieses Hauses flüstern:
Ginese, Mantuaner: bleib für dich!
Mit Frauen umzugehn verlangt Erfahrung.
Wer in der Jugend seine Finger
sich nicht verbrannte, lockt Gefahr,
im Alter Schlimmeres zu leiden.
SALVATORE:
Wo wenig gilt dir unser Rat?
RENATO:
Er will,
man soll ihn weiter lüstern machen.
EDDMONDO:
Ihm überzeugter zuzusprechen,
das schmeichelt ihm.
GINESE:
Nein, nein.
BENEDETTO:
Denk an die Morgenstunden, wenn
das Weibchen, kaum erwacht, schlaffeucht
dir nahe rückt, daß du das zarte Erdreich,
gelockert schon vom Traum, beackerst.
ALEARDO:
Wäscht Blut dir nicht das Hirn mit Phantasie?
Zeigt sich kein Bild? Was Üppiges,
weich, warm und voll geschäftiger
liebreicher und vernünftiger
Aufdringlichkeit? Willst du nichts anderes sehn
als eigene behaarte Schenkel?

GINESE:
Ach, meine Freunde, müßig ist die Rede.
Ich bin nicht ohne Traum
und ohne warmes Blut im Hirn.
Doch wo ist so ein Bild wie ihr es anpreist,
für mich bestimmt, erschaffen?
Wohl gibt es manche alte Vettel,
bereit, mit mir das Bett zu teilen; –
mein Wunsch, mein Sinn geht – nennt es Narrheit –
nach einem jungen Mädchen. Wenn ich's
bisher verschwieg –: nehmt jetzt die graue Wahrheit.
Nein – keine Witwe!

SALVATORE:
Ein schlechtes Wort.
Ihr Mann starb früh; das will man sagen.
Von der wir sprachen: sie ist jugendlich.

RENATO:
Nicht vierunddreißig Jahre zählt sie –

ALEARDO:
An keiner Stelle abgenütztes Fleisch –

BENEDETTO:
Nicht eine Kuhmagd ist sie –

EDDMONDO:
Nein,
würdig, stattlich, ehrbar, schön.

ALEARDO:
Würdig –

BENEDETTO:
stattlich –

RENATO:
ehrbar –

SALVATORE:
schön.
Und Geld im Kasten hat sie –

ALEARDO:
Schmuck und Kleider –

RENATO:
Zum wenigsten soviel wie du.

GINESE:
Ich kenn sie nicht. Wie heißt sie denn?
RENATO:
Du kennst sie nicht. – Der Name –
BENEDETTO:
Du kennst den Namen nicht –
EDDMONDO:
Sie kam nach Parma kürzlich, um
in unsrer Stadt ihr Geld und Gut
mit Umsicht zu vermehren.
ALEARDO:
Monna Moneta heißt sie. –
SALVATORE:
Am Markt hat sie ein Haus gemietet.
Sie hält die Augen offen, kennt dich schon.
Und du gefällst ihr. Das ist dein Vorsprung
in dieser vorteilhaften Sache.
GINESE:
Der Name ist mir fremd.
Hat sie mich angegafft,
so ist das ihre Sache.
Ich jedenfalls entsinn mich nicht,
daß ich ihr Maß genommen hätte.
RENATO:
Genug! Du mußt sie sehn!
Du mußt Monna Moneta sehn!
ALEARDO:
Man hole sie. Nicht länger schwatzen.
EDDMONDO:
Sie wird dir freundlich gratulieren.
GINESE:
Ach, meine Freunde, das ist schlechte Rede!
SALVATORE:
Du wirst sie sehn; dein Herz wird auftaun.
In deiner Brust wird Frühling werden.
BENEDETTO:
Für unsre Umsicht wirst du uns noch danken.
(Eddmondo, Aleardo, Benedetto ab.)

GINESE:
Was richtet ihr an diesem Morgen an!
Wer hat euch das geheißen?
Wer machte euch zu Kupplern?
Bin ich nicht mehr ich selbst und meiner mächtig?
SALVATORE:
Du dauerst uns.
RENATO:
Wir sind dir wahre Freunde;
wir wollen deinen Vorteil.
SALVATORE:
Ein Mann,
der unbeweibt ist, wird griesgrämig.
GINESE:
Ach, weh mir, schon sind sie da!
(Monna Moneta, stattlich, gut gekleidet, und die drei Handwerker kommen.)
ALEARDO:
Schon sind wir da.
EDDMONDO:
Schon sind wir da.
MONNA MONETA:
Ich bin gekommen, furchtsamen Gemüts –.
Man riet mir, diesen Weg zu wagen.
Man hat mir zugetragen, daß ein Mann,
ehrbar und gütig und nicht unvermögend,
einsam wie ich, sich nach mir sehne; –
doch schüchtern oder stolz sich sträube,
das erste Wort der Zuneigung zu sprechen.
Im Schutze meiner Lauterkeit –
und ich bin unerfahren –
wag ich das Ungehörige,
damit geheime Qual –
und sie sei gegenseitig, – sagt man,
nicht übermächtig werde. Diese hier,
gesetzte Männer, versprachen ihren Schutz,
sofern ich des bedarf. Nun ist's gesagt.
Mein Glückwunsch nun dem Mann,
der heute vierzig Jahre zählt.

GINESE:
Fünfzig!
MONNA MONETA:
Wie, fünfzig? Das kann nicht sein.
Dies Antlitz – diese Haltung – unmöglich;
so hoheitsvoll, so unverbraucht durch Zeit –
GINESE:
Vierzig oder fünfzig,
das soll uns nicht bekümmern;
jedoch Monna Moneta,
ich weiß nicht, wer Ihr seid. Ich sah Euch nie.
MONNA MONETA:
Er hat mich nie gesehen? Aleardo!
Salvatore! Ich bin betrogen!
Ich bin entwürdigt! Man hat mit mir gespielt.
Man nimmt mir meinen Ruf!
Arie: Sechs Männern diene ich zum Spott.
Zum Schaden mir, zur Schmach
erfanden sie den bittren Scherz:
des Weibes Liebesangebot.
Ich büße Leichtsinn tausendfach,
vergehe fast vor Scham und Schmerz.
SALVATORE:
Ginese, Mantuaner, besinne dich!
Sprich, daß ein Irrtum sei, so oder so –
du seist verwirrt, betäubt –
ALEARDO:
Willst du kein Einfaltspinsel sein,
ein Rüpel oder ein Kastrat,
mußt du sie jetzt beschwichtigen.
RENATO:
Bist du ein Unmensch?
BENEDETTO:
Ihre Tränen rinnen;
in Grau verwelkt das schöne Antlitz.
GINESE:
Ach, meine Freunde, welch ein Jammer!
Was habt ihr angestellt? Wie faß ich mich?

EDDMONDO:
Du mußt dich fassen!
MONNA MONETA:
Welch ein Betrug!
Verflucht sei diese Stadt, dies Parma,
das keine Heimat ist für Zugereiste.
GINESE:
Nun denn, ich bin bereit, ich fasse mich.
Wenn ich erst spreche, ist die Rede
so kurz wie Start und Ziel zugleich.
Noch bin ich in der Nachbetäubung.
SALVATORE:
Sprich endlich so, daß man's versteht.
GINESE:
Monna Moneta, überwältigt
von Euch, von meiner Freunde Vorsorglichkeit,
von ihrem Witz, von Eurer Schönheit,
von aller guten Absicht, meine Einsamkeit
zu mildern, auszuschmücken
die Zukunft meiner Tage, angenehm
mein Haus zu machen, auszustatten –
sag ich nur – ja, was sag ich?
Was sag ich denn? Muß ich mich jetzt entscheiden?
Wie sag ich es? Und wie verzögre ich's?
SALVATORE:
Du bist nicht wert des Glücks –
GINESE:
Ich sag es schon.
Nun denn – ich sag es schon, das Wort –
ALEARDO:
Verfilzter Hagestolz!
GINESE:
Bin ich
nicht mehr ich selbst und meiner mächtig?
EDDMONDO:
Monna Moneta stirbt auf deiner Schwelle,
wenn du fortfährst, sie zu beleidigen.
MONNA MONETA:
Der Magen stülpt sich mir nach außen.

GINESE:
Das Wort – ich sagte schon,
daß ich es sagen werde. Es muß
ein ganzes Wort sein, rund und kurz und bindend.

RENATO:
Keine Ausflüchte.

BENEDETTO:
Kein Wenn und Aber.

GINESE:
Ja. (Schweigen)
Ich sagte ja. (Schweigen.)
Ja war das Wort.

SALVATORE:
Verstanden.

BENEDETTO:
Endlich.

RENATO:
Er besann sich.

ALEARDO:
Benommen noch, ist er doch neu belebt.

MONNA MONETA:
Was soll ich davon denken?

EDDMONDO:
Das Beste!

GINESE:
Monna Moneta, so ist es denn beschlossen,
wir werden Mann und Frau –
mit allen Rechten – das ist ein Versprechen.
Versprecht auch Ihr –

MONNA MONETA:
Ginese, Mantuaner, ja!

SALVATORE:
Umarmt einander!
(Ginese nimmt Monna Moneta in seine Arme und tätschelt sie.)

ALEARDO:
Artig!

RENATO:
Bravo!

BENEDETTO:
EDDMONDO:
Bravo!

GINESE:
Dies ist nun feierlich. Was spricht man da?

MONNA MONETA:
Du lieber Mann – es wird gut mit uns werden.

GINESE:
Das will ich hoffen. Allmählich – ja,
allmählich wird auch mir
die Brust weit und das Eingeweide warm.

SALVATORE:
Halt! Keine Täuschung! Kein Betrug!

GINESE:
Was soll das heißen? Grad wie's zum Kuß kommt,
zu wahren Rechten, Halt?!

EDDMONDO:
Monna Moneta hat auch einen Sohn.

RENATO:
Davon muß doch gesprochen werden.

BENEDETTO:
Erwachsen ist er, nicht ein Schoßkind.

GINESE:
Ich hör's, ich hör's. Wohlmöglich zwei.
Was weiß man von den Kindern einer Witwe?
Ich dacht es gleich, daß ich der Esel würde.

MONNA MONETA:
Er stößt mich von sich!

ALEARDO:
Fassung, Geduld!
Es wird sich alles klären.

MONNA MONETA:
Mein Glück
liegt schon in Scherben!

EDDMONDO:
Wer schreit, verliert.

GINESE:
Unehrenhaft, – unehrenhaft seid ihr mit mir.

BENEDETTO:
Es ist ein guter Sohn, ein junger Mensch,

an dem nicht viel zu tadeln ist.
Im Hause ihn zu haben ist Gewinn.

ALEARDO:
Hübsch anzuschauen ist er. –

BENEDETTO:
Wohlgewachsen –

RENATO:
Voll Kraft und stämmig wie ein Baum.

EDDMONDO:
Von brauner glatter Haut – und arglos –

MONNA MONETA:
Bringt ihn herein! Er steht schon vor der Tür.

GINESE:
Bringt ihn, bringt ihn zu mir! Da ist kein Ausweg.
Er steht vor meiner Tür. Ich dacht es gleich,
daß ich der Esel würde.

MONNA MONETA:
Mein Glück
liegt jetzt in Scherben.

ALEARDO:
Fassung, Geduld!
Es wird sich alles wenden.

BENEDETTO:
Er ist ein guter Sohn, ein junger Mensch –

SALVATORE:
Bringt ihn herein! Er steht schon vor der Tür.
(Aleardo eilt hinaus, kommt mit Ghedino zurück.)

ALEARDO:
Hier ist Ghedino –

MONNA MONETA:
Dies mein Sohn.

GINESE:
Das ist er also, Euer Sohn Ghedino.

ALEARDO:
Ist er nicht groß, gesund und gut gewachsen?

SALVATORE:
Schau ihn dir an, Ginese! Fühl die Muskeln!
Das ist doch Fleisch am Bein; nicht Haut nur für
die Mädchen, sondern Mark zur Arbeit.

BENEDETTO:
Er wird ein tüchtiger Geselle sein.
RENATO:
Und sein Gesicht, das braune Wollhaar,
all deinen Kunden wird das wohlgefallen.
EDDMONDO:
Wenn dieser hier, Ghedino,
nicht stattlich ist, wer wäre es dann?
SALVATORE:
Das Beste aber trägt er unterm Gürtel
verborgen, als ein rechter Mann.
ALEARDO:
Der Sohn erst zeigt, was seine Mutter wert ist.
GHEDINO:
Man ließ mich auf der Straße warten.
Man hat mir dies und das erklärt,
die Mutter sei auf Freiersfüßen. –
Ich weiß, daß ich bei ihrem Handel
nichts tauge. Doch ich gönne meiner Mutter
ein neues Glück, Zufriedenheit
und Schutz in eines Mannes Haushalt.
Weshalb indessen preist man mich hier an?
Bin ich zu jung mit achtzehn Jahren,
daß ich in Parma oder Mantua,
wo es auch sei, den Weg verfehlte und
mein Brot nicht könnte finden?
Ich kann's. Wenn hier was Gutes wird,
bin ich zufrieden. Doch will ich nicht
im Wege sein.
ALEARDO:
Du hast uns mißverstanden.
Dem Manne deiner Mutter mußte man,
gemäß der Wahrheit – bist du etwa nicht
ein tüchtiges Stück Mensch? – den Sohn beschreiben.
SALVATORE:
Begreife! Heirat ist zum Teil
ein Ausfluß der Vernunft. Man überlegt,
was angenehm daran und was sie
an Wohlstand oder Vorteil bringt.

Ghedino, sieh, Ginese hat
Haus, Garten, Geld und ein Geschäft,
das mehr als ein Paar Arme brauchen kann.

EDDMONDO:
Auch deine Mutter hat Dukaten oder Taler
erspart, geerbt – ihr seid nicht arm.

RENATO:
Vereinigt man, was hier und dort vorhanden,
bringt es erweislich Mehrung.

BENEDETTO:
Doch Geld und Gut allein nicht sind ein Wert;
auch Arbeit zählt, Fleiß und Geschick.
Die viel erfahrnen Hände dieses Mannes
verlangen längst nach zweiten jungen Händen.

ALEARDO:
Dies ist so rundherum die Absicht.

GINESE:
Nicht übel.

GHEDINO:
Gut. Ich bleibe. Wenn mir's zuwider wird, –
die Tür führt ja ins Weite.

GINESE:
Nicht übel.

ALEARDO:
Artig!

RENATO:
Bravo!

BENEDETTO:
EDDMONDO:
Bravo!

GINESE:
Ein guter Junge.
Recht zum Verlieben – wenn er ein Mädchen wäre.

MONNA MONETA:
Mein Glück, liegt es in Scherben?

GINESE:
Ich habe falsch gedacht. Ich bin kein Esel.

SALVATORE:
Umarmt einander! Während wir
ein Vivat oder Bravo singen.

GINESE:
Heut Abend feiern wir!
MONNA MONETA: Den Kuchen
hab ich vorsorglich schon gebacken.
ALEARDO:
BENEDETTO:
EDDMONDO: Vivat! Artig! Bravo!
RENATO:
SALVATORE:

Verwandlung

Abend. Straße.
Ein Torbogen rechts, Häuser und ein Balkon links.
Galeazzo Garimberti und die fünfzehnjährige
Francesca Grillo stehen im Torbogen.

GARIMBERTI: (nach einer Umarmung)
Francesca, du ermißt nicht was
die Stunde meinem Leben gibt.
Den Hauch der Nacht, der Steine Atem
spür ich – und dich, den Schleier deiner Seele,
das Wunderwerk, das sie umschließt.
Oh, warmes Wesen! Vielfalt
lebendiger Unergründlichkeit!
FRANCESCA:
Galeazzo –
GARIMBERTI:
Heiß mich töricht, verliebt –
nichts als verliebt, verrückt, verliebt,
keusch, unkeusch, stürmisch, gierig –.
Jedoch nachsichtig in der Heftigkeit.
FRANCESCA:
Galeazzo –
GARIMBERTI:
Sprich! Ich höre –
FRANCESCA:
Nur ungeschickt
kann ich vorbringen, was mich ängstigt. Ermiß doch:

Lieber, wir sind irgend etwas Dummes,
das rast; – noch halbe Kinder sind wir, zwar
erfüllt von etwas, was nicht kindlich ist;
doch allzu unerfahren. Vor einem Monat
wußte ich noch nichts von dir,
vom Manne nichts, und du wahrscheinlich
nichts von einem Mädchen. Seitdem
sind wir verändert, ungeheuerlich.
Laß uns nicht tun, als sei, was wir uns gönnen,
von frommer Art. Ich kann dir nicht die Braut sein; –
du, von deinem Vater ausgehalten,
bist nur du selbst – kaum siebzehn Jahre –.

GARIMBERTI:
Francesca – Liebste – einen Kuß noch. –
Du sagst nur, was ich selbst bedachte.
Ich will nicht unser Unglück, Bedachtsamkeit
soll meine Liebe leiten. Entsagung,
wenn du willst, will ich mir auferlegen –
für eine angemessne Zeit.

FRANCESCA: Ach!
Die wird kurz sein. Das Verhängnis ist
nicht aufzuhalten.

GARIMBERTI:
Allein wird dich nichts treffen.

FRANCESCA:
Warum straft Gott im Zorn die Mädchen?

GARIMBERTI:
Ich bin ganz deines Lebens zweites Leben;
uns beide trifft kein unterschiednes Urteil.

FRANCESCA:
Wer eine Mutter hat, erfährt als Tochter,
was ihrer wartet. – Schnell, allzuschnell
bin ich geworden, was Männer sich
zur Kurzweil wünschen –.

GARIMBERTI:
Gib deiner Lieblichkeit
durch ungemäße Worte keinen Makel!
An dir ist nichts verdorben, nichts gefälscht.
Du bist der Inhalt aller meiner Wünsche.

FRANCESCA:
Ach, Irrung ist die Liebe!
GARIMBERTI:
Warum entziehst du dich
dem sanften Nebel unsres Glücks?
FRANCESCA:
Warum wohl fliehe ich
der argen Wirrsal des Geschicks?

} Arioso

⟨FRANCESCA:⟩
Wenn du nicht nur den Mund
auf meine Lippen drückst, nicht nur
die Zunge mir zum Kusse gibst, –
gedeiht die Schande um uns her wie Unkraut.
Nein, ich will nicht, was wir wollen.
GARIMBERTI:
Welche Wandlung! Oh, Francesca!
FRANCESCA:
Nein, ich will die Liebe nicht!
GARIMBERTI:
Sei nicht töricht!
FRANCESCA: Schmeichle, Schmeichler!
GARIMBERTI:
Ich will dich nicht übertölpeln.
FRANCESCA:
Heut, begreif, gelingt dir nichts.
GARIMBERTI:
Später einmal, wenn nicht heute.
Ich kann warten.
FRANCESCA: Warte, warte!
GARIMBERTI:
In der Ewigkeit des Lebens
wirst du mir bestimmt gehören.
FRANCESCA:
Ach, wär anders ich beschaffen!
(Donna Emilia Grillo ist auf den Balkon getreten, schaut herab.)
EMILIA:
Ich dachte doch – Verdacht ist gutes Denken.

Plunder, verliebter Plunder, das wird der Mensch
in seiner unregierten Nachgiebigkeit.
Francesca, Teufelskind! Unkluges Mädchen!
Hab ich dir nicht erklärt, was sich
für dich gehört, was sich ergibt,
wenn man, selbst einen Augenblick nur,
in fremden Armen liegt?
Wie kommst du auf die Straße?
Gingst du durch's Fenster? Hast die Tür erbrochen?
Wer ist der Strolch, der dich entehren will?
Oh, warte nur! Erfahren wirst du,
was dir geschieht!

FRANCESCA:

Galeazzo –
Wir sind entdeckt. Ich hab dies nicht bedacht –.
Ach, wer bedenkt denn alles –?

EMILIA:

Sie nennt den Namen. Galeazzo?
Galeazzo Garimberti: – dieser Knabe
versucht das erste Spiel mit meiner Tochter?

GARIMBERTI:

Emilia Grillo – ja ich bin
Galeazzo Garimberti –

EMILIA:

Ungeheuer!
Du Schande deiner Eltern, du Puppe
in dreckbefleckter Haut! Verfrühter Rüde!

FRANCESCA:

Oh, Mutter, Mäßigung! Ich bitte –
Nichts Böses ist geschehn, nein, garnichts.
Wir stehen hier, das ist das Ganze.

EMILIA:

Bei Nacht. Ich kenne das. Du stehst;
plötzlich geschieht, was nicht geschehen sollte.
Doch es gibt Mittel, euch den Kitzel zu verderben.
Ich werd den Vater wecken.

FRANCESCA:

Mutter!
Sprich doch nichts Falsches. Du weißt, der Vater

ging heut aus, geladen zu Ginese,
dem Mantuaner, der die Hochzeit feiert.

EMILIA:
Du wagst noch Widerspruch? Erbärmliche!

FRANCESCA:
Ich ging dem Vater auf die Straße nach,
um etwas von der Fröhlichkeit
durchs Fenster wenigstens zu sehn.

EMILIA:
Zufällig stand dem Galeazzo Garimberti
zur gleichen Stunde auch der Sinn
nach Fröhlichkeit im Dunkeln!
Heimtückische, du lügst und lügst!
Arie: Verrückte Jugend, sittenlos wie nie!
Kaum, daß der Kinder Unschuldsblick sich trübt,
das erste Schwarz dem reinen Blut sich mischt,
wird alle Schlechtigkeit schamlos geübt.

Doch warte, böses Mädchen, noch
wacht eine kluge Mutter über dich!

GARIMBERTI:
Wie soll dies enden? sicherlich nicht gut.

FRANCESCA:
Gibst du gleich alles auf?

GARIMBERTI:
Ich fürchte Mutter –

FRANCESCA:
Mehr fürchte deinen Wankelmut!

GARIMBERTI:
Verlier ich dich, verliere ich mein Leben.

FRANCESCA:
Dein Leben bleibt dir, mir fällt Kummer zu.

EMILIA:
Hör einer diese Narren! Die Nasenweisen –,
als ob sie schon Erfahrung mit dem Leben,
Ernüchterung, Schmerz oder Bosheit hätten!

GARIMBERTI:
Muß ich jetzt fliehen? Soll ich bleiben?

FRANCESCA:
Flieh oder bleibe; meiner wartet Strafe.

GARIMBERTI:
Das derbe Unheil darf nicht kommen.
Flieh doch von hier – und bleib bei mir!
FRANCESCA:
Mir wird nicht Flucht und Liebe frommen.
Was du auch rätst, ich bleibe hier.
EMILIA:
Hör einer diese Narren! Die Naseweisen –,
als ob sie schon Erfahrung hätten
mit einer Flucht allein zu zwein!
GARIMBERTI:
Komm, widerstreit nicht!
FRANCESCA:
Nein, ich bleibe.
Das Schlimmste wären Schläge, – doch
der Vater schlägt nicht gern.
GARIMBERTI:
Wenn er dich schlüge – nun – dann fliehe
alsbald zu mir. Bei Tag und Nacht
wirst du die Tür zum Haus, zum Zimmer,
in dem ich schlafe, unverriegelt finden.
Bist du gekommen, schützen Schloß und Bolzen.
EMILIA:
Hör einer diese Narren! Die Naseweisen –,
die jugendlich Verrückten; ein Paar Esel.
FRANCESCA:
Nein, ich will nicht! Tür und Tor verschließe!
GARIMBERTI:
Die Tür wird offen bleiben –,
denn stets erwart ich dich.
FRANCESCA:
Man wird es hintertreiben –,
wir sind zu jugendlich.
GARIMBERTI:
Die Tür wird offen bleiben –,
ich bitt dich flehentlich.
FRANCESCA:
Nein, laß uns lieber scheiden –,
sei doch kein Wüterich!

Duett

EMILIA:
Hör einer diese Narren! Verrückte Kinder!
Sie streiten wie Entzweite; doch im Herzen
sind sie sich einig, miteinander
im Bett ein Stelldichein zu haben.

GARIMBERTI: (Duett)
Ich bin entschlossen, dir mein Leben
für immer an die Hand zu geben.
Bei Tag und Nacht erwart ich dich.

FRANCESCA: (Duett)
Bei Tag und Nacht denk ich an dich.
Doch Zweifel läßt mich widerstreben,
die letzte Scheuheit abzulegen.

GARIMBERTI:
Oh Seele, Hälfte meines Wesens!

EMILIA:
Genug! Schluß sag ich, Schluß! Zuviel
an Schwur und Lüge, Übertreibung,
Tierheit, Frechheit, Kauderwelsch!
Genug! Jetzt schwöre ich. Ja, deine Mutter
gelobt, daß dies ein Ende nimmt.
In Schanden soll dich keiner sehen.
Bist du von Brunst betäubt, nun denn,
an einem Manne soll's nicht fehlen.
Dem ersten besten, wenn er redlich ist,
strebsam, – und ein Gewerbe hat,
das ihn ernährt und dich dazu,
versprech ich dich. Und Hochzeit wird
im Handumdrehen. Die Kinderei mit Lümmeln,
dies Gegacker von Liebe, die
vom Brei im Topf nichts weiß, damit ist's aus.
Ich such dir einen Mann,
jung oder alt, ganz wie sich's trifft,
der dich ernähren kann.
Ich fackle nicht!

(Sie verschwindet oben.)

FRANCESCA: Die Mutter kommt herab –.

GARIMBERTI:
Enteil mit mir!

FRANCESCA:
Das ist kein Ausweg.
GARIMBERTI:
Doch ich muß fort.
FRANCESCA: Unschlüssig stehn wir noch –
GARIMBERTI:
Entschließe dich! Hör auf mein Bitten!
(Er umarmt Francesca gewaltsam.)
EMILIA: (erscheint in der Tür.)
Die Unverschämten!
FRANCESCA: Dies wird schlimm.
Die Mutter, Galeazzo, laufe!
(Man hört Lärm und Gesang.)
GARIMBERTI:
Dort füllt die Straße sich mit Menschen.
FRANCESCA:
Zur Unzeit nahen des Wollkremplers Gäste.
EMILIA:
Im Netze eurer Schändlichkeit
seid ihr gefangen, öffentlich,
wie einstmals Mars und Venus; doch
zu meiner Pläne Schaden ist es nicht.
(Es kommen: Salvatore, Grillo, Aleardo, Benedetto, Eddmondo, Renato.)

ALEARDO: Gut war das Ma⟨h⟩l. BENEDETTO: Süffig der Wein. EDDMONDO: Schön ist die Braut. RENATO: Hübsch auch der Sohn. SALVATORE: Schlau ist der Mann. ALEARDO: BENEDETTO: EDDMONDO: Fröhlich waren wir beisammen. RENATO: SALVATORE:	} Ritornell

EMILIA:
Oh, Salvatore! Schau das Unglück!
SALVATORE:
Emilia! Du? Was ist geschehn?
EMILIA:
Oh, Salvatore! Jo jo jo!
ALEARDO:
Was gibt es?
BENEDETTO:
Brennt es?
EDDMONDO:
Ein Jammerruf.
RENATO:
Sind Diebe da?
EMILIA:
Weit Schlimmeres –
SALVATORE:
Hat jemand dich bedroht?
EMILIA:
Schande, Schändlichkeit, Entehrung.
SALVATORE:
So sprich doch mehr! Was hat sich zugetragen?
EMILIA:
Schaut hinter ⟨euch⟩*! Seht das Verhängnis!
(Die Männer drehen sich um, erblicken Francesca und Galeazzo.)
SALVATORE:
Francesca!
ALEARDO:
BENEDETTO:
EDDMONDO:
RENATO:
Galeazzo Garimberti!
ALEARDO:
Ein Paar.
RENATO:
Ein Paar im Dunkeln.
BENEDETTO:
Verliebte im Versteck.

EDDMONDO:
Die halben Kinder! das vergnügt mich.
EMILIA:
Ein Paar soll niemals daraus werden!
SALVATORE:
Garimberti: – diese Verfehlung –
mein Kind zum Schlechten zu verlocken –
zu einer Kurzweil, deren Folgen
Ihr kaum ermeßt. Ihr seid ein Jüngling,
den man ohrfeigt, wenn er frevelt.
FRANCESCA:
Nichts Böses ist geschehn, nein, garnichts.
SALVATORE:
Das wird sich später zeigen, was geschah.
FRANCESCA:
Wir stehen hier, das ist das Ganze.
EMILIA:
Bei Nacht. Wer kennte nicht den Falsch der Nacht?
SALVATORE:
Umarmung spielt man nicht, denn Küsse wecken
das Schlummernde, das Unerlaubte,
Ungeheuerliche –. Dies der Lohn!
(Er schlägt Garimberti, der nicht zurückweichen kann. Die
Handwerker zerren Salvatore in ihre Mitte.)
ALEARDO:
Besinn dich!
EDDMONDO:
Das war nicht gut getan.
FRANCESCA:
Das gleicht nicht meinem Vater. – Pfui!
RENATO:
Hast du zuviel getrunken?
BENEDETTO:
Willst du
dir einen guten Schwiegersohn verscherzen?
SALVATORE:
Niemals wird der mein Schwiegersohn!
EMILIA:
Niemals wird der mein Schwiegersohn!

GARIMBERTI:
Ein Mann, der also ungehörig handelt,
verdiente Gegenwehr; – jedoch,
nicht weil ich jung bin, ungeübt im Prügeln:
weil die Verwirrung mir das Herz bricht,
weil ich, was schlimm ist, ⟨nicht⟩* verschlimmern will,
bezähm ich mich, geb nach, entlaufe
vor Liebe blutend, würdelos.
(Er entweicht.)
FRANCESCA:
Galeazzo – mein armer Freund –
RENATO:
Das war zu arg.
EMILIA:
Das war ein Trost für meine Sorge.
FRANCESCA:
Ihr wollt mit einem Strohkopf mich vermählen!
EMILIA:
Mit jenem Lümmel nie und nimmer!
SALVATORE:
Er ist geohrfeigt; das genügt mir.
FRANCESCA:
– Mit einem kalten Burschen ohne Mund
und Wärme, blutlos, ungeschickt und hart –!
EMILIA:
Der dich ernähren kann, der zu dir paßt.
SALVATORE:
Darüber wird man insgeheim
wenn wir erst deinen Schaden kennen,
sich unterhalten.
FRANCESCA:
Pfui, schäm dich, Vater!
ALEARDO:
Jetzt wird die Rede übel.
RENATO: Gineses Hochzeit
nimmt keinen guten Fortgang, scheint mir.
BENEDETTO:
Ach, unke nicht! – Dies ist ein Zwischenfall.
Das Dasein ist anfällig. – Wer weiß das nicht?

EDDMONDO:
Es kommt zuweilen vor, daß junges Volk
zu zwein und drein an Straßenecken steht
und sich ein wenig liebt – zu zwein und drein.
EMILIA:
Zu zwein und dreien? Ich verbitte
mir diese Unterstellung. So weit
kam es noch nicht mit meiner Tochter.
EDDMONDO:
Nehmt noch den Vierten; dann sind es zwei Paare.
BENEDETTO:
Warum der Streit? Anstatt sich zu versöhnen?
Es ist nicht viel geschehen.
EMILIA:
Wir hoffen es.
SALVATORE:
⟨Er⟩* ist geohrfeigt; das genügt mir.
FRANCESCA:
Ach Gott, ich werd vor Sehnsucht sterben.
ALEARDO:
Was heute arg ist, übermorgen
schmeckt es schon nach Erinnerung.
EMILIA⟨:⟩
An einem Manne soll es dir nicht fehlen.
Du brauchst was Warmes, Kräftiges im Bett;
das sieht man ja. Jung muß er sein –
Verlaß dich da auf mich. Doch diesen Lümmel
verbitt ich mir als deinen Buhlen.
SALVATORE:
Er ist geohrfeigt; das genügt mir.
BENEDETTO:
Die Nacht ist weit voran; mich dünkt,
wir sollten jetzt nachhause gehen.
EDDMONDO:
Umarmt das Mädchen, trocknet seine Tränen,
sprecht Trost, Vernunft, vom Brot im Haus –
vom Ehestand, von Kindern – und
daß sich beinahe alle Männer gleichen.

RENATO:
Er ist zu jung, der Fant, das ist sein Fehler –
aus bessrem Haus –; man sagt, er soll studieren.

SALVATORE:
Er ist geohrfeigt; das genügt mir.

EMILIA:
Ich werde für Francesca einen rechten,
durchaus nicht üblen Hausgenossen finden.

ALEARDO:
Entschlossenheit hat leichtes Spiel.
Seit kurzem, sagen wir: seit heute
gibt es in dieser Straße frisches Wild,
gerade reif für dieses Unternehmen.

RENATO:
Ghedino meint er, des Ginese
⟨neuen⟩*, schon erwachsnen Sohn.

EDDMONDO: Ghedino meint er, des Ginese

BENEDETTO: neuen, schon erwachsnen Sohn.

SALVATORE:
Er ist geohrfeigt; das genügt mir.

EMILIA: (geht zu Francesca)
Komm, meine Tochter, aller Schmerz
ist kurz. Einordnung und Vernunft
sind wahre Freudenbringer. Gewohnheit
mordet jede Liebe sowieso.
Es ist ein Glück, wenn sie beizeiten stirbt.
Dich plagt dein junges Blut, nichts sonst.
Gefühl ist eben nur Gefühl
bei dir und ihm. Noch hat er keinen Bart,
das macht ihn lind und angenehm.
Doch das vergeht. Vergehen ist der Sinn
von allem. Das erfährt man.

SALVATORE:
Laßt uns ins Haus gehen; es ist Nacht und kalt.

FRANCESCA:
Wer ist Ghedino? Er ist mir zuwider.
Ich will ihn nicht. Galeazzo hält
für mich die Türen offen.

EMILIA:

Schweig!

Es ist noch nichts entschieden. Abrechnung
wird dem Galeazzo werden.

SALVATORE:

Er ist geohrfeigt; das genügt mir.

FRANCESCA:

Mein Unglück ist beschlossen.

EMILIA:

Wir werden dich bewachen müssen.

SALVATORE:

Laßt uns ins Haus gehen; ich bin müde.

EMILIA:

⟨Helft⟩* mir, das Kind ins Bett zu bringen!

FRANCESCA:

Mein Schmerz ist eurer Stumpfheit Freude.

EMILIA:

Die Straße ist ein schlechter Schauplatz.

FRANCESCA:

Die Steine waren unserm Glück barmherzig.

SALVATORE:

Nun ist's genug, wir gehen jetzt hinein.

(Emilia und Salvatore haben Francesca in ihre Mitte genommen und gehen durch die Haustür ab.)

ALEARDO:

Ghedino – sonderbar –, wir dachten,
als diese drei so miteinander keiften,
an jenen jungen Mann.

RENATO:

Ghedino,

ja, des glücklichen Ginese
neuen, schon erwachsnen Sohn.

BENEDETTO:

Er ist ein guter Bursch, ein junger Mensch,
an dem nicht viel zu tadeln ist.

EDDMONDO:

Hübsch anzusehen ist er.

ALEARDO:

Arglos, wohlgewachsen.

EDDMONDO:
Und dabei stämmig wie ein Baum.
RENATO:
Das beste aber trägt er unterm Gürtel.
ALEARDO:
Wenn den Emilia sieht, wird sie nicht zaudern.
ALEARDO:
BENEDETTO:
EDDMONDO:
RENATO:
Wenn den Emilia sieht, wird sie nicht zaudern.

(Ende des 1. Finales)

Zweiter Akt

Wohnraum im Hause Gineses.
Abend.
Kerzen auf dem Tisch. Daran sitzen: in der Mitte
Emilia Grillo; rechts und links von ihr Ginese
und Monna Moneta.

EMILIA:
Sprecht mir nicht mehr davon, daß so ein junges
Ding auch wüßte, was sich ziemt.
Die Jahre sind danach; das Blut ist warm –.
Man spielt –; man soll nicht spielen – nicht die beiden.
Francesca und der Laffe Garimberti.
GINESE:
Er wär kein würdeloser Schwiegersohn –
EMILIA:
Man wird ihn nicht erhören. Der junge Mann
hat sie geküßt. Das duld ich nicht.
Unehrenhaft war die Umarmung kaum;
doch mir genügt der Ehrbarkeit
Zweideutigkeit, um einzugreifen.
Gefahren, die von Knaben kommen,
sind mir bekannt. Es gilt, hier vorzubeugen.
Und aller Mittel Mittel ist die Ehe
in solchem Fall; – daß man die Tochter
einem Manne gibt, der sich so recht
bedienen will, der weder abstößt,
gar zu alt ist, noch gar zu flatterhaft,
daß er gleich untreu wird, wohlmöglich
Unregelmäßigkeiten fördert.
Ein Mann von rechter Art scheint mir Ghedino –
GINESE:
Mag sein –
MONNA MONETA:
Ein guter Sohn –
GINESE: Jung ist auch er.

MONNA MONETA:
Doch arbeitsam.
GINESE:
Er plagt sich weidlich.
EMILIA:
Man soll nicht zaudern, wenn der Vorteil
so offenkundig aller Orten ist.
Die Mitgift ist beträchtlich.
Erben wird Francesca.
Der Hausrat ist solide.
Ins Ehebett bringt sie, was sich versteht:
Jungfräulichkeit. Wenn dies und das
nicht dieser Ehe Gelingen gibt,
liegt's nicht an uns. Besprecht,
was sich hier anbahnt, gleich mit eurem Sohn.
MONNA MONETA:
Ja, ja – Ginese, sprich du mit Ghedino.
GINESE:
War die Gefahr, daß Garimberti sie besiegte,
so offenkundig – so in ungeschwächter Nähe?
EMILIA:
Es ist vorbei. Der Hausherr Salvatore
Grillo hat ihn geohrfeigt.
GINESE:
Das ist ein Abschluß.
EMILIA:
Ein neuer Anfang für ein bessres Glück.
(Sie erhebt sich.)
Sprecht mit Ghedino, legt ihm alles dar.
MONNA MONETA:
Es wird geschehen.
GINESE:
Er wird sich kaum bedenken.
(Emilia geht.)
MONNA MONETA (zu Ginese):
Man wird gewißlich untersuchen müssen,
ob da noch nichts Bedenkliches geschah.
GINESE:
Ach, das ist Mutterangst, nichts sonst.
Galeazzo Garimberti ist ein Schwärmer,

ein Jüngelchen, das sich in Träumen badet.
Wer noch in Wolken wohnt, stößt nicht sogleich.
Er liebt Francesca; – doch von ferne.
Das geht vorüber. Man flennt und man vergißt.
Man findet andere und schüttelt sich.

MONNA MONETA:
Der Mensch erstrebt die Sachlichkeit und Ordnung.

GINESE:
Oh, sicherlich. Er ist nur unerfahren.

MONNA MONETA:
Ghedinos Vorteil haben wir erwogen;
doch seine Meinung wurde nicht befragt.

GINESE:
Laß mich dies ihm erklären. Ich werde ihm
von allem Schönen sprechen, das seiner wartet;
vom Nutzen, den die Heirat bringt;
von Rundungen sehr weicher Muskeln,
die er nur ahnt.

MONNA MONETA:
Wie weißt du das?

GINESE:
Man übertreibt. Er wird ja nicht betrogen.

MONNA MONETA:
Gerade kommt er.
(Ghedino, von der Arbeit kommend, tritt ein.)

GHEDINO:
Guten Abend!
Ach, ich bin müde –

GINESE:
Setz dich, Ghedino –.

MONNA MONETA:
Setz dich, Ghedino. Ich verschwinde.

GINESE:
Ich hab ein ernstes Wort mit dir zu sprechen.

GHEDINO:
Die Abendmahlzeit ist mir lieber.

MONNA MONETA:
Ich bringe sie; du sollst nicht hungern.
(Sie schickt sich an, zu gehen.)

GINESE:
Nach einer Weile tische auf –
nach einer Weile – Erst die Unterhaltung.
(Monna Moneta enteilt)
GHEDINO: (setzt sich)
Was gibt es denn an Neuigkeiten, die
sich sputen müssen, um nicht schal zu werden?
GINESE: (sehr gesprochen)
Mein Sohn, wer heutzutage nicht Vermögen
besitzt, gilt für ein Vieh. Der aber, der
von jenem etwas hat, gilt viel. Darum
steht jedem dies wohl an: nicht nur
sich zu bewahren was er hat, vielmehr
auch zu vergrößern es soviel wie möglich.
Erwachsen bist du jetzt, wie du wohl siehst;
und darum wär es wohlgetan, wenn du
für dich, zugleich für unser ganzes Haus
vorsorgtest, daß, wenn ich abscheiden sollte, –
allein und ohne fremde Hilfe,
du deine Angelegenheiten zu besorgen und
das Leben zu erhalten du imstande bist.
Um dies nun zu erreichen, weiß ich keinen Weg,
der besser mir gefiel, als daß du dich
dazu verständest, dir ein Weib zu nehmen.
Ein hübsches, frisches, kräftiges, versteht sich.
Das läßt sich finden. Mit einer Mitgift, die
dir zufließt, und einer Unterstützung, die
ich andererseits gewähre, wirst du bald sehen, daß
hier deinesgleichen keiner besser steht als du.
Laß also diese meine Worte bei
dir Eingang finden –. Nimm den Rat,
den ich dir treulich reiche, an –.
GHEDINO:
Ich werde ihn in Überlegung nehmen.
GINESE:
Mach's kurz! Das Mädchen ist gefunden. Jung ist es,
mehr als rüstig. Ein Engel von Gestalt, –
gerundet, wo es deiner Liebe
willkommen ist.

GHEDINO:

Die Mutter frag ich noch.

GINESE:

Sie weiß bescheid. Sie gibt den Segen.

GHEDINO:

Und wer soll meine Braut sein? Wer
sind ihre Eltern?

GINESE:

Emilia und Salvatore Grillo
sind die Eltern. Francesca heißt sie.

GHEDINO:

Oh, – das ist nicht schlecht – das ist nicht schlecht.

MONNA MONETA: (kommt)

Hier bringe ich das Essen.

GHEDINO:

Das ist nicht schlecht.

MONNA MONETA:

Es ist ein gutes Essen.

GINESE:

Das ist nicht schlecht,
wenn er es spricht, –
man glaubt es kaum, –
wird alles recht.
Nur nicht Verzicht!

MONNA MONETA:

Wenn er es spricht,
wird alles recht.

GHEDINO:

Das ist nicht schlecht.
Man glaubt es kaum.

MONNA MONETA:

Das Essen? – Nein.

GINESE:

Wird er der Hecht
im Teiche sein?

MONNA MONETA:

Wenn er es spricht,
ist es wie Traum.

GHEDINO:

Wer klopft als Specht

an einem Baum
das Loch hinein
mit Zwischenraum?

MONNA MONETA:
Das ist nicht schlecht.

GINESE:
Das Essen? – Nein.

MONNA MONETA:
Wird er der Specht
am Baume sein?
nur nicht Verzicht!

GHEDINO:
Der Hecht, der Specht,
das werd ich sein.

GINESE:
Wird er ein Knecht
der Liebe sein?

GHEDINO:
Kein Unterricht, –
man glaubt es kaum, –
wird für den Hecht
vonnöten sein!

MONNA MONETA:
Das ist nicht schlecht.
Nur nicht Verzicht!

GINESE:
Du bist der Wicht,
auf Lieb erpicht,
wirst glücklich sein.

MONNA MONETA: Der Hecht, der Specht
GINESE: wird glücklich sein.
GHEDINO: Das ist nicht schlecht.

MONNA MONETA:
Das Essen? – Nein.

MONNA MONETA:
GINESE: Das ist nicht schlecht.
GHEDINO:

MONNA MONETA:
GINESE:

Er klopft als Specht
an einem Baum
das Loch hinein
mit Zwischenraum.

GHEDINO:
Man glaubt es kaum.

MONNA MONETA:
GINESE:
GHEDINO:

Das ist nicht schlecht.

Verwandlung

Schlafzimmer des Ehepaares Ghedino und Francesca im Hause Gineses.
Sehr früh am Morgen; es ist noch dunkel.
Kerzenlicht.
Francesca liegt im Bett. Ghedino ist dabei, sich anzukleiden.

FRANCESCA:
Gehst du schon wieder fort bei halber Nacht?
Tagtäglich stehst du auf, bevor es tagt.

GHEDINO:
Bedenke doch, was auf dem Spiele steht!
Vermögen, Wohlstand, Haus und Werkstatt
sind bald dahin, gebricht es uns am Fleiß.
Die Arbeit hängt an mir; der Vater
macht sich's leicht, verläßt sich ganz auf mich.

FRANCESCA:
Du machst es dir zu sauer; ohne Vorteil
verbrauchst du deine schönsten Jahre
bei Wolle und Geschwätz mit Kunden.
Bald wirst du älter sein als jener Alte.

GHEDINO: (zärtlich)
Ist es denn nicht genug, daß ich des Abends,
die halbe Nacht an deiner Seite bin?

FRANCESCA: (halb schlummernd)
Genug ist niemals ganz genug.
Des Morgens erst gelingt es mir zu träumen –

wenn mich Berührung ⟨überall⟩* durchdrungen –
wenn schwarz und warm ein einziges Gefühl
mich täuscht, ich läg in seinen Armen –
ich wäre glücklich, ohne Grenzen glücklich
in Galeazzo Garimbertis Nähe –

GHEDINO:
Was sagst du da? In seinen Armen?
in Galeazzo Garimbertis Armen – – ?

FRANCESCA: (auffahrend)
Nichts sprach ich, nichts – nein nichts –
von Garimberti nichts – ich träumte –
ich war nicht wach –

GHEDINO:
Jedoch du sprachst
vom Glück in seinen Armen.

FRANCESCA:
Nein, nichts –

GHEDINO:
Du sprachst von ihm.

FRANCESCA:
Ich träumte
vom Glück in seinen Armen? – Niemals!

GHEDINO:
Vom Glück in seinen Armen träumst du.

FRANCESCA:
Nein, niemals – nichts als nichts.
Ich sprach? – Das war nicht meine Stimme.

GHEDINO:
Du sprachst – und es war deine Stimme.
Du wärst glücklich, ohne Grenzen glücklich –

FRANCESCA:
Ich wäre glücklich, ohne Grenzen glücklich?
Nein, nichts, – nichts sprach ich, nichts –

GHEDINO:
Im Traum zum wenigsten, – in dieser Täuschung.

FRANCESCA:
Im Traum, sagst du, im Traum war keine Täuschung?

GHEDINO:
In seinen Armen lägst du –

FRANCESCA:

Nein, ich lag nicht.
Nichts sprach ich, nichts, – nein nichts –
von Garimberti nichts – Ich träumte –
ich träumte nur von dir.

GHEDINO:
Du träumtest nur von mir?
Von Garimberti nichts?
In meinen Armen lägst du?

FRANCESCA:
In deinen Armen lag ich.
Von Garimberti nichts.
Ich träumte nur von dir.

GHEDINO:
Das Wort ist gegen dich, der Traum
hat dich als treulos überführt.

FRANCESCA:
Das Wort gilt nichts. Gestalt und Kraft
lieh meine Phantasie von dir.

GHEDINO:
So träumtest du von mir?

FRANCESCA:
Die Wärme war von dir.
Dein Atem war bei mir,
⟨dein⟩* Kuß und deine Kraft.

GHEDINO:
Die Wärme war von mir.
Mein Atem war bei dir,
mein Kuß und meine Kraft.

FRANCESCA:
Das Wort gilt nichts; der Schlaf
hat tückisch nur den Laut vertauscht.

GHEDINO:
So eil ich denn, beruhigt froh
ins Morgengrau an meine Arbeit.

(Er umarmt Francesca im Bett, geht schnell davon.)

FRANCESCA:
Da läuft er gar, der blinde Mann,
das närrische Stück Fleisch, –

läßt mich mit dieser Sehnsuchtsqual allein!

(Sie wirft sich schluchzend im Bett herum. Ginese, im Hemd, einen Mantel übergeworfen, kommt behutsam herein.)

GINESE:

Ich bin's Francesca. Er ist fort,
der Mann Ghedino, dieser Streber,
dies Arbeitstier, das seine süße Pflicht
zur Zeit des Morgentaus nicht kennt.

FRANCESCA:

Ach geh! Er war zu mir nicht übel.

GINESE:

Jedoch du weinst –

FRANCESCA:

Ich weine, ja –
Die Tränen kommen von weit her.

GINESE:

Ich ahne es, mein Kind. – Ich bin bei dir –;
nicht unerwartet –; nicht zum ersten Mal –.
Noch gestern Abend, als wir beieinander
alleine saßen – und jeder zögernd
nach Worten suchte, erneuerten wir schüchtern
das holde Einverständnis.

FRANCESCA:

Kann es nicht Galeazzo Garimberti sein,
ist jeder andere mir recht.

GINESE:

Francesca, welcher Trotz! Sei freundlich!
Ich liebe dich! Galeazzo Garimberti –
ist nur ein Wesen deiner Phantasie,
nichts Echtes. Ghedinos hübsche Haut bleibt Trug.
Nach dir vergehe ich; – du bist mir teuer.
Du bist so frisch, so kraftvoll, üppig –
so ganz der süße Saft der Schöpfung. Niemals
hab ich nach einer Witwe mich gesehnt.

FRANCESCA:

Kann es nicht Galeazzo Garimberti sein,
ist jeder andere mir recht. – Denn ich verbrenne
an nicht vollendbaren Gesichten.

GINESE:

Wie sehr wir, liebend, doch einander gleichen!
(Er wirft den Mantel ab, umarmt Francesca, legt sich neben sie ins Bett.)
Ach, dies ist angenehm.

FRANCESCA:

So schweige!
(Ghedino kommt leise, doch hastig herein.)

GHEDINO:

Meine Vergeßlichkeit, Francesca –
Das Paar Kardätschen, das ich gestern kaufte,
ließ ich im Kasten liegen. – Ich brauche es –
(Er nimmt eine Kerze, die neben dem Bett stand, erblickt das Paar.)
Pfui –! Ist es möglich?! –
(Er reißt die Bettdecke fort; Ginese springt auf.)
Meine Vergeßlichkeit, sie war
in dieser Rechnung nicht enthalten.
Verriegelt nicht einmal die Tür –
Man fürchtet keinen arbeitsamen Gatten. –

GINESE:

Ghedino, still –!

GHEDINO:

Ich still?! Nein, diesmal nicht!

GINESE:

Ich will es dir erklären –

GHEDINO:

Dies ist erklärt. Ich kam, ich sah –
Kein Zweifel – dies ist erklärt.
Ein Paar im Bett – fast nackt –
Dies ist erklärt. Ich still?! Nein, diesmal nicht!
Kein Zweifel, daß das Weib
mein eigenes, Francesca, ist.
Und du bist meiner Mutter Pflugschar,
ein rostiges Stück altes Eisen! – Pfui!

GINESE:

Laß mich zu Worte kommen –. Es ist anders –

GHEDINO:

Dies ist mein Zimmer, hier hab ich zu reden

und auch zu prügeln, wenn es nützlich ist –.
(Er dringt auf Francesca ein. Auch sie springt aus dem Bett, irrt im Zimmer umher.)

FRANCESCA:
Er wird mich niederschlagen –

GINESE:
Sei vernünftig –
Laß mich zuworte kommen – Nur durch Zufall
bin ich hierher geraten.

GHEDINO:
Meine Fäuste
werden jetzt das Nötige verrichten.

FRANCESCA: (flieht ans Fenster, öffnet es, springt hinaus.)
Das rettet mich –

GINESE:
Ah – sie sprang – sie fiel –

GHEDINO:
Das – schlimmer Wüstling, kommt auf dich.
Du bist der Wolf, der Kreide schluckt
und Lämmern vorsingt. –

GINESE:
Still!
Ghedino, still! – Laß mich zuworte kommen!

GHEDINO:
Wenn sie die Glieder brach – ich bin nicht still.

GINESE:
Der Lärm ist unerträglich – das Haus wacht auf.

GHEDINO:
Francesca, meines Lebens Lieblichkeit,
Gefährtin meines Schlafs, warum
sind wir durch Ungunst so entzweit?
Ich war verläßlich jederzeit
und tat für dich nach Lohn mich um.
Ganz unverdient ist dieses Herzeleid.

MONNA MONETA (kommt im Nachtgewand.):
Was geht hier vor? Welch Lärm so früh?
(Zu Ginese:)
Was hast du hier bei halber Nacht
unangekleidet zu verrichten?

GINESE:
Beruhigung! Man wird es dir erklären.
GHEDINO:
Er hat sich zu Francesca
als Liederlich ins Bett geschlichen.
Mich zu betrügen kamen sie zusammen.
GINESE:
Ghedino, still! – Laß mich zu Worte kommen.
MONNA MONETA:
Auch ich betrogen! Ja! Jetzt weiß ich,
warum du seit geraumer Zeit
sinnierst und dich tiefgründig gibst,
nach Mitternacht vom Schlafe aufschreckst
und mir erklärst, du müßtest in Geschäften
von großer Wichtigkeit ausgehen.
Du logst. Du gingst nicht aus.
Du schlichst zur nächsten angelehnten Tür.
Du schändetest zwei Ehen! Unflat!
GHEDINO:
Dies ist erklärt – kein Zweifel – dies ist erklärt –
GINESE:
Beruhigung! – Ghedino, still!
MONNA MONETA:
Was tu ich nur? –
GHEDINO: Ich still?! Oh nein!
Dein sündiges Scharwenzeln ist sogar
den Nachbarn aufgefallen. Es ist ruchbar.
MONNA MONETA:
Sein Ruf ist schon in anderer Leute Mäuler?
GINESE:
Seid beide still! – Laßt mich zu Worte kommen!
MONNA MONETA:
GHEDINO: Wir sind nicht still! nein, diesmal nicht!
GINESE:
Soll ich mich selbst in Stücke reißen?!
MONNA MONETA:
Was sagt zu alledem Francesca?
Wo ist sie denn? Ich seh sie nicht.
Das Bett ist leer. Wo hat sie sich versteckt?

GHEDINO:
Jammer über Jammer! Sie ging durchs Fenster.
Zerschmettert wird sie auf der Straße liegen.
(Er eilt verzweifelt hinaus.)
MONNA MONETA:
Verwüstung, nur Verwüstung! Ärgernis!
Betrug und Lüge, Schaden und Verrat.
Und Hohn der Nachbarn!
GINESE:
Was soll ich tun?
Soll ich mich selbst in Stücke reißen?
MONNA MONETA:
Wohlmöglich ist Francesca tot!

Verwandlung

Die Musik geht weiter.
Die Szene bleibt anfangs völlig dunkel.
FRANCESCA:
Galeazzo Garimberti!
GARIMBERTI:
Ruft jemand mich?
FRANCESCA:
Galeazzo Garimberti!
GARIMBERTI:
Träume ich denn?
FRANCESCA:
Galeazzo Garimberti!
GARIMBERTI:
Ich wache doch.
Die Stimme nähert sich. Ich kenne sie.
FRANCESCA: (ganz nahe)
Galeazzo!
GARIMBERTI:
Francesca, ja, ich höre.
Du bist es, Du stehst neben mir.
Noch sehe ich dich nicht. Soll ich
ins Dunkel fassen? Zerrinnst du wieder?

FRANCESCA:
Ich bin gekommen.
GARIMBERTI:
Wo – wo bist du?
FRANCESCA:
Die Tür war offen.
GARIMBERTI:
Ich mache Licht.
Ich will dich sehen. Ist dies denn wirklich?
(Er macht Licht. Man erkennt jetzt das Zimmer Garimbertis. Er selbst sitzt aufrecht in einem großen Bett. Francesca, im Hemd, steht in der Türöffnung rechts. Garimberti, als er sie erkennt, springt auf, eilt zu ihr, zieht sie ins Zimmer, umarmt sie.)
GARIMBERTI:
Der Zeiten Ewigkeit ist jetzt zuende.
Du bist bei mir. Ich halte dich.
Nicht mehr von dir getrennt, – ganz körperlich
begreife ich den Schluß der Widerstände.
Kein schlieriges Gespenst, das sich verflüchtigt
trügt mich; Vergangenes ist berichtigt.
FRANCESCA:
Geliebter – ja, ich kam –; die Tür war offen.
GARIMBERTI:
Du zitterst –
FRANCESCA:
Ach, mich fröstelt. Im Hemd
kam ich gelaufen – und nicht aus freien Stücken.
GARIMBERTI:
Zerrissen ist das Hemd – beschmutzt –
FRANCESCA:
Verklebt vom Straßenunrat – Sieh, so endet's.
GARIMBERTI:
Was endet so?
FRANCESCA:
Es ist mir schlimm ergangen.
Ich fiel. Mich schmerzt der Fuß.
GARIMBERTI:
Du fielst?

FRANCESCA:
Von hoch herab. Ich sprang und strauchelte.
Schlug hin –. Ich floh. Erspare mir,
den Hergang zu erzählen. Später tu ich's.
Ich hatte keine Zuflucht außer dir.
Mich trieb zugleich Verlangen.
Ich bin ja nur entfachte Glut.
Das Unglück hat mich ganz durchdrungen.
(Garimberti nimmt sie in seine Arme, trägt sie.)
GARIMBERTI:
Halt still – ich bette dich –. Und laß dich trösten.
Erzähle oder schweige. – Welche Wendung!
FRANCESCA:
Ich widerstehe dir nicht länger, Galeazzo –
was auch geschieht. Gerettet bin ich oder
wie eine Hingestürzte preisgegeben.
(Ghedino erscheint in der Tür, während Garimberti über
Francesca gebeugt steht.)
GHEDINO: (leise)
Ist dies noch Wachsein? Hier tret ich ein
wie in ein tiefes Grab.
FRANCESCA:
Ghedino!
GARIMBERTI:
Dein Gatte –
GHEDINO:
Dies – dieser Anblick – sie
in Garimbertis Armen – und mir verloren –
Ganz unverdient trifft mich Verfluchung.
(Er schreit auf und enteilt.)
GARIMBERTI:
Das ist nicht gut. Er ist von Sinnen.
Du darfst Ghedino nicht verzweifeln lassen!
FRANCESCA:
Ich bin bei dir. Nur das empfinde ich.
GARIMBERTI:
Du wirst oft bei mir sein – in Frieden.
FRANCESCA: (erstaunt über den veränderten Ton Garimbertis)
Was denn verlangst du?

GARIMBERTI:

Horch!

Ich hör Ghedino auf der Straße schreien –
und Lärm dazu.

FRANCESCA:

Verriegele die Tür!

GARIMBERTI:

Wir dürfen jetzt nicht töricht handeln.
Starrköpfigkeit verdirbt uns alles.

FRANCESCA:

Was denn verlangst du? – Ich will Küsse.

GARIMBERTI:

Viel tausendmal will ich dich küssen –;
wir haben ja ein junges Leben.
Doch heute rat ich zur Besonnenheit.

FRANCESCA:

Besonnenheit? Was soll sie noch bezwecken?
Es ist ja alles mißlich angerichtet.
Es geht dem Ende zu.
Es wird noch jemand sterben.

(Der Lärm auf der Straße wird größer.)

GARIMBERTI: (beginnt, sich hastig anzukleiden.)

Ich bitte dich, tu du das Deine,
daß sich das Übel nicht erfüllt.

FRANCESCA:

Was denn verlangst du?

GARIMBERTI:

Diesen Vorschuß nimm!

(Er küßt sie.)

Steh auf! Bekleide dich!

(Er sucht einen zweiten Anzug hervor.)

Hier ist ein Anzug.

Die halbe Nacktheit reizt die Menge.

FRANCESCA:

So werde ich ein Mann –

GARIMBERTI: Das paßt zum Plan.

(Er geht ans Fenster, öffnet die Läden; es kommt Licht herein. Francesca, widerstrebend, bedient sich des Anzugs. Garimberti blickt durch die Scheiben hinaus.)

GARIMBERTI:
Ich sehe in der Menge deine Eltern –,
Monna Moneta –, auch Ginese –.
Sie lamentieren und beraten. Ghedino weint.
FRANCESCA: (plötzlich munter)
Gefalle ich dir?
GARIMBERTI:
Ja, mein Junge, – mein Freund –.
(Er umarmt Francesca)
FRANCESCA:
Zupf mir die ungewohnte Tracht zurecht!
(Garimberti zupft von hinten und von vorn.)
GARIMBERTI:
Nun höre! Wir gehn hinaus. Ich stifte Frieden.
Ghedino nimmt dich wieder auf.
Was heut geschah – ich weiß nicht alles –
wird sich vergessen lassen.
FRANCESCA: (außer sich.)
Wie? ich soll fort von dir?
So überdrüssig bist du meiner?
Ich bin nicht mehr Erfüllung deiner Wünsche? –
Was ekelt dich? Was ist an mir verdorben?
Ist meine Heirat ein so großer Makel?
Die Drangsal, daß du mich verstößt,
ist ärger als der Tod!
GARIMBERTI:
Halt ein!
Wenn du mich nicht verstehen willst,
wird die Gefahr zunehmen.
FRANCESCA: (trotzig)
Nein, ich versteh dich nicht. – Welche Gefahr?
(Rufe auf der Straße.)
GARIMBERTI: (Hastig)
Wir werden uns in Zukunft ⟨nicht⟩* verfehlen;
schon morgen wirst du bei mir sein.
Und aller Freuden größte Freude
wird uns vereinen.
FRANCESCA:
Morgen sagst du?

GARIMBERTI:
Morgen. Es liegt ja nur an dir und mir
wie, wann und wo wir uns einrichten.
FRANCESCA:
Morgen. Das ist noch weit von heute.
GARIMBERTI: (ungeduldig)
Der Tag geht schnell dahin.
(Ein Stein wird durchs Fenster geworfen. Eine Scheibe zerbricht klirrend.)
FRANCESCA:
Man droht uns! Dir und mir.
Ist es verrückt, daß wir uns lieben?
GARIMBERTI:
Nicht Schuld, Verwicklung hängt uns an –;
verquere Zeit, der Eltern Torheit –,
Ghedinos Recht –
FRANCESCA:
Gineses Leidenschaft –
GARIMBERTI:
Was hat denn er mit uns zu schaffen?
FRANCESCA:
Er stellt mir nach. Er kam ins Schlafgemach
zu mir heut früh. Ghedino war schon fort;
doch unerwartet kehrte er zurück.
Das war der Anlaß, daß ich endlich –
gezwungen zum Entschluß – dich suchte.
GARIMBERTI: (benommen)
Das ist verzwickt –
FRANCESCA:
Du bist enttäuscht.
GARIMBERTI:
Nur überrascht.
FRANCESCA: (plötzlich ausbrechend)
Sei mutig: töte mich!
GARIMBERTI: (verwirrt, doch allmählich begreifend, leidenschaftlich)
Wie?! Ich dich töten? – Welche Narrheit!
Anmut verführt – das ist ⟨nicht⟩* zum verwundern.
Man mordet nicht die Schönheit, weil sie schön ist. –

Ich will dich jetzt erst recht. Der Liebe Unart
macht mir die Lippen wild, die Glieder gierig.
Ich bin ein Mann inzwischen – und kein Schwächling.

FRANCESCA:
Versprich – versprich – daß wir uns morgen treffen!

GARIMBERTI:
Das Durcheinander muß uns dienen.

FRANCESCA:
Versprich –

GARIMBERTI:
Ja, ich verspreche

(Ghedinos Kopf erscheint durch die zertrümmerte Scheibe)

GHEDINOS KOPF:
Galeazzo Garimberti – gib sie heraus.
Nimm, was dir zusteht –, doch gib sie mir wieder.

(der Kopf verschwindet)

GARIMBERTI: (unsicher)
Er dauert mich. – Und er hat gut entschieden.

(Er hebt den Stein auf)

FRANCESCA:
Zweimal Francesca – das wäre die Lösung
aus der Verwirrung unsrer Herzen.

GARIMBERTI:
Komm! – Die Stunden sind verschieden;
und in den Stunden sind wir vielmals.
(Musik. Galeazzo Garimberti schließt die Fensterläden,
löscht die Kerze. Es wird dunkel.)

Verwandlung
(Finale)

Straße vor dem Hause Garimbertis.
Eine Menschenmenge. Darunter: Monna Moneta,
Ginese, Ghedino, Salvatore Grillo, Emilia,
Aleardo, Benedetto, Eddmondo, Renato.
Musik. Unruhe.

GINESE:
Fassung, Ghedino – er bringt sie dir zurück.

MONNA MONETA:
Du hast es angerichtet, Mantuaner!
EMILIA:
Die Schande kommt auf uns.
SALVATORE:
Die Liebe
ist eine sonderbare Künstlerin.
Wir haben ihre Wirksamkeit verkannt.
ALEARDO:
Wie das wohl ausgeht?
RENATO:
Unentschieden.
BENEDETTO:
Worauf nur warten wir?
EDDMONDO:
Ich geh hinein.
(Garimberti erscheint mit der verkleideten Francesca, die die Augen geschlossen hält, in der Tür.)
ALEARDO:
RENATO:
Da sind sie ja!
BENEDETTO:
Nein, keineswegs.
EDDMONDO:
Nur Garimberti ist es – und ein Fremder.
GARIMBERTI: (auf einem Ton, fast sprechend)
Hast du den Stein geworfen, Ghedino?
GHEDINO:
Ja. – Ich bereue es.
GARIMBERTI:
Nimm ihn zurück! Dann ist es nicht geschehen.
(Er tritt auf Ghedino zu, gibt ihm den Stein in die Hand.)
GHEDINO: (zerknirscht)
Ich war so unbesonnen –
GARIMBERTI:
Sieh meinen Freund! –
Es ist mein nächster Freund. Erkennst du ihn?
GHEDINO:
Mein Auge ist vom Weinen trübe –

GARIMBERTI:
Umarme ihn!
GINESE:
Es ist Francesca!
GARIMBERTI:
Umarme meinen Freund!
ALEARDO:
RENATO:
Es ist Francesca!
GARIMBERTI:
Es ist mein Freund.
BENEDETTO:
EDDMONDO:
Es ist Francesca!
GARIMBERTI:
Es ist mein Freund!
CHOR: (leise)
Es ist Francesca!
MONNA MONETA:
Sie ist verkleidet.
SALVATORE:
Was wird denn hier gespielt?
CHOR: (leise)
Sie ist verkleidet.
ALEARDO:
Der Knabe ist ein Mann geworden;
er gibt sie auf.
RENATO:
Er pirscht schon andres Wild.
EMILIA:
Was soll der Mummenschanz bedeuten?
CHOR:
Er gibt sie auf.
GARIMBERTI:
Es ist mein Freund.
SALVATORE:
Er zieht sich aus der Schlinge.
EMILIA:
Francesca schweigt.
GHEDINO:
Ist sie es wirklich?

MONNA MONETA:

Sie ist es, Sohn –;

doch leblos fast.

GHEDINO: (zaghaft)

Ich muß sie halten.

GINESE:

Die Ohnmacht wird vorüber gehen.

GARIMBERTI:

Um nichts zu sehen schließt mein Freund die Augen.

EMILIA:

Das ist höchst seltsam. Ist sie es denn wirklich?

SALVATORE:

Ihr ist der Morgen nicht bekommen,
die kalte Luft – und all das andere.

CHOR:

Der Garimberti zieht sich aus der Schlinge.

BENEDETTO:

Ist sie verstört? Ghedino trägt sie fast.

GHEDINO:

Ist sie es wirklich?

GALEAZZO:

Es ist mein Freund –

zugleich Francesca.

GHEDINO:

Du übergehst uns alle an Edelmut.

GALEAZZO:

Du irrst. Ich will den Freund behalten.
Nimm du die Gattin –

CHOR:

Er zieht sich aus der Schlinge.

EMILIA:

Francesca ist ein Mädchen! Daran ist kein Zweifel.

SALVATORE:

Ein tolles Stück, von einem Freund zu sprechen.

MONNA MONETA:

Sie öffnet jetzt die Augen, küßt Ghedino!

GALEAZZO:

So laßt uns Frieden schließen.

GHEDINO:

Ich bin zu dumm, um alles zu begreifen.

Was ich begreife ist: du gibst sie mir zurück.
Ja, laßt uns Frieden schließen.

GALEAZZO:
Wer unter uns denn hätte nie gelitten?

GINESE:
Wer unter uns denn hätte nie gelitten?

GALEAZZO:
Wen hätte es nach Liebe nicht verlangt?

MONNA MONETA:
Wen hätte es nach Liebe nicht verlangt?

GALEAZZO:
Wir sind doch ganz Geschöpfe der Natur.
Und sie ist weder ekelhaft noch fromm.

FRANCESCA:
Wir sind der Schauplatz ihrer Triebe.

GALEAZZO: GINESE:	Wir sind der Schauplatz ihrer Triebe.
FRANCESCA: GINESE:	Und was wir lieben, lichten, lieben werden, ist ungewiß.
GINESE: FRANCESCA: GALEAZZO: FRANCESCA:	Verdammt uns nicht zu sehr!

Nachsichtig nehmt die Schwachen hin.

GALEAZZO:
Die Leidenschaft ist hart; darum seid milde!

GINESE: MONNA MONETA: FRANCESCA: GALEAZZO: GHEDINO:	Die Leidenschaft ist ⟨hart⟩*; darum seid milde!

CHOR:
Die Leidenschaft ist hart.

CHOR UND TUTTI:
⟨Des⟩* Menschen Wille führt sehr oft zum Ziel;
doch das Erreichte ist nicht immer gut.
Wer weiß am Ende, wer wem wann gefiel?
Gefühle schwinden; Moder wird die Glut.

DER STAUBIGE REGENBOGEN

(Die Trümmer des Gewissens)

Drama

⟨Personen

Jakob Chervat, Präsident einer Forschungsgemeinschaft, Ratgeber einer hohen Regierungskommission, Physiker

Jeanne, seine Frau

Elia, beider Sohn, 18 Jahre alt

Sarkis, Obmann einer hohen Regierungskommission, im Range eines Botschafters

Lambacher, Mitglied der Forschungsgruppe, Arzt, Biologe

Randello, Priester

Alexander Ducasse, Redakteur, Jugendfreund Chervats

Pentheus, Generalleutnant

Bienert, Adjutant des Generals

Savigny, Staatssekretär

Ebba Rantzow

Arran, ihr Sohn, Freund Elias, 19 Jahre alt

Harild, Sekretär Sarkis'

Lucie Harild, seine Tochter, Freundin Arrans

Gleissenberg, Sekretär Chervats

Tauno, Diener bei Chervat

Aune, ein Agent

Tiripa, ein junger Indianer

Verena, Hausgehilfin Ebba Rantzows

Robert, ein Groom

Ein Kommissar

Stephan Szakallas, ein junger Mann

Kilian, ein Pedell

Polizeiagenten

Besucher eines Tanzlokales

Badende am Strand

<table><tr><td>Atomforscher
Obmann
Staatssekretär
General
Adjutant
Sekretär des Forschers
Sekretär des Obmanns</td><td>} das Echo</td></tr></table>

Ein Kellner

Zeit: jetzt. 〉

⟨1.⟩

Das Goldene Haus

Arbeitszimmer Jakob Chervats. Eine Wandtafel. Büchergestelle, die hinter Vorhängen verborgen sind. Ein großer, sehr einfacher Arbeitstisch, vollgestapelt mit Büchern, Zeitschriften etc. Jakob Chervat sitzt daran, das Gesicht der Bühnenöffnung zugewandt, liest und schreibt.
Rechts ein hohes, lichterfülltes Fenster, das in einen Park hinausgeht. In der Mitte eine Tür. Vormittag.

Elia Chervat (kommt leise durch die Tür herein, geht an die Büchergestelle, schiebt einen Vorhang zur Seite, überfliegt mit den Augen die Rückentitel einzelner Bücher. Er ist ein hübscher, fröhlicher Bursche im Alter von 18 oder 19 Jahren. Um den Kopf trägt er, turbanartig gebunden, ein buntfarbiges Seidentuch.)

Chervat

Suchst du ein bestimmtes Buch, Elia?

Elia

Kein bestimmtes. Ich weiß keinen Titel.

Chervat

Welcher Art Buch soll es denn sein?

Elia

Ein Buch der Aufklärung.

Chervat

Was verstehst du darunter?

Elia (antwortet nicht.)

Chervat

Bist du von Empfindungen befragt, denen du antworten möchtest?

Elia

Nein. Nichts Sexuelles. Keine Empfindungen. Allenfalls

höchst sonderbare. Mein Verstand oder meine Vernunft haben allerlei leere Flecken.

Chervat

Du sagtest das Wort Aufklärung.

Elia

Auskunft über das Wichtigste. Keine Philosophie. Keine Mathematik. Klaren Bescheid über ein paar Grundfragen. Keine religiöse Belehrung. Einfache Rede, nachprüfbar, nicht das Halbdunkel unlauterer Worte.

Chervat

Du drückst dich hart und doch nicht genau aus.

Elia

Wer vermöchte das auch?

Chervat

Wer seine Absicht nicht sagen kann, bleibt ohne Hilfe.

Elia

Wir bleiben ohne Hilfe – sowieso.

Chervat

Nicht unbedingt. Vielleicht ist das Wissen ⟨güst⟩*; – doch nicht die Liebe.

Elia

Was ist das? Ist es zum Beispiel: Freundschaft?

Chervat

Möglicherweise.

Elia

Ich suche hier keine Freundschaft.

Chervat

Ich bin dein Vater – und achte dich.

Elia

Hilft mir das?

Chervat

Du mußt offener sprechen. Du möchtest über irgend etwas Bescheid haben.

Elia

Woher wir gekommen sind – wohin wir gehen. Was wir ausrichten sollen. Weshalb wir Fleisch sind. Warum wir keine feste Gestalt haben und kein Alter. Gestern glichen wir einem Kind; morgen ist unser Aussehen das eines Greises. Von unsern Gefühlen und Gedanken will ich schweigen. Daß wir grausam sind und überwiegend blödsinnig, man stellt es fest. Ist denn überhaupt ein Unterschied zwischen dem Einmal-dagewesen-Sein und dem Niemals-dagewesen-Sein? – Wenn ich an die vielen Milliarden Gräber denke, die vergessen sind, diesen Moder – dann könnte man meinen, es sei kein Unterschied; unsere Gegenwart wäre ein Irrtum, eine Spiegelung von irgend etwas; wir, die wir wir sagen zwischen Amalgamschicht und Glas, dünner als Seidenpapier: nur der Schatten eines Traumes, des Traums eines anderen.

Chervat

Das sind keine hilfreichen Gedanken. Man kann sie nicht immer abweisen. Verglichen mit den Dimensionen, die wir uns errechnen, dem Raum, der uns umgibt, den Sphären, die wir nicht durchdringen, sind wir wirklich dünner und winziger als das Strahlenbild in einem Spiegel. Wir überblikken nur eine kleine Auswahl der möglichen Intelligenz. Wir kennen den Raum an sich nicht, nicht die Gravitation, nicht die Elektrizität, nicht das magnetische Kraftfeld. Sie sind da, Unbekannte, die wir zu Dienern gemacht haben, deren Auflehnung möglich ist.

Elia

Deine Antwort hat andere Worte als meine Frage. Wir sind Tiere – und werden es bleiben, auch wenn sich unsere Gehirnzellen ungeahnt vermehren sollten. Keine noch so außergewöhnliche Mutation wird uns zu Engeln machen.

Chervat

Immerhin hat es Äußerungen des menschlichen Geistes gegeben, die wir bewundern, die uns ein Gefühl von Erhabenheit geben.

Elia (spöttisch und traurig)

Gefühl von Erhabenheit – das ist nichts Verläßliches, nichts Bleibendes. Da hieß einmal jemand Josquin oder Ogkeghem oder Gesualdo. Sie haben Musiken erfunden. Ihre Musik hat ehemals Zehntausende oder Hunderttausende angerührt. Jetzt ist ihr Werk veraltet, obgleich ein ganzer Körper voll Leben es schuf. Es erreicht die Nachkommen nicht mehr. Wenn man ihre Werke spielt, so entschuldigt man es mit dem ewigen Bau der Religion oder mit der Musikwissenschaft oder mit einem dritten oder vierten Nebenzweck. In

Wirklichkeit haben sie nichts mehr davon, die ihre Ohren hinhalten; sie machen sich etwas vor – sie lügen.

Chervat

Soll ich dich auslachen, Elia? Ich weiß, du liebst diese, die du nanntest. Unterstellst du, sie hätten ihre Musik für andere Menschen erfunden als dich und deinesgleichen? Ihr Antrag galt allein den Ebenbürtigen, nicht den geschäftlichen Bastlern, die das Geäder ihrer Gedanken zerpflücken.

Elia

Josquin und Ogkeghem werden eines Tages vergessen sein. Auch Mozart wird eines Tages vergessen sein. Das läßt sich beweisen. Handschriften und Drucke sind zu Hunderttausenden untergegangen. Man hat Steine der Pyramiden zu Festungsbauten verwandt. Brennende Städte. Eingeschmolzene Glocken. Krieg und Fanatismus. Übermut. Als Mozart lebte, war er unerkannt. Heute hält seine Musik dem Lärm der großen Städte nicht mehr stand. Die Tonkonstrukteure möchten das Gebrüll auf den Fußballspielplätzen als Musik ausgeben. – Diese Welt ist nicht eine der erdenkbar besten. Sie ist auf Fressen und Gefressenwerden aufgebaut; – auf den Stoffwechsel des ewigen Untergangs.

Chervat

Um Neues aufzubauen –

Elia (verbittert)

Danke. Die Schöpfung glaubt nicht an das Vollkommene.

Chervat

Sie untersteht uns nicht. Ungründlichkeit, Voreiligkeit verschlechtern unseren Platz.

Elia

Beschränken wir uns auf das Tier in unserem Leibe. Das hat man uns anerschaffen. Dafür sind wir nicht verantwortlich.

Chervat (mutlos)

Was willst du mit dem Tier?

Elia

Ich betrachte es. Ich erkenne, es gibt gesunde und kranke Tiere, hübsche und häßliche, starke und schwache. Zum Beispiel bin ich den Schwachen zuzurechnen, mein Freund Arran den Starken. Das bedeutet einen Unterschied im Schicksal. Wohl bin ich da, doch nur vorübergehend. Man wird mich wegwischen, so unerhaben wie möglich – wie ein Insekt, das zertreten wird.

Chervat (halb unwillig)

Es sind doch Fähigkeiten in dir.

Elia (lacht unnatürlich)

Was mir daran fehlt, errätst du nicht.

Chervat

Elia! Du läßt dich von einer Stimmung überwältigen. Es gibt Schatten in uns, gewiß. Aber doch auch das Licht, das diese Schatten wirft.

Elia

Wenn du mir keine Aufklärung geben kannst – und ich weiß, du kannst es nicht, so wenig wie es die Bücher können –, bitte, versuche nicht, mich mit irgendeiner Allmacht zu trösten, einer mitleidigen Ordnung hinter den Dingen; daß wir Entsprechungen gültiger Ideen seien. Die Eigenschaften, die man Gott nachzusagen pflegt, sind nicht die seinen. Das erfahren wir. Erbarmen, Güte, Gerechtigkeit – es sind schöpfungsfeindliche Ingredienzen.

Chervat

Halt ein!

Elia (unbeirrt)

Wenn wir die Ziele der Evolution mit unserem Ungemach bezahlen müssen – dann möchte ich vom Leben niemals etwas erfahren haben; ich möchte geblieben sein, was ich werden werde.

Chervat

Du sagst entsetzliche Dinge.

Elia

Keineswegs. Ich übe mich in der Gewissensprüfung.

(Er geht.)

Chervat

Woher kommt denn nun das? Dieser Trotz, diese erdachte Verzweiflung – (Er geht an die Bücherregale, zieht den Vorhang zu.) Die Bücher antworten ihm nicht. Ich habe ihm auch nicht geantwortet.

(Es wird gegen die Tür geklopft. Jeanne Chervat tritt ein.)

Jeanne

Elia war bei dir?

Chervat

Ja. – Er kam, um irgendein Buch zu finden.

Jeanne

Es war gewiß ein Vorwand.

Chervat

Wahrscheinlich.

Jeanne

Hat es eine Unterhaltung zwischen dir und ihm gegeben?

Chervat

Er war sehr verzagt – und trotzig.

Jeanne

Vor einer Stunde etwa überraschte ich ihn in seinem Zimmer. Er lag auf dem Bett und weinte. Er war fast bewußtlos vor Kummer.

Chervat (schweigt)

Jeanne

Ich konnte mich nicht überwinden, ihn auszufragen.

Chervat

Er ist in dem Alter, wo man einem anderen Menschen verfallen kann.

Jeanne (beinahe abweisend)

Nein.

Chervat

Warum denn nicht?

Jeanne

Nein.

Chervat (unsicher)

Er ist doch – seinem Wesen nach – voll innerer Fröhlichkeit, klug und überlegen, nicht verstört –

Jeanne (zögernd)

Seinem Wesen nach – wir verwenden diese Ausrede. Sein Wesen läßt diesen Kummer zu.

Chervat

Du drückst irgend etwas aus; aber ich verstehe es nicht.

Jeanne

Mir ist die Brust eng.

Chervat

Er sprach ins Allgemeine. Ich antwortete ihm schlecht.

(Er schweigt eine Weile.)

Sein Verhalten war sonderbar, selbstzersetzend –

Jeanne (zweideutig)

Er war also nicht fröhlich.

Chervat

Er ist doch nicht krank?

Jeanne

Es ist nicht Krankheit; es könnte ein Fehler in seiner Konstitution sein, ein Schaden, der ihm zugefügt wurde.

Chervat

Ich begreife nicht ganz, warum unser Gespräch sich so unsicher bewegt.

Jeanne

Wir fürchten uns vor Enthüllungen.

Chervat

Es gibt sonderbare, extravagante Tendenzen in der Landschaft seiner Gefühle. Und ich bedaure fast, daß wir sie begünstigt haben.

Jeanne

Was meinst du damit?

Chervat

Zum Beispiel wurde ihm erlaubt, daß er beständig, auch bei Tische und unter Fremden, diesen Kopfputz trägt. Er besitzt schon eine beträchtliche Auswahl an Seidentüchern.

Jeanne (fassungslos)

Weißt du nichts vom Dasein deiner Nächsten? Ich bin außer mir – du kennst deinen Sohn nicht, nicht einmal sein Aussehen –

(Sie beginnt zu weinen.)

Chervat (bestürzt)

Jeanne – was geht in dir vor?

Jeanne (unter Tränen)

Weißt du wirklich nicht, wie es zu diesem Kopfputz gekommen ist? – Du mußt es vergessen haben.

Chervat (zerknirscht)

Wir haben darüber gesprochen.

Jeanne (scheinbar wieder gefaßt)

Du mußt es aus deinem Bewußtsein verdrängt haben. Du bist ja kein Ungeheuer. Du hast dich in deine Arbeit, in deine Spekulationen begeben und die Umwelt nur wie im Nebel gesehen.

Chervat (unsicher)

Nein, ich bin doch nicht ein völlig denaturierter Mensch – kein Roboter der Forschung. Elia hat ein Haarleiden; seine Kopfhaare wurden dünn –

Jeanne

Er ist inzwischen fast kahl

Chervat

Jeanne, ich bitte dich. Vor ein paar Wochen war es mit seinem Leiden kaum schlimm.

Jeanne (setzt sich neben Chervat auf einen Stuhl)

Wir haben Doktor Lambacher zu Rate gezogen. Er sprach von leichten Folgen allergischer Zustände. Er verschrieb irgendeine Tinktur.

Chervat

Jeanne, ich bin sehr betrübt.

Jeanne (beinahe ungerührt)

Elia hat niemals allergische Beschwerden gehabt. Schon seine angeborene Fröhlichkeit widerlegt die Diagnose.

Chervat

Begreiflich, daß er weinte.

Jeanne

Er hätte seit Wochen weinen müssen. Aber er erfand immer kleidsamere Kopfbedeckungen; er verstand es, sich geradezu hübsch zu machen – liebenswert.

Chervat

Plötzlich widerte ihn die Verkleidung an.

Jeanne (sachlich)

Er ist heute früh von einem Ausflug mit seinem Freunde Arran zurückgekommen. Sie haben zwei Nächte lang gemeinsam in einem Zelt geschlafen.

Chervat

Hältst du es für angebracht, darüber zu sprechen?

Jeanne

Er wird eine Entdeckung gemacht haben – daß er sich von Arran unterscheidet.

Chervat

Wieso denn? Er ist ein anderer Mensch.

Jeanne
Trotz seiner achtzehn Jahre ist er noch ein Kind.
Chervat
Wie willst du wissen –?
Jeanne
Man kann es schlimmer sagen: noch kein Mann.
Chervat
Du verwirrst mich, offengestanden. Ich begreife nicht, wie du zu dieser Erkenntnis gelangt bist. Er unterscheidet sich von seinem Freunde, gewiß; Arran gehört zu den Frühentwickelten, das erkennt man; Elia ist später daran, sich als Erwachsener zu fühlen. Man kann zuweilen beobachten, daß gleichaltrige Jugendliche wie Vater und Sohn aussehen.
Jeanne (ruhig)
Deine Belehrung taugt so wenig wie die Diagnose Lambachers. Elia ist kein Zwerg – und auch geistig nicht zurückgeblieben. Doch gibt es kein Anzeichen dafür, daß er männlicher Empfindungen fähig wäre.
Chervat
Du beobachtest ihn, gleichsam mit unlauterer Angst.
Jeanne
Ich weiß – ich behaupte, daß er beschädigt ist.
Chervat
Du sprichst eine gräßliche, eine unwahrscheinliche Vermutung aus. Elias Tränen sind kein Zeugnis. Er sprach von Freundschaft, als mir das Wort Liebe zufällig über die Lippen kam. Das scheint mir deutbarer.
Jeanne
Ich ahne das Verhängnis. Du bestreitest es. Wir leben an einem gefährlichen Platz der Erde.
Chervat
Ich kann deinen Gedankensprüngen nicht folgen.
Jeanne
Es gibt hier irgendwelche Einflüsse – Strahlen –
Chervat (überrascht, kühl)
Dahinaus willst du?
Jeanne
Ja. Das Unsichtbare bedroht uns. Ihn hat es angefallen. Du wirst mir entgegnen, es sei unmöglich.

Chervat (bestimmt)

Es ist unmöglich. Ich bin überrascht von deiner Annahme. Es ist absurd, diese Möglichkeit auch nur mit einem Gedanken zu streifen.

Jeanne

Ich habe den absurden Gedanken, daß es dennoch der Fall ist.

Chervat

Elia lebt seit frühester Jugend unter keinen anderen Umweltsbedingungen als Arran. Und dessen gründliche Potenz bezweifelst du doch nicht.

Jeanne

In mir ist eine Angst, die durch keine Worte übertäubt wird – auch durch Arrans gesunde Männlichkeit nicht. Es ist ja nicht jeder gleichermaßen empfänglich für das Schädliche.

Chervat

Du kannst durch Ängste oder innere Vorstellungen die Realität nicht verkehren. Die Tatsachen sind gegen dich. Die Reaktoren, auf die du anspielst, die menschenleere Atomstadt, liegen mehr als hundert Kilometer von hier entfernt. Unsere Laboratorien – die Elia übrigens niemals betreten hat, weil es unmöglich ist, daß jemand unerlaubt hineingelangen kann – bewahren keine radioaktiven Stoffe, die nennenswert weit nach außen dringen könnten oder mit harten Strahlen zuschlagen. Ganz abgesehen davon, daß unsere Schutzmaßnahmen an das Vollkommene grenzen.

Jeanne

Du hast die geheimnisvollen Fabriken aus Beton und Blei einmal Verliese der Gewalt an sich genannt.

Chervat

Geduld und Intelligenz haben uns geholfen, das Mächtigste zu bändigen.

Jeanne

Gewalt an sich ist niemals ganz entmachtet.

Chervat (dozierend)

Unsere Arbeit ist planvoll gewesen. Zehntausend Techniker und Gelehrte haben mitgearbeitet, arbeiten daran, um Zufälle, die unwillkommen wären, auszuschließen. Kontrollen und Statistiken, die Ergebnisse überhirnlicher Rechenmaschinen, ein Netz automatischer Warnstationen – (Er bricht ab.) Das Äußerste menschlichen Vermögens ist gerade gut genug.

Jeanne

Gewalten bleiben Gewalten. Hilft es dem Vieh auf den Marschweiden, daß man den Bauern eine Sturmflut ankündigt – wenn die Deiche nicht halten?

Chervat (erschöpft)

Jede, auch die kleinste Vermehrung schädlicher Strahlungen wird augenblicklich registriert. Ich würde von jeder Unregelmäßigkeit wissen.

Jeanne

Hat es niemals Unfälle gegeben?

Chervat (schweigt einen Augenblick)

Du verhörst mich wie einen Schuldigen.

Jeanne

Wer ist dein Gewährsmann für – für die ganze Wahrheit?

Chervat

Warum fragst du danach? Exzellenz Sarkis ist verläßlich – unangreifbar.

(Es wird gegen die Tür geklopft.)

Chervat (laut)

Bitte!

(Gleissenberg tritt ein.)

Gleissenberg

Störe ich, Herr Professor?

(Jeanne erhebt sich, tritt in den Hintergrund.)

Chervat (geht an den Schreibtisch)

Nehmen Sie dies! Heben Sie im Tagebuch hervor, was ich rot angestrichen habe. Das Referat für das astronomische Recheninstitut werde ich kaum vor morgen diktieren können.

Gleissenberg (nimmt die Papiere)

Ich werde mich später wieder bei Ihnen melden.

Chervat

Sind wichtige Briefe eingetroffen?

Gleissenberg

Kaum. Das Ersuchen um Auskünfte, die das Ministerium schnell beschafft sehen möchte, habe ich den zuständigen

Abteilungen übermittelt. Eine vertrauliche Anfrage ließ ich Seiner Exzellenz bringen.

Chervat

Gut. Ich werde später alles sehen.

(Gleissenberg verneigt sich und geht.)

Jeanne

Du vertraust also dieser Exzellenz Sarkis?

Chervat

Ja. Was fällt dir denn ein, mich das zu fragen?!

Jeanne

Die straffe Disziplin der Zusammenarbeit schläfert den Argwohn ein.

Chervat (heftig)

Willst du die Aufrichtigkeit, die uneingeschränkte Offenheit unserer wissenschaftlichen Gesellschaft bezweifeln? Wir – an dieser Stelle –, die zu gemeinsamer Arbeit verpflichtet sind, gemeinsam Konstruktionen entwickeln, Beobachtungen auswerten, sind Verschwörer, die zur Wahrheit stehen, mag sie nützlich, schädlich, willkommen, unerwünscht sein. Unsere Spezialisten haben ein Netz – wenn ich so sagen darf – geknotet, in dem alles eingefangen wird, was unserer Erkenntnis dient – einer Erkenntnis, die die Wohlfahrt aller anstrebt. Und du verdächtigst Menschen, erfindest Ursachen, sie zu verdächtigen.

Jeanne (aus dem Hintergrund)

Den Auftrag zu forschen, und das Geld dafür gibt der Staat – eine im Ethischen nicht sehr zuverlässige Einrichtung. Die Atomstädte sind einem Ministerium unterstellt. Ein anderes Ministerium wird von Beamten oder Militärs geleitet, die unablässig einen Krieg als nächste Möglichkeit einer politischen Entwicklung berücksichtigen – einen Krieg mit atomaren Waffen. Die Recheninstitute mögen oft zu schlechten Ergebnissen, den Ausfall betreffend, kommen; aber in den gewaltigen Manövern, die die Generalstäbe veranstalten, versucht man – es ist ein durch und durch verlogenes Schauspiel – den schlichten Eindruck, den Vernunft und Erkenntnis verbreiten, zu korrigieren. Sarkis ist der Botschafter jener hohen Behörde; er hat das Vertrauen aller Regierungsstellen.

Chervat (zurückhaltend)
Das ist zu unserem Vorteil.

Jeanne
Er kennt das Ziel. Du willst es nicht einmal kennen. Du hast dich mit der Andacht zur Wissenschaft einfältig gemacht. Schweigen und Verschweigen ist die Tugend deines Ordens. Du hast vergessen, daß übermenschliche Aufgaben den Menschen verderben.

Chervat (empört)
Du überschreitest eine Grenze. Deine Worte sind Zwietracht.

Jeanne (bestimmt, doch ohne Zorn)
Ich will fort von hier. Irgendwohin. Ich will nicht hierbleiben.

Chervat (betroffen)
Bin ich dir so zuwider?

Jeanne
Nicht du bist mir zuwider – nicht du. Der Ort ist mir verhaßt, der Boden, die Luft; – das Unsichtbare, das uns umgibt.

Chervat
Jeanne, das sind Einbildungen, Unrichtigkeiten.

Jeanne
Wir sind hier Gefangene.

Chervat
Du siehst unser Dasein verzerrt, legst es falsch aus. Wo, unter welchen Gegebenheiten, könnten wir angenehmer und sorgloser leben? Ich bitte dich, nicht einer vorübergehenden Trübung deines Wohlergehens zu erliegen. Düstere Stunden sind unsere Feinde.

Jeanne (mutlos, nachgiebig)
Du sprichst, wie du es verstehst – mit besser gezüchteten Worten.

Chervat
Ich bin sehr erregt, Jeanne. Ich versuche, mich zu mäßigen.

Jeanne
Es tut mir weh, daß wir nicht einig sein können.

Chervat
Nimm die ungewisse Angst nicht hin! Du bist mit mir

diesen Weg gegangen – freiwillig, begeistert. Plötzlich wirst du von Panik erfaßt. Es kann nicht dein Wille sein, unsere Lebensabsicht zu zerstören. Ich habe die Arbeit, diese inzwischen fast unermeßliche Verantwortung, auf mich genommen – mit deiner Billigung. Wir sind mit einem Schlage ganz nach vorne gekommen, an die Spitze einer Umwälzung, einer Menschheitsepoche.

Jeanne

Wir haben das Ungeheuer nicht erkannt, – nicht in uns, nicht in den anderen. Wir träumten vielleicht von einem Pferd oder von Adonis oder von einem Esel, den ein Knabe liebt. Wenn diese Fleisch sind, dann ist das Fleisch gut; – man kann darauf bauen, wie auf einen Fels.

Chervat (unterbricht)

Wir wollten für uns selber das Angenehme – den Wohlstand meinetwegen, die Aussicht, uns unbehindert entfalten zu dürfen mit unseren Neigungen, mit unserer Besessenheit, anderen nützlich zu werden. Ein beispielloser Glücksumstand stellte mich hierher.

Jeanne

Ja. Uns wurde dies gebracht. Es kam auf uns zu. Dies geräumige Haus mit dem vergoldeten Stuck und den seidenen Tapeten an den Wänden, den Möbeln aus gediegenem Holz, den Marmorfußböden, mit Teppichen bedeckt, der sich weithin dehnende Park, von einer hohen Mauer umgeben; die Dienerschaft, der sorgenfreie Wohlstand. Der Knabe Elia bekam den Esel. Für dich entstanden die gigantischen Mastabas aus Beton und Blei.

Chervat

Unabhängigkeit, Freiheit.

Jeanne (schnell)

Glaubst du deine Worte? Du kannst sie nicht glauben.

(Es wird gegen die Tür geklopft; Chervat öffnet; der Diener Tauno tritt ein.)

Tauno

Ein Herr läßt dringlich bitten, vorgelassen zu werden. Ich bat um seine Karte. Er hat mir seinen Namen auf einen Zettel geschrieben. (Er überreicht den Zettel.)

Chervat (liest, zuckt zusammen, lacht unnatürlich)

Ducasse, Alexander Ducasse. Er ist es. Er muß es sein. Ich lasse bitten.

Tauno (zögert zu gehen)

Soll ich den Herrn sogleich hereinführen – oder ein wenig warten lassen?

Chervat

Warum denn? Weshalb zögern Sie?

Tauno

Sie unterhielten sich gerade.

Chervat

Ich sprach mit meiner Frau.

Jeanne

Ich gehe schon.

Chervat

Bleib bitte! Führen Sie Herrn Ducasse hierher.

(Tauno entfernt sich.)

Jeanne

Wir sind niemals allein.

Chervat

Was willst du damit sagen?

Jeanne

Ich mißtraue diesem Tauno.

Chervat

Du darfst nicht in jedem Menschen den Widersacher sehen.

Jeanne

Man nötigte uns, ihn als Diener zu wählen.

Chervat

Er diente im Hause, ehe wir es bezogen.

Jeanne

Wir konnten ihn nicht fortschicken. Er ließ sich nichts zuschulden kommen.

(Klopfen gegen die Tür. Tauno führt Ducasse herein, entfernt sich.)

Chervat (macht einige Schritte hin zu Ducasse, zögert)

Ducasse, Alexander, diese Überraschung – nach so vielen Jahren der Trennung – (Er umarmt Ducasse.)

Ducasse (bedrückt, zurückhaltend)

Ich vermute, daß du mich nicht lange bei dir behalten kannst.

Chervat (erstaunt)
Was meinst du damit?

Ducasse
Daß du es nicht darfst.

Jeanne
Soll ich mich entfernen?

Ducasse
Warum denn? Die Frau meines Freundes –. Guten Tag, Jeanne Chervat – wir kennen einander kaum.

Jeanne
Jakob hat oft von Ihnen gesprochen.

Ducasse
Hört uns hier jemand?

Chervat (befremdet)
Du bist in meinem Haus.

Ducasse
Man hat mich zu dir gelassen. Das ist doch verwunderlich. Ich habe ein Vorgefühl – daß ich mich beeilen muß.

Chervat
Ich begreife nicht. Deine Andeutungen.

Ducasse
Man weiß hier – in diesem abgeriegelten Bezirk – sehr gewiß, wer ich bin. Man hat, ehe man mich hereinließ, in einem Namenbuch nachgeschlagen. Meinen Koffer mußte ich zurücklassen. Man war sehr höflich. Man hat mir einen Wagen zur Verfügung gestellt – und einen Beamten dazu, damit ich zu dir fände.

Jeanne (voreilig)
Wir leben in einem goldenen Käfig. Jakob will es nicht wahrhaben.

Chervat (unfreundlich)
Sicherheitsmaßnahmen, die ich billige. Man hat Alexander Ducasse doch nicht gehindert, mich aufzusuchen.

Jeanne (unbeherrscht)
Wir haben die besten Kuchen, das beste Brot, das beste Fleisch. Wir kaufen Fische in Läden, die mit poliertem Granit ausgestattet sind, mit Säulen wie in einem Mausoleum. Wir haben einen Park, Obstbäume, Spargelbeete, Weinstöcke, einen Nußwald; einen Diener, Gärtner, eine

Kochfrau; die beste Erziehung für unseren Sohn. Alles vom Besten: den zuverlässigsten Stacheldraht.

Chervat (enttäuscht, frostig)

Warum bist du so ohne Würde?

Ducasse (vermittelt, mit leichtem Spott)

Mich überrascht die Bitterkeit Jeannes nicht sonderlich. Auf meiner Fahrt durch dies Paradies sah ich viele unbeschäftigte Leute, die gut gekleidet waren, auf den Wegen stehen. Ich habe Menschen dieser Art einmal näher kennengelernt. Sie drangen zu zwanzig oder dreißig gleichzeitig in das Redaktionsgebäude unserer Zeitung ein. Alle hatten die rechte Hand in der rechten Hosentasche. Die unbeschäftigten Männer, die ich heute sah, hatten – aus Gewohnheit – die rechte Hand in der rechten Hosentasche.

Chervat

Wollen wir uns das Wiedersehen verbittern?

Ducasse

Meine Absicht ist es nicht. Ich konnte Jeanne mit ihrem Wort nicht allein lassen.

Jeanne

Es war taktlos von mir.

Ducasse (gleichsam erklärend zu Jeanne)

Ich bin noch immer der ausgehaltene Redakteur einer Arbeiterzeitung, die fast nichts ausrichtet. Aufklärung und Vernunft, die Wirklichkeit, das Tatsächliche: Worte ohne metaphysischen Inhalt. Die Kanzelredner wollen nichts davon wissen und die gerade Sterbenden auch nicht.

Chervat

Du hattest eine lange Reise. Du hast mir dein Kommen nicht angekündigt.

Ducasse

Nein, ich zog es vor, unangemeldet –

Chervat

Ich hätte fort sein können.

Ducasse

Damit habe ich gerechnet, daß ich dich nicht sprechen könnte – daß du mich nicht empfangen würdest.

Chervat

Meines Wissens habe ich dir keinen Anlaß gegeben, so zu rechnen.

Ducasse

Du hast einen Sekretär, der dich, ohne daß du es erfährst, verleugnen kann; es gibt Sicherheitsmaßnahmen, die du billigst. Das hat nichts mit deiner aufrichtigen Zuneigung, mit unserer leidenschaftsvollen gemeinsamen Jugend zu schaffen. Du bist ein gewaltiger Mann geworden; die Stunden deiner Tage gehören dir nicht, sie sind für dich selber zu teuer, du kannst sie nicht mehr bezahlen. Und ich wollte doch nur – wie ehemals – ein paar Worte mit dir austauschen. Worte, die vielleicht vergilbt sind. Strohblumen, die sich langsam entfärbt haben. Keiner von uns beiden hat sich, als wir Knaben waren, denken können, daß Menschen an die Stelle der Allmacht im Weltenraum treten könnten – und daß du – du über den finstersten Engel gebieten würdest.

Chervat

Das sind Worte, Ducasse – Alexander, die mich hart anfassen. Ich möchte dir etwas entgegnen. Die Menschheit wird die Sphäre der Vergangenheit, ihre Erinnerung, nicht verlieren. Auch ein Hund wird sie nicht verlieren. Es wird nicht nur Gegenwart und Zukunft geben. Wir können aus unserer Angst, die Jahrtausende alt ist, nicht ausbrechen, nicht aus der Mühsal. Wir werden nie erfahren, was das Nichtsein ist; weder im Morphiumrausch noch als Scheintote. Ich habe Furcht vor den Dämonen. Ich gebiete über nichts. Ich arbeite. Und allmählich ist es nur noch Arbeit – neben der Furcht.

Jeanne

Du hast seit langer Zeit nicht so traurig gesprochen wie jetzt, Jakob.

Chervat

Es ist nicht Traurigkeit.

Ducasse (beginnt zögernd)

Entsinnst du dich, daß wir uns abmühten, das Unsinnige zu denken, das Regelwidrige, Ungeheuerliche – das Selbständige. Wir fanden die geistige Lässigkeit eines Sexualmörders gar nicht so arg, wohl aber die der Staatsleute, Feldherren, höchsten Priester, die allesamt Helden des Mordbrennens waren. Klugheit, die sich mit Absicht paart, hat keine Tugend. Das war's, was zu sagen war, sagten wir.

Chervat

Ich erinnere mich. Es war unumstößlich. Sonderbarerweise dämpft die Naturwissenschaft die Revolution in uns.

Ducasse

Es fehlt uns Erwachsenen an heidnischer Güte. Keine Seele scheint noch der Statistik standhalten zu können. In jeder Stunde sterben elftausend Menschen. Der tägliche Leichenhaufen von einer Viertelmillion vernichtet das Mitgefühl, gibt uns eine Ameisenvernunft.

Chervat

Was willst du dagegen ausrichten? Es ist das Tatsächliche unserer Sphäre.

Ducasse

Ich möchte dich etwas fragen: Glaubst du an den Segen der Maschinengigantomachie? An eine bessere Zukunft mittels der technischen Vervollkommnung und der wachsenden Energiestreuung?

Chervat (zögernd)

Das menschliche Verhalten ähnelt – trotz aller Erkenntnis – dem vor zehntausend oder hunderttausend Jahren.

Ducasse

Du hältst es also für möglich oder sogar für wahrscheinlich, daß der Pomp unserer großartigen Erfindungen nur ein Ausweg der Natur ist, damit sie Irrtümer korrigieren kann; daß zum Beispiel verschüttete Wälder und unterirdische Ölseen verheizt, in Kohlensäure und Wasser verwandelt werden, so daß die Pflanzen am Ende eines Maschinenspuks wieder besser wachsen können?

Chervat

Es ist eine pessimistische Auslegung unserer Berufung. Immerhin: Die Evolution hat nicht versprochen, vor der Menschengestalt Halt zu machen. Es gibt keine verläßliche Verheißung. Doch liegt es in unserem Wesen, zu hoffen. Wer lebt, will dasein, dableiben; und Ausrottung hieße doch, daß nichts des Menschengeistes dabliebe – keine Musik, keine Dichtung, keine Fertigkeit, nicht die Sprache, die die Erlösung von der ewigen Gegenwart gebracht hat.

Ducasse

Du glaubst also – hin und wieder zweifelnd – an die Verheißung.

Chervat

Wenn du es hinnehmen magst: Ich erkenne die Gefahr und vertraue trotzdem der unberechenbaren Fügung. Die Fehlleistung des Menschen, der man wenig Aufmerksamkeit widmet, ist wohlmöglich geschichtsbildender als alles Gelungene.

Ducasse

Darum also verantwortest du es, daß deine Arbeit, die menschlich ist, nichts Vollkommenes sein kann, ganz unmittelbar Opfer fordert: Tote, Verstümmelte.

Chervat

Ich verstehe nicht.

Ducasse

Nicht, daß dieser oder jener bei einer Verrichtung umkommt, meine ich – daran haben wir uns gewöhnt –, sondern ein paar Tausend in einer Sekunde; um des Zieles willen, das du »trotzdem« fernleuchtend siehst.

Chervat

Wohinaus willst du?

Ducasse

Meinen nicht zufälligen Besuch möchte ich dir begründen. Vor ein paar Monaten gab es in einer Energieanlage eine Explosion. Annähernd achttausend Menschen starben.

Chervat (heftig)

Das ist eine dreiste Unterstellung!

Ducasse (fest, doch ohne sonderliche Betonung)

Worin bin ich unwahr? Unsere Redaktion erhielt zuverlässige Nachrichten. Die Zeitung hat genaue Zahlen veröffentlicht. Keine staatliche Behörde hat auch nur versucht, einen Widerruf zu erzwingen.

Chervat (eingeschüchtert)

Es muß ein Irrtum vorliegen. In der Tat hat es eine Explosion gegeben. Ein Ereignis, das mich sehr mutlos gemacht hat. Die Zahl der Toten war sehr hoch. Ich erinnere mich genau an die Ziffer. Achtundsiebzig, wurde mir berichtet. Ich habe lange mit Exzellenz Sarkis, unserem Obmann, gesprochen, welches Versagen, welche Konstruktionsfehler, welche Erkenntnislücken –. Es gab auch bedeutende materielle Verwüstungen. Er nannte mir die Zahl achtundsiebzig.

Ducasse

Andere Nachricht drang nicht zu dir?

Chervat

Unsere Forschungsgruppe ist verantwortlich. So oder so. Wir nehmen auch das Gräßliche hin; das gehört zu unserer Last. Dem engsten Kreis die Wahrheit vorzuenthalten, wäre absurd.

Jeanne (kühl, lauernd)

Ich habe von dem Unglück bisher nichts gewußt.

Chervat (ausweichend)

Es schien mir angebracht, es erst einmal zu verschweigen.

Ducasse (ruhig)

Und dennoch hat man dich belogen. Achtundsiebzig Tote, das wurde eingeräumt. Die Fortsetzung war wie aus einem Kriegsbericht: Siebentausendachthundert und einige mehr wurden als »vermißt« gemeldet. Verwundete gab es auch.

Chervat

Nein! Es ist nicht die Wahrheit! Ich weigere mich –

(Es wird gegen die Tür geklopft. Die drei verstummen. Es wird abermals geklopft.)

Chervat

Bitte –

(Gleissenberg tritt ein.)

Chervat

Was wollen Sie? Ich möchte nicht gestört sein.

Gleissenberg

Ich bitte um Entschuldigung. Herr Professor Lambacher ist am Telefon. Er verlangt Sie zu sprechen. Ich wagte nicht, umzuschalten – ohne Ihre Erlaubnis.

Chervat

Es ist nicht der Augenblick für mich, ihn anzuhören. Richten Sie es bitte aus.

Gleissenberg

Ich sagte Herrn Lambacher ähnliches. Er war sehr beharrlich. Er sprach von einem der größten Triumphe der Forschung, von einem Höhepunkt seines Lebens.

Chervat (müde)

Deutete er Ihnen etwas an?

Gleissenberg

Ja. Er berichtete von Riesenlibellen, die aus den Larven ausgeschlüpft seien. Männchen und Weibchen, die sich begatten und fortpflanzen würden. Ein Schauspiel wie vor Jahrmillionen. Tiere vom achtfachen Gewicht der uns bekannten größten lebenden Arten.

Chervat (abweisend)

Sie werden sich auch morgen begatten. Ich würde ihn morgen aufsuchen. Geben Sie diesen Bescheid. Morgen. Ich will heute nichts mehr von diesen Libellen, deren Larven seit Monaten täglich Hunderte von Kaulquappen aussaugen.

(Gleissenberg verneigt sich, geht.)

Ducasse

Unsere Unterhaltung wird bald zu Ende sein.

Chervat (unwillig)

Was soll diese Ankündigung?

Ducasse

Der Ort ist nicht günstig. Du könntest mich gelegentlich besuchen.

Chervat

Warum weichst du jetzt zurück?

Ducasse (nachsichtig)

Ich sagte: Bei einer Explosion seien Achttausend umgekommen – in einer Sekunde. Du antwortest: Nein, es ist nicht die Wahrheit. Ich sagte: Man habe dich belogen. Deine Frau Jeanne Chervat erfuhr nichts von einem Unglück, von dem du wußtest. Du hast es verschwiegen. Es gibt hier Sicherheitsmaßnahmen, die du billigst. Ich habe den Stacheldraht – unbegreiflicherweise – an einer Stelle zerschneiden können.

Chervat

Ich werde Sarkis zu mir bitten.

Ducasse

Da du von mir den Tod der achttausend erfahren hast, wird Seine Exzellenz es bestätigen.

Chervat

Es würde sich ein Abgrund auftun.

Ducasse

Warum verwirrt dich die Zahl? Du verantwortest den Tod der achtundsiebzig, das jedenfalls darf man aus deinem

Verhalten in den letzten Monaten schließen. Die achttausend bereiten dir Furcht.

Chervat

Ja. Vor zwei Worten graut es mir. Nicht erst in dieser Stunde – seit jeher: vergänglich und vergeblich. Ich weiß nicht, wie lange ich standhalte. Sarkis muß mir Rede und Antwort stehen.

Ducasse

Er wird dir nicht helfen.

Chervat

Der Boden, meinst du, trägt mich nicht mehr?

Ducasse

Als noch die Schulbank unsere Schenkel drückte, haben wir einander – geliebt, Jakob Chervat.

Jeanne

Sprechen Sie nicht weiter, Alexander Ducasse!

(Es wird gegen die Tür geklopft.)

Ducasse

Ich vermute, auch ohne Ihren Einspruch, Jeanne Chervat, werde ich nur noch ein paar Worte stümpern dürfen.

(Es wird wieder geklopft.)

Jeanne (da Chervat schweigt)

Ich bitte einzutreten.

Tauno (kommt herein)

Verzeihung. Ich soll Herrn Aune melden.

Chervat

Wer ist das?

Tauno

Der Begleiter des Herrn Ducasse.

Ducasse

Ein Agent. Ich lasse bitten.

Chervat

Was eigentlich geht vor?

Ducasse

Das Erwartete. Ich lasse bitten.

(Tauno ab.)

Jeanne

Das Haus ist aus durchsichtigem Stoff. Wir sind niemals allein. Tauno hat seine Ohren an allen Türen und hinter allen Wänden.

Chervat

Es ist eine Übertreibung. Es gibt hier keine Mikrophone. Die Wände sind nicht hohl.

Jeanne

An unserer Schlafzimmertür horcht Tauno nicht. Weshalb auch? Wer sollte ihn dafür bezahlen?

Ducasse

Ich fürchte, mein Besuch hat nur Unheil angerichtet.

(Es wird geklopft. Tauno führt Aune herein.)

Aune (verbeugt sich mehrmals)

Meine Entschuldigung; ich erbitte Ihre Nachsicht.

Jeanne

Sprechen Sie!

Aune

Herr Ducasse – meine Entschuldigung, ich darf Sie darauf aufmerksam machen, daß mein Dienst in einer Stunde zuende sein wird. Ich bin zu Ihrem Schutz bestellt. Ich möchte nicht in Verlegenheit kommen. Der Wagen wartet vor dem Haus.

Ducasse

Ich habe Sie vollkommen verstanden. Der Weg zum Bahnhof – die Formalitäten – eine Stunde ist keine unermeßliche Zeit.

Chervat

Herr Ducasse ist in meinem Hause.

Ducasse

Du hast die Mitteilung des Herrn nicht richtig gedeutet. Er möchte nicht in Verlegenheit kommen.

Jeanne

Sie werden jetzt gehen, Alexander Ducasse. Es ist das Richtige.

Ducasse

Auf Wiedersehn – wann auch immer, wo auch immer – (Er umarmt Chervat. Zu Jeanne:) Die gleichen Worte Ihnen, Jeanne Chervat.

Jeanne (versucht noch etwas zu erklären)

Alexander Ducasse, es ist gut, daß Sie zu uns gekommen sind.

Ducasse

Gehen wir.

(Mit Aune ab. Tauno folgt ihnen, schließt die Tür.)

Jeanne

So sind die Sitten in dieser verfluchten Stadt.

Chervat

Nein – nein! Ich weigere mich – (Er geht an den Telephonapparat, hebt den Hörer.) Exzellenz Sarkis, bitte – die direkte Leitung. Ja. Hier Chervat. Sie sind es, Exzellenz Sarkis? Ich bitte um Ihren Besuch. Sogleich. Ohne Aufschub. Danke. (Er legt den Hörer auf.)

Jeanne

Man wird dir bestätigen, es waren achttausend. Daran zweifle ich nicht.

Chervat

Warum glaubst du dem Bericht Alexanders?

Jeanne

Weil es so einfach ist, ihm zu glauben; – weil deine Zuversicht, daß das Schlimme weniger schlimm sei, eine widersinnige Ausrede ist – eine unangebrachte Beschwichtigung.

Chervat

Das sind harte, sehr unkameradschaftliche Worte, Jeanne.

Jeanne (halb erstickt)

Ich will fort von hier. Ich sagte es schon. Ich bin deiner nicht überdrüssig – vermute nicht das. Ich darf nicht hierbleiben.

Chervat

Jeanne, das ist doch töricht gesprochen – oder undurchsichtig. Du willst fort, du darfst nicht bleiben. Wenn du meiner nicht überdrüssig bist, wenn dich nicht die Abneigung forttreibt –

Jeanne

Du hast ein Recht darauf, daß ich dir den wahren Grund nenne. Ich fürchte mich – denn ich bin schwanger.

Chervat (will sie umarmen)

Meine geliebte Jeanne –

Jeanne

Nenne es unverantwortlich – unvorsichtig – oder widerwärtig – bei meinem Alter –

Chervat

Falsche Meinung ist das, Jeanne. Wir sind einander zugetan.

Jeanne (ruhig)

Ich kann es nicht verantworten. Am wenigsten kann ich es verantworten, hierzubleiben. Wenn ich an Elia denke – an diesen unseren Sohn – mit seinen achtzehn Jahren ist er kahlköpfig – und ein Krüppel dazu –

Chervat

Du darfst das Wort nicht sagen.

Jeanne (dem Weinen nahe)

Ich darf es nicht sagen. Er kann noch werden, was er nicht ist. Ich erflehe es; aber ich erwarte es nicht mehr. – Heute nun der Bericht Alexanders. Diese Explosion, die du mir verschwiegen hast. Ich hätte das Kind aus mir entfernen lassen können – damals. Jetzt ist es zu spät.

Chervat

Deine Gedanken sind blind, Jeanne.

Jeanne (aufsässig)

Ich sage: es ist zu spät. Ich kam mir geschmacklos vor in meinem Zustand: ich schwieg und schwieg.

Chervat

Es sind eingebildete Gefahren, von denen du dich umgeben siehst. Ich freue mich –

Jeanne (unterbricht ihn schroff)

Freue dich! Freue dich! Freue deine Vorfreude auf ein gesundes Kind! – Ich will fort von hier, Chervat, weit fort von hier. Ich weiß nicht, was mir bevorsteht. Das Glück kommt nicht auf uns zu, das weiß ich – nicht das Glück. Wir bezahlen die Rechnung für unser vergoldetes Dasein.

(Es wird gegen die Tür geklopft. Tauno öffnet sie. Sarkis tritt eilig herein.)

Sarkis

Da bin ich. Ich wußte im voraus, daß es eine Unklugheit sein würde, diesen Alexander Ducasse zu Ihnen zu lassen, Chervat. Indessen, hätte man ihn abgewiesen, nicht in die geschlossene Stadt eingelassen, es wäre am Ende nichts Besseres daraus geworden als das Schlechte, das wir jetzt vorfinden.

(Er erblickt Jeanne, die hinausgehen will, verneigt sich.)

Sie kennen den Zwischenfall, Jeanne Chervat. Bleiben Sie nur – es nützt uns, wenn Sie dabei sind.

(Jeanne zögert, bewegt sich langsam in den Hintergrund.)

Chervat (nüchtern, beherrscht)

Sie sprechen von einer Begegnung, Exzellenz Sarkis, von der Sie nichts wissen können. Man darf feststellen – ich glaube nicht, daß mein Geist verwirrt ist –, mein Mund hat sich nicht geöffnet, bevor Sie mir etwas erklärten.

Sarkis

Weshalb wollen Sie darauf bestehen, daß ich Ihnen Geheimnisse entwirre, die keine sind? Es gibt Sicherheitsmaßnahmen. Herr Alexander Ducasse ist uns nicht unbekannt. Sie beide haben als Jünglinge miteinander von irgendeiner diffusen Menschheitsbeglückung geschwärmt; nicht gerade in einer nationalen oder rassischen Auslegung; füreinander hatten Sie wahrscheinlich auch manche hochtrabende Empfindung. Ihr Freund hat Ihnen – wohl überlegt – erzählt, daß bei der letzten Explosion in einem der Energiemeiler achttausend Menschen umgekommen sind.

Chervat (unwillig)

Sie werden jetzt sagen: er log.

Sarkis

Nein. Er sprach die Wahrheit.

Chervat (taumelnd)

Das – das erfahre ich jetzt. Es ist ungeheuerlich, die Auflösung jeden Vertrauens.

Sarkis

Ich bin nicht arglistig. Ich habe Sie schonen wollen – damals: Sie und die besten Ihrer Mitarbeiter. Es bestand die Möglichkeit, die Nachricht zu unterdrücken.

Chervat (mit dünnem Atem)

Mich schonen? Man fälschte den Zeitungsdruck, um mich zu schonen? Die ganze Stadt wurde in Unwissenheit gehalten, um mich zu schonen? So umfassend ist die Lüge, so wohl bedacht, so ins einzelne ausgearbeitet.

Sarkis

Haben Sie Ihrer Frau nicht verheimlicht, daß achtundsiebzig umgekommen sind? Warum verschweigen Sie das?

Chervat

Wie können Sie wissen –?

Sarkis
Sie selber hatten – uneingestanden – den Wunsch, keine Panik aufkommen zu lassen. Ich hatte den gleichen. Sie wollten kein Zerwürfnis im Hause. Ich wollte keinen Zwist mit Ihnen.

Chervat
Warum nannte man mir die Zahl achtundsiebzig?

Sarkis (entschlossen)
Sie drückt einen Teil der Wahrheit aus. Achtundsiebzig Menschen konnte man identifizieren oder als gewesenes Fleisch erkennen. Der Rest war nicht mehr vorhanden. Staub, gelblicher Staub, irgendwohin getragen, das waren sie geworden – um deutlich zu sein.

Chervat
Sie wollen mich demütigen.

Sarkis
Ich vertraue Ihrem Genie, der Schönheit und Unbestechlichkeit Ihrer Formeln; weniger Ihrem Charakter.

Chervat (heftig)
Verdächtigungen, unsaubere Vorsicht!

Jeanne
Mäßige dich bitte, Jakob –

Sarkis (ein wenig hochmütig)
Niemand beschuldigt Sie, Ihre wissenschaftlichen Aufgaben unaufrichtig erledigt zu haben. Für die Energieanlagen sind Sie nicht verantwortlich. Es trifft nicht Sie, daß in einem der Bunker die Kältemauern zusammenbrachen. Es ist eine Art von Anmaßung, wenn Sie die Katastrophe auf sich oder auf die von Ihnen gelieferten Grundlagen beziehen.

Chervat
Es ist doch meine Arbeit.

Sarkis
Und die Auswertung durch tausend andere. Ich will Ihre Verdienste nicht schmälern, einzig Ihre Verantwortung.

Chervat
Ich muß fragen, was durch mich angerichtet wird.

Sarkis
Die Rechenschaft, die Sie sich abverlangen, ist Ihrer kaum würdig.

Chervat

Die Folgen zu bedenken wäre eines Menschen unwürdig?

Sarkis

Wer der Zukunft so sehr verpflichtet ist wie Sie, kann durch Zaudern schuldig werden. Wir haben, dank Ihrer Verdienste, vor anderen Gruppen im Ausland einen Vorsprung von mehreren Jahren vielleicht. Das Versagen der technischen Durchführung in einem Falle entscheidet nichts. Unsere Nation stirbt nicht mit achttausend Toten und bricht nicht wirtschaftlich zusammen, weil irgendwo im Lande ein großes Loch entstanden ist, das sich allmählich mit Wasser füllt.

Chervat (eisig)

Es sind radioaktive Stoffe weithin verbreitet worden.

Sarkis

Die Rüstungstechniker haben bei ähnlichen Anlässen keine nennenswerten Bedenken.

Chervat

Man wird den achttausend weitere zehn- oder zwanzigtausend hinzuzählen müssen, binnen kurzem.

Sarkis (lenkt ein)

Wollen Sie den Gang der industriellen und wissenschaftlichen Entwicklung aufhalten, Chervat? Sie wollen es nicht. Es kommt Ihnen vielleicht gerade jetzt in den Sinn, daß Sie es wollen. Aber es wäre ein unlauterer Protest. Sie möchten uns Ihre Mitarbeit fürderhin versagen; so ist Ihnen zumute. Aber Sie haben strenge Verträge mit uns geschlossen. Wir haben Ihnen fast unumschränkte Rechte eingeräumt; dafür haben Sie sich zu vielem verpflichtet.

Chervat

Wollen Sie mich daran erinnern, daß der Staat das Maß meiner Freiheit bestimmt?

Sarkis

Sie mißverstehen mich. Ich versuche besinnlich mit Ihnen zu sprechen. Ich will mich an Beispiele halten. Vor ein paar Jahrtausenden hat man Schiffe erfunden. Man ist damit auf Flüssen und auf dem Meere gefahren. Das Wagnis ist von unablässigen Katastrophen begleitet gewesen – bis in unsere Tage hinein. Soll man die Schiffe versenken? Soll man die sich drehenden Räder zerbrechen, weil ihr Vorhandensein für Ungezählte den vorzeitigen Tod bedeutet? Wohin, in welche Zeit wollen Sie zurückgehen, wenn Sie vorschlagen, wir müßten uns zurückentwickeln? Das Rad, das Schiff – sollen sie geduldet werden? Sense, Hammer und Meißel, werden sie geduldet?

Chervat (empört)

Ich bin kein Narr.

Sarkis

Niemand hält Sie dafür.

Chervat

Die Energie, mit der wir uns befassen, ist der Allmächtige im Weltenraum.

Sarkis

Die künstlichen Sonnen, die wir uns erschmelzen, wären eine Anmaßung? Meinen Sie das?

Chervat

Ich bin kein General, der sich auf die Pflicht beruft, wenn er Regimenter oder Armeen in einen nutzlosen Tod treibt.

Sarkis

Einem ungeschickten Offizier verzeiht man das Blutvergießen und bedenkt ihn mit einem Orden. Das beruhigt ihn, benimmt ihm die Zweifel. Sie, Chervat, sind nicht so oberflächlich wie der Mann in der prunkenden Uniform. Doch übergroße Empfindlichkeit ist auch Ihnen nicht gestattet. Ihre Leistung fordert auch Ihren Mut. Alles menschliche Tun ist vom Tode umstellt.

Chervat

Es geht darum, ob die Menschheit noch eine Zukunft hat.

Sarkis

Dieser Ausspruch macht Sie mir verdächtig. Zweifel sind nicht gleichbedeutend mit Weitsicht.

Chervat (eigensinnig)

Ich werde Alexander Ducasse bald wiedersehen.

Sarkis

Haben Sie noch eine Frage an mich?

Chervat

Ich wüßte nicht.

Sarkis

Sie hatten mich zu sich gebeten.

Chervat
Es war unüberlegt. Ich wollte nur die eine Gewißheit.

Sarkis (spöttisch)
Sie hielten es für möglich, daß Ducasse falsch berichtete?

Chervat
Es war wie der Bluterguß aus einer klaffenden Wunde.

Sarkis (verneigt sich. Zu Jeanne Chervat hin:) Ich empfehle mich. (Zu Chervat:) Ich vertraue Ihrer Gründlichkeit.

(Er geht fast geräuschlos.)

Chervat
Man kann die Vorgänge vereinfachen. Die achttausend erhielten den zehnfachen Lohn wie ihresgleichen, die andersgeartete Maschinen bewachen. Sie durften keine Kinder zeugen; sie mußten sich mit dem Vergnügen allein abfinden, sofern es sie gelüstete. Man bezahlte die Gefahr. Ich bin jetzt einsam, Jeanne. Du gehst von mir. Du nimmst Elia mit dir. Ich bin nicht traurig; meine Gedanken sind die eines Müden.

Jeanne
Ich werde nicht von dir gehen, Jakob. Ich habe dir vorhin Unrecht getan. Du hast deinen Platz hier. Ich glaubte, daß du ein verhärteter Mensch geworden wärest. Aber du bist nur ausgeliefert – wie wir alle. Herausgehoben – oder vorangestellt, das bedeutet in der Stunde des Untergangs wenig. Ein sinkendes Schiff: der Kapitän bleibt auf der Kommandobrücke. Vielleicht ertrinken nicht alle.

Chervat
Ich wage nicht, dir zu antworten.

Jeanne
Du hast eben gesagt, man könne die Vorgänge vereinfachen. Man kann es. Jedermann tut es. Eine ganze Menschheit, die die Erde besiedelt, tut es. Die Ausnahmen zählen nicht. Das Urteil ist längst gefällt. Wir erfahren es später. Ich hätte das Kind aus mir entfernen lassen können. Jetzt ist es zu spät – oder es erscheint mir als zu spät. Ich glaube an die Liebe – an die Natur – an die Freundlichkeit der Schöpfung – nicht an ihre Härte. Plötzlich weiß ich, das Wesen in mir, mitten in mir, haben die Pfeile getroffen – oder es kam davon. Der Ort, an dem ich mich befinde, verändert das Schicksal nicht mehr. Ich bin entschlossen.

Chervat

Wozu?

Jeanne

Die Stirn zu bieten. Die Prüfung zu bestehen.

Chervat

Werde ich sie bestehen können?

2.

Ein Hinterzimmer der Schöpfung.

Laboratoriumsraum, groß, weiß getüncht. Im Vordergrund sehr lange Tische, vollgestellt mit Präparaten, Mikroskopen etc. Im Hintergrund rechts ein treibhausartiger, hoher Glasraum; links seitlich davon ein Gang neben einer der Glaswände in den Hintergrund hinein. Der ganze Raum ist durch den Glaskäfig hindurch vom Tageslicht erleuchtet. Rechts und im Hintergrund des Ganges je eine Tür. Tiripa, ein hübscher Indianerbursche, siebzehn oder sogar zwanzig Jahre alt, bewegt sich hinter den Tischen, spielt absichtslos an den Geräten. Er ist grünweiß im Angesicht; er macht einen müden, etwas verkommenen Eindruck – trotz seiner ungewöhnlichen Anmut.
Der Pedell Kilian öffnet die Tür rechts und läßt Chervat, Jeanne und Elia eintreten. Sie erblicken Tiripa, der sich ihnen zuwendet.

Chervat
Oh – Was sehe ich? Ein neuer Mensch – Ich habe von dir gehört.
Tiripa
Tiripa. Indianer.
Chervat
Laß dich betrachten, Tiripa.
Tiripa
Der Pater Randello hat mich hierher gebracht.
Chervat
Wollte er dich nicht bei sich behalten?
Tiripa
Er brauchte mich nicht mehr. Wir sind nicht länger im Urwald. Er sagte, es würde unfreundliches Aufsehen erregen, wenn ich bei ihm bliebe.

Chervat (mit mißbilligendem Unterton)

Deshalb – Einen besseren Ort als dies Laboratorium konnte der Herr Pfarrer nicht finden? Sonderbar. – Es sind meine Frau, Jeanne Chervat – und Elia, mein Sohn.

Tiripa

Ich weiß nicht, wie man sie begrüßt, Herr Chervat.

Chervat

Man gibt einander die Hand.

(Tiripa, aufrecht stehend, streckt Jeanne Chervat die Hand entgegen, die sie nimmt und eine Weile festhält.)

Elia (nähert sich zögernd dem Indianer)

Du hast Tränen in den Augen. (Er legt seine Hände für einen Augenblick auf Tiripas Hals.)

Tiripa

Ich versuche tapfer zu sein.

Jeanne

Was ist mit Tiripa, Jakob?

Chervat

Ich weiß nur das Ungefähre.

Jeanne

Du möchtest es vor dir selber verschweigen.

Chervat

Pater Randello war Missionar. Er verkündete Tiripa und seinem Stamm die Evangelien. Tiripa half beim Predigen als Dolmetsch.

Tiripa

So war es.

Chervat

Randello versprach den Indianern den Himmel und manches andere dazu – wie es üblich ist. Aber er blieb mit den Bekehrten nicht allein in der Abgeschiedenheit. Seine Lehre und seine Verheißungen wurden widerlegt. Man suchte in den Einöden nach Öl.

Tiripa

Man entdeckte Erdöl.

Chervat

Und damit war ein altes Laster, das vielleicht schlimmste der Menschheit, entfacht. –

Tiripa

Die Meinen versuchten, den Urwald zu verteidigen. Pater Randello riet ihnen, ohne Widerstand nachzugeben. Sie fielen von ihm ab. Sie wollten ihr Land behalten.

Elia

Fielst du auch von ihm ab?

Tiripa

Pater Randello war freundlich zu mir. Er hielt mich in seinem Hause verborgen. Männer sperrten mich ein, um mich zu retten, so wurde gesagt. Ich wurde gefesselt. Der Pater war immer bei mir und streichelte mir das Haar, wie einem Tier. So war es – nicht anders.

Chervat

Sie wurden niedergemacht. Schändlich. – Selbst Frauen und Kinder – in ihrer letzten Hoffnung auf die Sonne, auf den Wald, auf das Feuer, auf den Wind, auf das Heilige, auf das Recht – wurden wilder als verwundete Tiere.

Jeanne

Gott denkt immer nur an die Umgestaltung seiner Milliarden Sonnen.

Elia

Wurden auch deine Eltern, deine Geschwister getötet, Tiripa?

Tiripa

Ich habe es nicht gesehen. Ich habe nichts gesehen. Ich war gefesselt.

Elia

Viele tausend Meilen weit verschleppte man dich.

Tiripa

Pater Randello war gut zu mir. Er versuchte mein versteintes Angesicht wieder weich zu machen. Er sprach sanft mit mir. Er vermied es, den Namen seines Gottes zu nennen. Schließlich, weil meine Muskeln nicht auftauten und der Haß in meinen Augen wie ein Stein blieb, spritzte er mir eine Medizin unter die Haut. Davon wurde mein Herz lahm. Ich konnte schlafen. Diese Medizin gab er mir mehrmals.

Jeanne

Ich habe Angst, Jakob. Ich muß mir große Mühe geben,

nicht unbedacht zu reden. Ich darf Lambacher nicht verfehlen –

Chervat (ziemlich laut)

Ja – wo verbirgt er sich denn, der Herr Professor Lambacher? Solltest du uns ihm nicht melden, Tiripa?

Tiripa

Er sagte mir, daß Sie kommen würden, Herr Chervat. Ich sollte Sie bitten, wenige Minuten zu warten. Herr Lambacher überwacht gerade einige Filmaufnahmen. Die neuen Tiere paaren sich. Man kann es auch von hier aus beobachten. Ich vergaß, Ihnen dies sogleich auszurichten.

Chervat

Das braucht dich nicht zu bekümmen, Tiripa. – Komm doch einmal näher – hierher – ins volle Licht. – Wie hübsch dein Gesicht ist, Tiripa – Was alles hat die Schöpfung an Mühe darauf verwandt –! Aber du siehst krank aus.

Tiripa

Ich habe keine Schmerzen. Mir ist nur, als sei ich beständig müde. Daß mir vorhin Tränen kamen, war mir selber verdächtig. Sonst – auch wenn ich deutlich an meine toten Eltern denke, an die Geschwister, die Schlaffreunde, Kisoli, Mrai, Iringo – die ich sehr liebte – mit denen ich mich neckte und bieselte – bleiben meine Augen trocken.

Chervat

Was stellt Herr Lambacher mit dir an? – Du bist hier doch nicht als Diener oder Laboratoriumsgehilfe –.

Tiripa

Ich weiß es nicht. Ich darf das Haus nicht verlassen. Ich muß allerlei Speisen und Delikatessen essen, die die anderen Bewohner nicht anrühren. Es geschieht etwas in mir, was nicht von mir kommt.

Chervat (mutlos)

Herr Lambacher darf dich nicht mißbrauchen.

Jeanne

Du hast diesen Verdacht, Jakob –?

Chervat

Ich werde mich Tiripas annehmen.

Elia

Komm hierher Tiripa! Ich will dir etwas ins Ohr flüstern.

(Elia zieht Tiripa ganz auf die rechte Seite der Bühne, legt ihm den Arm über die Schultern und flüstert ihm etwas zu. Unmittelbar neben den Zweien geht die Tür auf, sodaß sie verdeckt sind. Randello kommt herein und eilt auf Chervat und Jeanne zu. Er drückt beiden die Hand. Elia und Tiripa stellen sich ganz in die Ecke, gegeneinander gewinkelt, flach gegen die Wände.)

Randello

Wie sehr ich mich freue, Sie wiederzusehen! Wir begegenen einander nur selten.

Chervat

Hier nun, an diesem abstrusen Ort stoßen wir aufeinander. –

Randello

Wir kennen einander näher, Herr Lambacher und ich. – Doch warum nennen Sie diesen Ort – diese Laboratorien – abstrus?

Chervat

Mir fiel das Wort gerade ein: geistig dunkel, schwer von den Hüllen leerer Geheimnisse zu befreien – wenn Sie diese Übersetzung hinnehmen wollen.

Randello

Die Übersetzung wohl, doch nicht den schlechten Nebensinn.

Jeanne

Verzeihen Sie ihm, Pater –. Jakob Chervat gibt sich etwas eigensinnig, wenn er unausgeschlafen ist.

Chervat

Jeanne entschuldigt mich. Gewiß, ich hatte eine durchwachte Nacht; aber nicht Müdigkeit allein beseitigt meine Verträglichkeit.

Randello

Hat sie irgendetwas verstimmt?

Chervat

Wie, Herr Pfarrer, stellen Sie sich – als Mitverwalter einer Religion oder eines Glaubens – zu diesen Experimenten mit lebenden Geschöpfen? – Sie sind hierher gekommen – wie auch wir – um mit eigenen Augen zu schauen, daß der Mensch – also in diesem Falle Herr Professor Lambacher – die Schöpfung korrigiert oder sie erweitert. Dieser Mann ist etwas beinahe Einmaliges, eine Begabung, ein Genie der Einfälle, ein Hellsichtiger, der der Temperatur, Wärme und Kälte bestimmter Grade und den feinen Wirkstoffen des Lebendigen die inwendige Bedeutung ihrer Beschaffenheit soweit abgelauscht oder abgetastet hat, daß er zaubern kann. Er hat vielerlei Lebendes tiefgekühlt und wieder aufgetaut. Er hat uns bekannten Schmetterlingsarten eine andere Flügelfarbe beigebracht, mittels winziger Spuren so leicht zugänglicher Stoffe wie Tier- und Menschenharn. Er ist ein Meister darin, in den Geschlechtsstoffen den Chromosomensatz der Gene zu verdoppeln und zu vervierfachen. – Und jetzt dies neue Resultat – unter dem Einfluß bestimmter Strahlendosierung.

Randello

Ich bezweifle, daß die Religion, der ich diene, meinem Urteil eine Richtung geben könnte, die sich der einfältigen Bewunderung dieser Leistungen entgegenstellt.

Chervat

Mich beschäftigen immerhin die Konsequenzen. Betrachten wir diese Libellen – es handelt sich um Libellen –

(Sie treten etwas näher an die Glaswand heran.)

Vor ein paar Millionen Jahren – vielleicht ist die Zahl der Jahre nicht richtig – wurde die Schöpfung oder die Natur der großen Exemplare dieser Tiergattung überdrüssig. Vielleicht waren jene Rieseninsekten einem höheren Willen zu gefräßig. Sie sind ja als Larven von einem bestialischen Hunger be⟨se⟩ssen. Während ihrer Wachstumsperiode im Wasser verdauen schon unsere kleineren Arten täglich 40 bis 60 Kaulquappen oder entsprechend viel einer ziemlich wehrlosen Fischbrut. Vielleicht konnten die Frösche jenes vergangenen Zeitalters nicht genug Laich in den Tümpeln absetzen, was weiß ich.

Randello

Wir kennen die Gründe nur oberflächlich oder garnicht, warum bestimmte Tierarten aus der Schöpfung abberufen wurden. Es ist für einen gläubigen Menschen nicht abwegig, zu denken, daß der Schöpfer sein Schaffen unablässig fortsetzt. Im Begriff Gottes schon ist der unablässige Drang zu formen, Neues zu bilden, enthalten. Wir verbinden ja auch mit dem Wesen eines schaffenden, erfindenden Menschen die ständig befeuernde Unternehmungs- und Erlebenslust – nicht etwa den Stillstand.

Chervat

Es will mir scheinen, daß die tendenziöse Interpretation des Allmächtigen unser Gespräch behindert. Auf die Libelle als Konstruktion wurde eine ungewöhnliche Fülle von Sonderformen gehäuft. Aus dem unerbittlichen Räuber wird nach der Auferstehung aus der Larve der beste Flieger des Tierreichs. Kein Kunststück, das die Libelle in der Luft nicht ausführen kann. Gefräßig bleibt sie. – Sehen Sie nur, dort schneit es abgezwickte Schmetterlingsflügel. Der Rumpf des Falters wird zu Freßpillen verarbeitet.

Randello

Wohinaus wollen Sie mit Ihrem Einwand?

Chervat

Die künstlich erzeugten Tiere haben das achtfache Gewicht ihrer unmittelbaren Vorfahren. Ihre Größe und Zerstörungswut erinnert an die ihrer Urahnen, die – aus welchen Gründen auch immer – liquidiert wurden. Plötzlich will es mir scheinen, als bedeute der Fortschritt in der Forschung einen Zurückfall der Wirklichkeit in bereits Verworfenes.

Randello

Ich bitte Sie –! Das nenne ich schlechte Laune – in der Tat. Es sind keine Gewissensnöte, die sich äußern – eher ein Besserwissenwollen – ein unwirksamer Protest gegen die Anschauung unserer menschlichen Allgemeinheit. Auch der Zusammenhalt einer grasenden hinwandernden Herde ist etwas Gültiges. Auch die blitzschnellen gemeinsamen gleichgerichteten Bewegungen eines Schwarmes junger Fische sind Zeugnisse. Die Menschheit als Ganzes weiß oder ahnt, daß sich der Schöpfer ihrer bedient – sich seit langen Zeiten ihrer bedient hat. – Mit unserer Hand verrichtet zugleich ein Anderer –; in unseren Gedanken und Empfindungen ist eine uns nicht faßbare Erleichterung mitenthalten. Wenn durch uns das Bild, die Gestalt dieser Erde verwandelt wird, so ist es zugleich ein Auftrag. Mag die allgegenwärtige Sünde das Ziel auch weniger deutlich erscheinen lassen – ich leugne die Wirrnisse und beuteheischenden Irrtümer nicht – das Werk, dessen Schimmer jedem einmal, zu irgendeiner Stunde, spürbar wird, schreitet voran.

Chervat

Wir sprachen von diesen Libellen – von dieser Züchtung – von einer jahrelangen Bemühung eines weitbegabten, wissensreichen Menschen, der mit hochgestimmter Neugier, mit einem Eifer, stark und unausweichlich wie die erhabendste Lust, in den geronnenen Zustand des Gewordenen einbricht, um das Mögliche oder Denkbare durch Wachstum zu formen. Ich frage nur: ist es erlaubt? – Auch Sie sind nicht darin sicher, ob nicht hinterrücks die allgegenwärtige Sünde – das ist Ihr Wort – sich einschleicht, das Vergebliche, das Schädliche.

Randello

Sie betonen das Fragwürdige, den Unfrieden. – Ein Priester, geplagt von eigenen trüben und lasterhaften Gedanken, niedergebeugt von der unbarmherzigen Menge schwacher Menschen, die keiner zweifelhaften Regung, keiner schmutzigen oder erbärmlichen Eingebung widerstehen, die in maßloser Übertreibung ihren Vorteil suchen und den dunkelsten Geschäften nachgehen – ein armer Priester wie ich, ist kein Held voll Zuversicht. Indessen, die Heftigkeit der Verneinung, mag sie uns selber nicht schonen, darf nicht den Bau – den Bau, geordnet wie die Steine einer unüberschaubaren Kathedrale mit ihren Pfeilern, Säulen, Konchen, Nischen, Umgängen, Etagen, Emporen, Gewölben – den vielschattigen und lichtdonnernden Bau menschlichen Wirkens einreißen. – Diese Zerstörungswut ist in ⟨Ihnen⟩*, Jakob Chervat – ich sehe es – es wird mir gegeben, dies zu sehen. – Nein, lassen Sie mich zu Ende sprechen. – Mir ist – es scheint mir – daß Sie nichts mehr verteidigen. Ihre eigene Arbeit nicht⟨. –⟩* Die Daseinberechtigung des Menschen scheint ⟨Ihnen⟩* nicht erwiesen. Sie glauben ein fundamentales Verbrechen zu erkennen, dem Sie noch keinen Namen geben. Sie sprachen das Wort Züchtung so aus, als ob das Böse, das Widernatürliche damit verbunden sei. Wir alle – diese große Zahl – diese Milliarden – leben, sind da, weil uns der Geist oder Verstand gegeben wurde, die Dumpfheit des Hinnehmens abzuschütteln, dem Hunger, der Langenweile an die Gurgel zu fassen, den Fluch der Arbeit vom schlimmsten Schmutz zu reinigen. Ja, die Menschheit ist begnadet worden, das Züchten zu lernen. Ein weites Wort. Die Ägypter, die den Chromosomensatz irgend eines Samenkornes verdoppelten, gaben uns den Weizen. Wollen Sie den Weizen verachten? Sie züchteten auch den Flachs, der als Leinen ihre Mumien bekleidete – weiß wie die Hemden unserer Meßknaben. Auch die Gerste gaben sie uns. – Ist nicht aus dem Tarpan unter des Menschen Pflege und Stallhaltung das Pferd geworden? Wohl möglich edler als er selber? Denn es heißt: »ein Fohlen aus einer wilden Herde Pferde, eingefangen, wird eher zahm, als daß ein ungeratener Mensch in seinem Innern Scham empfinden lerne.« –– Soll ich Sie weiter erinnern, Jakob Chervat? An das göttlich duftende Öl des veredelten Ölbaums der orientalischen Völker, an die Dattelpalme⟨,⟩ die durch menschliche Kunst und Mühe erst süße Früchte brachte, an das herrliche Kamel, an den Haushahn, die Rinder, den Reis. Was soll ich noch nennen? Auch die Rose, die sechszig- und hundertblättrige, wurde sie nicht vom Menschen erweckt? Der Wein, der Mais, Duft und Pracht der Früchte –. Wo wollen Sie die Grenze der Bemühung ziehen, den Züchter in den Arm fallen und anschreien: du sündigst?

Chervat

Bei Tiripa.

Jeanne (leise)

Halt ein, Jakob!

Randello (betroffen)

Bei Tiripa? Was soll das heißen? – Erklären Sie sich!

Chervat

Sie erwähnten die vielblättrige Rose, dies Produkt medisch-persischer Gartenkunst, das die Bewunderung der zivilisierten Menschheit errungen hat. – Ich aber hasse sie. Sie ist für mich das Symbol des Nicht-statthaften. Diesen iranischen oder mesopotamischen Experimentatoren saß das Messer sehr lose in der Hand. Sie stutzten die Bäume, vermischten die Fruchtarten durch Impfen und Pfropfen, erzeugten Monstrositäten, bewahrten sorgfältig krankhafte Naturspiele, versuchten sich in der Bastardisierung, entmannten Jünglinge, um zu sehen, wie sich die Natur mit der Verstümmelung abfände. – Ich sehe, wenn ich eine Rose mit Bewußtsein anschaue, das Blut, das den Unglücklichen die Schenkel hinabrinnt – und dazu ihre entsetzten leeren Augen.

Jeanne (leise)

Halt ein, Jakob!

Randello

Welches Ihrer Worte soll ich auf Tiripa beziehen?

Chervat

Sie haben ihn hierher gebracht, Herr Pfarrer. Betrachten Sie sein Antlitz, das dabei ist, zu verwelken!

Randello (der sich umgedreht hat, sieht erst jetzt Elia und Tiripa in der Ecke neben der rechten Tür)

Da ist er ja – Tiripa –

Tiripa

Befehlen Sie mir bitte nicht, daß ich zu Ihnen komme und Sie umarme, Pater Randello!

Randello (der auf Tiripa zugehen wollte, schrickt zurück)

Nein – ich befehle dir nichts. (Er wendet sich wieder Jeanne und Jakob Chervat zu.)

Ich hatte keine Wahl, so schien es mir. Ich habe ihm das Leben gerettet. Er war sehr wild, als das Unglück im Urwald geschah. Er wäre in seiner Wildheit mit umgekommen. Ich habe ihn fesseln lassen. Ich habe Tag und Nacht bei ihm gewacht. Schließlich ergab er sich.

Jeanne (wendet sich zu Elia und Tiripa)

Elia, nimm Tiripa mit dir – geht in den Vorraum –!

Elia

Ganz recht. Weshalb sollen wir hier lästig sein?

(Er öffnet die Tür rechts, schiebt Tiripa hinaus, folgt ihm.)

Randello

Er verlor seinen Glauben. Das Heidentum erwachte wieder. Er sprach von Blutrache. Ich fürchtete nicht eigentlich, daß er mich hinterhältig niedermachen würde. Ich war mit ihm so traurig, so unfähig zu beten, so wenig mit dem Willen Gottes einverstanden, daß ich die Vergeltung willig hingenommen hätte.

Jeanne

Ich vermute, er war Ihnen sehr zugetan.

Randello

Er erschien mir, als ich ihn kennenlernte, als ein Engel, vom Himmel gesandt. Er war begabt, unsere Sprache zu lernen; er lehrte mich die seine. Er nahm unseren Glauben an. Er predigte seinen Leuten. Seine Anmut war mir ein Zeichen der Gnade. – Die Geburt ist überall gleich – das drängte sich mir auf. Ich nahm ihn zu mir. – Man rüstet uns mit allerlei Medikamenten aus, wenn wir in den Urwald gehen. Ich bekämpfte seine Traurigkeit und den nichts schonenden Zorn mit dem euphorischen Gift des Morphiums. Als wir hier angekommen waren, habe ich nächtelang über seiner Brust geweint. Mitten in der Klage bemächtigten sich meiner verwirrende, unlautere Gedanken –.

Chervat

Und alsbald wollten Sie sich seiner entledigen.

Randello

Mich seiner entledigen – das ist kein zutreffendes Wort. Ich war zu schwach – zu einsam, um nicht versucht zu werden. Engel haben keine Sittlichkeit – nur ein königliches Aussehen. Sie sind gleichmütig – von grenzenloser Gleichmütigkeit.

Chervat

Besonders im Morphiumrausch.

Jeanne (leise)

Du solltest diese Unterhaltung beenden, Jakob.

Randello

Ich wäre in seiner weiterwährenden Nähe abtrünnig geworden.

Chervat

Der eingebildete Verlust der Gnade! – Abtrünnig – abtrünnig – Sie haben das Wort nicht gründlich durchdacht, Herr Pfarrer. Sie wußten, daß Lambacher seine Absichten mit Tiripa hatte, als er Sie so bereitwillig von ihm befreite.

Lambacher (kommt eilig aus dem Hintergrund, heiter, aufgeräumt)

Da sind Sie ja, meine Freunde! Vielmals Entschuldigung, daß Sie warten mußten. Ich war beschäftigt. Ich bin übererregt. Sie können kaum ermessen, wie es mit mir steht. Nach fünftausend ekelhaften Resultaten dies wunderbare Gelingen!

Diese Vollendung. Ich mußte Sie zu mir bitten. Es ist mir fast unmöglich, das Glücksgefühl in mir allein zu ertragen. Ich habe schon einige Gläser Cognac zu mir genommen. – Sie haben sich gepaart, diese neuen Tiere. Sie sind von der Sexualität genau so besessen, als hätte sie der Schöpfer gemacht. Drei Männchen wollten ein Weibchen befliegen. Das habe ich auf dem Film festgehalten. Einem gelang es – also einem Männchen – an sein Ziel zu kommen. Sie wissen doch: Libellen sind nicht nur die besten Flieger der Welt, sondern auch Akrobaten der Begattung. Zuerst ein onanistischer Akt – und dann das zweigemeinsame Radschlagen – und die stundenlange Nachfreude bis zur Eiablage. So war es schon im Carbon-Zeitalter – bei jenen Arten, die die Größe eines Falken hatten.

Randello

Nimm meinen Glückwunsch!

Chervat

Ich gratuliere.

Jeanne

Auch meine Gratulation –

Lambacher

Danke, danke – Ich werde sogleich eine Gruppe – diese hier – es sind ein paar Hundert – in die Freiheit entlassen – in die größere Welt – in die Feindschaft, in die Sorge, in den allgemeinen Kampf. Sie müssen sich bewähren in der von Winden und Nässe heimgesuchten Luft – in den Tümpeln und Teichen. Sie werden sich vermehren – dessen bin ich sicher. Sie sind ja – wenn ich nicht ganz daneben rate – die Stärkeren. Natürlich behalte ich für die Laborato⟨r⟩iumszucht genügend Exemplare zurück.

Randello

Wir sollen Zeugen deines Triumphes sein –

Lambacher

Ich erbringe den Beweis, daß das fünftausendmal Schädliche, Mißlungene, Verkrüppelte in der Ausnahme zum Prinzip des Schöpferischen wird. Das Variantenbedürfnis, eingezwängt durch konservative Gesetze – das ist die Idee aller Formen. – Ich hatte vorübergehend Zweifel, ob ich das Experiment auch mit Menschen wagen dürfte. Ich zweifle nicht mehr. – Tiripa! – Er also ist meine Hoffnung. – Tiripa! Er soll – eine symbolische Handlung – er soll die Tiere in Freiheit setzen – diese Akrobaten im Fliegen und in der Lustgewinnung. Er, Tiripa, dieser Junge, auf dessen Beschaffenheit ich vertraue. Tiripa! – Wo ist er denn? – Tiripa! – Er muß doch hier sein! – Wo steckt er denn? Tiripa! – Haben Sie ihn nicht gesehen?

Jeanne

Doch – ja –

Chervat

Er ging dort hinaus.

Randello. Er war unwillig, als ich ein paar Worte mit ihm sprach.

Lambacher

Ich hatte ihm befohlen, hier zu warten – auf diesen Augenblick zu warten – (Er geht an die Tür rechts, öffnet sie hastig.)

Tiripa! – Keine Antwort. Er kann doch nicht fort sein! Kilian! (außerhalb) Kilian! (Er kommt mit dem Pedell zurück.) Haben Sie Tiripa gesehen?

Kilian

Gewiß, Herr Professor! – Tiripa kam vor ein paar Minuten, gemeinsam mit dem jungen Herrn Chervat zu mir ins Vorzimmer –.

Lambacher (aufgeregt)

Wo ist er jetzt?

Kilian

Mit dem jungen Herrn Chervat ging er fort.

Lambacher

Fort?! Auf die Straße? – Sie wissen, daß Tiripa das Haus nicht verlassen darf. Er weiß es. –

Kilian

Ich habe es dem jungen Herrn Chervat gesagt. Ich habe auch Tiripa daran erinnert. Wie hätte ich verhindern sollen, daß sie das Haus verließen, wenn sie auf Zureden nicht hörten? Ich habe keine Gewalt über den jungen Herrn Chervat –. Beide sagten, es habe seine Richtigkeit, daß sie fortgehen dürften.

Lambacher (außer sich)

Was geschieht hier?! Es habe seine Richtigkeit, daß sie

fortgehen dürften?! – Das war eine Lüge. Der junge Herr Chervat mag tun, was er will. Tiripa ist in meiner Obhut. Er ist beinahe eine Gefahr für seine Umgebung. Wir sind mitten im Experiment.

Chervat

Sie haben nicht das Recht, dem jungen Indianer seinen Willen zu nehmen.

Lambacher

Man soll mir nicht die Arme lähmen! Es geht um mehr als um einen einzelnen Menschen.

Chervat

Als man seinen Stamm ausrottete, ging es um Öl.

Lambacher

Wollen sie mich hindern, Versuche mit Menschen anzustellen?

Chervat

Einstweilen habe ich nichts mit dem zu schaffen, was mein Sohn Elia und Tiripa miteinander ausgemacht haben.

Lambacher (unvermindert heftig)

Sie begünstigen es.

Chervat

Vielleicht werde ich es begünstigen.

Randello

Ich bitte ⟨Sie⟩* beide, besinnlich zu bleiben. Ich kann durchaus nicht erkennen, daß ein Grund zu einem Streit vorliege. Die beiden jungen Menschen sind auf die Straße gegangen. Vielleicht hat Elia Chervat den Indianer mit sich nach Hau⟨s⟩e genommen. Man wird ihn dort finden. Man sollte Verständnis dafür haben, daß sich die beiden Jünglinge einander anschließen. Besonders Tiripa wird ein Bedürfnis gehabt haben, die Begegnung mit einem Gleichaltrigen auszunutzen.

Lambacher

Hübsche leere Worte –! Er ist weggelaufen, Randello, das wirst du wohl begriffen haben?!

Kilian

Darf ich wieder gehen, Herr Professor?

Lambacher

Ja. (Kilian ab.) Einmauern hätte ich den Burschen sollen,

statt ihn als liebenswertes Schaustück im Laboratorium umherlaufen zu lassen!

Randello

Das hättest du nicht dürfen. Er ist mein Schützling.

Lambacher (ohne Hemmung)

Er war es einmal. Da du nicht den Mut hattest, ihn zu mißbrauchen, erlaubtest du mir, ihn zu verwenden.

Chervat

Die Unterhaltung ist nicht erbaulich.

Randello

Versuchungen, denen ich widerstanden habe, darfst du nicht gegen mich ausspielen, Lambacher.

Lambacher (abweisend)

Das ist ja nur ein Schnörkel, etwas Dahergeredetes, weil du nicht voll beschäftigt bist – und Gebete allein einen gesunden Mann nicht ausfüllen.

Randello

Warum erschöpft sich dein Zorn nicht?

Lambacher

Mir ist etwas zerschlagen worden. Nicht nur die Freude, dies Fest der neuen Geschöpfe, die hinausgestreut werden –. Dieser Tiripa, den ich nach meinem Willen umformen, erweitern wollte – dieser Traum, einen Menschen oder den Samen eines Menschen zu erschaffen – ist aus. Es ist nur ein Traum gewesen – das weiß ich – das wußte ich auch vorher. Ich erwache zu früh. Man hat mich unglimpflich geweckt. Ich wollte noch weiter fabulieren.

Randello

Du sprichst in Andeutungen, die ich nicht auslegen kann. Ich werde dir Tiripa wiederbringen. Ich gehe sogleich. Ich bin sicher, ihn im Hause Chervats zu finden.

Chervat

Ich werde Sie begleiten, Herr Pfarrer.

Lambacher

Ein Schwätzer, der wie ein Bauchredner mit seinem Unterleib verkehrt, durch Gurgeltöne – und ein Störenfried, der mir übergeordnet ist – das sind die Sendboten in den Urwald hinein, in die Wildnis einer wilden Seele, der gerade die unteren Haare wachsen.

Chervat

Lambacher – ich werde Tiripa nicht zwingen, zu Ihnen zurückzukehren.

Lambacher

Das weiß ich. (Er wischt sich die Stirn.)

Randello

Er wird auf mich hören.

Lambacher

Wer hört schon auf dich?!

(Chervat und Lambacher entfernen sich.)

Jeanne

Ich möchte mit Ihnen sprechen, Professor Lambacher.

Lambacher (etwas ruhiger)

Jakob Chervat ist ein Bohemien der Wissenschaft – ein Genie, das seinen Auftrag vergessen hat.

Jeanne

Ihr Zorn macht Sie ungerecht.

Lambacher

Ach – Verzückung macht uns zu Narren. Heute glaubte ich mich im Schatten der Yggdrasil. Ich wähnte, die Bausteine der Welt nach meinem Belieben verwenden zu können. Die gespensterlose Wirklichkeit fordert von mir, daß ich die Klappen öffne, die Tiripa hätte öffnen sollen. (Er zieht an zwei Hebeln, um die Libellen ins Freie zu lassen.) Trinken wir gemeinsam noch etwas Cognac, Jeanne Chervat!

Jeanne

Sie dürfen mich nicht abweisen.

Lambacher

Mein Ärger wird bald verraucht sein.

Jeanne

Es sind zwei Dinge –

Lambacher

Welche?

Jeanne

Elia, dessen Haupthaar, wie Sie wissen, ausfällt, entwickelt sich nicht. Er wird nicht zum Mann –

Lambacher

Vielleicht eine Verzögerung –

Jeanne

Nein.

Lambacher

Es gibt darin Verspätungen.

Jeanne

Ist es möglich, irgendetwas eines anderen Menschen – Teile von Organen, Absonderungen – auf Elia zu übertragen, damit er kein Krüppel bleibt?

Lambacher (nochmals aufbrausend)

Wenn ich helfen soll, ist es nicht abwegig, daß ich mit Menschen Versuche mache!

Jeanne (unbeirrt)

Sein Freund Arran hat sich erboten – ohne Nötigung – jeden Eingriff an sich zu gestatten, wenn Elia geholfen würde.

Lambacher

Das ist sehr freundlich von ihm. – Und das zweite? –

Jeanne

Ich bin schwanger, Professor Lambacher. Man sieht es bereits, wenn man mich aufmerksam anschaut.

Lambacher

Was soll ich dabei –?

Jeanne

Ich habe Furcht. Das Schicksal Elias – die erhöhten Strahlenmenge⟨n⟩, die seit der Explosion wirksam waren –

Lambacher

Wer hat Ihnen davon erzählt? –

Jeanne

Seit gestern weiß ich, daß man eine neue Art Tapferkeit von mir verlangt.

Lambacher

Kommen Sie mit mir! Ein paar Gläser Cognac werden unserem Gespräch nicht schaden. Mit den beiden Ausgesandten ist sowieso nicht mehr zu rechnen.

(Er entfernt sich mit Jeanne durch den hinteren Gang.)

3.

Erstes Intermezzo

Das halbprivate Ordinationszimmer Lambachers. Lambacher, im weißen Arztkittel, und Ebba Rantzow sitzen gemächlich nebeneinander auf einem mit Leder bezogenen Sofa. Sie rauchen. Dämmerstunde.

Lambacher (schaut auf seine Armbanduhr)
In wenigen Minuten wird dein Sohn Arran hier sein –

Ebba
Was sagst du? Arran?

Lambacher
Ja.

Ebba (erregt)
Was soll das bedeuten? Diese Überrumpelung –. Was willst du anrichten? So fängt man mich nicht. Vermute nur das nicht.

(Sie ist vom Sofa aufgestanden.)

Lambacher
Sei doch nicht so aufgebracht!

Ebba
Er soll nicht erfahren, daß ich hier bin. Er hat ohnedies Verdächte.

Lambacher
Aber nein. Ich erwähnte es nur, um dich zu bitten, für kurze Zeit ins Nebenzimmer zu gehen. Du hast mir sogleich das Wort abgeschnitten. Er wird nicht erfahren, daß du hier bist. Es gelüstet mich nicht nach Beschimpfungen aus dem Munde eines Halbwüchsigen.

Ebba (versöhnlicher).
Warum kommt er zu dir? Was ist mit ihm?

Lambacher

– Zu deiner Beruhigung: keine Krankheit; nichts Sexuelles.

Ebba

Was willst du von ihm? Was will er von dir?

Lambacher

Ich möchte mich davon überzeugen, daß er ein so durch und durch gut funktionierender Körper ist, wie es den Anschein hat. Ich kenne ihn ja fast nicht.

Ebba

Wozu denn? Was geht dich das an?

Lambacher

Ein paar Routine-Untersuchungen. Das ist doch nichts Erhebliches, nichts, was dich aus dem Gleichgewicht bringen sollte.

Ebba

Wer hat dich darum gebeten?

Lambacher

Ich habe es mit ihm verabredet.

Ebba

Ich verstehe es nicht. Warum habt ihr dies verabredet? Es muß doch irgend etwas vorliegen.

Lambacher

Vielleicht brauche ich ihn als Blutspender.

Ebba

Für wen denn?

Lambacher

Mehr sage ich dazu nicht.

Ebba

Ich will mehr wissen. Ich verlange –

Lambacher

Ich bin Arzt. Es gibt eine Schweigepflicht.

Ebba

Man greift doch nicht einen Burschen von der Straße auf, um ihm Blut abzuzapfen.

Lambacher

Es kann geschehen.

Ebba

Du sagst mir nicht die Wahrheit.

Lambacher

Die volle Wahrheit darf ich dir nicht sagen.

Ebba

Dann wenigstens einen Teil davon.

Lambacher

Mich hat Frau Professor Chervat darum gebeten.

Ebba

Den Zusammenhang erkenne ich nicht.

Lambacher

Was Arran dir anvertrauen wird, ist nicht meine Sache. Ich bitte dich, mich nicht weiter zu bedrängen.

Ebba

Du wirst ihn also untersuchen.

Lambacher

Ja.

Ebba

Er wird sich vor dir entkleiden?

Lambacher (unwillig)

Wahrscheinlich wird es nötig sein.

Ebba (haltlos)

Er gleicht seinem Vater. Ich bin verflucht, mich nach seiner Gestalt zu sehnen. Diese Gnade, daß der eine dem anderen gleicht, beugt mich in den Staub. (Sie wendet sich ab, wischt sich die Augen.) Du wirst ihn sehen. (Sie geht unaufgefordert seitlich hinaus.)

Lambacher (mißmutig, traurig)

Die Elegie auf einen Verstorbenen.

Kilian (klopft von außen an die Tür und tritt sogleich ein)

Der junge Herr Rantzow ist da.

Lambacher (erhebt sich, streicht seinen Kittel glatt)

Er soll sogleich hereinkommen.

Kilian

Das dachte ich mir. (Er macht eine Handbewegung nach rückwärts. Arran kommt, Kilian geht.)

Lambacher (gibt Arran, der sich verbeugt, die Hand. Dann knipst er zwei Stehlampen an)

Ihr Freund Elia Chervat – oder seine Mutter – hat Ihnen sicherlich ausgerichtet, worum es geht.

Arran

Ja. – Wenn es möglich ist, Elia mit den Säften eines anderen Menschen zu helfen, damit seine Hoden sich entwickeln, bin ich ihm der Nächste.

Lambacher

Nanu – diese ungeschminkte Sprache –

Arran

Warum denn nicht? Sollen wir Versteck spielen?

Lambacher

Nicht das. Ich bin nur überrascht. Sie sind diesem Elia Chervat zugetan?

Arran

Ja.

Lambacher

Sie sind seit früher Jugend Spielgefährten?

Arran

Ja.

Lambacher

Sie haben bewußt erlebt, daß Sie neben ihm erwachsen wurden – und er zurückblieb?

Arran

Allmählich erkannten wir den Unterschied. Ich war, nachdem wir gemeinsam lange geweint hatten, entschlossen, ihm irgendetwas von mir abzugeben. Blut, Samen, Lymphe –

Lambacher

An Offenheit fehlt es Ihnen nicht –

Arran

Auch nicht an Entschlossenheit. Ich stelle mich Ihnen ganz zur Verfügung – mit allem, was mein Körper enthält. – Ich bitte Sie nicht, mich zu schonen.

Lambacher

Sind Sie ein Zyniker? Befriedigt es Sie, wenn man Sie quält? – Ich muß Sie enttäuschen. Ich brauche nichts anderes als Harn.

Arran

Warum nennen Sie mich zynisch? Ich bin Elias befreundetes Fleisch, das sich für ihn öffnen möchte, damit es mit ihm besser wird.

Lambacher (abweisend)
Mir mißfällt Ihre übertriebene Mitteilsamkeit.

Arran (eingeschüchtert)
Ich habe eine sehr einfache Seele.

Lambacher (übertrieben sachlich, kurz darauf bösartig)
Ich nehme vorerst an, daß Sie gesund sind. Es ist wichtig, daß vor allem Ihre Nieren fehlerfrei arbeiten. Vielleicht werde ich Ihnen hin und wieder sterilen Harn aus der Blase entnehmen, ⟨um⟩* davon ihrem Freunde einzuspritzen. Für Sie ist es schmerzhaft, wenn ich den Katheter einführe. Sie kommen auf Ihre Kosten, wenn Sie sich etwas unangenehm Fühlbares erträumt haben.

Arran (bescheiden)
Ich suche keine Schmerzen; aber ich weiche ihnen auch nicht aus – wenn es nötig sein sollte.

Lambacher (abweisend)
Im übrigen brauche ich unzersetzten Harn, große Mengen Harn, um komplexe Hormone zu gewinnen. Sie werden sich daran gewöhnen müssen, Bedürfnisanstalten so wenig wie möglich aufzusuchen und statt dessen das opalfarbene Produkt Ihrer Nieren in meinem Laboratorium abzulassen. Das ist ein wenig umständlich für Sie; aber ich brauche die Flüssigkeit, ehe sie durch Bakterien verändert wird. Sie werden mich täglich zweimal aufsuchen.

Arran
Ja.

Lambacher
Ich möchte nicht, daß Sie sich sonderbaren Gedanken hingeben, weil ich nicht Blut, sondern Harn verlange. Es ist eine ungemein wirksame Flüssigkeit. Die Schöpfung ist nicht anders; sie hat keine Vorurteile.

Arran
Das weiß ich. Aber man versucht, es uns auszutreiben, daß wir es wissen.

Lambacher
Ziehen Sie sich bitte aus.

Arran (beginnt seine Kleider abzulegen)
Darf ich diesen Stuhl benutzen?

Lambacher (der an einen Instrumentenschrank gegangen ist)
Legen Sie ab, wo Sie wollen. Sich selber legen Sie aufs Sofa. Die Blutuntersuchung und Überprüfung Ihrer Nierenfunktion wird mein Mitarbeiter Dr. Maynard morgen vornehmen. (Er wendet sich Arran zu, der gerade sein Hemd über den Kopf gezogen hat und mit nacktem Oberkörper dasteht.) Elegie auf einen Verstorbenen.

Arran
Wie bitte –?

Lambacher
Sie müssen sich ganz ausziehen.

4.

Epitaph für Peter Rantzow

Schlafzimmer Ebba Rantzows. Reich ausgestattet. Stofftapeten an den Wänden. Links ein breites Bett, mit Seide bezogen. Dahinter, links seitlich, eine Tür. Im Hintergrunde gleichfalls eine Tür. Schräg in der Ecke rechts ein Toilettentisch. Dem Vordergrund zu⟨,⟩ ebenfalls rechts, ein großes Fenster mit Vorhängen. Ganz im Vordergrund, halb gegen die Wand gelehnt: Arran auf einem Hocker. Vor dem Toilettentisch sitzt Ebba Rantzow, einen leichten Mantel übergeworfen, schminkt und frisiert sich.
Abend; brennende Kerzen.

Arran (ziemlich düster)
Mutter – –
Ebba
Nun, Arran – was willst du mir sagen?
Arran
Mutter –
Ebba
Ist es so schwierig, es auszusprechen?
Arran
Mutter – du hast Geheimnisse vor mir.
Ebba
Und du hättest keine vor mir?
Arran
Kaum. – Ein paar Kleinigkeiten.
Ebba
Prüfe dich nur, Arran! – und du wirst die größeren finden.
Arran
Für wen schminkst du dich? – Und prüfst diese Gerüche in

den Flaschen? – Und kleidest dich auffallend oder elegant? – Doch nicht meinetwegen.

Ebba

Oh – dürfte ich das dir zu Gefallen – Arran! – dürfte ich das – bätest du mich darum – du würdest erkennen, daß das, wozu ich mich jetzt aufraffe, Pfuschwerk ist. Ich bin eine Stümperin geworden. Damals, als dein Vater noch lebte – damals – du hättest mich sehen sollen! – Arran, wenn ich nur daran denke – vor zwölf Jahren gab es für mich diese Lust noch – diese Lust, nur von einer langen goldenen Kette, wie von einer Schlange umringelt – – Was sage ich? (Sie reißt eine Schublade auf, nimmt eine sehr lange goldene Kette heraus, wirft sie ihrem Sohn vor die Füße.) Das war mein Kleid für deinen Vater. Mit irgendetwas mußte ich seiner Herrlichkeit gleichkommen.

Arran (hebt die Kette auf, macht ein paar Schritte zu Ebba hin)

Meine arme Mutter.

Ebba

Bleib wo du bist! Umarme mich nicht! Behalt die Kette! Verbirg sie! Wirf sie fort! Oder verschenke sie! Du bist ja in dem Alter.

Arran (bleibt unbeweglich stehen)

Meine liebe Mutter – Du sprichst von meinem Vater, den ich nicht kennen lernen konnte. Alle Bildnisse von ihm hast du zerstört, verbrannt –

Ebba

Ja – alle – alle, deren ich habhaft werden konnte. Alle – bis auf eines.

Arran

Zeig es mir, Mutter!

Ebba

Schau in den Spiegel! – Hier! – Nein, nein – das ergibt nur Bruchstücke: den Kopf, die Hände. Komm mir niemals nackt aus dem Spiegel entgegen! Niemals ganz – ganz als dein junger Vater – niemals, hörst du! Niemals!

Arran (weicht ein wenig zurück)

Willst du, daß ich das Haus verlasse?

Ebba

Bist du verrückt geworden, Arran? – Weswegen willst du mich verlassen?

Arran

Meine Gegenwart bereitet dir Schmerzen.

Ebba

Oh ja – unaussprechlich angenehme Schmerzen. Wir führen diesen großen Haushalt wegen all der wollüstigen Qualen, die ich hier erleide. Alles in diesem Hause ist erstarrte Erinnerung. – Sieh jene Tür dort! Sie ist ständig verschlossen – seit 12 Jahren. Es ist das Zimmer deines Vaters. Er starb dort. Alles darin ist unverändert wie damals – selbst das beschmutzte Bettlaken. Würde man die Tür öffnen, dann würde man geradeswegs in einen großen Spiegel hineinschreiten. – Wenn ich deinen Vater erwartete und die Tür öffnete, blieb er eine Weile vor dem Spiegel stehen, damit ich ihn ganz mit meinen Augen hätte –.

Arran

Meine liebe Mutter –

Ebba (sehr ruhig, beinahe nüchtern)

Es ist besser, wir sargen diese alten Träume ein. Wenn es dich gelüstet – das Spiel mit dem Spiegel – er ist so hoch wie die Stube – Du bist ja in dem Alter – Hier ist der Schlüssel. Ich habe ihn niemals benutzt. Jedoch bedenke: der Spiegel wird taub und verstaubt sein; das hinterlassene Bett eines Gestorbenen ist nicht appetitlich. Vielleicht sind die Tapeten von den Wänden herabgefallen – der vergoldete Stuck ist abgeblättert –. (Sie reicht ihm den Schlüssel; er kommt zaghaft heran, nimmt ihn.)

Arran

Du hast Geheimnisse vor mir – nicht nur das Geheimnis dieser Tür.

Ebba

Ein Mensch ohne Geheimnisse gleicht einem durchlöcherten Sack. Er taugt zu nichts. Man kann weder die Liebe noch die Freundschaft hineintun; selbst das Laster rinnt, Korn nach Korn heraus. – Wenn ich nach Patschuli oder Flieder rieche, dann rieche ich nicht nach mir. Wenn ich mir das Antlitz bemale, dann erhält man eine Maske. – Ich ahne, wessen du mich verdächtigst. Ich sage nicht ja und nicht nein dazu. Du wirst niemals einen Stiefvater bekommen – niemals einen Bruder oder eine Schwester. Das sind die Sicherheiten, die ich dir geben kann. – Verlangst du mehr?

Arran

Ich habe nichts zu verlangen. Ich möchte, daß du mir vertraust.

Ebba

Soll ich dein Echo sein und zurückrufen: ich möchte, daß du mir vertraust? Keine Geheimnisse hättest du vor mir? Erzählst du mir etwa, wenn eine Stunde da war, in der die Natur dich mit alles durchdringender Gewalt heimsucht? Kenne ich dich noch, nachdem ich dich zum letzten Male – es war in deinem dreizehnten Jahr – umarmte und inbrünstig küßte? – Du wischtest dir danach den Mund.

Arran

Es war unrecht von mir.

Ebba

Es war die Trennung, die notwendige Trennung – die angeordnete notwendige Trennung – zu deinem und meinem Besten. – Gib dich nicht töricht!

Arran

Ich bin töricht, Mutter.

Ebba

Was bedeutet das?

Arran

Es ist Unordnung in mir. Ich überschaue meine Regungen nicht.

Ebba

Jedenfalls sind sie unausweichlich, übermächtig –. Dein bestes Erbteil wirst du nicht abschütteln.

Arran

Du gabst mir die goldene Kette, damit ich sie Lucie schenke oder sie damit bekleide. Du meinst, ich sei in dem Alter. Vielleicht steht es so mit mir; es kann jedoch sein, daß ich zu Anderem berufen bin.

Ebba (lauernd)

Was meinst du damit? – Dein Vater glaubte sich auch berufen und kam dabei um. Du hast mir doch anvertraut, daß du Lucie heute erwartest. Ich verlasse das Haus. Das zwar habe ich nicht deutlich gesagt; aber du erkennst immerhin, daß ich mich vorbereite, auszugehen. Ich will dir nicht im Wege sein. Außerdem gibt es Schmerzen, die man versucht, zu verbergen.

Arran

Mutter, bleib! Geh nicht aus, um jemand zu besuchen! Ich ahne – ich weiß – es sind nicht ganz redliche – nicht ganz einfältige Besuche.

Ebba

Gut – du weißt es. Es sind heimliche, anrüchige Besuche. Vielleicht spricht man in der Stadt darüber. Aber ich bin nicht ein bodenloses Faß. – Ich habe gelitten, Arran⟨,⟩ seitdem dein Vater starb. Ich habe nicht ein Jahr lang getrauert: ich habe geweint, geweint, geweint, ein Jahr lang habe ich geweint. Vor Verlangen nach ihm. Doch er war nicht mehr da. Kein Schatten – nichts. Er ist nicht mehr da – auch in jenem Zimmer nicht. Er hat hier nichts mehr zu suchen. – Hätte er in diesem Hause verwesen dürfen, ich würde ruhig geworden sein. Aber er liegt draußen in einer gemauerten Gruft. Nur du bliebst da. In jenem Jahre indessen bedeutetest du mir fast nichts.

Arran

Vielleicht war ich als Arran, der ich geworden bin, noch nicht vorhanden. Ich entsinne mich nicht, jemals vier oder fünf Jahre alt gewesen zu sein.

Ebba

Schließlich sind die Tränen versiegt. Auch der heftigste Kummer verbraucht sich. Das Unfaßbare wird durch Dauer faßbar. Plötzlich – es war an seinem Todestag – du spieltest zu meinen Füßen – erkannte ich sein Gesicht in dem deinen, überdeutlich. – Einmal versinken wir Frauen in die erzwungene Gleichgültigkeit aller heimgesuchten Menschenweiber, denen man, Jahrtausend nach Jahrtausend, Männer und Kinder erschlagen hat; – die in das Bett der mordenden Sieger steigen –. Es ist ein unfaßbarer Bluterguß – ein unermeßlicher Kräfteverbrauch – um am Leben zu bleiben – um dies einmal hergestellte Gefäß nicht zu zerbrechen. Wir nennen es Vernunft oder Instinkt. – Ich wurde also vernünftig. Ich wollte dich groß machen. Ich wollte die verschwenderische Lebensführung beibehalten. Die Pension deines Vaters hätte ausgereicht, daß wir ein wenig bescheidener – anderswo – sorgenfrei hätten leben können. Ich wollte oder konnte die Veränderung nicht hinnehmen. Ich begann, mich nach Verbindungen umzusehen. Ein schmähliches Geschäft.

Arran

Verrietest du nicht den – den du liebtest?

Ebba

Was ist Verrat? – Glaub doch nicht, daß einer dieser Tölpel, mit denen ich umgehe, ihm gleichkommt! Er ist nicht mehr da. Hinweggerafft. Versengt. – Dies innere Schauspiel, ⟨daß⟩* er in einer gemauerten Grube liegt! Verrat – das ist ein Wort der anderen. Das ist nicht zwischen ihm und mir. Es ist auch nicht zwischen dir und mir. Er wurde besiegt; ich wurde ausgesetzt, dem Haufen überantwortet. Es ist nur scheinbar anders. Nur für die Schwachen gibt es Ordnung – für die Fügsamen – für die geistig Armen.

Arran

Auch für mich gäbe es sie nicht?

Ebba

Ich will dich nicht schwächlich, nicht unterwürfig. Ich liebe dich⟨,⟩ wie je eine Mutter ihr Kind geliebt hat – mit heiligem Eifer – mit wütendem Verlangen, dich großartig und frei zu sehen – und sündig –.

Arran

Mutter.

Ebba

Bleib wo du bist! Rühr mich nicht an! Ich habe Gewalt über mich. Ich habe den Ausweg gefunden, deiner unwürdig zu sein. – Arran – ich bin am Ende so vernünftig, wie andere Mütter auch. Mein größtes Verlangen segnet dich nur; es gönnt dir dein eigenes Dasein, die Flucht in deine jüngere Besessenheit.

Arran (tonlos)

Du gehst heute fort, weil Lucie zugesagt hat, mich zu besuchen.

Ebba

Ich bin verabredet – sowieso. Ich verabscheue Lucie nicht.

Arran

So bleib! Sei freundlich zu ihr!

Ebba

Es ist nur der Schmerz, dieser neue, langhingesummte Schmerz –

Arran

Du mißverstehst meine Zuneigung.

Ebba

Kann man die Absichten der Liebe mißverstehen?

Arran

Sind wir Jungen nicht berufen, die Bedrohung zu erkennen, die uns umgibt? – Vater war ein erstes Opfer.

Ebba

Schon vorhin sagtest du etwas vom Berufensein. Ich habe es nicht überhört.

Arran

Das Verhängnis für uns alle kann in jeder nächsten Minute da sein.

Ebba

Wovon sprichst du?

Arran

Vom Vorhaben der Staatsleute, der Militärs, der Ingenieure und Wissenschaftler. Von der Verteidigung der hingeschwa⟨t⟩zten Freiheit und Kultur. Von den zusammengeklaubten Worten, um deretwillen man den höchsten Preis bezahlen will. Man erwägt, vorausb⟨e⟩rechnend, den Mord an anderthalb oder zwei Milliarden Menschen. Tiere und Landschaften werden ohnedies nicht berücksichtigt.

Ebba

Du meinst: die Furcht sei eure Aufgabe?

Arran

Nein: die Entschlossenheit.

Ebba

Laß es dich nicht kümmern, Arran! Denk nicht daran! Die Welt, in der wir leben, ist nicht von der besten Art. Seit jeher war sie erbärmlich. Voller Grausamkeit, von Aberglauben durchsetzt, gräßlich fressend und verdauend. Den einzigen unschuldigen Trieb, der uns die Liebe bringt, hat man verdächtigt. Laß es dich nicht kümmern, daß sie an Mord und Vernichtung denken, an das Zerstören der Städte, an den Martertod ihrer Gegner – an ihren sonderbaren rückschreitenden Fortschritt!

Arran

Wir Jungen sollen die Werkzeuge sein. Aber man hat uns nicht gefragt, ob wir bereit sind. Man hat uns nicht gefragt. Man hat Gesetze beschlossen; man hat die Gewalt organisiert; der Zwang hat alles durchdrungen; die Ungerechtigkeit hockt an jeder Straßenecke.

Ebba

Laß es dich nicht kümmern! Denk nicht daran! Seit Jahrzehntausenden hat die Vielheit der Menschen den Schrei der Wenigen nach Güte und Gerechtigkeit erstickt. Bedenke die Leiden, die die Vergangenheit ausfüllen! Die Schöpfung hat für das Erbarmen keinen Raum gelassen.

Arran

Diesmal – wenn die einfältige Klugheit beiseite treten muß, kann die Menschheit bis auf den Letzten ausgelöscht werden.

Ebba

Und wenn es so wäre? Was würde verloren sein?

Arran

Mutter – du sprichst nicht, was du meinst.

Ebba

Was würde verloren sein? – Manches. Man könnte es aufzählen. Doch auch die menschliche milliardenfache Qual der Jahrzehntausende würde vergessen sein, nicht wiederkommen.

Arran

Ich will deinen Gedanken nicht mitdenken! Versuche doch, dir vorzustellen: eine Milliarde Leichen, die nicht begraben werden. Der Rest stirbt in Tagen, Wochen, Monaten. Aber er stirbt. Und die Tiere sterben. Du hast Vater sterben sehen. Alles Geschriebene vergeht, alles Erbaute, alles Erdachte, alle Musik verstummt. Nicht ein einziger Name bleibt. Es wird kein Name mehr gerufen –

Ebba

Laß es dich nicht kümmern! – Wenn sie nur nicht wiederholt wird, die Qual – wenn sie einmal, alles umfassend, sich selber erledigt; – wenn nur das zukünftige Geschlecht ungeboren bleibt, vernichtet in den noch lebenden Bäuchen –!

Arran

Du kannst das nicht wünschen; – nicht wollen, daß ich mit allen anderen so ende –.

Ebba

Ich wünsche den Untergang nicht herbei. Aber ich erkenne doch, daß er eine Erlösung enthält – sofern er allumfassend wird. Das bestialische Verbrechen einer halben Vernichtung, die man Jahrhundert um Jahrhundert wiederholen kann, wäre freilich eine grauenvolle Fortsetzung des Grauenvollen, das man die Geschichte der Menschheit nennt.

Arran (unbeirrt)

Bedenke doch die Summe der Peinigungen!

Ebba

Es läßt sich hierbei nichts summieren. Der Schmerz, der Tod sind keine Gegenstände der Statistik. Es ist immer der Einzelne, der sie erfährt. Mancher Zerfetzte mag schäbig genug sein; aber von seiner Qual wird damit nichts genommen. Nur die Schmerzunempfindlichen sind begünstigt. Du gehörst zu ihnen nicht. Dein Leib ist für jede Folterung weit geöffnet. Täusche dich nicht! Du sprichst von einer Berufung; das heißt doch nur, daß du wahrnehmbare und geheime Mächte aufforderst, über dich herzufallen. – Es ist ja nicht das erste Mal, daß man dir das Herz oder die Eingeweide ausreißt, dich zerstückelt, verbrennt, ertränkt, eine Lanze in die Lenden stößt, den Kopf einschlägt oder kreuzigt mit gebrochenen Bein- und Schenkelknochen, dich aufs Rad flicht. Du warst schon ehemals da, ob du es auch vorübergehend vergessen hast. Wenn dich die Henker erneut anpakken, wirst du es wieder wissen.

Arran

Das ist nichts Verläßliches. Du kannst nicht mit Vorstellungen, und Vertauschungen jonglieren, als kenntest du das Undurchdringliche. Die Dimension Zeit widersetzt sich.

Ebba

Du bis⟨t⟩ von weither durch Jahrmillionen bis hierher gekommen. Neben dir sind die meisten erschlagen worden.

Wer unter den Lebenden hätte in seinen Vorfahren nicht den tausendfachen Mord gesehen, die Greuel der Kriege und Richtstätten? Den Überfall der Seuchen, der Wasserfluten und Brände? Meine Angst um Dich wächst, Arran. Alle, die gelitten haben, waren nicht anders beschaffen als du, waren deinesgleichen – womöglich berufen.

Arran

Unser Gespräch kommt an kein Ziel.

Ebba

Ich habe gehört⟨,⟩ du besuchst Professor Lambacher häufig. Daß du krank bist, vermute ich nicht.

Arran

Ist es nicht die Pflicht Professor Lambachers zu schweigen, sofern es sich um etwas Medizinisches handelt?

Ebba

Durchaus. – Du läufst zwischen dem Hause des Präsidenten Chervat und dem Lambachers täglich hin und her. Das geschieht in der Öffentlichkeit. Der Indianer Tiripa hat sich aus den Laboratorien davon gemacht und ist als Gefährte deines Freundes Elia aufgenommen worden.

Arran

Du kennst Professor Lambacher – näher?

Ebba

Ich kenne einige Menschen dieser Stadt.

Arran

Was hast du sonst noch erfahren?

Ebba

Es soll zwischen dem Botschafter Sarkis und dem Präsidenten Chervat Dauerkonferenzen geben. Erregte Auseinandersetzungen –

Arran

Wer erzählte dir das?

Ebba

Der Sekretär Harild, Lucies Vater.

Arran

Ihn kennst du auch – näher?

Ebba

Du willst mir nicht sagen, was dich täglich zu Herrn Lambacher treibt?

Arran

Er zapft mir etwas ab. Kein Blut. Tiripa glaubt an Blutsbrüderschaften. Wir zivilisierten Menschen sind weniger poetisch. Ich liefere gesunden, sterilen Harn. Gut gefilterte und genau abgewogene und gemischte Hormone.

Ebba

Ach –! Wozu denn das?

Arran

Es ist ein kleines medizinisches Geheimnis.

Ebba

Nicht wahr, mein Sohn, es gibt mancherlei, was du mir verheimlichst? Ein kleines wissenschaftliches Vorhaben mit Herrn Lambacher; Freundschaft mit einem Gleichaltrigen; Liebe zu einem Mädchen, genau so stark und groß wie deine Einbildung, von deiner Mannheit leben und glücklich werden zu können; Blutsbrüderschaft mit einem Indianer, dessen Abstammung dir fremd ist; eine Verschwörung gegen die Sittlichkeit der Gesellschaft, die den Krieg billigt und den Mörder tötet –. Du bist gesund, kraftvoll, anmutig; – das Schicksal hat es leicht, dich zu finden und anzufallen. Begreife, daß meine Angst um dich zunimmt. (Sie nimmt den Übermantel ab; sie erscheint in einem eleganten Abendkleid.)

Ich gehe jetzt. (Sie schreitet auf ihn zu.)

Rühr dich nicht – halt still! (Sie küßt ihm flüchtig die Lippen.)

Bewahre dir deine grundlose heidnische Güte –.

(Sie geht noch einmal an den Toilettentisch.)

Ich gönne dir jede Lebensfreude; vor den Schmerzen kann ich dich nicht bewahren. – Hilf mir in den Mantel! (Arran nimmt einen Mantel, der auf dem Bett liegt.) Solltest du ein mitwissendes Bett brauchen – dies hier ist neu mit Seide überzogen.

Arran

Mutter –!

Ebba

Ich werde im Viktoriahotel zu Abend essen – gemeinsam mit einem Herrn, der dir und Lucie bekannt ist. Später werde ich im Quilibet-Klubhaus sein.

Arran (blickt starr zu Boden)

Ebba

Ich werde nicht die ganze Nacht fortbleiben, rechne damit nicht. (Sie geht.)

Arran (steht lange unbeweglich, nimmt dann die goldene Kette aus seiner Hosentasche, wiegt sie in den Händen, geht ans Bett, breitet sie geschlängelt darauf aus)

Man will, daß ich Lucie herbeizaubere und betört werde. (Es klopft.)

Arran (rafft die Kette zusammen, steckt sie in eine Hosentasche, geht an die Tür, öffnet.)

Lucie (tritt ein, umarmt Arran)

Arran –

Arran

Meine liebe Lucie – (Er küßt sie abermals.)

Lucie (blickt sich um)

Ist dies dein Zimmer?

Arran

Nein, Lucie.

Lucie

Warum hat mich eure Hausgehilfin hierherein gewiesen?

Arran

Weil ich gerade nicht anderswo war.

Lucie

Hast du kein eigenes Zimmer?

Arran

Doch, Lucie; ich habe ein eigenes Zimmer. Es ist die Behausung eines Schuljungen. Allerlei Unordnung. Vielerlei zusammengesammelte Sachen. Kinderein. Schlechte Farbdrucke an den Wänden. Ein nacktes Mädchen von Ingres. Das Urteil des Paris von Feuerbach. Unsere Sehnsüchte geben sich manchmal sentimental.

Lucie

Ich möchte sehen, wie du schläfst.

Arran

Ein sehr schmales Bett. Man bildet sich ein, die Askese sei bekömmlich.

Lucie

Du willst mir dein Zimmer nicht zeigen?

Arran
Hier ist es wohnlicher.
Lucie
Das Schlafgemach deiner Mutter? Habe ich richtig geraten?
Arran
Ja, Lucie.
Lucie (geht an den Toilettentisch, spielt mit den Flaschen, mißbilligend)
Dies ist wohl eine Art Hexenküche?
Arran
Meine Mutter liebt Parfums!
Lucie
Du entschuldigst sie.
Arran
Es ist nichts zu entschuldigen.
Lucie (antwortet nicht sogleich, geht an das Bett, betrachtet es, streicht mit der Hand darüber hin)
Es ist ein herausforderndes Bett.
Arran (etwas verlegen)
Ich vermute, daß meine Eltern miteinander glücklich waren.
Lucie (unsicher, zweideutig)
Dein Vater ist seit mehr als zehn Jahren tot. Deine Mutter hat es nicht verlernt, prunkvoll zu schlafen.
Arran
Es ist ihre Sache, wie – auf welche Weise – sie sich mit ihrer Erinnerung abfindet. (Es wird geklopft. Lucie tritt vom Bett zurück.) Es wird Verena sein, unsere Hausgehilfin. (Er öffnet die Tür. Verena schiebt einen kleinen Tischwagen mit Speisen und Getränken herein.)
Verena
Ihre Mutter, junger Herr Rantzow, hat es so angeordnet.
Arran
Danke, Verena!
Verena
Wohl bekomm's. (Sie macht einen Knicks vor Lucie und geht hinaus.)
Lucie
Deine Mutter ist nicht im Hause?

Arran

Nein. Sie ist fortgegangen. Für ein paar Stunden sind wir allein.

Lucie

Das – hat sich wohl so fügen müssen.

Arran

Wissen deine Eltern, daß du mich besuchst?

Lucie

Ich wagte es nicht, ehrlich zu sein.

Arran

Man wird dich bei so später Stunde im Hause vermissen.

Lucie

Die Mutter ist verreist. Der Vater ist ausgegangen. Er trifft im Viktoriahotel einen Bekannten. Sie essen gemeinsam zu Abend.

Arran

Ach?! – Und nach dem Abendessen werden sie ins Klubhaus Quilibet fahren und dort ein paar Stunden verbringen.

Lucie

Ja –. Das sagte er. Woher weißt denn du es?

Arran

Von meiner Mutter.

Lucie

Was kann sie vom Tun meines Vaters wissen?

Arran (spöttisch)

Sie speist im Viktoriahotel zu Abend, gemeinsam mit einem Herrn, der dir und mir bekannt ist. Später werden die beiden im Klubhaus Quilibet vor der Stadt sein. Das sagte sie.

Lucie

Arran! – Es ist doch nicht möglich, daß deine Mutter und mein Vater sich begegnen – auf diese Weise –

Arran

Warum denn nicht, Lucie? – Ich werde niemals einen Stiefvater bekommen – niemals einen Bruder oder eine Schwester. Das versprach sie mir.

Lucie (hält die Hände vors Angesicht)

Es ist abscheulich, widersittlich. Du sprichst von deiner Mutter nicht wie ein Sohn.

Arran

Sie erfindet Auswege. Auch wir erfinden Auswege.

Lucie

Meine Mutter wird hintergangen.

Arran

Weißt du, wohin sie verreist ist? Mit welchem Zweck? Zu wem?

Lucie

Soll das Mißtrauen alles überwuchern?

Arran

Die Tatsachen sind heilig. Wir selber sind ja auch irgendwo im Gebüsch.

Lucie (empört)

Deine Mutter weiß es.

Arran

Sie wird uns nicht demütigen. Vielleicht ist ihr heute dein Vater lieber als ein anderer.

Lucie

Du bist nicht bei dir selber, Arran!

Arran

Sie liebt mich, Lucie, weil sie meinen Vater liebte; ich aber bin ihr Sohn und liebe dich. (Er tritt dicht zu Lucie heran, umarmt und küßt sie.)

Lucie (macht sich frei; sie spricht nicht unfreundlich)

Du verwirrst die Zusammenhänge. Darauf verstehst du dich. Ich wol⟨l⟩te mit dir zusammensein, heimlich – gewiß. Mit pochendem Herzen habe ich mir irgendetwas gewünscht – daß wir uns näherkämen, gemeinsame Gedanken fänden. Dies – diese Auslegung habe ich mir nicht erträumt – daß man mich für ein junges Tier hält, das einem betörenden Geruch verfallen ist und sich am Willen eines anderen vergißt.

Arran

Lucie – das ist ärgere Rede als du von dir selber verantworten kannst. Darf ich dich nicht küssen? Es wäre ein neues Verbot.

Lucie

Diese Heftigkeit –

Arran

Soll ich dem schönen Augenblick Zügel anlegen?

Lucie

Du hast deinen Plan mit mir. Deine Mutter hat Delikatessen und Wein hereinbringen lassen.

Arran

Lucie – ist die Liebe zu irgendeinem Zeitpunkt etwas anderes als Liebe?

Lucie

Das ist etwas Hingesagtes.

Arran

Was wäre sie denn? Wie könnte man sie nennen, wenn sie sich nicht jederzeit selber gliche? – Ist sie denn hinterlistig?

Lucie

Wir sind zwei Menschen, zufällig nebeneinander –

Arran

Wir sind in der Schöpfung und in ihrem Gesetz. Unsere Phantasie ist voll vom Wesen des andern. Wir geben uns inwendigen Bildern hin. Wir gestatten uns die Freiheit des schrankenlosen Empfindens.

Lucie

Du bist übereifrig mit deinen Worten.

Arran

Ich habe mir etwas vorgestellt; das Wünschen hat ja einen Anfang und einen Inhalt. Wir lieben einander; das bedeutet doch nicht, daß wir uns fern und fremd bleiben wollen.

Lucie

Du verlangst alles zugleich. Du achtest mich nicht.

Arran

Warum sind meine geraden Worte ungenügend?

Lucie

Du willst, daß ich dir nicht widerstehe.

Arran

Das angstvolle Geheimnis darf nicht weiter bestehen.

Lucie

»Verführung ist die eigentliche Gewalt.«

Arran

Nenne die Liebe Gewalt. Gib ihr diesen Namen. Aber nicht ich bin gewalttätig. Ich bin ein Gerät. In mir glänzt es von Unwirklichkeiten.

Lucie (verändert)

Arran – ich bin gekommen. Ich bin dir zugetan –

Arran

Wir quälen einander eine Weile. Das gehört zum Spiel. Sieh –! (Er nimmt die Kette aus der Hosentasche und bemißt sie, Elle nach Elle, mit den Händen.) Es ist eine sehr lange goldene Kette. Du könntest dich damit bekleiden. Eine glitzernde Schlange ringelt sich um deine Haut. Schimmer und Schatten, das Metallene und Weiche, das Warme und Kühle bilden ein atmendes Bild, vor dem ich niederfalle und anbete. Ich sehe dich, Lucie – ich sehe dich zum ersten Male –

Lucie

Arran – ich verstehe – nein. Nicht heut. Diese Kette –. Du hast die Begegnung gut vorbereitet. Das Bett – die Speisen – das Kerzenlicht –. Deine Mutter hat einen gelehrigen Schüler in dir gefunden.

Arran

Du zerstörst etwas, Lucie! Bin ich denn ein Halunke? – Du verstehst es, mich zu verwunden.

Lucie (langsam)

Ich liebe dich so sehr, daß ich nur zu leicht wertlos werde. Auf irgend eine Weise ist jeder Mensch, auch der beste, etwas Allgemeines – abnutzbar, austauschbar. – Ich hatte dich gebeten, mir dein eigenes Zimmer zu zeigen. Es wäre uns dort leichter gefallen, einander angenehm zu sein.

Arran

Wir können hinüber gehen.

Lucie

Ich werde mich daran gewöhnen müssen, daß dir vorgestellte Bilder, farbige Überhöhungen, Verschwendung etwas bedeuten.

Arran (mutlos)

Wahrscheinlich kenne ich mich nicht.

Lucie

Umarme mich, Arran! – Wir stehen doch so miteinander, daß es uns leicht fällt, die Unebenheiten auszugleichen.

Arran

Ja – ja –. Oder auch nicht. Verzeih: – ich habe noch niemals ein Mädchen gesehen. Diese Unkenntnis wollte ich beseitigen. Ich weiß, wie Elia und Tiripa anzuschauen sind. Ich wollte dich sehen, Lucie. Ich wollte dies in meine Sinne eingraben – dies andere –.

Lucie

Bist du einfältig? Verwechselst du Neugier mit Liebe?

Arran

Ich weiß nicht, was alles in uns verwechselbar ist. Gewalt, Neugier, Spiel, der unausweichliche Trieb. Wie kann ich mich dir noch anpreisen? Mich vordrängen? Mir einbilden, dir angenehmer zu sein als andere – wenn die Empfindungen Wirrwar sind?

Lucie

Warum redest du dies? Warum umarmst du mich nicht?

Arran (umarmt sie flüchtig)

Vielleicht wollte ich nur mich selber verführen.

Lucie

Pfui, Arran! Ein kalter Kuß und ein übellauniger Satz.

Arran

Beginnen wir noch einmal – anders. Du bist da. Wir sind glücklich, allein miteinander zu sein. Verena hat soeben Speisen und Wein gebracht. Jetzt setzen wir uns zu einer fröhlichen Mahlzeit, trinken uns zu, nippen Wein, der Eine vom Glase des Andern.

(Er rückt Stühle an den Tischwagen, fordert Lucie auf, sich zu setzen.)

Lucie (setzt sich zögernd)

Ich möchte nichts essen.

Arran

Warum nicht?

Lucie

Nur eine Beklemmung.

Arran

Aber vom Wein wirst du trinken? Es ist alter guter Portwein.

Lucie

Trink mir vor! Ich nehme dein Glas.

Arran (füllt sein Glas, trinkt, reicht es Lucie)

Nimm ein paar vollmundige Schlucke!

Lucie (leert das Glas)

Mein Hals ist wie zugeschnürt; doch der Wein dringt hindurch. Bitte noch ein Glas.

Arran

Du nimmst den richtigen Weg. (Er füllt das Glas, nippt daran, reicht es Lucie. Sie nimmt es und leert es sogleich mit bedächtigen Schlucken.)

Lucie

Ein drittes –

Arran (zögernd)

Es ist ein schwerer Wein –

Lucie

Dennoch.

Arran (füllt das Glas, nippt daran, reicht es Lucie)

Du trinkst hastig.

Lucie (leert das Glas)

Mir wird wohl davon. (Sie nimmt die Flasche, füllt das Glas.)

Arran

Laß es genug sein.

Lucie (leert das Glas)

Warum denn? Darf ich mich nicht erwärmen? (Sie füllt das Glas abermals.)

Arran

Lucie –? Du betrinkst dich. Du versuchst, den Wein statt deiner verantwortlich zu machen.

Lucie (leert das Glas)

Ja. Das versuche ich. Ich bin betrunken. Darum gehe ich jetzt. Was sollst du mit einem betrunkenen Mädchen? (Sie erhebt sich, eilt an die Tür, bleibt dort einen Augenblick stehen, wirft Arran eine Kußhand zu und entschwindet.)

Arran (erhebt sich vom Stuhl, bleibt einen Augenblick wie gebannt stehen. Er greift sich in die Hosentasche und zieht die Kette hervor. Man hört das Geräusch einer zuschlagenden Tür.)

Das also war das Vorhaben mit der goldenen Kette. Schamhaft. Scheu. Schimpflich. (Er zieht am Toilettentisch seiner Mutter einen Schubkasten auf und legt den Schmuck, ihn langsam durch die Hand gleiten lassend, hinein. Er geht

an den Tischwagen, füllt ein Glas mit Wein, leert es bedächtig.)
Aber die Nacht ist noch nicht zu Ende. (Er trinkt ein zweites Glas.)
In meiner Hosentasche findet sich noch ein rostiger Schlüssel. (Er zieht ihn hervor.)
Mit zwei Gläsern Wein im Bauche – ein drittes dazu – (Er schenkt sich ein und trinkt.)
kann man das Unternehmen »Vater« einleiten. (Er beginnt sich auszukleiden: Jacke, Hemd, Schuhe, Strümpfe.)
Schamlos. Fürwitzig. Geheim. (Er geht an die Tür, steckt den Schlüssel ins Schloß, versucht aufzuschließen; es gelingt ihm ohne Mühe.)
Der Mechanismus könnte sich widersetzen. Offenbar nicht. Man hat ihn fürsorglich geölt. (Er öffnet die Tür zum Spalt.)
Das wäre es. Die Kerzen. (Er nimmt sie, stellt sie vor der Tür auf den Fußboden, setzt sich, vom Publikum abgewandt, auf den Bettrand und beginnt, sich der Hose zu entledigen.)
Begegnung mit dem Geliebten meiner Mutter, der mich gemacht hat und sich davongemacht hat –. Der Mut mit fleischlichen Gespenstern zu verkehren – mit sich selber – –.

5.

Drama mit Fortlassungen.

Das Zimmer Elias. Arran, Tiripa, Elia.
Bett, Tisch, Stühle, seidene Tapeten an den Wänden, Bilder, schwere Teppiche. Der Tisch ist zurückgerückt; darauf ein Stuhl; auf dem Stuhl sitzt Elia und schaut zu, wie Arran und Tiripa – beide mit entblößtem Oberkörper – auf einander einschlagen. Sie haben ein scharfes, hartes, langes Stück Holz in der Hand und versuchen, einander damit zu verwunden. Der geschickte Tiripa trifft nacheinander Arran an der Brust und am Kopf.

Arran (hält inne, wischt sich das Blut aus der Stirn)
Es ist zwecklos. Es gelingt mir nicht, dich zu verwunden, Tiripa. Du wirst glauben, ich liebe dich nicht genug.

Tiripa
Ich halte jetzt still. Schlag mich oder stoß mich! Dann glaube ich, daß du mich liebst.

Arran
Anders glaubst du mir nicht?

Tiripa
Nein.

Arran (schlägt plötzlich mit seinem Holz gegen die Brust Tiripas.)

Tiripa (taumelt zurück)
Gut, Arran. Mit Hinterlist. Das war gut, Arran. Du hast von mir gelernt. Ich habe eine Wunde von dir. (Er legt sein Holz fort, betrachtet die Wunde.)

Elia (springt vom Tisch herunter)
Du bringst unsere Seele in Gefahr, Tiripa. Du bist süchtig nach Blut, auch nach dem eigenen. Was sollen wir mit dem

Mitleid anstellen, das wir uns als unseren Glauben erworben haben? Du hast ein reines Gesicht und findest den Mord schön. Unser Gesicht ist nicht rein, und wir verwerfen den Mord.

Arran

Du drückst dich falsch aus, Elia. Wer denn hat den Stamm Tiripas umgelegt? Etwa seinesgleichen? – Es waren weiße Männer, die nach Öl bohrten. Stell deine Religion in den Schrank und bereite dich darauf vor, zu morden. Wahrscheinlich ist das der einzige Ausweg. Das Mitleid und Erbarmen stell in den Schrank! Das Blut kannst du mir abwischen.

Elia (zieht ein Taschentuch hervor und betupft Arrans Brust und Kopf)

Wenn es uns doch gelänge, auf richtige Weise zu überlegen – auf richtige Weise vernünftig zu sein! (Er wendet sich Tiripa zu.) Daß wir einander prügeln, ist unvernünftig. Wir messen unsere Freundschaft mit künstlichen Schmerzen. Das ist altertümlich – und ich bin sowieso ausgeschlossen, gemessen zu werden, weil ich nicht so viele Muskeln habe, wie ihr. Ich bin also ein Schmarotzer, und keiner schlägt mich blutig.

Arran

Du redest närrisch.

Elia

Ich berichte⟨,⟩ wie es ist.

Tiripa

Beleck die Wunde, Elia! Blut macht kräftig.

Arran

Auch das ist altertümlich. Sehr altertümlich. Tiripa müßte ständig literweise angezapft werden, damit ein Tausendstel Indianer aus dir würde. Nicht einmal der Absud, den dir dieser Erzexperimentator Lambacher in die Venen spritzt, macht dich zum Rüpel.

Elia

Ich bekomme allmählich irgend ein Gefühl –

Arran

Irgendein Gefühl –!

Elia

Verhöhne mich doch nicht!

Tiripa

Blut ist besser!

Arran

Nein, Tiripa! Davon verstehst du nichts. Harn ist besser als Blut. Das blödsinnige Geheimnis ist nun einmal so. Unser Überfluß wird weggeschwemmt. Golden und ein wenig stinkend.

Elia (reicht Arran das Hemd, wischt sich damit zuvor die Augen.)

Zieh dich an, Arran!

Arran

Weinst du?

Elia

Nein. Es ist nichts.

Arran

Doch. Ich wollte dich nicht verhöhnen.

Elia

Es ist meine einzige echte Freude – dies, diese Spritze – dies Etwas aus deinen Nieren.

Arran

Ich bin ein Barbar. Ich habe dich hinterlistig verwundet, wie ich es mit Tiripa machte.

Elia

Es ist gut, Arran. Es ist sehr gut. Tiripa findet es auch sehr gut. Er ist stolz auf seine Wunde.

Arran (kleidet sich an)

Vielleicht gibt es für unser Verhalten noch keinen Stil. Was wir machen, sind Versuche. Wir sind ja die ersten, die sich anders einrichten müssen, als die zehntausend Generationen vor uns.

Tiripa (hat sich noch nicht angekleidet, betrachtet seine Wunde)

Ich war recht bekümmert, Arran. Jetzt bin ich nicht mehr bekümmert. Jetzt habe ich das von dir. Es ist wie dein Mund. (Es wird gegen die Tür geklopft und unmittelbar danach tritt Lucie ein.)

Lucie (schaut auf Tiripa)

Was treibt ihr denn?

Arran

Wir haben uns ein wenig geliebt, Lucie.

Lucie

Geliebt? Was soll denn das bedeuten?

Arran

Wir nennen es so. Man könnte es anders nennen. Wir haben uns verwundet, blutig geschlagen. Wir haben allerlei Zauber damit verbunden. Das nennen wir einander lieben. Das Wort ist schön und es ist vieldeutig. Man könnte ein anderes erfinden; aber weshalb sollte man das?

Lucie

Ich verstehe euch nicht. Ich billige es auch nicht. Es sind ja tiefe Wunden.

Elia

Man muß es hinnehmen, Lucie. Man muß alles hinnehmen. Doch einmal im Leben muß jeder handeln. Einmal müssen wir uns entschließen zu handeln. Vielleicht müssen wir uns darauf vorbereiten.

Arran

Wir müssen uns darauf vorbereiten, einmal, plötzlich, aus dem Hinterhalt zu morden. Nicht etwa mutig, sondern feige; dennoch entschlossen, seit jeher entschlossen. Tiripa meint, daß man nicht weiterleben kann, wenn man nicht darauf wartet, einmal alles zu wagen, alles zu zerstören.

Lucie

Ihr verwirrt einander die Köpfe.

Elia

Durchaus nicht, Lucie. Es ist nicht unsinnig, was Tiripa vorschlägt. Er meint zum Beispiel, daß man den besten Freund hinterrücks töten darf – aus reiner Freude am Töten.

Lucie

Und dann –? Was ist mit dem Danach?

Elia

Das weiß Tiripa nicht. Das Danach wird plötzlich da sein – unausweichlich.

Arran

Zieh dich an, Tiripa!

Lucie

Ihr habt also schon vieles miteinander verhandelt.

Elia

Weniges, Lucie – weniges. Es hat ein paar Wunden gegeben.

Ich habe mit meinem Stuhl auf dem Tisch gesessen und zugeschaut. Ich habe zu schwache Muskeln. Vielleicht wird mir Tiripa hinterrücks einen Streich versetzen oder mir nachts mit dem Messer beikommen –.

Arran (stellt vier Stühle an den Tisch)

Setzen wir uns!

Lucie

Ich fürchte, ihr geratet ganz und gar auf Abwege.

Arran

Da es keinen Weg gibt, nur Dickicht, muß man mit dem Buschmesser vorwärts dringen. Setzen wir uns! (Sie setzen sich.) Wir stellen hiermit fest, daß wir sind, in diesem Augenblick sind wir und wir befinden uns, zu Viert, wo wir uns befinden, nämlich hier.

Elia

Das wird bis auf weiteres nicht angezweifelt.

Arran

Und wir können im nächsten Augenblick, in der kürzesten Strecke an Zeit, sagen wir: einer achttausendstel Sekunde – – es mag auch weniger sein; – wir können im nächsten Augenblick also aufhören, Lucie, Tiripa, Elia, Arran zu sein und vom Fleisch und dem Zubehör, sagen wir: Liebe, Eingeweide und Hirn in Staub, in gelblichen radi⟨o⟩aktiven Staub verwandelt werden – sofern der Zufall oder ein Weltengesetz, der liebe Gott oder ein verrückt gewordener Flieger, ein querulierender Politiker⟨,⟩ ein Eiferer oder was er sei, eine entsprechende Bombe auslöst.

Lucie

Das steht nicht auf der Tagesordnung, Arran. Ich erhebe Einspruch.

Arran

Gut. Ein Einspruch Lucies.

Elia

Ich begrüße die Worte Arrans als Einleitung. Immerhin, es handelt sich um etwas Nichtvorstellbares. Den Schmerz, den kurzen Schmerz – sofern eine achttausendstel Sekunde, die uns vernichtet, kurz sein kann – den Schmerz also, den wir erführen, brauchen wir nicht zu berücksichtigen; wohl aber das andere, die Verwandlung, daß plötzlich ein Nichts vorhanden ist, das Nichts, in dem wir enthalten waren, sagen wir: unsere Liebe, das Hirn, die Eingeweide. Man darf nicht davon sprechen, daß unsere Seele davonkommt. Die Verwalter der Religionen sollen sich etwas Besseres ausdenken.

Tiripa

Das Feuer verbrennt auch den Himmel.

Arran

Nichts bleibt; nichts, was mit uns Ähnlichkeit hätte. Es gibt andere Unähnlichkeiten des Menschen mit sich selber. Darüber wollten wir sprechen und nachdenken. Es ist grammatikalischer Widersinn. Es handelt sich durchaus um Widersinn, der uns zu Entschlüssen zwingt.

Elia

Sag es einfach.

Arran

Die Zunge kann sich nicht immer an den Verstand wenden.

Elia

Ich will dir aushelfen. Also: meine Mutter hat ein Kind zur Welt gebracht, ein Mädchen, den Körper eines Mädchens. Man muß sich das genau vorstellen: ein kleines Mädchen, wie andere kleine Mädchen – aus Fleisch, das wachsen kann. Alsdann entdeckte man, – meine Mutter, Jeanne Chervat entdeckte es zuerst, daß es sich um etwas anderes handelte: um ein in seiner Art vollkommenes Nichtwesen – nach dem Ebenbilde Gottes, wie man sagt. Ein Nichtwesen, so wie wir Nichtwesen sein würden, nachdem man die Bombe über uns geworfen hat; – indessen als Gestalt erhalten. Man muß es sehr genau beschreiben, damit man sich nicht mit falschen Vorstellungen aushilft. Ein kleines Mädchen also. Jedoch: es sieht nicht; es hört nicht; es fühlt nicht; es schmeckt nicht; es kennt den Unterschied von satt und hungrig nicht, nicht den von warm und kalt; es nimmt nichts wahr. Man kann es überfüttern, man kann es hungern lassen; man kann es verletzen, es ansengen, es lebend sezieren –

Tiripa

Das wollte Herr Lambacher, nachdem er ein paar Monate oder Jahre lang seine Versuche mit diesem Wesen angestellt hätte.

Elia

Es äußert sich nicht. Es gibt keinen Laut von sich. Ein toter Körper – und doch nicht tot. Nicht lebensfähig, wie man sagt; aber am Leben zu erhalten, mittels unablässiger Pflege. Wohl möglich könnte man es erhalten, bis es erwachsen wäre. –

Tiripa

Das wollte Herr Lambacher; diese Zeit wollte er daran setzen, wenn es gelänge; – und es dann mit Samen befruchten. Vielleicht ein hübsches Mädchen – stumm, doch angenehm –.

Arran

Ich habe ein Vorgefühl von Ohnmacht, wenn wir dies beschreiben – entschuldigt bitte –. (Er geht an einen Schrank, holt eine Flasche hervor, setzt sie an den Mund.) Mein gröberer Körper richtet da nichts aus. – Du erlaubst, Elia?

Lucie

Gib mir auch, Arran! (Sie trinkt aus der Flasche.)

Elia

Trinken wir doch alle aus dieser Flasche! Warum denn nicht? Ich nehme des abends im Bett, gemeinsam mit Tiripa, oft einen herzhaften Schluck. Ich habe da allerlei Flaschen –. Meine Mutter versorgt uns damit. Warum denn nicht? Welche Rücksicht sollte man nehmen? Auf wen? Wofür?

Arran

Es wirkt den Spritzen, dem empfindlichen Filtrat meiner Nieren, entgegen.

Elia

Wir betrinken uns nicht. Wir machen uns ein wenig zufriedener. Vielleicht auch wird dabei einmal Tiripas Messer lebendig.

Tiripa

Das Messer wird durch Alkohol nicht lebendig.

Lucie

Das Kind ist glücklicherweise tot. Herr Lambacher wurde um seine Experimente betrogen.

Arran

Es starb, so sagt er.

Elia

Es starb plötzlich. Von einer Minute auf die andere. Es kann ein natürlicher Vorgang gewesen sein. Warum denn nicht? Was kann jemand von diesem vollkommenen Nichtwesen wissen?

Tiripa

Es war nicht sein natürlicher Tod.

Elia

Einigen wir uns darauf. Tiripa weiß das genauer als wir.

Lucie

Wieso eigentlich weiß er es genauer als wir. Wie kann er sagen: so war es!?

Tiripa

Mit einem Kissen erstickt. Sie wollte einen Zeugen haben, die Frau Chervat. Ich weiß nicht, warum sie es wollte. Sie wollte es nicht heimlich tun. Sie sagte: »Du bist nicht geschwätzig, Tiripa. Man soll nicht darüber reden. Doch einer soll es wissen, daß ich diesem Geschöpf, das weder Schmerz noch Freude empfinden kann, ein Ende bereite. Einer soll es sehen, der mir nicht die Hände festhält.« Sie weinte; aber doch nur ein paar Tränen. Die meisten schluckte sie hinunter. Sie legte ein festes Kissen auf das Gesicht des Kindes und preßte hart mit beiden Armen. Nach ein paar Minuten sagte sie zu mir: »Komm, Tiripa löse mich ab! Meine Kräfte erlahmen. Es ist sicherlich tot; aber es darf nichts rückgängig gemacht werden. Wir müssen alle Tücken, die gegen uns ausgesandt werden, einberechnen. Die guten Taten sind immer das Schwerste.« – Ich löste sie ab, wir verbrachten noch eine Viertelstunde, ohne miteinander zu reden.

Arran

Der Bericht ist erschöpfend. Frau Chervat wollte einen Zeugen. Die Gründe dafür sind unbekannt.

Tiripa

Sie hat mich ermutigt, euch dies zu sagen, um uns für die Zukunft ein Beispiel zu geben.

Elia

Herr Lambacher wurde erst 12 Stunden später geholt, um die kleine Leiche zu sehen. Er schaute meine Mutter ziemlich lange fest an. Sie hielt seinem Blick stand. Er sagte: »Ich brauche wohl keine besondere Todesursache zu attestieren. Ein solches Geschöpf stirbt eben.«

Lucie

Wie verhielt sich dein Vater, Elia?

Elia

Ich weiß es nicht. Es ist unwichtig. Ich vermute, er hat eine Last zu schleppen, die tausendmal größer ist, als die unsrige, zusammengelegt. Er ist einsam, von sehr schweigsamen Herren umgeben, die gut zuhören.

Lucie

Sprechen wir doch von uns selber.

Arran

Wir haben uns schon oft genau betrachtet und unser Schicksal erwogen – die mögliche Zukunft. Wir kommen hier zusammen, um ganz sicher in unserer Vermutung zu werden. Wir sind dabei, alle Lebensregeln, die man uns beigebracht hat, zu verwerfen. Das Beispiel Frau Jeanne Chervats enthält für uns eine Lehre.

Lucie

Wir stehen vor einer schwarzen Wand. Die Wand muß sich öffnen, sonst erwachen wir morgen nicht aus unserem Schlaf.

Elia

Es ist alles unsichtbar, was mit uns geschieht; aber es gibt eine wahrnehmbare Wirklichkeit.

Arran

Tiripa ist der letzte Tiripa. Es wird niemals wieder, solange die Erde besteht, einen nächsten Tiripa geben. Seine Verwandten, sein Stamm, die Indianer, denen er entsprossen ist, sind hingeschlachtet worden, weil sie ihren Urwald behalten wollten und sich den Bohrturmingenieuren widersetzten, die Öl aus dem Boden pumpen mußten. Tiripa ist entkommen. Das Wort ist nicht ganz richtig. Pater Randello hat ihn entführt. Wir wissen nicht, warum er ihn entführt hat. Wahrscheinlich konnte er dem hübschen arglosen Gesicht Tiripas nicht widerstehen. Dennoch wußte er nichts klügeres, als ihn mit sich hierher zu bringen und in die Obhut des Dunkelmannes Lambacher zu geben. Lambacher sah wohl, daß Tiripa gesund war und schön und kräftig war; dessen ungeachtet oder gerade darum – und weil er der einzige Überlebende war, ohne Bedeutung für die Zukunft einer außer ihm nicht mehr vorhandenen Rasse, fütterte der Forscher ihn mit allerlei Delikatessen, die durch Strahlen verändert waren. Auch ein paar Spritzen gab er und sah zu, wie Tiripas unverdorbene Lenden versiegten. Glücklicherweise begegneten Elia und Tiripa einander. Elias Vater, Jakob Chervat beleidigte Lambacher, nahm ihm Tiripa fort. Tiripa ist hier; er erholt sich. Wir aber kennen die Größe des Schadens nicht, der ihm zugefügt ist. Über kurz oder lang wird er von Leukämie befallen werden. Oder seine Eingeweide werden zu bluten beginnen; – irgendetwas in ihm wird sich zersetzen. – Dies ist der Bericht über Tiripa.

Tiripa

Ich fühle mich nicht krank, Arran.

Elia

Elia Chervats Fall ist bekannt. Er war mit 17 Jahren kahlköpfig und ist es geblieben. Er trägt einen seidenen Turban. Er ist kein Mann, wie es im Buche steht. Herr Lambacher versucht, mit Arrans Hilfe den Schaden zu beheben.

Arran

Denn Arran ist – sofern der Schein nicht trügt – gesund, kräftig, überaus männlich; er ist indessen in der gleichen Luft groß geworden wie Elia – und diese Luft ist verdächtig.

Lucie (leise)

Ich liebe dich, Arran.

Arran

Wir alle lieben einander. Keiner soll uns weismachen, daß es in der Liebe noch Regeln gäbe. Uns im Rücken stehen keine Nachkommen.

Lucie

Arran, das darf das letzte Wort nicht sein.

Arran

Keiner von uns darf mehr sein wollen als das letzte Glied einer Kette. Woher wir auch gekommen sein mögen, wieviele Vorfahren in uns ihr Wesen treiben, was alles an Einsichten, an Leidenschaften und Leiden sie uns anvertrauten: die dunklen Ströme fließen nicht weiter. Von fernher wurde diese Vernichtung gegen uns ausgeschickt.

Lucie

Arran – für dich und mich ist das Urteil nicht gesprochen.

Arran

Du bist nicht tapfer, Lucie. Du rückst von unseren Freunden ab. – Willst du es auf dich nehmen, vier nicht lebensfähige Kinder Fleisch aus deinem Fleisch werden zu lassen, damit ein fünftes, scheinbar gesund, in der nächsten Generation zugrunde geht? Willst du das Schicksal der Dummen teilen, die sich am Ende damit abfinden, daß ihre Liebe nichts weiter ausrichtet, als sich an Mißgeburten zu gewöhnen? (Lucie verbirgt den Kopf in den Händen. Es wird gegen die Tür geklopft.)

Elia (nachdem zum zweiten Male geklopft wurde)

Bitte!

Tauno (tritt ein)

Das Abendessen ist angerichtet, junger Herr Chervat.

Elia

Ist es schon die Zeit?

Tauno

Man hat für drei Personen das Gedeck aufgelegt.

Elia

Warum für drei?

Tauno

Der Herr Präsident ist nicht im Hause. Die gnädige Frau wird sicherlich bekümmert sein, wenn Sie und Herr Tiripa nicht bei Tisch erscheinen.

Elia

Ich habe Gäste.

Tauno

Man hat nur drei Gedecke aufgelegt.

Elia

Ich weiß niemals, ob ich etwas richtig verstehe – in diesem Hause. Haben Sie an der Tür gehorcht, Tauno?

Tauno

Sie sind grob, junger Herr Chervat.

Elia

Bringen Sie eine Flasche Rotwein herauf – und belegte Brote, bitte.

Tauno

Ich werde es anrichten lassen.

Elia (nimmt Tiripa beim Arm, ohne noch Arran und Lucie anzuschauen)

Mama wartet.

(Elia, Tiripa gehen fort. Tauno folgt ihnen.)

Lucie

Elia und Tiripa haben uns allein gelassen.

Arran

Man vertraut uns – oder man vertraut uns nicht.

Lucie

Was willst du sagen, Arran?

Arran

Es ist schon entschieden.

Lucie

Was ist entschieden?

Arran

Ich habe so meine Gedanken.

Lucie

Du mußt sie aussprechen.

Arran

Was der Mensch kann, kann die Schöpfung ebenfalls – ohne die Hilfe des Menschen.

Lucie

Gib keine Rätsel auf!

Arran

Ich bin auf der anderen Seite. Ich bin gezeichnet, ohne daß man es sieht. Seit jeher. Ich wußte es selber nicht – bis vor kurzem.

Lucie

Man versteht dich nicht.

Arran

Ich gehöre einer unvorteilhaften Blutgruppe an. Irgendeine Ausnahme, die sich die Schöpfung ausgedacht hat. Rhesusaffe negativ.

Lucie

Das verstehe ich nicht.

Arran

Ausgestoßen. Nichts Vermischbares. Wenn von mir etwas

in dir einflösse, das dich schwanger machte, würde es dir und dem Kind nicht gut ergehen. Sieben oder acht Monate lang würdest du von einem Feind in dir, meinem Blut, gequält werden. Das Kind würde ungeboren sterben oder kurz nach der Geburt sterben – oder man müßte ihm das Blut mit fremdem Blut auswechseln –.

Lucie

Du lügst. Wer hat dir das gesagt?

Arran

Es wäre einfacher und bekömmlicher, irgend ein anderer würde dir, also am Anfang, das Kind beschaffen.

Lucie (entsetzt)

Du bist bösartig –

Arran

Alle Tränen, die Angst, die Quälerei, der unerbauliche Tod – das ganze Aufgebot gegen die Lebensfreude würden vermieden werden. Mir erscheint sie garnicht so ungeheuerlich, diese Übereinkunft mit dem Anderen. Es wird sich schließlich ein angenehmer, mit Gesundheit und schöner Kraft ausgestatteter Mann finden lassen, der dir nicht widerlich ist.

Lucie

Du bist verrückt, Arran! Du willst mir etwas antun – Mich von dir entfernen –.

Arran

Durchaus nicht, Lucie. Ich bin viel zu bedürftig, als daß ich das wünschen könnte. Ich habe dir nur mitgeteilt, was ich weiß – und was du wissen mußt, um nicht in Hoffnungen zu geraten, die keine Zukunft haben.

Lucie

Du bist doch nicht krank! Wie kann jemand so etwas von dir behaupten? Wer denn?

Arran

Lambacher. Er untersuchte mein Blut.

Lucie

Ich will genau wissen, was er festgestellt hat.

Arran

Auch harte Urteile werden ohne erkennbares Mitgefühl ausgesprochen. »Sie werden nicht viele Kinder haben können«, sagte er, »jedenfalls nicht mit der gleichen Frau. Höchstens ein einziges – und das ist auch noch ungewiß.«

Lucie

Ich wußte, daß du mich hast täuschen wollen. Ein einziges Kind. Ist das nicht genug?

Arran

Wir mißverstehen einander. Ich kann der Anfang des Unglücks für eine Frau sein –.

Lucie

Ein Vorwand. Ich glaube etwas anderes. Soll ich dir wiederholen, was vor nicht allzulanger Zeit im Zimmer seiner Mutter ein aufgescheuchter Arran gesprochen hat?

Arran

Ich weiß nicht, worauf du anspielst?

Lucie

Dies: »ist die Liebe zu irgend einem Zeitpunkt etwas anderes als Liebe?«.

Arran

Das habe ich gesagt. Was daran willst du gegen mich verwenden?

Lucie

Daß du den Ausspruch heute einschränkst.

Arran

Ich nehme nichts zurück. Ich erweitere das Wort. Damals wußte ich von meiner Blutgruppe noch nichts. Du fürchtetest dich vor meinem Körper, dessen Gestalt du nicht kanntest; ich fürchtete mich vor dir. Wir ahnen ja, inmitten aller Begehrlichkeit, daß die Natur etwas anderes vorhat, als uns zu beglücken. Wir widersetzen uns oder stürzen uns in das Unauslotbare. Wir haben uns widersetzt.

Lucie

Das ist Philosophie – hinterher. Uns mißlang der Anfang.

Arran

Ich war täppisch.

Lucie

Du hast deine sonderbaren Freunde. Mit ihnen bist du nicht täppisch, Arran.

Arran

Burschen können einander kennen.

Lucie

Ihr liebt einander; ihr habt dies Wort für allerlei abgeschmackte Bräuche, indianische oder anrüchige –

Arran

Vielleicht. Ja. Warum denn nicht? – Wir verbringen zuweilen eine Stunde damit, Elia den Turban zu binden und diesen mit Mastix an die Kopfhaut zu kleben, damit er nicht herabfallen kann. Ohne Turban ist Elia mit seiner Glatze nicht hübsch. Das gestehen wir uns ein. Warum sollen wir ihn nicht hübsch machen? Das Seidentuch ist so nützlich wie Haare.

Lucie

Es wird nicht die einzige gemeinsame Beschäftigung sein.

Arran

Wir versuchen zu denken; – und zu begreifen, was wir empfinden. Dieser dicke Teppich fordert dazu heraus. Ich lege mich auf den Bauch, sodaß ich ihn spüre. Links von mir streckt sich Tiripa aus⟨,⟩ rechts von mir Elia, beide mit dem Gesicht aufwärts. Meine Arme lege ich über ihre atmende Brust –.

Lucie

Warum unterbrichst du dich?

Arran

Tiripa erzählt leise von einer Schildkröte oder von einem Fisch, von Getier, das es nicht gibt, das erst in seinem Kopfe entsteht; – oder von einem weißen Kiesel, der unsichtbar macht. Gleichzeitig trägt Elia ein Gedicht vor, das er selber erfunden hat. Ich höre nicht zu. Wie kann man es auch, wenn zweie zugleich sprechen?

Lucie

Das ist doch närrisch.

Arran

Es ist eine Hilfe, damit man in sich hineinhorchen kann. Ich entdecke eine ferne, sehr dünne Erinnerung – die Erinnerung an die Stunde meiner Zeugung. Wie ein schwarzes oder rotes Brausen ist es, meerhaft, immer weiter zurückweichend, – bis ich daliege, ich, Arran.

Lucie

Warum fällt dir gerade das ein?

Arran

Weil es mich gibt – und auch deinetwegen.

Lucie

Das verstehe ich nicht.

Arran

Wir sind die letzte Wiederholung.

Lucie

Immer der gleiche Trotz, das Unglück oder den Tod zu begrüßen.

Arran

Nennst du es Trotz, wenn man sich ergibt? – Dein Besuch im Schlafzimmer meiner Mutter – von mir provoziert – war vielleicht meine letzte Herausforderung oder Auflehnung. Du weißt, wie die Begegnung endete. Mit einem Lächeln, das ein so grober Verstand wie der meine nicht deuten kann, warfst du mir von der Tür her eine Kußhand zu.

Lucie

Mir blieb nur dies: mich nicht zu verraten.

Arran

Für mich war der Abend nicht zu Ende. Ich hatte den Schlüssel zum Zimmer meines Vaters in der Tasche. Ich wollte ihm begegnen.

Lucie

Er ist doch tot!

Arran (nickt mit dem Kopfe)

Ich zog mich langsam aus. Mühelos gelang es mir, die Tür zu öffnen. Ich nahm die zwei brennenden Kerzen und trat ein. Anfangs sah ich fast nichts. Aber es war ein Geruch; nicht nach Moder, auch nicht nach Staub; – es roch, wie die Jahrhunderte riechen – wie die Verlassenheit riecht – wie der leere Weltenraum oder wie die leere Grabkammer einer Pyramide riecht. – Allmächlich erkannte ich im Halbdunkel die Gegenstände: das bestaubte Bett, das ausgetrocknete Nachtgeschirr, einen schwarzgrünen Blutflecken auf dem Kopfkissen, das Wasserglas mit weißlichem Niederschlag. Als ich mich zurückzog, erblickte ich den Spiegel, der vom Fußboden fast bis zur Decke reichte. Er war nicht trübe geworden, doch dünn bestaubt. Ich stellte die Kerzen von mir und schaute in das verschleierte Glas. Da sah ich ihn.

Zum ersten Male sah ich mich in ihm – wie meine Mutter ihn in mir sieht.

Lucie (ungehalten)

Du zeigst das Übel deiner Weitläufigkeit.

Arran

Ich kann den Platz nicht wechseln, an den ich gestellt wurde.

Lucie

Wie lange hast du dich betrachtet?

Arran

Sehr lange, Lucie – und sehr aufmerksam, durch den Staub hindurch. Die Toten geben sich nicht leicht zu erkennen.

Lucie

Ich finde es widerlich.

Arran

Ich will dir nicht einreden, daß es nicht widerlich war. Wie dürfte ich das? – Ich habe zum ersten Male von ganzer Seele einen Menschen geliebt.

Lucie

Dich? – Du mußt irre gewesen sein. – Nachdem ich fortgegangen war – dich selber?

Arran

Nein, nein. Ihn. – Ich bin ein Nachzügler, der am Wege verkommt.

Lucie

Du besingst den Untergang.

Arran

Du bist zugelassen. Vergiß es nicht!

Lucie (kühl)

Wie endete jener Abend?

Arran

Ich hob die Kerzen vom Boden auf, ging hinaus, verschloß die Tür, warf mich ins Bett meiner Mutter, bäuchlings, weinte. Als der diffuse Schmerz vergangen war, zerwühlte ich die Kissen. Kaum fünf Minuten war ich wieder angezogen, als meine Mutter zurück kam. Sie betrachtete mich und dann das Bett. Sie entdeckte, daß das Kopfkissen naß war. Sie nahm es und hielt es sich vors Gesicht. »Braucht Lucie denn kein Parfum?« schrie sie fast, »das Kopfkissen riecht nach dir, Arran! – Geh in dein Zimmer! Verlaß mich! Sofort! Geh hinaus!«

Lucie

Sie glaubte –

Arran

Ich habe sie nicht aufgeklärt.

Lucie

Sie lächelt mich seitdem wie eine Mitwissende an.

Arran

Wir müssen es lernen, einander angenehm zu sein, ohne der Schöpfung bei ihren gräßlichen Zielen zu dienen. (Es wird geklopft.)

Lucie

Tauno hat sich an der Tür gemeldet.

Arran

Bitte!

Tauno (tritt ein.)

Die gnädige Frau läßt Fräulein Lucie und den jungen Herrn Rantzow zu Tisch bitten.

Lucie

Danke.

6.

Zweites Intermezzo

Gestade eines Sees. Baumgruppen. Lichter Tag. Badende junge Menschen.
Im Vordergrund links: Arran, ⟨Tiripa⟩*, Elia; im Hintergrund rechts, unter anderen Jünglingen, im Schatten einer Baumgruppe: Stephan. Alle Gestalten sind entkleidet in Badehosen. Elia trägt einen Seidenturban, darüber eine, der Stirn festanliegende, Gummihaut.

Arran
Wollt ihr mir nichts über Stephan sagen?
Elia
Doch – allmählich werden sich die Worte einfinden.
Tiripa
Wir haben allerlei Gedanken, Arran.
Arran
Ihr habt ihn gesehen. Ihr seht ihn noch immer. Dort steht er. Er ist hier der beste Schwimmer.
Elia
Falsch. Tiripa ist der bessere.
Arran
Ja, Tiripa ist der beste – ihn habe ich ausgenommen.
Elia
Man kann diesen Stephan mit dir nicht vergleichen.
Arran
Warum denn nicht?
Tiripa
Man kann ihn äußerlich mit Arran vergleichen.
Arran
Er ist hübscher als ich. Gut gewachsen, harte Knochen, sehr

gefällige Muskeln, anmutige Brustwarzen, nicht behaart wie ein Affe. Zwischen den Schenkeln hat er allerlei Gutes – sofern man den schön gewölbten Ausbuchtungen seiner Badehose trauen kann.

Elia

Und ein Gesicht wie ein Stockdummer.

Arran

Das ist deine Erfindung. Du verwechselst Schönheit mit Dummheit.

Tiripa

Arran ist gerechter als du, Elia. Das Gesicht ist ebenmäßig – nicht scharf wie das meine, auch nicht traurig oder fröhlich, doch angenehm.

Elia

Nun denn: so fehlt es ihm an Ausdruck. Ich frage dich Arran: ist es deine wahrhaftige Absicht, diesen Stephan Szakallas statt deiner mit Lucie zu – zu – verbinden?

Arran

Zu verkuppeln. Sag das Wort gerade heraus! – Ja.

Tiripa

Er will es.

Arran

Ich schulde ihr einen prächtigen Menschen – einen männlichen Menschen. Stephan ist ein guter Ersatz für mich –. Angenehm – das bestätigt Tiripa; fest, nicht launenhaft – ein gutes Stück Arbeit der Schöpfung –

Elia

Du hast Tränen in den Augen.

Arran

Wer hätte nicht – zuweilen – Tränen in den Augen?

Elia

Du liebst Lucie zu sehr – als daß du dies – diese Vertauschung – diese Entsagung – ohne Gefahr wagen kannst.

Arran

Ich bin entschlossen. – Liebe ist nichts Genaues. Glaubt mir, ich bin scheu, zögernd – verwirrt durch Vorstellungen. Das Bewußtsein, daß mich diese absonderliche Blutgruppe gebrannmarkt hat, fühlt sich in mir wie Krankheit an.

Elia

Du bist nicht krank.

Arran

Ich gehöre zu euch. Wenn ich mit dir und Tiripa zusammen bin, allein, bin ich ruhig, glücklich. Nichts, was ich tue, beunruhigt mich; es entstehen Pläne in mir, gute Vorsätze; – ich träume, daß ich mich opfere, hinschlachten lasse – für irgend jemand, dem Unrecht geschieht.

Elia (nüchtern)

Arran – warum vergißt du Lucie?

Arran

Ihr seht es doch: ich kann sie nur mit einem Drittel von mir lieben. Die fehlenden zwei Drittel müssen von anderswo herbei. Ich bin ihr Schuldner. Ich habe ihre Liebe gefordert – und kann nicht zurückgeben, was sie mir ausgehändigt hat. Ich muß irgendwo borgen. Ich bin bereit, Schulden zu machen – bei wem auch immer.

Tiripa

Lucie wird sich nicht verhandeln lassen.

Arran

Es ist kein Handel.

Elia

Es ist unvernünftig.

Arran

Es ist ein Ausweg – eine überlegte Entscheidung gegen das Unglück. Lucie wird uns weniger verloren sein, wenn sie gesunde Kinder hat.

Elia

Versuche nur, das Schi⟨c⟩ksal zu lenken! Es wird dir zeigen, was es ohne deine Hilfe fertig bringt.

Arran

Es wird uns gezeigt werden –. Wir können nichts vorausberechnen; unser Gesetz ist in einem versiegelten Buche aufgeschrieben.

Tiripa

Warum streiten wir?

Arran

Lucie ist klüger als wir. Sie wird eines Tages mit großer Klarheit erkennen, was ihr wohltut. (Er wirft sich in den

Sand und weint fassungslos. Tiripa und Elia knien links und rechts von ihm nieder und versuchen, ihn zu beruhigen.)

7.

Verkündigung der Freiheit

Redaktionszimmer.
Einrichtung und Ausstattung nach Belieben. An einem Schreibtisch sitzt Alexander Ducasse und durchblättert eine Zeitung. Hinter ihm, der Tür nahe, steht der Groom Robert.

Ducasse (legt die Zeitung fort, beginnt im Zimmer auf und ab zu gehen)

Er müßte schon hier sein. – (Er schaut durchs Fenster hinaus.)

Robert

Es sind allerlei fremde Herren eingetroffen.

Ducasse

Das sind Polizeibeamte – Männer ohne Gesicht – aus Irland oder Kamschadka. Das braucht dich nicht anzufechten.

Robert

Herr Ducasse, haben Sie für mich einen besonderen Auftrag?

Ducasse

Kaum –

Robert

Als man Sie damals verhaftete, steckten Sie mir einen Brief zu.

Ducasse

Bleib einstweilen hier. – Allerlei Ehre für ihn und mich – dieser Aufmarsch unauffällig-auffälliger Männer. – Hoffentlich werden unsere Druckmaschinen nicht demoliert. Man weiß niemals, welche Einfälle so ein Polizeioberst bekommt. Ein großes Aufgebot soll sich durch sich selber rechtfertigen. – Schau doch nach, ob sich auf dem Flur etwas tut.

Robert (abgehend, bereit)
Sofort.
Ducasse
Weil ein Freund den Freund besucht, wird die geheime Staatspolizei mobilisiert.
Robert (reißt die Tür auf)
Er kommt. Der Herr Professor Chervat kommt.
Chervat (tritt ein)
Da ⟨bin⟩* ich schon.
Ducasse
Ach – Chervat – lieber Jakob Chervat –. (Er umarmt ihn.) Wie bist du denn gereist?
Chervat
Mit der Eisenbahn; mit dem Flugzeug. Immer wohlbehütet.
Ducasse
Die halbe Welt weiß, daß du mich heute besuchst. Zeitungen, der Rundfunk, die Polizeisender, die militärischen Kontrollstellen – alles ist aufgeboten, um – Ja, wozu eigentlich?
Chervat
Der Groom wartet scheinbar auf eine Anweisung –
Ducasse
Ich vergaß – Höre Robert! – geh an die Tür; halte dich dort auf. Sollte sich jemand in der Nähe zu schaffen machen – etwa so tun, als ob er auf etwas warte – du bist ja ein gescheiter Bursche – dann kommst du, ohne anzuklopfen, wieder herein.
Robert
O.K.
Ducasse
Danke. (Robert geht hinaus.) Ich bekomme neue Zuversichten. So ein Junge – ganz durchschnittlich – kaum hübsch, ein bischen unsauber – weder einfältig noch klug –; doch zuverlässig. Ich möchte ein pathetisches Wort sagen: treu. Treu – für Regierungspropaganda unempfänglich. Er hat einen Klub gegründet. Lauter durchschnittliche Jungen; – ziemlich gesunde Burschen. Ein bischen hübsch, ein bischen unsauber, nicht zimperlich – mit Jazz-Musik und Erotik. Aber sie wollen ihren Untergang nicht – nicht die biblische Apoka-

lypse. Sie sind unter der Haut glühend heiß; darüber tragen sie eine eisige Schicht. Sie reden ein plumpes, von der Straße aufgelesenes Boxer- und Strichjungenargot. Kein Rechte-Hosentaschen-Mensch ist zuverlässiger und verschwiegener als dieser –; wenn es darauf ankommt.

Chervat (zweideutig)

Auch wir haben unsere Beschützer –

Ducasse

Sie haben nur ihre Fäuste – allenfalls ein Messer oder einen Schlagring – soviel ich weiß –

Chervat

Du hast die Gefängniszeit gut überstanden?

Ducasse

Ich wurde vier Wochen lang bei bester Verpflegung festgehalten. Die Zeitung durfte nicht erscheinen. Dann entschuldigte man sich – wie sich ein Staat, der Unrecht getan und gefälscht hat, entschuldigt, nämlich garnicht; und tat so, als ob nichts vorgefallen wäre.

Chervat

Es muß doch eine Absicht – –

Ducasse

Wir erhielten einen neuen, sehr gelehrten Mitarbeiter, einen Professor Holokrin. Niemand hat ihn bisher von Angesicht zu Angesicht gesehen. Sein Wissen und seine Kühnheit sind ungewöhnlich. Wir haben den Befehl bekommen, alles was er schreibt, unbesehen abzudrucken. Der Verlag bekam Geld; – das versteht sich nebenbei.

Chervat

Erkennst du den Sinn dieser Maßnahme?

Ducasse

Das wollte ich dich fragen. Holokrin ist ein Mann von Qualitäten. Mein einziger Einwand gegen ihn ist – bisher – seine Unsichtbarkeit.

Chervat

Da stimmt doch etwas nicht –

Ducasse

Ich habe nicht behauptet, daß es anders wäre.

Chervat

Die Arbeit eines Kollektivs –?

Ducasse

Man darf es vermuten. Eine untadelige Sprache. Genau. Knapp. Weitsichtige Schlußfolgerungen. Geschichte. Statistiken. Namen. Ereignisse. Wissenschaft. Kunst. Soziologie. Die ungekürzte Erinnerung der Menschheit. Als ob ein gewaltiges mechanisches Gehirn am Werke wäre.

Chervat

Die perfekt zubereitete geistige Nahrung –

Ducasse

Ich habe es auf meinem Sessel noch niemals so bequem gehabt wie jetzt. Gelegenheit zum Nachdenken. Verkürzte Arbeitszeit. Ich sehe die Menschen wieder auf der Straße, die Mädchen –; weil ich Muße habe, einherzuschlendern. Ich unterhalte mich mit Robert – dem Groom; schaue zu, wenn man die Druckpressen putzt. –

Chervat

Berichte doch weiter von der Maschine Holokrin.

Ducasse

Seine erste Abhandlung war eine Verkündigung der Rassengleichwertigkeit. Es kamen Zentauren darin vor und die Pestgöttin Labartu mit ihrem Esel, Eskimos, die auf Feuerland Kinder gemacht haben, der Wirrwarr der semitischen Völker in Vorderasien, Neger, die den Zementmörtel erfanden –. Du lachst?

Chervat

Mein Lachen ist eine Fälschung der Gesichtsmuskeln.

Ducasse (spricht von nun an sehr hastig.)

Kriegsgreuel aller Zeiten. Ein Ozean voll erdenkbarer Verbrechen –. Wenn die Liebe oder Erotik ähnliche Möglichkeiten hätte wie der Sadismus, wäre der Himmel da –.

Chervat

Wozu sollte diese Binsenwahrheit dienen?

Ducasse

Eine allgemeine Geburtenbeschränkung wurde vorgeschlagen. Die Menschheit dürfe sich in den nächsten hundert Jahren nicht verdreifachen. Beiträge zur Geschichte der Kinderabtreibung. Der winterliche Taufmord an Neugeborenen im Eiswasser mittelalterlicher Kirchen. Das bethlehemitische Kinderschlachten – ein untauglicher lokaler Versuch.

Weißer Phosphor als Nothilfe der Mädchen auf dem Lande. Das Beinmesser der Eskimofrauen. Neugeborene, denen das Schädeldach eingedrückt wird. Sadebaum. Engelmacherinnen. Die ganze unorganisierte Apparatur gegen das Zuviel an Leben. Endlich die Verheißungen durch eine humane medizinische Wissenschaft. Die Ankündigung staatlich geförderter Forschungsaufträge mit dem Ziel, Lust ohne Schuld und Folgen an Jedermann zu verschenken.

Chervat

Das ist der einzige Ausweg. Eine Milliarde Menschen können befriedet auf dieser Erde leben. Zehn Milliarden müssen gemeinsam sterben.

Ducasse

Bei anderer Gelegenheit wurde echte Freiheit verheißen; Güte und Gerechtigkeit zu einem Begriff verschmolzen wie ehemals im alten Ägypten. Religiöse und juristische Vorurteile wurden zerfetzt. Kein kleinliches Hadern mit der Beschaffenheit des Einzelnen. Der Prinz Hem-On durfte, ohne gescholten zu werden, den Chufu lieben und ihm die größte Pyramide erbauen. Euripides war nicht verächtlich, weil er durch die Kniekehlen des Agathon in höchste Leidenschaft geriet –.

Chervat (unterbricht)

Man möchte die gesamte Menschheitserfahrung faßbar machen.

Ducasse

Nenne es so! Man will durch Verwirrung beruhigen. Man täuscht durch Duldsamkeit. Wohlstand wird ausgeteilt. Die Freiheit wird dabei zu Pfennigen umgeprägt. Weisheit ist längst die Funktion einer Apparatur. Die Verachtung des Einzelnen gilt als Klugheit. Der Staat betreut die Seinen, auf daß sie sich gefügig verschleißen lassen und ihre Vernichtung begrüßen, wenn das Gesetz es befiehlt. Die Lehren, die man uns zuführt, sind mit Lügen großgezogen worden. Auch die besten Gehirne kapitulieren vor der Diktatur der Propaganda. Schöpferische Menschen, deren Gedanken und Leistungen Revolutionen erweckten, gehören der Vorzeit an.

Chervat (mit eigenen Gedanken beschäftigt)

Möglich –. Du berichtest von Zeichen, die wir deuten

müßten. Auch ich habe Neuigkeiten – keine guten. Ich möchte dir gleich erklären – damit wir uns nicht mißverstehen –: Kenntnisse, Nachrichten, Tatsachen, die vertraulich sind, die nicht zur Veröffentlichung freigegeben wurden, wirst du von mir nicht erfahren.

Ducasse (enttäuscht, darauf eingehend)
Das versteht sich – solange du ganz vorn stehst – verantwortlich bist –.

Chervat
Vieles darf ich aussprechen. Auch meine Vermutungen sind noch nicht Leibeigene der Staatsmaschine.

Ducasse
Ich verlange dir nichts ab. Nur das freiwillig Mitgeteilte geht mich an.

Chervat
Man ist dabei, die Energie-Erzeugung zu verfünffachen – ittels der Hitzeabgabe in Fusionskammern –; obgleich ein zweites Mal – irgendwo in einem öden Landstrich – der Zusammenbruch der Kältemauern eine Katastrophe brachte.

Ducasse
Hatte diese Explosion den gleichen Umfang wie die erste?

Chervat
Vermutlich – oder auch nicht. Ich weiß es nicht.

Ducasse
Du warst nicht neugierig, Genaues zu erfahren?

Chervat
Nein.

Ducasse
Dein Gewissen hat es gelernt, sich vor einem Spiegel zu putzen –?

Chervat
Meine Einsicht veränderte sich, nachdem Jeanne unsere Tochter zur Welt gebracht hatte, und sich erwies, daß das kleine Mädchen taub, blind, ohne Empfindungen war.

Ducasse
Du schriebst mir davon –

Chervat
Es war eine Belehrung.

Ducasse

Sag es deutlicher.

Chervat

Ich möchte Schlimmeres verhüten. Nicht die Toten bedrängen mich. Ich habe Angst der Eile wegen, mit der der Bau neuer Anlagen betrieben wird.

Ducasse

Du vermutest etwas?

Chervat

Ja. Neue Waffen. Man arbeitet seit langem daran, Apparate zu konstruieren, die einen unvorstellbar harten Strahlendruck aussenden. Ultraviolette Schwingungsmassen, die jeden Gegenstand im Bruchteil einer Sekunde im Abstand von ein paar hundert Kilometern vernichten.

Ducasse

Das wäre Verteidigung.

Chervat

Nur scheinbar. Der Besitz der Apparate bedeutet Krieg – weil man sich für weniger angreifbar hält – und das Risiko eingeht, Raketen abzuschießen – bestimmte Erdteile ins Chaos zu stürzen. –

Ducasse

Den Präventivkrieg einleitet –

Chervat

Indessen – es ist zu vermuten, daß der präsumtive Gegner nicht müßig gewesen ist. Den Krieg der toten Hand jedenfalls kann er mit Kobaltbomben gegen die Erdoberfläche führen.

Ducasse

Du fürchtest, daß das Verhängnis schon gegen die Tür pocht?

Chervat

Meine Gedanken sind sehr düster.

(Der Groom Robert reißt die Tür auf, kommt herein, schlägt sie krachend wieder zu.)

Robert

Feige mit Stiel! Da kommen welche.

Ducasse

Es bedeutet nichts, Robert. – Bleib hier im Zimmer!

Chervat

Exzellenz Sarkis hat sicherlich an die höchsten Stellen berichtet, daß ich mehr weiß, als ich wissen kann.

(Es wird geklopft, die Tür öffnet sich. Es treten ein: der Kommissar, Aune, zwei Begleiter.)

Der Kommissar

Verzeihung meine Herren – es ist unser Auftrag –

Chervat (unterbricht)

Sie brauchen sich nicht zu entschuldigen – auch nicht auszuweisen. Wir achten Ihr Vorgehen.

Ducasse

Das Zimmer ist zu Ihrer Verfügung.

Der Kommissar

Darf ich Sie etwas fragen, Herr Professor Chervat?

Chervat

Bitte.

Der Kommissar

Führen Sie irgendwelche Papiere mit sich – Berechnungen, Zeichnungen, Diagramme, Statistiken, Berichte, vertrauliche Mitteilungen wissenschaftlicher, auch politischer Art, die nicht zur Veröffentlichung freigegeben wurden?

Chervat

Ich habe nichts Schriftliches oder Graphisches dieser Art bei mir.

Der Kommissar

Sie haben nichts dergleichen Herrn Redakteur Ducasse ausgehändigt?

Chervat

Nichts.

Der Kommissar

Herr Ducasse, Sie haben nichts dergleichen in Empfang genommen?

Ducasse

Nichts.

Der Kommissar

Gestatten Sie mir bitte, daß ich mich durch Stichproben von der Richtigkeit Ihrer Aussage überzeuge.

Ducasse

Sie werden tun, was Ihnen beliebt, Herr Kommissar.

Der Kommissar
Öffnen Sie diese Schublade, bitte, Herr Ducasse.

Ducasse
Hier ist der Schlüssel.

Der Kommissar
Aune, bitte.
(Er gibt Aune den Schlüssel.)

Ducasse (zu Aune)
Sieh da – ich entsinne mich – wir kennen einander.

Aune
Gewiß doch, Herr Ducasse – nichts für ungut. Wir handeln nach Anweisung.

Ducasse
Vermutlich –

Aune (schließt die Schublade auf, kramt ein wenig in den Papieren, schließt die Schublade wieder, reicht Ducasse den Schlüssel.)
Danke. Das wäre es. – Da ist noch dieser Groom, den wir bereits kennen, Herr Kommissar.

Der Kommissar
Oberflächliche Leibesvisitation –

Robert
Auch das noch.

Aune (tritt zu Robert)
Steh still, Junge! (Er betastet die Brust, drängt sich dann nahe an ihn heran und befühlt Rücken und Schenkel.) Nichts. Harte Muskeln hinten.

Robert (frech)
Und ob. Das wäre gelacht.

Der Kommissar
Wir danken Ihnen, meine Herren, daß Sie uns behilflich waren. – Ich wünsche Ihnen, Herr Professor Chervat, angenehme Tage in unserer Stadt.
(Er verneigt sich, geht mit seinem Anhang hinaus.)

Robert
So ein Quatschnasser – mir den Hintern abzutasten, ob es knittert – mit seiner Dreckshand.

Ducasse
Du kannst froh sein, daß du dich ihm nicht unter vier Augen

hast nackt zeigen müssen. Wenn der Staat es will, sind wir vogelfrei – ohne Hemd und Unterhose.

Robert

Sind sie jetzt wenigstens abgezogen?

Ducasse

Man darf es vermuten. Sie haben unserem Gast fröhlichen Aufenthalt gewünscht.

Robert (schaut auf seine Uhr)

Mittagszeit, Herr Ducasse. Ich gehe in die Kantine.

Ducasse

Nimm –! (er greift ins Portemonnaie und gibt ihm Geld.)

Chervat (zieht seine Brieftasche, gibt einen Schein)

Hier –.

Robert (verneigt sich)

Danke! (Er geht.)

Ducasse

Die Weisheit der staatlich konzessionierten Unterwelt: Man kann einem Burschen etwas zwischen die Schenkel stekken.

Chervat

Ich bin tief erschrocken.

Ducasse

Es war eine sanfte Untersuchung.

Chervat

Ich begreife, daß ich zu wenig von den Alltagsgewohnheiten solcher beschilderter Männer weiß.

Ducasse

Keiner erfährt die Summe der Ereignisse. Die millionen Wände der Häuser ummauern das Wirkliche. Wer nichts erlebt, weiß nichts.

Chervat

Die Vision, daß Materie mit Antimaterie zusammenprallen könnte, um ein ⟨feuriges⟩* Nichts zu schaffen, ist ein Teil meiner spekulativen Träume. Aber wie kann sich solche philosophisch-physikalische Vorstellung noch mit dem kurzen irdischen Menschenleben verbinden?

Ducasse

Die Ergebnisse der theoretischen Physik haben uns dem Abgrund nahe gebracht.

Chervat

Es gibt Menschen, die eine Entscheidung, eine archaische blutige Auseinandersetzung anstreben; – die zu wenig Vorstellungsvermögen haben – oder denen das Verbrechen selbstverständlich ist. Vielleicht sind es nur wenige, einzelne –. Man müßte sie ausfindig machen.

Ducasse

Und wenn man sie fände?

Chervat

Ich bin kein Held, Alexander. Dennoch würde ich den Versuch wagen – mit allen Mitteln – den unschädlich zu machen, der willentlich – oder weil sein Geist vergiftet, vergreist, verhungert, entartet – oder an sich unbedeutend ist, die Erzzerstörung betreibt.

Ducasse

Dieser innere Entschluß überrascht mich.

Chervat

Ein geistig Zurückgebliebener mit Machtbefugnissen, ein patriotischer Lügenbold und Allesvergesser –; es gibt keinen Namen für jenen, den ich bezeichnen möchte –; und dennoch gibt es ihn. – Ich denke an die riesigen Verwaltungsgebäude, in denen zehntausende Beamten jeden einzelnen Menschen in Registraturen erfassen, um ihn zum Untertan zu entwürdigen; an die Konstruktionsbüros, in denen millionen und abermillionen einzelner Teile erfunden, berechnet, gezeichnet werden, um die Riesenmaschine der Apokalypse zu erstellen. – Und einer – oder wenige – werden sie in Betrieb setzen. – Vielleicht der Zufall; – aber eines Menschen wird sich der Zufall bedienen.

Ducasse (ruhig, besorgt)

Du stehst sehr weit vorn, Jakob – vergiß es nicht. Du bist sehr allein. Du bist mitten in der Gefahr. Die Auflehnung eines Einzelnen erledigt ihn.

Chervat

Ich habe die Grundlagen für die neuen Möglichkeiten mitgeschaffen.

Ducasse

Ein anderer hätte es statt deiner sein können. Jeder Mensch

ist ersetzbar – selbst das Genie durch ein anderes. Ich bin um dich besorgt.

Chervat

Ich habe nichts Bestimmtes vor. Glaube doch nicht, daß mir daran liegen könnte, Geheimnisse irgendwo hin zu verraten – um, was der Eine oder Andere unserer wissenschaftlichen Gesellschaft vielleicht anstrebt: Gleichgewichtszustände zu schaffen. Die bestehen seit langem.

Ducasse

Wie meinst du das?

Chervat

Mit den uns zur Verfügung stehenden Machtmitteln können wir alles Lebendige auf der Erde fünfzehnmal oder dreißigmal oder fünfzigmal ausrotten. Unsere potentiellen Gegner vermögen es zehnmal oder zwanzigmal oder dreißigmal. Einmal genügt. Das ist das Gleichgewicht, das seit langem erreicht ist.

Ducasse

Es gibt kleine Staaten, die es einmal fertigbringen.

Chervat

Diese Tatsache ist für die Menschheit wahrscheinlich verhängnisvoller als jenes doppelte Übermaß.

Ducasse

Du sprachst davon, daß du ⟨jenen⟩*, der keinen Namen hat, anfallen würdest, um ihn zu hindern –. Was willst du verhindern, das er tue? Du bist ja nicht zugegen. Wie willst du ihm beikommen? Er ist ja nur das Glied einer weitverzweigten Organisation. Der Nichtnennbare ist kein Einzelner.

Chervat

Vielleicht ist er ein Einzelner. Vielleicht bin ich zugegen.

Ducasse

Graue Gedanken, Jakob –

Chervat

Ein Wort von dir – das von der neuen Zuversicht, hat mich ermutigt.

Ducasse

Ach –! Daß ich von Robert und seinem Klub sprach, meinst du?

Chervat

Dieser Groom, von dem du sagst, daß er treu sei, bedeutet mir eine Hoffnung. Ich bin durstig nach Hoffnung. Er ist jung. Es gibt viele junge Menschen.

Ducasse

Ich wollte dich nicht verlocken, etwas Ungewöhnliches von diesem Burschen zu erwarten.

Chervat

Aber es treibt mich dazu.

Ducasse

Wieso denn? Ich habe doch nichts Gewichtiges erzählt. Was ich sagte, war nur hingesprochen.

Chervat

Ich antwortete dir auf das Hingesprochene: Wir haben auch unsere Beschützer.

Ducasse

Nun ja – man kann mit ihnen Pferde stehlen. Briefe, die unbedingt ankommen müssen, händigen sie dem Empfänger zuverlässig aus.

Chervat (schweigt)

Ducasse

Wohinaus willst du?

Chervat

In unserer geschlossenen Stadt habe ich nur wenige Vertraute.

Ducasse

Was soll dabei der Groom Robert –?

Chervat

Er ist einer von vielen.

Ducasse

Du redest sonderbar.

Chervat

Ich habe den Wunsch, mich ihnen anzuvertrauen.

Ducasse

Von wem sprichst du denn? Von Robert? Von seinem Klub?

Chervat

Ich habe drei Burschen in meinem Hause.

Ducasse

Du denkst nicht mehr an den Groom?

Chervat

Ihn kenne ich noch nicht. Die Drei haben sich bewährt. Mein Sohn Elia, sein Freund Arran, der Indianer Tiripa –

Ducasse

Zwei dieser Namen kenne ich aus deinen Briefen –.

Chervat

Jeanne vertraute ihnen vor mir. Sie hat ihnen erzählt, daß sie das kleine Mädchen erstickte.

Ducasse

Was – was sagst du da?!

Chervat

Um es davor zu bewahren, daß es ein Versuchsobjekt – ein Laboratoriumsgegenstand –

Ducasse

Jeanne Chervat hätte ihr Kind getötet – ?!

Chervat

Wenn du dies verhunzte Wesen unser Kind nennen willst –

Ducasse

Ich bin einigermaßen erschüttert –

Chervat

Der Indianer Tiripa hat ihr beigestanden –

Ducasse

Das Kind zu erwürgen – ?

Chervat

Ja. Die Drei haben den Mord – die Tötung gebilligt.

Ducasse

Soll ich dabei eine Meinung haben?

Chervat

Ich berichte nur.

Ducasse

Hast du die Folgen bedacht?

Chervat

Es ist so, als ob keiner von der Tötung wisse. Du bist der erste, dem ich es sage – außerhalb der Verschwörung.

Ducasse

Zweifelst du an meiner Verschwiegenheit?

Chervat

Nein.

Ducasse
Du hast das mit Robert und den Dreien in Verbindung gebracht.

Chervat
Sie sind einander bekömmlich, wenn ich nicht irre.

Ducasse
Wie alt sind die drei?

Chervat
Neunzehn oder zwanzig Jahre.

Ducasse
Einander bekömmlich –? Mag sein. Hast du mit den Mädchen gerechnet, die plötzlich auftauchen können – mit spitzen Brüsten und unwiderstehlichen Schenkeln?

Chervat (eigensinnig)
Die Burschen werden verschwiegen bleiben. Oder die Mädchen werden verschwiegen sein.

Ducasse
Ich hätte dir damals nicht erzählen dürfen, daß achttausend umgekommen waren.

Chervat
Warum stehst du nicht zu deiner Absicht von ehemals?

Ducasse
Ich habe die Folgen nicht bedacht. Ich wollte dich aufrütteln. Dessen bedurfte es nicht. Du warst schon mitten im Lauf. Ein durchgehendes Pferd, das man mit einem Knüppel schlägt, gerät in Panik.

Chervat
Sonderbar – dies von dir zu hören.

Ducasse
Pferde sind phantasiebegabte Wesen. Sie jagen davon, weil sie das noch niemals Gesehene im nächsten Augenblick zu sehen erwarten.

Chervat
Du nimmst zurück. Ich kann nicht zurücknehmen. Ich bin da angelangt – wo man das noch niemals Gesehene erwartet.

Ducasse
Wie sollten dir diese Halbreifen, in der Gelehrsamkeit wenig Fortgeschrittenen⟨,⟩ in der Erfahrung Stümperhaften verläßliche Helfer sein können?

Chervat

Sie haben Gott abgeschafft – oder ihm ein anderes Aussehen gegeben. Sie haben ihre eigene hinkende Erotik erfunden. Sie sind so klug, daß sie schöne Tiere und menschliche Genies wie ihresgleichen achten. Sie wollen ihren Untergang nicht; sie begrüßen ihr ungeordnetes schäbiges Dasein, in dem es von eisigen Enttäuschungen funkelt –.

Ducasse

Das ist ein Hymnus, Jakob. – Die Massen, auch die jugendlichen Massen, wollen Wohlstand, bessere Löhne, perfektere Unterhaltung, um die Langeweile zu vergessen, ⟨kein selbstständiges Denken⟩*.

Chervat

Du nanntest diesen Groom Robert: treu –

Ducasse

Vielleicht ist er es. Er kann sich mit seiner Treue nicht vermehren, wie eine Ameisenkönigin.

(Es wird geklopft.)

Herein bitte!

Robert (kommt)

Da bin ich wieder, Herr Ducasse.

Ducasse

Höre! Für dich ist heut nichts mehr zu tun. Geh nach Hause – nimm dir etwas vor, was dir Freude macht.

Robert

Danke für die Erlaubnis.

Ducasse

Für uns beide, Jakob, ist es längst Essenszeit. Ich kenne hier in der Nähe eine Gaststätte, in der wir ungestört, sehr allein den Nachmittag verbringen können.

Chervat

Wir könnten ja – wenn sonst nichts dagegen ist – zu Dreien – Robert könnte uns begleiten –.

Ducasse

Wenn es dein Wunsch sein sollte –

8.

Fast eine Pantomime

Konferenzzimmer, zwiefach

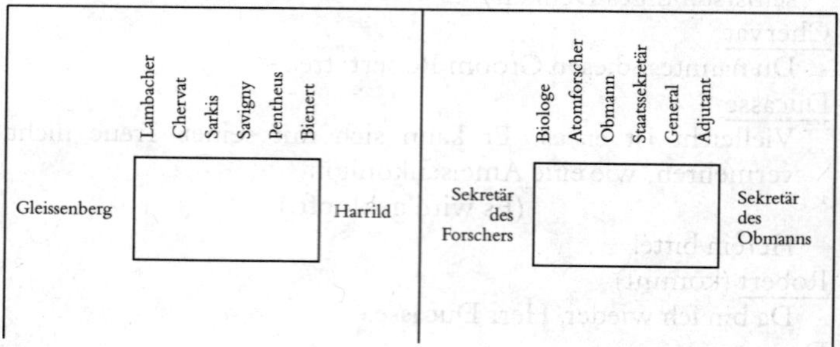

Sarkis

Es muß erwartet werden, Exzellenz Savigny, daß die Regierung unsere Feststellungen als Grundlage für ihre militärischen und außenpolitischen Beschlüsse verwendet.

Obmann

–– als Grundlage für ihre militärischen und außenpolitischen Beschlüsse verwendet.

Savigny

Für den Fall eines Krieges sind Maßnahmen geplant und Einrichtungen geschaffen worden, damit eine nicht unbedeutende Zahl an Menschen, vor allem jungen Menschen, am Leben erhalten bleibt.

Staatssekretär

–– am Leben erhalten bleibt.

Pentheus

So weit es sich hierbei um technisch zu lösende Aufgaben

handelt, sind sie mit größtem Nachdruck vorangetrieben worden. Wir besitzen mehr als dreitausend Bunker von solcher Widerstandskraft gegen Explosionen, daß nur Volltreffer das Gefüge dieser Zufluchtstätten zerreißen können.

General

-- daß nur Volltreffer das Gefüge dieser Zufluchtstätten zerreißen können.

Sarkis

Herr Professor Chervat, der von seinem Hause aus direkten Zugang zu einem solchen unterirdischen Wunderwerk hat, wird sich von der bis ins Kleinste durchdachten Einrichtung überzeugt haben.

Obmann

-- wird sich von der bis ins Kleinste durchdachten Einrichtung überzeugt haben.

Lambacher

Die jungen Menschen, deren Leben und Zeugungsfähigkeit erhalten werden soll, die also einen unbedingten Zutritt zu den Bunkern haben, sind vor Jahresfrist zum ersten Male gemustert worden. Solche Musterungen müssen jährlich zweimal wiederholt werden. Eine Überprüfung des physischen Zustandes der Ausgewählten und eine Ergänzung durch jeweils Jüngere ist unerläßlich.

Biologe

-- und eine Ergänzung durch jeweils Jüngere ist unerläßlich.

Sarkis

Der höchstmögliche Schutz darf nicht allein biologisch wertvollen jüngeren Menschen zugestanden werden, er muß auch die Spitzen der Regierung, der Wissenschaft, der Verwaltung, der Stäbe und ihre Angehörigen umfassen.

Obmann

-- muß auch die Spitzen der Regierung, der Wissenschaft, der Verwaltung, der Stäbe und ihre Angehörigen umfassen.

Lambacher

Um Strahlenschäden soweit wie möglich für spätere Generationen unwirksam zu machen, habe ich vorgeschlagen, ergänzend Spermabänke einzurichten, eingebaut in Bergwerke oder auf dem Grunde tiefer Seen, damit man im

Bedarfsfalle wenigstens einen wertvollen unbeschädigten männlichen Zeugungsstoff in ausreichender Menge bereit hat.

Biologe

-- einen wertvollen unbeschädigten männlichen Zeugungsstoff in ausreichender Menge bereit hat.

Pentheus

Es muß die vordringlichste Aufgabe der Diplomatie sein, dem präsumtiven ⟨Gegner⟩* die Gewißheit zu geben, daß den politischen und militärischen Führer⟨n⟩ – das im ⟨weitesten⟩* Umfang – im Falle einer Niederlage nichts vergolten wird, daß sie im Gegenteil Vorrechte erhalten: Asyl, Achtung, Unabhängigkeit. Diese Zusicherungen sind in der bindendsten Form mit materiellen Sicherungen ausgestattet, anzubieten, damit ihre Verwirklichung nicht bezweifelbar ist. Ein solcher Vertrag, der reversibel wirksam sein müßte, ist der einzige Schutz gegen eine alles umfassende Selbstvernichtung.

General

-- ist der einzige Schutz gegen eine alles umfassende Selbstvernichtung.

Bienert (ergänzend)

Dreistufige Kobaltbomben in ausreichender Zahl, soll heißen: mit alles höhere Leben vernichtender Wirkung, kann auch der unterliegende Teil über Elektronen-Mechanismen zur Explosion bringen. Der Krieg der toten Hand muß ausgeschlossen bleiben.

Adjutant

-- Der Krieg der toten Hand muß ausgeschlossen bleiben.

Sarkis

Welche Bedeutung mißt man den neuen Strahlendruck-Abwehrwaffen bei?

Obmann

-- den neuen Strahlendruck-Abwehrwaffen bei?

Pentheus

Ihre Effektivität am jeweiligen Ort ist sehr groß. Sich bewegende Körper wurden zu 90 % zerstört. Doch ist der Energie-Verbrauch so bedeutend, daß es einstweilen nicht möglich sein wird, alle Einfallswege für Raketen zu schützen, zumal damit gerechnet werden muß, daß die schwersten gegnerischen Geschosse aus großer Höhe einbrechen.

General

-- die schwersten gegnerischen Geschosse aus großer Höhe einbrechen.

Sarkis

Die Energie-Erzeugung nach der Methode des Kollektivs Chervat wird mit aller nur erdenklichen Beschleunigung ausgebaut. Wir haben einen Vorsprung von wenigstens zwei Jahren.

Obmann

-- haben einen Vorsprung von wenigstens zwei Jahren.

Lambacher

Ich will darauf aufmerksam machen, daß sich die biologischen Komplikationen vermehrt haben. Nicht nur, daß es zu örtlichen Katastrophen gekommen ist – das sind Unfälle, die wir hinnehmen müssen –: es scheidet ein ständig wachsender Prozentsatz unserer Bevölkerung für die Fortpflanzung aus. Die Gruppe derer, die wir zwingen müssen, keine Kinder zu zeugen, ist keineswegs klein.

Biologe

-- die wir zwingen müssen, keine Kinder zu zeugen, ist keineswegs klein.

Sarkis

An dieser Stelle ist unsere eigentliche Verwundbarkeit. Der Bevölkerungsdruck unserer Gegner ist größer. Sie vermehren sich schneller.

Obmann

-- vermehren sich schneller.

Pentheus

Die Zahl ist von nur geringer militärischer Bedeutung. Verhängnisvoll können eine hohe Bevölkerungsdichte und bequeme Kommunikationen werden, zumal damit zu rechnen ist, daß die Fluchtwege einem bakteriologischen Angriff ausgesetzt werden.

General

-- einem bakteriologischen Angriff ausgesetzt werden.

Sarkis

Das auffällige Zaudern der höchsten Kommandostellen, einen beweisbaren Vorsprung ungenutzt zu lassen, entspricht nicht der Tradition.

Obmann

-- entspricht nicht der Tradition.

Pentheus

Wir sind überlegen auf einem Waffengebiet, unsere Gegner sind überlegen auf einem anderen.

General

-- sind überlegen auf einem anderen.

Bienert

Die Ergebnisse unserer Manöver sind bisher entmutigend gewesen.

Adjutant

-- sind bisher entmutigend gewesen.

Pentheus

Wir nehmen an, daß in den dreitausend unterirdischen Dörfern – so muß man wohl sagen, weil Nahrung, Wasser, künstliche Luft für lange Zeit vorhanden sind – sechs- bis siebenhunderttausend Menschen überleben werden. In den schwächeren Bunkern werden ein paar Millionen davon kommen. Für die Städte ist nichts zu erhoffen. Auf dem flachen Lande werden vermutbar die meisten dahinsiechen. Dies errechenbare Ergebnis zwingt zur Zurückhaltung.

General

-- Dies errechenbare Ergebnis zwingt zur Zurückhaltung.

Sarkis

Sind denn die neuen Abwehrwaffen unnütz?

Obmann

Sind denn die neuen Abwehrwaffen unnütz?

Pentheus

Keineswegs. Sie können einen ersten massiven Angriff zum Teil paralysieren. Sie ermöglichen, daß dem Gegner vergolten wird, sodaß sein Schicksal kein leichteres wird als das unsere.

General

-- sein Schicksal kein leichteres wird als das unsere.

Sarkis

Wenn wir präventiv angriffen? Ist der Vorteil dann nicht bei uns?

Obmann

-- Ist der Vorteil dann nicht bei uns?

Pentheus

Wir vermuten es. Wir wissen es nicht.

General

Wir wissen es nicht.

Chervat

Es gibt keine entscheidende Überlegenheit. Die Ausrottung der Menschheit ist von den Staaten fünfzigfach vorbereitet.

Atomforscher

-- fünfzigfach vorbereitet.

Sarkis

Wir müssen uns behaupten.

Obmann

-- uns behaupten.

Chervat

Wir müssen uns bescheiden. Gesetze, Ordnung, Ethik müssen sich wandeln.

Atomforscher

-- Gesetze, Ordnung und Ethik müssen sich wandeln.

Sarkis

Die Möglichkeit, auf dieser Erde zu bleiben, besteht für uns, für unsere Lebensform, für die an uns herangewachsene Sittlichkeit und Religion weiterhin nur, wenn wir unseren Rüstungsvorsprung jetzt nützen. Abwarten bedeutet nachgeben, sich aufgeben, sich an die Gegner verlieren.

Obmann

-- abwarten bedeutet nachgeben, sich aufgeben, sich an die Gegner verlieren.

(Während der Obmann spricht, erlischt das Licht auf der Bühne.)

9.

Drittes Intermezzo

Vornehmes Tanzlokal. Jazz-Musik. Im Hintergrund tanzende Paare. Gedämpftes, in den Farben wechselndes Licht.
Im Vordergrund mehrere Tische mit Sesseln.
An einem Tisch sitzen Arran, Elia, beide im Smoking, und Tiripa in einer dunklen kleidsamen Joppe. Am benachbarten Tisch Stephan und ein anderer junger Mann, ebenfalls im Abendanzug. Lucie steht zwischen diesen Tischen und spricht teils zu Arran, teils zu Stephan. Dieser hält sie bei der Hand.
Weingläser und Gedecke auf allen Tischen. Ein Kellner bringt Wein und füllt 4 Gläser.

Arran
: Wollen Sie sich nicht zu uns setzen, Stephan?

Stephan
: Einstweilen gefällt es mir an diesem Tisch.

Arran
: Sie zwingen Lucie entweder zu stehen oder sich zu entscheiden, wem sie Gesellschaft leisten will.

Stephan
: Wenn dieser Indianer den Platz mit mir tauschen würde –

Lucie
: Stephan – nehmen Sie das Wort zurück!

Elia
: Wir haben es nicht gehört. Es wird ja soviel Unüberlegtes gesagt.

Arran
: Wir haben es gehört. Es war ein vernünftiger Vorschlag. Warum sollten Stephan und Tiripa nicht die Plätze wechseln? Der eine Stuhl ist so gut wie der andere.

Elia (leise, nahe an Tiripas Ohr)
Tiripa – nimm es hin.
(Der junge Mann am Tische Stephans steht auf und verliert sich irgendwo im Saal.)

Lucie (verwirrt zu Arran)
Wirst du nicht mit mir tanzen? Man spielt gerade den »Lila Tiger«.

Arran
Lucie – ich tanze nicht gern. Ich benehme mich plump –

Lucie
Du hast doch oft mit mir getanzt –. Warum sind wir hierher ausgegangen?

Arran
Von dieser Musik verstehe ich nichts.

Lucie
Sie ist sehr einschmeichelnd – und zugleich scharf.

Arran (rückgewandt zu Stephan)
Lucie möchte gern den »Lila Tiger« tanzen. Darf ich Sie bitten, ihr den Gefallen zu tun? –

Stephan (springt auf)
Ich wüßte nicht⟨s⟩ angenehmeres – (Er verbeugt sich, fordert Lucie zum Tanzen auf, geht mit ihr in den Hintergrund.)

Tiripa
Es ist wohl besser, daß ich verschwinde.

Arran
Verzeih mir, Tiripa, daß ich den Flegel nicht blutig geschlagen habe.

Tiripa
Wir kennen deine Absicht, Arran. Ich habe geschwiegen und tue jetzt das Notwendige. (Er steht auf.)

Elia
Wir sind lauwarm, wie eine Hosentasche im Winter.

Tiripa
Ich weiß, daß ihr mich liebt.

Arran (geht auf Tiripa zu, umarmt und küßt ihn mitten auf den Mund)
Haben es alle gesehen? – Noch einmal – diesen Beweis.
(Er küßt ihn zum zweiten Mal. Gäste schauen neugierig und ärgernisnehmend herüber. Tiripa geht schnell davon.)

Arran

Ist der Tanz zuende?

Elia

Halberwege. Lucie und Stephan kommen.

Stephan (führt Lucie an den Tisch, verbeugt sich, küßt ihr die Hand)

Ist dieser Sessel freigeworden?

Arran

Ja.

Lucie

Ist Tiripa fort?

Arran

Ja.

Lucie (die sich gesetzt hat)

Ist es wahr, Arran, daß du ihn geküßt hast? Hier – in aller Öffentlichkeit? – Wir hörten beim Tanzen, daß ein Weißer einen Indianer geküßt hätte.

Arran

Ja. Warum denn nicht?

Stephan (der sich noch nicht gesetzt hatte, beugt sich über Lucie, küßt sie gewaltsam)

Dann ist dies wohl ein besseres Recht.

Lucie (ihrer kaum mächtig)

Lassen Sie uns weiter tanzen, Stephan. (Sie erhebt sich, nimmt Stephans Arm.)

Arran

Wer hätte das gedacht? Welche Wirkung nach allen Seiten!

Elia

Das beste wäre, auch wir würden aufbrechen.

Arran

Nein, keine Flucht. Dies hat eine Fortsetzung. Wir werden noch etwas erleben. (Sie trinken.)

(Im Hintergrund, doch vor den Tanzenden, gehen Ebba Rantzow und Harild vorüber. Nach wenigen Augenblicken stürmt Lucie an den Tisch; in einigem Abstand folgt Stephan.)

Lucie (sehr erregt)

Arran – Arran –! Mein Vater ist hier. Auch deine Mutter. Arm in Arm sind sie durch den Saal gegangen.

Arran (scheinbar ungerührt)
Wir werden sie begrüßen.

Lucie
Ich bleibe hier nicht! Meine Mutter wird hintergangen.

Arran
Du erzähltest vorhin, sie sei wieder einmal verreist.

Lucie (böse)
Deine Andeutungen sind abscheulich.

Arran
Warum wollen wir uns so aufführen, als ob wir Mitwisser wären? – Dürfen dein Vater und meine Mutter nicht gemeinsam ein Lokal besuchen und miteinander tanzen? Sie vertreiben sich einen leeren Abend.

Lucie
Verstell dich nur! Du, der so oft frivol denkt und spricht, gibst dich jetzt einfältig.

Arran
Ich bin nicht der Wächter meiner Mutter.

Lucie (gekränkt)
Du fühlst keinen Abscheu.

Arran
Was denn tut man uns an, daß wir den beiden nicht begegnen dürfen?

Lucie
Gut, du verachtest meine Empfindungen. Ich aber will das Paar nicht begrüßen. Das ist mein Entschluß. Bitte, laßt uns aufbrechen. Begleite mich nach Hause – wenn du magst.

Arran
Aber warum denn? – Deine Verstimmung wird vorübergehen. Habe ein wenig Geduld mit dir!

Lucie
Ich will fort. Ich habe dich gebeten, mich zu begleiten.

Arran
Ich möchte, daß du dich mäßigst und die Vermutung nicht übertreibst.

Lucie
Du bist ein verquerer Mensch.

Arran
Möglich –

Lucie (zu Stephan, der herzu getreten war, schnell, entschlossen) Mögen Sie mich, Stephan, nach Hause bringen?

Stephan

Mit tausend Freuden, Lucie. Es ist unvergleichlich wunderbar.

Lucie (zu Arran und Elia)

Vergnügt euch, so gut es gehen will.

Arran (erhebt sich)

Danke, Lucie, für den Wunsch.

(Auch Elia erhebt sich, verbeugt sich zu Lucie und Stephan hin, die schnell, ohne weiteren Gruß, davonschreiten.)

Elia

Sollte es so kommen?

Arran

Sofern dieser Adonis mutig und heftig ist – ich glaube, daß es in ihm steckt – kann es noch heute allerlei Vergnügungen geben. Die Eltern sind nicht im Hause –

(Ein Kellner geht vorüber.)

Ein Weinglas voll Whisky, bitte, pur.

Der Kellner

Ja, Herr – sogleich, Herr – (Er geht vorüber.)

Arran (legt den Kopf auf den Tisch und beginnt zu schluchzen)

Elia

Arran – sei nicht traurig!

Arran (dreht den Kopf herum)

Ich möchte, daß mich jemand umarmt – daß du mich umarmst, Elia, heimlich – damit es niemand sieht. (Elia beugt sich zum Kopf Arrans hinab. Ebba Rantzow und Harild kommen.)

Harild (auf den nebenstehenden Tisch weisend)

Ist der Platz frei?

(Elia und Arran fahren erschrocken auf.)

Ebba

Arran – Arran – du bist hier? – Was ist mir dir? – Du hast geweint. –

Arran (springt auf, umarmt sie)

Meine liebe Mutter –

Der Kellner (kommt, bringt das große Glas Whisky)

Ich bitte – ein doppelt großer Whisky pur – bitte –

Arran (nimmt das Glas, setzt es an den Mund, trinkt es in einem Zuge)

Entschuldigen Sie vielmals, Herr Harild, daß ich so voreilig trinke; mir war gerade danach.

Harild

Ich habe Verständnis für Betäubungsmittel.

Ebba (lauernd, auf die vier Gläser blickend)

Ist Lucie nicht mit euch gekommen?

Arran

Nein. Sie blieb bei Tiripa. Es war ihnen wichtig, ihre Gedanken aneinander zu schärfen. Sie haben diese Leidenschaft.

Ebba

Sonderbar – hier stehen vier Gläser –

Arran (schnell)

Elia und ich – wir wollten gerade aufbrechen. –. Dieser Tisch wird frei.

Harild

Ich übernehme Ihre Rechnung.

Arran

Aufrichtigen Dank. (Er und Elia verbeugen sich gleichzeitig und machen sich davon. Ebba Rantzow und Harild setzen sich.)

Ebba

Auf das Lügen verstehen sich diese Burschen.

Harild

Arran log also?

Ebba

Ja.

Harild

Macht er sich Gedanken über uns?

Ebba

Allenfalls unerhebliche. – Es ist noch Wein in der Flasche. Schenk davon ein. Es sind ihre Gläser – zweimal.

(Sie trinken einander zu.)

10.

Der Bund der Schwachen

Das Zimmer Elias.
Tiripa, Elia, Stephan, Lucie sitzen und stehen ziemlich gelangweilt umher. Arran liest oder blättert in einem Buche.

Arran (blickt von seinem Buch auf)
Es ist wohl das Gescheiteste, diesen Nachmittag aufzulösen, indem wir auseinander gehen.

Stephan
Lucie und ich möchten sowieso ins Kino.

Elia
Gute Einfälle soll man befolgen. Viel Vergnügen denn, Stephan. Wenn ihr einander bei der Hand haltet, wird es euch an nichts fehlen.

Lucie
Gröber kannst du's wohl nicht sagen?

Elia
Durchaus Lucie. Es gibt Steigerungen. Das Vergnügen läßt sich steigern.

Lucie
Dich gelüstet wohl danach, daß Stephan dir die Faust ⟨unter⟩* die Nase setzt?

Elia
Ich bin hier der Schwächste. Meine Nase jedenfalls ist anfälliger als Stephans Faust.

Lucie
Du wirst noch zum Clown werden.

Elia
Das wäre ein Beruf für mich.
(Es wird geklopft; Tiripa öffnet die Tür; Chervat kommt zögernd herein.)

Chervat
Ich möchte nicht stören.
Elia
Hier ist allgemeine Langeweile, Papa; wer hereinkommt muß etwas mitbringen: ein wenig Menschengeist – oder Weingeist.
Chervat
Ihr habt Besuch?
Arran
Halberwege. Es ist ein Neuer da.
Stephan (verneigt sich vor Chervat)
Stephan Szakallas –.
Chervat (reicht i⟨h⟩m die Hand)
Willkommen.
Stephan
Lucie und ich wollten gerade fortgehen. Wir haben ⟨Billette⟩* fürs Kino.
Chervat
Ich will Sie nicht aufhalten –.
(Stephan verbeugt sich, nimmt Lucie bei der Hand, zieht sie schnell mit sich fort. Tiripa schließt die Tür hinter ihnen. Chervat setzt sich schwer auf einen Stuhl.)
Chervat
Wer ist denn dieser Stephan –?
Arran
Ein Ersatz für mich. Lucies neuer Freund.
Chervat
Was soll das heißen, Arran? Ist es zwischen dir und ihr schwierig geworden?
Tiripa
Arran liebt Lucie. Aber er hat ihr diesen hübschen Kerl ausgesucht.
Chervat
Wie soll ich das verstehen?
Arran
Lucie verdient es, glücklich zu werden. Ich bin nicht dafür geschaffen, ihr dauernd das Angenehme zu bedeuten.
Chervat
Bist du aus dem Gleichgewicht, Arran?

Arran

Ich bin ein Zauderer. In mir sind zuweilen Gedanken. Ich bin nicht Fleisch genug, um nur Fleisch zu sein. Ich gehöre auf die Seite Elias und Tiripas.

Chervat

Was willst du, daß ich mit deinem Wort mache?

Arran

Dieser Stephan hat beneidenswerte Eigenschaften. Er ist gesund und stattlich –

Chervat

Bist du es nicht?

Arran

Er hat eine überlegene, nüchterne Art, einem Mädchen beizubringen, daß er etwas zwischen den Schenkeln hat, was mehr wert ist als klingende Münze und Verstand.

Elia (gehässig)

Er ist ein richtiger Köter.

Tiripa

Das Wort verdient er nicht.

Chervat (müde, halb abweisend)

Es ist eure Sache, diese Erlebnisse miteinander auszumachen. Aber ich bin beunruhigt.

Arran

Warum, Herr Chervat?

Chervat

Ist denn dieser Stephan verläßlich?

Tiripa

Ständig zunehmende Abneigung und Entfremdung.

Elia

Eines Tages wird er fortbleiben.

Chervat

Und Lucie?

Arran

Sie mit ihm. Ich werde sonst nicht ruhig werden.

Chervat

Du tust dir Gewalt an, Arran.

Arran

Man darf über das Wesen nachdenken, das wir geworden sind. Es gibt dabei Überraschungen. Wir sind zwischen Kot und Harn geboren – so etwa beklagt sich der heilige Augustin. Seine Skrupel fechten mich nicht an. Es sind aber allerlei abstruse Ingredienzien in uns hineingestreut worden; das schafft den Nebel in uns, diese triefende, unübersichtliche Landschaft, von irgendeinem verschleierten Mond notdürftig erhellt. – Zuweilen versuche ich, den Platz zu finden, der mir zukommt. Es gibt geordnetes und ungeordnetes Begreifen. Zwischen Elia, Tiripa und mir ist alles übersichtlich, beinahe geheimnislos vor gegenseitiger Übereinstimmung. An Lucie mag ich nicht denken. Da hängt irgendetwas Blutiges aus mir heraus –.

Chervat

Sprich weiter, Arran –

Arran

Soeben, als die Beiden davongingen, erinnerte ich mich eines Kameraden vom Gymnasium. Es gibt keinen Zusammenhang zwischen Lucie, Stephan und ihm; und doch war dieser Dritte plötzlich in mir so gegenwärtig, als wäre er an meiner Bekümmernis beteiligt – als könnte ich mich mit ihm vertauschen.

Elia

Sprich weiter, Arran –

Arran

Schwarze tropfende entlaubte Bäume im herabhängenden Dunst. Alles ist feucht: das hinsterbende Gras am Boden, die kleinen, noch grünen Kleeblätter. Man sieht nicht weit –. Er saß eine Zeitlang neben mir auf der selben Bank. Wie es so geschieht, er hatte sich einigen Mitschülern gegenüber verraten – in seiner grenzenlosen Einfalt. Sie hatten aus ihm herausgelockt, was er garnicht verbergen wollte, weil er das war, was er sein mußte: Fleisch. Er war recht groß, doch schwer gebaut; man ahnte die harten Knochen in ihm, feste üppige Muskeln. Er war der Stärkste von allen; aber er suchte niemals Händel, prügelte sich mit niemand; er verfocht keine Meinung, stritt sich nicht herum. Seine Hände waren ungewöhnlich schön und kraftvoll. Ich starrte oft eine viertel Stunde lang darauf – bis ich gestört wurde. Sie erschienen mir wie selbständige kluge Gestalten. Und es ging ein Geruch von ihm aus. Ich weiß nicht, ob er selber ihn spürte oder ob andere ihn spürten. Es war der sehr verdünnte Geruch eines Obstgartens, untermischt mit dem von Pilzen, anziehend, einschmeichelnd und zugleich ein wenig wie beginnende Fäulnis. Oft steckte ich meinen Kopf minutenlang unter die Tischklappe, um den Duft gewisser einzuatmen; – wie ein mir angetaner Zauber war es.

Elia

Du hast davon niemals vorher erzählt.

Arran

Es war schon in mir verschollen. Jetzt ist es wieder da. Sein Gesicht war weder schön noch unschön. Es war ein gesundes Gesicht. Die Nase ein wenig dick, die Ohrmuscheln hübsch gekurvt, musikalisch, wie man sagt. Ich vermutete, daß er mit seinen vollen Lippen müsse gut pfeifen können; aber ich hörte ihn niemals pfeifen. Nur seine Augen entblößten ihn für mich. Die Iris war grau-grün; das untere Lid schattig, ein wenig geschwollen. Er war ein durchschnittlich guter Schüler, nicht schlechter in seinen Leistungen als ich. Doch dies war ausgekommen – und wenn es nicht berichtet worden war, so wußte ich es dennoch –, daß er ganz unmäßig mit sich selber war. Er saß da, lernte lateinische Vokabeln, die ihn nichts angingen; er löste algebraische Aufgaben, die ihn nichts angingen; aber er wollte wenigstens etwas Mittelmäßiges leisten. Von Zeit zu Zeit unterbrach er sich. Er wurde dann belehrt, daß er ein anderer war als ein durchschnittlicher Schüler, nämlich er selber. Er widersetzte sich nicht. Er gehorchte, gab dem schmählichen Vergnügen nach, arglos, ohne Vorbehalt, zufrieden, ausgeliefert zu sein. Ich fürchtete mich davor, daß er mich eines Tages ansprechen würde und sagen könnte: so bin ich, so ist der Mensch, ganz allein mit sich, eingehüllt in seine Haut, ohne einen anderen Freund als sich selber. So bist du auch. Du versuchst, dich davon zu lügen. Du suchst einen anderen. Das ist Flucht. Was bist du denn wert, wenn du fliehst? – Und es wäre mir gewesen, als ob ein dunkler, gütiger gefallener Engel zu mir gesprochen hätte. – Ich bin meiner niemals sicher gewesen, Herr Chervat.

Chervat (langsam, traurig)

Ich will dir nichts antworten, Arran. Ich frage euch drei, ob dieser, von dem gesprochen wurde, nicht zu euch gehören könnte? Er ist anderswo ausgestoßen.

Elia

Ist das deine wahrhaftige Meinung?

Chervat

Warum denn nicht?

Arran

Er wohnt nicht mehr in unserer Stadt.

Chervat

Man könnte ihn finden und unter einem Vorwand zurückbringen.

Elia (aufgeregt)

Was geht in dir vor, Papa? Welcher Art Gedanken hast du?

Chervat

Meine Vernunft verändert sich. Ich brauche Beistand. Es gibt keinen Glauben, an dem ich mich aufrichten könnte. Nur noch Menschenbilder helfen mir.

Tiripa

Es sind schlimme Worte, Herr Chervat.

Chervat

Ich sammle Beweise dafür, daß der Mensch noch dableiben muß, daß es zu früh ist, ihn wegzuwischen. Mein Widerstand gegen Sarkis ist immer noch zu schwach.

Arran

Was denn betreibt Exzellenz Sarkis?

Chervat

Gewaltanwendung. Massenvernichtung. Indessen, diese Abkürzung wird ihm nicht gerecht. Seine Betrachtungen sind nicht oberflächlich. Seine Gedanken sind so wohlbegründet wie die meinen. Er ist ein Menschenverächter, der sich selber von der Verachtung nicht ausnimmt. Wir sind uns einig darin, daß es zu viele Menschen gibt. Dennoch ist ihm der Bevölkerungsdruck der weißhäutigen Rassen willkommen, denn er behauptet, daß sie ein Vorrecht vor anderen hätten. Nur die Vermehrung der asiatischen Völker soll unterbunden werden. Mit den dunkelhäutigen Afrikanern wird man irgendwie fertig werden, so meint er; die weiße Intelligenz werde ihnen gegenüber nicht versagen. Die Asiaten fürchtet er: ihre Zahl, ihre Geschicklichkeit, ihre

Anspruchslosigkeit. Das sind Bedrohungen, denen man gewaltsam begegnen muß. Keine Übereinkunft, keine soziale Maßnahme, keine Einschüchterung, kein Elend, kein geistiger und politischer Bankrott könnten das Potential dieser, unserer natürlichen Gegner am Wachsen hindern. Eines doch: Gewalt, Ausrottung.

Arran

Das wäre Verbrechen.

Chervat

Oberflächlich, berserkerhaft ist Sarkis nicht. Er hat sich in eine Eiswüste begeben. Dort rechnet er. Jede Ziffer ist etwas Gefrorenes. Es gibt kein Gewissen, nur den erstarrten Zweck. Er möchte mich überzeugen, auf seine Seite ziehen. In 60 oder 70 Jahren werden alle, die heut leben, gestorben sein, eines mehr oder minder natürlichen Todes. Sie werden ihr Verschwinden bezahlen, wie es seit jeher bezahlt wurde: mit Angst, mit Schmerzen. Es ist ein kaum wahrnehmbarer Unterschied, wenn man ihnen schon jetzt das Fahrgeld abverlangt, diesen reichlichen Zentner faulen Fleisches. Weshalb will man sie sich vermehren lassen, wenn es darauf ankommt, daß ihre Zahl nicht wächst? Weshalb will man ihnen eine langsame Unfruchtbarkeit abquälen, gegen die die Uneinsichtigen, die sich auf Gott oder ihre Rasse berufen, sowieso löcken werden? Warum den Umweg über so viele gepeinigte Generationen wählen, wenn es nur eines Entschlusses bedarf, um einen neuen, besseren Anfang zu machen?

Elia

Er muß ja irr sein.

Chervat

Er ist nicht irre. Eine eiserne Vernunft treibt seine Gedanken. Er kennt den Preis, der bezahlt werden muß. Er schrickt davor nicht zurück. Wenigstens 9/10 auch der weißhäutigen Menschen werden ausgelöscht werden. Aber irgendeinen Bruchteil, und sei er noch so klein, wird man hinüberretten.

Arran

Daß er menschliches Leben erhalten will, wenn der milliardenfache Tod künstlich erzeugt wird, das ist schlimmeres

Verbrechen, als das Endspiel zu spielen. Überlebende, damit – Generationen später – die Summe noch einmal herausgeschunden wird! Das darf nicht sein – das wäre nicht endende Verfluchung.

Chervat

Er glaubt nicht, daß er selber davonkommen wird. Er wünscht es nicht einmal. Mich aber will er damit verlocken, daß ich verschont bliebe. Auch ihr sollt verschont bleiben. Hundert andere Menschen, die ich auswähle⟨,⟩ sollen verschont bleiben. Er verweist auf den Bunker, der sich unterirdisch kilometerweit hinzieht, den achtzig Meter dikker Stahlbeton einhüllt, – zu dem Fahrstühle und Treppen von diesem Hause aus hinabführen.

Elia

Was steht unmittelbar bevor? Welche Uhrzeit haben wir? Sollen wir schon jetzt in den Keller hinab? In der nächsten Stunde schon – oder heute Nacht?

Chervat

Er hält mich für einen gescheiten Narren. Er will mich davon überzeugen, daß ich es bin. – Wenn wir es unterlassen, die fünfzig- oder hunderttausend Bomben zu werfen, die wir besitzen, werden jene anderen es vor uns tun, sobald ihre Zeit gekommen ist. Und wir werden nicht wissen, wann sie da sein wird. – Unsere Nachkommen werden dafür bezahlen, wenn wir uns zu schlechten Rechenmeistern machen. Mit der Bombe läßt sich nicht leben; inmitten einer rasenden Vermehrung läßt sich nicht leben. Wenn wir bestehen wollen, müssen wir vernichten. Die Überlebenden sollen ein Teil von uns, nicht ein Teil der anderen sein.

Elia

Eine tolle Lehre.

Chervat

Er glaubt, daß unsere Abwehr uns ein Übergewicht gibt. Er leugnet die Gefahr nicht; aber er sieht sie mit wachsender Zeit zunehmen – bis zur Hoffnungslosigkeit.

Arran

Überall hört und liest man von unseren Abwehrmöglichkeiten, von der relativen Schutzlosigkeit der Anderen. Wie steht es damit?

Chervat

Ich bezweifle unseren Vorsprung, Exzellenz Sarkis behauptet ihn. Und wenn es auch so wäre: die archaischen Anschauungen von der Gewalt und ihrem Recht dürfen keine Wirklichkeit mehr erzeugen. Selbst wenn jene Anderen, die Sarkis fürchtet, noch nach hundert Jahren diese Vertauschung von Sittlichkeit und Macht billigen sollten, so dürfen wir der Versuchung nicht unterliegen, fossilen Vorstellungen recht zu geben. Wir müssen die Schwächeren sein wollen – wenn es von den Abläufen verlangt wird.

Elia (spöttisch)

Das entspricht nicht unserem industriellen Lebensstil. Das mag für gestorbene Pyramidenerbauer eine befolgenswerte Erkenntnis sein oder für die Gebeine Johann Bachs – sofern es sie noch gibt – doch nicht für Bohrturmkapitäne und Uranspekulanten.

Chervat (müde)

Anfangs hielt ich ihn für einen hohen Beamten mit guten Verbindungen zur Regierung – für einen der Vielen, für die man ein einträgliches Amt schafft. Allmählich begreife ich, daß er sehr mächtig ist – mächtiger vielleicht, als der Präsident unseres Staates. Millionen und Abermillionen glauben an ein Vorrecht, das sie selber verkünden. Wir brauchen Ölfelder, somit ist es unser Recht, sie denen zu nehmen, die sie besitzen. Wir brauchen Negersklaven; somit ist es unser Recht, Jagd auf Menschen zu machen. Wir brauchen fernliegende Inseln, um unsere Bomben zu erproben; somit ist es unser Recht, sie auszusuchen und die Bevölkerung zu vertreiben oder zu vernichten. Das Recht, sich etwas aneignen zu dürfen, was einem nicht zusteht, nur weil es fett macht, ist wie ein tierischer Instinkt. Die Patriomanie der Weißhäutigen verschafft einem Manne wie Sarkis einen unbestrittenen Einfluß aus fast alle Einrichtungen unserer Gesellschaft. Die Staatsapparatur, Industrie und Banken, die Kolosse der Meinungsbildung, selbst die Militärs, die das Grauen und die Unsicherheit ermessen, verfallen dem Sog einer einseitigen Vernunft. Die Religionen sind bemüht, die Schöpfung zu widerlegen.

Elia (erregt)

Wenn es so ist, laß es zuende gehen, ganz und gar! Zünde

selber die Kobaltbomben an, damit Keiner davonkommt! Keine Überlebenden, nur das nicht! Fülle den Bunker mit dem Erzgift harter und langwirkender Strahlen! Jage das Wunderwerk der unzureichenden Sicherheit über die Wolken hinaus, damit es als Staub alles Lebendige versengt. –

Chervat

Mein lieber, aufgebrachter Junge – das will ich nicht; das kann ich nicht wollen –; abgesehen davon, daß meine Befugnisse nicht so unumschränkt sind, daß ich mich als militärischer Amateur betätigen könnte.

Arran

Was denn, Herr Chervat, wollen sie, daß es getan werde?

Chervat

Sonderbarerweise vermutet Exzellenz Sarkis, daß auch mein Einfluß weit reicht. Er fürchtet, daß die neuen Übungen unseres Verstandes eine neue Sittlichkeit erzwingen könnten.

Elia (verzweifelt)

Du kennst nicht Rat noch Tat.

Chervat

Wüßte ich zweifelsfrei, daß er der Einzelne ist, herausgestellt durch die Vielen und daß diese nur durch ihn die millionenfache Einigkeit bewahren, wäre mir leicht ums Herz. (Er zeigt, zur Überraschung der Jungen⟨,⟩ eine Pistole, die er aus der Rocktasche hervorzieht.)

Elia (eisig)

Vater – das – was hast du vor?

Arran

Herr Chervat – seien Sie nicht unbesonnen.

Chervat

Ich bin nicht fürwitzig.

Tiripa

Eine Pistole kann versagen. (Er bückt sich und zieht aus einem Schubfach einen Dolch hervor, zeigt ihn.) Ein Messer ist zuverlässig.

Elia

Tiripa – das ist altertümlich. Man schießt nicht mehr mit Blunderbüchsen.

Arran (etwas betreten)

Sie vertrauen uns, Herr Chervat – das begreife ich – Was erwarten sie von uns?

Chervat (hat die Waffe wieder weggesteckt)

Ich habe mich entschlossen, einen Groom zu dingen – der die Fahrstühle zu den Kellern bedienen kann. Auch sonst habe ich Beschäftigung für ihn. Er heißt Robert. Er wird übermorgen eintreffen.

Elia

Eine Überraschung nach der anderen.

Arran

Er ist also verschwiegen und entschlossen, dieser Robert.

Chervat

Er ist ein durchschnittlicher Mensch – ein wenig grob, nüchtern – ich möchte, daß ihr euch seiner annehmt.

Tiripa

Verstärkung.

Chervat

Es fehlt mir ein Laboratoriumsgehilfe. Wenn du jenen Gymnasiasten für mich gewinnen könntest, Arran, wäre es mir angenehm.

Arran

Ich ahne, was sie vorhaben. Man müßte Jenen prüfen. Sind sie dieses Roberts sicher?

Chervat

Ja.

(Es wird geklopft. Elia öffnet. Jeanne Chervat kommt mit einem kleinen Tablett und einer Flasche Schnaps herein.)

Jeanne

Ich wollte euch dies bringen. – Sieh da, hier finde ich dich, Jakob –.

Elia

Du bist eine vortreffliche Mutter –

Jeanne

Ich habe keine Gläser mitgebracht; ich nehme an, es finden sich hier welche.

Elia

Irrtum. Die sind entzwei, verschwunden, was weiß ich. Wir trinken seit langem gemeinsam aus einem Wasserglas.

Jeanne
Ich werde Gläser holen.
Arran
Bleiben Sie nur! Wir sind so weit eines Gemüts, daß wir wie Schluckbrüder gemeinsam aus der Flasche trinken können.
Chervat
Robert könnte mittun, wenn er schon hier wäre. Mach den Anfang, Jeanne! (Er nimmt die Flasche und hält sie ihr hin.)

II.

Remis

Arbeitszimmer Jakob Chervats.
Chervat geht unruhig hin und her. Sein Arbeitstisch ist abgeräumt, Stühle sind herangestellt.

Tauno (meldet)
Seine Exzellenz Sarkis –
Chervat
Ich lasse bitten.
Tauno (geht)
Chervat (nimmt den Telefonhörer)
Gleissenberg? Sind sie es? – Bitte kommen Sie sogleich.
(Tauno öffnet die Tür; Sarkis und Harild treten ein. Ihnen folgt Aune, der unauffällig neben der Tür stehen bleibt. Tauno bleibt draußen vor.)
Sarkis (nur mit einer kurzen Verbeugung, innerlich erregt)
Sie haben es abgelehnt, Chervat, mich zu einer weiteren Besprechung aufzusuchen.
Chervat
Ja.
Sarkis
Sie vertiefen unseren Meinungsunterschied.
Chervat
Ja.
Sarkis
Unsere Zusammenarbeit ist damit nicht zu Ende.
Chervat
Was bedeutet es, daß dieser Herr dort an der Tür – Herr Aune – Sie begleitet?
Sarkis
Vermuten Sie getrost etwas Unerfreuliches.

Chervat

Herr Harild wird unsere Unterhaltung mit anhören?

Sarkis

Ich bestehe darauf.

Chervat

Ich habe meinen Sekretär gleichfalls gebeten – (Tauno öffnet die Tür, läßt Gleissenberg herein.)

Gleissenberg (verbeugt sich, flüstert)

Eure Exzellenz –

Chervat

Setzen wir uns. (Er rückt, gemeinsam mit Gleissenberg, die Stühle zurecht.)

Sarkis

Die Herren Sekretäre mögen sich setzen. (Er schaut unruhig im Zimmer umher.) Ich ziehe es vor – einstweilen – zu stehen.

Chervat

Könnte nicht Herr Aune außerhalb des Zimmers auf Sie warten, Exzellenz Sarkis?

Sarkis

Nein.

Chervat

Wir werden keine Trense zwischen die Lippen nehmen.

Sarkis

Es ist meine Sache, für die Verschwiegenheit Herrn Aunes einzustehen.

Chervat

Ich bitte Sie nochmals, sich zu setzen.

Sarkis

Nun denn – ja.

(Chervat und Sarkis setzen sich, das Gesicht dem Publikum zugekehrt, nebeneinander an die Längsseite des großen Arbeitstisches; Harild und Gleissenberg einander gegenüber an den Breitseiten. Sarkis und Harild rechts, Chervat und Gleissenberg links.)

Sarkis

Sie haben dem Herrn Staatspräsidenten und dem Herrn Wehrminister Briefe geschrieben, in denen Sie einen umfassenden politischen Plan mitteilten – eine Anweisung, wie und in welcher Reihenfolge Verhandlungen geführt werden müßten, um einen Krieg zu vermeiden. Es ist der Entwurf eines Dilettanten, eines Weltverbesserers, der, würde man ihn zur Richtlinie nehmen, den Untergang unseres Staates zur Folge haben müßte. Leider sind Ihre Anregungen nicht in den Registraturen verschwunden, sondern haben die Stimmung in Regierungskreisen und im Parlament beeinflußt. Überrascht hat mich, daß Sie mir von Ihrem Schritt keine Mitteilung gemacht haben. Dazu waren Sie verpflichtet.

Chervat

Sie hätten sich Mühe gegeben, die Wirkung meiner Hinwendungen abzuschwächen oder zunichte zu machen. – Nein, Exzellenz Sarkis, ganz so arglos bin ich nicht. Sie haben – mit gewaltigem Vorsprung – mit dem Gewicht einer riesenhaften Propaganda, als Exponent aller jener Kräfte, die an die Macht glauben und sie anzuwenden bereit sind, eine Konstellation geschaffen, die gefährlich ist.

Sarkis

Jetzt noch – hier – Ihnen gegenüber – verfechte, begründe ich die Richtigkeit meiner Anschauung – widerlege Sie – erkläre, daß Sie von der Beschaffenheit des Durchschnittsmenschen und von der Politik nichts verstehen. – Und deshalb schweigen sollten, wenn es um Entscheidungen geht, deren Wirkung Sie nur oberflächlich ermessen. – Sie haben mitgeholfen, daß die Möglichkeit zu einer Entscheidung durch Gewaltanwendung besteht. Das vergesse ich nicht – und danke Ihnen dafür.

Chervat (unterbricht)

Sie behaupten, daß jene, die sich anmaßen, von Politik etwas zu verstehen, auch das Recht hätten, über das Leben von Milliarden zu entscheiden.

Sarkis

Wenn die Menschheit heute bis auf Wenige weggewischt würde, binnen weniger Jahrhunderte könnte sie wieder so zahlreich sein wie jetzt. In Pestzeiten starben ganze Landstriche bis auf ein paar Familien aus; nach hundert Jahren blühten die Dörfer wieder.

Chervat

Es ist vergeblich, wenn ich Ihren Gedankengang als archaisch oder als krank bezeichne. Sie sind ein gelehrter Diplomat. So sagen Sie mir bitte, weshalb wir diese nutzlose, empörende Unterhaltung führen – vor Zeugen?

Sarkis

Die Regierung und selbst hohe Militärs zögern, das Äußerste zu wagen. Dabei sind wir jetzt – jetzt – in einer Phase der Waffenüberlegenheit. Unsere Strahlendruckabwehr ist an den wichtigen Abschnitten nahezu vollendet.

Chervat

Was wissen Sie von den Fortschritten unserer präsumptiven Gegner?

Sarkis

Wir haben einen Vorsprung.

Chervat

Die Gegenseite hat die besten Köpfe. Jede Überlegenheit steht nur auf dem Papier: in den Zeitungen und in den Modell-Resultaten der Rechenmaschinen.

Sarkis (wütend)

Ihr Versuch, das Unvermeidbare zu vermeiden, braucht nichts als Zeit, Zeit, aufgeregte, widerspruchsvolle Zeit, um plausibel zu erscheinen – um dann in den Untergang aller weißhäutigen Menschen einzumünden. Die Lösung, die ich erstrebe, muß jetzt, in diesem Jahre kommen.

Chervat

Warum wiederholen Sie mir Ihren apokalyptischen Plan?

Sarkis

Damit Sie Ihre theoretischen, unrealistischen Anschauungen von unserer Menschenwelt aufgeben! Wir sind – wie jedes andere Geschöpf – selbstsüchtig, grausam, nur unserem eigenen Wohl verantwortlich. Wie wollen Sie es sonst begreifen, daß es millionenfache Trennungen zwischen den Gruppen und Nationen gibt, Rassenhaß, Herrschaftsgelüste, Machtausübung, Verbrechen, Unterdrückung und Sadismus? Warum wollen Sie so dumm erscheinen, wie Sie nicht sind, daß Sie an die Tünche von Zivilisation, Religion und Humanismus glauben? An die Glockentöne von Freiheit, Gerechtigkeit, sozialem Fortschritt? – Eine einzige Erschütterung unserer Gesellschaft, und die Maske wird uns vom Gesicht gerissen. Sie wissen das.

Chervat

Sie berufen sich nicht auf Gott. Auch ich kann mich nicht auf ihn berufen. Aber wir haben Sinne; die Sprache kann verdeutlichen, was im Urgrund unserer Gelüste schöpferisch ist. Die Transposition unserer Triebe zur Hilfsbereitschaft geschieht in uns. Wir sehen, daß es Menschen gibt, unsere Nachkommen, die wir schön finden oder klug oder geschickt zum Einen oder Anderen. Und wir möchten, daß sie bleiben.

Sarkis

Darin sind wir einig.

Chervat

Unser Verstand, die Wurzeln unserer Existenz, berichten uns von Negern, Chinesen, Indios, Malaien – und Tieren: Pferden, Elefanten, Tapiren, Tigern, daß sie unsere Nachbarn sind, geschaffen oder geworden; – und die Spur von Mitleid, das wir empfinden können, die Spuren an Vernunft, die uns mitgege⟨be⟩n wurden, die Lehren der Besten unter den Menschen sollten uns veranlassen, unsere Begleiter auf dieser Erde zu dulden –.

Sarkis

Es ist mir fast unmöglich, Sie anzuhören, Chervat. Das sind ethische Lumpen aus – ich weiß nicht welcher Modertruhe. Unbegreiflich, daß ein Gelehrter von so hohen Graden wie Sie das Wirkliche der Menschengeschichte, das vorgezeichnete Verhalten, nicht sieht. Sie haben in Ihrem Hause diesen Indianer Tiripa. Das ist so eine Art Anti-Schändung, ein untauglicher Versuch, die Schöpfungshärten oberflächlich weich zu machen.

Chervat

Ihr Spott trifft mich nicht, Exzellenz Sarkis.

Sarkis

Sie haben in Ihrem Briefe an den Herrn Staatspräsidenten von der begründeten Befürchtung gesprochen, die Menschheit möchte sich in den nächsten hundert Jahren verdreifachen und damit Daseinszustände geschaffen werden, die kein besonnener Mensch wünschen kann. Ich teile Ihre Befürchtung an sich. Ich befürworte, vorbeugend, eine gewaltsame Korrektur – zugunsten unserer Nation und ihrer

Freunde. Auch Sie streben eine Korrektur an. Sie wünschen, daß die politische Apparatur unserer Erde dafür eingesetzt werde, Konventionen zu schaffen, damit mehr Menschen als bisher ungeboren bleiben. Die Voraussetzungen für diesen unblutigen Weg sind indessen noch nicht vorhanden. Die Religionen sind im Wege, die Ungleichheit der völkischen Ansprüche. Ihr Plan ist abstrakte Beglückung, die niemand wünscht.

Chervat

Und doch wird sie hingenommen werden müssen.

Sarkis

Die Gewaltlosigkeit muß notwendigerweise den schwarzen, gelben und braunen Rassen Vorteile bringen. Binnen kurzem würden wir die Schwächeren und Ärmeren sein. Zu Bastarden müßten wir werden.

Chervat

Wäre es denn schlimm, wenn sich alle einander anglichen?

Sarkis

Ich bin ein weißhäutiger Mensch. Ich denke und handle als solcher. Noch ist die überlegene Macht bei uns. Jetzt ist unsere Stunde noch einmal da – vielleicht zum letzten Male. Sie muß jetzt genutzt werden. Zaudern ist Hochverrat.

Chervat

Man kann mit Worten alles verkehren.

Sarkis

Ich will Sie darauf aufmerksam machen, daß die Apparatur des Staates zu meiner Verfügung ist.

Chervat

Das Wort hätte Ihnen nicht entschlüpfen dürfen.

Sarkis (brutal)

Die Geheimakten der Polizei enthalten mancherlei Unvorteilhaftes über Sie und Ihre Umgebung.

Chervat

Verstehe ich recht?

Sarkis

Ihre vor etwa zwei Jahren geborene Tochter ist nicht eines natürlichen Todes gestorben. Professor Lambacher hatte es sogleich vermutet. Jetzt haben sich Zeugen gefunden, die von dem Verbrechen wissen.

Chervat

Reden Sie im Rausch, Exzellenz Sarkis?

Sarkis

Ihnen ist der Name eines jungen Mannes, Stephan Szakal⟨l⟩as, bekannt? Er ist der Verlobte Fräulein Harilds, der Tochter meines Sekretärs, die vorübergehend in Ihrem Hause verkehrte. Sie hat ihrem Vertrauten erzählt –

Harild (springt auf, setzt sich aber sogleich wieder)

Nein! – das ist nicht möglich –

Sarkis

Die Polizei ist ihrer Sache sicher. Ich selber glaube den Ermittlungen.

Chervat (ohne zu zaudern)

Bestellte Arbeit –

Sarkis

Noch können Sie so antworten.

Jeanne (kommt mit deutlichen Zeichen des Erschrockenseins herein.)

Jakob – in der Halle und im Park sind Kriminalbeamte aufgestellt. Was bedeutet das?

(Chervat macht eine hilflose abweisende Handbewegung; er antwortet nicht. Eingeschüchtert zieht sich Jeanne zurück und lehnt sich im Hintergrund gegen die Wand.)

Sarkis (ohne der Anwesenheit Jeannes erkennbar Aufmerksamkeit zu schenken.)

Zu Ihren sonderbaren Gewohnheiten, Chervat, gehört es, sich mit jungen Menschen zu umgeben, deren moralische Zwielichtigkeit – nach Ansicht der Polizei – zu Argwohn Anlaß gibt.

Chervat

Ich verbitte mir Unterstellungen –

Sarkis

Vor geraumer Zeit haben Sie sich aus dem Redaktionsgebäude der Zeitung Ihres Freundes Alexander Ducasse einen Groom besorgt, diesen Robert Gilbert, der, ohne daß Sie eine eigentliche Beschäftigung für ihn hätten, in Ihrem Hause seine Wohnung hat und an intimen Besprechungen zugleich mit anderen jungen Menschen teilnimmt.

Chervat

Abgefeimter ist auch Galgenholz nicht –

Sarkis

Durch Ermittlungen zuverlässiger Agenten wurde festgestellt, daß dieser Gilbert einer Geheimgesellschaft angehört, für die sich der Staatssicherheitsdienst interessiert.

Chervat

Ich will von Ihren faulen Fischen nichts mehr hören.

Sarkis

Es ist auch nicht nötig.

(Er zieht ein Schreiben aus seiner Aktentasche hervor.)

Sie werden diesen Brief unterschreiben, in dem Sie um Ihre Entlassung bitten. Begründung: schwere Irrtümer in den Grundlagen Ihrer wissenschaftlichen Arbeit – Irrtümer, die Sie eingestehen – und die sich nur darum nicht verhängnisvoll auswirkten, weil Ihr Mitarbeiter, Professor Maiko mit seiner Erkenntnis die Ihre korrigierte.

Chervat (hat sich erhoben)

Maiko?! – Dieser Nichtskönner, dieser bestechliche Schönredner, den abzuschütteln man mir verwehrte –! Ich sehe klar. – Wir sind auf der untersten Stufe angelangt, Exzellenz Sarkis. (Er zieht eine Pistole aus der Tasche, Sarkis springt auf. Chervat zielt auf ihn. Auch Gleissenberg hat sich erhoben und schlägt Chervat die Waffe aus der Hand, ehe dieser abgedrückt hat.)

Sarkis (atemlos)

Selbst dazu waren Sie entschlossen –

(Tiripa springt hinter dem Büchervorhang vor, schnelle und gleitende Bewegungen, wie die eines Tieres. Er hält einen Dolch in der Hand und stößt ihn Sarkis aufwärts in den Leib.)

Jeanne (schreit)

Tiripa! – Unglücklicher!

Sarkis

Äh – äh – äsch

(Aune zieht eine Waffe, feuert zweimal auf Tiripa, der sich um sich selber dreht und dann lautlos zu Boden fällt. Gleichzeitig stößt der Agent in seine Trillerpfeife. Die Tür wird aufgerissen. Tauno und zwei Kriminalbeamte kommen herein. Diese stützen den zusammenbrechenden Sarkis und schleppen ihn, da er das Bewußtsein verliert, wie einen Sack hinaus.)

Chervat (wischt sich den Schweiß von der Stirn, blickt abwärts.)
Tiripa – du solltest das Werkzeug sein, nicht ich.
(Arran und Elia waren fast gleichzeitig mit Tiripa hinter dem Vorhang hervorgekommen; beide sind vor Entsetzen unschlüssig. Plötzlich jedoch springt Arran Aune an. Es gelingt ihm, diesem die Waffe zu entwinden, ohne sie doch gebrauchen zu können. Tauno, der mit einem Holzknüppel ausgerüstet war, schlägt damit auf den Kopf Arrans ein. Auch als dieser blutüberströmt nach rückwärts fällt, zerschlägt er dem am Boden Liegenden, der vergeblich mit den Händen abwehrt, das Gesicht. Aune hebt die eigene Waffe auf und geht hinaus. Gleissenberg hat die Pistole Chervats an sich genommen und in seine Tasche gesteckt.)

Elia (laut schreiend)
Arran – Arran – geliebter Arran – (Er wirft sich über das zerfetzte Gesicht des Freundes. Erst jetzt hält Tauno mit dem Prügeln ein.)

Jeanne (zu Tauno, mit fast erstickter Stimme)
Sie erbärmlicher – verlorener Mensch –
(Tauno geht, ohne zu erwidern, hinaus.)

Chervat
Ich habe dies nicht verhindert. Um eine Sekunde war ich zu langsam.

Harild (schüchtern)
Darf ich mich erbieten, Ihnen zu helfen, den jungen Herrn Rantzow aufs Ruhebett zu legen?

Jeanne (halb zu sich selber, halb zu Harild)
Es ist mir, als ob mein Wesen gefröre. (Gleissenberg will, an Jeanne vorbei, hinaus.) Ich ersuche Sie, mir niemals wieder vor die Augen zu kommen.
(Gleissenberg ab.)

Harild (zu Jeanne)
Helfen Sir mir doch bitte –

Elia
Arran – geliebter Arran – (Er stützt ihm den blutenden Kopf.)

Harild
Er ist ohnmächtig. Halten Sie ihn bei den Schultern. Versu-

chen Sie ihn zu heben, junger Herr Chervat. Helfen Sie uns doch bitte, Frau Chervat –
(während Harild⟨,⟩ Elia, und Jeanne Arran aufs Ruhebett tragen, kramt Jakob Chervat in einem Schubkasten seines Tisches. Er entnimmt einem kleinen Kasten eine Glasampulle, betrachtet sie einen Augenblick und schiebt sie dann in den Mund, nimmt sie aber noch einmal in die Hand. Jeanne hat diesen Vorgang beobachtet.)

Jeanne
Jakob! – Nein – nicht das – nimm nicht Gift!

Chervat
Ich kenne die nächsten Minuten nicht.

Harild
Verlieren Sie nicht die Zuversicht! Sie werden gerechtfertigt werden.

Chervat
Es war meine letzte, äußerste Maßnahme. Tiripa bezahlte. –

Harild
Ich möchte, daß wir ihn aufheben und auf den Tisch legen.

Chervat
Sie, Harild, werden – vielleicht – von diesen Vorgängen berichten müssen.

Elia
Arran – geliebter Arran – Wird er uns sterben, Mutter?

Jeanne
Nicht an seinen Wunden, Elia –

Arran
Ich glaube, mir fehlt das eine Auge. Ist es ausgelaufen, Elia?

Elia
Ich sehe nur Blut, Arran. – Stirb nicht! Ich bin ein Teil von dir, Arran. – Ich lasse dich nicht allein hinweggehen.

Arran
Ich habe Schmerzen – mein Kopf – (Er jammert ein wenig.)

Chervat (hat einige Papiere vom Tisch hinweggefegt und den Telefonapparat auf den Boden gestellt. Gemeinsam mit Harild legt er den toten Tiripa auf die Platte.)

Jeanne
Wir brauchen einen Arzt. Wird man telefonieren können?

Harild

Ich gehe, einen zu holen. (Ehe er hinaus ist, wird die Tür aufgerissen. Zwei Kriminalbeamte, beide mit einer Pistole in der Hand, kommen herein.)

Kriminalbeamter

Herr Präsident Chervat?

Chervat

Ja. (Er schiebt gemächlich die Giftampulle in den Mund.)

Jeanne

Jakob – nein! – Tu's nicht! Es gibt einen Ausweg!

Chervat

Der Bericht Harilds soll vollständig werden. – Kommen Sie, meine Herren! – Ich schulde euch dies – allen schulde ich dies, die mir vertraut haben. In Tiripas Gefolgschaft ist es nicht arg. (Er geht, von den beiden Beamten flankiert, hinaus. Die Tür bleibt offen. Man hört vom Vorraum her einen lauten Aufschrei Chervats.)

Jeanne (schlägt die Hände vors Angesicht)

Er hat die Giftampulle zerbissen. Zehn Sekunden währt der Schmerz. – Jetzt ist es vorbei.

Harild (bleibt einen Augenblick unschlüssig stehen, dann schickt er sich an zu gehen.)

Ich hole den Arzt.

(Ab. Die Tür wird geschlossen.)

Arran

Glaubst du, Elia, daß es schön ist, gestorben zu sein? Glaubst du, daß Tiripa fröhlich ist?

Jeanne (wirft sich in einen Sessel und weint bitterlich.)

Elia

Ich lasse dich nicht allein, Arran – Sei nicht ängstlich!

Arran

Ist mein Auge ausgelaufen?

Elia

Es ist Blut, Arran – auch dein Mund ist voll Blut –

Robert (kommt herein.)

Sie haben das Haus geräumt. (Er schaut sich um, begreift halberwege, was vorgefallen ist.) Tiripa –! Das waren die Schüsse –

Jeanne (blickt auf)

Es ist dir nichts zugestossen, Robert?

Robert (mit beinahe gleichgültiger Stimme)
Ich war unter der Treppe versteckt. Ich konnte von dort nicht wegkommen. Ich hörte überall Schritte. Diese behaarten Arschlöcher!

Jeanne
Weißt du etwas von Jakob?

Robert
Sie haben ihn in der Halle auf den Teppich gelegt. Sie haben ihn nicht mitgenommen.

Jeanne
Er ist doch tot?

Robert
Er hatte Schaum und Speichel im Gesicht. Ich mochte nicht genau hinschauen.

Jeanne
Er hat Gift genommen – Blausäure –

Robert
Was ist mit Arran? (Er tritt zu ihm.)

Elia
Er hat sehr starke Schmerzen, Robert.

Robert
Sie haben ihn schlimm zugerichtet. Einem Menschen so ins Gesicht zu treten. Uns steht das noch bevor.

Elia
Was sagst du?

Robert
Glaubst du etwa, daß sie uns die Knochen nicht brechen werden? – Du kennst die Gurkenheinis schlecht.

Elia (verzweifelt)
Wir müssen Arran fortschaffen!

Arran
Sagt es meiner Mutter. Jetzt gleiche ich dem Vater nicht mehr.

Robert (zuckt mit den Achseln, wendet sich ab, Tiripa zu. Er betrachtet ihn)
Wie still er ist – (Ohne Übergang bricht er in Tränen aus und verbirgt seinen Kopf an der Leiche.)

Jeanne
Robert –

Robert

Lassen Sie mich doch! Wir sind ja schon ganz unten. Da darf man plärren.

Jeanne

Wären wir ganz unten, würde ich euch Gift geben. (Sie ist an den Schreibtisch gegangen und entnimmt ihm einige Glasampullen.)

Robert

Man wird uns erschießen – das verstehen sie.

Jeanne

Man kann es nicht wissen. Vielleicht hat Tiripas Dolch sehr viel ausgerichtet.

Elia

Warum kommt denn der Arzt nicht?

Arran

Wisch mir den Mund ab, Elia. – Ich bin ein Dreckbündel. Vor Angst oder Schrecken habe ich mich unten beschmutzt.

Robert (der hingehört hat)

Das wird uns auch noch geschehen.

Jeanne

Vielleicht werden wir davonkommen. – Es kann auch sein, daß es anders bestimmt ist.

Elia

Arran, wir kommen in die gleiche Grube.

Jeanne

Man kann mit zitternden Gliedern gefaßt sein, wenn man für das Eine gehenkt wird – weil man das Andere nicht betrieben hat. (Man hört draußen die Signalhörner von Polizei- und Unfallwagen.)

Robert

Geben Sie das Gift, Jeanne Chervat –

Jeanne

Es ist noch nicht so weit.

Robert

Sie tun das Falsche! Sie hoffen –!

(Harild erscheint mit Lambacher in der Tür.)

Ende

DIE TRÜMMER DES GEWISSENS

⟨Fassung des Vorabdrucks⟩

Personen des ersten Aktes

Jakob Chervat, Präsident einer Forschungsgemeinschaft,
Ratgeber einer hohen Regierungskommission,
Physiker
Jeanne, seine Frau
Elia, beider Sohn, achtzehn Jahre alt
Sarkis, Obmann einer hohen Regierungskommission,
im Range eines Botschafters
Alexander Ducasse, Redakteur, Jugendfreund Chervats
Gleissenberg, Sekretär Chervats
Tauno, Diener im Hause Chervats
Aune, ein Agent

Rechts und links vom Schauspieler aus

Zeit: jetzt

I

Das Goldene Haus

Arbeitszimmer Jakob Chervats. Eine Wandtafel. Büchergestelle, die hinter Vorhängen verborgen sind. Ein großer, sehr einfacher Arbeitstisch, vollgestapelt mit Büchern, Zeitschriften etc. Jakob Chervat sitzt daran, das Gesicht der Bühnenöffnung zugewandt, liest und schreibt. Rechts ein hohes, lichterfülltes Fenster, das in einen Park hinausgeht. In der Mitte eine Tür. Vormittag.

Elia Chervat *(Kommt leise durch die Tür herein, geht an die Büchergestelle, schiebt einen Vorhang zur Seite, überfliegt mit den Augen die Rückentitel einzelner Bücher. Er ist ein hübscher, fröhlicher Bursche im Alter, 18 oder 19 Jahre. Um den Kopf trägt er, turbanartig gebunden, ein buntfarbiges Seidentuch.)*

Chervat. Suchst du ein bestimmtes Buch, Elia?

Elia. Kein bestimmtes. Ich weiß keinen Titel.

Chervat. Welcher Art Buch soll es denn sein?

Elia. Ein Buch der Aufklärung.

Chervat. Was verstehst du darunter?

Elia *(antwortet nicht)*.

Chervat. Bist du von Empfindungen befragt, denen du antworten möchtest?

Elia. Nein. Nichts Sexuelles. Keine Empfindungen. Allenfalls höchst sonderbare. Mein Verstand oder meine Vernunft haben allerlei leere Flecken.

Chervat. Du sagtest das Wort Aufklärung.

Elia. Auskunft über das Wichtigste. Keine Philosophie. Keine Mathematik. Klaren Bescheid über ein paar Grundfragen. Keine religiöse Belehrung. Einfache Rede, nachprüfbar, nicht das Halbdunkel unlauterer Worte.

Chervat. Du drückst dich hart, und doch nicht genau aus.

ELIA. Wer vermöchte das auch?

CHERVAT. Wer seine Absicht nicht sagen kann, bleibt ohne Hilfe.

ELIA. Wir bleiben ohne Hilfe – sowieso.

CHERVAT. Nicht unbedingt. Vielleicht ist das Wissen güst; – doch nicht die Liebe.

ELIA. Was ist das? Ist es zum Beispiel: Freundschaft?

CHERVAT. Möglicherweise.

ELIA. Ich suche hier keine Freundschaft.

CHERVAT. Ich bin dein Vater – und achte dich.

ELIA. Hilft mir das?

CHERVAT. Ich glaube, du mußt offener sprechen. Du möchtest über irgend etwas Bescheid haben.

ELIA. Woher wir gekommen sind – wohin wir gehen. Was wir ausrichten sollen. Weshalb wir Fleisch sind. Warum wir keine feste Gestalt haben und kein Alter. Gestern glichen wir einem Kind; morgen ist unser Aussehen das eines Greises. Von unsern Gefühlen und Gedanken will ich schweigen. Daß wir grausam sind und überwiegend blödsinnig, man stellt es fest. Ist denn überhaupt ein Unterschied zwischen dem Einmal-Dagewesen-Sein und dem Niemals-Dagewesen-Sein? – Wenn ich an die vielen Milliarden Gräber denke, die vergessen sind, diesen Moder – dann könnte man meinen, es sei kein Unterschied; – unsere Gegenwart wäre ein Irrtum, eine Spiegelung von irgendetwas –; wir, die wir wir sagen, zwischen Amalgamschicht und Glas – dünner als Seidenpapier –: nur der Schatten eines Traumes, des Traums eines anderen.

CHERVAT. Das sind keine hilfreichen Gedanken –. Man kann sie nicht immer abweisen. Verglichen mit den Dimensionen, die wir uns errechnen, dem Raum, der uns umgibt, den Sphären, die wir nicht durchdringen, sind wir wirklich dünner und winziger als das Strahlenbild in einem Spiegel. Wir überblicken nur eine kleine Auswahl der möglichen Intelligenz. Wir kennen den Raum an sich nicht, nicht die Gravitation, nicht die Elektrizität, nicht das magnetische Kraftfeld. Sie sind da, Unbekannte, die wir zu Dienern gemacht haben – deren Auflehnung möglich ist.

ELIA. Deine Antwort hat andere Worte als meine Frage. Wir

sind Tiere – und werden es bleiben, – auch wenn sich unsere Gehirnzellen ungeahnt vermehren sollten. Keine noch so außergewöhnliche Mutation wird uns zu Engeln machen.

CHERVAT. Immerhin hat es Äußerungen des menschlichen Geistes gegeben, die wir bewundern, – die uns ein Gefühl von Erhabenheit geben.

ELIA *(spöttisch und traurig)*.

Gefühl von Erhabenheit – das ist nichts Verläßliches, nichts Bleibendes. Da hieß einmal jemand Josquin oder Ogkeghem oder Gesualdo. Sie haben Musiken erfunden. Ihre Musik hat ehemals Zehntausende oder Hunderttausende angerührt. Jetzt ist ihr Werk veraltet, obgleich ein ganzer Körper voll Leben es schuf. Es erreicht die Nachkommen nicht mehr. Wenn man ihre Werke spielt, so entschuldigt man es mit dem ewigen Bau der Religion oder mit der Musikwissenschaft oder mit einem dritten oder vierten Nebenzweck. In Wirklichkeit haben sie nichts mehr davon, die ihre Ohren hinhalten; sie machen sich etwas vor – sie lügen.

CHERVAT. Soll ich dich auslachen, Elia? – Ich weiß, du liebst Diese, die du nanntest. Unterstellst du, sie hätten ihre Musik für andere Menschen erfunden als dich und deinesgleichen? – Ihr Antrag galt allein den Ebenbürtigen, nicht den geschäftlichen Bastlern, die das Geäder ihrer Gedanken zerpflücken.

ELIA. Josquin und Ogkeghem werden eines Tages vergessen sein. Auch Mozart wird eines Tages vergessen sein. Das läßt sich beweisen. Handschriften und Drucke sind zu Hunderttausenden untergegangen. Man hat Steine der Pyramiden zu Festungsbauten verwandt. Brennende Städte. Eingeschmolzene Glocken. Krieg und Fanatismus. Übermut. Als Mozart lebte, war er unerkannt. Heute hält seine Musik dem Lärm der großen Städte nicht mehr stand. Die Tonkonstrukteure möchten das Gebrüll auf den Fußball-Spielplätzen als Musik ausgeben. – Diese Welt ist nicht eine der erdenkbar besten – sie ist eine der schlechtesten. Sie ist auf Fressen und Gefressenwerden aufgebaut; – auf den Stoffwechsel des ewigen Untergangs. –

CHERVAT. Um Neues aufzubauen –

ELIA *(verbittert)*.

Danke. Die Schöpfung glaubt nicht an das Vollkommene.

CHERVAT. Sie untersteht uns nicht. Ungründlichkeit, Voreiligkeit verschlechtern unseren Platz.

ELIA. Beschränken wir uns auf das Tier in unserem Leibe. Das hat man uns anerschaffen. Dafür sind wir nicht verantwortlich.

CHERVAT *(mutlos)*.

Was willst Du mit dem Tier?

ELIA. Ich betrachte es. Ich erkenne, es gibt gesunde und kranke Tiere, hübsche und häßliche, starke und schwache. Zum Beispiel bin ich den Schwachen zuzurechnen, mein Freund Arran den Starken. Das bedeutet einen Unterschied im Schicksal. Wohl bin ich da, doch nur vorübergehend. Man wird mich wegwischen, so unerhaben wie möglich – wie ein Insekt, das zertreten wird.

CHERVAT *(halb unwillig)*.

Es sind doch Fähigkeiten in dir.

ELIA *(lacht unnatürlich)*.

Was mir daran fehlt, errät⟨st⟩ du nicht.

CHERVAT. Elia! – Du läßt dich von einer Stimmung überwältigen. Es gibt Schatten in uns, gewiß. Aber doch auch das Licht, das diese Schatten wirft.

ELIA. Wenn du mir keine Aufklärung geben kannst – und ich weiß, du kannst es nicht, so wenig wie es die Bücher können, – bitte, versuche nicht, mich mit irgend einer Allmacht zu trösten, einer mitleidigen Ordnung hinter den Dingen; – daß wir Entsprechungen gültiger Ideen seien. Die Eigenschaften, die man Gott nachzusagen pflegt, sind nicht die seinen. Das erfahren wir. Erbarmen, Güte, Gerechtigkeit – es sind schöpfungsfeindliche Ingredienzen. –

CHERVAT. Halt ein –!

ELIA *(unbeirrt)*.

Wenn wir die Ziele der Evolution mit unserem Ungemach bezahlen müssen – dann möchte ich vom Leben niemals etwas erfahren haben; ich möchte geblieben sein, was ich werden werde.

CHERVAT. Du sagst entsetzliche Dinge.

ELIA. Keineswegs. Ich übe mich in der Gewissensprüfung.

(Er geht.)

CHERVAT. Woher kommt denn nun das? – Dieser Trotz – diese

erdachte Verzweiflung – *(er geht an die Bücherregale, zieht den Vorhang zu)* Die Bücher antworten ihm nicht. Ich habe ihm auch nicht geantwortet.

(Es wird gegen die Tür geklopft. Jeanne Chervat tritt ein.)

JEANNE. Elia war bei Dir?

CHERVAT. Ja. – Er kam, um irgend ein Buch zu finden.

JEANNE. Es war gewiß ein Vorwand.

CHERVAT. Wahrscheinlich –

JEANNE. Hat es eine Unterhaltung zwischen dir und ihm gegeben?

CHERVAT. Er war sehr verzagt – und trotzig.

JEANNE. Vor einer Stunde etwa überraschte ich ihn in seinem Zimmer. Er lag auf dem Bett und weinte. Er war fast bewußtlos vor Kummer.

CHERVAT *(schweigt)*.

JEANNE. Ich konnte mich nicht überwinden, ihn auszufragen.

CHERVAT. Er ist in dem Alter, wo man einem anderen Menschen verfallen kann –

JEANNE *(beinahe abweisend)*.
Nein.

CHERVAT. Warum denn nicht?

JEANNE. Nein.

CHERVAT *(unsicher)*.
Er ist doch – seinem Wesen nach – voll innerer Fröhlichkeit – klug und überlegen – nicht verstört –

JEANNE *(zögernd)*.
– seinem Wesen nach – wir verwenden diese Ausrede. Sein Wesen läßt diesen Kummer zu.

CHERVAT. Du drückst irgendetwas aus; – aber ich verstehe es nicht.

JEANNE. Mir ist die Brust eng.

CHERVAT. Er sprach ins Allgemeine. Ich antwortete ihm schlecht. *(er schweigt eine Weile.)* Sein Verhalten war sonderbar – selbstzersetzend –

JEANNE *(zweideutig)*.
Er war also nicht fröhlich.

CHERVAT. Er ist doch nicht krank?

JEANNE. Es ist nicht Krankheit; – es könnte ein Fehler in seiner Konstitution sein; – ein Schaden, der ihm zugefügt wurde.

CHERVAT. Ich begreife nicht ganz, warum unser Gespräch sich so unsicher bewegt.

JEANNE. Wir fürchten uns vor Enthüllungen.

CHERVAT. Es gibt sonderbare – extravagante Tendenzen in der Landschaft seiner Gefühle. Und ich bedaure fast, daß wir sie begünstigt haben.

JEANNE. Was meinst du damit?

CHERVAT. Zum Beispiel wurde ihm erlaubt, daß er beständig, auch bei Tische und unter Fremden, diesen Kopfputz trägt. – Er besitzt schon eine beträchtliche Auswahl an Seidentüchern.

JEANNE *(fassungslos)*.

Weißt du nichts vom Dasein deiner Nächsten? – Ich bin außer mir – Du kennst deinen Sohn nicht – nicht einmal sein Aussehen – *(Sie beginnt zu weinen.)*

CHERVAT *(bestürzt)*.

Jeanne – was geht in dir vor?

JEANNE *(unter Tränen)*.

Weißt du wirklich nicht, wie es zu diesem Kopfputz gekommen ist? – Du mußt es vergessen haben.

CHERVAT *(zerknirscht)*.

Wir haben darüber gesprochen –

JEANNE *(scheinbar wieder gefaßt)*.

Du mußt es aus deinem Bewußtsein verdrängt haben. Du bist ja kein Ungeheuer. Du hast dich in deine Arbeit, in deine Spekulationen begeben und die Umwelt nur wie im Nebel gesehen.

CHERVAT *(unsicher)*.

Nein – ich bin doch nicht ein völlig denaturierter Mensch – kein Roboter der Forschung. – Elia hat ein Haarleiden; – seine Kopfhaare wurden dünn –

JEANNE. Es ist inzwischen fast kahl.

CHERVAT. Jeanne – ich bitte dich – Vor ein paar Wochen war es mit seinem Leiden kaum schlimm.

JEANNE *(setzt sich neben Chervat auf einen Stuhl)*.

Wir haben Dr. Lambacher zu Rate gezogen. Er sprach von leichten Folgen allergischer Zustände. Er verschrieb irgendeine Tinktur –

CHERVAT. Jeanne – ich bin sehr betrübt –

JEANNE *(beinahe ungerührt).*
Elia hat niemals allergische Beschwerden gehabt. Schon seine angeborene Fröhlichkeit widerlegt die Diagnose.

CHERVAT. Begreiflich, daß er weinte –

JEANNE. Er hätte seit Wochen weinen müssen. Aber er erfand immer kleidsamere Kopfbedeckungen; – er verstand es, sich geradezu hübsch zu machen – liebenswert.

CHERVAT. Plötzlich widerte ihn die Verkleidung an –

JEANNE *(sachlich).*
Er ist heute früh von einem Ausflug mit seinem Freunde Arran zurückgekommen. Sie haben zwei Nächte lang gemeinsam in einem Zelt geschlafen.

CHERVAT. Hältst du es für angebracht, darüber zu sprechen?

JEANNE. Er wird eine Entdeckung gemacht haben – daß er sich von Arran unterscheidet –

CHERVAT. Wieso denn? – Er ist ein anderer Mensch.

JEANNE. Trotz seiner 18 Jahre ist er noch ein Kind.

CHERVAT. Wie willst du wissen –?

JEANNE. Man kann es schlimmer sagen: – noch kein Mann.

CHERVAT. Du verwirrst mich – offengestanden. Ich begreife nicht, wie du zu dieser Erkenntnis gelangt bist –. Er unterscheidet sich von seinem Freunde, gewiß; Arran gehört zu den Frühentwickelten – das erkennt man; – Elia ist später daran, sich als Erwachsener zu fühlen. – Es ist nichts Naturwidriges. Man kann zuweilen beobachten, daß gleichaltrige Jugendliche wie Vater und Sohn aussehen.

JEANNE *(ruhig).*
Deine Belehrung taugt so wenig wie die Diagnose Lambachers. Elia ist kein Zwerg – und auch geistig nicht zurückgeblieben. Doch es gibt kein Anzeichen dafür, daß er männlicher Empfindungen fähig wäre.

CHERVAT. Du beobachtest ihn – gleichsam mit unlauterer Angst –

JEANNE. Ich weiß – ich behaupte, daß er beschädigt ist – daß ihm etwas Grauenvolles widerfuhr!

CHERVAT. Du sprichst eine gräßliche – eine unwahrscheinliche Vermutung aus – Elias Tränen sind kein Zeugnis. Er sprach von Freundschaft, als mir das Wort Liebe zufällig über die Lippen kam. Das scheint mir deutbarer.

JEANNE. Ich ahne das Verhängnis. Du bestreitest es. Wir leben an einem gefährlichen Platz der Erde.

CHERVAT. Ich kann deinen Gedankensprüngen nicht folgen.

JEANNE. Es gibt hier irgendwelche Strahlen –

CHERVAT *(überrascht, kühl)*.
Dahinaus willst du –?

JEANNE. Ja –. Das Unsichtbare bedroht uns. Ihn hat es angefallen. Du wirst mir entgegnen, es sei unmöglich.

CHERVAT *(bestimmt)*.
Es ist unmöglich. – Ich bin überrascht von deiner Annahme – dieser Theorie. Es ist absurd, diese Möglichkeit auch nur mit einem Gedanken zu streifen.

JEANNE. Ich habe den absurden Gedanken, daß es dennoch der Fall ist.

CHERVAT. Elia lebt seit frühester Jugend unter keinen anderen Umweltsbedingungen als Arran. Und dessen gründliche Potenz bezweifelst du doch nicht.

JEANNE. In mir ist eine Angst, die durch keine Worte übertäubt wird; – auch durch Arrans gesunde Männlichkeit nicht. Es ist ja nicht jeder gleichermaßen empfänglich für das Schädliche.

CHERVAT. Du kannst durch Ängste oder innere Vorstellungen die Realität nicht verkehren. Die Tatachen sind gegen dich. Die Reaktoren, auf die du anspielst, die menschenleere Atomstadt liegen mehr als 100 km von hier entfernt. Unsere Laboratorien – die Elia übrigens niemals betreten hat, weil es unmöglich ist, daß jemand unerlaubt hineingelangen kann – bewahren keine radioaktiven Stoffe, die nennenswert weit nach außen dringen könnten oder mit harten Strahlen zuschlagen. Ganz abgesehen davon, daß unsere Schutzmaßnahmen an das Vollkommene grenzen –.

JEANNE. Du hast die geheimnisvollen Fabriken aus Beton und Blei einmal Verliese der Gewalt an sich genannt.

CHERVAT. Geduld und Intelligenz haben uns geholfen, das Mächtigste zu bändigen.

JEANNE. Gewalt an sich ist niemals ganz entmachtet.

CHERVAT *(dozierend)*.
Unsere Arbeit ist planvoll gewesen. Zehntausend Techniker und Gelehrte haben mitgearbeitet, arbeiten daran, um Zu-

fälle, die unwillkommen wären, auszuschließen. Kontrollen und Statistiken, die Ergebnisse überhirnlicher Rechenmaschinen – ein Netz automatischer Warnstationen – *(Er bricht ab)* Das Äußerste menschlichen Vermögens ist gerade gut genug –

JEANNE. Gewalten bleiben Gewalten. Hilft es dem Vieh auf den Marschweiden, daß man den Bauern eine Sturmflut ankündigt – wenn die Deiche nicht halten?

CHERVAT *(erschöpft)*.
Jede, auch die kleinste Vermehrung schädlicher Strahlungen wird augenblicklich registriert. Ich würde von jeder Unregelmäßigkeit wissen.

JEANNE. Hat es niemals Unfälle gegeben?

CHERVAT *(schweigt einen Augenblick)*:
Du verhörst mich wie einen Schuldigen.

JEANNE. Wer ist dein Gewährsmann für – für die ganze Wahrheit?

CHERVAT. Warum fragst du danach? – Exzellenz Sarkis ist verläßlich – unangreifbar –
(Es wird gegen die Tür geklopft.)

CHERVAT *(laut)*.
Bitte –!
(Gleissenberg tritt ein.)

GLEISSENBERG. Störe ich, Herr Professor?
(Jeanne erhebt sich, tritt in den Hintergrund.)

CHERVAT *(geht an den Schreibtisch)*.
Nehmen Sie dies! – Heben Sie im Tagebuch hervor, was ich rot angestrichen habe. Herrn Professor Molkenbuhr antworten Sie in französischer Sprache, bitte. Das Referat für das astronomische Recheninstitut werde ich kaum vor morgen diktieren können.

GLEISSENBERG *(nimmt die Papiere)*:
Ich werde mich später wieder bei Ihnen melden.

CHERVAT. Sind wichtige Briefe eingetroffen?

GLEISSENBERG. Kaum. Das Ersuchen um Auskünfte, die das Ministerium schnell beschafft sehen möchte, habe ich den zuständigen Abteilungen übermittelt. Eine vertrauliche Anfrage ließ ich Seiner Exzellenz bringen.

CHERVAT. Gut. Ich werde später alles sehen.

(Gleissenberg verneigt sich und geht.)

JEANNE. Du vertraust also dieser Exzellenz Sarkis –?

CHERVAT. Ja – Was fällt dir denn ein – mich das zu fragen?!

JEANNE. Die straffe Disziplin der Zusammenarbeit schläfert den Argwohn ein.

CHERVAT *(heftig)*.

Willst du die Aufrichtigkeit, die uneingeschränkte Offenheit unserer wissenschaftlichen Gesellschaft bezweifeln? – Wir – an dieser Stelle – die zu gemeinsamer Arbeit verpflichtet sind, gemeinsam Konstruktionen entwickeln, Beobachtungen auswerten – sind Verschwörer, die zur Wahrheit stehen, mag sie nützlich, schädlich, willkommen, unerwünscht sein. Unsere Spezialisten haben ein Netz – wenn ich so sagen darf – geknotet, in dem alles eingefangen wird, was unserer Erkenntnis dient – einer Erkenntnis, die die Wohlfahrt aller anstrebt. Und du verdächtigst Menschen – erfindest Ursachen, sie zu verdächtigen –.

JEANNE *(aus dem Hintergrund)*.

Den Auftrag zu forschen – und das Geld dafür gibt der Staat – eine im Ethischen nicht sehr zuverlässige Einrichtung. Die Atomstädte sind einem Ministerium unterstellt. Ein anderes Ministerium wird von Beamten oder Militärs geleitet, die unablässig einen Krieg als nächste Möglichkeit einer politischen Entwicklung berücksichtigen; – einen Krieg mit atomaren Waffen. Die Recheninstitute mögen oft zu schlechten Ergebnissen, den Ausfall betreffend, kommen; – aber in den gewaltigen Manövern, die die Generalstäbe veranstalten, versucht man – es ist ein durch und durch verlogenes Schauspiel – den schlechten Eindruck, den Vernunft und Erkenntnis verbreiten, zu korrigieren. Sarkis ist der Botschafter jener hohen Behörde; er hat das ungetrübte Vertrauen aller Regierungsstellen. –

CHERVAT *(zurückhaltend)*.

Das ist zu unserem Vorteil –

JEANNE. Er kennt das Ziel. Du willst es nicht einmal kennen. Du hast dich mit der Andacht zur Wissenschaft einfältig gemacht. Schweigen und Verschweigen ist die Tugend deines Ordens. Du hast vergessen, daß übermenschliche Aufgaben den Menschen verderben.

CHERVAT *(empört).*
Du überschreitest eine Grenze. Deine Worte sind Zwietracht.

JEANNE *(bestimmt, doch ohne Zorn).*
Ich will fort von hier. Irgendwohin. Ich will nicht hier bleiben.

CHERVAT *(betroffen).*
Bin ich dir so zuwider? –

JEANNE. Nicht du bist mir zuwider – nicht du –. Der Ort ist mir verhaßt, – der Boden, die Luft; das Unsichtbare, das uns umgibt.

CHERVAT. Jeanne – das sind Einbildungen – Unrichtigkeiten –

JEANNE. Wir sind hier Gefangene.

CHERVAT. Du siehst unser Dasein verzerrt – legst es falsch aus. Wo – unter welchen Gegebenheiten, könnten wir angenehmer und sorgloser leben – und nützlicher? – Ich bitte dich, nicht einer vorübergehenden Trübung deines Wohlergehens zu erliegen. Düstere Stunden sind die Hehler unserer Niedergeschlagenheit; sie gefährden unsere Verantwortung.

JEANNE *(mutlos, nachgiebig).*
Du sprichst, wie du es verstehst – mit besser gezüchteten Worten –

CHERVAT. Ich bin sehr erregt, Jeanne; ich versuche, mich zu mäßigen.

JEANNE. Es tut mir weh, daß ich dich bedränge –.

CHERVAT. Nimm die ungewisse Angst nicht hin! – Du bist mit mir diesen Weg gegangen – freiwillig – begeistert. Plötzlich wirst du von Panik erfaßt. – Es kann nicht dein Wille sein, unsere Lebensabsicht zu zerstören. Ich habe die Arbeit – diese inzwischen fast unermeßliche Verantwortung – auf mich genommen – mit deiner Billigung. Wir sind mit einem Schlage ganz nach vorne gekommen – an die Spitze einer Umwälzung, einer Menschheitsepoche.

JEANNE. Wir haben das Ungeheuer nicht erkannt, – nicht in uns, nicht in den anderen. Wir träumten vielleicht von einem Pferd oder von Adonis oder von einem Esel, den ein Knabe liebt. Wenn das alles Fleisch ist – dann ist das Fleisch gut; – man kann darauf bauen, wie auf einen Fels –

CHERVAT *(unterbricht).*
Wir wollten für uns selber das Angenehme – den Wohlstand

meinetwegen, – die Aussicht, uns unbehindert entfalten zu dürfen mit unseren Neigungen, Gedanken – mit unserer Besessenheit, anderen nützlich zu werden. Ein beispielloser Glücksumstand brachte uns dies – stellte mich hierher –.

JEANNE. Ja. Uns wurde dies gebracht. Es kam auf uns zu. Dies geräumige Haus mit dem vergoldeten Stuck und den seidenen Tapeten an den Wänden – den Möbeln aus gediegenem Holz, den Marmorfußböden, mit Teppichen bedeckt; – der sich weithin dehnende Park, von einer hohen Mauer umgeben; – die Dienerschaft, – der sorgenfreie Wohlstand. Der Knabe Elia bekam den Esel. Für dich entstanden die gigantischen Mastaben aus Beton und Blei.

CHERVAT. Dies und Besseres dazu: Unabhängigkeit, Freiheit –

JEANNE *(schnell)*.

Glaubst du deine Worte? – Du kannst sie nicht glauben.

(Es wird gegen die Tür geklopft; Chervat öffnet; der Diener Tauno tritt ein.)

TAUNO. Ein Herr läßt dringlich bitten, vorgelassen zu werden. Ich bat um seine Karte. Er hat mir seinen Namen auf einen Zettel geschrieben.

(Er überreicht den Zettel.)

CHERVAT *(liest, zuckt zusammen, lacht unnatürlich)*.

Ducasse – Alexander Ducasse –. Er ist es. Er muß es sein. Ich lasse bitten –

TAUNO *(zögert zu gehen)*.

Soll ich den Herrn sogleich hereinführen – oder ein wenig warten lassen?

CHERVAT. Warum denn? Weshalb zögern Sie?

TAUNO. Sie unterhielten sich gerade –

CHERVAT. Ich sprach mit meiner Frau.

JEANNE. Ich gehe schon.

CHERVAT. Bleib bitte! – Führen Sie Herrn Ducasse hierher.

(Tauno entfernt sich.)

JEANNE. Wir sind niemals allein.

CHERVAT. Was willst du damit sagen?

JEANNE. Ich mißtraue diesem Tauno.

CHERVAT. Du darfst nicht in jedem Menschen den Widersacher sehen.

JEANNE. Man nötigte uns, ihn als Diener zu wählen.

CHERVAT. Er diente im Hause, ehe wir es bezogen.

JEANNE. Wir konnten ihn nicht fortschicken. Er ließ sich nichts zu schulden kommen.

(Klopfen gegen die Tür. Tauno führt Ducasse herein, entfernt sich.)

CHERVAT *(macht einige Schritte hin zu Ducasse, zögert)*.

Ducasse – Alexander – diese Überraschung – nach so vielen Jahren der Trennung –

(Er umarmt Ducasse.)

DUCASSE *(bedrückt, zurückhaltend)*.

Ich vermute, daß du mich nicht lange bei dir behalten kannst.

CHERVAT *(erstaunt)*.

Was meinst du damit?

DUCASSE. Daß du es nicht darfst.

JEANNE. Soll ich mich entfernen?

DUCASSE. Es wäre mir lieber – Nein. – Ich habe ein Empfinden, daß ich mich beeilen muß. – Guten Tag, Jeanne Chervat – wir kennen einander kaum.

JEANNE. Jakob hat oft von Ihnen gesprochen.

DUCASSE. Hört uns hier jemand?

CHERVAT *(befremdet)*.

Du bist in meinem Haus.

DUCASSE. Man hat mich zu dir gelassen. Das ist doch verwunderlich.

CHERVAT. Ich begreife wirklich nicht –. Deine Andeutungen –

DUCASSE. Man weiß hier – in diesem abgeriegelten Bezirk – sehr gewiß, wer ich bin. Man hat, ehe man mich herein ließ, in einem Namenbuch nachgeschlagen. Meinen Koffer mußte ich zurücklassen. Man war sehr höflich. Man hat mir einen Wagen zur Verfügung gestellt – und einen Beamten dazu – damit ich zu dir fände.

JEANNE *(voreilig)*.

Wir leben in einem goldenen Käfig. Jakob will es nicht wahr haben.

CHERVAT *(unfreundlich)*.

Sicherheitsmaßnahmen, die ich billige –. Man hat Alexander Ducasse doch nicht gehindert, mich aufzusuchen.

JEANNE *(unbeherrscht)*.

Wir haben die besten Kuchen, das beste Brot, das beste Fleisch. Wir kaufen Fische in Läden, die mit poliertem

Granit ausgestattet sind, mit Säulen, wie in einem Mausoleum. Wir haben einen Park, Obstbäume, Spargelbeete, Weinstöcke, einen Nußwald; einen Diener, Gärtner, eine Kochfrau; – die beste Erziehung für unseren Sohn –. Alles vom besten: den zuverlässigsten Stacheldraht.

CHERVAT *(enttäuscht, frostig)*.
Warum bist du so ohne Würde?

DUCASSE *(vermittelt, mit leichtem Spott)*.
Mich überrascht die Bitterkeit Jeannes nicht sonderlich. Auf meiner Fahrt durch dies Paradies sah ich viele unbeschäftigte Leute, die gut gekleidet waren, auf den Wegen stehen. Ich habe Menschen dieser Art einmal näher kennengelernt. Sie drangen zu zwanzig oder dreißig gleichzeitig in das Redaktionsgebäude unserer Zeitung ein. Alle hatten die rechte Hand in der rechten Hosentasche. – Die unbeschäftigten Männer, die ich heute sah, hatten – aus Gewohnheit – die rechte Hand in der rechten Hosentasche.

CHERVAT. Wollen wir uns das Wiedersehen verbittern?

DUCASSE. Meine Absicht ist es nicht. Ich konnte Jeanne mit ihrem Wort nicht allein lassen.

JEANNE. Es war taktlos von mir. Ich kenne Sie sehr wenig, Alexander Ducasse.

DUCASSE *(gleichsam erklärend zu Jeanne)*.
Ich bin noch immer der ausgehaltene Redakteur einer Arbeiterzeitung, die fast nichts ausrichtet. Aufklärung und Vernunft – die Wirklichkeit – das Tatsächliche: Worte ohne metaphysischen Inhalt. Die Kanzelredner wollen nichts davon wissen und die gerade Sterbenden auch nicht.

CHERVAT. Du hattest eine lange Reise –. Du hast mir dein Kommen nicht angekündigt –

DUCASSE. Nein, ich zog es vor, unangemeldet –

CHERVAT. Ich hätte fort sein können.

DUCASSE. Damit habe ich gerechnet – daß ich dich nicht sprechen könnte – daß du mich nicht empfangen würdest.

CHERVAT. Meines Wissens habe ich dir keinen Anlaß gegeben – so zu rechnen.

DUCASSE. Du hast einen Sekretär, der dich, ohne daß du es erfährst, verleugnen kann –; es gibt Sicherheitsmaßnahmen, die du billigst. – Das hat nichts mit deiner aufrichtigen

Zuneigung – mit unserer leidenschaftsvollen gemeinsamen Jugend zu schaffen. Du bist ein gewaltiger Mann geworden; die Stunden deiner Tage gehören dir nicht, sie sind für dich selber zu teuer, du kannst sie nicht mehr bezahlen. Und ich wollte doch nur – wie ehemals – ein paar Worte mit dir austauschen. Worte, die vielleicht vergilbt sind. Strohblumen, die sich langsam entfärbt haben. Keiner von uns beiden hat sich, als wir Knaben waren, denken können, daß Menschen an die Stelle der Allmacht im Weltenraum treten könnten – und daß du – du über den finstersten Engel gebieten würdest – für eine kurze Zeit.

CHERVAT. Das sind Worte, Ducasse – Alexander, die mich hart anfassen. Ich möchte dir etwas entgegnen. Die Menschheit wird die Sphäre der Vergangenheit, ihre Erinnerung, nicht verlieren. Auch ein Hund wird sie nicht verlieren. Es wird nicht nur Gegenwart und Zukunft geben. Wir können aus unserer Angst, die Jahrzehntausende alt ist, nicht ausbrechen, nicht aus der Mühsal. Wir werden nie erfahren, was das Nicht-Sein ist; – weder im Morphiumrausch noch als Scheintote. – Ich habe Furcht vor den Dämonen. Ich gebiete über nichts. Ich arbeite. Und allmählich ist es nur noch Arbeit – neben der Furcht.

JEANNE. Du hast seit langer Zeit nicht so traurig gesprochen wie jetzt, Jakob.

CHERVAT. Es ist nicht Traurigkeit –

DUCASSE *(beginnt zögernd).*

Entsinnst du dich, daß wir uns abmühten, das Unsinnige zu denken, das Regelwidrige, Ungeheuerliche – das Selbständige. Wir fanden die geistige Lässigkeit eines Sexualmörders gar nicht so arg, wohl aber die der Staatsleute, Feldherren, höchsten Priester, die allesamt Helden des Mordbrennens waren. – Klugheit, die sich mit Absicht paart, hat keine Tugend. Das war's, was zu sagen war, – sagten wir.

CHERVAT. Ich erinnere mich. Es war unumstößlich. – Ich streite nicht mit dem magnetischen Kraftfeld. Sonderbarer Weise dämpft die Naturwissenschaft die Revolution unserer Gedanken.

DUCASSE. Es fehlt uns Erwachsenen an heidnischer Güte. Keine Seele scheint noch der Statistik Stand halten zu können. In jeder Stunde sterben elftausend Menschen. Der tägliche Leichenhaufen von einer Viertel Million vernichtet das Mitgefühl, gibt uns eine Ameisenvernunft.

CHERVAT. Was willst du dagegen ausrichten? Es ist das Tatsächliche unserer Sphäre.

DUCASSE. Ich möchte dich etwas fragen: glaubst du an den Segen der Maschinen-Gigantomachie? An eine bessere Zukunft mittels der technischen Vervollkommnung und der wachsenden Energiestreuung? –

CHERVAT *(zögernd)*.

Das menschliche Verhalten ähnelt – trotz aller Erkenntnis – dem vor zehntausend oder hunderttausend Jahren.

DUCASSE. Du hältst es also für möglich oder sogar für wahrscheinlich, daß der Pomp unserer großartigen Erfindungen nur ein Ausweg der Natur ist, damit sie Irrtümer korrigieren kann; – daß zum Beispiel verschüttete Wälder und unterirdische Ölseen verheizt, in Kohlensäure und Wasser verwandelt werden, sodaß die Pflanzen am Ende des Maschinenspuks wieder besser wachsen können?

CHERVAT. Es ist eine pessimistische Auslegung unserer Berufung. Immerhin: die Evolution hat nicht versprochen, vor der Menschengestalt Halt zu machen. Es gibt keine verläßliche Verheißung. Doch liegt es in unserem Wesen, zu hoffen. Wer lebt, will da sein, da bleiben; – und Ausrottung hieße doch, daß nichts des Menschengeistes da bliebe; – keine Musik, keine Dichtung, keine Fertigkeit, nicht die Sprache, die die Erlösung von der ewigen Gegenwart gebracht hat.

DUCASSE. Du glaubst also – hin und wieder zweifelnd – an die Verheißung.

CHERVAT. Wenn du es hinnehmen magst: ich erkenne die Gefahr und vertraue trotzdem der unberechenbaren Fügung. Die Fehlleistung des Menschen, der man wenig Aufmerksamkeit widmet, ist wohl möglich geschichtsbildender als alles Gelungene.

DUCASSE. Darum also verantwortest du es, daß deine Arbeit, die menschlich ist – nichts Vollkommenes sein kann – ganz unmittelbar Opfer fordert: Tote, Verstümmelte –

CHERVAT. Ich verstehe nicht –

DUCASSE. Nicht, daß Dieser oder Jener bei einer Verrichtung

umkommt, meine ich; – daran haben wir uns gewöhnt – sondern ein paar Tausend in einer Sekunde; – um des Zieles willen, das du »trotzdem« fernleuchtend siehst.

CHERVAT. Wohinaus willst du?

DUCASSE. Meinen nicht zufälligen Besuch möchte ich dir begründen. Vor ein paar Monaten gab es in einer Energieanlage eine Explosion. Annähernd achttausend Menschen starben. – –

CHERVAT *(heftig)*.
Das ist eine dreiste Unterstellung!

DUCASSE *(fest, doch ohne sonderliche Betonung)*.
Worin bin ich unwahr? Unsere Redaktion erhielt zuverlässige Nachrichten. Die Zeitung hat genaue Zahlen veröffentlicht. Keine staatliche Behörde hat auch nur versucht, einen Widerruf zu erzwingen.

CHERVAT *(eingeschüchtert)*.
Es muß ein Irrtum vorliegen. – In der Tat hat es eine Explosion gegeben. Ein Ereignis, das mich sehr mutlos gemacht hat. Die Zahl der Toten war sehr hoch. Ich erinnere mich genau an die Ziffer. Achtundsiebzig – wurde mir berichtet. Ich habe lange mit Exzellenz Sarkis, unserem Obmann, gesprochen, welches Versagen, welche Konstruktionsfehler, welche Erkenntnislücken –. Es gab auch bedeutende materielle Verwüstungen. – Er nannte mir die Zahl achtundsiebzig.

DUCASSE. Andere Nachricht drang nicht zu dir?

CHERVAT. Unsere Forschungsgruppe ist verantwortlich. So oder so. Wir nehmen auch das Gräßliche hin –; das gehört zu unserer Last. Dem engsten Kreis die Wahrheit vorzuenthalten, wäre absurd –

JEANNE *(kühl, lauernd)*.
Ich habe von dem Unglück bisher nichts gewußt.

CHERVAT *(ausweichend)*.
Es schien mir angebracht, es erst einmal zu verschweigen.

DUCASSE *(ruhig)*.
Und dennoch hat man dich belogen. Achtundsiebzig Tote – das wurde eingeräumt. Die Fortsetzung war wie aus einem Kriegsbericht: Siebentausendachthundert und einige mehr wurden als »vermißt« gemeldet. Verwundete gab es auch.

CHERVAT. Nein! Es ist nicht die Wahrheit! Ich weigere mich – *(Es wird gegen die Tür geklopft. Die Drei verstummen. Es wird abermals geklopft.)*

CHERVAT. Bitte!
(Gleissenberg tritt ein.)

CHERVAT. Was wollen Sie? Ich möchte nicht gestört sein.

GLEISSENBERG. Ich bitte um Entschuldigung. Herr Professor Lambacher ist am Telefon. Er verlangt Sie zu sprechen. Ich wagte nicht, umzuschalten – ohne Ihre Erlaubnis.

CHERVAT. Es ist nicht der Augenblick für mich, ihn anzuhören. Richten Sie es bitte aus.

GLEISSENBERG. Ich sagte Herrn Lambacher Ähnliches. Er war sehr beharrlich. Er sprach von einem der größten Triumphe der Forschung – von einem Höhepunkt seines Lebens.

CHERVAT *(müde)*.
Deutete er Ihnen etwas an?

GLEISSENBERG. Ja. Er berichtete von Riesenlibellen, die aus den Larven ausgeschlüpft seien. Männchen und Weibchen, die sich begatten und fortpflanzen würden. – Ein Schauspiel, wie vor Jahrmillionen. Tiere vom achtfachen Gewicht der uns bekannten größten lebenden Arten.

CHERVAT *(abweisend)*.
Sie werden sich auch morgen begatten. Ich würde ihn morgen aufsuchen. Geben Sie diesen Bescheid. Morgen. Ich will heute nichts mehr von diesen Libellen, deren Larven seit Monaten täglich Hunderte von Kaulquappen aussaugen –
(Gleissenberg verneigt sich, geht.)

DUCASSE. Unsere Unterhaltung wird bald zu Ende sein.

CHERVAT *(unwillig)*.
Was soll diese Ankündigung –?

DUCASSE. Der Ort ist nicht günstig. Du könntest mich besuchen – gelegentlich.

CHERVAT. Warum weichst du jetzt zurück?

DUCASSE *(nachsichtig)*.
Ich sagte: Bei einer Explosion seien Achttausend umgekommen – in einer Sekunde. Du antwortetest: Nein – es ist nicht die Wahrheit. Ich sagte: Man habe dich belogen. Deine Frau Jeanne Chervat erfuhr nichts von einem Unglück, von dem du wußtest. Du hast es verschwiegen. Es gibt hier Sicher-

heitsmaßnahmen, die du billigst. Ich habe den Stacheldraht – unbegreiflicherweise – an einer Stelle zerschneiden können.

CHERVAT. Ich werde Sarkis zu mir bitten –

DUCASSE. Da du von mir den Tod der Achttausend erfahren hast, wird Seine Exzellenz es bestätigen.

CHERVAT. Es würde sich ein Abgrund auftun –

DUCASSE. Warum verwirrt dich die Zahl? – Du verantwortest den Tod der achtundsiebzig – das jedenfalls darf man aus deinem Verhalten in den letzten Monaten schließen. Die Achttausend bereiten dir Furcht.

CHERVAT. Ja. – Vor zwei Worten graut es mir. Nicht erst in dieser Stunde –; seit jeher: – vergänglich und vergeblich. – Ich weiß nicht, wie lange ich standhalte. Sarkis muß mir Rede und Antwort stehen.

DUCASSE. Es wird dir nicht helfen.

CHERVAT. Der Boden, meinst du, trägt mich nicht mehr?

DUCASSE. Als noch die Schulbank unsere Schenkel drückte, haben wir einander – geliebt, Jakob Chervat –

JEANNE. Sprechen Sie nicht weiter, Alexander Ducasse!
(Es wird gegen die Tür geklopft.)

DUCASSE. Ich vermute – auch ohne Ihren Einspruch, Jeanne Chervat – werde ich nur noch ein paar Worte stümpern dürfen.
(Es wird wieder geklopft.)

JEANNE *(da Chervat schweigt)*.
Ich bitte einzutreten.

TAUNO *(kommt herein)*.
Verzeihung –. Ich soll Herrn Aune melden.

CHERVAT. Wer ist das?

TAUNO. Der Begleiter des Herrn Ducasse.

DUCASSE. Ein Agent. – Ich lasse bitten.

CHERVAT. Was eigentlich geht vor?

DUCASSE. Das Erwartete. – Ich lasse bitten.
(Tauno ab.)

JEANNE. Das Haus ist aus durchsichtigem Stoff. Wir sind niemals allein. Tauno hat seine Ohren an allen Türen und hinter allen Wänden.

CHERVAT. Es ist eine Übertreibung. Es gibt hier keine Mikrophone. Die Wände sind nicht hohl. Wenn wir uns in unsere

Privaträume zurückziehen, sind wir so allein wie nirgendwo. Dies hier ist mein Arbeitszimmer – halb öffentlich.

JEANNE. An unserer Schlafzimmertür horcht Tauno nicht. Weshalb auch? Wer sollte ihn dafür bezahlen?

DUCASSE. Ich fürchte, mein Besuch hat nur Unheil angerichtet.

(Es wird geklopft. Tauno führt Aune herein.)

AUNE *(verbeugt sich mehrmals)*.

Meine Entschuldigung –; ich erbitte Ihre Nachsicht.

JEANNE. Sprechen Sie!

AUNE. Herr Ducasse – meine Entschuldigung – ich darf Sie darauf aufmerksam machen, daß mein Dienst in einer Stunde zuende sein wird. Ich bin zu Ihrem Schutz bestellt. Ich möchte nicht in Verlegenheit kommen. Der Wagen wartet vor dem Haus –

DUCASSE. Ich habe Sie vollkommen verstanden. Der Weg zum Bahnhof – die Formalitäten – eine Stunde ist keine unermeßliche Zeit.

CHERVAT. Herr Ducasse ist in meinem Hause.

DUCASSE. Du hast die Mitteilung des Herrn nicht richtig gedeutet. Er möchte nicht in Verlegenheit kommen.

JEANNE. Sie werden jetzt gehen, Alexander Ducasse. Es ist das Richtige.

DUCASSE. Auf Wiedersehn – wann auch immer – wo auch immer – *(Er umarmt Chervat. Zu Jeanne)* Die gleichen Worte Ihnen, Jeanne Chervat.

JEANNE *(versucht, noch etwas zu erklären)*.

Alexander Ducasse – es ist gut, daß Sie zu uns gekommen sind –

DUCASSE. Gehen wir –

(Mit Aune ab. Tauno folgt ihnen, schließt die Tür.)

JEANNE. So sind die Sitten in dieser verfluchten Stadt.

CHERVAT. Nein – nein! Ich weigere mich – *(Er geht an den Telephonapparat, hebt den Hörer)* Exzellenz Sarkis, bitte – die direkte Leitung – Ja. Hier Chervat. Sie sind es, Exzellenz Sarkis? – Ich bitte um Ihren Besuch. Sogleich. – Ohne Aufschub. – Danke. *(Er legt den Hörer auf.)*

JEANNE. Man wird dir bestätigen, es waren Achttausend. Daran zweifle ich nicht.

CHERVAT. Warum glaubst du dem Bericht Alexanders?

JEANNE. Weil es so einfach ist, ihm zu glauben; – Weil deine Zuversicht, daß das Schlimme weniger schlimm sei, eine widersinnige Ausrede ist – eine unangebrachte Beschwichtigung. –

CHERVAT. Das sind harte – sehr unkameradschaftliche Worte, Jeanne.

JEANNE *(halb erstickt)*.

Ich will fort von hier. Ich sagte es schon. Ich bin deiner nicht überdrüssig – vermute nicht das. Ich darf nicht hier bleiben.

CHERVAT. Jeanne – das ist doch töricht gesprochen – oder undurchsichtig. – Du willst fort – du darfst nicht bleiben –. Wenn du meiner nicht überdrüssig bist – wenn dich nicht die Abneigung forttreibt –

JEANNE. Du hast ein Recht darauf, daß ich dir den wahren Grund nenne. Ich fürchte mich – denn ich bin schwanger.

CHERVAT *(will sie umarmen)*.

Meine geliebte Jeanne –

JEANNE. Nenne es unverantwortlich – unvorsichtig – oder widerwärtig – bei meinem Alter –

CHERVAT. Falsche Meinung ist das, Jeanne. Wir sind einander zugetan –

JEANNE *(ruhig)*.

Ich kann es nicht verantworten. Am wenigsten kann ich es verantworten, hierzubleiben. Wenn ich an Elia denke – an diesen unseren Sohn – mit seinen achtzehn Jahren ist er kahlköpfig – und ein Krüppel dazu –

CHERVAT. Du darfst das Wort nicht sagen –

JEANNE *(dem Weinen nahe)*.

Ich darf es nicht sagen. Er kann noch werden, was er nicht ist. Ich erflehe es; aber ich erwarte es nicht mehr. – Heute nun der Bericht Alexanders –. Diese Explosion, die du mir verschwiegen hast. – Ich hätte das Kind aus mir entfernen lassen können – damals –. Jetzt ist es zu spät.

CHERVAT. Deine Gedanken sind blind, Jeanne –

JEANNE *(aufsässig)*.

Ich sage: es ist zu spät. – Ich kam mir geschmacklos vor in meinem Zustand: ich schwieg und schwieg –

CHERVAT. Es sind eingebildete Gefahren, von denen du dich umgeben siehst. Ich freue mich – –

JEANNE *(unterbricht ihn schroff).*

Freue dich! Freue dich! Freue deine Vorfreude auf ein gesundes Kind! – Ich will fort von hier, Chervat, weit fort von hier. Ich weiß nicht, was mir bevorsteht. Das Glück kommt nicht auf uns zu, das weiß ich – nicht das Glück. Wir bezahlen die Rechnung für unser vergoldetes Dasein –

(Es wird gegen die Tür geklopft. Tauno öffnet sie. Sarkis tritt eilig herein.)

SARKIS. Da bin ich. – Ich wußte im Voraus, daß es eine Unklugheit sein würde, diesen Alexander Ducasse zu Ihnen zu lassen, Chervat. Indessen, hätte man ihn abgewiesen, nicht in die geschlossene Stadt eingelassen, es wäre am Ende nichts Besseres daraus geworden als das Schlechte, das wir jetzt vorfinden. *(Er erblickt Jeanne, die hinausgehen will, verneigt sich)* Sie kennen den Zwischenfall, Jeanne Chervat. – Bleiben Sie nur – es nützt uns, wenn Sie dabei sind.

(Jeanne zögert, bewegt sich langsam in den Hintergrund.)

CHERVAT *(nüchtern, beherrscht).*

Sie sprechen von einer Begegnung, Exzellenz Sarkis, von der Sie nichts wissen können. Man darf feststellen – ich glaube nicht, daß mein Geist verwirrt ist –, mein Mund hat sich nicht geöffnet, bevor Sie mir etwas erklärten.

SARKIS. Weshalb wollen Sie darauf bestehen, daß ich Ihnen Geheimnisse entwirre, die keine sind? Es gibt Sicherheitsmaßnahmen –. Herr Alexander Ducasse ist uns nicht unbekannt. Sie beide haben als Jünglinge miteinander von irgend einer diffusen Menschheitsbeglückung geschwärmt –; nicht gerade in einer nationalen oder rassischen Auslegung –; füreinander hatten Sie wahrscheinlich auch manche hochtrabende Empfindung. – Ihr Freund hat Ihnen – wohl überlegt – erzählt, daß bei der letzten Explosion in einem der Energiemeiler achttausend Menschen umgekommen sind.

CHERVAT *(unwillig).*

Sie werden jetzt sagen: er log.

SARKIS. Nein. Er sprach die Wahrheit.

CHERVAT *(taumelnd).*

Das – das erfahre ich jetzt. – Es ist ungeheuerlich – die Auflösung jeden Vertrauens –

SARKIS. Ich bin nicht arglistig. Ich habe Sie schonen wollen –

damals. Sie und die besten Ihrer Mitarbeiter. Es bestand die Möglichkeit, die Nachricht zu unterdrücken. –

CHERVAT *(mit dünnem Atem).*
Mich schonen? Man fälschte den Zeitungsdruck, um mich zu schonen? Die ganze Stadt wurde in Unwissenheit gehalten, um mich zu schonen? – So umfassend ist die Lüge – so wohl bedacht – so ins Einzelne ausgearbeitet –

SARKIS. Haben Sie Ihrer Frau nicht verheimlicht, daß Achtundsiebzig umgekommen sind? Warum verschwiegen Sie das?

CHERVAT. Wie können Sie wissen –?

SARKIS. Sie selber hatten – uneingestanden – den Wunsch, keine Panik aufkommen zu lassen. Ich hatte den gleichen. Sie wollten kein Zerwürfnis im Hause. Ich wollte keinen Zwist mit Ihnen.

CHERVAT. Warum nannte man mir die Zahl achtundsiebzig?

SARKIS *(entschlossen).*
Sie drückt einen Teil der Wahrheit aus. Achtundsiebzig Menschen konnte man identifizieren oder als gewesenes Fleisch erkennen. Der Rest war nicht mehr vorhanden. Staub, gelblicher Staub, irgendwo hin getragen – das waren sie geworden; – um deutlich zu sein.

CHERVAT. Sie wollen mich demütigen, niederschlagen –

SARKIS. Ich vertraue Ihrem Genie – Ihren Theorien – der Schönheit und Unbestechlichkeit Ihrer Formeln –; weniger Ihrem Charakter.

CHERVAT *(heftig).*
Verdächtigungen, unsaubere Vorsicht –!

JEANNE. Mäßige dich bitte, Jakob –

SARKIS *(ein wenig hochmütig).*
Niemand beschuldigt Sie, Ihre wissenschaftlichen Aufgaben unaufrichtig erledigt zu haben. Für die Energie-Anlagen sind Sie nicht verantwortlich. Es trifft nicht Sie, daß in einem der Bunker die Kältemauern zusammenbrachen. Es ist eine Art von Anmaßung, wenn Sie die Katastrophe auf sich oder auf die von Ihnen gelieferten Grundlagen beziehen.

CHERVAT. Es ist doch meine Arbeit –

SARKIS. Und die Auswertung durch tausend Andere. Ich will Ihre Verdienste nicht schmälern – einzig Ihre Verantwortung.

CHERVAT. Ich muß fragen, was durch mich angerichtet wird.

SARKIS. Die Rechenschaft, die Sie sich abverlangen, ist Ihrer kaum würdig.

CHERVAT. Die Folgen zu bedenken wäre eines Menschen unwürdig?

SARKIS. Wer der Zukunft so sehr verpflichtet ist wie Sie, kann durch Zaudern schuldig werden. Wir haben, dank Ihrer Verdienste, vor anderen Gruppen im Ausland einen Vorsprung von mehreren Jahren vielleicht. Das Versagen der technischen Durchführung in einem Falle entscheidet nichts. Unsere Nation stirbt nicht mit achttausend Toten und bricht nicht wirtschaftlich zusammen, weil irgendwo im Lande ein großes Loch entstanden ist, das sich allmählich mit Wasser füllt.

CHERVAT *(eisig)*.

Es sind radioaktive Stoffe weithin verbreitet worden.

SARKIS. Die Rüstungs-Techniker haben bei ähnlichen Anlässen keine nennenswerten Bedenken.

CHERVAT. Man wird den Achttausend weitere Zehn- oder Zwanzigtausend hinzuzählen müssen – binnen kurzem.

SARKIS *(lenkt ein)*.

Wollen Sie den Gang der industriellen und wissenschaftlichen Entwicklung aufhalten, Chervat? – Sie wollen es nicht. Es kommt Ihnen vielleicht gerade jetzt in den Sinn, daß Sie es wollen. Aber es wäre ein unlauterer Protest. – Sie möchten uns Ihre Mitarbeit fürderhin versagen –; so ist Ihnen zumute. Aber Sie haben strenge Verträge mit uns geschlossen. Wir haben Ihnen fast unumschränkte Rechte eingeräumt; dafür haben Sie sich zu Vielem verpflichtet.

CHERVAT. Wollen Sie mich daran erinnern, daß der Staat das Maß meiner Freiheit bestimmt?

SARKIS. Sie mißverstehen mich. Ich versuche besinnlich mit Ihnen zu sprechen. Ich will mich an Beispiele halten. Vor ein paar Jahrtausenden hat man Schiffe erfunden. Man ist damit auf Flüssen und auf dem Meere gefahren. Das Wagnis ist von unablässigen Katastrophen begleitet gewesen – bis in unsere Tage hinein. Soll man die Schiffe versenken? Soll man die sich drehenden Räder zerbrechen, weil ihr Vorhandensein für Ungezählte den vorzeitigen Tod bedeutet? Wohin – in welche Zeit wollen Sie zurückgehen, wenn Sie vorschlagen, wir müßten uns zurückentwickeln? Das Rad, das Schiff – sollen sie geduldet werden? – Sense, Hammer und Meißel, werden sie geduldet?

CHERVAT *(empört)*.

Ich bin kein Narr.

SARKIS. Niemand hält Sie dafür.

CHERVAT. Die Energie, mit der wir uns befassen, ist der Allmächtige im Weltenraum –

SARKIS. Die künstlichen Sonnen, die wir uns erschmelzen, wären eine Anmaßung? Meinen Sie das?

CHERVAT. Ich bin kein General, der sich auf die Pflicht beruft, wenn er Regimenter oder Armeen in einen nutzlosen Tod treibt.

SARKIS. Einem ungeschickten Offizier verzeiht man das Blutvergießen und bedenkt ihn mit einem Orden. Das beruhigt ihn, benimmt ihm die Zweifel. – Sie, Chervat⟨,⟩ sind nicht so oberflächlich wie der Mann in der prunkenden Uniform. Doch übergroße Empfindlichkeit ist auch Ihnen nicht gestattet. Ihre Leistung fordert auch Ihren Mut. Alles menschliche Tun ist vom Tode umstellt.

CHERVAT. Es geht darum, ob die Menschheit noch eine Zukunft hat.

SARKIS. Dieser Ausspruch macht Sie mir verdächtig, Chervat. Zweifel sind nicht gleichbedeutend mit Weitsicht. Sie haben die Pflicht, nicht vorzeitig zu erschrecken. Ducasse sollte es unterlassen, Sie zu verwirren – sofern er Ihr Freund ist.

CHERVAT. Entscheidet darüber nicht er allein?

SARKIS *(abweisend)*.

Ich kam in der Absicht, Ihnen zu raten – und zu helfen.

CHERVAT *(eigensinnig)*.

Ich werde Ducasse wiedersehen.

SARKIS. Haben Sie noch eine Frage an mich?

CHERVAT. Ich wüßte nicht –

SARKIS. Sie hatten mich zu sich gebeten.

CHERVAT. Es war unüberlegt. Ich wollte nur die eine Gewißheit.

SARKIS *(spöttisch)*.

Sie hielten es für möglich, daß Ducasse falsch berichtete?

CHERVAT. Es war wie der Bluterguß aus einer klaffenden Wunde.

SARKIS *(verneigt sich. Zu Jeanne Chervat hin).*

Ich empfehle mich. *(zu Chervat:)* Ich vertraue Ihrer – Gründlichkeit.

(Er geht fast geräuschlos.)

CHERVAT. Man kann die Vorgänge vereinfachen. Die Achttausend erhielten den zehnfachen Lohn wie ihresgleichen, die andersgeartete Maschinen bewachen. Sie durften keine Kinder zeugen; sie mußten sich mit dem Vergnügen allein abfinden, sofern es sie gelüstete. Man bezahlte die Gefahr. – Ich bin jetzt einsam, Jeanne. Du gehst von mir. Du nimmst Elia mit dir. – Ich bin nicht traurig; meine Gedanken sind die eines Müden.

JEANNE. Ich werde nicht von dir gehen, Jakob. Ich habe dir vorhin Unrecht getan. Du hast deinen Platz hier. Ich glaubte, daß du ein verhärteter Mensch geworden wärest. Aber du bist nur ausgeliefert – wie wir alle. Herausgehoben – oder vorangestellt – das bedeutet in der Stunde des Untergangs wenig. Ein sinkendes Schiff: der Kapitän bleibt auf der Kommandobrücke. Vielleicht ertrinken nicht alle.

CHERVAT. Ich wage nicht, dir zu antworten.

JEANNE. Du hast eben gesagt, man könne die Vorgänge vereinfachen. Man kann es. Jedermann tut es. Eine ganze Menschheit, die die Erde besiedelt, tut es. Die Ausnahmen zählen nicht. Das Urteil ist längst gefällt. Wir erfahren es später. Ich hätte das Kind aus mir entfernen lassen können. Jetzt ist es zu spät – oder es erscheint mir als zu spät. Ich glaubte an die Liebe – an die Natur – an die Freundlichkeit der Schöpfung – nicht an ihre Härte. Plötzlich weiß ich, das Wesen in mir, mitten in mir – haben die Pfeile getroffen – oder es kam davon. – Der Ort, an dem ich mich befinde, verändert das Schicksal nicht mehr. – Ich bin entschlossen.

CHERVAT. Wozu?

JEANNE. Die Stirn zu bieten. Die Prüfung zu bestehen.

CHERVAT. Werde ich sie bestehen können?

⟨FRAGMENTE EINER OFFENSIVE II⟩

⟨Öffentlichkeit – Theater – Dramatiker⟩

Betrachtungen zur Theaterkrise

Ich bin langsam zu der Erkenntnis gekommen, daß Deutschland zu einem Kulturland 3. oder 4. Ranges herabsinkt. Es vermag Unsummen für ein in jedem Sinne schädliches Heer aufzubringen, für politische Kuhhändel aller Art, für die Festigung und den Ausbau einer apokryphen Kirchenmoral, für planmäßige Verhetzung der kommunistischen Weltanschauung, für die Aufrechterhaltung mittelalterlicher Gesetze und Vergeltungsmethoden, Pfennige höchstens für wesentliche und saubere Dinge. Wir wollen jetzt schreien, das Theater ist in Gefahr. Wir sollten lieber schreien, die Freiheit des Geistes und die Freiheit des Gefühls ist in Gefahr. Jeder Fortschritt und jede Erkenntnis ist in Gefahr. Denn die Nation der Lakaien handhabt den Zensurhebel.

Deutscher Theaterdienst 1930

H. E. Mutzenbecher in der Patriotischen Gesellschaft

In diesem Winter hatten schon Diebold und Ihering im Auftrage der patriotischen Gesellschaft über Theaterfragen gesprochen. Denn die Krise der deutschen Schau- und Opernbühne ist da. Forderungen und Postulate werden mächtig, da der Wille besteht, die deutsche Bühne zu retten. Mutzenbecher sprach von der Oper. Vor allem. Er gab in den ersten Abschnitten Tatsachenmaterial zur Krise. Kein Opernhaus, das nicht tausend bis fünftausend Reichsmark Subvention je Vorstellung benötige. Kein Opernhaus, das auch nur die Möglichkeit besäße, mit den Kasseneinnahmen zu balanzieren. Erschreckend die Verarmung des Spielplanes. Vor 1914 konnte der Leiter einer Oper aus etwa 80 Musikschöpfungen ohne Risiko für die Abendkasseneinnahme das Repertoire zusammenstellen. Heute wird es verfänglich, wenn er es wagt, seine Auswahl auch nur aus 50 anerkannten Werken der Vergangenheit zu wählen. Aus solchem Tatsachenmaterial folgt, daß der heutige Opernbetrieb überwiegend eine museale Angelegenheit, eine museale Angelegenheit großer Dürftigkeit ist. Er sprach aus, daß man versucht sein könnte, aus solcher Wandlung zum Unfruchtbaren, der Oper die Existenzberechtigung abzusprechen. Aber er zeigte auch die Reihe der lebendig Schaffenden auf, die neue Formen und neue Möglichkeiten herantragen, um die Gestalt der Oper wieder mit Blut zu füllen. Er legte dar, wie das Musikdrama an Bedeutung verlöre, um einer mehr traumhaften höheren Wirklichkeit des Geschehens Platz zu machen; wie die Partituren der besten Opernkomponisten sich von allem Überflüssigen, vom Schwulst reinigten, um klar, sauber, durchsichtig zu werden; daß Meisterwerke entständen, in denen das musikalische Ge-

schehen polyphon, manchmal abstrakt, mit höchster Kunstfertigkeit den Text des Dramas begleite, wie der »Wozzek« Alban Bergs. Als Gegenpol dazu die großartige Leistung Strawinskis im »Ödipus Rex«, | der die erhabene Form eines Bühnenoratoriums darstellt. Mutzenbecher machte deutlich, daß wir, die selbst nicht vorantreibend mitwirkten, sondern als Zuschauer uns betätigten, unsere Zeit durch ein Stadium des Übergangs geprägt sähen. Daß an einzelnen Schaffenden sich Tragödien vollzögen, weil sie der Tradition des neunzehnten Jahrhunderts entstammten, aber klug genug wären, den neuen Geist, wie ihn vielleicht Schönberg sich herbeisehnte, wie ihn Strawinski, Berg, Hindemith u. a. gestalteten, als zukunftweisend zu bejahen. Er bezeichnete die letzte Oper Schrekers als ein Zeichen solch tragischen Geschehens. Schreker habe sich befleißigt, dünn und durchsichtig zu instrumentieren und da habe sich erwiesen, daß die reine Melodie, die reine Polyphonie ihm nicht fließt. Daß barocke oder gothische Musikvorbilder ihn nicht bis zur Entzündung neuer Geistvorstellungen bewegen. Die Ausführungen Mutzenbechers nahmen reichlich eine und eine halbe Stunde in Anspruch. Es ist nicht möglich, all die klugen und ausführlich begründeten Gedanken seiner schnell gesprochenen Rede hier wiederzugeben. Nur andeutungsweise kann der Weg bezeichnet werden, den er die Zuhörer führte. Seine Schlußfolgerung ging dahin: Um der guten und fruchtbaren Kräfte willen, die die Gegenwart aufzuweisen hat, müsse man an die Zukunft der Oper glauben und sich nicht scheuen, im Augenblick Opfer zu bringen. Freilich, eine Tatsache, so beschämend sie auch sei, könne nicht geleugnet werden, das durchschnittliche Opernpublikum versage neueren Opernwerken gegenüber fast völlig; es begriffe in der Mehrzahl seiner Glieder garnicht, worum es den modernen Schaffenden großen Formates ginge. Der Kassenrapport spräche gegen die Aufführung neuzeitlicher Werke. Aber sie müßten von jedem subventionierten Theater verlangt werden, weil sonst die Bezuschussung völlig ohne innere Begründung sein würde.
Mutzenbecher gab dann noch das Stichwort für die dem Vortrage folgende Diskussion, indem er auf hamburgische Theaterverhältnisse zu sprechen kam, insonderheit auf den Plan, hier eine neue Bühne zu | errichten. Er versuchte deutlich zu

machen, daß die Opernhäuser großen Ausmaßes im allgemeinen nicht für die Aufführung moderner Opernwerke geeignet seien, daß in einem Theater wie dem Hamburger Stadttheater selbst eine Mozartoper verfehlt wirken müsse. Es sei deshalb außerordentlich zu begrüßen, daß bei einem Theaterneubau man das Haus gleichzeitig den Zwecken der Kammeroper, des Sprechtheaters, des Tanzes, des Filmoratoriums und anderer neuzeitlicher szenischer Äußerungen dienstbar machen wolle. Er erläuterte das Projekt Gropius, das, wie wir hören, in einem Modell demnächst nach Hamburg kommen soll. Er schloß daran die Betrachtung, die Ausführung eines solchen oder ähnlichen Planes in dieser Stadt würde mit einem Schlage Hamburg einen bedeutenden Vorsprung vor allen übrigen Städten in Deutschland geben.

Verschweigen wollen wir nicht, Mutzenbecher ummantelte den Kern seines eigentlichen Vortrages mit einem zweiten, in dem er von seinen Erfahrungen als Opernregisseur sprach.

In der Diskussion stand das Projekt eines Theaterneubaues in Hamburg im Vordergrund. Man vermißte die Anwesenheit der Herren Direktor Ziegel, Intendant Röbbeling und Intendant Sachse. Man vermißte viele andere. Der Kreis, in dem Mutzenbecher sprach, war klein. Die Diskussionsredner waren sich einig in dem Wunsch, es möge Hamburg das Glück beschieden sein, daß es einen Theaterneubau wirklich neuzeitlicher Prägung erhalte. Aber aus den Wechselreden ging auch hervor, daß noch genug Klippen vorhanden, an denen auch die trefflichsten Absichten scheitern können.

Typoskript 1930 H. H. Jahnn

〈DISKUSSIONSREDE ZUM IV. INTERNATIONALEN THEATERKONGRESS 1930〉

Hans Henny Jahnn – Hamburg. Meine Damen und Herren! Ich habe mir vorgenommen, Ihnen von der unerbittlichsten Kritik etwas zu sagen, von einer Kritik, die von vornherein nicht die Kunstleistung bewertet, sondern aufgebaut ist auf Macht. Kritik solcher Art möchte ich zusammenfassen unter dem gemeinsamen Namen Zensur. Das Ziel dieser Kritik kann niemals die Anerkennung eines Werkes sein, sie ist nur wirksam als Negierung, Unterbindung und Vernichtung. Die Zensur ist nichts neues; sie besteht, solange es Machtfaktoren gibt, die ihren Willen mittels Gewalt durchsetzen können. Ich glaube sagen zu können, nicht die staatlich-demokratische Zensur ist die gefährlichste. Es gibt andere Kunstmaßstäbe als den der Staatserhaltung, die viel schrecklicher sind in machtvollen Händen. Ich erinnere nur daran, daß es für die christlichen Nationen ein Mittelalter gegeben hat, wo die Zensur Inquisition hieß. Die sowohl Kunstwerke als auch Errungenschaften der Wissenschaft dadurch unschädlich machte, daß sie bedenkenlos den Hersteller zusammen mit seinen Werken auf den Scheiterhaufen brachte.
Ich sagte bereits, die Zensur in den demokratischen Ländern sei die unschädlichste. Ich möchte Ihnen eine Aufzählung der Machtgruppen geben, die eine wirksame Zensur ausüben können, die die Verfemung eines künstlerischen Werkes nicht nur anbahnen, sondern seine Veröffentlichung oder Verbreitung auch verhindern können. Da ist zunächst in unserem Betrachtungsgebiet die kapitalistische Zensur; als Gegenpol dazu die kommunistische; dann die Zensur der weltanschauungsbildenden Körperschaften. Endlich die völkische Zensur. Alle Bemühungen, Sondermeinungen Ausdruck zu geben, würden nicht unter den Begriff der Zensur fallen können, wenn die Gruppen, die eine Kritik

ausüben, nicht die Macht besäßen, innerhalb eines weiten bedeutungsvollen Gebietes das nicht genehme künstlerische Werk zu vernichten oder doch seine Veröffentlichung oder Verbreitung, Anerkennung unmöglich zu machen. Endlich die schlimmste Zensur: die Zensur des Normalmenschen. Dieser Normalmensch gibt den vorher genannten Institutionen erst den Hintergrund für ihre Machtsprüche, indem er sie moralisch stützt, also gewissermaßen durch eine Interpolationsmethode an die Stelle der Macht ein biologisches Prinzip setzt. Dieser Normalmensch, den es in der Realität nicht gibt, der ein Wortgerüst ist, selbst kein biologisches Wesen, läuft auf der Straße herum. Aber er hat Komplexe, an denen er sich stößt.
Wir sind in Deutschland im Zusammenhang mit der kaninchenhaft fruchtbaren Filmzensur soweit gekommen, daß die Sexualität an sich eine strafbare Handlung geworden ist. Ein Beispiel für das groteske Ausmaß dieser Anschauung: In einem Rundfunkvortag durfte das Wort »Läuse« nicht ⟨gesendet⟩* werden. Ich habe mich vergeblich gefragt, warum es gestrichen werden mußte. Mir blieb nur eine unvollkommene Erklärung. Läuse sind Tiere, die sich auf der menschlichen Haut befinden, sich auf etwas Nacktem dem Menschen zugehörig bewegen.
Zur Charakterisierung einer andern Machtgruppe möchte ich ein Wort anführen, das Professor Muth geschrieben hat, das sämtliche Zensurgruppen sich als Motto wählen könnten: »Das Christentum braucht die Kunst nicht wesensgemäß; aber es wird sie nie abweisen, wenn sie ihm auf den Knien entgegenkommt.« Die Forderung, daß die Kunst ihr auf den Knien entgegen kommt, wird von jeder Machtgruppe aufgestellt.
Wir haben nicht die Möglichkeit, die Zensur wirksam zu bekämpfen oder gar auszuschalten. Sie wird bestehen bleiben. Ich bin mir vollkommen klar darüber, daß die Vernunft kein Machtmittel ist, um jemals die Zensur zu unterbinden.
Als Descartes versuchte, seine Gedanken über Gott und das Christentum auszubauen, drohte ihm der Scheiterhaufen. Er bog seine Erkenntnisse ab und flüchtete in die Wissenschaft der analytischen Geometrie. Wir Künstler, die wir durch die Zensur bedroht sind, die wir klein an Zahl und schwach an Einfluß, sind gezwungen, einen solchen Umweg zu machen.

Wir können nicht verkünden, jedenfalls nur mit Mißerfolg, unsere Weltanschauung sei richtig; wir können nur immer wieder uns berufen auf die vitalen Kräfte, die wir vertreten. Wir haben nur eine Möglichkeit, Wiederhall zu finden; wenn wir uns an den Grundsatz, daß menschliche Bedürftigkeit nach Freiheit nicht der Taten, sondern des Fühlens und Denkens bestehe, anklammern. Mit geringer Inbrunst an die Freiheit des Denkens; sie wird zuerst durch die Zensur bedroht und ist diskussionsfähig, umsomehr an die Freiheit des Fühlens. – Wir werden immer einen Wiederhall finden, wenn es um biologische Dinge geht, um das Leben schlechthin. Denn dieses Leben wird gelebt. Solange es ein Wesen gibt, das atmet, wird eine Sucht nach Freiheit und Gerechtigkeit sein. Und der Schatten eines Verständnisses für die Leidenschaft.

Ein Glück⟨s⟩umstand sei nicht verschwiegen: Es sind viele Gruppen, die Zensuransprüche erheben. Und sie behindern sich gegenseitig. Auch zu der Behinderung in sich selbst darf ich ein Beispiel anführen. Das Gesetz zum Schutz der Jugend gegen Schmutz und Schund hat erst im Reichstag eine Mehrheit gefunden, nachdem die Fraktionen und Körperschaften eine Art weißer Liste angefertigt hatten, auf die alle Künstler gesetzt wurden, die von einer Belästigung durch das Gesetz ausgenommen werden sollten. Ein theoretisches Vacuum für jede Kunstübung ⟨k⟩ann innerhalb der Demokratie gebildet werden. Und Kompromisse zugunsten der Kunst wird es geben, solange kommunistische, kapitalistische, weltanschauungsbildende, biologische, kurz sich widersprechende Kräfte vorhanden sind. Das Kräftespiel der Konkurrenz ist unsere einzige Hoffnung gegenüber der Zensur. Eine Welt vollkommener Ordnungen kann nicht geschaffen werden, nachdem der Instinkt im Menschen verloren gegangen ist, und sein Geist nicht reif genug wurde, daß jedweder vorurteilslos vor dem anderen stehen und vorurteilslos das Lebewesen im anderen anerkennen kann.

In zusammenfassendem Sinne möchte ich sagen: Es ist der Künstler, der trotz des Protestes, von wem auch immer er komme, die Schöpfung ⟨bejaht⟩*. Indem er es tut, erhält er seine Rechtfertigung jenseits der Angriffe. (Beifall)

Typoskript 1930

Vierter Internationaler Theaterkongress

Referat Hans Henny Jahnn:
»Im Augenblick wird die Zensur durch folgende Machtgruppen gehandhabt. Durch den demokratischen Staat, durch weltanschauungsbildende Körperschaften, durch kapitalistische Machtgruppen, durch absolutistische Staatsregierungen, durch kommunistische, völkisch-faschistische. Die schlimmste Zensur aber ist die des Normalmenschen. Denn er gibt allen Machtansprüchen der obengenannten Gruppen erst die biologische Rechtfertigung. Die Machtgruppen bedienen sich der Verdrängungen des Normalmenschen, um ihre Machtansprüche in einen moralischen Mantel zu hüllen. In Deutschland ist es im Zusammenhang mit der Filmzensur soweit gediehen, daß Sexualität an sich schon als strafbare Angelegenheit betrachtet wird. Es wird auf diese Weise beinahe eine Umkehrung der Schöpfungsprinzipien erreicht. Über das Verhältnis aller Machtgruppen zur Kunst könnte der Satz stehen, den Professor Muth in Bezug auf das Christentum gesagt hat: »Es braucht die Kunst nicht wesensgemäß, aber es wird sie nie abweisen, wenn sie ihm auf den Knien entgegenkommt.«

Die Zensur verlangt Unterwerfung der Kunst wider besseres Wissen. Es gibt keine Möglichkeit für die Vertreter des Geistes, mit wirksamen Waffen die Zensurbestrebungen zu bekämpfen. Nur ein Glücksumstand ist gegeben, daß es verschiedene Gruppen sind, die Zensurrechte ausüben. Dadurch entstehen Widersprüche, kleine Hohlräume, in denen der Geist sich einen mühsamen Weg suchen kann. Je zahlreicher die Machtgruppen sind, die die Zensurgewalt ausüben, um so besser für die Entfaltung der Kunst.

Als Descartes seine Gedanken über das göttliche Prinzip zu

äußern begann, war er in Gefahr, dem Scheiterhaufen überantwortet zu werden. Er benutzte die Freiheit des Geistes und bog seine Erkenntnisse ab, indem er die reinen Erkenntnisse in der analytischen Geometrie niederlegte. Der Künstler von heute ist gezwungen, ähnlich wie Descartes, sich auf ein reines Prinzip, ein unanfechtbares, zurückzuziehen, auf die Schöpfung, auf ihre Gesetze. Sie zu bejahen ist seine Aufgabe. Und er hat die Hoffnung, daß das biologische Prinzip, das Blut, das Leben ihm in Gefahren beispringt und Verwirrung anrichtet unter den Machtgruppen, die das Prinzip des Lebendigen nicht ausrotten können, ohne selbst zu zertrümmern.«

Der Zeitungshändler 1930

Modernes Theater.

Die ökonomische Krise des Theaters mag weiter bestehen, weil eine schleichende Dauerkrankheit am Bestand der kapitalistischen Wirtschaftsformen nagt. Aber das kulturelle Gut der Sprechbühne ist für die Zukunft gesichert. Die Angriffe des Films und des Rundfunks haben ihr Gewicht verloren. Das Wort ist neu und erfinderisch wie immer. Es ist offenbar geworden: so große technische Apparate, wie die des Produktions- und Reproduktionsprozesses der beiden Konkurrenzgruppen sie darstellen, können niemals Träger des geistigen Vortrupps sein (immer nur Anker für schon bestehende Machtgruppen), schon weil zu viele Köpfe den Werdeprozeß vor der endgültigen Form beeinflussen. Daß Zensurmaßnahmen sich an technisch komplizierteren Gebilden verheerender auswirken müssen als am Werk des Dichters, das schlimmstenfalls im Schubfach verschwindet und eines Tages doch gedruckt wird, und sei es auch im Ausland, versteht sich am Rande.

Nachdem der Film sich aus den Fesseln (?) des Stummseins gelöst, hat er sich in nicht beschreiblichem Maße verschlechtert. Die Synchronisierung der Arbeit zweier Apparate, die auf verschiedene Sinne wirken, ist erreicht; aber das Spiel auf zwei Ebenen im Bild ist schwierig, fast unmöglich geworden. Alle Künste der Montagearbeit sind plötzlich leer und vergeblich. Weil das menschliche Wort im Film wie eine Wüste ist. Es strahlt nicht. Es wird niemals strahlen. Es wird immer um so viel hinter den Tatsachen auf einer Sprechbühne und in einem Buche zurückbleiben, wie eine (wie auch immer empfindliche) Maschine hinter den Wundern an Genauigkeit und Vielseitigkeit des anatomischen Gebildes Mensch oder Tier zurückbleiben wird. (Daran ändert auch nichts, daß der letzte Aufnahmeapparat wieder Mensch heißt).

In unserer Zeit nun, die die Erfindung des Tonfilms und Rundfunks brachte, bildete sich auch die Schlußfolgerung der Dichter aus den philosophischen Revolutionen der großen Denker und Forscher bis jetzt: daß der menschliche Geist nur einen Besitz, nur ein Instrument hat, die Erinnerung, die bis in die Zukunft reicht; und daß alles abstrakte und sinnliche Geschehen in der Person des einzelnen nur äußerlich synchronisiert in der Gegenwart handelt, mit tieferer Bedeutung verschiedene Daseins- und Zeitebenen sich übereinander lagern und sich schneiden. Ohne die Erinnerung, kosmisch und biologisch, würde es keine Lehre und keine Überlieferung, keine Sprache, kein Handwerk und keine Musik geben.

Ich weiß nicht, wer unter den lebenden Dichtern als erster den Mut fand, an die Gestaltung dieser Erkenntnis zu gehen; aber ich weiß, sie hat zum mindesten ein Beispiel unerhörter Größe geweckt: die Handlungen und Dialoge in der Dirnengasse im »Ulysses« des James Joyce. Dies Drama ist dichterisch mit der Grenze zum Bildhaften, nicht zum Sprechbaren gestaltet. Der surrealistische Film, zum Beispiel »Chien andaloux« (stumm), in dem verschiedene Zeitebenen und solche unterschiedlicher Bewußtseinsstärke übereinander und durcheinander photographiert werden, mit ganz positivem Ergebnis, ist ohne eine im Ausmaß und in der Wirkung größere literarische Vorgängerschaft nicht denkbar.

Das Drama kann bei ähnlichem Vorgehen dichterisch sein mit der Grenze zum Sprechbaren, zur Dynamik des Fortreißens, vorangetriebener Handlungen. Dann können sich Formen bilden, die die Maschinerie des Films und des Rundfunks auf der ganzen Linie als grob und ungeistig erscheinen lassen. Ich selbst habe in meinem letzten Bühnenwerk »Straßenecke« die Entblößung der Scheinsynchronisierung versucht, um dieses Gut Erinnerung in seiner ganzen Pracht und seinem ganzen Schmerz als Rad im Mechanismus eines großen harmonikalen Geschehens zu zeigen. Am Ende, vor der Angst, vor der Hoffnungslosigkeit der Zukunft gegenüber, fallen alle Zeit- und Handlungsebenen zusammen zur »Gegenwart«, von der das areligiöse Wort gilt: »Sie ist, wie sie ist.«

Die Bühnenschriftsteller müssen dem Publikum und den rückgewendeten Betrachtern leider immer noch den gleichen Schmerz bereiten wie Schiller, als er seine »Räuber«, wie Büchner, als er seinen »Wozzek« schrieb. Zukunftsgedanken sind lästig, gar wenn sie aus der Erinnerung eines einzelnen stammen.

Hamburger Fremdenblatt 1930

Existentialismus, Liebe und Film

Hermann Lober: Ein Gespräch mit Hans Henny Jahnn

Anläßlich des Erscheinens seines letzten Dramas »Armut, Reichtum, Mensch und Tier« hat Jürgen Fehling die Rückkehr Jahnns in die deutsche theatralische Wirklichkeit als ein allererstes Theaterereignis bezeichnet und zum Ausdruck gebracht, daß die Premiere dieses Dramas, das noch in dieser Spielzeit unter Fehlings Regie im Hamburger Schauspielhaus uraufgeführt werden soll, ein »wichtiges Datum der Literatur- und Theatergeschichte sein wird.«

1933 mußte der 1894 in Hamburg-Stellingen geborene Orgelbauer, Dichter und Dramatiker Hans Henny Jahnn vor dem Zugriff der Nationalsozialisten auf die Insel Bornholm entfliehen. Nunmehr ist der Zeiger der Uhr vorwärts gerückt und dem heute 54jährigen Dichter und Dramatiker das Tor der Zukunft geöffnet.
Der Dichter, der schon in den Jahren 1946 und 1947 für kurze Zeitspannen seine Vaterstadt besucht hatte und nun wiederum in Hamburg eintraf, gab mir kurz vor seiner Weiterreise in die Schweiz Gelegenheit, einige Fragen an ihn zu richten, die auf philosophische, menschliche und künstlerische Probleme dieser Tage Bezug nehmen und sein eigenes Schaffen beleuchten:
Frage: »Was halten Sie von Jean Paul Sartres Freiheitsbegriff: Der Mensch ist zur Freiheit verurteilt?«
Jahnn: »Da es mir unmöglich ist, den freien Willen des Menschen als Voraussetzung für sein Handeln anzunehmen, ist mir die Programmerklärung Sartres unbehaglich gewesen. Ich halte somit vom Existenzialismus als Geistesrichtung nicht viel. Dennoch sind Sartre und seine Freunde Persönlichkeiten, denen ich mich verbunden fühle, denn auch sie stehen in einer

der vordersten Reihen menschlichen Bemühens, und sie sind genau wie ich selbst von geistiger Reaktion bedroht.«
Frage: »Glauben Sie, daß der Sartresche Existenzialismus den Ausdruck des allgemeinen europäischen Gewissens darstellt, oder halten Sie ihn für eine Tagesmode?«
Jahnn: »Ich schätze, daß der Existenzialismus allenfalls ein Anstoß zur Entwicklung eines allgemeinen europäischen Gewissens sein kann.«
Frage: »In Ihrem 1929 veröffentlichten Roman »Per⟨r⟩udja«, in dem das Problem des Existenziellen hundertfältig angesprochen wird, haben Sie den Satz geprägt: »Daß wir groß Unrecht tun, indem wir einen Maßstab aufrichten, der nur die Gestalt abbildet, die wir sein möchten, eine Puppe, ein Götze, auch wenn wir ihn Gott nennen. Daß wir nötig haben, uns zu bekennen, nicht zu einer Gestalt, sondern zu einer Existenz.« Was verbindet Ihre Auffassung mit dem Existenzialismus Sartres oder was trennt Sie von ihm?«
Jahnn: »Der Existenzialismus Sartres hat unter anderem seine Wurzeln bei Kierkegaard. Das Wort »Existenz« im Per⟨r⟩udja soll eine bedingungslose Anerkenntnis der Wirklichkeit ausdrücken, weil sie allein unser Verhalten zur Umwelt sinnvoll bestimmen kann.«
Frage: »Man hat Sie kürzlich im Zusammenhang mit Ihrem Drama »Armut, Reichtum, Mensch und Tier« als »Freud-Existenzialisten« bezeichnet. Fußen Sie nun auf Freud oder fußen Sie auf Jahnn?«
Jahnn: »Seitem mein »Pastor Ephraim Magnus« erschien, hat man in mir nacheinander einen Expressionisten, einen Surrealisten, einen Veristen, neuerdings einen Existenzialisten und sogar einen Freud-Existenzialisten gesehen. Dennoch konnte man in letzter Zeit lesen, daß mit voller Verantwortung gesagt werden könne, mein Deutsch sei einzig und verdiene die Bezeichnung, das beste derzeit geschriebene zu sein. Eine solche Kennzeichnung wird im allgemeinen mit dem Wort »klassisch« ausgedrückt. Andere wiederum haben einen Widerspruch zwischen der Gestaltung der deutschen Sprache durch mich und der Wahl meiner Themen erblicken wollen. Darauf möchte ich nur antworten: Entweder sieht der Dichter genau auf die Schöpfung oder er ergibt sich der Lüge. Mein

Freund Ludwig Voß äußerte anläßlich meines letzten Romans: »In Deinem Werk gibt es den Begriff des Unterbewußtseins nicht mehr. Die Summe aller möglichen Erfahrung am Erleben: das ist der »Fluß ohne Ufer«. Man fragt mich betroffen, was denn eigentlich in diesem Werk nicht zu finden wäre.« Ich glaubte damit die Antwort gegeben zu haben, daß ich mit keiner Richtung zu identifizieren bin. Ich fuße auf mir selbst.«

Frage: Halten Sie es für möglich, daß der Sinnspruch, den Sie Ihrem Drama »Armut, Reichtum, Mensch und Tier« vorangestellt haben: »Allmählich ist die Liebe unser Eigentum geworden« in Europa noch Zukunft haben wird?«

Jahnn: »Liebe ist leider ein Begriff mit Inflationstendenz. In meinem Sinnspruch möchte ich dem Wort die Bedeutung des »naturwidrigen« Mitleids gegeben wissen. Es hat zur Zeit nicht den Anschein, daß Liebe und Mitleid stärker werden könnten als Haß, Rache und Wille zur Vernichtung. Aber ich bemühe mich noch immer, zu hoffen, daß ein Mittel gefunden werde, die menschliche Seele so weit zu verändern, daß das Übergewicht von Dummheit und Sadismus verschwindet.«

Frage: »Was sind nach Ihrer Meinung die Voraussetzungen für den Durchbruch eines neuen deutschen Dramas?«

Jahnn: »Die Qualität des Dramas wird immer von der Potenz des Dichters bestimmt.«

Frage: »Haben Sie selbst für die nächste Zeit neue dramatische Pläne?«

Jahnn: »Nach der Vollendung der »Armut« hatte ich mir vorgenommen, kein weiteres Drama zu schreiben, sofern es nicht zur Aufführung dieses Stückes kommen würde. Das Schicksal der »Armut« ist bisher düster geworden. Zweimal wurde sie ins Dänische übersetzt. Die Nachdichtung Waldemar Rördams – dem man politisch manches vorwirft – ist hervorragend. Das Dagmartheater in Kopenhagen hatte bereits mit den Proben zur Aufführung begonnen. Ehe es zur Aufführung kam, wurde das Theater abgebrochen: Obgleich der staatliche Theaterzensor das Stück »als von der ersten bis zur letzten Zeile von dichterischem Genie geprägt« bezeichnete, konnten sich die Intendanten des Königlichen Theaters zu einer Aufführung nicht entschließen, weil sie glaubten, nicht über Schauspieler zu verfügen, die dem Geiste der Dichtung gerecht werden können. Das Werk wird im allgemeinen als ein naher Verwandter der bösartigen Märchenstücke Strindbergs bezeichnet. Nach der Aufführung der »Armut« gedenke ich, einen dramatischen Gedanken zu verwirklichen, mit dem ich mich schon seit vielen Jahren beschäftige: die letzten 5 Tage Neros zu schildern, der seiner eigenen Ansicht nach ein großer Dichter⟨,⟩ aber ein schlechter Regent war. Der letzte Akt meines Stückes spielt etwa 1050 Jahre nach dem Tod des Domitius genannt Nero. Er hat zum Kern ein Gespräch zwischen dem Geist des Kaisers und dem Papste Paschales II.«

Frage: »Was halten Sie von der Zukunft des Films?«

Jahnn: »Da es wahrscheinlich ist, daß die europäische Menschheit einem Prozeß der Primitivierung oder sogar Schlimmerem nicht mehr entgehen kann, vermute ich, daß der Film, in wessen ⟨Hände⟩* auch immer er geraten mag, mehr und mehr ein Instrument uniformer Propaganda werden wird. Über seine künstlerischen Entwicklungsmöglichkeiten kann ich nichts aussagen. Die erste Fassung meines Dramas »Armut, Reichtum, Mensch und Tier« benutzte den Film, um die einzelnen Akte einzuleiten. In der Bearbeitung des Dramas habe ich auf ⟨dieses⟩* Hilfsmittel verzichtet, weil das richtig gesprochene Wort der Stütze durch den Film nicht bedarf. Dessen ungeachtet halte ich Stoff und Gestaltung der »Armut« für einen ausgezeichneten Gegenstand der Verfilmung. Den meisten Filmen fehlt bekanntlich der durchgestaltete dichterische Vorwurf.«

Neuer Westfälischer Kurier 1948

⟨Interview zu »Armut, Reichtum, Mensch und Tier«⟩

Noch gestern am Tage der Währungsreform glaubten die Skeptiker, das ganze kulturelle Leben würde stagnieren. Aber die Theaterleute – zu mindest in Hamburg – scheinen Optimisten zu sein. Man sollte es nicht für möglich halten:
in das ganze turbulente Treiben am Tage danach platzt die Nachricht:
2 Uraufführungen und eine Premiere am Ende dieser Woche in den Theater⟨n⟩ Hamburgs.
Im Thaliatheater: »Ihr erstes Gastspiel⟨«⟩ von Conny Kay / in den Kammerspielen »Claudia« von Rose Franke und im Haus der Jugend:
»Armut, Reichtum⟨,⟩ Mensch und Tier« von Hans Henny Jahnn.
Von diesem letzten Stück haben wir in den vergangenen Wochen und Monaten wiederholt gehört:
Uraufführung in Zürich
Uraufführung im Hebbeltheater Berlin
Gleichzeitige Uraufführung Berlin und Hamburg
Fehling als Regisseur nach Hamburg eingeladen
Der DPD meldete, daß Fehling die Rückkehr Jahnns zum deutschen Theater mit diesem Stück als allererstes Theaterereignis bezeichnet.
Alles Pläne, die nicht verwirklicht wurden.
»Hans Henny Jahnn, Sie als Autor dieses Stücks, durchschlagen Sie den gordischen Knoten all dieser Widersprüche. Die ganze hektische Atmosphäre der letzten Stellproben hier im Haus der Jugend dürfen uns dabei nicht stören. ⟨«⟩
Jahnn: »Das Schicksal des Stücks war in Wirklichkeit viel verworrener als die Zeitungsnachrichten der letzten Monate

vermuten lassen. Geschrieben wurde die erste Fassung am Züricher See. Das Manuskript war sehr schlecht geschrieben und als ich zum ersten Mal aus der Handschrift vorlas, wurde es ein Fiasko. Als die Maschinenabschrift vorlag, bezeichnete Prof. Muschg von der Züricher Universität die ›Armut‹ als eins der bedeutendsten Dramen der neueren Literatur. Es wurde zweimal ins Dänische übersetzt. Das Dagmartheater in Kopenhagen erwarb die Uraufführung. Als die Proben begonnen hatten, wurde das Theater wegen finanzieller Schwierigkeiten abgerissen. Verhandlungen mit dem Kgl. Theater scheiterten, weil ich Deutscher bin⟨.⟩ | Der Krieg kam, die deutschen Invasion usw. Endlich nach Kriegsschluß erwarb Zürich die Uraufführungsrechte. Man glaubte aber, das Publikum hauptsächlich mit aktuellen Zeitstücken bedienen zu müssen und verschob die Aufführung auf Oktober dieses Jahres. Da das Schauspielhaus in Hamburg auch einen Aufführungsvertrag hatte, schien die Uraufführung automatisch nach Hamburg zu fallen.

Reporter: Schön – soweit ist die Sache klar. Aber was hat Fehling damit in Hamburg zu tun?

Jahnn: Fehling ist ein alter Freund von mir. Er hatte 1926 meine Medea am Staatstheater Berlin mit großem Erfolg insceniert, nun meldete er sich, um die Uraufführung von Zürich nach Berlin übertragen zu lassen, gleichzeitige Uraufführung Berlin und Hamburg war das Ergebnis der Verhandlungen. Der Theaterkrach mit Fehling zerschlug diesen Plan. Fehling entschloß sich, nach Hamburg zu kommen. Die Verhandlungen scheiterten abermals. Wuppertal meldete sich und nun ist gleichzeitig Uraufführung im Ruhrgebiet und in Hamburg. Da in Hamburg kein bedeutender Regisseur frei war, mußte Theodor Harten aus Essen kommen⟨.⟩

Reporter Nicht ganz unkompliziert, aber dem Stück scheint überhaupt ein abenteuerliches Air anzuhaften, es macht ja nicht allein heute die Köpfe heiß, sondern schon 1934 rauchten davon manche würdige Theaterhäupter.

Jahnn: Dazu möchte ich nur den Ausspruch eines einzigen Theatermannes zitieren: »Wenn Sie mir die Garantie geben könnten, daß die Stiefel der SA-Mannschaft mir nicht die Uraufführung zertrampeln, würde ich das Stück sofort spielen.« Im übrigen ist das Drama in der Bornholmer Emigration überarbeitet worden.

R⟨e⟩porter Die Abenteuer des Stücks sind ja noch nicht zuende. Ehe wir darauf eingehen, müssen wir für die Hörer Ihre Lebenskurve kurz einschalten.

Jahnn: Ich bin Hamburger, habe im Hirschpark Blankenese gewohnt, mußte emigrieren, über Zürich nach Bornholm. Dort schrieb ich vor allem meinen fast 3000 Seiten langen Roman »Fluß ohne Ufer«.

Reporter Und heute in Kopenhagen in das Gründungskomitee des neuen deutschen Pen-Clubs berufen.

⟨Textabbruch⟩

Typoskript 1948

Vorbemerkungen.
⟨zu »Spur des dunklen Engels«⟩

Die »Spur des dunklen Engels« habe ich wenige Wochen nach der Doppel-Uraufführung eines anderen Dramas von mir: »Armut, Reichtum, Mensch und Tier« geschrieben. Das ist verwunderlich, denn es hatte einen Mißerfolg, den man nicht einmal mit der Zukunftshoffnung eines »Theaterskandals« schmücken kann, nachhause gebracht. Ich habe das Bedürfnis, einmal niederzuschreiben, was ich aus den Aufführungen der »Armut« in Hamburg + W.⟨uppertal⟩ gelernt habe – und mich nach wie vor weigere zu lernen. Ich will versuchen, sehr schlicht zu erzählen und – ohne Rücksicht auf den Leser – mit ⟨einer⟩* Weitschweifigkeit ⟨als⟩ Einleitung begin⟨nen⟩[?]. Er kann ⟨-⟩ mag sie[?] nach Belieben überschlagen. (Man kann immer nur gezwungen werden, Verordnungen und Bekanntmachungen zu lesen.) »Armut, Reichtum, Mensch und Tier« ist ein »altes« Stück. Es wurde 1933 am Zürcher See in der Emigration geschrieben. Ich bemühte mich damals, dem Geschmack des Publikums Rechnung zu tragen und die Tendenz des Stückes, die Verteidigungsrede für das Mitgeschöpf des Menschen, das Tier, unauffällig, inmitten anderer sehr menschlicher Abläufe anzubringen. Ich befand mich damals, wie heute wieder, in großer materi⟨e⟩ller Not. Ich wollte eine Aufführung erzwingen und versuchte mein Werk den Theaterleitern dadurch schmackhafter zu machen, daß ich die Landschaft, die geisterhafte Landschaft einsamer Gebirgsmassive mittels des Films sichtbar in den Zuschauerraum brachte. Ich gab sogar Bühnenanweisungen, wie man den schwarzweiß Film mittels einblenden Violetten Lichts gleichsam der Bühnenwirklichkeit angleichen könnte. Ich würde Unwahres sagen, wollte ich behaupten, das Drama wäre sogleich sang-

und klanglos in einem Reisekoffer verschwunden. Prof. Dr. Walter Muschg, der jetzige Rektor der Universität Basel, gab seiner Begeisterung über das Stück in der Frankfurter Zeitung beredten Ausdruck. Der Verlag S. Fischer, Berlin, später Suhrkamp-Verlag, nahm es in seinen Bühnenvertrieb. Aufführungen in Basel, Zurü⟨c⟩k und Luzern schienen sich anzubahnen. Solche Anbahnungen freilich, ohne daß sie irgendwelche Folgen nach sich ziehen, außer daß sie vorübergehend | Hoffnungen beim Autor erwecken, gehören zum Stil der schiefen Bretter. •* Der Autor ist wirtschaftlich schwach, in den kapitalistischen Systemen ist er eigentlich überflüssig; deshalb ist seine Rechtsstellung papieren. Daß er für seine Arbeit Honorare und Anerkennung fordert, ist sozusagen eine Frechheit. Deshalb wird es ihm auch von der Kritik, den Behörden, w⟨ie⟩ auch* von den Geschäftsträgern der »Kultur« entsprechend gegeben. Das alles ist ohne Schaden für die Allgemeinheit, denn es gibt representative Autoren und vor allem klassische, die den Bedarf, falls es zu Streiks vonseiten des Geistes kommen sollte, für alle Zeiten und Ewigkeiten befriedigen können. Und dann gibt es ja auch die Reklamedichter, Zeitungsschreiber und Autoren im Nebenberuf ohne jedes Risiko. Es ergaben sich nicht nur Aufführungsmöglichkeiten in der Schweiz, auch die Bühnen Deutschlands standen dem Stück – theoretisch – offen. Das ist verwunderlich, wenn auch das eine Wort eine Einschränkung anzeigt. Indessen, Freunde, die mich näher kennen, behaupten, ich zöge das Groteske an. – Nun, so sei es gesagt; wir sind ja seit so vielen Jahren in der Kapitulation, daß wir sowieso nicht mehr wissen, was verboten und gestattet ist und wer was verbietet und wer etwas anderes auch nicht erlaubt. Wir haben es jetzt mit einer Vielheit von Zensoren zu tun. Die Lichtwarkstiftung hat vor etwa zwei Jahrzehnten einen Roman von mir veröffentlich⟨t⟩, den in Deutschland kaum jemand kennt⟨,⟩ den »Perrudja«. Das Buch ist seinerzeit ungewöhnlich gelobt worden. Eine polnische Zeitung forderte dafür sogar den Nobelpreis.* Dies Buch⟨,⟩ das in neuester Zeit Alfred Döblin und Gustav Gründgens nochmals spontan gepriesen haben, war in die Hände oder in die Bibliothek Hermann Görings gelangt. Diese Tatsache muß im Propaganda-Ministerium ruchbar geworden sein, weshalb Hr.

Dr. Göbbels das Buch prüfen ließ. Einer seiner Beamten kam auf kurze Zeit ins K.-Z., weil er sich | positiv über das Werk äußerte. Es geschahen auch noch andere Dinge,* die zu erzählen amüsant genug wären; doch ich weiß nicht, ob der deutsche Leser Sinn für Humor hat, bei den deutschen Regierungs⟨-⟩ oder Verwaltungsstellen halte ich eine solche Veranlagung geradezu für ausgeschlossen. Schließlich müßte ich, um nicht die Wirklichkeit zu notzüchtigen, gestehen, daß es Nationalsozialisten gegeben hat, die für mich eingetreten sind, und daß ich den Umstand, daß ich noch lebe, keinem Demokraten, sondern einigen Nationalsozialisten verdanke.

•*Auch die Bühnen Deutschlands standen dem Stück – theoretisch – offen. Das ist verwunderlich; dafür ist die Theorie grau und nicht grün. Es würde ein kleiner Roman werden, wollte ich erzählen, wie es zu dieser Konstellation kam. Natürlich wären die Stiefel auf der Straße in jede Aufführung hineinmarschiert. In Kopenhagen endlich erwarb das Dagmar-Theater das Stück zur Uraufführung. Es wurden nacheinander zwei Übersetzungen angefertigt. Als die zweite fertig war, wurde das Theater abgebrochen, um einem Kontorhaus Platz zu schaffen. Eine der Übersetzungen wanderte nun in das königliche Theater. Der staatliche Zensor J. Anker-Larsen erklärte, daß das Drama »von der ersten bis zur letzten Zeile von dichterischem Genie ⟨geprägt⟩*« sei. Er fügte seinem Urteil ein paar düstere Bemerkungen an: »Nicht . . . . . . ⟨«⟩
Es sind das Sätze solcher Art, für die sich der Autor keine Semmel kaufen kann. Nach Verlauf einiger Jahre erklärte mir denn auch eine Herr des hohen Hauses, daß man das Stück in Kopenhagen so wenig aufführen könne wie die »Kronbraut« Strindbergs. Man lebe in einer Demokratie, in der das Düstere auf dem Theater noch nicht recht gefalle. Wenn erst alle Materiellen Bedürfnisse der Bevölkerung befriedigt wären, würde man auch wohl Geschmack an echter, etwas verwickelter Tragik bekommen. (Der Mann war Sozialdemokrat.) Ich antwortete ihm, daß ich mir nicht im Entferntesten hätte träumen lassen, in ihm einen Propagandisten für die Diktaturen kennen zu lernen. Denn als Autor des Stückes könnte ich doch wohl nur eine Schlußfolgerung aus der sonderbaren Begrün-

dung ziehen. – Ich hatte inzwischen längst einen Eid geschworen, kein weiteres Stück zu schreiben, sofern nicht eines meiner früheren aufgeführt würde. Denn auch meine »Straßenecke« war 1932 mit Rücksicht auf die politische Lage vom Staatstheater in | Berlin⟨,⟩ wo man es erworben hatte, nicht aufgeführt worden. (Es ist das meinem Urteil nach, eines meiner besten Werke; doch niemand kennt das Drama, obgleich es bei Kiepenheuer gedruckt wurde.) In den Jahren der Emigration fiel es mir leicht, meinen Schwur zu halten. Ich wurde Landwirt, bewirtschaftete mit meinen Knechten den Hof auf Bornholm und li⟨e⟩ß* mich damit ein, den Roman »Fluß ohne Ufer« zu schreiben, ein Werk, dessen Vollendung ich mir nicht einbildete zu erleben, dessen Veröffentlichung in deutscher Sprache ein Wagnis ist; dem ein Erfolg vorausgesagt werden könnte, wenn ich kein Deutscher wäre. Die ⟨Kritik meines Vaterlandes⟩* befasst sich ja nur selten mit dem ihr vorgelegten Werk; sie hat sich angewöhnt, ist dahin erzogen worden und wird dafür bezahlt, überwiegend ihre Einwände von einer bestimmten Weltanschauung her, von diesem oder jenem biologischen Vorurteil oder einem diffusen Parteigesichtspunkt aus zum besten zu geben. Wie oft hat man mir vorgeworfen, daß ich kein Krist sei; als ob es die Aufgabe der Kritik wäre, mir Religionsunterricht zu erteilen! Nun, ich hatte keine Langeweile und keine Zuversicht, daß die Bretter für mich da wären. Ich arbeitete an meiner Mutations-Theorie, bestimmte die Verteilungs-Wahrscheinlichkeit der unterschiedlichen »Zärtlichkeitshormone«, unterhielt mich des Nachts mit Ratten und Mäusen, beobachtete Tausendfüßer⟨,⟩ übte mich im »Beriechen« der Stuten, um ihren Zuchtwert, ihre Mutationsgegebenheiten abzuschätzen. Zwischendurch hatte ich auch Sorgen und tägliche Arbeit. Gelegentlich kamen auch Beamte der Gestapo, überraschten mich am Schreibtisch, fragten, »Was schreiben Sie da, zum Beispiel?« Antwort: »Es ist Seite 837 meines neuen Romans.« »Weshalb schreiben sie ihn?« – Nach acht Stunden solchen Frage- und Antwortspiels weiß man es natürlich auch noch nicht. Denn daß man angesichts unserer Bürokratien und der bestehenden Rechtsverteilung zu der Überzeugung kommt, Kunst und Kultur seien das Überhauptnichtvorhandene, ist selbstverständlich. Die Weitschwei-

figkeit ist am Ende nicht unterhaltend genug, weil ich ihr die Trense im Maul anziehen muß. Ich würde es mit allen verderben, wenn ich den Teufel zum Lachen brächte. – Ich hatte inzwischen, weil die Zeiten schlechter und magerer | wurden, die Mithilfe des Films in »Armut, Reichtum, Mensch und Tier« gestrichen. Ich befreite das Stück damit von einer zeitbedingten Kulisse. Aber es war nicht meine Absicht, die zwölf Szenen aus ihrer Atmosphäre, der Landschaft herauszulösen. Diese für die Wirkung des Stückes verhängnis⟨v⟩olle Vereinfachung wandte die hamburger Aufführung an. Das Stück wurde, gleichsam ohne Licht und Luft in einen (äußerst schön entworfenen) Balkenraum eingesperrt. Wer die Wuppertaler Aufführung gesehen hat und sich etwa* der knappen Szene an der Kirchhofsmauer erinnert (die um des Bühnenbildes willen in Hamburg gestrichen war), wird mir recht geben, wenn ich behaupte, daß die Monotonie, die das hamburger[?] Bühnenbild vermittelte, sich nicht vom Textbuch ableitet. Die Aufführung in Wuppertal war (um ein Schlagwort zu gebrauchen) expressionistisch; dennoch war das Bühnenbild abwechslungsreicher als das hamburgische, das auf Illusion ausging. Man hätte das Umgekehrte erwartet.
Ich halte es für richtig, daß ich hier einige meiner Gedanken, die sich auf den Bühnenapparat beziehen, ausspreche. Es ist mir bekannt, daß die meisten Bühnen in Deutschland zertrümmert sind, daß z. Teil in Räumen und unter Voraussetzungen Theater gespielt wird, die man nur als primitiv bezeichnen kann. Die Aufführung der ⟨»⟩Armut« in Wuppertal hat mich belehrt, wie weit der Wille⟨,⟩ das völlig Unzulängliche zu überwinden⟨,⟩ Erfolg haben kann. Man spielte in einem Tanzsaal, dessen Bühne die Größe eines Podiums hatte. Dennoch nahm das Publikum dank der Regie, dank der Schauspieler, die sich befleissigten, sich zu überbieten, weil die Atmosphäre des Hauses nichts hat, Erlebniswerte mit sich. Der Beifall war andauernd und echt. Aber man soll sich nicht täuschen, diese Not kann nicht zur Tugend werden. Ich habe gehört, daß es neuerdings Bestrebungen geben soll, eine neue Theaterkunst aufzubauen, eine verinnerlichte, vom Atem her, von der Gebärde her⟨,⟩ vom Wort her und sonstwo noch her. Ich habe auch etwas davon gesehen⟨.⟩ Es ist das leider auch nur ein

Versuch der Besiegten, der bedingungslos kapitulierten, der keine Zukunft hat. Deutschland ist äußerlich versklavt durch die Zwänge. Aber der Zurückfall in eine Geisteshaltung, die man nur als | schwärzeste idealistische Reaktion und dumpfe Entsinnlichung bezeichnen kann, knebelt Vernunft, Freiheit und Schaffen, wie es wirtschaftliche Ausbeutung und moralisch-nationale Minderwertigkeit allein nicht zustande bringen könnten. Alle Auswege, die vorgeben, vom »Geiste« auszugehen, lehnen sich in Wahrheit nur an eine »Richtung« an, an einen Ersatz des Geistes. Laienspiele, Mysterienspiele, Verlegung[?] des Schauplatzes in die Stube oder in die Kathedrale, helfen dem Theater nichts und werden niemals ein dramatisches Genie fesseln, höchstens epigonale Fanatiker. In einer Zeit, in der der Film alle theatralischen Effekte verschwenderisch zum besten gibt, kann man der Bühne, die diese Effekte vor Erfindung des Films entwickelte, nicht durch Armut der Mittel zum Siege verhelfen. Es hieße, den naiven, also den eigentlichen Theaterbesucher, zu vertreiben. Gewiß gehe ich in die aufführung ⟨des⟩ Don Giovanni Mozarts, um diese tragische, die von der erotischen Beschaffenheit des Menschen umwitterte, überwiegend von Moll-Tonarten abhä⟨n⟩gige Musik, zu hören, schon weniger, um sie von Sängern mißverstanden vorgetragen zu hören – aber ich möchte doch das Theatergewitter, vom Orchester unterstrichen so unnachahmlich, und persifliert die Geistermusik des Kirchhofs, die Reiterstatue, den steinernen Gast und die Wirklichkeit eines grausamen Schöpfungsurteils nicht missen. Verlangt man diesen Verzicht, beschränke ich mich lieber auf die Symphonien. Ich kann mir nichts anderes denken, als daß Mozart das Singspiel seiner Zauberflöte vor allen Werken deshalb geliebt hat, weil er naiv genug war, am Bühnenzauber, an der Illusion, Gefallen zu finden. Ich entsinne mich, daß eines meiner größten Theatererlebnisse als Kind die ⟨»⟩Ahnfrau⟨«⟩ Gril⟨l⟩parzers war und daß die sonderbar geschickte Gruftsprengung auf dem Theater und das En⟨t⟩steigen des Gespenstes aus der Versenkun⟨g⟩[?] mir nicht nur erschütterndes Grauen, sondern auch den Gedanken eingab, ⟨mich⟩* im Stückeschreiben zu versuchen. Als ich letzthin eine Aufführung von Zuckmeiers »Teufelsgeneral« sah, und ein Schuß aus einer Kinderpistole ohne Knall (Einmischung der Militärregierung) abgegeben wurde, gab es eine solche Illusionsstörung bei mir, daß ich mehrere Minutenlang die Handlung auf der Bühne nicht verfolgen konnte. – Das mag Voraussetzung genug sein, um von der Dichtung her die Forderungen an den Bühnenapparat zu – beleuchten. Ich habe zwei Dramen geschrieben, die das hypothetische Ideal* | der Einheit von Ort Zeit und Handlung erfüllen. Meine Medea bannt das Publikum pausenlos 3 ½ Stunden an die Sitzplätze. Chöre gliedern den Ablauf der Zeit⟨.⟩ Hervorragende Schauspieler und eine begabte Regie vermögen das Publikum in Spannung zu erhalten. Das bewies Jürgen Fehling mit seine⟨r⟩ berliner Inszenierung. An den Bühnenapparat werden keine erheblichen Forderungen gestellt, und wenn die Beleuchtung nicht zu primitiv ist, findet man sich mit den weißen Pappferden des Sonnengottes im Hintergrund ab. Aber auch in diesem Stück gibt es am Schluß atombombenhaftes Erdbeben, und ein Wirbel auf der Pauke allein tut es nicht. Das pausenlose Spiel hat indessen seine Nachteile, es nimmt auf das Nierensystem vieler Theaterbesucher keine Rücksicht. Das veranlasste mich, das zweite pausenlose Stück, die »Straßenecke« willkürlich zu unterbrechen, indem ich auf einer Hauswand Lichtreklamen und Film ablaufen lasse, die keine Beziehung zur Handlung haben⟨,⟩ als⟨o⟩ vom Zuschauer »geschwänzt« werden können, sofern ihn ein physisches Bedürfnis treibt. Die Ausgestaltung dieser Kunstpause ist nicht die einzige Forderung des Stückes an den Apparat. Die Versenkung ist unentbehrlich. Straßenbahnen, Autoomnibusse fahren über die Szene, auch das trojanische Pferd, dem unheilbringende Lyncher entsteigen. Die Straße wird zum Tribunal, zur Zwangserziehungsanstalt; der Tod experimentiert mit einem Revolver, und ein Erhängter wird aus der Luft herabgelassen. Endlich wird eine Lynchung durch einen proletarischen Sprechchor verdrängt. Alle diese Augenblicksverwandlung⟨en⟩ soll der Bühnenapparat glaubhaft ermöglichen. Und wehe dem Stück und dem Autor, wenn eine zu primitive Bühne die Erscheinungen dem Lächerlichen ausliefert! –– Dramen, die der Verwandlung des Schauplatzes nicht bedürfen, sind nicht die Regel. Z. B. Marlow und Shakespearsche (ich könnte zahlreiche andere Beispiele nen⟨nen⟩) bedienen sich Geradezu des häufigen Bühnenwechsels, um eine Vorstellung von der Dimension Zeit zu geben. Man kann nicht behaupten, daß ein in strenge Akte eingezwängte⟨s⟩ Handlungsbild, der ungestümeren[?] Szenenfolge gegenüber Vorteile hätte. Der Szenen- und Schauplatzwechsel vermittelt einen außerordentlichen theatralischen Reiz. Indessen: er muß sich schnell vollziehen. Seine Wirkung auf die Zuschauer steht geradezu im umgekehrten Verhältnis zu der Zeit die benötigt wird, um ihn technisch zu bewerkstelligen. Denn die Neugier der Kinder, die die Pause in der Spannung der Ungeduld verbringen, ist nur den wenigsten Theaterbesuchern eigen. So bleibt ein schneller Szenenwechsel eine der elementaren Forderung⟨en⟩ [...] des Dramatikers an die Bühne. Der vorzutäuschend⟨e⟩[?] Ortswechsel muß indessen in prägnanter Weise spürbar werden; sonst | verfehlt er seine Wirkung. Eine Maschine, etwa eine Drehbühne von beträchtlicher Ausdehnung und technischer Vollkommenheit erscheint mir für die Verwirklichung gerade dieser Absicht unerlässlich. Eine solche Maschine hat nichts mit dem Bühnenstil oder der Bühnenkunst zu schaffen; sie ist die Voraussetzung für alle Arten des szenischen Experiments. Mit diesen Auslassungen werde ich manchen Theaterleitern als rückschrittlich⟨,⟩ als nackter Illusionist erscheinen. Ich fürchte diesen Vorwurf nicht. Man kann dem Publikum nicht eine Einfalt zumuten, die selbst ein kleinstädtischer Rummelplatz mit seiner Maschinerie an Vergnügungen weggeräumt hat. Ich will selbstverständlich nicht den Apparat zur Hauptsache machen; aber ich wünsche mir, daß er vorhanden ist. In einem Theater ist die Bühne die Hauptsache, nicht der Zuschauerraum. Man wird mir zusammenfassend vielleicht entgegnen, daß der vergrößerte oder verbesserte Apparat jede Inszenierung letztlich verteuert. Darauf muß ich antworten⟨:⟩ so ist ⟨es⟩. Man soll sich doch nicht einbilden, daß die Bezirke der Kunst unentgeltlich erschlossen werden können. (Kathedrale – Bretterbude) – Es gehört zu meinen peinlichsten Erlebnissen, einem Gottesdienste in einer Bretterbude oder einem Raum ähnlicher Zufälligkeit beiwohnen zu müssen. Eine Kathedrale oder eine ⟨schön gemalte⟩* Dorfkirche sind offenbar geeignetere Gebäude. – Soweit vom Apparat.

Man hat dem Drama »Armut, Reichtum, Mensch und Tier«

den Vorwurf gemacht, es sei zu lang, das Publikum ertrage es nicht, sich 3 ½ Stunden oder gar darüber, mit dem Ablauf eines Stückes zu beschäftigen. Keine noch so pfiffige Ausschmükkung dieses Einwandes wird mich von seiner grundsätzlichen Richtigkeit überzeugen. Wie alle kritischen Bemerkungen, ist auch diese eine Wiederholung. Der Trottel Polonius unterbricht die schöne Rede des Schauspielers mit den Worten: »Das ist zu lang.« Welche persönlichen Regungen Shakespeares, im Hamlebt ausgesprochen, aber wären für jene, die sich mehr als das Gerippe der Handlung erwarten, zu lang? Es ist wahr, die Regisseure haben sich angewöhnt, manches oder sogar vieles von den Schöpfungsanschauungen und Schicksalsanschauungen der Dichter zu streichen. Die heutige offizielle geistige Tendenz ist Muffigkeit: Da werden freie oder pessimistische Gedanken unerwünscht. Richtig | bleibt indessen: kein noch so großer Schauspieler vermag die Unruhe zu beschwichtigen, die sich im Zuschauerraum ausbreitet, wenn die Länge des Stückes das Erreichen der letzten Straßenbahn infrage stellt. Ich möchte wiederum dem Autor die Verantwortung für das von Krisen mancherlei Art bestimmte Verkehrsprogramm der städtischen Straßenbahngesellschaften nicht aufbürden.

Es ist nicht immer so, daß der Autor mit dem Publikum uneinig ist, wenn es an seinem Stück unsanfte Kritik übt. Eine für die Ökonomie des Dramas »Armut« sehr wichtige Rolle, die der Jytte, war in Hamburg (in Wuppertal war es nicht viel besser) so schlecht, so falsch besetzt, daß vom Schluß des Stückes keinerlei erschütternde Wirkung auf das Publikum ausgehen konnte. Der Eindruck war ein peinlicher, ein unangenehmer. Ich glaube nicht, daß die Zuschauer noch eins der gesprochenen Worte in der Bedeutung, wie sie im Textbuche stehen, aufgefasst haben; ich selbst jedenfalls habe nichts gehört, außer falschen Tönen. – Die Jytte auf der Bühne, ein junges Mädchen, wirkte (ihrer Rolle entgegen) völlig unerotisch; sie ⟨glich⟩* einem Stück Holz. Die Schreibkunst allein kann einen Menschen nicht gütig oder sinnlich – und geistig anziehend machen. Jedes Wort ist nicht nur mehrdeutig, sondern auch entwürdigbar. Es ist so: ein gereifter Mann kann nicht die Rolle eines 15-jährigen Jünglings spielen, ohne lächerlich oder abgeschmackt zu wirken. – Ich gehöre zu jenen

Menschen, die es zu gestehen wagen, daß sie noch keine Aufführung erlebten, in der die Rollen der Julia, Ophelia und Desdemona sie nicht kalt gelassen hätten. Diese jungen Gestalten haben in mir keine Herzenswärme erzeugt. Dabei ist der Text Shakespeare⟨s⟩ mit soviel spitzbübischer Zweideutigkeit, erotische⟨r⟩ Ausgelassenheit und tiefster Innigkeit ausgestattet, daß alles getan scheint, um den Zuschauer in die Kniee zu zwingen. Es zeigt ⟨sich⟩ zu recht[?] indessen, daß selbst größte Schauspielerinnen uns ein Alter von 14 oder 15 Jahren nicht vorspielen können. Gewisse Kühnheiten und Direktheiten der Sprache bedürfen des menschlichen Charmes der Pubeszenz. Shakespeare hatte es bei der Besetzung dieser Rollen leicht; er ließ sie von Burschen spielen, die kaum das 16. Lebensjahr erreicht hatten, und deren Stimmbruch diesen Frauen einen seltsamen erotischen Zauber verlieh. – Jenen Zauber, oder Reiz, der unserem Theater völlig fehlt. Die Bühne ist steril | geworden. Sie ist sinnlich verarmt⟨.⟩ Es findet sich wahrhaftig in unserer Zeit kein t⟨r⟩iftiger Anreiz für den Zuschauer, daß er den Wunsch verspürte, sich seinen Sitzplatz auf die Bühne rücken zu lassen, um der Materie des Lebensspielles näher zu sein und Julia und Romeo sterben zu sehen. – Um viele Stockwerke tiefer angebracht⟨,⟩ ist die Erotik auf die Revuebühne verpflanzt worden – und die widerlichen Großaufnahmen von Theaterküssen im Film scheinen ganz der niedrigsten Stufe des Erlebens angepasst.

Mag nun der Autor dem Publikum auch recht geben, wenn es das Stück⟨,⟩ das er geschrieben hat, verunglimpft, so kann ihn sein Verhalten dennoch ärgern. Meine Vaterstadt hat sich als ungeeignet für die Uraufführung von Werken erwiesen, die von einem »Thema« geleitet sind, das sich damit zur Diskussion stellt. »Armut, Reichtum, Mensch und Tier« ist alles in allem eine Verteidigungsrede für die Existenz Tier. Es versucht die kristliche kommerzielle Gleichgültigkeit gegen das ⟨Mitgeschöpf⟩* durch eine heidnische Schöpfungsbeziehung wett zu machen. Wieviel davon über die Rampe gedrungen ist, weiß ich nicht. Da man mich gerade wegen der Weltanschauung beschimpft hat, wird wohl einiges auffassbar geworden sein. Sicher ist jedenfalls, daß die Schauspieler von der Echtheit der dichterischen Verkündigung durchdrungen waren – und sich deshalb im Gegensatz zum Publikum befanden. Das erklärt das Verhalten Minettis am Schlusse der Aufführung. Er setzte sich über den Text und die Regieanweisungen hinweg, trat an die Rampe und schrie das Publikum an. – ⟨Anklagend⟩*: Ein völliges Versagen des Publikums und meiner Freunde. Diese hätten die* Schauspieler an der Rampe durch spontanen Beifall unterstützen, jenes und das größere seine Mißbilligung ⟨statt⟩ versteckt, durch Revolte ausdrücken müssen. Das Stichwort zum Theaterskandal war gegeben. – Aber er blieb aus. Es erfolgte nichts.

*

Befasst man sich mit der Schöpfung und dem Tier, so stellt sich früher oder später die Frage, weshalb das Kristentum als Fortsetzung und Erweiterung der jüdischen Religion gerade dem Mitgeschöpf gegenüber so hoffnungslos versagt hat. Es ist ein nur geringer Trost, daß der heilige Franz von Assisi durch Zufall nicht als Ketzer verbrannt wurde und jetzt auch sein Wesen mit zum eisernen Bestand der Heiligkeit gehört.

In privaten Unterhaltungen habe ich oft auf Stellen des sogenannten alten Testament⟨s⟩ wie Josua 11, 6 + 9 hingewiesen. Ich stehe einem Konservativismus der Religionen völlig verständnislos gegenüber, | der den Mut und Willen unterbindet, solche Textstellen auszumerzen. Es kann ⟨kein⟩* göttliches Wesen[?] geben, dem es wohlgefällig ist, Rossen die Fesselgelenke zu durchschneiden. Ein rechnender* persönlicher Gott, der dergleichen fordert⟨,⟩ stellt sich selbst in Frage. –

David, der zweite König über Israel und Juda, gilt als eine der großen Gestalten der jüdischen Geschichte. Die Traditi⟨o⟩n hat ihn zum Dichter vieler und schöner Psalme gemacht – auch solcher, die deutlich ägyptischen Ursprung verraten. Aber der Lebensablauf dieses Königs, mag man sein dichterisches Können einschätzen wie es gefällt, ist nicht rein. Die Daseinsspanne[?] zerfällt in zwei große Abschnitte. Der erste reicht bis zu seinem 30. Jahre. In ihm ist die Freundschaft zu⟨m⟩ Sohne Sauls, ⟨Jonathan⟩*, die alles überragende Tatsache. ⟨Eine⟩* freundschaftliche Liebe verbrüdert den Schäfer und den ⟨Königssohn,⟩* die gleichsam total ist. Die

Schöpfung scheint alles aufgeboten zu haben, um dieser Liebe Natürlichkeit und Unausweichbarkeit zu geben. David ist von einer überwältigenden Schönheit, und Jonathans eingeborene Güte, seine Opferbereitschaft, Treue und Milde machen ihn zur angenehmsten, humansten Gestalt des alten Testaments. Als Jonathan umgekommen ist, versagt es sich David nicht, in einem Gedichte⟨,⟩ dem Bogenliede, seine Verbundenheit mit dem Toten öffentlich zu bekennen; – daß ⟨sie⟩* erfüllender als Frauenliebe gewesen sei. Die Tendenzen in der Erotik des Jüdischen Volkes, die sehr ausgesprochen gegen die natürliche Variabilität, deren sich andere Völker nicht schämten, gerichtet sind, haben seltsamerweise den Bericht von dieser Freundschaft nicht unterdrückt.
Nach dem Untergange Sauls und seinen ältesten Söhnen zeigen sich an David schauderhafte Karakterverschlechterungen. Ein ungezügelter Sadismus gewinnt in ihm die Herrschaft. Auch er betätigt sich als Rosseverlähmer. Seine Menschenabschlachtungen gehen nicht nur ins peinlich Ruhmvolle; – was er an Folterungen und Todesarten erfindet reicht an die berüchtigten Grausamkeiten der Weltgeschichte heran. Man lese nur einen einzigen Vers, Samuelis 12, 31. Seine sexuellen Ausschweifungen machen es deutlich, daß er das ihm eingeborene Zärtlichkeitsverlangen ver|drängt hat und unbefriedigt von Ersatzerlebnis zu Ersatzerlebnis taumelt. Er verwüstet sich. Er wird, sich selbst verwüstend, das, was manche ihm nachschreien: ein Bluthund, ein heilloser Mann. In der Liebe zu seinem zu aufrüherisch⟨en⟩ Sohne ⟨Absalom⟩* erschimmert noch einmal das Modell seines echten Verlangens.
Die geschichtliche Gestalt des Königs, wenn ich so sagen darf, sein historischer Karakter, dünkt mich nicht so erhebend, daß ich ihn ungeläutert als Vorbild für das Genie David-Robert verwenden mochte. Ich habe mich einzig der Elemente bedient, die in der Konstitution des Königs enthalten sind. Und auch das nur, um einen Vorwurf, den ⅔ meiner hypothetisch⟨en⟩ Leser und Zuschauer mir zu machen bereit sind, mit Aussicht auf einigen Erfolg auf das Schöpfungsprinzip abzuleiten. – Ich habe den Stoff zur »Spur des dunklen Engels« nicht gesucht, sondern gefunden. Die Verteidigungsrede für das Tier ⟨...⟩* ist möglicherweise von manchen vernommen wor-

den. Jedenfalls haben mich einige junge Menschen gerade darauf angesprochen. Da ein Wort das andere gibt, habe ich auch auf einige Ungeheuerlichkeiten des biblischen Gottes angespielt. Als Folge davon habe ich die betreffenden Stellen abermals gelesen. Da sie in der Nachbarschaft der Geschichte Sauls standen, folgte das eine aus[?] dem andern. Ja, es liegt in diesem Falle vieles beieinander, was als Problem, als Menschheitsproblem zusammengehört. Die Nichtachtung des Tieres, die Geringschätzung allen tierischen Schmerzes, die Rechtlosigkeit von Geschöpfen, deren viele, die größeren, warmes Blut in den Adern haben wie wir, Augen von herzzerreißender Tiefe – und ein Schicksal wie wir zwischen Geburt und Tod⟨,⟩ ist ein Verstoß gegen die Schöpfung. Ein Humanismus, der gegen Tiere kein Erbarmen kennt, eine Religion, die ihnen die Seele abspricht, ein Recht, das jedem Rüpel erlaubt, was ihm in den Weg kommt niederzuknallen – es gab eine Zeit, da hat man Neger umgelegt, weil man sie für Tiere erklärte – – (der Satz ist nicht vollendbar, weil die niederen Geschöpfe keinen Anwalt haben, der sich aussprechen darf).

⟨Textabbruch⟩

Handschrift 1949

⟨Erläuterungen zur »Spur des dunklen Engels«⟩

⟨1.⟩

Die Einwände, die man gegen Vorworte und Nachworte zu einer literarischen Arbeit vorbringen kann⟨,⟩ sind mir einigermaßen bekannt. – Ich möchte am liebsten die Feder aus der Hand legen und den Unwillen von Zweidritteln der hypothetischen Leser und Zuschauer auf mein Haupt kommen lassen. Aber ich fürchte, es wäre ein schlechter Dienst, den ich mir selbst erwiese, ohne daß andere davon einen Nutzen hätten. Meine kurze Bemerkung ⟨zur⟩* Liste der Personen deutet schon an, daß es nicht meine Absicht ist, einen Abschnitt der jüdischen Geschichte darzustellen. Nur die Elemente der Handlung und Karaktere sind dem 1. Buche Samuelis entlehnt; der Text meines Dramas soll eine Übersetzung ins Allgemeine⟨,⟩ ins überall und jederzeit Gültige geben. So lege ich keinen Wert darauf, daß man die biblischen Namen beibehält. Ich würde die ungeprägten Namen sogar vorziehen, wenn die zivilisierte Menschheit natürlicher wäre und eine hinlänglich gute Erziehung genossen hätte, sodaß sie wüsste⟨,⟩ es gibt weder im Grad noch in der Richtung der Zärtlichkeit eine Norm. Doch die zivilisierte Menschheit versteht wenig von der Schöpfung, ihrem Stil, das Leben zu gestalten und den Mitteln, um die Variabilität zu erwirken. Es ist mir deshalb nicht erspart, den gewählten Stoff als echter »Thematiker« in die Abgründe der Tragik zu führen.

2⟨.⟩

Die erste Ursache für die Freundschaft zwischen David und Jonathan ist ihre von der Schöpfung bestimmte hormonale Beschaffenheit, für die sie nicht verantwortlich sind. Dieser

Satz, diese Feststellung ist fundamental. Erst in einer seelenweiten Konstitution vermag sich das Genie einzurichten. Die Geschichte der Kunst ist ein einziger, immer wiederholter Beleg für diese Tatsache. Man hat den überragenden schöpferischen Menschen geradezu außerhalb der Natürlichkeit sehen wollen. Das ist wiederum eine durch und durch falsche Beobachtung, eine verblendete, denn die Natur lässt ⟨die⟩* Hälfte aller männlichen Menschen bewußt oder unbewußt einem Modell nachstreben, das die Merkmale der eigenen Geschlechtlichkeit trägt. Sie determiniert die Sehnsucht nicht ausschließlich nach der körperlichen Bildung und dem Zweck von Funktionen. So entsteht, gleichsam unauffällig als Nebensinn die Schönheit, deren Eigenschaft im biologischen Sinne das funktionell Zwecklose⟨,⟩ die Verschwendung ist. Die Kunst ist nichts Notwendiges. Das versucht man in unserer Zeit zu allem Überfluss drastisch zu beweisen, indem man auf Kunstwerke | nicht die geringste Rücksicht nimmt und sie mit Wonne in den Kriegen mit allen erdenklichen Mitteln zerstört. Lebende Künstler beeinflussen das wirtschaftliche Geschehen der menschlichen Gesellschaft so wenig, dass alle Staatsleute und Volksvertreter sich systematisch angewöhnt haben, bei der Ausformung von Gesetzen⟨,⟩ bei Handels- und Clearingabsprachen die Interessen schöpferischer Menschen zu vergessen, während Fabrikanten von Stiefelwichse und Tannenbaumschmuck einen würdigen Platz finden.
Die Menschheit, die sich in ihrer Genie-Verachtung wohlfühlt, geht ihrem sicheren Untergang entgegen. Ich erdreiste mich deshalb zu erklären, dass das Genie in Wahrheit das Maß aller menschlichen Dinge ist. Johann Sebastian Bach, Mozart und Michel Angelo vermochten die Menschheit mit ihren Werken nicht ⟨zu⟩ vernichten; das darf wohl als bewiesen gelten. Sollte eine allgemeine Achtung (ich meine nicht die Prahlreden von irgend einem Katheder herab) des Genies nicht eine ungeahnt wohltuende Wirkung auf den Gang der Geschichte haben können? – Das Genie ist jedenfalls der stärkste Vorsatz, zu dem sich eine Geburt aufraffen kann; seine Konstitution erklärt sich niemals völlig aus der ihm innewohnenden Erbmasse, sie ist immer von einem Gesetz der Mutation abhängig, also von einem segnenden Zufall. Die Tendenz meines Dramas ist vor

allem ein unvorbehaltenes Bekenntnis zum »Talent der Erfindung dessen, was nicht gelehrt und gelernt werden kann.« Da es nicht möglich ist, die Schönheit des Geistes etwa als Gesichtsausdruck, darzustellen, so weise ich die Überlieferung nicht zurück, daß David »schön und braun« gewesen sei.

3.

Der zweite König über Israel und Juda gilt als eine der großen Gestalten der jüdischen Geschichte. Die Tradition hat ihn zum Dichter vieler schöner Psalmen gemacht – auch solcher, die deutlich ägyptischen Ursprung verraten. Der Lebenslauf dieses Königs, mag man sein dichterisches Können einschätzen wie es gefällt, ist nicht nur erbaulich. Die Daseinsspanne zerfällt in zwei Abschnitte. Der erste reicht bis zu seinem 30. Jahre. In ihm ist die Freundschaft zu Jonathan, dem Sohne Sauls, die alles überragende Tatsache. Eine freundschaftliche Liebe, die gleichsam total ist, verbindet den Hirten und den Königssohn. Die Schöpfung scheint alles aufgeboten zu haben, um dieser Liebe Natürlichkeit und die Gewalt der Unausweichbarkeit zu geben. David ist von überwältigender Schönheit, und Jonathans eingeborene Güte, Opferbereitschaft, Treue und Gerechtigkeit machen ihn zur angenehmsten, humansten Gestalt des alten Testaments. | Als Jonathan umgekommen ist, versagt es sich David nicht, in einem Gedicht, dem Bogenlied, seine Verbundenheit mit dem Toten öffentlich zu bekennen; – dass sie erfüllender gewesen als Frauenliebe. In der zweiten Lebenshälfte entwickeln sich in David schauderhafte Karaktereigenschaften. Ein ungezügelter Sadismus gewinnt in ihm die Herrschaft. Er betätigt sich als ⟨Rosseverlähmer⟩*. Seine Menschenabschlachtungen gehen nicht nur ins peinlich Ruhmvolle; – was er an Folterungen und Todesarten erfunden hat, reicht an die berüchtigten Grausamkeiten der Weltgeschichte (auch den neuesten) heran. Man lese nur einen einzigen Vers, Samuelis 12, 31! Seine sexuellen Ausschweifungen machen es deutlich, daß er das ihm eingeborene Zärtlichkeitsverlangen verdrängt hat und unbefriedigt von Ersatzerlebnis zu Ersatzerlebnis taumelt. Er wird, sich selbst verwüstend, das, was manche ihm nachschreien: ein Bluthund, ein heilloser Mann. In der Liebe zu seinem aufrührerischen Sohne Absalom erschimmert noch einmal das Modell seines echten Verlangens.

4.

In privaten Unterhaltungen habe ich zuweilen auf Berichte des alten Testaments wie Josua 11, 6 + 9 hingewiesen. Ich stehe einem Konservativismus der Religionen verständnislos gegenüber, der den Mut un⟨d⟩* Willen unterbindet, solche Textstellen auszumerzen. Denn sie sind anstössig⟨.⟩ Es kann kein göttliches Wesen geben, dem es wohlgefällig ist, dass Rossen die Fesselgelenke durchschnitten werden. Ein redender persönlicher Gott, der dergleichen fordert, stellt sich selbst infrage. Das Verhältnis der jüdischen und kristlichen Religion zur Schöpfung ist auch sonst merkwürdig ungeklärt. Die Entwicklung der Menschheit ist bis zur Stunde vor ihren Untergang gediehen

⟨Textabbruch⟩

Handschrift, 1950

⟨Theater, Schauspieler, Bühnenautoren⟩

Es ist wahrscheinlich, daß ⅔ der in deutscher Sprache geschriebenen Stücke nicht bis zu den Instanzen vordringt, die auf den Spielplan der deutschen [?]* Theater Einfluß haben. Der Weg bis zur Öffentlichkeit ist mehr denn je mit Zensuren und weltanschaulichen Urteilen gepflastert. – Dies ⅔, das anonym bleibt, besteht selbstverständlich nicht nur aus hervorragenden Leistungen. Aber es ist zu vermuten, daß sich darunter auch die dramatischen Mitteilungen finden, die zu empfangen ein Gewinn wäre. Ich persönlich gehöre nicht zu jenen, die das überkommene Theater, weil es nicht mehr zeitgemäß ist, abschaffen möchten. Ich habe den Wunsch, daß ihm das Vorurteil der 2 ½ Stunden Spieldauer ausgetrieben werde, und daß sein technischer Apparat nicht im Widerspruch zu den jetzt gültigen Lebensformen bleibe. Freilich scheint das von öffentlicher Anerkennung gesättigte Theater nicht mehr geeignet, um dem dramatischen Genie den Weg bereiten zu können, weil es die naive Sinnlichkeit, die ein Bestandteil jeder großen Leistung ist, nicht ausdrücken kann. Die großen Schauspieler empfangen ihre Stärke überwiegend vom Intellekt, und die kleinen bilden sich eine Stimme und Gesten ein, die im wahrhaftigen Leben nicht vorkommen, also unsinnlich sind. | Ein Wandel im Stil des Durchschnittsschauspieler⟨s⟩ würde dem Theater wahrscheinlich sehr bekömmlich sein.

Noch ein Wort vom Autor, der, mag das auch immer wieder vergessen werden, die Hauptperson ist. Vor reichlich 20 Jahren schrieb ich für das Berliner Tageblatt einen Aufsatz mit der Überschrift: »Ein Manuskript im Schreibtisch.« Damals erscholl nämlich von Seiten der Kritik die Anklage, daß es keine guten deutschen Romane oder Theaterstücke gäbe. – Die Behauptung ist widerlegt worden. Es fanden sich hervorragende Arbeiten in den Schubladen⟨.⟩ Heut, wo deutsche Verleger in unverantwortlichem Umfang literarisch⟨en⟩ Kitsch wieder auflegen, weil es das Bequemste und politisch Unanrüchigste ist, ist das Feldgeschrei, daß der deutsche Autor nur mittelmäßiges leiste, verstärkt. Es ist nicht zu leugnen, daß das Bild, das man aus den zugänglichen Veröffentlichungen gewinnt, pessimistisch stimmen muß. Indessen: Genies sind zu allen Zeiten dünn gesät gewesen: sehr dünn. Anders wird es auch heut nicht sein. ⟨Wenn⟩* wir nur, dieser kleine Kreis von Verrückten, die noch ⟨...⟩* immer an die Möglichkeit eines unmittelbaren Theaters glauben, darauf bestehen, daß allerlei Schubladen aufgezogen werden, so treibt uns der Reiz, eine größere dramatische Vielheit zu erfahren als uns das bestehende Theater vermitteln kann. Ganz zuletzt findet sich dann auch noch die Hoffnung, daß wir auf das Außerordentliche stoßen könnten, auf Gestalten, die dem Durchschnittsbürger nicht geheuer sind, die aber von »Trommeln in der Nacht« und vom »Fegefeuer« in den Städten wissen.

Handschrift, 1950

⟨Deutsche Schriftsteller zur deutschen Dramatik⟩

Hans Henny Jahnn

Elbchausee 499
Hamburg-Blankenese

1.) Gibt es ein deutsches modernes Drama?

Die Frage ist nicht mit ja oder nein zu beantworten, denn es ist darin der Zweifel an der deutschen Dichtung schlechthin enthalten. Daß die deutsche Kunst durch Knebelung und Aushungerung beinahe nicht mehr sichtbar ist, gehört bereits zu den bekannten Tatsachen. In deutscher Sprache Dichtung zu schreiben, ist allmählich eine Verfluchung geworden. Arno Holz schrieb vor Jahrzehnten:

O Haupt voll Blut und Wunden,
Du deutsche Poesie!
Wie hat man dich geschunden!

Von den Autorenverbänden ist behauptet worden, daß etwa 200 aufführungsreife deutsche Dramen in den Schubladen der unterschiedlichen Schreibtische lägen. Die Lektoren und Dramaturgen der deutschen Theater haben die Gegenbehauptung aufgestellt, daß von den 200 Stücken allenfalls ein Dutzend für die Aufführung geeignet seien. – An die 200 Stücke glaube auch ich nicht. Aber das Dutzend, das die Dramaturgen anerkennen, ist sicherlich nach einseitigen Gesichtspunkten ausgewählt worden. Bei diesem Dutzend sind z. B. 3 Dramen von mir nicht mit gerechnet: Die »Straßenecke«, nicht aufführbar oder nur bei großem Mut aufführbar, weil eine Negerlynchung im Mittelpunkte des Geschehens steht. Das Stück ist bei Gustav Kiepenheuer gedruckt, war 1932 zu Aufführung am Staatstheater erworben, wurde wegen bereits marschierender

Stiefel garnicht erst plakatiert. Der »Neue Lübecker Totentanz«, ein Festspiel, von keinem Gesichtspunkt aus angreifbar, von Herbert Ihering als das beste deutsche Festspiel bezeichnet, bei S. Fischer in der »Neuen Rundschau« gedruckt, vom NWDR als Hörspiel eingerichtet und gesendet, wurde einfach vergessen.
Mein neuestes Drama, die »Spur des Dunklen Engels« ist von vornherein anrüchig, weil es die politischen und freundschaftlichen Beziehungen zwischen dem biblischen David und Jonathan, dem Sohne Sauls, von | Palästina geographisch losgelöst, auf die Bühne zu bringen versucht.

2.) Warum wird das deutsche Drama nicht gespielt?

Ein paar Gründe kann man schon aus den letzten Sätzen ableiten. Ich möchte mit meiner eigenen Erfahrung fortsetzen. Nachdem meine Tragödie »Medea« am Staatstheater Berlin einen großen Erfolg errungen hatte, erwarb auch Erich Ziegel, damals Intendant des Deutschen Schauspielhauses in Hamburg, das Stück zur Aufführung. Es wurde nach 4maliger Aufführung bei vollbesetztem Hause vom Spielplan gestrichen, weil ein Vertreter der evangelischen Kirche in Hamburg gegen die Aufführung Einspruch erhob. Erich Ziegel antwortete damals, dem betreffenden kirchlichen Vertreter, daß er der Kirche keine Zensurgewalt zugestehen könne; – aber er setzte das Stück ab. Das nennt man den Mut der Intendanten!
Gerade in diesen Tagen ist mir zu Ohren gekommen, daß ein Drama, das ein Bühnenvertrieb an verschiedene Bühnen verschickt hat, von den Theaterleitern mit der Begründung abgelehnt worden sei, das Publikum wolle nicht 2 Kriegsversehrte, der eine aus dem 1. Weltkrieg, der 2. aus dem 2., auf der Bühne sehen. Kein Zweifel, die betreffenden Herren meinten etwas anderes. Es sei in diesem Ruinendeutschland nicht mehr angebracht, die Wirkungen des technologisch vollkommenen Krieges zu zeigen.
Das bedeutende deutsche Drama wird m. E. deshalb nicht gespielt, weil es in Deutschland eine vielfältige Zensur gibt, die es verstanden hat, völlig anonym zu bleiben. Außerdem glaube

ich, daß die deutschen Dramatiker den Mut verloren haben; denn es ist ihnen ja nicht unbekannt geblieben, was man z. B. in Frankreich aussprechen darf. Außerdem stehen sie wie Bettler immer nur *vor* dem Theater.
Auch hier 2 Anektoden: Als meine »Medea« in Berlin aufgeführt wurde, verteilte ein Theaterdiener an den Regisseur Jürgen Fehling und die Schauspieler Umschläge, in denen Freikarten für die Aufführung enthalten waren. Er blieb ratlos mit einem letzten Umschlag in der Hand mitten auf der Bühne stehen und fragte endlich Jürgen Fehling: |
»Sagen Sie mal, wer ist denn eigentlich Herr Jahnn? Für den habe ich auch Freikarten.« –
Und noch eine bittere Wahrheit: Vor wenigen Tagen war ich in Düsseldorf und fand mich vor einer Generalprobe⟨,⟩ die um 11 Uhr beginnen sollte, neben dem Theatergebäude meines Freundes Gustav Gründgens ein. Ich wartete vor dem Bühneneingang, weil mir ein Direktor des Hauses bedeutet hatte, daß Gustav Gründgens durch diesen Eingang ins Theater gehen würde, ich könnte ihn nicht verfehlen. 20 Minuten nach 11 Uhr erfuhr ich durch den gleichen Direktor, der sich nicht weiter um mich gekümmert hatte, obgleich ich mich ihm vorgestellt hatte, daß Gründgens seit langem im Zuschauerraum sei. Jener hatte es also nicht für nötig gehalten, einen auf der Straße wartenden Autor von seinem Irrtum oder was es nun sein mochte, zu benachrichtigen. Gründgens empfing mich, gewiß; er war trotz seiner Müdigkeit sehr freundlich. Später sah ich auf dem Hofe seinen Cadillac und begriff mit aller Deutlichkeit, daß ein Autor keinen Zutritt zu den Himmeln des Theaters hat. Wir sind von den Subventionen ausgeschlossen, daraus folgt, daß wir eine tiefere Klasse von Menschen sind.

3.) Was kann geschehen, damit das moderne deutsche Drama der Öffentlichkeit bekannt wird?

Indem die Berichte über Box- Ring- und Fußballkämpfe in den Zeitungen gestrichen werden und mit der eingesparten Drukkerschwärze die Ernährung der wenigen bedeutenden Autoren finanziert wird.

Man mache sich doch klar, daß alle Künstler insgesamt nicht in der Lage sind, einen einzigen Bundestagsabgeordneten zu wählen, daß aber Millionen von Normalmenschen im Fußballtoto spielen.
Würde Sa⟨r⟩tre Deutscher sein und seine Stücke in deutscher Sprache geschrieben haben, so ist es wahrscheinlich, daß nicht ein einziges Drama von ihm über die Bretter gegangen sein würde. Denn in Deutschland gilt die Regel, wenn es sich um Träger der Kunst handelt: sie sollen tot oder Ausländer sein; am besten aber tote Ausländer.
Doch alle Bitterkeit beiseite: das moderne wesentliche deutsche Drama wird der Öffentlichkeit erst dann wieder bekannt werden, wenn die [...] | Theaterleiter es sich zur Ehre anrechnen werden, Mut zu besitzen. Glücklicherweise, es gibt einige wenige, die diesen Mut aufbringen, und vielleicht sind auch die Instanzen des Staates nicht so schlimm, wie sie augenblicklich erscheinen – wenn sie die volle Wahrheit vom Aussterben der deutschen Kunst erfahren.

Typoskript 1951

Deutsche Schriftsteller zur deutschen Dramatik!
Eine bedeutsame Rundfrage

1. Gibt es ein modernes deutsches Drama?
2. Warum wird es nicht gespielt?
3. Was kann geschehen, damit die moderne deutsche Dramatik dem Publikum bekannt wird?

Wir stellten einigen in Hamburg lebenden Schriftstellern die obigen Fragen, die von wesentlicher Bedeutung für die Situation des heutigen Theaters sind.
Wir waren betroffen von der Verzweiflung, die aus den Antworten lebendiger Schriftsteller sprach. Die Anklage ist da! Wird sie ein Echo finden? Werden die Spielpläne antworten, werden ihre Hersteller endlich die Bitte, den Ruf, die beschwörende Forderung deutscher Schriftsteller vernehmen? Bei einem dramaturgischen Gespräch, das vor einigen Tagen mit einer Reihe von Jugendlichen bei uns im Theater stattfand, wurden von diesen auf Anhieb die Namen von 15 arbeitenden deutschen Dramatikern genannt. Und es wurde konstatiert, daß 9 von ihnen überhaupt nicht und 3 von ihnen gelegentlich aufgeführt werden. Nur 4 der genannten Dramatiker werden laufend gespielt. Als Grund für diese Tatsache wurde vor allem »Angst« genannt.
Soll es also bei dem überfremdeten Schablonenspielplan der großen Vorsicht bleiben oder soll auf den Theatern Deutschlands auch wieder die deutsche Dramatik endlich ihre Stimme erheben?
Wir drucken im folgenden die Antworten der Schriftsteller ab und setzen die Umfrage mit der Beantwortung der 3. Frage im nächsten Heft fort.
G. W.

[...]

Hans Henny Jahnn antwortet:

⟨1.⟩Die Frage ist nicht mit ja oder nein zu beantworten, denn es ist darin der Zweifel an der deutschen Dichtung schlechthin enthalten. Daß die deutsche Kunst durch Knebelung und Aushungerung beinahe nicht mehr sichtbar ist, weiß man sogar bei den Zeitungen und Bürokratien. In deutscher Sprache Dichtung zu schreiben, ist allmählich eine Verfluchung geworden. Arno Holz schrieb schon vor Jahrzehnten:

O Haupt voll Blut und Wunden,
Du deutsche Poesie!
Wie hat man dich geschunden...

Das Dutzend deutscher Dramen, das die Dramaturgen anerkennen, ist sicherlich nach opportunistischen Gesichtspunkten ausgewählt worden.

2. Das bedeutende deutsche Drama wird m. E. deshalb nicht gespielt, weil es in Deutschland eine vielfältige Zensur gibt, die es verstanden hat, sich anonym zu gebärden. Außerdem glaube ich, daß die deutschen Dramatiker angesichts der Lebensunfreiheit, den Mut verloren haben; denn es ist ihnen ja nicht unbekannt geblieben, daß man z. B. in Frankreich noch mancherlei aussprechen darf. Außerdem stehen die Bühnenautoren wie Bettler immer nur vor dem Theater.

Noch eine bittere Wahrheit: Vor wenigen Tagen war ich in Düsseldorf und fand mich vor einer Generalprobe, die um 11 Uhr beginnen sollte, neben dem Theatergebäude meines Freundes Gustaf Gründgens ein. Ich wartete vor dem Bühneneingang, weil mir ein Direktor des Hauses bedeutet hatte, daß der Intendant durch diesen Eingang gehen würde, ich könnte ihn nicht verfehlen. Zwanzig Minuten nach 11 Uhr erfuhr ich durch den gleichen Direktor, der sich nicht weiter um mich gekümmert hatte, obgleich ich ihm bekannt war, daß Gründgens seit langem im Zuschauerraum sei. Ich wurde böse. Gründgens empfing mich verspätet, gewiß; er war trotz seiner Müdigkeit sehr freundlich. Später sah ich auf dem Hofe seinen Cadillac und begriff mit aller Deutlichkeit, daß ein Autor keinen Zutritt zu den Himmeln des Theaters hat. Dichter sind von den Subventionen ausgeschlossen; daraus folgt, daß sie eine tiefere Klasse von Menschen sind.

3. Indem die Berichte über Box-, Ring- und Fußballkämpfe in den Zeitungen gestrichen werden und mit dem eingesparten Geld für Druckerschwärze die Ernährung der wenigen bedeutenden Autoren finanziert wird. –

Man mache sich doch klar, daß alle Künstler insgesamt nicht in der Lage sind, einen einzigen Bundestagsabgeordneten zu wählen, daß aber Millionen von Normalmenschen im Fußballtoto spielen. Die Kunst hat keine (demokratische) Stimme.

Würde Sa⟨r⟩tre Deutscher sein und seine Stücke in deutscher Sprache geschrieben haben, so ist es wahrscheinlich, daß nicht ein einziges über die Bretter gegangen sein würde. Denn in Deutschland gilt die Regel, sofern es sich um Träger der Kunst handelt: sie sollten tot oder Ausländer sein; am besten aber tote Ausländer. – Doch alle Bitterkeit beiseite: das moderne wesentliche deutsche Drama wird der Öffentlichkeit erst dann wieder bekannt werden, wenn die Theaterleiter es sich zur Ehre anrechnen werden, Mut zu besitzen. Glücklicherweise, es gibt einige wenige, die diesen Mut aufbringen.

Programmheft der Hamburger Kammerspiele 1951

Diskussion über das »Drama«. Buchwoche 1952. 31. 10. 52

1.) Lassen Sie mich bei dem Wesentlichen beginnen: Das heutige Theater besitzt keinen echten erotischen Geist und ist deshalb uninteressant.

2.) Ich habe jetzt die Entwürfe für das neue Opernhaus in Hamburg gesehen. Es bleibt mir unverständlich, warum ein Theater wie eine Fabrik, ein Warenhaus oder eine mißglückte Idee aussehen soll. Mit einem Theaterbau jedenfalls hat es nichts zu tun. Es wird hier ein Experiment wiederholt, das im Ausland schon vor 25 Jahren mißglückt ist. Es sitzt sich nun einmal auf Stahlmöbeln unbequem. Außerdem ist es unhygienisch, weil die magnetischen Kraftlinien unter dem Hintern gesammelt werden.

3.) Die Bühneneinrichtungen der heutigen Theater sind geradezu kläglich. Sie hindern den Dramatiker, sich zu entfalten, und selbst Shakespeare wird in ein Zeitlupentempo gepreßt, weil die Bühneneinrichtung in diesem Zeitalter der Technik nicht danach beschaffen ist, daß eine Verwandlung im Laufe weniger Sekunden vor sich gehen kann. Nötig wären Drehbühnen, deren Scheibe einen sehr großen Durchmesser aufweist, oder Bühnenwagen, die sich nach verschiedenen Richtungen bewegen können. Man kann vom Publikum in unserer heutigen aufgeregten Zeit nicht verlangen, daß es sich eine Geduld angewöhnt, die ihm bei jedem Straßenübergang untersagt ist.

4.) Man hört allerorten den Schrei nach dem Zeitstück. Solange dieser Schrei ertönt, wird es keine guten Theater geben können. Erst wenn dieser Schrei nach Dichtung verlangt, besteht einige Aussicht auf Besserung. Berthold Brecht hat die große Bedeutung für das deutsche Theater, nicht weil er Zeitstücke schreibt, sondern weil er ein Dichter ist. Daß sich ein Dichter auch mit der gegenwärtigen Zeit beschäftigen darf, ist selbstverständlich.

5.) Vielleicht steht es mit der dramatischen Dichtung nicht so schlecht, wie es den Anschein hat, wenn man den Spielplan der Theater betrachtet. Es sind von vorn herein die größere Anzahl dramatischer Bühnenwerke von der Aufführung ausgeschlossen, weil sie im Stofflichen die Forderungen des Normalmenschen in dieser Zeit nicht befriedigen. Denn dieser Normalmensch, eingebaut in Systeme, die Konformismus fordern, will vor keine Probleme gestellt werden, die ungelöst sind oder womöglich durch und durch im Problematischen verharren. Wir haben es also mit einer kapitalistischen Zensur, einer kommunistischen Zensur, einer Glaubenszensur, einer bürokratischen Zensur, einer Besatzungszensur, einer Regierungszensur zu tun, und schließlich mit der Zensur der Dummheit. Dummheit ist nicht identisch mit Einfalt. Der Einfalt fehlt vielleicht ein bestimmtes Maß an Wissen, darunter leidet die Dummheit nicht. Die Dummheit ist etwas Aktives, nämlich die Tendenz sich fremden Eindrücken und Einsichten zu verweigern. Sie ist eine Kampfhandlung.

Da es nun beinah unmöglich ist, Stoffe zu erfinden, die nicht gegen eine der genannten Zensuren verstoßen, so ist die völlige Verödung das Resultat.

Typoskript 1952

Requisiten des Theaters

1) Von den Personen
Das Theater ist eine vielgestaltige Einrichtung, und es ist schwer sich zu entscheiden, von welcher Seite man an das komplizierte Gebilde herantreten soll. Es entsteht zum Beispiel die Frage, ob der Pförtner oder der Bühnenautor die wichtigste Person des Theaters ist, denn jener ist immerhin fest besoldet, dieser nicht. Er gehört also anscheinend an das Ende aller Personen. Man braucht keine lebende⟨n⟩ Dichter. Die toten haben bereits ein solches Arsenal an Stücken geschaffen, daß kein T⟨h⟩eaterleiter die Pforten des Hauses zu schließen braucht. Mit Recht steht somit der Herr Generalintendant an erster Stelle, wenn von szenischer Kunst gesprochen wird. – Wohin sollten wir sonst wohl geraten?

2) Von der Langweiligkeit des Theaters
Das heutige Theater besitzt keinen echten erotischen Geist und ist deshalb uninteressant. Es muß subventioniert werden. Das Theater Shakespeares sprühte vor Lebensvollheit. Da konnte ein fünfzehnjähriger Junge die Rolle der Julia mit echter Zärtlichkeit spielen. Unsere dreißigjährigen Schauspielerinnen entwickeln bühnenmäßige Leidenschaft in der gleichen Rolle.

3) Vom ersten Wort.
Anklage gegen das Publikum: Es lärmt noch weiter, wenn der Vorhang aufgegangen ist, sodaß die ersten Sätze auf der Bühne wie im Rascheln von Butterbrotspapiere⟨n⟩ untergehen. Und sie sind doch die spannen⟨d⟩sten des

ganzen Stückes. Sie sagen mehr über den Dichter aus, als ein gelungener Aufbau der Akte. Schade, daß sich die Allgemeinheit so wenig für das erste Wort interessiert.

4) Von der Kurzweil des Theaters.
Das erste Wort, ich sagte es schon, erregt, – und wenn es mißlungen ist, weckt es Ärger. Die Schmiere ist immer herzhaft schön, weil alles übertrieben und unecht ist. Man muß sich das Echte selbst zurechtdenken. Und ein alter Schnürboden voller leicht herablaßbarer Prospekte ist die Romantik an sich und zudem akustisch ein Vorteil. Echte Schauspielkunst ist selten. Wer sie von jedem Schauspieler fordert, könnte selbst als Narr auftreten. Indessen: Eine bebend aufgereckte Hand kann die Welt, die die Bretter bedeuten, versinken lassen. |

5) Vom Zuschauerraum.
Natürlich muß es festlich sein! Wer bezweifelt das? Das Theater ist doch keine Fabrik oder ein Warenhaus in Hosenarchitektur (wie die Franzosen sagen) aus Glas und Eisen. Und die negative Akustik der Nachhalldämpfungen, wem schmeckt denn die? – Sind alle Ohren vom Rundfunk verdorben? Die fetten Putten, männliche und weibliche Karyatiden und der Stuck alten Stils hatten eine akustische Funktion. Da hilft kein Leugnen. – Nun, kann man das nicht geschmackvoll machen?

6) Von der Zahl der Zuschauer.
Die Jünger der Kunst werden mit Steinen nach mir werfen: Für den Bühnenautor lohnt es sich nicht, Theaterhäuser zu bauen, die weniger als 1000 Personen fassen. Schließlich soll er von den Tantiemen leben. Oder wovon sonst?

7) Von den Bühneneinrichtungen
Die meisten Bühnenhäuser sind nicht zeitgemäß eingerichtet. Sie hindern den Dramatiker sich zu entfalten. Er möchte den Zuschauern Illusionen geben, schnelle Verwandlungen der Schauplätze – und der schwerfällige Apparat belastet ein Dutzend Szenen mit wenigstens 25 Minuten

verlorener Zeit. So wird ein moderner Regisseur dazu verleitet, selbst Shakespeares Dramen »einzurichten«. Es muß im Zeitalter der Technik gefordert werden, daß eine Bühnenverwandlung im Laufe weniger Sekunden vor sich gehen kann. Nötig wären Drehbühnen, deren Scheibe einen sehr großen Durchmesser hat, die, um die Aufführungen auch zu verbilligen, mit festen Orten und Räumen versehen sein könnte. Als akustischer Vorteil ergibt sich daneben, daß die Stimme des Schauspielers nicht mit dem toten Raum des Bühnenhauses zu kämpfen hat. Man kann vom Publikum in heutiger Zeit wahrhaftig nicht verlangen, daß es sich im Theater eine Geduld angewöhnt, die ihm bei jedem Straßenübergang untersagt ist.

8) Von den Schauspielern im Allgemeinen
Sie bewegen sich noch immer zu heftig und haben zu heftige Gefühle – sofern man ihrer Stimme glauben will.

9) Vom Gegenstand der Dichtung.
Man hört aller Orten den Schrei nach dem Zeitstück. Solange dieser Schrei ertönt, wird es kein gutes Theater der Gegenwart geben. Erst wenn man nach Dichtung verlangt, besteht Aussicht auf Besserung. Die Hauptaufgabe jedes Bühnenautors in jeder | Zeit wird es sein, die Gestaltung urtragischer Probleme zu versuchen. Was heißt das? Die Liebe, die den Befallenen verbrennt, ist es; das Altern ist es; die Querstellung zur Umwelt ist es schlechthin. Man sieht –: Ein Dichter darf sich auch mit der gegenwärtigen Zeit beschäftigen.

10) Von der Klage über den Mangel an Stücken.
Vielleicht steht es mit der dramatischen Kunst nicht so schlecht, wie es den Anschein hat, wenn man die Spielpläne der Theater betrachtet. Es ist nämlich von vornherein die größere Zahl dramatischer Werke von der Aufführung ausgeschlossen, weil sie im Stofflichen den Forderungen der Normalmenschen in dieser Zeit nicht nachkommen. Ich habe zwar noch keinen Normalmenschen gesehen, wohl aber Wesen, eingebaut in Systeme, die Konformis-

mus fordern. Diese wollen nicht vor Probleme gestellt werden, die ungelöst sind oder womöglich durch und durch im Tragischen verharren. Ungestillter Hunger z. B. ist unbeliebt. Wir haben es also mit allerlei Zensuren zu tun; mit einer kapitalistischen, einer kommunistischen, einer Besatzungszensur, einer Regierungszensur, einer Glaubenszensur. Und schließlich mit der Zensur der Dummheit. Dummheit ist nicht identisch mit Einfalt. Der Einfalt fehlt vielleicht ein bestimmtes Maß an Wissen; – darunter leidet die Dummheit nicht. Die Dummheit ist etwas Aktives, nämlich die Tendenz, sich fremden Eindrücken und Einsichten zu verweigern. Sie ist eine unablässige Kampfhandlung.

Typoskript 1952/53

Paralipomenon

Anekdote.

Das Theater ist eine vielgestaltige Einrichtung und es ist schwer sich zu entscheiden, von welcher Seite man an das komplizierte Gebilde herantreten soll. Es entsteht zum wenigsten die Frage, ob der Pförtner oder der Bühnenautor die wichtigste Person des Theaters ist. In einer Fabel kann man diese beiden wichtigen Personen vereinigen. Als im Jahre 1926 meine »Medea« in der Regie Jürgen Fehlings am Staatlichen Schauspielhaus in Berlin uraufgeführt wurde, erschien in der Generalprobe der Pförtner des Bühneneingangs⟨,⟩ um an die verschiedenen Beteiligten die Freikarten zu der Aufführung zu verteilen. Als der Regisseur und die Schauspieler bedacht waren, blieb der Mann mit einem Umschlag in der Hand ratlos auf der Bühne stehen, und sagte endlich zu Jürgen Fehling: »Hier habe ich noch einen Umschlag mit Karten für einen Herrn Jahnn, wer ist denn das, kennen Sie den«?
Am Königlichen Theater in Kopenhagen hingegen, das nur einmal die Absicht hatte mein Drama »Armut, Reichtum,

Mensch und Tier« aufzuführen, kannte dieser Bühnenportier mich nicht nur, sondern ist auch bereit, wenn ich zufälligerweise einmal in Kopenhagen weile, für mich Stühle reinsetzen zu wollen, falls das Haus verkauft sein sollte.
Ob nun der berliner Portier weniger begabt und der kopenhagener Portier mehr begabt ist, ob die Wertschätzung eines Autors in Dänemark höher ist als in Deutschland bleibt unentschieden. Auf alle Fälle kann man feststellen, daß der Portier fest besoldet ist. Als nicht fest besoldeter gehört der Autor selbstverständlich an das Ende. Und damit beginne ich mit den erlauchten Personen. An erster Stelle mit dem Herrn Generalintendanten.

Typoskript 1952/53

Zum »Neuen Lübecker Totentanz« ⟨I⟩

Im Jahre 1930 erhielt ich aus Lübeck eine Anfrage, ob ich bereit sei, zum Ostseejahr 1931 ein Festspiel zu schreiben. Ich wußte nicht, daß man sich zuvor an Ernst Barlach gewandt hatte, der für diese Arbeit 10 000 Mark forderte. Ich verlangte die Hälfte und erhielt den Bescheid, daß ich viel zu teuer sei und mich mit 2500 Mark begnügen müßte. Das wiederum lehnte ich ab. Man versprach daraufhin, dem Verlage S. Fischer, der das Werk drucken sollte, fest 5000 Exemplare des Textbuches abzukaufen. (Dazu ist es nicht gekommen.)

Alsbald erfuhr ich die Nebenbedingungen. Ich hatte die Worte für eine Kantate mitzuliefern, deren erstes »Ostsee« sein mußte, weil Walter Kraft, Organist der St. Marienkirche bereits eine Fuge mit diesem Wort als Grundlage komponiert hatte. Weiter wurde mir der Aufbau des ersten Strophenabschnittes vorgeschrieben. Daraus gewannen wir folgende Gestalt:

I

Ostsee,
Weide der Wogen!
Auf deinen Triften
grasen die Schiffe,
ernten die Fischer
Frucht deines Schoßes. –
Frucht deines Schoßes
ernten die Fischer,
grasend mit Schiffen
auf deinen Triften.
Weide der Wogen,
Ostsee!

Das »wir« steht nicht absichtslos da. Ich muß bekennen, daß ich die Aufgabe nicht löste, daß vielmehr mein Freund Werner Helwig diesen ersten Abschnitt schrieb. Gruppe II und III stammen von mir. Sie mögen hier gleichfalls stehen.

II

An deinen Gestaden, an den Flüssen,
die in dich münden, liegen Städte,
schwer vom Duft der Vergangenheit.
Und der Gesang ihrer Dome,
aus Ziegeln gefügt zu Hallen
wie Wälder und Meergrund,
mit Stürmen voll Licht und Segelgewölben,
preist dich.
Denn du nährtest die Lebenden.

III

Die Sonne geht in dir auf.
Die Sonne geht in dir unter.
Abend und Morgen
wandeln mit Farben
deine Gefilde.

Nächste Bedingung: Eine Szene ohne nennenswerten theatralischen Aufwand sollte auf dem Marktplatz in Lübeck sein, etwa so ausgeformt, daß eine Rednertribüne errichtet werden mußte, die es notwendig machte, daß der neugotische Brunnen daselbst abgetragen wurde. Nun, die Bomben haben ihn inzwischen entfernt.
Weitere Bedingung: Der zweite Abschnitt des Festspiels habe auf dem Lettner der St. Marienkirche vor sich zu gehen. (Dieser Lettner ist inzwischen gleichfalls zerstört).
Endlich: der abendliche Schluß in der St. Katharinen-Kirche links und rechts vom St. Jürgen, der den Drachen tötet. Es ist dieselbe Kirche, in der Jan Adam's Reinken begraben liegt. Das schöne, auf Kupfer gemalte Bild von seinem Epitaph wurde

damals gestohlen. Ich darf versichern, daß nicht ich der Dieb gewesen bin (was der eine oder andere vermutet haben mag).
Der Rahmen am Epitaph ist noch immer leer, die Grabplatte des Orgelmeisters, damals noch an ihrem Platz, liegt nicht mehr im Boden, der geduldig kämpfende St. Jürgen hat seinen Platz wechseln müssen, scheinbar grundlos, denn in der Stora Kyrkan von Stockholm darf er den Altar bekrönen. Doch die Kirche St. Katharinen steht noch.
Mir wurden dann noch die Anregungen gegeben, ich möchte mich eines lübeckischen Stoffes bedienen, etwa des Totentanzes; doch müßte ich mich verpflichten, diesen Vorwurf versöhnlich ausgehen zu lassen, dergestalt, daß die Zuhörer am Ende der Aufführung geschlossen aus der Kirche wanderten, um sich unter dem Abendhimmel Feuerwerk und Freiluftkino anzuschauen.
Die Summierung dieser Bedingungen rief in mir begreiflicherweise einigen Mißmut hervor. Ich wußte lange Zeit nicht, wie ich die übernommenen Verpflichtungen erfüllen sollte. Ein persönliches Unglück ereilte mich und machte mich so mutlos, daß ich die Arbeit am »Totentanz« vorübergehend einstellte. Mein nächster Freund Gottlieb Harms war gestorben, und in mir erloschen alle Vorstellungen, Bilder und Anlässe. Immerhin war der Plan des Werkes fertig geworden, und Werner Helwig half mir über die bilderlose Öde hinweg. Mit ihm besprach ich die Szene auf dem Lettner in der Marienkirche, Zeile für Zeile. Er führte die Feder und gestaltete die Verse. Ich wollte noch nicht. Diesem ersten Abschnitt habe ich nur wenige Zeilen eingefügt und einigen anderen meine Sprachprägung gegeben. Dann war für mich die tote Zeit überwunden, und ich schrieb den Hauptteil für den Schauplatz der St. Katharinen-Kirche.
Wenn ich mich recht entsinne, so vollendete Walter Kraft damals die Ostseekantate. (Ich habe sie niemals gehört.) Die Aufführung des Festspiels kam nicht zustande. Die geplante Instrumentalmusik wurde nicht geschrieben oder blieb in den Anfängen stecken. Die großen Zeitungen des In- und Auslandes hatten den »Neuen Lübecker Totentanz« als Höhepunkt des Ostseejahres in breit angelegten Artikeln angekündigt. Plötzlich wurde das Hauptstück gestrichen. Jedermann mußte

vermuten, daß die Arbeit mißlungen sei, daß der Autor seine Aufgabe nicht zur Zufriedenheit gelöst hätte. Da war es Oskar Loerke, der den ungekürzten Text des »Neuen Lübecker Totentanzes« in der »Neuen Rundschau« veröffentlichte, und alsbald fanden sich namhafte Kritiker, die gegen die Stadt Lübeck und die Veranstalter des Ostseejahres den Vorwurf erhoben, sie hätten die Gelegenheit versäumt, eine bedeutende Dichtung als ständiges Festspiel zu besitzen. Der NWDR brachte zu meiner Rechtfertigung noch eine von Ludwig Benninghoff bearbeitete Funksendung. –·–

Als ich 1946 als Emigrant meine Heimat Deutschland besuchte, sah ich auch Lübeck und die Stätten wieder, an denen das Festspiel hätte dargestellt werden sollen. Es kamen mir sehr sonderbare und trübe Gedanken. Der alte gemalte Totentanz war in der ausgebrannten Marienkirche vernichtet. Die Basilika selbst unkenntlich.

In den kurzen Monaten meines Aufenthalts im zerfetzten Deutschland lernte ich meinen Patensohn Yngve Trede näher kennen. Ein Jahr später besprach ich mit ihm, der inzwischen 14 Jahre alt geworden war, zum ersten Male eine Musik zum »Totentanz«, die er schreiben sollte. Es war ein Spiel der Gedanken, mit allerlei Wünschen und Sehnsüchten belastet, weil ich in ihm ein großes Talent zu erkennen glaubte. Auf einem Zettel notierte ich für uns beide den instrumentalen Gehalt der einzelnen Nummern. Sogar die Form, die die Introduktion jetzt erhalten hat, wurde festgelegt. – Der unentrinnbare Ablauf des Lebens kann musikalisch kaum eindringlicher als in der Form einer Passacaglia ausgedrückt werden. Es verbindet sich mir zudem mit dieser, an einen ostinaten Baß gefesselten Musik ein Regieeinfall, den ich allerdings als Bühnenanweisung nicht obligatorisch machen möchte: mit jedem Einsatz des ostinaten Themas könnte ein Figurenpaar des alten Lübecker Totentanzes aufziehen.

Als ich dies zu sprechende Oratorium schrieb, hatte das Stück für mich selbst den Untertitel: »Worte, durch Musik gebunden.« Erst später ist es mir bewußt geworden, daß der Handlungsablauf vielschichtig ist, nicht nur räumlich von der linken zur rechten Seite wechselt, sondern auch unterschiedliche Sphären berührt, die ihre innere Zusammenfassung erst im

musikalischen Bild erfahren. Das Trompetenwerk der astronomischen Uhr der Marienkirche habe ich beim Schreiben der Worte als Begleitung im Ohr gehabt. Daraus hat sich, so viele Jahre später, durch einen Zweiten, die Musik »Das Hohe Lied des Ablaufs« geformt.
Im Herbst 1951 wurde in Hamburg das lübeckische Stück mit verteilten Rollen durch die Lektürenbühne vorgetragen. Ich bestand darauf, daß man sich der von mir geplanten Form annähere. Der damals 17-jährige Yngve schrieb in der kurzen Zeit von 3 Wochen eine kleine Musik für 4 Blasinstrumente und Pauke. Ich selbst habe die Darstellung der Lektürenbühne in der Regie Rolf Italiaanders nicht gesehen. Ich hielt mich in Solignac auf und erkrankte an jenem 18. November schwer. Die Zeitungen berichteten von einem Erfolg, und ältere Jungen und Mädchen der Oberschule in Harburg spielten das Stück vor geladenen Gästen in der Friedrich-Ebert-Halle. Tod und Berichterstatter schrieben mir Briefe ins Krankenhaus. Ein Versuch, das Festspiel nun endlich nach Lübeck zu verpflanzen, scheiterte schon in den Vorverhandlungen.
In Yngve Trede und mir waren das Thema und eben so sehr die Form des Werkes bewegt worden, sodaß wir uns aufs Neue mit den musikalischen Teilen des Festspiels beschäftigten. Unterhaltungen über die Art der Musik, der Besetzung, über den Umfang der Partitur. Schließlich einigten wir uns auf eine mittlere Größe des Orchesters, damit das Werk nicht ausschließlich in weiträumigen Kirchen aufführbar sei, sondern auch im Theater seinen Platz finden könnte. Daß der Klang des Orchesters kühl, fast ausschließlich auf Bläser gestellt bleibt, halte ich für eine Tugend, zumal der Klangdruck dieser Instrumente solcher Art ist, daß sie auch einen weiten und hohen Raum füllen können.
Nun macht das Werk erneut den Versuch, vor die Öffentlichkeit zu kommen. Es ist, für Kathedralen geschrieben, offenbar sehr anpassungsfähig und spricht auch aus dem Mund von Halbwüchsigen. Der Inhalt der Reden ist so aktuell wie je, denn das Prinzip der Machtanwendung, so allgewaltig es sich auch gibt, ist am Ende.

Typoskript 1954

Zum »Neuen Lübecker Totentanz« ⟨II⟩

Im Rowohlt Verlag Hamburg erschien in diesen Tagen der »Neue Lübecker Totentanz«, mustergültig auf schönes holzfreies Papier gedruckt. Eine Freude für die Augen. Die »Freie Akademie der Künste in Hamburg« hat mitgeholfen, daß die Veröffentlichung zustande kam. Das Buch enthält auf 40 Seiten den Text der Legende und auf 102 Platten die Partitur der Musik. Die Gemeinschaft von Musik und Wort hat von Anfang an den Plan des Festspieles mitbestimmt.
Es mußten mehrere Jahrzehnte verstreichen, ehe die Form, wenn ich so sagen darf, vollendet wurde. Ein Außenstehender, der das Werden dieses Totentanzes nicht hat beobachten können, versteht kaum das Glück, das mir das gedruckte Buch bereitet. Der Weg bis zur Vollendung ist ein langer gewesen. 1931 wurde der Text des Festspiels für die Stadt Lübeck geschrieben. Die Aufführung kam nicht zustande. Der Verlag S. Fischer brachte in der »Neuen Rundschau« einen Abdruck. Dann verschwand die Arbeit aus dem allgemeinen Bewußtsein.
Die geplante Musik war nicht oder nur teilweise zur Ausführung gekommen. Wahrscheinlich wäre auch mir die Arbeit mehr und mehr entfremdet worden, wenn nicht ein Zufall meine Gedanken zu jener Legende zurückgeführt hätte. Mein Patenkind Yngve Trede kam als mein Pflegesohn in unseren Haushalt. In ihm glaubte ich ein großes musikalisches Talent zu erkennen. Eines Tages fiel es mir ein, daß er die vermißte Musik zum »Totentanz« schreiben könnte. Auf einem Zettel notierte ich für uns beide den instrumentalen Gehalt der einzelnen Nummern. Sogar die Form, die die Introduktion jetzt erhalten | hat, wurde festgelegt. – Der unentrinnbare Ablauf

des Lebens kann musikalisch kaum eindringlicher als in der Form einer Passacaglia ausgedrückt werden. Es verbindet sich mir zudem mit dieser, an einen ostinaten Baß gefesselten Musik ein Regieeinfall, den ich allerdings als Bühnenanweisung nicht obligatorisch machen möchte: Mit jedem Einsatz des ostinaten Themas könnte ein Figurenpaar des alten Lübekker Totentanzes aufziehen.

Als ich dies zu sprechende Oratorium, diese Legende, schrieb, hatte das Stück für mich selbst den Untertitel: »Worte, durch Musik gebunden.«

Erst später ist es mir bewußt geworden, daß der Handlungsablauf vielschichtig ist, nicht nur räumlich von der linken zur rechten Seite wechselt, sondern auch unterschiedliche Sphären berührt, die ihre innere Zusammenfassung erst im musikalischen Bild erfahren. Das Trompetenwerk der astronomischen Uhr der Marienkirche habe ich beim Schreiben der Worte als Begleitung im Ohr gehabt. Daraus hat sich nun, so viele Jahre später, durch jenen Zweiten, nämlich Yngve Trede, die Musik »Das hohe Lied des Ablaufs« geformt, ein symphonischer Satz mit nur einem Thema.

Im Jahre 1953 beschäftigte⟨n⟩ sich Yngve Trede und ich mit den musikalischen Teilen des Festspiels, um eine Aufführungsgestalt zu finden. Es war uns klar geworden, daß wir dem Theater oder dem Kirchenraum eine Darbietungsform zumuteten, die neu sein würde. Kein Oratorium, keine Oper, kein Melodrama und dennoch eine Einheit von Wort und Musik. Bühnenmusik in dem Sinne, daß sie einem dramatischen Geschehen zur Steigerung des Affekts zugeordnet ist, konnte und durfte die geplante Partitur nicht werden, zumal sie ziemlich ausschließlich neben das Wort und nicht zum Wort gesetzt wurde. Dennoch handelt es sich um eine ausgedehnte Inzidenzmusik, die bei der Aufführung nicht | fortgelassen werden darf, ohne die Wirkung des Textes entscheidend zu beeinträchtigen; denn dieser ist in der Formulierung so dicht, daß er die Hörer ermüden könnte, falls er nicht durch einen anders gearteten, aber gleichgerichteten Ausdruck unterbrochen würde. So konnte die Musik zum »Neuen Lübecker Totentanz« nicht geschrieben werden, ohne daß zwischen dem Autor und dem Komponisten weite Unterhaltungen über die Art der Musik,

der Besetzung, über den Umfang der Partitur geführt wurden. Wir einigten uns auf eine mittlere Größe des Orchesters, damit das Werk nicht ausschließlich in weiträumigen Kirchen aufführbar sei, sondern auch im Theater seinen Platz finden könnte. Der Klang des Orchesters ist kühl und bleibt fast ausschließlich auf Bläser gestellt. Der Klangdruck der genannten Instrumente ist solcher Art, daß sie auch einen weiten und hohen Raum füllen können.
Mit ungeduldiger Erwartung sehe ich der ersten Aufführung dieser Bühnenlegende entgegen. Ihre Urheber wissen nicht, ob das Experiment gelungen ist, ob es nicht dem Theater und vielleicht auch dem Publikum etwas Ungebührliches zumutet, weil es nicht im Rahmen des Üblichen und Durchschnittlichen geblieben ist. Aber alle Beteiligten, auch die Leitung des Deutschen Schauspielhauses in Hamburg, wollen das Wagnis.

2. 11. ⟨19⟩54

Typoskript 1954

Zur Tragödie Thomas Chattertons

1.

Thomas Chatterton wurde am 20. November 1752 zu Bristol geboren und endete mit 17 Jahren 8 Monaten, am 24. August 1770 durch Selbstmord. Er starb in einem Hause der Brooke-Street zu London-Holborn, inmitten einer Umgebung, die man ohne jede Milderung als anrüchig bezeichnen muß.

Sein kurzes Leben würde für uns, die wir da sind, weniger bedeuten als ein herbstliches, zufällig von einem Baum herabfallendes Blatt, wäre er nicht ein Dichter gewesen. Und so scheint Ausspruch und Frage jener Frau Walmsley, die ihn wenige Monate vor seinem Tode in Shoreditch beherbergte und mit Einfalt und Hausfrauenart bedrängte: »Ich weiß nicht, zu welchem Zweck es Dichter gibt, außer, daß sie in einem schmutzigen Jackett und einem abgetragenen Mantel im Dachfenster sitzen und eines Tages verhungern« auf sinnlose Weise befriedigend interpretiert. Wir erinnern uns daran, daß es sie gab.

Das kurze Leben des unglücklichen Menschen, der berufen, aber kaum auserwählt war, ist Gegenstand einer vielfältigen Deutung geworden. Unmittelbar nach seinem Tode war es still um ihn. Die Zeitungen berichteten nichts von der Tragödie in der Brooke-Street; sie vermerkten nur, daß an jenem Freitag, dem 24. August, ein wildgewordener Stier Cannon-Street und Tower-Street entlang raste, einen Schlachterjungen mit einer Mulde voll Fleisch umwarf und ihm beide Beine brach; daß eine arme Witwe in Cock-Alley, Carnaby Market sich am Sonntag, den 26. erdolchte; und ein ländlicher Handelsmann in der Tür zur »Roten Kuh« in Smithfield am 27. tot umfiel.

Thomas Cary, der erste ältere Freund Thomas Chattertons,

sein erster Bettkamerad auf der Colston-Schule, sein »zweites Ich«, wie er ihn nannte, veröffentlichte in der Oktober-Nummer des *Town and Country Magazine* eine Elegie auf den Verstorbenen, dessen Leichnam längst verschollen und wahrscheinlich in irgendeinem anatomischen Theater verbraucht worden war. (Den Akten nach wurde der Körper auf dem Begräbnisplatz des Shoe Lane-Arbeitshauses in einem gemauerten Loch beigesetzt, in dem sich schon viele Tote aufgehalten hatten, um nach einer Ruhe, kürzer als der Schlaf einer Nacht, irgendeinem Leichenhändler überantwortet zu werden; jedenfalls, wenn das Fleisch jung genug war. Die romantische Legende, daß die Leiche des Dichters durch seinen Onkel, den Totengräber Richard Phillips nach Bristol auf den Kirchhof von St. Mary Redcliff heimlich verbracht worden sei, ist freie Erfindung.)

Die Elegie CARYS war die erste Rede auf den Gestorbenen und gab den Anstoß, daß sich andere Stimmen regten. Kontroversen waren sogleich zur Stelle. Freunde, Bekannte, Liebhaber der Literatur, journalistische Geister, Romantiker bemühten sich, mit Berichten und Auslegungen das verwirrende Bild eines Menschenlebens zu entwerfen, das in der Realität durch und durch freudlos, man kann beinahe sagen: verflucht gewesen war. Kritik, Beschuldigung, Bewunderung. Einzig MICHAEL LORT, der erste gründliche Erforscher der Lebensgeschichte CHATTERTONS war behutsam in seinen Darstellungen. WORDSWORTH, COLERIDGE, KEATS, SHELLEY, ROSSETTI bezeugten mit ihrer Autorität, daß CHATTERTON ein großer englischer Dichter gewesen war.

Vor allem suchte man nach den eigentlichen Gründen für den Selbstmord, ohne doch mehr als ungewisse und oberflächliche Erklärungen zu finden. Man half sich zum Teil damit, daß das amusische Bristol den frühreifen Jungen ein »verrücktes Genie« und einen »minderjährigen Schurken« genannt hatte. HORACE WALPOLE sagt: »Er vergiftete sich, weil ihm ein Leib Brot verweigert wurde.« THOMAS WARTON: »Er starb aus Mangel an Brot.« Der Apotheker CROSS erklärte, daß jener die ›schändliche Krankheit‹ gehabt und bei ihm Calomel und Vitriol erhalten habe. SIR HERBERT CROFT (1780) glaubt die allgemeine Not, in der sich CHATTERTON befand, bestätigen zu müssen;

aber einen Grund für den Selbstmord vermag er darin nicht zu erblicken, denn, so folgert er: jener hatte sich des Fleischgenusses entwöhnt und trank nur Wasser. Es sei des Dichters Bestimmung gewesen, das Geheimnis der *Rowley Papers* zu bewahren und es mit seinem Tod zu besiegeln. EBENEZER SIBLY beweist aus des Dichters Horoskop, daß die Sterne in seiner Geburtsstunde gegen ihn waren, daß sie ihm keinen Raum für Glück und Leben ließen. Die große Begabung verdarben sie durch böse Aspekte. Gefängnis und Selbstmord waren vorgezeichnet. »Umzingelt von persönlichen Feinden«, so schreibt dieser Mann der Sterne, »umgeben von den Argheiten der Armut und bar jeder Subsistenzmittel, verließ er Bristol, um sein Glück in der Hauptstadt zu versuchen. Nachdem er sich einquartiert hatte, suchte er nach Brot mittels seines literarischen Talents; da aber das Ergebnis weder seiner Erwartung noch seinem Können entsprach, mußte er unglücklicherweise in die Hände niederer Prostituierten fallen, die ihn betrogen, krank machten und endlich im Stich ließen. In dieser kläglichen Lage befand er sich einige Monate lang, gelegentlich den Packesel für die Verleger spielend, die weder den Großmut hatten, ihn zu belohnen, wie er es verdient hätte, noch Geist genug besaßen, um an die Zukunft seiner Produktion glauben zu können. Endlich, bedrängt von Armut und Krankheit, von Verzweiflung gepackt, machte er seinem Leben ein Ende ...« (EBENEZER SIBLYS *A New and Complete Illustration of the Occult.*) – Leider war es, als Herr EBENEZER SIBLY das Horoskop stellte, das Jahr 1797, siebenundzwanzig Jahre zu spät, und ungeeignet, um noch Beweiskraft für irgendetwas zu besitzen.

1782 findet sich in der Juninummer der *Critical Review* eine Notiz zu »Liebe und Wahnsinn« SIR HERBERT CROFTS, die von einem Menschen geschrieben scheint, der CHATTERTON in London offenbar gut gekannt hatte. Es wird die Schäbigkeit seiner Kleidung erwähnt, aber sodann mit Bestimmtheit ausgesagt: »Er starb nicht aus Mangel.« Und weiter: »Er wußte, daß er im Verdacht war, identisch mit ROWLEY zu sein; seine Londoner Freunde sprachen kaum mit Zurückhaltung davon, und er selbst weder bekannte noch leugnete es. Er mag für sich selbst gefürchtet haben, mag Grauen empfunden haben vor den zunehmenden Verbindlichkeiten; und Entsetzen packte ihn bei dem Gedanken einer öffentlichen Anklage. Zuweilen schien er wild, tiefsinnig, zerstreut; dann wieder prägte eine unentwegte Düsterkeit sein Gesicht, das sichere Vorzeichen seines verzweifelten Entschlusses. Kurz: es war die Gemütsverfassung und Beschaffenheit, von denen wir, bei gleichen Voraussetzungen, auch sonst das gleiche Ereignis erwarten können.«

Der moralisch determinierte Teil seiner Biographen hat es an Bezichtigungen gegen den »unglücklichen Jungen« nicht fehlen lassen. Man warf ihm Gottlosigkeit, Unzucht, Charakterschwäche, Dünkel, Sarkasmus und Stolz vor. Man übersah geflissentlich die soziale Komponente, die Umwelt, in die THOMAS CHATTERTON sein Leben lang gestellt war. Erst in letzter Zeit ist bekannt geworden, daß der junge Dichter mit seinen Freunden eine »Gesellschaft der Jugend«, den »Spouting Club« oder »Die Trommler« gründete (E. H. W. MEYERSTEIN), deren Ziel Abtrünnigkeit, deren Tendenz revolutionär war. Wenn man keine Kenntnis von den ruchlosen Zuständen im England des 18. Jahrhunderts hat, erscheint das taumelnde Leben des überbegabten Jungen in der Tat nur wie eine beunruhigende Genieäußerung, durch und durch krankhaft. Man muß indessen die härtesten Blätter HOGARTHS wortwörtlich realistisch nehmen, um zu schmecken, welcher Art Luft über England wehte.

Man vergaß auch oder ging darüber hin, wenn man das plötzliche und gewaltsame Ende des jungen Lebens betrachtete, daß diesem Selbstmord ein Jahr zuvor der des Freundes PETER SMITH voraufgegangen war. Am 12. August 1769 hatte sich dieser durch den Mund erschossen. Er war der Sohn eines angesehenen und einflußreichen Mannes, des Bierbrauers Richard Smith. PETER SMITH hatte nicht wie sein um ein Jahr älterer Bruder WILLIAM die Colston-Schule besucht. Er muß zu irgendeinem Zeitpunkt in die Gesellschaft des »Spouting Clubs« eingeführt worden sein und gewann die Freundschaft des um mehrere Jahre jüngeren THOMAS CHATTERTON. Über das Wesen der körperlichen und geistigen Beschaffenheit des jüngeren Smith ist nur wenig Stichhaltiges bekannt geworden; aber es ist vermutbar, daß er einer der lautersten Charaktere war, die sich dem Einfluß des jungen Dichters unterwarfen. Wahrscheinlich besaß er ein weites Lebensgefühl und war von ähnlicher Anmut wie sein Bruder William, doch spröder in seinen Gedankengängen, unerbittlicher in seinen Grundsätzen, offener in seinem Urteil und abtrünnig gegen eine Umwelt, die als soziales Gefüge voller Schrecknisse war. Die Freundschaft zwischen dem Brauerssohn und Thomas ist heftig und schrankenlos gewesen. Beide waren sie stolz, so behaupteten sie von sich, und sie verabredeten ihren Selbstmord für den Fall, daß ihre Freiheit bedroht sei, die Widrigkeit des Daseins die Lust am Leben überschritte. Sie gingen ständig bewaffnet; CHATTERTON trug Gift bei sich.

An jenem 12. August stellte der Brauer seinen Sohn in schroffer Weise zur Rede. Er hielt ihm seinen Lebenswandel vor, bezichtigte ihn ungehöriger Promiskuität, verlangte, daß der Sohn sich dem schlimmen Einfluß (wie er meinte) des jüngeren Gefährten entziehe und der verrufenen Freundschaft entsage. PETER SMITH antwortete seinem Vater auf die Vorhaltungen nicht. Er ging auf sein Zimmer, schloß sich ein und entledigte sich seines Lebens.

Aus der Art seines Begräbnisses kann man ein wenig auf den Adel oder die Unwiderstehlichkeit seiner Persönlichkeit schließen. Die Liebe oder die Achtung seines Vaters jedenfalls bestand nach dem Zerwürfnis und dem Selbstmord weiter. Der junge Mensch wurde nicht bei einem Kreuzweg eingescharrt oder hinter der Kirchhofsmauer vergraben. Der Sarg, der ihn umschloß, fand seinen Platz in einem Gewölbe unter dem Chor der Temple Church. Der Bierbrauer muß seinen Einfluß mit allem Nachdruck geltend gemacht haben, damit dem Selbstmörder diese, die Üblichkeit verletzende, übertriebene Bevorzugung zuteil wurde.

Wir wissen nicht, ob THOMAS CHATTERTON das Grabgewölbe je betreten hat; wir können es jedoch vermuten. Er entstammte einer Familie, die schon mehrere Generationen lang der Kirche St. Mary Redcliff die Totengräber gestellt hatte, und sein Onkel RICHARD PHILLIPS, Totengräber im Amt, vielleicht der einzige der Verwandtschaft, der dem empfindlichen Sein, der auffahrenden Phantasie des jungen Dichters Verständnis entgegenbrachte, war seinem Neffen mehr als einmal nützlich. Wenn Thomas den Wunsch gehabt hat, sich seiner Melancholie neben dem Toten hinzugeben, dann hat RICHARD PHILLIPS den Wunsch zu erfüllen verstanden.

Aber wir wissen, daß den Tod PETERS ein geradezu absurdes Mißverständnis begleitete. Man erfuhr einstweilen offenbar nur, daß ein Sohn des Brauers Selbstmord begangen hätte; und THOMAS CHATTERTON, der so oder so von bangen und düsteren Ahnungen erfüllt war, nahm an oder errechnete sich, vielleicht überbrachte man ihm die Schreckensbotschaft auch in dieser Entstellung, daß es WILLIAM sein müsse; William, der Bruder, der Colston-Schüler, mit dem der dichtende Knabe manche gemeinsamen Jahre verbracht hatte; William, seine Beruhigung, der völlig anders geartete Mensch.

Die so kühn aufschießende Freundschaft zu Peter hatte sicherlich Schatten auf das gegenseitige Zugetansein Williams und Thomas' geworfen; aber die Rechte einer älteren Zärtlichkeit waren nicht gelöscht. Und so schrieb CHATTERTON im Alter von 16¾ Jahren die *Elegy on Mr. Wm. Smith,* diesen ersten Schrei ungemilderten Kummers: sein bester Freund ist tot – wurde in den Tod getrieben. – Bis er lebend vor ihm steht. Das Gedicht wird nicht verändert; es gilt jetzt dem Bruder; eine kurze Nachschrift bekundet die Tatsache: »Glücklicherweise ein Mißverständnis, habe aus guter Quelle erfahren, es ist Peter.« »Glücklicherweise«, das drückt die Überraschung, die grelle Überrumpelung aus – und vielleicht auch die Zuversicht, die nicht ganz reine Erleichterung, daß komplizierte erotische Probleme, Wirrsale in den Beziehungen zu Mädchen, gemeinsam mit Peter angeknüpft, ihr Gewicht verlieren möchten.

Seit jenem 12. August 1769 beschleicht den jungen Dichter tödliche Melancholie. Trostlosigkeit, ein Gefühl der Vereinsamung. Körperlich entfaltet er sich und unterliegt beißendem Verlangen; aber sein Geist wird mutlos. Er arbeitet nach wie vor wie ein Besessener. Doch immer wieder unterläuft ihm in seinen Gedichten das Wort »freudlos«. Am 1. November dieses Jahres 1769 stirbt auch THOMAS PHILLIPS, ein ehemaliger junger Lehrer der Colston-Schule, ein musisch veranlagter Mensch, dem CHATTERTON manche Handreichung in der Poesie verdankte. So schreibt denn der kaum 17jährige drei Tage vor seinem Geburtstag, die schöne Elegie: »Freudlos such ich den einsamen Schatten...« aus der hier ein paar Verse stehen mögen:

A dreary stillness broods o'er all the vale,
The clouded Moon emits a feeble glare;
Joyless I seek the darkling hill and dale,
Where'er I wander Sorrow still is there.

Etwa zur gleichen Zeit entsteht ein anderes Gedicht, das die Anrufung des Toten (Peter Smith?) enthält, – als ob der Schatten jenes letzten Abends in der Brooke-Street schon da wäre:

Immortal shadow of my much-loved friend!
Clothed in thy native virtue meet my soul,
When on the fatal bed, my passions bend,
And curb my floods of anguish as they roll.

2.

Am 3. August 1760, in seinem 8. Jahre, war Thomas Alumne der Colston-Schule geworden. Man schor dem Knaben eine Tonsur; er wurde einer der Blue Boys dieser Anstalt, trug Bäffchen, Barett, orangefarbige Strümpfe. Ein Delphin aus Bronze an der Brust und eine Schülernummer bekundeten seine Zugehörigkeit zu jener Kaufmannsschule, die im Jahre 1710 von dem unverheirateten EDWARD COLSTON als Stiftung eingerichtet worden war, um 100 Schülern in gefängnisartiger Abgeschlossenheit den Katechismus der Church of England, Lesen, Schreiben, Rechnen beizubringen, damit sie den Handelsherren und Handwerkern Bristols brauchbare Lehrlinge würden. Die Ausbildung währte sieben Jahre. Danach wurden die Zöglinge für weitere sieben Jahre von der Schule und der Stadtverwaltung gegen Kost und Logis an ihre Lehrherren »verdingt«. Die Knaben selbst wurden nicht befragt, welcher Beruf etwa ihnen zusagen würde.
Die Zustände auf der Schule waren alles in allem düster. Das Essen war eintönig. Fleisch gab es dreimal die Woche. CHATTERTON selbst huldigte der Meinung, daß dessen Genuß dem Geist schade. Als Knabe rührte er es kaum an und begnügte sich mit Brot und Wasser, »er wolle sich selbst nicht dummer machen, als Gott ihn erschaffen«. – Als Getränk gab es Bier,

etwa 1½ Liter täglich für jeden Insassen. Auch das war nicht nach Thomas' Gechmack. Jeweils zwei der älteren und drei der jüngeren Knaben schliefen in einem Bett. Diese Gepflogenheit wurde erst 1837 aufgegeben. Fast die Hälfte der 24 Tagesstunden verbrachten die Schüler auf ihrem Lager. Einen guten Bettkameraden zu haben, bedeutete in der Abgeschlossenheit des ehemaligen Carmeliter-Klosters das halbe Leben.

Der Junge aus der Redcliff-Street hatte im ersten Schuljahre schon einen Schlafgenossen, der mehrere Jahre älter war als er selbst, THOMAS CARY, sein »zweites Ich«. CARY war begabt, dabei kühl und einfach, und sein Wesen beeinflußte und förderte den jungen Freund. Als CARY die Schule verlassen hatte, teilte WILLIAM SMITH die Abende und Nächte mit dem Jungen, der sich nun seinem 14. Lebensjahr näherte. Wir wissen nicht, wie es dazu gekommen ist, daß es wiederum ein mehrere Jahre älterer Schüler war, der in die freundschaftliche Nähe des Heranwachsenden rückte; – aber wir können vermuten, daß es nicht zufällig geschah. WILLIAM war ebenfalls ein Sohn jenes Bierbrauers, den ich schon als Vater PETERS genannt habe. Im Jahre 1766 war der wohlhabende Mann Präsident der Delphin-Gesellschaft, also jener Institution geworden, die die Verwaltung der Colston-Schule beaufsichtigte. Sein Einfluß wird den einen oder anderen Vorteil für den Sohn, der nicht zu den Begabten zählte, im Gefüge der Schule mit sich gebracht haben. Das nur soll festgestellt werden. Wenn dieser nun den Wunsch hatte, in die unmittelbare Nähe des jüngeren CHATTERTON zu kommen, so wird er bei der Schulleitung keinen ernsthaften Widerstand gefunden haben. Schließlich, an der Freundschaft zwischen William und Thomas können wir nicht zweifeln, so sonderbar, so unbegründet sie uns auch erscheinen mag.

Daß der Jüngere sehr früh entwickelt war, ist bezeugt. Als er, noch nicht 18jährig starb, soll er einem Mann von 21 oder 22 Jahren geglichen haben. Diese Frühreife können wir auch aus seinem Werk – und seinem sexuellen Verhalten herleiten, das mit 17 Jahren ziemlich unbedenklich erscheint. Von seinem Aussehen wissen wir nicht viel. Trotz der dürftigen Nahrung war er groß gewachsen. Seine grauen Augen, tief und unbestimmt blickend, ähnlich denen Mozarts, müssen auf seine

Umgebung einen außerordentlichen Eindruck gemacht haben. William hingegen –: Alles deutet darauf hin, daß er nur langsam zum Erwachsenen wurde. Geistig war er dem jüngeren Thomas weit unterlegen. Ja, William war einfältig, faßte schwer auf und begriff vom poetischen Tun seines Freundes nur wenig. Er, der Zeuge der Entstehung der *Rowley Papers* gewesen sein muß, bezweifelte bis an sein Lebensende, daß sein jugendlicher Lebensgefährte der Dichter des Werkes sein könnte. Dabei ist es zum mindesten wahrscheinlich, daß der Ältere nicht nur von der Verfertigung der gefälschten Pergamente wußte, sondern an deren Herstellung auch oberflächlich beteiligt war. Von seiner Hand ist eines der erstaunlichsten und zugleich rührendsten Zeugnisse erhalten. Er spricht von Thomas: »Er war immer darauf versessen, in den Feldern umherzustreifen, vor allem in den Redcliff-Wiesen; und er sprach von diesen Manuskripten und las sie dort. ›Komm‹, pflegte er zu sagen, ›du und ich, wir wollen in die Wiesen gehen. Ich habe die schönsten Sachen für dich, die es je gegeben hat. Es ist eine halbe Krone wert, dies nur zu sehen, und daß ich es dir vorlese.‹ Sobald wir die geeignete Stelle erreicht hatten, entfaltete er sein Pergament, zeigte es und las mir vor... Häufig legte er sich ausgestreckt hin, richtete seine Augen auf die Kirche und war wie in einer Art Extase oder Trance. Dann, plötzlich und abgebrochen erzählte er mir: ›Jener Turmhelm brannte durch Blitzschlag nieder: dort war der Platz, wo man früher Schauspiele gab.‹ ... Mit großer Genauigkeit entsinne ich mich, daß er damals, als er dies beschrieb, ein Pergament in seiner Hand hatte; ob er aber diese Geschichte aus dem Pergament ablas, weiß ich nicht.«
Würden wir es nicht anders wissen, wir müßten glauben, daß irgendein Fernerstehender diese Szene in den Redcliff-Wiesen beschrieben hätte. Es ist aber der Naheste, der dem Jüngeren bedingungslos zugetan war, der ihn, aus welchen Gründen auch immer, bewunderte, schlechthin. Weshalb eigentlich? – Ich finde keine andere Erklärung als ein allgemeines biologisches Gesetz. William war gesund, angenehm, anmutig, verläßlich, treu, ohne Arg, ohne lästige Ansprüche, trotz seines größeren Alters dem des Thomas' angeglichen; er ließ sich belügen, ohne der Wahrheit nachzuspüren. Seine Rolle war es,

anders zu sein als der andere, gegensätzlich. Wenn man die Schaffenspotenz, den beispiellosen Fleiß CHATTERTONS abzieht, erscheint seine charakterliche Beschaffenheit fast fragwürdig. Treu war er nicht, verläßlich war er nicht, einfältig war er nicht, eher schlau und durchtrieben, nicht arglos; gesund war er kaum, schwierig im Umgang war er, wankelmütig; von seiner Anmut wird nichts berichtet, eher von einer grobschlächtigen Verführungskunst Mädchen gegenüber. Das Genie hat WILLIAM SMITH nicht erkannt. Das war wohl seinem Bruder PETER vorbehalten, der vom aufrührerischen Feuer THOMAS CHATTERTONS in seiner eigenen Konstitution hatte. Um den Gegensatz zwischen Thomas und William auch im äußerlichen Lebenslauf zu demonstrieren: Der Redcliff-Junge starb vor seinem 18. Lebensjahr, WILLIAM SMITH 66 Jahre später, im Jahre 1836, fast neunzigjährig. Nach 1800 war er gnadenhalber Portier des Theaters in Bristol; er hörte niemals auf, selbst Verse zu machen.

3.

Bristol, der Geburtsort CHATTERTONS, die damals zweitgrößte Stadt Englands, hatte um 1750 etwa 36000 Einwohner innerhalb der Stadtmauern; in den Vororten vor den Toren wohnten weitere 7000 Menschen. Es ist so gut wie gewiß, daß Thomas bis zum 26. April 1770 auch nicht eine einzige Nacht außerhalb der Mauern Bristols verbracht hat. Das war vier Monate vor seinem Tode. Und die Wiesen am Avon waren die einzige Landschaft, der er sich hingeben konnte. Man kann den komplizierten Aufbau seiner Seele leichter fassen, wenn man die Umgebung, die Stadt, ihre Straßen und Bauten, und das kindliche Schicksal mitbetrachtet. Seit seiner Geburt schon scheint er mehr aus Tod als aus Leben gemacht. Als er geboren wurde, war sein Vater bereits dreieinhalb Monate begraben. Sein Bruder Giles Malpas, den er den Eltern ersetzen sollte, war im ersten Lebensjahr gestorben. Thomas selbst soll nur mühsam aus der Geburt zum Atmen erwacht sein. Seine junge Mutter, SARAH CHATTERTON, kaum 21 Jahre alt, ist für uns unerkennbar. Die vorehelich geborene Schwester MARY war schwach begabt. Sie soll vorübergehend in einer Anstalt untergebracht gewesen sein. Mehrere Jahre nach dem Tode ihres jüngsten Bruders verheiratete sie sich und hat als Frau Newton allerlei Biographisches berichtet, das indessen mehr oder minder unzuverlässig ist. Der Totengräber bei St. Mary Redcliff, der Onkel RICHARD PHILLIPS, hat, das gab sich hin und wieder zu erkennen, den Neffen geliebt und sich seiner angenommen. Es ist somit nicht verwunderlich, daß der Spielplatz des kleinen Jungen der Kirchhof wurde, und der Dom St. Mary Redcliff, den er bewundern lernte, das Denkmal für die Toten der Stadt, die in den Jahrhunderten ihrer Geschichte dahingegangen waren. Der Vater lag hier unter dem Rasen. Aus dem Schatzhaus der Kirche waren jene beschriebenen Pergamente gekommen, an denen das Kind das Lesen erlernte. Die Gassenjungen, wenn sie je Spielgefährten des kleinen Sonderlings waren, hatten nur einen dürftigen Vorrat an Worten und Wortbeugungen, der jedenfalls die Zahl 500 nicht erreichte, abgesehen davon, daß es sich zumeist um Vulgärausdrücke handelte. Dieser in Unbildung gehaltene Durchschnitt der Heranwachsenden, der vor Armut dumm war und grausam aus Dummheit und Armut, konnte dem hochempfindlichen Knaben allenfalls etwas von trüber Sinnlichkeit vermitteln, doch nichts an schöpferischer Disziplin. Wenn der Geist THOMAS CHATTERTONS einer Erweiterung zustrebte, einer Entfaltung in den Begriffen, den Anschauungen, den Worten, den rhythmischen Wendungen, so war er, jedenfalls anfänglich, auf eine Sprache hingewiesen, die nicht gesprochen wurde, die altertümlich war und nur geschrieben dastand.

Es wird berichtet, daß er mit vier Jahren in die Kinderschule der Pile-Street kam, doch wegen Blödheit vom Unterricht ausgeschlossen wurde. Mit sechs Jahren war seine Lesekunst ziemlich vollkommen; er war also, so schreibt CROFT, ähnlich wie MILTON, »sein eigener Lehrer geworden, in einem Alter, in dem andere Kinder noch nicht unterrichtet werden«. Bis zu seinem achten Jahre wird der viellesende Junge den Bestand an Büchern, der sich im Hause fand, mit Augen und Geist verzehrt haben. Man weiß, daß sich THOMAS CHATTERTON später als Schreiberlehrling mit Nekromantie befaßte. Die kleine nachgelassene Bibliothek seines Vaters enthielt ein gedrucktes

Lehrbuch dieser dunklen Kunst. Die Toten – die andere Wirklichkeit waren ihm auf irgendeine Weise vertraut, ehe er hinter den Mauern der Colston-Schule verschwand. Man hat CHATTERTON oft mit FRANÇOIS VILLON und ARTHUR RIMBAUD verglichen, meines Erachtens zu Unrecht. Das Gespensterreich einer verschollenen Vergangenheit haben diese beiden nicht gesucht; sie waren erdhafter und freudige Gäste der Gegenwart. Thomas war eher von der Düsterkeit eines CHRISTIAN GÜNTHER erfüllt.

4.

Als der Knabe Insasse der Colston-Schule geworden war, wird seine Mutter erleichtert gewesen sein; sie hatte einen Mund weniger zu füttern. Von Thomas' Empfindungen wissen wir nichts. Hat er geweint, als sich das große Tor hinter ihm schloß? Haben seine grauen Augen trostlos ins Unbestimmte geblickt? War er angetan von der Vielzahl der Jungen? Es ist jedenfalls nichts Absonderliches, zu vermuten, daß ein elf- oder zwölfjähriger Junge den »Neuen« tröstete und ihm Mut zusprach. Und wenn der Tröstende THOMAS CARY gewesen sein sollte, so wäre es eine fast selbstverständliche sinnvolle Fügung gewesen.

Als Colstons Schule Thomas entließ, am 1. Juli 1767, hatte er Freunde, jene, die ihn, der ein schlechter Esser gewesen war (und es blieb), gewärmt hatten, die sein Geheimnis, daß er dichtete, hüteten wie er selbst; die mit ihm in die Abtrünnigkeit wollten. Oder haben sie später wirklich nicht gewußt, daß er der Verfasser der *Rowley Papers* war? Sie haben seine Urheberschaft der Öffentlichkeit gegenüber mit so viel Nachdruck bestritten, daß man geneigt ist, an eine Verschwörung des Ableugnens zu glauben, an eine jugendliche durch Eid gesicherte Übereinkunft.

Die Lehrverträge, die den entlassenen Schülern aufgezwungen wurden, bestimmten, daß sie während der Dauer ihrer Abhängigkeit (sieben Jahre) »kein Gasthaus betreten, nicht mit Würfeln spielen, keine Unzucht treiben, keine Ehe eingehen« dürften. Es ist bezeichnend, daß der Lehrvertrag, den THOMAS

Chatterton eingehen mußte, neben der eigenen nur die Unterschrift seines Lehrherren, des Advokaten John Lambert, die des Stadtschreibers Sir Abraham Isaac Elton und des Zeugen John MacArthur trägt. Der Bürgermeister und zwei Polizeifunktionäre waren vermutbar bei der Unterfertigung anwesend. Die Mutter galt bei diesem Akt als überflüssig. Sie mußte auf einem gesonderten Zettel erklären, daß »Freunde oder Verwandte des genannten Lehrlings« für das Waschen und Stopfen der Kleidung aufkommen würden.
Dennoch, Thomas Chatterton war unter seinesgleichen ein Bevorzugter. Man weiß nicht, ob etwa William Smith seinen Vater bewogen hat, dem Freund eine angenehme Lehrstelle zu verschaffen. Da William ein wenig später andere vorteilhafte Beziehungen herstellte, ist eine solche Vermutung nicht abwegig.
Die Arbeitszeit war auf zwölf Stunden täglich festgesetzt; aber es gab für den Schreiber durchschnittlich nur zwei Stunden Beschäftigung. Zehn Stunden lang konnte oder sollte er untätig an seinem Pult stehen. Sein Fleiß richtet sich von nun an selbstverständlich darauf, sich heimlich zu bilden und sich als Dichter zu entfalten. Er beschäftigte sich mit Nekromantie, Anatomie, mit der lateinischen Sprache. Er war gut gekleidet; seine Eitelkeit wurde in diesem Punkt befriedigt. Doch er erkannte nur zu deutlich, daß er die Rolle eines unteren Dieners hatte. Lambert, der die Begabung Chattertons sicherlich bemerkt hatte (er hat es später geleugnet), richtete es so ein, daß sein Lehrling keine Einsicht in die juristischen Vorgänge bekam; er fürchtete dessen Fortschritte. Statt dessen betonte er die Rolle seines Schreibers als niedere Hilfskraft, als ob dieser eine Art Lakai sei. Der junge Mensch konnte sich nur fügen, denn ein Ausbrechen aus dem unwürdigen Verhältnis hätte ihm das Arbeitshaus eingebracht.
War seine Lage wirklich unwürdig? Empfand er sie etwa mit dichterischer Übertreibung?
(Der Biograph Lort berichtet, daß sich John Lambert über »ein mürrisches düsteres Gemüt« beklagt hätte, »das sich besonders in der Familie und vor den Bedienten zeigte, um dadurch die Absicht, sich aus dem Staube zu machen, kund zu tun«. Manche Jahre nach dem Selbstmord hat der Advokat, für

den der Fall CHATTERTON peinlich war, seinem Freunde JOHN PAGET gegenüber geäußert, daß er damals dem, was jener tat, nicht die geringste Aufmerksamkeit geschenkt hätte; er betrachtete ihn als einen schlecht gelaunten Burschen, als den Packesel des Kontors, der nur sehr wenige Akten abzuschreiben hatte; doch einmal fand er ihn sehr spät in der Nacht bei dem Versuch, Geister nach den Anweisungen eines Buches der Magie zu beschwören...)

Die Legende hat aus dem Brotherrn einen geizigen, ungerechten Menschen machen wollen. Das war er offenbar nicht. Er huldigte indessen den Anschauungen seiner Zeit, war Mitglied der Church of England und vor allem Bristolianer. Die Zeit gefiel sich darin, mit Sklaven zu handeln und die Armen und Ärmsten in unerhörter Weise auszubeuten. Die einzige Beschäftigung des Gemeinwesens Bristol war Handel und Wandel. Ein Berichterstatter aus dem Jahre 1724 schreibt: »Selbst die Pfarrherrn Bristols sprechen einzig vom Handel und wie man das Geld soll umlaufen lassen.« Der Anwalt LAMBERT »machte« jährlich 1000 £. Das war eine ansehnliche Summe. Der eigentliche Reichtum der Stadt aber war zumeist plumpen Händen und vierschrötigem Geist zugeteilt und drückte sich nur zu oft in abgeschmacktem Pomp und verrückten Übertreibungen aus. Extravagante nächtliche Begräbnisse. In den gedruckten Berichten gewichtiger Hochzeiten liest man von der »hübschen jungen Braut mit einem beträchtlichen Vermögen«, oft genug in runden Summen angegeben.

Dazu gab es die Kehrseite: Schmutz und Armut. Diese hatte als einzigen Freund die Nacht. Um neun Uhr abends wurde vom St. Nicolausturm die Polizeistunde geläutet, und alsbald begann die Unsicherheit auf den kaum erleuchteten Straßen. Man hatte nicht nur Raubüberfälle zu fürchten, es wurden in den späten Stunden auch persönliche Racheakte ausgetragen. So soll man THOMAS CHATTERTON, kurz bevor er nach London aufbrach, aufgelauert und gedroht haben, ihm seinen »schreibenden Arm« zu brechen. Straßenkämpfe größeren Ausmaßes gab es oft, und blutig waren sie auch. Von den Nachtwächtern, die bestellt waren, Schlägereien und Überfälle zu unterdrükken, sagte man, daß sie entweder be- oder schlaftrunken seien. In den engen dunklen Straßen entfaltete sich in bitterer Unabwendbarkeit die Freiheit derer, die nichts zu verlieren hatten. Faustkämpfe auf offener Straße am hellichten Tage waren der Lieblingssport der Bristolianer. Vom 14. Februar 1756 berichtet *Felix Farley's Journal:* einem Herausforderer wurde ein Auge ausgeschlagen, acht Rippen gebrochen, das Brustbein eingedrückt, das Schulterblatt gevierteilt und der Unterkiefer dreimal gebrochen. Daran starb er. Sein Gegner kam glimpflicher davon. Die Nase wurde ihm so nachdrücklich eingeschlagen, daß sein Gesicht platt wie ein Brett wurde, das Schlüsselbein gebrochen und das linke Ohr abgerissen. – In der Wine-Street standen neben der Pumpe Pranger und Schandpfahl. Das Hospital des Wundarztes Townsend wurde von einem Zeitgenossen mit den Folterkammern der spanischen Inquisition verglichen, »eingerichtet, um alle Insassen mit Entsetzen zu schlagen«. – Unmenschlichkeit auch gegen Tiere. Um die schlechte Kanalisation unter dem holprigen Pflaster zu schonen, mußten die Pferde selbst die schwersten Lasten auf Schlitten »geehoes« im Zick-Zack durch die Straßen ziehen. Täglich brachen gequälte Tiere in den Geschirren tot zusammen. Die Stadt rühmte sich nicht nur einiger Wirtshäuser, sondern auch der fünf Hahnenkampfplätze. Die Grausamkeit war eine Gewohnheit. Schwere Verbrechen, Ausschreitungen, entsetzliche Strafmethoden, Tierplagerei, Unbildung, Triumphe des Handels und der Schiffahrt, durch und durch verzweifelte soziale Verhältnisse, das gehört zum Bild der erfolgreichen Stadt, die Norwich überflügelt hatte. Daß die Poesie hier keinen Platz hatte, bedarf keines Beweises.

In der Auflehnung Thomas Chattertons und seines »Spouting Clubs« gegen die kaum ertragbaren Zustände erkennt man mehrere Tendenzen: Abtrünnigkeit gegen die Religion; Haß gegen die Vertragsherren, die ungebildet sind und unbillig handeln; Unzucht, Promiskuität als Ausdruck der Freiheit; Patriotismus, der sich gegen die Regierungsgewalt richtet. In einem Brief an die Prinzessin Dowager von Wales vom April 1770 steht der Satz: »Was sollen wir sagen, einzig, daß wir Sklaven sind und es immer sein werden, bis wir herausfinden, wie wir uns selbst befreien?«

Wie Chatterton seine eigene Theorie über die schädliche Wirkung des Fleischessens hatte, so eine zweite über den

Umgang mit Mädchen. Fleiß und Enthaltsamkeit seien die Wege, um alles zu erreichen, so meinte er. Ernsthaftes Studieren hätte das Gemüt unempfindlich (sour) zu machen, so daß man das Geschlecht mit Gleichmut betrachten könne. Die Freuden, die die Natur vorbereitete, sollten einzig dazu dienen, den Ernst zu mildern, den das Studium verhängt. – Kurz, es ist die intellektuelle Rechtfertigung einer allgemeinen Promiskuität. Für seine Freunde verfertigt er Liebesgedichte und sendet sie in ihrem Auftrage den angebeteten Damen in seiner Handschrift. Den Auftraggebern rät er, sich von der Liebe durch die Liebe zu den vielen zu heilen.

Man darf freilich nicht vergessen, daß sexuelle Handlungen frivoler Art etwas so Selbstverständliches waren, so allgemein und keineswegs im Verborgenen geübt wurden, daß der Zynismus sich nicht allein aus dem Karakter CHATTERTONS erklärt. Die Diskrepanz zwischen allgemein geübter Lebenspraxis und geforderter Sittlichkeit war so groß, daß die Moralbestimmungen in den Lehrverträgen einer Verhöhnung der menschlichen Existenz, einer unsinnigen Demütigung der Verpflichteten gleichkam. Ich möchte indessen nicht in oberflächlicher Weise beschönigen, was im Wesen CHATTERTONS fragwürdig, abirrend oder krankhaft erscheint. Als Thomas Bristol verließ, also mit reichlich 17 Jahren, hatte er nachweislich mit einem Dutzend Mädchen in Beziehung gestanden. Zwei davon waren schwanger. Es gibt einen Notizzettel von der Hand des Dichters, den er im Kontor Lamberts hinterließ, auf dem die Geburt eines unerwünschten Kindes vermerkt ist (Januar 1770). Geliebt, im Sinne einer auch geistigen Verbundenheit, hat THOMAS CHATTERTON nicht. Die Zeit zärtlicher Gefühle muß kurz gewesen sein, und wahrscheinlich waren es in früher Jugend seine Kameraden, die ihm das Herz weiteten. Plötzlich, ungeheuerlich ernüchtert oder überrumpelt, begriff er sich als ein männliches Wesen, das seine Triebe abschätzte und sie als die Voraussetzung für durchschnittliche Abenteuer nahm. Sein Wille war es, besessen zu arbeiten, zu schreiben, Mönch und Dichter zu sein. Und wann in seinem Leben hätte er nicht gearbeitet? – Inmitten des biologischen Geschehens beginnt die herzzerreißende Klage seiner Freudlosigkeit zu tönen. Wenn es den Abgrund der Melancholie gibt: er wurde hineingestürzt.

Freudlosigkeit, Querstellung zur Umwelt, in der Verteidigung gegen alle Welt, von schlimmen Ahnungen behext, alle Dinge mit Tod und Düsterkeit gezeichnet sehend, das ist sein Zustand, aus dem nur zuweilen sein rascher Zynismus, seine Lästersucht, seine bösartige Kritik, sein Hohn, der nicht lachen kann, mit wütenden Flammen auflodern. Seine innere Einsamkeit, seine Verlassenheit, seine Ratlosigkeit dem eigenen Schaffen gegenüber ist da. Seine Rastlosigkeit wächst. Das unablässige Umformulieren seiner Gedanken beginnt. Er sieht den fürchterlichen Zustand der Dinge allerwege. Der Gedanke an einen Selbstmord wird ihm etwas Selbstverständliches, richtiger gesagt: gibt ihm die einzige Beruhigung. Die abtrünnige Verabredung mit PETER SMITH hat dem einen die Erlösung gebracht. Er liegt in seinem Grabgewölbe. Gift und Pistole sind nun die Begleiter des anderen.

Nur ein paar Tatsachen noch, um das Bild dieser inneren Verfassung zu vervollständigen: Er findet die härtesten Ausdrücke, um die Mitwelt anzuklagen. Er stellt sich auf die Seite der Neger, die verhandelt werden. Er will Mohammedaner werden, um nicht Christ zu sein. Er erwägt, Schiffsarzt zu werden, weil die feste Erde ihn nicht mehr trägt. Er bedauert, die lateinische Sprache nur unvollkommen zu verstehen. Er ist in allen Nöten eines jungen Menschen, der sich hohe Ziele gesteckt hat, und sich gefesselt fühlt. Seine Gönner werden ihm bis zum Überdruß lästig, denn er hat sie durchschaut; ihre wahre Gesinnung verachtet er. Sein Lehrherr ist ihm die Verkörperung jener Rechtsnormen, die er als unmenschlich empfindet. Er bewegt sich an der Grenze des Verbrechens, ohne sich Rechenschaft über sein Tun zu geben. Bristol, dies Gemeinwesen ohne Traum und echte Poesie, das ihn hindert, von unten aufwärts zu steigen, ist ihm schließlich so verhaßt, versieht ihn unablässig mit falschen und niederen Impulsen, daß er den Tod einem weiteren Bleiben vorzieht. Er entkommt noch einmal, das sei gleich erwähnt.

5.

Fast alle Nachrichten über die Entstehung seines Hauptwerkes, die *Rowley Papers,* sind Legende. Wir können den Anlaß zu dem vermessenen, völlig verwunderlichen Unternehmen nur erraten. Es ist so gut wie sicher, daß Thomas einige der besten Abschnitte der Dichtung schon auf der Schule mit vierzehn Jahren geschrieben hat. Dieser frühe Zeitpunkt des Beginnens erklärt vielleicht am einfachsten die Tatsache, daß die Sprache in diesem Werk ein unbeholfenes Altenglisch ist, in das zufällige Bestandteile anderen Sprachguts hineinkonstruiert wurden. Edward H. William Meyerstein hat herausgefunden, daß manche Worte dem Bristolianischen Dialekt angehören, wie er im 18. Jahrhundert gesprochen oder geschrieben wurde. Einzelne französische Floskeln können aus der frühesten Erinnerung herübergenommen sein, denn im Hause seiner Mutter hat Thomas sich wenigstens durch ein Buch in französischer Sprache buchstabiert. – Bis zu seinem vierzehnten Lebensjahr konnte er seine Wort- und Sprachbildung jedenfalls nicht von der Straße beziehen und nur im geringen Maße im Umgang mit seinen Schulkameraden. Daß er später Wörterbücher benutzte, ist gewiß. Er nahm also die Sprache, das ist meine Überzeugung, daher, wo sie voller war: aus seinen kindlichen Leseübungen. Das ist ungewöhnlich, gewiß. Aber war er etwa nicht ein ungewöhnlicher Schuljunge, der im Institut Colstons nicht sinnvoll untergebracht war?

Später lassen sich für das Vorgehen des jungen Menschen Gründe beibringen: als Dichter hätte er in Bristol, in dem unter den Wohlhabenden »kaum zwanzig richtig lesen und schreiben konnten«, nicht die geringste Aussicht gehabt, anerkannt oder gar gedruckt zu werden. Als Fälscher, der auf altem Pergament und vergilbtem Papier Quellen zur Stadtgeschichte fabrizierte, waren seine Aussichten besser. Diese Erkenntnis wird ihm zu irgendeinem Zeitpunkt gekommen sein; doch der Schüler, der von der Umwelt abgeschlossen lebte, konnte dies nicht überlegen. Viel eher kann er sich in der Tat als Mönch gefühlt haben, denn er trug mönchische Tonsur. Jedenfalls: er träumte und zauberte. Was er von seinem Vorhaben verriet oder verschwieg, wir wissen es nicht. Schließlich, mit fünfzehn oder

sechzehn Jahren wollte er auch den Ruhm und Geld. Geld, um sich gut kleiden zu können, um Bücher lesen und besitzen zu dürfen.
Das Verhängnis war ihm an den Fersen. Der Arzt William Barrett, wahrscheinlich ein durchtriebener, betrügerischer Geist oder einfach nur ein grandioser Dummkopf, wurde gleichsam der Schrittmacher des Unheils, das Chatterton ereilen sollte. Man weiß nicht, wann der junge Mensch diesen Geburtshelfer aus Neigung kennenlernte, der vom Zahnzieher und Apothekerlehrling zum Wundarzt aufgesteigen war, eine Geschichte der Medizin geschrieben hatte, und sich damit beschäftigte, eine Stadtgeschichte zusammenzustellen.
Die Bekanntschaft mit einem anderen Gönner, dem Zinngießer Catcott, hat jedenfalls William Smith hergestellt, indem er den wohlhabenden Mann im Redcliff-Dom ansprach und ihn fragte, ob er schon gehört habe, daß sich ebendort alte Pergamente gefunden hätten. George Symes Catcott war ein Sonderling von hohen Graden. Er hatte einen mißgestalteten Hintern, las nur Bücher, die vor mehr als hundert Jahren geschrieben worden waren, stammelte bei gewöhnlicher Rede, doch deklamierte er fließend. An Fleisch aß er nur Roastbeef, dreimal täglich bereitete er sich sein Röstbrot selbst, trug, wohin er auch ging, Zucker und Rahm bei sich, um, falls ihm irgendwo Kaffee angeboten werden sollte, diese Zutaten nicht entbehren zu müssen. Sein Kompagnon Henry Burgum, ein ungewöhnlich musikalischer Mensch, der Händel und Haydn verehrte und die meisten ihrer Partituren besaß, auch Aufführungen ihrer Werke veranstaltete, war unter den Gönnern wohl der einzige von anständigem Zuschnitt. Auch mit ihm verdarb es Chatterton.
Gewiß ist, daß Barrett, der Geschichtsschreiber im Nebenberuf, durch sein Verhalten den dichtenden Knaben immer weiter in die Verfertigung der *Rowley Papers* hineintrieb, die mehr und mehr zur Fälschung angeblicher Urkunden ausarteten. Ein Riesenwerk entstand, an dem nur das Dichterische und die überwältigende Phantasie des Autors echt waren. Freilich, ganz ohne historischen Hintergrund stehen die Gestalten der Dichtung nicht da. Die Hauptfiguren zum wenigsten sind existent gewesen: der wohlhabende, edelmütige aufgeklärte Bürger-

meister von Bristol William Canynge(s), der der Welt entsagte, sein steinernes Grab in St. Mary Redcliff fand – und sein Schulkamerad, Freund und Schützling, Thomas Rowley, Sheriff in der Pfarre von St. John.
In den Höhepunkt der Dichtung, den Dramen *Aella* und *Godwynn* (das letzte wurde nach etwas mehr als 200 Versen abgebrochen) zeigt sich die Richtung der Begabung: die dramatische. Hier ist das Werk ganz und gar Eigentum des Jünglings.
Der historische Thomas Rowley hat niemals gedichtet; das hatte, um 1400 etwa, der Mönch von Bury, John Lydgate getan, ein gewaltiger Verseschmied von unermüdlichem Fleiß, der nicht nur ein Klostersänger war, sondern die Welt schlechthin bedichtete. (Wie man es bei Warton in *The History of English Poetry,* Section XXI, lesen kann.) Er schrieb Festspiele für die Gilden der Seidenhändler und Goldschmiede, Balladen für die Grafschaftsbeamten und Stadtverordneten von London, Verse auf die Hochzeit der Königin, Satyren über die Frauen und deren Kopfputz und freie Dramen dazu.
In einem der möglicherweise frühesten Teile der *Rowley Papers*, schon 1764 auf Pergament geschrieben (Thistlethwaite), *Elinoure and Juga* findet sich der Name Rowley nicht oder noch nicht. Erst Anfang 1768 tritt er auf, zu einer Zeit also, als der Schreiberlehrling in ausgedehntem Maße Wörterbücher benutzte, unersättlich altes Quellenmaterial in sich aufnahm und es dichterisch und skrupellos umsetzte, als seine Gönner immer dringlicher geschichtliches Material von ihm forderten.
Auf Genauigkeit in der Wortwahl oder altertümlichen Schreibweise kam es ihm nicht an. Ein bestimmtes System ist nicht erkennbar. Vielleicht hatte er irgendwo gelesen, daß »Worte ihrem Wesen nach nur willkürliche Zeichen für Ideen sind, durch Gewohnheit geprägt und mit volkstümlichem Ansehen in Umlauf gebracht, so daß sie demzufolge nicht Teil wirklichen Wissens sein können« (Hocke's *Bristollia*, 1748). Mit dieser Lizenz gab er seinem rhythmischen Empfinden freien Lauf, und steigerte das vorgestellte Altenglisch mit expressionistischen Mitteln zu jener Großartigkeit, die schließlich seinen Nachruhm begründete.
Ob Thomas Chatterton, der sich mit siebzehn Jahren zum

wenigsten indirekt zu der Dichtung bekannte, indem er auf ihre Drucklegung drängte, in die Gefahr geriet, ein Opfer der Gerichte zu werden, muß dahingestellt bleiben.

6.

Das Jahr 1770 brachte die Katastrophe. Am Ostersonnabend, dem 14. April, fand JOHN LAMBERT in seinem Kontor in der Corn-Street das erbärmliche Schaustück eines Testaments, das sein Schreiber in der Nacht zuvor aufgesetzt hatte, »geschrieben zwischen 11 und 2 Uhr Sonnabends, in äußerster Trübsal des Geistes«. Er kündigte seinen Selbstmord für das Fest der Auferstehung an. Dies Dokument, von beträchtlicher Länge, vermittelt einen frostigen Eindruck. Es ist mit Unverschämtheiten beladen; der Stil ist eitel und anmaßend, gleichermaßen fern von echter Traurigkeit und versöhnender Melancholie. Man erfährt daraus ein paar Ursachen seines Grolls gegen seine Umwelt, doch nichts Stichhaltiges über seine innere Not. Sein Zorn trifft auch BURGUM, weil dieser es offenbar abgelehnt hatte, ihm Geld zu geben.
Diese Selbstmordankündigung war die zweite. Ein paar Wochen oder Monate vorher hatte CHATTERTON seinem Lehrherrn ein Schreiben an den Tabakhändler MICHAEL CLAYFIELD in die Hände gespielt, das den gleichen Vorsatz bekannt gab. LAMBERT hatte BARRETT, den er sonderbarerweise für einen Freund CHATTERTONS hielt, sogleich benachrichtigt. Eine Unterhaltung zwischen dem Wundarzt und dem Lehrling folgte. Dieser soll geweint haben. Am Abend schrieb er jenem einen Brief: »–... Meine Motive für die vermeintliche Unbesonnenheit betrachtend, möchte ich bemerken, daß ich keine ärgere Gesellschaft gekannt habe als mich selbst; niemals habe ich unmäßig getrunken, und habe, ohne Eitelkeit sei es gesagt, zu viel Vernunft, um von der Sittenlosigkeit käuflicher Kleinhändler befallen zu sein. – Nein, mein Stolz, mein verfluchter angeborener unüberwindlicher Stolz ist es, der mich in Raserei stößt. Sie sollen wissen, daß neunzehn Zwanzigstel meiner Beschaffenheit Stolz ist. Ich muß entweder als Sklave leben, als Diener, ohne eigenen Willen, ohne eigene Empfindungen, die ich

freiweg als solche bezeichnen könnte – oder STERBEN – eine bestürzende Alternative! Aber es macht mich verrückt, daran zu denken – ich will mich bemühen, demütig zu werden; aber es kann nicht hier geschehen. Was mich solcher Versuch kosten mag, nur der Himmel weiß es! . . .«

Die Mutter des Advokaten, die sich davon überzeugt hatte, daß Thomas eine Pistole besaß und mit Gift versehen war, überredete ihren Sohn an jenem Ostersonnabend, sich von dem Lehrling zu trennen; es sei höchste Zeit, wenn man einem Skandal ausweichen wolle. Thomas bekam den Abschied⟨s⟩brief noch am gleichen Tage. Der angekündigte Selbstmord unterblieb. Es war jene Ostern, in der der vierzehnjährige MOZART in der Sixtinischen Kapelle zu Rom das *Misere* ALLEGRIS sechs- oder siebenmal hörte und nach dem Gedächtnis aufschrieb.

Manche ehemaligen Mitglieder des »Spouting Clubs« gaben ihrem nach London abreisenden Anführer eine Abschiedsfeier. Freunde und Bekannte sollen je eine Guinee zur Reise beigesteuert haben. Thomas verteilte grünes Ingwerbrot.

In den wenigen Monaten, die ihm noch zu leben blieben, arbeitete er unablässig, über die Kraft, von Ängsten angetrieben, richtungslos. Er schlief kaum noch, er aß fast nichts. Anfangs wohnte er im Hause eines Stuckarbeiters WALMSLEY zu Shoreditch und teilte Zimmer und Bett mit dessen Neffen, einem Jungen von knapp fünfzehn Jahren. Der Bursche fürchtete sich nach geraumer Zeit vor dem Wohngenossen, hielt ihn für einen Geist, denn er sah ihn sich von Wasser und ein paar Bissen Brot ernähren und stellte fest, daß jener niemals schlief. Auch im Bette liegend, hatte CHATTERTON die Augen geöffnet und starrte ins Unbestimmte. Er schrieb, schrieb, zerriß das Geschriebene, schrieb es aufs neue; er belieferte die Magazine mit Beiträgen, wirkte als politischer Schriftsteller, bekämpfte die Regierung. Mit dem plötzlichen Tode des Lord Mayors von London, WILLIAM BECKFORD, erloschen die Hoffnungen, im Lager der Auflehnung noch etwas ausrichten zu können. Die Redakteure FELL und EDMUNDS waren wegen ihrer freiheitlichen Haltung verhaftet worden. Die Kusine CHATTERTONS, Frau BALLANCE, eine Seemannswitwe, die das Haus der Walmsleys mitbewohnte, berichtet, daß Thomas zu schreien begann, als er erfuhr, BECKFORD sei einem Schlaganfall erlegen.

In diesen Tagen gab er sich auf. Wir wissen nicht, warum er sein Quartier nach Brooke-Street verlegte. Wollte er die Gleichheit von Dichtern und Dirnen betonen, wollte er zeigen: so ausgestoßen ist der Geist? War es seine letzte vergebliche Sehnsucht nach Freiheit in diesem Leben?
Er arbeitete weiter. Er schrieb bis zur letzten Stunde. Es war ein unsinniger Wettlauf mit seiner Enttäuschung, seiner Melancholie, seinem zerrütteten Körper, mit allen Vergeblichkeiten, die gegen ihn entsandt waren.
Sein Singspiel »Die Rache« war vollendet. Ein unbekannter Meister hatte es durchkomponiert. Eine Arie daraus: »Away to the Woodlands« wurde von dem Knaben CHENEY öffentlich gesungen und begeisterte London. CHATTERTON hatte das ansehniche Honorar von 5 £ 5 Sh für die Arbeit erhalten. Er ging sogleich daran, den Text für zwei weitere Singspiele zu erfinden. Aber »Die Rache« wurde nicht aufgeführt; die Musik ist verschollen – bis auf jene Arie.
Das Experiment, als armer Mensch von der Dichtkunst leben zu wollen, war mißlungen. Geist und Körper waren auf grauenvolle Weise zugerichtet. Die Bedürfnisse nach Nahrung, Schlaf, Zärtlichkeit waren fast erloschen. Die Empfindungen waren in Düsterkeit und Melancholie erstickt. Immer häufiger stößt er den Schrei aus, von »diesem verhaßten modernen Babylon« befreit sein zu wollen. Er arbeitet noch an der Erweiterung seines Gedichts »Die Auktion« (seine Urheberschaft ist nicht bewiesen. MEYERSTEIN behauptet sie. Die Verse sind rein, die Sprache ist entschieden und knapp, die ausgesprochenen Ideen sind ganz die CHATTERTONS); die Versteigerung umfaßt auch den gegenwärtigen Dichter, ihn selbst:

Moderner Dichter reine Reime
Nimmt niemand hin als gute Ware;
Für nichts verkauft man lebende Gebeine
Und reißt sich um die toten auf der Totenbahre.

Das Ende ist da. Auch Brooke-Street mit den »very very Women« versinkt im Morast des bitteren Daseins. Nichts bleibt. Der Anlaß, der den letzten Schritt beschleunigt, ist unwichtig.

Eine Woche, einen Tag, eine Stunde vor dem Selbstmord mittels Arsenik und Opium schreibt THOMAS CHATTERTON seinem Freunde WILLIAM SMITH einen Brief: Die Absage an alles; der Verzicht auf den Menschen, auf die Dichtkunst; die Zuflucht zum Wörterbuch, dessen Begriffe eisernen Bestand haben, während die Ideen der Seele zerflattern, zermodern. Gerassel der Sprache, das ist ihre Funktion vor dem Untergang. Die letzten Trümmer der Vernunft und des menschlichen Zugetanseins werden fortgesprengt. Es ist die seltsamste Abschiedsäußerung, die ich kenne, eine endgültige, die wir uns merken sollten. Ein gespenstisches Gerüst aus Worten, griechischen und lateinischen Floskeln, hinter denen das Gesicht des Menschen nebelhaft verschwimmt.

Hier die Übersetzung aus dem Englischen, zugleich mit der Übersetzung der Fremdworte (in Klammern):

»Hern William Smith –

Unfehlbarer Doktor, lassen Sie dies Sendschreiben langes Schweigen entschuldigen. Ihre Bitte, mich zu äußern, würde seit langem erfüllt sein, wenn ich gewußt hätte, was zu dichten am tunlichsten ist: ein Carmen in Hendekasyllaben, ein Hexastichon, Ogdastichon, einen Tetrameter oder Septenarius. Sie dürfen wissen, daß ich lange an poetischer Cephalop(h)onie (oder Kopfschwere) gelitten habe, so daß ich lieber ein Akrostichon beginne, doch hinüberirre in eine Threnodia (das ist ein Grabgesang). Das Gedicht lautete so: die erste Zeile ein Akatalektus (das ist ein vollkommen reiner Vers); die zweite eine Ätiologie (das ist das Forschen nach der Ursache für die erste); die dritte eine Akyrologie (das ist eine uneigentliche Schreibart); die vierte eine Epanalepsis (das ist eine Wiederholung der vorigen, in der Form eines Kettenreimes); die fünfte eine Diatyposis (das ist eine Verbildlichung der Schönheit); sechstens eine Diaporesis (das ist Verlegenheitsgeschwätz des Erfolges); die siebente ein Brachykatalekton (das ist ein Vers, dem hinten etwas fehlt); die achte eine Ekphonesie der Ekplexis (das ist ein Ausruf des Erstaunens). Kurz: ein Emporium (also ein Stapelplatz des Hirns) könnte keine größere Synchysis (sprich Vermengung der Worte aus Zufälligkeiten) ohne Syzysie (sage Zusammenjochung) der bösen Ereignisse enthalten. Ich bin entschlossen, auf den Parnas zu verzichten und möchte Ihnen raten, das gleiche zu tun und statt dessen in die Mystik des Seifesiedens einzudringen. Glauben Sie nicht, ich beabsichtige ein Mykterismus (eine Verhöhnung), indem ich Seife erwähne. Nein, meine Mnemosyne (die Göttin des Gedächtnisses) läßt mich all Ihre großen Dienste erkennen (sofern ich nicht an Amblyopie [das ist Blödsichtigkeit] leide), die immer gehören werden.

HASMOT ETCHAORNTT«

Akademie der Wissenschaften und der Literatur, Jahrbuch 1954

⟨Einleitende Worte⟩

Sehr verehrter Herr Senator, m.D. u. H!

Ehe ich zur »Tragödie Thomas Chattertons⟨«⟩ spreche, möchte ich in dieser festlichen Stunde, hier, ein paar Worte des Dankes sagen. Dank allen, die mir die leicht bittere runde Zahl durch eine Überfülle von Bekundung der Anerkennung und des Zugetanseins, der Freundschaft und der Achtung haben vergessen machen. Mein Dank gilt vor allem der Kulturbehörde⟨,⟩ der Freien Akademie der Künste, die das Erscheinen der schönen Denkschrift ermöglichten und auch diese Stunde vorbereiteten, die mir die Gewissheit gibt, daß meine Zugehörigkeit zu meiner Vaterstadt, zu Hamburg, im ständigen Wachsen begriffen ist. Wir haben es einander nicht leicht gemacht. Die Mißverständnisse sind zahlreich gewesen. Aber was ist ein einzelner Mensch unter einer Million oder unter zweien? – Schließlich habe ich immer wieder bekannt und bekenne es auch jetzt, dass Hamburg meine Heimat ist, die ich trotz so mancher Widerborstigkeit liebe.
Welche andere Stadt sollte mir angenehmer sein? – Mein Dank gilt auch den Kollegen vom schwierigen Fach der Literatur, denen ich nicht immer bequem gewesen bin, die aber seit jeher und nun wieder mich in ihre kameradschaftlichen »Gefühle« eingeschlossen | haben. Also Dank.

Man erwartet von der Lebensspanne, die mir möglicherweise noch beschieden sein kann, Leistung, Arbeit, Taten, Werke. Dieser Erwartung setze ich eine dringende Bitte entgegen: daß mir die Möglichkeit zur Muße gegeben wird. Sie ist die Voraussetzung für tüchtige Arbeit in der Literatur, in der Kunst, in der Wissenschaft. Nun noch ein Letztes. Freunde und Fernerstehende haben mir meine Rede im Rathause zu Hamburg, etwa 1947 oder 1948 übel vermerkt, weil ich mit großer Entschiedenheit darauf hinwies, daß dies Deutschland nur als geistiges Gebilde bestehen kann, nicht als politisches, das dem Geist abgewandt ist oder ihm fernsteht. Es gilt, die Welt mit Musik, soll heißen: mit Harmonie einzuwölben, nicht mit Rauchwolken. Wie in jener Rede verweise ich auch heut auf die jungen schöpferischen Begabung⟨en⟩: nehmt euch ihrer an – und gestattet uns Älteren, daß wir leben können.

Handschrift 1954

Zur Tragödie »Thomas Chatterton«

Der Dichter Thomas Chatterton beging mit siebzehn Jahren acht Monaten Selbstmord. Sein kurzes Leben ist Gegenstand einer vielfältigen Deutung geworden. Man hat nach den eigentlichen Gründen für seinen Selbstmord gesucht, ohne eine befriedigende Erklärung zu finden. Meistens ging man darüber hinweg, daß sein Freund Peter Smith ein Jahr zuvor sich durch den Mund erschossen hatte. Der moralisch determinierte Teil seiner Biographien hat es an Vorwürfen gegen den »unglücklichen Jungen« nicht fehlen lassen. Man warf ihm Gottlosigkeit, Unzucht, Charakterschwäche, Dünkel und Stolz vor. Man übersah geflissentlich die soziale Komponente, die Umwelt, in die Thomas Chatterton gestellt war. Erst in letzter Zeit ist bekannt geworden, daß der junge Dichter mit seinen Freunden eine »Gesellschaft der Jugend«, die »Trommler«, gründete, deren Ziel Abtrünnigkeit, deren Tendenz revolutionär war. Wenn man keine Kenntnis von den ruchlosen Zuständen im England des 18. Jahrhunderts hat, erscheint das taumelnde Leben des überbegabten Jungen nur wie eine beunruhigende Genieäußerung, durch und durch krankhaft. Man muß schon die härtesten Blätter Hogarths wortwörtlich, realistisch nehmen, um zu schmekken, welcher Art Luft über England wehte.

Bristol, der Geburtsort Chattertons, die damals zweitgrößte Stadt Englands, hatte etwa sechsunddreißigtausend Einwohner. Man kann beweisen, daß Thomas bis zum 26. April 1770 auch nicht eine einzige Nacht außerhalb Bristols zugebracht hat. Das war drei Monate vor seinem Tode. Und die Wiesen am Avon waren die einzige Landschaft, die sich ihm aufgetan hat.

Mit acht Jahren wurde er als Alumne in die Colston-Schule

gesteckt. Es war das eine Kaufmannsschule, von einem unverheirateten Handelsherrn gestiftet, in der jeweils hundert Knaben herangebildet wurden, um der Kaufmannsschaft und den Handwerkern Lehrlinge zu verschaffen, die rechnen, lesen, schreiben konnten, also Fähigkeiten besaßen, die den Handelsherren selbst zumeist abgingen. Die Ausbildung währte sieben Jahre. Danach wurden die Zöglinge auf weitere sieben Jahre von der Schule und der Stadtverwaltung gegen Kost und Logis an ihre Lehrherren »verdingt«. »Ein Zuchtgefängnis für hundert werdende Lehrlinge« hat ein neuerer Biograph die ehemalige Colston-Schule genannt. Das Essen war reichlich und bestand überwiegend aus Fleisch. Als Getränk gab es Bier, etwa anderthalb Liter täglich für jeden Insassen. Fleisch und Bier waren nicht nach dem Geschmack Thomas Chattertons.
Es schliefen jeweils zwei oder drei Jungen gemeinsam in einem Bett. Diese Gepflogenheit wurde erst im Jahre 1837 aufgegeben. Fast die Hälfte der vierundzwanzig Stunden verbrachten die Schüler nebeneinanderliegend. Thomas Chatterton hatte vom ersten Tage an einen Bettkameraden, der mehrere Jahre älter war als er: Thomas Cary, sein »zweites Ich«, einen begabten Jungen, dessen Wesen den Jüngeren offenbar beeinflußte und förderte. Als Cary die Schule verlassen hatte, teilte Thomas Chatterton das Lager mit William Smith, dem Sohn eines Bierbrauers, ebenfalls fast drei Jahre älter als er selbst. Der Vater Williams war Präsident der »Delphin-Gesellschaft«, und damit unterstand die Schule seiner Aufsicht.
William war dem jüngeren Thomas geistig weit unterlegen. Gesund, angenehm, dem Jüngeren bedingungslos zugetan zu sein, das war seine Rolle. Obgleich ihm Thomas große Teile der »Rowley Papers« vorlas, hat er bis zu seinem Lebensende nicht daran geglaubt, daß sie von diesem geschrieben sein könnten. William hat den Freund um sechzig Jahre überlebt. Er wurde nach dem Tode Chattertons angeblich Zuhälter, stiftete anrüchige Ehen und bekam im Alter gnadenhalber das Amt eines Portiers beim Stadttheater.
Die Schuljungen haben nicht zwölf Stunden geschlafen, das jedenfalls dürfen wir vermuten; sie haben miteinander geredet. Und einen guten Bettkameraden zu haben, bedeutete in der Abgeschlossenheit das halbe Leben. Als Colstons Thomas

entließen, hatte er Freunde, jene, die ihn, der ein schlechter Esser war, gewärmt hatten; die sein Geheimnis, daß er dichtete, behüteten wie er selbst; die mit ihm in die Abtrünnigkeit wollten. Der jüngere Bruder Williams, Peter Smith, der kein Colston-Schüler gewesen war, hat Thomas wenigstens ein Jahr lang, bis zu seinem Selbstmord, gleichfalls sehr nahe gestanden. Der Dichter freilich bezahlte die Freundschaft mit den Älteren durch eine Frühreife auch im Körperlichen. Als er, noch nicht achtzehnjährig, starb, soll er einem Manne von einundzwanzig oder zweiundzwanzig Jahren geglichen haben.

Die Lehrverträge, die den entlassenen Schülern aufgezwungen wurden, bestimmten, daß sie sieben Jahre lang »kein Gasthaus betreten, nicht mit Würfeln spielen, keine Unzucht treiben, keine Ehe eingehen« dürften. Arbeitszeit zwölf Stunden. Thomas Chatterton bekam die Lehrstelle bei einem vermögenden Advokaten, und das war eine Vergünstigung. Es gab durchschnittlich nur zwei Stunden Arbeit für den Schreiber; zehn Stunden täglich sollte er untätig sein. Er wird heimlich geschrieben haben. Er beschäftigte sich mit Nekromantie und Anatomie, mit der lateinischen Sprache. Aber er war ein Schreiberlehrling, ein unterer Diener, ein Sklave; und ein Ausbrechen aus dem unwürdigen Verhältnis hätte ihm Arbeitshaus eingebracht. War seine Lage wirklich unwürdig? – Manche der späteren Berichterstatter haben aus seinem Brotherrn einen geizigen, ungerechten Menschen machen wollen. Das war er offenbar nicht. Er huldigte indessen den Anschauungen seiner Zeit und war Mitglied der Church of England. Diese Zeit gefiel sich darin, mit Sklaven zu handeln und die Armen und Ärmsten in unerhörter Weise auszubeuten. Unmenschlichkeit auch gegen Tiere. Um die schlechte Kanalisation in den Straßen zu schonen, mußten die Pferde selbst die schwersten Lasten auf Schlitten im Zickzack durch die Straßen ziehen. Täglich brachen gequälte Tiere in den Sielen tot zusammen. Die Grausamkeit war eine Gewohnheit geworden. Schwere Verbrechen, entsetzliche Strafmethoden, Tierplagerei, Triumphe des Handels und der Schiffahrt, durch und durch verzweifelte soziale Verhältnisse, das gehört zum Bild der erfolgreichen Stadt.

In der Auflehnung Thomas Chattertons und seiner »Trommler« gegen die kaum ertragbaren Zustände erkennt man mehrere Tendenzen: Abtrünnigkeit gegen die Religion; Haß gegen die Vertragsherren, die dumm und ungebildet sind; Unzucht, Promiskuität als Ausdruck der Freiheit; Patriotismus, der sich gegen die Regierungsgewalt richtet. Dabei darf man freilich nicht vergessen, daß geschlechtliche Handlungen frivoler Art etwas so Selbstverständliches waren, so allgemein, und keineswegs im Verborgenen, geübt wurden, daß die Bestimmung der Lehrverträge einer Verhöhnung, einer unsinnigen Demütigung der Verpflichteten gleichkam. Es wäre unrichtig, wollte man die Tatsache verschweigen, daß Thomas Chatterton, als er Bristol verließ, also mit reichlich siebzehn Jahren, zum wenigsten mit einem Dutzend Mädchen in Beziehung gestanden hat. Zwei davon waren schwanger. Es gibt einen Notizzettel von der Hand des Dichters, auf dem die Geburt eines unerwünschten Kindes vermerkt ist (Januar 1770). Geliebt hat Thomas Chatterton nicht. Die Zeit zärtlicher Gefühle muß kurz gewesen sein, und wahrscheinlich waren es in früher Jugend seine Kameraden, die ihm das Herz weiteten. Plötzlich war er ein Mann, der seine Triebe abschätzte und an ihnen zu einem gewöhnlichen Abenteurer wurde. Aber inmitten dieses biologischen Geschehens tönt die herzzerreißende Klage seiner Freudlosigkeit. Freudlosigkeit, Querstellung zur Umwelt, in der Verteidigung gegen alle Welt. Seine innere Einsamkeit, seine Verlassenheit, seine Ratlosigkeit dem eigenen Schaffen gegenüber sind da. Er sieht den fürchterlichen Zustand der Dinge. Der Gedanke an Selbstmord wird ihm etwas Selbstverständliches. Gift und Pistole sind seine Begleiter. Nur ein paar Tatsachen: Er ist gegen die Regierung, gegen die Kaufmannschaft. Er findet die härtesten Ausdrücke, um anzuklagen. Er stellt sich auf die Seite der Neger. Er will Mohammedaner werden, um nicht Christ zu sein. Er erwägt, Schiffsarzt zu werden. Er bedauert, die lateinische Sprache nur unvollkommen zu verstehen. Seine Gönner werden ihm bis zum Überdruß lästig. Und dabei bleibt er an seinen Lehrherrn gefesselt, denn er ist arm, und die Versuche, von unten her aufwärts zu steigen, bleiben untauglich. Bristol, die Stadt, die er in seinem Inneren als etwas Schönes erstellt hat, ist ihm so verhaßt, daß er den Tod einem weiteren Bleiben vorzieht.

Über die Entstehung seines Hauptwerkes, die »Rowley Papers«, wissen wir fast nichts. Wir können den Anlaß zu dem vermessenen, völlig abwegigen Unternehmen nur erraten. Es ist so gut wie sicher, daß Chatterton einige der besten Abschnitte dieser Dichtung schon auf der Schule, mit vierzehn Jahren, geschrieben hat. Seine Sprache in diesem Werk ist nicht Englisch, auch nicht Altenglisch: Er konstruierte sie mit allerlei zufälligen Bestandteilen. Hinterher lassen sich für dies Vorgehen Gründe beibringen: Als junger Dichter hätte er in Bristol, wo unter den Wohlhabenden »kaum sechsunddreißig lesen und schreiben konnten«, nicht die geringste Aussicht gehabt, beachtet oder gar gedruckt zu werden. Als Fälscher, der auf altem Pergament Quellen zur Stadtgeschichte fabrizierte, waren seine Aussichten besser. Jedoch diese Überlegung kann nicht der Ausgangspunkt für den Schüler gewesen sein. Es muß angenommen werden, daß er aus der bitteren Wirklichkeit, aus den Schulmauern, heraus wollte in eine andere, in eine reichere, erhabenere. Er träumte und zauberte. Schließlich, mit fünfzehn oder sechzehn Jahren, wollte er auch den Ruhm und Geld; Geld, um sich gut kleiden zu können, um Bücher lesen und besitzen zu dürfen.
Der Arzt Barrett, wahrscheinlich ein durchtriebener, betrügerischer Geist oder einfach nur ein grandioser Dummkopf, wurde dem Schreiberlehrling zum Verhängnis. Jedenfalls trieb das Verhalten dieses Geschichtsschreibers im Nebenberuf den dichtenden Knaben immer weiter in die Verfertigung der »Rowley Papers« hinein, die mehr und mehr zur Fälschung in angebliche Urkunden ausartete. Ein Riesenwerk entstand, an dem nur das Dichterische und die überwältigende Phantasie des Autors echt waren. Ob Thomas Chatterton, der sich mit siebzehn Jahren offen zu der Dichtung bekannte, danach in Gefahr geriet, ein Opfer der Gerichte zu werden, muß dahingestellt bleiben. Seine Gönner, der Arzt und die Zinngießer Catcott und Burgum, jedenfalls glaubten ihm die Urheberschaft nicht oder wollten sie ihm nicht glauben. Die Gedichte in englischer Sprache aber standen im Schatten seines Hauptwerks, sie verloren an Gewicht.
Der Tod Peter Smith' hatte die Auflösung der »Trommler« zur Folge. Die Liebesabenteuer des innerlich Vereinsamten glichen

mehr und mehr dem Gehaben eines Verzweifelten, eines Menschen, der sich aufgegeben hat. Im Jahre 1770 wurden die Dämonen entfesselt. Zwei Selbstmordankündigungen wurden dem Advokaten Lambert zugestellt. Der Lehrherr gab seinen ungeratenen Schreiber am Ostersonnabend frei. Der Anwalt wollte nicht in einen Skandal verwickelt werden.

Thomas verließ Bristol am 26. April 1770. Am 24. August des geichen Jahres vergiftete er sich mit Arsen und Opium im Dachgeschoß eines Hauses der Brook-Street, London-Holborn, das man getrost als Bordell bezeichnen kann. In den wenigen Monaten hatte er als politischer Schriftsteller gewirkt, hatte die Regierung bekämpft und Schiffbruch erlitten. Mit dem plötzlichen Tode des Lordmayors von London, William Beckford, erloschen seine Hoffnungen, im Lager der Auflehnung noch etwas ausrichten zu können.

Er war von der »schändlichen« Krankheit befallen. Er hungerte. Er sah nur den Abgrund. Sein letzter Brief an William Smith, wahrscheinlich am Tage vor seinem Tode geschrieben, ist die seltsamste Abschiedsäußerung, die ich kenne. Die letzten Trümmer der Vernunft und Zärtlichkeit werden fortgesprengt. Ein gespenstisches Gerüst aus Worten, griechischen und lateinischen Floskeln.

Sinn und Form 1954

Darmstädter Gespräch 1955 Theater ⟨Diskussionsbeiträge⟩

⟨Zweiter Tag: »Das Werk«
Sonntag vormittag, 24. April 1955⟩

⟨...⟩

Hans Henny Jahnn, Hamburg:

⟨1. Beitrag⟩

Meine Damen und Herren! Ich habe ein wenig den Eindruck bekommen, inmitten einer geistig wohlhabenden Versammlung zu sein, die keine Ahnung vom Wesen, Leben und den Nöten eines Bühnenautors oder Bühnenkomponisten hat. Das sei ganz offen gesagt. – Immerhin, auch heute noch ist es die Aufgabe eines Autors, sofern er nicht Boulevardstücke schreibt, urtragische Probleme zu behandeln, also das darzustellen, was jeden ereilt oder ereilen kann. – Doch nun zu meinem eigentlichen Anliegen: die Subvention. Ich persönlich halte Subventionen für nützlich, ja geradezu notwendig in diesem von allen möglichen niederen Kräften zerrissenen Deutschland. Retten wir also diese Subvention, sofern wir's können. Denn ohne sie würde zum wenigsten die Oper – das wurde ja auch schon von Herrn Sieburg gesagt, es wurde auch gestern von Herrn Kallmorgen betont – verloren sein. Es würden bestimmte Musikerlebnisse aufhören; soll heißen: ein gewaltiger Teil der unwirklichen Kunst würde verschwinden, nicht mehr existieren. Freilich kann man der Ansicht sein, daß Wagner auf der Bühne ein entsetzliches Unglück angerichtet hat; teils durch seine Instrumentierung auch im

Orchestergraben. Wenn Bruckner davon viel übernommen hat, so sei es festgestellt; aber selbst bei Bruckner würde etwas weniger Blech der Musik nicht geschadet haben. Das ist meine aufrichtige Meinung. Dennoch ist die heutige Praxis des Instrumentierens ohne das Vorbild Wagner nicht denkbar; aber es ist ja nicht frevelhaft, wenn wir uns überlegen, daß sie nicht der einzige Weg ist, Noten zum Klingen zu bringen. Aus diesem Grunde begrüße ich wiederum den Spielplan von Herrn Intendant Dr. Rennert. Dabei ist es gleichgültig, ob eine Oper Dallapiccolas nun das Prädikat gut oder schlecht bekommt. Es handelt sich um das Werk eines Komponisten, der die Zwölftontechnik bevorzugt. Über diese Dodekaphonik kann man allerlei Kritisches sagen; man kann zum Beispiel herausfinden, sie sei nicht formbildend im weiteren Sinne, sondern nur reihenbildend im krausesten Sinn. Doch auch diese Schaffenstechnik ist aus der Entwicklung des Komponierens nicht mehr wegzudenken, obgleich sie noch recht »modern« ist. Vor allem aber sei festgestellt: Wir Lebenden haben es sehr schwer, ich möchte beinahe sagen: Wir sind nicht berufen, darüber zu urteilen, ob ein Werk, das in unserer Zeit entsteht, auch in fernerer Zukunft als bedeutend gelten wird oder nicht. • Das wird nach uns entschieden werden, nicht in der Gegenwart. • Nein, nicht unbedingt. Wir haben kein unbedingtes Urteil. • Ich will in meiner Betrachtung zur Subvention weiterfahren. Ich befürworte sie, freilich mit einer wesentlichen Einschränkung. Diese Zuwendungen werden dazu benutzt, um die Theater zu unterhalten; das heißt im einzelnen: Intendanten oder Theaterdirektoren, die Schauspieler und Angestellten bis herunter zu den Zuhörern genießen von diesem Geld. Nur einer ist ausgeschlossen, nämlich der Autor. • Stimmt es etwa nicht? – Er bekommt von der Subvention nichts. Wenn ein Theaterbillett durch öffentliche Mittel verbilligt wird, so daß es zum Beispiel nur noch 1.50 DM für denjenigen kostet, der es an der Kasse kauft, dann bekommt der Autor 15 Pfennige davon als Tantieme, während der Staat möglicherweise 10 DM daraufzahlt. Der eigentliche Anspruch

Beifall

Zwischenrufe

Zwischenruf Linfert: »Auch ein Streitpunkt!«

Beifall, Widerspruch

des Autors an das Theater ist eine weitere Mark als Einnahme auf diesen Platz. Ich darf Ihnen verraten, daß die Bühnenautoren und -komponisten in eine Art Verteidigungsstellung gedrängt worden sind. Sie brauchen Geld genau so wie Intendanten und Schauspieler. Man möchte die Subvention durchaus beibehalten sehen. Wenn die Autoren aber fortgesetzt mittels der jetzt betriebenen Theaterpolitik von einem berechtigten Anspruch ausgeschlossen bleiben, also an den öffentlichen Mitteln nicht beteiligt werden – willkürlich, ungerechterweise auf diesen nunmehr erreichten niedrigen sozialen Stand herabgedrückt bleiben –, dann ist der Augenblick nicht mehr fern, wo die Bühnenautoren und Bühnenkomponisten – als Selbsthilfe – eine Propaganda entfachen, um die Subventionspraxis als solche zum Erliegen zu bringen. Die Rolle, die heute ein Autor selbst von einigen Graden spielt, ist eine klägliche. Und es ist ungeheuerlich – ich spreche das Wort ungeheuerlich –, daß ausgerechnet der Schriftsteller, der Komponist, die wirtschaftlich Schwächsten, von der staatlichen oder städtischen Subvention ausgeschlossen sind. • Beifall

⟨...⟩

⟨Sonntag nachmittag⟩
JAHNN:
⟨2. Beitrag⟩
Meine Damen und Herren, ich muß gestehen, daß ich außerordentlich verwirrt bin. Es ist hier so viel durcheinandergesprochen worden, daß es mir sehr schwer wird, noch einen Kurs zu erkennen. Ich darf mir deshalb vielleicht erlauben, einige Punkte, rückschauend, noch einmal herauszugreifen. Es ist die Frage aufgeworfen worden, ob ein subventioniertes Theater überhaupt einen »modernen« Spielplan haben dürfe. Das Wort »modern« ist nicht definiert worden. Es steht völlig offen da. Für uns, soll heißen: in unserer Zeit sind zum Beispiel Polyphoniker der niederländischen Schule, Okeghem, Josquin, Brumel, selbst der frühe Dufay, moderner als Komponisten des vergangenen 19. Jahrhunderts. Auch

auf dem Gebiet des Dramas können wir ähnliche Erscheinungen feststellen. So ist »Eduard II.« von Marlowe ein außerordentlich modernes Stück, denn es befaßt sich mit einem Problem, das, würde es von einem Heutigen vorgetragen, kaum auf die Bühne kommen dürfte. Ein urtragisches Ereignis, die Unentrinnbarkeit aus der eingeborenen hormonalen Gebundenheit des Menschen wird gezeigt; ein König, der sich nicht kraft seines Willens oder eines Lasters, sondern durch Bestimmung homosexuell verhält. Die Nachahmung dieses »Eduards II.« im »Richard II.« durch Shakespeare ist, verglichen mit dem Vorbild, das Marlowe gab, schwach, nicht zeitgemäß, unmodern. Beide Dichter wurden im gleichen Jahre 1564 geboren. Ich habe die unschöne Vermutung, daß, ohne Definition, das »Moderne« vom »Uns paßt die janze Richtung nicht« eines preußischen Polizeipräsidenten bis zum Schlagwort vom Formalismus reicht. Jedenfalls will man lebende Autoren und Komponisten bezeichnen, die man sich auf Abstand halten möchte – bis auf weiteres. Aus Selbsterhaltungstrieb – ich kann immerhin Dramen schreiben – möchte ich gegen jede abfällige Bedeutung protestieren.
Jetzt zum Praktischen. Es ist wohl kaum zu bezweifeln, daß ein staatlich oder kommunal subventioniertes Theater auch die Pflicht hat, museal zu wirken, indem es gestorbene, klassische Autoren aufführt. Es ist wohl auch die Aufgabe eines solchen Instituts, gute ausländische Dramen herauszustellen, sie zu spielen. Es entsteht einzig die Frage: Hat ein solches Institut auch die Verpflichtung, lebende einheimische, sprich deutsche Autoren aufzuführen? Diese Frage ist nur mit »ja« oder »nein« zu beantworten. Dazwischen gibt es nichts. Sie werden sogleich einwenden: Auch das hängt von der Qualität der betreffenden Werke ab. Zugegeben. Dennoch dazu ein paar Bemerkungen. Ich bin wiederholt gefragt worden, ob es denn noch eine deutsche Dramatik, eine wesentliche deutsche Dramatik gibt? Ich habe antworten müssen: Ich weiß es nicht. Und ich kann es auch nicht verläßlich wissen, denn wir sind in eine Zeit oder in Abläufe geraten,

die es mit sich bringen, daß Dramen nicht mehr oder kaum noch gedruckt werden. Da ich nicht auf einem dramaturgischen Büro sitze, wo 500, 600 oder 700 Bühnenwerke im Jahre als Schriftstücke eintreffen, so habe ich – die spärlichen Drucke vermitteln kein Bild – keine Übersicht. Gespielt wird das Ungedruckte kaum. Ich frage nun zurück: Woher soll ich – oder ein anderer –, der ich mich immerhin für das Drama als Kunstform interessiere, erfahren, wieviele gute »moderne« Stück es in deutscher Sprache gibt? Ich beantworte hier nichts.
Etwas anderes, Beschämendes: Es ist heute vormittag ziemlich herabsetzend vom Drama schlechthin gesprochen worden. Und zwar äußerte sich in diesem Sinne ein Mann, von dem ich vermute, daß er noch nie ein gutes Stück geschrieben hat. Er weiß also wahrscheinlich nicht einmal genau, welche Vorstellung er sich von der Arbeit, ein Drama zu schreiben, vorschmeckend machen soll. – Um einen guten Dialog zu entwickeln, bedarf es einiger Übung und Kenntnisse in den Gesetzen der Vorwegnahme. Kein Dialog weckt Spannung, sofern in ihm nicht, bewußt oder unbewußt, Dinge, Empfindungen angeschlagen, zum Tönen gebracht werden, die später, vielleicht erst im dritten Akt, ihre endgültige Bedeutung oder Formulierung finden. Es ist das Wesen des guten Dialogs – es zu verkennen liefert womöglich die Begründung, weshalb ein Drama so leicht mißlingt –, daß er nicht nur der Handlung dient, sondern das Gesicht hinter den Dingen zugleich beschwört. Gespräche, die nur die äußere Handlung vorantreiben, beschwingen allenfalls eine Unterhaltung auf der Bühne, doch bleiben sie im Drama nebensächlicher Bestandteil. Schließlich darf man die in alle Tiefen reichende Tragödie unter gar keinen Umständen mit Unterhaltung verwechseln. Damit hat sie nichts zu tun.

LINFERT:

Außer wenn man den Begriff der Unterhaltung weiter faßt.

JAHNN:

Ja, gewiß, insofern, als das Wort auf der Bühne, die Wechselrede, der Monolog der Form nach Gespräche

sind, deren Wert oder Tendenz durch keine Kunstregel an Vorschriften gebunden scheinen.
Ich möchte noch die Krise des Librettos berühren; davon ist hier gesprochen worden. Erfreut und erstaunt hat mich, daß die Oper gemeinhin so viele Freunde hat; ich hatte es nicht erwartet. Dem gesungenen oder rezitativisch vorgetragenen Wort haftet ja etwas »Unnatürliches« an. Es ist nicht besonders gut aufzufassen; die »Handlung« wird jedenfalls durch Musik behindert. Mit dem »Don Giovanni« Mozarts ist zudem ein Maß gegeben, das die Nachfolge entmutigen muß. Das spüre ich selbst mehr als deutlich, denn ich habe mich daran gemacht, einen Operntext zu schreiben. Das Scheitern ist dabei in unmittelbarer Nähe. Aber ich mache bei dieser Arbeit auch neue Entdeckungen literarischer Art. Ein Libretto ist von leichterer Substanz als das nur gesprochene Drama; jedenfalls sollte es – meiner Meinung nach – so sein. Die Musik zwingt zu fortwährender Versöhnung. In meinem Falle entsteht der Text im sogar räumlichen Zusammensein mit dem Komponisten. Das fördert die Überraschungen. Die Aussagen erhalten melismatische Unter- und Hintergründe. Das drängt mich, ob ich's will oder nicht, zum Gelockerten, zum Lustspiel, das zu schreiben mir sonst herzhaft schwer fällt. Ich hätte mir nicht einmal träumen lassen, daß das erste Lustspiel aus meiner Feder nur als Operntext bestehen kann. Vielleicht verallgemeinere ich jetzt zu sehr und mache einen Sonderfall zur Regel, weil es mir an Erfahrung gebricht. So will ich denn dies Intermezzo, das nicht viel besagt, beschließen. – Dem Dramatiker, der Gültiges auszusprechen vermag, wird man sicherlich nachrühmen können, daß er Erfahrung mit dem Leben und dem Tode gemacht hat. Denn unverfälschte Existenz allein hat auf der Bühne
Beifall Wert. •
⟨...⟩

Jahnn:
⟨3. Beitrag⟩
Den großen Beifall, den Herr Hering bekommen hat,

fasse ich als Beifall gegen die deutschen Autoren auf. • Die Stücke deutscher Autoren werden vor leeren Häusern gespielt; deshalb verschwinden sie schnell vom Spielplan. Ist es wirklich immer so? In diesem Zusammenhang – meine Erregung läßt mich unvorsichtig sein – möchte ich Ihnen etwas erzählen. Unter der Regie Jürgen Fehlings wurde meine »Medea«, die »schwarze Medea«, mit Agnes Straub in der Titelrolle, unter großem Erfolg am Staatlichen Schauspielhaus Berlin aufgeführt. Daraufhin wurde das Drama von Erich Ziegel für das Deutsche Schauspielhaus in Hamburg erworben. Es wurde hier nur viermal gezeigt. Es brachte mir zwar die größte Einnahme, die ich jemals erzielte, nämlich durchschnittlich 700,– DM an Tantiemen pro Abend. – Man spielte außerhalb des Abonnements. – Aber bei vollbesetztem Hause wurde das Stück abgesetzt. Was war geschehen? Die Landeskirche hatte dem Intendanten einen Brief geschrieben und Einwände gegen Inhalt und Form des Dramas erhoben. • Erich Ziegel sprach der kirchlichen Behörde in einem Antwortschreiben das Zensurrecht ab, beugte sich aber den Einwänden. •

Zwischenrufe: »Nein!«

Pfui-Rufe

Unruhe am Tisch und bei den Zuhörern

Darmstädter Gespräch Theater 1955

Forderung an die Bühneneinrichtung

Im Vorwort zu meinem Drama »Spur des dunklen Engels« schrieb ich: »Die Tatsache, daß die Darstellung dieses Theaterstückes einen häufigen Szenenwechsel vorsieht, veranlaßt mich, etwas über Bühneneinrichtungen im allgemeinen zu äußern. Ein technischer Apparat, der den Wechsel des darzustellenden Ortes nicht im Bruchteil einer Minute vollziehen kann, ist unvollkommen und im Widerspruch zu den jetzt gültigen Lebensformen, an die wir uns im zivilen Leben wohl oder übel haben gewöhnen müssen. Man kann vom Zuschauer im Theater nicht eine Geduld fordern, die ihm im übrigen Tagesablauf ausgetrieben worden ist. Der Beleuchtungsapparat wird ja auch nicht mehr von Tranfunzeln oder Kerzen erstellt. Warum zögert man, endlich technisch einwandfreie Drehbühnen oder Bühnenwagen zu schaffen? Regnen die Kapitalien wirklich nur noch für den Film und für den Rundfunk?* – Man darf jedenfalls vom Autor nicht fordern, daß er einzig die primitiven Verhältnisse einer dem Theater abgewandten zufälligen Gegenwart berücksichtigt.«

Es ist eine Bezichtigung, eine ungemütliche Feststellung.

Da der Krieg viele deutsche Theater zerstört hinterlassen hat, hätte man erwarten dürfen, daß wenigstens das Problem einer zweckmäßigen Bühneneinrichtung bei den Theaterneubauten befriedigend gelöst worden wäre. Das ist zumeist nicht der Fall. Wir sind noch immer weit davon entfernt, z. B. ein Shakespeare-Drama in der Szenenfolge des Autors ohne Zeitverlust darbieten zu können, sofern man von einer ortlosen Szenengestaltung absieht und ein wenig von der Illusion des Schauplatzes retten will. Verwandlungen auf offener Bühne bereiten für die Bühnentechniker, zumindest von Fall zu Fall, immer wieder Kopfzerbrechen.

Der Architekt Werner Kallmorgen hat 1955 im »Darmstädter Gespräch, Theater« allerlei Heiter-Tragisches über das subventionierte kommunale Theater gesagt, daß es zwei Pferdefüße habe: die Herkunft (historisch gesehen) und die Vielzahl der Eigentümer. Er spricht von der Verschwommenheit des Ziels und den Mißverständnissen allgemeinerer Art bei den Auftraggebern. Schließlich, – er ist ja Architekt – kann er nicht umhin, die »Fachleute« zu kritisieren. Wörtlich: »Der eine ist für ›Spiel im Raum‹, der andere für ›Guckkasten‹, der dritte für hörsaalähnliches ›Amphitheater‹, der vierte für ›Logen‹, der fünfte für eine ›Hörmaschine‹, der sechste will zwar keine Technik, aber doch die, die er einbaut, mindestens mit Hydraulik, der siebente will wirklich gar keine Technik – sagt er –, aber die Bühne um den Zuschauer drehen. Schlagworte überblenden die Vielgestaltigkeit des baulichen Problems. Sei es das Schlagwort von Amphitheater der Griechen als dem eigentlichen Theater der Gemeinschaft oder das Schlagwort ›zurück zur Reliefbühne!‹ – fort von der ›Illusionsbühne‹ – oder das Schlagwort vom ›Totaltheater‹, das den Zuschauerraum unter Illusion setzt und das Publikum zwingt, in der Garderobe seine Zivilkleider abzugeben und das dem Stück entsprechende Kostüm in Empfang zu nehmen«.
Das Zitat ist aus einem Vortrag Kallmorgens, der als Einführung in die großartige Ausstellung »Theaterbau« gehalten wurde. Was man zu sehen bekam, war in der Tat vielgestaltig. Man roch geradezu den Schweiß der Fachleute, die sich bemüht hatten, neue Ideen zu entwickeln. Daß viele der Entwürfe ganz für Rechnung der Architekten standen, verwundert kaum, daß das meiste »moderne« mehr einer Fabrik oder einem Warenhaus glich, ebensowenig. Da gab es Projekte eines »Idealtheaters«, Kombinationen von »Guckkasten« und »Raumtheater«, Abwandlungen des »Arenatheaters« und noch einiges mehr. Das Projekt eines Totaltheaters Walter Gropius' wird von ihm selber wie folgt beschrieben: »Mein Totaltheater ermöglicht es dem jeweiligen Spielleiter, innerhalb der selben Vorstellung auf der Tiefenbühne oder auf dem Proszenium oder auf der Rundarena, beziehungsweise auf mehreren dieser Bühnen zugleich zu spielen. Die kleinere, vordere Parkettscheibe ist versenkbar, sodaß sie, im Keller von den Sitzreihen

befreit, als Proszeniumsspielebene vor der Tiefenbühne benutzt werden kann... Eine vollständige Verwandlung dieses Hauses tritt aber ein, wenn die größere Parkettscheibe um ihren Mittelpunkt um hundertachtzig Grad gedreht wird. Dann liegt die in ihr eingebettete, versenkbare kleine Scheibe als allseitig von ansteigenden Zuschauerreihen umgebene Rundarena zentrisch in der Mitte des Hauses...«

Wer benötigt diese »Möglichkeiten«? Es wurde ausgesprochen: der jeweilige Regisseur. Nicht gefragt wurden der Bühnenautor, der Bühnenkomponist. Sie müssen es sich gefallen lassen, daß ihr Werk dem »jeweiligen« Theater »angepaßt« und der »Einrichtung« des dazu bestellten Regisseurs unterworfen wird. Es handelt sich also bei dem Bemühen der Architekten und anderer Kenner und Könner des Theaters z. T. um Gedanken leerer Hypothesen, aufgestellt ohne die Substanz des vorhandenen Dramas oder der vorhandenen Oper – um einen Ersatz für gegenwärtige Dramatik. Es wird vorausgesetzt, daß der Autor selber sich nicht viel dabei gedacht hat, wenn in seinem Textbuch eine Ortsbeschreibung angegeben wird. Man geht am Ende so weit, auch die Andeutung des Schauplatzes als verwerflich zu finden, weil man an den absoluten Fortschritt der Vereinfachung, der Stilisierung oder der abstrakten Expression glaubt. Ich will der Illusionsbühne nicht das Wort reden, wohl aber dem Gehalt des Schauplatzes. Er muß erkennbar sein und eine Funktion ausüben, die vom Lokal ausgeht. Eine Sturmnacht mit Donner und Blitz zwingt auch den Dichter (sofern er einer ist) zu anderen Worteinfällen und Rhythmen als eine ereignislose Stube. Das gehört zur Materie des Schreibens. Die Dramen Barlachs z. B. verlangen diesen Gehalt als Hintergrund; sonst wird die Sprache geheimnislos und zugleich ungefüge. Die meisten Opern Mozarts verlieren ohne einen hohen Grad an Bühnenzauber vom Zauber der Musik. Man mag das bestreiten; aber man frage in diesem Punkt einmal (ausnahmsweise) das Publikum – und das Werk selber.

Ich möchte hier einfügen, daß ich die Bühneneinrichtung des neuen Kölner Opernhauses noch nicht kennengelernt habe, sie also von meiner Betrachtung ausschließen muß.* Ich kann jedoch, ohne das Beispiel eines bestimmten Bühnenhauses zu nennen, aufzeigen, wo mir, als Dramatiker, von der Technik her Mißbehagen kommt. (Ich denke dabei freilich hauptsächlich an die »Guckkastenbühne«, die durch ein erweitertes Proszenium etwas von ihrer Einseitigkeit eingebüßt hat oder einbüßen kann). Also: mangelnde Schnelligkeit bei den Verwandlungen; primitive Gestaltung des Bühnenraumes, der eine Art architektonischen Chaos darstellt, das sich dem Zuschauerraum nicht angliedert. Da gibt es das Hochhaus des Schnürbodens und die sterile Geräumigkeit der Seiten- und Hinterbühnen, die Sänger und Sprecher als tote Luftmasse behindern. Man hat sich kaum gefragt, ob diese Einrichtungen in ihrer konservativen Ausformung noch notwendig sind, als unerläßlich zu gelten haben. Ich glaube es nicht. Man muß nur den Weg, den die Geschichte des Theaters gelegt hat, einmal unterbrechen. Niemand wird bestreiten, daß ein geschlossener Spielraum mit einem entsprechend gestalteten Proszenium dem Vortrag zugute kommt, denn die Stimmen der Agierenden werden weniger vergeudet, sind schwerer zu erschöpfen und können einen vielstufigeren Ausdruck annehmen, wenn die akustischen Gegebenheiten der Bühne weniger willkürlich ausfallen und in die Berechnungen des Zuschauerraumes mit eingehen.

Man muß das alles diskutieren und fragen: welche Maßnahmen lassen erkennen, daß sie die Forderung erfüllen?

Weil der Kontakt zwischen Theater und Bühnenautor nur sehr lose ist, kennt man die Ansichten des Dichters oder Komponisten kaum. Mitten in der Festspielflut unserer Tage und der Begeisterung für neu erstellte Theaterbauten, sickert in einzelnen Aufsätzen, Darlegungen und Bemerkungen durch, daß die Theaterautoren, und unter ihnen die besten, sich sehr wohl Gedanken über die Gestaltung der Bühnen machen. Mit großer Mehrheit bekennen sie sich zur »Guckkastenbühne«, die der Absolutheit des Dramas adäquat ist. – Ich entsinne mich in Wahrheit nur einer einzigen »Arena-Aufführung«, die mir – trotz einiger Peinlichkeiten – einen starken Eindruck hinterließ. Es war die Darstellung des »Verlorenen Sohnes« von Schmidtbonn in der Inszenierung Reinhardts. Als ich das Stück im Zirkus-Busch-Gebäude* St. Paulis sah, war ich Gymnasiast. Der junge Schildkraut, kaum älter als ich selber, spielte den

verlorenen Sohn. Von den begierigen und habsüchtigen Mädchen wird er sogar seiner Kleider beraubt und liegt fast nackt im Rund der Manege. Es war der Höhepunkt des Eindrucks. (Vom Text habe ich nichts behalten). Einer meiner Schulkameraden machte einen Schritt über die Rampe und warf dem geschmeidigen Jungen eine weiße Rose zu. Und dann kam ein absurder Regieeinfall: der junge Mensch wurde (wie der Hamlet Reinhardts) auf den ausgereckten Händen einiger Männer hinausgetragen. Doch das Zirkustor war nicht hoch genug für soviel Regiepathos, und so mußte dieser Paradeabzug im entscheidenden Augenblick zurückgenommen werden. Zu allem Überfluß sang oder sagte ein Chor, sich immer wiederholend, das Wort: »Heimgekehrt«. Empfindlich wie wir waren, fanden wir den Vorgang maßlos lächerlich. – Ich bin mir nur bewußt, daß das Erlebnis jenes Abends nicht von der Arena her seine Impulse nahm, sondern von einer leicht schwingenden Erotik, die – auch hier sage ich: leider ⟨–⟩* unserem Theater immer mehr abgewöhnt wird.
Daß die Guckkastenbühne in ihren technischen Einrichtungen veraltet ist, scheint mir beweisbar. Die Mängel habe ich genannt. Es gibt eine Möglichkeit, sie abzustellen. Eine einzige große Scheibe, richtiger gesagt: ein Zylinder von wenigen Metern Höhe und etwa dem dreifachen Durchmesser der Bühnenöffnung würde die Probleme des schnellen Szenenwechsels und der Bühnenraumakustik spielend lösen können. Ich denke dabei freilich nicht an eine leere Scheibe. Sie soll mit festen Aufbauten versehen sein, eine »Bühnenstadt« bilden. Ich rechne mit vier großen und vier kleinen Sektoren, Zwischengängen, Treppen aufwärts und abwärts; das ganze sinnvoll in einem Funktionsplan vereinigt. Die festen Begrenzungen der Gebäude und Straßen dieser »Bühnenstadt« würden den Vorteil bringen, daß der Spielraum wenigstens mit der akustischen Funktion in den Zuschauerraum einbezogen wäre; die jeweilige Szene würde real, massiv – nicht etwa durch beleuchtete Leinwand (imaginär) – mit den Logen und Sitzreihen verbunden sein. Durch die völlig anders geartete Konstruktions-Architektur der Bühne würde man gelegentlich zu wirklicher Geist-Architektur vorstoßen, etwa derart, daß einer der größeren Abschnitte des Zylinders einen »Festsaal« als Bühnenbild er-

hielte, architektonisch bis in alle Einzelheiten durchgestaltet, der ausschließlich in seiner spezifischen Form dem *einen* Theater angehört; großartig etwa wie ein Renaissance-Prospekt. Die Bühne würde den überhöhten Schnürboden einschränken oder ganz verlieren. Durch das Gebäudeartige der mit festen Wänden und Decken ausgestatteten Drehbühne, mit ihren Treppen, Gängen, Versenkungen, Gassen und Plätzen würde eine andersartige »Romantik« des Theaters geschaffen werden.

Der Vorschlag, recht weit durchdacht, hin und wieder geäußert, ist eine Anregung von Seiten eines – Bühnenautors. Und darum – ich wage es zu sagen: eine Lösung, die dem geschriebenen Drama oder der geschriebenen Oper näher steht als die Spekulation derer, die das Drama benutzen wollen.

Dr. Hans Werner Hegemann spricht davon, daß Architekten und Bühnentechniker in aller Welt bemüht seien, um den »orchestralen Komplex« der Bühne »technisch, wirtschaftlich und künstlerisch, preiswert und ästhetisch zu lösen, ohne daß doch eine allgemeingültige Neuform des Theaters gefunden worden wäre, die der heutigen gesellschaftlichen, künstlerischen und technischen Situation grundsätzlich entspräche«. An den Bühnenautor denkt auch er nicht. Man gesteht das Mißliche der Lage ein; – das ist alles.

Warum sollte der Autor sich nicht um eine Lösung bemühen dürfen? Nur deshalb nicht, weil er der »letzte Mann« ist, der unbeachtetste, der wirtschaftlich schlechteste im verzweigten Unternehmen des Theaters?

Hans Henny Jahnn

Köln. Vierteljahresschrift für die freunde der stadt 1954

Der Bühnenautor und das Theater.

Vortrag Kiel
2. 3. 1959

....
M. D. u. H.!

I.

Der Bühnenautor ist ein einzelner Mensch. Diese Aussage besteht auch dann noch zu Recht, wenn dieser Mensch sich in zwei Personen aufspaltet, von der die eine z. B. den Text und die andere die Musik zu einer Oper schreibt. – Das Wort »Theater« hingegen ist polymorph. Es hat verschiedene Inhalte. Es ist das Gebäude und in ihm – abgesehen von zahlreichen Nebenräumen als Garderoben für die Schauspieler, Werkstätten und Gelasse für die Technik –: der Zuschauerraum und die Bühne. Es ist aber auch die Zahl der Zuschauer (wir sagen nicht: Zuhörer) selber und vor allem die große Bevölkerung hinter dem Vorhang: der Intendant (wir sagen nicht mehr Schauspieldirektor), die Regisseure, der Dramaturg, die Schauspieler, die Bühnenbildner, Maler, Handwerker, Beleuchter, Inspizienten, Souffleusen, Bühnenarbeiter, Heizer und Garderobenfrauen. (Ich bin in der Aufzählung nicht erschöpfend; an den letzten Mann habe ich wenigstens gedacht.) Schließlich muß man das Auswärtige Amt des Theaters, den Kritiker nennen und die gespenstigen Schatten des vielarmigen Polypen Zensur.
Diese verschiedenen Einrichtungen und Menschen des vielgesichtigen Gebildes werde ich mehr oder minder ausführlich in meine Worte nehmen. Zuvor aber möchte ich doch erklären, daß meine Erfahrungen mit dem Theater nicht sehr umfassend sind. Als Ausgleich dafür hatte ich Begegnungen mit Menschen vom Bau, wie man sagt, deren Namen weitgehend bekannt sind, die also, um in der Fachsprache zu bleiben: eine Rolle spielen.
Sie werden verstehen, daß persönliche Eindrücke hier notwendigerweise skizzenhaft, ja anekdotenhaft bleiben müssen.

Beginnen wir mit Gustaf Gründgens. Ich lernte ihn kennen, als er noch sehr jung und ein kleiner Schauspieler unter Erich Ziegel an den Hamburger Kammerspielen war. Ich hatte damals ein Drama geschrieben: »Der Arzt, sein Weib, sein Sohn«, das niemand verlegen wollte, weshalb ich es in meinem eigenen Musikverlag Ugrino drucken ließ. Erich Ziegel, dem ich ein Exemplar aushändigte, wollte das Werk unter seiner Verantwortung nicht auf die Bühne bringen. So beschloß ich denn, mich in eigener Sache selber zum Theaterdirektor zu machen. Ich mietete die Kammerspiele. Freunde von mir verfertigten eine Anzahl schwarz angestrichener großer Prismen, die, von Szene zu Szene gegeneinander verschoben, unterschiedlich geformte Räume bildend, den jeweiligen Ort in expressionistischer Weise ausdrückten. »Regen und Sturm im Gebirge« z. B. wirkten überzeugend. Da ich kein Regisseur bin und auch damals nicht so hochmütig war, mir einzubilden, daß ich einer sei oder einer aus mir werden könnte, verpflichtete ich zu diesem Zwecke Gustaf Gründgens, der gegen ein entsprechend niedriges Honorar erst einmal die Schauspieler auswählte (darunter 2 Gymnasiasten, die, das erwies sich später, meisterhaft spielten) – und dann mit unermüdlichem Eifer das Stück einstudierte. Ich saß stundenlang neben ihm und lernte (neben vielem andern), daß nicht jeder Schauspieler jeden hingeschriebenen Satz so sprechen kann, daß er »über die Rampe« kommt. Ja, der Autor kann allein schon rhythmische Eingebungen haben, die der geistigen und sogar körperlichen Beschaffenheit eines Schauspielers zuwiderlaufen. Damit rühre ich an eine Tatsache, die immer wieder zu Streitgesprächen zwischen Bühnenautoren und dem Theater führen. Denn was am Text dem einzelnen Schauspieler zuwiderläuft, kann auch dem Regisseur peinlich oder ungemäß sein. – und er hilft sich (er hat es am leichtesten) mit dem Rotstift: er streicht, verändert, stellt um. Nach dem Urheberrecht hat er diese Befugnis nicht, sofern der Autor nicht vorher damit einverstanden ist. Darum – um vollendete Tatsachen zu schaffen, bittet man den Dichter möglichst erst zur Generalprobe ins Theater. Dann ist sowieso nichts mehr auszurichten – außer, daß es zu bitterbösen Auseinandersetzungen kommt, die alle entmutigen.
Ich lernte also, sehr früh schon, daß der abgelieferte Text eines

Autors, mag er so gut sein wie er wolle, nicht in allen Fällen unverändert brauchbar ist. In meinem Roman »Fluß ohne Ufer« habe ich selbst zwei Verse aus meiner »Medea« verhöhnt, die eine erfundene Schauspielerin nicht sprechen kann. (Ich habe mich nicht an Agnes Straub vergehen wollen, die diese beiden Verse meisterhaft vortrug.) Sie lauten:

In Deiner blaken Seele ist
Tierisches Spotten das Finsterste.

Eine Schauspielerin antwortete:

In Deiner blaken S e e l e ist
Tierisches S p o t t e n das Finsterste.

Der Regisseur sagte: – Mein Gott. Also hören Sie. Wissen Sie, was eine blake Seele ist? Eine verräucherte Seele. Nicht die Seele spottet, sondern die v e r r ä u c h e r t e Seele spottet. Der Spott ist nicht nur Spott, er ist auch t i e r i s c h . Es handelt sich also um eine Epitheton necessarium. Bitte noch einmal. – Sie sagte zuvor: – Es steht aber b l a k e n im Text, soll ich statt dessen v e r r ä u c h e r t e n sagen? – Er antwortete ergeben: Ich habe Ihnen etwas zu erklären versucht. Danke nein. – Die Schauspielerin wiederholte:

In Deiner b l a k e n Seele ist
T i e r i s c h e s Spotten das Finsterste.

Der Regisseur unterbrach: – Meine Liebste, meine Beste, nun sind S e e l e und S p o t t e n gänzlich verloren gegangen, und das F i n s t e r s t e ist wirklich in die Finsternis des Unverständlichen abgesunken. Könnten wir die Seele nicht ein wenig verstärken und das Tierische mit dem Spott ein wenig portato verbinden? Bitte noch einmal. –
Die Schauspielerin sagte:

In der b l a k e n S e e l e ist
T i e r i s c h e s S p o t t e n das Finsterste.

Der Regisseur: – Nun ist, meine Liebe, der Vers leider total in die Brüche gegangen. Das tierische Spotten ist kein Donner, der sämtliche Versfüße ausbeult; und die blake Seele sitzt nicht im Zwerchfell wie bei Ihnen. Das Finstere ist überhaupt nicht bis hier gedrungen. – Mit großer Anstrengung, gepreßt, sagte sie: – Die Textstelle liegt mir nicht. – Er sagte: – Mir liegt sie im Magen. Ich werde davon träumen. Bitte nochmals. –

Im Roman werden die Sprechübungen noch weiter fortgesetzt mit dem Resultat: »Das Verspaar blieb unerledigt piano unverständlich jenseits der Rampe.〈«〉

Meine Tätigkeit als Schauspieldirektor hatte zwei Folgen: Erstens: mir wurde in Hamburg ein Prozeß wegen unerlaubten Theaterspielens gemacht (der dann freilich durch den Hamburgischen Senat niedergeschlagen wurde). Und zweitens: die alliierten Besatzungsmächte erteilten mir, mehrere Jahrzehnte später, die Erlaubnis, ein Theater zu führen, weil ich ehemals in diesem Fach tätig gewesen sei.

Textveränderungen können auch durch die äußere Erscheinung eines Schauspielers notwendig werden. Unterläßt man sie, gefährdet man die Wirkung auf das Publikum. Diese verhängnisvolle Unterlassung schlich sich bei der Aufführung meines Schauspiels »Armut, Reichtum, Mensch und Tier« in Hamburg ein. – Am Schluß des Stückes tritt eine dem Zuschauer bis dahin unbekannte Person auf. (Shakespeare benutzt diesen Vorgang recht oft; er ist also weder neu, noch Theaterwidrig.) In meinem Falle notiert das Textbuch »Jytte, ein dänisches Mädchen, 16 Jahre alt.« Der Regisseur hatte die Vorstellung, es müsse blond, aufrecht usw. sein. So wurde denn eine ungemein geeignete, dunkelhaarige Schauspielerin im letzten Augenblick ausgewechselt gegen eine andere, die wie ein Blu-Bo-Mädchen aussah, ihre Rolle falsch intonierte und bei der Aufführung das Stück beinahe zu Fall gebracht hätte. Die begabte kleine, schwarzhaarige Schauspielerin hätte die Rolle mühelos gemeistert. Aus dem Dänenmädchen hätte nur ein Lappenmädchen werden müssen. Es wurde bei der Interpretation die Rangfrage einfach nicht beachtet, ein Vorwurf, der den Regisseur mit ganzer Schwere trifft – nicht den Autor.

Bei dieser Aufführung übrigens kämpften die Schauspieler gegen eine Reihe von Widerwärtigkeiten. Das neue Gestühl im Saal knarrte. Die Währungsreform verbreitete Nervosität. Die Straßenbahn stellte ihren Betrieb so zeitig ein, daß die Zuschauer Sorge hatten, zu Fuß nach Hause gehen zu müssen.

Schließlich gab ein mir sonst wohlgesinnter Kritiker dem Stück den Todesstoß. Er begann seine richterliche Funktion: »Haben wir schon einen Dichter, dann ist er hysterisch.« Wer kauft schon ein Theaterbillet, um das Drama eines hysterischen Dichters zu sehen?
Jürgen Fehling (ich will auch diesen Namen nennen) verhalf am Staatstheater in Berlin meiner »Medea« zu einem ungewöhnlichen Erfolg. Es ist die »schwarze Medea«, die Negerin, die Agnes Straub mit kaum überbietbarer Meisterschaft spielte. – Das Drama ist insofern archaisch, als es zweidreiviertel Stunden lang pausenlos, ohne jeden Szenenwechsel abläuft, und neben den Solisten einen Chor aufbietet. Dieser Chor mit dem Vorsprecher des Knabenführers war neben der Straub das Hervorragendste der Aufführung. Fehling hatte 6 Wochen lang mit diesem Instrument geübt. Bei der Aufführung erwies sich dann, daß gebetartige, durch eine Gemeinschaft hingesprochene Worte alles andere als langweilig waren. Und doch gab es bei dieser Aufführung für mich eine große Enttäuschung: es wurde zu oft zu laut gesprochen. Schon der erste Satz des Dramas: »Ein weißes Pferd hab ich geschenkt bekommen« wurde von dem jungen Harlan, Treppen hinabstürzend, so laut geschrien, daß ich erschrak und mich fragte, was aus meinem Stück werden sollte, wenn diese Übertreibung mehrere Stunden lang fortgesetzt werden würde. Am Abend nach der Uraufführung stand als Letzter ein Mann an der Brüstung des ersten Ranges und klatschte unentwegt im leeren Haus. Es war der Kritiker Herbert Ihering. Ich lernte ihn am gleichen Abend noch kennen. Im »Berliner Börsencourier« tadelte er das Geschrei auf der Bühne und machte dafür nicht mich verantwortlich.
Doch werden wir um einen Grad ernsthafter! Jürgen Fehling ist ein großer Regisseur; vor allem ein großer Regisseur deutscher Dramen. Er hat sich darauf mit Recht einiges zugute getan. Er hat auch Stücke Barlachs inszeniert – mit Besessenheit. Ich war gelegentlich bei Bühnenproben sein Gast und spürte die Intensität seines Wollens, die Schauspieler seiner Vorstellung vom Wesen dieses deutschen Dramatikers zu unterwerfen. – Und doch wissen wir, daß Barlach selber, als er einmal das Resultat dieser großen Bemühung sah, sich entschloß, niemals wieder

der Aufführung eines seiner Stücke beizuwohnen. – Wie ist das erklärbar?
Ich vermag nicht anzugeben, welche Vorstellungen Barlach von der Realisierung seiner Dramen hatte. Wie sollte ich das auch? Aber ich darf gewiß meine eigene Erfahrung in dieser Sache als Ersatz geben. Beginnen wir einmal, über das Wesen eines echten Dialogs nachzudenken. Die Menschen, die der Autor erfindet, sind in dem Augenblick, wo er sie auftreten läßt, noch garnichts endgültig Vorhandenes. Sie wachsen oder erstarren durch die Worte, die sie sprechen. Sie sind also, am Anfang ihres Bühnenlebens, erst einmal Schemen, die keine bestehende Gestalt, keine feste Substanz bieten. Mit ihren ersten Worten werden sie zu einer Ahnung. Und diese Ahnung, ein nicht geringes Maaß von Unbestimmtheit, behalten sie für den Autor bis zum Schluß. Sie sind vor allem für ihn keine Schauspieler, sondern Menschen, irgendwo aufgelesen, oder menschgewordene Geister, deren eigentliche Gestalt die Rede ist, und die nur deshalb existieren können, weil sie an einen künstlichen Ort, dem vorgestellten Schauplatz, gebannt werden. Ich möchte also behaupten, daß die Personen des Dramas für den Autor nichts bis ins Einzelne Vorgestelltes sind. Vielmehr als er weiß, was sie real sind, weiß er, was sie in der Realität <u>nicht</u> sein dürfen. Das Mittel, ein Schauspiel zu gestalten ist das Formen oder Ausformen des Dialogs. Um einen guten Dialog zu entwickeln, bedarf es einiger Übung und Kenntnisse in den Gesetzen der Vorwegnahme. Das gleiche gilt für die Musik. Mozart hat es einmal den »Gesamtschwall« genannt, der an sich für andere nicht tönen kann, der für den Komponisten doch schon die <u>Ahnung</u> der angestrebten Ordnung enthält. Ich sage auch hier das Wort »Ahnung«, wie vorhin von der Gestaltwerdung redender Personen auf der Bühne.
Kein Dialog weckt Spannung, sofern in ihm nicht, bewußt oder unbewußt, Dinge, Empfindungen angeschlagen, zum Tönen gebracht werden, die später, vielleicht erst im letzten Akt, ihre endgültige Bedeutung oder Formulierung finden. Solche Vorwegnahmen zimmern den geistigen Raum eines Werkes. Sie sind in der Musik Note um Note nachweisbar. Der Don Giovanni Mozarts strotzt geradezu davon. Wagner

hat im Leitmotiv dies seelische Prinzip rationalisiert und es geradezu (für musikalische Menschen) in Verruf gebracht. Aber auch das nicht mit Musik ausgestattete Drama erhält die stärksten dichterischen Impulse von der Wort gewordenen Ahnung. Es ist das Wesen des gelungenen Dialogs, daß er nicht nur dem Handlungsablauf dient, sondern das Gesicht hinter den Dingen zugleich beschwört. Gespräche, die einzig die äußere Handlung vorantragen, beschwingen allenfalls die Unterhaltung auf der Bühne (das tut auch ein Revolverknall), doch bleiben sie im dichterischen Teil des Dramas der zwar unentbehrliche, doch weniger gehaltvolle Bestandteil.

Wenn nun das Vorgetragene für den Autor gilt, so ist es einleuchtend, daß es zu einer Querstellung zum Regisseur, zum Bühnenbildner, zu den Schauspielern kommen muß, denn für sie gilt die Welt des Urhebers nicht, sondern die Welt der Bretter. Diese allein schafft Wirkliches in der Gegenwart. Es würde das Geschriebene ohne die Verwandlung zum sichtbaren Ablauf leblos bleiben. – Ich muß also, selber ein Bühnenschriftsteller, bekennen, daß ich Barlach in seiner Einstellung zum Theater Unrecht gebe, denn er hat etwas verlangt, was unerfüllbar ist. Jeder Bühnenautor, der ein eigenes Stück an verschiedenen Bühnen in verschiedener Regie, in verschiedener Zeit, mit unterschiedlichen Schauspielern besetzt, gesehen hat, wird darüber belehrt, daß er in einem Stück mehrere Stücke geschrieben hat, die sich zuweilen nur sehr wenig gleichen. – Manchmal sogar als etwas Befremdendes, Unbekanntes erscheinen. Das geschah mir einmal, als ich mein erstes gedrucktes Drama, den »Pastor Ephraim Magnus« in der Gemeinschaftsregie von Bert Brecht und Arnold Bronnen sah. Ich erkannte mich nicht wieder. –

Es kann einem auch geschehen, daß Sätze, die man selber für unwichtig oder nebensächlich hielt, auf der Bühne eine Bedeutung erlangen, die sie bis dahin für einen selber allenfalls im Unterbewußtsein hatten. Es kann einem geschehen, daß eine jüngere Generation dem hingeschriebenen Wort einen Glanz, einen Schimmer von Bestand und Fortdauer verleiht, die einen mit unsäglicher Dankbarkeit erfüllt. So spielten die Gymnasiasten von Harburg meinen »Neuen Lübecker Totentanz«, der in der Stadt, für die er als Festspiel geschrieben war, niemals aufgeführt wurde, mit einer jugendlichen Überzeugung, mit unbelasteter Offenheit, daß kaum einer der Zuhörer nicht ergriffen wurde.*

Kürzlich sind die Dramen Barlachs im Piper-Verlag neu erschienen. Es war für mich die Gelegenheit, wieder ein wenig darin zu lesen. Daraus wiederum kamen mir Gedanken etwa derart: warum werden diese Bühnenwerke so selten gespielt? Und: warum, wenn sie gespielt werden, ist ihre Wirkung auf die Zuhörer im allgemeinen so gering? – Es sind Dichtungen; – dies Werturteil darf man getrost aussprechen. Und damit begründet man zugleich bestimmte Schwierigkeiten, die sich bei der Darstellung ergeben – und geringere Aufnahmebereitschaft des Publikums verwundert kaum noch. Der dichterische Wert ist in jedem Falle erst einmal eine Belastung. Ähnliches gilt auch in den anderen Bezirken der Kunst. Würde man eine sogenannte demokratische Abstimmung über den Wert und die Wirkung von Kunstwerken anstellen, so würden alle großen Meister mit geringen Anerkennungszahlen hintenan stehen. Die Leistung eines begabten Menschen, ganz und gar die eines Genies, ist ein Antrag an Seinesgleichen: eine verschlüsselte, geheime, ungemein wichtige Mitteilung; – keine Allerweltsweisheit, kein Wort der Reklame oder des politischen oder weltanschaulichen Gleichschritts. – Meine Behauptung, durch eine lange Reihe von Beispielen zu belegen, wird hin und wieder bestritten. Man will Mozart oder Bach, Goethe oder Kleist nicht dem Urteil einer Fußballwettspielgemeinschaft überlassen. Man verschleiert die wirkliche Wirkung auf die Masse dadurch, daß man ihre Meinung lenkt und weiter dadurch, daß man den Bildungssnobs zu richten gestattet. So ist es in der Tat gelungen, einige wenige aus der großen Zahl der schöpferischen Menschen bis zur Anerkennung in den Schulbüchern zu bringen.

Ich sagte, daß das Dichterische kein Vorteil für die Bühnenbrauchbarkeit sei. Ich nannte die Dramen Barlachs als Beispiel. Man wird mir vielleicht entgegnen, sein Temperament sei besonderer Art und lasse Verallgemeinerungen nicht zu. Es gibt andere Beispiele. Unter den Dramen Lessings ist die »Emilia Galotti« das überragende Werk, geprägt von der Wolfenbüttler gruftgleichen Vereinsamung im verlassnen Schloß, dem Reich der kalten, unbenutzten Säle, Treppen und Kabinette, der erstarrten Farben gemalter hingestorbener Hofleute und Fürsten. Die Verfinsterungen, die Lessings Unglücklichsein, seine körperlichen Anfälligkeiten brachten, sind dem Werk als Folie untergelegt. Die unbändige Sucht, das Wahre, das Wirkliche auszudrücken, scheinen den Dialog überflüssig zu erweitern. Ich nenne nur eine einzige Stelle, die Grillparzer »widerlich« nannte: »Verführung ist die wahre Gewalt. – Ich habe Blut, mein Vater; so jugendliches, so warmes Blut, als eine. Auch meine Sinne, sind Sinne. Ich stehe für Nichts. Ich bin für Nichts gut.« Wie soll man diese Empfindung und Unsicherheit, diese strenge Beobachtung an Andern und an sich selber als Schauspieler so weit meistern, daß sie über die Rampe hinweg das Gemüt des Zuhörers bewegen und ihn zu einer inwendigen Erkenntnis zwingen? – Ich habe noch keine befriedigende Aufführung dieses Dramas gesehen.

Im Jahre 1564 wurden in England zwei Dichter, zwei Dramatiker geboren: William Shakespeare und Christopher Marlowe. Den Namen des ersten lernt man auf der Schule; er steht also in der Reihe der durch Lenkung Auserwählten. Marlowe ist weniger bekannt. Ich will nicht von den Vermutungen und Bemühungen sprechen, die darauf hinzielen, daß der vielgereiste und kluge Marlowe auch der Verfasser der Dramen Shakespeares sei. Man hat im vergangenen Jahre das Grab des 1593 Ermordeten öffnen lassen, um den Beweis dafür zu finden, daß er nicht ermordet wurde, sondern geheim bis 1616 etwa (dem Todesjahr Shakespeares) lebte und – eine romantisch-amerikanische Vermutung – dessen gesamten Werke als Beweis der Identität sich in den Sarg hätte legen lassen.

Hirngespinste dieser Art widerlegen sich selbständig; als Shakespeare seinen sehr schwachen »Richard II.« von Marlowe entlehnte, hatte dieser sein Meisterwerk »Eduard II.« bereits vollendet. Von diesem historischen Drama möchte ich sprechen wie von der »Emilia Galotti« Lessings. Es ist beinahe unbekannt. Brecht hat eine Bearbeitung des Werkes hergestellt und verging sich damit an Zweien zugleich: an Marlowe und an Eduard II. Betrachtet man die Statue des Königs auf seinem Sarkophag, die mädchenhaften Gesichtszüge, die vorstehenden weiblichen Brüste unter den Falten des Gewandes, dann be-

greift man, daß nicht ein verächtlicher Wüstling sich in den kleinen Adligen Gaveston vernarrte, sondern daß ein Gesetz, die angeordnete Beschaffenheit eines Menschen, Unglück und Querstellungen zur Umwelt ergab. – Hier interessiert: wie, auf welche Weise Marlowe den historischen Stoff formte, was er ihm mittels seines eigenen Wesens abhorchte.
Vor ein paar Monaten wurde das Drama in England in einer offenbar guten Aufführung gezeigt. Ein dänischer Kritiker berichtete davon und stellte fest, daß sich in dem Stück neben der shakespeare-haften Meisterschaft im Gestalten eines historischen Ablaufs etwas Shakespeare-Übergehendes fände: Menschlichkeit und Güte. Ja: sie zeichnen Marlowe aus. Dazu ein hohes Maaß an Wahrhaftigkeit. Das mußte die Zensur gegen ihn aufbringen. Wir wissen, daß Eduard II. ermordet wurde, indem man ihm die Eingeweide mit glühenden Eisenstangen verbrannte, teils, um ihn so zu bestrafen, wie man glaubte, daß er es verdiene, teils um die Ermordung unsichtbar zu machen. In der Tragödie Marlowes findet man noch die Bühnenanweisung: Kohlenbecken, Eisenstäbe, den Wundarzt. Plötzlich aber wird der schwächliche König dann zwischen zwei Tischen zu Tode gequetscht.
Im Schaustück »Massacre at Paris«, das sich in die Gegenwart Marlowes vorwagt, in dem hochgestellte, zum Teil noch lebende Personen in ganzer Schändlichkeit auftreten, ist die Zensur gewaltsamer gewesen; sie hat auch den zu sprechenden Text empfindlich verändert. Dennoch schien dies Drama, das in Frankreich spielt, den Machthabern in England so gefährlich, daß irgend ein Kerl gedungen wurde, um dem Dichter einen Dolch ins Auge zu stoßen. Ein großartiges Begräbnis erhielt er.
Es gehört nicht zum Thema meines Vortrages, von der Zensur zu sprechen, die auch heut in den verschiedensten Formen auftritt, öffentlich und geheim, ferngelenkt und bar bezahlt. Aber das Wort soll wenigstens ausgesprochen sein und anzeigen, daß der Bühnenautor in der Wahl seiner Stoffe nur so lange ganz frei ist, als er für die Schreibtischschublade arbeitet.
Ich versuchte anzudeuten, daß das Dichterische eines Werkes die Aufführung erschwert und nannte zwei Beispiele. Dem zweiten hängt eine weitere Beschwernis an: der Stoff. Man kann durchaus verallgemeinern und feststellen, daß bestimmte

tragische Stoffe und Urprobleme des Daseins den Erfolg auch eines guten Stückes behindern oder doch die Aufführungszahl, den öffentlichen Beifall, einschränken. Das reine Unterhaltungstheater ist, man mag es drehen und wenden wie man will, dem literarischen Theater überlegen, weil es vom Publikum fast nichts an Mitarbeit verlangt. Dieses wird in seinem Wesen bestätigt. Das ist alles. So ist es ganz offenbar, daß die Operette die Oper besiegt hat.

Es ist indessen sehr schwer, zwischen dem Unterhaltungstheater und dem literarischen eine feststehende Grenze zu ziehen. Jede Form des Bühnenspiels will Anteilnahmne, Spannung und Erlebnisse vermitteln. Jedes, wie auch immer geartete Theater, ist an bestimmte Formgesetze gebunden, die untereinander nicht sehr verschieden sind. Wir geraten sogleich in beträchtliche Schwierigkeiten, wenn wir, wie ich es tat, das Richtmaaß des Dichterischen handhaben. Ganz und gar auf Abwege können wir kommen, wenn wir dies Maaß an Stücken versuchen, die in unserer Zeit für unsere Zeit geschrieben wurden. Der Gegenwartsliteratur, der gegenwärtigen Musik, auch der heutigen bildenden Kunst gegenüber haben wir kein gültiges Urteil. Indem wir urteilen, maßen wir uns an, etwas von der Zukunft zu wissen, im Meer des Vergeblichen und Vergänglichen das Beständige zu erkennen. Es ist eine Anmaßung, ein Gewaltakt. Und doch werden wir dahin gedrängt, unsere Überzeugung einzusetzen, zu behaupten, zu beschwören, uns mit unserer Meinung aufzudrängen – denn von der inwendigen Überzeugung Einzelner, mag sie später bestätigt oder verworfen werden, hängt das Gedeihen, das Vorhandensein alles Schöpferischen ab. Die Allgemeinheit mag Wissen, Vernunft und die Ahnung von sich bildenden Formen verachten, sie beseitigt die Tatsache nicht, daß der schöpferische Geist uns das größte Gemeinschaftsgut gebracht hat: die Sprache, die Musik, das Bewußtsein des Menschseins, Barmherzigkeit und Mitleiden. Aber der Prozeß dieses Werdens und Fortsetzens ist schwer registrierbar, nur selten überprüfbar, sodaß wir das Urteil der Narren, die wir in unserer Anmaßung sind, darüber nicht entbehren können. Und so wage ich denn, ohne Ansehen des Verstandes, auch von Dichtungen zu sprechen, die in unserer Zeit entstehen.

Nach 1933 hat man, den Deutschen nur schwach bewußt, im Auslande, vor allem in Amerika, Frankreich, Spanien, ein wenig am Theater weitergearbeitet. Es sind in der Neuen Welt Stücke geschrieben worden, und man hat einen Teil dieser Stücke auf das Bühnenwirksame, auf die Technik der Darstellung hin ausprobiert und jeweils entsprechend zurechtgearbeitet. Man hat dabei nichts eigentlich Neues entdeckt. So könnte ich Ihnen dänische und deutsche Vorbilder zum »Camino Real« Tennessee Williams nennen, ein Stück, das ich ganz dem Unterhaltungstheater zurechne. Es ist, wie Herbert Ihering sich einmal äußerte, »eigentlich alles, was in Europa im Theater gewesen ist, in einen Sack gepackt und hier noch einmal ausgeschüttet worden.« »Die Meuterei auf der Caine« habe ich mir erspart zu sehen. Das übereinstimmend ablehnende Urteil besinnlicher und verständiger Menschen hat mich bestimmt, nicht zur Vergrößerung der unwahrscheinlich hohen Kasseneinnahmen und Aufführungsziffern beizutragen. Es ist »eine nach dem Rezept im kalten Verfahren hergestellte Sache.« (Sieburg) Nach dem gleichen amerikanischen Rezept wurden auch andere, teils bessere, teils schlechtere Bühnenarbeiten angefertigt, die vorrübergehend Intendanten und Publikum fascinierten. Ich könnte da z. B. das gräßliche Stück »Liebe der vier Obersten« von Ustinow nennen oder das im gesellschaftlichen Sinne gefährliche »Kleine Teehaus«. Wir haben von Amerika her eine Art Perfektion in der Bühnenbastelei kennengelernt, die auch dem »Herrenhaus« Thomas Wolfes anhaftet.
Das den Deutschen verheimlichte Theaterschaffen konnte plötzlich in das Vakuum als eine Art Sensation einströmen. Man lernte dabei auch Echteres kennen, neue Namen: Thornton Wilder etwa mit »Unsere kleine Stadt«. Undeutlicher blieb der Name »O'Neills«⟨,⟩ der 1936 den Nobelpreis erhielt, weil sein Theater von der Dichtung herkommt. Man soll indessen nicht vermuten, daß die Perfektion auf der Bühne ein amerikanisches Patent sei. Frank Wedekind z. B. hat in seiner Lulu-Tragödie größte Perfektion mit hoher Dichtung vereinigt.
Der Hunger nach dramatischen Werken, der nach 1945 die dem Theater zugewandten Kreise plagte, brachte neben der ausländischen Manufaktur auch echte ausländische Dichtung, die der autarken Schreiberei mit Recht das Wasser abgrub. Da erfuhr

man etwas von Anouilh, Camus, Thomas Eliot, Frey, Giraudoux, Lorca, Sartre, um nur einige zu nennen, die zwar z. T. schon vor 1933 Bedeutung erlangt hatten. So ist Eliot 1888 und Giraudoux 1882 geboren. Daß auch die Oper gewaltige Impulse von auswärts erhielt, kann ich nur andeuten. Schließlich begeisterte sich das deutsche Publikum sogar an Werken wie »Warten auf Godot« Beckett's, den ich als Prosaschriftsteller schätze, als Dramatiker aber unerfreulich finde. Man muß ihn allerdings davon frei sprechen, etwas mit dem Mystizismus zu schaffen zu haben, den er bei manchen Theaterbesuchern provoziert hat.

So begrüßenswert nun auch die Sturmflut ausländischer Dramatik für das deutsche Theater war und noch ist, zwei Einwände müssen erhoben werden.

Erstens: wir haben zuviel Routine importiert, Theater aus der Maschine. Handwerkliches Können ist notwendige Voraussetzung auch für den Dichter; die Routine aber ist etwas Kaltes, sie kann sich beliebig auf das umstellen, was gerade gewünscht wird und was der Zensur und der echten Zeitkritik ausweicht. Der Stückemacher, der mixt, stiehlt, Elemente des Erfolges bewußt einbaut, Wirkungen vorausberechnet, hat es leichter, als der Mensch, der einen inneren Auftrag hat, der sich verantwortlich fühlt; – aber jener sollte zum wenigsten den subventionierten Theatern unerwünscht sein. Um Wind in Säcken umherzutragen, bedarf es der komplizierten Einrichtung staatlich behüteter und finanzierter Bühnen nicht.

Und zweitens: unsere Schauspieler werden gezwungen, Übersetzungsdeutsch zu sprechen, und das ist in 90% der Fälle sehr schlecht. Ja, er muß oft genug den ihm angebotenen Text umstellen, umformen, bis er ihm paßt. Er verliert dabei das Empfinden für die schöne eigenwillige Kraft der unverrückbaren Sprache, für das, was dasteht, für die Dichtung schlechthin. Daß seine Neben- oder Hauptbeschäftigung im Filmatelier ihn gleichermaßen der Sprache gegenüber demoralisiert, sei nur angedeutet.

Mit dem Verlust oder der Abnutzung der Sprache rütteln wir zwar nicht an den Grundprinzipien der Pantomime, wohl aber an denen des Sprechtheaters.

Es ist von sachkundiger Seite behauptet worden, daß ein

Schauspieler heute, wenn er etwa eine Rolle von Kleist in den Kopf bekommen soll, eine viel längere Zeit braucht, als vor ein paar Jahrzehnten.

*

Damit bin ich wieder beim Wort und frage: wird dem deutschen Drama in manchen Fällen nicht dadurch Unrecht zugefügt, daß man es grundsätzlich falsch interpretiert? Wird mir nicht jeder Regisseur und Schauspieler bestätigen, daß die Darstellung gerade vieler der besten Dramen ungewöhnliche Schwierigkeiten bereitet, die man, oft genug aus Zeitmangel, unbewältigt läßt? – Gestattet man dem Schauspieler einem schwierigen Text gegenüber nicht allzuoft ein schleppendes Tempo, das eine gediegende Sprache in eine schwerfällige und kaum verständliche verwandelt?
Man behält die Leichtigkeit des Vortrages zumeist dem wenig sagenden Text eines Boulevardstückes vor und stellt echte Dichtung unfrisch mit wenig plausiblen Gesten dar. Und erhebt sie ins Unnatürliche. Die Ausnahmen sollen gerühmt werden!
Das Drama, das echte Drama, Tragödie und Komödie gleichermaßen, trachtet nach Gerechtigkeit, nach echter Sittlichkeit. Es besorgt keine Lösungen für das Dasein, es bejaht den Menschen schlechthin, wer und wie er auch sei. Das dunkle Reich der Tragödie verwirft keinen, weder Eduard II. noch Richard III., nicht Medea, Phädra und Penthisilea.
Aber was sage ich da? –

2.

Es ist an der Zeit, daß wir uns das Bühnenhaus betrachten.
⟨1.⟩ Im Vorwort zu meinem Drama »Spur des dunklen Engels« schrieb ich: »Die Tatsache, daß die Darstellung dieses Theaterstückes einen häufigen Szenenwechsel vorsieht, veranlaßt mich, etwas über Bühneneinrichtungen im allgemeinen zu äußern. Ein technischer Apparat, der den Wechsel des darzustellenden Ortes nicht im Bruchteil einer Minute vollziehen kann, ist unvollkommen und im Widerspruch zu den jetzt

gültigen Lebensformen, an die wir uns im zivilen Leben wohl oder übel haben gewöhnen müssen. Man kann vom Zuschauer im Theater nicht eine Geduld fordern, die ihm im übrigen Tageslauf ausgetrieben worden ist...«
Es ist eine Bezichtigung, eine ungemütliche Feststellung, bitter erfahren. Ich habe es an fremden und eigenen Stücken erlebt, daß die Zuschauer im Verlaufe eines Theaterabends insgesamt eine halbe Stunde und mehr auf die Verwandlungen hinter dem Vorhang haben warten müssen.
Da der Krieg viele deutsche Theater zerstört hinterlassen hat, hätte man erwarten dürfen, daß wenigstens das Problem einer zweckmäßigen Bühneneinrichtung bei den Theaterneubauten befriedigend gelöst worden wäre. Das ist zumeist nicht der Fall. Wir sind noch immer weit davon entfernt, z. B. ein Shakespeare-Drama in der Szenenfolge des Autors ohne Zeitverlust darbieten zu können, sofern man von einer ortlosen Bühnengestaltung absieht und ein wenig von der Illusion des Schauplatzes retten will. Verwandlungen auf offener Bühne bereiten für die Bühnentechniker, zumindest von Fall zu Fall, immer wieder Kopfzerbrechen. Der Architekt Werner Kallmorgen hat 1955 im »Darmstädter Gespräch, Theater« die »Fachleute« kritisiert. Wörtlich: »Der Eine ist für ›Spiel im Raum‹, der andere für ›Guckkasten‹, der dritte für hörsaalähnliches ›Amphitheater‹, der vierte für ›Logen‹, der fünfte für eine ›Hörmaschine‹, der sechste will zwar keine Technik, aber doch die, die er einbaut, mindestens mit Hydraulik, der siebente will wirklich garkeine Technik – sagt er –, aber die Bühne um den Zuschauer drehen. Schlagworte überblenden die Vielgestaltigkeit des baulichen Problems. Sei es das Schlagwort von dem Amphitheater der Griechen als dem eigentlichen Theater der Gemeinschaft oder das Schlagwort ›zurück zur Reliefbühne‹ – fort von der ›Illusionsbühne‹ – oder das Schlagwort vom ›Totaltheater‹, das den Zuschauerraum unter Illusion setzt und das Publikum zwingt, in der Garderobe seine Zivilkleider abzugeben und das dem Stück entsprechende Kostüm in Empfang zu nehmen«. Das Zitat ist aus einem Vortrag Kallmorgens, der als Einführung in die großartige Ausstellung »Theaterbau« gehalten wurde. Was man zu sehen bekam, war in der Tat vielgestaltig. Man roch geradezu den Schweiß der Fach-

leute, die sich bemüht hatten, neue Ideen zu entwickeln. Daß viele der Entwürfe ganz für Rechnung der Architekten standen, verwunderte kaum. Daß das meiste »Moderne« mehr einer Fabrik oder einem Warenhause glich, ebensowenig. Da gab es Projekte eines »Idealtheaters«, Kombinationen von »Guckkasten« und »Raumtheater«, Abwandlungen des »Arenatheaters« und noch einiges mehr.

2. Es wurden »Möglichkeiten« geschaffen. Wer aber benötigt sie? – Walter Gropius hat die Frage beantwortet: der jeweilige Regisseur. Nicht gefragt wurden der Bühnenautor, der Bühnenkomponist. Sie müssen es sich gefallen lassen, daß ihr Werk dem »jeweiligen« Theater »angepaßt« und der »Einrichtung« des dazu bestellten Regisseurs unterworfen wird. Es handelt sich also bei dem Bemühen der Architekten und anderer Kenner und Könner des Theaters z. T. um Gedanken leerer Hypothesen, aufgestellt ohne die Substanz des vorhandenen Dramas oder der vorhandenen Oper – um einen Ersatz für gegenwärtige Dramatik. Es wird vorausgesetzt, daß der Autor selber sich nicht viel dabei gedacht hat, wenn in seinem Textbuch eine Ortsbeschreibung angegeben wird. Man geht am Ende so weit, auch die Andeutung des Schauplatzes als verwerflich zu finden, weil man an den absoluten Fortschritt der Vereinfachung, der Stilisierung oder der abstrakten Expression glaubt. Ich will der Illusionsbühne nicht das Wort reden, wohl aber dem Gehalt des Schauplatzes. Er muß erkennbar sein und eine Funktion ausüben, die vom Lokal ausgeht. Eine Sturmnacht mit Donner und Blitz zwingt auch den Dichter (sofern er einer ist) zu andren Worteinfällen und Rhytmen als eine ereignislose Stube. Das gehört zur Materie des Schreibens. Die meisten Opern Mozarts verlieren ohne einen hohen Grad an Bühnenzauber vom Zauber der Musik. Man mag das bestreiten; aber man frage in diesem Punkt einmal (ausnahmsweise) das Publikum – und das Werk selber.

Ich kann, ohne das Beispiel eines bestimmten Bühnenhauses zu nennen, aufzeigen, wo mir, als Dramatiker, von der Technik her Mißbehagen kommt. Also: mangelnde Schnelligkeit bei den Verwandlungen; primitive Gestaltung des Bühnenraumes, der eine Art architektonischen Chaos darstellt, das sich dem Zuschauerraum nicht angliedert. Da gibt es das Hochhaus des

Schnürbodens oder die sterile Geräumigkeit der Seiten- und Hinterbühnen, die Sänger und Sprecher als tote Luftmasse behindern. Man hat sich kaum gefragt, ob diese Einrichtungen in ihrer konservativen Ausformung noch notwendig sind. Ich glaube es nicht. Man muß nur den Weg, den die Geschichte des Theaters gelegt hat, einmal unterbrechen. Niemand wird bestreiten, daß ein geschlossener Spielraum mit einem entsprechend gestalteten Proscenium dem Vortrag zugute kommt, denn die Stimmen der Agierenden werden weniger vergeudet, sind schwerer zu erschöpfen und können einen vielstufigeren Ausdruck annehmen, wenn die akustischen Gegebenheiten der Bühne weniger willkürlich ausfallen und in die Berechnungen des Zuschauerraumes mit eingehen.

3. Man sollte fragen: welche Maaßnahmen sind zu ergreifen, damit die Forderungen erfüllt werden?

Der Kontakt zwischen Theater und Bühnenautor ist nur sehr lose; man kennt die Ansichten des Dichters oder Komponisten kaum. Mitten in der Festspielflut unserer Tage und der Begeisterung für neu erstellte Theaterbauten, sickert in einzelnen Aufsätzen, Darlegungen und Bemerkungen durch, daß die Theaterautoren, und unter ihnen die besten, sich sehr wohl Gedanken über die Gestaltung der Bühnen machen. Mit großer Mehrheit bekennen sie sich zur »Guckkastenbühne«, die der Absolutheit des Dramas adäquat ist.

Und gerade diese Guckkastenbühne ist in ihren technischen Einrichtungen veraltet. Die Mängel habe ich genannt. Es gibt Möglichkeiten, sie abzustellen. Eine darunter, vielleicht die einfachste, möchte ich hier entwickeln. Man denke sich einen Zylinder, etwa von der Höhe der Bühnenöffnung und dem dreifachen Durchmesser ihrer Breite. Dieser Zylinder soll keine Außenhaut besitzen, jedoch mit festen Aufbauten aufgeteilt werden, die eine drehbare »Bühnenstadt« bilden, in die man also von der Peripherie her hineinschauen kann. Bei dem angegebenen Maaß kann man mit 4 kleinen und 4 großen Sektoren rechnen, die noch beliebig durch Zwischengänge, Treppen aufwärts und abwärts, Versenkungen, ergänzt werden können. Das Ganze reicht bis in den Keller hinab und wird sinnvoll in einen Funktionsplan vereinigt. Die festen Begrenzungen der Gebäude und Straßen dieser »Bühnenstadt« würden den Vorteil bringen, daß der Spielraum wenigstens mit der akustischen Funktion in den Zuschauerraum einbezogen wäre; die jeweilige Szene würde real, massiv – nicht etwa durch beleuchtete Leinwand (imaginär) – mit den Logen und Sitzreihen verbunden sein. Durch die völlig anders geartete Konstruktions-Architektur der Bühne würde man gelegentlich zu wirklicher Geist-Architektur vorstoßen, etwa derart, daß einer der größeren Abschnitte des Zylinders einen »Festsaal« als Bühnenbild erhielte, architektonisch bis in alle Einzelheiten durchgestaltet, der ausschließlich in seiner spezifischen Form dem einen Theater angehört – großartig etwa wie ein Renaissance-Prospekt.

Die Bühne würde den überhöhten Schnürboden einschränken oder ganz verlieren. Durch das Gebäudeartige der mit festen Wänden und Decken ausgestatteten Drehbühne, mit ihren Treppen, Gängen, Versenkungen, Gassen und Plätzen würde eine andersartige »Romantik« des Theaters geschaffen werden. Es ist die Anregung von seiten eines – Bühnenautors.

Und darum – ich wage es zu sagen: eine Lösung, die dem geschriebenen Drama oder der geschriebenen Oper näher steht als die Spekulation derer, die das Drama benutzen wollen.

Dr. Hans Werner Hegemann spricht davon, daß Architekten und Bühnentechniker in aller Welt bemüht seien, ⟨den⟩* »orchestralen Komplex« der Bühne »technisch, wirtschaftlich und künstlerisch, preiswert und ästhetisch zu lösen, ohne daß doch eine allgemeingültige Neuform des Theaters gefunden wäre, der der heutigen gesellschaftlichen, künstlerischen und technischen Situation grundsätzlich entspräche«. An den Bühnenautor denkt auch er nicht. Man gesteht das Mißliche der Lage ein; – das ist alles.

3.

»Doch die Ferse war Erz des Achill --------.«

Knapp 80% aller Theater in der Bundesrepublik erhalten staatliche oder kommunale Zuwendungen, um den Aufführungsbetrieb in überlieferter oder üblicher Weise aufrecht erhalten zu können. Die aufgewendeten Summen betragen in diesem Rechnungsjahr insgesamt reichlich 160 Millionen DM. Anders

ausgedrückt: mit Hilfe von öffentlichen Mitteln wird je Theaterplatz je Aufführung 5,–, 10,– in einzelnen Fällen sogar 11,– DM an den Theaterbesucher bezahlt.
Auf diese Weise entsteht eine Vermischung von wirtschaftlichen und künstlerischen Interessen, die verhängnisvoll werden kann. Subventionen in dem Ausmaaße, wie wir sie kennen, ist etwas typisch Deutsches und erklärt sich aus der Geschichte des deutschen Theaters. Jeder Barockfürst wollte zu seinem Vergnügen sein eigenes Theater; die großen Städte hatten den Ehrgeiz, nicht zurückzustehen.
Ich persönlich halte die Subvention für nützlich – ja geradezu für notwendig in diesem von allen möglichen niederen Kräften zerrissenen Deutschland. Ohne sie würde zum wenigsten die Oper verloren sein. Das Wort »Subvention« ist aufs naheste mit einem anderen der »Kulturpolitik« verbunden. Es kann gefragt werden: was leistet das so gut ausgesteuerte Theater?. Die Tatsache allein, daß eine sehr kleine Zahl von Staatsbürgern zu billigem Preise ins Theater kommt, kann unter keinen Umständen eine Rechtfertigung der Aufwendungen sein.
Es wird die Frage nach dem Spielplan unseres Theaters gestellt, die das privilegierte Publikum allein nicht beantworten darf. Kaum zu bezweifeln ist, daß ein staatlich oder kommunal subventioniertes Theater mehrere Spielplanpflichten hat. Es soll museal wirken, indem es gestorbene, klassische Autoren aufführt. Es hat auch die Aufgabe, gute ausländische Dramen zu zeigen. Mit Zweifeln belastet ist einzig die Frage: besteht auch die Pflicht, lebende, einheimische, sprich deutsche Autoren aufzuführen? Ein offenes, unvorbehaltenes »ja« müßte die Antwort sein.
Man wird indessen einwenden: die klassischen Autoren sind erprobt – über ihre Qualität gibt es keine Diskussionen. Die ausländischen Dramen, die man auswählt, sind bereits auf ein Sieb geworfen worden und kommen mit gewissen Erfolgsaussichten zu uns. Die Qualität der Werke lebender deutscher Autoren ist nicht erhärtet. Und »keine Experimente« ist das Schlagwort unserer restaurativen Gegenwart.
Es soll nicht bezweifelt werden, daß eine größere Anzahl Werke lebender Autoren an deutschen Theatern zur Aufführung kommt. Intendanten leiden geradezu an einer Urauffüh-

rungsmanie, die so ausgeprägt ist, daß selbst mit Erfolg an einer Bühne aufgeführte deutsche Stücke kaum an andern Bühnen nachgespielt werden. Für ausländische Dramen besteht diese Zurückhaltung nicht.

Es wird behauptet und entspricht auch den Tatsachen, daß das Publikum Stücke deutscher Autoren meidet. In manchen Fällen wird es sich um schlechte Arbeiten handeln. In anderen wird unsere nicht zu rühmende Kritik einen möglichen Erfolg verpatzen. Zuweilen wird ein schlechter Besuch am 2. oder 3. Aufführungstag den Intendanten nötigen oder ihm einen Vorwand geben, das Stück vom Spielplan abzusetzen, zumal wenn die Presse unfreundlich war. Ich möchte daran erinnern, daß Lessing in seiner »Hamburgischen Dramaturgie« von der geringen Beteiligung des Publikums an den ersten Aufführungen nach der Premiere schreibt. Die negative Auswertung der genannten Erscheinung wird einem ausländischen Erfolgsstück gegenüber nicht mit gleicher Strenge vorgenommen.

Ein weiteres Ärgernis: die Urhebergesetze sind bislang so ausgeformt, daß es neben der künstlerischen Konkurrenz auch eine unlautere wirtschaftliche zwischen musealen Autoren und lebenden gibt. Die vor mehr als 50 Jahren gestorbenen sind billig, sie entnehmen der Theaterkasse keine 10% der Einnahme. Die Toten werden enteignet – mit windigen Gründen. Jeder Fabrikbesitzer kann sein Eigentum unbegrenzt vererben; die Kinder und Enkel der Autoren werden 50 Jahre nach dem Tode ihres Vorfahren enterbt. Zumeist zugunsten ihrendwelcher Verleger, Bearbeiter – und (in unserem Falle) der Theater. Ebenso schlimm ist dabei die Tatsache, daß ein oder zwei Jahrzehnte vor Ablauf der Schutzfrist die Verleger das Risiko scheuen, ausverkaufte Bücher oder Dramen neu aufzulegen, weil in naher Zukunft jeder andere ohne jede Honorarabgabe die Werke nachdrucken darf. Daß dabei der Autor zumeist in Vergessenheit gerät, ist nicht zu verwundern.

Schließlich ist die Subvention selber eine beispiellose Ungerechtigkeit gegen den lebenden Autor. Mit ihrer Hilfe wird der »Betrieb« aufrecht erhalten, d. h. der Intendant und noch der Schaupielschüler, der ein paar Worte spricht, das Elektrizitätswerk und die Wasserversorgung erhalten ihren Teil von den staatlichen oder kommunalen Zuwendungen. Der Theaterbesucher bezahlt an der Kasse 5,-- DM und erhält ein Billett, das 15,-- DM kosten müßte. Nur ein einziger ist von diesem Geldsegen ausgeschlossen, der einzige, ohne den es kein Theater geben würde, der Autor.

Das ist ungeheuerlich, es ist unvernünftig und es bringt das Theater in Gefahr. Aber die Fachleute scheinen in diesem Punkte nicht nur einäugig, sondern gänzlich blind zu sein. Sie haben ja die große Zahl der Gestorbenen; ihr Spielplan ist bis weit in die Zukunft hinein auch dann nicht gefährdet, sollten die Lebenden gänzlich verstummen.

Hans Werner Richter hat vor ein paar Jahren öffentlich ausgesprochen, daß kein verantwortungsvoller deutscher Schriftsteller sich noch auf das Wagnis einlassen könnte, ein Bühnenwerk zu schreiben. Die Arbeit daran ist auf etwa das 10fache dessen zu veranschlagen, was ein Hörspiel dem Verfasser abverlangt. Die Einnahmen aus dem Hörspiel schwanken (von Ausnahmen abgesehen) zwischen 4000,-- und 9000,-- DM. Die Annahme durch die Rundfunkanstalten ist dabei in beinahe allen Fällen gesichert. Das trifft auf das Bühnendrama keineswegs zu. Das Dasein in der Schublade ist eine gewissere Aussicht, als die Aufführung. Die Annahme an einem Theater wird in nur ganz seltenen Fällen den genannten Rundfunkbetrag einbringen. Und die Praxis der meisten Bühnen, ihre Pflicht der werdenden oder schon vorhandenen deutschen Dramenliteratur gegenüber dadurch zu erfüllen, daß man sich auf Uraufführungen beschränkt, vernichtet die Aussichten auf eine angemessene Entlohnung vollends.

Die deutschen Dramatiker und Opernkomponisten haben mit Recht die Forderung erhoben, an der Subvention mitbeteiligt zu werden. Verweigert man ihnen diese selbstverständliche Vergütung aus den sicheren Einnahmen des »Betriebes«, darf man sich auf die Dauer keine großen Anstrengungen der Schriftsteller erwarten. Sicherlich, das Theater wird an einem Boykott durch die Lebenden nicht sterben – es wird musealer werden – und weiterhin darüber klagen können, daß es keine deutschen Bühnenautoren gäbe, die sich mit den ausländischen messen könnten.

IV.

Das Publikum ist unschuldig. Es weiß es nicht besser.
Denken wir uns eine Stadt mit einer Million Einwohnern, so werden vielleicht 20000 den Wunsch haben, ein bestimmtes Stück eines gewissen Autors gespielt zu sehen, vor allem deshalb, weil die Zeitungen von einer besonders guten Besetzung der Rollen berichten. – Werden nun die 20000 die Kassen zugleich stürmen, um in den gewünschten Genuß zu kommen? Keineswegs. Es sind m. W. in der Geschichte des Theaters 2 Ereignisse bisher nicht eingetroffen: daß sämtliche präsumptiven Zuschauer am gleichen Tage ins Theater wollten – und daß diese am gleichen Tage alle zugleich ausblieben. Der Freiherr von Berger, der ehemals das Deutsche Schauspielhaus in Hamburg leitete, konnte denn auch die Frage eines Neugierigen, wann die Leute denn eigentlich ins Theater gingen, zur Verblüffung des anderen gelassen beantworten: »Sie gehen ins Theater, wann sie wollen!«
Bei einem Fußballwettkampf ist es anders. Da hat man sogar von weinenden Polizeibeamten gelesen.

Typoskript 1959

NACHTRÄGE

Prolog
⟨Zu »Der Arzt, sein Weib, sein Sohn«⟩

Ein Prolog schadet nur selten. Für das Stück, das sie sehn werden, wäre er unnütz, gäbe er sich Mühe, die Handlung zu erläutern. Sie ist sehr spärlich. Vier Menschen wohnen, abgeschnitten von der Umwelt ⟨,⟩ in der eisigen Einsamkeit eines nördlichen Hochgebirges. Ich finde dort, daß diese, von allen Nachbarn fortgerückten, kaum noch einem Gemeinschaftsgesetz unterworfenen Menschen guten Willens sind, sehr schuldlos, aber behaftet mit dem Unglück, daß ihr Friede an den tragischen Hinterhalten ihrer Gebundenheit krankt. Es gibt keine Brücke über die Zeit. Die Entwirrung der Gefühle treibt zum Entscheid zwischen Entsagen und Leidenschaft. Manche werden das *Entsagen* für eine große Tugend halten. Ich glaube, der Wille zur Leidenschaft verdient ein heftigeres Prädikat. Wer ihn wählt, wird wissen, daß man ihm die Rechnung für sein Handeln eines Tages überreichen wird. Es ist gesagt worden, ich wolle die Menschen für den Weg der Leidenschaft werben. Nichts ist falscher als dieser Vorwurf. Ich müßte glauben, daß der Held eine minder seltene Erscheinung sei, als er es ist. Und meine Methode wäre die denkbar schlechteste. Ich zeige, daß der Weg zu den Erlebnissen der des Todes ist. Man kann aber keine Märtyrer für eine zivile Sache werben.
Sie werden bedeutungsvolle Entschlüsse und den Untergang der Menschen wahrnehmen; doch kein Geschrei hören. Ich nehme es als Verdienst dieser Aufführung, daß sie sehr still ist. Wir möchten, Autor, Spielleiter, Schauspieler, daß Sie das belebte Leben durch den Schleier gesprochener Worte sehen.

Handschrift 1928

⟨Der Raub der Europa⟩

Prolog:

Es ist ein Gleichnis ausgegangen
Verständlich jedem. Zeit, die uns
Entflieht und zugemessen wird
Und deren Sinn ein Wagnis ist zu nennen,
Die fließende nach Maßen, die
Kein Weiser je ermißt – sie kargt nicht uns,
Bereitend anderm Erdteil das Entzog'ne:
Gleichmäßig ist ein jeder Tag der Mahner
Für uns und unsre Antipoden.
So ist, trotz mancher Tüftelei,
Gerechtigkeit als Norm uns vorgeschrieben.
Daß Übermut ein frühes Ende fände
Und nicht verwischte, was ein Weiserer als wir
Uns zum Erraten aufgegeben,
Befahl er unerbittlich Gleichheit:
Geburt, das Leben und den Tod.
Den edlen Wettstreit hat er nicht verboten.
Ungleich, obgleich in vielem ähnlich,
Umlagern rund den runden Stern
Die Kontinente unsrer Erde.
Und was an Früchten jedes Land gebiert –
Die Menschen mein ich auch und nenne sie gewachsen –
Sei Beispiel für den Segen seiner Scholle.
Was wir als Heimlichstes der Form
Im Unverstand verneinen, ist
Vielleicht nur unsrer Zukunftsschule Teil.
Wie nicht zur gleichen Zeit
Hier und in Afrika

Wir weilen können, so haben wenig
Wagen wir, die uns nach Ost und West
Im gleichen Augenblicke fahren:
Den Traum, Magie und unser Fest.

Tigerin:

Wir sind empfangen in des Chaos Mitte,
Und mancher Zorn in uns sinnt auf Zerfleischen.
Fünf Elemente kreuzen sich auf unsrer Zunge,
Zwölf Sternenhäuser zeichnen unsrer Zwiespalt Bahn.
Das Gute ist das ungeeichte Maß.
Zerstören heißt die Sucht, mit der wir herrschen
Und niedertreten, was zu andern Zwecken
Gefügt, als unsrer dumpfen Lust genehm.
Ein Beispiel sind wir und allmählich Opfer
Der Wut des ungeschweißten Gegensatzes:
Des Honigs Süße und der Galle Bitterkeit,
Des Kusses Speichel und der Trennung Leiden.
Damit wir nicht im Sieg verleugnen,
Was nur dem Horcher aufgetan wird,
Bleibt eine letzte Mahnung, der
Wir glauben müssen. Ganz verwandelt
Sie unsrer Seele Haus und treibt
Sie fort von den ererbten Formen
In eines heißen Atems Fächeln,
In gelb und schwarz geflammtes Fell. –
Im Schnee des weißen Bauches wartet
Besänftigung verborgner Zitzen.
Als Tigerin die Kraft Abraxas
Mit neuen Massen abzugreifen
Ist Prüfung, der wir alle reifen.

Gott und Göttin:

Als Apsu sich zum erstenmal
Am Bett der duftreichen Tiâma fand,
Sprach er die Verse, die sein Herz ihm eingab:
»Wie eines Maultiers Nüstern weich sind deine Schenkel.
Des Safrans Übergelb umschattet deine Brüste.
Der Saphirstift der Nacht hat blau dein Weiß geläutert.

Ich stand versteint, wenn ich geheimen Wunsch nicht wüßte.«
Und nach dem süßesten der Schlafe
Gab sein entzückter Sinn Befehl,
Daß nichts im Wasser, in der Luft, auf Erden
Je fruchtbar würde und sich mehrte,
Ohne den Vorschmack hochzeitlichen Rausches.
Als nun sein Auge schwanger des Gefühls
Genoss'ner Pracht auf ebne Fluren fiel,
Da brachen tausenfältig Farben auf
Als Blumen, duftend, wie versteint, doch wünschend.
Und Laut ward um ihn her der Vögel Werben
Und Röhren, Brüllen und Trompeten, Locken
Durchschnitt die Luft in quellenweichem Takt.
Und in den Meeresbuchten weiß
Vollzog der Fische stumme Hochzeit sich.
Nie hätte goldener Gedanke
Vollbringen können dieses Schaffens Ernte,
Als ein Gefühl, das aus verborg'nen Grotten
In Ungeheures wie ein Bildner tastet.
Und in der Kraft des gleichen Schicksals
Mahnt er uns abermals gerecht zu sein.
Der Unterschied, den wir betonen,
Ist winzig klein.

Afrika:
Doch aller Gottheit Ähnlichkeit
Ist Wurzel für den tiefsten Schmerz.
Zwar seh' Gereiftes ich; mein Ohr jedoch
Vernimmt der Erntelosen Schrei:
»O Durst, der in den Schlund mir wächst!
Dem Kraut gleich, das verdorrt, bin ich geachtet.
Der staube Wegrand trinkt den letzten Schweiß,
Den fahle Sonne aus mir brät.
Vergessen ist der Spruch des Weibes:
Wir fangen zusammen zehn Haie für uns.
Das Maul erhäl⟨t⟩st du, ich den Schwanz.
Kein Reisig brennt so schnell zu Asche
Wie ihre Treue. Uns entzweite
Des andern Schönheit, ihren Namen

Flötet er statt meiner, was
Einst mir bestimmt, im Dunkeln gibt sie's ihm.
O Durst, im Mittag stehe ich und warte.
O tauber Traum! Noch duftet meine Haut
Nach ihrem Öl. Mein Lager ist ein Tümpel,
Das Bad, darin sie sich gekühlt.
An andern Brunnen blüht sie heute.
O morsche Lust, zuviel ließ sie versprechen!
Jetzt droht ein Fremder, ihren Schoß zu brechen.«

Epilog:
In seiner Haut dünkt jeder sich gerecht
Und quält den Nächsten mit Vereinigung und Trennung.
Es ist das Los geworfen: Herr und Knecht.
Das wahre Glück reift in der Selbsterkennung.

Typoskript 1928

ANHANG

INHALT
zum Anhang

ZU DIESER AUSGABE

Der siebente Band der »Hamburger Ausgabe« der Schriften Hans Henny Jahnns umfaßt die dramatische Produktion der Jahre 1930 bis 1959. Die in ihm zum Abdruck gebrachten Theaterstücke, dramatischen Ansätze und Fragmente repräsentieren damit einen wesentlich größeren Zeitabschnitt im Leben und Werk des Dichters als die in »Dramen I« der »Hamburger Ausgabe« enthaltenen Stücke. Mit den von »Pastor Ephraim Magnus« (1919) bis zur »Medea« (1926) reichenden Stücken hat Jahnn sich einem »Theater der Grausamkeit« (Antonin Artaud) eingeschrieben, das trotz seiner Herkunft von Marlowe, Kleist und Büchner die Zeitgenossenschaft zum Spätexpressionismus nicht verleugnen kann. Mit dem hauptstädtischen Uraufführungserfolg der »Medea« durch den Regisseur Jürgen Fehling war es Jahnn zudem gelungen, über den kleinen Kreis von Eingeweihten hinaus auf sich als Dramatiker aufmerksam zu machen. Daran konnte er erst dreißig Jahre später, 1956, mit der Hamburger Uraufführung von »Thomas Chatterton« durch Gustaf Gründgens wieder anschließen. »Straßenecke« (1931), »Neuer Lübecker Totentanz« (1931), »Armut, Reichtum, Mensch und Tier« (1934) und »Spur des dunklen Engels« (1952) blieben dagegen nach ihrem Erscheinen, aus gewiß unterschiedlichen Gründen, zunächst ungespielt – »Straßenecke«, dies vielleicht faszinierendste, perspektivenreichste, offenste Experiment des Bühnenautors Jahnn sogar zu Lebzeiten seines Verfassers. Es erlebte erst 1965 seine verspätete Uraufführung und wurde bis heute nur zweimal nachgespielt. Das ist umso erstaunlicher, als Jahnn sich gerade in diesem Stück am intensivsten dem Theater der Zeit genähert hat und neben Elementen des epischen Theaters, wie er es durch Brecht und Piscator

kennenlernte, auch Anregungen des Stummfilms, ja selbst des avantgardistischen Romans aufgriff. Mit dem »Neuen Lübecker Totentanz« schreibt er gar, freilich auf ganz eigene Art und Weise, ein Lehrstück. Mit »Armut, Reichtum, Mensch und Tier« dann kehrt er, trotz der in der Urfassung noch vorgesehenen Filmeinblenden, wieder zur traditionelleren Theaterform zurück – in der vergeblichen Hoffnung, mit diesem 1933 entstandenen Drama auf den Bühnen des Dritten Reiches zu reüssieren. Zur Uraufführung kam es jedoch erst anderthalb Jahrzehnte später, 1948, in Hamburg und Wuppertal.
Die Jahre zwischen diesen beiden Daten markieren den Rückzug ins innere Exil nach Bornholm und damit die Arbeit an der Romantrilogie »Fluß ohne Ufer«.
Die Rückkehr nach Deutschland, erstmals besuchsweise im Winter 1946, weckte in Jahnn erneut die Hoffnung auf öffentliche Wirksamkeit und damit auch die Wahl der dramatischen Form. Mit der bekenntnishaften »Spur des dunklen Engels«, einem theatralisierten Privatmythos – schon die in den frühen zwanziger Jahren entstandenen beiden Stücke »Der Arzt, sein Weib, sein Sohn« und »Der gestohlene Gott« können als unterschwellige Familiengeschichten gelesen werden! –, vergriff Jahnn sich nochmals an der hybriden Form des Buchdramas.
Aber auch der Neufassung des »Neuen Lübecker Totentanzes« (1954) mit der Bühnenmusik Yngve Jan Tredes, einer Mischung aus Lehrstück und sakraler Handlung, Mysterienspiel und Oratorium, blieb der Erfolg versagt. Nach dem historischen Bilderbogen des »Thomas Chatterton« (1955), gewiß der am leichtesten spielbaren Tragödie, die Jahnn schrieb, galt die ganze Energie seiner letzten Lebensjahre dem Drama »Der staubige Regenbogen«. Der zweifelhafte Bühnenerfolg dieses teilweise in Kolportage abgleitenden Dramas beruhte – in den sechziger wie in den achtziger Jahren – wohl allein auf der Aktualität des Stoffs.

Die vorliegende Ausgabe gliedert diese vielfältige Produktion chronologisch. Da die Texte teilweise in von Jahnn zu Lebzeiten autorisierter Form im Druck, teilweise nur als unveröffentlichtes Typoskript oder gar nur in Handschrift überliefert sind, stand der Herausgeber vor unterschiedlichen Aufgaben. Dabei

wurden – analog zu dem von Ulrich Bitz in dem Band »Dramen I« entwickelten und praktizierten Verfahren (siehe dort die ausführliche Begründung, S. 967 ff.) – zwei grundsätzlich verschiedene Verfahrensweisen gewählt, die dem jeweiligen Befund in ihrer Textgestaltung Rechnung tragen:
A. Handschrift beziehungsweise Typoskript: Ein handschriftlich überlieferter Befund gibt in der Konstitution als Lesetext der Dynamik der *privaten Notatschrift* Jahnns breitesten Raum. Ungewöhnliche Wendungen in Orthographie und Interpunktion sollten daher von den Lesern, zumal wenn sie sich nicht im jeweiligen Apparat oder Kommentar erläutert finden, *nicht* als Satzfehler angesehen, sondern in ihrer *Querstellung zur Norm* aktiviert werden. In der typographischen Gestaltung folgt der Druck innerhalb der Vorgaben des Dramensatzes soweit als möglich dem handschriftlichen Befund: Figurenbezeichnung in Grundschrift unterstrichen linksbündig auf eigener Zeile stehend; eine Scheidung von Figurenrede und Regieanweisung in Haupt- und Nebentext durch Kursivsetzen der Letzteren unterbleibt.
Dieses Verfahren gilt prinzipiell auch für die Wiedergabe von Typoskripten. In der typographischen Gestaltung folgt der Druck allerdings dem jeweiligen Befund, woraus sich in der Figurenbezeichnung Abweichungen ergeben.

B. Druck: Ein von Jahnn autorisierter Druck wird so getreu als möglich zur Darstellung gebracht, wobei Emendationen und Konjekturen von Korruptelen anhand des überlieferten handschriftlichen Befundes sparsam und in einer für die Leser stets nachvollziehbaren Weise durchgeführt werden. Die typographische Gestaltung folgt den Vorgaben eines heute gebräuchlichen Dramensatzes: Bezeichnung der Figuren linksbündig in Kapitälchen, Figurenrede unmittelbar anschließend und Nebentext kursiv.

Beiden Formen der Textpräsentation ist im Anhang ein nach Umfang und Struktur dem jeweiligen Befund angepaßter, sich als gleichwertiger Textbestandteil integrierender Apparat beigegeben. Die verzeichneten editorischen Eingriffe erfolgen – wie editorische Eingriffe überhaupt – auf der Basis der im Folgenden erläuterten Vorgaben und diakritischen Zeichen:

1. Eindeutige Verschreibungen und Buchstabenverstellungen in einzelnen Worten werden stillschweigend korrigiert.
2. Als eindeutig im Zuge einer Korrektur von Jahnn zu kennzeichnende nicht getilgte Satzzeichen und Buchstabengruppen werden als solche nicht dargestellt. Im Falle von Einzelwörtern oder Wortgruppen wird deren Auslassung durch eckige Klammern mit Pünktchen [...] signalisiert.
3. Größere Emendationen, etwa von sinnverändernden Einzelwörtern oder Wortgruppen, werden im Text zwischen Spitzklammern ⟨⟩* kenntlich gemacht und im Apparat nach dem handschriftlichen Befund wiedergegeben.
4. Konjekturen erscheinen im Text ebenfalls zwischen Spitzklammern ⟨⟩, jedoch ohne Sternchen und in der Regel ohne Apparatvermerk.
5. Für den Druck geöffnete Streichungen in Handschriften und Typoskripten, die als Paralipomena oder im Apparat zum Abdruck kommen, sind durch doppelte Spitzklammern ⟨⟨ ⟩⟩ kenntlich gemacht.
6. Textlücken und Textabbrüche werden durch Spitzklammern mit Pünktchen ⟨...⟩* gekennzeichnet und gegebenenfalls im Apparat über eine knappe Beschreibung in ihrer Qualität charakterisiert.
7. Nicht eindeutig zu entziffernde oder nicht sinnvoll zu rekonstruierende Worte werden im Text durch ein nachgestelltes Fragezeichen in eckigen Klammern [?] markiert. Sie können nur als Vorschläge des Herausgebers Geltung beanspruchen, werden jedoch zumeist durch den jeweiligen Kontext gestützt.
8. Seitenwechsel im handschriftlichen Befund werden durch einen senkrechten Strich | angezeigt.
9. Sternchen * verweisen auf den Apparat.

Alles, was darüber hinaus der gesonderten Erläuterung oder Begründung bedarf, ist am jeweiligen Ort des Apparats oder des Kommentars begründet. Die Textkonstitution von »Der staubige Regenbogen«, die besondere Gegebenheiten der Überlieferung zu berücksichtigen hatte, ist im Anschluß an die Darstellung des Befunds ausführlich und eigens begründet.
Im einzelnen kommen auf diese Weise zum Abdruck: »Straßenecke« nach dem Erstdruck 1931; die Fassung des Schlußchors,

unter der Überschrift »Katastrophe Gas« ursprünglich einen eigenständigen Film-Oratorien-Plan markierend, folgt, zusammen mit einem handschriftlichen Vorredenentwurf, als Paralipomenon. Der »Neue Lübecker Totentanz« kommt in zwei Fassungen zum Abdruck: die erste Fassung folgt dem Erstdruck in der »Neuen Rundschau« 1931; die zweite Fassung folgt der Buchausgabe 1954, einschließlich der kompletten Partitur der Bühnenmusik Yngve Jan Tredes. Wie im Falle des Dramas »Spur des dunklen Engels« hat Jahnn Text und Musik als eine Einheit verstanden und ausdrücklich ihre gemeinsame Veröffentlichung festgelegt – eine Forderung, der die Herausgeber der »Hamburger Ausgabe« sich nicht verschließen durften, auch wenn dem Notendruck aufgrund der notwendigen Verkleinerung nur eine dokumentarische Funktion zukommen kann. An die Erstfassung des »Neuen Lübecker Totentanzes« schließt sich der Erstdruck der kleinen Sprechszene »Auskunft über Fortschritt« an, die im Nachlaß als Typoskript überliefert ist. »Armut, Reichtum, Mensch und Tier« folgt dem Druck letzter Hand (1948), doch verzeichnet der Apparat sämtliche Varianten der maschinenschriftlich als Bühnendruck vervielfältigten Fassung 1934 und des, von Jahnn seiner Fehlerhaftigkeit wegen gerügten und daraufhin vom Verlag zurückgezogenen, Erstdrucks 1948. Die Paralipomena zu diesem Stück versammeln: das Fragment der ersten Szene des ersten handschriftlichen Entwurfs, die im zweiten handschriftlichen Entwurf nicht wieder aufgenommen wurde, aber deutlich die Mittlerstellung dieses Stücks zwischen »Perrudja« und »Fluß ohne Ufer« signalisiert; die für die Darmstädter Aufführung 1951 geschriebenen szenischen Ergänzungen und Änderungen; sowie eine handschriftlich überlieferte Variante. Es folgen zwei wichtige dramatische Fragmente, mit denen sich Jahnn auf Bornholm beschäftigt hat und die erstmals aus dem Nachlaß veröffentlicht werden: die wohl 1934 in Angriff genommene Übersetzung und Bearbeitung von Christopher Marlowes »The Massacre at Paris«, einem Schlüssel für Jahnns Theaterverständnis (dem Abdruck beigegeben ist das Faksimile von Jahnns Handexemplar der »Plays« von Christopher Marlowe, das auch seine Arbeitsnotizen enthält); und die beiden handschriftlichen Vorstudien zu einer historischen Komödie über den römischen Kaiser Nero,

»Der Tod des Domitius«, die ihn seit 1938 beschäftigte und noch in seinem Spätwerk ihre Spuren hinterließ. Handschrift I stellt eine Szenendisposition dar, Handschrift II eine (wohl nicht zu Ende geführte) Stoffsammlung, aus der dennoch Jahnns Perspektive und seine außergewöhnliche Deutung des Titelhelden als eines verhinderten Künstlers deutlich wird. Gleichermaßen schillernde Künstlerfiguren stehen auch in dem Drama »Spur des dunklen Engels« und der Tragödie »Thomas Chatterton« im Mittelpunkt: beide kommen in der Gestalt des Erstdrucks von 1952 (einschließlich der Musik Yngve Jan Tredes) beziehungsweise 1955 zum Abdruck. Als Paralipomena sind »Thomas Chatterton« der Dispositionsentwurf, eine Variante für die Berliner Aufführung 1957 sowie die deutsche Übersetzung des von dem Knaben Cheney gesungenen Liedes beigegeben. »Schlimmer und Schlimmer« folgt dem am Nachlaß überlieferten Typoskript (die abweichenden Lesarten zweier Typoskripte aus dem Besitz von Yngve Trede werden im Apparat verzeichnet). Jahnn hat dieses Opernlibretto nach einer Erzählung Francesco Maria Molzas für Yngve Jan Trede geschrieben; die Oper blieb unaufgeführt. Sein letztes Drama »Der staubige Regenbogen« hat Jahnn kurz vor seinem Tod abgeschlossen und das Typoskript noch dem Verleger übergeben. Es muß als verloren gelten. Das Stück erschien, herausgegeben von Walter Muschg, 1961 aus dem Nachlaß. Für unsere Ausgabe haben wir auf den im Nachlaß überlieferten Typoskriptdurchschlag der Szenen 2–11 zurückgegriffen, Szene 1 nach der Edition von Muschg dokumentarisch abgedruckt und als Anhang den von Jahnn autorisierten Druck der 1. Szene in einer früheren Fassung hinzugefügt. Der Apparat dokumentiert darüber hinaus alle nicht von Jahnn herrührenden, mutmaßlich aber von ihm autorisierten Streichungen des Typoskripts, sodaß die Benutzerinnen und Benutzer der Ausgabe über den gesamten Textbestand verfügen.
Unter der – in Anlehnung an »Dramen I« – vom Herausgeber gesetzten Überschrift »Fragmente einer Offensive II« schließen sich Jahnns verstreute kleinere Schriften zum Theater und zu seiner Dramatik an: Einreden gegen die Theaterpraxis seiner Zeit sowie Erläuterungen zur eigenen Dramatik. Kreisen die wenigen noch 1930 erschienenen Texte um die Frage der Zensur, so stehen im Mittelpunkt der zahlreichen Äußerungen nach 1948

theater- und aufführungspraktische Erwägungen. Dabei erscheinen die vielleicht gewichtigsten Texte hier erstmals aus dem Nachlaß – darunter Jahnns Diskussionsbeiträge auf dem »IV. Internationalen Theaterkongreß« Hamburg 1930, die umfänglichen Vorbemerkungen zu »Spur des dunklen Engels« (die weit über den Anlaß hinausgreifen) und die Kieler Rede »Der Bühnenautor und das Theater« vom März 1959. Nicht im strikten Sinne zum Thema gehört Jahnns große Rede über die historische Gestalt Thomas Chattertons. Aber da sie sich so eng mit seiner dramatischen Gestaltung des Stoffes berührt, steht sie zurecht in diesem Band.

Zwei kleinere Nachträge zu »Dramen I« runden den Band ab. Nicht aufgenommen wurde die in Zusammenarbeit mit Ernst Legal unternommene deutsche Übersetzung von Mozarts Opernlibretto »La finta giardiniera« (»Die Gärtnerin aus Liebe«, 1956 – siehe hierzu Schriften II, S. 1404). Die 1957 in der DDR-Literaturzeitschrift »Neue Deutsche Literatur« publizierte angebliche »Neufassung« von »Straßenecke« stellt keine eigenständige und von Jahnn autorisierte Realisation des Textes dar und kommt daher nicht zum Abdruck.

Der Anhang dokumentiert zu den Dramen, Fragmenten und den Schriften zum Theater in jeweils eigenständigen Einheiten (Entstehung – Überlieferung – Apparat – Kommentar – Materialien) alle zur Benutzung und zum Verständnis notwendigen Daten, Zeugnisse und Erläuterungen. In »Entstehung und Überlieferung« werden alle erreichbaren und für die Benutzung nötigen Daten und Zeugnisse aus dem in der Hamburger Staats- und Universitätsbibliothek verwahrten Nachlaß zusammengestellt. Der »Apparat« gibt, wo nötig, Rechenschaft über die Textkonstitution und Textgeschichte. Der »Kommentar« sucht die vielfältigen Anschlüsse und Bezüge zur Entstehungszeit, zum Hintergrund, zu den Quellen und nachweisbaren Anregungen zu dokumentieren. Als Zentrum der Kommentierung wurde die Perspektive *Autor* gewählt, ohne deshalb den nötigen Sachkommentar zu vernachlässigen. Nachweislich oder mutmaßlich vom *Leser* Jahnn benutzte Schriften sind herangezogen worden, und Vernetzungen innerhalb seines übrigen Schreibens und Denkens werden aufgezeigt. Die Konzentration auf die Perspektive *Autor* gilt vor allem für »Blutbäder von Paris«, »Der Tod des Domitius«, »Spur des dunklen Engels« und »Thomas Chatterton«, bei denen die historischen beziehungsweise biblischen Stoffquellen als solche nicht kommentiert sind. An den »Kommentar« schließen sich gegebenenfalls »Materialien« an, die den Kontext weiträumiger erschließen helfen.

Die Ausgabe wäre nicht in der vorliegenden Form zustandegekommen, wenn der Herausgeber nicht zahlreiche Hilfe und Unterstützung erfahren hätte. Dies gilt in erster Linie für die an der Hamburger Universität beheimatete »Arbeitsstelle Hans Henny Jahnn«, deren Mitarbeiter Jan Bürger und Sebastian Schulin – mit Ausnahme der Familienkorrespondenz – sämtliche Briefzeugnisse für die Abschnitte »Entstehung« und »Materialien« aller Texte transkribiert und zusammengestellt haben; darüber hinaus verdanke ich Jan Bürger wertvolle Hinweise für den Kommentar von »Straßenecke« und »Armut, Reichtum, Mensch und Tier«; Sebastian Schulin für den Kommentar von »Neuer Lübecker Totentanz« und »Der staubige Regenbogen«. Ulrich Bitz hat den Satz des Anhangs auf den (mühevollen) Weg gebracht, zu dem er neben den Texten zur Entstehung zahlreiche wichtige Hinweise beisteuerte. Er hat überdies – sofern sie nicht ohnehin vom ihm stammten – sämtliche Handschriftentranskriptionen gegengelesen und dadurch mehr als einmal die Textkonstitution vor dem »Absturz« bewahrt. Nicht zuletzt gilt mein Dank Signe und Yngve Trede für ihre großzügige Gastfreundschaft auf Granly und Skaeremølle, für die Überlassung der Familienkorrespondenz, den Zugang zu Jahnns Handbibliothek (aus der sein Handexemplar von Marlowes »Plays« benutzt werden konnte) sowie zu zahlreichen weiteren bisher unbekannten Materialien, deren Verwendung sie mir gestatteten. Yngve Trede stellte mir die beiden in seinem Besitz befindlichen Typoskripte des Librettos von »Schlimmer und schlimmer« zur Verfügung und gab bereitwillig Auskunft über seine Zusammenarbeit mit Jahnn an »Spur des dunklen Engels«, »Neuer Lübecker Totentanz« und »Schlimmer und schlimmer«, wovon viele wertvolle Einzelheiten Eingang in den Kommentar fanden.

Stuttgart, 29. 11. 1992 U. S.

ANMERKUNGEN

Umgestellte, veränderte, zusätzliche oder gestrichene Textteile sind durch *Kursivdruck* hervorgehoben, kommentierte Stellen durch **FETTDRUCK**. Zur leichteren Orientierung wird stets das Lemma angegeben. Die Zeilenzählung versteht sich ohne Leerzeilen.

Abkürzungen

1. Hans Henny Jahnn

Fluß ohne Ufer I-III	*Fluß ohne Ufer*, Teil I-III [Werke in Einzelbänden. Hamburger Ausgabe.] Hrsg. von Uwe Schweikert und Ulrich Bitz. 3 Bde. Hamburg [2]1991/92.
Späte Prosa	*Späte Prosa*. [Werke in Einzelbänden. Hamburger Ausgabe.] Hrsg. von Uwe Schweikert. Hamburg 1987.
Perrudja	*Perrudja*. [Werke in Einzelbänden. Hamburger Ausgabe.] Hrsg. von Gerd Rupprecht. Hamburg 1985.
Dramen I	*Dramen I* 1917–1929. [Werke in Einzelbänden. Hamburger Ausgabe.] Hrsg. von Ulrich Bitz. Hamburg 1988.
Schriften I-II	*Schriften zur Kunst, Literatur und Politik*. Erster Teil: Leib-Baukunst-Musik 1915–1925. Gesellschaft-Kunst-Handwerk 1926–1935. Zweiter Teil: Politik-Kultur-Öffentlichkeit 1946–1959. [Werke in Einzelbänden. Hamburger Ausgabe.] Hrsg. von Ulrich Bitz und Uwe Schweikert. Hamburg 1991.

Unveröffentlichte Texte sind unter Angabe des Titels und der Nachlaß-Nummer nach dem von Rolf Burmeister angefertigten Verzeichnis des in der Staats- und Universitätsbibliothek Hamburg Carl von Ossietzky verwahrten Nachlasses nachgewiesen. Zitate aus Briefen von und an Jahnn sind mit Datum und Adressat beziehungsweise Absender versehen und werden, wenn nicht anders nachgewiesen, nach den im Nachlaß verwahrten Brieforiginalen oder Typoskriptdurchschlägen zitiert. Zitate aus Briefen an Ellinor und Signe Jahnn sowie an Yngve Jan Trede sind nach den im Besitz von Signe und Yngve Trede befindlichen Originalen zitiert.

2. Andere Autoren

Reclams Lexikon der antiken Mythologie
Reclams Lexikon der antiken Mythologie. Von Edward Tripp. 3., verbesserte Auflage Stuttgart 1981.

Reclams Bibellexikon	*Reclams Bibellexikon.* Hrsg. v. Klaus Koch, Eckart Otto, Jürgen Roloff und Hans Schmoldt. 3., verbesserte Auflage. Stuttgart 1982.
DWb	*Deutsches Wörterbuch von Jacob und Wilhelm Grimm* u. a. Bd. 1–33. Berlin 1854–1971. Reprint München 1984.
Sueton	*C. Suetonius Tranquillus. Nero.* Lateinisch/Deutsch. Übersetzt und hrsg. v. Marion Giebel. Stuttgart 1986 [Universal-Bibliothek Nr. 6692].
Tacitus	*Tacitus.* Annalen XI-XVI. Übersetzung und Anmerkungen von W. Sontheimer. Stuttgart 1987 [Universal-Bibliothek Nr. 2642].
Darmstädter Gespräch Theater	*Darmstädter Gespräch Theater.* Hrsg. im Auftrag des Magistrats der Stadt Darmstadt und des Komitees Darmstädter Gespräch 1955 von Egon Vietta. Darmstadt 1955.
Schiller	*Hermann Schiller. Geschichte des römischen Kaiserreichs unter der Regierung des Nero.* Berlin 1872.
Strindberg	*August Strindbergs Schriften.* 1. Abteilung, Band 9: Die Kronbraut/ Schwanenweiss/Ein Traumspiel. Leipzig 1903.
Bächtold-Stäubli	*Handwörterbuch des deutschen Aberglaubens.* Hrsg. v. H. Bächtold-Stäubli unter Mitwirkung v. E. Hoffmann-Krayer. Band 1–10. Berlin 1927–1942. Reprint Berlin 1986.
Kobbe	*Peter Kobbe. Mythos und Modernität.* Eine poetologische und methodenkritische Studie zum Werk Hans Henny Jahnns. Stuttgart u. a. 1973.
Walitschke	*Michael Walitschke.* Hans Henny Jahnns »Neuer Lübecker Totentanz«. Eine erste Monographie. 2 Bde. Masch. Typoskript Leverkusen 1989.

Gespräche — *Walter Muschg: Gespräche mit Hans Henny Jahnn.* Frankfurt/M. 1967.

MGG — *Die Musik in Geschichte und Gegenwart.* Allgemeine Enzyklopädie der Musik. Unter Mitarbeit zahlreicher Musikforscher des In- und Auslandes herausgegeben von Friedrich Blume. Bd. I-XVII. Kassel und Basel 1949–1986.

Ist der Mensch zu retten — *Ist der Mensch zu retten? Das Leben und Werk Hans Henny Jahnns.* Begleitpublikation zur Ausstellung der Jahnn-Wochen der Freien Akademie der Künste in Hamburg im Herbst 1984 anläßlich des 90. Geburtstages und 25jährigen Todestages Hans Henny Jahnns. Hrsg. von Cornelius Steckner und der Seminargruppe Kulturpolitik, Hamburg o. J. [1984].

Katalog — *Hans Henny Jahnn. Schriftsteller – Orgelbauer 1894–1959.* Eine Ausstellung. Katalog von Bernd Goldmann. Wiesbaden 1973.

Freeman — *Thomas Freeman: Hans Henny Jahnn.* Eine Biographie. [Deutsch von Maria Poelchau.] Hamburg 1986.

Ungnad — *Die Religion der Babylonier und Assyrer.* Übertragen und eingeleitet von Arthur Ungnad. Jena 1921.

Meyer Nr. — *Jochen Meyer: Verzeichnis der Schriften von und über Hans Henny Jahnn.* Neuwied/Berlin 1967.

Meyerstein — *Edward H. William Meyerstein: A Life of Thomas Chatterton.* London 1930.

STRASSENECKE

Entstehung

Der Beginn der Arbeit läßt sich mangels überlieferter Zeugnisse nicht rekonstruieren. Die Sammelhandschrift (S. 1115), die die erste handschriftliche Fassung überliefert, weist aufgrund ihres Formats und ihrer untypischen Beschaffenheit auf Jahnns Aufenthalt auf der Nordseeinsel Trischen im Mai/Juni 1929 hin. Jahnn hat dort das Typoskript seines Romans »Perrudja« für den Druck korrigiert. Band I, »also die Hälfte«, ging am 4. 6. 1929 an die Druckerei (Brief Jahnns an Ellinor Jahnn). In einem weiteren, undatierten (und wahrscheinlich schon einige Tage zuvor geschriebenen) Brief teilt er seiner Frau mit: »Leider kann ich nicht daran denken, schon neue literarische Arbeiten anzufangen. Ich habe mir manches an dem neuen Drama überlegt. Wage aber noch nicht, die Feder zu nehmen.« Bis zum Ende seines Aufenthaltes, am 19. 6., muß er darüber hinaus an einer Novelle des Titels »Der Umzug« für ein Preisausschreiben des S. Fischer Verlags gearbeitet haben. Sie ist, Fragment geblieben, als erster Eintrag der Sammelhandschrift und lediglich durch eine Leerseite getrennt unmittelbar vor der »Straßenecke« überliefert. Vor diesem Hintergrund muß offenbleiben, ob die Niederschrift noch im Juni auf Trischen begonnen wurde oder erst nach der Rückkehr nach Hamburg. Da der fragmentarische Ansatz von »Katastrophe Gas«, der in der Sammelhandschrift unmittelbar an den Entwurf der ersten Fassung anschließt, für September 1929 bezeugt ist, wird man den Zeitraum auf die Monate Juni–September eingrenzen können.

Ob und wenn ja in welchem Umfang die Niederschrift der zweiten handschriftlichen Fassung bereits 1929 oder doch erst im Verlauf der ersten Jahreshälfte 1930 erfolgte, muß mangels überlieferter Zeugnisse offenbleiben. Am 29. 8. 1930 zeigt Jahnn seinem Kritiker-Freund Herbert Ihering an: »in etwa 8–14 Tagen werde ich mein neues Bühnenwerk vollendet haben, das bis jetzt den Titel ›Straßenecke‹ trägt. [. . .] Ich hätte gerne gesehen, wenn sich ein Weg finden ließe, daß sich Piscator gewinnen ließe, nach Fertigstellung das Stück einmal zu lesen.« Am 9. 9. 30 antwortet Herbert Ihering: »selbstverständlich interessiert mich Ihr neues Stück sehr. [. . .] Wenn ich das Stück gelesen habe, will ich Ihnen gern sagen, ob ich es für Piscator geeignet halte und will auch gern im gegebenen Falle mit Piscator darüber sprechen. Ob er ohne weiteres die Möglichkeit hat, es zu spielen, ist bei den schwierigen finanziellen Verhältnissen, in denen er sich befindet, fraglich. Aber es ändert sich in Berlin so viel von heute auf morgen, daß die Situation in kurzer Zeit schon wieder eine andere sein kann.«

Bereits vor Vollendung hatte sich eine Reihe von Theatern mit der Bitte um Übersendung eines Lesexemplars an Jahnn gewandt (Deutsches Schauspielhaus Hamburg, Deutsches Theater Berlin, Städtische Bühnen Frankfurt), so daß dieser sich gezwungen sah, nach seiner Rückkehr vom »I. Internationalen Orgelkongreß und VII. Internationalen Architektenkongreß in Budapest« (6. bis 13. September 1930) am 21. 9. 1930 mit einer Serie von Briefen die Interessenten auf den Oktober zu vertrösten. Mit gleichem Datum schrieb Jahnn an Herbert Ihering: »Eine Abschrift des Werkes kann ich Ihnen leider erst in etwa 14 Tagen senden, da ich noch mit le⟨t⟩zten Überarbeitungen beschäftigt bin. Ich kann auch nicht ununterbrochen die Feder führen, weil ich durch den Orgelbau versuchen muß, Geld zu verdienen.« Tatsächlich übermittelte Jahnn Herbert Ihering erst am 12. 11. 1930 ein Exemplar. Es dürfte sich hierbei um einen Typoskriptdurchschlag der Textgestalt gehandelt haben, wie er in drei Exemplaren (= dritte Fassung) am Nachlaß überliefert ist (siehe unten).

Was die Drucklegung und den Bühnenvertrieb anging, verhandelt Jahnn zunächst mit dem S. Fischer Verlag. Brief vom 21. 9. 1930 an den S. Fischer Verlag: »Mein neues Bühnenwerk ist noch frei. Ich bin vertraglich nach keiner Seite gebunden. Es haben sich schon etwa ein dutzend Bühnen an mich gewandt, sie möchten eine Abschrift des Werkes haben. Die Abschriften können erst in etwa 14 Tagen vorliegen, da ich noch mit letzten Überarbeitungen beschäftigt bin und mich nicht ununterbrochen meinen literarischen Arbeiten hingeben kann. Ich werde eine Abschrift Ihnen so bald wie möglich senden.« Am 13. 10. 30 übersendet Jahnn dem S. Fischer Verlag das versprochene Exemplar: »Ich bitte Sie, das Werk recht bald zu lesen, da es nun einmal so geworden ist, daß ich das Angebot verschiedener großer Verleger vorliegen habe.« Doch trotz positiver Aufnahme bei dem zuständigen Lektor Konrad Maril und intensiver Verhandlungen in den Monaten Oktober und November kam ein Vertragsabschluß mit dem S. Fischer Verlag nicht zustande. In einem undatierten Brief schreibt Jahnn an seine Frau: »Liebe Ellinor, ich habe einen schlimmen Tag hinter mir. Loerke hatte keine Zeit, mich zu empfangen und deutete an, daß Fischer das Drama nicht nehmen würde. Dr. Maril bestätigte die Tatsache und fügte hinzu, daß Loerke das Drama einen echten ›Jahnn‹ genannt hätte, daß es aber seiner Ansicht nach kein⟨en⟩ Fortschritt gegenüber meinen anderen Werken bedeute und darum ein Einsetzen für das Werk bei Fischer nicht lohne. [...] Ich habe danach mein Heil bei Kiepenheuer versucht. Und eine ganz grobe Antwort geerntet. Mit meinen Sachen sei kein Geschäft zu machen. Punkt. Weder Druck noch Vorschuß. Bühnenvertrieb, selbstverständlich. [...] Dr. Kuckhoff vom Staatstheater ist begeistert von dem Stück. Es soll auf alle Fälle am Gendarmenmarkt gebracht werden.«

Am 12. 11. 30 konnte Jahnn Maril mitteilen: »es ist mir aufrichtig leid, daß Herr Fischer auf keine meiner Bedingungen eingehen wollte. Ich hatte Ihnen zugesagt, sofort Nachricht zu geben, sobald das Schicksal des Stückes deutlich geworden wäre. Das ist nun geschehen. Kiepenheuer druckt das Werk. Er zahlt sogar einen bescheidenen Vorschuß. Dr. Kuckhoff vom Staatstheater ist fest entschlossen, noch in dieser Spielzeit das Werk herauszubringen.«

Wie aus dem Textvergleich der überlieferten Textzeugen hervorgeht (siehe S. 1116), hat Jahnn im November die dritte Fassung nochmals für den Druck überarbeitet und insbesondere der Ausgestaltung der Pause (38/19ff.) besondere Aufmerksamkeit gewidmet.
Wiewohl von Theatern wiederholt angefragt erlebte die »Straßenecke« weder vor 1933 noch nach 1945 ein Aufführung.
»Straßenecke« wurde erst am 25. 2. 1965 unter der Regie von Claus Peymann von der Studio-Bühne der Universität Erlangen-Nürnberg im Markgrafentheater Erlangen uraufgeführt.

Das als Paralipomenon II abgedruckte Fragment »Katastrophe Gas« nimmt in der dramatischen Produktion dieser Zeit eine Sonderstellung als experimenteller poetischer Knotenpunkt ein. Formal zum dramatischen Experiment »Straßenecke« gehörig, stellt es eine Weiterentwicklung der »Medea«-Chöre dar, wie Jürgen Fehling sie in seiner Inszenierung der Tragödie anläßlich der Berliner Uraufführung 1926 theatralisch realisiert hatte (siehe Dramen I, S. 1153ff.) Darüber hinaus geht Jahnns Auseinandersetzung mit dem zeitgenössischen Musiktheater Strawinskys (»Oedipus Rex« – siehe S. 957/3f.) und mit dem Film ein. In diesem Zusammenhang sei insbesondere auf Luis Bunuels/Salvador Dalis Film »Un chien andalou« (siehe auch »Modernes Theater«, S. 965/21) hingewiesen. Die Niederschrift des chorischen Fragments dokumentiert Jahnns Brief an Gottlieb Harms vom 10. 9. 1929: »Ich bin angefangen ein Filmoratorium zu schreiben: Katastrophe Gas. Der Anfang ist in eine zwar müde, aber nicht ganz unglückliche Stunde gefallen. Hoffentlich geht es so weiter.« (Handschrift im Besitz von Signe Trede).
Am 16. 9. 1929 schreibt Jahnn an den Gustav Kiepenheuer Verlag: »Das Film-Oratorium ist als eine Abart der Oper aufzufassen. Es werden auftreten Menschen, als Chöre und Masken. Eine eigentliche Handlung im Sinne des Dramas ist nicht vorgesehen, alle Spannungen werden aus gegebenen Tatsachen entnommen. Das Thema: Katastrophe Gas. Dem Film nun fällt die Rolle zu, während der symphonischen Teile der Musik den visuellen Eindruck des Geschehens zu geben, im Gegensatz zu den Chören, denen der reflektierende Teil zufällt. Der Anfang des Werkes schildert chorisch die verschiedenen Gesinnungs- und Wirtschaftslagen der Menschen. Der Chor zerfällt in die fast Unbekleideten und in die überreich Bekleideten. Aus der Spannung der Gesinnungsunterschiede und der dadurch bedingten Daseinsordnung entsteht die Katastrophe, die nicht eindeutig als Krieg oder als Revolution, sondern als Folge einer isolierten Geistigkeit mit dem Vorzeichen der Technik eintreten muß. Im Film selbst werden nun, um nur einige Einzelheiten zu nennen, das Verenden von Tiere⟨n,⟩ das Verwelken von Pflanzen, als Teilausschnitte der Schöpfung gezeigt, die dann als Masken personifiziert die Katastrophe an ihnen beschreiben oder deutlich machen. Endlich die Menschen, die auf ihrer Flucht vor der Katastrophe noch einmal gewissermaßen zum letzten Mal in die Schöpfung hineingespült werden, an das Meer, in die Berge, in die Nachbarschaft von Kreaturen, die nicht sich mit der Schuld eine⟨r⟩ wissenschaftlichen und technischen Entwicklung beladen haben.

Meines Erachtens kann ein solches Werk außerordentliche Wirkungen tun. Es ist letz⟨t⟩lich ein verzweifelter Versuch, die Menschheit auf so entsetzliche Dinge wie Weldongas und Diphenilchlorarsen hinzuweisen, die alle bisherigen Giftgase um etwa die tausen⟨d⟩fache Wirkung überbieten, und deren vernichtende Äußerungen letz⟨t⟩lich schon durch wenige irrsinnig gewordene Militärs auf die Menschheit losgelassen werden können. Das Werk würde als Film-Oratorium der Filmzensur nicht unterstehen. Für die Musik müßte man einen großen Komponisten, etwa Stravinski⟨,⟩ gewinnen. Mit der Abfassung des Textbuches und der Chöre habe ich bereits begonnen. Ich glaube, es ist ein glücklicher Einfall gewesen.
Alles was noch unklar geblieben ist, können wir wohl bei Ihrer Anwesenheit in Hamburg besprechen. Es wäre nur wünschenswert, daß eine Filmgesellschaft fest für den Plan gewonnen würde, damit man nicht mit dem Text und Drehbuch im luftleeren Raum schwebt. Steht einmal der Wille der Filmgesellschaft fest, sind die Verhandlungen mit Stravinski nicht mehr übermäßig schwer. Und die endgültige Fassung von Text- und Drehbuch könnte in wenigen Wochen vorliegen.«
Am 21.9.1929 antwortet der Gustav Kiepenheuer Verlag: »Inzwischen habe ich eine genaue Ermittlung in der Filmangelegenheit getroffen. Es ist eine außerordentlich schwierige Angelegenheit, und ich kann Ihnen bis heute noch nichts Definitives sagen. Ich habe bisher folgendes ermittelt: Die Herstellung eines solchen Films wird nach den Berechnungen ungefähr 200000.– M kosten. Eine Filmgesellschaft, die sich an der Sache beteiligt oder die Kosten ganz übernimmt, wird kaum zu finden sein. Das schwierigste ist, wo soll der Film aufgeführt werden. Fast sämtliche Filmtheater haben kein Podium für die Chöre, die von Ihnen gewünscht werden, und die sind doch notwendig. Wenn ich Sie recht verstanden habe, haben Sie doch nicht an einen Tonfilm gedacht, da liegen die Dinge natürlich etwas anders. Bisher sind in Deutschland aber ca. nur 200 Filmtheater für Tonfilm eingerichtet, und infolge dessen steht die deutsche Produktion für Tonfilme neuen Filmen noch sehr skeptisch gegenüber. Meine Fachleute sagen mir, daß, soweit sie die Sache übersehen können, es sich um eine sehr unrentable Sache handelt, und daß wohl kaum eine Filmfirma sich finden wird, die so etwas macht. Die Mittel müßten also von Privatseite aufgebracht werden. – Ich möchte dazu bemerken, daß ich in der Hauptsache mit einem Herrn verhandelt habe, der wirklich über alle diese Dinge auf das genaueste orientiert ist. Wir werden aber in Hamburg noch einmal darüber sprechen, vielleicht läßt sich evtl. doch noch ein Ding finden.«
Im weiteren Verlauf der Korrespondenz mit dem Gustav Kiepenheuer Verlag findet das Projekt keine Erwähnung mehr. Darüber hinaus sind keine Zeugnisse überliefert. Jahnn hat die in seinem Brief angesprochenen grundlegenden Konstellationen jedoch nicht aufgegeben. Seine Überlegungen zum chorischen Element fanden Eingang in die Chöre des Festspiels »Neuer Lübecker Totentanz«. Die Verwendung von Film im Drama war, wie die erste Fassung zeigt, für »Armut, Reichtum, Mensch und Tier« (siehe S. 1164) vorgesehen.

In der Sammelhandschrift Nachlaß Nr. 76 (gebundenes Geschäftsbuch mit weinrotem hartkartoniertem Pappeinband, 96 Blätter [230 × 221 mm] unliniert) ist auf 46 Blättern (Sofortkorrekturen), beidseitig mit blauer Tinte beschriftet, die erste Fassung mit dem Titel »Die Straßenecke / Ein Ort, ein Ablauf. / von / H. H. Jahnn.« überliefert. Es handelt sich um einen Entwurf mit zahlreichen Korrekturschichten und Streichungen (einige der gestrichenen Episoden, in denen u. a. ein »Dr. James Elias« auftritt, werden in den späteren Textstufen nicht wieder aufgegriffen). Dem Text voraus geht ein unvollständiges Personenverzeichnis, in dem die Hauptfigur noch »Jim, ein Neger« heißt, manche Namen noch anders lauten oder überhaupt noch nicht feststehen. Vermerkt findet sich dort auch das Stichwort »Giftgas«. Als Einlage sind zwei rückseitig mit Tinte und Bleistift beschriftete Tischkalenderblätter (77 × 121 mm) »20. 10. 1929« und »29. 10. 1929« beigefügt. Der Text der Fassung bricht mit S. 67/3 ab.

An die Fassung an schließt sich der Entwurf einer »Vorrede« (Paralipomenon I, S. 70f.).

Unter Nachlaß Nr. 31 werden verwahrt: eine Handschrift, bestehend aus: einem Blatt (»Ugrino Oberleitung / Abteilung Verlag«) »Straßenecke Personenverzeichnis« und 24 Blätter – Blatt eins trägt die Überschrift »Straßenecke.« – unterschiedlichen Formats und unterschiedlicher Papiersorten (darunter auch die zu dieser Zeit noch in Gebrauch befindlichen Briefpapierbögen der Glaubensgemeinde Ugrino: »Ugrino Oberleitung / Abteilung Verlag« und »Ugrino Oberleitung / Bauhütte H. H. Jahnn Hamburg, den .... 19 Rothenbaumchaussee 187 Fernsprecher: Hansa 8224«), beidseitig mit Tinte beschriftet, (Sofortkorrekturen). – Der Verlauf des Textes ist in dieser zweiten Fassung bereits weitgehend identisch mit der Druckfassung, enthält aber noch zahlreiche Abweichungen und im Druck entfallene Passagen. Die Noten sind in den fortlaufenden Text geschrieben, mit Ausnahme des Schlusses (S. 64ff.), wo das eingezeichnete System unbeschriftet blieb.

Typoskript I »Strassenecke / Ein Ort Eine Handlung / von / Hans Henny Jahnn 1930«: 77 Blätter (209 × 329 mm), mit handschriftlichen Korrekturen in blauer Tinte und Blei; beiliegend drei Exemplare der Drucksache »Kartell Hamburger Künstler-Verbände« – siehe Schriften I, S. 894f. – (208 × 297 mm), rückseitig mit Tinte beschriftet (Sofortkorrekturen), die den Text S. 38/19ff. bis S. 40/35 überliefern (maschinenschriftlich als die Seiten neu 41, 41a, 41b in das Typoskript eingefügt – die ursprüngliche S. 41 wird zu 41c). Der handschriftliche Vermerk »Druckexemplar« sowie zahlreiche Bleistiftmarkierungen und Herstellervermerke von fremder Hand weisen das Typoskript als Druckvorlage für den Erstdruck aus.

Typoskriptdurchschlag von Typoskript I (drei Exemplare): 77 Blätter (205 × 298 mm). Exemplar I (handschriftliche Korrekturen); die Seiten 41a–c fehlen, desgleichen aufgrund von Textverlust die Seiten 76 und 77. Beiliegende handschriftliche Notiz »Zurück von: Städt. Bühnen Schauspielhaus Frankfurt/M. Gallusanlage.« weist das Exemplar als für die Bühne bestimmt aus. In der Zeit vom 17. 9. 1930 bis 29. 7. 1931 hat Jahnn mit dem Schauspielhaus Frankfurt zwecks Annahme zur Uraufführung korrespondiert. Mit Brief

vom 21. 9. 1930 zeigt Jahnn an, daß er ein Exemplar erst im Oktober übermitteln könne – »da ich noch mit letzten Überarbeitungen beschäftigt bin«. Ende Oktober erhielt dann das Theater ein Exemplar (die Rücksendung erfolgte am 29. 7. 1931). So deutet alles daraufhin, daß die Seiten »41 a-c« im November 1930 entstanden sein müssen. – Exemplar II ist mit handschriftlichen Korrekturen und den Seiten »41 a-c« überliefert. Beigefügt die Notiz von fremder Hand: »Prehm bittet um gelegentliche Einsicht in das Mskpt. ›Straßenecke‹ zwecks Besprechung. Bitte um Vormerkung! H⟨ans⟩ R⟨ichters?⟩«. Bei diesem Exemplar handelt es sich, wie der Name des mit Jahnn befreundeten Friedrich H. Prehm anzeigt, offenkundig um ein für die Presse bestimmtes Besprechungsexemplar. – Exemplar III verzeichnet handschriftliche Korrekturen. Die Seiten »41 a-c« fehlen. Beiliegt ein Zettel mit der Notiz: »Zurück vom: Die Intendanz des Reußischen Theaters Gera.« Am 21. 9. 1930 hat Jahnn dem Reußischen Theater zu Gera mit einem gleichlautenden Schreiben wie den Städtischen Bühnen Frankfurt mitgeteilt, daß er ein Exemplar erst im Oktober übermitteln könne. Mit Brief vom 5. 11. 1930 erhält das Theater ein Exemplar zugesandt. Ein Begleitschreiben zur Rückübersendung ist nicht überliefert.
Typoskript II (zwei Exemplare Typoskriptdurchschlag): Abschrift des Erstdruckes auf 69 Blättern. Die verwendete Schreibmaschinentype legt eine Datierung auf die 50er oder 60er Jahre nahe. Darüber hinaus wird eine weitere Abschrift des Erstdrucks (Typoskriptdurchschlag, 75 Blätter, mit handschriftlichen Notizen von fremder Hand in Blei) verwahrt, die mit derselben Schreibmaschine wie Typoskript II, aber nicht im selben Schreibgang erstellt worden sein muß.
Typoskriptdurchschlag des Titels »Hier ist ein Neger zu lynchen«: 23 Blätter (209 × 297 mm), einseitig beschriftet, mit Korrekturen von fremder Hand; Druckvorlage für: Hans Henny Jahnn. Hier ist ein Neger zu lynchen; in: Neue Deutsche Literatur. Monatsschrift für schöne Literatur und Kritik, 5. Jg. (1957), H. 7, S. 35–49 (ein Exemplar des Hefts mit handschriftlichem Besitzvermerk »Beleg« liegt am Nachlaß und weist keine Emendationen auf). Unter der Rubrik »Zu unseren Beiträgen« vermerkt die Redaktion: »Unter dem Titel ›Hier ist ein Neger zu lynchen‹ erscheint eine autorisierte Neufassung des zweiten Teils der ›Straßenecke‹ (1931) von Hans Henny Jahnn.« (ebenda, S. 171).
Jahnn hatte mit Brief vom 27. 2. 1957 der Redaktion der Neue Deutsche Literatur mitgeteilt: »Beigeschlossen übersende ich Ihnen ein Exemplar meines Dramas ›Straßenecke‹. Ich habe mit Herrn Hammel verabredet, daß Sie einen Teil des Stückes zum Abdruck bringen, und zwar Seite 54 bis Schluß.
Das Ihnen überreichte Stück ist das einzige, das in meinem Besitz ist und das sich mit großer Mühe antiquarisch hat auftreiben lassen. Ich möchte Sie deshalb bitten, den Druck äußerst sorgfältig zu behandeln und die genannten Seiten abschreiben zu lassen.«
Am 25. 3. 1957 antwortet Claus Hammel: »Besten Dank für die Zusendung der ›Straßenecke‹, die inzwischen an Suhrkamp weitergegangen ist. Ich habe nun den zweiten Teil des Stücks, den Sie mir zum Abdruck empfahlen, noch einmal überarbeitet, um ihn dann, Juni/Juli, herauszubringen; eine Durch-

schrift der Neufassung liegt bei, – ich hoffe, daß Sie damit einverstanden sind.«

Jahnn scheint auf diesen Brief nicht geantwortet zu haben, so zeigt der Brief Claus Hammels vom 16. 4. 1957 an Jahnns Tochter Signe an: »Ich darf also wohl das Einverständnis Ihres Herrn Vaters mit meiner Fassung seiner ›Straßenecke‹ annehmen.«

Darüber hinaus sind keine Zeugnisse überliefert.

Zwei Sätze Druckfahnen: 52 Blätter. Exemplar I ist korrigiert und trägt den Stempel: »Pierer'sche Hofbuchdruckerei Stephan Geibel & Co. Altenburg, Thür.« mit den Daten »28. Nov. 1930« und »5. Dez. 1930« sowie dem Vermerk »Zum Umbruch« (rückseitig findet sich von fremder Hand der Vermerk: »Hans Heini Sau«). Exemplar II ist unkorrigiert.

Erstdruck: Hans Henny Jahnn. Straßenecke. Ein Ort Eine Handlung. Berlin 1931.

Textgrundlage der Edition ist der Erstdruck.

Apparat

30/*36* Ich erkannte,] Die Textkonstitution greift auf den Befund von Typoskript I und den Fahnen zurück; der Erstdruck liest: *Ich erkannte*

33/*39* nicht wiederholt und] Die Textkonstitution greift auf den Befund der Fahnen zurück: Komma getilgt; Erstdruck und Typoskript I lesen: *nicht wiederholt, und*

38/*18* Kanals] Die Textkonstitution greift auf den Befund von Typoskript I und den Fahnen zurück; der Erstdruck liest: *Kanales*

43/*17* Arznei] Die Textkonstitution greift auf den Befund von Typoskript I und den Fahnen zurück; der Erstdruck liest: *Arzenei*

Apparat Paralipomenon I

70/*3* ⟨...⟩*] In der Hs. findet sich der nicht getilgte Ansatz: *Der Neger Jim lebt in einer Stadt. Es ist ihm schlecht ergangen. Auf welche Weise das Schlimme ihn berannt hat, ⟨soll auf⟩ der Bühne sichtbar werden. In der Vorrede handelt es sich nicht um den Vorwurf der Handlung, diesen Neger oder dieser Straße⟨, auf der⟩ dieser Neger redet. Als erstem Absatz. Es könnte nämlich sein, daß manche Leser oder Zuschauer oder Theaterfachleute den Einwand erheben, der Mann müßte allmählich stumm geworden sein wie ein Tier, wie ein Schlachtvieh vor lauter Schmerz oder den geringen Möglichkeiten seiner Anatomie. Der*

71/*2* ⟨...⟩*] In d. Hs. nicht zu entzifferndes Wort

5/1 Straßenecke] Wie das 1933 entstandene Drama »Armut, Reichtum, Mensch und Tier« stehen »Straßenecke« und die Fragment gebliebene Komödie »Der Tod des Domitius« in engem thematischen Bezug zu dem Roman »Perrudja«. Im letzten Kapitel des 1929 veröffentlichten ersten Teils des Romans – »Das Hohelied des Gesetzes« – heißt es: »Das Leben war keine Angelegenheit für zarte Betrachtungen. Neger gelyncht. Mit Teer bestrichen, mit Federn beschüttet, angezündet. Nero und kristliche Fackeln. Kristen und lebendige Fackeln. Jüdische Frauen in Rußland entdärmte man, riß ihnen, waren sie schwanger, die Frucht aus und füllte ihren Bauch mit Federn. Es sind Kristen auf dieser Welt zurückgeblieben. Und Neger sind am Leben. Die Juden sind nicht ausgerottet. Wird das Erinnern ausgelöscht, kann die Gerechtigkeit gekrönt werden. Die Gerechtigkeit kann nicht gekrönt werden, denn es steht von der Todesstrafe in ihren Gesetzen. Es wiederholt sich, was auch durch die Erinnerung offenbar wird. Die Geschichte, das große Buch der Fälschungen.« (Perrudja, S. 648).
Die wichtigste thematische Anregung dürfte Eugene O'Neills Stück »All God's Chillun Got Wings« (1923/24) (dt. »Alle Kinder Gottes haben Flügel«) gewesen sein, das Jahnn gesehen haben könnte. Die deutschsprachige Uraufführung fand im Januar 1926 an den Hamburger Kammerspielen statt. In der Entstehungszeit der »Straßenecke« wurde das Stück noch im Rahmen des IV. Internationalen Theaterkongesses in Hamburg, bei dem Jahnn einen Vortrag über die Zensurproblematik hielt, am 17. 6. 1930 unter dem Titel »Der Neger« vom Moskauer Kammertheater in der Regie Alexander Tairoffs (1885–1950) aufgeführt.
In einer Ausstellung zum Bühnenbild wurden auf dem Theaterkongreß die damals aktuellen Bestrebungen einer Modernisierung der Theatertechnik präsentiert; unter anderem auch die Pläne für ein »Totaltheater« von Gropius (siehe Anm. zu S. 958/9) und Piscator. Jahnn hat hier wahrscheinlich die Anregungen bekommen, die ihn dazu führten, alle technischen Möglichkeiten für sein Drama auszunutzen.
Andererseits bildet »Straßenecke« zusammen mit dem »Neuen Lübecker Totentanz« und der Szene für Sprechchor »Auskunft über Fortschritt« einen zusammenhängender Komplex: er bezeichnet in Jahnns Werk Ende der 20er, Anfang der 30er Jahre die Stationen seiner Auseinandersetzung mit Tendenzen des Zeittheaters, insbesondere mit Brechts und Piscators Versuchen eines nicht-aristotelischen, epischen Theaters. In dem am 28. 10. 1930 im »Hamburger Fremdenblatt« veröffentlichten Text »Modernes Theater« (siehe S. 964ff. und den Kommentar dazu), der als programmatische Rechtfertigung der »Straßenecke« zu lesen ist, entwirft Jahnn im Horizont einer Ästhetik der »Erinnerung« das Szenarium eines Theaters, in dem »verschiedene Daseins- und Zeitebenen sich übereinander lagern und sich schneiden« und weist dabei explizit auf »die Handlungen und Dialoge in der Dirnengasse im ›Ulysses‹« hin.
Am 29. 12. 1934 kommt Jahnn, rückblickend seinen Eintritt in die Literatur sich in Erinnerung rufend, in den »⟨Bornholmer Aufzeichnungen⟩« auch auf »Straßenecke« zu sprechen (siehe Fluß ohne Ufer III, S. 536f.). Vierzehn

Jahre später, in »Mein Werden und mein Werk« (1948), weist er auf die Verbindungen zu »Medea« (1924/26) hin (siehe Schriften II, S. 27f.).

7/1ff. **Spieler]** Nicht nur »Ein Priester«, »Ein Meßknabe« und »Fernando Cortez« weisen darauf hin, daß die Lynchung von »James« eine Handlung im christlichen Umfeld ist, sondern auch die Figurenbezeichnungen der meisten anderen Spieler sind biblischen Gestalten und christlichen Märtyrern angelehnt. »Straßenecke« knüpft an die Kritik am Christentum in Jahnns früheren Werken an. Jahnns Auseinandersetzung mit den »Religionsgemeinschaften« beeinflußt bereits die frühe Dramatik (»Pastor Ephraim Magnus«); in dem Essay »Von der Wirklichkeit« (1924; Schriften I, S. 127ff.) klagt Jahnn den christlichen Reliquienkult an. Im Folgenden werden einige der Namen anhand der Sammlung »Legenda aurea« von Jacobus de Voragine entschlüsselt. Die Zitate folgen der Übersetzung von Richard Benz, die 1917 und 1921 in Jena erschien. */3* **James]** In der ersten Handschrift der »Straßenecke« hieß die Figur »James« noch »Jim« wie die Hauptfigur in O'Neills »Alle Kinder Gottes haben Flügel«. – Die deutsche Entsprechung des Namens »James« ist der Name »Jakob«. Jahnn spielt also auf die Figur »Jakob« aus seinem frühen Drama »Pastor Ephraim Magnus« an (Dramen I, S. 5ff.). In der *Legenda aurea* findet sich die Legende »Von Sanct Jacobus, der zerschnitten ward.« (S. 929ff.). Aufgrund seiner Gläubigkeit wird der Märtyrer verurteilt: »Da gab der Fürst nach seiner Freunde Rat über Jacobus das Urteil, daß er zum Schrecken der andern zerschnitten würde Glied für Glied. Da aber etliche aus großem Mitleid über ihn weinten, sprach der Heilige ›Weinet nicht über mich, sondern über euch selber; denn ich fahre zu dem ewigen Leben, so fahret ihr zu der ewigen Pein‹. Da schnitten die Henker den Daumen seiner rechten Hand ab; da schrie Jacobus und sprach ›Heiland von Nazareth, empfang den Zweig vom Baume deines Mitleidens; denn ich weiß, daß der Pfleger des Weinberges ein Reis von der Weinrebe schneidet, damit sie desto mehr wachse und desto köstlicher werde gekrönet‹.« (Legenda aurea, S. 930f.) Nach und nach werden Jacobus die Körperteile abgeschnitten, letztlich schlagen ihm die Henker das Haupt ab. */4* **Aage]** Jahnn verwendet den Namen Aage auch in dem Fragment »Der Traum« des »Perrudja« (S. 751). */6* **Fernando Cortez]** Hernando Cortez (1485–1547), eroberte 1519–21 mit unvorstellbarer Grausamkeit das Azteken-Reich für die spanische Krone. Eroberung und Christianisierung bedeuteten den Untergang der altmexikanischen Kultur. Jahnn erwähnt den »Erfinder« des Todes bereits in der »Voranzeige« des »Perrudja« (S. 816), in »Autobiographie« (1932 – Schriften I, S. 621) und wieder in der 1935 in Bergen gehaltenen Rede »Aufgabe des Dichters in dieser Zeit« (Schriften I, S. 672) sowie in den »⟨Bornholmer Aufzeichnungen⟩« am 29.12.1934 (Fluß ohne Ufer III, S. 538). */8* **Friedrich]** »Als Kaiser Friedrich die Stadt Beneventum zerstörte, gebot er auch, alle Kirchen daselbst niederzureißen, denn er wollte die ganze Stadt an einen anderen Ort pflanzen.« (Legenda aurea, S. 629f.) */12* **Das trojanische Pferd]** Nach zehn Jahren der Belagerung Trojas eroberten die Griechen die Stadt mit einer List: sie stellten ein hölzernes Pferd vor den Mauern ab, in dessen Bauch sich bewaffnete Kämpfer versteckt hielten. Die Trojaner zogen das Pferd in ihre Stadt, nicht ahnend, welches Unheil darin verborgen war. Siehe den ausführlichsten Bericht in Vergils »Aeneis« (2,

13–267). /*13* **Kirchhoff]** Siehe das Aussehen des »feisten Todes« in »Neuer Lübecker Totentanz« (S. 80/11ff.). /*14* **Der Knabe Bogumil]** Die deutsche Entsprechung des Namens »Bogumil« ist »Gottlieb«, das ist der Vorname von Jahnns Lebensgefährten Gottlieb Harms (1893–1931); ferner verweist der Name auf einen religionsgeschichtlichen Kontext: Bogumilen waren Anhänger des Neumanichäismus. »Es war die Idee einer völligen Neugründung des Reiches Gottes, der diese Kreise beschäftigte; und zwar geschah dieses so, daß ihnen dabei der Gedanke an das Bestehen eines gottfeindlichen Reiches des Satans, zu dem Gottes Reich im schroffsten Gegensatze stehen müsse, vorschwebte [...] Es gestaltete sich in ihnen eine geradezu dualistische Weltanschauung, die den Satan als ewiges Wesen wie Gott betrachtete, und die – ganz gnostizierend – das Alte Testament mit seinem Jehovahkult und die ganze äußere Kirche dem Reiche des Teufels zuwies. [...] Es begreift sich, daß die Hierarchie die gegen sie heraufziehende Gefahr nicht gleichgültig lassen konnte. Der grimmige Haß, der sich in den Herzen der Katholiken gegen die Neuerer ansammelte, machte sich daher zunächst in allerlei Schimpfnamen Luft, mit denen man sie bezeichnete. Man nannte sie Bougres (Bulgaren, d.h. Bogumilen = liederliche Menschen) [...]« (Soldan-Heppe: Geschichte der Hexenprozesse. Bd. I. 3. Auflage. Neu bearb. u. hrsg. von Max Bauer. München 1911, S. 133f.) /*21* **Matthieu]** Den Namen »Matthieu« verwendete Jahnn später für die Hauptfigur in der Novelle »Die Nacht aus Blei« und dem Fragment gebliebenen Roman »Jeden ereilt es«.
9/*1* **Der Zuschauer sieht: ...]** Wir zitieren die Bühnenanweisung für den ersten Akt, erste Szene von O'Neills »Alle Kinder Gottes haben Flügel«: »Straßenecke im ärmeren New York, am Rande eines Negerviertels. Drei enge Gassen schneiden sich. Hinten ein vierstöckiges Eckhaus aus roten Ziegeln. Im Erdgeschoß ein Krämerladen. Man sieht den First der vierstökkigen Häuser weiter die Straße hinablaufen. Es wimmelt von Menschen. In der nach links führenden Straße sind alle Gesichter weiß, in der nach rechts alle schwarz.
Es ist ein heißer Frühlingstag. Auf dem Bürgersteig spielen acht Kinder Murmeln, vier Knaben und vier Mädchen, je zwei davon Weiße, je zwei Schwarze. Der eine Negerjunge ist Jim Harris, dicht hinter ihm sitzt ein blondes achtjähriges Mädchen mit rosigweißer Hautfarbe und hält ihm die Murmeln: Ella Downey. Die Kinder spielen eine Weile mit gespannter Aufmerksamkeit. Weiße und schwarze Leute gehen vorüber, die Neger nehmen unbefangen an der Stimmung des Frühlings teil, während die Weißen gezwungen lachen, ungeschickt in der natürlichen Erregung. Die Gespräche sind nicht zu verstehen, man hört nur das Gelächter, das sich deutlich nach den Rassen unterscheidet. Dazwischen Straßenlärm, Dröhnen der Hochbahn, Pfeifen der Triebwagen, das gleichsam wiederkäuende Rumpeln einer Pferdedroschke, klappernde Hufe auf den Steinen. Von der Straße der Weißen her singt ein sich überschlagender nasaler Tenor den Refrain aus ›Nur ein Vogel im vergoldeten Käfig‹. Aus der Straße der Schwarzen antwortet ein Neger mit dem Refrain: ›Vermute, ich habe meiner Frau zu telegraphieren!‹ Nach Schluß des Gesangs erschallt Gelächter, wieder unterschieden aus beiden Straßen. Dann Schweigen. Das Licht in den Straßen beginnt mit der sinkenden Glut der Sonne zu wachsen. Das Mur-

melnspiel geht weiter.« (Eugene O'Neill: Alle Kinder Gottes haben Flügel. Ein Stück in zwei Teilen. Übertragen von Alfred Wolfenstein. Berlin 1925, S. 5 f.)
Neben O'Neills Schauspiel haben auch die Bühnenanweisungen zum Circe-Kapitel in Joyces »Ulysses«, das in der Dirnengasse spielt – »Mabbot Street, Eingang in die Nachtstadt, vor dem eine ungepflasterte Straßenbahnausweiche mit skelettartigen Geleisen liegt« (zit. Ausgabe 1930, 2. Bd., S. 82) – die Szene der »Straßenecke« bestimmt. Von Joyce dürfte Jahnn auch die Anregungen zu weiteren Details – die Straßenbahn, die lautmalerische Versprachlichung der Alltagsgeräusche sowie die Notenzitate – übernommen haben. Jahnn hat die dreibändige nichtöffentliche Subskriptionsausgabe der ersten deutschen Übersetzung durch Georg Goyert bereits 1927, im Jahr des Erscheinens gelesen, und 1930 im »Kreis« eine kurze Rezension veröffentlicht, in der er u. a. hervorhebt, daß im »Ulysses« »die phonetischen Grundlagen der Sprache in einer bisher ungekannten Weise erweitert worden sind.« (Schriften I, S. 1105; siehe auch Schriften II, S. 1186). /*8* **Lichtreklamen]** Ende der zwanziger Jahre wurde – ausgehend von Piscators Regieexperimenten – an zahlreichen deutschen Theatern mit filmischen Elementen experimentiert. In der Erstfassung von »Armut, Reichtum, Mensch und Tier« (1933/34) sieht Jahnn filmische Rückblendungen vor, die die Handlung überbrücken (siehe S. 1164). /*11f.* **Alma. Ich liebe dich James. / James. Oh!]** In »Dantons Tod« von Georg Büchner heißt es in der ersten Szene:
»Danton: Nein, Julie, ich liebe dich wie das Grab.
Julie *(sich abwendend)*: O!
Danton: Nein, höre! Die Leute sagen, im Grab sei Ruhe, und Grab und Ruhe seien eins. Wenn das ist, lieg ich in deinem Schoß schon unter der Erde. Du süßes Grab, deine Lippen sind Totenglocken, deine Stimme ist mein Grabgeläute, deine Brust mein Grabhügel und dein Herz mein Sarg.« (Danton, I/1); siehe hierzu auch S. 18/22 ff.
In O'Neills »Alle Kinder Gottes haben Flügel« wird – ähnlich wie in »Straßenecke« – die Liebe zwischen der weißen »Ella Downey« und dem schwarzen »Jim Harris« dargestellt.
11/*10* **Tibetanische Mönche]** Nicht ermittelt. /*15f.* **Abguß der Brüste Marie Antoinettes]** Nicht ermittelt. /*17f.* **den entseelten Leib der Königin]** Marie Antoinette wurde am 16. 10. 1793 mit der Guillotine hingerichtet. /*18f.* **in einem anatomischen Theater auszuweiden]** Bezeichnung für den Präpariersaal, in dem Anatomie gemacht und den Studenten der Medizin vorgeführt wurde. Nach den theaterähnlich in Rängen ansteigenden Präpariersälen der ältesten europäischen Universitäten, zum Beispiel Padua. /*2f.* **einer erfindungsreichen Chemie]** Siehe die Anm. zu S. 55/5.
12/*7* **die Geschichte der Afrikaner]** Afrika gehörte in der zweiten Hälfte der 20er Jahre das besondere Interesse Jahnns. In seinem Drama »Medea« (1924/1926) hatte er die Titelgestalt als Negerin gezeichnet. Das zweite, Fragment gebliebene Buch von »Perrudja« sollte teilweise in Afrika spielen – zu diesem Zweck plante Jahnn eine Afrikareise (siehe Perrudja, S. 909 f.). Ein Gesuch um Finanzierungshilfe an den Hamburger Bürgermeister (siehe Schriften II, S. 978 f.) wurde abgelehnt und da es Jahnn auch in der Folgezeit nicht gelang einen Geldgeber zu finden, unterblieb die Reise. Er hat sie

freilich im »März«-Kapitel von »Die Niederschrift des Gustav Anias Horn« (Fluß ohne Ufer I, S. 449ff.) literarisch ausphantasiert; während dieser Arbeit schrieb er am 4. 12. 1941 an Werner Benndorf: »Mein Wunschtraum, selbst einmal nach Afrika zu kommen, muß wohl begraben werden, denn ich bin kein Gide, der über ein Leben im Wohlstand verfügt.«

13/*16* **Erinnerungsspeicher]** Daß »die Gebeine [...] ein⟨en⟩ Erinnerungsspeicher von Dauer« darstellen, erwähnt Jahnn auch in »Germanische Rundbauten in Dänemark« (Schriften I, S. 830) sowie in der Anfang Juni 1934 gehaltenen Rede zur Einweihung der Gruftplatte seines Freundes Gottlieb Harms (ebenda, S. 667). Die Quelle dieser Äußerung konnte nicht ermittelt werden. Eine besondere Verehrung und Heilighaltung von Knochen als Symbol von Kraft und Leben findet sich vor allem bei afrikanischen und australischen Volksstämmen, aber auch bei den Reitervölkern Mittelasiens. Da sich in den »Bestattungsbestimmungen« der Glaubensgemeinde Ugrino von 1922 keine diesbezüglichen Ausführungen finden, muß man annehmen, daß Jahnn sich diese Überzeugung erst im Anschluß an seine intensive Afrika-Lektüre Ende der 20er Jahre angeeignet hat. Siehe auch »Fluß ohne Ufer« II, S. 218 und »⟨Bornholmer Aufzeichnungen⟩« (Fluß ohne Ufer III, S. 535).

14/*5* **Kronbraut]** Gemeint ist ein jungfräuliches Mädchen, das die Brautkrone tragen darf. Möglicherweise verbirgt sich hier auch eine Anspielung auf August Strindbergs Märchenspiel »Die Kronbraut« – siehe die Anm. zu S. 125/2. /*37* **Menadopalme]** Menado, Stadt auf der malayischen Insel Celebes. /*39ff.* **Im Jahre des Heils 1889, als in New York viele tausend Schwarzhäutige ermordet wurden]** Nicht ermittelt.

16/*14* **Der Autoomnibus fährt vor]** Die folgende Szene ist großflächig aus Textmaterial montiert, das Jahnn dem Kapitel »Aus der Steinwüste der Großstädte ziehen junge Menschen aufs Land« des Fragment gebliebenen zweiten Buchs von »Perrudja« (S. 690ff.) entnahm. Das Kapitel beschreibt eine Omnibusfahrt, zwei der dort auftretenden Figuren tragen die Namen Matthieu und Eugène. Dieses Kapitel und das folgende (»Parteien, Schlagworte, Zettelkleber«) können im nachhinein als Vorstudie zur »Straßenecke« (die dort S. 720 als Ort auch schon genannt und beschrieben wird) gelesen werden. /*17ff.* **Auslöschen ...]** Siehe Perrudja, S. 725. /*24* **Was finde ich an ihr?]** Siehe Perrudja, S. 700. /*31* **Blut muß fließen.]** Siehe Perrudja, S. 700f.

17/*13f.* **Alle Toten werden verbrannt.]** Die »Bestattungsbestimmungen« der Glaubensgemeinde Ugrino (1922) verfügen in § 2: »Die Feuerbestattung ist untersagt.« Die Kritik der modernen Bestattungspraxis durchzieht Jahnns gesamtes Werk – siehe die Zusammenstellung in Schriften II, S. 832f. /*14* **Wir sind die rote Garde.]** Jahnn zitiert hier die erste Zeile aus F. C. Weiskopfs revolutionärem Kampfgedicht »Rote Garde« (Es geht eine Trommel. Verse dreier Jahre. Berlin-Schöneberg 1923, S. 59f.), das zu den bekanntesten Liedern der kommunistischen Bewegung in den 20er Jahren gehörte. /*16ff.* **Sind unsere Brüder nicht vermauert worden? ...]** Siehe Perrudja, S. 701. /*31ff.*–**18**/*19* **Man kann sich nicht mit willkürlichen Feststellungen zufriedengeben ... Retorten.]** Siehe Perrudja, S. 697f.

18/*5* **Ich habe gelesen]** Jahnn verweist damit auf seine Selbstanzeige des

»Perrudja« (Das Tage-Buch, Berlin, 21. 12. 1929): »Schließlich schwankt die Darmlänge bei den einzelnen Menschenindividuen zwischen 5,70 und 11,50 Meter.« (Perrudja, S. 817). */20* **Hier ist zu fragen ...]** Siehe Perrudja, S. 700. */22ff.* **Julie, ich liebe ...]** Siehe Anm. S. 9/11f. */30ff.* **Auslöschen ... Glück bezahlen.]** Die Figurenrede des Matthieu ist aus zwei Passagen (Perrudja, S. 719f. beziehungsweise S. 725) montiert, die an der ursprünglichen Stelle ebenfalls Matthieu in den Mund gelegt sind.

22/*11f.* **Es wird Widerliches geschehen, wenn du mich nicht schlägst.]** Die Figurenrede greift einen in Jahnns Werken immer wiederkehrenden sadomasochistischen Topos auf – siehe die Figurenrede des Jüngeren Knaben in »Medea«: »Du darfst mich töten, wenn du mich nur liebst.« (Dramen I, S. 819). */15ff.* **Wenn es Dinge dieser Welt ... Glanz.]** »Der Tod liegt zwischen Schlaf und Lachen, der Himmel zwischen Tod und Leib.« (Kurze Einführung in die ersten Bauwerke der Glaubensgemeinde »Ugrino«, 1921 – Schriften I, S. 199, siehe auch Schriften II, S. 868f.). */19f.* **Kein Teufel wird mit den Masken um das Gesicht ringen]** In Matthieus Figurenrede ironisiert Jahnn die von der Kritik als Skandalon empfundene Grausamkeit der Figur Jakob in dem Drama »Pastor Ephraim Magnus« (Dramen I, S. 98f.).

23/*1* **Ich will dir nur angenehm sein.]** Jahnnscher Topos – siehe »Gesund und angenehm« (1929 – Schriften I, S. 747ff., S. 754). */8ff.* **Was wird noch bewiesen ... Die Persönlichkeit des Teufels.]** Die Ablehnung des »persönlichen Gottes« bzw. »persönlichen Teufels« bekundet Jahnn an vielen Stellen seines Werkes, z. B. in einem Brief an Werner Helwig vom 30. 4. 1946 (siehe Fluß ohne Ufer III, S. 775).

24/*13* **Die Kloroformglocken]** Die liegende Acht am Ende des Notenbeispiels unter der vorletzten Note hat Jahnn in den Korrekturfahnen als »Unendlichkeitszeichen« erläutert.

25/*16f.* **Bolzt ihm eine Stange in den Mastdarm.]** Jahnn hat dieses Motiv aus Marlowes »Eduard II.« übernommen, wo der Wundarzt den König tötet, indem er ihm mit einem glühenden Eisen die Gedärme verbrennt – siehe die Anm. zu S. 1069/19.

27/*14* **Der Fromme muß leiden.]** Biblisch: »Der Gerechte muß viel leiden.« (Psalm 34,20). */17ff.* **Judas Ischariot ...]** Der Jünger, der Jesus verriet – nach Matthäus hat er sich erhängt, die Apostelgeschichte läßt ihn einen Abhang hinabstürzen und mitten entzwei bersten: Judas »hat erworben den Acker um den ungerechten Lohn und ist abgestürzt und mitten entzweigeborsten, und all sein Eingeweide ausgeschüttet.« (Apostelgeschichte 1, 18) Jahnn verwendet das Bild auch in »Fluß ohne Ufer« (II, S. 349).

29/*1* **S. D. G. A.]** Abkürzung für: Soli Deo Gloria Amen – Gott allein sei die Ehre, Amen.

33/*15* **benachbartes angenehmes Fleisch]** Erst in den Fahnen camouflierte Stelle, in allen Textstufen bis zu den Fahnen: »eine Hure«.

38/*18* **Lichtreklamen]** Siehe die Anm. zu S. 9/8. */26ff.* **»Wohin verschwindet ... vorgelegen haben.]** Jahnn hat diese, wohl einer aktuellen Zeitungsnachricht entnommene Passage erst in den Fahnen eingefügt. */26f.* **Der Mensch vergeht, aber Persil bleibt Persil.]** Siehe auch: Reise Notizen in Frankreich, 17. 11. 1951, Späte Prosa, S. 348.

47/*3* **verständigen können.]** Danach folgt noch in den Fahnen die erst dort gestrichene Stelle: »Das ist mehr, als wenn man nur Ekel vor dem Furz der anderen empfinde«.
49/*13* **Nachricht aus Afrika]** Siehe die Anm. zu S. 12/7.
52/*37* **Ich sehe keine Hoffnung für die Tiere.]** Zum Thema Tier und Schöpfung, das in Jahnns Werk überall gegenwärtig ist, siehe den frühen Text »⟨In Eure Hände seien sie gegeben⟩« (Schriften I, S. 34ff.) sowie den späten Essay »Das Recht der Tiere« (Schriften II, S. 303ff).
53/*6* **Ich will dir erzählen, wie ich ein Walweibchen sterben sah.]** Siehe Fluß ohne Ufer III, S. 382. – Zur Ausrottung der Wale siehe Schriften I, S. 756 und Fluß ohne Ufer I, S. 755. /*28ff.* **James, erhängt ... Angesicht.]** Die ausführlichere Fassung hat Jahnn erst in den Fahnen korrigiert: »James, erhängt, wird langsam heruntergelassen. Er ist nur mit einem Lendentuch angetan. Wie der Körper nahe dem Fußboden der Bühne ist, schreitet Kirchhoff hinzu, entfaltet ein Rasiermesser und setzt zu einem Schnitt in die Weiche an.« /*38f.* **Die Maschine ist mächtig geworden.]** Diese zivilisationskritische Warnung vor der Maschine der Zukunft ist seit »Glossen zum Schicksal gegenwärtiger Dichtkunst« (1928 – siehe Dramen I, S. 944ff.) omnipräsent in Jahnns publizistischen wie literarischen Warn- und Mahnreden.
54/*27ff.* **Die Zahl Mensch will sich um die Erde ...]** Siehe »Neuer Lübecker Totentanz«, S. 81/33ff. /*33ff.* **Melankolie ... Karakter]** Siehe die Anm. zu S. 7/12. /*36* **Die Ehen der Geschwister]** Jahnn feiert die Geschwisterliebe als sakralen Inzest in den Dramen »Hans Heinrich«, »Pastor Ephraim Magnus«, »Der Arzt, sein Weib, sein Sohn« (Dramen I, S. 522) und »Der gestohlene Gott« (Dramen I, S. 676ff.). Die Folie seiner Überzeugung bildet das mythische Geschwisterpaar Isis und Osiris, von dem Plutarch schreibt: »Isis und Osiris aber, die einander liebten, vermischten sich noch vor der Geburt im Mutterleibe in der Dunkelheit.« (zit. Dramen I, S. 1145).
55/*2f.* **Die schönen Pferde]** Gustav Anias Horn schreibt in seiner Niederschrift: »Vergeblich segne ich ein einziges Geschöpf: das Pferd.« (Fluß ohne Ufer II, S. 689) In Jahnns Vorstellungswelt nahm das Pferd eine besondere Stellung ein: »Wir leben in ganz unhaltbaren, unbewiesenen Annahmen. Zum Beispiel der von der zentralen Stellung des Menschen in der Natur. Alles spricht dafür, daß das Pferd ein älteres, edleres Geschöpf ist als der Mensch. Es kommt schon in den ältesten Perioden vor; es gibt keine, in der es nicht da wäre. Sein Geschlechtsapparat ist vollkommener als der menschliche, z. B. mit der doppelten Vorhaut des Penis. Andere Tiere haben einen Penisknochen, der Mensch nicht.« (Gespräche, S. 26f.) »Das Pferd ist ein älteres und vollkommeneres Geschöpf als der Mensch, es hat einfach die feineren Empfindungen. Jeder Pferdehalter weiß, daß ein Pferd niemals an einem alten Kreuzweg vorbeigeht, man muß im Bogen um ihn herumreiten oder -fahren.« (Gespräche, S. 56). /*5* **Giftgas]** Giftgas wurde während des 1. Weltkriegs erstmals zu kriegerischen Zwecken eingesetzt. In den 20er Jahren galt die Möglichkeit eines Giftgaseinsatzes in einem kommenden Krieg – wie ein halbes Jahrhundert später der Einsatz von Kernwaffen – nicht nur bei Pazifisten und Antimilitaristen, sondern bei der kritischen Intelligenz überhaupt als eine der großen Gefahren für die Menschheit. Die Warnung

vor dem Giftgaskrieg – meist durch das Stichwort »Diphenylchlorarsen« bezeichnet – gehört zu den immer wiederkehrenden Beispielen in Jahnns literarischer Publizistik zwischen 1926 und 1933. Eine zunächst als »Oratorium« konzipierte eigenständige Gestaltung des Stoffes mit dem Titel »Katastrophe Gas« hat er als Schlußchor von »Straßenecke« verwendet – siehe S. 67ff. und S. 72ff.

56/*20* **Variantenbedürfnis]** Jahnns immer wieder verwendete harmonikale Schöpfungsformel: »Und Geist, das ist ein recht ungenaues Wort. Es kann doch immer nur eine Art Ausstrahlung der Materie sein, nichts außer der Schöpfung, ein Ergebnis jener beiden Urkräfte, mit denen alle Gestalt gedüngt ist: Wille zur Form und Variantenbedürfnis.« (Bornholmer Aufzeichnungen, 29. 12. 1934 – Fluß ohne Ufer III, S. 536) Siehe auch Schriften I, S. 603 und 669 sowie Schriften II, S. 1032.

57/*6ff.* **... daß die Liebe für den weiblichen Teil der Menschheit nachteilig ausfällt]** Jahnn spielt auf die Diskussion um den §218 an. Wie aus einer Anzeige im Hamburger Fremdenblatt vom 14. 1. 1930 hervorgeht, gastierte die Piscator-Bühne Anfang 1930 mit einem Stück über den §218 von Carl Crédé im Schillertheater in Hamburg; möglicherweise hat Jahnn diese Aufführung gesehen. /*20f.* **an einer dunklen Ecke der Epiphaniasstraße]** Ironische Anspielung auf den antiken Topos: Epiphanie, das plötzliche Sichtbarwerden eines Gottes. /*24* **Mit grüner Kreide ... verführen wollte.]** Die Farbe Grün chiffriert auch in »Die Niederschrift des Gustav Anias Horn« (Ajaxs »Augenwimpern waren vergoldet, die Brauen und Lippen waren flüchtig grün gefärbt« – Fluß ohne Ufer II, S. 231), in »Die Nacht aus Blei« (Elvira trägt ein »grünseidenes« Gewand – Späte Prosa, S. 259) sowie in »Der staubige Regenbogen« (siehe S. 805) die verführerische Gewalt. In der christlichen Ikonologie ist Grün die »Symbolfarbe Satans und der Dämonen« (Alfons Rosenberg: Engel und Dämonen. Gestaltwandel eines Urbildes. München, 2. Aufl. 1986, S. 187).

59/*26ff.* **er besaß eine Braut ... Sie ließ sich vom Fluß hinabtreiben zum Meer]** Die Figurenrede paraphrasiert hier das Ophelia-Motiv aus Shakespeares »Hamlet«, das durch Arthur Rimbauds Gedicht »Ophélie« (1869) und die beiden Brechtschen »Hauspostillen«-Gedichte »Von den verführten Mädchen« und »Vom ertrunkenen Mädchen« in die moderne Literatur eingegangen war. Jahnn kannte das letztere zumindest aus der 1926 von ihm besuchten Berliner Aufführung von Brechts Stück »Baal« (siehe Schriften II, S. 1304).

67/*4.* **Kor der Neger und Proletarier]** Der Text dieses abschließenden Sprechchors ist unter dem Titel »Katastrophe Gas« als selbständiger Entwurf überliefert (Paralipomenon II, S. 72ff.). /*6ff.* **Wir, die gering sind ...]** Im dritten Bild von Ernst Tollers »Masse Mensch« (zitiert nach der Erstausgabe aus dem Jahr 1920) heißt es:

»MASSENCHÖRE ⟨wie aus der Ferne⟩
Wir ewig eingekeilt
In Schluchten steiler Häuser.
Wir preisgegeben
Der Mechanik höhnischer Systeme.
Wir antlitzlos in Nacht und Tränen.

Wir ewig losgelöst von Müttern,
Aus Tiefen der Fabriken rufen wir:
Wann werden Liebe wir leben?
Wann werden Werk wir wirken?
Wann wird Erlösung uns?
[...]
GRUPPE JUNGER ARBEITERINNEN
Und Schlacht speit neue Schlacht!
Kein Zaudern mehr mit jenen Herren,
Nicht Schwanken und nicht schwachen Pakt.
Einer Schar Genossen Auftrag:
In die Maschinen Dynamit.
Und morgen fetzen die Fabriken in die Luft.
Maschinen pressen uns wie Vieh ins Schlachthaus.
Maschinen klemmen uns in Schraubstock,
Maschinen hämmern unsre Leiber Tag für Tag
Zu Nieten ... Schrauben ...
Schrauben ... drei Millimeter ... Schrauben ... fünf Millimeter,
Dörren unsre Augen, lassen Hände uns verwesen,
Bei lebendigem Leibe ...
Nieder die Fabriken, nieder die Maschinen!« (S. 30f.)

70/*19f.* **kein Nachdruck auf die eine Handlungsebene: Wirklichkeit]** Siehe dazu die Ausführungen in dem Artikel »Modernes Theater«, S. 965. /*28ff.* **der menschliche Geist ... keine Musik geben.]** Diese Passage aus dem »Vorreden«Entwurf kehrt in »Modernes Theater« fast wörtlich wieder – siehe S. 965.

72/*2* **Katastrophe Gas]** Siehe die Anm. zu S. 55/5. /*3* **Oratorium]** Wie andere Schriftsteller der Zeit (u. a. Gottfried Benn und Bertolt Brecht) hat auch Jahnn sich Ende der 20er Jahre mit den Formen des Musiktheaters auseinandergesetzt – siehe seinen Libretto-Entwurf »Auto und Rubin« (Dramen I, S. 867ff.).

NEUER LÜBECKER TOTENTANZ

Entstehung

Am 17. 10. 1930 wendet sich Dr. Ernst Timm, Nordische Gesellschaft, als Koordinator des Ostseejahres 1931 an Jahnn: »Heute morgen hatte ich Ihnen ja telefonisch ganz kurz mitgeteilt, daß wir die Absicht haben, die Eröffnung des Ostseejahres in Lübeck so zu gestalten, daß sie insgesamt in den Rahmen eines ›Ostseespieles‹ gefaßt wird. Dieses Ostseespiel soll sich zusammensetzen aus einem gewissermaßen öffentlichen Teil, der sich an verschiedenen Stellen der Stadt, im Freilichttheater, durch Umzüge durch die Straßen, auf dem Marktplatz, am Burgtorzingel abspielt und einem geschlossenen Teil, dem Höhepunkt, im Stadttheater. Dieser Teil soll in sich derart abgefaßt sein, daß er auch eventuell in anderen Städten allein aufgeführt werden kann. Das ganze Spiel soll aus dem Milieu des Ostsee-Kulturkreises herauswachsen und nicht zu stark lokal gebunden sein: also niederdeutsch-nordischen Charakters. Jürgen Fehling, der ja geborener Lübecker ist und den ich vor ein paar Tagen in Berlin darum anging, hat sich grundsätzlich bereit erklärt, die Regie des Theaterstückes zu übernehmen und bei der Regie des öffentlichen Teils maßgebend mitzuwirken, sodaß eine erstklassige Behandlung der Angelegenheit gesichert ist. Wir möchten nun an Sie die Frage richten, ob Sie wohl bereit sein würden, uns den Text sowohl für das Theaterstück als auch für den öffentlichen Teil zu schreiben, letzteres natürlich in besonders engem Zusammenwirken mit Fehling. Über die finanzielle Seite müßten wir uns unterhalten, es kann sowohl ein fester Betrag als auch eine Tantieme infrage kommen. Die Eröffnung mit der Uraufführung soll am 15. Mai nächsten Jahres stattfinden.«

Mit Brief vom 20. 10. 1930 antwortet Jahnn: »Ich bin grundsätzlich bereit, das Festspiel zu schreiben. Im Augenblick ist mir noch nicht klar, wie der öffentliche Teil gedacht ist. Deshalb bin ich auch noch nicht daran gegangen, einen Stoffkreis näher auf mich wirken zu lassen. Vielleicht ist es richtig, ich setze mich mit Jürgen Fehling in Verbindung.«

Der Beginn der Arbeit ist für den Dezember 1930 belegt. So bat Jahnn Anfang Dezember die Nordische Gesellschaft (Brief vom 1. 12. 1930) um Übersendung eines »Druckexemplar des Lübeckischen Totentanzes«. Am 16. 12. 1930 teilt Timm Jahnn auf Anfrage mit: »Ich sprach soeben mit Herrn Hauptpastor Dencker von der Marienkirche, der [. . .] wegen der Musik und des Sprechers in der Marienkirche im Rahmen des Ostseespiels keine Bedenken hat [. . .].«

Mit Brief vom 2. 1. 1931 erkundigt sich Timm bei Jahnn: »[. . .] Zum

Speziellen möchte ich Sie fragen, ob Sie schon einen Titel für das Festspiel wissen. Dann möchten wir natürlich etwas genauere Angaben darüber in dem großen Prospekt abdrucken.« Der am Nachlaß überlieferte Veranstaltungskalender »Veranstaltungen Ostseejahr 1931« zeigt unter »15. Mai Lübeck« an: »LÜBECKER FESTSPIEL ›DAS TUCH AUS GOLD UND NACHT‹ VON HANS HENNY JAHNN. REGIE JÜRGEN FEHLING. AUSSTATTUNG ALFR. MAHLAU«.

Das ausgedruckte Programm kann nicht darüber hinwegtäuschen, daß die Arbeit in wesentlichen Fragen noch einer abschließenden Klärung bedurfte. So hatte Jürgen Fehling entgegen dem Veranstaltungshinweis seine Mitarbeit noch nicht zugesagt. Am 24. 2. 1931 schreibt er an Timm: »Leider ist die erste Voraussetzung meiner Mitwirkung in Lübeck bisher nicht erfüllt. Ich kenne nicht Herrn Jahns Dichtung und bin infolgedessen außerstande mich irgendwie zu amnestieren oder zu binden.« Daraufhin drängte Timm Jahnn, die Textvorlage für das Festspiel so schnell als möglich abzuliefern (Brief vom 25. 2. 1931). Ende März 1931 muß Jahnn sein Festspiel »Das Tuch aus Nacht und Gold« fertiggestellt und an die Nordische Gesellschaft übermittelt haben, erkundigt sich Timm doch im Brief vom 25. 3. 1931 bei Jahnn: »Ich habe vergessen zu fragen, ob wir den Titel für das Festspiel, der allgemein hier wenig Anklang findet, nicht ändern können. Ist es wohl möglich, ihn trotz entgegenstehender Bedenken in ›Reigen des Lebens‹ ›Tanz des Lebens‹ oder so ähnlich zu ändern? evt. Untertitel ein neues Spiel vom Lübecker Totentanz.« Jahnns Antwort ist nicht überliefert. Eine Zusammenarbeit Jürgen Fehlings mit der Nordischen Gesellschaft kam jedoch aus Termingründen nicht zustande, was für Jahnn zur Folge hatte, daß sein Festspiel mit dem geänderten Titel »Neuer Lübecker Totentanz« in Lübeck unaufgeführt blieb (siehe Materialien, S. 1144ff.).

Mit Brief vom 16. 4. 1931 bietet Jahnn sein Festspiel der Theaterabteilung von S. Fischer an: »anläßlich des Ostseejahres habe ich ein Festspiel ›Neuer Lübecker Totentanz‹ geschrieben, das in Lübeck am 15. Mai zur Uraufführung kommen sollte. Trotz zugegebener hoher künstlerischer Qualitäten ist man in Lübeck von dem Plan, das Werk aufzuführen, abgerückt mit der äußerlichen Begründung, Jürgen Fehling, der für die Inszenierung vorbestimmt war, habe im letzten Augenblick wegen anderweitiger B⟨e⟩schäftigung von der Inszenierung zurücktreten müssen. Der tiefere Grund aber dürfte sein, man findet das Werk zu ›pessimistisch‹. Ich möchte bei Ihnen anfragen, ob Sie das Werk verlegen mögen. Ein Exemplar kann ich Ihnen in den nächsten Tagen zusenden.«

Am 6. 5. 1931 antwortet ihm Rudolf Kayser, Redakteur bei der bei S. Fischer erscheinenden »Neuen Rundschau«: »Durch Herrn Dr. Maril erhielt ich das Manuskript Ihres ›Neuen Lübecker Totentanzes‹, ein Werk, das von so hinreißender dichterischer und gedanklicher Schönheit ist, daß ich Ihnen sogleich meine Begeisterung und meinen Glückwunsch aussprechen möchte. Mein Wunsch wäre es, diese Dichtung in der ›Neuen Rundschau‹ zu veröffentlichen.«

Am 10. 5. 1931 übersendet Jahnn der Neuen Rundschau die Druckvorlage für den »Neuen Lübecker Totentanz«. Trotz wiederholten Drängens gelingt es Jahnn in der Folgezeit nicht, einen Druck zeitgleich zu den Veranstaltungen des »Ostseejahres 1931« durchzusetzen. Ende Oktober 1931 befindet sich der »Neue Lübecker Totentanz« im Satz. Am 27. 11. 1931 kann Rudolf Kayser mitteilen: »Gerade erscheint das Dezemberheft mit Ihrem ›Neuen Lübecker Totentanz‹. Die gewünschten Separata sind bereits gestern an Sie abgegangen. Mir fällt aber ein, daß es gut wäre, wenn unser Bühnenverlag einige Abzüge zur Verfügung hätte, um die Theater mobilisieren zu können. Schicken Sie doch also einen Teil der Exemplare an unseren Bühnenvertrieb.«

Mit Brief vom 11. 12. 1931 zeigt Jahnn der Neuen Rundschau an: »ich habe mich sehr gefreut über das Dezemberheft der Neue Rundschau. Hoffentlich gelingt es der Theaterabteilung auch eine Aufführung unterzubringen. Ich halte es für nicht ganz ausgeschlossen, daß Reinhardt für das Festspiel interessiert werden kann. Ich kenne den Regisseur Gründgens recht gut und habe mir vorgenommen ihn auf das Stück aufmerksam zu machen. Vielleicht gelingt es über diesen Weg.

Das Schauspielhaus in Hamburg, das den Totentanz zur Lektüre angefordert hatte, hat sich bis jetzt noch nicht entschieden. Ich halte es für möglich, daß wenn Sie einen anempfehlenden Brief dorthin schreiben, dieser den Ausschlag geben könnte. Natürlich würde eine Aufführung in Hamburg nichts hervorragendes sein, aber Geld ist ein Ding, das man haben muß um es verbrauchen zu können.«

Am 8. 2. 1932 schreibt Jahnn aus Berlin an seine Frau Ellinor: »Heute war ich bei Brecht, Loerke, Sinsheimer. Dieser wird Reinhardt persönlich den ›Totentanz‹ überreichen. Im Rundfunk hier soll ich im März lesen. 20 Minuten Prosa. RM. 150.– Dieser Tag war, wenn man's genau nimmt, freundlich. Man war gegen mich freundlich. Brecht war herzlich. Heut abend sehe ich die Bearbeitung seiner ›Mutter‹〈.〉 Sollte Reinhardt nicht mögen, wird vielleicht der Rundfunk. Hier gibt es hübsche Mädchen. Nur die Stadt ist unfreundlich.«

Doch trotz vielfältiger Bemühungen gelingt es Jahnn und S. Fischer nicht, ein Theater für die Uraufführung zu gewinnen. So erlebt das Festspiel seine Uraufführung als Hörspiel: Am 27. 4. 1932 um 21. 10 Uhr wird der »Neue Lübecker Totentanz« »in gekürzter Form« (Brief an Neue Rundschau vom 27. 4. 1932) von der »Norag« Hamburg gesendet.

Nachdem Jahnn 1940 mit dem Leipziger Verlag A. H. Payne in Kontakt gekommen war und einen Verlagsvertrag über die Veröffentlichung von »Fluß ohne Ufer« abgeschlossen hatte, versuchte er dort 1941 auch einen Druck der beiden noch nicht in Buchform erschienenen Stücke (»Neuer Lübecker Totentanz«, »Armut, Reichtum, Mensch und Tier«) zu erreichen, was trotz der schriftlichen Verbürgung Gustaf Gründgens' bei der Schrifttumsstelle des Reichs-Propaganda-Ministeriums (Brief des Payne Verlags an Jahnn, 10. 7. 1941) zu keinem Erfolg führte.

Ein erster Versuch einer Drucklegung für die Zeit nach 1945 ist für das Jahr 1947 belegt. Am 20. 9. 1947 schreibt der damalige Generalbevollmächtigte Jahnns, Hans Richters, an Dr. Ernst Timm, Literarische Kanzlei Lübeck: »vielen Dank für Ihre Zeilen vom 12. September. Herr Jahnn ist an sich damit einverstanden, wenn der ›Neue Lübecker Totentanz‹ als Sonderdruck in einer Auflage von 5000 Stück im Chr. Wolff-Verlag herauskommt. Ich

werde Ihnen das Einverständnis des Weismann-Verlages München erwirken.« Mit Brief vom 29. 9. 47 erklärt sich Willi Weismann dem Christian Wolff Verlag, Flensburg, gegenüber grundsätzlich zu einer »Lizenzausgabe des Dramas ›Neuer Lübecker Totentanz‹ von Hans Henny Jahnn« bereit. Eine Drucklegung kam dennoch nicht zustande.
Erst vier Jahre später ist ein neuerlicher Versuch Jahnns bezeugt. So schreibt er am 13. 9. 1952 an Willi Weismann, dem Verleger, mit dessen Hilfe er und der Ugrino-Verlag zu diesem Zeitpunkt die Drucklegung des Dramas »Spur des dunklen Engels« realisierte: »Ich habe mich entschlossen, den Neuen Lübecker Totentanz in gleicher Ausstattung ⟨wie »Spur des dunklen Engels«⟩ mit der großen Partitur herauszubringen, sobald diese ganz fertig ist. Ob ich dafür von irgendeiner Seite finanzielle Unterstützung erhalten ⟨werde⟩, weiß ich noch nicht; aber ich hoffe es doch. Ich setze Ihr Einvernehmen voraus, wenn ich Sie als Mitverleger aufführe. Sollte Ihnen das nicht recht sein, bitte ich Sie, es mir gleich mitzuteilen. Ich kann schließlich nicht darauf warten, daß fertige Werke von mir zufälligerweise erscheinen. Und der Neue Lübecker Totentanz ist bühnenwirksam. Das haben die Probeaufführungen in Hamburg und Harburg erwiesen.«
Aber es sollten neuerlich zwei Jahre vergehen, ehe Jahnn diesen Plan realisieren konnte. An die Stelle Weismanns tritt jetzt der Rowohlt Verlag, der die Auflage auf 750 Exemplare festsetzt. Der Band erscheint im Oktober 1954. Mitten in die Arbeiten platzt die Nachricht von der Absetzung des »Neuen Lübecker Totentanzes« bei den Ruhrfestspielen 1954. Als ein Zeugnis unter vielen sei der Brief vom 22. 6. 1954 an Prof. Eduard Justi (Braunschweig) zitiert: »Ich habe in der letzten Woche eine recht große Enttäuschung erlebt: Die Leitung der Ruhrfestspiele in Recklinghausen hat in letzter Minute meinen ›Neuen Lübecker Totentanz‹ mit der großen Musik Yngve Tredes abgesetzt, weil einer der Hauptdarsteller überfallen und schwer verletzt wurde. Man hat mir aber auch einen zweiten Grund genannt: der Kartenverkauf sei sehr schlecht gewesen.
Die Proben zu dem Stück hatten schon seit Wochen begonnen. Die Leitung des Schauspielhauses in Hamburg sollte das Stück als einziges eines lebenden deutschen Autors groß herausbringen und es sollten etwa 130 Personen an der Darstellung beteiligt sein. Das ganze bedeutet für mich nicht nur eine beträchtliche finanzielle Schädigung, sondern auch ein⟨en⟩ Verlust an Prestige und Mut. Das Schlimmste vielleicht, daß der junge Yngve Trede, der fast ein Jahr an der Musik gearbeitet hat, in arge Mitleidenschaft gezogen worden ist.«

Überlieferung

Am Nachlaß werden unter der Nr. 30 verwahrt: Handschrift bestehend aus 35 Blättern unterschiedlichen Formats und unterschiedlicher Papiersorten, einseitig mit schwarzer Tinte beschriftet (Sofortkorrekturen, wenige Korrekturen in Bleistift); auf Blatt eins, zwei (= Drucksache »Kartell Hamburger Künstler-Verbände« geteilt) und den Doppelblättern drei, vier und fünf – sämtlich: Drucksache »Kartell Hamburger Künstler-Verbände« – Schrif-

ten I, S. 894f. – (208 × 297 mm) ist die »Ostsee-Kantate« sowie die 1. Szene überliefert (auf vier recto findet sich die gestrichene Notiz »Brief an Ellinor«, auf Blatt vier das Wort »Ramin«); die Blätter 6–15 (225 × 285 mm) bieten die Lettner-Szene in der Handschrift von Werner Helwig mit Korrekturen von Jahnns Hand; lediglich die vier letzten Verse des Berichterstatters (S. 88/17–20) stammen aus der Feder Jahnns; die vier abschließenden Verse des »Todes« (S. 88/22–25) fehlen in dieser Fassung; Blatt 16–20 (=Drucksache »Kartell Hamburger Künstler-Verbände«); Blatt 18 ist eingelegt in ein gefaltetes Blatt Typoskriptdurchschlag (paginiert: »18«) »Rechts Mann Maschine Tod« (S. 93/9–26); Blatt 21–26 Briefpapier »Ugrino Oberleitung / Abteilung Verlag« (210 × 268 mm); Blatt 27 (210 × 330 mm); Blatt 28 Drucksache »Kartell Hamburger Künstler-Verbände«; Blatt 29 Briefpapier »Hans Henny Jahnn« (224 × 286 mm); Blatt 30–35 Drucksache »Kartell Hamburger Künstler-Verbände«.
Bühnendruck der Fassung 1931 (Typoskript): 40 Blätter (210 × 295 mm) mit handschriftlichen Korrekturen und Ergänzungen in Blei (die durchweg dem Text des Erstdrucks entsprechen) und in Tinte (= Verweise auf die Bühnenmusik) von fremder und von Jahnns Hand. Auf dem Umschlag findet sich: »Neuer Lübecker Totentanz / von / Hans Henny Jahnn«. – Bei diesem Exemplar handelt es sich vermutlich um die Vorlage zur Aufführung der »Hamburger Lektürebühne« am 18. November 1951 in den Hamburger Kammerspielen (»Szenische Gestaltung Rolf Italiaander«) mit der ersten, »kleinen« Musik Yngve Jan Tredes. Die Musik bestand aus 14 gegenüber 17 Nummern der zweiten, endgültigen und 1954 gedruckten Fassung.
In Einzelblätter aufgelöstes Rollenbuch (Typoskript) der 1954 zum Druck gebrachten Neufassung aus den frühen 50er Jahren (209 × 298 mm, einseitig beschriftet). Das Deckblatt trägt den Stempel »Ugrino-Verlag H. H. Jahnn« (mit »Eigentum: Bibliothek Deutsches Schauspielhaus Hamburg« überstempelt). Überliefert sind die Blätter 5–27. Sie verzeichnen zahlreiche handschriftliche Ergänzungen und Korrekturen in Tinte und (vereinzelt) in Blei sowie handschriftliche Anweisungen (zum Teil in Farbstiften) für den Satz. Mutmaßlich handelt es sich bei diesem Exemplar um das Fragment der Satzvorlage für den Erstdruck 1954. Der überlieferte Befund entspricht den Seiten 12–31 (»Antwort erhält«) ebendort. Ob das Exemplar für die beiden Teildrucke »Rede des feisten Todes aus ›Neuer Lübecker Totentanz‹« im Jahrbuch 1951 der Mainzer Akademie und »Neuer Lübecker Totentanz. Monolog der armen Seele« in »Fünf Fenster«, Jahrbuch 1952 der Freien Akademie der Künste in Hamburg (= Meyer Nr. 21 und Nr. 22) oder im Zuge der szenischen Lesung mit der »großen« Musik Tredes am 17. November 1954 im Deutschen Schauspielhaus Hamburg auseinandergenommen wurde, war nicht zu ermitteln.
Ein Blatt Typoskript (210 × 297 mm) mit Anweisungen für den Satz unter dem Titel »Abschrift« (datiert auf 23. 3. 1954): »[. . .] Ich bitte Sie, mit dem Stich ⟨der Partitur⟩ so schnell als möglich zu beginnen, damit das Buch so schnell als möglich fertig werden kann. Auf alle Fälle ist es Bedingung, daß das Werk bis spätestens Ende September vorliegt.« Diesem ist beigefügt ein Typoskript: drei Blätter (210 × 297 mm), einseitig beschriftet, mit handschriftlichen Korrekturen in Tinte und Streichungen in Blei. Es gibt die

Szene »Ewige Wanderschaft« wieder und hat als Druckvorlage gedient für: Hans Henny Jahnn: Neuer Lübecker Totentanz. Monolog der armen Seele des guten Menschen. In: Fünf Fenster. Jahrbuch 1952 der Freien Akademie der Künste in Hamburg. Hamburg [1953], S. 55–57. (= Meyer Nr. 22).
Typoskript: 2 Blätter (210 × 296 mm), einseitig beschriftet, mit Korrekturen in Tinte und handschriftlich (Tinte) gesetzten Rollenbezeichnungen (Prolog / Tigerin / Gott und Göttin / Afrika / Epilog). – Beiliegt ein Typoskriptdurchschlag von vier Blättern (siehe S. 1086ff. und die Anm.).
Zwei Exemplare des Drucks: Hans Henny Jahnn: Rede des feisten Todes, aus »Neuer Lübecker Totentanz«. In: Jahrbuch 1951 [der Mainzer Akademie]. Wiesbaden [1952], S. 314–316. (= Meyer Nr. 21).
Erstdruck: Neuer Lübecker Totentanz von Hans Henny Jahnn. In: Die neue Rundschau, XLII. Jahrgang der Freien Bühne. Band II. Berlin und Leipzig 1931, S. 748–776 (= Fassung 1931).
Erstdruck: Hans Henny Jahnn. Neuer Lübecker Totentanz. Musik von Yngve Jan Trede. Hamburg 1954 (= Fassung 1954).
Von der Fassung 1931 erschien ein Vorabdruck (im Apparat abgekürzt »V«) der Szenen »Der Alte und der Junge«, »Mann, Maschine, Tod« und »Prognose« in: Hamburger Anzeiger, 9. Mai 1931, Nr. 107 (Beilage »Vom Sonntag für den Alltag«). Dort findet sich dem Abdruck vorangestellt die redaktionelle Notiz: »Anläßlich des ›Ostseejahres‹ wurde der ›Neue Lübecker Totentanz‹ Hans Henny Jahnn in Auftrag gegeben. Absicht war, das Werk unter der Regie Jürgen Fehlings in prominenter Besetzung (Heinrich George, Agnes Straub u. a.) als neues deutsches Mysterienspiel durch die Stadt Lübeck selbst vom Marktplatz bis an das Wasser ziehen zu lassen. Die Aufführung, in den Einladungen des Senats angekündigt, wurde im letzten Augenblick abgesagt. Als Grund wurde eine Verhinderung Jürgen Fehlings angegeben. Es wurde indessen bekannt, daß die lübische Prüfungskommission von einer Aufführung des ›Festaktes‹ abgeraten hat, weil das Werk ›trotz hoher künstlerischer Qualitäten zu pessimistisch‹ ausgefallen sei. Wir vermögen nicht, uns dieser Meinung anzuschließen, wir möchten sogar als Verdienst des Neuen Lübecker Totentanzes betonen, daß Jahnn zwar erschreckende Zeitgeschehnisse andeutet, dann aber das Hohelied des biologischen Ablaufs anstimmt. Dem ist besonders in der Schlußszene Ausdruck gegeben: Mutter und Sohn gehen schweigend aneinander vorüber, die Mutter bereit zum Tod, der Sohn – und mit ihm die Masse der Zuschauer, einbezogen in die symbolische Handlung – unter strahlenden Fanfarenklängen in die Zukunft. Diese Schlußhandlung ist . . . optimistisch. Es ist die Meinung möglich, die Absage hätte etwas mit der praktischen Festeignung und Spielbarkeit des Stückes zu tun. Auch diese Meinung ist irrig: dieser Totentanz ist ein Werk von starkem Gesinnungsgehalt, im Gegensatz zu den üblichen ›Festspieldichtungen‹; seine schwere, sprachlich edle Rethorik stellt dem Dramaturgen und Regisseur zwar keine geringe, aber eine lohnende Aufgabe. Das kleine schweizerische Städtchen Solothurn hat sich zu seiner Zentenarfeier vorgestern ein ungemein schwieriges, gedanklich tiefernstes Oratorium von Honegger (Cris du Monde) schreiben lassen und . . . erfolgreich aufgeführt! – Vielleicht aber war man nicht einverstanden mit der kompromißlosen Haltung, wie sie besonders in den

hier veröffentlichten, vielleicht umstrittensten Abschnitten zum Ausdruck kommt.«
Textgrundlage der Edition ist jeweils der Erstdruck der beiden Fassungen.

Apparat zur Fassung 1931

84/*23* Sprechen] Die Textkonstitution greift auf den Befund des Bühnendrucks zurück; der Erstdruck liest *sprechen*
85/*16* im Gange] Die Textkonstitution greift auf den Befund des Bühnendrucks zurück; der Erstdruck liest *im Gang*
86/*1* alles was fiel. -] Gedankenstrich ergänzt nach Bühnendruck
88/*13* aber ein neuer:] Doppelpunkt ergänzt nach Bühnendruck
91/*31* daß Tat] Die Textkonstitution greift auf die handschriftliche Korrektur des Bühnendrucks zurück; der Erstdruck liest *das Taten*
92/*16* Ich will dich nicht.] *Ich brauche dich nicht.* (V)
94/*11* Ich sage Worte.] *Ich sag dir Worte.* (V) /*19* Es hat sie eignes Netz umgarnt.] *Es hat sie ein System umgarnt.* (V)
95/*8f.* strotzenden Wurzeln] *strotzende Wurzel* (V)
99/*2* bewegungslosem Scheinstoff] So Erstdruck und Bühnendruck; Hs. und Fassung 1954 lesen: *bewegungslosen* /*34f.* Ja oder Nein] Die Textkonstitution greift auf den Befund des Bühnendrucks zurück; der Erstdruck liest *ja oder nein*
100/*16f.* fressenden Produkte] So Erstdruck und Fassung 1954; Hs. liest: *Produkten*; im Bühnendruck wurde *Produkten* handschriftlich in *Produkte* korrigiert /*29* So ist es, Prinz.] Im Bühnendruck fehlt das Komma.

Apparat zur Fassung 1954

483/*28* Ich weiß nicht, ob er meine Berührung fühlt.] Schlußpunkt nach Rollenbuch ergänzt.
486/*4* ausgesät] Erstdruck: *ungesät*; hier liegt eine Textverderbnis vor, die Textkonstitution greift auf den Befund des Erstdrucks 1931, des Bühnendrucks 1931 und des Rollenbuchs zurück
491/*6f.* ich erreichte] Erstdruck: *ich erreiche*; hier liegt eine Textverderbnis vor, die Textkonstitution greift auf den Befund des Erstdrucks 1931, des Bühnendrucks 1931 zurück und des Vorabdrucks (siehe Meyer Nr. 22) zurück.

Kommentar zur Fassung 1931

75/*1f.* **Neuer Lübecker Totentanz]** Im Januar 1915, ein halbes Jahr vor ihrer Flucht nach Norwegen, besuchten Jahnn und Harms Lübeck. Jahnn hat diese Fahrt in seinem Tagebuch (»Nach dem 12. Januar 1915«) beschrieben, wobei er auch ausführlich auf den Eindruck einging, den die Totentanzkapelle von St. Marien auf ihn machte. Bernd Notkes gemalter Totentanz

stammte aus dem Jahre 1463, die mittelniederdeutschen Verse waren vermutlich noch älter. Notkes gemalter Bilderfries auf Leinwand wurde im Lauf der Jahrhunderte mehrfach beschädigt und verstümmelt und 1701 gänzlich gegen eine Neukopie ausgetauscht. Jahnn kannte nur diese Kopie, auf der die niederdeutschen durch hochdeutsche Reime ersetzt worden waren. Auch diese Kopie wurde zusammen mit der Marienkirche 1942 zerstört. Erhalten sind nur ältere Fotos sowie eine Kupfertafelwiedergabe aus dem Jahre 1783 (Ludwig Suhl: Der Totentanz nach einem 320 Jahre alten Gemälde in der St. Marienkirche zu Lübeck auf einer Reihe von acht Kupfertafeln ... Unter jeder Kupfertafel stehen hochteutsche Reime von Nathanael Schlott. Lübeck, bei Christian Gottfried Donatius 1783).
Mit Sicherheit kannte Jahnn außer dem Lübecker Totentanz von 1701 weitere bildliche Totentanzdarstellungen, vor allem die »Bilder des Todes« von Hans Holbein d. J. und möglicherweise auch Alfred Rethels Folge »Auch ein Totentanz« (1849). Eine Lichtdruckausgabe von Holbeins »Bildern des Todes« hat er, wie aus einem Brief an Lorenz Jürgensen vom 21. 10. 1916 hervorgeht, mit nach Norwegen genommen: »Ich habe gestern auch wieder einmal die Bilder des Todes von Holbein hergenommen. Ich mußte an die Apokalypse denken und verfiel einfach in Fieber bei all den Gedanken, die auf mich einströmten.« Holbein jedenfalls – er wird genannt (Dramen I, S. 107 und S. 163) – gab die bildliche Anregung zu den beiden Totentanz-Szenen in dem noch in Norwegen entstandenen Drama »Pastor Ephraim Magnus«. In zwei Szenen (Dramen I, S. 102ff., S. 160ff.) treten dort vier Totentanzfiguren auf: der Kopflose, der Gekreuzigte, der Kastrierte und der Handlose. Beim zweiten Mal folgen ihnen »Frauen und Männer in Säcken und Mänteln« (S. 160). Diese Gestaltung gab wiederum den Anlaß zu Franz Buses Totentanzfiguren 1919/20 – die sechs Bronzeplastiken befinden sich heute im Besitz von Jahnns Tochter (siehe die Abbildung des Nischenmodells in: Schriften I, S. 174f.).
Ein weiterer Versuch, sich mit dem Thema »Totentanz« künstlerisch auseinanderzusetzen, war musikalischer Art: vermutlich 1924/25 entwirft Jahnn eine Sonate c-moll für Klavier (Handschrift im Besitz von Yngve Trede), auf deren erstem Entwurfsblatt mit der Tempobezeichnung »Adagissimo« als Untertitel »Totentanz« vermerkt ist. Durchkomponiert ist lediglich der IV. Satz »Adagio con Fuga grave«, die übrigen Sätze sind nur in Entwürfen und Ansätzen überliefert.
77/*2* **Singe- und Instrumentalchöre]** Schon für die Erstfassung war Musik vorgesehen: die von Walther Kraft (seit 1929 Organist der Lübecker Marienkirche) komponierte Ostseekantate, ferner Musik alter Meister, u. a. von Samuel Scheidt (siehe die Anm. zu S. 111/19). /*3* **Die Personen des alten Lübecker Totentanzes]** Auf dem alten Lübecker Totentanz waren von links nach rechts die folgenden Figuren vertreten: eine aufrecht gehende Totenfigur, ein Toter mit Sarg und dann, der Ständehierarchie der Zeit entsprechend, Papst, Kaiser, Kaiserin, Kardinal, König, Bischof, Herzog, Abt, Ritter, Kartäusermönch, Bürgermeister, Domherr, Edelmann, Doktor, Wucherer, Kapellan, Beamter, Küster, Kaufmann, Klausener, Bauer, Jüngling, Jungfrau und Wiegenkind. /*4* **Chor der Arbeitslosen und Polizei]** Siehe Jahnns Brief vom 16. 9. 1929 an den Gustav Kiepenheuer Verlag,

S. 1113 f. */15* **Der Sprecher der Überschriften]** Der Zeigecharakter dieser Figur verweist deutlich auf ähnliche Intentionen (Ansager, Tafeln, Gardine etc.) in Brechts Versuchen eines epischen Theaters, die Jahnn bekannt waren.

79/*1* **Kantate]** Diese Kantate und ihr erstes Wort »Ostsee« waren im Auftrag vorgegeben. Die erste Strophe stammt von Werner Helwig, die beiden weiteren sind von Jahnn. Krafts Vertonung dieser »Ostseekantate« ist für zwei Chöre und Orchester gesetzt (siehe MGG 7, Sp. 1687).

80/*8* **Jungfernrede]** »die erste rede, welche jemand in öffentlicher versammlung, besonders in parlamenten hält« (DWb Bd. 10, Sp. 2386). */9f.* **Akkord ohne Terz]** Die kleine oder große Terz legt in der tonal gebundenen Musik das Tongeschlecht (Dur oder Moll) fest – ein Akkord ohne Terz ist also eine leere Quinte, ein gleichsam »geschlechtsloser« Klang. Der Schlußsatz der »Jungfernrede« deutet in diese Richtung: »Aber der Akkord aus den Himmeln verrät nicht, ob er zur Trauer oder Freude entsandt wurde.« Siehe auch den Brief Jahnns vom 9. 2. 1926 an Jürgen Fehling (Dramen I, S. 1209). */11* **Er ist auffällig gekleidet ...]** Die Attribute des feisten Tods sind im wesentlichen die gleichen wie die des Kirchhoff in »Straßenecke« – siehe S. 26/23 ff. */14* **Sprecher]** Hier scheint eine Textverderbnis vorzuliegen, denn die sprechende Figur ist »Der feiste Tod« (so Fassung 1954).

81/*12* **des vor Leere Unberührbaren]** An dieser wie an weiteren Stellen des Textes spielt Jahnn auf die Grundüberzeugung der Harmonik an, die er auch in »Fluß ohne Ufer« formuliert: »Gott ist nirgends; sein Gleichnis ist die Null, die aus sich selbst wirkungslose unter allen Zahlen, ein Nichts an Ausdehnung und Bewegung.« (Fluß ohne Ufer II, S. 35). Siehe auch die ausführliche Erläuterung in: Fluß ohne Ufer III, S. 867f. sowie die Darstellung des harmonikalen Lambdona-Modells bei Rüdiger Wagner (Hans Henny Jahnn. Der Revolutionär der Umkehr. Murrhardt 1989, S. 149ff.). */33* **Wir wollen uns auf die Erde lagern ...]** Siehe die Figurenrede des James in »Straßenecke« (S. 54/27f.), die 1930 entstandene Rede »Der Dichter und die religiöse Lage der Gegenwart« (Schriften I, S. 762) und »Autobiographie« (1932 – Schriften I, S. 621).

82/*2* **»Masse Mensch«]** Jahnn übernimmt dieses Schlagwort der sozialen Auseinandersetzungen der 20er Jahre aus dem Titel von Ernst Tollers 1920 uraufgeführtem Stück »Masse Mensch«, einem allegorischen Ideendrama gegen jede Art von Gewalt. Siehe Schriften I, S. 620, 642, 765, 1107 und öfter. */15* **Giftschrank der Menschheit]** Jahnns »moderner« Tod reklamiert mit seiner Figurenrede eine Metapher, die einer der schärfsten Kritiker Jahnns, Julius Bab, in seiner Polemik gegen die Verleihung des Kleist-Preises 1920 für »Pastor Ephraim Magnus« geprägt hatte: »Dieses eine Buch mag im Giftschrank der Menschheit als eine stärkste Arzenei aufbewahrt werden.« (Julius Bab: Unterwelt. In: Weltbühne, 17. Jg. [1921], I. Halbjahr, S. 653). Siehe auch Fluß ohne Ufer III, S. 853 f. */27f.* **Die Schöpfung ist seit ihrem Uranfang ausbalanciert.]** Diese im Werk Jahnns immer wiederkehrende Formulierung gehört in den Kontext seiner harmonikalen Überzeugung. Siehe Schriften II, S. 1022 ff.

83/*21* **St. Marienkirche / Lettner]** Diese Szene liegt in der ersten Fassung in

der Handschrift Werner Helwigs vor (siehe Überlieferung, S. 1131). Jahnn hat dessen Mitarbeit auf die Ausführung beschränkt sehen wollen.
Am 20. 5. 1931 schreibt die Neue Rundschau an Jahnn: »Vielen Dank für die Übersendung der zweiten Fassung Ihres Manuskripts. Ich ersehe mit Staunen, daß Sie noch einen zweiten Verfassernamen angeben. Da ich annehme, daß dieser Herr doch nur eine Art Mithelfer ist, da ja die Dichtung in all ihren Teilen Ihr persönliches Gepräge zeigt, würde ich vorschlagen, diesen Namen nur in einer Notiz zu nennen.« Jahnn antwortet am 21. 5. 1931: »Zu Ihrer Beruhigung: Die Mithilfe von Herrn Helwig ist nicht sehr weitgehend. Ich bin damit einverstanden, daß Sie die Mithilfe in einer Fußnote oder in einer Bemerkung meinerseits zum Ausdruck bringen. Mir würde am liebsten die Formulierung sein: Als ich krank war, half mir bei der Ausführung Werner Helwig.
Es ist selbstverständlich so, daß das ganze Werk in der Anlage von mir stammt. Da aber der Lübeckische Kirchenrat mich sozusagen in Acht und Bann getan hat, mußte die Szene in der Marienkirche unter einem anderen Namen verfaßt werden. Hinzu kam, daß ich, nachdem ich breite Teile des Werkes vollendet hatte, krank im Bett lag, und der Termin eingehalten werden mußte. So entstand für die Szene in der Marienkirche eine Gemeinschaftsarbeit zwischen mir und Werner Helwig.
Das zu Ihrer Unterrichtung. Selbstverständlich kann und möchte ich den Namen Helwigs nicht unterschlagen.«
Demgegenüber zeigt Werner Helwig zu seiner Mitarbeit an: »Ich gesellte dem mythischen Tod einen ihm widerstreitenden modernen, gleichsam geschichtslosen Tod bei, durch dessen Auftritt klar werden sollte, daß das Leben sich heute anderen Gefahren entgegenbewege, als im Mittelalter.« (Werner Helwig: Die Parabel vom gestörten Kristall. Mainz 1977, S. 100f.)
Ausführlich hat er sich mit Brief vom 24. 8. 1974 an Thomas Freeman zu seiner Autorschaft geäußert: »Ich stellte damals eine Hymnensammlung von mir unter dem Titel ›Nordsüdliche Hymnen‹ (Rabenpresse, Berlin 1935) zusammen. Eine davon war mit der Gestalt des Todes in antiker Zeit und der Gestalt des Todes in heutiger Zeit befaßt. Diese, an sich unveränderte, durchschoß ich, um eine Art Responsorium daraus werden zu lassen, mit zynischen Zwischenbemerkungen, wie sie etwa Mephisto hätte machen können. Um einen Abstand zum Pathos der Hymne hineinzubringen, benutzte ich wortwörtlich dazu die altertümlichen Sätze aus Peter Hammechers ›Schriftproben‹, ein Werk, das heute dem Verfasser von Bonaventuras *Nachtwachen* (ein Werk der Hochromantik um 1830) zugeschrieben wird. Dort kann man also wörtlich nachlesen, was im endgültigen Text des Totentanzes dem Berichterstatter in den Mund gelegt ist, und zwar bis zu der Zeile: ›Die Natur hat weit ausgeholt, als sie euch schuf, aber sie hat sich nicht einmal über den Bart gespuckt.‹ – Was danach folgt, auch als Worte des Berichterstatters, entstammt wiederum meinem Gedicht allein bis zu den Schlußversen. Von ›Auf freiem Marktplatz‹ an bis ›Wie kann denn ich vorbei sein?‹ ist das dann Jahnns Text. Übrigens: auch die Bühnenweisung ›Auftreten der alte hagere Tod‹ bis ›Er ist in schweres erdbraunes Tuch gehüllt‹, stammt von mir und wurde von Jahnn unverändert übernommen. Die ganze Idee eigentlich – und sie half Jahnn ja weiter – gehört mir. Ich trug ihm

mein MS (es war handgeschrieben und ich fand es unverändert noch in Bornholm in jener Kommode, oder Anrichte besser, die auch die Bronzehände von Harms unter anderen unaufgeräumten Dingen enthielt) eines morgens zu. Weiter ging meine Mitarbeit am Totentanz nicht, nur daß ich die Formel ›Das bedeutet‹ mit denen die nächsten Szenen eingeleitet sind, aus einem von Paul Deussen übertragenen buddhistischen Lehrgespräch beisteuerte.« (Freeman, S. 712) Die 1808 unter dem Pseudonym Peter Hammer erschienenen »Schriftproben« stammen von Joseph von Görres.
Im Anhang seines Buches »Die Parabel vom gestörten Kristall« (S. 117ff.) hat Werner Helwig die im Brief an Freeman erwähnte Hymne zum Abdruck gebracht, offenbar in einer später überarbeiteten Form. Zum Vergleich mit der Textfassung der Lettner-Szene drucken wir sie dokumentarisch in einer Fassung ab, die uns Helwigs Witwe Gerda Helwig dankenswerterweise zur Verfügung gestellt hat. Es handelt sich um eine Abschrift aus den »Wölfischen Gesängen«, die auf das Jahr 1935 datiert ist.

Vom Tod des Todes
oder
Die zerbrochenen Schlüssel

Hersandte mich Gott,
einzubringen funkelndes Dunkel
in den Garten des Lichts,
daß leuchtender triebe
gegen den leuchtenden Himmel
Blattwerk und Krone
der milliardenjährige Baum der Welten.
Aber ich bin an den Rand der Zeit geraten,
die ich schuf, die mich trug, und ich harre,
daß jener, der mich gesandt hat,
den Ruf erlasse, um
mich einzuweben wieder gestaltlos
in das bebende Schweigen,
daraus ich genommen.
So harrend, so wartend überkommt mich Gelüste
zu klagen, daß meine Taten nun darben,
denn nicht mehr tragen mich schwarze Strahlen
hinab in jene Weiden,
wo ich umwandelnd wirkte.
Rinnend von Strömen
furchtsamen Blutes
bin ich über die Erde gegangen.
Nachfolgte mir die Schleppe
reisiger Eiszeiten, vermalmend
mit Quadern das ungeborgene Leben.
Trauben von Nacht,
eisige Früchte der Finsternis,
hingen um meine rissigen Schultern.

Gewitter stürzte ich wie entwurzelte
riesige Gewächse mit klatschendem Laubwerk
des großen geschütteten Regens über die Fluren.
Aus den Schössen der Brunnen,
den Mündern aller Quellen,
allen flutenden Wunden der Erde
bin ich hervorgebrochen, in die Schluchten rauschend
und alle Tiefen füllend mit fließender Verderbnis,
verschlingend der Wesen wehrende Gebärden
zum tödlichen Reigen im Gang der Meere.
An den geborstenen Ufern
blieb wie Gesang das Weinen.
In alle Abgründe war mein Erbarmen gebettet,
waren wie Rettung meine funkelnden Sicheln hingehalten,
aufzufangen die Flucht der Gejagten,
den Sturz der Gepeinigten.
Mit großen Körben war ich bereit,
einzuernten in die Kelter Gottes
alles was fiel. In alles Schwebende
senkte ich Schwere. Und jede abendliche Wolke
zerlöste ich nachts
zu leise trommelnder Traurigkeit.
Und impfte die Lust mit dem Keim der Zeit.
Gletschergewebtes Linnen
habe ich über die Fluren gezogen.
Sturmverschluchtete Nächte
über die Wälder gebogen.
Doch nach vielen Gezeiten
verlor sich allmählich mein Wesen.
Gedanken, wie Anker geworfen
in die Weite des Raums,
fanden Untiefe nicht mehr,
um mich zu binden an Taten oder auch nur
mit Wollen weiter noch meinen Schritt
zu beflügeln. Ich verrann.
Ich versandete in mir selbst. Nicht mehr
lud prunkendes Leben
mich an seine Gestade.
Ein schleichendes bleiches Gebrechen
geht das Sterben nun um
und spült die Zeiten ab.
Nicht mehr gebiert
wie in brünstiger Muschel der Schmerz
Perlen meine Nähe. Nein, es wird
unter Gottes gleichmütigem Antlitz
das Leben eingestrichen
wie ein unwillig gewährtes Darlehn.
Meinen alternden Zähnen

mundet nicht mehr
das faulende Brot der Welt.
In meine Augenhöhlen
ist Asche eingeweht,
mein Blick verwelkt.
Wie ein Bettler vor angelehnter Tür
teile ich mit mageren Hunden Knochengaben.
Schlaf zehrt wie Meltau an mir.
Ein verendeter Tod bin ich.
Angespült an die Klippen des Nichts,
jenseits der schimmernden Inseln,
jenseits der schwimmenden Sterne.

(Werner Helwig)
l25f. **in graues fließendes Tuch gehüllt]** Ursprünglich sollte das Stück den Titel »Das Tuch aus Nacht und Gold« tragen, der aber von dem Auftraggeber abgelehnt wurde. Siehe auch die Figurenrede der Elisabeth in »Die Krönung Richards III.«: »Das Weltall ist ein großes Tuch, und wir ein Faden des Gewebes« (Dramen I, S. 311).
84/*9f.* **Berichterstatter. Ihr Menschen]** Diese und die drei nächsten Figurenreden des Berichterstatters hat Helwig dem 1808 erschienenen Buch »Schriftproben« von Peter Hammer entnommen, einem Pseudonym für Joseph von Görres: »Ihr lagt so warm in Unweisheit gebettet, die Feiste der Erde war Euer, warum seyd ihr hervorgepoltert, wie junge, ungelenke Bärenbrut? sie haben euch in Gräben zur Hetze gefangen, ihr seyd übel gebunden.« (S. 3) Der Text dieses sowie der drei folgenden Zitate wurde uns von Gerda Helwig zugänglich gemacht. */21f.* **Berichterstatter. Böse Zeiten ...]** Siehe Peter Hammer, »Schriftproben«: »Habt ihr böse Zeiten erlebt? ja, die können den Mann darniederlegen, tröstet euch, es werden Bessere folgen, wohlfeile Jahre, die Natur hört zu wirken nicht auf« (S. 3). */35f.* **Berichterstatter. Und die Natur ...]** Siehe Peter Hammer, »Schriftproben«: »die Natur hört zu wirken nicht auf, sie wird neue Erndten treiben, und Hamster dazu, die sie verzehren« (S. 3).
85/*6f.* **Berichterstatter. Und ihr Menschen ...]** Siehe Peter Hammer, »Schriftproben«: ».... ihr seyd unseelig an der ersten ehrlichen Handlung erstickt.« (S. 3)
88/*26* **St. Katharinenkirche]** Die vom Franziskanerorden erbaute Katharinenkirche war zur Zeit, als Jahnn das Stück schrieb, profaniert. */27* **St. Jürgen, der den Drachen tötet]** Die Kopie der St. Georgs-Gruppe von Bernt Notke aus dem Jahre 1489 – das Original befindet sich in Stockholm – steht heute noch in der Kirche. */27f.* **die Gestalten des Lübecker Totentanzes]** Siehe die Anm. zu S. 77/3. – Jahnn läßt die Gestalten des ursprünglich ebenfalls von Bernd Notke geschaffenen Totentanzes unter dessen plastische Darstellung des Drachentöters treten. */32* **Das bedeutet]** Siehe den zu S. 83/21 zitierten Brief Werner Helwigs.
90/*3* **dünn in der weiten Zeit]** Seit dem Roman »Perrudja« ein Topos Jahnns: »Die Zeit ist weit / und sehr dünn / und wird schlechter mit der Ewigkeit.« (S. 251) Siehe auch Fluß ohne Ufer I, S. 779 sowie Schriften II,

S. 207. */19* **Preist ihr den jungen Stier]** Ein bei Jahnn immer wiederkehrendes Zitat aus dem altbabylonischen »Gebet an den Mondgott« (Ungnad, S. 165). Siehe auch Dramen I, S. 609, Schriften I, S. 680 und S. 847 sowie Späte Prosa, S. 369. Der gesamte Text abgedruckt in: Dramen I, S. 1183 ff.
92/*2* mein Glück liegt erst in Afrika.] Siehe die Anm. zu S. 12/7.
93/*3* Straße frei!] Siehe »Straßenecke« S. 26 und S. 62. */37f.* **Das Schicksal ... heißt System.]** In den Technologiekatastrophen ist nicht mehr der einzelne, der »Tyrann«, sondern das »System« verantwortlich (siehe: Perrudja, S. 527).
94/*7f.* Ein Zauberwort: Chemie.] Siehe die Figurenrede des Cortez in »Straßenecke«, S. 11/32ff. Siehe auch die Anm. zu S. 55/5. */18f.* **Vom Untergang der weißen Rassen.]** Siehe Schriften I, S. 590, 600, 613, 789 und öfter. */29ff.* **Bei einem Bahnbau ...]** Siehe die Figurenrede Edmunds aus »Straßenecke«, S. 49/15. */38f.* **Was Schmerz ist, weiß nur der, der leidet ...]** Siehe die Anm. zu S. 705/9f.
95/*13* Attittidu] »Bei den Sumerern gab es einen ›Mythos vom Paradies‹ [...], in dem ein Vogel namens ›ittidu‹ vorkommt. Gesetzt den Fall, Jahnn habe diesen Namen gekannt, dann lassen sich die noch zu erklärenden Vorsilben ›Atti-‹ als Verkürzung von ›Attis‹ lesen, einem griechischen Gott, der mit Kybele in Zusammenhang stand, sich entmannte (also ›unfruchtbar‹ machte ...) und starb. Ihm waren Feste im Frühling gewidmet, bei denen sein Tod beklagt wurde [...] Diese Parallele legt ebenso wie der Name des sumerischen Paradiesvogels geradezu zwingend die Vermutung nahe, daß die Überschrift ›Attittidu‹ ein sogenanntes portmanteau word darstellt, gebildet aus ›attis‹ und ›ittidu‹ [...], mit dem Jahnn seine vielfach belegbare Mythisierung todgeweihter jugendlicher Schönheit chiffrenartig ausdrücken wollte.« (Walitschke, S. 69). Laut mündlicher Auskunft von Yngve Trede hat Jahnn dieses Wort erfunden. */24f.* **Es ist wie es ist. Und es ist fürchterlich.]** »immer wieder zitiere ich mich selbst mit dem unwiderleglichen Satz: es ist wie es ist, und es ist fürchterlich.« (Jahnn an Werner Benndorf, 20. 9. 1941) Der Satz, der erstmals im »Zweiten Buch« von »Perrudja« (S. 706) auftaucht und der später dem Drama »Armut, Reichtum, Mensch und Tier« als Motto vorangestellt werden sollte, dort dann aber durch die Grabinschrift für Gottlieb Harms (»Allmählich ist die Liebe unser Eigentum geworden«) ersetzt wurde, durchzieht »Die Niederschrift des Gustav Anias Horn« wie ein inneres Leitmotiv (siehe Fluß ohne Ufer I, S. 355 u. öfter).
96/*17* spakigen] Siehe Fluß ohne Ufer II, S. 93 und die Anm. dazu.
97/*11* Die Harmonie der Gesetze] Jahnn hat in der harmonikalen Lehre, die auf die Pythagoräer zurückgeht, ein das Wesen des Kosmos und alle seine Erscheinungen bestimmendes Prinzip gesehen. In der zweiten Hälfte der 20er Jahre hat er sich intensiv mit den Schriften Hans Kaysers auseinandergesetzt, der in musikalisch ausdrückbaren Intervallproportionen das Strukturprinzip der gesamten organischen und anorganischen Welt erblickt (siehe Schriften I, S. 1069). Siehe auch die ausführliche Erläuterung in Schriften II, S. 1022 ff. */22* **ausbalanziert]** Siehe die Anm. zu S. 82/27. */26* **Die Zeiten sind lang geworden.]** Ein Lieblingszitat Jahnns aus dem »Babylonischen Weltschöpfungsgedicht«: »Es wuchsen die Zeiten und wurden lang« (Un-

gnad, S. 27). Es klingt schon in der Figurenrede des feisten Todes an. Siehe auch Perrudja, S. 397 sowie Schriften I, S. 679, 708, 755 u. a.
100/*9* die Leere ... den großen Harmonien] Siehe die Anm. zu S. 81/12 und S. 97/11. /*18* **Tunnels der Bergwerke]** Siehe die in »Perrudja« geschilderte Bergwerks-Katastrophe (S. 554ff.) sowie die filmische Andeutung einer Bergwerks-»Explosion« in »Straßenecke« (39/24).
102/*5* Mein Feld ist die Welt.] Jahnn zitiert diesen Satz des Berichterstatters am 11. 11. 1951 in den »Reise Notizen in Frankreich« (Späte Prosa, S. 330). /*14f.* **ein Gut: Erinnerung]** Siehe den »Vorreden«-Entwurf zu »Straßenecke«, S. 70 sowie »Modernes Theater«, S. 965.
105/*25* Hippokamp, Kentaur] Hippokamp: in der griechischen Mythologie ein »Roßungeheuer« mit dem Kopf und den Vorderfüßen eines Pferdes und einem Fischschwanz, das den Seegöttern zum Reiten und Fahren diente. Kentauren: in der griechischen Mythologie vierbeinige Fabelwesen mit einem Pferdeleib und dem Oberkörper von Männern. Siehe auch Jahnns Faschingsscherz »Die Familie der Hippokampen« im Almanach der Hamburger Gruppe 1928 (Perrudja, S. 850ff.) sowie die Erwähnung von Hippokentauren in »Das Holzschiff« (Fluß ohne Ufer I, S. 120).
107/*1* Das Hohe Lied des Ablaufs] Siehe auch das Schlußkapitel des ersten Teils von »Perrudja«: »Das Hohelied des Gesetzes« (S. 623ff.). – Jahnn koppelt hier den Titel des biblischen Buches mit einer Grundkategorie seines Denkens: dem Ablauf. Siehe den 1932 gehaltenen und veröffentlichten Vortrag »Aufgabe des Dichters in dieser Zeit« (Schriften I, S. 793). /*2* **Das bedeutet, es ist wie es ist.]** Dieser »cantus firmus des Ablaufs« (Walitschke, S. 187) wiederholt die Figurenrede des jungen Menschen, S. 95/24. Eine Erläuterung findet dieser Satz auf den letzten Seiten von »Die Niederschrift des Gustav Anias Horn«, unmittelbar vor dem Tod des schreibenden Protagonisten: »Es ist wie es ist. Das ist der schreckliche eiserne Pol. Kein Glaube bewegt ihn. Die milliarden Schmerzen haben ihn in den Mittelpunkt der Welt getrieben, und nicht einmal die ewige Ruhe, der ewige Stillstand würde ihn ausreißen. Die Dimensionen der Schöpfung stehen in diamantener Konstruktion – und wir hängen darin wie die Kirchenräuber am Galgen. Vergeblich flehe ich den Segen auf Wälder und Tiere herab. Vergeblich segne ich ein einziges Geschöpf: das Pferd. Vergeblich wähle ich die Partei der Schwachen und Besiegten – – ich errette keinen – es ist wie es ist – – –« (Fluß ohne Ufer II, S. 689)
110/*30* Gesetz klingt unerbittlicher] Siehe die Anm. zu S. 107/1.
111/*19* »Also heilig ist der Tag« von Samuel Scheidt] Von Samuel Scheidt (1587–1654), einem der kanonischen Komponisten der Ugrino-Bewegung, gibt es zwei Versionen des Chorals »Also heilig ist der Tag«: einmal das dreistimmige Vokalkonzert mit Continuo in den »Geistlichen Concerten ... dritter Theil« (Halle 1635), und dann die Instrumentalversion im »Tabulatur-Buch hundert geistlicher Lieder und Psalmen« (Görlitz 1650). Diese letzte ist hier gemeint – siehe: Samuel Scheidt: Werke. Bd. 1. Hrsg. von Gottlieb Harms. Klecken 1923, S. 9.
111/*20* Werner Helwig hat an diesem Werk mitgearbeitet] Siehe die Anm. zu S. 83/21.

461/*1f.* **Neuer Lübecker Totentanz]** Für die Fassung 1954 hat Jahnn den ursprünglichen Text stilistisch überarbeitet, ohne jedoch in die Anlage, Substanz und den Szenenablauf der Fassung 1931 einzugreifen. Die stärkste Anreicherung erfuhr die letzte Szene »Das Hohe Lied des Ablaufs«. Der Anstoß zur Überarbeitung ging von Jahnns Begegnung mit dem jugendlichen Komponisten Yngve Jan Trede aus, den er schon bald drängte, die seinerzeit unterbliebene Bühnenmusik zu dem Stück zu schreiben. /*3f.* **Musik von Yngve Jan Trede]** Zu Trede siehe die Anm. zu S. 295/5f. – Eine erste Bühnenmusik für kleine Besetzung (Bläserquartett und Pauken) entstand 1951; sie wurde am 18. November 1951 zusammen mit dem Text durch die Hamburger Lektürebühne zur Aufführung gebracht. 1953 entstand die umfangreichere Musik für mittleres Orchester, die auf Teile des bereits Vorhandenen zurückgriff. In dieser Form erlebte das Stück am 17. 11. 1954 seine Uraufführung. Für die 1964 erfolgte Aufführung durch die »Studiobühne an der Universität Hamburg« (Inszenierung: Claus Peymann) hat Trede die gedruckte Partitur erneut überarbeitet und revidiert; diese Fassung existiert nur als Manuskript und wurde 1991/92 für den Suhrkamp Theaterverlag nochmals durchgesehen und ist dort als Leihmaterial verfügbar (mündliche Mitteilung Yngve Trede). – Jahnn hat sich über die Zusammenarbeit mit Trede in Anmerkungen geäußert, die aus Anlaß der Buchausgabe beziehungsweise der Uraufführung erschienen (siehe den Abdruck S. 1007ff. und S. 1012ff. sowie die Anm. dazu). In einem Gespräch mit dem Herausgeber (August 1992, Granly) hat Yngve Trede auf den Einfluß des von Jahnn (siehe Schriften II, S. 243f., S. 250ff.) wie von ihm selbst geschätzten dänischen Komponisten Carl Nielsen (1865–1931) auf den Stil dieser Bühnenmusik hingewiesen.

463/*1* **Gemeinsam mit Werner Helwig]** Siehe die Anm. zu S. 83/21 und zu S. 111/20.

465/*13* **Die Gestalten des alten Lübecker Totentanzes]** Siehe die Anm. zu S. 77/3. /*11* **Der Sprecher der Überschriften]** Siehe die Anm. zu S. 77/15. /*12* **Chor der Arbeitslosen und Polizei]** Siehe die Anm. zu S. 77/4.

467/*2* **Jungfernrede]** Siehe die Anm. zu S. 80/8. /*3* **»Akkord ohne Terz«]** Siehe die Anm. zu S. 80/9f. /*5* **Er ist auffällig gekleidet]** Siehe die Anm. zu S. 80/11.

468/*17* **Wir wollen uns auf die Erde lagern]** Siehe die Anm. zu S. 81/33. /*25* **Masse Mensch]** Siehe die Anm. zu S. 82/2. /*38* **Giftschrank der Menschheit]** Siehe die Anm. zu S. 82/15.

469/*10f.* **Die Schöpfung ist seit ihrem Uranfang ausbalanciert.]** Siehe die Anm. zu S. 82/27f.

470/*5* **St. Marienkirche/Lettner]** Siehe die Anm. zu S. 83/21. /*9f.* **in graues fließendes Tuch gehüllt]** Siehe die Anm. zu S. 83/25. /*31ff.* **BERICHTERSTATTER. Ihr Menschen]** Siehe die Anm. zu S. 84/9f.

471/*10ff.* **BERICHTERSTATTER. Böse Zeiten]** Siehe die Anm. zu S. 84/21. /*24ff.* **BERICHTERSTATTER. Und die Natur]** Siehe die Anm. zu S. 84/35f. /*34ff.* **BERICHTERSTATTER. Und ihr Menschen]** Siehe die Anm. zu S. 85/6f.

475/*15* **St. Katharinenkirche]** Siehe die Anm. zu S. 88/26. /*17* **St-Jürgen, der den Drachen tötet]** Siehe die Anm. zu S. 88/27. /*17f.* **die Gestalten des Lübecker Totentanzes]** Siehe die Anm. zu S. 77/3. /*21* **Nr. 2 Trompetenwerk der Uhr]** Die 1942 durch Kriegseinwirkung zerstörte astronomische Uhr der Lübecker Marienkirche »war ein Wunderwerk frühneuzeitlicher Mechanik: sie zeigte Mondphasen, Sonnenstand und andere astronomische Konstellationen an; ihre Zeit verkündete sie mittels eines Trompetenwerks, d. h. durch eine pneumatisch betriebene Trompeteria, wie sie sich an vielen alten Orgeln in Form von waagrecht in den Raum ragenden Metallröhren mit länglichem, trichterförmigen Aufsatz befindet, meist unterhalb des Hauptwerk-Prospekts« (Walitschke, S. 56). Siehe auch die Beschreibung in dem in Jahnns Bornholmer Handbibliothek befindlichen Band: Die Bau- und Kunstdenkmäler der Freien und Hansestadt Lübeck. Hrsg. v. d. Baudeputation. Band II: Petrikirche. Marienkirche. Heil.-Geist-Hospital. Bearb. v. Bezirksbauinspektor Dr. F. Hirsch, Stadtbaurat G. Schaumann u. Dr. F. Bruns. Lübeck 1906, S. 248–256 – dort zwischen S. 252 und 253 auch eine Tafelabbildung. – Jahnn schreibt 1954: »Das Trompetenwerk der astronomischen Uhr der Marienkirche habe ich beim Schreiben der Worte als Begleitung im Ohr gehabt. Daraus hat sich, so viele Jahre später, durch einen Zweiten ⟨Yngve Trede⟩, die Musik ›Das Hohe Lied des Ablaufs‹ geformt.« (S. 573 ff.). Hier liegt eine Mystifikation vor: Trede (mündliche Mitteilung) hat die vier Takte, die er für drei Trompeten sowie Pauken setzte und zu Beginn der Nr. 16 »Das hohe Lied des Ablaufs« wiederholte (siehe S. 573) keineswegs – wie Jahnn behauptet und noch Walitschke annimmt (a. a. O., S. 57) – unter Verwendung des musikalischen Themas des alten Trompetenwerks nachgeahmt. Als Vorbild diente ihm vielmehr, auf Veranlassung Jahnns, dessen Vertonung des altbabylonischen »Gilgamesch-Epos« für dreistimmigen Knabenchor (Privatbesitz Trede-Jahnn), und zwar der Eingangszeile der Ersten Tafel »Er war's, der alles sah bis an des Landes Grenzen.« (Jahnns Handexemplar des bei Ungnad abgedruckten »Gilgamesch-Epos« enthält für die ersten neun Tafeln handschriftliche Marginalien zur Disposition der Vertonung.) Vollends fraglich wird Jahnns Behauptung, wenn Hirsch/Schaumann/Bruns, (a. a. O., S. 255) schreiben, daß das »Glockenspiel und das Trompetenwerk [...] längst ⟨1906⟩ wieder aufgehört haben zu funktionieren«.

476/*14f.* **Flucht ist kein Ausweg.]** Diesen Zusatz der Fassung 1954 kann man als einen (selbst-)kritischen Kommentar Jahnns zu seiner eigenen Situation nach 1933 und zur deutschen Emigration insgesamt lesen.

477/*5* **dünn in der weiten Zeit]** Siehe die Anm. zu S. 90/3. /*22* **Preist ihr den Jungstier]** Siehe die Anm. zu S. 90/19.

479/*13f.* **mein Glück liegt erst in Afrika]** Siehe die Anm. zu S. 12/7. /*28* **Der Tod durch alte Seuchen]** Siehe die Anm. zu S. 92/15 ff.

480/*20* **Straße frei!]** Siehe die Anm. zu S. 93/3.

481/*14* **Nr. 9 Trompetenwerk der Uhr]** Siehe die Anm. zu S. 475/21. /*21f.* **Das Schicksal ... heißt System.]** Siehe die Anm. zu S. 93/37f. /*29f.* **Ein Zauberwort: Chemie]** Siehe die Anm. zu S. 705/9f. /*36f.* **wenn Zeiten wieder wuchsen]** Siehe die Anm. zu S. 97/26.

482/*5f.* **Vom Untergang der weißen Rassen]** Siehe die Anm. zu S. 94/

18f. /*18* **Bei einem Bahnbau]** Siehe die Anm. zu S. 94/29ff. /*25f.* **Was Schmerz ist, weiß nur der, der leidet]** Siehe die Anm. zu S. 94/38f.
483/*1* **Attitidu]** Siehe die Anm. zu S. 95/13. /*13f.* **Es ist, wie es ist]** Siehe die Anm. zu S. 95/24f.
484/*4* **spakigen]** Siehe die Anm. zu S. 96/17.
485/*2* **Die Harmonie der Gesetze]** Siehe die Anm. zu S. 97/11. /*14* **ausbalanciert]** Siehe die Anm. zu S. 97/22. /*18* **Die Zeiten sind lang geworden]** Siehe die Anm. zu S. 97/26.
487/*40* **die Leere den ... den großen Harmonien]** Siehe die Anm. zu S. 81/12 und 97/11.
488/*8f.* **ihrer sonnengleichen Kernphysik]** Mit diesem Zusatz der Fassung 1954 weist der feiste Tod auf die Bedrohung der Menschheit durch die Atombombe hin; ein Thema, das Jahnns gesamte Publizistik nach 1950 beherrscht und das auch sein letztes Drama »Der staubige Regenbogen« bestimmt. /*10* **Tunnels der Bergwerke]** Siehe die Anm. zu S. 100/18.
489/*35* **Mein Feld ist die Welt.]** Siehe die Anm. zu S. 102/5.
490/*10f.* **ein Gut: Erinnerung]** Siehe die Anm. zu S. 102/14f.
493/*32* **Hippokamp, Kentaur]** Siehe die Anm. zu S. 105/25.
495/*8* **Das Hohe Lied des Ablaufs ... Nr. 16. Allegro moderato.]** Siehe: Reise Notizen in Frankreich, 11. 11. 1951 – Späte Prosa, S. 331. Siehe auch die Anm. zu S. 107/1.
499/*23* **Gesetz klingt unerbittlicher]** Siehe die Anm. zu S. 110/30.
500/*10* **heute und immer]** Dieser Zusatz der Fassung 1954 unterstreicht noch das unerbittliche Gesetz der Abläufe und ihren Fatalismus.

Materialien

Jahnn an Fritz Endres 4. 4. 1931

»Herr Doktor Timm bat mich, Ihnen den Schluß meines Festspieles für das Ostseejahr 1931, ›Neuer Lübecker Totentanz‹ zu übersenden.
Ich benutze die Gelegenheit, um Ihnen kurz eine Darstellung des Inhalts zu geben, wie ich ihn sehe.
Es wird zur Voraussetzung genommen, die menschliche Zivilisation hat allmählich zu einer Umlagerung des Lebensablaufes auf dieser Erde geführt. Neben den altbekannten Tod der Atmosphäre ist ein menschlicher Tod getreten, sozusagen der Verwalter der Maschinen, Bergwerke, Sprengstoffe, Giftgase, des ganzen Arsenals moderner Chemie, das uns beim nächsten Krieg in Europa ein Massenmorden von beispiellosem Ausmaß bringen wird. Dieser menschliche Tod stellt sich in einer philosophischen Rede auf dem Marktplatz in Lübeck als symbolhafte Figur vor.
Die Szene in der Marienkirche berücksichtigt die Wandlung, die auf der Welt vor sich gegangen ist, kaum. Es treten nur zwei Gestalten auf, die auch im kirchlich-dogmatischen Sinne als Gegebenheiten bestehen, Tod und teuflischer Berichterstatter. Der Tod als Ausgesandter Gottes ergeht sich in breit ausgesponnener Rede über das Wesen seines Amtes und läßt nur anklingen,

daß er unter den Eindruck geraten ist, weil es einen menschlichen Tod neben ihm gibt die Zeit könnte nahe sein, wo er abberufen werden würde, um eben der neuen symbolhaften Todfigur Platz zu machen. Diese Szene ist vollständig lyrisch-rezitativisch gefaßt.
Der eigentliche Hauptteil des Festspieles in der Katharinenkirche verdichtet die Voraussetzungen und die Symbolfiguren gemeinschaftlich mit lebenden und handelnden Menschen zu einer theatralischen Handlung. Es ist selbstverständlich nicht Aufgabe des Schriftstellers, etwa Welträtsel lösen zu wollen oder dogmatisch bestimmte Vorstellungen eines Weltbildes zu verankern. Es ist vielmehr so, daß wirksame Kräfte aufgezeigt werden. Es wird also eine Lösung von der Ebene des Geistes aus mittels der dichterische⟨n⟩ Form angestrebt.
Da es sich um ein Festspiel handelt, habe ich selbstverständlich vermieden, der Menschheit den Spiegel vorzuhalten, der ihr vorgehalten werden müßte, wenn jeder die Wahrheit, die in dem Spiel enthalten ist, erkennen sollte. Ich habe mich also mit einem Aufgebot symbolischer Figuren begnügt. Das Spiel selbst klingt aus in den großen Choral: ›Also heilig ist der Tag‹, in eine musikalische Auflösung der bestehenden Frage.
Den materiellen Inhalt des Werkes zu skizzieren halte ich nicht für notwendig. Er ergibt sich klar und eindeutig aus dem sehr primitiv gehaltenen Ablauf der Handlung.
Mit vorzüglicher Hochachtung«

Ernst Timm an Jahnn 11. 4. 1931

»Es ist nun doch so gekommen, wie Sie und offengestanden auch ich vermutet haben: aus den schon vor ein paar Tagen mündlich erörterten Gründen haben alle Herren übereinstimmend heute mittag die Meinung geäußert, daß es bei diesen kritischen Zeitläuften nicht möglich sei, ein in seiner Tendenz allzu pessimistisches Stück trotz aller künstlerischen Qualitäten als Festspiel zur Aufführung zu bringen, zumal keinerlei Garantie für eine erstklassige Regie und Aufführung besteht. In dieser Hinsicht würde allerdings die gesicherte Mitwirkung von Jürgen Fehling mancherlei Bedenken zerstreut haben können, hauptsächlich, was meine eigene Ansicht angeht. Ich verstehe sehr wohl, daß dies für Sie eine starke Enttäuschung ist und verstehe auch, daß es uns, zum mindesten in den Kreisen, die bereits orientiert sind, nicht zum Vorteil gereicht. Aber wir müssen all dies in Kauf nehmen, wenn wir nicht Gefahr laufen wollen, durch unvorhergesehene Wirkungen die ganzen Eröffnungsfeierlichkeiten zu gefährden. Man war weiterhin übereinstimmend der Auffassung, daß mit allen Kräften versucht werden muß, für eine spätere Aufführung Jürgen Fehling zu gewinnen und ich will nicht verschweigen, daß hauptsächlich Herr Lotz hier keinen sehr guten Eindruck hinterlassen hat. Das brauchen Sie ihm natürlich nicht gleich zu erzählen. Nach außen hin werden wir lediglich das Verhindertsein von Jürgen Fehling als Grund für die Nichtaufführung zu diesem Zeitpunkt angeben, was ja auch den Tatsachen voll entspricht. Ich werde mich in den nächsten Tagen mit Ihnen in Verbin-

dung setzen, da ich gern noch einmal mit Ihnen persönlich über die Sache sprechen möchte und sowie⟨so⟩ bald in Hamburg sein werde.
Mit den besten Grüßen verbleibe ich stets Ihr
Dr. Timm«

Jahnn an Ernst Timm 13. 4. 1931

»ich empfing Ihren Brief vom 11. April. Und danke Ihnen für die genaue Auskunft. Ich bedaure tief, daß die Angelegenheit diese Wendung genommen hat, zumal sie nicht ohne Rückwirkungen sein kann. Für die Stadt Lübeck, in erhöhtem Maße aber für mich. Mein Telephon hat heute den ganzen Tag nicht stillgestanden. Leute die anfragten, ob es wahr sei, daß das Festspiel nicht zur Aufführung gelange, Leute, die mir Einzelheiten über die Vorgänge in Lübeck hinterbrachten. Kurz, alles deutet darauf hin, daß die Öffentlichkeit willens ist, eine große Sache daraus zu machen. Ich bin wie gesagt sehr erschrocken über diese Wendung und habe mir einiges überlegt, wie ich mich stellen soll.
Ich kann im Augenblick nicht von der ideellen Schädigung sprechen, die ich zweifelsohne dann erleiden werde, wenn ich das tue, wozu ich willens bin, nämlich von mir aus irgendwelchen Gerüchten keine Nahrung zu geben, also mich schweigsam verhalte.
Aber auch die finanzielle Schädigung, die sich ja gottseidank in Zahlen ausdrücken läßt, ist vorhanden. Daß die garantierte Mindesttantieme von 2500 Mark und die Barauslagen in Höhe von 136 Mark mir bis zum 15. Mai zustehen, ist ja kein Streitobjekt.
Anders steht es mit meinem Verdienst aus der Buchausgabe. Ich konnte und mußte da mit einem Verdienst an Tantiemen in Höhe von 750 Mark rechnen. Diese Summe ist von mir aus von Anfang an in die Kalkulation eingestellt worden, weil ich sonst bei dieser bestellten Arbeit einfach zu kurz gekommen wäre. Durch die Absage der Aufführung im Mai besteht für mich keine Möglichkeit, diesen Betrag in absehbarer Zeit aus dem Buchverkauf hereinzubekommen. Ja, da es sich um einen Auftrag handelt, ist es nach Sachlage der Dinge sogar zweifelhaft, ob mein Verleger an eine Buchveröffentlichung denken mag. Und denkt er daran, so ist auch das nur um der Sensation willen.
Ich kann nicht umhin, die Bezahlung der für mich ausfallenden Tantieme in Höhe von 750 Mark von Ihnen zu verlangen. Die Vertröstung, daß die Aufführung im Herbst stattfinden solle, ist bei gegebener Sachlage sowieso flau. Einmal ist das Stück gänzlich sozusagen auf dem Hintergrunde des Frühlings gemalt, und der Herbst ist eine Atmosphäre, die es nur dann verträgt, wenn es in hervorragender Inszenierung ein uneingeschränktes Eigenleben führen kann. Und der Herbst liegt noch weit vor uns.
Streitfragen über Aufführungstermine und Aufführungsfristen unterstehen einem Schiedsgericht, das durch den Verband der Bühnenschriftsteller und Bühnenkomponisten ins Leben gerufen worden ist. Bei Nichtaufführung von angenommenen oder bestellten Bühnenwerken oder dramatischen Handlungen ist eine Konventionalstrafe von 1000 Mark fällig. Ich bin mir

nicht darüber klar, ob diese Buße schon bei Verschiebung in den Herbst fällig ist. Wird auch im Herbst das Stück nicht gespielt, so ist mein Anspruch darauf unzweifelhaft. Vielleicht sogar darüber hinaus ein Anspruch auf allgemeine Schädigung, weil die Arbeit in der vorliegenden Form gänzlich auf Lübecker Verhältnisse zugeschnitten ist. Aber ich will auf die Austragung dieses Streitpunktes im Augenblick verzichten. Ich wollte ihn nur einmal genannt haben.
Am Donnerstag oder Freitag muß ich eine längere Auslandsreise unternehmen, und ich weiß nicht mit Sicherheit, wann ich zurück sein werde. Deshalb bitte ich Sie, es so einzurichten, daß ich am Dienstag oder Mittwoch mich mit Ihnen aussprechen kann. Führerlos möchte ich diese Streitangelegenheit nicht treiben lassen. Sollte eine Besprechung zwischen uns nicht möglich sein, müßte ich in meiner Vertretung den Syndikus des Schriftstellerschutzverbandes mit der Wahrnehmung meiner Interesses betrauen.
Nehmen Sie bitte diese Ausführungen nicht schwerer als notwendig ist, vor allen Dingen, denken Sie nicht, sie seien unfreundlich gemeint. Aber ich habe vor allen Dingen von den Lübecker Kirchenbehörden heute so grauenvolles gehört, daß ich in einen Zustand großer Erregung gekommen bin. Vielleicht mögen Sie mich morgen anrufen, daß wir einen Zeitpunkt, wann wir uns treffen können, verabreden.
Mit besten Grüßen«

Ernst Timm an Jahnn 14. 4. 1931

»Ich bekam Ihren Brief vom 13. ds. Mts. und möchte Ihnen vorschlagen, daß wir doch auf jeden Fall vermeiden, diese an sich für Sie und für uns unangenehme und peinliche Angelegenheit weiterhin zu komplizieren. Hauptsächlich, glaube ich, tun wir gut, uns über die finanzielle Seite nicht in Streitereien einzulassen, denn der Fall liegt ja klar; es stehen Ihnen die abgemachten 2500 RM. und die Barauslagen von RM. 136,– natürlich zu, aber irgendwelche Beträge darüber hinaus können wir unmöglich bewilligen. Ich möchte Sie bitten, doch nicht zu übersehen, daß für uns auch sehr erhebliche Schwierigkeiten entstehen und daß die Schuld für die Nichtaufführung des Stückes nicht bei uns liegt. Ich denke nicht daran, etwa Ihnen oder Fehling irgendwelche Schuld zuzuschieben, sondern bin mir darüber klar, daß es im menschlichen Leben Dinge gibt, die Niemandes Schuld, sondern einfach Unglück sind. Jedenfalls liegt es ja so, daß, wenn es Ihnen möglich gewesen wäre, das Stück bis zum vereinbarten Termin vom 15. Februar zu liefern, auch Jürgen Fehling in der Lage gewesen wäre, die Regie zu übernehmen und daß weiterhin, falls Sie nicht das vielfache persönliche Unglück betroffen hätte, auch wahrscheinlich die Gesamttendenz des Stükkes nicht so pessimistisch geworden wäre, wie sie in der Tat ist und ich möchte immer wieder darauf hinweisen, daß der Grund für die Ablehnung in Lübeck übereinstimmend, und das betrifft hauptsächlich auch z. B. Mahlau und Heise, der ist, daß das Stück eben wegen seiner bis auf die vorletzte Seite pessimistischen Tendenz als Festspiel nicht geeignet ist und insofern nach

gleichfalls übereinstimmender Ansicht auch nicht dem Auftrag entspricht. Ich hoffe also, daß wir nicht nötig haben, uns über Ihre weitergehenden finanziellen Ansprüche des langen und breiten zu unterhalten und möchte Sie bitten, auch Ihrerseitts anzuerkennen, daß das Festspiel unter einem unglücklichen Stern stand.
Mit bestem Gruß«

Jahnn an Ernst Timm 14. 4. 1931

»Ich habe nun in Ihren beiden letzten Briefen so oft das Wort ›pessimistisch‹ in Bezug auf den ›Neuen Lübecker Totentanz‹ gehört. Darauf möchte ich Ihnen eine Entgegnung sagen. Das Stück ist im Wesentlichen eine symbolische Handlung. Und im symbolischen und übermenschlichen gibt es den Begriff des Pessimistischen garnicht. Als mir die Aufgabe, die ich nicht selbst gewählt habe, einen neuen Lübecker Totentanz zu schreiben, gestellt wurde, mußte ich mir darüber klar werden, daß diese Aufgabe nur in der Form einer Durchdringung des ›Gesetzes‹ geschehen könne, weil es nur so dem Persönlichsten entrückt wird. Das war auch der Grund, weshalb ich bei der letzten Besprechung in Lübeck geltend machte, eine Aufführung würde das schlagend beweisen. Ich habe mir die Mühe gemacht, das Festspiel für mich noch einmal durchzulesen und bin erstaunt darüber, mit welcher Genauigkeit ich aus dem Unterbewußten heraus, trotz der vielen Unglücksfälle, die mich betroffen haben, das von mir gesteckte Ziel verfolgt habe.
Nun zu den sachlichen Teilen Ihres Briefes. Ich kann nicht anerkennen, daß die verspätete Vollendung des Werkes Jürgen Fehling daran gehindert habe, die Regie zu führen. Auch ist von Ihrer Seite diese Auffassung zum ersten Mal vertreten. Daß mir das Thema für das Festspiel vorgeschrieben worden ist; daß es die Voraussetzung war für die Regieführung Fehlings, das ist ja auch nie bezweifelt worden.
Eines aber bei dem Verlauf hat nicht meinen Erwartungen entsprochen, daß nach Vollendung des Festspieles, dies nicht durch ein Gre⟨mi⟩um von Künstlern, sondern durch eine Versammlung im wesentlichen anders gearteter Menschen beurteilt worden ist. Es ist im Verlauf unserer Verhandlungen auch niemals darüber gesprochen worden, daß die Aufführung von dem Urteil einer Versammlung abhängig gemacht werden würde. Wäre das geschehen, so hätten selbstverständlich von vorn herein für mich auch Sicherungen besprochen werden müssen.«

Jahnn an Hans-J. Weitz 19. 7. 1953

»Ich erhielt das Telegramm der Generalintendanz und Ihren Brief vom 14. Juli. Ich freue mich sehr, daß Sie meinen ›Neuen Lübecker Totentanz‹ zur Uraufführung in der kommenden Spielzeit bringen werden. Sie baten mich, Ihnen für den Abschluß eines Vertrages noch einige Daten mitzuteilen. Ich bin damit einverstanden, daß der Vertragsentwurf nach dem Muster des sogenannten Normalvertrages formuliert wird. Ich bin auch damit einver-

standen, daß der späteste Aufführungstermin die Karwoche ist (30 März bis 4. April).
Der Text des Stückes wird in diesem Falle am besten durch Sie hergestellt, da ich zur Zeit nicht über eine genügende Anzahl von Exemplaren verfüge. Zur Musik möchte ich folgendes sagen: Sie entspricht ganz meiner Vorstellung. Sie begleitet nicht das gesprochene Wort, sondern verbindet die einzelnen Szenen. Das Orchestermaterial kann Ihnen in Abschrift leihweise zur Verfügung gestellt werden. Die Partitur selbst soll als Ehrengabe für mich gemeinsam mit dem Text auf Veranlassung und auf Kosten verschiedener Institutionen gedruckt werden. Ich weiß noch nicht mit Sicherheit, ob das so zusammengefaßte Werk bis zum Aufführungstermin erschienen sein wird. Sollte das nicht der Fall sein, so erhalten Sie für die Aufführung gleichfalls eine handgeschriebene Partitur.
Die Besetzung: Piccolo, 2 Flöten, 2 Oboen, Englisch Horn, 2 Klarinetten in B, 2 Fagotte, 2 Hörner in F, 2 Trompeten in C, 2 Posaunen, Pauken, Celli, Bässe. Diese große Besetzung wird nicht für alle Musiknummern verwendet.
Die Gesamtdauer der 16 Musiknummern beträgt etwa 35 Minuten, wovon 9 Minuten auf die Introduktion und Passacaglia entfallen.
Für den Text werde ich Ihnen schon in diesen Tagen eine gültige Fassung übersenden. Die Partitur wird freilich etwas später folgen, da sie noch abgeschrieben und zum Teil überarbeitet wird.
Ich muß Ihnen gestehen, daß ich außerordentlich glücklich bin, daß die Aufführung dieses Werkes nach so langer Zeit erfolgen soll und doppelt glücklich deshalb, weil es jetzt mit einer Musik ausgestattet vorliegt, die ich in meiner Vorstellung immer als unerläßlich für die Wirkung des Werkes vor der Öffentlichkeit gehalten habe.
Nehmen Sie und Herr Intendant Maisch als auch Herr Siems meinen herzlichen Dank. Die Aufführung wie auch das Erscheinen des Werkes im Druck wird von mir als das größte Ereignis meines 60. Lebensjahres angesehen.«

Jahnn an Hans-J. Weitz 1. 3. 1954

»Das Orchestermaterial zur Musik des ›Neuen Lübecker Totentanzes‹ ist heute eingeschrieben an Sie abgegangen. Einen von Ihrer Seite unterfertigten Vertrag habe ich indessen bis heute noch nicht erhalten. Nun hat sich für mich eine neue Situation dadurch ergeben, daß das Deutsche Schauspielhaus in Hamburg die Aufführung des ›Neuen Lübecker Totentanzes‹ in der kommenden Spielzeit plant, und sich verpflichten will, das Werk mit der Musik Yngve Jan Tredes mit originalem Orchester auszuführen. Ich hatte mit Herrn Siems die Schwierigkeiten besprochen, die in Köln für eine so geartete Aufführung bestehen. Wir hatten erwogen, in dem verhältnismäßig kleinen Raum, der für die Aufführung vorgesehen ist, die Musik in Bandaufnahme ⟨wiederzugeben – i. Ty.: wiederzugegen⟩. Wir waren uns darüber klar geworden, daß das eine unbefriedigende Lösung sein würde, die der Aufführung des Werkes den Charakter einer Studioaufführung geben würde. Nun, da sich in Hamburg die größere, und ich darf wohl sagen

vollkommenere Darstellungsmöglichkeit ergeben hat, bitte ich Sie herzlich, darin einzuwilligen, daß die Kölner Aufführung verschoben wird, derart, daß sie nicht früher als die Hamburger Aufführung, allenfalls gleichzeitig mit dieser erfolgt. Der Termin würde Anfang Herbst sein.
Ich begreife, daß diese meine Bitte, so in Kürze schriftlich niedergelegt, nur einen unvollkommenen Eindruck bei Ihnen hervorrufen muß, und ich möchte deshalb den Frage⟨n⟩komplex mit Ihnen in Köln mündlich besprechen. Ich werde am Montag den 8. März in Köln sein und Sie am Vormittage schon aufsuchen, damit ich Ihnen meinen Wunsch näher begründen kann und wir, so hoffe ich doch, zu einer freundschaftlichen Einigung kommen.«

Jahnn an Friedrich Siems 18. 3. 1954

»Nach Ihrem Telefonanruf gestern haben wir noch viele Stunden lang diskutiert, auf welche Weise man die Studioaufführung in Köln dem Gesamtwerk, Musik und Text, anpassen könnte.
Sie wissen ja sicherlich, auch ohne daß ich es besonders hervorgehoben habe, daß mich der sehr kleine Raum des Studiotheaters enttäuscht hat, und die Vorführung der Bandaufnahme hat mich davon überzeugt, daß der ursprüngliche Plan, die ganze Musik durch Band wiederzugeben, untauglich ist. Wir würden sicherlich weder dem Text noch der Musik noch der Inszenierung dienen, wenn wir für Köln den ›großen Plan‹ zu verwirklichen versuchten. Ich möchte wiederholen, wir würden das Werk m. E. gefährden, denn wir können kaum mit einer expansiven Fantasie des Publikums und der Presse rechnen. Deshalb erscheint uns, d. h. Y. Trede und mir, folgende Aufführungsart als die einzig, den Kölner Verhältnissen angepaßt, richtige.
I 1) Der Feiste Tod hält von irgend einem Standort aus seine Rede, gleichgültig wie viel und wie wenig Sie nun kürzen. Während er sie hält, befindet sich auf dem Podium der Bühne ein, gegenüber der Originalfassung, verkleinertes Orchester.
2) Nachdem der Feiste Tod geendet, spielt das Orchester eine kleine Suite aus der Musik zum ›Totentanz‹. Die großen anspruchsvollen Nummern sind in dieser Suite nicht enthalten, schon um die Zahl der Musiker zu reduzieren. Es ist auch hierbei berücksichtigt, daß diese Suite für Nebenaufführungen eventuell auf Band aufgenommen werden kann.
Unser Vorschlag ist, folgende Nummern in der hier genannten Reihenfolge vorzutragen.
(Nr. 3) Pieta
(Nr. 12) Szene im Himmel (Die Partie der 3. Trompete in den ersten drei Takten wird von 2 Hörnern unisono übernommen)
(Nr. 6) Intermezzo
(Nr. 14) Frühlingskonferenz
(Nr. 15) Auch der Knecht spricht
Nachdem die Musiker diese Suite vorgetragen haben (die Dauer beträgt insgesamt 12 Minuten), verlassen sie das Podium (und können nachhause gehen).

Im Programmheft muß darauf aufmerksam gemacht werden, daß man mit Rücksicht auf die Raumverhältnisse die zum ›Totentanz‹ gehörige Musik auf diese Weise auszugsweise vorgetragen hat.
3) Das Hauptstück des ›Totentanzes‹ beginnt und wird ohne Musik zuende gespielt.
Diese Lösung scheint uns die glücklichste zu sein und kann m. E. auch von einem etwas gehobenen künstlerischen Standpunkt aus vertreten werden. Diese Lösung setzt freilich voraus, daß wenigstens bei der Premiere die Musiker zugegen sein müssen. Ob man bei späteren Aufführungen eventuell auch eine Bandaufnahme bringen darf, möchte ich nicht entscheiden. Bedauerlich würde es auf alle Fälle sein.
II Ich erwähne noch einen anderen Vorschlag, nämlich diesen: Daß man nach der Rede des Feisten Todes (Nr. 6) Intermezzo, als Einleitung setzt, nach der Unterhaltung zwischen Tod und Berichterstatter, (Nr. 3) Pieta und am Schluß der ganzen Handlung, (Nr. 15) Auch der Knecht spricht.
Diese Lösung wäre m. E. schlechter.
III Eine Auswahl aus den schwächer besetzten Nummern, zu treffen, und diese, zum Teil als Ritornelle zwischen die Szenen zu setzen. Dies letzte würde, ich kann das nicht genug unterstreichen, ein Kompromiß nach allen Seiten sein; und da man dann unbedingt zur Bandaufnahme greifen müßte, bezweifeln wir einen positiven Eindruck auf die Hörer.
Da die im Vertrag vorgesehene Aufführung des Werkes mit der Bühnenmusik von Y. J. Trede in der vom Autor und Komponisten konzipierten Form auf Grund der Raumverhältnisse nicht möglich ist, bitte ich Sie mit allem Nachdruck, die von uns vorgeschlagene erste Lösung als Ersatz durchzuführen, da sie die einzige ist, die aus dem vorhandenen Noten- und Textmaterial in diesem Rahmen wieder ein einigermaßen einheitliches Gebilde schafft.«

Jahnn an Hans-J. Weitz 22. 3. 1954

»Der Brief von Herrn Siems und das Telefongespräch, das ich heute morgen mit Herrn Intendant Maisch hatte, hat nun endlich Klärung über die Form der Aufführung des ›Neuen Lübecker Totentanzes‹ gebracht.
Es soll also auf die Musik verzichtet werden. Im Programmheft soll dann ein entsprechender Hinweis abgedruckt werden, daß die Musik nicht zur Darstellung gelangt, weil sich bei den gegebenen Verhältnissen dafür zu große Schwierigkeiten ergeben. Im Programmheft soll eine Seite der Partitur reproduziert werden. Wir schlagen dafür Seite 51 der Partitur (Frühlingskonferenz) vor.
In diesem Zusammenhang habe ich noch eine Bitte: mir das Orchestermaterial so bald wie möglich zurückzuschicken, da ich es dann hier in Hamburg für die ersten Proben verwenden kann.
Ich bin über die Entwicklung der Dinge begreiflicherweise betrübt; aber ich beuge mich den Notwendigkeiten. Sie werden verstehen, daß auch Yngve Trede, zumal er noch sehr jung ist, mißmutig geworden ist. Aber hoffentlich wird nun das Ende gut.«

Jahnn an Hans-J. Weitz 26. 3. 1954

»Ich sandte Ihnen gestern gesondert meinen Beitrag für das Programmheft und eine Kladdenpartiturseite mit der Handschrift Yngve Tredes. Ich darf Sie darauf aufmerksam machen, daß auch die Partitur, die Sie in Händen haben, eine Handschrift Yngve Tredes ist, freilich eine Abschrift mit Tusche hergestellt, damit sie vervielfältigt werden konnte.
Auch ich habe inzwischen erfahren, daß Prof. Dr. Muschg schwer erkrankt war und auch für lange Zeit arbeitsunfähig ist. Ich habe nun heute mit Herrn Dr. Wolffheim, der Privatdozent für Literatur an der Hamburger Universität ist, telefonisch gesprochen; er ist bereit, einen kurzen Aufsatz über mich Ihnen zur Verfügung zu stellen. Ich nehme an, daß Sie damit einverstanden sind, obgleich Sie mich nur allgemein aufgefordert haben, Ihnen Persönlichkeiten zu nennen. Da die Zeit kurz ist, schien es mir richtig, daß ich von mir aus diese Entscheidung traf.
Sie fragen mich weiter, welchen Persönlichkeiten Sie Mitteilung von der Premiere machen sollen. Da muß ich Ihnen leider sagen, daß ich zur Presse kaum eine Verbindung habe. Herr Dr. Haas von der ›Welt‹ hat mir indessen geraten, Sie möchten von Köln aus den Feuilletonredaktionen der großen Hamburger Zeitungen eine Mitteilung der Premiere machen und in freundlicher Weise hinzufügen, daß Karten, sofern sie angefordert würden, zur Verfügung ständen.
[...]
Eine Probe meiner Handschrift liegt bei. Es ist eine Seite aus meinem neuesten Buch ›Die Nacht aus Blei‹. Die Handschrift zum ›Neuen Lübecker Totentanz‹ ist verloren.
[...]
P. S. In der letzten Zeile des Aufsatzes, den ich Ihnen gestern sandte, ist ein Ausdruck zu korrigieren. Die letzte Zeile muß heißen: ›Der Machtanwendung, so allgewaltig sie sich auch gibt, ist am Ende.‹«

Jahnn an Signe Jahnn und Yngve Trede 15. 4. 1954

»Die General-Probe habe ich gesehen. Manche Lehren für mich. Der Text braucht sehr große Schauspieler; kleine füllen ihn nicht aus. Leider gibt es da Lücken, und ich bezweifle, daß das Publikum mitgehen wird. Ich streikte an vielen Stellen.
Ohne Musik ist das Ganze unsinnig. Man braucht sie, weil das Ganze sonst zu abstrakt wirkt, erdrückend. Die Worte sind machtvoll, aber sehr konzentriert. Leider ist die Mutter hier sehr schlecht. Und das geht am wenigsten. Der feiste Tod gut, der hagere – leider – alt und heiser; es geht nichts von ihm aus.
Ohne Musik niemals wieder. Der Scheidt-Choral, auf Band, auf schlechter Orgel gespielt, wirkt 10 × so schlecht wie die Bandaufnahme der Introduktion. – Die Rede des feisten Todes: großartig. Bestes Theater. Wer sie streicht, begibt sich einer der größten Wirkungen.
Dr. Berger gilt als großer Regisseur, wird aber für den ›Totentanz‹ als völlig

ungeeignet bezeichnet, da er Mätzchen und Verblüffungen liebt und die Theaterstücke umschreibt, was ihm in Frankfurt eine gewaltige Abfuhr eingetragen hat. Er schreibt selbst Stücke, die man nur als ›Gartenlaube‹ bezeichnen kann. – Ich glaube, wir haben mit seinem Rücktritt nichts verloren. – Ich sehe die Hamburger Aufführung jetzt ziemlich klar.
Herr Weitz hat sich große Mühe gegeben. Das Programmheft ist gut geworden. Ich werde das Ganze freilich erst morgen sehen.
Ich habe kein Lampenfieber, aber ich halte es für möglich, daß die Sache morgen schief geht. Unsere Vorstellung, Yngves und meine, ist doch besser als die der ›Eingeweihten‹.
Übrigens ist das Ganze doch ziemlich ›Karfreitag‹ geworden. Man kann eben mit einem Stück alles machen. Aber es ist einbeinig geworden.«

Jahnn an Signe Jahnn und Yngve Trede 〈16. 4. 1954〉

»Die Aufführung in Köln war ein Schlag ins Wasser. Es waren höchstens 100 Personen am Vormittag versammelt, zumeist geladene Gäste. Am Ende kein Applaus, weil weder der Stoff noch der Tag (Karfreitag) es zuließen. Ich ahne nicht, welchen Eindruck die wenigen Zuhörer davon trugen. Der Intendant Maisch sagte mir nach der Vorstellung, daß alle dramatische Literatur daneben verblasse. Er gratulierte mir zum beispiellosen Stück. –––
Die Musik ist unerlässlich und gerade vor der letzten Szene lechszt man danach. Der Geist braucht Ablenkung.
Die Presse war voll vertreten. 1. Garnitur. Es war wie eine Privat-Veranstaltung. So also geht es nicht. Außer dem Intendanten habe ich niemand gesprochen. Niemand wartete auf mich. Krach gab es auch, weil das Bühnenpersonal während der Vorstellung auf dem Korridor Schnaps trank.
Nun steht die Abend-Vorstellung bevor. Da gibt es kaum noch Überraschungen. Die Vergeblichkeit dieses Versuches ist bewiesen. Es geht nicht ohne die Musik. Es geht nicht ohne 〈ein – i. d. Hs.: eine〉 gewisses Maaß an äußerlichem Feuerwerk. Es geht nicht ohne große und junge Schauspieler. Hier war die Mutter schwach, und nur die Jugend des Sohnes und des Prinzen retteten die Vorstellung (sofern man von Retten sprechen kann). Es war ein Schlag ins Wasser. Offenbar besteht das literarische Theater nicht mehr.«

Jahnn an Albert Lippert 〈Entwurf〉 16. 11. 1954

»Ich habe mir soeben die General-Probe zum ›Neuen Lübecker Totentanz‹ angesehen. Ich muß feststellen, daß sie nicht ›bühnengemäß‹ ist, wie es der Vertrag mit dem Ugrino-Verlag vorsieht und wie wir es besprochen haben. Es war niemals davon die Rede, eine Lektürendarstellung zu bieten, bei der die Schauspieler als Redner an Tischen sitzen. Deshalb bitte ich Sie dringend, in meinem Interesse, im Interesse des Regisseurs und der Darsteller, sowie in Ihrem eigenen, außer der Première keine weitere Aufführung anzusetzen.«

Protokoll vom 16. 11. 1954

»Bei der letzten Besprechung zur Aufführung des ›Neuen Lübecker Totentanzes‹ im Zimmer von Herrn Intendant Lippert wurde besprochen, daß die Inszenierungsgedanken von Recklinghausen aufgegeben werden sollten. Es war dort eine große chorische, szenische und tänzerische Entfaltung geplant gewesen. So sollte z. B. der feiste Tod in einem Fahrstuhl auftreten. Herr Zeiser bemerkte, daß man ein totgeborenes Kind nicht wieder zum Leben erwecken könnte, und es müßte deshalb ein anderer Weg gefunden werden. Man einigte sich auf das vereinfachte Bühnenbild von Herrn Gröning, das im Jahrbuch der Akademie abgebildet werden wird.
Jahnn sagte dazu, daß die Musik ungekürzt aufgeführt würde und schlug deshalb vor, daß man auf großes Agieren der Schauspieler verzichte und statt dessen eine Statuarische Spielweise (etwa wie im Oedipus Rex) anwende. Herr Lippert antwortete darauf: Also nicht die großen Schauspieler, sondern die besten Sprecher. Es wurde bei dieser Gelegenheit auch besprochen, wie der Chor des Totentanzes und die Musik aufgestellt werden sollten.
Nicht gesprochen wurde darüber und auch nicht mit einem Wort erwähnt, daß die Schauspieler an Tischen sitzend mit Tischlampen den Text ablesen sollten. Wäre dieser Gedanken auch nur im Entferntesten geäußert worden, so wäre sowohl von Herrn Jahnn als auch von Herrn Trede augenblicklich Einspruch erhoben worden. Herr Jahnn verpflichtete sich auf Wunsch von Herrn Lippert, sich nicht in die Regie einzumischen, sondern erst zu den letzten Proben zu kommen.
Es wurde mitgeteilt, daß die Musiker 10 Proben haben müßten. Es wurde mitgeteilt, daß die Schauspieler ihren Text bereits beherrschten.
Im Laufe des Gesprächs hat Jahnn gesagt, die Schauspieler müßten so spielen, als ob sie den Text abläsen. Das bedeutet aber nicht, daß sie ihn wirklich ablesen im Smoking an Tischlampen. Die Zuschauer müssen notwendigerweise bei der geplanten Aufführungsart völlig darüber im Unklaren sein, wer überhaupt spricht.
Der Vertrag zwischen dem Deutschen Schauspielhaus und dem Ugrino Verlag sieht eine bühnenmäßige Aufführung vor.
Herr Zeiser hat erwähnt, man hätte kein Geld, eine anders geartete Aufführung zuwege zu bringen.
Hamburg, 16. Nov. 54 H. H. Jahnn«

AUSKUNFT ÜBER FORTSCHRITT

Entstehung und Überlieferung

Zeugnisse zur Entstehung sind nicht überliefert. – Am Nachlaß wird unter Nr. 41 ein Typoskriptdurchschlag verwahrt: drei Blätter (210 × 305 mm), einseitig mit Maschine beschriftet. Ein Druck im »Hamburger Fremdenblatt«, für den die Szene nach Maßgabe der Überschrift bestimmt war, konnte nicht nachgewiesen werden.
Textgrundlage der Edition ist der Typoskriptdurchschlag.

Apparat

116/*11* ⟨überkommen⟩*] Im Typoskript: *überkimmen*

Kommentar

115/*1* **Winterhilfe]** Hilfswerk für Bedürftige im Winter – in der Spätzeit der Weimarer Republik, seit Beginn der großen Arbeitslosigkeit 1928, die jeweils in den Wintermonaten besonders hoch anstieg. /*1* **Hamburger Fremdenblatt]** Im »Hamburger Fremdenblatt« hat Jahnn seit 1926 eine Reihe kleinerer Beiträge veröffentlicht (darunter den in diesem Band gedruckten Text »Modernes Theater«, S. 964 ff.), zuletzt am 22. 8. 1933 »Kleine Reise durch Kopenhagen« (Schriften I, S. 821 ff. – unter dem ursprünglichen Titel »Reisebrief aus Kopenhagen«). Über die dortige Kontaktperson schreibt Jahnn am 1. 2. 1934 an Ellinor Jahnn: »Meumann verläßt das Hamburger Fremdenblatt zum 1. April. Er hat mich gestern gebeten, Walter ⟨Muschg⟩ möchte ihm eine drei Schreibmaschinenseiten lange Besprechung der Armut, ganz positiv, schreiben. Ein Nachdruck käme für das Fremdenblatt nicht infrage. Eine Inhaltsangabe des Dramas wäre nicht notwendig, sodaß im wesentlichen Einleitung und Schluß des Frankfurter Artikels genügten. Meumann möchte mir vor seinem Abgang diesen Dienst noch erweisen.« Damit ist ein terminus ante quem für die Entstehung von »Auskunft über Fortschritt« gegeben. /*3* **Auskunft über Fortschritt]** Die Szene gehört in den Umkreis von »Straßenecke« und »Neuer Lübecker Totentanz«, zu denen sie auch inhaltliche und formale Verbindungen besitzt: die Diskussion um den Fortschritt und die Umwälzungen, die die moderne Technik für die Menschheit mit sich bringt, gestaltet Jahnn mit den Mitteln des epischen Theaters. /4 **Sprechchor]** Der Sprechchor war Bestandteil der Proletkultbewegung und wurde in den zwanziger Jahren von der kommunistischen Bewegung vielfach zu Propagandazwecken eingesetzt – siehe dazu: Ludwig Hoffmann und Daniel Hoffmann-Ostwald, Deutsches Arbeitertheater 1918–1933, München 1973, S. 107–133. Siehe auch den Brief Jahnns vom 16. 9. 1929 an den Gustav Kiepenheuer Verlag, S. 1113 f./4 **einen alten Widersacher]** Gegen den Chor, der den »Willen zum Fortschritt« vertritt, setzt Jahnn den alten Widersacher mit seiner skeptisch-warnenden Haltung, die weitgehend der Überzeugung des Autors entspricht. – Zum Begriff des Widersachers siehe »Anatomische Zeichnungen Lionardos« (Schriften I, S. 697), »Der Arzt / Sein Weib / Sein Sohn« (Dramen I, S. 494), sowie »⟨Bornholmer Aufzeichnungen⟩« vom 6. 1. 1935 (Fluß ohne Ufer III, S. 547). /12 **rastlosen Ablauf]** Siehe die Anm. zu S. 107/1.

ARMUT REICHTUM MENSCH UND TIER

Entstehung

Am 20. 4. 1933 schreibt Jahnn aus Kopenhagen an seine Frau Ellinor: »Der Stoff für das neue Drama ist mir viel klarer geworden. Manches hat sich schon herauskristallisiert. Aber es geht nicht schnell.« Seit Ende April befand er sich als Gast der dänischen Schriftstellerin Karin Michaelis auf der vor Svendborg gelegenen kleinen Insel Thurö. Von dort schreibt er am 1. 5. an Walter Muschg: »Bei Karin Michaelis bin ich eingekehrt, um – erstaunen Sie nicht, ein neues Bühnenwerk zu schreiben. Vor Monaten hatte ich damit in Deutschland begonnen. Unter dem Eindruck einer neuen Landschaft, meiner Landflüchtigkeit, der Sorge um die Meinen bin ich aufs Neue angefangen. Einfacher, natürlicher. Ich weiß noch nicht, was aus dem Stück wird, denn nur die 1. Szene ist bis jetzt geschrieben. [...] Dies Stück möchte ich, wenn möglich, hier vollenden. Ich weiß nicht, ob es mir gelingt, hintereinander den Guß auszuführen. Das hängt auch von seelischen Einwirkungen ab. Aber versuchen will ich's, als ob der Teufel mir an den Fersen wäre.« Bei dem erwähnten Beginn der Niederschrift in Deutschland handelt es sich wahrscheinlich um die als Paralipomenon I abgedruckte Szene. Da Jahnn sich seit dem 14. 4. in Dänemark aufhielt, verweist die Angabe »Vor Monaten« vermutlich auf den Februar 1933 (im Dezember 1932 war Jahnn auf Reisen im Ausland, bis Ende Januar 1933 zwang ihn eine Grippeerkrankung, mit schriftstellerischen Arbeiten zu pausieren).

Am 3. 5. 1933 teilt Jahnn Sibylle – »Monna« – Harms aus Thurö mit: »Ich arbeite stetig ein wenig an dem neuen Stück. Das hindert mich, Briefe zu schreiben, weil es sehr langsam geht, die andere Arbeit. Immerhin bin ich bei der 3. Scene.« Am 7. 5. (Karte an Ellinor Jahnn) hat er »mit Zcene IV angefangen«. Am 15. 5. vermeldet ein Brief an Ellinor: »heut zum ersten Mal war es mir unmöglich zu arbeiten. [...] Aber das Stück ist vorangekommen. [...] Einzelne Scenen des Stückes kann ich Dir nicht gut senden.« Ausführlich über seine Arbeit schreibt er Ellinor im Brief vom 20. 5. 1933: »Heute habe ich den III. Akt aufs Neue bearbeitet. Und ich hoffe, daß ich über den Berg innerer und äußerer Hemmungen komme. Das Stück heißt: ›Armut und Reichtum, Mensch und Tier.‹ Es spielt auf einem Berghof. Es treten nur Bauern auf, doch jene merkwürdig einfältig aufgeklärten der norwegischen Westküste. Im Gegensatz zu meinen bisherigen Stücken handelt es sich nicht um einen plötzlich auftretenden Konflikt, sondern um einen Ablauf. Es ist also ein episches Drama. Und daraus entstehen für mich die Hemmungen, ob nicht die epische Form auch anzuwenden sei. Doch ist

alles auf einen knappen Dialog angelegt, ohne Zutat. Empfindungen und Gedanken, wenn sie deutlich werden, springen auf Figuren über. So sprechen in der I. Scene nur Brönnemann (Wassermann)⟨,⟩ Troll und Toter, während Manao Vinje, der Bauer, Schrot mahlt und schweigt. Jeder Akt hat 3 Scenen, wovon die mittlere jeweils der Höhepunkt ist. Die Kulmination ist im III. Akt. Verständlich also, daß ich strauchle. Bis jetzt habe ich 85 Seiten geschrieben. Keine große Leistung. Es sind kleine Blätter. Die Handlung ist folgende: Manao Vinje denkt daran, sich zu verheiraten. Die Bauern auf dem Marktplatz raten ihm, eine Bauerstochter zu nehmen, nämlich Anna Frönning. Er aber denkt daran, ein armes Mädchen, Sofia Fuur, auf seinen Hof zu bringen. Er besucht sie auf einem Saeter. Sie willigt ein, seine Frau zu werden. Doch erfährt man, daß Anna Frönning die Meinung verbreitet hat, sie würde Manao heiraten, und Sofia hat zuvor Anträge von einem Knecht, Gunvald Tosse, bekommen. |
Gunvald Tosse ist Knecht auf dem Frönninghof, ein leidenschaftlicher Mensch, nicht ohne jede Tugend. Er verbündet sich mit Anna, um Sofia zu verwirren und das Verlöbnis zum Scheitern zu bringen. Zu ihrer beider Vorteil. Die Hochzeit Vinjes ist auf den Frühling angesetzt worden. Der Winter wird hart, sodaß der Bauer nicht zum Strand hinab kann. Sofia erwartet ein Kind. Sie wird von Gunvald bedrängt, Vinje sei ein Zauberer. Sein Pferd eine gebannte Hexe. Geld bedeute ihm nichts. Sofia fühlt, daß hinter Gunvalds Worten auch sein eigenes Verlangen steht. Sie entschließt sich, einen Brief an Manao zu schreiben, den Gunvald überbringen soll. Sie hofft, daß eine Aussprache zwischen den beiden Männern eine gute Wirkung haben würde. Dieser Brief wird nicht überbracht. Gunvald liefert ihn an Anna aus. Und sie fälscht die Antwort. So wird Sofia überrumpelt, auf dem Frönninghof festgehalten, gerät in die Hörigkeit Gunvalds. Das Kind wird vorzeitig geboren. Es hat gelebt und ist plötzlich tot. Sofia wird wegen Kindsmords verurteilt. Anna und Gunvald belasten sie. Bei Manaos Ankunft an der Bucht, um Sofia zu heiraten, erfährt er, in falscher Darstellung⟨,⟩ das Geschehene. Er zergrübelt sich den Kopf, folgt dem Rat seiner Freunde, verbindet sich mit Anna. Die Ehe wird sehr bald schwierig. Gunvald erscheint, um Anna zu beschuldigen und erpreßt von ihr Vorteile. Der Knecht Ole erfährt von den Vorgängen und nützt seine Kenntnis zu seinem Besten. Anna gibt den kampf um Manao Vinje nicht auf. Da er ihr gegenüber kühl ist, versucht sie ihn zu beherrschen. Sie verfällt dabei in den Gespensterglauben, den Gunvald nährt und verbreitet, glaubt, daß Vinjes Stute ihre Nebenbuhlerin und läßt sie durch Ole töten. Das wird der Anlaß, daß Vinje, von Argwohn erfaßt, gelegentlich des Kaufs eines neuen Pferds mit Sofia spricht. Er erfährt die Ereignisse von der anderen Seite, sagt sich von seinem Hof los, kauft eine Rentierherde und zieht mit Sofia in die Berge, in einen anderen Distrikt. Doch sie ist krank, stirbt nach wenigen Jahren. Und kommt als Tote auf den Berghof, weil Manao zu seinen Kindern zurück will. Dort ist ein heftiger Kampf um die Herrschaft zwischen | Ole, Gunvald, Anna. Zu den zwei Vinjekindern sind drei fremde gekommen. Es gibt kein Ende mit tragischem Schluß. Dank Gunvalds wird die Tote sozusagen in ihre Rechte eingesetzt. Anna erkennt, daß sie Manao Vinjes Liebe endgültig verwirkt hat. Sie ist nur noch die Mutter der Kinder. Gunvald geht auf

den Frönninghof zurück, Ole fühlt sich als Hausherr. Vinje wird ein Sonderling mit Pferd und einer gewaltigen Rentierherde.
Ganz wie ein Königsdrama, nur ist das Reich kleiner. Ich habe nur das Skelett erzählt. Ich habe noch den schwierigeren Teil vor mir und muß mich hüten, mich in vielen sich widersprechenden Bildern zu erschöpfen. [...] Das Schreiben fällt mir schwerer als jemals vorher. Allerdings, dramatische Arbeiten liegen Jahre zurück. Und die breite epische Form des Perrudja habe ich hier nicht versucht, will es auch nicht.«

Einen Tag vor der Abreise aus Thurö nach Kopenhagen heißt es in einem Brief Jahnns vom 29. 5. an Ellinor – nachdem er mit Schreiben vom 24. 5. noch die Hoffnung ausgesprochen hatte, bis zu seiner Abreise »Armut« zu vollenden -: »Mit meinem Stück bin ich in der letzten Woche so gut wie überhaupt nicht voran gekommen.« Ausweislich eines Briefes vom 15. 6. an Hilmar Trede war das Stück zu diesem Zeitpunkt »dreiviertel fertig«.

Am 31. 5. 1933 schreibt er an Walter Muschg aus Kopenhagen: »Ich sende Ihnen eingeschrieben die bisherigen Teile des neuen Dramas. Sie brauchen die Sendung nicht zu öffnen, da sie nur für mich selbst bestimmt ist. Ich will das viele Geschriebene nicht mit nach D. schleppen.«

Während seines Deutschlandaufenthaltes im Juni und seiner Reise nach Dänemark und Schweden im Juli 1933 hat er nicht an dem Drama gearbeitet. In dieser Zeit galt sein Hauptaugenmerk der Niederschrift seines großen Essays »Germanische Rundbauten« (Schriften II, S. 826ff.). Wir hören erst wieder Mitte August von einem Fortgang der Arbeiten: »In meinen Gedanken habe ich mich ziemlich genau mit dem Schluß des neuen Stückes beschäftigt, und ich finde eigentlich, daß die Sache gewachsen ist.« (Jahnn an Ellinor, 17. 8. 1933). Am 19. 8. 1933 teilt er Peter Suhrkamp mit: »Ich habe inzwischen ein Bühnenstück fast vollendet, dessen Aufführung hier in Altona in Erwägung gezogen wird. Selbstverständlich kein Tendenzstück, aber mit gewissen Erfolgsmöglichkeiten.« Eine Woche später heißt es in einem Brief an Oskar Walcker (27. 8. 1933): »Es hat sich nämlich hier so gut wie alles zu meinen Gunsten entwickelt. Der Altonaer Senat steht ganz auf meiner Seite und beabsichtigt bei der Regierung alle möglichen Schritte für mich zu unternehmen. Sie können diese veränderte Stellung daran erkennen, daß ich einstimmig in eine neu aufgebaute Schleswig-Holsteinische Kulturorganisation gewählt wurde. Den Kulturwart für Schleswig-Holstein kenne ich sehr gut, habe oft mit ihm verhandelt, und es ist bereits in Erwägung gezogen, zu meinem Geburtstage mein neues Drama hier am Stadttheater aufzuführen. Nun ist dies Werk noch nicht einmal ganz fertig, und ich gebrauche 14 Tage bis 3 Wochen größte Zurückgezogenheit, um es zu vollenden. Zu diesem Zwecke möchte ich von Ludwigsburg aus in die Schweiz fahren. Auch noch ein zweiter Grund zwingt mich dazu, denn meine ökonomische Lage ist ziemlich verzweifelt, und in der Schweiz habe ich freien Aufenthalt.«

Am 14. 9. 1933 – Jahnn hielt sich seit dem 7. September als Gast von Walter Muschg in Zürich auf – schreibt er neuerlich an Oskar Walcker: »Ich habe mich sogleich hineingestürzt, sodaß ich hoffen kann, das neue Stück in 14 Tagen fertig zu haben.« Einen Monat später kann er Oskar Walcker (9. 10. 1933) mitteilen: »Mein neues Drama ist inzwischen fertig.« Jahnns

Mitteilung dürfte sich auf die in Basel am Nachlaß Walter Muschg archivierte erste handschriftliche Fassung beziehen (siehe S. 1163). Sofort nach deren Vollendung muß Jahnn mit der Anfertigung einer handschriftlichen Abschrift begonnen haben (heute am Nachlaß in der Staats- und Universitätsbibliothek Carl von Ossietzky archiviert), trägt die zweite, als Reinschrift zu bezeichnende handschriftliche Fassung doch auf der letzten Seite das Finiszeichen »⊕« und das Datum »17. Okt. 1933«. Bereits während der Niederschrift hat Jahnn Teile dieser Fassung zwecks Anfertigung eines für den Versand an Bühnen tauglichen Typoskripts aktweise nach Hamburg an Erich Wenzel und an Sibylle Harms übermittelt. Dies erklärt auch die Überlieferung als in einzelne Heft-Lagen zerlegte Schreibhefte und die ansonsten für Jahnn unübliche Art der Behandlung von Streichungen in dieser Handschrift (siehe S. 1161).
Aus Jahnns Brief vom 5. 10. 1933 an seinen Sekretär Erich Wenzel geht hervor, daß der erste Akt bereits Anfang Oktober nach Deutschland unterwegs war. Am 12. 10. 1933 schreibt er: »Lieber Wenzel, anbei der 3. Akt. Im Manuskript ist sehr viel gestrichen und korrigiert. Sie müssen versuchen, sich zurecht zu finden. Unleserliche Worte müssen sie frei lassen. Bitte achten Sie sehr auf diesen Teil, da er fast nicht mehr mit dem 1. Entwurf übereinstimmt. Ein Verlust wäre unersetzlich. Die Abschrift schnell anfertigen. Möglichst in 6 Exemplaren. Eines davon hierher. [. . .] Die Überarbeitung hat mich fast mehr Zeit gekostet als das Schreiben. Auf manche Sätze habe ich viele Stunden verwendet. Der 3. Akt war in der ersten Fassung einfach zu lang. Mehr als das Doppelte. Jetzt steht er in gutem Verhältnis zu dem Übrigen. [. . .] P. S. Akt 4 folgt nachdem Sie die Ankunft von 3 bestätigt haben«. Jahnn übermittelt am 18. 10. 1933 den »Rest des Dramas«: »Hoffentlich können Sie alles lesen. Ich bitte um möglichst schnelle Anfertigung und Übersendung eines Exemplares hierher, Akt weise. Da ich hier weitere Vorlesungen habe.« Bis Ende Oktober/Anfang November liegt die Abschrift vollständig vor.
Anfang November muß Jahnn beim S. Fischer Verlag (Berlin) die Möglichkeit einer Drucklegung sondiert haben. Am 17. 11. 1933 fragt er bei Konrad Maril (S. Fischer Verlag) an: »hoffentlich haben Sie eine Abschrift meines neuen Stückes bekommen. Inzwischen habe ich hier in Zürich eine Vorlesung aus dem Werk gehalten, die eine so gute Meinung hinterließ, daß es wahrscheinlich zu einer schweizerischen Aufführung kommen wird. Aber auch für Deutschland beurteile ich die Aussichten gut. Herr Steinhaus vom Presseamt der Stadt Altona hat mir seine ehrliche Begeisterung mitgeteilt. Nun habe ich ein doppeltes Interesse daran, daß die Entscheidung Ihres Verlages bald fällt. Darf ich Sie deshalb noch einmal bitten, mir Ihr Urteil schnell mitzuteilen. Ich kann es mir sozusagen nicht mehr gestatten, eine Spielzeit zu versäumen.«
Obwohl Maril sich »außerordentlich beeindruckt« (Brief vom 23. 11. 1933) zeigt und auch Peter Suhrkamps Votum positiv ausfällt, kommt eine Einigung trotz intensiver Verhandlungen im Dezember nicht zustande. Am 20. 12. 1933 teilt Konrad Maril Jahnn mit: »Herr Dr. Bermann hat nunmehr Ihr Stück gelesen und gleichfalls einen sehr tiefgehenden Eindruck gewonnen. Wir haben uns die Möglichkeit einer Drucklegung sehr reiflich über-

legt, sind aber zu dem Ergebnis gelangt, daß heute weniger denn je die Veröffentlichung in Buchform irgendeine nennenswerte Absatzmöglichkeit zu verzeichnen hat und daß ein Gesamtabdruck in der Neuen Rundschau bei dem Charakter des Stückes ebenfalls nicht möglich erscheint, während ein Teilabdruck wiederum keinen Begriff von dem Werk vermitteln könnte. Dazu kommt noch, daß wir uns nicht recht klar sind über die Beurteilung Ihres Schaffens seitens der offiziellen Stellen. Doch scheint uns darin das geringste Hindernis zu liegen. Auf alle Fälle möchten wir noch mal aussprechen, daß wir sehr gern den Vertrieb übernehmen möchten und daß wir natürlich auch in dem Augenblick, wo es nur einigermaßen kaufmännisch zu rechtfertigen ist, die Buchausgabe übernehmen werden, daß es aber kaum möglich erscheint, Ihnen eine bindende Zusage wegen der Drucklegung zu machen. Heute mag selbst eine Aufführung in einer größeren Stadt so wirkungslos bleiben, daß auch sie die Drucklegung nicht rechtfertigen könnte. Wenn Sie uns so viel verlegerische Einsicht zutrauen wollen, daß wir einen möglichen Absatz uns nicht entgehen lassen würden, so könnten Sie uns immerhin die Entscheidung in dieser Angelegenheit überlassen.«
Mit Brief vom 2. 1. 1934 teilt Jahnn dem S. Fischer Verlag sein Einverständnis mit und merkt an: »Ehe Sie an die Vervielfältigung gehen, bitte ich Sie, eine neue Vorlage von mir abzuwarten, da ich noch ein paar Worte im Text verändern möchte«. Am 9. 2. 1934 schließt Jahnn im Zuge eines Berlin-Aufenthaltes mit S. Fischer den Vertrag. Von Seiten Fischers wird ihm ein Druck für den Herbst 1934 in Aussicht gestellt (Brief vom 9. 2. 1934 an Walter Muschg), der sich jedoch nicht realisiert. Auch spätere Versuche (Rabenpresse Berlin, 1935; A. H. Payne Verlag, 1941 ff.) eines Druckes bleiben erfolglos.
»Armut, Reichtum, Mensch und Tier« erscheint erst 1948 im Druck beim Willi Weismann Verlag (München).

Überlieferung

Am Nachlaß wird unter Nr. 32 verwahrt: Handschrift bestehend aus einem Schreibheft (Umschlag: blau) acht Blätter (ca 175 × 220 mm), vier Lagen eines unlinierten Schreibheftes (insgesamt 24 Blätter, 175 × 220 mm) und sieben Lagen eines karierten Schreibheftes (insgesamt 50 Blätter, ca 175 × 220 mm) kariert; Schreibheft und sämtliche Lagen sind von Jahnn am unteren rechten Rand fortlaufend paginiert (Abfolge: Schreibheft, Lagen unliniert, Lagen kariert) und in der Regel beidseitig mit blauer Tinte beschriftet (Sofortkorrekturen, Ergänzungen und großflächigen Tilgungen); Heft eins trägt auf dem Umschlag die Aufschrift: »Armut Reichtum Mensch / Und Tier / von / Hanns Henny Jahnn / I/1 / 13 Schreibseiten«; auf der vorderen Umschlagseite innen ebendort findet sich: »Motto: Allmählich ist die / Liebe unser Eigen- / tum geworden.«; Lage eins (kariert) ist ein getrocknetes vierblättriges Kleeblatt beigefügt; Lage sieben (kariert) trägt auf der letzten Seite das Finiszeichen »⊕« und das Datum »17. Okt. 1933«. In der Textgenese steht die Handschrift zwischen der in Basel im Nachlaß von Walter Muschg archivierten ersten handschriftlichen Fassung und dem

1934 bei S. Fischer erschienenen Erstdruck (Druck für den Bühnenvertrieb). Der Befund zeigt an, daß Jahnn zunächst lediglich die Absicht hatte, eine Abschrift jener ersten Fassung anzufertigen, ehe er dann mit zunehmender Dauer der Arbeit dazu überging (= Lagen kariert), eine neue, zweite Fassung zu erarbeiten. Von diesem Prozeß zeugen die großflächigen Tilgungen, im Verlaufe derer Jahnn den Text immer wieder systematisch durch Verschmieren von Tinte löscht und gegebenenfalls durch Einkleben von Papierausschnitten mit überarbeiteten Textpartien ergänzt. Die endgültige Textgestalt weicht nur unwesentlich von der des Bühnendrucks ab.
Handschrift II (Darmstädter Fassung 2. Akt, IV): 7 Blätter unterschiedlichen Formats (209 × 298 mm, 210 × 297 mm); Blatt eins einseitig mit hellblauer Tinte und Blatt sieben einseitig mit schwarzer Tinte, Blatt 2–6 beidseitig mit schwarzer Tinte beschriftet (Sofortkorrekturen).
Typoskriptdurchschlag I (2 Exemplare) »Armut, Reichtum, Mensch und Tier. / Zweiter Akt IV. (Darmstädter Fassung)«: 8 Blätter (209 × 297 mm), einseitig mit Maschine beschriftet (wenige handschriftliche Korrekturen in Tinte). Mit dieser Szene (Paralipomenon II, S. 219ff.) ist eine Bühnen-Variante der anläßlich der Aufführung am 22. 3. 1951 in Darmstadt entstandenen Darmstädter Bühnen-Fassung überliefert.
Typoskriptdurchschlag II »Ergänzung Seite 59« (= Schluß des 2. Aktes der Darmstädter Fassung): ein Blatt (211 × 298 mm), einseitig beschriftet; am Ende handschriftlich vermerkt: »(Ende des 2. Aktes)«. Siehe Paralipomenon III, S. 228.
Typoskriptdurchschlag III (= Notiz 14. 3. 1951): ein Blatt (211 × 298 mm), einseitig beschriftet, mit handschriftlichen Korrekturen in Tinte und Blei. – Siehe Paralipomenon IV, S. 229.
Typoskript I (Übersetzung der 1. Szene des 1. Aktes ins Englische; Übersetzer unbekannt): fünf Blätter (297 × 210 mm), einseitig beschriftet mit Korrekturen von fremder Hand. Beigefügt sind ein Typoskriptdurchschlag (fünf Blätter, 297 × 210 mm) und ein Typoskriptdurchschlag (sieben Blätter, 297 × 210 mm) der Übersetzung.
Typoskript II (Übersetzung ins Dänische von Woldemar Rørdam): 108 Blätter (277 × 208 mm), einseitig beschriftet, mit Korrekturen von fremder Hand.
Umbruchexemplar des verbesserten Neudrucks in einem Kuvert mit der handschriftlichen Aufschrift:

»A rmut
R eichtum
M ensch } Drama
U nd
T ier
Umbruchexemplar
2. Auflage
H. H. J.«

Die dort vermerkten Korrekturen sind nicht von der Hand Jahnns.
Druck (Motto, Vorbemerkung, erste Szene): Die Fähre, 2. Jg. (1947), H. 9, S. 531–537.

Vier weitere Textzeugen sind außerhalb des Nachlasses überliefert.
In der Öffentlichen Bibliothek der Universität Basel / Schweiz, Nachlaß Walter Muschg, ist überliefert: Handschrift »L 3« (= erste Fassung des Dramas) bestehend aus vier Heften broschiert mit schwarzem (I), hellbraunem (II), blaugrauem (III) und braunmarmoriertem (IV) Pappeinband; Heft I – Aufschrift »Armut und Reichtum,/Mensch und Tier / von / H. H. J.« –, 32 Seiten unliniert (163 × 210 mm), sämtliche Seiten sind beschriftet (Sofortkorrekturen, Korrekturschicht mit blauer Tinte): Seite 1–6 mit schwarzer Tinte, Seite 6–32 mit blauer Tinte; die Beschriftung erfolgt zunächst von vorne aus: Seite 1: »Armut und Reichtum / Mensch und Tier. / Tragödie von / H. H. J. / Es ist wie es ist, und es ist / fürchterlich. / Personen / Manoa Vinje, der Steinebauer«; Seite zwei ist vakat; auf Seite drei beginnt die Niederschrift der Szene »I. / Der Marktplatz des Bezirksortes« (Paralipomenon I, S. 216); auf Seite sechs oben bricht Jahnn diese Niederschrift ab und beginnt erneut, aber jetzt von der Rückseite des Heftes aus, mit der Szene »Innenraum einer Bergmühle.« Szene II und III schließen sich an. – Heft II – Aufschrift »Armut und Reichtum / Mensch + Tier / von / H. H. J. / II. –, 68 Seiten unliniert (178 × 219 mm), sämtliche Seiten einschließlich der Innenseite des hinteren Einbandes sind mit blauer Tinte beschriftet (Sofortkorrekturen). Es enthält: Fortsetzung Szene III bis Beginn Szene IX. Bei den Seiten 49–52 handelt es sich um ein in das Heft eingeklebtes, zum Doppelblatt gefaltetes Briefpapier (»Ugrino / Abteilung Verlag«). – Heft III – Aufschrift »A. R. M. u. T. / III.« –, 48 Seiten liniert (176 × 223 mm), sämtliche Seiten sind mit blauer Tinte beschriftet (Sofortkorrekturen, vereinzelte Bleistiftkorrekturen und Ergänzungen, Korrekturschicht Tinte blau); das Heft enthält die Fortsetzung von Szene IX. sowie Szene X und den Beginn von Szene XI. – Heft IV – Aufschrift »A. R. M. U. T. / IV.« –, 48 Seiten kariert (175 × 220 mm), 23 Seiten sind beschriftet mit blauer Tinte (Sofortkorrekturen, Eintragungen und Korrekturen mit Bleistift).
In Briefform gefaltetes Einzelblatt aus dem Privatbesitz Dr. Klaus Völkers (zusammen mit einem Exemplar des Erstdrucks 1948 erworben), einseitig mit Tinte beschriftet (Sofortkorrekturen). Siehe Paralipomenon V, S. 230 (Textgrundlage der Edition ist eine Fotokopie des Originals).
Ein auf Granly überlieferter Notizkalender Jahnns (»EMWE« Notiz-Kalender mit Agenda 1933, in genapptes braunes Leder gebunden) enthält neben vereinzelten Terminvermerken und Adressen drei Notate: eines zu »Germanische Rundkirchen in Dänemark« (über die Kirche in Horne, mit Skizze der Außenansicht), eines zum »Reisebrief aus Kopenhagen« (Schriften I, S. 821 ff.) sowie, auf der Innenseite des hinteren Vorsatzblattes, vier durchgestrichene Notate zu »A. R. M. u. T.«, die möglicherweise den ersten Ansatz zum Stückplan überhaupt dokumentieren, da als »1. Scene« noch »Markt« vermerkt ist.
Jahnns Handexemplar von Fassung I (siehe unten), das als Druckvorlage für Fassung II gedient hat. Auf dem Schmutztitel der von fremder Hand stammende Vermerk »vom Dichter / korrigierte / Druckvorlage / fur 2. Auflage.« – Das Exemplar ist von Jahnn eigenhändig in Tinte korrigiert – siehe auch den Apparat.

Zu Lebzeiten Jahnns erschienen drei Druckfassungen:
Fassung 1934: Hans Henny Jahnn: Armut Reichtum Mensch und Tier. Maschinenschriftlich vervielfältigtes Bühnenmanuskript. Copyright 1934 by S. Fischer Verlag A. G. Berlin. 120 Seiten. Die Textgestalt des nicht in den Handel gelangten Druckes ist, abgesehen von einige wenigen Kürzungen, identisch mit der von Handschrift I.
Fassung 1948 I: Hans Henny Jahnn: Armut / Reichtum / Mensch / Und / Tier. Ein Drama. Willi Weismann Verlag München, 1948. 128 Seiten. – Diese lt. Impressum in 5000 Exemplaren erschienene Ausgabe wurde von Autor und Verleger zurückgezogen und ersetzt durch einen verbesserten Neudruck.
Fassung 1948 II: Hans Henny Jahnn: Armut / Reichtum / Mensch / Und / Tier. Ein Drama. Willi Weismann Verlag München 1948. 96 Seiten.–Lt. Impressum betrug die Auflage wiederum 5000 Exemplare.
Grundlage der Edition ist der Druck II 1948.

Apparat

Im Folgenden werden die Abweichungen des Bühnendrucks 1934 (= B) und des von Jahnn zurückgezogenen Erstdrucks 1948 (= E) gegenüber unserer Druckvorlage (= D) verzeichnet. Nicht berücksichtigt sind dabei die zahllosen Tippfehler und Verballhornungen in B (die durch Vergleich mit Handschrift I eruiert wurden), die offensichtlichen Druckfehler in E sowie alle Abweichungen in Lautung und Zeichensetzung, wenn sie nicht semantischen Charakter besitzen.
120/*8f.* in ... schwer] *daß in der ersten Hälfte des Lebens sein Schicksal unverschuldet schwer ausfiel.* (B) /*11* Norwegens] *Norges* (B) /*12* unentschieden] *unentschlossen* (B) /*14* abgeschnitten] *abgeschlossen* (B, E) /*17* gemieden] *vermieden* (B, E)
121/*20* Sieben Kinderköpfe] Danach folgt in B: *Die Gespräche sind in vier mal drei Szenen eingeteilt und ergeben die Zwölfzahl. Über den vierten Akt schwingt der Ablauf des Lebens hinaus, und jedermann kann sich die Geschehnisse einer fünften Szenengruppe einbilden.*
Jedem Akt ist ein kurzer vermittelnder Prosatext vorangestellt. Bei einer Aufführung kann er entweder fortgelassen werden; oder besser, man projiziert ihn auf Schleiervorhänge, etwa als Seiten eines Buches, das man aufschlägt.
Um dem Zuschauer einen Vorschmack vom Geist des Landes zu geben, in dem das Stück lebt, ist es erwünscht, wenigstens die erste Szene mit einem Film einzuleiten, der die Berge, diese Granitbarren der Hochebene zeigt. Die Winzigkeit einer Hofsiedlung. Den Einbruch der Schneestürme. Die Verfinsterungen des Himmels. Das Auslöschen der Wege.
Die Projektion des Filmes muß auf mehrere Schleiervorhänge erfolgen, die dicht hintereinander heruntergelassen sind. Diese werden nacheinander aufgezogen, während ein Negativ des Filmes, sozusagen die Umkehrung, die Verhexung der Landschaft, abläuft. Man wird allmählich bräunliche Farbtöne von vorn hineinblenden und so ohne Bruch zu den Brettern der Bühne gelangen.
Links und rechts vom Schauspieler.

123/*1* Erster Akt] fehlt in B
125/*6* Primitives ... Wasserschott.] *Primitives Gestänge zu einem Wasserschott unter dem Mühlenhaus.* (B)
126/*10* abhängt.] *abhängig ist.* (B, E) /*16* darauf antworten] *Auskunft geben* (B) /*23f.* Schneewasser] *Schneemassen* (B) /*33* sein] *erscheinen* (B, E)
127/*6* sicherlich] *sicher* (B) /*10f.* Schmerz dem Gesetz] *Schmerz, mit Darangabe von vielen Litern Blut dem Gesetz* (B) /*13f.* eine ... Erscheinungen] *einer jener wunderbaren Entsprechungen* (B) /*27* der Schwangeren, diesen Blick] *der Schwangeren zu sehen. Diesen Blick* (B) /*27* herauf] *heraus* (B, E) /*34* Ich bin] *Und ich bin* (B)
129/*2* dir niemand ins Bett genommen.] *dir kein Weib gesucht. Dir niemand ins Bett genommen.* (B) /*9* bestellt.] Danach folgt in B: *Manche Beispiele des Fleißes sind gegeben worden.* /*11* wohlschmeckend.] *wohlschmeckend, aus gesunden und sauberen Eutern als Milch gekommen.* (B) /*12* erkennst du] *erkennst* (B) /*24* zu teilen] *teilen* (B) /*25* Nüsterngeruch] *Nüsternruch* (B)
130/*16* im fünfundzwanzigsten Jahre.] *im Jahre fünfundzwanzig.* (B) /*34* Wohnungen.] *Wohnungen, abgeriegelt gegen alle Übereinkünfte.* (B) /*38f.* Raserei kann Sie befallen,] *Es kann böse mit Ihnen kommen, wenn Raserei Sie befällt,* (B)
131/*1* entdecken] *zu entdecken* (B) /*2f.* Die Verfinsterungen ... Erde.] Fehlt in B. /*5* Beispiel.] *Beispiel, bereiten Sie der Lüge Ihres Daseins ein Ende.* (B) /*9* Ich liebte ein Mädchen.] *Ich liebte, was Sie bis jetzt für sich bestreiten, ein Mädchen, das mir der Ausdruck alles Natürlichen, Schönen, meiner Sehnsucht Gemäßen schien.* (B) /*11* Doch ... Zu] *Auf irgendeine Weise genügte ich ihr nicht. Ich war zu* (B) /*12f.* kurz ... Liebe.] *kurz, falsch bemessen. Es war ein einseitige Liebe.* (B) /*15* Augenblicke.] Danach folgt in B: *Ein paar angenehme Augenblicke* /*17* hierher] *bis hierher* (B) /*22f.* unbeschwert lustwandeln darf.] *lustwandeln und mich an das Erhabene des Übergangs in einen neuen Zustand erinnern darf.* (B)
132/*2* DER MARKTPLATZ AN DER BUCHT] *Der Marktplatz des Bezirksortes.* (B) /*8f.* Warme, feuchte Luft .] *Frühling. Warme, feuchte Luft.* (B) /*23* reicht ... Mäuler.] *geht mit dem Füttern der Tiere drauf.* (B) /*24f.* Du bist stattlich geworden. Und die Stute.] *Du siehst ordentlich aus. Und die Stute auch.* (B) /*27* geerbt.] Danach folgt in B: *Trygve: Woher er's hatte, weißt du wohl nicht? / Manao: Nein.*
/*33f.* Das ... schwer.] *Das ist leicht und schwer abwechselnd, genau wie anderswo.* (B)
133/*6f.* Jetzt ... ordnen.] *Während dieses Sommers muß er auf dem Hofe bleiben. Ich habe hier vielleicht etwas zu bestellen, was ich selbst ordnen muß.* (B) /*10* große Pläne.] *etwas Großes vor.* (B) /*17* Großes] *Gewichtiges* (B) /*22* sein Knecht.] Danach folgt in B: *Das geschniegelte und gestriegelte Pferd deutet auf Langeweile oder merkwürdige Gedanken* /*34* nicht kenne.] Danach folgt in B: *In eurer Meinung ist Falsches mit Richtigem gemischt.* /*35* gedacht.] Danach folgt in B: *Es war undeutlich genug.*
134/*4* derbes Stück] *starkes Stück* (B) /*4f.* Und lachst nicht.] Danach folgt in B: *Wir sind nicht blind, das sollte dir genügend bekannt sein* /*11* Wahrheit gesagt.] Danach folgt in B: *Ich weiß nichts Genaues über meine Liebe* /*13* Und als] *Und wie* (B) /*34f.* Ich sage ... keine andere.] *Meine Erinnerung ist nicht gut genug, daß ich, ohne mich nochmals zu vergewissern, wünschen kann, diese soll es sein.* (B) /*36* Man könnte meinen] *Wenn man auf dich hört, könnte man meinen* (B) /*37* dir

gehen.] Danach folgt in B: *Doch stellst du dich nur dumm und unentschlossen /38f.* gesprochen haben.] Danach folgt in B: *Und sie wird dir etwas geantwortet haben*
135/*4f.* mit dem Kopfe] *mit dem Kopf* (B, E) /*33* als achtes] *als achte* (B, E) /*34* Der Mann, ein Flickschuster] *Der Mann ist faul. Ein Flickschuster* (B)
139/*34* Nachbargehege] *Nachbargatter* (B)
140/*15* Wer sollte kommen?] *Wer wohl sollte kommen?* (B)
141/*4* würdest nicht] *würdest mir nicht* (B) /*13* dir] *dir nun* (B) /*15* augenblicklich] *augenblicks* (B)
142/*38* die Kühe] *Kühe* (B)
143/*6f.* Silberschmuck] *Steinschmuck* (B) /*39* sehr lange] *sehr lang* (E)
146/*14* Häuser umstanden.] In B findet sich danach noch die Regieanweisung: *FILM*
148/*5* hören.] *aus deinem Munde vernehmen.* (B) /*6* wissen] *hören* (B) /*13* einen Betrüger heißen?] *zum Betrüger erniedrigen?* (B)
149/*5f.* Doch hält ... Unheil.] *Daß sie mit unheilvoller Absicht zu Gunvald hält, habe ich verstanden.* (B) /*8* nur den Satz] *den einen Satz* (B) /*14* bedeute] *bedeutet* (B) /*22* Pferd.] Danach folgt in B: *Es handelt sich um Vinjes blanke Stute /29* in Märchen erzählt.] *im Märchen erzählt, von Hexen, die als Stuten im Stall stehen, nachdem sie jemand mit einem neuen Zaumzeug in der Julnacht eingefangen.* (B) /*36* niemanden] *niemand* (B) *niemandem* (E) /*38* Was] *Das ist ein neuer Ton. Was* (B)
150/*3* gewiß.] Danach folgt in B: *Wir werden trotzdem einiges zu erzählen haben /11* Ursach] *Grund* (B, E) /*13* Fäulnis.] *Fäulnis einer Fälschung.* (B) /*17* das Wort.] Danach folgt in B: *Ich werde sie einiges fragen.*
151/*4f.* zügellosen] *unreifen* (B) /*5* Doch] *Aber* (B) /*6* Aber] *Doch* (B) /*9* fragen.] Danach folgt in B: *Meine Geduld indessen ist am Ende. /22* waren.] Danach folgt in B: *Ich habe ihn nur geliebt /33* Wir] *Und ein Widerspruch zu deinem Gefühl. Und wir* (B) /*35* erwiesen.] Danach folgt in B: *Deine Liebe zu ihm nicht erhärtet /36* faseln, von] *faseln. Von niederer Gesinnung und* (B) /*38f.* die Erde vergessen haben.] *ins Blaue hineingestellt sein. Deine Aussagen sind unwahr.* (B)
152/*6* soll] Danach folgt in B: *Ich liebe Manao Vinje.* (B) /*6* Manaos] *seinem* (B) /*19f.* Er haßt mich nicht] *Nicht haßt er mich* (B) /*25f.* eine besondere] *irgendeine* (B, E)
153/*1* Du] Davor in B: *Aber dir ist leichter geworden /8* weißtoten] D liest: *weißrotem* Druckfehler, hier nach Handschrift »L3«, Handschrift I, B und E emendiert /*24* Manao Vinjes] *von Manao Vinje* (B) /*30* ihm hat.] *ihm in Händen hat.* (B, E)
154/*6* dir ohne Vorsicht] *ohne Vorsicht dir* (B, E) /*13* deiner Mittel] *der Mittel* (B) /*13* darfst Liebe] *kannst Liebe* (B, E) /*27* in der weiten Welt] *irgendwo in der Welt* (B, E) /*30* ist leicht] *ist so leicht* (B)
156/*32* hinein] *irgendwo* (B,E)
157/*37* Vom] *Von dem* (B, E)
158/*39* festhalten.] *festhalten, erobern.* (B)
159/*28* mir erst] *erst mir* (B) /*34* sein,] *sein, wild,* (B)
160/*8* Kühen] *und Kühen* (B, E) /*28* davon haben] *haben* (B,E)
161/*14* DER MARKTPLATZ AN DER BUCHT] *Marktplatz.* (B) /*16* Marktplatz.] Danach folgt in B: *Er ist gut gekleidet.*

162/*17* Warum muß ich warten?] *Wieso muß ich?* (B) /*19* wissen?] Danach folgt in B: *Und warum soll ich warten müssen?* /*29* hat es sich] *ist es* (B, E) /*30* begeben] *gelaufen* (B, E)
163/*11* Die Ahnung ... drohe,] *Die Ahnung eines Unglücks* (B) /*13* Ich trat ... Ich sah] *Er fand* (B) /*14* Das Verhängnis] *Es* (B) /*15* meine Unruhe ... hätte.] *mich nicht bezwungen hätte, meine Unruhe zu beschwören.* (B) /*31* geflohen.] *entflohen.* (B) /*34* Bist du einfältig?] *Du wirst klug genug sein, dir das selbst beantworten zu können.* (B)
164/*7f.* sich selbst.] *ihre eigene Liebe.* (B) /*14* ablegen.] *abgeben.* (B) /*33* dir deutlich] *deutlich dir* (B, E)
165/*27ff.* Manao: ... vorüber.)] Fehlt in B
168/*15* daran zu erinnern.] Danach folgt in B: *FILM der fantastische Vorgänge* ⟨emendiert nach Handschrift I⟩ *zeigt, Aufschließen einer Blüte, ihr Verwelken, Abfallen; Metall, das blank ist und unter dem Einfluß von Säuren und Gasen korrodiert. Kristalle, die sich zerlösen, dahinschmelzen. Die Negative davon*
169/*13* der Mühle] *die Mühle* (B) /*15* macht] *treibt* (B) /*16* dort sozusagen.] *sozusagen dort.* (B)
171/*26* sehr uneigennützig gewesen.] *schon sehr rücksichtsvoll gewesen.* (B) /*26* Zinsen] *Prioritäten* (B) /*31* Amtsvorsteher] *Amtsrichter* (B)
172/*30* als ein stinkender Hund] *ein suchender* (B) / *stinkender* (E) *Hund*
173/*20* kann nicht] *wird nicht* (B) /*31f.* verlaufen] *ablaufen* (B, E)
175/*25* das Kommende] *das wachsende Leben den* (B) /*27* halbwüchsigen] *kindischen* (B, E)
176/*3* Wassergeräusche.] *Wassergeräusche, wie sie für die erste Szene beschrieben wurden.* (B) /*9* eingehandelt, das] *eingehandelt. Eine Erregung mit einer anderen zu glätten,* (B) /*11* Das ist der Anfang für dich.] *Widerstreitende Empfindungen. Das ist der Anfang.* (B) /*31ff.* (maulend) ... besser.] *So ist deine kalte Belohnung ein dürftiges Geschenk. Ich habe mich darangemacht, den langsamen Tod deiner grobknochigen Nebenbuhlerin zu bewirken.* (B) /*35f.* Mußtest ... einzugeben?] *Bedarf es des Heldenmutes, einem Tiere Gift zu geben?* (B)
177/*1ff.* Gift? ... in die Gosse.] *Wenn die Arzenei wirksam ist, und aufgeleckt wird wie Zucker, vielleicht, daß Gedanken dann überflüssig sind. Aber ein bitteres unhandliches Gemisch, das Widerwillen erzeugt, macht die Aufgabe schwierig.* (B) /*3f.* Weil sie vor allem ... hineintaten] *wenn sie etwas unterlassen und und ihren Haß hineintun.* (B,E) /*7* (bleich, bebend) ... unverläßlich.] *Die Stute stirbt nicht. Unverläßlich bist du?* (B) /*8f.* Die Stute ist am Verrecken.] *Sie ist am Verenden. Nur mußte ich einen anderen Plan machen; weil du kein taugliches Werkzeug besorgt hattest.* (B) /*11* Unsichtbar] *Sozusagen unsichtbar* (B) /*15* von innen] *im Innern* (B) /*23* Körper.] *Körper, wie von einem Erschrecken.* (B) /*30* steigen.] Danach folgt in B: *Vinje wird noch lange im Ungewissen bleiben* /*31ff.* Der Tod ... Sterben sein.] *Der Tod braucht sich nicht mit Eiter und Fäulnis zu nähren. Manaos streichelnde Hände sind vielleicht längst nutzlose Wohltat. (hastig ab)* (B)
178/*5* Du hast sie besorgt.] *Nachdem du sie besorgt.* (B) /*8* verrucht] *bösartig* (B, E) /*11* Doch] *Aber ich spüre,* (B) /*16f.* So wart ... vorsorglich.] *So wart ihr ohne Aufforderung fleißig und vorsorglich. Und berechnetet sogleich, das Pferd würde sterben oder eine lange Krankheit erleiden.* (B) /*20* darüber gekommen.] *auf uns gestoßen.* (B) /*22* hastig] *allein* (B) /*25f.* Ich weiß ... im Stall.] *Ich wußte ja, du*

würdest vom Lager der kranken Stute nicht weichen. (B) /*28f.* In ... umzukehren.] *Es war nur ein bösartiger Einfall, daß du mich zwangst umzukehren.* (B) /*39* die Wahrheit nicht.] *nicht einen Deut Wahrheit.* (B)

179/*11f.* Das sagt ... inzwischen] *Das war auch einer meiner Gedanken, als es mit der Stute zuende war. Inzwischen* (B) /*13* Mißtrauen da.] Danach folgt in B: *Was ich liebe, haßt die Hausfrau. Und du stehst ihr zur Seite* /*13* über das] *um das* (B) /*17* Wurflefzen] *Schamöffnung* (B)

180/*14* mich] *meine Träume* (B) /*30* Rat] *Trost* (B) /*34* ist nicht schlechter geworden] Fehlt in B

181/*19* Leidenschaft] *Verblendung* (B) /*20* abgeschätzt hast.] *beachtetest.* (B) /*21* gebracht.] *aufgerüttelt.* (B) /*24* Borke ist.] *Borke ist, die dir* ⟨Hs. I: *die*⟩ *Feindschaft meinesgleichen nicht einträgt.* (B) /*25f.* Mensch ... Wille,] *Mensch, nicht geheiligt durch einen unbändigen Willen,* (B) /*28f.* singt, schläft.] *singt.* (B) /*32f.* als die] *außer der* (B) /*36* sind] *prangen* (B)

183/*4* Vorfreude.] *Vorfreude, anstatt brauchbarer Überlegungen.* (B) /*5* manchmal] *zu Zeiten* (B) /*14f.* eine erst erdämmernde] *irgendeine* (B, E) /*20* genossen] *als labende Pflege genossen.* (B) /*20* meines] *eines* (B) /*34f.* den ... angetan.] *Böseres zugefügt als einen heilbaren Schaden.* (B) /*35* Rachegefühl] *Rachegelüst* (B) /*37* wären] *seien* (B)

184/*1* zerbrach das] *floß irgendein Saft aus mir ab. Das* (B) /*2* war.] *war, zerbrach.* (B) /*5* Zuflucht] *Verheißung* (B) /*10* uns] *dich* (B, E) /*17* worden sein] *werden* (B, E) /*20* vor allem.] Danach folgt in B: *Ich schaue auf sie mit einer Art entrückter Augen, die den ihren verwandt sind.* (B) /*31ff.* Sofia: Ich aber ... Trennungen] *Sofia: Er hat es dahin gebracht, daß ich mich vor deiner Stute fürchtete, sie mit Eifersucht verwünschte. Manao: Sie hat ihr Leben inzwischen bezahlt. Ich habe eine andere gekauft, nicht minder schön. Die neue wird hoffentlich deine Freundin werden. Sofia: Ich bin bestraft worden. Schrecken Schmerzen Vergeltungen Trennungen*

185/*6* werden] *würden* (B, E) /*10* wird] *würde* (B, E) /*18* wird ein] *wird ja ein* (B) /*24f.* wollen ... gewesen.] *wollen, nachdem wir allen Graden der Versäumnis anfällig waren.* (B) /*28* erscheine] *scheine* (B) /*37* Verlangst] Davor in B: *Ich will nicht erlauben, daß du so sprichst.*

186/*2* dir kein] *dir an mir kein* (B) /*10* eingetrocknet.] *schmerzlich verkümmert.* (B) /*23* davonziehen.] Danach folgt in B: *Wir brauchen nicht heute darüber zu streiten, was wir in einem Monat beschließen werden.* (E) /*27* Tümpeln] *Pfützen* (B)

187/*10* Es war] Davor in B: *Ich habe dir nichts abgehandelt* /*16* Du wirst] Davor in B: *Kann sein*

188/*9* versprechen.] *versprechen lassen* (B) /*17* beteiligen.] Danach folgt in B: *Ich habe mir die Wirtschaft vorgestellt und Geschmack daran gefunden* /*18* um] Fehlt B und E /*19* die hüten] *die da hüten* (B) /*25* ohne Tünche.] *in voller Kraft.* (B) /*30* Gewagtes.] *Gewagtes das Ganze.* (B)

189/*6* widersetzen.] Danach folgt in B: *Ein Zufall oder die Vorsehung spielen mit uns.* /*7* nicht überzeugter] *so* (B) /*7f.* mit dem Handel nichts] *nichts mit dem Handel* (B) /*9f.* diese nützliche] *den nützlichen* (B) /*14ff.* Zweifelhafte ... Unbehagen.] *Es ist kein Grund, um ein paar ungewaschener Burschen willen den Plan zu stürzen. Ein Vorgefühl von Eifersucht oder Unbehagen meinetwegen braucht dich nicht zu quälen.* (B) /*17* Und eine ... für dich.] *Nichts ist mir leichter,* *als ungetrübt an deiner Seite zu bleiben.* (B) /*18ff.* Ich erwog ... Ödstrecken.] *Deine Gedanken eilen den meinen voraus. Ich erwog nur allgemeines Ungemach. Du nennst gleich schlimme Ausflüsse der Wildnis.* (B) /*24f.* den Baum ... lassen.] *die Gerüste der Möglichkeiten vor uns auftürmen.* (B) /*26* (entschlossen)] Fehlt in B

192/*11* zu tilgen.] Danach folgt in B: *FILM. Der wandelnde Wald der Geweihe, der über einer runden Granitbarre auftaucht, um den Felsen langsam hinabzufließen.*

194/*30* von plumper Art] *von der plumpen Art* (B, E) /*32* täuschest] *täuschst* (B, E) /*38* bin ein] *bin trotz aller Schuld ein* (B)

195/*1* in Sofia] *mit Sofia* (B, E) /*11* Hof] *Hofe* (B, E – möglicherweise Druckfehler in D)

196/*2* mich zu] *um mich damit zu* (B) /*16* Kindbett eine] *Kindbett verfieberte eine* (B) /*17* ihren kümmerlichen] *ihren neun kümmerlichen* (B)

197/*4* eine segnende Flut] *eine Flut von Kraft,* (B) /*17* blieb] *fiel* (B, E) /*18* in den Stuben und weinte.] *zusammen. Wie an einer Erinnerung. Sie saß oft allein in den Stuben und weinte.* (B) /*32f.* Vinjes ... Erbitterung] *Vinje ist gelb vor Zorn und Erbitterung* (B)

198/*9* Unterwelt] *Zwischenwelt* (B) /*36f.* Der Vorgeschmack eines Schauders] *Der Vorschmack eines Schauderns* (B, E – möglicherweise Druckfehler in D)

199/*3* Ich will nicht] *Ich mag nicht* (B) /*16ff.* Durchwatet ... Verlangens.] *Gewatet im Nichtnährenden, verstockt machenden, Vergreisenden, in verzehrendem Ersticken. Mit dem Durst des Verlangens.* (B) /*28* Pferdes] *Pferdes noch* (B)

200/*8* Heller Tag.] Fehlt in B /*12* Krankenpflegerin] *die Krankenpflegerin* (B) /*15* um einige ungebundene Wochen] *ihre Ferien* (B) /*17* fand] *begegnete* (B, E) /*17* dies Lager.] *diesem Lager.* (B, E) /*19* heut] *heute* (B, E) /*22* gewesen.] *gewesen, nachdem ich eingetroffen war.* (B) /*32* Hausgenossen] *Bewohner* (B)

201/*8* müßte] *Könnte* (B) /*19* hält mich fest] *hält mich an* (B) /*31* fortgeritten ist.] Danach folgt in B: *Und die Knechte nicht im Lager sind.*

202/*11* Ich ... Dunkelheit.] *Ich fürchte mich, in der roten Dunkelheit zu schreien.* (B) /*12* doch] *aber* (B, E) /*33* weitere Täuschung] *tückische Verbrämung* (B)

203/*14* geblieben] *geworden* (B, E)

205/*7* Vor Verlangen ... Nähe.] *Sie wird blind in seiner Nähe vor Verlangen.* (B) /*22* versprechen.] Danach folgt in B: *Schreiben Sie den Eltern, Sie müßten die Ferien ausdehnen.*

206/*6* Schließ] *Schließe* (B, E) /*31* dumpfe] *dumpfere* (B)

207/*12* Geteerte feste] *Feste geteerte* (B) /*23* auf den Fersen] *an den Fersen* (B) /*24* auf ... versessen] *versessen auf greifbare Erfüllungen* (B) /*26* sich in der Schlafkammer] *in der Schlafkammer sich* (B) /*30* parteilich] *parteiisch* (B)

208/*26* Mit getrübtem Hirn] *Mit getrübten Hirnen* (B, E) /*28ff.* wenn ... würfet] *ihr würfet einen Vorhang über die verwilderte Innenlandschaft eures Fleisches* (B) /*33* wahre] *wehre* (B, E)

209/*23* Geh mir an die Hand.] *Nimm zwei Dutzend Talgstöcke aus der Kiste. Anna: Das ist ja Raserei. Gunvald: Laß das Zanken. Räume den Tisch ab. Steh nicht da, Ole. Geh mir zur Hand.* (B)

210/*7* Eine mutige Gehilfin] *Meine mutige Gehilfin* (B) /*17* Fremde] *Feindin* (B) *Freundin* (E) /*33* von mir] *über mich* (B, E) /*33f.* Sie sind ... zugelaufen,] *Sie sind ein neues Mitglied der Besessenen,* (B)

211/*28* Widersacher?] *Widersacher, der sich in Anmut gekleidet hat?* (B)
212/*3* er auch] *auch er* (B) /*5f.* wie die übrigen den Wunsch ... anhören] *den Wunsch des Hausherrn wie die übrigen anhören* (B) /*13* rechtschaffen geliebt] *sich in Liebe verströmt* (B) /*19* für einen langen Frieden wie sich's gehört.] *wie sich's gehört für einen langen Frieden.* (B)
213/*11* wirst bei] *wirst uns bei* (B, E) /*14* Schaf] *Schwein* (B) /*15* Schwein] *Schaf* (B) /*32* Es bleibt dabei,] *Yngve, es bleibt dabei,* (B)
214/*5* Die Liebe] *Das Zarte und Empfindliche, die Liebe* (B) /*8* lang vorgedacht worden.] *vorgedacht.* (B) /*10f.* Und ihr Schicksal.] *Und ihr Schicksal?* (B) /*18* können] *könnten* (E – wohl Druckfehler) /*22* Tag für Tag] *jeden Tag* (B) /*30* schüchtern werde.] *scheu wäre.* (B) /*37ff.* Und darum ... Sie.] *Und darum locken Sie mich, hänseln mich. Wenn nun in mir eine Flamme aufschlägt, versengen Sie sich.* (B)
215/*2f.* Sie bleiben] *Bleiben Sie* (B) /*4* unbegleitet] *allein* (B) /*5f.* Der Wunsch ... Beihilfe.] *Irgendeine Vorsorge für die Tote braucht Sie nicht zu verpflichten.* (B) /*26* Dache] *Dach* (B, E)

Die kurz vor Abschluß der Editionsarbeiten vom Herausgeber bei Signe Trede in Fredensborg wiederaufgefundene korrigierte Satzvorlage für den verbesserten 2. Druck 1948 (=D) konnte noch für die Textkonstituierung herangezogen werden. Die eigenhändig von Jahnn vorgenommen Korrekturen sind fast vollständig in D ausgeführt. Von den wenigen nicht ausgeführten Korrekturen wurden die folgenden Stellen von uns nach dem Wortlaut von Jahnns Korrektur gegen die Druckvorlage (=D) emendiert (vor dem Lemmazeichen steht dabei die emendierte Lesart unseres Drucks, nach dem Lemma die Lesart von D):
127/*12* mir diesen Kristall] *diesen Kristall mir*
155/*23* gebe dir] *geb dir*
158/*27f.* garnichts] *gar nichts*
162/*18* garnichts] *gar nichts*
181/*35* Und du Bilder beschreist] *Und du Bilder beschreibst*
183/*14f.* eine erst erdämmernde Kammer] Jahnn korrigiert nur *eine erdämmernde Kammer*; dennoch wurde hier der Lesart von D der Vorzug gegeben, da eine nachträgliche Verbesserung in deren Korrekturverlauf nicht auszuschließen ist.

Kommentar

119/*1f.* **Armut, Reichtum, Mensch und Tier]** Mit diesem Stück kehrt Jahnn nochmals in die urtümliche Landschaft Norwegens, wie er sie 1915–18 kennengelernt hatte, und damit in die Vorstellungswelt des 1929 erschienenen Romans »Perrudja« zurück. Zugleich schlägt das Stück (siehe Paralipomena I, S. 216ff. und den Kommentar dazu) erste tastende Brücken zur 1937 begonnenen »Niederschrift des Gustav Anias Horn«, dem Mittelteil der Romantrilogie »Fluß ohne Ufer«. Seit Walter Muschgs Huldigung aus dem Jahre 1934 haftet dem Stück – zu Unrecht – ein falscher Ruch an. Jahnn hat sich gegen diese naive Verzeichnung, wie sie teilweise auch in der

Doppeluraufführung in Hamburg und Wuppertal 1948 wirksam wurde, in seinen »Vorbemerkungen ⟨zu ›Spur des dunklen Engels‹⟩« (S. 974 ff.) gewehrt. Die einfachere szenische Form – Jahnn spricht selbst von »Gesprächen« – sowie der 1933/34 zeitoberflächlich germanisch-nordische Stoff dürfen nicht darüber hinwegtäuschen, daß es auch hier um keine Rückkehr zum Naturalismus geht, das Stück also die Linie des zeichenhaften, des »grausamen« (Artaud) Theaters fortsetzt, wie er es in »Straßenecke« und »Neuer Lübecker Totentanz« eingeschlagen hatte (und in der Marlowe-Bearbeitung »Blutbäder von Paris« fortsetzen wollte). Auch der scheinbar archaische Stoff mit seiner Beschwörung der nordischen Mythologie weist nur eher peripher Parallelen zur nazistischen Blut- und Boden-Terminologie auf. Jahnns Umgang mit den keineswegs nur nordischen Quellen des Mythos ist der einer esoterischen Zitationstechnik und Metaphernbildung. So gesehen fügt sich »Armut« bruchlos in seine »erotische« Ästhetik, wie sie sich seit den in Norwegen entstandenen Werken (»Pastor Ephraim Magnus«, »Ugrino und Ingrabanien«) herausgebildet hat. Dem im Frühjahr 1933 begonnenen Stück kommt in Jahnns 1933/34 aufbrechender Lebenskrise geradezu eine Schlüsselstellung zu: es eröffnet in diesen Jahren des Übergangs bis zum Beginn von »Fluß ohne Ufer« eine erneute, grundlegende, kritische – gerade auch gegenüber der nationalsozialistischen Vereinnahmung kritische – Auseinandersetzung mit dem Mythos. In diesem Sinne ist es zusammen mit dem ebenfalls 1933 entstandenen fragmentarischen Aufsatz »Germanische Rundbauten in Dänemark« (Schriften I, S. 826 ff.), mit den »⟨Bornholmer Aufzeichnungen⟩« 1934/35 (Fluß ohne Ufer III, S. 511 ff.) sowie mit der Bergener Rede »Aufgabe des Dichters in dieser Zeit« vom 25. 2. 1935 (Schriften I, S. 669 ff.) als *eine* poetische Einheit zu lesen, deren einzelne Konfigurationen vielfach aus den gleichen Textbausteinen und, auf einer dahinterliegenden durchscheinenden und sie bezeichnenden Schicht, aus derselben harmonikalen Sicht von Mensch und Natur, von Kosmos und Kultur gefügt ist.
Als Beweis für diese Gelenkstelle kann Keplers harmonikal-spekulative astronomische Schrift »Mysterium cosmographicum« herangezogen werden, die Jahnn nachweislich 1933 gelesen hat. Er hat sie einerseits wohl für die Deutung der »Germanischen Rundbauten« als Sonnenobservatorien benutzt, andererseits in »A. R. M. u. T« mittels Zitation auf sie angespielt (siehe die Anm. zu S. 125/8 f. und S. 206/8 ff.). Jahnn ist nach 1945 in zwei wichtigen Schriften, dem autobiographischen Bericht »Mein Werden und mein Werk« sowie in dem am 17. 4. 1950 in Zürich aus Anlaß der schweizerischen Erstaufführung des Stückes gehalten Vortrag »So oder so«, auf »A. R. M. u. T.« zurückgekommen – siehe Schriften II, S. 28–30 und S. 104.

120/*1 f.* **Allmählich ist die Liebe unser Eigentum geworden]** Dieses Motto wurde auch als Grabinschrift auf die am 6. 6. 1934 enthüllte Grabplatte von Jahnns 1931 verstorbenen Freund Gottlieb Friedrich Harms gesetzt (siehe »Rede zur Einweihung der Gruftplatte Gottlieb Friedrich Harms«, in: Schriften I, S. 666 ff. und den Kommentar: Schriften II, S. 1020 f.). – Handschrift I (siehe S. 216/6 f.) trug als Motto noch die aus »Neuer Lübecker Totentanz« stammenden Zeilen »Es ist wie es ist, und es ist fürchterlich«. In Handschrift II geht dem endgültigen Motto auf dem Innendeckel des 1. Heftes die dann wieder getilgte Version »Die Liebe ist ein grausames Hilfsmittel der Natur für ihre Zwecke« voraus. Siehe dazu auch die Figurenrede Manao Vinjes S. 214/1 ff. */3* **Dies ist die Geschichte des Bauern Manao Vinje]** Jahnn hat die Geschichte von Manao Vinje und dem Knecht Gunvald im Aurland-Kapitel (»April«) der »Niederschrift« in episch gedrängter Form nochmals erzählt (Fluß ohne Ufer I, S. 719–724). */13* **in den westlichen Bergen Norwegens]** Siehe die Anm. zu S. 130/3.

121/*1* die Menschen] Sie reichen in der Personenliste von Manao Vinje bis zu Arne. */1* **Erscheinungen]** Sie reichen in der Personenliste vom Troll Yngve bis zu den Sieben Kinderköpfen. – Zum »Zwischenreich« zwischen der Welt der Erscheinungen und der Welt der Metaphysik, das sich für Jahnn mit der Chiffre »Norwegen« verbindet, siehe den 1928 entstandenen Essay »Henrik Ibsen und sein Land« (Schriften I, S. 723 f.). */3* **Manao Vinje]** Jahnn übernimmt den Nachnamen auch in eine kurze Passage des »Aurland«-Kapitels (»April«) der »Niederschrift« (Fluß ohne Ufer I, S. 614). */5* **Anna Frönning]** Auch diesen Namen übernimmt Jahnn Jahre später in die »Niederschrift«, löscht allerdings die Identität (Fluß ohne Ufer I, S. 606). */15* **Der Troll Yngve]** Trolle waren für Jahnn (so in dem 1933 geschriebenen Aufsatz »Germanische Rundbauten in Dänemark«) »offenbar vermenschlichte Gottheiten, die den Tieren Freunde sind« (Schriften I, S. 845). Siehe auch die Beschreibung der Trolle in »Fluß ohne Ufer« (Fluß ohne Ufer I, S. 634). Hinter der Verwendung der Bezeichnungen Troll und Yngve, die keinesfalls nur arbiträre Lektürefrucht sind, findet sich ein Bezugsrahmen des Kelten- und Sachsen-Kenners Jahnn. Er muß um die Bedeutung des nur in Skandinavien (Bächtold-Stäubli III, Sp. 82 f.) bezeugten Gottes Freyr/Yngve genau Bescheid gewußt haben: »Freyr heißt Herr; Yngvi oder Ing ist der eigentliche Name des Gottes«. Seine Verehrung als Fruchtbarkeits- und Friedensgottheit ist vor allem für das südschwedische Heiligtum Gamla-Upsala (u. a. auch in Form eines phallischen Freyr-Bildes) bezeugt.

Jahnn hat im Juli 1933, im Zusammenhang mit einer Orgelreise nach Südschweden und im Hinblick auf seine Beschäftigung mit der germanischen Vorgeschichte für seinen Aufsatz »Germanische Rundbauten in Dänemark«, die Heiligtümer von Gamla-Uppsala besucht (Schriften I, S. 854). Ein Notizkalender auf das Jahr 1933 und Fotopostkarten, die Jahnn damals aus Gamla-Uppsala mitbrachte, überliefern keinerlei schriftliche Hinweise auf den Besuch. Erst in seiner 1947 geschriebenen »Vorrede des Herausgebers« zu Yngve Jan Tredes dann doch ungedruckt gebliebenen jugendlichen Kompositionen kam Jahnn aus der Erinnerung nochmals auf seinen Besuch in Gamla-Uppsala und sein Wissen um die Figur Freyr-Yngve zu sprechen (Schriften II, S. 181 f.). */17* **Brönnemann]** Brönnemann – namentlich in nordischer Sage und Mythologie nicht greifbar. Es ist zu vermuten, daß diese »Erscheinung« den in Folklore und Volksglauben häufig überlieferten Wasser- und Brunnenmännern nahesteht. Beispielgebend für Jahnn könnte der Wassermann in Strindbergs Drama »Die Kronbraut« gewesen sein (siehe auch den zitierten Brief Jahnns vom 20. 5. 1933, in dem er Brönnemann als »Wassermann« vorstellt). */18* **Tunrider]** »Der Namen des Toten – Tunridur – ›zitiert‹ eine dämonische Figurengruppe der nordischen ›niederen‹ Mythologie, die ›Tunnrida‹ oder ›Tunridur‹, Unholdinnen und Verwandlungskünstlerinnen, die über das Haus (wörtlich: das Eingezäunte) reiten.

Erhalten bleibt von den weiblichen Unholdinnen, die auch als Seelen lebender oder verstorbener Zauberinnen vorgestellt wurden, die Ortsgebundenheit ihres Auftretens und der namentliche Bezug zum Ritt (›-ridur‹), der das Pferd zumindest mitevoziert. [...] Tunrider ist die ortsgebundene Erscheinung des Toten, der esoterisch-assoziativ mit dem kultischen Totentier zusammengebracht wird.« (Kobbe, S. 65). */20* **Sieben Kinderköpfe]** Die Zahl Sieben verweist auf volkstümliche Überlieferungen. Das Motiv der sprechenden Toten verwendet Jahnn in seinem Werk sehr häufig: Z. B. in »Pastor Ephraim Magnus« (Dramen I, S. 5 ff.) treten die vier Totentanzfiguren »Der Geköpfte«, »Der Gekreuzigte«, »Der Kastrierte« und »Der Handlose« auf; auch im »April«-Kapitel der »Niederschrift« wird dieses Motiv verarbeitet (Fluß ohne Ufer I, S. 739).

123/*1* ERSTER AKT] Die ungewöhnliche vieraktige Form des Dramas verweist auf das für Jahnn beispielgebende Drama »Dantons Tod« von Georg Büchner (siehe Dramen I, S. 1032). Die Einteilung in Akte ist für Jahnn selten. Neben »Armut, Reichtum, Mensch und Tier« findet sie lediglich bei den beiden »historischen Tragödien« »Die Krönung Richards III.« (1921 – 3 Akte) und »Thomas Chatterton« (1955 – 5 Akte) Anwendung. Zahlensymbolisch läßt sich die vieraktige Struktur auf den Sarg Sofias mit der »Form eines vierseitigen Prismas« (S. 209) beziehen. Die Einteilung in zwölf Szenen verweist auf die das Drama in seiner Struktur bestimmende geometrische Figur des Zwölfflachs.

125/*2* Innenraum einer Bergmühle] Mit der Szene des ersten Bildes verweist Jahnn auf eine seiner literarischen Quellen, August Strindbergs Märchendrama »Die Kronbraut«. Beide Stücke besitzen nicht nur eine auffallende Ähnlichkeit des Schauplatzes, der Handlung und der Figurenkonstellation (auch bei Strindberg verkörpert ein »Wassermann« das Reich der Erscheinungen), gemeinsam ist beiden auch die Verwendung des Märchens als Handlungsschema. Strindberg skizziert die Szenerie seiner »Mühlenkammer« wie folgt: »Alles ist weiß von Mehlstaub. Im Hintergrunde rechts eine große offene Luke, wo man einen Teil des Mühlrades sieht; weiter rechts mündet die Trommel, an deren unterem Ende ein Mühlsack befestigt ist; daneben der Mühlbaum. Mitten im Hintergrunde zwei große Pforten; links von diesem große Luken wie bei einer Scheune. Rechts ein großer, offener Herd mit Kohlenfeuer und Kochtopf. Links ein Bett und ein Webstuhl, eine Bobine, ein Haspel und ein Spinnrocken. Eine Thür rechts.« (Strindberg, S. 25) Auch Strindbergs Stück tendiert zur episch aufgelösten Dialogführung. Die Atmosphäre der nordischen Landschaft, die Jahnn im Bühnendruck von 1934 noch durch filmische Einblendungen imaginieren wollte, schafft Strindberg durch die Verwendung zahlloser volksliedhafter, zu singender Einblendungen. Jahnn dürfte Strindbergs Stück schon früh kennengelernt haben. Ende der 20er-, Anfang der 30er Jahre unternahm er als Orgelbauer zahlreiche Berufsreisen nach Norwegen und vor allem nach Schweden. Auf einer dieser Reisen schreibt er in einem undatierten, mutmaßlich 1931/32 entstandenen Brief aus Stockholm an Ellinor Jahnn und Monna Harms: »Gestern durch herrlichste Landschaft. [...] Granit, Gneis, Wacholder, Heide, Wasserläufe, Seen, alles ins Unendliche gedehnt. Ich bin fast krank vor Gedanken. Aber die Menschen sind wie Menschen überall.

Sie verfluchen, was mich anzieht. Und sie handeln wie außerhalb der Landschaft. An ein paar Stellen scheint es anders zu sein. Das ist die Einsamkeit, wie man sie manchmal bei Strindberg findet. (Kronbraut)«. Siehe auch die Erwähnung der »Kronbraut« S. 970 und S. 976. *18f.* **einen rotleuchtenden Stein, als Zwölfflach geschliffen]** Der Dodekaeder oder »Zwölfflach« (siehe DWb 32, Sp. 1441) ist eine von zwölf Flächen begrenzte geometrische räumliche Figur; er kommt in der Natur als Kristall vor. Jahnn verwendet den Stein als harmonikales Symbol, das er aus der pythagoräisch-orphischen Tradition entlehnt, mit der er sich in der zweiten Hälfte der Zwanziger Jahre intensiv auseinandergesetzt hat (siehe die Anm. zu S. 81/12 und 97/11). Schon in »Perrudja« (S. 386) verwendet er den »Zwölfflach« in dreifacher Ausfertigung für Perrudja, Signe und Hein. In dem 1927 entstandenen Text über Kristalle, »Die liebenswürdige Leidenschaft«, heißt es: »Aber den Zwölfflach, den Amethyst besaß er nicht, den uns Albrecht Dürer auf dem Stich, den er Melancholie nannte, abgebildet hat – der durch Flächen mit je fünf Kanten begrenzt wird, die sich auf die fünf Elemente beziehen: Feuer, Wasser, Luft, Erde, Metall, mit den fünf Wirkungen auf den Menschen. [...] Die gewachsenen Kristalle gemahnen uns, daß wirksam in uns tellurische Kräfte, die sich betätigen wollen.« (Perrudja, S. 831) Einen weiteren Hinweis gibt Jahnn in seinem Brief vom 9. 11. 1933 an Alfred Bierschwale: »Man braucht nur einmal bei Kepler im Mysterium cosmographicum nachzulesen, wie Harmonie, Himmelsaspekte und die Ursprünge der ›ausgezeichneten‹ Zahlen, etwa der fünf Körper, Würfel, Oktaeder, Dodekaeder, Ikosaeder, Tetraeder für ihn miteinander in Zusammenhang stehen.« (Schriften I, S. 1063). Der Verweis gilt Johannes Keplers 1596 erschienener Erstlingsschrift »Mysterium cosmographicum«, die Jahnn in der von M. Caspar besorgten und herausgegebenen deutschen Übersetzung (Mysterium cosmographicum. Das Weltgeheimnis. Augsburg 1923) kennengelernt hatte. In diesem astronomischen Traktat, der in vielem schon das Hauptwerk »Harmonices mundi« (1619) vorwegnimmt, geht Kepler von den fünf regulären Körpern der antiken Überlieferung aus, deren Fünfzahl durch die Raumgesetzlichkeit bestimmt ist: »Die Erdbahn ist das Maß für alle anderen Bahnen. Ihr umschreibe ein Dodekaeder; die dieses umspannende Sphäre ist der Mars. Der Marsbahn umschreibe ein Tetraeder; die dieses umspannende Sphäre ist der Jupiter. Der Jupiterbahn umschreibe einen Würfel; die diesen umspannende Sphäre ist der Saturn. Nun lege in die Erdbahn ein Ikosaeder; die diesem einbeschriebene Sphäre ist die Venus. In die Venusbahn lege ein Oktaeder; die diesem einbeschriebene Sphäre ist der Merkur.« (S. XII) Mit Bezug auf Pythagoras führt Kepler aus: »... da er die Vortrefflichkeit der fünf Körper einsah, kam er schon vor 2000 Jahren durch eine ganz ähnliche Ueberlegung wie ich heute zu der Einsicht, daß es des Schöpfers nicht unwürdig war, auf sie Bedacht zu nehmen, und ordnete nichtmathematische Dinge den auf Grund ihrer Natur und ihrer besonderen akzidentellen Eigenschaften gewerteten mathematischen Dingen zu. Die Erde setzte er dem Würfel gleich, weil beide stabil sind, was jedoch nicht ausschließlich vom Würfel gilt. Dem Himmel wies er das Dodekaeder zu, weil beide drehbar sind. Dem Feuer die Pyramide, weil diese die Gestalt einer zuckenden Flamme besitzt; die beiden anderen Körper verteilte er auf Luft und Wasser, weil in beiden Fällen der eine Teil mit dem anderen verwandt ist.« (S. 49) Siehe auch Keplers weitergehende Interpretation der pythagoreischen Überlieferung in den »Harmonices mundi«: »Das Zwölfseit blieb dem Himmelselement ⟨dem Äther⟩ vorbehalten; da es so viel Ebenen besitzt als der Tierkreis am Himmel Zeichen; und es kann als die geräumigste aller Figuren aufgezeigt werden, ebenso wie der Himmel alles in sich befaßt.« (Johannes Keplers Kosmische Harmonie. Hrsg. u. übertr. von W. Harburger, Leipzig 1925, S. 229 – dieser Band war in der von Hans Kayser betreuten Reihe »Der Dom. Bücher deutscher Mystik« erschienen). Zu einem weiteren Zitat aus Keplers »Mysterium cosmographicum« siehe die Anm. zu S. 206/8 ff.

126/*10f.* **allmählich dünner]** Auch diese Metaphorik fügt sich in Jahnns harmonikales Denken – siehe die Anm. zu S. 90/3. /*35* **Eine kleine Kraft der Erinnerung ...]** Zum Begriff der »Erinnerung« siehe »Vorrede zur Straßenecke«, S. 70.

127/*3f* **In unseren Gebeinen bergen wir das Gut des Rückschauens.]** Jahnn hat diese Überzeugung auch in »Germanische Rundbauten in Dänemark« (1933) sowie in seiner kleinen Rede zur Einweihung der Gruftplatte für Harms 1934 ausgesprochen. In den »⟨Bornholmer Aufzeichnungen«⟩ schreibt er am 25. 1. 1935: »gerade die Knochen sind das, was ich einen Erinnerungsspeicher nenne, der Sitz feinster Ausstrahlungen. Der Mensch geht ja erst, falls er nicht verbrannt wird, oder von den Raben gefressen⟨,⟩ oder seine Knochen[?] durch Säuren ausgelaugt werden, erst nach 1 000 oder 2 000 Jahren ins Allgemeine über.« (Fluß ohne Ufer III, S. 555). Siehe auch die Anm. zu S. 13/16. /*16f.* **Nachdem das Tier so vieles erfahren ...]** Yngves Erzählung vom Tod der Renkuh und ihres Jungen korrespondiert James Erzählung vom Tod des Walweibchens in »Straßenecke« – siehe S. 53/6.

128/*4* **Stute]** Manao besitzt, wie Perrudja und später Anias Horn (in der »Niederschrift«), eine Stute. – Siehe auch die Anm. zu S. 55/2f.

129/*29f.* **Du bist nicht weise und dauernd wie ein Sternenhimmel]** Jahnn hat sich zur Zeit der Niederschrift der »A. R. M. u. T.« im Zusammenhang mit dem ebenfalls 1933 entstandenen, fragmentarischen Projekt »Germanische Rundbauten in Dänemark« (Schriften I, S. 826 ff.) intensiv mit Astrologie befaßt. Er deutet die dänischen Rundkirchen als christianisierte Umbauten ursprünglich heidnischer Sonnentempel, den eigenartigen obersten Stock all dieser Kirchen als ursprüngliche Sonnenobservatorien. Die Astrologie spielt aber auch bereits in der Kulturtheorie des jungen Jahnn und seiner harmonikalen Auffassung von der Schöpfung eine zentrale Rolle – entsprechend der mesopotamischen, altägyptischen und germanischen Überlieferung. Zu Jahnns Kenntnis der Astralmytholgie siehe auch das in seiner Bornholmer Bibliothek vorhandene Buch: Arthur Drews: Der Sternenhimmel in der Dichtung und Religion der alten Völker und des Christentums, Jena 1923. /*33f.* **Hippokampen]** Siehe die Anm. zu S. 105/25.

132/*2* **Der Marktplatz an der Bucht]** Die Szenerie erinnert an Aurlandsvangen am Aurland-Fjord, wo Jahnn und Harms den größten Teil ihres norwegischen Aufenthalts 1915–18 verbrachten.

135/*12* **Ein Kind]** Wie schon in der Figur der Signe des Romans »Perrudja« schimmert auch in Sofia nochmals die Gestalt Signe Christies durch. Jahnn lernte das damals elf- oder zwölfjährige Mädchen eines Bergener Ingenieurs 1918 kennen. Erst 1924, als er sich für einige Monate in Norwegen aufhält, trifft er sie wieder. Er verliebt sich in die jetzt Achtzehnjährige; zurück in Deutschland hält er brieflich um ihre Hand an. Doch Signes Vater mißbilligt die Verbindung und weiß sie erfolgreich zu verhindern. Jahnn trifft sie nochmals, 1935 – siehe Fluß ohne Ufer III, S. 569 f. /*39ff.* **Die Stadt Florenz ... Dort werden nur vollkommen Schönheiten in die Särge gelegt. So sehr ist alles von der hohen Kunst geprägt.]** Die Figurenrede spielt auf die von Michelangelo geschaffenen vier Marmorskulpturen in der Grabkapelle der Medici in Florenz an (ausführlich erläutert in Dramen I, S. 246/23).

137/*8f.* **Dies Pferd ist kein gewöhnliches Pferd. Es hat menschliche Ohren ...]** Zum Motiv des verzauberten Pferdes siehe die Anm. zu S. 200/25 f.

138/*9* **Satten]** Satte: »milchnapf, napf, in welchem die milch hingestellt wird, damit der rahm sich ansetzen kann« (DWb 14, Sp. 1821). /*11f.* **Die Milch ist im Topf]** Mit Musik- und Notenzitaten arbeitet Jahnn seit jeher: für »Hans Heinrich« hat er ein eigenes Orgelstück komponiert (siehe »Frühe Schriften«), in den Dramen »Pastor Ephraim Magnus«, »Die Krönung Richards III.« und »Der Arzt / sein Weib / sein Sohn« erklingt, sei es durch Regieanweisung oder Notenzitat, Musik von Bach (Dramen I, S. 116), Arnolt Schlick (ebenda, S. 326), Francesco da Milano (ebenda, S. 399) und Sweelinck (ebenda, S. 570). Notenzitate eigener oder fremder Kompositionen enthalten auch die Romane »Perrudja« und »Fluß ohne Ufer«. Die zahlreichen Noteneinsprengsel in »Straßenecke« evozieren einerseits Alltagsgeräusche und dienen andererseits der rhythmischen Akzentuierung der in diesem Stück praktizierten Montagetechnik. »Neuer Lübecker Totentanz« und »Spur des dunklen Engels« sind auf die Mitwirkungen von Musik, sei es in oratorischer, sei es in kontrastierender Absicht, angelegt. Die volksliedsartigen, aber wohl von Jahnn selbst herrührenden Strophen in »A. R. M. u. T.« heben sich von all diesen unterschiedlichsten Verwendungsformen von Musik deutlich ab und verdanken ihre Entstehung vermutlich Strindbergs »Kronbraut« (siehe die Anm. zu S. 152/2), wo die Lieder nicht nur Einlagen darstellen oder einen stimmungshaften Hintergrund bilden, sondern ganze Dialoge quasi-musikalisch ablaufen.

139/*17f.* **Es ist gut, einen Menschen zu sehen, wenn er friedfertig ist.]** Die Umkehrung der Schlußwendung des Grimmschen Märchens »Die Gänsemagd« steht hier am Beginn der Beziehung von Sofia und Manao. »Und als das Urteil vollzogen war, vermählte sich der junge König mit seiner rechten Gemahlin, und beide beherrschten ihr Reich in Frieden und Seligkeit.« Siehe die Anm. zu S. 201/25 f.

141/*1* **Julfest]** Heidnischer Brauch des Mittwinterfestes zur Wiederkehr der Sonne. Die Verbindung von Jul- und Weihnachtsfest geht zurück auf Haakon den Guten im 10. Jahrhundert, der das ursprünglich Mitte Januar gefeierte Fest auf den 25. Dezember verlegte. Das Jul war als Allerseelenfeier ein Fest der Toten verknüpft mit Fruchtbarkeitsriten und wurde als Haus- und Hoffest begangen. In Symbolik und Ritus gibt es zahlreiche Parallelen zum christlichen Weihnachtsfest. Jahnn verwendete den Begriff in Briefen und in

den »Bornholmer Aufzeichnungen« (z. B. Eintragung vom 23. 12. 1934, Fluß ohne Ufer III, S. 531) und pflegte die Bräuche selbst.
149/*22f.* **Es ist jemand hineingebannt. Ein Mädchen.]** Bächtold-Stäubli: »Tierverwandlung gehört zum Begriff der Hexe; Hexen erscheinen u. a. auch in Pferdegestalt [...] Daß weibliche Gestalten sich in Pferde verwandeln, kennt auch die griechische (Demeter) [...] Mythologie.« (Bd. VI, Sp. 1637) Siehe auch »Germanische Rundbauten in Dänemark« (Schriften I, S. 828): »In der Julnacht kann man mit Hilfe eines neuen Zaumzeuges eine alte Hexe in eine junge Stute verwandeln, also gleichsam die christliche Anschauung, daß die Heilighaltung des Pferdes und nahe Gemeinschaft mit ihm etwas graues, häßlich Unterweltliches sei, rückläufig machen.« /*28f.* **Das ist ein unverzeihlicher Fall von Aberglauben. Dergleichen wird in Märchen erzählt.]** Anspielung auf das Grimmsche Märchen »Die Gänsemagd« (siehe S. 200/25f.).
153/*19* **Anna, ein großes, schweres Mädchen]** Anspielung auf die magna mater. Jahnn kannte die antike Überlieferung wohl durch Johann Jakob Bachofens epochemachende Schrift »Das Mutterrecht« (erstmals 1861). /*23f.* **Lensmann]** Ein Amt, das etwa dem des deutschen Schultheißen entsprach.
154/*13f.* **Du darfst Liebe mit Gewalt vermischen.]** Zu diesem zentralen masochistischen Topos im Werk Jahnn siehe die Anm. zu S. 22/11f.
158/*9* **der gläsernen Welt]** Auch diese Metapher evoziert die Vorstellung einer harmonikalen Ordnung, in der die gläsern-durchsichtigen Kristalle die Schöpfungstotalität spiegeln. Siehe auch Fluß ohne Ufer III, S. 604.
159/*24* **ein Halbpferd]** Siehe die Anm. zu S. 105/25.
164/*12* **Leikanger]** Siehe »Gespräche«, S. 111, wo Jahnn den »Amtmann von Leikanger« erwähnt.
170/*13* **eine Kracke]** Verächtlich für »altes schlechtes pferd« (DWb 11, Sp. 1927).
175/*23* **rütten]** Im Deutschen nicht belegtes Wort (siehe DWb 14, Sp. 1572). Wohl ein bewußter Norwegizismus Jahnns: »Die Sklaven des Bodens heißen Steinrytter. Man kann das Wort kaum übersetzen. Rydde, rytte, ryttja, das bedeutet beseitigen, zertrümmern, roden, aufräumen, in Ruinen verwandeln. Es umfaßt einen negativen Begriff.« (Fluß ohne Ufer I, S. 616)
179/*29f.* **Du wirst eine tiefe Grube ausheben.]** Siehe »Bestattungsbestimmungen ... der Glaubensgemeinde Ugrino« §18: »An bestimmten Orten und auf besonderen Wunsch kann auch der Steinsarg auf offenem Felde tief in den Boden gesenkt werden. In solchem Falle ist die Sohle des Grabes wenigstens 7 m. tief zu wählen« (Schriften I, S. 105). /*33f.* **... daß sich ein Pferdekopf über dich beugt]** Siehe die Anm. zu »Die Gänsemagd«, S. 200/25f. Siehe auch die Erläuterung der Brüder Grimm: »Es ist merkwürdig, daß die alten Norden von geopferten Pferden die Häupter aufzustecken pflegten, womit man den Feinden schaden zu können glaubte.« (Kinder- und Hausmärchen, Bd. 3, S. 169).
181/*6f.* **... wie ein Schiff frisch über den Ozean, zwischen Genuß und Tod segeln.]** Siehe Jahnns Tragödie »Medea« (Dramen I, S. 634).
184/*19f.* **Ich liebe Tiere; und Pferde vor allem.]** Siehe die Anm. zu S. 55/2f.

187/*19f.* **Du wirst dir ein festes Haus im Gebirge bauen.]** Dieses Motiv übernimmt Jahnn aus »Perrudja« (siehe dort S. 227 ff.).
189/*8f.* **Widerspruch zwischen Züchten und Schlachten]** Diesen Widerspruch hat Jahnn bald danach als Hofbesitzer selbst erlebt – man siehe »⟨Bornholmer Aufzeichnungen⟩« 1934/35 (Fluß ohne Ufer III, S. 542 – siehe auch S. 551).
198/*8f.* **Ein Pferd aus den Bezirken der Unterwelt...]** Siehe die Anm. zu S. 179/33 f. /*18* **Er hat mich entrindet gesehen.]** Diese Metapher, die im 12. Bild von Gunvald wiederaufgegriffen wird (»Es ist keine Borke mehr an dir, die dich bekleidet.« – S. 207/30f.), zitiert zwei Konnotationen, eine literarische und eine mythologische. Aus John Cowper Powys Roman »Wolf Solent« führt Jahnn in seiner Rezension des Buches wie in seiner 1935 gehaltenen Rede »Aufgabe des Dichters in dieser Zeit« übereinstimmend die Formulierung »ein Mädchen weiß wie eine Wand entrindeter Weiden« an (Schriften I, S. 1116 bzw. 685). Der Vergleich mit einem geschälten Stamm, den sowohl Anna als auch Gunvald vornehmen, evoziert aber auch den Baumfrevel: Fällen und Schälen von Bäumen galt im germanischen Brauchtum als Frevel: »Man berichtet, die Germanen hätten für Baumfrevel die Strafe des Ausdärmens verhängt.« (Fluß ohne Ufer I, S. 616) »Heilige Haine waren bei den Germanen allgemein, und die Verehrung von Bäumen ist bei ihren Nachkommen heutigen Tages noch kaum völlig erloschen. Wie ernsthaft man es in früherer Zeit mit dieser Verehrung nahm, kann man aus der barbarischen Strafe schließen, welche die alten deutschen Gesetze denen auferlegten, die es wagten, die Rinde von einem lebenden Baume abzuschälen. Der Nabel des Verbrechers mußte herausgeschnitten und an den Teil des Baumes genagelt werden, den er abgeschält hatte, und er mußte immer wieder um den Baum herumgejagt werden, bis alle seine Eingeweide sich um den Baum geschlungen hatten. Der Zweck der Strafe war augenscheinlich der, die tote Rinde durch etwas Lebendes von dem Körper des Verbrechers zu ersetzen. Man forderte ein Leben für ein anderes, das Leben eines Menschen für das Leben eines Baumes. Zu Uppsala, der alten Religionshauptstadt Schwedens, gab es einen heiligen Hain, in dem jeder Baum als heilig galt.« (James George Frazer: Der goldene Zweig. Eine Studie über Magie und Religion. Frankfurt/M., Berlin, Wien [2]1977. Bd. I, S. 161) Zur Deutung dieser esoterischen Metaphorik siehe Kobbe, S. 78–81.
199/*23* **und Kuckucken zurückkehrt]** Siehe »Gesund und angenehm« (1929): »Ein Kuckuck im Nest mehrerer Kinder fördert die Objektivität, den Gerechtigkeitssinn der Frau, befähigt sie zu fast übermenschlichen Bereitschaften. Sie entfaltet sich an dem Schatten einer Schuld, gepaart mit Bluterkenntnissen, zur ganzen Pracht ihrer kontinuierlichen Kräfte.« (Schriften I, S. 749 f.) Jahnn hat sich auch später an diesen Vorschlag gehalten und mit der Figur von Gustav Anias Horn und Gemma Bohns unehelichem Sohn Nikolaj im »Epilog«, dem Schlußteil von »Fluß ohne Ufer«, einen solchen Kuckuck wenigstens literarisch gezeugt. Und in der von ihm so benannten »Kuckucksgeschichte«, dem zum »Epilog«-Fragment gehörigen Text »Was kann man vom Menschen erwarten?«, hat er seine Auffassung auch theoretisch untermauert (Fluß ohne Ufer III, S. 462 ff.). /*27* **Man wird dir einen tönernen Krug zertrümmern. Du wirst Scherben finden.]**

Anspielung auf die antike Form der Volksabstimmung (Ostrakismos, Scherbengericht), mit der über die Verbannung von Bürgern entschieden wurde.
200/*25f,* **Falada heiß ich]** Der Dialog zwischen Jytte und Sofia zitiert an dieser Stelle, gleichsam nachholend (siehe die Anm. zu S. 149/28f.), das Märchen »Die Gänsemagd« aus den »Kinder- und Hausmärchen« der Brüder Grimm:

»Die Gänsemagd

Es lebte einmal eine alte Königin, der war ihr Gemahl schon lange Jahre gestorben, und sie hatte eine schöne Tochter. Wie die erwuchs, wurde sie weit über Feld an einen Königssohn versprochen. Als nun die Zeit kam, wo sie vermählt werden sollten und das Kind in das fremde Reich abreisen mußte, packte ihr die Alte gar viel köstliches Gerät und Geschmeide ein, Gold und Silber, Becher und Kleinode, kurz, alles, was nur zu einem königlichen Brautschatz gehörte, denn sie hatte ihr Kind von Herzen lieb. Auch gab sie ihr eine Kammerjungfer bei, welche mitreiten und die Braut in die Hände des Bräutigams überliefern sollte, und jede bekam ein Pferd zur Reise, aber das Pferd der Königstochter hieß *Falada* und konnte sprechen. Wie nun die Abschiedsstunde da war, begab sich die alte Mutter in ihre Schlafkammer, nahm ein Messerlein und schnitt damit in ihre Finger, daß sie bluteten; darauf hielt sie ein weißes Läppchen unter und ließ drei Tropfen Blut hineinfallen, gab sie der Tochter und sprach: ›Liebes Kind, verwahre sie wohl, sie werden dir unterweges not tun.‹
Also nahmen beide voneinander betrübten Abschied; das Läppchen steckte die Königstochter in ihren Busen vor sich, setzte sich aufs Pferd und zog nun fort zu ihrem Bräutigam. Da sie eine Stunde geritten waren, empfand sie heißen Durst und sprach zu ihrer Kammmerjungfer: ›Steig ab und schöpfe mir mit meinem Becher, den du für mich mitgenommen hast, Wasser aus dem Bache, ich möchte gern einmal trinken.‹ ›Wenn Ihr Durst habt‹, sprach die Kammerjungfer, ›so steigt selber ab, legt Euch ans Wasser und trinkt, ich mag Eure Magd nicht sein.‹ Da stieg die Königstochter vor großem Durst herunter, neigte sich über das Wasser im Bach und trank und durfte nicht aus dem goldenen Becher trinken. Da sprach sie: ›Ach Gott!‹ Da antworteten die drei Blutstropfen: ›Wenn das deine Mutter wüßte, das Herz im Leibe tät ihr zerspringen.‹ Aber die Königsbraut war demütig, sagte nichts und stieg wieder zu Pferd. So ritten sie etliche Meilen weiter fort, aber der Tag war warm, die Sonne stach, und sie durstete bald von neuem. Da sie nun an einen Wasserfluß kamen, rief sie noch einmal ihrer Kammerjungfer: ›Steig ab und gib mir aus meinem Goldbecher zu trinken‹, denn sie hatte aller bösen Worte längst vergessen. Die Kammerjungfer sprach aber noch hochmütiger: ›Wollt Ihr trinken, so trinkt allein, ich mag nicht Eure Magd sein.‹ Da stieg die Königstochter hernieder vor großem Durst, legte sich über das fließende Wasser, weinte und sprach: ›Ach Gott!‹ Und die Blutstropfen antworteten wiederum: ›Wenn das deine Mutter wüßte, das Herz im Leibe tät ihr zerspringen.‹ Und wie sie so trank und sich recht überlehnte, fiel ihr das Läppchen, worin die drei Tropfen waren, aus dem Busen und floß mit dem Wasser fort, ohne daß sie es in ihrer großen Angst merkte. Die Kammer-

jungfer hatte aber zugesehen und freute sich, daß sie Gewalt über die Braut bekäme: denn damit, daß diese die Blutstropfen verloren hatte, war sie schwach und machtlos geworden. Als sie nun wieder auf ihr Pferd steigen wollte, das da hieß Falada, sagte die Kammerfrau: ›Auf Falada gehör ich, und auf meinen Gaul gehörst du‹; und das mußte sie sich gefallen lassen. Dann befahl ihr die Kammerfrau mit harten Worten, die königlichen Kleider auszuziehen und ihre schlechten anzulegen, und endlich mußte sie sich unter freiem Himmel verschwören, daß sie am königlichen Hof keinem Menschen etwas davon sprechen wollte; und wenn sie diesen Eid nicht abgelegt hätte, wäre sie auf der Stelle umgebracht worden. Aber Falada sah das alles an und nahm's wohl in acht.
Die Kammerfrau stieg nun auf Falada und die wahre Braut auf das schlechte Roß, und so zogen sie weiter, bis sie endlich in dem königlichen Schloß eintrafen. Da war große Freude über ihre Ankunft, und der Königssohn sprang ihnen entgegen, hob die Kammerfrau vom Pferde und meinte, sie wäre seine Gemahlin; sie ward die Treppe hinaufgeführt, die wahre Königstochter aber mußte unten stehenbleiben. Da schaute der alte König am Fenster und sah sie im Hof halten und sah, wie sie fein war, zart und gar schön; ging alsbald hin ins königliche Gemach und fragte die Braut nach der, die sie bei sich hätte und da unten im Hofe stände und wer sie wäre. ›Die hab ich mir unterwegs mitgenommen zur Gesellschaft; gebt der Magd was zu arbeiten, daß sie nicht müßig steht.‹ Aber der alte König hatte keine Arbeit für sie und wußte nichts, als daß er sagte: ›Da hab ich so einen kleinen Jungen, der hütet die Gänse, dem mag sie helfen.‹ Der Junge hieß *Kürdchen* (Konrädchen), dem mußte die wahre Braut helfen Gänse hüten.
Bald aber sprach die falsche Braut zu dem jungen König: ›Liebster Gemahl, ich bitte Euch, tut mir einen Gefallen.‹ Er antwortete: ›Das will ich gerne tun.‹ ›Nun, so laßt den Schinder rufen und da dem Pferde, worauf ich hergeritten bin, den Hals abhauen, weil es mich unterweges geärgert hat.‹ Eigentlich aber fürchtete sie, daß das Pferd sprechen möchte, wie sie mit der Königstochter umgegangen war. Nun war das so weit geraten, daß es geschehen und der treue Falada sterben sollte, da kam es auch der rechten Königstochter zu Ohr, und sie versprach dem Schinder heimlich ein Stück Geld, das sie ihm bezahlen wollte, wenn er ihr einen kleinen Dienst erwiese. In der Stadt war ein großes finsteres Tor, wo sie abends und morgens mit den Gänsen durch mußte, unter das finstere Tor möchte er dem Falada seinen Kopf hinnageln, daß sie ihn doch noch mehr als einmal sehen könnte. Also versprach das der Schindersknecht zu tun, hieb den Kopf ab und nagelte ihn unter das finstere Tor fest.
Des Morgens früh, da sie und Kürdchen unterm Tor hinaustrieben, sprach sie im Vorbeigehen:
›O du Falada, da du hangest.‹ Da antwortete der Kopf:
›O du Jungfer Königin, da du gangest, wenn das deine Mutter wüßte,
ihr Herz tät ihr zerspringen.‹
Da zog sie still weiter zur Stadt hinaus, und sie trieben die Gänse aufs Feld. Und wenn sie auf der Wiese angekommen war, saß sie nieder und machte ihre Haare auf, die waren eitel Gold, und Kürdchen sah sie und freute sich, wie sie glänzten, und wollte ihr ein paar ausraufen. Da sprach sie:

›Weh, weh, Windchen,
nimm Kürdchen sein Hütchen,
und laß 'n sich mit jagen,
bis ich mich geflochten und geschnatzt und wieder aufgesatzt.‹
Und da kam ein so starker Wind, daß er dem Kürdchen sein Hütchen wegwehte über alle Land, und es mußte ihm nachlaufen. Bis es wieder kam, war sie mit dem Kämmen und Aufsetzen fertig, und er konnte keine Haare kriegen. Da war Kürdchen bös und sprach nicht mit ihr; und so hüteten sie die Gänse, bis daß es Abend ward, dann gingen sie nach Haus.
Den andern Morgen, wie sie unter dem finstern Tor hinaustrieben, sprach die Jungfrau:
›O du Falada, da du hangest.‹ Falada antwortete:
›O du Jungfer Königin, da du gangest, wenn das deine Mutter wüßte,
das Herz tät ihr zerspringen.‹
Und in dem Feld setzte sie sich wieder auf die Wiese und fing an, ihr Haar auszukämmen, und Kürdchen lief und wollte danach greifen, da sprach sie schnell: ›Weh, weh, Windchen,
nimm Kürdchen sein Hütchen,
und laß 'n sich mit jagen,
bis ich mich geflochten und geschnatzt und wieder aufgesatzt.‹
Da wehte der Wind und wehte ihm das Hütchen vom Kopf weit weg, daß Kürdchen nachlaufen mußte; und als es wiederkam, hatte sie längst ihr Haar zurecht, und es konnte keins davon erwischen; und so hüteten sie die Gänse, bis es Abend ward.
Abends aber, nachdem sie heimgekommen waren, ging Kürdchen vor den alten König und sagte: ›Mit dem Mädchen will ich nicht länger Gänse hüten.‹ Warum denn?« fragte der alte König. ›Ei, das ärgert mich den ganzen Tag.‹ Da befahl ihm der alte König zu erzählen, wie's ihm denn mit ihr ginge. Da sagte Kürdchen: ›Morgens, wenn wir unter dem finstern Tor mit der Herde durchkommen, so ist da ein Gaulskopf an der Wand, zu dem redet sie‹:
›Falada, da du hangest.‹
Da antwortet der Kopf:
›O du Königsjungfer, da du gangest, wenn das deine Mutter wüßte,
das Herz tät ihr zerspringen.‹
Und so erzählte Kürdchen weiter, was auf der Gänsewiese geschähe und wie es da dem Hut im Winde nachlaufen müßte.
Der alte König befahl ihm, den nächsten Tag wieder hinauszutreiben, und er selbst, wie es Morgen war, setzte sich hinter das finstere Tor und hörte da, wie sie mit dem Haupt des Falada sprach; und dann ging er ihr auch nach in das Feld und barg sich in einem Busch auf der Wiese. Da sah er nun bald mit seinen eigenen Augen wie die Gänsemagd und der Gänsejunge die Herde getrieben brachte und wie nach einer Weile sie sich setzte und ihre Haare losflocht, die strahlten von Glanz. Gleich sprach sie wieder:
›Weh, weh, Windchen,
faß Kürdchen sein Hütchen,
und laß 'n sich mit jagen,
bis daß ich mich geflochten und geschnatzt und wieder aufgesatzt.‹

Da kam ein Windstoß und fuhr mit Kürdchens Hut weg, daß es weit zu laufen hatte, und die Magd kämmte und flocht ihre Locken still fort, welches der alte König alles beobachtete. Darauf ging er unbemerkt zurück, und als abends die Gänsemagd heimkam, rief er sie beiseite und fragte, warum sie dem allem so täte. ›Das darf ich Euch nicht sagen, und darf auch keinem Menschen mein Leid klagen, denn so hab ich mich unter freiem Himmel verschworen, weil ich sonst um mein Leben gekommen wäre.‹ Er drang in sie und ließ ihr keinen Frieden, aber er konnte nichts aus ihr herausbringen. Da sprach er: ›Wenn du mir nichts sagen willst, so klag dem Eisenofen da dein Leid‹, und ging fort. Da kroch sie in den Eisenofen, fing an zu jammern und zu weinen, schüttete ihr Herz aus und sprach: ›Da sitze ich nun, von aller Welt verlassen, und bin doch eine Königstochter, und eine falsche Kammerjungfer hat mich mit Gewalt dahin gebracht, daß ich meine königlichen Kleider habe ablegen müssen, und hat meinen Platz bei meinem Bräutigam eingenommen, und ich muß als Gänsemagd gemeine Dienste tun. Wenn das meine Mutter wüßte, das Herz im Leib tät ihr zerspringen.‹ Der alte König stand aber außen an der Ofenröhre, lauerte ihr zu und hörte, was sie sprach. Da kam er wieder herein und hieß sie aus dem Ofen gehen. Da wurden ihr königliche Kleider angetan, und es schien ein Wunder, wie sie so schön war. Der alte König rief seinen Sohn und offenbarte ihm, daß er die falsche Braut hätte: die wäre bloß ein Kammermädchen, die wahre aber stände hier, als die gewesene Gänsemagd. Der junge König war herzensfroh, als er ihre Schönheit und Tugend erblickte, und ein großes Mahl wurde angestellt, zu dem alle Leute und guten Freunde gebeten wurden. Obenan saß der Bräutigam, die Königstochter zur einen Seite und die Kammerjungfer zur andern, aber die Kammerjungfer war verblendet und erkannte jene nicht mehr in dem glänzenden Schmuck. Als sie nun gegessen und getrunken hatten und gutes Muts waren, gab der alte König der Kammerfrau ein Rätsel auf, was eine solche wert wäre, die den Herrn so und so betrogen hätte, erzählte damit den ganzen Verlauf und fragte: ›Welches Urteils ist diese würdig?‹ Da sprach die falsche Braut: ›Die ist nichts Besseres wert, als daß sie splitternackt ausgezogen und in ein Faß gesteckt wird, das inwendig mit spitzen Nägeln beschlagen ist; und zwei weiße Pferde müssen vorgespannt werden, die sie Gasse auf Gasse ab zu Tode schleifen.‹ ›Das bist du‹, sprach der alte König, ›und hast dein eigen Urteil gefunden, und danach soll dir widerfahren.‹ Und als das Urteil vollzogen war, vermählte sich der junge König mit seiner rechten Gemahlin, und beide beherrschten ihr Reich in Frieden und Seligkeit.« (Brüder Grimm: Kinder- und Hausmärchen. Ausgabe letzter Hand mit den Originalanmerkungen der Brüder Grimm. Hrsg. von Heinz Rölleke, Stuttgart 1980, Bd. 2, So. 24–39).
Das Märchen ist das Integrationsmodell aller übrigen mythologischen Allusionen. Es enthält sowohl das Motiv des verzauberten Pferdes wie das Schema der falschen und rechten Braut – also die zentralen Handlungselemente des Dramas –, und selbst der Blutritus der Mutter kehrt in der Figurenrede Annas wieder: »Hier schneide ich mir in die Hand und lasse das Blut auf den Boden fallen.« (S. 161/11f.) Zur mythologischen Bedeutung des Pferdekopf-Falada-Motivs siehe auch Bächtold-Stäubli, Bd. VI, Sp. 1664ff.

201/*13* weißgoldenes Haar] Das ist die Haarfarbe der »Gänsemagd« aus dem Märchen der Gebrüder Grimm.

203/*9f.* er soll mich neben der toten Stute begraben] Siehe »Bestattungsbestimmungen ... der Glaubensgemeinde Ugrino«, §28: »Wird das Verlangen gestellt, mit einem größeren Tier, einem Pferd zum Beispiel, bestattet zu werden, so steht der Sachverwaltung das Recht zu, besondere Kosten zu berechnen.« (Schriften I, S. 108) Siehe auch die Wunschphantasie von Gustav Anias Horn, mit seiner Stute Ilok begraben zu werden (Fluß ohne Ufer I, S. 917f.), sein Testament (Fluß ohne Ufer II, S. 700) und das gemeinsame Begräbnis mit seinem Pferd (Fluß ohne Ufer II, S. 704). Nach kommunalen oder konfessionellen Verordnungen ist eine Grablege mit Tieren nicht erlaubt. Jahnn hat seine blasphemisch-gegenchristliche Vorstellung in einem Brief vom 13. 10. 1946 an Carl Mumm verteidigt: »Einige der ersten Leser des ‹Flusses II. Teil› haben die Schlußmitteilung, daß ein Mensch und ein Pferd gemeinsam begraben werden, völlig falsch aufgefaßt. Sie sehen darin gehäuftes Entsetzen, während es mir darum zu tun war, einen Trost anzudeuten, den Zufall eines schöpferischen Mitleids. Die Gefühlsgleichung ist etwa folgende: Kann dieses schöne und freundliche starke Geschöpf verwesen, dann kann ich es auch, ohne mich zu fürchten. Ich fürchte mich zwar immer noch ein wenig, darum möchte ich das vergehende Pferd an meiner Seite haben. – Es handelt sich von meiner Seite also nicht um Darstellung von Greueln, sondern um das Aufweisen einer Gnade. Ich kann mich vor Mißverständnissen nicht schützen. Es ist für mich unumstößlich feststehend, daß wir über den Tod nichts aussagen können und deshalb jeder, wie auch immer gearteten wissenschaftlichen und Glaubensdeutung ausweichen müssen«. – Eine gemeinsame Grablege mit Tieren ist für alle alten Kulturen überliefert. Das Pferd als Totenbeigabe ist für die Germanen schon durch Tacitus bezeugt: »sua cuique arma, quorundam igni et equus adiicitur« (Tacitus, Germania 27). Pferdeopfer und Pferdegräber sind für das frühe Mittelalter und insbesondere für die Wikingerzeit durch Ausgrabungen in Nordeuropa vielfach bezeugt, darunter besonders intensiv für Bornholm (M. Müller-Wille: Pferdegrab und Pferdeopfer im frühen Mittelalter. In: Berichten van de Rijksdienst voor het oudheidkundig Bodemonderzoek. Jg. 20/21, Amersfoort, 1970, S. 111–249, bes. S. 160–68 u. 221f.). Die »klassische« Bestattungsform war dabei, wie von Jahnn in »A. R. M. u. T.« und »Fluß ohne Ufer« zitiert, die Grablege von Mensch, Pferd und Hund in einem gemeinsamen Grab (siehe auch: Renate Rolle: Totenkult der Skythen. Teil 1. Das Steppengebiet. 1. Text und Tafeln. Berlin 1978, S. 96–105). In Jahnns kultischer Vorstellung verschmelzen idiosynkratische und tierdämonologische Elemente des Pferdes als Seelenführer, als Erscheinungsform des Toten, siehe »Germanische Rundbauten in Dänemark« (Schriften I, S. 846). Ebenso: Bächthold-Stäubli, Bd. VI, Sp. 1609–1618, 1671–1674.

204/*1f.* Nur das Gras im Bauche des Stieres gehört ihm; mit dem, was er im Maul hat, kann er sterben.] Siehe die Notiz auf einem Einlageblatt der Handschrift II des Aufsatzfragmentes »Germanische Rundbauten in Dänemark«: »Sprichwort, afrikanisch: Das Gras, das im Bauch des wilden Ochsen ist, gehört ihm; mit dem, was er im Maule hat, könnte er sterben.« (Schriften I, S. 877) Jahnns Quelle konnte nicht ermittelt werden.

205/*31* **das Pferdemädchen]** Siehe die Anm. zu S. 200/25f. – »Sie ist die zeichenhafte Verkörperung der nichtgenitalen Liebe, die der ›zwecklosen Lust‹ ⟨siehe die Figurenrede Manaos, S. 214/4⟩ huldigt.« (Kobbe, S. 79).

206/*8ff.* **Das Krumme wird gerade sein ... Blutbahn in uns.]** Eine Notiz im 4. Entwurfsheft der Handschrift I gibt die Quelle dieser esoterischen Anspielung an:

»Das Krumme = Gott   Cusaner«
Das Gerade = geschaffene Dinge«

Nikolaus von Kues, auch Cusanus (1401–1464), spekulativer katholischer Theologe und Philosoph, der sich von den Zwängen der Scholastik freimachte. Das Zitat stammt aus seiner Schrift »De docta ignorantia«. Jahnn hat es durch Keplers Vermittlung kennengelernt, der es in »Mysterium cosmographicum« (siehe die Anm. zu S. 125/8f.) anführt. »Der Körper war das, was Gott im Anfang erschaffen hat. Haben wir diesen Begriff, so wird es wohl einigermaßen klar sein, warum Gott am Anfang den Körper und nicht etwas anderes geschaffen hat. Ich sage, die Quantität lag Gott vor; um sie zu realisieren, bedurfte es alles dessen, was zum Wesen des Körpers gehört, damit so die Quantität des Körpers, insofern er Körper ist, gewissermaßen Form sei und Ausgangspunkt der Begriffsbestimmung werde. Daß die Quantität vor allem anderen ins Dasein trete, wollte Gott deswegen, damit eine Vergleichung von Krummem und Geradem stattfinden könne. Der Cusaner und andere erscheinen mir gerade aus dem einen Grund so göttlich groß, weil sie das Verhalten des Geraden und Krummen zu einander so hoch eingeschätzt und gewagt haben, das Krumme Gott, das Gerade den geschaffenen Dingen zuzuordnen. [...] Doch warum legte sich Gott bei der Ausschmückung der Welt die Unterschiede zwischen Krummem und Geradem und den edlen Sinn des Krummen vor? Warum denn? Nun deswegen, weil der vollkommenste Baumeister notwendig ein Werk von höchster Schönheit bilden mußte. [...] Vielmehr ist es wahrscheinlich, daß Gott im ersten Anbeginn nach seinem bestimmten Ratschluß das Krumme und Gerade ausgewählt hat, um in die Welt die Göttlichkeit des Schöpfers einzuzeichnen; um die Existenz dieser beiden zu ermöglichen, waren die Quantitäten da, und damit die Quantität erfaßt werden könne, schuf er vor allem anderen den Körper.« (J. Kepler: Mysterium cosmographicum. Das Weltgeheimnis, S. 45f.) – Nach Cusanus verkörpert das Gerade, als das Unendliche, Unteilbare, Gott; das Krumme, als die Abweichung von der Geraden, das Endliche, die Welt (Nikolaus von Kues: Philosophisch-Theologische Schriften. Hrsg. von Leo Gabriel. Bd. 1. Wien 1964, S. 253f. und S. 323). /*15* **Diese Welt ist ausbalanziert mit Lust und Pein.]** Siehe die Anm. zu S. 82/27. /*19f.* **kristallenen Rätsels]** Die Kristalle spiegeln den »harmonischen Aufbau« auch der belebten Natur (siehe Schriften I, S. 669). »Man braucht nur einmal auf die schöne, sechseckige⟨,⟩ mit Dreiecken übersäte Zahlentafel sehen, wie sie Konrad Weichberger als Vorstellungsgrundlage der Ägypter annimmt oder sich in die harmonikalen Betrachtungen eines Hans Kayser zu vertiefen, um zu schmecken, daß Kristalle, die ›tote‹ Materie in die Gruppe des Lebendigen ⟨hineingehören⟩*.« (»⟨Bornholmer Aufzeichnungen⟩«, 5. 1. 1935 – Fluß ohne Ufer III, S. 546). Siehe auch den einst in Jahnns Handbibliothek stehenden (und

heute dort nicht mehr vorhandenen) Band von Hans Kayser (Orpheus. Vom Klang der Welt. Morphologische Fragmente einer allgemeinen Harmonik, Potsdam 1926) sowie die beiden noch heute auf Granly befindlichen Hefte der »Braunschweiger GNC Monatsschrift« (Kriegsheft 1918 bzw. Kriegsheft Februar 1919), die Konrad Weichbergers Abhandlung »Der Dreifuß« über Zahlenmystik enthalten. Jahnn hat die beiden Hefte zum »Julfest 1934« (Widmung) von Hilmar Trede erhalten.
207/*30f.* **Es ist keine Borke mehr an dir]** Siehe die Anm. zu S. 198/18.
209/*9* **Pferdekopf]** Anspielung auf den Kopf des toten Pferdes Falada im Grimmschen Märchen von der Gänsemagd – siehe die Anm. zu S. 200/25f. und Bächtold-Stäubli, Bd. VI, Sp. 1664ff. /*31ff.* **Vier Hüteknechte tragen einen mit neuen Hanfseilen umschnürten braungeteerten Sarg herein, der die Form eines vierseitigen Prismas hat]** Jahnn zitiert §9, Abs. 2 der »Bestattungsbestimmungen ... der Glaubensgemeinde Ugrino«: »die Leiche befindet sich eingehüllt in einem Sarge, der für Einzelgrabstätten und Gruppengräber knapp bemessen sein muß, und bei vierseitig prismatischer Form aus Eichen-⟨,⟩ Teak- oder anderem Hartholz gefertigt sein muß, dessen Wandstärke in bearbeitetem Zustande nicht weniger als 40mm., nicht mehr als 70 mm. zu betragen hat.« (Schriften I, S. 103).
211/*31* **Und die Augen meergrün.]** Siehe die Anm. zu 57/24.
212/*14f.* **Soll kein Unterschied sein zwischen Grab und Schindanger?]** Siehe den zu S. 203/9f. zitierten Brief Jahnns an Carl Mumm. /*17ff.* **Wir wollen ... für einen langen Frieden, wie sich's gehört.]** Das Beerdigungsritual der Glaubensgemeinde Ugrino schreibt vor, daß der Holzsarg mit Steinplatten umschlossen wird: »Auf Kosten der Gemeinde ist auf der Sohle des Grabes ein aus Steinplatten verfertigter Sarg errichtet, der, nachdem der Holzsarg hineingesenkt wurde, mit einer Steinplatte verschlossen wird.« (Schriften I, S. 101 – siehe auch S. 106f.) Siehe zum Hintergrund auch die Erläuterungen in: Schriften II, S. 830f. Die Kritik an der neuzeitlichen Bestattungspraxis und die Forderung nach einem »langen Frieden« durchzieht Jahnns gesamtes Werk – man siehe den gleichzeitig entstandenen Aufsatz »Germanische Rundbauten in Dänemark« (Schriften I, S. 830 bzw. 850f.) sowie die Rede zur Einweihung der Gruftplatte für Harms (Schriften I, S. 667).
216/*1* **Paralipomenon I]** Dieser erste handschriftliche Entwurf von Handschrift I (siehe die Überlieferung) wird von Jahnn nach sechs handschriftlichen Seiten abgebrochen. Zwar kehrt diese erste Szene als zweite Szene von Handschrift I wieder, aber nur als Szenerie. In der endgültigen Fassung des Stücks treten weder der Arzt noch der Lendsmann auf – sie treten aber im »Aurland«-Kapitel (»April«) der »Niederschrift« auf, zu dem dieser Entwurf wie ein vorweggenommenes Parergon anmutet. Siehe auch die Anm. zu S. 132/2. /*6f.* **Es ist wie es ist, und es ist fürchterlich]** Siehe die Anm. zu S. 95/24f. /*27* **Der Probst, dieser Mann Gottes]** Jahnn hat ihn im Gespräch mit Walter Muschg beschrieben – siehe das Zitat: Fluß ohne Ufer III, S. 839f.)
218/*12* **Halling]** Lebhafter norwegischer Volkstanz im Zweier-Takt, der von der Hardangerfidel begleitet wird.
219/*1* **Paralipomenon II]** Diese für die Darmstädter Aufführung 1951

geschriebene Szene sollte die ursprünglich den 2. Akt eröffnende IV. Szene (siehe S. 147ff.) ersetzen.
228/*1* Paralipomenon III] Der ergänzende Text (die Seitenzahl 59 bezieht sich auf den ersten, zurückgezogenen Druck 1948) schließt unmittelbar an den ursprünglichen Schluß der Szene bzw. des zweiten Aktes an (unsere Ausgabe: S. 165).
229/*1* Paralipomenon IV] Die Erläuterungen zu den Personen beziehen sich auf die für die Darmstädter Aufführung neugeschriebene IV. Szene (siehe S. 147ff.).
230/*1* Paralipomenon V] Die Seitenzahl 85 bezieht sich ebenfalls auf den ersten, zurückgezogenen Druck 1948. Dennoch ist die Plazierung des Textes nicht ganz eindeutig – möglicherweise sollte Sofias erste Figurenrede als Replik unmittelbar an Manaos »Ich besitze Geld. Das wird uns dienen.« (S. 186/16) anschließen und den im Druck folgenden Text bis zum Eintritt Yngves ersetzen. */20* **Es ist nicht die Pflicht des Dichters, zu lügen.]** Umkehrung des dem Perserkönig Dareios zugeschriebenen Ausspruchs »Wo es notwendig ist zu lügen, da lüge«, den Jahnn mehrfach zitiert (siehe Perrudja, S. 73f. sowie Schriften I, S. 81 und 981). Das Zitat geht auf Herodot zurück (siehe Schriften II, S. 1227).

Materialien

Jahnn an Walter Muschg 21. 12. 1935

»Das Kgl. Theater in Kopenhagen hat die »Armut« abgelehnt. Der staatliche Zensor hat dazu ein Gutachten geschrieben, das ohne Vorbehalte ausdrückt, das Werk sei von der ersten bis zur letzten Zeile geprägt von dichterischem Genie. Und man brauchte nicht mehr zu fragen, ob ich ein Wegbereiter sei oder schon der, der da kommen sollte. Alle, die ihr Vertrauen mir geschenkt hätten, wären auf das glänzendste gerechtfertigt. – – Daß die Intendanz trotz dieses Urteils das Stück nicht auf den Spielplan brachte, hat in den geistigen Kreisen Kopenhagens mehr als befremdend gewirkt. Der Zensor hat, offenbar empört, seine Meinung weiter getragen. Ich selbst war ziemlich verzweifelt, zumal sich meine Verhandlungen mit einem dänischen Verleger zerschlugen, schrieb ein paar Briefe an Bekannte. [...] Es sind inzwischen zwei Werke von mir ungedruckt. Und jeder Versuch, den Bann zu brechen ist bis jetzt mißlungen. Der jetzige Zustand muß überwunden werden. S. Fischer ist ein jüdischer Verlag. Ich hörte ziemlich zuverlässig: man will das Haus in Berlin liquidieren und in der Schweiz mit den Größen, die es sich erlauben können, nicht National-sozial zu sein, neu beginnen. Das bringt mich wieder in eine schiefe Stellung. Ich kann mir leider nicht erlauben, die Regierung meiner Heimat zu beleidigen. Ich kann mir ebenso wenig gestatten, meiner Gesinnung zuwiderzuhandeln. Inmitten der Korruption bin ich selbst leicht korrupt, weil mir der Selbstmord aus edlen Motiven unangenehm ist. Meine neueren Werke müssen heraus, möglichst in einem ziemlich neutralen schweizerischen Verlag. Die Emigrantenverlage würden mich abstempeln.«

Jahnn an Walter Muschg 7. 2. 1936

»Ich glaube nicht, ich kann es wagen, bei Oprecht & Helbling drucken zu lassen. Die europäische Politik ist z. Z. in einem rasenden Strom der Entwicklung begriffen. Und Du weißt, ich will nicht gerne gezwungenermaßen im Schmollwinkel stehen. Wenn ich mich hemmungslos auf die Seite der Geprügelten hätte stellen wollen oder können, ich hätte längst meine Geschäfte in Ordnung gebracht. Aber ich wäre damit auf Lebenszeit von jeder Entwicklung in Deutschland ausgeschlossen gewesen. Jetzt, wo alles nach abermaligem Beginn riecht, darf man die versäumte Torheit nicht nachholen. Ich weiß genau, was mich von den Schlagworten von den Unmenschlichkeiten in Deutschland trennt. Aber die Emigranten erkennen sich selbst nicht mehr.
Es wäre gut, wenn Du mit dem Gotthelf-Verlag verhandeln würdest. Wenigstens über Perrudja und Armut. Bitten und Drohen haben wegen des Dramas bei Fischer nichts ausgerichtet. Er will drucken, sobald eine Aufführung vorliegt.«

Jahnn an Walter Muschg 31. 3. 1937

»In Berlin erfuhr ich, daß die Reichsschrifttumskammer einen Teil ihres Widerstandes gegen mich aufgegeben hat. Die Armut ist zur Aufführung an deutschen Bühnen freigegeben worden. Ein paar Tage lang sah es für mich sehr groß aus. Es waren in Berlin vier Theater, die sich um die Uraufführung stritten. Im D-Zug verhandelte ich über Aufführungen in Hamburg. Die Provinz schien auf der Lauer nach dem Stück zu liegen.
Und so ist es noch heute. Nach einem Begeisterungsrausch ist die Vernunft des täglichen Lebens wieder da. Man sagt jetzt: Gäbe es eine Garantie dafür, daß es anläßlich einer Aufführung zu keinen Zwischenfällen kommen würde, wären einige Dutzend Theater bereit, das Stück zu spielen. – – Eine solche Garantie gibt es nicht. Und die Bereitschaft ist eine unnütze Achtungserklärung. [...]
Von der hervorragenden Übersetzung der Armut ins Dänische schrieb ich Dir schon. Das Dagmartheater wird nun abgerissen werden. An seine Stelle kommt ein Kontorhaus mit Kino.
Das Königliche Theater antwortet mir überhaupt nicht auf meine Anfragen, ob man die Übersetzung Valdemar Rørdams spielen wolle oder nicht. Rørdam gilt als einer der besten Stilisten seit Holger Drachmann.«

Jahnn an Walter Muschg 18. 12. 1938

»Als ich das letzte Mal in Kopenhagen war, nahm ich die Verhandlungen mit dem Königlichen Theater wieder auf. Man bereitete mir persönlich einen so freundlichen Empfang, daß ich Hoffnungen bekam, es könnte diesmal ein bescheidener Glücksfall für mich herausspringen. Ich hatte den Vorteil, daß die Übersetzung der ›Armut‹ von Valdemar Rørdam gemacht worden war, jenem dänischen Dichter, dessen Sprache man zur Zeit am höchsten schätzt. Ich hatte den Vorteil, daß Dramaturg und Chefregisseur in mir nicht nur den großen Dichter, sondern auch die menschliche Persönlichkeit verehrten. Sie gaben dem Ausdruck und beschämten mich mit ihrer Offenheit, mir das alles zu gestehen. – Ich war mutig gemacht und wagte wenige Tage vor dem Julfest einen telephonischen Anruf, um mich nach dem Stand der Dinge zu erkundigen. Der Chefregisseur begegnete mir so freundlich, wie es im Telephon möglich ist. Aber er sagte mir: ›Wir können ihr Stück nicht spielen. Der Inhalt ist traurig, schwer, es ist zu menschlich, es ist ein zu großes Kunstwerk, wir können die Hauptrollen nicht besetzen, wir müssen die Waffe strecken, es ist mehr als eine Dichtung, es ist das Werk eines Genies und darum können wir es nicht spielen.‹«

Jahnn an Karl Maack 15. 9. 1941

»beigeschlossen endlich die Druckvorlage für ›Armut, Reichtum, Mensch und Tier‹.
Ich hatte seinerzeit Staatsrat Gründgens zugesagt, daß ich einige Veränderungen vornehmen würde, ohne daß wir näher die Art dieser Veränderungen besprachen. Nur das eine hatten wir beschlossen, die Szenenanweisungen dahin zu verändern, daß der obligate Film verschwände.
Ich selbst hatte dann noch an einige Kürzungen gedacht.
Die Bearbeitung ist indessen viel weniger einschneidend geworden als ich anfangs vermutete. Es dürften kaum hundert Zeilen Sprechtext gestrichen worden sein. Die Bühnenanweisungen sind knapper geworden und der die Landschaft beschreibende Film fehlt.
Den Sprechtext habe ich durchgefeilt, immer mit dem Ziel, knapper und eindeutiger in der Sprache zu werden. So gering vielleicht jeder einzelne Eingriff erscheinen mag, ich glaube dennoch, daß es von Nutzen gewesen ist. Das Werk selbst ist mir nun noch einmal in seiner ganzen Ausdehnung gegenwärtig geworden, und ich habe manchmal mit heimlichen Entzücken den exakten Bau der Szenen betrachtet. [...]«

Jahnn an Werner Helwig 29. 4. 1946

»Aber ich stehe allen Theaterangelegenheiten unsicher gegenüber; oder wenn Du so willst, ich habe ausgesprochenes Pech gehabt, seitdem ich anfing, verdaubare Dramen zu schreiben. Meine ›Armut‹ ist sogar zweimal ins Dänische übertragen worden und wurde vom staatlichen Zensor (es gibt in diesem freien Staat eine Theaterzensur) als Werk eines Genies bezeichnet, dessen Aufführung in Dänemark unbedingt zu fordern sei. Auf solches Gutachten hin wandte man 4000.– Kr. für die Übersetzung auf. Die erste von einem berühmten jungen Schriftsteller fand man ungenügend, weshalb man den großen Stilisten Valdemar Rørdam damit ⟨vertraute⟩*. Ehe er seine Arbeit beendet hatte, ging das Dagmartheater, das das Stück spielen sollte, pleite. Ich hatte nur Unkosten, bekam aber das Recht an der Übersetzung. Mit dieser bestürmte ich das königliche Theater, das lange zögerte, weil es keine Schauspieler habe, die Strindberg und Jahnn spielen könnten. Als der Widerstand gebrochen war, kam die Besetzung. Und heute zählt Rørdam zu den Dichtern, die wegen Sympat⟨h⟩ie mit Deutschland auf der schwarzen Liste stehen. Ich habe das Stück im Laufe der Jahre mehrmals umgearbeitet. Die Druckvorlage ging zu Payne, wo sie verloren ist. Ich selbst habe nur die erste Handschrift, in der wenigstens 50% des Textes gestrichen ist (unleserlich) und außerdem der letzten Fassung nicht entspricht.«

Jahnn an Willi Weismann 16. 1. 1948

»Die ›Armut‹ ist ja nun erschienen. Ich habe mich, als ich das erste Exemplar in Händen hielt, sehr gefreut. In anbetracht der schwierigen Verhältnisse bin ich mit der Ausstattung und auch mit dem Papiere recht zufrieden. Das viele ›Zeug‹, besonders im Buchstaben s stört mich zwar ein wenig; aber ich weiß, im Letternmaterial ist nicht mehr genug Zinn vorhanden, sodaß der Guß des Maschinensatzes brüchiger wird. Endlich, gegen Type und Satzordnung habe ich nichts einzuwenden, und die Kommata auf dem Titelumschlag stören mich nicht im Geringsten, sie sind so klein, daß man sie für eine Andeutung der Tatsache hält, daß die Fünf Worte zusammengehören. Die Satzzeichen könnten fehlen, gewiß; aber Herrn Richters Einwände halte ich für übertrieben. Ob die Noten auf S. 23 umgebrochen sind oder nicht, ist völlig gleichgültig. Da die einzelnen Szenen eines Aktes hintereinander abgesetzt sind, läßt sich der Umbruch auch nicht vermeiden, ohne daß größere Satzumstellungen notwendig würden. – Nein in all diesen Nebensächlichkeiten kann ich keinen Anlaß zur Kritik finden. Aber daß sich in den knapp Dreißig Noten d r e i ! ! schwere Druckfehler finden, das ist allerdings verhängnisvoll. – Und das hat Hans Richters noch immer nicht entdeckt!! Ich bin völlig verzweifelt über den Text. Im 1. Akt sind nicht weniger als 23 Druckfehler (Ich bin noch nicht weiter mit dem Anzeichnen der Fehler gekommen.) Und von diesen sind 10 entstellend. Einzelne Ausdrücke sind die einer Stenotypistin, aber nicht die Jahnns. Ich muß Ihnen gestehen, daß ich sehr traurig bin, daß das erste Buch, das nach 1 1/2 Jahrzehnten wieder von mir erscheint, soviele sprachliche Mängel aufweist, daß ich persönlich Hemmungen habe, meinen nahen Freunden davon ein Exemplar zu schenken. – Merkwürdigerweise versucht Hans Richters das Unglück zu bagatellisieren, will die Schuldfrage nicht näher untersucht haben und vertröstet mich mit der vagen Andeutung, mann könne eine zweite Auflage drucken, das würde für mich Honorar bedeuten u. s. f Zur Schuldfrage, wie ich sie sehe: Hans Richters hat Ihnen, statt der von mir gelieferten Druckvorlage, die aus Leipzig gekommen war, eine unkorrigierte Abschrift irgend einer Stenotypistin gesandt und sich darauf verlassen, daß diese ihren Text ›korrigiere‹. Ich bin völlig verblüfft über diesen Leichtsinn. Es ist unverständlich, warum die doch einwandfreie Druckvorlage nicht geschickt wurde. Es ist unverständlich, warum meine Sekretärin Frau Thoms die Abschrift zum Korrigieren nicht erhielt, wenn Richters ›das Original‹ nicht senden wollte.

Frau Thoms hatte Auftrag genau Korrektur zu lesen. – Was dann von Ihrer Seite noch versäumt worden ist, läßt sich ohne Unterlagen für mich nicht abgrenzen. Natürlich hätte es nicht geschehen dürfen, daß die Überschrift XII, Auf dem Steinehof in einer anderen Type gesetzt ist als die voraufgehenden elf Überschriften. Vertauschungen von Personennamen, selbst wenn sie in der Druckvorlage gestanden haben sollten, hätten beim Korrekturlesen auf der Druckerei entdeckt werden müssen. – – Nun, das Unglück wird von mir als so groß empfunden, daß ich mich schäme, und statt Freude über das Erscheinen habe ich ein Gefühl der Demütigung. – Nun zur Andeutung Hans Richters über eine zweite Auflage. Das ist ja einstweilen ein Sack voll Luft. In früheren Zeiten, als ich noch einen, wenn auch umstrittenen, Namen hatte, sind meine Dramen in etwa 3000 Exemplaren verkauft worden. Wie kann man sich da Hoffnung machen, daß sie jetzt in 10000 Exemplaren verkauft werden könnten? Ich bin ja nicht Gerhard Hauptmann, dessen ›Werke‹ man besitzen muß. Ich gehöre in die Gruppe der vorderen Schriftsteller, deren Arbeiten von einem kleineren Kreise gelesen werden – einstweilen. – Der Payne-Verlag in Leipzig war zwar der Ansicht, daß meinen Dramen in 5000 Exemplaren vertreibbar seien. – Mir scheint es jedenfalls nicht ganz fair, von einer zweiten Auflage zu sprechen, solange über den Verkauf der ersten noch keine positiven Anzeichen vorliegen. – Um aber Verkauf und Aufführungszahl zu steigern, müßte die Reklame (selbstverständlich in würdiger Weise) einsetzen. Und die Bemühungen in dieser Richtung scheinen einstweilen zusammengebrochen zu sein.«

Willi Weismann an Jahnn 27. 1. 1948

»Ich werde nun eine zweite Auflage drucken, wenn auch vielleicht nicht in so hoher Auflage wie die erste. Bitte schicken Sie mir so schnell als möglich ein durchkorrigiertes Exemplar zurück. Die zweite Auflage wird vollkommen neu gesetzt, und zwar in einer anderen Druckerei, die noch über eine bessere Schrift verfügt.«

Jahnn an Rolf Trouwborst 27. 7. 1948

»Sie fragen mich nach meiner Meinung zur Resonanz in der Presse und nach dem Eindruck, den ich selbst von den beiden Aufführungen der ›Armut‹ bekommen habe. Ich glaube nicht, daß meine Antwort auch nur einigermaßen erschöpfend ausfallen kann. Ich möchte indessen versuchen, das wesentliche zusammenzufassen.
Ich habe Alfred Döblin und Erich Kästner persönlich über das Stück befragt und die Meinung Zuckmayers indirekt zu hören bekommen. Alle Drei sehen in dem Stück eine der wesentlichsten Bühnendichtungen der letzten Jahre (wie auch Sie) und sind beschämt und bestürzt über den Ton, den ein Teil der Zeitungskritiker angeschlagen hat. Döblin ging so weit, aus dem öffentlichen Echo und aus dem Verhalten des Premierenpublikums in Hamburg den Schluß zu ziehen, daß diese Nation für den Geist verloren sei. Ich

habe der Uraufführung in Hamburg beigewohnt und möchte erklären, daß die Inszenierung nicht solcher Art war, daß das Publikum das Recht gehabt hätte, seine Mißbilligung durch Lachen zum Ausdruck zu bringen. Ich glaube, die Lehre empfangen zu haben, daß der Durchschnitt der Deutschen von der deutschen Sprache her eindeutige Empfindungen nicht mehr beziehen kann. Es ist nicht meine Schuld, wenn gute deutsche Worte durch 10 Jahre Naziregime entwertet worden sind. So drückt z. B das Wort ›weich‹ etwas Zärtliches, Inniges aus. Es ist ein Wort aus den Bezirken des Tastsinnes. Ich als Schriftsteller denke nicht daran, mit Rücksicht auf verrohte Zuhörer mir dies Wort abzugewöhnen. ›Werden Sie nicht weich, Manao!‹ entstammt bei mir nicht einem nationalsozialistischen Vokabular, sondern ist der Ausdruck einer Warnung eines gütigen Menschen an einen anderen gütigen Menschen. – Ich nenne nur dieses eine Beispiel, das ich um ein Dutzend anderer vermehren könnte; aber ich würde mich wiederholen. Die Jytte, das dänische Mädchen, wenn man so will, eine der schwierigsten Rollen des Stücks, durch deren Erscheinung meine Auffassung von einem möglichen Daseinsablauf ausgedrückt wird, war in Hamburg geradezu grauenhaft und in Wuppertal unmöglich besetzt. Ich gebe dem Publikum hier recht, wenn es angesichts einer kalten herzlosen unvernünftigen, von jeder Güte entkleideten Jytte (als Touristin kostümiert) lachte, und mir ist es noch heute unerklärbar, warum der Regisseur Haerten, die im Plakat angezeigte Bechler nicht gewählt hat. Ich hatte ihm sogar vorgeschlagen, da diese klein von Gestalt und schwarzhaarig ist, den Text von ›Dänenmädchen‹ in ›Lappenmädchen‹ umzuändern. So sehr ich bestrebt bin, die Bemühungen aller Mitarbeiter bei der Aufführung in Schutz zu nehmen, so wenig kann ich es Haerten gegenüber in Bezug auf die Besetzung der Jytte tun. In dem Punkt hat er fahrlässig gehandelt und dem Stück und mir großen Schaden zugefügt. Alle anderen Fehler der Inszenierung, sogar die Länge und das verzögerte Tempo, hätten das Stück nicht bis an den Rand des Skandals führen können. Schon die nächsten drei Aufführungen, die geraffter waren, erweckten beim Publikum ein völlig anderes Echo.
Die Wuppertaler Aufführung hat mir, obgleich sie sich meines Erachtens weiter vom Geist der Dichtung entfernte als die hamburger, bedeutend besser gefallen. Das mag Ihnen, so dumm ausgedrückt, erstaunlich erscheinen. Aber die Inszenierung Rohdes hatte wenigstens das, was man einen Stil nennen könnte, wenns auch ein falscher war. Eines scheint mir in beiden Aufführungen sichtbar geworden zu sein, daß ich neben vielem ›in wenig Worten‹ auch eine Verteidigungsrede für das Tier habe halten wollen, und das ist für mich der einzige Trost angesichts zweier Aufführungen gewesen, die ich, wenn ich es könnte, ungeschehen machen möchte. –
Die Angriffe gegen das Werk selbst erscheinen mir abwegig. Man kann mir nicht gut vorwerfen, daß ich, wenn ich einen Teil der Harmonien der Welten zum Tönen bringe, gegen die Schöpfung verstoße. – So hat mit Ihre Besprechung sehr wohlgetan. Ich höre, daß Sie zu den jüngeren Kritikern gehören, und das gibt mir eine weitere Hoffnung, daß mein Bemühen nicht immer auf tauben Boden fallen wird. Nehmen Sie meinen Dank.
Es begrüßt Sie herzlich«

Jahnn an Ellinor Jahnn 4. 3. 1951

»Meine Verhandlungen in Darmstadt mit dem Regisseur Walter verliefen zwar herzlich aber doch in dem Sinne unbefriedigend, als ich den Eindruck gewann, daß Walter nicht der geeignete Mann ist, um die ›Armut‹ einwandfrei zur Aufführung zu bringen. Einige Leute der Presse haben mich geradezu gewarnt. Aber so wie die Dinge liegen, kann ich an dem Gang der Ereignisse nichts ändern und habe deshalb auch versucht, Walter so weit wie möglich in meinem Sinne zu beeinflussen.«

⟨BLUTBÄDER VON PARIS⟩

Entstehung

Jahnns grundsätzliches Interesse an einer deutschen Übersetzung der Werke Christopher Marlowes ist bereits für das Jahr 1922 belegt. So kündigt ein Prospekt von »Ugrino / Abteilung Verlag« an: »Auf literarischem Gebiete soll das Jahr 1922, falls nicht unüberwindliche Schwierigkeiten sich bieten, den Anfang einer Ausgabe der gesamten Werke Christopher Marlowes in deutscher Sprache bringen. Marlowe ist der Platz nicht eingeräumt worden, der ihm gebührt. Schuld daran sind ebendieselben Verhältnisse, die seine Ermordung reifen ließen, die den Text seiner Werke, wo sie nackt und offen wurden, verstümmelten, so daß von seiner letzten Tragödie, die das ungeschminkte Urteil über die Welt der ›großen Ereignisse‹ ausspricht, nur ein barbarisch ungerechter Text auf uns gekommen ist. Die Kritik am Wort muß unbarmherzig sein. Es soll versucht werden, was mit den Texten von Kompositionen schon Allgemeinbrauch wurde, Echtes vom Entstellten zu trennen, und, wenn nicht anders möglich, das Echte in eine würdigere Umgebung zu stellen, als die feilen Worte stutzender Verleger und Herausgeber sie darstellen.« Das Projekt wurde in der Folgezeit nicht realisiert.

Ein neuerlicher Anlauf in Sachen Übersetzung unternimmt Jahnn im Jahr 1925. Am 12. 12. 1925 schreibt er an Jakob Haringer: »Ihr Plan, eine Gesamtausgabe eines deutschen Marlowe zu schaffen, hat mich sehr bewegt. Selbstverständlich bin ich bereit daran mitzuarbeiten. Nur weiß ich im Augenblick nicht, welcher Verleger sich für eine Gesamtausgabe Marlowes interessieren würde. [...] Es ist mir nicht klar, in welcher Form unsere gemeinsame Arbeit am Marlowe vor sich gehen soll, denn gerade er bereitet dem Übersetzer Schwierigkeiten, die jedenfalls nicht leicht zu beheben[?] sind. Es ist eine bekannte Tatsache, daß die hä⟨r⟩testen und schärfsten Aussprüche in den Werken Marlowes durch seine frühen Verleger gestrichen sind. Oftmals sind dann verhältnismäßig belanglose Verse eingeschoben worden, die nichts vom Geiste Marlowes enthalten, oft auch ist die Rede plötzlich abgebrochen. Vor solchen Stellen müßte die[?] Bearbeitung beginnen. Man müßte vor einem frechen Vers nicht zurückschrecken und evtl. auch Stellen, die unsicher erscheinen, durch andere ersetzen. Ich selbst muß nun sagen, daß ich die englische Sprache nicht so sehr beherrsche, daß ich ohne weiteres die echten Verse von den unechten unterscheiden kann. Eigentlich ist das der Grund, weshalb ich von mir aus einer Übertragung noch niemals nahegetreten bin. Wie steht es da mit Ihnen? Die Übersetzung von Hero und Leander müßte Ihnen natürlich ganz zufallen.«

Der erste Hinweis auf eine Auseinandersetzung Jahnns mit Christopher Marlowes »Massacre at Paris« findet sich in Martin Kerbs Brief vom 23. 8. 1927. Jener war damals an den Essener Städtischen Bühnen beschäftigt. Dort heißt es: »Neulich sprach ich Ihre Frau in Berlin, leider nur telephonisch, weil ich mit den letzten dringenden Vorbereitungen für Essen beschäftigt war. Aber ich wurde durch den Anruf daran erinnert, daß Sie mir seinerzeit die ›Bartholomäusnacht‹ von Marlowe so sehr empfohlen haben und mir davon sprachen, daß Sie das Stück übersetzen wollten. Ich habe es einfach auf Ihr Urteil hin mit großer Frechheit auf den Spielplan für dieses Jahr gesetzt, in der Erwartung, daß Sie für die Übersetzung Zeit finden werden. Darf ich Sie bitten, mir möglichst bald mitzuteilen, ob diese meine Spekulation richtig war.« Eine Antwort Jahnns auf dieses Angebot ist nicht überliefert. Inwieweit Jahnn zu dieser Zeit bereits mit einer Übersetzung des Stücks begonnen hatte, muß mangels Überlieferung offenbleiben. Die am Nachlaß überlieferte und hier zum Abdruck gebrachte Handschrift läßt sich aufgrund charakteristischer Merkmale des handschriftlichen Befundes zweifelsfrei auf die Zeit nach 1929 datieren.
Am 13. 8. 1932 schreibt Martin Kerb neuerlich in Sachen Übersetzung an Jahnn: »ich soll diese Spielzeit hier an der Volksbühne ⟨in Berlin⟩ inszenieren und muß dabei wieder an die von Ihnen empfohlene (u. übersetzte?) ›Bartholomäusnacht‹ von Marlowe denken. Wie ist es damit?« Jahnn antwortet am 25. 8. 1932: »Ich muß Ihnen gestehen, daß die Massacres at Paris seinerzeit liegen geblieben sind, weil ich keine Möglichkeit einer Aufführung sah. Heute, wo Sie mir wieder schreiben, und wo die politische Situation es geradezu herausfordert, möchte ich sehr gerne wieder an die Sache herangehen. Leider befinde ich mich in einer finanziell so schwierigen Lage, daß ich mich nicht in eine Arbeit stürzen kann, die hinterher ohne jede Ausbeute für mich ist. Ich möchte Ihnen deshalb folgenden Vorschlag machen: Ich verpflichte mich innerhalb drei bis vier Monaten die fertige Bearbeitung vorzulegen, das soll heißen, eine möglichst genaue und schöne Übersetzung der Stellen des Marlow'schen Dramas, die verbürgt echt sind. Und dazu eine Ergänzung jener Scenen, die erwiesenermaßen verstümmelt oder verloren gingen.
Daß das Ganze etwas gutes sein wird, glaube ich versprechen zu können. Sollte die Volksbühne aus irgendwelchen Gründen nach vollendeter Arbeit das Stück nicht zur Aufführung bringen (aus welchen Gründen auch immer), so müßte sie mir eine Ausfallentschädigung von RM. 500.– bezahlen. Im Falle der Aufführung selbstverständlich allgemeine Aufführungsbedingungen. Vielleicht besteht die Möglichkeit, daß wir auf diese Weise zu einer Einigung kommen. Vielleicht ließe es sich einrichten, daß die Aufführung dann im Dezember, spätestens im Januar zustande käme.«
Eine Antwort Martin Kerbs ist nicht überliefert. Für die Folgezeit ist eine Auseinandersetzung Jahnns mit Marlowes Stück anhand auf uns gekommener Zeugnisse nicht nachzuweisen. Es vergehen zwei Jahre, ehe Jahnn sich wieder zu Interesse und Intention am Stück äußert. Am 28. 7. 1934 schreibt er an Walter Muschg: »Aus Deutschland habe ich sonst nichts gehört. Nur die Schatten von Not und Verzweiflung haben sich zwischen die Zeilen gleichgültiger Briefe geschlichen. Ich stehe ganz dumm vor der Weltge-

schichte, d. h. mit meinem Herzen. Mein Hirn ist aufgeweckter. Ich habe mich daran gemacht, das ist Beschluß bei mir, das Blutbad von Paris des Chr. Marlowe zu übersetzen, und die fehlenden Scenen zu ergänzen. Dies Werk ist wie für unsere Zeit gemacht. Kein Zeitstück, nicht einmal naturalistisch. Niemand würde heute den Mut haben, Greueltaten abstrakt darzustellen, als Funktionen der menschlichen Seele. Man könnte kein Stück schreiben, ›die 27 Tage‹. Und doch haben diese vier Wochen die Welt verändert. Ich sehe das Ziel nicht; aber es ist, als ob die Menschheit einen großen Krieg im Traume erlebt hätte. Ich zittere bei dem Gedanken, die Weltgeschichte könnte eine Bedeutung für die Menschheit haben; sie ist ja für nichts reif, auf nichts vorbereitet, weder kühl noch gerecht, im besten Falle stumpf. Aber gräßlicher, wenn alles nur Wasser wäre, daß zutal fließt.«
Möglicherweise war der auslösende Anlaß für die Marlowe-Übersetzung der Röhm-Putsch, eine von Hitler inszenierte Mordaktion, mit der er sich seiner Gegner in SA, Wehrmacht und Politik entledigte. Auf diese vom 30. 6. bis zum 2. 7. 1934 vorgenommenen Exekutionen und ihre nachträgliche Legalisierung jedenfalls nimmt Jahnn hier Bezug. Über diesen Brief hinaus sind keine Äußerungen zur Übersetzung von »Massacre at Paris« nachzuweisen. Man wird davon ausgehen können, daß Jahnn die Erfahrung des Scheiterns sämtlicher Aufführungspläne seines Dramas »Armut, Reichtum, Mensch und Tier« auf deutschen, dänischen und schweizer Bühnen den Mut genommen hat, ein derart gewagtes dramatisches Projekt weiterzuverfolgen. Hinzu kam, daß die Arbeit an dem Roman »Das Holzschiff« die Kräfte mehr und mehr band und größere Aussicht auf Erfolg am »reichsdeutschen« Buchmarkt versprach.

Überlieferung

Am Nachlaß wird unter der Nr. 29 eine Handschrift verwahrt: 13 Blätter, einseitig mit schwarzer Tinte beschriftet (Sofortkorrekturen); Blatt eins und zwei Formular »Willigkeitserklärung Glaubensgemeinde Ugrino« (225 × 290 mm); Blatt 3–13 Formular »Allgemeine Lieferbedingungen der Orgelbauwerkstatt E. Kemper & Sohn, Lübeck« (214 × 340 mm).
In der Bibliothek Jahnns (Privatbesitz Signe Trede) findet sich: The Plays of Christopher Marlowe. With Introduction by Edward Thomas. Everyman's Library No. 383. London: J. M. Dent & Sons Ltd. 1924 (auf dem Schmutztitel handschriftlich in Blei der Besitzvermerk »R. Voß«). Der auf den Seiten 295 bis 329 abgedruckte Text »The Massacre at Paris« ist mit handschriftlichen Anstreichungen, Bearbeitungsnotizen und Stichworten in Blei versehen. Mit ihm liegt die Vorlage für Jahnns Fragment gebliebene Übersetzung vor.
Textgrundlage der Edition ist die Handschrift und der von Jahnn seiner Übersetzung zugrundegelegte Druck.

233/*2* Karl] Über dieser Zeile steht in der Handschrift mit rotem Farbstift von fremder Hand *»13 Ergänzung«.* /*6* | *] In d. Hs. von Jahnn gesetzter senkrechter Strich; möglicherweise Markierung für den Zeilenfall freier Verse /*8* | *] In d. Hs. von Jahnn gesetzter senkrechter Strich; möglicherweise Markierung für den Zeilenfall freier Verse /*26* | *] In d. Hs. von Jahnn gesetzter senkrechter Strich; möglicherweise Markierung für den Zeilenfall freier Verse /*27* | *] In d. Hs. von Jahnn gesetzter senkrechter Strich; möglicherweise Markierung für den Zeilenfall freier Verse /*28* ⟨Indem⟩*] In d. Hs.: *In dem*
234/*6* ⟨Hochamts⟩*] In d. Hs.: *Hochamst*
235/*5* ⟨,⟩*] In der Handschrift findet sich am rechten Rand der Seite die Notiz:
(beflastert[?]
tödliche
Köder
/*36* Entschlossen bleibst Du auch?*] Im Zuge einer Überarbeitung bleibt der ganze Satz in der Handschrift versehentlich doppelt stehen.
236/*4* das da⟨;⟩*] In d. Hs.: *~~das da~~; das da* /*15* | *] In d. Hs. von Jahnn gesetzter senkrechter Strich; möglicherweise Markierung für den Zeilenfall freier Verse /*36* ⟨Obgleich⟩*] In d. Hs.: *Obbgleich*
238/*13* ⟨weid⟩*] Von Jahnn im Zuge einer Streichung getilgtes und nicht wieder ersetztes Prädikat des Satzes /*23* [...]*] In d. Hs.: *da alle Karten jetzt in Deiner Hand* – im Zuge der Korrektur und Überarbeitung hat Jahnn diese Zeile wiederholt und am ursprünglichen Platz wohl zu streichen vergessen /*31f.* Ketzerpöbel*] Möglicherweise hat Jahnn dieses Wort versehentlich wiederholt.
239/*20* ⟨Purpurglanz⟩*] In d. Hs.: *Purperglanz*
241/*8* Auftritt:] Davor in der Handschrift: *~~H~~.*
242/*1* ⟨Margarethe⟩*] In d. Hs.: *Magerathe*

Kommentar

233/*1* **⟨Blutbäder von Paris⟩]** Der elisabethanische Dramatiker Christopher Marlowe (1564–1593) nimmt in Jahnns Theater der Leiblichkeit neben Kleist und Büchner im Kanon der beispielgebenden Texte einen zentralen Rang ein. Erstmals 1916/17 im Briefwechsel mit Friedrich Lorenz Jürgensen namentlich greifbar, dient Marlowe immer wieder als Referenz – zuletzt in dem Kieler Vortrag »Der Bühnenautor und das Theater« vom März 1959 (S. 1068f.). Zu den von Jahnn verwendeten Übersetzungen siehe Dramen I, S. 1053f. Sein Exemplar der von Alfred Walter Heymel besorgten Übersetzung von Marlowes »Eduard II.« (Insel-Bücherei Nr. 118) befindet sich im Besitz von Signe Trede und enthält keine Anstreichungen oder Lektürenotizen.
In dem zwischen 1915 und 1917 in Norwegen entstandenen »Prolog« zu dem Drama »Des Buches erstes und letztes Blatt« – gleichsam dem poeti-

schen Manifest seiner Ästhetik – läßt Jahnn Marlowe in der Figurenrede Emils als denjenigen preisen, »der so ohne Sentimentalität schrieb, als seien seine Werke nur für Genies geschaffen.« (Dramen I, S. 248) Marlowe sollte denn auch in der Sakralkultur der Glaubensgemeinde Ugrino eine herausgehobene Rolle spielen. Bereits in der »Approbations-Urkunde« vom 2. 6. 1919 heißt es: »Marlowe und Büchner, der Sinn ihrer Worte wird immer ernst und wissend neben den Gebärden der Dinge stehen – – und solange man sich hilfloser Menschen und Tiere erbarmen muß, ist ihr Spruch als Urteil not.« (Schriften I, S. 46) Siehe auch das 1922/23 entstandene Fragment »Das philosophische und symbolische Wort«, in dem unmittelbar vor dem Textabbruch »Massacre of Paris« erwähnt wird (Schriften I, S. 118).
Eine handschriftliche Notiz zum Spielplan der Kultbühne Ugrinos nennt neben Werken Büchners (»Dantons Tod«), Wedekinds (»Frühlings Erwachen«), Kleists (»Das Käthchen von Heilbronn«), Jahnns (»Pastor Ephraim Magnus«) auch Marlowes »Massacre v. Paris« unter den »approbierten« Dramen (Schriften II, S. 828). Siehe auch den Essay »Spätgotische Umkehr« (1927), einen der Schlüsseltexte für Jahnns Weltanschauung und Publizistik in den späten zwanziger und frühen dreißiger Jahren (Schriften I, S. 720 ff.). Jahnns Kenntnis der Biographie Marlowes geht im Wesentlichen zurück auf die Lektüre von Hippolyte Taines »Geschichte der englischen Literatur« (ausführlich zitiert in: Dramen I, S. 1067 ff.). /*2ff.* **Karl Prinz von Navarra ... gedeihen. (ab⟨)⟩]** Jahnns erste Szene entspricht Marlowes erster Szene (S. 245 bis S. 247 oben). Die Handschrift dieser erste Szene zeigt senkrechte Striche: möglicherweise sollen sie die versmäßige Gliederung entgegen dem handschriftlichen Zeilenfall andeuten, die dann allerdings nicht der der Marloweschen Vorlage entspräche. Unser Abdruck folgt in seiner Zeilengliederung strikt der Vorlage und fügt die Spiegelstriche am jeweiligen Platz ein.

235/*10f.* **Haus der Herzogs Guise / Zimmer]** Jahnns zweite Szene entspricht Marlowes zweiter Szene (S. 247 oben bis S. 249 unten), zugleich setzt hier seine Bearbeitung ein.

237/*18ff.* **Und ohne Teufelei ... Oh, höchst unvollkommen. -]** Diese 21 Verse sind ein Einschub Jahnns, sie finden keine Entsprechung in der Vorlage – siehe auch Jahnns Notiz »Hier einschieben« an der entsprechenden Stelle (S. 248) seines Handexemplars.

239/*10* **Zimmer des Schlosses]** Die gesamte Szene bis zum Textabbruch (S. 241) stammt von Jahnn und findet keine Entsprechung in der Vorlage – Stichworte zu dieser Szene finden sich im Handexemplar auf S. 245, 265 und 267.

240/*27* **Mugeroun (tritt ein.)]** Diese und die folgende Figurenrede des Mougeron ist in der Handschrift in einer Weise entworfen, die möglicherweise einen »geblockten« Satz, also Prosa (im Unterschied zur gebundenen Rede Anjous und Joyeuxs), andeutet. Es ist im elisabethanischen Theater nicht unüblich, daß nur die Standespersonen in Versen, Figuren aus dem Volk dagegen in Prosa sprechen.

241/*8ff.* **Auftritt: König von Navarra ...]** Jahnns vierte Szene entspricht Marlowes dritter Szene (S. 249 unten bis S. 250 unten).

243/*1* König Karl, Katharina . . .] Jahnns fünfte Szene, mit der der Entwurf abbricht, entspricht bis zum Textabbruch Marlowes vierter Szene (S. 250 unten bis S. 251 oben).

245/*1* Ziemlich im Anfang eine Zcene] Jahnn hat diese Szene eigenständig als zweite Szene seines Fragments entworfen (siehe S. 235/10–239/11). Auch seine Arbeitsnotiz auf S. 315 des englischen Originals (siehe Faksimile, S. 265) bezieht sich wohl auf diese Szene, desgleichen der Entwurf zu einer Figurenrede auf S. 317.

247/*2ff.* Emporköm⟨m⟩ling / Ketzere⟨i⟩] Siehe Jahnns Übersetzung S. 236/6.

248/*1ff.* platzen außen / auslöschen] Siehe Jahnns Übersetzung S. 236/23f.

267/*2* Wahl zwischen Stute oder Frau] Jahnn greift dieses inhaltliche Entwurfsnotat in seiner Notiz zu einer Figurenrede auf S. 317 seines Handexemplars (siehe Faksimile S. 267) wieder auf. Die »Wahl zwischen Stute oder Frau« hat Jahnn in vier Werken thematisiert: In der Tragödie »Medea« hat der Ältere Knabe von seinem Vater Jason eine »milchweiße Stute« (Dramen I, S. 767) geschenkt bekommen – als er Kreons Tochter auf einem Hengst reitend begegnet, kommt es nicht nur zur Konfrontation von Stute und Hengst, sondern auch zwischen der Stute und dem »wunderbaren Weib«; in »Perrudja« steht der Titelheld zwischen seiner Stute Shabdez und Signe; Gustav Anias Horn in der »Niederschrift« lebt frauenlos mit seiner Stute Ilok zusammen; und Manao Vinje, der Held von »Armut, Reichtum, Mensch und Tier« besitzt eine Stute Falada, in die ein Mädchen hineingebannt sein soll. Zum Kontext der zeichenhaften Tierverwandlung (immer in der Konstellation Stute / Frau) und der intentionalen nichtgenitalen Erotik, die sich mit dieser Vorstellung verbindet, siehe die Anm. zu S. 214/4f.

DER TOD DES DOMITIUS

Entstehung

Der Beginn der Auseinandersetzung mit dem Stoff »Nero« fällt in das Jahr 1938. Am 5. 4. 1938 bittet Jahnn die Redaktion der dänischen Zeitung »Politiken« um die Übersendung eines ebenda veröffentlichten Artikels zur historischen Gestalt Neros. Wie aus dem Brief Walter Muschgs vom 21. 5. 1938 hervorgeht, muß Jahnn im April oder Mai diesem vom Faszinosum Nero berichtet haben. In dem am 10. 5. 1939 entstandenen, damals aber wohl nicht gedruckten »Beitrag für die Festnummer der Reichstheaterfestwoche« kündigt Jahnn das Projekt öffentlich an: »Ich selbst schreibe an einer Komödie ›Neros Tod‹. Es handelt sich für mich darum, die letzten achtundvierzig Lebensstunden des Mannes zu schildern. Sie sind uns hinlänglich genau überliefert. Dieser Kaiser war eine fast echte menschliche Größe. Und sein Untergang ist fast echte Tragik. Aus seinem Munde strömen erhabene Sätze großer Dichter, untermischt mit eigenen Einfällen, die genau so groß scheinen. Eine verwirrende Gleichheit zwischen Echtem und Falschem. Ob man dahinter weint oder lacht entscheiden die persönliche Weisheit oder die zufällige Erziehung, die man genossen hat.« (Fluß ohne Ufer III, S. 700) Jahnn, dessen Kräfte durch die Arbeit an »Fluß ohne Ufer« bereits stark in Anspruch genommen waren, suchte in den folgenden Jahren das Projekt einer gegen die Urteile der Zeiten gestalteten theatralischen Wiedergutmachung der Person Neros parallel zum Roman immer wieder in Angriff zu nehmen. Mit den eher an eine Stoffsammlung als an eine dramatische Ausformung erinnernden, hier erstmals zum Abdruck gebrachten Texten hat man den wichtigsten dramatischen Fluchtpunkt für die Zeit von 1934 bis 1949 vor Augen. Die »Komödie« um den Künstler *und* den Politiker als Tyrann wäre Jahnns Auseinandersetzung mit Diktatur, Krieg und Faschismus gewesen. Daß er sie *so* nicht geschrieben, sondern vornehmlich in Briefen an Freunde *über* sie geschrieben hat, daß er sie als Konstellation, das Private in dem Drama »Spur des dunklen Engels« grundierend, in den biblischen Stoff um den Dichter-König David mit hinübergenommen hat, eröffnet den Zugang zu dem Lebensabschnitt Jahnns als »Auslandsdeutscher« auf der Insel Bornholm in Dänemark.
Vor diesem Hintergrund verliert der Begriff Entstehung seine angestammte Bedeutung. Vielmehr wird der Blick auf die in die Korrespondenzen mit den engsten Freunden »eingeschriebenen Spuren« einer Intention gelenkt.
Drei Jahre nach der ersten Begegnung mit dem Stoff fragt Margrit Mumm am 6. 6. 1941 bei Jahnn an: »Wächst die Komödie schon? Kommt nun nicht

das ›Fluß ohne Ufer‹ zu kurz [...]?« Jahnn antwortet am 20. 7. 1941: »Am Nero habe ich leider nicht gearbeitet. Es gibt dabei für mich ein Problem. Nero hielt sich für einen großen Dichter. Er war belesen, er machte selbst recht gute Verse, seine Lebensweisheit ähnelte der Lebensweisheit an sich. Er war also so groß wie jeder lebende Dichter es ist, und ich lasse ihn sprechen mit meinen besten Versen. Gleichzeitig aber ist es der Sinn der Komödie, daß dieser Nero eben nur beinahe ein großer Dichter ist, und es folgt zwangsläufig daraus, daß meine Verse eben nur beinahe erträgliche Dichtkunst sind. Ich löse mich also gleichzeitig auf. An und für sich habe ich nichts dagegen. Aber es ist leider auch ein mühsames Doppelspiel. Vielleicht wird wirklich eine Komödie daraus, eine fast bedeutende, eine fast gelungene.« Jahnn muß sich zu dieser Zeit vordringlich mit Quellenstudien beschäftigt haben, wie die Korrespondenz mit dem Payne Verlag für 1941 nahelegt. Am 11. 10. 1941 schreibt Jahnn an Karl Maack im Zusammenhang mit der geplanten Veröffentlichung von »A. R. M. u. T« und »Neuer Lübecker Totentanz« im Payne Verlag (nicht zustandegekommen): »In Leipzig schon schrieb ich einige flüchtige Skizzen zu einer neuen Komödie ›Neros Tod‹. Halb habe ich Gründgens zugesagt, daß ich an diesem Bühnenwerk bevorzugt arbeiten würde. Aber der Durchführung stellen sich einige Hindernisse in den Weg: mir fehlt hier der Zugang zu den geschichtlichen Quellen. Im Großen und Ganzen kenne ich die geschichtlichen Tatsachen der letzten 48 Stunden dieses merkwürdigen Mannes, der fast ein großer Schriftsteller war, und bestimmt ein großer Orgelspieler auf der Wasserorgel. Aber für diesen eigenartigen Stoff möchte ich doch genauere Quellenkenntnis haben. Da ich selbst zu wenig Latein kann, werde ich mir hier Auszüge und Übersetzungen machen lassen müssen. Aber ich muß die geeigneten Verbindungen in diesem Lande erst suchen. Besteht die Möglichkeit, daß Sie in Leipzig irgend einen Studenten der Geschichte oder Philologie auf das Thema bringen? Soweit ich beurteilen kann handelt es sich um insgesamt 4–5 Schreibmaschinenseiten. Es handelt sich um vier Szenen, die geradezu zur Dramatisierung herausfordern. 1.) Nero will sich schlafen legen, ruft nach ⟨seinem – i. Ty.: seinen⟩ Vertrauten, der kommt nicht. Nero geht hinaus, um nach den Wachen zu sehen und findet, die Wachen sind nicht besetzt. Auch die äußerste Palastwache ist nicht aufgezogen. Er eilt entsetzt zurück, überzeugt, daß es um sein Leben geht. Er will Gift nehmen; aber er entdeckt, in der Zeit seiner Abwesenheit ist die Dose mit Gift gestohlen worden. Endlich, und vollkommen verzweifelt wird er seines Vertrauten habhaft, und der rät ihm zu fliehen. Er erklärt sich sogar bereit, Nero in seiner Villa zu verbergen. Nero deklamiert die schönsten seiner Gedichte. Endlich entschließt er sich den Vorschlag des Vertrauten anzunehmen. 2.) Nero verbirgt sich neben der Landstraße und sieht die Truppen in Rom einrücken. Er erfährt aus den Gesprächen der Offiziere, daß er beseitigt werden soll, daß die Verschwörer bereits alle wichtigen Punkte der Stadt besetzt haben u. s. f. 3.) Nero sitzt im Kellerloch der Villa seines Vertrauten. Aus den Quellen scheint nicht deutlich hervorzugehen, was es mit dieser Episode auf sich hat. Man ist versucht, es als eine Demütigung zu deuten, die die Verschwörer ihm mit Hilfe des Vertrauten bereiten, um Nero für gewisse Beschlüsse reif zu machen. 4.) Szene im Hause des Vertrauten. Nero ist aus

dem Keller heraufgeholt worden, die Verschwörer haben, um ihm entgegen zu kommen, seinen Lieblingsknaben herausgeschickt, der Vertraute vermittelt die Unterhandlungen zwischen den Verschwörern und Nero. Ein Offizier erscheint und fordert die Abdankung Neros. Er erhält als Antwort: Er (Nero) sei der größte Dichter und könne es nicht verantworten, sich dem römischen Reich zu rauben. Er deklamiert, weint, klagt die Welt an, die das Genie verkennt. Ein zweiter Unterhändler trifft ein, der Nero droht, sollte er bei seiner Weigerung beharren, so würde er öffentlich angeklagt, gefoltert und gekreuzigt werden. Nero, unter großen Deklamationen, bleibt bei seiner Weigerung. Ein dritter Offizier kommt im Auftrag der Verschwörer, mit dem Ziel, Nero zu beseitigen. Er fordert ihn auf, sich selbst zu töten und reicht ihm die gestohlene Giftdose. Aber Nero entschließt sich nicht, ruft Vertrauten und Knaben als Zeugen seines Genies an. Endlich kommt es zu jenem Auftritt, daß der Knabe das Schwert des Offiziers gezogen hält, und der Offizier mit äußerster Kraftanstrengung den korpulenten Nero in die Waffe stößt. Der Kaiser war nicht sogleich tot, sondern hatte Gelegenheit, sein Ende auszumalen, und die tiefste Enttäuschung und die Verklärung zugleich, daß ein geliebter Knabe das Schwert gehalten, in guten Versen auszudrücken. --- Soweit die geschichtlichen Quellen. Ich habe vor vielen Jahren mir diese Notizen gemacht, weiß aber leider garnicht, wie und wo ich sie aufgestöbert habe⟨.⟩ Wenn Sie mir mitteilen könnten, welche römischen Geschichtsschreiber diese Schilderungen gaben, ich wäre Ihnen sehr dankbar.
In diesem Zusammenhang erbitte ich mir ein Buch von Ihnen, und eine nicht kastrierte Ausgabe der erhaltenen Bücher (es ist das 15. und 16. Buch) des Titus Arbiter Petronius. Petronius war ein Zeitgenosse Neros und eine Zeitlang dessen Vertrauter. Er endete durch Selbstmord, weil er, in Ungnade gefallen, verhaftet wurde. Von seinem ›Satiricon liber‹ sind die oben genannten zwei Bände in Bruchstücken erhalten. Das Werk, ungeheuer aufschlußreich gilt als pornographisch, und es ist zweifelhaft, ob man eine deutsche Ausgabe ohne Weiteres bei einem Verlage kaufen kann. Notfalls müßte man sich mit einem Antiquar in Verbindung setzen. --« Horst Wolf vom Payne Verlag teilt Jahnn daraufhin am 5. 11. 1941 mit: »Eine kritische lateinische Ausgabe des Petronius ist von Bücheler 1862 herausgegeben und zuletzt wohl 1904 wieder aufgelegt worden. Eine Übersetzung danach ist 1874 in Stuttgart erschienen, doch dürfte diese Ausgabe nur schwer im Antiquariat aufzutreiben sein. Frühere Übersetzungen stammen von Heinse (Schwabach) und Schlüter (Halle) aus den Jahren 1773 und 1796, doch scheinen sich alle diese Ausgaben nur auf die Cena Trimalchionis zu beziehen, die als ›Gastmahl des Trimalchio‹ auch in Reclams Universalbibliothek erschienen ist.«
Am 24. 11. 1941 berichtet Carl Mumm Jahnn von »Alfred Schuler: Fragmente und Vorträge / hg. von Ludwig Klages«, »ein erstaunliches, zugleich höchst anziehendes und in Vielem abstossendes Buch«, das, so Mumms Einschätzung, Nero eine positive Darstellung widme.
Auch an dieser Quelle zeigt sich Jahnn, wenn auch mit zeitlicher Verzögerung, interessiert, wie aus dem Brief vom 23. 12. 1942 an Margrit und Carl Mumm hervorgeht: »Für das nächste Jahr habe ich mir den ›Nero‹ zu

schreiben vorgenommen. Ich habe die dänischen Bibliotheken schon in Bewegung gesetzt, mir Quellen zu beschaffen. Ich würde sehr dankbar sein, wenn mir Dr. Mumm das Buch Alfred Schulers: Fragmente und Vorträge senden könnte. Vielleicht kann es mir dienen. Kürzlich fiel mir ein recht altes englisches Buch über Orgelspiel in die Hände, aus dem ich erfuhr, daß Nero ein großer Orgelvirtuose war und oft öffentliche Konzerte auf diesem Instrument im Zirkus gegeben hat. Wir haben keine rechte Vorstellung von seinem Instrument und von der Art seines Spiels. Aber irgend etwas Ungewöhnliche⟨s⟩* muß an beiden gewesen sein, weil es sonst nicht die Zehntausenden hätte begeistern können. Mein Stück soll eine Komödie werden und sich nur mit Neros letzten Tagen befassen, soweit es sich um den geschichtlichen Ablauf handelt. Es schließt mit einer Szene, in der Nero seine Ermordung inszeniert, wobei er dann wirklich ermordet wird. Dieser Vorgang soll den Tatsachen entsprechen.«
Am 11. 1. 1943 schreibt er an den Payne Verlag: »Ich bin mitten in den Vorarbeiten zum Nero. Es wird eine klassische Komödie in fünf kurzen Akten werden. Der Titel wird wahrscheinlich, um weniger sensationell zu scheinen sich in den ›Tod des Domitius‹ verwandeln. Die Handlung spielt am 7. 8. 9. Juni des Jahres 68 – und im 11. Jahrhundert des päpstlichen Roms auf dem Platz der jetzigen Kirche Maria del Popolo.«
Zeitgleich erfährt sein Freund Ludwig Voss (12. 1. 1943): »Ich bin mit den Vorarbeiten zum ›Nero‹ beschäftigt. Es soll eine klassische Komödie werden. Fünf kurze Akte, von denen vier im Juni des Jahres 68 und der letzte reichlich tausend Jahre später spielen. Kurz nach 1100 näml⟨i⟩ch mußte der Pabst Paschalis II. das Gespenst Neros, das auf dem Monto Pincio umging, bannen. Übrigens eine recht merkwürdige Geschichte: das Delphische Orakel hatte Nero geweissagt, er solle sich vor dem 73. Jahr seines Lebens in Acht nehmen (er starb mit 30 Jahren) Die Beschwörung des Gespenstes aber erfolgte genau 1073 Jahre nach der Geburt Neros.«
Bis zum März 1943 muß Jahnns Quellenstudium so weit gediehen sein, daß er Gustaf Gründgens am 20. 3. 1943 den Abschluß der Vorarbeiten anzeigen kann: »Ich hatte das ungewöhnliche Glück gehabt, einen menschlichen, einen hilfsbereiten Verleger zu finden. Er hat mir in diesen Jahren geholfen, durch die Fährnisse zu kommen. Aber von den vielen literarischen Plänen hat sich wenig verwirklichen lassen. Die Ungunst der Verhältnisse war im Zunehmen begriffen.
Ich selbst habe daran mitgewirkt, meine literarische Lage schwierig zu machen. Ich hatte mich an ein Romanungeheuer gebunden, das mir nach und nach über den Kopf zu wachsen drohte. Räumlich reicht es an die zweitausend Seiten heran und inhaltlich ist es einer jener Sonderfälle, zu denen man sich nur dann entschließt, wenn man ausersehen ist, sich das Leben möglichst schwer zu machen. Indessen, ich bin fertig. Ich überschaue die ungewöhnliche Landschaft ungewöhnlicher Ereignisse. Ich habe die recht bestimmte Vermutung, daß Ihnen das neue Werk gefallen wird. So verschieden es vom Perrudja ist, innere Ähnlichkeiten bestehen. Und sollte auch nicht alles gut sein, so hoffe ich doch, daß ich das Herz des Lesers über hunderte von Seiten davon tragen kann. Ich selbst habe zeitweilig gemeint, daß man eine Parallele zu dem Buch bei Proust finden könnte. Das erscheint

mir nun grundfalsch; die geistige Verwandtschaft ist eher bei Kafka zu suchen, bei dem einsamen Kafka. Natürlich ist mein Temperament ein anderes. Vergleiche pflegen zu hinken. Sobald ich mit dem Abschreiben des Ungeheuers fertig bin, möchte ich Ihnen ein Exemplar senden. – Falls Sie nichts dawider haben und sich nicht fürchten, einige Tage (selbstverständlich mit Unterbrechungen) in Gesellschaft eines anderen zuzubringen.
Nicht nur meine eigenen Kräfte habe ich strapaziert, auch die Geduld meines Verlegers habe ich ermüdet. Ich bin seit langem vertragsbrüchig. Das Werk hatte vor mehr als Jahresfrist (es war schon ein hinausgeschobener Termin) vorliegen sollen. Nun, die Vollendung fällt auf einen Zeitpunkt, wo alle Reserven verbraucht sind, die des Geldes, des Selbstbewußtseins und des unbedingten Vertrauens derjenigen, die das Werk mit übermenschlicher Geduld erwartet haben. Ich bin gezwungen, nach der geisttötenden Arbeit des Abschreibens, (bei der ich immer sehr ungeschickt bin, weil ich das Maschinenschreiben erst auf meine alten Tage gelernt habe), mich sofort an ein neues Werk zu machen, ohne Atempause. Und sollte es mir schnell von der Hand gehen, so kann ich den Verlust an Zeit doch nicht einholen. Ich komme in die furchtbare Krise, daß die mir zugebilligten Vorschüsse (auch das Devisenamt hat ein Wort mitzureden) versiegen. Das neue Werk nun soll ein Drama sein, eine Komödie im eigentlichen Sinne. Der Stoff hat mich schon seit Jahren bewegt, aber ich hatte es mir versagt, die notwendigen Geschichtsstudien zu treiben. Der Titel des Werkes (das noch nicht geschrieben ist) heißt ›Der Tod des Domitius‹. Domitius ist der schöne junge Mann mit blonden Haaren, grauen Augen, der mit 30 Jahren starb, nämlich Lucius Domitius Ahenabarbus, genannt Nero und als solcher mit dem Prädikat Scheusal eine jedermann bekannte Persönlichkeit. Denken Sie nun nicht, daß ich dies Scheusal auf die Bühne stellen will. Im Gegenteil, von 99% der ihm angedichteten Schandtaten ist er von vornherein freigesprochen. Er hat sie nie begangen. Niemals sind mehr Lügen zusammengetragen worden als gegen ihn. Die kristliche Kirche hat ihre gesamten Pupertätsträume von Märtyrern etc. an diese eine Gestalt gehängt. Und die Apokalypse ist eines jener Zeugnisse davon. Nero nun, der ein andere⟨r⟩ war als er sein sollte, rächte sich nach seinem Tode, indem er auf dem Monte Pincio als Gespenst umging und erst im Jahre 1110, nachdem er sich mit dem unglücklichen Pabst Paschalis II. über Lüge und Weltgeschichte unterhalten hatte, sich zur vorläufigen Ruhe begab. (Dies Ereignis wurde mit dem Bau der Kirche Maria Popolo gefeiert.) Ich habe niemals zu einem Drama gründlichere Geschichtsstudien getrieben. Ich werde diesmal mir nicht eine einzige dichterische Freiheit erlauben. Es ist einfach nicht nötig, weil die wirkliche Geschichte der landläufigen in allen Punkten widerspricht. Nero wird bei mir nicht als menschenfressendes Scheusal, sondern als Dichter und Sänger auftreten (der er wirklich war). Es muß unentschieden bleiben, ob er wirklich ein Genie oder nur ein mittelmäßiges Talent war, das sich überschätzte. Ich neige zu der letzten Annahme. Und darin ⟨besteht⟩ der eigentliche Komödienstoff, daß das beinahe Große dem wirklich Großen zum Verwechseln ähnlich sieht. Die Handlung bei mir umfaßt nur die letzten Lebenstage Neros, seine letzten Triumpfe als Orgelspieler und das von ihm selbst inszenierte Schauspiel seines Endes – und die päpstlichen Exorzismen des Jahres 1110.

Die Verse von Neros Hand, die erhalten sind, lassen leider kein Urteil über sein Können als Dichter zu. Nur wenige Persönlichkeiten haben nach seinem Tode den Mut gehabt, ihn als die überragende Größe zu bezeichnen, für die er galt, solange er lebte. Mit ihm starben die julischen Kaiser aus, und die nachfolgenden Ursurpatoren hatten Grund genug, seine Vorzüge zu verkleinern, um selbst ein wenig zu leuchten. Auch sie schon hatten es mit einem gewaltigen Gespenst zu tun, denn das delphische Orakel hatte Nero eine Lebenszeit von wenigstens (10)73 Jahren garantiert, und so hoffte die Allgemeinheit auf seine Rückkehr. Er selbst hatte ja bei Lebzeiten geäußert, sich nach Ägypten zurückziehen zu wollen, um dort seiner Kunst zu leben. Auch Juden und Kristen glaubten, daß er noch einmal den römischen Staat leiten würde. Er selbst hat nicht an seinen frühen Tod geglaubt und jenes ägyptische Exil durch Entsendung von Truppen dorthin vorbereitet (übrigens einer der Gründe, weshalb Galba und der Senat ihn haben aus Rom verdrängen können). – Sie haben oben richtig gelesen, wenn Sie die Zahl 1073 auffaßten. Diese Zahl hat das Orakel ausgesprochen. Die Zeitgenossen haben aber nur die letzten beiden Ziffern, nämlich 73 aufgefaßt, weil ja die ganze Zahl unsinnig erscheinen mußte. Aber genau 1073 Jahre nach Neros Geburt fand jenes denkwürdige Gespräch zwischen Paschalis II. und dem Geiste Neros statt, der damals noch wohlbehalten im schönen Mausoleum der Domitier ruhte. Immerhin eine beträchtliche Leistung einer in Trans gefallenen Jungfrau. – Von den Morden Neros ist nur der an seiner Mutter bewiesen und wahrscheinlich. Es war die Frau, die ihn gequält, bevormundet hat, die in ihm nur ein Gerät und nicht einen Menschen sah, die ihm jedes Liebeserlebnis vergällte, und die er mehr fürchtete als seinen Tod. Sie hat ihn dann auch bis in seine letzte Stunde hinein als Gespenst verfolgt. Alles andere an Privatmorden scheint die Erfindung späterer Zeit zu sein. Das Verhältnis Neros zu Pythagoras und Sporus, beruht auf einem grandiosen Mißverständnis. Seine ›Ehe‹ mit ihnen war wissenschaftlicher Art. Sie haben ihm geholfen, jene Orgel zu konstruieren, mit deren Klangfülle er einen Zirkus füllen konnte. etc. etc.

Ich möchte Sie für dies neue Drama interessieren. Entweder, indem Sie in irgend einer Form sich das Recht der Uraufführung sichern. Es müßte aber irgend ein finanzieller Nutzen dadurch für mich heraus kommen. Oder, daß Sie meinem Verleger schreiben, wie weit Ihr Interesse an dem Werk geht. Es müßte in einer Form geschehen, die ihm erlaubt, beim Devisenamt wegen eines Vorschusses für mich vorstellig zu werden.

Fertig vorliegen kann die Komödie im September. Die geschichtlichen Vorarbeiten sind abgeschlossen. Dem eigentlichen Niederschreiben steht nur noch die mechanische Arbeit am Roman im Wege.

Ich habe die schwache Hoffnung, daß Sie mir helfen können.« Eine Antwort von Gustaf Gründgens ist nicht überliefert. Wahrscheinlich hat Jahnn den Beginn der Niederschrift, als eine Antwort von Gründgens ausblieb, angesichts der immensen, noch ausstehenden Überarbeitung des Ende November 1942 abgeschlossenen Manuskripts von »Fluß ohne Ufer« zurückgestellt. In jedem Fall plante er für das Jahr 1944 die neuerliche Inangriffnahme. Am 2. 12. 1943 teilt er seinem Freund Werner Helwig mit: »Für das nächste Jahr habe ich mir vorgenommen meine Nero Komödie endlich zu schreiben.

Es ist im Vergleich zum Roman eine kleine Aufgabe, die einzig durch das Quellenstudium etwas umfangreicher ist als sie aussieht.«
Am 8. 12. 1943 schreibt Jahnn an Hilmar Trede: »Ganz gegen meinen Willen ist auch der Nero ins Stocken gekommen. Was daran fertig ist, befindet sich in meinem Kopf, doch leider ungeschrieben. Es fehlt mir immer an Zeit, und meine Arbeitskraft ist leider auch herabgesetzt.«
Am 25. 8. 1944 schreibt Jahnn an Fritz Weissenfels: »Ich arbeite jetzt an einem Orgelbuch und am Nero. Zwar, alle Theater und Verlage sind geschlossen. Aber die Hoffnung, daß ich das Kriegsende erleben werde, habe ich noch nicht aufgegeben.«
Am 29. 4. 1946 schreibt Jahnn an seinen Freund Werner Helwig: »Vor Jahr und Tag habe ich angefangen, meinen ›Domitius‹ zu schreiben, eine historische Komödie, die sicherlich meinen Ruf als Dramatiker festigen würde. Aber ich stehe allen Theaterangelegenheiten unsicher gegenüber; oder wenn Du so willst, ich habe ausgesprochenes Pech gehabt, seitdem ich anfing, verdaubare Dramen zu schreiben. Meine ›Armut‹ ist sogar zweimal ins Dänische übertragen worden und wurde vom staatlichen Zensor (es gibt in diesem freien Staat eine Theaterzensur) als Werk eines Genies bezeichnet, dessen Aufführung in Dänemark unbedingt zu fordern sei. [...] Dennoch bin ich mit einiger Lust an den Domitius gegangen. Ich habe ein paar Monate eifrige Geschichtsstudien gemacht, mit dem immer gleichen Resultat, daß ich die landläufige Auffassung einer geschichtlichen Person auch nicht annäherung⟨s⟩weise teilen kann. In diesem Falle also Nero, der weniger blutrünstig als andere römische Kaiser war, dafür aber ein kleines oder mittelmäßiges Talent und ein großer Phantast, der des Glaubens war, er könne Zirkusspiele, die er haßte mit echter Kunst vertreiben. Daß die Offenbarung Johannes, die von christlicher Seite gegen ihn geschleudert wurde, eines der schlimmsten Propagandapamphlete ist, sei nur nebenbei bemerkt. Daß er Rom nicht angezündet hat, ist einwandfrei zu beweisen, und daß er keine christlichen lebenden Fackeln aufstellte, ebenfalls; er kannte den Unterschied zwischen Juden und Christen garnicht. Und die jüdischen Geschichtsschreiber loben ihn mit ziemlicher Überzeugung. Nero hat sich dann an der römischen Kirche gerächt. Er ging als Gespenst um und versetzte das christliche Rom noch um 1100 in Schrecken, sodaß Pabst Paschalis II. ihn zu exorzisieren versuchte. Mit dieser Szene soll meine Komödie schließen. Ich brauche ⟨ungetrübte – i. d. Hs.: ungestrübte⟩ 3–4 Monate, um mit der Ausarbeitung fertig zu werden. Woher soviel ungetrübte Zeit nehmen? – Zumal mich der Epilog des Flusses in seinem Bann hat.«
Für das Jahr 1946 ist ein Fortgang der Arbeiten nicht zu belegen. Welchen Stellenwert Jahnn dieser ungeschriebenen Komödie auch nach 1945 einräumte, kann man der Mitteilung vom Hans Richters Carl 4. 9. 1947 Mumm gegenüber entnehmen, wonach »Der Tod des Domitius« zu der bei Willi Weismann zu veröffentlichenden Auswahl von Dramen gehören sollte. Ein Projekt, das das Opfer der Währungsreform wurde.
Für das Jahr 1948 ist ein briefliches Zeugnis überliefert, das prototypisch den Umgang mit dem Stoff vorführt. Am 27. 9. 1948 schreibt Jahnn an Yngve Trede: »Ich selbst arbeite seit einer Woche etwa an einem neuen Drama, dessen Geschichtsstoff ich dem alten Testament entnommen habe. (›Der Tod

des Domitius‹ ist also abermals in den Hintergrund gerückt.) Voreilig habe ich das neue Drama ›David und Jonathan‹ genannt; aber ich glaube, ich muß den Titel verändern, weil man sonst glauben könnte, ich wolle einen Teil der Bibel bekräftigen oder persiflieren.« Er beginnt die Niederschrift dieses Stücks in einer Kladde, auf deren Umschlag er den Titel »Der Tod des Domitius« gesetzt hatte.

In dem 1948 gedruckten autobiographischen Essay »Mein Werden und mein Werk« kündigt Jahnn den Plan gleichzeitig öffentlich an: »Unter den zahllosen Stoffen zu dramatischen Arbeiten fesselt mich z. Z. nur einer: die historische Tatsache, daß sich der Geist des ermordeten Domizius, genannt Nero, zu einem Gespenst verdichtete, weil die Geschichtsfälschung aus ihm das Scheusal machte, das er vor einer höheren Instanz offenbar nicht war. Mehr als tausend Jahre nach dem Tode des Kaisers mußte sich erst Papst Paschales II. anschicken, diesen Geist, der Rom beunruhigte, zu bannen.« (Schriften II, S. 31)

Daß das Stück über Nero durch »Die Spur des dunklen Engels« erledigt gewesen wäre, wird durch eine Bemerkung Jahnns im Brief vom 30. 8. 1949 an seine Frau Ellinor dementiert: »Wenn wir es nicht schaffen, daß ich einen ruhigen Winter auf Bornholm verbringe, wird ein sehr schneller Abstieg mit mir kommen. Und daß ich hier 〈ergänze: in Hamburg〉 etwas schriebe, etwa den ›Domitius‹ – ein solcher Einfall erscheint mir im Augenblick geradezu absurd.« Bald danach sieht ihn ein Brief vom 10. 11. 1949 aus Hamburg an seine auf Bornholm weilende Tochter Signe mit Arbeitsvorbereitungen beschäftigt: »Bis zu meiner Ankunft 〈d. h. Anfang Dezember〉 bitte ich Dich, von der Bibliothek folgende Bücher zu beschaffen: Schiller, Geschichte des Kaisers Nero / .... Populaere Forelaesninger (es ist von einem Norweger geschrieben) / Geschichte der Stadt Rom (und zwar jenen Band, in dem die Geschichte des Papstes Paschalis II. vorkommt). Alle drei Werke habe ich schon früher aus der Bibliothek entliehen gehabt (Aarhus). Fräulein Valentina Brandt wird Dir helfen können, das Richtige zu ermitteln. Ich brauche das alles, um endlich meine Komödie ›Tod des Domitius〈‹〉 zu schreiben.«

Damit gewinnt die Komödie als konkretes Unternehmen ein letztes Mal Bedeutung. Am 10. 12. 1949 schreibt Jahnn an Yngve Trede: »Vor mir liegt ein Stapel Bücher, Geschichtsquellen zum Leben Neros, tendenziös, Berichte, die mehr erfunden als nachgezeichnet sind. Daran soll mein neues Drama entstehen: ›Der Tod des Domitius‹. Ich will diese Weihnachtsferien zu einer Art sinnvollen Arbeit benutzen. Das Jahr, das vor uns liegt, wird für mich sicherlich große Veränderungen bringen, die mir ihr eigentliches Antlitz noch verweigern; aber ich erkenne doch die Schatten.« Werner Helwig gegenüber heißt es am 18. 12. 1949: »Ich versuche jetzt am ›Tod des Domitius‹ zu arbeiten. Einstweilen stecke ich in den Vorarbeiten. Ich habe in den letzten Jahren viele geschichtliche Einzelheiten und Namen wieder vergessen, sodaß ich von Grund auf beginnen muß. Hoffentlich hindern mein Körper und mein störrisches Gemüt mich nicht zu sehr am Vorwärtskommen. Ich habe leider den Eindruck, daß ich sehr heruntergewirtschaftet bin.« Am 27. 12. 1949 informiert Jahnn Alfred Döblin: »Ich halte mich ein paar Wochen in Dänemark auf und mache den Versuch, an meiner Komödie

›Tod des Domitius‹ zu arbeiten. Ein Darmkatarrh (möglicherweise ein leichter Anfall von infektiöser Gelbsucht) ist bisher meinem Plane zuwider gewesen.« Doch auch dieser Versuch ist zum Scheitern verurteilt. Zu weit scheint sich Jahnn vom konkreten Impuls der Dringlichkeit des Stoffes entfernt zu haben.

Überlieferung

Am Nachlaß werden unter der Nr. 36 zwei Handschriften verwahrt:
Handschrift I: zwei Blätter Briefpapier – »Hans Henny Jahnn Orgelsachberater Bondegaard. Granly p. Hasle/Bornholm« – (229 × 294 mm); Blatt eins beidseitig, Blatt zwei einseitig beschriftet mit blauer und schwarzer Tinte. Die Beschriftung mit schwarzer Tinte als späterer (ergänzender) Zusatz ist in unserem Druck mittels einer anderen Schrift (Helvetica) hervorgehoben.
Handschrift II: neun Blätter (210 × 339 mm); Blatt 1–8 einseitig mit schwarzer Tinte, Blatt 9 einseitig mit Blei beschriftet (Sofortkorrekturen).
Zur Überlieferung des zweigliedrigen Paralipomenon (S. 294) siehe die Überlieferung des Fragment gebliebenen dritten Teils von »Fluß ohne Ufer« »Epilog« (Fluß ohne Ufer III, S. 898f.).

Quellen

Jahnn hat für sein geplantes Nero-Stück Quellenstudien und Entwurfsvorarbeiten in einem Umfang betrieben, wie sie sonst – mit Ausnahme des Schauspiels »Thomas Chatterton« – für keine andere seiner literarischen Arbeiten dokumentiert oder bezeugt sind. Von den nachweislich von ihm benutzten oder eingesehenen Quellenwerken befinden sich zwei heute noch unter den Resten seiner einstigen Handbibliothek auf Granly/Bornholm:
1) Plutarchs vergleichende Lebensbeschreibungen. Nach der Übersetzung von Kaltwasser herausgegeben von Prof. Dr. Otto Güthling. Zweite, berichtigte Auflage. Elfter Band: Demetrius Marcus Antonius Galba Otho. Reclam: Leipzig o. J. [= Reclams Universal-Bibliothek Nr. 2558–2559a]. – Jahnn hat auf dem Umschlag die Namen »Galba Otho« mit Tinte unterstrichen und darunter handschriftlich hinzugefügt »auch über Nero«. – Er hat insgesamt fünf von zwölf Bänden der Plutarchausgabe am 7. 6. 1941 auf Vermittlung des beim Leipziger A. H. Payne Verlag beschäftigten Lektors Horst Wolf erhalten.
2) August Wilhelm Ambros: Geschichte der Musik. 1. Band. Breslau 1862. – In diesem Band befindet sich zwischen S. 524 und 525 heute noch eine eingelegte Lesemarkierung (Papierausriß), also genau an jener Stelle, wo Ambros über Nero als Musiker schreibt.
In Handschrift II nennt Jahnn zwei weitere Quellen, die er offensichtlich bei den Vorarbeiten konsultiert hat:
3) Tacitus. Der römische Historiker behandelt die Person und Zeit Neros in den Büchern XII-XVI seiner »Annalen«. – Benutzt wurde für die Kommen-

tierung die folgende Ausgabe: Tacitus. Annalen XI-XVI. Übersetzung und Anmerkungen von Walther Sontheimer. Stuttgart 1987 ⟨= Reclams Universal-Bibliothek Nr. 2642⟩.
4) Hermann Schiller: Geschichte des römischen Kaiserreichs unter der Regierung des Nero. Berlin 1872.
Mutmaßlich dürfte Jahnn aber auch noch die folgenden Werke konsultiert und benutzt haben:
5) Ludwig Friedländer: Darstellungen aus der Sittengeschichte Roms in der Zeit von Augustus bis zum Ausgang der Antonine. 10. Auflage besorgt von Georg Wissowa. Band 1–4, Leipzig 1921–1923.
6) Suetons »Cäsarenleben«. – Benutzt wurde für die Kommentierung die folgende Ausgabe: C. Suetonius Tranquillus. Nero. Lateinisch/Deutsch. Übersetzt und herausgegeben von Marion Giebel. Stuttgart 1986 ⟨= Reclams Universal-Bibliothek Nr. 6692⟩.
7) Gaius Petronius Arbiter: Saytiricon. – Erhalten sind nur Teile der Bücher 15 und 16, in deren Mittelpunkt das meist separat edierte und in sich abgeschlossene »Cena Trimalchionis« (»Das Gastmahl des Trimalchio«) steht. – In einem Brief vom 24. 1. 1950 an Ellinor und Signe Jahnn zeigt Jahnn aus Kopenhagen an: »Ein Exemplar des Petronius habe ich antiquarisch für 10.– Kr. gekauft«. Für die Arbeit an dem Entwurf, dessen erhaltene Handschriften I und II keine Spuren einer (früheren) Beschäftigung mit Petronius verraten, kam der Erwerb zu spät.
8) Alfred Schuler: Fragmente und Vorträge. Aus dem Nachlaß. Hrsg. v. Ludwig Klages. Leipzig 1940. – Schuler (1865–1923), der zum George-Kreis gehörte, sah sich als gottgeweihte Reinkarnation eines Römers der Kaiserzeit, deren erotische Kulte und Todesmysterien es neu zu beleben galt. Zu Lebzeiten hat er nichts veröffentlicht, wohl aber seine »Neronis Domini Fragmenta Selecta« in kalligraphisch stilisierter Goldschrift auf Purpurtafeln aufgeschrieben und verlesen. Ob Jahnn den angezeigten Band gelesen hat, ist nicht nachzuweisen; verwendet jedenfalls hat er ihn nicht.
9) Die Religion in Geschichte und Gegenwart, Tübingen, 2. Aufl. 1927–32. Mit Brief vom 18. 4. 1948 sendet Carl Mumm Jahnn ein Exzerpt aus RGG über »Nero und .. Weihnachten«. Darin wird die Vermutung aufgestellt, daß die Legende der »Heiligen Könige« auf die quasi Wallfahrt von Persern nach Rom zur Anbetung Neros zurückgehe.
10) Ferdinand Gregorovius: Geschichte der Stadt Rom im Mittelalter. Vom V. bis zum XVI. Jahrhundert. 8 Bde., Stuttgart 1859–1872. – Das Werk wurde mehrfach wiederaufgelegt, zuletzt: München 1978 (dort in Band II/l, S. 139–164 die Geschichte Papst Paschalis' II.). Eine Abhängigkeit Jahnns von dieser Darstellung ist nicht zu erkennen. Möglicherweise meint der Hinweis im Brief vom 10. 11. 1949 auch das von Schiller zitierte und erwähnte Werk Christian Karl von Bunsens: Beschreibung der Stadt Rom. 3 Bände, Stuttgart 1830–1846 (dort Bd. III/2, S. 570 über Paschalis II.).
11) N. N.: Populaere Forelaesninger. Die Quelle konnte nicht ermittelt werden.
12) Das in Jahnns Brief an Margrit und Carl Mumm am 23. 12. 1942 erwähnte »englische Buch über Orgelspiel« mit Informationen über Nero konnte nicht ermittelt werden. In der Bornholmer Handbibliothek Jahnns

ist kein Titel überliefert, der mit dieser Erwähnung in Verbindung gebracht werden könnte.

Jahnns Hauptquelle dürfte Schillers Darstellung gewesen sein. Er übernimmt und erweitert nicht nur Schillers kritische Haltung gegenüber den antiken Historikern; in vielen Details der Zusammenstellung und Wortwahl verraten seine Notate auch die verbale Abhängigkeit von dieser Vorlage. Plutarch kommt in seinem Lebensbild Galbas vor allem auf das Ende Neros zu sprechen – Jahnn dürfte viele Einzelheiten (die er aber zumeist auch bei Schiller finden konnte) für seinen Szenenentwurf (Handschrift I) benutzt haben, in dessen Zentrum Neros letzte Lebenstage stehen. Auch Tacitus muß er konsultiert haben; das legen wörtliche Zitate nahe, die er nicht bei Schiller finden konnte. Inwieweit er Suetons Nero-Vita gelesen hat, die insbesondere die abstoßenden Züge an Nero hervorhebt, muß offenbleiben. Für unsere Kommentierung haben wir sie dennoch herangezogen.

Kommentar

281/*1* Der Tod des Domitius] Die Entstehungszeit der beiden überlieferten Handschriften I und II kann zeitlich nicht fixiert werden. Aufgrund des Wortlauts der Briefe vom 11. 10. 1941 an Karl Maack (siehe S. 1200f.) sowie vom 20. 3. 1943 an Gustaf Gründgens (siehe S. 1202ff.) kann man die Niederschrift mit hoher Wahrscheinlich auf die Zeit zwischen Mitte Mai 1941 und März 1943 eingrenzen (Handschrift I könnte dann das Stadium jener »flüchtigen Skizzen« festhalten, die Jahnn in Leipzig entworfen haben will – er hielt sich vom 18.–28. 5. 1941 in Deutschland auf). Noch am 23. 12. 1942 (Brief an Margrit und Carl Mumm) ist vom 5. Akt nicht die Rede, der aber am 11. 1. 1943 (Brief an den Payne Verlag) bereits feststeht und in den Tagen dazwischen disponiert worden sein muß. Offen bleiben muß, was und inwieweit Jahnn im Dezember 1949 an dem Entwurf gearbeitet hat. Mit der Übersiedlung nach Hamburg im Frühsommer 1950 jedenfalls dürfte er den Plan endgültig aufgegeben haben.
Der folgende Stellenkommentar beschränkt sich auf den Nachweis wörtlicher Zitate, Anspielungen, Abweichungen Jahnns von seinen Quellen und versteht sich nicht als Erläuterung des historischen Geschehens.
283/*2* ⟨Handschrift I⟩] Jahnn konnte alle die hier zusammengestellten Materialien in den Schlußpassagen von Schillers Wiedergabe der historischen Ereignisse finden – möglicherweise ergänzt durch Details, die Plutarchs Lebensbeschreibung von Neros unmittelbarem Nachfolger Galba enthält. Um nachvollziehbar zu machen, wie Jahnn sein vorgefundenes Material »inszeniert«, sind im folgenden die entsprechenden Seiten von Schillers Darstellung (unter Absehung der Anmerkungen) vollständig wiedergegeben:
»Die Nachricht von dem Abfalle des Vindex traf am 19. März ein, als Nero gerade in Neapel verweilte, um theils selbst neue Triumphe zu erringen, theils den griechischen Spielen, die hier gefeiert wurden, anzuwohnen; der Kaiser liess sich durch die Unglücksbotschaft nicht abhalten, das Gymna-

sium zu besuchen und den Uebungen der Athleten eifrig zuzuschauen; doch scheint er im Stillen alle Vorbereitungen getroffen zu haben, um sich den Thron zu sichern; dieselben entzogen sich aber, wie wol stets in derartigen Fällen, in so weit der Oeffentlichkeit, dass Sueton berichten konnte, er habe 8 Tage lang gar keinen Befehl ergehen lassen, was eigentlich gegen die drohende Gefahr geschehen solle. Als dann neue Nachrichten die Fortschritte der Empörung meldeten, begab er sich selbst nach Rom und berieth mit dem Staatsrathe die nöthigen Massnahmen; einer der ersten Schritte war jedenfalls ein Antrag beim Senate den Vindex zu ächten und einen Preis auf seinen Kopf zu setzen. Wirksamer war die Zurückberufung der Truppentheile, welche auf den Befehl des Kaisers zu einem Kriege gegen die Sarmaten aus Germanien, Britannien und den Donauprovinzen bereits ihren Marsch angetreten hatten.

Unterdessen hatte sich Vindex, der sah, wie wenig Fortschritte sein Unternehmen machte und dass dasselbe aussichtslos sei, wenn es ihm nicht gelang, für seine Zwecke einen angesehenen römischen Namen zu finden, unter dessen Schutze er seine eigenen Pläne fördern konnte, an den Statthalter von Hispania Tarraconensis, P. Sulpicius Galba gewandt und demselben angetragen, ihn als Candidaten für den Kaiserthron aufzustellen. Dieser Mann gehörte einer der alten römischen Familien an, welche in den Zeiten der Republik die Welt durch den Klang ihres Namens zittern machten, und war seit 8 Jahren auf seinem Posten in diesem Lande. Wie die meisten Neronischen Statthalter hatte er sich tüchtig in seiner Amtsführung bewiesen, aber schon längere Zeit vor dem Abfalle des Vindex ein zweideutiges Spiel Nero gegenüber getrieben. Nie ein hervorragender Geist und namentlich in seinem Alter völlig von fremdem Einfluss abhängig, dachte er wol schon lange daran, ob er den ehrgeizigen Einflüsterungen seiner Rathgeber Gehör schenken und seine Hand nach der Krone erheben sollte.

Da traf ihn der wiederholte Antrag des Vindex gegen den er zu Anfang sich spröde gezeigt hatte, da er abwarten wollte, in wie weit die grosssprecherischen Verheissungen des Galliers in Erfüllung gehen würden. Noch schwankte er zwischen der Furcht um seinen Kopf und der lockenden Aussicht in das Palatium einzuziehen, als ein Gesuch des dem Kaiser ergebenen Statthalters von Aquitanien eintraf, ihm gegen Vindex zu Hülfe zu kommen. Jetzt musste sich's entscheiden, ob er die Hoffnung, welche ihm der Aufstand des Vindex bot, ebenfalls aufgeben oder die Fahne des Abfalles von Nero erheben sollte. Galba entschied sich für das letztere, hauptsächlich durch das Drängen seines Legaten T. Vinius zu diesem Entschlusse bestimmt.

Am 2. April 68 hatte der Statthalter einen Gerichtstag angesagt und bestieg das von zahlreicher Zuhörerschaar umwogte Tribunal; seine Freunde hatten durch Aufstellung von Bildern derjenigen Leute, welche angeblich als Opfer von Neros Grausamkeit gefallen sein sollten, dafür gesorgt, dass die Neugierde auf's höchste gespannt war; Galba hielt alsdann eine Rede gegen Nero und machte seine Candidatur um den Thron bekannt; denn dies war die Tragweite der Erklärung, dass er einstweilen nur Legat des Senates und des römischen Volkes sei; erst die formelle Bestätigung konnte dem loyalen Manne die Krone übertragen. Die Versammlung begrüsste mit Beifallruf diesen Entschluss und Galba machte sofort Anstalten, sich zu dem Kampfe zu rüsten, welcher voraussichtlich zwischen ihm und Nero ausbrechen musste. Um die moralische Unterstützung der Provinz zu erhalten, erschienen Bekanntmachungen, welche der Bevölkerung erzählten, Galba habe sich bloss aus Nothwehr zu diesem Schritte entschlossen, da Nero bereits Mörder gegen ihn ausgesandt hätte, und dies wirkte wenigstens so viel, dass die nöthigen Aushebungen nicht mit Widersetzlichkeit aufgenommen wurden. Aus Eingebornen errichtete er die spätere 7. Galba'sche Legion, aus den Flottensoldaten, welche in den spanischen Häfen lagen, und den nicht romanisirten Provincialen nahm er die zugehörigen leichten Truppen, während eine Notabelnversammlung aus den Leuten mit senatorischem Census berufen und eine Garde aus den ritterbürtigen zusammengesetzt wurde; zugleich ergingen Aufforderungen an die übrigen Provinzen sich dem Unternehmen anzuschliessen. Doch dieselben beeilten sich nicht und ausserhalb Spaniens fand sein Beispiel keine Nachahmung. Hier hatte sich zwar sofort Otho, der Statthalter Lusitaniens für ihn erklärt, und Cäcina der Quaestor von Baetica sich ihm angeschlossen; aber was half dies, wenn Africa unter Clodius Macer an Nero festhielt, wenn vor Allem am Rhein die Legionen von seiner Candidatur nichts wissen wollten? Dort hatte unterdessen der Aufstand des Vindex durch Verginius ein schnelles Ende gefunden und die germanischen Legionen hatten ihren Feldherrn zum Kaiser ausgerufen; derselbe konnte sich nicht zur Annahme der Krone entschliessen, wollte aber auch noch nicht für einen Andern sein Schwert in die Wagschale legen, am wenigsten für Galba, und dieser schien verloren. Schon bereute die eine der beiden Reiterschwadronen, welche in Spanien sich seinem Unternehmen angeschlossen hatten, den Treubruch und konnte nur mit Mühe davon abgehalten werden, den Statthalter zu verlassen und die Gnade Neros anzuflehen, die kaiserlichen Sclaven, welche sich auf den Domänen in Spanien fanden, zettelten eine Verschwörung an, welche die Ermordung Galbas zum Zwecke hatte, Vindex war mit seinem Heere vernichtet und die Lage des abgefallenen Gouverneurs schien so gänzlich aussichtslos, dass er daran dachte freiwillig aus dem Leben zu scheiden; in völlige Lethargie versunken erwartete er sein Ende zu Clunia und schickte zum letztenmale Verginius die Aufforderung zu, sich mit ihm zu verbinden, während seine Truppen näher gegen die Pyrenäen vorrückten.

Doch die Unschlüssigkeit Neros rettete ihn. Wir sind zwar über diese letzten Zeiten sehr schlecht unterrichtet; so viel scheint aber mit Sicherheit aus den sich widersprechenden Nachrichten hervor⟨zu⟩gehen, dass der Kaiser zu früh sich selbst aufgab und eher in Folge seiner eignen Unthätigkeit und des Verrathes seiner Umgebung als fremder Thätigkeit und eines höheren Ansehens des Galba zu Falle kam.

Als die Nachricht von Galbas Abfall um die Mitte April nach Rom gelangte, hatte der Kaiser sofort den spanischen Statthalter geächtet, seine Güter confisciren und seine Sclaven und Freigelassenen verhaften und mit dem Tode bedrohen lassen, falls sie es wagten in Italien die Pläne ihres Herrn zu unterstützen. Er selbst übernahm das Consulat, vielleicht in Folge einer Weissagung, vielleicht auch, weil das Ansehen, welches dieses Amt immer noch verlieh, in den Händen keines Anderen als des Fürsten sein sollte. Nach

Sueton und Dio hat er ausserdem zwischen allen möglichen Entschlüssen geschwankt. Bald wollte er selbst das Commando der Armee gegen Galba übernehmen, ernannte aber dann Petronius Turpilianus und vielleicht Rubrius Gallus zu deren Führern; bald werden die Vorbereitungen zu dem Feldzuge mit der grössten Langsamkeit betrieben und der Kaiser denkt nur daran seine Concubinen und Musikinstrumente möglichst bequem mit sich zu führen, und auf der andern Seite organisirt er eine Flottenlegion, zieht die Marinetruppen in grosser Anzahl nach Rom, ja soll sogar daran denken, die Plebs und Sclaven zu bewaffnen. Und während Petronius Turpilianus, vielleicht auch Rubrius Gallus mit Truppen gegen Galba ausziehen, bleiben die Prätorianer, die bei allen späteren und früheren Expeditionen den Kern der Heere bilden, wie es scheint, ruhig in Rom. Bald will er den Senat ermorden lassen, bald die Statthalter in den Provinzen, bald die ganze Bevölkerung. Dann beabsichtigt er Rom zu verbrennen, nach Alexandria zu gehen, und sich dort ein Reich zu gründen oder mit seiner Kunst sich sein Leben zu fristen. In der Stadt herrschte Theuerung und machte die Stimmung noch schwieriger; dieselbe verdüsterte sich vollends, als zufällig ein Schiff aus Aegypten, welches man für ein Getreideschiff gehalten hatte, einlief, das Nilstaub für die Ringer am kaiserlichen Hofe an Bord hatte. Ein Gerücht drängte das andere und, wie es in solchen Zeiten zu geschehen pflegt, je unwahrscheinlicher ein solches war, desto eher und allgemeiner fand es Glauben; so sollte Verginius, so Petronius Turpilianus oder Rubrius Gallus abgefallen sein und es ist denkbar, dass noch ganz andere Versionen unter der Bevölkerung umliefen. Dass diese Nachrichten unmöglich richtig sein können, liegt auf der Hand; aber es würde doch ein ganz vergebliches Unternehmen sein, wenn man versuchen wollte, dasjenige zu sondern, was glaubwürdig erscheinen kann. Offenbar sind die meisten Angaben gar nichts anderes als eben solche Gerüchte, die in der Stadt circulirten und welche die späteren Geschichtsschreiber einfach als Thatsachen verzeichneten.

Wenn schon diese verschiedenen Neuigkeiten, welche in den wenigen Wochen, die zwischen Galbas Abfall und Neros Tode liegen, in der Hauptstadt sich verbreiteten und wahrscheinlich absichtlich von den Feinden Neros und den Anhängern Galbas verbreitet wurden, nicht ohne Einfluss auf die Stimmung der Bevölkerung bleiben konnten, so musste die Wirkung ungleich bedeutender auf die Prätorianer sein, als ihnen die Entfernung Neros aus Rom schliesslich in officieller Weise durch ihren Präfecten bestätigt wurde. Wir sind über die Haltung dieser Truppe in dieser letzten Zeit sehr unvollkommen unterrichtet; nach Tacitus ist es jedoch ausser allem Zweifel, dass sie Nero erst aufgaben, als sie glauben mussten, von ihm im Stiche gelassen zu sein. Der sonst so einflussreiche Gardepräfect Tigellinus verschwindet völlig vom Schauplatze; gelegentlich wird er von Tacitus ein Verräther Neros genannt, der ihn im Stiche gelassen habe, Josephus lässt ihn gar an einer Verschwörung sich betheiligen; seine niedrige, gemeine Natur lässt der Möglichkeit beider Verbrechen Raum; doch ist es bei seiner Indolenz wahrscheinlicher, dass er weniger gegen Nero selbst thätig auftrat, als vielmehr die Intriguen Anderer nicht hinderte. Vor Allem scheinen diese von dem Senate ausgegangen zu sein, der im Stillen an dem Sturze Neros arbeitete und in Erreichung dieses Zieles sich eine Strecke weit mit den Absichten des zweiten Gardepräfecten Nymphidius Sabinus begegnete, welcher mit einer Anzahl von Anhängern aus der Beamtenaristokratie seine eigenen Absichten verfolgte. Diese gingen auf nichts geringeres hinaus als auf den Thron, welchen er mit Hülfe der Garde zu besteigen gedachte. Es wurde dem Präfecten nicht schwer, den Kaiser zu bereden nach den servilianischen Gärten sich zu begeben, indem er selbst für die Treue der Prätorianer garantirte; während Nero sich hier aufhielt, eilte Nymphidius in die Caserne, wahrscheinlich von einer Senatsdeputation begleitet und theilte den Soldaten in einer Ansprache mit, daß Nero sie und Rom verlassen habe. Die erbitterten Truppen, welchen es bis jetzt nicht in den Sinn gekommen war, einen Kaiser des julischen Hauses zu verrathen, liessen sich nun leicht überzeugen, dass ihr Interesse es erheische, für Galba sich zu erklären, und ein Geldgeschenk von 30000 Sest. für den Mann, welches der Präfect in Galbas Namen versprach, sowie der Einfluss der anwesenden Senatoren beschleunigten den Anschluss der Prätorianer an Galba. Wäre nur einige ruhige Ueberlegung vorhanden gewesen, so hätten Alle das falsche Spiel des Präfecten durchschauen müssen; er hatte die unbezahlbare Summe versprochen, um später Galba gerade hiedurch zu discreditiren.

Ganz unklar sind die letzten Vorfälle in den servilianischen Gärten, Nero soll von hier aus den Befehl gegeben haben, die Flotte in Ostia in Bereitschaft zu setzen, während doch eine Menge Flottensoldaten in Rom sich befanden; auch die anwesenden Officiere der Prätorianer sollen von ihm zur Flucht aufgefordert worden sein, aber ihre Theilnahme verweigert haben. Es ist unbegreiflich, dass Nero noch immer gar keine Ahnung von den Vorgängen in Rom hatte, wenn doch schon die Officiere ihm offen den Gehorsam verweigerten; dann soll er wieder eine Reihe verzweifelter Entschlüsse erwogen, aber die Entscheidung trotzdem auf den folgenden Tag verschoben haben. Die wachehabende Cohorte der Prätorianer hatte indessen noch ihre Pflicht gethan und die gewöhnlichen Posten ausgestellt; aber mitten in der Nacht zog dieselbe ab und Nero sah sich nun von seinen Truppen, seinem Hofe, selbst den meisten seiner Sclaven und Freigelassenen verlassen. Vergebens sucht er bei Freunden persönlich und durch Boten Aufnahme; Niemand will die Gefahr mit ihm theilen.

Er hielt sich nun in Rom nicht mehr länger für sicher und nahm das Anerbieten eines der wenigen treuen Freigelassenen an, welche bei ihm bis zuletzt ausharrten; Phaon besass 4 röm. Meilen von der Hauptstadt eine Villa, welche an der Patinarischen Strasse lag, die eine Querstrasse zwischen der Nomentanischen und Salarischen Strasse war, und bot ihm dieselbe vorläufig als Zuflucht an. Ohne Zögern bricht Nero mit 4 Freigelassenen, Epaphroditus, Neophytus, Sporus und dem Besitzer der Villa mitten in der Nacht dahin auf in armseligen Aufzuge. Die Schriftsteller haben die nöthigen Farben nicht gespart, um diesen nächtlichen Ritt mit möglichst dramatischer Lebendigkeit auszuschmücken; natürlich blitzt es, ein Erdbeben zeigt den Widerwillen der Erde den kaiserlichen Verbrecher länger zu tragen, aus dem Lager der Prätorianer dringt der Huldigungsruf für Galba und die Verwünschungen gegen den fliehenden Kaiser, welcher allerlei unangenehme Bemerkungen von Vorübergehenden in seine Ohren hören muss und zuletzt noch, als sein Pferd vor einem im Wege liegenden Leichnam scheut, von einem entlassenen Prätorianer erkannt und gegrüsst wird. Um von den Sclaven der Villa nicht verrathen zu werden, betreten die Flüchtlinge auf einem Wege, welcher durch Sumpf und Röhricht führt, das Hinterhaus, zu welchem sie jedoch nur kriechend gelangen können; hier konnte endlich Nero auf einem Strohlager den brennenden Durst mit schmutzigem Wasser löschen, hier konnte er die letzten Vorbereitungen treffen, um aus dem Leben zu scheiden, ehe die schmachvolle Strafe ihn treffen konnte, welche der Senat über ihn verhängt hatte. Letzterer muss seit dem Versuche des Nymphidius, die Prätorianer für Galba zu gewinnen, in Permanenz gewesen sein. Denn als er die Botschaft erhielt, dass die Garde ihren Kaiser aufgegeben und letzterer selbst aus Rom entwichen sei, fand er mit einem Schlage die alte Rolle wieder, erklärte sich zum Gerichtshofe über den jetzt nicht mehr furchtbaren Fürsten und verurteilte ihn als Feind des Vaterlandes zur Todesstrafe nach der Sitte der Vorfahren; sofort wurden nach allen Seiten Gardereiter und Fusstruppen ausgesandt, um den verlassenen Herrscher zu suchen.

Während auf Befehl des Senates diese Anordnungen getroffen wurden und Galbas Proklamirung zum Kaiser ohne Widerspruch von Seiten der Bevölkerung stattfand, bereitete sich Nero zum Tode; er hatte eben von dem Senatsbeschlusse Kenntniss erhalten und schon hörte man Pferdegetrappel in der Ferne, da entschloss er sich seinen Feinden nicht den Triumph der Hinrichtung zu gönnen und stiess sich, von Epaphroditus unterstützt, den Dolch in die Kehle. Er war schon dem Verscheiden nahe, als der Centurio, welcher die Streifschaar commandirte, die ausgeschickt war, auf den geächteten Kaiser zu fahnden, in das Sterbezimmer trat; die Fiction des Officiers, dass er gekommen sei, ihm zu helfen, gab ihm wenigstens noch im letzten Augenblicke den Trost, dass die Soldaten, denen er so viel geopfert hatte, ihm bis zum Tode die Treue bewahrt hatten. Mit den Worten ›Zu spät, das heisst Treue‹ starb er am 9. Juni 68 in einem Alter von 30 Jahren 5 Monate und 26 Tagen, der letzte männliche Nachkomme des Julischen Hauses. In Rom brachte die Nachricht von seinem Tode verschiedene Eindrücke hervor, obwol im ersten Augenblicke die Freude das Bedauern überwogen haben mag. Der Senat fühlte sich als Herr der Lage und gedachte dem neuen Herrscher die Bedingungen vorzuschreiben, unter welchen er gewillt sei, ihm die Herrschaft zu übertragen; einstweilen genoss er in vollen Zügen das Glück wieder einmal, wie in den Zeiten der Republik, den Staat zu lenken; dass man dieses Recht mit einem Freigelassenen Galbas theilte, erregte wol bei den wenigsten Mitgliedern ernstliches Bedenken. Nicht geringer war der Jubel der Freunde und Anhänger aller derjenigen, welche von Nero gestraft und verbannt worden waren und die nun hofften, in der Verwirrung des Thronwechsels oder in einer allgemeinen Amnestie nach Rom zurückkehren zu können. Die Masse dagegen, an die glänzenden Feste und die Verschwendung Neros gewöhnt, trauerte um den Kaiser, welchen ihr seine Jugend, seine Eleganz, ja selbst seine Laster liebgemacht hatten. Auch die Prätorianer freuten sich nicht lange ihres Verrathes; das versprochene Donativ kam nicht, ruhige Rechner mussten sich sagen, dass es kaum möglich sei für einen Fürsten dasselbe zu bezahlen, wenn er auch noch in entsprechender

Weise die übrigen Truppen beschenken wollte, und vor Allem was hatten sie für ein besonderes Verdienst durch ihren nachträglichen Abfall in den Augen eines Fürsten, dem der Ruf der Strenge und des Geizes vorausging und den seine Truppen in Spanien längst vorher auf den Thron erhoben hatten? Nur in dieser Weise lassen sich die verschiedenen Berichte über die Stimmung in Rom vereinigen. Die Nachricht, dass die niedere Menge mit Hüten, wie wenn sie von der Sclaverei befreit seien, in Rom auf den Strassen erschienen sei, kann, wenn hier nicht an wirkliche Sclaven zu denken ist, wol nur von dem Jubel der Senatoren und des Anhangs derselben sowie insbesondere dem der Geächteten zu verstehen sein, die Zerstörung der Statuen steht wol mit der damnatio memoriae durch den Senat in Verbindung, kann aber recht gut auch von den servilen Werkzeugen der gestürzten Regierung selbst ausgegangen sein, welche bei dem neuen Kaiser durch besonderen Eifer ihre Dienste bei dem früheren in Vergessenheit bringen wollten. Dagegen ist die Erlaubniss, welche Icelus, Galbas Freigelassener, ertheilte, Neros Leiche mit allen Ehren zu bestatten und in der Grabstätte der Domitier beizusetzen, als eine Concession an die Masse aufzufassen, welche ihre Sympathieen für den Todten nicht verhehlte.

Noch lange erhielt sich Neros Andenken sowol in der Liebe als im Hasse. Dankbare Hände schmückten alljährlich an seinem Todestage sein Grab mit Blumen und Kränzen, seine Statuen und Edicte wurden trotz des Verbotes immer wieder auf der Rednerbühne und an anderen Orten aufgestellt, und eine starke Partei in Rom verglich alle folgenden Fürsten mit ihm; ja Otho musste es als eine Ehre ansehen, als ihm Volk und Soldaten den Beinamen Nero gaben und er hat denselben selbst in officiellen Erlassen geführt. Selbst aus dem fernen Parthien schickte der König Vologäses eine Gesandtschaft zur Erneuerung des Bündnisses, welche zugleich den Auftrag hatte, dem Senate und dem Nachfolger Neros auf dem Thron der Cäsaren die Bitte vorzutragen, sein Andenken in Ehren zu halten und dem Partherfürsten die Erlaubniss zur Errichtung eines Denkmales zu geben. Ja diese Anhänglichkeit ging so weit, selbst die Richtigkeit seines Todes zu bestreiten; es gab Leute, welche beharrlich an seine Wiederkehr glaubten; denn es hatte sich das Gerücht verbreitet, er sei glücklich entkommen und werde wieder aus dem Osten zurückkehren. Drei Betrüger, welche diesen Glauben benutzten, fanden unter Otho, Titus und Domitian Anhang und Unterstützung und fast 30 Jahre später zitterte der letztere noch vor dem Namen Neros.

Doch kaum minder ausschweifend war der Hass. Der Senat verurtheilte Nero zu einer Strafe, wie sie kaum in dieser Zeit mehr zur Anwendung kam; das Andenken an ihn wurde verdammt, sein Name sollte überall getilgt, seine Statuen umgestürzt werden, und manche Inschriften, sowie der Mangel an ächter Statuen dieses Kaisers liefern den sichersten Beweis, dass dieser Beschluss in vielen Theilen des Reiches, insbesondere in Rom und Italien vollzogen wurde. Erst Vitellius that weiterer Zerstörung Einhalt, indem er durch ein öffentliches Todtenopfer in feierlicher Weise den Senatsbeschluss umstiess, welchen Otho thatsächlich schon nicht mehr beachtet hatte. Die Schriftsteller späterer Zeiten verzeichneten voll wilden Hasses alle die Hinrichtungen, welche ihre Partei unter Nero getroffen hatten, die Memoiren der hochstehenden Zeitgenossen suchten möglichst dunkle Farben, um sein

Bild zur Freude neuer Dynastieen so unvortheilhaft als möglich zu malen und diese Quellen haben ihre Wirkung auf die Geschichtschreiber nicht verfehlt, aus welchen wir heute schöpfen, Doch den tiefsten und bleibendsten Eindruck machte der Tod Neros auf das junge Christenthum. Die Apokalypse schildert mit brennenden Farben unter dem Bilde des todtgeglaubten, aber für den Verfasser noch heimlich fortlebenden Kaisers den Antichrist, dessen Ankunft die Kirche zu erwarten hat, und all die Gluth des Fanatismus und des Wunderglaubens jener Zeit hat in diesem Gebilde morgenländischer Phantasie einen sprechenden Ausdruck geschaffen. Noch Augustin findet es für nöthig gegen die Ansicht, Nero sei nicht gestorben, zu protestiren, aber selbst noch am Ende des 11. Jahrh. unter Paschal II. beunruhigte sein Geist die Umgebung des Monte Pincio und erst die kräftigsten Exorcismen und die Erbauung der Kirche S. Maria del Popolo konnten die abergläubischen Bewohner in ihrer Angst vor dem Schatten des heidnischen Kaisers beruhigen.« (Schiller, S. 276–290). */4ff.* **blonde Haare ... kurzsichtig]** »Nero war von ungefähr mittlerer Größe, sein Körper war mit Flecken bedeckt und übelriechend, das Haar hellblond, die Gesichtszüge eher regelmäßig als anziehend, die Augen blau und mit ziemlich schwacher Sehkraft.« (Sueton 51/1). */8f.* **Reden ... für Notleidende Gemeinden]** Siehe Schiller, S. 78f. */13* **Goldenes Haus]** Siehe die Anm. zu S. 192/19. */20f.* **Im Namen Galbas 30000 sest. je Mann.]** Die Zahl verweist auf Schiller (S. 284) als Quelle: »ein Geldgeschenk von 30000 Sest. für den Mann«. Siehe Plutarch: »und versprach den am Hofe dienenden sogenannten prätorischen Soldaten siebentausend und fünftausend und den auswärts in den Provinzen stehenden zwölfhundertundfünzig Drachmen auf den Mann zum Geschenk« (S. 187). */22f.* **Das Delphische Orakel]** »Als er dann aber das Orakel des Apollon in Delphi befragte und die Antwort erhielt, er solle sich vor dem dreiundsiebzigsten Jahr in acht nehmen, dachte er nur daran, daß er in diesem Alter sterben werde, und ihm kam gar nicht der Gedanke, daß hier die Lebensjahre Galbas gemeint sein könnten.« (Sueton 40/3). Galba war Neros erster Nachfolger im Vierkaiserjahr 69. */25f.* **seine Bannung durch: Papst Paschalis II.]** Siehe die Anm. zu S. 283/2.

284/*3* Ph.⟨aon⟩ ... Epaphroditus, Neophytus, Sporus] Freigelassene Neros, die als seine Vertrauten sein Ende miterlebten. */5* **Der Tod in der Villa.]** Siehe Sueton 46–49. */6* **beim Grabmahl Neros]** Nero wurde in der Familiengrabstätte der Domitier auf dem Monte Pincio bestattet: »In diesem Grabmal befindet sich sein Sarkophag aus Porphyr, darüber ein Altar aus Carraramarmor und ringsherum eine Einfassung aus thasischem Marmor.« (Sueton 50) Siehe auch den Hinweis, den Jahnn in einer Anmerkung Schillers finden konnte: »Das Grabmal der Domitii ist auf dem Mons Pincius am Rande des Hügels, unmittelbar über der Kirche S. Maria del Popolo Bunsen Beschr. Roms 3,2,570.« (S. 288). */21* **es kam Nilstaub]** Siehe Schiller, S. 282. */24* **den Nußbaum]** »Ein Nußbaum, von Dämonen bewohnt, stand auf den Grabe Neros in Rom; Papst Paschalis II. ließ ihn umhauen.« (Bächtold-Stäubli, Bd. 6, Sp. 1007). */27* **Pythagoras]** Ein Lustknabe des Nero, den er nach Tacitus (XV, 37) »in einer richtigen Hochzeitsfeier heiratete«. */27* **Sporus]** »Den jungen Sporus ließ er entmannen und versuchte sogar eine

Geschlechtsumwandlung vorzunehmen. Er stattete ihn mit einer Mitgift aus, ließ ihm den roten Brautschleier umlegen und vollzog mit ihm feierlich die Hochzeitszeremonien.« (Sueton 28/1)

285/*5* **Troja-Tournier]** Ein Reiterspiel etruskischer Herkunft, das später mit den trojanischen Gründern Roms in Verbindung gebracht wurde.

286/*9* **Augusta]** Lat. Kaiserin. /*10* **toga virilis]** Das Anlegen der »toga virilis« war das Symbol der Erlangung der Bürgerrechte als Erwachsener und geschah im Rahmen einer religiösen Feier am 17. März, meist im 15.–18. Lebensjahr. /*38* **unordentlich gekleidet ...]** »Was sein Äußeres und seine Kleidung anging, so ging ihm dabei jedes Gefühl für Anstand ab: Sein Haar, das er sonst immer in stufenweise geordneten Locken um den Kopf trug, ließ er auf seiner Griechenlandreise sogar lang auf den Nacken herabwallen. Er zeigte sich auch häufig öffentlich in einem leichten Hauskleid, ein Tuch um den Hals geschlungen, ohne Gürtel und ohne feste Schuhe.« (Sueton 51).

287/*4* **»Ich habe schon Augustin erklärt ...«]** Es ist unklar, ob es sich bei diesem Notat um eine Exzerpt oder um den Entwurf einer Figurenrede handelt. Siehe Schiller (S. 290): »Noch Augustin findet es für nöthig gegen die Ansicht, Nero sei nicht gestorben, zu protestiren«. Wenn Jahnn diesem Hinweis Schillers auf Augustin nachging, dann konnte er in dessen »Gottesstaat« finden, daß manche Christen eine Warnung des Apostels Paulus vor dem Antichrist auf Nero bezogen: »Deshalb vermuten manche, er werde auferstehen und der künftige Antichrist sein. Noch andere sind der Ansicht, er sei nicht getötet, sondern nur beiseite geschafft, damit man glaube, er sei tot. Aber er werde lebend und in dem rüstigen Alter, in dem er sich zur Zeit seines vermeintlichen Todes befand, verborgen gehalten, bis er zu seiner Zeit hervorkommen und wieder in seine Herrschaft eingesetzt werde. Doch ich kann über die Verwegenheit solcher Mutmaßungen nur staunen.« (Aurelius Augustinus: Vom Gottesstaat. Übersetzt von Wilhelm Thimme. Eingeleitet und erläutert von Carl Andresen. Zürich u. München ^{2}1978, S. 633). /*9f.* **»die beste Mutter«]** »Auch gab er am ersten Tag seiner Regierung dem Tribunen, der die Palastwache befehligte, als Parole ›Die beste aller Mütter‹ und zeigte sich dann häufig mit ihr in ihrer Sänfte der Öffentlichkeit.« (Sueton 9/1). /*15* **»Soll eine Sklavin ... ?«]** »Aber Agrippina gebrauchte Schmähworte wie ›eine Freigelassene meine Nebenbuhlerin‹, ›eine Magd meine Schwiegertochter‹ und andere derartige Ausdrücke, wie sie weiblicher Wut eigen sind.« (Tacitus XIII/13). /*39* **Trajan sagt es]** Das Zitat ist bei Schiller nicht nachzuweisen. Siehe Bächtold-Stäubli, Bd. 6, Sp. 1006, der Johannes Bodinus' »De magorum daemonomania« (Frankfurt 1590) zitiert: »Neronem quinque annos principem bonum fuisse ait Sueton. itaque dicebat Troian.«

288/*3* **Tacitus behauptet]** »Damit jedoch nicht nur die Schauspielkünste des Imperators bekannt würden, befaßte er sich auch mit der Dichtkunst und sammelte Leute um sich, die eine gewisse Fertigkeit im Verseschmieden besaßen, ohne darin besonders zu glänzen. Sie setzten sich mit Nero zusammen, fügten die mitgebrachten oder auch erst an Ort und Stelle verfertigten Verse zusammen und ergänzten seine Worte, wie er sie gerade vortrug. Dies zeigt schon die äußere Form seiner Gedichte, die ohne Schwung und Kraft und auch nicht aus einem Gusse sind.« (Tacitus XIV, 16) Siehe dagegen Sueton: »[...] es stimmt nicht, was einige behaupten, daß er die Werke anderer für seine eigenen ausgegeben habe. Ich habe selbst Schreibtafeln und Hefte in den Händen gehabt mit einigen recht bekannten Versen, die er eigenhändig niedergeschrieben hat, und dabei sieht man auf den ersten Blick, daß diese weder irgendwoher entlehnt noch nach dem Diktat eines anderen niedergeschrieben sind, sondern von jemand, der genau überlegt und aus eigenem Können schafft, denn da ist vieles ausgetilgt oder durchgestrichen und darübergeschrieben.« (52/1 – siehe in der zitierten Sueton-Ausgabe auch die Anm. 152, S. 120f.) /*7* **Ein Senator]** »Iulius Montanus, der dem Senatorenstande angehörte, aber noch kein Ehrenamt bekleidet hatte, war zufällig in der Dunkelheit mit dem Princeps zusammengestoßen; er wurde, da dieser gegen ihn tätlich geworden war und er ihn energisch zurückgestoßen, aber erst dann erkannt und um Verzeihung gebeten hatte, gezwungen, sich den Tod zu geben, als ob er sich gegen Nero vergangen hätte.« (Tacitus XIII, 25) Siehe auch die etwas abweichende Darstellung bei Sueton 26/2. /*12f.* **»Sie hatte alle Vorzüge ... Karakter.«]** Jahnn zitiert Tacitus XIII, 45. /*14* **Ging nur ...]** »Nach außen trug sie Bescheidenheit zur Schau, aber in Wirklichkeit war sie leichtfertig. Sie ließ sich selten in der Öffentlichkeit sehen und dann nur mit halb verschleiertem Gesicht, um nicht die gierigen Blicke der Leute zu befriedigen oder auch, weil es ihr gut stand.« (Tacitus XIII, 45). /*25* **angebliches Incest-Angebot]** »Cluvius überliefert, Agrippina sei in ihrer unbeherrschten Gier, ihre Machtstellung zu behaupten, so weit gegangen, daß sie mitten im Tage, zu einer Zeit, da Nero durch Essen und Trinken erhitzt war, sich wiederholt dem Betrunkenen, aufgeputzt, und zur Blutschande bereit, dargeboten habe. Und da die nächste Umgebung bereits Küsse und Liebkosungen als Vorboten der Schandtat feststellten, habe Seneca gegen die weiblichen Verführungskünste Hilfe bei einer anderen Frau gesucht.« (Tacitus XIV, 2). /*26* **Nadelstiche gegen Agrippina]** »Er war im Laufe seiner langen Regierungszeit in seiner Kühnheit bestärkt worden und täglich mehr in Liebe zu Poppaea entflammt, die zu Lebzeiten der Agrippina auf eine Ehe mit Nero und auf dessen Scheidung von Octavia keine Hoffnung setzen konnte, weshalb sie mit häufigen Vorwürfen, aber auch mitunter scherzhaft den Princeps beschuldigte und ihn ein unmündiges Kind nannte, das, fremden Befehlen hörig, nicht nur über keine Herrscherbefugnis, sondern nicht einmal über seine persönliche Freiheit verfüge.« (Tacitus XIV, 1). /*36* **Quinquatrusfest]** Quinquatrusfest: das fünftägige Fest der Minerva (19. bis 23. März). Siehe die dramatische Schilderung der Ereignisse bei Tacitus XIV, 1ff. /*37f.* **»Ein Sohn ... gut werden.«]** »Dorthin ⟨nach Baiae⟩ lockte er seine Mutter, wobei er sagte, man müsse die Zornausbrüche seiner Eltern ertragen und Versöhnlichkeit walten lassen.« (Tacitus XIV, 4).

289/*12* **Nero vor der Wasseruhr, zählt die Tropfen.]** Das Detail findet sich weder bei Tacitus noch bei Sueton, Jahnn übernimmt es von Schiller: »Nero hatte die Nacht mit bangen Erwartungen verbracht; er berechnete nach dem Laufe der Wasseruhr die einzelnen Scenen des Dramas, welches jetzt vor sich gehen mußte« (Schiller, S. 127). /*16* **Agerinus kommt ...]** »Als Nero hörte, Agermus sei mit einer Botschaft von Agrippina gekommen, inszenierte er seinerseits einen Mordversuch: während Agermus seinen Auftrag vorbrachte, warf ihm Nero sein Schwert zwischen die Füße und befahl, ihn, als ob er auf frischer Tat ertappt worden wäre, in Fesseln zu legen. Er wollte den Anschein erwecken, seine Mutter habe die Ermordung des Princeps geplant und aus Scham über die Entdeckung des Verbrechens Selbstmord begangen.« (Tacitus XIV, 7) – Jahnns »vielleicht wird es nur behauptet« beweist, wie die abweichende Namensform »Agerinus« seine Abhängigkeit von Schiller, der die Möglichkeit eines Attentats auf Nero diskutiert (S. 128). /*23* **Nero wird manisch ängstlich (Agrpipinas Gespenst)]** »Nero sah erst die Schwere des Verbrechens, als es vollbracht war. In Stillschweigen vor sich hinbrütend, oft von der Angst aufgejagt, dachte er zum ersten Male an die Vergeltung. Wenn er sich vorstellte, wie seine Mutter, so klug und vorsichtig, ein solches Ende gefunden hatte, mussten ihm da nicht ferne Bilder aufsteigen, welches Ende ihm bestimmt sei? Und musste nicht in jedem Augenblicke das Bild der gemordeten Mutter, vor seine Seele treten, ihm jede Freude vergällen, nicht zwischen die Umarmung treten, wenn er Poppaea im Liebestaumel an seine Brust zog?« (Schiller, S. 129). /*26* **reist nach Neapel]** Dieses Detail aus Tacitus (XIV, 10) wird von Schiller nicht referiert – ein Beweis dafür, daß Jahnn beide Quellen unabhängig voneinander benutzt haben muß. /*30* **Beim Bartabschneidefest]** »Der Kaiser war bärtig geworden und Augustus hatte den Tag, wo er seinen Bart ablegte, feierlich begangen, Grund genug also für Nero, diese Gelegenheit zu einer ausserordentlichen Leistung nicht ungenutzt vorüber gehn zu lassen. Die griechischen Kampfspiele sollten jetzt auch in den höchsten Kreisen Roms eingebürgert werden, das Vorurtheil gegen sie, längst erschüttert, sollte mit einem Schlage völlig vernichtet werden, und wie konnte dies wirkungsvoller geschehen, als wenn der Kaiser und sein Hof sammt dem gesammten hohen Adel durch ihre Theilnahme jeden Zweifel an ihrer Schicklichkeit für den Römer verscheuchten? Und so sah denn das auserwählte Publikum, das Einladungen zu den Juvenalien – so nannte Nero sein Bartfest, – erhalten hatte, mit Staunen und Neid, vielleicht auch mancher ernste Mann nicht ohne Entrüstung, die goldene Jugend Roms um die vom Fürsten ausgesetzten Kampfpreise ringen.« (Schiller, S. 133). /*36* **3 Arten des Beifalls]** »Er war ganz hingerissen von dem rhythmischen Beifallklatschen der Alexandriner, die zu einer neueröffneten Handelsmesse in großer Zahl nach Neapel gekommen waren. Er beorderte daraufhin noch mehr Leute aus Alexandria herbei. Damit nicht genug, heuerte er auch noch junge Männer aus dem Ritterstand und über 5000 besonders handfeste Burschen aus dem Volk an, die in einzelnen Gruppen die verschiedenen Arten der Beifallskundgebung einstudieren mußten: Die Alexandriner nannten das ›Bienengesumm‹, ›Dachziegelpoltern‹ und ›Fliesenklappern‹.« (Sueton 20/3). – Zu »Bomboms« siehe auch Sueton 25/2. /*38* **Neroiden]** »Um seiner Vorliebe für die griechischen Spiele noch mehr nachhängen zu können, stiftete Nero in diesem Jahr ⟨60⟩ [. . .] die Neroiden, streng nach griechischem Vorbilde, die nach fünf Jahren wieder gefeiert werden und vorwiegend geistiger Tüchtigkeit Gelegenheit zur Auszeichnung geben sollten.« (Schiller, S. 137).

290/*8* **P. Memmius Regulus]** »Der Tod des P. Memmius Regulus entriss dem Staate einen Mann, der durch Ansehen, Pflichttreue und vorzüglichen Ruf weit über die Mittelmässigkeit hervorragte. Seine Bedeutung war so gross, dass ihn Nero in einem Krankheitsfalle als seinen Nachfolger seiner Umgebung bezeichnete; er konnte sich seiner Stellung bis zu seinem Tode ungestört erfreuen; denn blosse Tüchtigkeit und Ansehen allein waren auch für Nero kein Grund, einen Mann, der diese Eigenschaften besass, zu vernichten.« (Schiller, S. 154). Siehe auch Tacitus XIV, 47. /*11* **reagiert nicht auf Scheltworte]** Siehe Sueton 39/1–3. /*13* **Antistius Sosianus]** Siehe die ausführliche Darstellung des Falles bei Tacitus XIV, 48–49. /*23* **Doch nicht wahrscheinlich.]** Jahnn folgt Schiller (S. 161), der Tacitus' und vor allem Suetons Berichte als »Stadtklatsch« bezeichnet. /*25f.* **Burrus soll gegen die Ehescheidung ... Neros gewesen sein.]** Jahnn folgt Schiller: »Unter den mannigfachen Rücksichten, die bei Nero eine Scheidung nicht opportun erscheinen liessen, war vielleicht auch die auf Burrus Widerstand« (S. 166). /*29* **von Gajus Hof]** Gemeint ist Caligula. /*30* **weil er dessen Schwestern verführt hatte]** Nämlich Agrippina d. J. (Neros Mutter) und Iulia Livilla. /*37f.* **Angeblich Neros Mephistofeles.]** Siehe die bei Tacitus XV, 37 und Sueton 27 geschilderten Exzesse.

291/*8* **103.)]** Jahnn zieht die unter dieser Nummer genannten Fakten aus Schiller, S. 97 und 100. /*14* **Schiller S. 100]** »Im Orient hatten die entschlossenen Maßregeln der kaiserlichen Regierung ihre Wirkung nicht verfehlt. Corbulo, der noch im Winter in Cappadocien eingetroffen war, hatte die Zurüstungen für den Krieg in so weit getroffen, dass er mit Beginn des Frühlings in Armenien hätte einfallen können. Es kam jedoch nicht zum Kampfe. In Parthien war wieder eine der stehend gewordenen Thronrevolutionen ausgebrochen und Vardanes hatte sich gegen seinen Vater Vologäses I. empört; dies veranlasste die Parther zum Abzug aus Armenien. Die Römer drohten das Land zu besetzen, wenn der Partherkönig nicht Geisseln stellen wollte, dass er seinerseits sich jeder Occupation enthalten würde, und sowol Corbulo als C. Ummidius Durmius Quadratus wirkten auf die Entschliessung des Königs nach dieser Richtung. Vologäses, der sich nur ungern zu einem weitaussehenden Kriege entschloß, auch jetzt unter allen Bedingungen in seinem eigenen Reiche freie Hand haben musste, gab Geisseln aus der regierenden Familie, über deren Empfangnahme es aber zwischen den beiden eifersüchtigen Statthaltern zu völliger Entzweiung kam.« (Schiller, S. 101).

292/*2* **Epileptischer Anfall?]** »[...] und wie er auch den Tempel der Vesta betrat, überkam ihn ein plötzliches Zittern an allen Gliedern, mag ihn nun die Gottheit erschreckt haben, oder war er im Gedenken an seine Schandtaten nie frei von Angst.« (Tacitus XV, 36). /*19* **Das »goldene Haus«]** Siehe die Beschreibung von Neros Domus aurea bei Sueton 31/1–2 beziehungsweise bei Tacitus XV, 42. – Die Maßangabe »je 1400m.« beweist, daß Jahnn auch hierfür Schiller konsultierte, der S. 644 die Länge mit »1478,70 Meter« angibt. /*20f.* **den Kanal von Bajae bis Ostia]** Siehe die Schilderung des Projekts bei Schiller (S. 641). /*22* **Die ablehnende Haltung des Tacitus]** »[...] sie ⟨Severus und Celer⟩ hatten versprochen, von dem Averner See bis zu der Tibermündung einen schiffbaren Kanal zu graben entlang der unwirtlichen Küste oder auch durch die Berge, die im Wege lagen. Kein anderes Gebiet, das die erforderliche Wassermenge hätte liefern können, gab es dort außer den Pomptinischen Sümpfen. Alles übrige Land ist felsig und wasserarm, und hätte auch ein Durchstich gemacht werden können, so hätte es unüberwindliche Mühe gekostet, dabei ohne rechte Begründung. Nero jedoch versteifte sich entsprechend seiner Art, immer das Unglaubliche zu wollen, darauf, die dem Averner See zunächst gelegenen Höhen zu durchstechen. Noch immer sieht man die Spuren dieses vergeblichen Versuches.« (Tacitus XV, 42). */26* **Bornierte Barbarei]** »[...] Vespasian liess den grössten Theil ⟨des domus aurea⟩ niederreissen und er sowol als sein Sohn Titus errichteten auf den Trümmern das Colosseum und die Thermen, welch letztere auf dem goldenen Hause sich selbst erhoben.« (Schiller, S. 646). */28* **Anekdoten]** »Diesem Brand schaute er vom Turm des Maecenaspalastes herab zu. In freudiger Begeisterung über die Schönheit des Feuerscheins – so drückte er sich aus – trug er in seinem üblichen Theaterkostüm eine Gesangsszene über die Eroberung Trojas vor.« (Sueton 38/2). Ebenso Tacitus XV, 39. */30* **Tiber⟨ius⟩: ...]** »Einmal zitierte jemand bei einer allgemeinen Unterhaltung den griechischen Vers: ›Bin ich erst tot, so mische Erd' und Feuer sich!‹ ›O nein‹, antwortete er ⟨Nero⟩ darauf, ›noch wenn ich lebe!‹« (Sueton 38/1). Nach dem Bericht des Geschichtsschreibers Cassius Dio hat Tiberius den ersten Ausspruch gerne gebraucht. */36* **Geschichtsfälschung das Ganze.]** Jahnn folgt Schiller, der Brandstiftung ausschließt (S. 432f.). */37* **sagt Josephus]** Flavius Josephus, jüdischer Geschichtsschreiber (ca. 37/38 n. Chr. bis ca. 100 n. Chr.). Jahnn fand das Zitat bei Schiller: »Denn viele haben zwar Nero's Geschichte geschrieben; aber die einen nehmen es aus Anhänglichkeit an ihn, da er Verdienste um sie hatte, mit der Wahrheit nicht gerade genau; die andern dagegen haben so schales Lügen auf Lügen gehäuft, dass sie entschieden Verurtheilung verdient haben.« (Schiller, S. 9).

293/*1f.* **»diese niederträchtige Nation«]** Senecas Dialog »De superstitione« (superstitio: verfehlte Form der Frömmigkeit) ist nur fragmentarisch überliefert. Jahnn kannte die Stelle wahrscheinlich durch das entsprechende Zitat in Augustinus' Schrift »De civitate dei«, wo es in Buch 6, Kapitel 10 heißt: »Unter andern abergläubigen Bräuchen der Staatstheologie tadelt Seneca auch die heiligen Einrichtungen der Juden, vor allem ihre Sabbatfeier, und betont, wie unnütz es sei, daß sie durch Einschiebung eines allwöchentlichen Ruhetages fast den siebten Teil ihres Lebens durch Müßiggang verlören und viele dringende Geschäfte dadurch Schaden litten. Die Christen jedoch, schon damals die verhaßten Feinde der Juden, wagte er überhaupt nicht zu erwähnen, um sie nicht entweder der alten Gepflogenheit seines Vaterlandes zuwider loben oder vielleicht gegen seinen eigenen Willen tadeln zu müssen. Wo er aber von den Juden handelt, schreibt er: ›Indessen hat die Lebensweise dieses schädlichen Volkes solchen Einfluß gewonnen, daß sie in fast allen Ländern Eingang gefunden hat. Die Besiegten haben den Siegern Gesetze gegeben.‹ Man spürt, wie er sich wundert, wenn er dies sagt, und ohne zu wissen, was hier nach Gottes Wille vor sich ging, läßt er eine Bemerkung folgen, die zeigt, was er über den Sinn der heiligen Einrichtungen der Juden dachte. Er sagt nämlich: ›Sie freilich kennen die Gründe ihrer Bräuche, doch unser Volk tut zum größten Teil, was es selbst nicht begreift.‹« (Augustinus: Vom Gottesstaat. Bd. I, a. a. O., S. 313). /3 **Tacitus vernichtendes Urteil über die Christen]** »Dieser Name leitete sich von Christus ab, der unter der Regierung des Tiberius durch den Prokurator Pontius Pilatus hingerichtet worden war. Der für den Augenblick unterdrückte verhängnisvolle Aberglaube griff von neuem um sich, nicht nur in Judäa, wo dieses Übel entstanden war, sondern auch in Rom, wo alle Scheußlichkeiten und Abscheulichkeiten aus der ganzen Welt zusammenströmen und freudigen Anklang finden.« /Tacitus XV, 44). /9 **Anklage gegen Octavia]** »Vergebens suchten der Kaiser und seine Gemahlin ⟨Poppaea⟩ nach einem Wege, auf Octavia Schuld zu bringen; ihr Wandel war ohne Flecken, und auf eine reelle Beschuldigung desselben mussten sie von vornherein verzichten. Aber Anicetus hatte einst bei Agrippina so vortreffliche Dienste geleistet; sein Leben war in der Hand des Kaisers, und da er doch fern von Rom lebte, so schien es nicht unmöglich, ihn durch bedeutende Belohnung bestimmen zu können, sich selbst als Buhlen Octavias anzugeben; zugleich konnte dadurch die Klage einen politischen Grund angeben; die Gewinnung des Flottencommandanten in Misenum liess ein Complott von Seiten Octavia's und ihrer Partei nicht unwahrscheinlich erscheinen. Anicetus zeigte sich bereit, und er legte vor dem kaiserlichen Rathe ein Geständniss ab, worin er ein ehebrecherisches Verhältniss mit Octavia zugab. Den Schuldigen trifft scheinbar Verbannung nach Sardinien, wo ihn in der That ein üppiges Leben und ein natürlicher Tod erwartete. Jetzt veröffentlichte Nero in einer Ansprache an das Volk die Aussage des Anicetus und fügte noch hinzu, dass Octavia einen Versuch zur Abtreibung der Frucht ihres Umgangs mit Anicetus gemacht habe; zugleich traf sie wahrscheinlich ebenfalls nach dem Urtheile des Geheimen Rathes Verbannung nach Pandataria, wo sie bald nachher am 9. Juni d. D. J. hingerichtet wurde. Ihr Haupt wurde ihrer Todfeindin Poppaea gebracht und gab dieser die Gewissheit, dass sie jetzt in Ruhe und Sicherheit die Frucht ihrer Verbrechen geniessen könne. Unter den vielen Verbrechen Neros ist keines, welches den Geschichtsforscher mit tieferem Abscheu erfüllt als die Ermordung Octavias. Nicht als ob etwa der Mord seiner Mutter an Schwere des Vergehens jener nicht gleich käme, aber die empörende Herzlosigkeit und Grausamkeit, mit der er gegen diese unglückliche junge Frau verfuhr, die nie eine Freude im Leben erfahren hatte, welche Mutter, Vater und Bruder eines gewaltsamen Todes sterben sehen musste, sowie die reine und unschuldsvolle Persönlichkeit der Gemordeten lassen kein Unheil zu schwer erscheinen, welches man über die That fällen mag.« (Schiller, S. 167f.). /12 **Piso]** C. Calpurnius Piso, der Anführer der sogenannten Pisonischen Verschwörung, deren Gefolgsleute Nero 65 hinrichten ließ. /15 **S 381]** Schiller faßt auf S. 381 f. seine Ausführungen über Recht und Gericht unter Nero zusammen: »Fassen wir das Resultat dieser Untersuchung kurz zusammen, so ist dasselbe für Nero in hohem Maße ungünstig. Allerdings sind die gewöhnlichen Klagen über Depravation des Gerichtswesens im Allgemeinen unbegründet oder wenigstens nicht nachweisbar. In dem Mechanismus des gerichtlichen Verfahrens, im Privatrecht, in der Ausbildung und Förderung der Rechtswissenschaft, selbst auf dem Gebiete der Appellation können gegründete Vorwürfe kaum erhoben werden; die kaiserliche Regierung liess die Verhältnisse hier ruhig den Gang gehen, welchen ihnen frühere Regierungen angewiesen hatten. Aber an der Klippe des Absolutismus, der Verlockung Macht vor Recht gehen zu lassen, ist diese Regierung gescheitert und zwar in einer Weise, die fast noch in höherem Masse die Verurtheilung des Menschen als des Geschichtsforschers erfahren muss. Die Neronische Criminalgerichtsbarkeit ist unsittlich und unpolitisch und desswegen kann das Urtheil über dieselbe nicht schwer genug ausfallen. Denn Mord bleibt Mord, und die Cabinetsjustiz vermag denselben so wenig zu legitimiren, als verblendeter Parteigeist den Fürstenmord rechtfertigen kann.« /*16* **S 413 Truppenverhältnisse]** »Was die Haltung der Truppen betrifft, so gab es unter Nero nirgends Meutereien, ein Beweis, dass die Befriedigung, in Sold und Entlassung im Ganzen regelmässig erfolgte. In den östlichen Gegenden verfehlte ein langer Friede seine Wirkung nicht. Corbulo musste zu drastischen Mitteln greifen, um Abhärtung und Mannszucht unter den durch syrische Ueppigkeit verweichlichten Truppen wiederherzustellen. Was den schliesslichen Abfall betrifft, so ist schon oben bemerkt worden, dass die Prätorianer mehr aus Verlegenheit als absichtlich den Kaiser verliessen. Auch bei den germanischen Heeren, um die es sich allein handeln konnte, lässt sich leicht die Einsicht gewinnen, dass dieselben nur sehr langsam bewogen werden konnten, die Sache Neros zu verlassen. Als Verginius es ablehnte, die für einen Mann ohne Geburt gefährliche Stelle des Prätendenten anzutreten, bereuten die Legionen ihr Vorgehen und wollten lieber wieder Nero sich unterwerfen als Galba anerkennen. Letzterer hatte aus Spanien nach Ertheilung des Bürgerrechtes Provincialen zum Legionsdienste beigezogen; nur eine Legion, 2 alae u. 3 Cohorten schlossen sich seinem Unternehmen an. Die übrigen Heere hielten sich ruhig; bei den britannischen Legionen, bei der XIV in Dalmatien darf man sogar entschiedene Sympathieen für Nero annehmen. Es ist unzweifelhaft, dass, wenn Nero nicht zu früh sich und seine Sache aufgegeben hätte und mit den Prätorianer und den übrigen Truppen, die er rasch an sich ziehen konnte, sammt der Flotte entschlossen vorgegangen wäre, weder die Revolution des Vindex noch die Prätendentschaft Galbas den geringsten Erfolg gehabt hätte.« /*17ff.* **keine Polizei ... Keinerlei Zensur, keine Geistesknechtung.]** Dieser Ansatz zu einer Figurenrede Neros greift Stichworte auf (Zensur, Geistesknechtung), die Jahnns eigene Querstellung zur Zeit bezeichnen und in seiner Publizistik der späten zwanziger, frühen dreißiger Jahre dominant sind. /*20* **S. 422 Polizei]** »Unter Nero war die Polizei streng; die bestehenden Verordnungen wurden nicht allein scharf durchgeführt, sondern eine Reihe von neuen zeigt eine Rührigkeit und Strenge der Auffassung, welche uns beinahe überrascht. Die Garküchen in Rom hatten von jeher die Aufmerksamkeit der Polizei auf sich gezogen; sie waren dazu bestimmt, dem Bedürfniss der unteren Classen zu dienen und sollten dieser Bestimmung erhalten bleiben. So erneuern sich denn immer wieder die Verbote, Speisen und Getränke zu verabreichen, welche dem Luxus Vorschub leisteten und so findet sich denn auch unter Nero die Verabreichung derselben bloss auf Hülsenfrüchte und Kohl beschränkt; doch waren wol noch andere sittenpolizeiliche Massregeln hiermit im Zusammenhang.

Eine Hauptaufgabe für die hauptstädtische Polizei war die Erhaltung der

Ordnung bei den Spielen. Nichts charakterisiert die Höhe der Leidenschaft für diese Vergnügungen mehr als das Coteriewesen, das sich unter dem Einflusse derselben gebildet hatte. Denn nicht bloss Cirkus hatte seine Parteien, welche sich mit der ganzen Schroffheit von Kunstenthusiasten entgegenstehen; auch jeder Comödiant hatte nachgerade seine Partei, welche ihrer Verehrung nicht selten mit Fäusten und Steinen gegen jeden wirklichen oder vermeintlichen Gegner ihres Helden Ausdruck gab.« (Schiller, S. 422). */24* **Nero warf der Oktavia ... Abtreibung vor.]** Siehe den zu S. 293/9 zitierten Auszug aus Schiller. */27* **Nero läßt den Ritter Antonius hinrichten]** Nicht ermittelt. */30* **Nero legte sich eine Bleiplatte auf die Brust.]** »Dann begann er nach und nach selbst, diese Kunst ⟨Gesang⟩ zu studieren und sich darin zu üben. Dabei unterließ er nichts von alledem, was die Virtuosen dieses Faches zur Erhaltung oder Kräftigung ihrer Stimme anstellen. Er legte sich auf den Rücken mit Bleiplatten auf der Brust, er sorgte für die innere Reinigung durch Klistiere und Brechmittel, er aß kein Obst und keine Speisen, die der Stimme schaden konnten.« (Sueton 20/1). */31* **Cossinus]** »Zur Heilung seines Freundes Cossinus berief Nero einen Arzt aus Aegypten, welcher jedoch diesen durch einen Cantharidentrank tödtete.« (Schiller, S. 575). Siehe auch: Plinius, Naturalis historiae, liber IXXX, 93.

SPUR DES DUNKLEN ENGELS

Entstehung

Den Beginn der Arbeit an dem Drama zeigt Jahnn Judit Kárász im Brief vom 22. 9. 1948 aus Bornholm an: »Seit vorgestern Nacht arbeite ich am Plan zu einem neuen Drama. Heut habe ich ein paar Seiten geschrieben; aber ich fühle mich so unsicher wie ein Anfänger beim Schlittschuhlaufen. Ich weiß nicht, ob ich im Geiste noch stark genug bin, um das Werk weiter zu tragen und vollenden zu können. Vielleicht auch ist der Stoff zu primitiv, zu einseitig. Aber ich will mein Bestes versuchen. Der ›Domitius‹ ist es nicht.« Wenige Tage später heißt es gegenüber Yngve Trede (27. 9. 1948): »Ich selbst arbeite seit einer Woche etwa an einem neuen Drama, dessen Geschichtsstoff ich dem alten Testament entnommen habe. (›Der Tod des Domitius‹ ist also abermals in den Hintergrund gerückt.) Voreilig habe ich das neue Drama ›David und Jonathan‹ genannt; aber ich glaube, ich muß den Titel verändern, weil man sonst glauben könnte, ich wolle einen Teil der Bibel bekräftigen oder persiflieren. Aber ich will etwas völlig anderes. Es gilt den Kampf mit der Umwelt. Bedingt durch den Stoff, kommt auch ein wenig Musik darin vor. David spielt zweimal vor Saul – doch nicht auf einer Harfe, sondern auf einem Flügel. Einstweilen bin ich dabei, die erste Szene zu vollenden. Saul erscheint zum ersten Male in der dritten. Da ich nicht weiß, ob ich mich bis dahin nicht festfahre, möchte ich Dich noch nicht bitten mir zwei Klaviersätze zu schreiben. Aber vielleicht tue ich es bald.«

Am 29. 9. 1948 berichtet Jahnn Judit Kárász vom Fortgang der Arbeit: »Inzwischen arbeite ich mit Konzentration am neuen Drama, das wahrscheinlich ›Spur des dunklen Engels‹ heißen wird. Die erste Szene ist gestern fertig geworden, nachdem ich sie dreimal umgearbeitet habe. Heute bin ich der Zuversicht, daß mir das Stück gelingen wird. In den ersten Tagen kam ich mir wie ein Anfänger vor. Die Technik des Dramenschreibens ist eine ganz andere als die der Romane. Es ist anstrengend. Ich bin Tag und Nacht dabei, Notizen zu machen, Bruchstücke aufzuschreiben, Situationen zu entwerfen und das Ganze der Forderung der Bühne anzugleichen. Der Stoff ist ganz alt und ganz neu, beides. Die Fabel ist biblisch; es ist das Verhältnis zwischen David und Jonathan mit allen daraus folgenden politischen und menschlichen Verwirrungen. David ist das Musikgenie. Bei mir heißt es: Ort: ein Königreich / Zeit: seit jeher. David spielt vor Saul auf einem Flügel. Samuel ist ein Kirchenfürst in violetter Soutane. Davids zugelaufene Räuber sind ›asoziale Elemente‹. Kurz, ich verändere im Wesentlichen nur die Zeit und spreche das aus, was die Bibel aus Gründen des Glaubens ver-

schweigt. So sagt Jonathan bei mir: ›Ich glaube an Götter, an etwas weniger als einen Gott. Sie ziehen sich oft und lange von ihren Geschäften zurück, die sie mit uns haben. Das erfahren wir an unserm Unglück. Ein einiger Gott könnte sich niemals zurückziehen.‹
Ich möchte darüber nicht mehr schreiben, solange ich die dritte Szene noch nicht fertig habe. Bin ich bis dahin gekommen, dürfte der Weg der Arbeit für mich klar liegen. Bis dahin wird es noch allerlei Schwerarbeit geben. Gestern war ich allein im Hause und arbeitete daß mir der Schweiß von der Stirn lief und ich wegen gewaltigen Herzklöpfens im Walde spazieren gehen mußte. Dabei hatte ich so viele Einfälle, daß ich eilends zurück mußte, um sie zu notieren. Leider schlafe ich schlecht und wenig.« Am 4. 10. vormittags war die zweite Szene fertig (Brief vom 4. 10. 1948 an Ellinor Jahnn). Einen Tag später hatte er die Schwierigkeiten, die ihm die »dritte Szene« bereitet hatte, gelöst – 5. 10. 1948 an Ernst Kreuder: »Meine Lage ist nicht nur traurig, sie ist auch verzweifelt. Aber ich zweifle doch nur gelegentlich an meinem Tun. Seit zehn Tagen schreibe ich an einem neuen Drama, von dessen etwa 9 Szenen drei beendet sind. (Ein ganzes Drittel!) Ich habe kein Empfinden dafür, ob mir die Arbeit gelingen wird. Titel: ›Spur des dunklen Engels‹. Ich verwende dabei eine Art erleichterten Bühnenwechsel: jede geradziffrige Szene spielt des Nachts (im Dunkeln) auf der Heide (einmal wird es eine finstere Höhle sein).«
Mitte Oktober 1948 hat die erste Fassung des Dramas bereits feste Gestalt angenommen. Am 16. 10. 1948 teilt er Fritz Weissenfels mit: »Das Drama behält den Titel: ›Spur des dunklen Engels‹. Ich bin zu 3/4 mit dem Werk fertig. Ich habe buchstäblich Tag und Nacht daran gearbeitet und hoffe nur, daß ich nicht kurz vor der Vollendung innehalten muß, weil meine Kräfte versagen. Ich habe noch niemals ein so umfangreiches Drama so schnell geschrieben. Es hat mich aber auch rein äußerlich zehn Pfund Fleisch gekostet. Und Briefe sind nicht mehr auf die Post gekommen. Ich entsinne mich wohl, daß ich Dir gleich auf Deinen letzten Brief hatte antworten wollen, und Yngves Anwesenheit in Göttingen wäre für mich ein Anreiz mehr dazu gewesen. Aber ich arbeitete. Von 15 Szenen sind 10 fertig und weitere zwei skizziert. Das ganze wird, wenns fertig ist, noch ein paarmal überarbeitet werden, einmal, um noch etwas zu kürzen, zum andern, um Schlacken heraus zu nehmen. Nun bin ich soweit, daß ich Yngve um zwei Klavierkompositionen bitten müßte. Ich möchte nämlich nicht so gern von den bereits fertigen Arbeiten verwenden. Willst Du mich bei ihm unterstützen?«
Wie aus dem Brief an Christian Roll vom 29. 10. 1948 hervorgeht, gelingt es Jahnn, bis Ende Oktober dreizehn von fünfzehn Szenen zu vollenden. Am 1. 11. 1948 wendet er sich dann in Sachen Musik neuerlich an Yngve Trede: »Mein neues Drama trägt den Titel ›Spur des dunklen Engels‹. In den letzten Wochen habe ich beinahe Tag und Nacht daran gearbeitet. Von den insgesamt 15 Szenen sind nur noch zwei unvollendet. Da ich sehr schnell geschrieben habe, wird am Text noch manches umzuändern sein. Denn ⟨ich – i. d. Hs.: och⟩ rechne damit, daß das Werk bis Weihnachten in Reinschrift vorliegen wird. Das bedeutet, daß eine Aufführung in dieser Spielzeit denkbar ist. Damit komme ich dazu, Dich um die Klaviermusik zu dem Stück zu bitten. Ich schrieb Dir schon, daß ich den geschichtlichen Stoff dem alten

Testament entnommen habe. Aber weder die Zeit noch die Tendenz ist Vorchristlich, jüdisch oder religiös. Das Drama spielt in jeder Zeit. Es gibt aber darin einen David, der vor einem König Saul spielt. Er hat keine Harfe, sondern einen modernen Flügel. Als David zum ersten Male spielt, ist er 16 Jahre und 1 Monat alt; beim zweiten Male 16 Jahre und 11 Monate. Er spielt eigene Kompositionen. Beim zweiten Male wird das Spiel allerdings sehr bald dadurch unterbrochen, daß Saul auf die Füße Davids schießt – und ihn auch trifft. – – Ich denke mir, daß Du mir 2 Kompositionen schreibst, deren zweite also unvermittelt abbrechen kann. Keines der Stücke muß lang sein; aber sie dürfen es. Ich möchte, daß Du so reich, so schön, so gehaltvoll in der Durchführung schreiben solltest wie Du vermagst. Sollte Dir der Einfall für zwei Stücke nicht kommen oder Dir die Arbeit sonst ungelegen sein, kann ich mich auch mit einer Komposition, der ersten, begnügen. – Irgend ein Stimmungsgehalt ist für die Musik nicht vorgeschrieben. Sie muß nur von großem polyphonen Können zeugen (was Du vermagst) und so beschaffen sein, daß es begreiflich wird, daß König Saul (der im Stück musikalisch ist) Tränen in die Augen kommen. Dafür bedarf es von Deiner Seite keines besonderen Willensaktes. – – «

Für den Monat November ist eine Unterbrechung der Arbeit am Drama zu verzeichnen. Jahnn hielt sich seit dem 7. November in Hamburg auf. Überwältigt durch die harte Nachkriegsrealität seiner Heimatstadt und beunruhigt vom Ausbleiben einer Antwort seitens Yngve Tredes gelang es ihm lediglich, »eine halbe Szene« niederzuschreiben (Brief an Fritz Weissenfels vom 9. 11. 1948).

Erst ein Treffen mit Yngve Trede in der Vorweihnachtszeit löst die Arbeitsblockade. Ende Dezember berichtet Jahnn Judit Kárász vom Erfolg seiner Begegnung: »Wir besprachen z. B. die Musik zur ›Spur des dunklen Engels‹, und er zögerte nicht einen Augenblick mit der Zusage, daß er die Klaviermusik noch in diesem Jahre fertigschreiben ⟨würde.⟩*« (Brief o. D. / um den 20./21. 12. 1948) Doch es sollten neuerlich zwei Wochen vergehen, ehe Yngve Trede am 9. 1. 1949 Jahnn brieflich vom Beginn seiner Arbeit unterrichtet.

Neuerlich auf Bornholm nimmt Jahnn Mitte bis Ende Januar 1949 seine eigene Arbeit wieder auf. Am 29. 1. 1949 teilt er Hans-Hasso von Veltheim mit: »Mein neues Drama ist so schlimm wie die vorigen, wenn nicht schlimmer, und ich habe mich zu einer Vorrede entschlossen, in der ich möglichst formlos darlege, daß das Fundament der Seele so und so beschaffen ist und nicht das religiöse Vorurteil der letzten Jahrtausende ›erhärtet‹ hat. Hoffentlich läßt mich Yngve mit der Musik nicht im Stich. Sie ist ein wesentlicher Bestandteil.«

Am 15. 2. 1949 teilt Jahnn auf einer Karte seiner Tochter Signe mit: »Heute Nacht habe ich Szene XIII des Dramas ›Spur des dunklen Engels‹ vollendet. Es fehlt jetzt nur noch die Hälfte einer allerdings großen Szene (der größten des Stückes) und ich bin fertig bis auf die notwendigen Korrekturen, Zusammenfassungen und Kürzungen. Von Yngve kein Wort, auch keine Note.« Einen Tag später teilt er Signe mit, daß Yngve Trede geschrieben habe: »Ich bin leider in der letzten Nacht nicht mit dem Drama fertig geworden. Die Fragmente der 5. Szene machen mir doch viel zu schaffen.

Ich habe immer wieder umformuliert und entschliesse mich wahrscheinlich, im weltanschaulichen Gesprächs Jonathans zu kürzen. Aber die letzte Entscheidung möchte ich erst treffen, wenn ich den Schluss der Szene niedergeschrieben habe, sodass ich ich ihre Dynamik ganz überschaue. Hätte ich Yngves Musik zu dieser Szene schon, würde es meine Arbeit erleichtern. Aber so ist es ja nicht.« (Brief vom 16. 2. 1949 an Signe Jahnn)
In der Nacht vom 17. auf den 18. Februar 1949 vollendet Jahnn die erste Fassung des Dramas. Am 18. 2. 1949 schreibt er Judit Kárász: »Es fehlt nun freilich noch die Überarbeitung. Auch das gewichtige Vorwort ist noch nicht geschrieben. Die große 5. Szene habe ich vielmals umgearbeitet. Den weltanschaulichen Teil habe ich nach langen Erwägungen gestrichen.«
Wie aus einem damals nicht abgeschickten, sondern dem Empfänger erst später übergebenen Brief vom 24. 2. 1949 an Yngve Trede hervorgeht, muß dieser brieflich unmittelbaren Anstoß zum Abschluß der Arbeiten gegeben haben: »Die ›Spur des dunklen Engels‹ ist vor wenigen Tagen fertig geworden. Den letzten Anstoß, daß ich mich aufraffte, gab Dein Brief. Ich werde noch allerlei Arbeit mit dem Drama haben, weil ich alles aufs Sorgfältigste korrigieren will; auch eine Nachschrift dazu möchte ich verfassen. Aber das sind mehr oder minder mechanische Arbeiten, die den Wurf, das Gesamtbild der inneren Absicht nicht berühren. – Deine Klaviermusik dazu ist ein unentbehrlicher Bestandteil des Werkes, und ich hoffe, daß der Föhndruck inzwischen nachgelassen hat, sodaß der Zustand Deines Kopfes nicht mehr das Prädikat ›unzurechnungsfähig‹ verdient.
Nicht nur der Zweck, daß das Drama vollendet werde, treibt mich, Dich innig und etwas gewalttätig zu bitten, Deinen Geist auf diese Arbeit zu richten. [...] Nun, da ich soweit mit meinem Briefe gekommen bin, fasse ich den Entschluß, ihn nicht abzusenden, ihn Dir jedenfalls nicht durch die Post zu übermitteln. Vielleicht werde ich ihn Dir einmal überreichen. Damit ist er aber auch beendet. Briefe, die man nicht abzuschicken gedenkt, enden als Fragmente. Es hat nun keinen Zweck mehr, daß ich Dich nochmals bitte, die Musik zur ›Spur des dunklen Engels‹ zu vollenden, damit ich um so gewisser eine ›Spur von Dir‹ erhalte.«
Nach einer kurzen Pause nimmt Jahnn Anfang März 1949 die zweite Fassung in Angriff: »Ich bin jetzt dabei, es zum zweiten Male zu schreiben und in allen Fugen zu glätten. Du weißt ja, daß ich zuweilen viele Stunden damit verbringe, um einem einzigen Satz die Form zu geben, die mir passend scheint. Ich komme mit der Nacharbeit gut voran, weil mein Geist frisch ist und sich eine neue Eigentümlichkeit angeeignet hat, daß ich auch des Nachts arbeiten kann.« (Jahnn an Yngve Trede am 6. 3. 1949). Fritz Weissenfels gegenüber erläutert er am 10./11. 3. 1949 den Fortgang der Arbeit: »Das neue Drama habe ich vor ein paar Wochen vollendet und bin jetzt dabei, das ganze Werk zu überarbeiten. Aus dramaturgischen Gründen bin ich leider gezwungen, den weltanschaulichen Teil so gut wie ganz zu streichen, sodaß nur ein paar Andeutungen stehen bleiben. Es gibt nun Szenen aus denen ein Dutzend Seiten entfernt wurden. Die Bühne ist eben keine moralische Anstalt mehr, sondern eine klägliche. Da die ›Spur des dunklen Engels‹ seit einem Jahrzehnt mein erstes Drama ist, so gehe ich so gewissenhaft zu Werke, als ob ich ein Anfänger wäre. Der Stoff ist umfangreich, und ich muß

mit den Worten geizen. Aber ich opfere den dichterischen Ausdruck nur selten zu Gunsten der Handlung. Dennoch wird man die genaue Fügung des Dialogs erkennen können und meine alte Stärke, daß ich ein ›Thematiker‹ bin. [...] Da ich gestern Abend mit der Überarbeitung des zweiten Aktes der ›Spur‹ fertig wurde, erlaube ich mir den Luxus, diesen Vormittag dazu zu verwenden, die Fortsetzung meines Briefes zu schreiben. Der 3. Akt enthält sozusagen keine Überarbeitungsprobleme; die Handlung ist so konzentriert, daß ich das Notwendige auch in den Nachtstunden zuwege bringe. Außerdem finden sich darin keine musikalischen Lücken. Erst im 4. Akt rücken die Probleme der Formulierung wieder heran. –«

Mitte März 1949 hat Jahnn das Drama, wie aus dem Brief an Judit Kárász vom 16. 3. 1949 hervorgeht, »bis zur Hälfte überarbeitet«. Neuerlich sorgt das Ausbleiben einer Nachricht von Yngve Trede zum Stand der Arbeiten an den Kompositionen Anfang April für eine Unterbrechung: »Am Drama kann ich einstweilen nicht weiterarbeiten. Es ist gleichsam zwecklos, weil die Musik ein integrierender Bestandteil des dramatischen Ablaufs ist. Ich warte natürlich noch. Aber ich warte nicht mehr mit Zuversicht.« (Brief an Signe Jahnn, 25. 3. 1949) Am 7. 4. 1949 schreibt Jahnn an Yngve Trede: »Meine Arbeit am Drama habe ich eingestellt, da Du mich völlig im Ungewissen läßt, ob und wann Du mir die beiden Kompositionen schicken wirst. Du hattest sie mir immerhin auf den 1. Januar zugesagt. – Bitte, beantworte mir doch die Frage: Wann kann ich damit rechnen, daß Du die beiden Stücke fertig hast?« Yngve Trede antwortet am 1. 5. 1949, daß eine Fuge »seit längerer Zeit fertig« sei, er aber fürchte, sie sei »inhaltlich etwas zu leicht«; mit einer weiteren hätte er angefangen. Ende Mai trifft sich Jahnn mit Yngve Trede, um die Hemmnisse in Sachen Musik durch eine persönliche Begegnung aus dem Weg zu räumen. Wieder gelingt es ihm, den jugendlichen Komponisten zur Weiterarbeit zu überreden. Am 31. 5. 1949 schreibt Jahnn seinem damaligen Verleger Willi Weismann: »seit 24 Stunden bin ich aus Hinterzarten zurück. Die Reise war in jeder Beziehung ergebnisreich. Die Musik zu dem Drama ist beinahe beendet. Wesentlicher aber noch: Das Verhältnis zwischen mir und Yngve ist ein unerschüttert gutes. Nach der Besprechung in Hinterzarten muß ich noch einige kleinere Veränderungen am Drama vornehmen. Sobald das geschehen ist, werde ich Abschriften anfertigen lassen und Ihnen davon eine zuschicken.« Vierzehn Tage später teilt er Willi Weismann mit (14. 6. 1949): »Ich bin mir nicht ganz klar, wie wir Musik und Text veröffentlichen sollen. Am schönsten wäre es, beides in einem Bande zu bringen, etwa in kleiner Auflage 2000 Exemplare, schön gestochen und gedruckt, gemeinschaftlich in Ihrem Verlage und im Ugrino-Verlag. Buch und Noten getrennt zu bringen, würde gleichsam die innere Absicht stören. Möglich wäre auch das. – – Nun, ich muß mich auf den Hosenboden setzen, um die Revision des Textes zuende zu bringen.«

Mangels finanzieller Mittel und beflügelt von der Aussicht auf erfolgreiche Zusammenarbeit mit Yngve Trede schreibt Jahnn das Drama eigenhändig in der Zeit von Ende Juni bis Ende Juli 1949 ab. Am 25. 6. 1949 unterrichtet er Judit Kárász: »Den ersten Akt werde ich wohl morgen fertig haben.« 7. 7. 1949 an Judit Kárász: »Mit der Überarbeitung und dem Abschreiben des ⟨neuen – i. d. Hs.: neues⟩ Dramas bin ich bis zum 4. Akt gekommen.

Der Schluß wird mir noch ziemlich viel Arbeit bereiten, weil ich in den ersten Akten manches verändert habe, was gegen den Schluß hin allerlei Umstellungen, Kürzungen und Ergänzungen fordert. Bis jetzt habe ich täglich stramm gearbeitet. Ans Meer oder auch nur bis ins Dorf bin ich seit meiner Rückkehr nicht gekommen. Von Yngve habe ich den Schluß zur ›Spur des dunklen Engels‹ noch nicht bekommen. Aber ich vermute, er arbeitet genau so wie ich, emsig. Jedenfalls hat er einen ganzen Stoß Korrekturen nach Hamburg geschickt. Er will jetzt seine Sachen heraus haben. Ich vermute, daß er in einen neuen Lebensabschnitt gekommen ist, und daß er, wenn auch undeutlich erst, erkennt, daß sein Weg ein schwerer sein wird. Die erste Fuge ist verdammt schwer zu spielen. Sie kommt einem nicht in die Finger, und das läßt sich nur dadurch erklären, daß sie innerlich anders gebaut ist als die klassische Fuge. Ich habe darüber ziemlich viel spekuliert, was Yngve damit meinet, daß die Fuge ›rabiat‹ sei.« Mit Brief vom 30. 7. 1949 erfährt Herbert Jäger: »seit drei Tagen habe ich einen Herzklaps und ein entzündetes Auge. Ich fühle mich unfähig, einen Arbeits- und Gedankenplan aufzustellen. Ich bin glücklicherweise mit der Bearbeitung der ›Spur des dunklen Engels‹ fertig geworden, ehe dies Gefühl der Vernichtung wieder von mir Besitz nahm.«
Die Monate Juni und Juli bilanzierend, schreibt Jahnn mit einem Anflug von Panik am 4. 8. 1949 an Grete Möckli: »– – Das neue Drama ›Spur des dunklen Engels‹ habe ich nochmals überarbeitet und in die Maschine geschrieben. Es fehlt nur noch ein Vorwort, das ich dem Stück mit auf den Weg geben will. Aber es fehlt auch noch die Musik. Ohne eine bestimmte Musik ist das Drama nicht denkbar. Yngve hatte schon vor Monaten 2/3 dieser Musik fertig. Plötzlich schweigt er, schickt mir keine Abschrift des Fertigen. Es ist zum Verrückt werden. Ich weiss nicht, was los ist.«
Am 19. 8. 1949 verzeichnet Willi Weismann, Jahnns damaliger Verleger, den Eingang des Dramas. Dieser läßt das Drama jedoch erst Anfang Oktober abschreiben. Von Anfang September bis Anfang Dezember hält Jahnn sich in Deutschland und in der Schweiz auf. Aber nicht nur die Reise läßt ihn die endgültige Fertigstellung des Dramas unterbrechen. Jahnns Briefe an seine Frau Ellinor und an seine Tochter Signe aus diesen Monaten dokumentieren, daß die Zusammenarbeit mit Yngve Trede am Zerbrechen ist. Nach einem Besuch in Hinterzarten Mitte September konstatiert er sogar, »daß der Abschied einem Zerwürfnis gleich kam«: »Ich habe mir nochmals versprechen lassen, daß Yngve die Musik zum Drama fertig macht, aber ich glaube nicht mehr daran.« (Brief vom 17./18. 9. 1949 an Ellinor Jahnn)
Jahnns Brief vom 10. 11. 1949 an Signe Jahnn zeigt, daß seine Gedanken weiterhin um das Schicksal der »Spur« kreisen: »Herbert ⟨Jäger⟩ hat jetzt die ›Spur des dunklen Engels‹ gelesen. Er begreift nicht, warum dies ›persönlichste‹ Stück von mir in einer so gefassten, zuweilen ›künstlichen‹ Sprache geschrieben ist. Er findet, das Stück ist auf 4 Große Szenen hin gearbeitet; alles übrige sei kalt, lasse kalt. Wenn er recht hätte! – es wäre herrlich. Dann wäre es mir gelungen, die tiefsten Regungen meines Herzens zu verbergen.« Ein weiterer Besuch Jahnns in Hinterzarten bei Yngve Trede brachte am 20./21. 11. die Wende: »[...] soviel zum wenigsten, daß Yngve mich zu unserem Geburtstag ⟨d. h. zum 17. 12. 1949⟩ mit der fertigen

Musik zum ›dunklen Engel‹ überraschen will« (Brief an Signe Jahnn, 23. 11. 1949) Doch auch der nächste Besuch Jahnns in Hinterzarten – Anfang März 1950 – bringt außer einem erneuten Versprechen des jetzt 16jährigen Yngve Trede kein weiteres Ergebnis. In jedem Fall war Jahnn inzwischen zu der Überzeugung gekommen, daß das Drama in der damals vorliegenden zweiten Fassung mit den erst teilweise fertiggestellten musikalischen Partien von seiner Seite nicht zur Veröffentlichung freigegeben werden konnte.
Beinahe wider Erwarten kam für Jahnn Ende März erneut Bewegung in die festgefahrene Angelegenheit. Mit Brief vom 27. 3. teilt er Ellinor und Signe Jahnn mit, daß Yngve Trede ihm geschrieben habe, am 30. 3. trafen Korrekturen seiner zur Veröffentlichung im Ugrino-Verlag vorgesehenen Kompositionen ein (siehe Schriften II, S. 179ff. und die Anm. dazu): »Damit hat er sich eine für ihn vielleicht etwas lästige mechanische Arbeit vom Halse geschafft, und diesmal weiß ich, werden die nächsten Wochen neue Kompositionen bringen, und darunter wird auch die Vollendung der Musik zur ›Spur des dunklen Engels‹ sein.« (Brief an Ellinor und Signe Jahnn, 30. 3. 1950). Am 6. 4. teilt Jahnn Yngve Trede mit: »Die ›Spur des dunklen Engels‹ wird, wenn Deine Musik dazu fertig ist, nur in einer kleinen, nicht öffentlichen Ausgabe gedruckt werden. Sie soll nicht in den Handel kommen.« Am 7. 4. 1950 teilt Jahnn Ernst Kreuder überschwenglich mit: »An Yngve hat sich das erfüllt, was ich gehofft und doch schon bezweifelt hatte. Er hat mir einen unfaßbar herrlichen Brief geschrieben, große theoretische Auslassungen über abstrakte musikalische Gebilde. Er hat die mir gewidmeten ›Habenichts-Fugen‹ umgearbeitet. Mit unfaßbarer Konsequenz arbeitet er an der Musik zur ›Spur des dunklen Engels‹. Er hat bereits eine Fuge geschrieben, für die er den doppelten Kontrapunkt in der Septime benötigte. Er ist voller Hoffnungen.«
Ein neuerlicher Besuch Jahnns in Hinterzarten Anfang Mai bringt die Entscheidung Yngve Tredes, zu Jahnn nach Hamburg zu ziehen, und damit die Aussöhnung: »Die Musik zur ›Spur des dunklen Engels‹ wird völlig umgewandelt werden. Große Instrumentalfugen sollen zwischen die Szenen gesetzt werden. Das Werk wird sehr expansiv werden; aber was schadet das noch, angesichts der ungeheuren Fülle?! Die große Quadrupelfuge allein ist 18 Seiten lang. – Den Schulunterricht gestern begann er damit, daß er während des Unterrichts die große Klavierfuge Davids entwarf.« (Brief an Ellinor und Signe Jahnn, 3. 5. 1950) Das gleiche schreibt er mit Brief vom 19. 5. 1950 auch an Gustaf Gründgens, dem er ferner mitteilt: »Es sind eine Reihe instrumentaler Fugen entstanden, die ein deutlicheres Bild von der Persönlichkeit des David geben als der Text des Dramas vermittelt. [. . .] In den Sommerferien wollen wir gemeinsam die ›Spur des dunklen Engels‹ noch einmal umarbeiten, damit das Drama, wenn möglich, eine Form erhält, die sogar aufführbar ist.« Im Sommer näherte sich der musikalische Teil des Dramas seinem Abschluß. Mit Brief vom 12. 7. 1950 gab Jahnn Yngve Trede die Themen zur noch ausstehenden »Fuga contraria« vor: »Ich habe [. . .] ein paar Motive für ihn aufgeschrieben, Themen zur geträumten Fuga contraria, die symphonisch das ›Gespräch des umlaufenden Blutes mit den stille stehenden Mauern‹ (Spur des dunklen Engels) ausdrücken soll. Ich vermute, Yngve hat inzwischen die letzte Klavierfuge des David vollendet.

Dann wäre das ›Gespräch‹ die letzte Arbeit an dem Drama.« (Brief an Ellinor Jahnn vom 14. 7. 1950) Yngve verbringt, bevor er im Herbst in den Haushalt Jahnns nach Hamburg zieht, zusammen mit diesem und Klaus von Spreckelsen den Sommerurlaub auf Amrum: dort vollendet er am 31. 8. 1950 die letzte noch fehlende Fuge: »262 Takte völlig neuer Musik« (Jahnn an Ellinor Jahnn, 1. 9. 1950). Während der ersten Jahreshälfte 1951 verhandelte Jahnn sowohl mit dem Weismann Verlag als auch mit dem Rowohlt Verlag über eine gemeinschaftliche Herausgabe des Dramas mit dem Ugrino Verlag. Nachdem Ernst Rowohlt sich nach anfänglicher Bereitschaft im Juli 1951 endgültig aus den Verhandlungen zurückgezogen hatte, bemühte sich Jahnn wieder verstärkt um Willi Weismann. Angesichts der ökonomisch prekären Situation des Weismann Verlages und der sich mehr und mehr abkühlenden Beziehung gestalteten sich die Verhandlungen, immer wieder durch monatelange Pausen unterbrochen, mühsam und zeitraubend. Mehr als ein Jahr verging, ehe sich beiden Seiten im Juli 1952 auf ein gemeinsame Veröffentlichung einigen konnten. Am 31. 10. 1952 antwortet Jahnn Albert Beßler vom Schiller-Theater Berlin, der wegen eines Leseexemplars bei ihm angefragt hatte: »Das Drama ist gerade heute erschienen, soll heißen von der Buchdruckerei angeliefert worden. Ich kann Ihnen also in den aller nächsten Tagen ein Leseexemplar übersenden.«

Überlieferung

Unter Nachlaß Nr. 33 werden verwahrt: Handschrift I bestehend aus Schreibheft mit schwarzem Rücken, 63 Blätter (182 × 222 mm) unliniert; 82 Seiten beidseitig mit blauer Tinte beschriftet (Sofortkorrekturen, vereinzelt auch in Blei); beigefügt ist ein Blatt (210 × 329 mm), beidseitig mit blauer Tinte beschriftet, mit Einfügungen; das Heft trägt auf dem Umschlag die mit rotem Farbstift gestrichene Aufschrift »Der Tod des Domitius / Historische Komödie / von / H. H. J.«; auf Seite eins von dort gezählt findet sich die Notiz von Jahnns Tochter: »Ich wünsche dir viel Glück zu deinem Geburtstag! / Signe«. Für die Niederschrift hat Jahnn das Heft umgedreht und von hinten her beschriftet. Die rückwärtige Umschlagseite verzeichnet die Aufschrift:

»1. 1. 1. 2. 2.
Spur des dunklen Engels / Szene I, II, III, IV, V«.

Auf Seite eins wiederholt Jahnn den Titel (»Spur des dunklen Engels Drama / von H. H. J.«); ebendort ein unvollständiges Personenverzeichnis und die Angabe »Ort der Handlung: ein Staat Zeit: seit jeher«. Auf Seite zwei findet sich das Motto aus Shakespeares »Hamlet«:

»Motto:
Polonius: Das ist zu lang.
Hamleth: Du bist dem Himmel
um die Höhe eines Absatzes näher gerückt
seit ich dich zuletzt sah. Gebe Gott, daß
deine Stimme nicht wie ein abgenutztes
Geldstück den hellen Klang verloren haben

mag.
Shakespeare«
– Unliniertes Schreibheft mit rotem Rücken, 32 Blätter (172 × 220 mm), beidseitig einschließlich der hinteren inneren Umschlagseite mit blauer Tinte (verschiedener Sorten) beschriftet (Sofortkorrekturen, Korrekturen in blauer Tinte helleren Typs); eingelegt ein Blatt (210 × 94 mm) mit Einfügungen. Der Umschlag vermerkt:
»Spur des dunklen Engels
3. 3. 3. 3. 4. 4.
Szene VII, VIII, IX, X XI / XII -«
– Unliniertes Schreibheft mit rotem Rücken 32 Blätter (172 × 220 mm), beidseitig mit blauer Tinte beschriftet (Sofortkorrekturen Korrekturen in Blei). Auf dem Umschlag findet sich die Aufschrift:
»Spur des dunklen Engels,
5. 5. 2. (4.) 4.
Szene: XIV, XV, VI, Fortsetzung XII / XIII -«.
Der handschriftliche Befund zeigt an, daß Jahnn die Szenen I bis V und VII bis XII in den Heften I und II entworfen, dann in der Mitte von Heft III Szene XII beendet, Szene XIII begonnen (zur Fortsetzung siehe Handschrift II, Heft II) und schließlich vom Beginn des Heftes an die Szenen XIV und XV geschrieben hat.
Diese erste Fassung des Dramas weist noch eine Einteilung in fünf Akte auf.

Handschrift II bestehend aus drei Heften mit rotem Rücken (182 × 223 mm), je 32 Blätter, beidseitig mit blauen Tinten verschiedener Sorten beschriftet (Sofortkorrekturen, Streichungen, Korrekturschicht mit blauer Tinte und mit Blei).
Heft I trägt die Aufschrift:
»H. H. J. 1
Spur des dunklen Engels
Überarbeitung
I. Akt
1. Szene, 2. Szene, 3. Szene
II. Akt
4. Szene, 5. Szene (Anfang).«
Auf Seite eins steht: »Hans Henny Jahnn / Spur des dunklen Engels Drama / Musik von / Yngve Jan Trede«. Es folgt das Motto wie in Handschrift I, Heft I. Auf Seite 57 unten findet sich die wohl auf die 4. Szene zu beziehende Notiz »unreif, halbfertig«. Heft I enthält zwei Einlageblätter (216 × 346 mm) mit Einfügungen. – Heft II vermerkt auf dem Umschlag:
»H. H. J.
Spur des dunklen Engels 2
4
[Szene: Fortsetzung XIII]
Überarbeitung
II. Akt
5. Szene (Fortsetzung)
6. Szene

III. Akt
7. Szene
8. Szene
9. Szene
10. Szene (Anfang)«.
Heft II ist ein Blatt (169 × 209 mm) mit Einfügungen beigefügt. Jahnn hat die Seiten eins bis sieben dieses Heft zunächst für die Fortsetzung des ersten Entwurfs der Szene XIII benutzt, deren Textgestalt damit noch zum Befund von Handschrift I gehört.
Heft III trägt auf dem Umschlag die Aufschrift:
»Spur des dunklen Engels
Überarbeitung
III. Akt
10. Szene (Schluß)
IV. Akt 11. Szene
12. "
13. Szene«
Das Heft enthält, zusätzlich zur Aufschrift, einen Teilentwurf der überarbeiteten Szene XIV sowie die gesamte Szene XV, deren Schluß sich auf drei Einzelblättern (216 × 346 mm) befindet.

Typoskript: 100 gezählte Blätter (= Akt 1–4) sowie 16 nicht gezählte Blätter (= Akt 5), 210 × 297 mm, einseitig mit Maschine beschriftet (wenige handschriftliche Korrekturen mit blauer Tinte sowie Korrekturvorschläge in Blei von fremder Hand). Auf Blatt eins steht die Überschrift »Hans Henny Jahnn / Spur des dunklen Engels / Drama / Musik von / Yngve Jan Trede«. Das Shakespeare-Motto ist mit Blei gestrichen. – Ebenso wie die erste Fassung weist die überarbeitete Fassung im Typoskript eine Einteilung in fünf Akte auf.
Typoskriptdurchschlag I (»Erster Abschnitt Erste Szene«): 9 Blätter (209 × 298 mm), einseitig beschriftet (Korrekturen in schwarzer Tinte und Bleistift.) – Aller Wahrscheinlichkeit nach handelt es sich um die Vorlage für den Druck in »Sinn und Form« (siehe unten) – Paginierung und Schriftbild weichen von dem vorauf beschriebenen Typoskript ab.
Typoskriptdurchschlag II »12. Szene«: doppelt gezählt S. 88–94 und (1)-(6) (unvollständig – Korrekturen mit schwarzer Tinte). – Mutmaßlich von Jahnn für einen Druck in »Sinn und Form« (siehe unten) eingerichtet (nicht erschienen). – Beiliegt ein Kostenvoranschlag der Universitätsdruckerei H. Stürtz AG vom 12. 12. 1950 »Blatt 3 zum Brief« betr. »Notenteil« (1974. 30 DM).
Druck (»Erste Szene«): Sinn und Form. Beiträge zur Literatur, 3. Jg (1951), H. 5, S. 77–86 (mit handschriftlichen, nicht von Jahnn stammenden Notizen auf den Seiten 84 und 86). (Meyer Nr. 20).
Erstdruck: Hans Henny Jahnn. Spur des dunklen Engels. Drama. Musik von Yngve Jan Trede. Hamburg und München 1952. – Auf S. 177 findet sich die Notiz: »HANS HENNY JAHNNS Drama SPUR DES DUNKLEN ENGELS wurde in einer einmaligen Auflage von 550 Exemplaren mit der Musik des fünfzehnjährigen YNGVE JAN TREDE im Sommer 1952 von

der Universitätsdruckerei H. Stürtz A. G., Würzburg für den Ugrino Verlag, Hamburg und den Willi Weismann Verlag, München gedruckt. Das Pferde- und Reiterbild des Umschlages zeichnete EDWIN SCHARFF. Die Exemplare wurden numeriert.«
Textgrundlage der Edition ist der Erstdruck.

Apparat

Von der Ersten Szene existiert ein Vorabdruck in »Sinn und Form«, der fast durchweg identisch ist mit dem im Abschnitt »Überlieferung« verzeichneten Typoskriptdurchschlag (= Ts. D.). Im folgenden sind die Abweichungen dieses Drucks (mit Ausnahme der Zeichensetzung und der Lautung) verzeichnet, wobei vor dem Lemma immer die Lesart unserer Ausgabe, nach dem Lemma die Lesart von »Sinn und Form« steht.
308/*33* vorweg geschickt.] *vorweggeschickt, damit mein Herz mit ihm allein froh sein könnte.*
309/*27f.* das graue Haar] *das graues Haar* (Ts. D. liest wie E)
310/*10f.* SCHMUEL Hast du einmal auf seinen Rock geschaut? DAVID schweigt] Fehlt in SuF /*22* Das ist unwichtig] *Wie grob und überheblich* /*31* Die Zukunft aber ist Jahr um Jahr.] Dieser Satz im Beleg von SuF am Nachlaß von fremder Hand unterringelt und am Rand kommentiert: »(›Zeit‹)«. /*35* Milch] *saure geronnene Milch*
311/*4* Fehler wäre?] Danach im Beleg von SuF am Nachlaß von fremder Hand ein Zeichen und am Rand notiert: *»Wir leben in der Zeit, aber wir sind in der Ewigkeit.« – Pierre – 5/XII/51 (Piero Pierre)* /*12* lasterhaft zu sein] Danach folgt in SuF: JONATHAN *Du verschüchterst David* – SCHMUEL *Er weiß, wie man Tiere schlachtet. Er hat sich dabei sicherlich etwas vorgestellt.* /*15* verzückt wandertest?] *mit verzücktem Gesicht wandertest?* /*27f.* ein Schmaus – von – von Unschmeckbarem -] *ein Schmaus von Farben.*
312/*22* Begegnung] Dieses Wort im Beleg von SuF am Nachlaß von fremder Hand unterringelt und am Rand kommentiert: *Destiny!*

Quelle

Jahnns Quelle war das 1. Buch Samuelis, 8–31 sowie das 2. Buch Samuelis, 1 (siehe dazu auch die Anm. zu S. 300/2). Eine vom Herausgeber im Oktober 1992 in Fredensborg vorgenomme Autopsie von Jahnns Bibel – Die Bibel oder die ganze / Heilige Schrift. Im Auftrage der Deutschen evangelischen Kirchenkonferenz durchgesehene Ausgabe. 2. Abdruck. Ausgabe der Hamburg-Altonaischen Bibelgesellschaft Halle a. d. S. 1893 –, die sich jetzt im Besitz von Yngve Trede befindet, ergab, daß Jahnn die beiden Samuel-Bücher als Vorarbeit seiner Niederschrift gründlich durchgearbeitet haben muß. Während sonst im gesamten Exemplar nur wenige handschriftliche Bemerkungen oder Anstreichungen zu finden sind (s. u.), hat er hier zahllose Absätze und Verse durch Bleistiftstriche am Rande markiert oder hervorgehoben, die hier summarisch aufgeführt seien: 1. Buch Samuel 8,11–22; 14,

50 u. 52; 15, 3 u. 33; 16, 18–22; 17, 42; 18, 1–5, 13–16, 27; 19, 1, 11, 22–24; 20, 1, 3–4, 8, 17, 30–33, 41; 22, 1–3, 8, 22; 23, 15–19; 24, 15–18, 20–23; 25, 1, 39, 42–44; 26, 6; 27, 2–3, 6–7, 9; 29, 9; 30, 4–5; 2. Buch Samuel: 1, 8–11, 26; 5, 4; 8, 4; 12, 31; 16, 7–8; 19, 25, 28. Ferner sind auf dieselbe Weise und wohl im selben Arbeitsgang markiert: Psalm 6, 7; 22, 2–16; 25, 7; 32, 9. Weitere Markierungen finden sich im Johannes-Evangelium (13, 23 ⟨Jahnn korrigiert den gedruckten Text »saß« handschriftlich in »lag«⟩, 37–38 ⟨mit dem handschriftlichen Vermerk »letzte Zcene«⟩; 21, 20). Ferner befindet sich auf dem vorderen Vorsatzblatt der handschriftliche Vermerk: »1. Chronik 18,4 / 1. Samuel 15 / 2. Samuel 8, 4 / Josua 11, 6 + 9« – auch diese Notate dürften im Zuge der Arbeit an »Spur des dunklen Engels« entstanden sein.

Kommentar

295/*1ff.* Spur des dunklen Engels] Jahnn hat dieses Theaterstück im Spätsommer 1948 begonnen. Bei seiner Konzeption reflektierte er die Erfahrungen, die er im Juni 1948 bei der Uraufführung von »Armut, Reichtum, Mensch und Tier« in Hamburg und Wuppertal gewonnen hatte (siehe S. 974ff. und die Anm.). Der entscheidende Antrieb zur Niederschrift war diesmal allerdings eindeutig biographischer Natur: Jahnn wollte sein Verhältnis und seine widersprüchlichen Gefühle zu Yngve Jan Trede in eine literarisch stilisierte Form gießen. Tredes damaliges Alter ist auch das fiktive Alter Davids – »15 Jahre, 7 Monate« (S. 305) –, wenn das Stück beginnt. Handlungsführung und Intention des Stückes können als literarische Verschlüsselung von Jahnns eigener Lebenssituation gelesen und dechiffriert werden. Jahnn hat diese biographische »Spur« dem Stoff des biblischen Dramas um den israelitischen König Saul, seinen Sohn Jonathan und seinen Nachfolger David eingeschrieben – dergestalt, daß der historische Stoff emotional aktiviert und die Familiengeschichte wiederum historisch unterfüttert wird. Darüber hinaus besitzt »Spur des dunklen Engels« vor dem Hintergrund ihrer Entstehungszeit noch eine weitere aktualisierbare Verweisebene – nämlich die zwischen den vom Propheten Samuel geschilderten kriegerischen Auseinandersetzungen der biblischen Vorzeit und dem Zweiten Weltkrieg samt seiner latenten Bürgerkriegssituation zwischen Ost- und Westdeutschland im Gefolge des Kalten Krieges. »Spur des dunklen Engels«, das die (auto-)biographische Situation des alternden Mannes inmitten eines familiären Kampfes aller gegen alle ins Biblisch-Mythologische verrückt, ist damit gleichzeitig ein homoerotisch getöntes Liebesdrama um Saul, Jonathan und David, ein bürgerliches Familienstück sowie ein Zeitstück – und dies alles auf der Folie eines die Aktualität neutralisierenden objektiven Stoffes. Während man das jugendliche Genie David ohne weiteres mit Jahnns Projektionen von Yngve fokussieren darf, hat er die Identitäten der übrigen Protagonisten gleichsam gleitend verwischt: so wird man Elemente seiner eigenen Biographie und seiner idiosynkratischen Weltanschauung sowohl in Saul wie in Jonathan, ja sogar in Schmuel wiederfinden. Und hinter der gelebten biographischen Konstellation taucht auch die erinnerte, die geschriebene auf: das Dreiecksverhältnis zwischen Jahnn, Harms

und Jürgensen in Eckel einerseits, die in der »Niederschrift« inszenierte Liebe Horns zum toten Tutein andererseits.
Andeutende Hinweise auf diese Verschiebungen und ihre verborgenen Beweggründe gibt der dem Schauspieltext voranstehende Vorspann (S. 301 f.). »Spur des dunklen Engels« hat in der Literatur zu Jahnn im allgemeinen ebensowenig Beachtung gefunden wie auf der Bühne (das Stück blieb zu Lebzeiten des Autors ungespielt und erlebte seine erste und bis heute einzige Aufführung im Dezember 1969 in Münster). Mag das Stück auch ästhetisch mißglückt oder problematisch scheinen (die »künstliche« Sprache war Jahnns künstlerische Absicht), werkgeschichtlich kommt der »Spur des dunklen Engels« – ähnlich wie der »Armut«, die die in »Fluß ohne Ufer« kulminierende Werkreihe eröffnet – eine hervorgehobene Stellung zu: mit ihm beginnt Jahnns Spätwerk. Es ist das erste literarische Werk, das seine Entstehung der Wiederbegegnung mit Deutschland in den Jahren seit 1946 verdankt. Es markiert zugleich auch die (mehr oder weniger) endgültige Abbruchstelle der Romantrilogie »Fluß ohne Ufer«. 1948/49 ging die »Niederschrift« in Satz; bereits im Frühjahr 1947 hatte Jahnn den 1945 begonnenen, unvollendet gebliebenen Schlußband »Epilog« vorläufig abgebrochen. Die Themen, Figurenkonstellationen und Intentionen dieses erotischen Experimentalromans hat er in die im letzten Lebensjahrzehnt zwischen 1948 und 1959 entstehenden Werke ausgelagert: die Figur des jugendlichen Genies in die beiden Theaterstücke »Spur des dunklen Engels« und »Thomas Chatterton«, die Konstellation der Beziehungen zwischen den Jungen, zwischen Jung und Alt, zwischen Menschen und Engeln aber auch in die beiden Prosaarbeiten »Jeden ereilt es« und »Die Nacht aus Blei«.
295/*2f.* **dunklen Engels]** Engel spielen in Jahnns nach 1945 entstandenem Spätwerk (»Epilog«, »Spur des dunklen Engels«, »Jeden ereilt es«, »Thomas Chatterton«) eine bedeutende Rolle (siehe Fluß ohne Ufer III, S. 142 ff.; Späte Prosa, S. 112, 212, 460; Schriften II, S. 109). Zusammen mit der fatalistisch getönten Biologie des Schicksals löst die Angelogie die Dominanz des harmonikalen Weltbilds in Jahnns Weltanschauung ab. Nach mündlicher Auskunft von Signe und Yngve Jan Trede besaßen die Engelsvorstellungen für Jahnn die Realität eines Glaubens, wobei diese Engel sowohl lichter wie dämonischer Natur sein konnten (zur Kontamination von christlicher und heidnischer Überlieferung im Engels-Glauben siehe auch Bächtold-Stäubli, Bd. 2, Sp. 823 ff.). Jahnns Engelsvorstellungen scheinen sich im Verlauf der zweiten Hälfte der Dreißiger Jahre herausgebildet zu haben. Sie sind wesentlich von Swedenborg inspiriert, den er kannte (mündliche Mitteilung Y. J. Trede), auch wenn er ihn namentlich nirgendwo erwähnt und seine Schriften in Jahnns Handbibliothek nicht bezeugt sind. Doch dürften auch die Einflüsse von André Gides Roman »Die Falschmünzer« (Fluß ohne Ufer III, S. 142 ff. beziehungsweise S. 922 f.) und von Klopstocks »Messias« (Späte Prosa, S. 142 ff.) – Bücher, die er nachweislich gelesen hat und die noch heute in seiner Handbibliothek in Granly stehen – sowie, später, von Jean Cocteaus Film »Orphée« nicht unerheblich gewesen sein. Daß die Vorstellungen nach 1946 geradezu obsessive Formen annahmen, darf als Folge seiner Beziehung zu dem jungen Yngve Jan Trede gedeutet werden. Möglicherweise ist das Kapitel »Die Begegnung« des

»Epilog« (Fluß ohne Ufer III, S. 142ff.) der dichterische Niederschlag davon. Jahnns Engel – und das unterscheidet ihn von Swedenborg – sind immer männlich: »von einem gewissen Augenblick ⟨ergänze: meines Lebens⟩ an wußte ich, daß alles menschliche Bemühen darauf beschränkt bleibt, die schwarzen und weißen Engel zu suchen und sogar zu finden, vor etwas niederzuknien, was real männlich, jung und – schön ist – ein heidnischer Abglanz einer gottbevölkerten Idee.« (Jahnn an Werner Helwig, 31. 5. 1948)

295/*5f.* **Musik von Yngve Jan Trede]** Jahnn an Alfred Döblin am 19. 5. 1950: »Das Drama ist ohne die Kompositionen nicht denkbar. Es handelt sich auch nicht um einen Operntext oder um eine Oper, sondern um das mehr oder minder tragische Schicksal eines Musikgenies, dessen Leistung und Persönlichkeit durch symphonische Fugen für die Zuhörer deutlich gemacht werden. Ich persönlich habe meinem Verleger Weismann mitgeteilt, daß ich mich der Veröffentlichung ohne die zugehörige Musik widersetze, und daraus leitet sich meine Anregung her, mir einen Druckkostenzuschuß zu gewähren.«

Yngve Jan Vincent Trede wurde am 17. 12. 1933 geboren und hat damit den Geburtstag mit Jahnn gemeinsam. Während seines ersten Deutschlandaufenthaltes nach dem Zweiten Weltkrieg, 1. 11. bis 19. 12. 1946, besuchte Jahnn Anfang Dezember auch den damals mit seiner Familie in Hinterzarten im Südschwarzwald lebenden Jungen, der sein Patensohn war. Er ist fasziniert von dem komponierenden Wunderkind, in dem er ein nur dem jungen Mozart vergleichbares Musikgenie sehen will. Jahnn besucht ihn auf allen seinen folgenden Deutschlandreisen, und von August bis November 1947 weilt Yngve für drei Monate in Bornholm. Jahnn, der in dem Knaben sein eigenes jugendliches Genie inkarniert sieht, setzt sich mit allen seinen Kräften dafür ein, Yngves Begabung und Fortkommen zu fördern. Er hält Vorträge, bringt seine Werke im Rundfunk und in Ugrino-Konzerten zur Aufführung und bereitet im Ugrino-Verlag einen (dann doch nicht zustande gekommenen) Auswahlband seiner Kompositionen zum Druck vor. Diese Tätigkeit dokumentiert sich in den folgenden Texten: »Begegnung mit einem 13.-Jährigen« (Schriften II, S. 151f.), »Bild eines 14-Jährigen« (Schriften II, S. 153ff.), »Vorrede des Herausgebers« (Schriften II, S. 179), »Einleitung zum Konzert D-dur« (Schriften II, S. 677ff.). Mit geradezu besessener Ausschließlichkeit – das beweisen zahllose Briefe aus den Jahren 1947–1950 – verknüpfte Jahnn sein eigenes Schicksal mit dem des Heranwachsenden: »Ich finde das Leben und seine Vergnügungen so unzureichend, daß ich mich einen Narren schelten müßte, würde ich nicht das seltene Glück, in die Nähe eines jungen Musikgenies geraten zu sein, voll auskosten. – Einen Jungen umarmen zu dürfen, der die Beschaffenheit eines Bach oder Mozart hat, das ist für mich etwas Größeres als die künstlichen Paradiese des Glaubens. Daß ich für diesen grandiosen Zufall des Prinzips bezahlen muß, ist mir bekannt, und daß Bezahlen kein Bezahlen wäre, wenn es mir leicht fiele, weiß ich auch. So nehme ich denn meine schweren Sorgen einstweilen als einen metaphysischen Ausgleich – – bis sie mich so zermürbt haben, daß sie das letzte Glücksgefühl ausrotten.« (Jahnn an Willi Weismann, 23. 12. 1948 – Handschrift: Deutsches Literaturarchiv Marbach a. N.) –

Yngve Trede übersiedelte im Herbst 1950 von Hinterzarten nach Hamburg und lebte dort im Haushalt Jahnns. Er studierte an der Hamburger Musikhochschule Klavier und Komposition. Seine Zusammenarbeit mit Jahnn bezeugen die drei in diesem Band gedruckten Texte für das Musiktheater: die Bühnenmusik zu »Spur des dunklen Engels«, die Bühnenmusik zum »Neuen Lübecker Totentanz« (siehe S. 501 ff.) sowie die Oper »Schlimmer und schlimmer« (siehe S. 711 ff.). Er war auch an der Herausgabe der deutschen Neubearbeitung von Mozarts Oper »Die Gärtnerin aus Liebe« beteiligt (siehe Schriften II, S. 757). 1950 griff er eine literarische Anregung Jahnns aus »Fluß ohne Ufer« (siehe dort I, S. 694–697) auf und bearbeitete Clément Janequins Chanson »Le chant des oyseaux« beziehungsweise deren Lautenbearbeitung durch Francesco da Milano für Bläserquintett unter Hinzufügung einer fünften Stimme beziehungsweise eines ausschließlich von ihm stammenden 3. Satzes. Das Bläserquintett »Le chant des oyseaux« erschien 1959 im Ugrino Verlag Hamburg und war Jahnn zu seinem 65. Geburtstag gewidmet. – Bei der Bühnenmusik zu »Spur des dunklen Engels« handelt es sich (nach mündlicher Auskunft Ygnve Tredes) nur teilweise um eine Zusammenarbeit zwischen Jahnn und dem jugendlichen Komponisten. Die Mehrzahl der Musikstücke wurde von Jahnn aus bereits vorliegenden, größtenteils 1947 geschriebenen Kompositionen Tredes ausgesucht (eine Aussage, die zu den brieflichen Entstehungszeugnissen in einem gewissen Widerspruch steht) – die Musik hat also eher den Text inspiriert als daß dieser zur Umsetzung in Musik geführt hätte. Siehe dazu auch die Einzelnachweise.

297/*1* **Motto]** Nach mündlicher Auskunft von Yngve Trede handelt es sich bei diesem Lied um einen »Gassenhauer«, den Jahnn oft gesungen habe, wenn er ausgelassen war. Jahnns Quelle war nicht zu ermitteln. – Handschrift und Typoskript enthielten ursprünglich als Motto ein Zitat aus Shakespeares »Hamlet«, das dann jedoch gestrichen wurde.

300/*1f.* **einen Abschnitt der jüdischen Geschichte]** Ursprünglich sollte das Stück »Jonathan«, dann »David und Jonathan« heißen – kurzfristige Überlegungen, die der nach 1945 eher antijüdisch emotionalisierte Jahnn fallenließ, weil er fürchtete, man könne das Stück als eine Verherrlichung der jüdischen Geschichte mißverstehen (Brief an Yngve Trede, 27. 9. 1948). Von daher der Entschluß, den hebräischen alternative germanische Namen gegenüberzustellen. /*2* **1. Buche Samuelis]** Jahnns Quelle ist das 1. Buch Samuel, 8–31 sowie das 2. Buch Samuel, 1. In der Handlungsführung wie in der Namenswahl folgt Jahnn weitgehend der biblischen Quelle. – Der historische Saul (um 1000 v. Chr.) war der erste König Israels: »Auf der Suche nach den verlorenen Eselinnen seines Vaters wurde S. heimlich von Samuel zum ›Fürsten‹ über Israel gesalbt, dann in Mizpa durch das Los zum König bestimmt und vom ›ganzen Volk‹ anerkannt. Nachdem er sich durch den Sieg über die Ammoniter bei Jabesch als geistbegabter Heerführer erwiesen hatte, bestätigte das ›ganze Volk‹ in Gilgal seine Königswahl. Es gelang ihm, die Philister aus dem Gebiet Israels zu verdrängen und die Amalekiter zu besiegen. Aber weil er dabei den Anweisungen Samuels nicht gehorchte, wandte sich dieser von ihm ab. Zu diesem Zerwürfnis kam bald die erbitterte Rivalität zu seinem jungen Gefolgsmann David, wobei S., mehrfach in Raserei verfallend, David zu töten suchte, dann die Priesterschaft des Ortes Nob wegen ihrer Hilfeleistung für David umbrachte und schließlich David ergebnislos verfolgte. Aus Furcht vor den Rüstungen der Philister suchte S. eine Totenbeschwörerin auf, bei der ihm der Geist Samuels eine Niederlage ankündigte. So kam es auch: S. s Heer wurde von den Philistern in die Flucht geschlagen, und er gab sich selbst den Tod.« (Reclams Bibellexikon, S. 441) Jonathan, der älteste Sohn Sauls, »nahm an den Philisterkämpfen seines Vaters teil, schloß Freundschaft mit David und fiel wie sein Vater in der Schlacht gegen die Philister. David dichtete ein Klagelied auf J. und kümmerte sich um dessen Sohn Merib-Baal ⟨auch ›Mefiboschet‹⟩« (ebenda, S. 253) Jahnns Schmuel ist der biblische Samuel: Nach seiner Auseinandersetzung mit Saul salbt er den jugendlichen David zum zukünftigen König. »Später kommt David auf der Flucht vor Saul zu S., der jetzt Vorsteher einer ekstatischen Profetengruppe ist. S. wird nach seinem Tode in seiner Heimatstadt Rama begraben.« (ebenda, S. 438) – »David wurde als Sohn des Isai in Betlehem im Stamme Juda geboren. Als junger Mann kam er an den Hof Sauls, wo er aufgrund seiner Erfolge im Kampf gegen die Philister zum engen Vertrauten des Königs aufstieg. Er erwarb sich eine Volkstümlichkeit, die die des Königs in den Schatten stellte. Saul erkannte darin eine Bedrohung und suchte D. aus seiner Stellung zu verdrängen, später zu töten. Auf der Flucht vor Saul fand D. Unterstützung bei der mit dem saulidischen Krönungsheiligtum Gilgal verfeindeten Priesterschaft von Schilo und Nob. [...] D. führte in der jud. Wüste ein Freibeuterdasein, bis er zum philist. Lehensmann in Ziklag aufstieg. Durch kluge Politik konnte er sein Ansehen im Stamm Juda, bei Kenitern und Kalebitern so festigen, daß er nach dem Tode Sauls zum König einer Konföderation der Südstämme ausgerufen wurde.« (ebenda, S. 101) Schon früh galt David der hebräischen Überlieferung als der harfespielende Dichter von Liedern, später auch der Psalmen. /*19* **Ingraban]** Anspielung auf den Titel des 1916 in Norwegen begonnenen, Fragment gebliebenen Romans »Ugrino und Ingrabanien«. Jahnn hat den Namen möglicherweise von der Gestalt des Ingraban aus Gustav Freytags Roman »Die Ahnen« entlehnt.

301/*2* hormonale Beschaffenheit] »Ich möchte einen Satz hinschreiben, ohne eine Erklärung dafür zu geben, als ob ich vor mir selbst oder einem tiefererründenden Mitleser durch wenigstens eine Andeutung gerechtfertigt sein müßte – –. Neben einer leiblichen Verwandtschaft, also der aufzählbaren Summe von Erbanlagen, gibt es auch eine solche, einstweilen als zufällig zu bezeichnende der inneren Sekretion.« (»Vorrede des Herausgebers«, 1947 – Schriften II, S. 184) Jahnn hat sich seit den späten Dreißiger Jahren auf Bornholm mit Hormonexperimenten beschäftigt. Er nannte das aus Stutenharn gewonnene Präparat »Miramon« (nach seiner damaligen Stute Mira) und hielt es für ein »Wundermittel der Natur« (Fluß ohne Ufer III, S. 166). Nach seiner Begegnung mit Yngve Trede verdichtete sich ihm der Glaube an die hormonelle Disposition zu einer Art Chemie des Schicksals – der hormonellen Verwandtschaft der inneren Sekretion: »An ihm erweist sich, dass es (entgegen Mendel) eine Verwandtschaft der hormonalen Konstitution gibt« (Brief an Signe Jahnn vom 23. 1. 1949), eine Überzeugung, die Jahnn fast gleichlautend mit Brief vom 24. 2. 1949 Yngve Trede mitteilt. Zu Jahnns Glauben an die therapeutische Wirkung der aus Urin gewonnenen Hormone – er selbst nahm Ygnves Hormone ein – siehe seinen Brief vom 4. 4. 1946 an Werner Helwig (Fluß ohne Ufer III, S. 923 ff.) sowie vom 23. 3. 1954 an Sibylle Grüter-Harms (Schriften II, S. 1250 f.) sowie Freeman, S. 353 ff. */5f.* **wie Kant es in seiner Anthropologie definierte]** Jahnn zitiert hier aus dem Abschnitt »C. Der Charakter des Volks« von Immanuel Kants »Anthropologie«. Dort die Anmerkung zum Fleiß und Genie des Deutschen (Kant's gesammelte Schriften. Hrsg. v. der königlich Preußischen Akademie der Wissenschaften. Berlin 1907. Bd. 7, S. 318). Jahnn führt dasselbe Zitat 1950 auch in seiner »Grabrede für Albrecht Schaeffer« (Schriften II, S. 109) sowie am 14. 4. 1954 im »Mittwochsgespräch in Köln« (Schriften II, S. 37) an. Erstmals erwähnt in einem Brief an Herbert Jäger vom 18. 7. 1949. */11* **Der Andere ist Musiker.]** Jahnns eigener jugendlicher Wunsch war es, Musiker zu werden: »Ich hätte Musiker, soll heißen: Komponist werden können. Meine erste Emigration versetzte meine Absichten.« (Jahnn an Peter Suhrkamp, 7. 5. 1958 – Handschrift: Archiv des Suhrkamp Verlags, Frankfurt/M.). Siehe auch die Anm. zu S. 138/11 f. Jahnns Kompositionen und Kompositionsversuche sind unveröffentlicht, die Handschriften befinden sich im Besitz von Yngve Trede. Zitate eigener Kompositionen hat Jahnn in »Perrudja« (S. 92 f., 523 f., 573) sowie in »Die Niederschrift des Gustav Anias Horn« (Fluß ohne Ufer I, S. 775, 981, 985; II, S. 651 ff.) wiedergegeben. */17* **von einem Jungen]** Yngve Jan Trede, der zum Zeitpunkt der Abfassung von Jahnns Stück 15 beziehungsweise 16 Jahre alt war – siehe die Anm. zu S. 295/5. */25f.* **»Das alte Jahr vergangen ist«]** Siehe S. 432/8 ff. */29* **Die Gegenfuge »Zwiesprache«]** Siehe S. 403/1 ff.

302/*3ff.* **daß die Musikstücke ... verraten]** Das Frühwerk Tredes ist weitgehend von barocken Stilkopien, vor allem der Fugenform Bachs, inspiriert. – »Seine Begabung ist die Polyphonie. Seine Fugen zeigen mehr als alles andere die Richtung seines Könnens und den Willen, Strophen und Themen als Teile eines vollendeten Baus zu betrachten.« (»Bild eines 14.-Jährigen«, 1947 – Schriften II, S. 160) */21f.* **etwas über Bühneneinrichtungen im allgemeinen zu äußern]** Jahnn hat diesen Gedanken in seinen Schriften zum Theater in den 50er Jahren mehrfach geäußert: man siehe im vorliegenden Band »Vorbemerkungen ⟨zu ›Spur des dunklen Engels‹⟩« (S. 978 ff.), »Diskussion über das ›Drama‹« (S. 1000), »Requisiten des Theaters« (S. 1003 f.), »Forderung an die Bühneneinrichtung« (S. 1054 ff.), »⟨Theater, Schauspieler, Bühnenautoren⟩« (S. 991 f.) und »Der Bühnenautor und das Theater« (S. 1073 ff.). */35f.* **Daß den Schaubühnen unserer Tage auch der echte erotische Geist fehlt]** Auch dieser Gedanke ist in den fragmentarischen »Vorbemerkungen ⟨zu ›Spur des dunklen Engels‹⟩« schon vorgeprägt (siehe S. 982 f.). Jahnn wiederholt die Formulierung in dem 1952/53 entstandenen Beitrag »Requisiten des Theaters« (S. 1002).

305/*6* **Fürst Schmuel ist auffallend gekleidet]** Schmuel wird bei Jahnn zu einem katholischen Kardinal und mit der Stadt Rama verweist er auf das Rom des Vatikans. */19f.* **Er ging ... den Schafen nach.]** Die Figurenrede spielt auf 1. Samuel 15, Vers 11 (»Es ist noch übrig der jüngste; und siehe, er

hütet der Schafe.«) sowie auf eine Begebenheit aus Yngve Tredes Biographie an: »Zur Zeit des Erwachens seines Kompositionstriebes hütete er die Kühe eines schwarzwälder Bauern in den Bergen. Seine Gedanken, seine Ängste, zuweilen ein Buch oder eine Taschenpartitur, die Liebe und der Eigensinn der Tiere und die Landschaft, die er seiner schlechten Augen wegen nur undeutlich wahrnahm – das füllte seine Tage aus.« (»Bild eines 14-Jährigen« – Schriften II, S. 163 – siehe ebenda, S. 186).
306/*13f.* **Begegnungen sind Stricke, die uns binden.]** Siehe das Kapitel »Die Begegnung« in »Epilog« (Fluß ohne Ufer III, S. 142ff.).
307/*12f.* **Es waren unruhige Zeiten im Lande.]** Schmuels Figurenrede malt die Situation, wie sie unmittelbar nach 1945 im besiegten Deutschland herrschte – Jahnn hatte sie auf seiner vom 16. 11. bis 28. 11. 1946 unternommenen Reise durch die Westzonen Deutschlands kennengelernt.
309/*15ff.* **Hilf mir, Gott, ... daß das Loch der Grube nicht über mir zusammengehe.]** Die Figurenrede zitiert Psalm 69, Verse 2/3 und 16: »Gott, hilf mir; denn das Wasser gehet mir bis an die Seele. Ich versinke in tiefem Schlamm, da kein Grund ist; ich bin im tiefen Wasser, und die Flut will mich ersäufen. [...] Errette mich aus dem Kot [...], daß mich die Wasserflut nicht ersäufe und die Tiefe nicht verschlinge und das Loch der Grube nicht über mir zusammengehe.«
311/*16f.* **Deine Brustwarzen]** Brustwarzen signalisieren als ikonographisches Detail die mann-männliche Liebe – siehe Fluß ohne Ufer I, S. 504 und Späte Prosa, S. 141 sowie den Brief Jahnns vom 28. 8. 1946 an Werner Helwig (zit. Fluß ohne Ufer III, S. 783). /*25ff.* **Ich habe die Tonsätze vieler Meister ... es sind kindliche Versuche.]** Im ersten Entwurf ist dieser Dialog noch erkennbarer auf das biographische Vorbild Davids, Yngve Trede, perspektiviert:

»David. Ich habe die Musik vieler Meister gelesen; auch manche ihrer Großen Partituren. Ich war dabei, etwas Eigenes zu erfinden und zu instrumentieren. Es entstand – wie auch sonst. [...] Ich stelle sie ⟨= die Musik⟩ mir vor – nacheinander – aber doch auch gleichzeitig außer der Zeit – und die Harmonien als Farben.
Samuel. Du bist ein Talent -
Jonathan. Ein Genie, Samuel! [...]
David. Ich schreibe hauptsächlich polyphon.« (Handschrift I, Heft I, S. 20f.) – In »Bild eines 14Jährigen« schreibt Jahnn: »Die Musik Bachs, Buxtehudes, Scheidts, Lübecks ist seine musikalische Gegenwart, die unmittelbare Nachbarschaft seiner Kindheitsjahre gewesen. Aus dem Studierzimmer seines Vaters hat er sich ihre Werke des Morgens mit ins Bett genommen, um sie zu lesen. [...] Des Morgens im Bette liegend erfand er auch seine eigenen Werke und überprüfte das noch nicht niedergeschriebene thematische oder strophische Material, das sich in ihnen gebildet hatte.« (Schriften II, S. 160, 164) /*27* **Schmaus]** Kryptische Anspielung auf einen heute als unecht entlarvten Brief Mozarts (Mozart. Briefe und Aufzeichnungen. Gesamtausgabe, Bd. 4, Kassel 1963, S. 529f. – siehe das entsprechende Zitat: Schriften II, S. 1260), den er angeblich 1790 in Prag schrieb. Die Teile des Briefes, die sich mit dem künstlerischen Schaffensprozeß befassen, sind oft zitiert und als echte Enthüllung des Mozartschen Schaffensgeistes betrachtet worden. –

Das Schlüsselwort »Schmaus« verwendet Jahnn auch in der »Niederschrift« zur Chiffrierung des schöpferischen Realisierungsprozesses, und zwar in jenem musiktheoretischen Einschub, den er aufgrund seiner Gespräche mit Yngve erst im Sommer 1949 noch in die Fahnenkorrektur eingefügt hatte. (Fluß ohne Ufer II, S. 641 und die Anm. III, S. 888f.).
312/*2* **Die Söhne der Engel ...]** Siehe die Anm. zu S. 295/2f. /*5f.* **Jede Prophezeiung wird zuschanden an Untererfüllung und Übererfüllung.]** Jahnn zitiert (und interpretiert) diesen Satz in seinem am 17. 4. 1950 in Zürich gehaltenen Vortrag »So oder so« – siehe Schriften II, S. 102). /*13* **Du darfst, was dir gefällt.]** Der Weg vom ersten Entwurf zur Druckfassung ist, wie bei allen Werken Jahnns, im Bereich der gleichgeschlechtlichen männlichen Liebe einer der Camouflage und Zurücknahme vom Bekenntnis zur Andeutung. Im ersten Entwurf formuliert die Figurenrede noch: »Du kannst die ganze Nacht bei mir bleiben. Ich habe ein ⟨i. d. Hs.: einen⟩ unzerschnittenes Tuch, groß genug, daß wir beide bedeckt werden, wenn wir uns nahe zueinander legen.« (Handschrift I, Heft I, S. 22) /*22f.* **Sofern eine Begegnung ein Anfang ist.]** Im ersten Entwurf folgt noch: »Und nicht eine Fortsetzung oder Wiederholung.« (Ebenda) /*24* **Fuga Habenichts]** Nach mündlicher Auskunft von Yngve Trede ist der Titel der Fuge eine Anspielung auf Jahnn, der sich selbst als »Habenichts« bezeichnet habe. Unter der in seinem Besitz befindlichen Handschrift der Komposition hat Yngve Trede vermerkt: »Diese Fugen, die Namen haben: Empfehle mich Herr Habenichts, habe ich für Henny geschrieben.« Musikalisch orientiert sich das Stück ganz bewußt am Hauptthema von J. S. Bachs »Kunst der Fuge«. Das Thema und seine Umkehrung zitiert Jahnn im Notenbeispiel in der »Niederschrift« (Fluß ohne Ufer II, S. 643). Bei einem Besuch in Hinterzarten schreibt Jahnn am 31. 5. 1949 an seine Frau Ellinor: »Es ist bezeichnend für ihn ⟨Y. T.⟩ und für jede genialische Leistung im allgemeinen, daß sein erstes Werk für die Öffentlichkeit ein Schlag ins Gesicht dieser Öffentlichkeit ist. Er läßt sich den David so benehmen, wie sich ein großes Talent benimmt. Anstatt dem König Saul etwas Gefälliges vorzutragen, spielt er zwei Fugen in d-moll von einer außerordentlichen Kunstfertigkeit, und das Ganze wird im rasenden Tempo vorgetragen. Die hundert Takte der ersten Fuge beanspruchen 3/4 Minute und die dreihundert Takte der zweiten Fuge nur eine einzige Minute. Es gehört also geradezu eine ungeheure Musikalität dazu, um die Kompositionen überhaupt aufzufassen. Anfangs bin ich über diese Äußerung der Genialität auf der Bühne etwas bestürzt gewesen, – bis ich mir überlegte, daß man dergleichen eben mit 15 1/2 Jahren tut. Die dritte Komposition endlich, die ein Jahr später (in der Zeit des Stückes) zum Vortrag kommt, ist langsam und weit ausgesponnen, aber auch sie steht in d-moll. Begründung: ›Wenn ich an dich denke, kann ich nur in d-moll schreiben.‹«
319/*23f.* **das Schicksal des Menschen ereilt]** In dieser Formulierung klingt bereits der Titel von Jahnns Fragment gebliebenem homosexuellen Liebesroman »Jeden ereilt es« (1951/52) an – nämlich die Befallenheit des Menschen durch das Unausweichliche: die Liebe und den Tod. /*35f.* **ein unberührtes -]** Die camouflierende Elision war im ersten Entwurf noch ausgesprochen: »ein unberührtes Weib«.

320/4. Aber das Verlangen nach Zerfleischung, nach Schmerz] Das sadomasochistische Begehren, die tödliche Lust, die Wunde als Mittel zur Erfahrung des Körpers sind konstitutiv in Jahnns erotischer Ästhetik der Leiblichkeit. Die Vorstellung des gewaltsamen Durchbrechens des Körperpanzers kehrt in so gut wie jedem poetischen Text Jahnns seit den Jugenddramen und seit »Ugrino und Ingrabanien« wieder – nach jener Formel der Figurenrede des Jüngeren Knaben aus der Tragödie »Medea«: »Du darfst mich töten, wenn du mich nur liebst.« (Dramen I, S. 819) Siehe auch den in »Pastor Ephraim Magnus« inszenierten »Lustmord« (Dramen I, S. 90ff.) – Zum kulturtheoretischen Zusammenhang siehe: Manfred Maurenbrecher: Subjekt und Körper. Eine Studie zur Kulturkritik im Aufbau der Werke Hans Henny Jahnns, dargestellt an frühen Texten. (Europäische Hochschulschriften. Reihe I Deutsche Sprache und Literatur. Band 698.) Bern, Frankfurt/M., New York 1983. */17f.* **du bist auch der Sohn eines Engels.]** Im ersten Entwurf folgt noch die später unterdrückte Passage: »Deiner Mutter Schoss ist durch zweierlei Kraft schwanger geworden. [...] Du mußt es hinnehmen, wie ich es ausspreche. Du bist wie kein anderer Mensch beschaffen, wenn das Ebenmaß Deiner Gestalt auch ein menschliches ist. Auch die Engel gleichen uns; aber ich denke mir, daß jedes Glied an ihnen, der Wurf ihrer Bewegungen, die matte Tiefe ihrer Augen, der heitere kußbereite Mund, ihre vom Berühren aller Dinge dieser Welt geleuterten schnellen Hände – wie deine Hände – vergleichbar der Summe | tausendfacher junger menschlicher Schönheit sind. Wir wissen indessen nicht, wie Engel mit sich umgehen und was sie mit ihrem Samen tun. Da sie männlich sind, können sie unmöglich ein paar Jahrtausende in der Nichtlust beharren. Das begreift jeder, der selbst männlich ist.
David. Ich weiß es auch nicht, wie sie es halten; denn weibliche Engel gibt es nicht. Von Luzifer sagt man, daß er seine Lenden über die Erde ausschütte. Und er ist doch einer der Urengel, der schönsten einer, der verzweifelte.« (Handschrift I, Heft I, S. 26f.) – Die hier kryptische chiffrierte Engelsanspielung wird von Jahnn in »Bild eines 14-Jährigen« vorausdeutend vorweggenommen und auf Yngve projiziert: »Ich habe ihn schon sehr früh ›Sohn eines Engels‹ genannt.« (Schriften II, S. 157) »Er ⟨Yngve⟩ ist eben nicht mein Sohn, sondern der Sohn eines Engels. Und die gemeinsame Luft mit ihm weckt den Durst nach dem Unerfüllbaren, nach der Harmonie, nach weniger Schmerz, weniger Trennung, weniger Daseinsvernichtung.« (Jahnn an Judit Kárász, 2. 5. 1950)
322/3 Du wirst ein Instrument bekommen.] Jahnn ließ 1947/48 speziell für Yngve durch die Ludwigsburger Orgelbaufirma Walcker eine Kammerorgel mit zwei Manualen konstruieren, die im Januar 1949 geliefert wurde – »versehen mit einer Bronzeplakette, die die Widmung FÜR YNGVE VON H. H. J. trug. [...] Yngve benutzte die Orgel kaum.« (Freeman, S. 519) Im ersten Entwurf besitzt der Dialog noch deutlichere Umrisse: »Jonathan. Du wirst ein Instrument bekommen. Ich werde dich eine Zeitlang verborgen halten.
David Ist es denn erstrebenswert, König zu sein, wenn man berufen ist, Musiker zu sein?
Jonathan Es ist nicht erstrebenswert an sich. Aber du würdest die Macht

mildern, die in meiner Hand hart bleibt. Von dir wird ein allgemeiner Segen ausgehen, Frieden und Wohlstand.
David Richte es mit mir ein wie du willst. |
Wir müssen einander etwas beschwören – Das Schicksal ist im Bündnis mit der Zeit. In der Zeit können wir getrennt werden. Die Trennung kann uns ängstlich und kleinmütig machen. Rede der Einflüsterer kann unsere Zuversicht in einander erschüttern. Das Gift des Mißtrauens ist auch für uns da. Darum muß die Nacht ein Wort hören, das nicht widerrufen werden kann. Und wer es bricht, soll keinen Frieden fürderhin in seine⟨r⟩ Seele haben.
David So sprich vor, was du für nötig hältst.
Jonathan Es soll niemals Feindschaft zwischen uns sein. Es darf niemals sein, daß der eine den anderen nicht achte, was er auch tue. Diese Stunde, in der wir von einander durchdrungen sind, muß in allen Stunden unseres Lebens wiederkommen, sodaß unsere zukünftigen törichten und voreiligen Taten alles Gewicht verlieren.
David Warum sagst du nicht, daß wir einander lieben?
Jonathan Du sagst es. Und nun gehört es dazu. |
Ich schwöre bei Deinem Engel, bei deinem Mitvater.
David. Und wenn es ihn nicht gibt? – Es ist doch nur ein schönes Spiel, meine Abstammung zu verklären.
Jonathan So schwöre ich bei DIR. Denn du bist jetzt vorhanden. Und du bei MIR. Denn ich bin jetzt vorhanden. So ist der Eid unabdingbar, solange wir beide leben.
David (umarmt Jonathan und küsst ihn knabenhaft scheu) Ist nun alles gesagt?
Jonathan Es wird niemals gesagt werden können.
David Aber doch genug, daß wir uns jetzt legen können?
Jonathan Gewiss
David So ziehe endlich deinen Rock aus! Er kann uns als Kopfkissen dienen.« (Handschrift I, Heft I, S. 30ff.) /*13f.* **Er kann uns als Kopfkissen dienen.]** Danach folgt in der ersten Fassung die später gestrichene Regieanweisung: »umarmt Jonathan und küßt ihn knabenhaft scheu.« – Man siehe, was Judit Kárász in ihrem Tagebuch am 24. 8. 1947 über Jahnns Werben um Yngve festhält: »Yngve und Henny sind hier. Es ist unglaublich das Ganz⟨e⟩. Ich kann es kaum niederschreiben. Yngve am Klavier. Oder sie beide zusammen. Oder sie umarmen sich. Henny liebt Yngve so sehr; mit Augen, Händen, Reden. Yngve mißbraucht Henny, beschimpft ihn, aber lacht ihn nicht aus. Er schätzt ihn. Ob es Liebe ist? Wer weiß? Yngve ist so schön, zuerst viel mit den Augen. Seine Bewegungen, wie die von Hilmar ⟨Trede, Yngves Vater⟩, sein Gang. Aber am Klavier sieht man, vor dem man es hört, daß er ein ganz anderer. Sein Behandeln vom Klavier, seine Musik ist alles so erwachsen, so erstaunlich. Und wie fabelhaft schön alles klingt, das er komponiert. Es ist wunderbar. Und er ist doch auch Kind. Und Henny dabei. Oh, es ist merkwürdig, das Ganze. Während er in sich Gustavs Musik schuf im Roman ⟨»Niederschrift«⟩, verwirklichte sie Yngve unabhängig von ihm, seine Ideen, seine Pläne, seinen Roman. Es ist so merkwürdig, Henny zu sehen, wie er dieselben Liebkosungen austeilt, wie vor 12 Jahren an mich. Das Ganze grenzt an ein Wunder« (zitiert nach:

Freeman, S. 503). */18* **wird sie für uns beide reichen.]** Danach folgt im ersten Entwurf noch: »Wir müssen uns nur umschlingen und gleichzeitig niederlegen.« */27f.* **Takt 1–15 der Phantasia c-moll für Klavier von W. A. Mozart]** Gemeint ist Mozarts Fantasie c-moll KV 475 (mündliche Auskunft Yngve Trede). Jahnn hat dieses Stück sehr geschätzt und oft selbst am Klavier gespielt (mündliche Auskunft Yngve Trede). – Zu Mozart scheint Jahnn erst in den Dreißiger Jahren gefunden zu haben; von da an stand er gleichberechtigt neben Bach und den älteren Meistern der Polyphonie wie Buxtehude, Scheidt, Lübeck oder Josquin. Als Chiffre für das tragisch an der Umwelt scheiternde Genie sind Mozarts Person und Werk seit der 1937 begonnenen »Niederschrift« ubiquitär im literarischen wie essayistischen Werk Jahnns. Siehe auch Jahnns Artikel zum 200. Geburtstag Mozarts am 27. 1. 1956 (Schriften II, S. 1401 f.).
232/*16ff.* Aber wir haben keinen Frieden. Sogar einen schimpflichen Vertrag verweigert man uns.] Zeitaktuelle Anspielung auf die Tatsache, daß der bedingungslosen Kapitulation Deutschlands 1945 kein Friedensvertrag nachfolgte. Siehe auch Jahnns 1949 geschriebenen, damals aber unveröffentlicht gebliebenen Artikel »Friedensschluss mit einem geeinigten Deutschland« (Schriften II, S. 351 ff.).
324/*24* Mein Amalekiter] Angehöriger der Amalekiter: »Nomadenstamm auf der nördl. Sinaihalbinsel, in der Frühzeit Israels dessen ständiger Feind, [...] von Saul besiegt, von David endgültig unterworfen.« (Reclams Bibellexikon, S. 31).
325/*13f.* die unausweichliche Gewalt ... die Liebe.] Das »Unausweichliche« ist in der »Niederschrift des Gustav Anias Horn« zugleich eine Daseinschiffre und der Name von Horns großer Sinfonie. Siehe auch das Paralipomenon »Die Suche nach dem rechten Mann« des »Epilog«-Fragments (Fluß ohne Ufer III, S. 418).
326/*7* Pontifex] Lat. Pontifex Maximus: der oberste Priester, auch Bezeichnung für den Papst. */34* **das edelste aus dem Gespann des Sonnenlenkers]** Anspielung auf Helios, den griechischen Sonnengott: »Nach allgemeiner Vorstellung fuhr er in seinem vierspännigen Wagen während des Tages über den Himmel, von Eos ⟨der Morgenröte⟩ angekündigt und begleitet. Bei Nacht kehrte er von Westen nach Osten in einer riesigen goldenen Schale über den Fluß Okeanos zurück.« (Reclams Lexikon der antiken Mythologie, S. 214).
327/*4* Sein Vortrag ist präzise ...] Jahnn scheint hier Yngve Tredes Spiel zu beschreiben. Siehe auch die Anm. zu S. 312/24. */5f.* **das Abstrakte der kunstvollen Formen]** Abstrakt nannte Jahnn die polyphone, kontrapunktische Musik der Renaissance und des Barock im Gegensatz zur subjektiven, pathetischen Musik der bürgerlichen Moderne: »Die Musik ist ihrem innersten Wesen nach eine abstrakte Kunst« (»Abstrakte und pathetische Musik« – Schriften II, S. 686, S. 1389 ff.). Siehe auch die 1949 noch in die Korrekturfahnen der »Niederschrift« eingeschobene musiktheoretische Passage, die von der gleichen Dichotomie ausgeht (Fluß ohne Ufer II, S. 639–645). */7* **Fuga für Klavier »David spielt vor König Saul«]** Der Titel der Fuge stammt von Jahnn, der das Thema bereits in der »Niederschrift« zitiert (Fluß ohne Ufer II, S. 643 unten).

329/*1* **Fuga für Klavier »Auf der Harfen Süsse«]** Ihr Titel stammt von Jahnn.
333/*3* **Auch das ist ein Mensch ... und es müßten beide sein.]** Im ersten Entwurf lautete der Dialog zwischen Saul und Jonathan: »Saul (erhebt sich, reckt sich, schlägt die Hände vors Gesicht, beginnt lautlos zu weinen.
⟨fünf Zeilen bleiben unbeschriftet⟩
Einen solchen Menschen gibt es. Das ist gezeugt, geboren worden und aufgewachsen. Wer sind wir anderen, wenn er das Werk von 16 oder 17 Jahren ist? – Man muß ihn über alle Maßen lieben. – Jonathan – liebst du ihn nicht? –
Jonathan (verwirrt und leise)
Gewisslich. – Ich habe – ich bin ihm längst überantwortet.« (Handschrift I, Heft I, S. 42). /*3f.* **Sticht man hinein, öffnen sich die blutigen Lippen einer Wunde.]** Ein zentrales Jahnnsches Motiv: die offene Wunde, der Körper als Durchlaß zwischen Innen und Außen. Es tritt im Werk zuerst in dem Fragment gebliebenen Roman »Ugrino und Ingrabanien« in Erscheinung: »Doch plötzlich riß sie die Decke dem Knaben fort und zog das Hemd von seinem Leib und zeigte mit ihren Fingern auf eine große Wunde etwas unterhalb des Nabels, die unverbunden war, und stürzte dann über ihn und leckte sie mit ihrer Zunge und küßte sie und schrie ganz innen: ›Es ist mein Blut und mein Fleisch.‹« Später kommt es in der »Mov«Episode des »Epilog« (Fluß ohne Ufer III, S. 48ff. – von Jahnn auch als eine der »13 nicht geheuren Geschichten« veröffentlicht, a. a. O., S. 454ff.) vor und wird zum zentralen Motiv der aus dem Romanprojekt »Jeden ereilt es« (Späte Prosa, S. 44) ausgegliederten Novelle »Die Nacht aus Blei« (Späte Prosa, S. 300ff.). Zur Deutung des Motivs siehe man das Nachwort des Herausgebers in: Späte Prosa, S. 532f., sowie: Manfred Maurenbrecher, Subjekt und Körper, S. 295–302.
335/*24f.* **Ich schreie nach dir, wie ein Hirsch nach Wasser.]** Jahnn paraphrasiert Psalm 42,2: »Wie der Hirsch schreiet nach frischem Wasser, so schreiet meine Seele, Gott, zu dir.«
337/*17f.* **»Saul hat Tausend geschlagen, aber David hat Zehntausend geschlagen.«]** Jahnn zitiert 1. Samuel 18, Vers 7: »Und die Weiber sangen gegeneinander und spielten und sprachen: Saul hat tausend geschlagen, David aber zehn tausend.«
339/*11* **Ich hatte einen Bleiklotz in das Tuch eingenäht.]** Hier weicht Jahnn von seiner Vorlage ab. 1. Samuel 17, Vers 49: »Und David tat seine Hand in die Tasche und nahm einen Stein daraus und schleuderte und traf den Philister an seine Stirn, daß der Stein in seine Stirn fuhr und er zur Erde fiel auf sein Angesicht.«
341/*2* **Er schreibt an einer Symphonie.]** Hier weicht Jahnn auch von Yngve Tredes musikalischer Entwicklung ab (»Er bemächtigte sich in seiner Vorstellung erst einmal des Orchesters als Klanggeber.« – Schriften II, S. 164).
342/*28f.* **»David hat Goliath erschlagen, Saul hat eine Ratte erschlagen.«]** Nicht biblisch – von Jahnn »erfundenes« Zitat.
343/*10f.* **Dem Antinoos wurden Tempel errichtet; ein Stern am Himmel erstrahlt mit seinem Namen.]** »ein junger Mensch aus Bithynien,

welchen der Kaiser Hadrian dermaßen liebete, daß, als er ungefähr in den Nil fiel und ertrank, er nicht nur ihm zu Ehren die Stadt Antinopolis in Aegypten erbauete; sondern auch wollte, daß er göttlich verehret werden sollte. [...] Sein Bildniß wurde an den Himmel versetzet; und es soll eben dieser Antinous seyn, der sonst für den Ganymedes angegeben wird, welches dann eines der nördlichen Gestirne ist, worinnen Tycho de Brahe drey; Kepler und Grienberg aber sieben Sterne beobachtet haben.« (Benjamin Hederichs gründliches mythologisches Lexikon. Leipzig 1770, Sp. 289) – Jahnn hat auf diese homoerotisch getönte Jünglingsfigur der antiken Mythologie wiederholt angespielt (Fluß ohne Ufer I, S. 317; II, S. 376 und S. 537; Schriften II, S. 181 und S. 203; Späte Prosa, S. 140 und S. 233). Er zeichnet ihn stets als schwermütig. /*15f.* **bekennen sich zur Militärmusik und zu Tingeltangelrefrains]** In »Abstrakte und pathetische Musik« schreibt Jahnn Ende der 40er Jahre: »Das schöne Reich, unsere reiche Heimat Deutschland ist unter der Fanfarenbegleitung von Marschmusiken und dem heldenhaften Schwulst eines Richard Wagner [...] in Finsternis gesunken.« (Schriften II, S. 684) Die Kriegsberichtserstattungen des Reichsrundfunks wurden 1939–45 immer mit einem fanfarenartigen Motiv aus Franz Liszts sinfonischer Dichtung »Les Préludes« eingeleitet. /*17f.* **Der schlechte Geschmack ist selbst in den Muscheltönen der Choräle.]** »Ich will ihn ⟨Bach⟩ gewiß nicht anklagen; doch die schwülen und gleichzeitig pedantischen Gebetsgemälde seiner Orgelkoräle [...] habe ich aus meinem Bewußtsein hinaustun müssen; sie sind voll seiner Kunst, aber so tödlich unfrisch.« (Fluß ohne Ufer I, S. 681 – siehe auch die ähnlichen Formulierungen in »Abstrakte und pathetische Musik«, Schriften II, S. 685, S. 687).
344/*17f.* **hat dein Held zum Kegeln genommen.]** Im ersten Entwurf heißt es noch uncamoufliert: »hat er zur Hure gemacht!«.
345/*1* **Fuga für Klavier]** Yngve Trede (mündliche Information) hat sie 1950 eigens für diese szenische Situation komponiert, an der sie natürlich nicht ganz erklingen kann. Ihr Titel »Aber König Saul Nicht Faul Greifet Nach der Spiesse« (siehe das Motto S. 297/1 und die Anm. dazu) spielt an auf 1. Samuel 19, Verse 9–10: »Aber der böse Geist vom HErrn kam über Saul, und er saß in seinem Hause und hatte einen Spieß in seiner Hand; David aber spielte auf der Saiten mit der Hand. Und Saul trachtete David mit dem Spieß an die Wand zu spießen. Er aber riß sich von Saul, und der Spieß fuhr in die Wand. David aber floh und entrann dieselbige Nacht.« Auf diese Bibelverse spielt schon »Die Krönung Richards III.« an (Dramen I, S. 398).
356/*1f.* **das Ergebnis vieler von Zank und häuslichen Schrecken zerrissener Wochen.]** Auf der Ebene des Familiendramas kryptische Anspielung auf die Auseinandersetzung zwischen Jahnn und Yngves Mutter Ursula Trede um die Zukunft des Jungen – siehe hierzu die ausführliche Darstellung bei Freeman, S. 503ff. und 532ff. /*20* **dir mein Eingeweide zu geben]** Siehe die Figurenrede Menkes in »Der Arzt /Sein Weib/ Sein Sohn«, einem Stück, das auf dem Hintergrund der Beziehungskonstellation Jahnn / Harms / Jürgensen auch als »Familien«-Drama gelesen werden kann (Dramen I, S. 497).
357/*27f.* **Kastor und Pollux, Cosmas und Damian, Telemach und Peisistratos, Idomeneus und Meriones]** Schöne Jünglinge der mythologi-

schen Überlieferung: Kastor und Pollux, die sogenannten Dioskuren, die beiden unzertrennlichen Söhne des Zeus (siehe Fluß ohne Ufer I, S. 77; III, S. 333; Späte Prosa, S. 140); Kosmas und Damian, heilkundiges Brüderpaar, die als frühchristliche Märtyrer starben (siehe Perrudja, S. 456; Fluß ohne Ufer II, S. 238; III, S. 333; Schriften I, S. 716 und die Anm. dazu); Telemach, der Sohn des Odysseus – Peisistratos, »einer von Nestors und der Anaxibia Söhnen, der sich insonderheit gegen die Fremden sehr gütig erwies« (Hederich, a. a. O., Sp. 2020); Idomeneus, König von Kreta, zusammen mit Meriones Befehlshaber der kretischen Streitkräfte im Trojanischen Krieg. – Die »Freundzwillinge« verweisen über den Freundschaftsbund David-Jonathan zurück auf die von Jahnn gestiftete Privatmythologie seiner Freundschaft mit Harms.

372/*22f.* **mit Morphinspritzen]** »Ich versuche mein Mißgeschick nicht einmal mehr zu analysieren. Ich greife einfach zum Morphin und flüchte mich in den Traum oder aus der Zeit. – Da ich nirgendwo eingreifen, handeln kann, mich und die Meinen nicht einmal ernähren, immer nur warte, Tage und Wochen verstreichen lasse – so stellt sich dieser narkotische Zustand ein, der mich doch vielleicht davor bewahrt, etwas zu tun, nämlich das, was mir noch übrig geblieben ist.« (Jahnn an Werner Helwig, 26. 2. 1948) Jahnn nahm zeitlebens immer wieder Aufputschmittel – neben Morphium vor allem Opium, insbesondere in den Jahren der nervenzerrüttenden Auseinandersetzung um die Zukunft Ygnves. /*39* **Die Heide ist härter.]** Die Figurenrede spielt auf Shakespeares »König Lear« an. Siehe auch Dramen I, S. 358/27ff.

382/*14* **Ricercar. Will ihn nakkeln an die Wand]** Zum Titel, der wiederum von Jahnn stammt, siehe die Anm. zu S. 345/1. Ricercar: seit der Mitte des 16. Jahrhunderts der Terminus für vorwiegend in Imitationstechnik gearbeitete Instrumentalkompositionen, einer Gattung, die später zur Fuge führte (mit der der Terminus seit dem frühen 17. Jahrhundert auch synonym gebraucht wird).

385/*5* **Ich habe ihn adoptieren wollen.]** Auch hier spielt die Figurenrede wieder auf Jahnns Lebenssituation und seine Wünsche an: »Ich möchte Yngve in meine Obhut nehmen, ehe es zu Spannungen in ihm und um ihn gekommen ist. Ich fürchte mich jedenfalls nicht vor den Eskapaden eines sich regenden Genies. Daß ich dabei manche Demütigungen entgegennehmen muß, habe ich einkalkuliert.« (Jahnn an Fritz Weissenfels, 23. 1. 1947)

388/*18* **eine Glasampulle mit Gift]** Jakob Chervat in »Der staubige Regenbogen« begeht Selbstmord, indem er eine Glasampulle mit Gift zerbeißt (siehe S. 920f.), und auch Thomas Chatterton bringt sich mit Gift, Arsenik, um (siehe S. 703f.).

389/*21f.* **der einen schmächtigen ... Knaben in den Armen trägt]** In diese Nebenfigur scheinen zwei Begegnungen eingegangen, die Jahnn in »Bild eines Vierzehnjährigen« beschreibt und deren Schicksal er dem des jungen Ygnve Trede gegenüberstellt (Schriften II, S. 175ff. – siehe auch die in Kleinigkeiten abweichende Darstellung in »Vorrede des Herausgebers«, Schriften II, S. 194ff.).

391/*8f.* **Es lief Abners Wagen an ... Der stürzte.]** In der Schilderung von Abners Tod weicht Jahnn von der biblischen Quelle ab.

392/*14* **Romeo und Julia]** Die Figurenrede spielt an auf Shakespeares »Romeo und Julia«, V. Akt, 3. Szene, die in der Gruft der Capulets spielt: Romeo trinkt Gift am Sarg der scheintoten Julia; als diese erwacht, ersticht sie sich mit Romeos Dolch. /*19ff.* **Achill von der Bühne herab ... als Patroklos umgekommen war?]** »Patroklos wurde der Knappe von Peleus' jungem Sohn Achilleus und nach einiger Zeit sein Geliebter. Als Achilleus noch als junger Mann in den Trojanischen Krieg auszog, schickte Menoitos P. als Ratgeber des hitzköpfigen Fürstensohnes mit. P. kämpfte tapfer, zog sich aber zusammen mit Achilleus aus dem Krieg zurück, bis er sah, wie die Trojaner die griechischen Schiffe angriffen. Er bat um die Erlaubnis, in Achilleus' Rüstung in die Schlacht einzugreifen, und erhielt sie. P. jagte die Trojaner in die Flucht, die ihn zuerst fälschlich als Achilleus ansahen. Er tötete den lykischen König Sarpedon und führte die Griechen dreimal zum Sturm auf die Mauern von Troja, wurde aber schließlich von Euphorbos verwundet und von Hektor getötet. Nachdem Hektor ihm Achilleus' Rüstung ausgezogen hatte, wogte ein stundenlanger Kampf um seinen nackten Leichnam, bevor die Griechen ihn retten konnten. Achilleus weigerte sich, den Leichnam [...] zu begraben oder Nahrung zu sich zu nehmen, bis er sich an den Trojanern gerächt hatte. Beim Begräbnis tötete er zwölf junge Trojaner auf seinem Grab.« (Reclams Lexikon der antiken Mythologie, S. 409f.) – Die Figurenrede spielt an auf die leidenschaftliche Klage des Achill um Patroklos' Tod (Ilias, XVIII,79ff. beziehungsweise 324ff.). /*22* **Und dann tötete er auch noch den Hektor.]** Achill gelobte, Patroklos' Tod durch den Tod Hektors zu rächen. Die Figurenrede spielt an auf »Ilias« XXII. /*22f.* **Eduard von England]** Die Figurenrede spielt an auf Marlowes Tragödie »The Troublesome Raigne and lamentable Death of Edward the Second, King of England«. Jahnn ist auf den Tod Eduards mehrfach zu sprechen gekommen: 1955 in seinen Diskussionsbeiträgen zum »Darmstädter Gespräch 1955 Theater« (S. 1050f.), 1956 im Entwurf zu seinem Nachruf auf Brecht (Schriften II, S. 317) und 1959 in seinem Kieler Vortrag »Der Bühnenautor und das Theater« (S. 1068f.) – Zu Jahnns Auseinandersetzung mit Marlowe siehe die Anm. S. 233/1. /*27* **Die Eigenschaft der Liebe ...]** Siehe die ähnliche Formulierung in einem der Paralipomena zu »Jeden ereilt es«: »Und könnte es Liebe geben, die in den Augen der Nichtliebenden nicht anrüchig wäre?« (Späte Prosa, S. 237)

403/*1* **Fuga Contraria]** Eine Fuge in »Gegenbewegung«, d. h.: während die eine Stimme steigt, fällt die andere (und umgekehrt). – Ygnve Trede hat diese Fuge eigens auf Aufforderung Jahnns und auf dessen (leicht abgewandelte) Themen für »Spur des dunklen Engels« geschrieben (mündliche Auskunft Yngve Trede). /*2f.* **Zwiesprache der stillestehenden Mauern mit dem umlaufenden Blut.]** Der Titel ist eine Vorausdeutung auf die Figurenrede Davids S. 418/35f. – Jahnn hat über diese Fuge in seinem, 1951 in der Ost-Berliner Zeitschrift »Aufbau« veröffentlichten »⟨Tagebuch vom 1. Juli bis 7. Juli 1951⟩« unter dem Datum des 1. Juli geschrieben (siehe Späte Prosa, S. 319f.).

418/*18ff.* **Zersägt wie Holz hat man auch, denn davon steht in einem unserer heiligen Bücher, daß man es seinen Feinden täte.]** Die Figurenrede spielt auf 2. Samuel 12, Vers 31 an: »Aber das Volk drinnen führte er heraus und legte sie unter eiserne Sägen und Zacken und eiserne Keile und verbrannte sie in Ziegelöfen. So tat er allen Städten der Kinder Ammon. Da kehrte David und alles Volk wieder gen Jerusalem.«

419/*9* **Abjathar]** Priester aus Nob, der als einziger dem Blutbad Sauls entging und sich David anschloß.

420/*23* **Der Anschein ist gegen mich.]** Im ersten Entwurf lautet die Figurenrede noch uncamoufliert: »Ich finde Lust im Weibe.«

422/*3* **Gewese]** Niederdeutsch, Verbalsubstantiv zu »Wesen« (siehe DWb 6, Sp. 5684 f.). /*6f.* **Sittenerbrechen]** Das im DWb nicht bezeugte Kompositum ist wohl ein Neologismus Jahnns – zur Wortbedeutung von »erbrechen« siehe DWb 3, Sp. 735 f. /*32* **eine Glasperle]** Siehe die Anm. zu S. 388/18.

424/*5f.* **als Übervernunft der Harmonie und Polyphonie]** Siehe die Anm. zu S. 327/5 f.

426/*20f.* **daß ich wie ein Mann tue]** Im ersten Entwurf noch uncamoufliert: »meinen Samen säe«.

428/*3* **Und Schmerzen habe ich hinausgeschrien.]** Siehe die Anm. zu S. 705/9 f. /*36f.* **Ich werde durch einen Stoß in meines Leibes Weichstes sterben]** Siehe die Anm. zu S. 333/3 f. und 356/20.

432/*8* **Fuga quadruplici]** Das Vorbild für diese Quadrupelfuge mit vier Themen war die unvollendete »Fuga a quattro soggetti« aus J. S. Bachs »Kunst der Fuge« (mündliche Mitteilung Yngve Trede). /*8* **Das alte Jahr vergangen ist]** Der Titel zitiert das gleichnamige evangelische Kirchenlied, dessen Melodie von Johann Steu⟨e⟩rlein (1546–1613) stammt, bei der die Fuge jedoch keine Anleihen macht.

454/*29* **süßer als eines Weibes Hingabe]** Die Figurenrede spielt an auf Davids Klage über den Tod Jonathans (2. Samuel 1, Verse 17–27), in der es Vers 26 heißt: »Es ist mir leid um dich, mein Bruder Jonathan: ich habe große Freude und Wonne an dir gehabt; deine Liebe ist mir sonderlicher gewesen, denn Frauenliebe ist.« Die Textänderung stammt von Jahnn, der im Handexemplar seiner Bibel »sonderlicher« durchgestrichen und handschriftlich in »erquickender« geändert hat. /*39* **Ulei]** Dem Klang nach ähnlich dem griechischen »uai«: wehe! Jahnn verwendet den Ausruf schon in »Medea« (Dramen I, S. 643, S. 837).

456/*6* **Mich mit einem Leichnam ins Grab legen zu lassen.]** Diesen zwanghaften Wunsch hat Jahnn in seinem Werk immer wieder ausphantasiert – Ephraim in »Pastor Ephraim Magnus« (Dramen I, S. 110) »lebt« mit einer Leiche zusammen. Siehe ferner »Der Arzt / Sein Weib / Sein Sohn« (Dramen I, S. 571 ff.), »Der gestohlene Gott« (Dramen I, S. 715 ff.), die Augustus-Episode in der »Niederschrift« (Fluß ohne Ufer I, S. 507 ff.) sowie »Die Nacht aus Blei« (Späte Prosa, S. 310 ff.).

458/*2f.* **Oder ich kam bei Nacht.]** Im ersten Entwurf folgt noch: »Sie müssen begraben werden. Aber Jonathan soll noch nicht begraben werden. Heute Nacht – wo auch immer ich mein Quartier finde – heute Nacht will ich ihn in meinem Bett haben.« (Handschrift I, Heft III, S. 27). /*18* **zu expansiv]** Siehe die Selbstaussage Gustav Anias Horns in der »Niederschriften: »Der Anlaß zu meinen expansiven und (vielleicht darf ich es sagen) tieferen Werken ist mein persönliches Leben.« (Fluß ohne Ufer II, S. 639) /*21* **Sie ist klassisch geworden.]** Im ersten Entwurf: »Sie ist nur noch Musik.«

459/*28* bis die Zeiten lang und anders werden] Mit der Figurenrede greift Jahnn eine seiner Lieblingsformeln, ein Zitat aus dem babylonischen Weltschöpfungsgedicht auf – siehe die Anm. zu S. 97/26.

Materialien

Jahnn an Oskar Wälterlin, Direktor des Schauspielhauses Zürich, am 6. 8. 1949

»[...] Die ersten Abschriften des neuen Dramas sind vor etwa 14 Tagen fertig geworden, sodaß das Stück nun hinausgehen kann. Ich arbeite nur noch an einem Vorwort, das ich dem Werk aus mancherlei Gründen mit auf den Weg geben möchte. Sie werden vielleicht aus diesem Briefe schon erkennen, warum das mein Wunsch ist.

[...]

Die Handlung beschäftigt sich mit dem Genie David von seinem 16. bis zu seinem 30. Lebensjahre. David ist in meinem Drama ein wirkliches Genie, und zwar ein Komponist, ein Genie, wie Kant es in seiner Anthropologie definiert, das ›Talent der Erfindung dessen, was nicht gelehrt und gelernt werden kann.‹ Mit 16 Jahren also zeigt diese Begabung, daß sie bereits komponieren kann, daß sie die Kunst der Polyphonie mit großer Vollkommenheit beherrscht. Es kommt mir darauf an, zu betonen, daß es das gibt, daß das nicht nur eine schöne hypothetische Vorgabe von mir ist. Das Schicksal ist mir günstig: die Klaviermusik wird in der Tat von dem 15-jährigen Yngve geschrieben. Es ist das ein Zusammentreffen, dass jeden Zweifel an der Tatsächlichkeit des Geschehens aufhebt – abgesehen davon, daß in Buxtehude und Mozart große Vorbilder solchen Geschehen⟨s⟩ gezeichnet sind. – Mit Rücksicht auf die Aufführbarkeit, wird nur Klaviermusik vorgetragen. Man kann die Kompositionen auf Schallplatten aufnehmen, und damit wäre der bühnentechnische Teil gelöst. Die Darstellung des David oder Robert stößt allerdings auf Schwierigkeiten. Es ist notwendig, daß David bis zu seinem 20. Lebensjahre als sehr jung erscheint. Ich persönlich habe mich an den Gedanken gewöhnt, daß man die Rolle durch zwei Personen spielen lassen könnte oder sollte. Mit dem 20. Lebensjahr Davids tritt eine zeitliche Zäsur ein. Wir sehen ihn erst als Asozialen in einem Alter von 23 Jahren wieder. Er kann also deutlich verändert sein. Für den älteren David dürfte es keine Besetzungsschwierigkeiten geben, wohl aber für den jüngeren. Da möchte ich an einen Ausweg erinnern, den Gustav Gründgens vor ein paar Jahrzehnten wählte, als er meinen ›Arzt‹ inszenierte. Er besetzte die zwei jugendlichen Hauptrollen mit Schülern vom Gymnasium, und diese lösten ihre Aufgabe mit einer Vollkommenheit, wie es einem sehr großen Schauspieler kaum gelungen wäre. Alle, die diese Aufführung gesehen haben, behielten sie als etwas Ungewöhnliches in der Erinnerung. Hier könnte man auch geltend machen, daß Shakespeare seine gewaltigen jugendlichen Frauenrollen von Burschen hat spielen lassen, die das 16. Lebensjahr nicht überschritten hatten, und deren Stimmbruch diesen Frauen einen seltsamen erotischen Reiz gab. Daß begabte junge Menschen eine große Rolle zu spielen vermögen, das habe ich erfahren. – Aber es läßt sich natürlich auch denken, daß sich ein begabter sehr jugendlicher Schauspieler findet. Schließlich wurde die gewaltige Rolle des Don Giovanni seinerzeit in Prag von einem kaum erwachsenen Jüngling gesungen. Ich möchte beinahe sagen, daß große Persönlichkeiten immer wieder den Versuch gemacht haben, sehr ⟨junge – i. d. Hs.: jungen⟩ Menschen einzusetzen, und daß sie, wenn es gelang, der Bühne dadurch einen Schimmer des Sinnlich-Unwirklichen gaben, unter dessen Mangel die Theaterkunst heut im allgemeinen leidet. Die Erfahrung lehrt ja auch, daß die Rollen der Julia, Ophelia und Desdemona uns Heutige (jedenfalls mich) recht kalt lassen, weil uns auch die größte Schauspielerin ein Alter von 14 oder 15 Jahren nicht vorspielen kann. Und gewisse Kühnheiten und Direktheiten der Shakespeareschen Sprache bedürfen des Charmes der Pubeszenz. – Die Tendenz meines Dramas ist ein unvorbehaltenes Bekenntnis zum Genie und seiner Beschaffenheit, seiner ›Konstitution‹, die sich niemals aus der ihm innewohnenden Erbmasse erklären läßt, sondern einzig aus einem Gesetz der Mutation. Ich berühre also ganz bewußt biologisches Neuland. Jonathan sagt einmal zu David: ›– Die Gaben deiner Natur – und wäre auch schlimme Absicht darunter – sind der stärkste Vorsatz, zu dem sich eine Geburt aufraffen kann. –‹ Als ich 18 Jahre alt war, behandelte mich ein sehr berühmter französischer Arzt wegen einer Herzneurose. Ich stand damals am Anfang meines selbständigen Denkens und habe dem Arzt sicherlich das eine oder andere Kühne gesagt. Er antwortete mir gelegentlich, daß man alle geniale Leistung ausrotten, alle Genies töten müßte, denn sie beunruhigten die Menschheit heftiger als selbst die größten Verbrechen. – Diesem Satz eines ›Vernünftigen‹ stelle ich die Behauptung gegenüber, daß einzig die Anerkennung des Genies mit allen seinen Gegebenheiten und Voraussetzungen der Menschheit noch helfen könnte. – Wir Menschen in Europa stehen ja allmählich als etwas sehr abschreckendes da. Wir reden noch immer von Kultur, Kulturwerten, Kunstwerken und vom Humanismus. Hat eines dieser Begriffe auch nur eine militärische Maßnahme verändern können? – Nein. Einzig die roheste Zweckmäßigkeit, die unhumane Sucht zu zerstören, zu schaden, die größte Kultur- und Kunstgleichgültigkeit bestimmt den Gang der Dinge, und nicht etwa im Kriege allein. Jedes Wort, das von diesen Bezirken gesagt, geschrieben und propagandistisch verkündet wird, ist Lüge. So wie ich in der ›Armut‹ die Verteidigungsrede für das Tier geschrieben habe, so stelle ich in der ›Spur des dunklen Engels‹ das Genie als das Maß des Menschen heraus. Das Genie ist der Mensch, den der freie Mensch lieben muß. ›Genie ist der Ausdruck höchster Legitimität‹. Ich gehe davon aus, daß das Wort vieldeutig ist und deshalb nicht als Beispiel des Genialischen verwendet werden kann. Ich wähle die Musik, und zwar die polyphone, die am weitesten von der Subjektivität entfernt ist. – Das Genie nun gerät durch die Tatsache, daß es als Mensch lebt, in Wechselbeziehung zum Alltag, zur Politik und zum Mitmenschen, auf dessen Zärtlichkeit es als existentes Wesen auch angewiesen ist. Diese Berührung ist bisher in der Geschichte der Menschheit tragisch verlaufen. Diese Tragik wird auch in meinem Drama festgestellt. In seinem dreißigsten Jahr kann David aussprechen: ›– Ab heut ist meine Musik keine revolutionäre Musik mehr. Sie ist auch nicht mehr zu streng, zu undurchschaubar, zu expansiv, zu mißtönend, gesanglos und zu polyphon. Sie ist auch nicht zu jonathan-sinnlich, zu sinnlich schlechthin, zu demoralisierend, zu theologastisch, zu ⟨volksfremd – i. Ty.: vorlksfremd⟩. Sie hat alle Eigenschaften verloren. Sie ist klassisch geworden. Das Leben, das sie hervorgebracht hat, wird in den Biographien von morgen abgepreßt und ausgeschüttet. Vom Räuberhauptmann und seinen Verbrechen, seinem Hochverrat und dem Fundament seiner Seele bleibt nichts bestehen. –‹ Es ist die Einfügung des Genies in den durchschnittlichen Ablauf. – Ich habe das Drama recht schnell, im Laufe von drei Wochen geschrieben. Danach habe ich es zweimal umgearbeitet. Manches Weltanschauliche habe ich gestrichen. Die oben genannten Hauptpersonen sind straffer herausgearbeitet worden; der äußere Handlungsverlauf ist betont worden. Bei der Aufführung in Hamburg mußte ich es erleben, daß eine schlechte oder schwache Besetzung der Jytte den Erfolg des Stückes beinahe umgeworfen hätte. Diese Jytte tritt, wie Sie sich vielleicht erinnern, erst gegen den Schluß des Dramas auf. Sie vertritt gleichsam die Fortsetzung des Daseins für alle, die im Bewußtsein der Zuschauer nach dem Herablassen des Vorhangs weiterleben. Die falsche oder schwache Besetzung dieser für die Ökonomie des Dramas wichtigen Rolle, kann mir nicht angerechnet werden; aber sie hat sich gegen mich ausgewirkt. In der ›Spur des dunklen Engels‹ findet sich in der Person des Herzog Achis eine Parallele. Diesem Herzog Achis wird sogar das Schlußwort des Dramas zugeteilt. Es wäre verhängnisvoll, wenn der Schauspieler die Funktion, die ihm zugewiesen wird, nicht erfüllen könnte. Die Technik, am Schluß eines Stückes eine neue Person einzuführen, ist so allgemein daß es einer Rechtfertigung nicht bedarf. Das Schlußwort ist wichti⟨g.⟩ – Es ist im Falle des neuen Dramas sicherlich verhältnismäßig schwer über die Rampe zu bringen. Ich schreibe es hier aus: ›Unsere Wünsche sind ein Gericht warmen Wassers, aufgetragen in verdeckten Schüsseln; – wer es unversehens ausschüttet, merkt nicht, daß es dazu dienen sollte, unsern Hunger zu stillen.‹ – – Die beiden Hauptpersonen sind zweifelsohne David und Jonathan. Von ihnen kann man das Wort sagen, das für alle tragischen Gestalten des Lebens und der Bühne gilt: von den Göttern wurde ihnen ein eherner Reif um die Stirn geschmiedet. Das Genie muß schaffen, muß sein Leben leben, um jeden Preis; – wer das Genie erkennt, muß sich ihm unterordnen, es verteidigen – um jeden Preis. – Jonathan sagt zu seinem Vater Saul: ›- Kann David nicht als gutes Beispiel in diese Schöpfung eingefügt werden, dann müssen auch die Sterne vom Himmel genommen und das Wasser der Ozeane ausgeschöpft werden!‹ – – – Ich bitte sehr zu entschuldigen, daß ich diesen Brief flüchtig und in flüchtiger Sprache heruntergeschrieben habe; aber die Zeit reicht nicht dafür, daß ich besser und genauer formuliere. – Ich muß mich in wenigen Minuten aufs Rad setzen und zur Küste hinunterfahren, um das Geschriebene ans Schiff zu bringen. – – – Noch einige Äußerlichkeiten. Ich könnte Ihnen das Stück schon jetzt ohne das Vorwort senden. Es wäre mir indessen wichtig, daß Sie von vornherein erfahren, wie ich zu den biologischen Problemen des Genies stehe. Meine Hormonbeobachtungen haben mir da vieles vermittelt. – – Sollte es dazu kommen, daß Sie das Stück zur Aufführung, also Uraufführung erwerben, dann muß ich um einen festumrissenen Vertrag bitten. Ich habe bisher mit keiner Bühne verhandelt, selbst mein Verleger kennt das

Stück noch nicht. Ich hatte allerdings die Absicht, Gustav Gründgens ein Exemplar des Dramas zu schicken, zumal in der Person des Saul für ihn selbst eine gute Rolle gegeben ist. – Sollte es zu einer Verständigung kommen, dann bitte ich in allen Briefen, von Anfang an, meinen kleinen Mitarbeiter Yngve Trede zu berücksichtigen und für ihn eine Einladung in die Schweiz als dringend notwendig fordern. Denn wir haben es in Deutschland mit sehr hartnäckigen Behörden zu tun, denen Geist und privates Dasein nichts gilt. – – Doch das hat ja noch Zeit bis nach den Entscheidungen.«

Willi Weismann an Jahnn Anfang Oktober 1949

»Leider habe ich keine Maschine mit – so kann ich nur hoffen, dass Sie meine Klaue entziffern können. Wie versprochen, war ich in Zürich bei Dr. Oprecht und im Schauspielhaus. Dr. Hirschfeld ist noch in Amerika + wird erst Anfang November zurück erwartet. So konnte ich nur mit Herrn Dr. Oberer sprechen.
Man ist von dem Drama – was die Sprache betrifft sehr angetan. Es bestehen aber Bedenken, dass bei der augenblicklich vorliegenden Fassung das Publikum das Drama als eine Verherrlichung der Homosexualität auffassen könnte, was man sich keinesfalls leisten könnte. Also ganz genau das, was ich ja schon befürchtete. Nach einigem Hin + Her erhielt ich den eindeutigen Bescheid, dass ohne Umarbeitung vor allem der letzten Szene eine Aufführung in Zürich unmöglich wäre. Diese erforderliche Umarbeitung möchte man gerne mit Ihnen besprechen. Aber auch das hat eigentlich erst Zweck, wenn Dr. Hirschfeld ebenfalls anwesend ist. Dr. Oberer schlägt vor, wenn möglich Mitte November nach Zürich zu kommen. Dabei wäre es gewiss sehr gut, wenn Sie bis dahin mit Gründgens schon vereinbaren könnten. Ich befürchte nämlich, dass Zürich wieder auf die lange Bank schiebt. Der früheste Termin wäre April wahrscheinlich sogar Juni.
Ferner sagte ich Dr. Oberer, dass eine Umarbeitung nur erwartet werden könne, wenn man auch zur Aufführung entschlossen sei. Es war mir aber nicht möglich darauf eine klare Antwort zu erhalten.
Unter diesen Umständen halte ich es für sehr geboten, alles zu tun um überhaupt eine Aufführung zu erreichen – also möglichst mit Gründgens zu einem Abschluss zu gelangen.
Allerdings glaube ich, dass auch für Deutschland einige Aenderungen der aufs Erotische weisenden Stellen notwendig sein werden, schon um Missdeutungen vorzubeugen.
Es wird nun an Ihnen liegen sich zu entscheiden, ob Sie solch eine Umarbeitung grundsätzlich in Erwägung ziehen können. Diesen Ihren Entscheid werde ich vorerst abwarten ehe ich das Drama zum Satz gebe, da dies vielleicht auch die Buchausgabe tangieren könnte.
Das wollte ich Ihnen nur rasch schon mitteilen. Sobald ich zurück bin schreibe ich Ihnen ausführlicher.«

THOMAS CHATTERTON

Entstehung

Der Beginn der Auseinandersetzung mit Leben und Werk des englischen Dichters Thomas Chatterton (1752–1770) als Stoff für eine Tragödie fällt in das Frühjahr 1953. Inwieweit Jahnn durch Walter Muschgs »Tragische Literaturgeschichte« (Bern 1948) eine unmittelbare Anregung zu diesem Zeitpunkt erfahren hat, muß mangels überlieferter Zeugnisse offen bleiben. Im Brief vom 18. 3. 1953 an seinen damaligen Verleger Willi Weismann (siehe auch: Späte Prosa, S. 519) zeigt Jahnn erstmals den Plan an. Die autobiographische Skizze, in die die Erwähnung eingebettet ist, gibt den Blick frei auf Jahnns psychische Disposition dem Stoff gegenüber: »Vor eineinhalb Monaten fuhr ich zu meinem Freund Herrn Lehrer Voss in Regenbostel, um die ›Nacht aus Blei‹ zu vollenden. Das gelang mir freilich nicht; aber ich erholte mich recht gut, und als ich zurückkehrte entdeckte ich endlich, was mit mir im Laufe der letzten Jahre geschehen war. Es zeigte sich nämlich, daß ich, wenn ich an meinem Schreibtisch saß, die Feder nicht führen konnte. Die Erklärung war für mich einfach genug. Ich hatte mich eine Zeit lang innerlich und äußerlich gegen die beschämenden unwürdigen Verhältnisse gesträubt, in denen ich zu leben gezwungen bin. Meine Krankheit war gekommen. Ich hatte mich scheinbar äußerlich mit dem Zustand der Dinge abgefunden, war ruhiger geworden; aber meine Abwehrkräfte hatten sich ins Unterbewußte verlagert, und unter der ruhigen Oberfläche vollzog sich das Zerstörungswerk. Ich habe faktisch nicht arbeiten können. Ich bin gewarnt worden, ich muß also äußerlich meinen Lebensstil verändern, oder ich bin verloren.

Wie ich diese Veränderung durchführen soll, weiß ich nicht. Einstweilen arbeite ich wieder, und ich glaube Ihnen sagen zu können, daß die ›Nacht aus Blei‹ binnen kurzem druckreif vorliegen wird.

Den großen Roman ›Jeden ereilt es‹ habe ich nicht aufgegeben; aber ich bin mir dessen bewußt, daß die Festlegung eines Datums für seine Vollendung mich daran hindern wird, das Buch fertig zu stellen. Und das ist wohl unbewußt und letzter Zeit bewußt der Grund, weshalb ich Ihnen den Vertrag nicht unterschrieben zurückgesandt habe. Es handelt sich von meiner Seite also nicht darum, das Buch irgend einem anderen Verleger zu geben, wie Sie vielleicht vermuteten, sondern einfach um eine Behinderung, die durch die unmögliche Situation, in die ich geraten bin, hervorgerufen wurde.

Ob der Hamburgische Staat sich dazu entschließen wird, mir in irgend einer

Weise zu helfen, steht noch dahin. Mein Wiedergutmachungsprozeß ist vor geraumer Zeit an eine höhere Instanz verwiesen worden. Ich habe wenig Hoffnung, durch die Wiedergutmachung wieder in eine normale Lebenslage zu kommen.

Ich habe mich entschlossen erst einmal die ›Nacht aus Blei‹ fertig zu stellen und im Anschluß daran den Versuch zu machen, ein neues Drama zu schreiben. Der Stoff dafür ist mir eingefallen, und ich vermute, daß es sich um ein bühnenwirksames Stück handeln wird. Ohne einen eigenen Arbeitsraum und ohne ein Existenzminimum ist es mir ganz unmöglich, eine große Arbeit zum Abschluß zu bringen. [...]« Im Mai 1953 hat der Plan schon konkrete Gestalt angenommen. Gegenüber Judit Kárász heißt es am 14. 5. 1953: »Außerdem habe ich den Plan, noch in diesem Sommer ein Drama ›Thomas Chatterton‹ zu schreiben.« Wenige Tage später äußert Jahnn gegenüber Bertolt Brecht (Brief vom 18. 5. 1953): »Ich beschäftige mich zur Zeit mit einem neuen Stück: ›Thomas Chatterton‹.«

Mangels überlieferter Zeugnisse muß offenbleiben, ob er im Sommer 1953 überhaupt mit der Niederschrift begonnen hat und wenn ja, wie weit er gekommen ist. Am 20. 9. 1953 teilt er aus Berlin in einem Brief an Ellinor und Signe Jahnn sowie Yngve Trede mit, er werde vielleicht am 28. 9. in Darmstadt sein, um »einen Vertrag über ›Th. Chatterton‹ abzuschließen«. Im Frühjahr 1954 beginnt Jahnn erneut Anregungen und Material zu sammeln. Mit Brief vom 22. 2. 1954 kündigt er seiner Frau Ellinor an: »Goverts + Claassen wollen gerne, daß ich mein Orgelbuch schreibe und sind halbwegs bereit, 3000.– DM Vorschuss zu bezahlen. Ich müsste dann ein halbes Jahr nach Bornholm gehen. Auch der ›Thomas Chatterton‹ soll fertig werden.« Mit Brief vom 12. 3. 1954 bittet Jahnn Walter Muschg um »die neue Fassung Deiner ›Tragischen Literaturgeschichte‹ [...] Ich besitze das Buch noch nicht«. Am 8. 5. 1954 übersendet Walter Muschg das gewünschte Exemplar. Dort konnte Jahnn zu Thomas Chatterton in für ihn beziehungsreichem Kontext lesen: »So dachte man über den Literaten – wie mußte es da dem Dichter ergehen? Auf ihn war der gesunde Menschenverstand am wenigsten gefaßt; wenn er trotzdem erschien, war es ein Wunder und für ihn kein Glück. Er wurde der Held einer Tragödie, die man als Posse verlachte. Dieses Jahrhundert glaubte so wenig an das Tragische wie an den Teufel. Es glaubte an das Glück für alle, an die gesellschaftliche Harmonie, an die Ausrottung aller Unvernunft durch Belehrung und Erziehung. Der Kaufmann betrachtete sich auch jetzt wieder als den wahren Edelmann, dem die Zukunft gehörte, weil er die freie Weltbildung repräsentierte. Aber nun erschienen auch die ersten Dichter, in denen der bürgerliche Geist über sich selbst hinausging, die seine Schranken durchbrachen und die wahre Tragweite ihrer Kunst erkannten. Es waren die ersten modernen bürgerlichen Genies. Sie zeugten mit ihrer Gestalt, ihrem Schicksal für das Geheimnis der hohen Vision und vollzogen den Bruch zwischen Phantasie und Verstand. In ihnen wurde der Dichter zum unbegriffenen, unverständlichen Wesen, zum Fremdling, zum Hamlet. Er scheiterte im Alltag und bewies damit tragisch die Hoheit seiner Sendung. In England, dem gelobten Land der Bürgerfreiheit, führte der Geisterseher Blake ein Hundeleben und wurde in einem verschollenen Armengrab beerdigt. In Bristol begann und in London endigte das Martyrium Thomas Chattertons, das gleich am Beginn der modernen Literatur das Schicksal des bürgerlichen Genius niederschmetternd offenbarte. Chatterton besuchte als Kind einer Schulmeisterswitwe die Armenschule und wurde fünfzehnjährig einem Advokaten als Schreiberlein übergeben. Hier spann er sich zwischen langweiligen Akten in eine von ihm erfabelte Märchenwelt aus dem mittelalterlichen Bristol ein, deren Held der angebliche Dichtermönch Thomas Rowley ist. Alles, was dieser Knabe für sich erträumte und in der Schreibstube entbehrte, dichtete er seinem hehren Ebenbild an, dem er die versunkene Herrlichkeit der Vaterstadt zur Folie gab. Seine Manuskripte sollten Originalwerke Rowleys sein, die er aufgefunden haben wollte; er flunkerte einen ganzen Roman aus Wappen, Stammbäumen und Dichterwerken zusammen, mit dem er sich zwei biedere Bürger Bristols, einen Zinngießer und einen Arzt, als Gönner gewann, weil er ihre angeblichen Vorfahren darin auftreten ließ. Hier wurde die Vision des nationalen Sängers wiedergeboren und die geschichtliche Welt entdeckt, die der junge Goethe und Walter Scott endgültig eroberten. Es war das bürgerliche Gegenstück zu den vorzeitlichen Rhapsodien Ossians. Die beiden Mäzene glaubten Chatterton nicht, als er ihnen den wahren Sachverhalt beichtete. Er reiste nach London, um dort sein Glück zu suchen, fand aber nur Elend. Seine letzten Dichtungen atmen todwunde Verzweiflung, glühenden Haß gegen die Reichen und Mächtigen. In der Ballade vom barmherzigen Samariter stellt er sich als den am Wege verderbenden Wanderer dar, dem niemand ein Almosen gibt. Eines Morgens wurde der Dichterknabe, noch nicht achtzehnjährig, inmitten seiner in Fetzen zerrissenen Manuskripte mit der Giftphiole gefunden.« (Walter Muschg: Tragische Literaturgeschichte. Bern ^{2}1953, S. 390f.). Am 29. 5. 1954 bittet Jahnn Peter Suhrkamp um die Übersendung eines Exemplars von Ernst Penzoldts »Der arme Chatterton« (Frankfurt/M 1948).

Im Juni 1954 hat Jahnn die Niederschrift der ersten Fassung begonnen. Am 5. 6. 1954 heißt es in einem Brief an Fritz und Hanna Weissenfels: »Ich bin auf dem Sprunge, auf 10 Tage nach Bornholm zu fahren, um zu versuchen, mein neues Drama ›Thomas Chatterton‹ ein gutes Stück voran zu bringen.« Am 14. 6. 1954 schreibt Jahnn an Peter Huchel: »Ich habe mich auf 14 Tage nach Bornholm zurückgezogen, um endlich an meinem neuen Drama ›Thomas Chatterton‹ arbeiten zu können. Die primitiven Wohnverhältnisse im Hirschpark zerrütten allmählich meine Nerven, sodaß ich dort nicht dazu komme, irgend eine größere Arbeit vorzunehmen.« Am selben Tag erfährt Herbert Jäger: »Die erste Woche unseres Aufenthaltes habe ich dazu benutzt, um am Thomas Chatterton zu schreiben. Heute ist der zweite Akt fertig geworden, fertig in dem Sinne, daß er niedergeschrieben, doch noch nicht überarbeitet ist. Leider muß ich jetzt an den Akademie-Vortrag gehen, sodaß kaum Aussicht besteht, daß ich den Anlauf, den ich genommen habe, noch weiter ausnutzen kann.«

Vier Tage später zeigt Jahnn Peter Huchel an: »Mit meinem Drama bin ich zur Hälfte fertig. Ich hoffe⟨,⟩ meinen Aufenthalt hier noch um ein paar Tage verlängern zu können, sodaß ich mit dem Stück noch etwas weiter komme.« Ende Juni ist die Arbeit soweit gediehen, daß er dem Rowohlt Verlag mitteilen kann (25. 6. 1954): »Ich habe hier auf Bornholm das Haus

kaum verlassen und trotz des überwiegend herrlichen Wetters an meinem neuen Drama ›Thomas Chatterton‹ geschrieben. Ich bin in diesen gut 14 Tagen mit 5/7. des Werkes fertig geworden; der Rest wird nun freilich wenigstens bis Anfang August auf die Niederschrift warten müssen, da inzwischen meine Orgelarbeit, ›Nicht geheure Geschichten‹ und ein paar Reisen dazwischen kommen.«
Am 27. 8. 1954 schreibt Jahnn an Herbert Jäger: »Mit dem Chatterton bin ich in so fern weiter gekommen, als mir das Drama nun in allen Teilen klar ist. Die Einteilung wird nach Akten erfolgen, insgesamt 9 Szenen. Gestern wurde ich mit dem 3. Akt fertig. Ich zweifle freilich daran, daß ich mit dem ganzen Stück hier auf Bornholm fertig werden kann; versuchen will ich es.«
Nach Abschluß der Arbeit an der ersten Fassung übermittelt Jahnn am 9. 9. 1954 der Deutschen Presseagentur die Notiz: »Hans Henny Jahnn, der sich zur Zeit auf der Insel Bornholm aufhält, vollendete ein neues Drama: ›Thomas Chatterton‹. Das Stück schildert in geschichtlicher Treue die Tragödie des bedeutenden englischen Dichters, der 1752 in Bristol geboren wurde und in einem Alter von 17 Jahren und 9 Monaten durch Selbstmord endete. Den Hintergrund des tragischen Geschehens bildet im Bühnenwerk Jahnns die verfehlte soziale Struktur des 18. Jahrhunderts.« Einen Tag später erläutert er Peter Huchel: »Ich habe knap⟨p⟩ vier Wochen auf Bornholm verbracht, um mich ein wenig von der Hetze der letzten Monate zu erholen. Mein Ziel war, hier mein neues Drama ›Thomas Chatterton‹ zu schreiben. Ich bin in der Tat fertig geworden, überlege nur noch, ob ich den ersten Akt nochmals umgestalten soll. Ich bin recht froh über das Resultat meiner Arbeit. Es war ein hartes Stück, die unmenschlichen sozialen Verhältnisse des 18. Jahrhunderts mit darzustellen. Es wird sich erweisen müssen, ob es mir gelungen ist.«
Über die Drucklegung verhandelte Jahnn zunächst mit dem Rowohlt und dann dem Suhrkamp Verlag. Am 11. 2. 1955 schreibt er an Peter Suhrkamp: »Ich hätte Ihnen gerne ein Exemplar meines ›Thomas Chattertons‹ gezeigt; aber alle Abschriften sind zur Zeit unterwegs. Leider kann ich Ihnen das Werk nich⟨t⟩ zur Veröffentlichung anbieten. Einen Optionsvertrag mit dem Rowohlt Verlag habe ich zwar nicht; aber ich habe mit Herrn Ledig bereits besprochen, daß er das Stück entweder in der ›Neuen Reihe‹ der Mainzer Akademie oder aber unabhängig davon in seinem Verlag veröffentlicht. Ich muß also Ihr freundliches Angebot, das Drama in der ›Bibliothek Suhrkamp‹ zu veröffentlichen unbenutzt lassen.«
Ende Februar 1955 nimmt der Rowohlt Verlag Abstand von einer Veröffentlichung. Jahnn wendet sich mit Brief vom 27. 2. 1955 umgehend an Peter Suhrkamp: »Ich schrieb Ihnen kürzlich, daß ich meinen ›Thomas Chatterton‹ für die neue Reihe der Akademie der Wissenschaften und der Literatur bereit halten möchte. Wegen dieser Reihe hatte ich mit Herrn Ledig vom Rowohlt Verlag verhandelt. Vor 2 Tagen nun hat mir Herr Ledig die Bedingungen für seine Beteiligung erklärt, die so hart sind, daß die Akademie m. E. nicht darauf eingeht oder eingehen kann. Deshalb nun ist auf alle Fälle mit einer Verzögerung des Starts der ›Neuen Reihe‹ zu rechnen, und der ›Thomas Chatterton‹ schwebt sozusagen verlegerisch gesehen in der Luft. Ich möchte Ihnen deshalb verspätet ein Exemplar des Dramas bringen. Ich bin

am Sonnabend den 5. März in Mainz und werde von dort aus zu Ihnen kommen können. Bitte, teilen Sie mir nach Mainz mit, ob Sie mich an diesem Tage zu irgend einer Zeit empfangen können.«

Peter Suhrkamp antwortet am 1. 3. 1955 und schlägt ein Treffen in Frankfurt für den 4. 3. 1955 vor. Man einigt sich über die Herausgabe. Am 15. 3. 1955 übermittelt Peter Suhrkamp einen Vertragsentwurf, den Jahnn am 22. 3. 1955 unterschrieben zurücksendet. Mit Brief vom 7. 4. 1955 erhält der Suhrkamp Verlag die Druckvorlage: »Beigeschlossen die Druckvorlage für den Thomas Chatterton.« Von Mitte April bis Ende Mai befindet sich die Tragödie im Satz. Am 19. 9. 1955 teilt Peter Suhrkamp Jahnn mit: »Das Buch ›Thomas Chatterton‹ ist nun fertig und gelangt heute, am 19. September, zur Auslieferung an den Buchhandel. Voraus schicke ich Ihnen von Ihren Freiexemplaren zwei Exemplare zu, damit Sie sich einen Begriff von dem endgültigen Ausfall machen können. Hoffentlich sind Sie zufrieden.

Die Auflage beträgt 3000 Exemplare. Der Ladenpreis wurde mit DM 5.– festgesetzt. Ihr Honorar beträgt nach unserem Vertrag zehn Prozent vom Ladenpreis, also DM 0. 50 für das Exemplar. Darauf wurde Ihnen eine Vorauszahlung von DM 700.– geleistet.« Jahnn antwortet am 26. 9. 1955: »Ich danke Ihnen vielmals für Ihren Brief vom 19. 9. Ich bin sehr froh, daß der Thomas Chatterton nun im Buchhandel vorliegt und hoffe, daß der Absatz unseren gemeinsamen Erwartungen entsprechen wird.

Leider ist im letzten Augenblick durch die Druckerei noch ein empfindlicher Fehler entstanden. Auf Seite 116 ist in dem Gedicht, mit dem die Szene beginnt, eine Zeile zwei Mal gesetzt worden, während eine andere wichtige Zeile ausfiel. Ich sende Ihnen als Beleg dafür die Fahne 55, auf der Sie erkennen mögen, daß die Zeile ursprünglich mit gesetzt worden ist.

Nun, wir haben ja allmählich Erfahrung mit dem Druckfehlerteufel gemacht, und da das Buch inzwischen ausgeliefert worden ist, wird sich ja auch durch das eventuelle Beilegen eines Zettels nichts berichtigen lassen.«

Mit Brief vom 7. 10. 1955 schreibt Peter Suhrkamp an Jahnn, daß ein entsprechender »Berichtungszettel« »hinten in jedes Exemplar eingeklebt« werde.

Überlieferung

Am Nachlaß wird unter der Nr. 34 verwahrt: Handschrift I bestehend aus zwei Heften – Heft I mit rotem Rücken, 32 Blätter (182 × 222 mm), unliniert, beidseitig bis auf das hintere Vorsatzblatt mit schwarzer (= Personenverzeichnis) und blauer Tinte beschriftet (Sofortkorrekturen und Korrekturen mit blauer Tinte, eine Hervorhebung und Einfügung mit grünem Farbstift und getilgte Notiz in Blei). Aufschrift auf dem Umschlag: »Thomas Chatterton / H. H. J. / 1. Heft«. Heft I enthält den Entwurf der Szenen 1–3 sowie zahlreiche Arbeitsnotate. Dem Heft ist ein Kuvert mit der Skizze »Grabplatz, Aufteilung« (roter Farbstift und blaue Tinte) beigefügt. Nach Auskunft von Sandra Hiemer handelt es sich dabei um die Darstellung des Grabplatzes von Harms/Jahnn auf dem Nienstedtener Friedhof. Sie dürfte in Zusammenhang mit der Skizze in blauer Tinte auf der hinteren Innenseite des Einbands stehen. – Heft II mit schwarzem Rücken, 32 Blätter (175 × 221 mm), unliniert; bis einschließlich Blatt 25 beidseitig mit blauer Tinte beschriftet (Sofortkorrekturen, Korrekturen und eine überschriebene Notiz mit Bleistift). Die Blätter 26 bis 32 bleiben unbeschriftet. Aufschrift auf dem Umschlag: »Thomas Chatterton / H. H. J. / 2. Heft.« Das Heft enthält die Fortsetzung von Szene III, die Szenen IV und V sowie die nicht zuende geführte Szene VI (vor allem die Szene V enthält zahlreiche Streichungen und weicht deutlich von der zum Druck gebrachten Textgestalt ab). Dem Heft sind beigefügt: Telegramm (210 × 149 mm) von Ludwig Benninghoff an Jahnn vom 15. 6. 1954: »Lieber Jann Leider in letzter Stunde Recklinghausen gescheitert Proben hier weiter Stop werden alle ueberlegen wie deine Sache auch geldlich zu regeln ist Deine Frau ist orientiert Stop Brief folgt = Benninghoff«; auf der Rückseite ist eine Notiz von Jahnn überliefert; – Briefansatz (= Adresse des Absenders und Name und Ort des Adressaten) an Richard Anders vom 3. 2. 1953: ein gefaltetes Blatt (298 × 210 mm), beidseitig beschriftet (= erste Fassung der Rede »Klopstocks 150. Todestag am 15. März 1953«, Schriften II, S. 207 ff. und S. 1274 f.); – ein Blatt (298 × 210 mm), beidseitig mit blauer Tinte, Rotstift = (Notiz: »Penzoldt Schatterton«) und Blei beschriftet; es überliefert Notizen zur Person Chattertons und den Entwurf einer Szenendisposition (siehe Paralipomenon I, S. 706 f.).

Handschrift II bestehend aus drei Heften mit schwarzem Rücken – Aufschrift: »Thomas Chatterton / H. H. J./ II. Fassung / Heft 1⟨-3⟩« -: Heft I, 32 Blätter (175 × 221 mm), unliniert; beidseitig beschriftet mit blauen Tinten unterschiedlicher Sorten (Sofortkorrekturen, Korrekturen in Tinte, wenige Korrekturen mit Bleistift, einer Ergänzung mit rotem und einer Hervorhebung mit grünem Farbstift). Das Heft enthält Akt I/1 bis Akt II/3. Beigefügt sind: 7 Blätter mit Notizen, Ergänzungen, Entwürfen und dem Personenverzeichnis (Blätter 1–6: 298 × 210 mm, Blatt 7: 209 × 147 mm). Auf der Rückseite von Blatt 7 finden sich von fremder Hand die Termine einer wahrscheinlich auf das Jahr 1953 zu datierenden Reise: »den 30. VI
Mittwoch nach Berlin
Donnerstag
Freitag den 2. Juli nach Frankfurt
Sonntag den 4^{n} nach Berlin
5. Juli
Montag: Becher, Justizministerium, Film
6. Juli
Dienstag: Huchel, Brecht
7. Juli
Mittwoch: Göttingen«.
Heft II, 32 Blätter (175 × 221 mm), unliniert; beidseitig beschriftet mit blaue Tinte (Sofortkorrekturen, Korrekturen in Tinte, einige wenige Korrekturen mit Bleistift, eine Hervorhebung mit rotem Farbstift). Das Heft enthält Akt II/3 (Forsetzung) bis Akt V/8. Dem Heft eingelegt ist ein Blatt (298 × 210 mm) mit Ergänzungen.
Heft III, 30 Blätter (175 x 221 mm), unliniert; davon sind 31 Seiten mit

blauer Tinte beschriftet (Sofortkorrekturen, Korrekturen in Tinte); 29 Seiten bleiben unbeschriftet. Dem Heft ist ein Blatt (Heftausriß gleicher Größe) mit einer Einfügung beigefügt. Das Heft enthält Akt V/8 Fortsetzung bis Schluß.

Typoskriptdurchschlag: 61 Blätter (210 × 295 mm), einseitig mit Maschine beschriftet (wenige handschriftliche Korrekturen in Tinte). Der Titel lautet: »Thomas Chatterton / Eine Tragödie / ⟨nachträglich mit Blei gestrichen: der geschichtlichen Wirklichkeit / nachgezeichnet⟩ von / Hans Henny Jahnn / 1954«. Die Regieanweisungen sind von fremder Hand grün beziehungsweise rot unterstrichen. Die Seiten 1–33 sind darüber hinaus für den Satz ausgezeichnet, die Seiten 1–13 und 24–33 (als S. 14–23 in Blei neu paginiert) waren ursprünglich für die Kuvertversendung einmal gefaltet. Dieser Befund deutet daraufhin, daß wir es bei diesem Exemplar nicht mit der Druckvorlage des Erstdrucks, sondern mit der Druckvorlage für die beiden Vorabdrucke in »Sinn und Form« beziehungsweise »Akzente« zu tun haben (Meyer Nr. 23 und 24). Beigefügt ist: ein Blatt Handschrift »Chatterton« »Hinaus in die Wälder . . .« und ein Blatt Typoskriptdurchschlag (vier Exemplare) »Zu ‹Thomas Chatterton› Arie«. Es handelt sich hierbei um Jahnns Übersetzung der Arie, die der Knabe Cheney im 5. Akt singt. Siehe Paralipomenon III, S. 710.
Zwei Sonderdrucke sowie das »Akzente«-Heft mit dem Vorabdruck Meyer Nr. 24, jeweils mit handschriftlichem Besitzvermerk; das Heft enthält Korrekturen von Jahnns Hand.
Zur Überlieferung »Thomas Chatterton« gehört ferner die im Nachlaß unter der Korrespondenz mit dem Berliner Schloßpark-Theater (Brief an Prof. Willi Schmidt vom 4. 12. 1957, drei Blatt Typoskriptdurchschlag) aufbewahrte Ergänzung für die Berliner Inszenierung am 17. 12. 1957. Siehe Paralipomenon II, S. 708 f.
Erstdruck: Thomas Chatterton. Eine Tragödie von Hans Henny Jahnn. Berlin und Frankfurt/M 1955.
Druck: Spectaculum II. Berlin und Frankfurt/M 1959, S. 267–333 (S. 328 als Erstdruck Jahnns Übersetzung von Cheneys Arie).
Druck des 1. Aktes und einiger Szenen aus dem 3. Akt: Sinn und Form. Beiträge zur Literatur, 6. Jg. (1954), H. 5–6, S. 810–829. (Meyer Nr. 23)
Druck (Szenen aus dem 3. Akt): Akzente. Zeitschrift für Dichtung, 2. Jg. (1955), H. 2, S. 156–164. (Meyer Nr. 24)
Textgrundlage unserer Edition ist der um die Druckfehler (Brief Jahnns vom 14. 6. 1959 an Siegfried Unseld – Handschrift, Archiv des Suhrkamp Verlags) emendierte Erstdruck.

Apparat

Im folgenden sind die Lesarten des Vorabdrucks in »Sinn und Form« (=SuF) verzeichnet (mit Ausnahme der Zeichensetzung und Lautung). Dabei steht vor dem Lemma immer die Lesart unserer Ausgabe, nach dem Lemma die abweichende Version in »Sinn und Form«.

609/*6* Sarah Chatterton, von] *Sarah Chatterton, ihre Schwiegertochter, von* (SuF) /*8* Thomas Chatterton, vorn] *Thomas Chatterton, deren Sohn, vorn* (SuF)
613/*15* Sir Abraham Elton] *John McArthur* (SuF)
617/*13f.* der Zeuge . . . Elton] *und der Stadtschreiber John McArthur* (SuF) /*37f.* mit seinem Zeugen] Fehlt in SuF
618/*36* klein] *kleiner* (SuF) /*39* ein so sonderbarer Name.] Danach folgt in SuF: *ABO, BIBO – dann freilich kommt ein U; es steht nicht an seinem Platz im Alphabet.*
619/*22f.* Sir Abraham Elton . . . unterzeichnen.] *Herr Stadtschreiber, bitte.* John McArthur unterzeichnet. (SuF) /*30* Sir . . . Elton] Fehlt in SuF
622/*1f.* wohlmöglich] *womöglich* (SuF) /*13* ganz Kunst.] Danach folgt in SuF: (Er zögert noch zu gehen.) *Ich habe noch niemals Augen gesehen, die den deinen gleichen.*
644/*28* ihn] *Thomas* (SuF)
647/*39* verfaßt -] Danach folgt in SuF: *und das Pergament angefertigt.*

Quellen

Jahnn hat für die der geschichtlichen Wirklichkeit nachgezeichnete Tragödie »Thomas Chatterton« umfangreiche Quellenstudien getrieben. Aufgrund des szenischen Entwurfs (=Paralipomenon I, S. 706), der beiden handschriftlichen Fassungen (die immer wieder Arbeitsnotate enthalten), des Essays »Zur Tragödie Thomas Chattertons« (siehe S. 1015 ff.) sowie brieflicher Zeugnisse lassen sich dabei die folgenden Quellen namhaft machen:
1) Edward Harry William Meyerstein: A Life of Thomas Chatterton. London 1930. – Bei dieser Monographie handelt es sich um seine Hauptquelle. Er dürfte nicht nur so gut wie alle historischen Einzelheiten aus Meyerstein gezogen haben, sondern folgt diesem auch in der Zeichnung und Beurteilung von Chattertons Persönlichkeit. Alle wörtlichen Zitate, die er in der Tragödie wie im Essay aus Chattertons Werken anführt, konnte er bei Meyerstein finden.
2) Ernest Clarke: New Lights on Chatterton. London / New York 1916. – Außer der Erwähnung im szenischen Entwurf (siehe S. 706) findet sich kein Beweis, daß Jahnn das Werk, auf dem wiederum Meyerstein fußt, benutzt hat. Dennoch ist eine zumindest kursorische Lektüre wahrscheinlich.
3) Thomas Chatterton: Works. Ed. H. D. Roberts. 2 volumes. London 1906. – Da Jahnn alle seine direkten Anführungen aus Chattertons Werken und Briefen Meyerstein entnommen haben kann, muß offenbleiben, inwieweit er darüber hinaus sich mit diesen überhaupt befaßt hat.
4) Alfred de Vigny: Chatterton. Paris 1835 (deutsch von F. D. Fenner von Fennersberg, Mannheim 1880). – Vignys Prosadrama weicht von der historischen Vorlage weiter ab als Jahnns Tragödie. Daß Jahnn Vigny gelesen haben dürfte, darauf deutet ein entsprechendes französisches Notat in Handschrift II hin. Im übrigen ist Jahnns Kenntnis von Alfred de Vigny auch sonst bezeugt (siehe Fluß ohne Ufer III, S. 76 sowie Schriften II, S. 441).
5) Ernst Penzoldt: Der arme Chatterton. Geschichte eines Wunderkindes. Leipzig 1928 (Neuauflagen: Frankfurt a/M. 1948 und 1952). – Wie im Falle

von de Vigny beruhen die Ähnlichkeiten zwischen Jahnn und Penzoldt weitgehend auf der Tatsache, daß beide Autoren dieselben historischen Quellen benutzt haben. Auch Pentzoldts Engelsmetaphorik (»Es gibt Engel. Chatterton konnte einer sein, einer von den flügellosen Engeln, jenen halb wirklichen, halb jenseitigen Wesen ...« – zit. Ausgabe: Frankfurt/M. 1990, S. 94, S. 164) kann angesichts Jahnns eigener Engelsthematik keine anregende Funktion zukommen.

Im Falle der Einzelnachweise stößt der Stellenkommentar bei diesem Stück an eine Grenze. Da Jahnn Leben, Werk und Gestalt des historischen Thomas Chatterton (1752–1770) in seinem Essay (siehe S. 1015 ff.) ausführlich dargestellt hat, sei an dieser Stelle pauschal darauf verwiesen – dieser Text kann als ein begleitender Selbstkommentar Jahnns zu seinem Stück gelesen werden. Unser Kommentar weist wörtliche Zitate und pointierte Anspielungen oder auch Abweichungen von der historischen Wirklichkeit nach, die im übrigen als solche nicht kommentiert ist. Um zu demonstrieren, wie Jahnn durch geschickte Raffung und Zuspitzung von Meyersteins Text aus der objektiven wissenschaftlichen Darstellung subjektiv gefärbte Figurenreden gewinnt, sind zahlreiche Passagen ausgiebiger zitiert – im übrigen sei der Benutzer auf diese Hauptquelle Jahnns verwiesen.

Kommentar

603/*1* Thomas Chatterton] Jahnn hat das Stück nach dem vorläufigen Abbruch des Romanfragments »Jeden ereilt es« und nach dem Abschluß der daraus ausgegliederten Novelle »Die Nacht aus Blei« geschrieben. Darüber hinaus greift er auf Motive des »Epilog«-Fragments und des Dramas »Spur des dunklen Engels« zurück, und selbst seine Beschäftigung mit dem Nero-Stoff des dramatischen Entwurfs »Der Tod des Domitius« scheint auf eine mehr als nur zitierende Weise in »Thomas Chatterton« eingegangen zu sein. Gemeinsam ist allen diesen Projekten die Konstellation der »jugendlichen« Gruppe, die Frontstellung des dichterischen Genies (und das erlaubt es, auch Nero in diesen Kontext zu stellen) gegen das saturierte Bürgertum. Zugleich fokussiert Jahnn darin den Reflex des Alternden auf seine eigene Jugend einerseits und auf den von ihm als Genie verehrten jungen Yngve Trede andererseits – eine Konstellation also, die sowohl auf der gesellschaftlichen wie der privaten Ebene von Jahnn als »tragisch« apostrophiert wird. Omnipräsent in allen diesen Werken ist auch das von Jahnn sogenannte »Zwischenreich«, das die männlichen Engelsgestalten verkörpern. Dem »Chatterton« – und das verbindet ihn mit dem Nero-Projekt – kommt insofern eine Sonderstellung zu, als Jahnn bei der Gestaltung des Stoffs weitgehend auf historische Quellen zurückgreift. Zwar hatte er sich schon in »Spur des dunklen Engels« an die biblische Vorlage angelehnt, die Quelle aber als Referenz der existentiellen wie emotionellen Bedrängnisse der zeitlos erfundenen Figuren aktiviert. Ein Vergleich des »Chatterton« mit Jahnns Quelle erweist, daß der Text in einem für Jahnns poetische Produktion ungewöhnlich hohen Ausmaß aus den vorgefundenen Materialien *montiert* ist.

604/*1f.* der geschichtlichen Wirklichkeit nachgezeichnet] Siehe den

Abschnitt »Quellen« sowie den Essay »Zur Tragödie Thomas Chattertons«, S. 1015ff.
605/*17f.* **Thomas Cary ... (tritt nicht auf)]** Zu Cary siehe »Zur Tragödie Thomas Chattertons«, S. 1022, 1026. Carys »Elegy to the Memory of Mr. Thomas Chatterton, late of Bristol« erschien im Oktober 1770 im Bristoler »Town and Country Magazine«; Jahnn kannte sie aus Meyerstein, S. 540–542. /*18* **Aburiel]** Aburiel ist der Name eines Dämons aus der Kabbala. Oder: »a burial«: engl. »ein Begräbnis«. Ursprünglich (siehe S. 706) hatte Jahnn auch für diese Engelsfigur den Namen Abbadona vorgesehen, den er schon für das 1951/52 entstandene Romanfragment »Jeden ereilt es« aus Klopstocks »Messias« entlehnte (siehe Späte Prosa, S. 142, 144 und den Kommentar S. 458). In einem der den Text von »Jeden ereilt es« überliefernden Hefte hat Jahnn sich von Victor Hugo das Zitat vermerkt: »Engel ist in der Sprache das einzige Wort, das nicht abgenutzt werden kann.« (Späte Prosa, S. 449) Zu Jahnns Engelsvorstellungen und ihre Herkunft siehe man auch die Anm. S. 295/2f. Zu den dort bereits genannten Einflüssen tritt für »Jeden ereilt es« und »Thomas Chatterton« auch noch der Ange Heurtebise aus Jean Cocteaus Film »Orphée«, den Jahnn 1950 in Hamburg sah (Hubert Fichte: Homosexualität und Literatur 2. Polemiken. Frankfurt/M. 1988, S. 116). Meyerstein bildet nach S. 42 einen zeitgenössischen Stich ab, der eine in einem gotischen Kirchengewölbe spielende Szene mit einem Engel zeigt – möglicherweise hat auch dieses Bild Jahnns Phantasie mitangeregt.
606/*1f.* **Arran ... Nancy Brokage]** Diese beiden Figuren und ihre Namen hat Jahnn erfunden. Den Namen Arran wird er für eine der Gestalten des Dramas »Der staubige Regenbogen« wiederverwenden. /*10* **Thomas Rowley]** Diesem von ihm erfundenen mittelalterlichen Bristoler Mönch hat Chatterton einen Großteil seiner in einer archaisierenden Sprache und Orthographie geschriebenen Werke untergeschoben. Er nützte dabei die Stimmung seiner Zeit aus, die den »Funden« alter Dichtungen gewogen war: 1760 hatte James Macpherson seine (wie sich später herausstellte, ebenfalls nachgeahmten) Ossian-Dichtungen, 1765 Thomas Percy seine Anthologie »Reliques of Ancient English Poetry« veröffentlicht.
609/*7* **im Anzug der Colston-Schüler (blue boys)]** »The uniform of the Hospital was a blue robe, with an orange-colour lining, a band, and a blue bonnet, with orange-colour stockings; each boy had a number, wore a brass badge bearing the founder's crest, a dolphin; and he ›had the tonsure‹. In that last bare fact, I believe, lies the genesis of Thomas Rowley, the monk.« (Meyerstein, S. 36) /*28f.* **St. Mary Redcliff]** Jahnn konnte bei Meyerstein (Frontispiz und vor S. 395) Abbildungen der Kirche St. Mary Redcliff finden.
611/*17f.* **daß du einen Gestorbenen zum Vater hast]** John Chatterton starb am 9. 8. 1752, dreieinhalb Monate vor der Geburt von Thomas. /*20f.* **Und warst tot wie dein Bruder Giles Malpas]** Giles Malpas lebte vom 12. 12. 1750 bis zum 17. 4. 1751. – Die historische Wirklichkeit, die Sarahs Figurenrede wiedergibt, dürfte in Jahnn eine Erinnerung an seine eigene Kindheit aktiviert haben, den Tod seines Bruders, den er als Nächstgeborener den Eltern ersetzen sollte. Siehe die Tagebucheintragung vom 16. 7. und 19. 7. 1913 und 10. 12. 1915. Auch in den Gesprächen mit Walter Muschg

kam Jahnn am 4. 11. 1933 auf diese Kindheitserinnerung zurück (Gespräche, S. 57f.). Bei dem toten Bruder Hans Jahn handelt es sich nach Freeman (S. 34f.) um eine Mystifikation. Aber Jahnns Bruder Gustav Robert war im August 1893 im Alter von zwei Jahren und zwei Monaten gestorben. */31f.* **Luzifer ... den schönsten der Engel]** Luzifer heißt der Teufel mit Beziehung auf Jesaja 14,12: »Wie bist du vom Himmel gefallen, du schöner Morgenstern!« Schon die frühen Kirchenlehrer haben diese Stelle mit Lukas 10, 18 (»Er aber sprach zu ihnen: Ich sah wohl den Satanas vom Himmel fallen als einen Blitz.«) erläutert und auf den Teufel gedeutet. Siehe auch Bächtold-Stäubli, Bd. 5, Sp. 1470f.

612/*7* **eine Anleitung zur Nekromantie]** Jahnn kombiniert hier zwei Stellen bei Meyerstein, denen zufolge Thomas aus dem Besitz seines Vaters ein Exemplar von Cornelius Agrippas »De Occulta Philosophia« geerbt (S. 9) habe. Dem Zeugnis seines Lehrherren Lambert zufolge, soll er später darin gelesen haben: »once he ⟨Lambert⟩ found him sitting up very late at night attempting to raise spirits from the instructions of a book of magic, which with a few papers [...] was left behind on his dismissal.« (S. 68) Meyerstein (S. 68, Anm.) verweist auf zwei Erwähnungen im Werk Chattertons: »Ah! could I charm by negromantic spells / The soul of Phillips from the deathy tomb!« und: »Tyro, for necromancy far renown'd / A greater adept than Agrippa found.« – Cornelius Heinrich Agrippa von Nettesheim (1486–1535), deutscher Arzt und Philosoph; sein Hauptwerk »De occulta philosophia« (1510) stellt ein System der kabbalistisch-mystischen Philosophie auf. */10f.* **die Toten sind mächtiger als die Lebenden]** Anspielung auf das Motto der »Niederschrift des Gustav Anias Horn«: »Die Lebenden sind wenige, die Toten sind viele.« (Fluß ohne Ufer I, S. 218) Die Quelle des dort als »Hinduistisch« ausgewiesenen Zitats konnte bislang nicht nachgewiesen werden. Auffällig ähnlich ist eine Formulierung vom Ende des Trojanischen Kriegs in Gustav Schwabs »Die schönsten Sagen des klassischen Altertums«: »Antenor führte die Trojaner zu dem schmerzlichen Werke der Leichenbestattung an, das nur langsam vor sich ging, denn der Toten waren so viele und der Lebenden nur wenige.« (Die schönsten Sagen des klassischen Altertums nach seinen Dichtern und Erzählern von Gustav Schwab. Gesamtausgabe in drei Teilen. Stuttgart 1990, S. 668) Man siehe auch Penzoldt: »Auf einmal erkannte er ⟨Thomas Chatterton⟩ die große Überlegenheit Sterbender über die Lebendigen und begriff den Spott, die Lust und das Mitleid toter Angesichte, und daß er nun schon ganz auf seiten der größeren Menschheit der Toten stehe.« (S. 158) Darüber hinaus darf man an dieser Stelle der Figurenrede auch einen Reflex auf Jean Cocteaus Film »Orphée« annehmen. */34* **Sodbury]** Chipping Sodbury, ein in der Nähe Bristols gelegener Marktflecken (Meyerstein, S. 7) – dort wurden Sarah und John Chatterton am 25. 4. 1749 getraut, nachdem Mary bereits am 14. 2. 1749 geboren worden war (Meyerstein, S. 10).

613/*1f.* **die Colston-Schule]** Über dieses Institut siehe den Essay »Zur Tragödie Thomas Chattertons«, S. 1021 ff. Jahnns Kenntnisse fußen auf dem entsprechenden Kapitel bei Meyerstein (S. 25–36).

614/*35* **Farthing]** Eine kleine britische Bronzemünze, der vierte Teil des Penny.

617/*12* **Es wird gegen die Tür geklopft ...]** Jahnn folgt mit seiner Darstellung der folgenden Szene dem Bericht Meyersteins (S. 63 f.):
»On July I, 1767, lacking not quite five months of fifteen, Chatterton left Colston's Hospital, and was apprenticed the same day to Mr. John Lambert, ›gentleman,‹ attorney, and member of the Church of England, for seven years, ›to be educated a scrivener,‹ during which said time ›. . . Taverns he shall not frequent, at Dice he shall not play, Fornication he shall not commit, Matrimony he shall not contract,‹ his master to find him good and sufficient meat, drink, linen, woollen, lodging, and all other necessaries, washing and mending excepted. At the end of the term Mr. Lambert was to pay his apprentice four shillings and sixpence towards his freedom of Bristol with two suits of apparel, one for holidays and the other in lieu of his salary. The school authorities paid the fee of ten pounds. There are three signatories to the indentures, now in the Bristol Museum, one John McArthur, Elton, the town clerk (›Sir Abraham Isaac Elton, Bart., Barrister at law,‹ 1775 Directory), and Thomas Chatterton himself, in as round and plain a hand as he could assume for the occasion; were not the mayor and two sheriffs standing by? Indeed, no one can examine his eighteenth century penmanship without recognizing that this son of a writingmaster had learnt one excellent lesson at his father's old school. No aberration is visible *there*! Taut, level, precise, it holds an upright course across the page, slanting perhaps a little to the right, when hurried; and, cramped, often enough, from the need of paper; but even the final stroke of ›Die‹ in the letter giving his ›motives for the supposed rashness‹ is executed according to pattern. An endorsement, signed by his mother, undertakes that the ›friends or relatives of the within apprentice‹ shall be responsible for his washing and mending; Mrs. Chatterton's autograph resembles the entry of her son's birth in Clarke's *History of the Holy Bible*. Thus opens the second era of this short life.
It was, all things considered, an excellent place, though wageless. The school had done its best by its alumnus. The last Colston boy to be bound to an attorney was Fr. Child (Feb. 4, 1764), and the next after Chatterton, Robert Bellerton of Fairford, not far short of six years later (Feb. 18, 1773). Though there were apparently no half-holidays on Saturdays and Saints' days, the ghastly régime of Sunday was a thing of the past, and the apprentice had leave to roam where he pleased between certain hours on that day. Croft, on the authority of Chatterton's mother and sister, says that his Sundays were generally spent in walking, alone, into the country round Bristol, ›as far as the day would allow him to return before night,‹ and that from these excursions he would bring back sketches of churches, or something which had struck him.« /*17* **Büchergestell]** Meyerstein berichtet, daß Chattertons Vater etwa 150 Bücher besessen hat, die nach seinem Tod aber zumeist verkauft wurden (Meyerstein, S. 9). /*21 f.* **des burgundischen Dichters Raoul le Fèvre ... William Caxton]** William Caxton (um 1422–1491) hatte 1476 als erster in England die neue Buchdruckerkunst eingeführt. Als Kaufmann verhandelte er in den 60er Jahren im Auftrag der englischen Regierung mit Herzog Philipp von Burgund. Bald nach 1468 trat er in literarische Beziehungen zur Prinzessin Margarete, der Schwester des englischen Königs Eduards IV. und Gemahlin Karls des Kühnen von Bur-

gund, und übersetzte (seit 1469) in ihrem Auftrag den »Receuil des histoires de Troyes« des burgundischen Hofgeistlichen Raoul Le Fèvre, eine Sammlung beliebter Ritterromane, ins Englische. Etwa 1470 gab er seine kaufmännische Tätigkeit auf und lebte vorübergehend in Gent und Köln. Um seiner Übersetzung, die er 1471 in Köln vollendete, eine weitere Verbreitung zu geben, erlernte er die Buchdruckerkunst und gab sein Werk im Druck heraus, in Köln oder, wie meist angenommen wird, in Brügge. – Siehe das entsprechende Notat, Paralipomena I, S. 707. Meyerstein scheidet als Quelle aus; es spricht vieles dafür, daß das Exzerpt auf einen Lexikonartikel zurückgeht, der aber nicht nachzuweisen war. */25f.* **William Canynges]** Der historische William Canynges (gest. 1474) galt als der Wohltäter und Mäzen der Kirche St. Mary Redcliffe; er war mehrfach Bürgermeister der Stadt und soll in der Schatzkammer der Kirche zahlreiche Urkunden hinterlassen haben: »In the muniment room, or Treasury, over the north porch of St. Mary Redcliff were, and are, several coffers, one of which was known as ›Mr. Canynges' Cofre‹; this contained the writings and rents of estates left for particular purposes by that benefactor (the fifteenth century merchant) and was secured by six keys, two of which were entrusted to the minister and procurator of the church, two to the mayor, and one to each of the churchwardens. These being lost, about 1727, according to Dr. Gregory, who gives this account, following Bryant, who had it from Henry Dampier, a notion prevailed that some title deeds were in the ›cofre,‹ and an order of the vestry was made that it should be opened under the inspection of an attorney, and the more important deeds removed to the south porch. Accordingly not only this but all the coffers were broken open, the deeds relating to the church removed, and the rest left ›exposed as of no value.‹« (Meyerstein, S. 112) – Einen zeitgenössischen Stich der »Treasury« mit den geöffneten, leeren Truhen konnte Jahnn bei Meyerstein (nach S. 42) finden. */26* **König Heinrichs VI.]** Regierte 1422–1461, abgesetzt und 1471 im Tower ermordet.

619/*3f.* **Die Rechtschreibung ist altertümlich ungenau.]** Chatterton ahmte in Sprache und Schrift ein altertümliches Englisch nach. – Auch Jahnn hat einen eigentümlichen Umgang mit der Orthographie gepflegt, der bewußt von der Rechtschreibnorm abweicht: siehe seinen um 1918/19 entstandenen Lebenslauf (Schriften I, S. 11). */10* **hat den Vertrag genommen]** Thomas' Figurenrede referiert nur jene Details aus dem Vertrag, die er bei Meyerstein finden konnte (siehe den Kommentar zu S. 617/12). */24* **Den Namen deiner Mutter braucht es nicht.]** Siehe aber Meyerstein, S. 64: »An endorsement, signed by his mother, undertakes that the ›friends or relatives of the within apprentice‹ shall be responsible for his washing and mending«.

620/*8* **der bleibt, der er sein möchte]** Siehe S. 777/25f. */35* **wurde mit acht Jahren Alumne]** Thomas Chatterton wurde am 3. 8. 1760 in Colston's Hospital aufgenommen (siehe Meyerstein, S. 25).

623/*33* **sein Vater ist Bierbrauer]** Über Richard Smith d.Ä. siehe Meyerstein, S. 288ff. Er war seit 1766 Präsident der »Dolphin Society«. */38* **vier Söhne]** Henry, Richard jun., Peter und William. */38* **Der älteste, Dick]** Über Richard Smith d.Ä. schreibt Meyerstein (S. 288ff.): »Now this Richard Smith the elder, who broke with Chatterton (who was some seven years his junior), is, if family gossip is to be trusted, an instance of a wild, high-spirited Bristol youth who made good early, and found the road to happiness and prosperity; so that a glance at his life till his twenty-sixth year will hardly come as a digression here. He was the son of one Richard Smith, a brewer, Tory, and President of the Dolphin Society in 1766, and Elizabeth Bradford, and was born in 1745 in a house with a freestone front opposite the Baptist Chapel in the Counterslip, at no great distance from the bottom of Redcliff Street and Bristol Bridge. At nine he was sent to the Grammar School in Christmas Street, and before Sept., 1758, to the Grammar School at Warminster, his father's native place, from which he ran away ›with a small bundle of clothes,‹ and was found, several days after, working with some masons who were building a house. This long afterwards went among his friends by the name of ›the house that Dick built.‹ He was then sent to Winchester, where according to one of his school-fellows he was very idle and ›pretty regularly flogged.‹ He took part in punch-drinking to the Pretender in an ale-house, fights with the townsfolk, and orchard and farmyard raids. He had, however, a good voice, and was selected to chant the graces ›Benedic nobis, Domine‹ and ›Benedictus sit Deus in donis Suis‹ at a College Visitation. He left Winchester on May 29, 1762, and on Sept. 9 was ›bound‹ to John Townsend, surgeon to the Infirmary, then practising in Broad Street, with a side door in Cider House Passage, not far from one of the bookshops which Chatterton frequented, who makes Townsend speak of his apprentice in *The Exhibition* (May, 1770) as:

that thing of flatulence and noise,
Whose surgery is but a heap of toys,
That thing once slave to me, who boasts he's got
A treatise on the matrix piping hot.

Other testimony speaks of Townsend's own surgery as ›calculated to strike terror into all beholders,‹ and as resembling the torture room of the Spanish Inquisition. There were difficulties, but Dick overcame them. For instance, in the third year of his indentures he came home one night just at the point of eleven. Townsend had locked the door, and growled at him to ›go about his business, that no one should come in after eleven.‹ ›Sir,‹ said the apprentice, ›the quarter-boys are now going, and Christ Church has not finished striking.‹ ›My clock has struck,‹ returned the master, ›and that's enough for me.‹ Dick Smith called the watchman and bade him take notice he was at the door before the Parish Clock had struck. The next morning Townsend would neither receive him, nor return any portion of his fees. A lawsuit followed; the apprentice pleaded for himself, got a verdict; and, it is said, remained on good terms with the surgeon afterwards. In *The Exhibition*, after Barrett's speech, Chatterton writes:

He ended, and a murmur of applause
Drop'd from each carcase-butcher's wither'd jaws,
From all but Townsend, always Townsend had
A soul for opposition good or bad.
Of contrarieties and whims compos'd
He never in a friendly treaty clos'd

Richard Smith next did his midwifery course at the Borough Hospital, London, and was once stopped by the lecturer as he was ›going to a labour‹ with a scarlet cloak and a sword, as was then the mode with students. Dr. Colin Mackenzie pointed out the ›impropriety of a man's going armed to bring a being into the world, when such a weapon could only serve to send a person out of it.‹ In 1768 he returned to Bristol, and began practice at his father's house at Counterslip; and on Aug. 11, a year and a day before Chatterton's elegy, inspired by his brother's suicide, he was elected Surgeon to St. Peter's Hospital, being not long turned of twenty-three. Thirteen months after the poet's tragedy, he married George Catcott's sister, Augusta; he had moved to the last house in Charlotte Street, at the corner of Queen Square, opposite the gable end of the Mansion House, early that year.«

627/2 Bristol, Corn-Street] Lamberts Büro befand sich in 37 Corn Street (Meyerstein, S. 70). – Über die Tätigkeit Lamberts und Chattertons Beschäftigung schreibt Meyerstein (So. 66–69): »The weekly office hours were from 8 a. m. to 8 p. m., with an hour for dinner, at Lambert's private house, some distance from the office (which was first either in Small Street or below St. John's Steps), and two hours of liberty in the evening; he was expected to be with the servants by 10 p. m. His sister speaks of his regularity: ›He boarded at Mr. Lamberts, but we saw him most evenings before 9 o'clock and would in general stay to the limits of his time which was 10 o'clock. He was seldom 2 evenings together without seeing us. . . . Mrs. Lambert informd me not 2 months before he left Bristol, he had never been once found out of the office in the stated hours as they frequently sent the footman and other servants there to see. Nor but once stayd out till 11 o'clock; then he had leave, as we entertained some friends at our house at Christmas.‹

Her most telling statement as to the apprenticeship is ›He had little of his master's business to do. Sometimes not 2 hours in a day, which gave him an opportunity to persue his genius.‹ This is confirmed by Lort: ›Lambert had no employment for him‹ – and by the poet himself in his third letter from London (May 14, 1770): ›Tho', as an apprentice none had greater liberties, yet the thoughts of servitude killed me.‹ Even now, it is not sufficiently recognized that the tragedy of the attorney's office was that Chatterton was underworked. ›His apprenticeship,‹ Chalmers wrote in 1810, ›seems to have been of the lower order, and his situation more resembling that of a servant than a pupill.‹

His employment, ›while Mr. Lambert was from home, and no particular business interfered,‹ lay in copying legal precedents. Lort and Gregory speak of a large folio book of 344 pages and another of 36, closely written by him. The office contained nothing but law books, except an old edition of Camden's Britannia, ›placed there as being too big for the shelves,‹ which, as will be seen, was quite enough for the apprentice's private purpose.

[. . .]

John Lambert, gentleman, at the time Chatterton made his acquaintance, was 28, bore arms gules, a chevron, had a mother and, less certainly, a wife living with him, and was later to come into an estate, Pen Park. His

grandfather had been an American merchant, whose son Jonathan was in the same business. Lambert himself, now or later, had an income of £ 1000 a year, and was one of fifty gentlemen who contributed £ 50 each to the new theatre in King Street, the foundation stone of which had been laid on Nov. 30, 1764, exactly a year and a half before the opening, May 30, 1766. He is described, later in life, as a kindhearted man, who read a great deal.
The master had no positive fault to find with the apprentice. Once, quite early in their intercourse, he had occasion to correct him with a blow or two, on ›his old schoolmaster‹ receiving an abusive anonymous letter, which was traced to Chatterton by the ill-disguised handwriting and the paper, which was of a sort used in the office. If the identification of Warner with Gardner is correct, the poet must have waited at least five years for his revenge on an elderly man. But this was a solitary incident; what Lambert did complain of was ›a sullen gloomy temper which showed itself more particularly in the family and among the servants by his therewith declaring his intentions of making away with himself.‹ This is Lort's note, which Dr. Gregory abbreviates, omitting the last eleven words – they may not apply to the first period of the apprenticeship. Years afterwards, when he was tired of being badgered about Chatterton, ‹a sore subject› with him, Lambert told his friend Paget that he did not pay the least attention to his doings in those days; he thought him a sullen-tempered lad, merely the office drudge, who had very little legal copying to do; but once he found him sitting up very late at night attempting to raise spirits from the instructions of a book of magic, which with a few papers, hereafter to be mentioned, was left behind on his dismissal. This judgment coheres with what Lambert, whom Croft did not see, must have told Lort (whose notes are headed ›Lambert's testimony‹) – ›Nor did Mr. L. take notice of his being employed in any other way during the office hours than in the [word ill-written] business of it either in reading for his amusement or copying on old parchments or other writings.‹ The sending of the footman, mentioned by Mrs. Newton, points to the attorney being but seldom at his place of business; and Palmer, the jeweller's apprentice, actually says so, adding that Chatterton had little to do.
In setting this down the poet's objections to his servitude have been anticipated; it has been inferred from p. 25 of Dr. Gregory's *Life* that he disliked taking meals with the servants in the kitchen, and sleeping with the footboy; so also did Crabbe, born two years after him, who, in his second letter to Burke, speaking of the time when he was an apothecary's assistant (1768–1771) wrote ›There was indeed no other distinction between the boy at the farm and myself, but that he was happy in being an annual servant, and I was bound by indentures.‹ Maybe the fact his sister gives us that he studied best toward the full of the moon and would often sit up all night and write by moonlight increased the friction with Lambert's staff; we shall find him at this habit in Shoreditch.«
628/*16f.* ein Postulat der Empfindlichen] Laurence Sterne signalisiert im Titel seiner »Sentimental Journey« (1768) die gefühlsbetonte geistige Strömung der Zeit, deren deutscher Begriff sich unmittelbar von J. J. Bode herleitet, der Sternes Titel – nach einem Vorschlag Lessings – als »Empfind-

same Reise« übersetzte. */36* **Green's Bibliothek]** Jahnn folgt Meyerstein (S. 47), der Catcott zitiert: »After he left school, he subscribed to Green's circulating library. Mrs. Green [...] inform'd me, he was very fond of reading black letter print particularly old Poetry; but does not recollect his having any Dictionaries. The Book which most attracted his notice was an old Edition of Chaucer, with a copious glossary«.
629/*6* Sieben Jahre lang ...] Siehe die Anm. zu S. 617/12. */14* **diese Dämonen und Engel]** Siehe die Anm. zu S. 295/2f. */37f.* **Aburiel, als Reisender unauffällig ... gekleidet]** Aburiel erinnert an den Vermummten Herrn, der im Schlußbild von Wedekinds Kindertragödie »Frühlings Erwachen« auftritt – zu Jahnns Kenntnis des Stückes siehe Dramen I, S. 1083.
630/*26* Es ist meine Bestimmung, daß ich dir zugetan bin.] Die Figurenrede aktiviert – auf der Ebene von Jahnns Biographie – seine Beziehung zu Yngve Trede, dem jugendlichen Genie von Jahnns eigenem Leben (siehe die Anm. S. 295/5).
632/*33* Peter Harley Smith] Jahnn benützt für die folgende Episode Einzelheiten, die Meyerstein zur Biographie von Peters Bruder Richard berichtet (siehe die Anm. zu S. 623/38 und das dortige Zitat).
633/*6* die Straßen Bristols] Siehe die Anm. zu S. 1028/28.
635/*4* Das Erbarmen ist eine individuelle Leistung] Siehe Frodes Faltins Fazit seiner biologischen Experimente in »Epilog« (Fluß ohne Ufer III, S. 387). */32f.* **selbst die Gräber sind geschleift, die Gebeine verstreut]** Die Kritik der neuzeitlichen Bestattungspraxis ist ein Topos, der Jahnns gesamtes Werk durchzieht – siehe auch die »Bestattungsbestimmungen« (Schriften I, S. 100ff.) und den Kommentar dazu (Schriften II, S. 832f.). In den 50er Jahren siehe man vor allem Jahnns Geleitworte zum Jahrbuch »Elbe« (1958 – Schriften II, S. 658–660) sowie seinen Essay »Der Schädel J. S. Bachs – und sein Bild« (1959 – Schriften II, S. 763–765).
636/*6* Erd- und Steinbuch von St. Johannis] Die Figurenrede spielt wohl auf das folgende, von Meyerstein berichtete Detail an: »... the earliest appearance of the name ⟨Thomas Rowley⟩ in Chatterton's handwriting is on the title page of ›Antiquities, Book 3rd,‹ which contains *The Unknown Knyght* and *Battle of Hastings* (I), not later, apparently, than March 6, 1768, where the designation ›parish preeste St. John's‹ goes to show that the writer was familiar with the brass to Thomas Rouley, merchant and sheriff, in St. John's Church.« (S. 156) – Der historische Thomas Rouley starb 1478 (Meyerstein, S. 579).
637/*1* Peter – Peter Smity] Vorausdeutung auf Peters Selbstmord siehe S. 652f. */22* **sine solemnitate]** Lat.: ohne feierliche Zeremonie. Selbstmörder erhielten kein kirchliches Begräbnis, da der Selbstmord als Todsünde galt. */36f.* **Von jetzt ab wirst du mit ungewöhnlichen Augen sehen.]** Im ersten Entwurf lautete die Stelle: »Du sollst es ihnen sagen, doch nicht mit deinem Munde. Deinem Mund glaubt niemand. Du sollst es niederschreiben, mit ungewöhnlichen Worten, in Gedichten, in einer Sprache, die erzener ist als gewöhnliche Rede. Thomas – du bist berufen. Befrage dich. Glaube den Bildern in dir. Nimm deine Wirklichkeit und zeige sie der unwirklichen Welt der gefrorenen Geschäfte.« (Handschrift I, Heft 1, S. 54).

638/*4f.* **den beflügelten Hengst besteigst]** Anspielung auf das geflügelte Musenpferd Pegasus der griechischen Sage. /*22* **Der Arzt, Herr Barrett]** William Barrett (1729–1789), Verfasser der »History of Bristol« – siehe Meyerstein, S. 129–134. /*23* **Henry Burgum]** 1739–1789. Siehe Meyerstein (S. 147–150). /*23* **George Catcott]** Henry Symes Catcott (1729–1802). »On June 25, 1767, over a year before Bristol Bridge was open to the public, and the day after the last stone was set in the centre arch, he borrowed his partner's ⟨i. e. Henry Burgum⟩ nag and, between 7 and 8 a. m., crossed it, riding over a few loose planks laid there on purpose, and paid the first toll, five guineas (given to the workmen for drink) simply to have the distinction of being the first person to cross the new bridge. Burgum, on witnessing the feat, is said to have exclaimed, ›There go my horse and ass.‹ [...] In the *Grand Imperial Magazine* for March, 1771, there is a caricature of him, armed with a spit, a pot-lid for shield, pair of tongs for sword, and iron pot for helmet, inscribed, ›The celebrated Mr. George Catgut of B -----l‹; the letterpress explains that he is performing his favourite character of Alexander, in the kitchen [...] He stammered, but recitated with ease [...] He never ate animal food except roast beef, but not the ›dry brown bits‹, which he skimmed off with a pocket knife; carried with him sugar and cream (in a phial) and made his own toast in other people's houses. [...] He was deformed about the back and shoulders, generally wore dark brown or blue and, after June, 1779, in winter, a pair of his father's leggings with a long strip of iron up them, which had been an heirloom to ›my brother the parson.‹ His pet author was Charles I. ⟨hingerichtet 1649⟩; he collected books and prints on this subject« (Meyerstein, S. 136–138) Siehe auch die Abbildung von Catcotts Porträt bei Meyerstein, gegenüber S. 138. /*27ff.* **Aburiel. Ein Sonderling ... wurden.]** Diese Figurenrede fehlt Handschrift I. /*36f.* **ein Liebhaber der Musik]** »musicomaniac« nennt ihn Meyerstein (S. 136).

639/*5* **Thomas Rowley, der Dichter]** Der von Chatterton erfundene Bristoler Dichtermönch des 15. Jahrhunderts, unter dessen fiktive Verfasserschaft er seit 1768 seine im altertümlichen Englisch verfaßten Dichtungen stellt. Siehe Meyerstein, S. 156–249. /*20* **Begreift, wer ganz im Nebel steht]** Nicht ermittelt.

643/*26* **William sanft]** In Handschrift I heißt es: »umarmt ihn sanft« (Handschrift I, Heft 1, S. 60).

644/*4* **Du schlafwandelst.]** Über den Einfluß des Mondes auf Chatterton konnte Jahnn bei Meyerstein lesen: »Maybe the fact his sister gives us that he studied best toward the full of the moon and would often sit up all night and write by moonlight increased the friction with Lambert's staff; we shall find him at this habit in Shoreditch.« (S. 69). /*18* **der Totengräber Richard Phillips]** Viel mehr als den Hinweis, daß der Küster und Totengräber Chattertons »favourite uncle« (S. 322) gewesen sei, konnte Jahnn bei Meyerstein nicht finden. Die Vorstellungswelt, die Phillips im Schauspiel verkörpert, aktiviert Jahnns eigene lebenslange, zwanghafte Traumatisierung durch den Topos Tod und die damit in Berührung stehenden Bilder (Bestattung, Sarg, Grab, Gruft, Totenschändung). Siehe auch die Anm. S. 212/17ff. /*38f.* **ein Schädel ... ein Schenkelknochen]** Siehe die Anm. zu

S. 635/32f. An dieser Stelle der Figurenrede Phillips' verweist die Anziehungskraft des offenen Grabs auch auf die Identifizierung mit dem toten Bruder (siehe die Anm. zu S. 611/20f.).

646/*33* **alte Pergamente]** Über die echten und die gefälschten Pergamente siehe Meyerstein, S. 112–119. /*35ff.* **dreißig Zeilen der »Battle of Hastings« ... »Gelbe Urkunde«]** Chattertons Figurenrede faßt hier Informationen zusammen, die Jahnn aus Meyerstein (S. 132f.) bezog: »The order of the production of the first antiques is given in this letter as follows:
(1.) A thin quarto copy book containing, in Chatterton's hand, Rowley's Memoirs of himself (first published in the *Town and Country Magazine*, Nov., 1775), in which were included about thirty lines of *Battle of Hastings* (I), beginning ›Where Thor's fam'd temple manie ages stood,‹ a few stanzas from *Bristowe Tragedy*, the *Songe to Ælla*, and ›some other little pieces,‹ i. e, the two poems *On our Ladies Chyrche*.
(2.) ›The next day‹ the *Epitaph on Robert Canynge*, ›and one or two other small pieces.‹
(3.) ›Soon after,‹ two ›originale,‹ the *Songe to Ælla* and the *Yellow Roll*. The latter contains the names of other pieces, and is described by Sir Ernest Clarke as ›a forgery to bolster up other forgeries.‹
To these can be added (4.) the first 34 lines of *The Storie of William Canynge*, on a parchment, which, Dean Milles (p. 428) says, was the second piece of Rowley's composition produced to Barrett. ›He gave Mr. Barrett the rest,‹ Catcott goes on, ›amounting to about twenty.‹« /*39* **Er hatte nichts Eiligeres zu tun ...]** Siehe Meyerstein, S. 132: »Among Lort's notes is one to the effect that William Bradford Smith, Chatterton's friend, walking with his kinsman George Catcott in Redcliff Church in 1768, asked him if he had heard of old writings found there, and said Tom Chatterton had several. ›Send him to me,‹ said Catcott. Later ›a boy with new cropped hair‹ appeared, ›cap in hand,‹ and produced some, which Catcott immediately put into Barrett's hands. Chatterton did not own they came from Redcliff church till Catcott put it to him; he said he had written love verses for a young gentleman who in return had given him these. Note the slightly different turn; in Dr. Gregory's account he was transcribing them for this young gentleman (Baker).
In T. J. Mathias's Essay (1783, p. 23) Smith is reported as saying that it was through him ›that Mr. Barret and Mr. Catcott became possessed of what they now have.‹ Smith had mentioned *Bristowe Tragedy* and *Battle of Hastings* to Catcott; and the next day after the talk in Redcliff Church, Chatterton called on Catcott, so the latter wrote to Dr. Glynn on Oct 23, 1788.«

647/*34f.* **Hier ist die Nummer des Bristol Journals ...]** Im November 1768 sollte die neue Brücke über den Avon eingeweiht werden, die die alte, aus dem Mittelalter stammende Brücke ersetzte. Chatterton spielte den Herausgebern des »Bristol Journal« eine vom ihm verfertigte Urkunde über die Einweihung der alten Brücke zu, die am 1. 10. 1768 erschien (siehe Meyerstein, S. 104–107, mit Abdruck des Textes).

648/*7f.* **Zuweilen denke ich an Mädchen.]** Siehe Meyerstein, S. 79ff. /*21f.* **Ich habe seit jeher nur eine häßliche Freundschaft gehabt, und das ist die mit mir selbst.]** Zu Beginn des 4. Aktes findet sich in Hand-

schrift II, Heft 2 das Notat: »Ich habe nur eine schlechte Gesellschaft, nämlich mich selbst. S 335«. Jahnn setzte das Notat ursprünglich in Thomas' Figurenrede S. 663/22 ein (nach »Neunzehn Zwanzigstel meiner Beschaffenheit ist Stolz.«): »Ich habe nur einen einzigen argen Lebensgefährten gehabt bis jetzt: mich selbst.«, streicht diese Formulierung dann aber im Typoskript. Das Notat verweist auf den bei Meyerstein (S. 335) abgedruckten Brief Chattertons an William Barrett, in dem es heißt: »In regard to my Motives for the supposed rashness, I shall observe, that I keep no worse Company than *myself*; I never drink to Excess, and have, without Vanity, too much Sense to be attached, to the mercenary retailers of Iniquity. – No; It is my PRIDE; my damn'd, native, unconquerable Pride, that plunges me into Distraction. You must know that the 19/20th of my Composition is Pride⟨.⟩ I must either live a Slave, a Servant; to have no Will of my own, no Sentiments of my own which I may freely declare as such; – or DIE – Perplexing Alternative! But it distracts me to think of it – I will endeavour to learn Humility, but it cannot be here. What it may cost me in the Trial Heaven knows!« */23* **sine me nihil]** Lat.: ohne mich nichts.
649/*8* **Fräulein Singer]** »I left Miss Singer, I am sorry to say it, in a very bad way; that is, in a way to be married.« (Chatterton an seine Schwester Sarah, 14. 5. 1770 – zit. Meyerstein, S. 95) */25* **den ganzen Text der Bristol-Tragödie]** Siehe Meyerstein, S. 133 f. Auch »Johannes Laymingetowne« war eine Erfindung Chattertons. */26f.* **die Echtheit ... zu bezweifeln]** Siehe Meyerstein, S. 134. */28f.* **Sie fanden die Verse rein ...]** »›He ⟨Th. Ch.⟩ gave it ⟨»The Battle of Hastings«⟩‹ writes Catcott to Dean Milles on March 14, 1777, ›Mr. Barrett and myself, as the composition of Rowlie, but finding we commended it, on account of the smoothness and regularity of the verse, and the many beautiful similies with which it abounded, he then said it was his own.‹« (Meyerstein, S. 142). */30* **Rowley sei größer als Chaucer]** Geoffrey Chaucer (um 1340–1400), mittelenglischer Dichter, Verfasser der »Canterbury Tales« – über Chaucer-Zitate bei Chatterton siehe Meyerstein, S. 219.
650/*1f.* **Das wiederum wies Barrett zurück.]** Meyerstein zitiert Lort: »Not satisfied with the account he gave them of these MSS. they enquired after his connections, found out his mother, and by degrees got the history of their having been stolen out of Redcliff Church by the father, who, they found, had also destroyed most of the originals« (Meyerstein, S. 134). */19f.* **Dein Bruder]** William Smith »according to his nephew, while never ceasing to pour out verses himself, always refused to believe that Tom Chatterton wrote Rowley – there was a mystery about the poems, but Tom no more wrote them than he did« (Meyerstein, S. 431). */38f.* **Gift ... Opium]** Siehe die Anm. zu S. 702/5 f.
651/*30* **Widersacher wollen wir sein.]** Siehe die Anm. zu S. 115/4 sowie Dramen I, S. 502 und S. 1141. */32* **die Gesellschaft der »Trommler« gegründet]** Der sogenannte »Spouting-Club« (Meyerstein, S. 100 ff.). Thomas' Figurenrede paraphrasiert den von Meyerstein zitierten Artikel »A Bristol *Spouting-Club*«, der im Juni 1771 im »Town and Country Magazine« erschienen ist: »Nor are we altogether without literary improvements, a fondness for which seems to be infused even in the lower classes of society:

amongst other modern refinements, there is started up a set of geniuses, who call themselves spouters, and have formed a society which they term a *spouting club*. These young artisans meet in a hired room at a public house, near the Exchange, once every fortnight, very prudently reflecting that their finances would be wonderfully impoverished by a weekly three-penny disbursement, besides the deposit of two-pence for supporting the general fund, which is expended as occasion requires in scenery, habits, truncheons, swords, and other theatrical properties.

These disciples of Melpomene chuse to keep their scheme as private as the nature of the undertaking will admit, as many of the principal performers are still in their non-age, and servants by covenant for a certain term; but like lads of spirit, detest controul, scorn the drudgery of dirty mechanics, and pant for fame in the more glorious fields of literature. Here they gave full scope to their natural free-born sentiments, curse the inventors of subordination and servitude, lament that Britons should ever be restrained, and, like true sons of liberty (for they are all staunch patriots) rail at their masters for keeping them to their duty: these are the mighty potentates they fear, who, were they to get scent of their haunt, would doubtless apply to the corporation (who it seems are plaguy enemies to the muses) when our young heroes, perhaps, at the very moment they were immortalizing their names, by sacrificing their lives for the good of their country, or some other noble exertion of human nature, might be hurried off, by virtue of a justice's warrant, to a situation not quite so agreeable in the house of correction. Besides, the proprietor of the premises not having obtained the King's licence for the toleration of a theatre, would probably undergo some severe censures from these foes to the republic of letters.

Here the apprentice, who trembles at the commanding voice of his master, being stripped of his timidity and his apron, transforms himself to the victorious general of an army. Here you may see a blacksmith dying at the feet of a sempstress, a taylor roaring in Bajazet, a turner in Sir John Brute, or, by a Garrick-like transition, starting in Richard or Hamlet – here a phantom,

- clear'd of his deadly white,
Rises a haberdasher to the sight;

a linen-draper's shop boy in vellum, a bookseller's in tinsel, whilst a young lady in the neighbourhood, the only daughter and heiress of a very eminent cobbler, squeaks in Mrs. Abigail. Here are basket-makers, barbers, distillers, carvers, carpenters, and butchers, who bid fair to be great ornaments to the stage and society, though but very indifferent tradesmen.

In this group of dirty-faced wits, are three or four *authors* and poets, who have already composed, or at least transposed, more verses than Dryden or Pope ever wrote, and with much more elegance and fire, as these prodigies of erudition, their fellow members, very confidently assert. The effusions of their brains are eclogues, elegies, epigrams, epitaphs, odes and satires, with the last of which they keep their neighbours in awe; for if a man by any transaction has rendered himself ridiculous, these wits immediately publish his folly in a lampoon, by setting his name at the top of a half-penny publication, called A new Copy of Verses, to the great diversion of themselves and the public. Some cavilling critics, indeed, charge our adventurers with many heinous crimes, such as plagiarism and parricides upon their mother tongue, &c., but these we may suppose are rather the offspring of envy, from the conviction of superior abilities, than the dictates of truth and justice.«

652/*31f.* **seiner Elegie an Mr. Wm. Smith ...]** Jahnn konnte sie bei Meyerstein (S. 267) ganz abgedruckt finden:

»ELEGY ON MR W^M SMITH.

Ascend my Muse on Sorrows sable Plume
Let the soft number meet the swelling Sigh
With Laureated Chaplets deck the tomb,
The bloodstaind Tomb where Smith & Comfort lie.

I lov'd him with a brothers ardent love,
Beyond the Love which tendrest brothers bear,
Tho savage kindred bosoms cannot move,
Friendship shall deck his Urn & pay the tear.

Despis'd: an alien to thy Fathers breast,
Thy ready Services repaid with Hate
By Brother Father Sisters, all distrest:
They push'd thee on to Death they urgd thy Fate.

Ye Callous breasted Brutes in human form
Have you not often boldly wishd him dead ?
Hes gone ere yet his Fire of man was warm
O may his Crying blood be on your head.
+ Happyly mistaken having since heard
from good Authority it is Peter«.

653/*6* **bei einem Kreuzweg einscharren]** Selbstmörder durften nicht christlich begraben werden. /*16* **Alexander Catcott]** »The eldest son, Rev. Alexander Catcott, vicar of the Temple Church, is important not least because he appears to have been the only man in Bristol at this time who thought Chatterton was the author of the Rowley Poems.« (Meyerstein, S. 135) /*28* **Soll ich ihm folgen?]** Auch David verspürt den Wunsch, sich zu töten, als er den Tod Jonathans erfährt – siehe »Spur des dunklen Engels«, S. 454/39f. – Zugleich ist dieser Wunsch eine Vorausdeutung auf Chattertons tatsächlichen Selbstmord.

654/*6* **Peter Smith]** Meyerstein (S. 288) führt einen Brief von dessen Sohn Richard Smith d. J. aus dem Jahre 1838 an, in dem es heißt: »But a letter in the *Gentleman's Magazine* for Dec., 1838, by Richard Smith the younger, nephew of William and Peter, tells us more. He says: ›Peter Smith was another *bon compagnon*, and incurred by his irregularities with Chatterton, the displeasure of his father, so that he was most severely lectured; of which such was the effect, that he retired to his chamber, and set to his associate an example that was but too soon followed. Richard Smith [the ›brother‹ of l.⟨ine⟩ 11 of the *Elegy*] was my father, a gentleman of great abilities, who died the senior surgeon of the Bristol Infirmary in 1791. At first Chatterton and himself were good friends, but the unhappy affair of his brother Peter estranged them, as Mr. Smith attributed the wretched catastrophe to congenial opinions in morals and religion. ... William Bradford Smith was Chatterton's bosom friend.›« */11* **in einer Nachschrift]** Siehe die Anm. zu S. 652/31f.

655/*3* sie sei in einem solchen Zustand] Siehe die Anm. zu S. 649/8. */8* **ein Colston-Lehrling darf nicht heiraten]** Siehe die Anm. zu S. 617/12. */28f.* **den Chirurgen John Townsend]** »Other testimony speaks of Townsend's own surgery as ›calculated to strike terror into all beholders‹, and as resembling the torture room of the Spanish Inquisition.« (Meyerstein, S. 289) Siehe auch die Anm. zu S. 623/38. */31f.* **in einem Gewölbe unter dem Chor der Kirche beigesetzt]** »Temple Church Register gives Peter Smith's baptism as July 21, 1748, and his burial ›in a vault in ye chansell‹ Aug. 14, 1769.« (Meyerstein, S. 288)

656/*1f.* Der Sarg aus Eichenholz wird innen mit Zinn verkleidet und verlötet.] Auch Peter Smith wird nach den »Bestattungsbestimmungen« der »Glaubensgemeinde Ugrino« beigesetzt – siehe Schriften I, S. 103 sowie die Anm. zu S. 209/31f. */4* **Ins Gewölbe will ich]** Chattertons Wunsch rekapituliert eine in den frühen Dramen wieder und wieder inszenierte Gebärde – siehe »Pastor Ephraim Magnus« (Dramen I, S. 156, 159, 176), »Des Buches Erstes und Letztes Blatt« (Dramen I, S. 195), »Der Arzt/Sein Weib/Sein Sohn« (Dramen I, S. 495), »Der gestohlene Gott« (Dramen I, S. 715). */21f.* **die Gesellschaft der »Trommler« auflösen]** Siehe die Anm. zu S. 651/32. */29f.* **in das anatomische Institut John Townsends mitgenommen zu haben]** Dieses von Jahnn den historischen Berichten hinzugefügte Detail weist zurück auf sein 1916 in Norwegen durch Leonardo da Vincis »Quaderni d'anatomia« hervorgerufenes Interesse an der menschlichen Anatomie – siehe Schriften I, 21ff. */33* **Richard Smith]** Siehe Meyerstein, S. 290. */37f.* **Aber die Gedanken ... wird er nicht erfahren.]** Die Figurenrede spielt an auf Georg Büchners Drama »Dantons Tod«, wo Danton in I/1 sagt: »Aber *(er deutet ihr auf Stirn und Augen)* da da, was liegt hinter dem? Geh, wir haben grobe Sinne. Einander kennen? Wir müßten uns die Schädeldecken aufbrechen und die Gedanken einander aus den Hirnfasern zerren.«

657/*8* Ich will zu ihm in die Gruft.] Siehe die Anm. zu S. 656/4. */24f.* **Romeo und Julia in der Gruft]** Siehe die Anm. zu S. 392/14.

661/*20* ein Stein- und Werkmeisterbuch von St. Johann] Siehe die Anm. zu S. 636/6.

662/*2f.* Thomas hat gedroht, seinem Leben ein Ende zu machen] »... Lambert found on his apprentice's desk a letter addressed to Clayfield stating ›his distress, and that on Mr. Clayfield's receiving that latter, he (Chatterton) should be no more.‹ Lambert, alarmed, sent it to Barrett, thinking he might dissuade him, an interesting point as proving that the attorny regarded Barrett as Chatterton's good angel. Barrett, on his own showing, sent at once for Chatterton, questioned him closely on the occassion in a tender and friendly manner, but forcibly urged on him the horrible crime of selfmurder, ›however glossed over by our present libertines,‹ blaming the bad company (note this) and principles he had adopted. The poet seemed to take

the advice to heart, and shed tears, but denied that he was in pecuniary distress.« (Meyerstein, S. 334f.) Der Vorfall muß im Februar oder März 1770 stattgefunden haben. /*6* **in einem Briefe angezeigt]** Dieser Brief an Michael Clayfield ist verloren. Clayfield war laut Meyerstein (S. 299) »distiller (or tobacconist, as he is styled in the 1775 Directory) of 71 Castle Street, Bristol«. /*15* **den Anfang eines offenen Testaments]** Chattertons sogenannter »Will« ist auf 14. 4. 1770 datiert – Jahnn zieht hier also zwei zeitliche auseinanderliegende Selbstmorddrohungen, die im Brief an Clayfield angekündigte und die von Ostern 1770, zusammen. Jahnn folgt wieder Meyerstein (S. 336f.): »The second attempt, with which this is usually conflated, was perhaps some weeks later, though this cannot be ascertained; it is that mentioned by Gregory (p. 74). Mrs. Lambert, the attorney's mother, was unable to persuade her son of the reality of the apprentice's threats till on April 14 (on which day the *North Briton* was published, glowing with poetry in anticipation of the triumphant release of the member for Middlesex on the Tuesday following) he found by accident, ›upon his desk‹ a ›Last Will and Testament‹ which announced Chatterton's design of committing suicide on the very next day, Easter Sunday, ›the feast of the resurrection.‹ This, Gregory was informed from good authority (almost certainly Lort), *was* occasioned by pecuniary distress, i. e. the refusal of a gentleman – Henry Burgum, it would appear whom he had occasionally complimented in his poems, to accommodate him. A far more startling document than the letter to Clayfield can have been, it achieved its purpose at once. John Lambert dismissed the difficult apprentice who had been in his service two years, nine months, and thirteen days.« Der Wortlaut des Testaments und seine ausführliche Diskussion findet sich bei Meyerstein, S. 337ff. Die Aufschrift lautet: »All this wrote bet⟨ween⟩ 11 & 2 oclock Saturday in the utmost Distress of Mind« (Meyerstein, S. 337). Im versifizierten Teil des Testaments spricht Chatterton in jeweils eigenen Strophen Burgum, Catcott, und, am ausführlichsten, Barrett an. »Three points«, so Meyerstein, »are of special importance in these lines: their indicating that the immediate occassion for the will was Burgum's refusal to accommodate him with money, thus differentiating the document from the letter to Clayfield; his speaking of himself as ›the wreck of promises and hopes‹ *before* he left Bristol; and his insistence on *Kew Gardens*, the ›lay‹ in question, showing his almost complete metamorphosis into the politico-satirical character.« (S. 340).
663/*1f.* in Spiegelschrift] Dieses Detail, das sich in Chattertons »Will« nicht findet, entnimmt Jahnn dem Abschiedsbrief an William Smith vom August 1770 – siehe die Anm. zu S. 704/6ff. /*19* **Ich kann nicht weiter ...]** Chattertons Figurenrede paraphrasiert den Brief vom Februar oder März 1770 an Barrett – siehe das Zitat in der Anm. zu S. 662/2f. /*37* **»Freudlos such ich den einsamen Schatten ... «]** »The *Elegy* ›Joyless I seek the solitary shade‹, dated Nov. 17 ⟨1769⟩, three days before his seventeenth birthday, and printed without signature in *Town and Country* for that month, probably derives from Phillip's death« (Meyerstein, S. 302). – Zu Barretts Figurenrede siehe auch den Anfang der »Elegy, Written at Stanton Drew: ›Joyless I hail the solemn gloom / Joyless I view the pillars vast and rude‹« (Meyerstein, S. 92). /*39* **Peter Smith]** Siehe die Anm. zu S. 654/6. /*39f.*

Thomas Phillips] »Thomas Phillips [...], who was admitted Dec. 14, 1758 ⟨to Colston's⟩, and apprenticed to the headmaster on April 20, 1765; that is to say, for not quite five years he was a senior boy in the school with Chatterton, and usher for just over two. Phillips died at Fairford on Nov. 1, 1769« (Meyerstein, S. 49). – Siehe Chattertons »Elegy on Thomas Phillips« (Meyerstein, S. 298ff.).

664/*25f.* **als Quellen für Ihre »Geschichte der Stadt Bristol«]** Zu Barrett siehe Meyerstein, S. 140ff. Meyerstein sieht in Barrett, der Chatterton zu immer neuen »Entdeckungen« für seine im Entstehen begriffene »History of Bristol« und damit zu immer neuen »Fälschungen« von »Rowley Papers« drängte, den Hauptschuldigen der Tragödie: »Uncritical, blind, self-indulgent, lazy, callous, worldly, and knowing, he appears all these. Of one thing we may be sure, he lacked the rarer gift of sympathy. At that moment when, after the threat of suicide to Clayfield, the poet stood before him in tears, how much might have been done! It was then, not indeed later, that a life was his to save.« (Meyerstein, S. 484). Jahnns Zeichnung von Barrett folgt diesem Urteil. /*35* **Geld ist das Maß aller Dinge.]** Siehe »Fluß ohne Ufer«: »Das Pariser Parlament verkündete, nachdem man die Ursachen für den Wohlstand Englands lange studiert: Numisma est mensura omnium rerum.« (II, S. 301). Jahnns Quelle war nicht zu ermitteln.

667/*29f.* **ein mir wohlbekanntes Wappen]** Über Chattertons berühmt-berüchtigte Fälschung von Burgum alias de Berghams Wappen schreibt Meyerstein (S. 151f.): »Chatterton was under some slight pecuniary obligation to Henry Burgum, and calling on him one day when he was about sixteen told him that he had his pedigree at home from the time of William the Conqueror, and informed him of the many distinguished families to which he was allied. Burgum expressed a wish to see this pedigree, and a few days after was presented with it. That he gave the poet five shillings is a natural deduction from the ›Will‹:

Gods! what would Burgum give to get a name
And snatch his blund'ring Dialect from Shame
What would he gave to hand his Mem'ry down,
To times remotest Boundary – a Crown.

That later he took the pedigree to the Heralds' College and there learnt that a de Bergham had never borne arms is in Cottle's second version, who adds that the officers of the College remembered the occasion and that Burgum, who brought it ›merely to receive corroborative attestation,‹ told them the pedigree was discovered for the most part in Redcliff Church.

I am not the only heretic in this matter. Shortly before his death Sir Ernest Clarke expressed a doubt to me in talk whether Burgum was actually duped at all: ›He may not have thought the pedigree *and* the arms on vellum worth more than a crown.‹ As for the verification, it would be the first act of most sensible people ignorant of heraldry, in the circumstances.«

668/*28f.* **an meinen Stammbaum dachtest?]** An dieser Stelle folgt in Handschrift I die später gestrichene Figurenrede zwischen de Barghem (später: Burgum) und Chatterton: »de Barghem [...] Bei dieser Gelegenheit möchte ich dich fragen, wie du das Wappen deutest: ein Phallus, fleischfarben wie mir scheint, von vielen goldenen Pfeilen durchbohrt.

Thomas Es ist eine Weissagung darin enthalten, Herr. Die sieben Pfeile bedeuten sieben kräftige Söhne, so gut gezeugt, daß es fast schmerzte, und es sind Ihre Söhne⟨,⟩ Herr, von denen freilich erst sechs vorhanden sind, eine Orgel zeugungsfreudiger Burschen, die den Mädchen zu schaffen machen werden, teils frühzeitig, leider auch das. Pfeil bleibt Pfeil.« (Handschrift I, Heft 2, S. 20). Siehe dazu auch das Notat im Paralipomenon I, S. 707. – Da Meyerstein Chattertons Fälschung nicht abbildet, muß Jahnn sie anderweitig gesehen haben. */32f.* **den drei Hippopotamus auf azurenem Grund]** Dieses Zitat aus dem umfangreichen »Account of the family of the De Berghams from the Norman Conquest to this time« entnahm Jahnn Meyerstein, der schreibt, der Text enthalte »a plethora of heraldic footnotes, of which ›azure three Hippotames naisant or‹ and ›England depressed with a bend‹ are among the choicest.« (S. 153).

669/*7f.* **nicht ein Emporkömmling wie du und ich]** »Henry Burgum [...] was a selfmade man« (Meyerstein, S. 147). */8* **Er war Schüler des Winchester Collage ... an seinem Bristol-Werk.]** »There was one man in Bristol who must have read the issue of *Felix Farley* for Oct. 1, 1768, with unusual interest, a surgeon named William Barrett, a widower, with a son, rector of Higham, of whom he was very proud – Barrett *père* held the advowson of Higham – and four daughters, the youngest of whom, Sophia, he taught Latin and Greek. Nine years previously he had written to the Town Clerk communicating his design for a history of the city, and in the year following (Aug. 4, 1760) had applied to the mayor and aldermen for permission to examine records out of the Chamber with a view to obtaining new lights. At that time he was living in Wine Street, but later occupied a house (No. 41, in the 1775 Directory) on St. Augustine's Back, at the corner of Host, then Horse, Street, nearly opposite the Great House, with gardens that reached to the river.

He was born at Notton, a hamlet in the parish of Lacock, Wiltshire, and was placed eleventh on the Election Roll of Winchester College in 1743, where he is described as ›Gulielmus Barret de Lacock, comit. Wiltes Bapt: 6 Junii 1729.‹ The school ›Long Roll,‹ dated Sept. 1743, shows that a boy named ›Barrett‹ was then a commoner in ›5th Book, Middle Part,‹ but his name does not occur on the Long Roll of the previous or subsequent year. Richard Smith's Infirmary MSS. state that Barrett came as a boy to Bristol to learn his profession of apothecary. He was a pupil of ›old Rosewell,‹ barber-surgeon, who had a shop in All Saints' Lane, at the door of which was displayed a staff, a porringer, and a garter, the insignia of his trade. There his apprentice learnt to shave, bleed, and draw teeth. Old Rosewell died in April, 1752. The *Examination Book* of the Royal Collage of Surgeons records that ›Willm Barrett‹ qualified on Feb. 19, 1755, as a surgeon's second mate, first rate, and that on April 1, 1756, ›Wm. Barratt‹ qualified as Navy Surgeon, 5th rate. In 1755, according to Richard Smith, the future historian of Bristol was elected surgeon to St. Peter's Hospital, and in 1759 he was one of the unsuccessful candidates who competed for the post of surgeon to the Infirmary on the resignation of James Ford. About this time, at the age of thirty-one, he was painted by John Remsdyke, ‹a tall rawboned German, and excessively proud although a signpainter› who painted many doctors,

and often wore Barrett's cast-off clothing (or, as I have seen it stated, by one Daniel, a Bristol painter). An engraving of this portrait, made many years later by William Walker (1793–1867), shows a handsome, vain, self-indulgent face. The gossiping Richard Smith tells us that Barrett practised chiefly as a manmidwife, usually wore a waistcoat with large flap pockets, a coat with large open sleeves, breeches just reaching to the knee, slit in front, and small buttoned, that he sported two lamps at his door, kept a good table, and forgot his patients when ›churchhunting.‹
In him we are confronted with a difficult personality, and it is due to John Ingram, the author of *The True Chatterton*, to state that he was the first to represent the surgeon-antiquary as less of a dupe than an accomplice and encourager of the poet in the production of spurious antiques; but the line of demarcation between uncritical acceptance and actual dishonesty is hard indeed to draw in that century. Barrett's *laziness*, of which there is abundant evidence, may take us some part of the way.
There is discrepancy in the early testimony as to when Chatterton was first acquainted with Barrett. Catcott stated in the *Monthly Review* for May, 1777, that he introduced them, writing to Bryant on July 25, 1781, that Barrett ›would perhaps never have known Chatterton if I had not first introduced him,‹ and to Dean Milles (Apr. 8, 1779), ›He was introduced to me before Mr. Barrett knew him.‹ Mary Newton's letter, referring to the period of her brother's commencing correspondence with Miss Rumsey, continues, ›About this time the parchments belonging to my father that was left of covering his boys books, my brother carried to the office. He would often speak in great raptures of the undoubted success of his plan for future life. He was introduced to Mr. Barret, Mr. Catcott, his ambition increas'd dayly.‹ Croft, on the other hand, says, apropos of Chatterton's eyes striking fire, ›Mr. Barrett adds, that he used often to send for him from the charity-school (which is close to his house), and differ from him in opinion, on purpose to make him earnest;‹ and Ingram suggests ›that Lambert's office‹ should be read for ›the charity-school‹; the bracketed words however, seem to forbid this. All through the Colston period Chatterton was reading in leisure hours; a blue-coat boy with a book in his hand, or in a bookshop seeking out old volumes, is not unlikely to be noticed by a local antiquary, [...] it is a fact, however, that Chatterton did not become necessary to Barrett till after Oct. 1, 1768. Davis (*Life*, p. 29) says that the *History* was at this time ›suspended for the want of materials.‹« /*25* **Schiffsarzt zu werden]** Jahnn folgt wieder Meyerstein (S. 429): »Barrett in his *History of Bristol* makes no remark on Chatterton having applied to him for a recommendation as a surgeon's mate, or on his having given the poet any instruction, but that something was looked for from this quarter is clear from Mary Chatterton having (if we believe her) packed up the books on surgery, before he went to London, and hints of the project are in his letter of May 30 and the lines to Miss Bush. All biographers regard this as the last hope, and Ingram, in particular, makes much capital out of ›I hope he will‹; all but the same words are used apropos of the physical advice to Mrs. Carty. On this score Barrett can hardly be blamed; Dr. Gregory, indeed, argued that the refusal even reflected honour on him, as he could not in conscience be the instru-

ment of committing the lives of a considerable number of persons to one totally inadequate to the charge; we need not perhaps go so far as this.« /*27* **anatomisches Theater]** Siehe die Anm. zu S. 656/29. /*27f.* **Er kann mir ein Patent ausstellen ...]** »I intend going abroad as a Surgeon, Mr. Barratt has it in his Power to assist me greatly, by giving me a physical Character: I hope he will.« (Chatterton an George Catcott, 12. 8. 1770 – zit. Meyerstein, S. 427). /*31* **Ich liebe Händel und Haydn –]** Burgums Figurenrede beruht auf der Schilderung Meyersteins (S. 149): »[...] he knew what was good in music; and, though he subscribed to quartets by Kotzwara, and concertos by Norris of Oxford, he worshipped Handel. Thomas Kerslake, the Bristol bookseller, in a letter to Sir Daniel Wilson, says that he once bought a library in which were two chests containing concert sets of music for about twenty instruments with partitions for each volume; one of the sets, he thought, was the *Messiah*, and the other ‹some of Haydn's pieces›; each volume had the name ›Henry Burgum‹ in gilt on the sides, and one set was ›whole bound in red morocco.‹ Now at the Red Lodge, in Park Row, is still to be seen a portrait (not that which was engraved, but by Jackson, I was told) of Burgum in a flowered waistcoat and blue coat standing with his right hand on a red-bound volume lettered ›Messiah.‹
His faith in Handel wafted him over his troubles.«
672/*4* Oster-Sonnabend, 14. April 1770] Auf diesen Tag hat Chatterton sein Testament datiert, dessen Wortlaut – entgegen der historischen Überlieferung – Jahnn schon für die erste Selbstmordandrohung in der vorausgegangenen Szene verwendet hatte. Seine Entdeckung durch Lamberts Mutter (siehe die Anm. zu S. 662/15) hat Chattertons sofortige Entlassung durch Lambert zur Folge. /*5* **In dieser Osterwoche ...]** Die Koinzidenz von Chattertons Selbstmordandrohung und einer der legendären Ereignisse aus Mozarts Leben entnahm Jahnn Meyerstein, der pointiert darauf verweist: »An unsentimental reader will probably suspend judgement as to the whole of the farrago having been written in the utmost distress of mind, and a musical one will reflect that Mozart, then not much over fourteen, was more profitably employed during Easter week, 1770, in taking down the *Miserere* of Allegri while the Sistine choir were singing it, and merely correcting one or two passages at the repetition on Good Friday: but Mozart had a father alive.« (S. 344) – Gregorio Allegris (1582–1652) »Miserere« wurde regelmäßig in der Karfreitagsliturgie der Sixtina aufgeführt und war, seiner Geheimhaltung und des damals weitgehend unbekannten a cappella-Vortrags wegen, ein musikalisches »sightseeing« der sensationshungrigen Romreisenden: »Unter den wirklichen Umständen überrascht es nicht, daß der 14jährige Mozart imstande war, das Stück (das im 17.–18. Jh. von der päpstlichen Kapelle ängstlich vor unberufenem Abschreiben gehütet, jedoch schon seit den 1730er Jahren in vielen Hss. verbreitet und 1771 von Burney erstmals veröff. worden ist) aus dem Gedächtnis aufzuschreiben.« (MGG 1, Sp. 330) Siehe auch den Brief Leopold Mozarts an seine Frau vom 14. 4. 1770 (Mozart: Briefe und Aufzeichnungen. Gesamtausgabe. Hrsg. v. der Internationalen Stiftung Mozarteum Salzburg. Gesammelt und erläutert von Wilhelm A. Bauer und Otto Erich Deutsch. Band I: 1755–1776. Kassel 1962, S. 334f.).

673/*16* **Caxton nachgemacht]** Siehe die Anm. zu S. 617/21 f.
674/*18* **Die Tragödie Aella]** »Ælla; A Tragycal Enterlude [...]« ist die umfangreichste der Rowley-Dichtungen – siehe Meyerstein, S. 233–248. Chatterton hat das Manuskript eine Woche vor seinem Weggang aus Bristol an Catcott verkauft (Meyerstein, S. 346).
675/*30f.* **ich bin dir zugetan]** Siehe die Anm. S. 630/26.
676/*1f.* **Darin gleiche ich dem Kaiser Nero.]** Chattertons Figurenrede ruft die Reminiszenz an Jahnns dramatisches Fragment über den Tod Neros, »Der Tod des Domitius«, herauf – siehe S. 281 ff. und die Anm. dazu. – Diese gesamte Nero-Passage fehlt in Handschrift I. /*4ff.* **Hör ich des Nachts ... an meinen Tod.]** Chattertons Figurenrede zitiert die Worte des sterbenden Nero. Sueton (und nur er) berichtet, daß der geflohene Nero, als er die Schritte seiner Häscher nahen hörte, »in Todesangst den Homerischen Vers: Donnernd schallt mir zu Ohren der Hufschlag eilender Rosse!« sprach, und »sich den Dolch in die Kehle stieß, wobei ihm sein Kabinettssekretär Epaphroditus Hilfestellung leisten mußte.« (Sueton 49, 3) Siehe Ilias 10, 535. /*7* **Er war ein Dichter, vielleicht so gut oder schlecht wie ich.]** Jahnns Perspektivierung der Nero-Figur, soweit die Notate des Fragments das Urteil erlauben, war die des Künstlers, Dichters. Die in die Chatterton-Tragödie implantierte Nero-Anspielung läßt den Schluß zu, daß auch Jahnns Plan dieses Stücks (das er Gründgens zugedacht hatte) in »Thomas Chatterton« aufging (den Gründgens wenn schon nicht spielte, so doch als Regisseur zur Uraufführung brachte). /*30f.* **Sir Horace Walpole ... sich bald von dir zurückzog]** Englischer Schriftsteller (1717–1797), sein Roman »The Castle of Otranto« (1764) begründete die Schauerromantik – im Stile dieser »gothic novel« baute er auch sein Landgut Strawberry-Hill im mittelalterlichen Stil aus. Er war ein Sammler von Büchern, Autographen, Kunstwerken und Seltenheiten aller Art. Chattertons Versuch, Walpole als »Patron« zu gewinnen, beschreibt Meyerstein in aller Ausführlichkeit (S. 253–284). /*34* **Der Verleger Dodsley]** James Dodsley war der führende englische Verleger seiner Zeit – Jahnns folgt Meyersteins Darstellung (S. 250–252).
677/*28f.* **verfertige ich für manche meiner Freunde Liebesgedichte]** Jahnn fand den Hinweis in Meyerstein (S. 79 f.). /*31f.* **Fräulein Singer]** Siehe die Anm. zu S. 649/8. /*34f.* **Esther Saunders]** Die Information über sie entnimmt Jahnn Meyerstein (S. 99 f. und S. 345). Die Affäre begann nach Chattertons eigenem Zeugnis am 19. 3. 1770 und endete drei Wochen später am 9. 4. 1770: »The Young Lady wants to be married and can't keep her own Secrets« (S. 99). /*36f.* **Sukey Webb]** Meyerstein erwähnt den Namen im Zusammenhang mit Chattertons zahlreichen amourösen Affären (S. 95). Chatterton selbst schreibt in seinem Brief an seine Mutter vom 14. 5. 1770 aus London: »I am Miss Webb's humble servant.« (Meyerstein, S. 364). /*38* **Fanny Thatcher]** »... and Miss Thatcher, who may depend on it that if he is not in love with her he is in love with nobody else, the rival here being the ›whining, sighing, dying, pulpit-fop Lewis.‹« (Meyerstein, S. 95)
678/*2f.* **Kanzelnarren Lewis]** Siehe die Anm. zu Fanny Thatcher. /*25f.* **vielleicht auch Schiffsarzt]** Siehe die Anm. zu S. 669/25. /*39* **Ich werde mich auf ein Schiff anheuern lassen.]** Meyerstein schreibt, daß William Smith Bristol verließ – aber nicht, auf welche Weise (Meyerstein, S. 431).

679/*38f.* **Cary, dein zweites Ich]** »Cary was called Chatterton's second self« (Meyerstein, S. 31).
680/*34* **Maria Rumsey]** Über Chattertons Liebe zu Maria Rumsey und ihre Beziehungen mit Jack Fowler siehe Meyerstein (S. 87–93). Chatterton beschreibt sie in seinem Brief vom 6. 3. 1768 an John Baker: »Your celebrated Miss Rumsey is going to be married to Mr. Fowler, as he himself informs me. Pretty children! about to enter into the comfortable yoke of matrimony, to be at their own liberty: just apropos to the old law – but out of the frying pan into the fire! For a lover, heavens mend him; but for a husband! O excellent! What a female Machiaval this Miss Rumsey is a very good Mistress of Nature to discover a *demon* in the habit of a parson; to find a spirit so well adapted to the humour of an English wife, that is, one who takes off his hat to every person he chances to meet, to shew his staring horns, and very politely stands at the door of his wife's chamber, whilst her gallant is entertaining her within. O mirabili! What will human nature degenerate into? Fowler aforesaid declares he makes a scruple of conscience of being too free with Miss Rumsey before marriage. There's a gallant for you! Why a girl with any thing of the woman would despise him for it. But no more of him. I am glad you approve of the ladies in Charles-Town; and am obliged to you for the compliment of including me in your happiness; my friendship is as firm as the white rock when the black waves roar around it, and the waters burst on its hoary top, when the driving wind ploughs the sable sea, and the rising waves aspire to the clouds, teeming with the rattling hall. So much for heroics. To speak in plain English; I am and ever will be, your unalterable friend. I did not gave your love to Miss Rumsey, having not yet seen her in private, and in public she will not speak to me, because of her great love to Fowler; and on another occasion. I have been violently in love these three-and-twenty times since your departure; and not a few times came off victorious. I am obliged to you for your curiosity, and shall esteem it very much, not on account of itself, but as coming from you. The poems, &c., on Miss *Hoyland* I wish better, for her sake and yours.« (Meyerstein, S. 80). /*36* **das Dutzend]** Siehe Meyersteins Kapitel »Girls« (S. 79ff.).
681/*17* **Polly]** Chatterton nannte Maria Rumsey auch »Polly«. /*23* **eifersüchtig auf Fowler]** Jack Fowler war ein Mitglied der »Trommler«-Gesellschaft. Siehe auch die Anm. zu S. 651/32.
682/*7* **Er ist niemals ganz vom Tode befreit worden.]** Siehe die Anm. zu S. 611/20f.
685/*2* **London – Shoreditch 48 High Street]** Jahnn fußt auf Meyersteins 16. Kapitel »Shoreditch and Liberty« (S. 348–386). Chatterton kam in London vermutlich am 25. 4. 1770 an: »He lodged in Shoreditch with a relation, one Mrs. Ballance, who was herself a lodger in the house of one Walmsley, a plasterer with wife, nephew and niece; from a statement of the niece it would appear that he took his meals with Mrs. Ballance.« (Meyerstein, S. 352) Ein Großteil der Szene fußt teilweise fast wörtlich auf den von Meyerstein (S. 378–381) mitgeteilten Aussagen von Chattertons fünf Mitbewohnern, die darum hier zur Gänze zitiert seien: »Mrs. Ballance says he was as proud as Lucifer. He very soon quarrelled with her for calling him ›Cousin *Tommy*,‹ and asked her if she ever heard of a poet's being called

Tommy: but she assured him she knew nothing of poets, and only wished he would not set up for a gentleman. Upon her recommending it to him to get into some office, when he had been in town two or three weeks,‹- quite clearly when his affairs were put out of gear by the arrest of Edmunds and Fell -› he stormed about the room like a madman, and frightened her not a little, by telling her, he hoped, with the blessing of God, very soon to be sent prisoner to the Tower, which would make his fortune‹ – like Wilkes, in fact, after the publication of *No*. 45. ›He would often look stedfastly in a person's face, without speaking, or seeming to see the person, for a quarter of an hour or more, till it was quite frightful; during all which time (she supposes, from what she has since heard), his thoughts were gone about something else.‹ This procedure is not *wholly* explained by the ›extasy or trance‹ William Smith speaks of, when Chatterton's eyes were fixed on St. Mary Redcliff, or by the old female relation's statement that he was ›very absent in company,‹ for, if correctly reported, it would not appear to be characteristic of an abstracted person, who does not *stare* at his interlocutor. Possibly the poet wanted to gave Mrs. Ballance good cause for remembering him, unless this was a mere impish prank, a means of defence while she was holding forth. ›He frequently said he should settle the nation before he had done; but how could she think her poor cousin Tommy was so great a man as she now finds he was? His mother should have written word of his greatness, and then, to be sure, she would have humoured the gentleman accordingly.‹ It is easy to imagine how much he must have disliked taking meals alone with this worthy creature, having come to London partly to escape from good advice. ›Mr. Walmsley saw nothing of him, but that there was something manly and pleasing about him, and he did not dislike the wenches‹; in other words he struck a British working man as not in the least abnormal.
›Mrs. W.'s account is, that she never saw any harm of him – that he never mislisted [? molested] her; but was always very civil, whenever they met in the house by accident – that he would never suffer the room, in which he used to read and write, to be swept, because, he said, poets hated brooms – that she told him she did not know anything *poet folks* were good for, but to sit in a dirty cap and gown in a garret, and at last to be starved.‹ Her ideas were possibly formed from Hogarth's print of the Distressed Poet. ›That, during the nine weeks he was at her house, he never staid out after the family hours, except once, when he did not come home all night, and had been, she heard, *poetting* a song about the streets. This night, Mrs. Ballance says, she knows he lodged at a relation's, because Mr. W.'s house was shut up when he came home.‹
He was, as we should say, ›in good hands‹ at the Walmsleys‹, and no doubt kept in touch with bis London relations, for quietness' sake.
Then comes the younger people's testimony. ›The niece‹ (a girl of between seventeen and eighteen in 1770) ›says, for her part, she always took him more for a mad boy than any thing else, he would have such flights and *vagaries* – that, but for his face and her knowledge of his age, she should never have thought him a boy, he was so manly, and *so much himself* – that no women came after him, nor did she know of any connexion; but, still, that he was a sad rake, and terribly fond of women, and would sometimes be

saucy to her – that he ate what he chose to have with his relation (Mrs. B.) who lodged in the house, but he never touched meat, and drank only water, and seemed to live on the air.‹ This fits in well enough with Martha Catcott's ›sad wag of a boy.‹ She added: ›He was good-tempered, and agreeable, and obliging, but sadly proud and haughty; nothing was too good for him, nor was any thing to be too good for his grandmother, mother and sister, hereafter, – that he used to sit up almost all night, reading and writing; and that her brother said he was afraid to lie with him; for, to be sure, he was a *spirit*, and never slept; for he never came to bed till it was morning, and then, for what he saw, never closed his eyes.‹

›The nephew‹ (between fourteen and fifteen in 1770, and Chatterton's bedfellow ›during the first six weeks he lodged there‹) ›says, that, notwithstanding his pride and haughtiness, it was impossible to help liking him – that he lived chiefly upon a bit of bread, or a tart, and some water; but he once or twice a week saw him take a sheep's tongue out of his pocket – that C. to his knowledge never slept while they lay together; that he never came to bed till very late, sometimes three or four o'clock, and was always awake when he (the nephew) waked; and got up at the same time, about five or six – that almost every morning the floor was covered with pieces of paper not so big as sixpences, into which he had torn what he had been writing before he came to bed.‹

The united testimony of the household was that no one would have taken him from his behaviour, &c., to have been a poor boy of seventeen – and a sexton's son (which he was not) – they never saw such another person before nor since (this must be taken *cum grano*, as wisdom after the event) – he appeared to have something wonderful about him. He gave no reason for quitting their house – Mrs. Ballance, surely, was *reason* enough – and they found the floor of his room covered with little pieces of paper, the remains of his *poettings*, as they termed it.

What comes out of this evidence as a whole is that Chatterton wished to impress these good folk with the fact that he was a poet; it is only his relative who mentions the political connection.« /*19f.* **Ward je ein Reich . . .]** »[. . .] a single couplet, ›Was ever nation rul'd before / By an old stallion and a whore?‹ will show the libellous nature, even for that age, of the style he now chiefly favoured.« (Meyerstein, S. 353). /*24f.* **William Beckford, dem Lord Mayor, und John Wilkes, dem Abgeordneten]** Über die politischen Auseinandersetzungen, in die Chatterton im Mai / Juni 1770 publizistisch eingriff, siehe Meyerstein, S. 365–377. /*27f.* **Ich schreibe für . . .]** Jahnn fand die Namen der drei Zeitschriften bei Meyerstein, S. 353.

687/*37* **Ihre Freunde Fell und Edmunds]** William Edmunds war Herausgeber des »Middlesex Journal«, Isaac Fell der Herausgeber von »Freeholder's Magazine«. Über beider Verhaftung schreibt Chatterton in seinem Brief vom 14. 5. 1770 an seine Mutter – siehe Meyerstein, S. 362.

687/*11* **Seine schriftliche Ermahnung an den König]** Zu Beckfords »humble remonstrance« an König Georg III. siehe Meyerstein, S. 367. /*21f.* **den Plan eines großen Handbuchs zur Geschichte Londons]** Siehe Meyerstein, S. 371: »My employment will be in writing a voluminaus history of London, to appear in numbers the beginning of the next winter«

(Brief Chattertons an seine Schwester, 30. 5. 1770). */37f.* **das mich in den Turm bringt wie Wilkes]** John Wilkes (1727–1797) hatte 1763 Georg III. publizistisch angegriffen, wurde verhaftet, als Parlamentsmitglied freigelassen, aber 1764 aus dem Unterhaus ausgestoßen. Als er 1768 aus Frankreich zurückkehrte, wurde er zu 22 Monaten Gefängnis verurteilt. Er wurde am 17. 4. 1770 freigelassen (siehe Meyerstein, S. 365).

690/*33f.* **die Natur kommt]** Die Figurenrede spielt an auf Büchners »Woyzeck«, Szene »Beim Doktor«, wo Woyzeck sagt: »Aber Herr Doktor, wenn einem die Natur kommt.«

691/*17ff.* **Moderner Dichter reine Reime ...]** Jahnn zitiert aus dem Chatterton von Meyerstein (S. 385) zugeschriebenen anonymen Gedicht »The Auction«:

»The modern bards, as yet whose rhyme,
Is not with value stamp'd by time,
Were indiscriminately sold
For nothing, as they were not old.«

/24 **Maria Rumsey im Reisenazug]** Ihr London-Aufenthalt ist eine Fiktion Jahnns. Er inszeniert einen Wunsch, den Chatterton mehrfach brieflich ausgesprochen hat. – Zu Maria Rumsey siehe auch die Anm. S. 680/34, sowie Meyerstein, S. 89. */33* **den armen Fowler]** Siehe die Anm. S. 681/23. Zu Chattertons satirischen Attacken siehe Meyerstein, S. 90f.

692/*21* **der ein Postscriptum hatte]** »I am this minute pierced through the heart, by the black eye of a young lady, driving along in a hackney coach. – I am quite in love: if my love lasts till that time, you shall hear it in my next ⟨letter⟩.« (Meyerstein, S. 374).

693/*1* **Fräulein Thatcher ... Herrn Lewis]** Siehe die Anm. zu S. 677/38. */4* **Fräulein Webb]** Siehe die Anm. zu S. 677/36f. */17f.* **ein Feind der redlichen Handelsstadt]** »But to return once more to a place I am sickened to write of, Bristol. Tho', as an apprentice none had greater liberties, yet the thoughts of servitude killed me: now I have that for my labour, I always reckoned the first of my pleasures, and have still my liberty.« (Chatterton an seine Mutter, 14. 5. 1770 – zit. Meyerstein, S. 363) In Chattertons Affekt gegen seine Heimatstadt Bristol klingt unterschwellig auch der Affekt Jahnns gegen seine Heimatstadt (ebenfalls eine Handels-, eine Hafenstadt!) Hamburg mit.

694/*33f.* **Jedenfalls bist du vornehm gekleidet.]** »I employ my money now in fitting myself fashionably; and getting into good company.« (Chattertons Brief an seine Schwester, 30. 5. 1770 – zit. Meyerstein, S. 371) */35* **kostbare Geschenke]** »I will send you two silks this summer: and expect, in answer to this, what colours you prefer.« (ebenda) Siehe auch Meyerstein, S. 410f. */38f.* **Rechte an einem Singspiel verkauft]** Luffman Atterbury, der Mitinhaber von Marybone Gardens, erwarb am 6. 7. 1770 die Rechte an Chattertons Singspiel »The Revenge« – nach Meyerstein »the only *unimpeachable* evidence of earnings in London« (Meyerstein, S. 374 – siehe auch S. 402).

695/*1* **Eine Arie daraus ...]** Siehe Meyerstein, S. 397f.: »The song that took the town was, without a doubt, *The Invitation* (›Away to the woodlands, away‹) one of the additional songs to his burletta. It was published, as

May, by Charles and Sarah Thompson, 75 St. Paul's Churchyard, who published for Luffman Atterbury, to whom the copyright of *The Revenge* was sold; and the air and words are reprinted in a collection called *Vocal Music* (1772, Vol. II, p. 9). It is set for voice, two violins and cello, and was sung by a boy, Master Cheney. The composer is not known. Dr. Samuel Arnold (1740–1802), who became proprietor of Marybone Gardens 1769, was doubtless the doctor of music with whom Chatterton was invited to treat; but F. H. Barthélémon, the violinist (1741–1808), was also a composer for the Gardens, and is referred to in the *Memoirs of a Sad Dog.*« Meyerstein bezieht sich auf Chattertons Brief vom 1. 7. 1770 an Thomas Cary, in dem er schreibt: »A song of mine is a great favourite with the town, on account of the fulness of the music. It has much of Mr. Allen's manner in the air. You will see that and twenty more in print after the season is over. I yesterday heard several airs of my burletta sung to the harpsichord, horns, flutes, bassoons, hautboys, violins, &c., and will venture to pronounce, from the excellence of the music, that it will take with the town.« */6* **Vieles bleibt unbezahlt.]** Siehe Meyerstein, S. 374f. */25f.* **die Bekanntschaft Sir George Colebrookes]** George Colebrooke (1729–1809), einer der Direktoren der »East India Company«: »I might have a recommendation to Sir George Colebrook, an East India director, as qualified for an office no means despicable; but I shall not take a step to the sea, whilst I can continue on land.« (Chatterton an seine Schwester, 30. 5. 1770 – zit. Meyerstein, S. 372). */27f.* **Ich habe Barrett dringlich geschrieben]** Siehe die Anm. zu S. 669/25.

696/*10* **Der Knabe Cheney]** Er spielte in der Aufführung von »The Revenge« die Rolle des Cupid – siehe die Anm. zu S. 695/1. Jahnn entnahm die Noten des Liedes »Away to the Woodlands« dem Abdruck bei Meyerstein, S. 537–539. Dort lautet die Überschrift »May« und die Vorbemerkung »Sung by Master Cheney at Marybone Gardens«. Siehe auch Jahnns Übersetzung des englischen Textes, der zuerst im Abdruck von »Spectaculum II« erschien, als Paralipomenon III, S. 710. – Im Unterschied zu Meyerstein (siehe das Zitat zu Anm. S. 695/1) macht der Herausgeber der jüngsten Chatterton-Gesamtausgabe es wahrscheinlich, daß der ungenannte Komponist James Hook (1746–1827) ist (The Complete Works of Thomas Chatterton. A Bicentenary Edition. Ed. by Donald S. Taylor in ass. with Benjamin B. Hoover. Oxford 1971. Bd. 2, S. 1109).

699/*1f.* **Freitag, 24. August 1770 39 Brook Street, Holborn]** Jahnn folgt Meyersteins Kapiteln 17 und 18, »Brooke Street« und »Suicide«, S. 387–448. – Chatterton hat sein Quartier irgendwann im Juni (Meyerstein, S. 381) gewechselt und zog in die 39 Brooke Street um – siehe die Abbildung des Hauses bei Meyerstein, gegenüber S. 387. Über das Haus und Mrs. Angel, die Vermieterin, konnte Jahnn Meyerstein die folgenden Angaben entnehmen (Meyerstein, S. 388–392): »Shoreditch might be a poor neighbourhood, but the eyes of friends – troublesome friends, doubtless – were upon him, and there remained something more than an illusion of home life; but in moving to the Upper Liberty of St. Andrew's Holborn, and to the front top room of a sacque maker's in particular, he had stepped into the forefront of eighteenth century London's temptations.

That parish is perhaps most familiar to us in the pages of *Oliver Twist*, but the easterly end of it was a haunt of rough and doubtful characters before 1838. In 1820, when some of the rookeries were so dangerous that the clergy of St. Andrew's had to be accompanied by plain-clothes police officers on their pastoral visits, Brunt, the Cato Street conspirator, had a lodging in Fox Court (where in 1697 Richard Savage, the poet, was born), and the gang met in a room behind the White Hart in Brooks Market. The evidence of the parish beadle in 1817 reveals that the state of the district, on Sunday morning in particular, was most riotous, from three to five hundred of the low Irish – the main population – being drunk and rolling about the streets; and the witness hardly knew an instance but what their children were brought up in such a way that the boys mostly became thieves and the girls prostitutes. A century earlier its reputation was much the same. ›This parish,‹ writes the author of *A View of London and Westminster or The Town Spy* (1725, p. 28) ›has rendered its name famous to all succeeding ages for retaining the ashes of that great and wonderful woman Mrs. Sarah Salisb[ur]y.‹ The same authority adds (p. 29), which is to our purpose, ›I am sorry to hear that towards *Redlyon street*, &c., so many pretty gentlewomen are retain'd for the use and behalf of too many gentlemen in this great Protestant city and suburbs, and that a certain lady not forty miles from *Lamb's-Conduit* . . . should lately be surpriz'd in bed between two *Grays-Inn attornies* at her mantuamakers.‹ This, the West End, towards Queen's Square, was the abode of fashion; Chatterton, naturally enough, had set up in the poorer part.

It is not suggested that he walked bitterly or wilfully into this region, though he had, as the reader must have realized, a habit of inviting the world to put the worst construction on what he said and wrote about himself. He had come from the city where Savage died, with whom he felt a spiritual kinship, having written in *Kew Gardens*:

My prudent neighbours (who can read) can see
Another Savage to be starv'd in me,

and he may have wished to be close to Savage's birthplace; or in eyeshot of the ancient street front of Staple Inn; or nearer Marybone Gardens, Shoe Lane, and Mr. Hamilton Junior, than he had been at the plasterer's; or to escape from Mrs. Ballance; or, as Gregory suggests, to hide the approach of indigence from his friends who had only heard his boasts of greatness; or, not least important, to have a room to himself with no one over his head. Still, whatever the motives, ›at Mrs. Angel's, sack-maker, Brook-street, Holborn‹ – and between a sacque and a mantua, in this connection, there is about as much difference as between the Johnsonian louse and flea – always allowing that Mrs. Angel, who was not to be found when Croft sought her, may have been a wholly respectable matron, *that* address could have conveyed to the Shoreditch household, if not to his Bristol correspondents, a poetic licence disquieting enough. Nor do I think that Mrs. Chatterton could have derived comfort from the reflection that the Rector of St. Andrew's was the Dean of Bristol, Dr. Cutts Barton, as he was one of the foremost objects of her son's satire, and in the ›Will‹ had been left ›my religion.‹

The house, which by the aid of a poor-rate book for 1772, Moy Thomas

identified as No. 39 (*Athenæum*, Dec. 5, 1857) was the first house from Holborn on the west side of the Street, and was pulled down in May, 1880; on Sept. 27, 1928, the Corporation of the City of London affixed a memorial plaque to the house now on its site. It is described by Thomas Maurice who, with Sir William Jones, visited it in 1779, as ›a dreary place,‹ and everything on the spot presented ›a miserable appearance.‹ The life prefixed to the Cambridge edition of 1842 seems to have been responsible for the mistaken notion that the house was No. 4 (p. 135), the houses not being numbered in the rate books.
A very different change of residence from Crabbe's, who, when Mr. Vikkery, the hairdresser, removed with his famliy to Bishopsgate Street, accompanied them; but Chatterton was hardly ›a quiet, amiable, genteel young man,‹ though his hours at Shoreditch had been regular.
The passage in his last letter to George Catcott (Aug. 12), where he indicates that he paid at first six shillings a week for his room, savours of braggadocio. Six shillings for a garret, even with two windows, as this seems to have had, was too much before the great rise in prices of 1795. The rent of a furnished room in a poor district, according to Mrs. Eric George's calculations, varied from two shillings to three and six (cellars and garrets being often cheaper) with a tendency to rise as the century went on. It may be argued that his landlady was fleecing him, but he must have had at least six weeks' experience of town prices before he settled in. Mrs. Angel was a shopkeeper with assistants; letting lodgings was her by-industry, and most working people lived in a furnished room. The inventory of a half a crown a week room occupied by an unmarried clerk in a public office with £50 a year, in 1767, ›two pair of stairs forwards in Grub Street, Golden Lane, Moor Lane, Fee Lane, Rag Fair, or the Mint,‹ contains ›a half-tester bedstead with brown linsey-woolsey furniture, a bed and bolster half flocks, half feathers, a green glazed chamber-pot, a small wainscot table, two old chairs with cane backs and bottoms, a small looking-glass six inches by four in a deal frame painted red and black, a red linsey-woolsey window curtain, an old iron stove, poker, shovel, tongs, and fender, an iron candle-stick mounted with brass, a tin extinguisher, a wooden wash-hands bowl, a quart bottle for water, a tin pint pot, a tin pepper-box, a vial for vinegar, and a stone white tea-cup for salt. Also two large prints cut in wood and coloured, grained with deal, but not glazed, *viz.*: (1) Hogarth's Gate of Calais, or the Roast Beef of Old England; (2) Queen Esther and King Ahasuerus: with the fate of tyranny and oppression, or The just punishment of the proud and hard-hearted Haman.‹
The room's appearance sixty-one years later, before a partition was put up, dividing it into two, is given by a writer in *Adversaria* (Dec. 1857): it was square, and large for an attic, with a couple of dormer windows; outside ran the gutter, and a low parapet, over which you could look into the street. The roof was low, with a long slope from the middle down to the windows. Mrs. Jefford, the wife of the occupier, a plumber, is there stated to have been in the service of Lord Orford as a girl. Croft, unfortunately, describes, not the room, but his own emotions in it; the second window may perhaps be inferred from ›in that window he loitered for some hours before he retired to his last rest.‹ The garret represented in Hogarth's *Distressed Poet* is roomy

enough; for such a room as is suggested by Henry Wallis's famous picture, ›Chatterton,‹ in the Tate Gallery, true, I think, in the detail of St. Paul's, and surely right in that of the *Middlesex Journal* on the floor, six shillings a week would, in 1770, have been excessive.« */6* **Arran liegt im Halb-Himmelbett]** Siehe die Anm. zu S. 606/1 f. Jahnn entnahm den Namen Chattertons Brief an Thomas Cary vom 1. 7. 1770 – er enthält die poetische Einlage »Epistle to A Friend«, die mit den Worten »Dear Arran, now prepare the Smile« beginnt (zit. Meyerstein, S. 395). */11ff.* **Nackend und ohne Freunde ...]** Chatterton zitiert die vier Anfangsverse eines ihm zugeschriebenen Gedichts: »Naked and friendless to the world expos'd / Now every scene of happines is clos'd; / My mind distress'd, and rack'd with anguish drear, / Adown my cheek oft rolls the falling tear.« (Meyerstein, S. 433 f.) Chatterton soll die Zeilen unmittelbar vor seinem Selbstmord geschrieben haben. */30* **Ich habe ein bestimmtes Anliegen ...]** Jahnn unterfüttert die Figurenreden dieser Szene mit Informationen über den Alltag Chattertons, die Meyerstein (S. 432 f.) zusammengetragen hat: »How long before the end he accepted Cross the apothecary's invitation, after Previous persistent refusals, and partook of a barrel of oysters (a bad month for oysters, August), when he was observed to eat voraciously, does not appear; but Mrs. Wolfe, the barber's wife, who lived two doors away, remembered his proud and haughty spirit, and told Croft that he appeared, both to her and Mrs. Angel, as if he was born for something great. She said that Mrs. Angel told her, after his death, that as she knew he had not eaten anything for two or three days, she begged he would take some dinner with her on the 24th of August; but he was offended at her expressions, ›which seemed to hint he was in want,‹ and assured her he was not hungry.

This refusal may not have been wholly due to pride. More than a half a century later at the inquest (held at the Horseshoe and Magpie, Saffron Hill) of a man who died in a lodging-house in West Street, Saffron Hill, in the same parish, the landlady said in evidence, ›There was plenty of *grub* in the house if he liked to have asked for it; but I thought if I asked him to have victuals he would be offended, as he might receive it as a hint for the few nights' lodging that he owed me.‹

Mrs. Wolfe, who lived till 1820, told Thomas Maurice in 1779 that a baker in Brooke Street, with whom Chatterton dealt, having refused to trust him with an additional loaf, he immidiately went home and committed suicide; and this agrees with Horace Walpole's ›poisoned himself on being refused a loaf of bread,‹ and Thomas Warton's ›died for want of bread.‹«

700/*19* **Ich habe gearbeitet, Tag und Nacht gearbeitet]** »though the continual strain of working through the night, and denying his adolescent body its due quota of nourishment must have gone far to keep his mind out of healthy paths« (Meyerstein, S. 414). */26* **Das Singspiel]** Die »Burletta. The Woman of Spirit«, an der Chatterton im Juli 1770 schrieb, blieb unvollendet und unaufgeführt. (Siehe Meyerstein, S. 403 f.) Vielleicht spielt die Figurenrede aber auch auf »The Revenge« (siehe die Anm. zu S. 694/38 f.) an, die nach der Darstellung Meyerstein zwar am 6. 7. 1770 für »Five Pounds, Five Shillings« von Atterbury (Meyerstein, S. 402) angekauft wurde, aber wohl trotzdem nicht zur Aufführung kam (ebenda, S. 398). */28*

Die Musik ist fertig] Von der Musik ist nur das von Jahnn übernommene Lied des Knaben Cheney überliefert. */39f.* **Als ich seinen Tod erfuhr, schrie ich.]** »[...] but on June 21, quite unexpectedly« Beckford »died of a cold, the result of hastening up to town from Fonthill. Let Mrs. Ballance be heard again: ›When Beckford died, he was perfectly frantic, and out of his mind; and said he was ruined.‹ This, her words imply, was a far more violent outburst than when she suggested an office job in May.« (Meyerstein, S. 381)

701/*15* Zwei neue Singspiele sind in Arbeit –] »The Woman of Spirit« (siehe Anm. zu S. 700/26) sowie möglicherweise »The Dowager« (Meyerstein, S. 420).

702/*5f.* diese schimpfliche Krankheit] Meyerstein zitiert Michael Lort, der schreibt (Meyerstein, S. 441 f.): »›Mr. Cross says he had the foul disease which he w⟨oul⟩d cure himself and had calomel and vitriol of Cross for that purpose who cautioned him against the too free use of these particularly the latter. He loved talking about religion and to argue against Christianity, saying that he meant to turn Mahometan. This circumstance Cross turned after his death to some account, for being found dead in his bed and to all appearance poisoned, when the Jury sat on the body Cross urged this among other things to prove he was out of his senses.‹

It is true that Cross's name is not among the witnesses in the Coroner's memorandum, but that was admittedly an imperfect document; the rest of this testimony squares with the letter to George Catcott. He might reasonably boast to the ›Knight of the Spit‹ of salacious exploits which had never occurred, but would he obtain these medicines of Cross in the same spirit? The *Critical* reviewer remarks that a person particularly acquainted with him in London said he was ›guilty of no other follies and foibles than most young men are, at his age.‹ For this disease the cure was, in those days, of an extremely painful nature – ›a salivation‹; he, who was poor, and with whom self-help was always paramount, might be expected to attempt to cure himself. A complete explanation of the suicide, from sheer physical torment, with no mental complex whatever, is afforded by the hypothesis that he had severe untreated gonorrhœa, for the calomel which Cross gave him would act as a purgative only, unless it were an ointment, which would not relieve the pain to any extent.«

703/*34* »Verdammt zu bittrem Mangel und zum Elend«] Die Figurenrede zitiert die sechste Verszeile des Gedichts »Naked and friendless to the world expos'd« (siehe die Anm. zu S. 699/11): »Condemn'd to bitter want and penury« (Meyerstein, S. 434).

704/*6* »Herrn William Bradford Smith – ...] Über diesen undatierten Brief, der nach dem Zeugnis Catcotts an William Smith gerichtet war, schreibt Meyerstein (S. 430): »About this time ⟨the last days⟩ I would place a letter which is generally given earlier in the story, but Bryant, who first made use of it, in 1781, explicitly says ›which he wrote about a fortnight bevore he died.‹ It has been rightly characterized as the Key for the Rowley Poems, for all the hard words are in Kersey ⟨i. e. John Kersey, Dictionarium Anglo-Brittanicum, London 1715⟩: the signature is ›Thomas Chatterton‹ anagrammatized«. Den Originaltext fand Jahnn bei Meyerstein (ebenda):

»Infallible Doctor,
Let this apologize for long silence. Your request would have been long since granted, but I know not what it is best to compose: a Hendecasyllabum carmen, Hexastichon, Ogdastich, Tetrametrum or Septenarius. You must know I have been long troubled with a poetical Cephalophonia[1], for I no sooner begin an Acrostick[2], but I wander into a Threnodia[3]. The poem ran thus: the first line, an Acatalectos[4]; the second an Aetiologia[5] of the first; the third an Acyrologia[6]; the fourth an Epanalepsis[7] of the third; fifth, a Diatyposis[8] of beauty; sixth, a Diaporesis[9] of success; seventh, a Brachycatalecton[10]; eighth, an Ecphonesis of Ecplexis[11]. In short, an Emporium[12] could not contain a greater Synchysis[13] of such accidents without Syzygia[14]. I am resolved to forsake the Parnassian Mount, and would advise you to do so too, and attain the mystery of composing Smegma[15]. Think not I make a Mycterismus[16] in mentioning Smegna. No; my Mnemosyne[17] will let me see (unless I have an Amblyopia[18]) your great services, which shall always be remembered by HASMOT ETCHAORNTT.«
Da Jahnn Meyersteins Annotationen des Briefes mit übersetzt hat, seien sie hier wiedergegeben: »1 A pain or heaviness in the head. 2 A poem so ordered, etc. 3 A mournful, or funeral song. 4 A verse exactly perfect. 5 A showing of a cause or reason. 6 An improper way of speaking, a bull. 7 Repetition. 8 A description. 9 A doubting. 10 A verse that has a syllable wanting in the end. 11 An exclamation of astonishment. 12 A mart-town.; *in Anatomy* the *common sensory* in the brain. 13 Confusion. 14 A joining together. 15 Soap. 16 A disdainful gibe or scoff. 17 Memory. 18 Dullness or dimness of sight.« */39f.* **die Tage auf den Redcliff-Wiesen, wo ich dir aus dem Rowley vorlas]** Meyerstein zitiert William Smith, der 1781 schreibt (Meyerstein, S. 164): »He was always very fond of walking in the fields, and particularly in Redcliffe meadows; and of talking about these manuscripts and reading them there. *Come,* he would say, *you and I will take a walk in the meadow. I have got the cleverest thing for you, that ever was. It is worth half a crown merely to have a sight of it; and to hear me read it to you.* When we were arrived at the place proposed, he would produce his parchment; shew it, and read it to me. There was one spot in particular, full in view of the church, in which he always seemed to take a peculiar delight. He would frequently lay himself down, fix his eyes upon the church; and seem as if he were in a kind of extasy or trance. Then, on a sudden and abruptly, he would tell me, *that steeple was burnt down by lightning: that was the place where they formerly acted plays*: (meaning, if I remember right, what is now called the Parade). I recollect very assuredly, that he had a parchment in his hand at the very time, when he gave me this description: but whether he read this history out of that parchment, I am not certain.«
705/*10* Die Schmerzen – unaushaltbare Schmerzen – wer hat die Schmerzen erfunden?] Jahnn rekurriert hier und an zahlreichen ähnlichen Stellens seines Werks auf seine Büchner-Lektüre und eine Stelle im 3. Akt von »Dantons Tod«: »Man kann das Böse leugnen, aber nicht den Schmerz. [...] Merke dir es, Anaxagoras: warum leide ich? Das ist der Fels des Atheismus. Das leiseste Zucken des Schmerzes, und rege es sich nur in einem Atom, macht einen Riß durch die Schöpfung von oben bis unten.«

Siehe Perrudja, S. 452; Fluß ohne Ufer III, S. 64; Schriften II, S. 152. Der deutlichste Reflex auf Chattertons Figurenrede findet sich in einem der Paralipomena zu »Jeden ereilt es«, dem »Selbstmord«-Fragment: »›Diese Schmerzen – diese Schmerzen – Verflucht! – Ich verfluche dich Gari – ich verfluche dich. –‹ Sein Hirn sagte es noch: über seine Lippen kamen die Worte nicht.« (Späte Prosa, S. 236). */15* **rollt vom Bett herab ins Zimmer.]** Meyerstein (S. 435) schreibt: »When the room was broken open the next day it was found, like the room at Shoreditch, covered with little scraps of paper. Croft, who says so, saw the Coroner, who had no minutes, could recall none of the circumstances, but produced a ›memorandum.‹ The witnesses, as thereby appeared, were Frederick Angell, Mary Foster, William Hamsley. As Croft adds, ›none of whom I have been able to find out,‹ one hesitates before identifying the last with William Walmsley, who occupied premises in High Street, Shoreditch, in 1779, and was presumably Croft's tenant; still it is natural to suppose that someone may have been called from the poet's last place of residence to identify the body. The finding was that Chatterton ›swallowed arsenick in water, on the 24th of August, 1770; and died, in consequence thereof, the next day.‹« */17ff.* **Es gibt eine Fortsetzung ... den Anatomen lieber als alte.]** »The 24th was a Friday: on the following Tuesday ⟨i. e. 28. 8. 1770⟩ the body was [...] enclosed in a shell destined for the burial ground of Shoe Lane workhouse. [...] The remains were deposited in a pit which admitted of many bodies, and the entrance for them by a door like a horizontal cellar door.« (Meyerstein, S. 443 f.). Der Friedhof wurde 1828 aufgehoben. Alles andere der Figurenrede ist Jahnns Erfindung.

706/*31f.* In der Ballade vom barmherzigen Samariter] »An Excelente Balade of Charitie« (Meyerstein, S. 405 ff.) – Jahnn spielt auf die dritte Strophe an:
»Beneathe an holme, faste by a pathwaie side,
Which dide unto Seyncte Godwine's covent lede,
A hapless pilgrim moneynge did abide,
Pore in his viewe, ungentle in his weede,
Longe bretful of the miseries of neede,
Where from the hail-stone coulde the almer flie?
He had no housen theere, ne anie covent nie.« */9* **⟨⟨Abbadona⟩⟩]** Siehe die Anm. zu S. 605/18.

706/*16* Ahmte die Sprache Caxtons nach] Siehe die Anm. zu S. 617/21. */10ff.* **Lit.]** Zu der von Jahnn verwendeten Literatur siehe S. 1264 f. */21* **Brückeneinweihung ist 1768]** Siehe die Anm. zu S. 647/34 ff. */23ff.* **⟨⟨Die sechs Pfeile ... leider auch das.⟩⟩]** Siehe die Anm. zu S. 668/28 f. */31* **Caesar schreiben.]** Verweis auf den mit Jahnn bekannten Arzt Dr. Günther Caesar, der ihn, was Übertragungen aus dem Englischen betraf, mit Rat und Tat zur Seite stand.

708/*2* Schiller Theater] Die Aufführung fand im Schloßpark-Theater in Berlin-Steglitz statt. Die Premiere der von Willi Schmidt inszenierten Aufführung war am 17. 12. 1957; den Chatterton spielte Klaus Kammer. Gespielt wurde eine, wie das Programmheft der Aufführung vermerkt, »von Hans Henny Jahnn autorisierte dramaturgische Neufassung von Willi Schmidt« (unpaginiert). */3.* **Ergänzung zur Seite 114]** Der Seitenverweis bezieht sich auf die Erstausgabe. In unserer Ausgabe schließt der neue Text an S. 696/8 an. Siehe auch den Brief Jahnns vom 4. 12. 1957 an Willi Schmidt (Materialien, S. 1300). */13ff.* **Thomas ... schlendert auf einem Gräberfeld umher.]** Die Figurenrede paraphrasiert eine Anekdote aus Chattertons letzten Tagen, die Meyerstein (S. 432) mitteilt: »The second ⟨anecdote⟩ relates that he was amusing himself with a friend reading pitaphs in St. Pancras Churchyard, and was so deep in thought that he stumbled into a grave just dug. His friend helped him out, observing that he was happy in assisting at the resurrection of genius. Chatterton smiled, and taking him by the arm, replied, ›My dear friend, I feel the sting of a speedy dissolution. I have been at war with the grave for some time, and find it is not so easy to vanquish it as I imagined; we can find an asylum to hide from every creditor but that.‹ His friend tried to divert this thoughts, but three days later he poisoned himself.« */24* **zum Unausweichlichen]** Siehe zur Bedeutung dieser Metapher: Fluß ohne Ufer I, S. 239; III, S. 418; Späte Prosa, S. 108. */37* **der Musikdoktoren]** Die Figurenrede spielt auf die Vertonung des Singspiels »The Revenge« an: siehe die Anm. zu S. 699/15.

710/*1* Paralipomenon III] Die deutsche Übersetzung des englischen Liedtextes wurde erstmals gedruckt in: Spectaculum II. Sechs moderne Theaterstücke. Frankfurt/M. 1959, S. 328 (als Anmerkung zum englischen Text). Jahnn schreibt am 14. 6. 1959 an Siegfried Unseld vom Suhrkamp Verlag: »In Hamburg sang der Knabe Cheney deutsch. Ich habe dafür die Strophen auf S. 115 übersetzt. Wenn Sie den Text deutsch mit abdrucken wollen, werde ich ihn hervorsuchen. Ich habe ihn irgendwohin zwischen Papieren vergraben.« (Handschrift, Archiv des Suhrkamp Verlags, Frankfurt/M.) Am 19. 6. 59 teilt Jahnn Siegfried Unseld mit: »Beigeschlossen überreiche ich Ihnen den deutschen Text für die Arie aus ›Thomas Chatterton‹. Die Komposition ist anonym. Aus einigen Briefstellen Chattertons kann man die Vermutung ziehen, daß der englische Komponist Allen die Singspiele Chattertons komponiert hat. Gewiß ist es indessen nicht.« – Zu John Allen siehe Meyerstein, S. 396.

Materialien

Die Uraufführung von »Thomas Chatterton« fand am 26. 4. 1956 am Deutschen Schauspielhaus Hamburg statt. Regie führte Gustaf Gründgens, den Chatterton spielte Heinz Reincke. Mit insgesamt 20 Vorstellungen war die Aufführung neben der Berliner Uraufführung der »Medea« 1926 der einzige größere Theatererfolg Jahnns.

Gustaf Gründgens an Hans Henny Jahnn 29. 12. 1954

»Haben Sie besten Dank für Ihren Brief und die Grüße, die ich herzlich erwidere.
Was Ihr neues Stück angeht, so können sie es mir gar nicht schnell genug schicken, denn es wäre mir eine große Freude, es in Hamburg zur Uraufführung bringen zu können.

Um nur ein Mißverständnis klarzustellen: Ich habe mit Ihren Stücken innerlich auf keine Weise Schwierigkeiten, denn ich stehe voll und ganz zu Ihrem Werk seit ›Pastor Ephraim Magnus‹ und dem ›Perrudja‹, den ich immer wieder lese, ebenso wie mir ›Anias Horn‹ ein Begleiter geworden ist.
Schwierigkeiten sehe ich immer nur in der Übertragung Ihrer Werke auf die Bühne, oder – besser gesagt –, sie dem Publikum plausibel zu machen.
Nun bin ich weit davon entfernt, es dem Publikum immer bequem machen zu wollen. Sie sind sicher mit mir einer Meinung, daß die Aufnahmefähigkeit und die Sicherheit des Geschmacks gesunken ist. Und es ist mir manchmal nicht leicht, ein Werk billigen Mißdeutungen auszusetzen und dadurch die Dichtung mißverstanden zu sehen.
Lassen Sie mich also die ›Tragödie Thomas Chattertons‹ bald lesen, damit ich Stellung dazu nehmen und eventuell mit Ihnen darüber sprechen kann.«

Jahnn an Ellinor Jahnn 10. 3. 1955

»Die Verhandlungen mit Suhrkamp scheinen sich günstig auszuwirken. Gestern sprach ich mit Brecht. Er will den ›Chatterton‹ lesen und hofft, daß er das Stück besetzen und spielen kann.«

Bertolt Brecht an Jahnn 3. 6. 1955

»Ihr schönes Stück würde mich schon reizen, aber ich habe dafür ebensowenig einen Hauptdarsteller wie für die Hälfte meiner eigenen Stücke. Schelcher ist nicht jung genug, und Schall ist noch nicht weit genug für eine so differenzierte Figur, und ohne bedeutende Schauspieler kann man Stücke über bedeutende Menschen unmöglich aufführen. Wenn wir noch einen Krieg bekommen, werden wir überhaupt kein Stück mehr aufführen können.«

Jahnn an Peter Suhrkamp 23. 4. 1956

»Ich habe bis jetzt eine Probe gesehen, bei der das Stück ganz durchgespielt wurde. Der Schauspieler Reincke, der den Thomas spielt, gab eine geradezu geniale Leistung. Der junge Schauspieler Christian Doermer, der den William und Peter Smith gleichzeitig spielt, hat mir bei dieser Probe außerordentlich gefallen, und ich kann mir kaum eine bessere Besetzung denken. Das Zusammenspiel zwischen diesen beiden Hauptdarstellern war für mich ein ungewöhnliches Erlebnis. Wenn diese beiden keine Wirkung auf die Zuschauer haben sollten, können wir getrost das deutsche Theater begraben. Die Nebenrollen sind im allgemeinen sehr gut besetzt. Nicht befriedigend für mich war der Aburiel. Ich habe mit Gustav Gründgens gesprochen. Er war der gleichen Meinung wie ich. Er wird, so weit es möglich ist, die Unebenheiten im Ausdruck und in der Sprache noch bis zur Uraufführung in dieser Rolle beseitigen.«

Jahnn an Peter Suhrkamp 5. 5. 1956

»[...] Die Uraufführung des ›Thomas Chatterton‹ ist ja nun gewesen, und Sie haben sicherlich aus den unterschiedlichen Pressenotizen ersehen können, wie der Abend verlaufen ist. Es gab Beifall, großen Beifall mitten ins Spiel hinein, und für die Hamburger Verhältnisse war dies Verhalten des Publikums ungewöhnlich.
Der Abend war für mich ein großes Erlebnis und die Hamburger Presse war am Tage nach der Aufführung recht einheitlich zu Gunsten des Stückes und der Aufführung. Die Montag-Nummer der Frankfurter Allgemeinen dämpfte freilich, bei mir jedenfalls, das Glücksgefühl ein wenig. Bei der dritten Aufführung war ich wieder im Theater, und ich kann nur berichten, daß das Haus so gut wie voll war.
Wie weit sich der Hamburger Erfolg auswirken wird, kann ich natürlich nicht sagen. Ich hoffe aber, daß wenigstens einige Bühnen sich entschließen werden, das Stück in den Spielplan aufzunehmen. Ich denke dabei vor allem an das Burgtheater in Wien und an das Schiller-Theater in Berlin.
[...] Gustav Gründgens hat die Absicht, den Thomas Chatterton durch das ganze Abonnement spielen zu lassen, und das bedeutet doch eine nicht ganz unbeträchtliche Einnahme.«

Willi Schmidt an Jahnn 21. 10. 1957

»Hier schicke ich Ihnen den ›Chatterton‹ mit den Strichen zu Anfang des dritten Aktes, wo ich mit Ihrer Zustimmung den Somnambulismus eliminiert habe, um gleich in die ›Wirklichkeit‹ des Thomas Rowley eindringen zu können.
Den vierten Akt habe ich konzentriert, ohne ihm, wie ich glaube, Gewalt angetan zu haben. Ich habe einen Szenenwechsel eingespart, was bei der Raumbeschränkung der Schloßparktheater-Bühne wichtig ist; das heißt, der Akt spielt nun durchgehend in der Kanzlei des Herrn Lambert.
Die Sätze Marys am Ende des vierten Aktes habe ich der alten Frau Chatterton gegeben, um eine Rolle zu umgehen, für die sich schwerlich eine Schauspielerin finden ließe, so winzig war sie.
Bitte seien Sie gewiß, daß diese dramaturgischen Konzentrationen nicht aus anmaßender Besserwisserei resultieren, sondern aus einer Zuneigung zu Ihrem Stück, die von Tag zu Tag wächst. Ich bin seit unserem Gespräch, das ich in so guter Erinnerung behalten habe (Begegnungen solcher Art sind heutigentages selten) nicht müßig gewesen. Eine Bauprobe für das Décor hat stattgefunden; ich arbeite gegenwärtig an dem Modell und hoffe mit Hilfe von transparenten Wänden eine Lösung gefunden zu haben, die der zwischen Realität und traumhafter Wirklichkeit pendelnden Atmosphäre des Stücks gerecht wird. Die Besetzung ist abgesprochen und enthält auch in den sogenannten Nebenrollen (die in Wahrheit keine sind) Namen ›von Rang.‹ Unsere Proben sollen am 8. November beginnen, die Premiere ist für den 13. Dezember vorgesehen. [...]
P. S. Die Striche in den anderen Akten sind zu unwesentlicher Art, als daß

ich Sie damit langweilen möchte, eingedenk Ihres Bekenntnisses, ›daß Sie nicht an jedem Worte hängen.‹«

Jahnn an Willi Schmidt 23. 10. 1957

»[...] Ich habe Ihre Einrichtung des Thomas Chatterton gelesen und bin ganz damit einverstanden. Nicht klar geworden ist mir, ob nach den Worten Catcotts ›So wäre dieser Sonntag Nachmittag überstanden‹ eine Zäsur gedacht ist oder nicht. Jedenfalls müs⟨s⟩te doch wohl ein für den Zuschauer begründeter Übergang zu den Worten ›Sie wollen nach London und dort Ihr Glück versuchen‹ geschaffen werden.
Das Wie möchte ich Ihnen ganz überlassen.
Ich bin also einverstanden und sende Ihnen beigeschlossen das eingerichtete Exemplar des Stückes wieder zurück. [...]«

Jahnn an Willi Schmidt 4. 12. 1957

»[...] Gestern endlich habe ich mich an den Thomas Chatterton gemacht und habe erst einmal die Ergänzung auf Seite 114 des Druckexemplares ⟨= S. 696/8⟩ geschrieben. Ich bin in einem solchen Zustand, daß ich nicht beurteilen kann, ob die Hinzufügung brauchbar ist. Immerhin wird Cheney auf natürliche Weise eingeführt, ohne daß eine neue Szene notwendig wird. Dabei ist die Rede Aburiels ein wenig zu lang und Sie können getrost, falls es Ihnen als notwendig erscheint, die Stelle streichen, in der er davon erzählt, daß Chatterton in ein offenes Grab fallen wird. Daß Chatterton kurz vor seinem Tode in eine solche Grabgrube fiel, ist eine historisch gesicherte Tatsache.
Ob ich noch dazu kommen werde, die Seiten 61 bis 62 ⟨= S. 651/20–652/26⟩ umzuarbeiten, kann ich in diesem Augenblick nicht versprechen. Beim nochmaligen Lesen der Szene erscheint es mir auch nicht so notwendig, da das Aufgebot einer ganzen Horde junger Menschen möglicherweise die doch sehr intieme Szene zu sehr belasten würde. Außerdem habe ich in der Erinnerung, daß Reincke in Hamburg gerade die Schilderung des Spouting-Clubs zu einer der großartigsten schauspielerischen Leistungen ausgestaltete. [...]«

SCHLIMMER UND SCHLIMMER

Entstehung

Jahnn hat Molzas Novelle (Materialien, S. 1309) in einem Zeitungsabdruck vom 26. 12. 1954 gelesen und wohl unmittelbar danach mit dem Entwurf des Librettos begonnen. Da die Niederschrift in enger räumlicher Zusammenarbeit mit Yngve Trede vonstatten ging, sind nur wenige Zeugnisse zur Entstehung überliefert. Am 6. 3. 1955 schreibt er aus Weikersheim an Signe Jahnn: »Ich denke hier an die Oper. Ich hoffe, daß es in diesem Jahre doch noch zu einer glücklichen Wendung mit uns kommt. Die Zeichen jedenfalls sind nicht ungünstig.« Zwei Tage später, am 8. 3., meldet er seiner Tochter aus Frankfurt/M.: »Mit Dr. Suhrkamp habe ich den Vertrag über den ›Thomas Chatterton‹ mündlich abgeschlossen. Der Vertrag wird nach Hamburg geschickt. Erscheinen: Herbst 1955. Ich erhalte einstweilen für 2 Monate, ab 1. April, 350.– Dm. Vorschuss je Monat. Nimmt bis Ende Mai ein Theater an, läuft der Vorschuss in gleicher Höhe weiter. (Soll in einen Dauerzustand verwandelt werden.) [. . .] Sprach mit Generalintendant Buckwitz. Er will versuchen, den ›Chatterton‹ unter allen Umständen bis zum 25. Mai herauszubringen. 2 Schauspieler werden in diesen Tagen vorsprechen. Der eine heißt Renn, ist aus der DDR. – Interesse für den ›Totentanz‹. Bitte, sende ihm (Adresse bei Dir) 1 Verlagsexemplar (abgestempelt und schon gebraucht) zur Ansicht. Er bat darum. Interesse für neue Oper: ›Schlimmer und Schlimmer‹.« Am 23. 3. 1955 teilt Jahnn der Schweizer Freundin Margarete Möckli mit: »Endlich eine Nachricht von mir. Daß mein neues Drama ›Thomas Chatterton‹ vollendet ist, habt ihr wohl schon gehört. Es wird im Suhrkamp Verlag erscheinen, und wir hoffen, daß auch einige Bühnen das Stück spielen werden. Zur Zeit arbeite ich an einem Text zu einer Oper ›Schlimmer und Schlimmer‹, die alles in allem einen lustigen Stoff hat.« In einem Diskussionsbeitrag auf dem »Darmstädter Gespräch 1955 Theater« hat Jahnn am 24. 4. 1955 öffentlich auf diese neue Arbeit hingewiesen (siehe S. 1052). Auch nach Abschluß des Librettos nimmt Jahnn Interesse am Fortgang der Komposition. An Signe Jahnn schreibt er am 2. 9. 1956: »Ich freue mich, daß Yngve an der Oper arbeitet.« Am 25. 10. 1956 an dieselbe Adressatin aus Göteborg: »Trotz allem – wenn ich das Leben hier an Bord betrachte – hat Yngve nicht falsch gewählt, sich mit Musik zu befassen. Ich hoffe, daß ich die Aufführung der Oper ›Schlimmer und schlimmer‹ noch erleben werde.« Und am 19. 11. 1956 berichtet er seiner Tochter aus 〈Ost-〉Berlin: »Gestern war ich im ›Schlauen Füchslein‹ von Janāçék 〈Jahnn schreibt zuerst »Janāschék« und setzt dann das »ç« über das »sch«⟩ und sprach mit Felsenstein. Die Aufführung großartig; aber im Prinzip kaum zu bewältigen, denn es treten Tiere auf. Eine ganze Fuchsfamilie. Sehr hübsch die Menschen im Fell. Felsenstein interessiert sich für die ›Gärtnerin‹; noch mehr aber für ›Schlimmer und Schlimmer‹ und möchte die Partitur gleich sehen, wenn die Oper fertig ist.«

Überlieferung

Am Nachlaß werden unter Nr. 38 zwei Handschriften, ein Typoskript und ein Typoskriptdurchschlag verwahrt:
Handschrift I: Heft mit schwarzem Wachstucheinband, 72 Blätter (150 × 210 mm) unliniert, beidseitig mit blauer Tinte beschriftet (Sofortkorrekturen, Korrekturen, Ergänzungen mit Bleistift und eine Ergänzung mit Rotstift, eine Unterstreichung in Grünstift). Das Heft trägt den Titel: »Schlimmer und schlimmer / Oper nach / Francesco Maria Molza / von H. H. J. / Musik von Y. J. Trede.« Dieser erste Entwurf des Librettos entfaltet bereits vollständig den szenischen Verlauf, es fehlt der letzte »Tutti«-Schluß. Dem Heft sind beigefügt: 8 Blätter (211 × 297 mm), einseitig mit blauer Tinte beschriftet (Fortsetzung und Schluß des Textes); Zeitungsausriß (Sonntag, Berlin⟨-Ost⟩, 26. 12. 1954, S. 9/10) mit dem Novellentext von Molza (aus: Unerhörte Begebenheiten. Altitalienische Novellen. Berlin⟨-Ost⟩ – siehe Materialien, S. 1309); Ugrino-Konzertprogramm »Ugrino Fünf Orgelkonzerte St. Petrikirche zu Hamburg«.
Handschrift II »Schlimmer und schlimmer Oper in zwei Akten / nach Francesco Maria Molza von Hans Hen⟨n⟩y Jahnn Musik von Yngve Jan Trede«: 58 Blätter (210 × 297 mm), einseitig mit blauer Tinte beschriftet (Sofortkorrekturen, Korrekturen in Tinte und in Blei).
Typoskript: 58 Blätter (210 × 297 mm), einseitig mit Maschine beschriftet (einige wenige handschriftliche Korrekturen in blauer Tinte, Blei und Blaustift). Titel wie in Handschrift II, darunter (S. 1) in Blei die Notiz: »Sehr sehr schön und / opernreif, klangrund / WH ⟨= Werner Helwig?⟩«. Im Unterschied zu Handschrift I und II enthält das Typoskript im Personenverzeichnis keine Stimmangaben.
Typoskriptdurchschlag: wenige handschriftliche Korrekturen in blauer Tinte und Bleistift (nicht immer identisch mit denen des Typoskripts).
Zwei weitere nicht identische Typoskriptdurchschläge (je 58 Blätter, 210 × 297 mm, einseitig mit Maschine beschriftet, zahlreiche handschriftliche Korrekturen Jahnns in blauer Tinte und Blei sowie Arbeitsnotizen Yngve Tredes) befinden sich im Besitz von Yngve Trede (Fredensborg). Die Korrekturen und Einfügungen Jahnns in den beiden Exemplaren sind nicht identisch und widersprechen sich teilweise, sodaß eine gültige, von Jahnn autorisierte Version nicht erschlossen werden kann. Im folgenden Apparat werden sämtliche von der Hand Jahnns herrührende Abweichungen verzeichnet, nicht dagegen die Änderungen, Korrekturen und Kürzungen, die Yngve Trede im und am Text vorgenommen hat. Tredes eigene Version ist festgehalten in einer Abschrift mit der Aufschrift »Textabschrift 1976 mit allen Einfügungen und Kürzungen, entsprechend der Partitur«.

Textgrundlage der Edition ist das im Nachlaß überlieferte Typoskript.

Apparat

Im folgenden werden zunächst die Abweichungen des Textes von der Druckvorlage verzeichnet. Vor dem Lemma steht dabei der konstituierte Text unserer Edition, nach dem Lemma die Lesart des Typoskripts.

738/*24* ⟨euch⟩*] *auch*
740/*6* ⟨nicht⟩*] *micht*
741/*17* ⟨Er⟩* ist geohrfeigt] *Es ist geohrfeigt*
742/*16* ⟨neuen⟩*] *neuer*
743/*14* ⟨Helft⟩*] *Hilft*
752/*1* ⟨überall⟩* *überalle*
762/*34* ⟨nicht⟩*] *nich*
763/*38* ⟨nicht⟩*] *nich*
768/*30* ⟨hart⟩*] *har* /*38* ⟨Des⟩*] *Den*

Im folgenden werden die Varianten der beiden im Besitz von Yngve Trede befindlichen Typoskriptdurchschläge verzeichnet; vor dem Lemma steht immer die Lesart unserer Ausgabe, nach dem Lemma die Varianten der beiden Typoskriptdurchschläge (dabei bezeichnet »Ts. I« die mutmaßlich ältere, »Ts. II« die mutmaßlich jüngere Bearbeitungsstufe der beiden Typoskripte).

718/*35* – zum wenigsten soviel wie du.] Danach folgt in Ts. I der Zusatz:
ALEARDO:
BENEDETTO: Es gibt für dich nichts zu bedenken.
EDDMONDO: Das Zaudern ist zu deinem Schaden.
RENATO:
SALVATORE:
GINESE: (schweigt)

728/*21* und Schutz in eines Mannes Haushalt.] Danach folgt in Ts. I der Zusatz:
Was soll ich hier? Ich bin nicht fröhlich.
Betrübnis eines Sohnes kränkt nur.
Ich bin hier fremd und unbegehrt;
Mein Angesicht wird keinen täuschen.
So ist's: zu diesem Feste bring ich
nur Bürde.
Es wär' besser, ich verließe diese Stadt.
Die Zukunft dann muß ich mir selber suchen. -

729/*29* Bravo!] Danach folgt in Ts. I der Zusatz:
Arie des Salvatore Grillo
Wenn man bedenkt, was hier so schnell sich findet,
begeistert durch die Kräfte der Natur,
die unerbittlich das Gemäße bindet,
bewundert man der Schöpfung Quadratur.

Man muß der Liebe Wirkung höchlich preisen;
der Mann erhält – beinahe kostenlos –
mit Adams sagenhaften Rippenstoß,

Was ihn erquickt und seinen Wohlstand mehrt.
Und für die Frau ist es nicht umgekehrt.
Nichts wird verfügt, was Gut und Glück verzehrt.

Bravo / Bravo

In diesem Fall bleibt es dem Paar erspart,
daß Eintracht sich mit Kindesnöten paart,
denn mühelos gesellt sich ihm ein Sohn,
der, kaum erschienen, halb vollendet schon.

Bravo /Bravo
GINESE:
Ja, ja hübsch anzuschaun

730/*35ff.* Nur ungeschickt ⟨-**732**/*36*⟩ Ach, wär anders ich beschaffen!] In Ts. II. ersetzt durch:

Francesca Nur ungeschickt
kann ich vorbringen, was mich ängstigt.
Bedenke doch: Vor einem Monat
wußte ich noch nichts von dir,
vom Manne nichts -
Garimberti: Vor einem Monat
wußte ich noch nichts von dir,
von Mädchen nichts -
Francesca kaum fünfzehn Jahre –
Garimberti: kaum siebzehn Jahre –
Von meinem Vater ausgehalten –
Francesca
Von meinen Eltern wohlbehütet –
Garimberti:
Der tiefsten Liebe Allgewalten,
die Sucht nach dir, die in mir wütet
wie scharfer Tod, soll'n sich entfalten.
Francesca
Kann unsre Liebe Irrung sein?
Sind, Lieber, wir noch halbe Kinder,
ein Spielball dessen, was nicht kindlich ist?
Schön sei ich, sagst du. Du bist schöner –
Garimberti:
Nein, schöner du –! Nichts ist an dir entstellt; –
die Lieblichkeit, der Duft, die Wärme –!
Ein Schauder, frommverwegen mich befällt.
(Er küsst sie)
Wenn ich den Mund auf deine Lippen drück',

die Zunge du zum Kuss mir gibst,
umhüllt uns schweigend Wollusttaumelglück.
Francesca
Wenn ich den Mund auf deine Lippen drück',
die Zunge du zum Kuss mir gibst,
umhüllt uns schweigend Wollusttaumelglück.
Garimberti:
Nur das darf gelten, nichts daneben.
Mir ist mein Leben erst durch deins gegeben.
Francesca
Mir ist mein Leben erst durch deins gegeben.

733/*8* kommst] Ts. I liest *kamst*

734/*14* Verrückte Jugend] Ts. I und II lesen *verruchte Jugend* (es ist nicht zu entscheiden, ob diese Korrektur auf Jahnn oder Trede zurückgeht).

734/*17* wird alle Schlechtigkeit schamlos geübt.] In Ts. I folgt der Zusatz:
Warum vollendet sich des Lebens Sinn
nicht ohne Hinterlist und schlimmen Wahn?
Warum gebiert der Liebe Anbeginn
den frechen Knaben und die Buhlerin? –
Die Narrheit, Ungehorsam, Flattersinn?
Der dümmste Dummerjan fühlt sich als Hahn
und jede Tochter wird zur Schwindlerin!

734/*20*–**736**/*20* Genug! Jetzt schwöre ich.] In Ts. I und II von der Hand Jahnns und Tredes gestrichen.

739/*26* Besinn dich!] Ts. I liest *Besinne dich!*

741/*18f.*] In Ts. I steht stattdessen der Zusatz:
Francesca
Ich biete Trotz. Es soll so leicht nicht glücken!
Vergeblich wird man mich für Treubruch werben.
Ich werde keines andern Bettstatt schmücken.
Salvatore
Wenn das die Meinung deiner Jahre, –
der unerfahr'ne, unduldsame Ausfluß
deines Querkopfs ist – nun dann –
nenn ich dich überspannt – nicht richtig
in Hirn und Bauch und anderswo.
Emilia
Lass sie nur rasen! Trotz bringt Heilung.
Man muß ihn nur gemächlich wie den Kohl
im Topfe brodeln lassen.
Eddmondo
Je nun, –
auch Wein gärt heftig, wenn die Hefe wild ist.

741/*18–19*] In Ts. II steht stattdessen der Zusatz:
FRANCESCA: (Arie)
Ach Gott, vor Sehnsucht werde ich verderben.
Kein Traum wird mich in seinem Duft beglücken
und mein Begehr mit seinem Bildnis färben!

Muß unsre junge Liebe kraftlos sterben?
Wie weichen Tand will man sie uns zerpflücken;
grausam will man den Schmerz ins Herz uns kerben.

741/*34* gehen] Ts. II liest *gehn*

742/*34* gehen] Ts. I liest *jetzt*

743/*14* ⟨Helft⟩*] Ts. I liest *hilf*

745/*18–20*] In Ts. I gestrichen /*28–29*] In Ts. I gestrichen

746/*12ff.* Wenn dies ... nicht an uns.] In Ts. I und II gestrichen /*18–23* Ts. II liest:

GINESE:
Ist Garibertis Anspruch wirklich hin?
EMILIA:
Der Hausherr Salvatore Grillo
hat ihn geohrfeigt.

746/*29* legt ihm alles dar] In Ts. I gestrichen /*31* wird] Ts. II liest *soll* /*36* gewißlich] Ts. II liest *noch* /*37* ob da noch nichts Bedenkliches geschah] Ts. II liest *ob da nichts Ärgerliches ist* – /*39* Mutterangst] Ts. II liest *Weiberangst*

747/*3–5* In Ts. I und II gestrichen /*6–9* In Ts. II ersetzt durch:

MONNA MONETA:
Er liebt Francesca.
GINESE: Das geht vorüber.
Man flennt und man vergißt.

747/*16–18* In Ts. I und II gestrichen

748/*7* sich sputen ... zu werden?] Ts. II liest *die sich so sputen müssen* /*33* Ts. II liest *Ich werde ihn – ich werde überlegen.*

749/*1* GHEDINO:] Ts. II liest *GHEDINO: (unwillig)* /*11* GHEDINO:] Ts. II liest *GHEDINO: (verwandelt)* /*24* nicht] Ts. II liest *kein* /*30* Man glaubt] Ts. II liest *Ich glaub* /*34f.* Ts. II liest *Er wird der Hecht / im Teiche sein.* /*39* GHEDINO:] Ts. II liest *GINESE:* /*40* Ts. II liest *Es klopft der Specht*

750/*3* Ts. II liest *Mit Zwischenraum.* /*11* nicht] Ts. II liest *kein* /*15–31*] In Ts. II ist die gesamte Passage umgearbeitet:

GINESE:
Von Lust bezecht,
auch ohne Licht
und Lampenschein
fühlst du dich recht
zur Freude ein.
GHEDINO:
Kein Unterricht,
Nur Zuversicht
beim Liebestraum
wird für den Knecht
vonnöten sein!
MONNA MONETA:
Das ist nicht schlecht.
Nur kein Verzicht.
GINESE:
Du junger Wicht,

bist nur erpicht,
aufs Glücklich-sein.
MONNA MONETA:
Drum mundgerecht
soll ihm die Liebste sein!

752/*30* Du wärst] Ts. II liest *Du wärest*

754/*23* holde Einverständnis] Ts. I liest *stille Einverständnis* /*34* süße Saft] Ts. I liest *volle Saft* /*35* Danach folgt in Ts. I der Einschub

Arie

Da du für eine kurze Stunde mir gegeben,
in unbegrenzter Freundschaft süßem Glück,
muß ich von Frost und Feuersglut zugleich erbeben.

Du holde Kraft der Schönheit, Hülle reichster Träume,
erhellt ist meiner Sinne grabesdunkler Raum! -
Daß nur durch Widrigkeit mein Ziel ich nicht versäume!

Oh, schrick vor meiner Nähe nicht zurück!
Mein trübes Auge lechzst, dich, warmes Licht, zu schaun.

758/*13* Francesca tot!] Danach folgt in Ts. I der Zusatz

(ab.)
GINESE:
Was wird aus mir? Mit Knochen,
die trocknem Holze gleichen,
mit Fleisch aus Werg, mit Gier,
die mir das Herz statt Lust
mit Schwefel füllt? Mit blinder,
ungezügelter Vernunft
inmitten ausgelegter Schlingen – ?

763/*12* verrückt] Ts. I liest *verrucht*

Kommentar

711/*1* **Schlimmer und schlimmer]** Jahnns Libretto lehnt sich in Dramaturgie und Sprache eng an die klassische italienische opera buffa an – es ist wohl kein Zufall, daß er zur selben Zeit Mozarts Buffa »La finta giardiniera« auf deutsch bearbeitet und veröffentlicht (siehe Schriften II, S. 748 und die Anm. dazu). Siehe auch Jahnns Äußerungen zum Libretto auf dem »Darmstädter Gespräch 1955 Theater« (S. 1052). /*3* **Francesco Maria Molza]** Der italienische Schriftsteller (1489–1544) ist hauptsächlich als Lyriker hervorgetreten. Jahnn kannte von seiner Novelle »Schlimmer und schlimmer« nur den gekürzten Abdruck, den er am 26. 12. 1954 in der Ost-Berliner Wochenzeitung »Sonntag« fand (mündliche Mitteilung Y. J. Trede). Siehe den Abdruck der Quelle in den »Materialien«, S. 1309 f. /*6f.* **Musik von Yngve Jan Trede]** Zu Trede siehe die Anm. zu S. 295/5 f. – Trede (mündliche Information) hat mit der Komposition 1955 begonnen, sie aber erst nach Jahnns Tod abgeschlossen. Musikalisch handelt es sich um eine durchkomponierte Buffaoper, im Konversationsstil von Richard Strauss' »Ariadne auf Naxos« oder »Capriccio«. Da die Oper bis heute unaufgeführt blieb, liegt die Musik nur in handschriftlicher Partitur vor.

713/*1* Personen] Jahnns Typoskript enthält keine Stimmangaben. Wir geben darum im folgenden die teilweise voneinander abweichenden Stimmangaben nach Handschrift I und II sowie nach Yngve Tredes Vertonung:

	Handschrift I	Handschrift II	Trede
Ginese	Bass-Bariton	Bariton	Bariton (Baß-)
Monna Moneta	Sopran	Sopran	Sopran (Koloratur)
Ghedino	Tenor-Bariton	(hoher) Bass	Tenor
Salvatore Grillo	Bass	Bass	Baß
Emilia	Mezzo-Sopran	Mezzo-Sopran	Mezzosopran
Francesca	Sopran	Sopran	Sopran (lyr.)
Galeazzo Garimberti	Tenor	Tenor	Tenor (lyr.)
Aleardo	Tenor	Tenor	Tenor
Benedetto	Tenor	Tenor	Tenor
Eddmondo	Bass	Bass	Bariton
Renato	Bass	Bass	Bariton

715/*18* Handwerker] Die Namen der in Jahnns Quelle nicht vorkommenden Handwerker übernahm er von Mitgliedern des damals in Hamburg gastierenden italienischen Kammerorchesters »I Virtuosi di Roma« (mündliche Mitteilung Yngve Trede).

737/*20f.* gefangen ... wie einstmals Mars und Venus] Aphrodite / Venus, die mit dem Feuergott Hephaistos verheiratet war, hatte ein Liebesverhältnis mit dem Kriegsgott Ares / Mars, »der sie jedesmal in Hephaistos' Bett besuchte, wenn dieser Gott den Olymp verließ. Hephaistos, von Helios gewarnt, ertappte die Liebenden eines Tages nackt im Bett und gab sie dem Gelächter der anderen Götter preis.« (Reclams Lexikon der antiken Mythologie, S. 58)

755/*11* Kardätschen] »wollkamm, wollkrämpel, wollkratze« (DWb 11, Sp. 210).

768/*15* Wir sind der Schauplatz ihrer Triebe.] Urtragische Wiederholung eines Topos von »Fluß ohne Ufer«, daß die menschliche Existenz nur ein Schauplatz von Ereignissen sei (siehe Fluß ohne Ufer I, S. 352; II, S. 8): »Die objektive Zeit, die nicht in Vergangenheit und Zukunft zerfällt (eine Gegenwart gibt es ja genaugenommen nicht), enthält unser Schicksal offenbar in allen unabänderlichen Einzelheiten, und unser Körper wird nach und nach zum Schauplatz der Ereignisse bestimmt, die ihm von Anfang an vorbehalten waren. Es ist schwer, bei all dem an ein Prinzip zu glauben, etwa an ein göttliches oder harmonikales. Das Schicksal wird einfach zur Dimension wie der Raum.« (Jahnn an Carl Mumm, 23. 12. 1942).

Francesco Maria Molza (1489–1544)
Schlimmer und Schlimmer

In Parma, einer sehr berühmten Stadt in der Lombardei, lebte vor nicht gar langer Zeit ein Wollkrempler namens Ginese, und weil er von Mantua abzustammen behauptete, gab man ihm den Beinamen Mantuaner. Da sich dieser nun einsam fühlte und dabei im Verhältnis zu seinesgleichen wohlhabend war, entschloß er sich, ein Weib zu nehmen, und da ihm eine Nachbarin gefiel, wußte er, obwohl schon etwas bei Jahren, so geschickt um sie herumzuscharwenzeln, daß er seinen Wunsch erreichte. Er heiratete sie so schnell wie möglich und führte sie heim mit ihrem Sohne, welcher Ghedino hieß und etwa achtzehn Jahre alt war; die Frau hatte ihn von einem früheren Gatten. Der Mantuaner begann, um diese seine Familie zu erhalten, mit der Mitgift seiner Frau Handel zu treiben und war so tätig, daß er bei seiner Geschicklichkeit in seinem Handwerk ganz froh und heiter lebte und sich gute Tage machen konnte.
Als er nun sah, daß es ihm in allen Stücken nach Wunsch ging, dachte er daran, wenn sich Gelegenheit böte, auch seinem Stiefsohn Ghedino ein Weib zu geben; dann könnten sie alles mit der Mitgift von dessen Frau zusammenwerfen, ihren Wohlstand bedeutend erhöhen und mit der Zeit reich werden. Er rief ihn daher eines Tages beiseite und sprach zu ihm: »Mein Sohn, wer heutzutage nicht Vermögen besitzt, der gilt für ein Vieh; der aber, der etwas hat, gilt am meisten; darum steht es jedermann wohl an, nicht nur zu erhalten, was er hat, sondern auch, es soviel als möglich zu vermehren. Wie du siehst, bist du jetzt groß, und darum wäre es wohlgetan, wenn du für dich und zugleich für unser ganzes Haus sorgtest, damit, wenn ich abscheide, du ohne fremde Hilfe allein imstande bist, deine Angelegenheiten zu besorgen und dein Leben zu erhalten. Um dies zu erreichen, weiß ich keinen Weg, der mir besser gefiele, als daß du dich dazu verstehst, ein Weib zu nehmen, und mit der Mitgift, die dir zufließt, und der Unterstützung, die ich andererseits dir gewähre, wirst du sehen, daß alsdann keiner deinesgleichen hier besser steht als du. Laß also diese meine Worte Eingang bei dir finden und nimm den Rat an, den ich dir treulich reiche!«
Ghedino nahm es in Überlegung und sagte, er sei ganz einverstanden, vorausgesetzt, daß es mit Zustimmung von Monna Moneta (so hieß seine Mutter) geschehe, denn es sei dies auch sein eigener Wunsch. Es währte daher nicht lange, so nahm er ein sehr schönes frisches und äußerst kräftiges Mädchen zur Frau, die vielleicht für sein Wesen nur allzu rüstig war. Nach der Hochzeit war er sorgfältigst bemüht, den Unterweisungen seines Stiefvaters nachzukommen. Während er nun täglich in die Werkstatt ging und es sich sauer werden ließ, geschah es, daß der Mantuaner dermaßen mit dem Weibe Ghedinos vertraut wurde, daß er dachte, wenn ihm dieser von seinen Geschäften bei Tag abnehme, so dürfe er das junge Weib nicht unter der Abwesenheit des Gatten leiden lassen; er nahm sich daher vor, nach Leibeskräften die Lücke auszufüllen, die diese seiner Meinung nach fühlen müsse. Er übertrug ihm daher jeden Tag neue Geschäfte und nötigte ihn damit, sich

möglichst lange aus dem Hause entfernt zu halten; namentlich veranlaßte er ihn, morgens in aller Frühe aufzustehen. Der Mantuaner trieb diesen Handel schon eine gute Weile, bis einer kam und dem Ghedino ins Ohr raunte: »Ghedino, ich weiß nicht, wie du dich wohlfühlen kannst, da du eine junge Frau hast, die so ganz frisch in dein Haus gekommen ist, und du dich sooft von ihr entfernst, zumal in der Zeit, welche die Männer dem Vergnügen der Weiber widmen sollen. Was würdest du machen, wenn sie, am Morgen so früh von dir im Stich gelassen, sich an einen wendet, der ihr besser Gesellschaft leistet als du?«

Bei alledem schöpfte der Strohkopf noch keinen Verdacht, fuhr vielmehr in der angegebenen Weise fort und ließ dem Mantuaner allen Spielraum, das zu erreichen, was er so sehnlich wünschte, nämlich teils durch den beständigen Ärger, den ihr ihr Mann verursachte, teils durch die Bequemlichkeit und geschickte Gelegenheit, die er selbst bot, das schöne Weibchen seinen Wünschen fügsam zu machen. So stellte er sich denn auch einmal nach der zwischen ihnen getroffenen Verabredung gegen Monna Moneta ganz tiefsinnig und nachdenklich und erklärte, er müsse in Geschäften von großer Wichtigkeit ausgehen. Sobald er daher merkte, daß Ghedino aufgestanden war, erhob er sich von der Seite Monna Moneta, die nichts davon ahnte, und schlich sich heimlich an die Seite der jungen Frau, die in einem anderen Zimmer nicht weit von dem ihrigen schlief.

Der Zufall wollte, daß an diesem Morgen Ghedino in der Eile ein paar Kardätschen (Wollkämme) vergessen hatte, welche er den Tag zuvor neu gekauft, auch hatte er die alten nicht mitgenommen. Er bemerkte auch seine Vergeßlichkeit erst, als er mit leeren Händen an seiner Werkstatt ankam. Er lief daher schnell zurück, öffnete die Haustür leise, kam, ohne von einem Menschen gehört zu werden, geradewegs an seine Stube und trat ein, weil er ganz gut sie zu öffnen wußte und der törichte Mantuaner nicht so gescheit gewesen war, sie auf eine Weise zu schließen, daß man nicht öffnen konnte. Ohne sich zu rühren oder zu rufen, sah er dann so klar wie der Tag, welches Erbarmen der Mantuaner mit seinem Weibe hatte, um deretwillen er den Acker der Monna Moneta zu pflügen unterließ, um einen fremden zu bepflanzen, damit der jungen Frau die Langeweile verginge. Es schien ihm zwar nicht recht, sie zu stören, aber doch konnte er sich nicht enthalten, einen großen Lärm zu machen.

Während er nun mit dem Stiefvater sich zankte, öffnete das junge Weib aus Furcht, das Wetter möchte sich zumeist über ihr entladen, da sie sich nichts anderes zu raten wußte, ein Fenster, das auf die Straße ging, und da es nicht hoch war, sprang sie heraus, was auch ganz bequem und ohne alle Verletzungen vonstatten ging. Sie machte sich daher auf und eilte von dannen. Kaum war sie jedoch einige Schritte gegangen, so suchte sie Schutz in einem Nachbarhaus, das eben offenstand; denn sie meinte, der arme Schelm, ihr Mann, sei ihr immer noch auf den Fersen. Sie wußte sonst nirgends hin und suchte nur, sich so tief innen als möglich zu verstecken. Da kam sie zufällig an die Tür eines Zimmers, in dem ein gar artiger und heiterer Jüngling allein schlief, der Galeazzo Garimberti hieß, schon seit mehreren Monaten ihr den Hof gemacht und auf alle Weise ihre Neigung für ihn zu entzünden gesucht hatte, ohne je zu einem Ziele zu gelangen und wieder einigen Frieden zu erreichen. Es war ihm, als höre er Tritte wie von einem, welcher eilig läuft; er stand schnell auf, um zu sehen, was es sei, und kaum hatte er die Tür des Zimmers geöffnet, als das junge Weib voll Angst und zitternd sich ihm in die Arme warf. Der Jüngling erkannte sie gleich, und da er sie so im Hemd viel schöner sah, als er sich hatte vorstellen können und sich nicht denken konnte, was das heiße, nahm er sie, legte sie sanft auf das Bett und fragte sie mehrmals umsonst nach der Ursache ihres Kommens. Er meinte daher, es sei Zeit, sie mit etwas anderem als Worten zu trösten, und da seine Glücksfahne so hoch stand, setzte er sich, ohne ein Wörtchen darüber zu verlieren, in den Besitz dessen, was soeben dem Mantuaner streitig gemacht worden war.

Sosehr Ghedino mit seinem Stiefvater im Feuer war, bemerkte er doch, was sein Weib tat; es faßte ihn daher das größte Mitleid mit ihr, und ohne weiter Zeit zu verlieren, eilte er hinaus, um zu sehen, was aus ihr geworden sei. Da er sie aber nicht auf der Straße fand, auch keine andere Tür offen sah als die, in die sie wirklich eingetreten war, folgte er ihr dahin nach, um zu erkunden, ob sie hier hereingekommen sei; denn er bildete sich wohl ein, daß sie barfuß, wie sie war, und im Hemd nicht weit geflohen sein könne. Wie sie kam er auch an das Zimmer, fand die Tür unverschlossen, trat ein und fand das junge Paar beisammen. Ghedino war von diesem Anblick so betäubt, daß er nicht wußte, ob er träume oder wache. Da er aber sein Unglück so Schlag auf Schlag kommen und sich so entsetzlichen Schaden zufügen sah, wo er sich am leichtesten verletzlich glaubte, wußte er garnicht, was er anfangen solle, und floh zurück; denn er fürchtete, wenn er schrie oder der Sache das geringste Hindernis in den Weg legte, könnte nur ein noch größeres Ärgernis daraus erwachsen, da er jetzt schon, indem er den ersten verscheucht, dem zweiten den Weg so leicht geöffnet habe. Er dachte also, er wolle unter keiner Bedingung noch den dritten erwarten, ließ sie demnach allein und lief, soweit ihn seine Beine trugen.

Garimberti hatte auf dem zarten Erdreich seine erste Probe vollendet, und da er nicht zum zweitenmal in seiner Ackerarbeit gestört werden wollte, schloß er die Zimmertür, umarmte das junge Weib, und bat und beschwor sie so lange, bis sie ihm zu seiner größten Ergötzlichkeit mitteilte, wie es zugegangen sei, daß sie um diese Stunde und in solchem Aufzug sich zu ihm begeben habe. Allmählich kam sie wieder zur Ruhe; sie lachten, scherzten und schalten auf die Kardätschen, Flachskanten, Hecheln und alle anderen Werkzeuge des Mannes und machten in freier beiderseitiger Einstimmung noch mehrere Wettläufe zusammen.

Ein paar Tage darauf leitete Garimberti es ein, daß alle sich wieder versöhnten und Frieden schlossen, nachdem er zuvor mit dem jungen Weibe die Abrede getroffen hatte, wie sie sonst zusammenkommen könnten.

DER STAUBIGE REGENBOGEN

Entstehung

Der Beginn der Arbeit an der Tragödie läßt sich mangels überlieferter Zeugnisse nicht mehr rekonstruieren. Im Frühjahr 1955 hat Jahnn Richard Anders von dem Vorhaben erzählt: »Schon konzipiert, aber nicht ausgeführt. Anregend wirkte u. a. eine Unterhaltung mit Niels Bohr.« (Richard Anders: Begegnung mit Hans Henny Jahnn. Aufzeichnungen. Aachen 1988, S. 75) Am 4. 5. 1955 schreibt Jahnn anläßlich eines Arbeitsurlaubs bei Margarete Möckli in Erlenbach an seine Tochter Signe: »Ich arbeite kaum, denke an das neue Drama und habe die Arbeit für Schäffer?? ⟨Jahnn schreibt über das ›r‹ alternativ ein ›l‹⟩ oder wie er heißt, neben mir liegen.« Die nächste Erwähnung findet sich in einem Brief Alfred Zachs an Jahnn vom 5. 2. 1956: »Im Anschluß an den Vortrag von Herbert Ihering Anfang November v. Js. in der Universität – ich hatte die Vorträge von Ihering in Flensburg, Lübeck und Hamburg lanciert – war es mir möglich Ihnen ein Anliegen vorzutragen, nämlich, im

›Göhrde-Arbeitskreis‹

Teile aus Ihrem neuesten Drama

›Die Trümmer des Gewissens‹

vorzulesen.

Damals sagte ich, daß als Zeitpunkt hierfür Februar oder März 1956 in Frage käme. [. . .] Ich freute mich sehr, daß Sie mir damals eine Zusage machten, auf die ich mich jedoch nicht versteifen möchte, falls Sie diese inzwischen vergessen haben sollten.

Nach wie vor würde unser Arbeitskreis sich sehr freuen, wenn Sie aus diesem Drama uns etwas vorlesen würden. In den nächsten Tagen werde ich mir erlauben Sie dieserhalb anzurufen, da die Angelegenheit doch einer besonderen Besprechung bedarf.

Da ich in Theaterkreisen Schleswig-Holsteins recht gut bekannt bin, konnte ich bereits nur bei Andeutungen einer Vorlesung feststellen, daß sowohl verschiedene Intendanten als auch Kritiker zu dieser sehr gern kommen würden.«

Eine Antwort Jahnns ist nicht überliefert.

Im September 1956 hielt Jahnn sich auf Bornholm auf. In einem undatierten, wahrscheinlich auf diesen Aufenthalt zu lokalisierenden Brief an Ellinor und Signe Jahnn beziehungsweise Yngve Trede heißt es: »Ich habe etwas an ›Jeden ereilt es⟨‹⟩ geschrieben. Unglaublich, wie schwer es mir fiel. Immer, nach ein paar Zeilen war ich erschöpft. Nun geht es schon besser.

Zum Dramenschreiben habe ich z. Z. keine Lust. Die Stille ist dem Epischen offenbar bekömmlicher. Na – das muß nicht richtig sein. Ich habe mir einfach nichts Bestimmtes vorgenommen und lasse mich treiben. Dabei bin ich dann beim Roman stecken geblieben.« Für das Jahr 1957 ist lediglich eine Erwähnung zu verzeichnen. Am 18. 2. 1957 schreibt Claus Hammel, Redakteur von »Neue Deutsche Literatur«, an Jahnn: »Nachdem nun Bronnen im letzten Heft des ›Sonntag‹ sich über Ihre Arbeit an dem neuen Atom-Drama verbreitet hat, muß ich wohl fürchten, daß die Redaktionen zu einem Wettlauf antreten, Rechte auf eine Veröffentlichung dieser oder jener Szene daraus zu gewinnen. Ich darf Sie also an Ihre Zusage erinnern, mir eine größere Textprobe zum Druck zu überlassen.« Im Auftrag Jahnns antwortet seine Tochter, Signe Jahnn, zwei Monate später am 2. 4. 1957: »Nun noch zum Atomdrama. Ich muß Ihnen da leider mitteilen, daß das Stück noch nicht fertig geschrieben ist.«

Im Februar 1958 ist Jahnn wieder im schweizerischen Erlenbach. Von dort schreibt er am 16.–17. 2. an seine Frau Ellinor: »Ich habe hier bisher nicht gearbeitet. Ich weiß nicht, woher die Faulheit kommt. Vielleicht ist es Mutlosigkeit oder Ausweglosigkeit oder Gefühl des Alters. Immerhin habe ich Gedanken. Und das ist ja etwas. [...] Sonderbarerweise beschäftigt mich das Atomdrama. Aber es ist mehr ein Gedankenspiel. Es ergeht mir immer gleich: die gegenwärtigen Gefahren verdichten sich nicht zu etwas Tragischem, eher zu etwas Abscheulichem – und das ist der Literatur nicht dienlich.« Und am 19. 2. heißt es in einer Postkarte an Signe Jahnn: »Ich habe allerlei brauchbare Gedanken zum Atomdrama (gegen meinen Willen).« Drei Monate später fragt Peter Huchel im Brief vom 7. 5. 1958 bei Jahnn an: »Sind Sie mit Ihrem Stück, das das Atombombenthema zum Vorwurf hat, bereits soweit, daß man einige Szenen daraus abdrucken könnte?« Jahnn erwidert am 12. 5. 1958: »Mit meinem Stück ›Die Trümmer des Gewissens‹ bin ich kaum vorangekommen, weil das Thema sehr kompliziert ist. Ich will in dem Drama keine Bomben werfen lassen, sondern ausschließlich von der Bedrohung sprechen. Und diese Bedrohung geht bekanntermaßen auch von der Nutzung der Atomenergie zu friedlichen Zwecken aus.«

Im Juni zieht Jahnn sich zum Schreiben nach Bornholm zurück. Am 12. 6. teilt er Ellinor Jahnn in einem Brief mit: »Jede körperliche und gereizt geistige Anstrengung, bringen mich innerlich aus dem Gleichgewicht und erschöpfen die Reserven (sofern es davon noch welche geben sollte). Ich bin mir dessen bewußt, daß ich bei irgend einer Unbedachtsamkeit – und auch ohne eine solche – am Wege liegen bleiben kann. Glaube nicht, daß es mir im Augenblick schlechter ginge als sonst; im Gegenteil: die Ruhe tut mir gut; aber sie bringt keinen Aufschwung, nicht einmal einen kleinen Entschluß. Meine Schreibhefte liegen vor mir; aber ich öffne sie nicht einmal. [...] Ich will nicht sagen, daß mein Geist nicht rege wäre, es gelingt mir sogar, über meinen Vorstellungen abends einzuschlafen. So weiß ich sehr genau, was ich in dem neuen Drama aussagen will; aber irgend ein formales Hindernis hat sich eingefunden, das ich überwinden muß, wenn ich vorwärtskommen will. Die Krankheit Kleists.« Die Briefe an die Familie geben weitere Einzelheiten. Am 14. 6. (an Signe Jahnn): »Ich habe heute zum ersten Male gearbeitet, obgleich ich ziemlich unlustig war; aber die Sonne schien; es war bereits der dritte Tag – und die Luft war wärmer. Ich hoffe morgen oder übermorgen mit der Szene fertig zu werden, die ich in der Schweiz begann.« Am 15. 6. (an Signe Jahnn): »Ich habe wieder etwas an der Szene gearbeitet, die für mich selber eine unerwartete Wendung genommen hat. Ob sie in dieser neuen Form im Drama wird stehen können, weiß ich noch nicht. Es ist jedenfalls gut, daß ich schreibe, wenn auch noch immer mit Unlust, mehr vom Willen als von der Vorstellung angetrieben.« Am 20. 6. (an Signe Jahnn): »Soeben habe ich die Szene beendet, die ich in der Schweiz zu schreiben begann. Aber ich bin so unruhig, nein: nervös, daß ich sie nicht beurteilen, nicht einmal durchlesen kann. – Es waren ein paar grässliche Tage. Am Montag wollte ich mit diesem kleinen Stück Arbeit fertig sein – es ist wirklich nichts Umfangreiches oder Erhebendes – vielleicht muß ich es später ganz verwerfen [...].« Am 22. 6. (an Signe Jahnn): »Am Abend im Bett wurde es mir plötzlich klar, wie ich das neue Drama weiterführen müsste. Alles, was bis dahin ungeordnet nebeneinander bestand, ordnete sich ineinander – jedenfalls für die Bezirke des 1. und 2. Aktes.« Am 23. 6. (an Signe Jahnn): »Ich möchte, da ich allerlei Einfälle habe, sie auch zu Papier bringen.« Wieder in Hamburg zurück, teilt Jahnn dem Dramaturgen des Schiller-Theaters Berlin, Albert Beßler, am 7. 7. 1958 mit: »Ich war jetzt einige Wochen verreist – hauptsächlich, um an meinem neuen Drama zu arbeiten. Ich bin auch recht gut vorangekommen, wurde dann aber durch eine Zahnentzündung bei der Ausformung behindert, sodaß ich nicht mit Sicherheit versprechen kann, daß das neue Werk bis zum Herbst 1958 fertig wird. Ich hoffe es aber sehr, da auch Herr Dr. Suhrkamp mich zur Arbeit drängt.«

Am 8. 8. 1958 lesen wir in einem Brief Jahnns an seine Tochter Signe: »Ich muß in diesem Monat noch zwei große Arbeiten von der Hand bekommen; – und das Drama brennt mir auf der Seele. Ich muß so schnell wie möglich eine fertige Arbeit abliefern.« Von Ende November 1958 bis Anfang Januar 1959 hielten Jahnn und seine Frau sich auf Bornholm auf – er versuchte dort gleichzeitig am »Epilog«, an »Jeden ereilt es« und am Atomdrama weiterzuarbeiten. In Briefen an seine Tochter Signe sowie an Yngve Trede gibt er darüber Rechenschaft.

Am 2. Dezember (Brief ohne Datum, »Dienstag«, an Signe Jahnn und Yngve Trede): »Wir sind nun über eine Woche hier und die Zeit läuft mit einer unfassbaren Eile. Ich habe ziemlich viel gearbeitet. Ich müsste richtiger sagen: ich bin dabei, mich einzuarbeiten. Ich schreibe nicht nur, ich versuche die drei mächtigen Fragmente, die ich mitgenommen habe erst einmal wieder kennen zu lernen. Manches überschneidet sich da, manches ist mir völlig unbekannt, anderes dachte ich, sei nur gedacht, vorgestellt, und plötzlich finde ich es schon geschrieben. Dennoch habe ich die Feder fleißig geführt. Herbert ⟨Jäger⟩ wird sich freuen: ich habe ein Kapitel von ›Jeden ereilt es‹ abgerundet, ergänzt, habe Seite nach Seite mit Zukünftigem vollgeschrieben. Ich wollte mich üben, die Feder wieder zu führen, und da war mir das am Gelegensten, was mir im Augenblick am meisten Spass macht. Jetzt liegt der 1. Akt des Dramas vor mir; ich hoffe ihn morgen vollenden zu können. Wenn ich unbegrenzt Zeit hätte, würde ich im nächsten Jahr sicherlich zwei Arbeiten fertigstellen können – jedenfalls fühle ich mich so wohl

aufgelegt und hoffe, meinen Geburtstag diesmal ohne Krankheit überstehen zu können.« Am 10. 12. (an Signe Jahnn): »Wenigstens bin ich mit dem 1. Akt des Dramas fertig. Der zweite fällt mir schwer, obgleich er in der Einbildung so einfach erschien. Ich werde, so hoffe ich, den Widerstand in mir überwinden. [. . .] Ich lese nebenbei in der ›Sonne Satans‹ von Bernanos. Sonderbar, ich empfinde vieles der religiös geführten Auslegungen jetzt als wohlformuliertes Geschwätz – als Ausreden. Noch vor nicht allzu langer Zeit hat mich das begeistert. Mir scheint – und ich glaube auch in meinem eigenen Stil drückt sich das aus – nur noch einfache Aussagen oder die kultivierteste Einkreisung der Worte behagen mir. All die falschen Zwischentöne, mit denen 99% aller Literatur hervorgebracht werden, widern mich an.« 17. 12. (an Yngve Trede): »Meine Arbeit. Sie stockt in diesen Tagen. Immerhin kann ich erkennen, daß meine Gedanken teils beim Drama, teils bei ›Jeden ereilt es‹ sind. Vielleicht habe ich mich selber behindert, indem ich mich entschloß an dem Drama zu arbeiten. Aber es muß sein. Die Prosawerke, jedes für sich, sind so ausgedehnt, daß die Zeit von 6 Wochen nicht ausreicht, um eines zu vollenden. Schließlich muß ich mit einer einigermaßen fertigen Sache zurückkommen.«
20. 12. (an Signe Jahnn): »In der Nacht habe ich kaum geschlafen, da ich mich innerlich mit dem Drama beschäftigte. Ich mache erneut die Erfahrung, daß nur in der Muße das Schöpferische gedeiht. Also das Drama wird nochmals umgebaut, soll heißen: es erweitert sich noch mehr ins Menschliche. Das ist so das Schicksal meiner dialogischen Arbeiten, daß ich von vornherein nicht weiß, auf was für Gedanken meine Personen kommen werden. – – Es war sehr gut, daß ich anfangs ziemlich ausschließlich an ›Jeden ereilt es‹ arbeitete. Da liegt in meinem Kopf so viel Aufgestautes und Vorgedachtes vor, daß es meine andern Arbeiten nur gestört hätte. Morgen oder übermorgen wird der ›Epilog‹ daran kommen. Die neue Handlung des Dramas ist so weit geklärt, daß ihr Verlauf in meinem Kopf nur noch einzelne Fragezeichen einhakt. Ich kann mich also mit einiger Ruhe meinem Liebling des ›Epilogs‹, Asger zuwenden. Hoffentlich schaffe ich es, hier seine Jugendgeschichte abzuschließen. Dann wäre mir ein Stein vom Herzen gefallen. Und der eine oder andere Leser wird vielleicht später einmal Tränen vergiessen vor Ergriffenheit über diesen ungestümen und mit soviel gütiger Einfalt gesegneten Jungen (der übrigens als letzte Person am Ende des Epilogs wieder auftauchen wird).«
4. 1. 1959 (an Signe Jahnn): »Ich bin seit Tagen so niedergedrückt wie seit langem nicht. Ich arbeite kaum; ich kann plötzlich meine Gedanken nicht zu Papier bringen. Eine kaum beschreibliche Müdigkeit hat in mir Platz genommen. [. . .] Ich hoffe, daß wir noch bis nach dem 15. Januar hier sein können, damit ich wenigstens irgendeine Arbeit abgerundet mitbringen kann. [. . .] Der Brief braucht dich nicht zu erschrecken. Ich bin eben bekümmert, weil ich die mir vorgenommene Arbeit nicht schaffe; ich kann mich abmühen soviel ich will.« 10. 1. (an Signe Jahnn): »Man kann sagen, ich bin dabei, mein Leben innerlich und auch äußerlich umzustellen. Das ist mit Krisenerscheinungen verbunden. So habe ich mir meine Arbeit hier anders vorgestellt als sie verlaufen ist. Anfangs ein Hineinspringen – und bald danach eine unwahrscheinliche Verlangsamung. Das liegt nicht nur am

Stoff, sondern an meiner geistigen Haltung. So hat das Atomdrama kein anderes Ziel als: festzustellen. Ich kann und will kein Rettungsrezept geben. Es wäre unkünstlerisch; es würde auf alle Fälle unzulänglich sein. Diese Erkenntnis bringt Probleme für die Form, mit denen ich mich unablässig auseinandersetzen muß. Dadurch komme ich nur langsam voran. Es macht mich auch mutlos.«
Am 20. 1. 1959 verließen Jahnn und seine Frau Bornholm. Von Hamburg aus schreibt er am 22. 1. 1959 an Peter Suhrkamp: »Ich arbeite z. Zt. an meinem neuen Drama ›Die Trümmer des Gewissens‹ und werde mir erlauben, sobald es fertig ist, Ihnen einen Abzug davon zu senden.«
In welchem Maße Jahnn von interessierter Seite zur Veröffentlichung gerade dieser Tragödie gedrängt wurde, läßt sich beispielhaft am Brief Peter Huchels vom 11. 5. 1959 an Jahnn ersehen: »für heute nur die paar Worte, in aller Eile: Raum wäre genug in Heft 3 für einige Szenen aus Ihrem Atom-Drama. Können Sie mir recht bald, schon in den nächsten Tagen, diesen Beitrag geben, vielleicht sogar mit ein paar einleitenden Worten?« Jahnn antwortet am 17. 5. 1959: »Ich habe mir gedacht, daß für ›Sinn und Form‹ der erste Akt meines neuen Dramas am geeignetsten ist.
Nun ist es leider so, daß ich diesen Teil des Stückes zum 4. Mal schreibe, und es ist wahrscheinlich, daß ich für diese Arbeit, da auch andere Dinge erledigt werden müssen, etwa 14 Tage benötige. Ich bitte Sie also, sich noch ein wenig zu bescheiden. [...] Ich verspreche Ihnen, daß Akt 1 so bald wie es technisch möglich ist, an Sie abgeht.«
Siegfried Unseld vom Suhrkamp Verlag gegenüber äußert er am 3. 6. 1959 Schwierigkeiten bei der Wahl des Titels (»Hierzu möchte ich bemerken, daß ich den Titel des Stückes wahrscheinlich nicht beibehalte«). In jedem Fall scheint Jahnn zu diesem Zeitpunkt aufgrund der regen Nachfrage seitens der Theater und Verleger ernsthafter geneigt, die Tragödie allen Schwierigkeiten zum Trotz zügig zu vollenden. Am 12. 6. 1959 schreibt er an Siegfried Unseld: »Es ist meine Absicht, schon im Juli nach Bornholm zu fahren, um ganz ungestört arbeiten zu können. Vor allem will ich mein neues Drama in die letzte Form bringen und dann mit aller mir zur Verfügung stehenden Kraft den ›Epilog‹ zum ›Fluß ohne Ufer‹ beenden, der übrigens als Haupttitel ›Kolaj und Asgar‹ tragen soll. [...] Ich setze als selbstverständlich voraus, daß der Bühnenvertrieb auch meines neuen Werkes bei Ihnen sein wird.«
Am 22. 6. 1959 übermittelt die Sekretärin Jahnns Peter Huchel die im Mai gewünschte Erstveröffentlichung: »Beigeschlossen überreiche ich Ihnen den ersten Abschnitt von ›Die Trümmer des Gewissens‹. Als Unter-Überschrift für diesen Abschnitt könnte man wählen: ›Das goldene Haus‹.«
Im Sommer zieht sich Jahnn wiederum für acht Wochen nach Bornholm zurück, um dort in Ruhe an der Vollendung des Dramas arbeiten zu können. Wieder gibt die Korrespondenz mit der in Hamburg verbliebenen Familie Einblick in den Fortgang der Arbeit. 7. 7. (an Ellinor Jahnn): »Es ist heute schon Dienstag, und ich bin noch nicht angefangen zu arbeiten. Eigentlich ist die große Müdigkeit erst heute da. Ich habe allerlei Gedanken; aber sie durchstoßen das Bewußtsein nur halberwege.« 11. 7. (an Signe Jahnn): »Meine Arbeit kommt nur langsam voran.« 14. 7. (an Yngve Trede): »Ich arbeite jetzt am Drama. Das beruhigt mich. Ich war anfangs ziemlich aus

dem Geleise; aber die Sprache ist eine Materie, die die Begeisterung mit sich bringt. Und so ist es in der Musik auch. Einzig: man darf sich nicht fürchten, weil man glaubt ermessen zu können, andere hätten es besser gemacht. Das haben sie zwar in vielem, doch nicht im persönlichen Ausdruck.« 21. 7. (an Signe Jahnn): »Ich habe in letzter Zeit mäßig gut gearbeitet. In den letzten Tagen kam mir die Korrektur ›Medea‹ dazwischen, eine ziemlich böse Arbeit, weil Drucker und Abschreiber nichts von Versen verstehen und ziemlich Unheil im Text angerichtet hatten. Zwei volle Tage habe ich gebraucht, um das Ganze wieder herzustellen und fürchte, daß ich dabei eine Anzahl von Druckfehlern übersehen habe. [...] Lasst es euch gut gehen! Übernehmt euch nicht! Ich selber werde durch kleine Unpässlichkeiten im Zaume gehalten. Ich spüre das Alter, und das ist kein behagliches Gefühl, wenn wollen und können nicht mehr übereinstimmen.« 23. 7. (an Ellinor Jahnn): »Ans Meer komme ich nie. Es gibt kein Beförderungsmittel für mich, das mich unauffällig, ohne vorherigen langen Entschluss hinbringt. Außerdem drängt mein Gewissen, zu arbeiten. Es geht langsam; aber ich sitze täglich mehrere Stunden am Schreibtisch – um ein paar Seiten auszufüllen, die ich dann freilich über und über korrigiere. Ich komme vor mir selber immer wieder zu dem Schluß, daß der Stoff des neuen Dramas zu zäh, zu wenig bühnenwirksam ist. Man kann unsere Weltsituation nicht in ein paar Akten einfangen. Die Auslassungen sind zu umfassend, und das Gesagte, die Auswahl wirkt zu schlagwortartig, zu leblos. Dennoch bin ich mit der Arbeit so weit, daß ich sie vollenden will. Ich verspreche mir freilich keinen Erfolg – nicht einmal einen ›künstlerischen‹. Daß mich diese Erkenntnisse behindern, ist selbstverständlich. 23. 7. (an Signe Jahnn): »Ich schreibe Dir, weil es Abend ist, ich allein bin und mit mir vor Ekel nichts anzufangen weiß. Dazu die Schmerzen, die zwar erträglich, aber so aufreizend sind, sodaß ich am Drama einfach nicht arbeiten kann.« 12. 8. (an Signe Jahnn): »Seit Tagen geht mir die Arbeit am Drama recht gut von der Hand, heut morgen sogar sehr gut. Ich habe am Vormittage 4 3/4 Stunden ohne Unterbrechung an meinem kleinen Schreibtisch gesessen und auch allerlei zuwege gebracht. Jedenfalls schrieb ich unablässig, und das bedeutet fließende Dialoge, Einfälle etc. [...] Hat Peter Huchel etwas von sich hören lassen? Hat er die 1. Szene des neuen Dramas gedruckt?« 19. 8. (an Ellinor Jahnn): »Ich habe mir vorgenommen, alle Zeit, die mich einigermaßen frisch findet, zur Arbeit am Drama zu verwenden. Es ist das eine Aufgabe, viel umfassender als ich mir ursprünglich vorgestellt hatte. Aber ich bin hier ziemlich voran gekommen; das ist immerhin tröstlich. Gestern habe ich die Schlußszene vollenden können. Aber damit ist die Arbeit nicht beendet, denn ich habe den Ablauf nicht hintereinander zu Papier gebracht. Es fehlen noch drei sehr gewichtige und schwer zu formulierende Szenen, und auch an der letzten Szene muß ich noch manches verändern, weil sie dramaturgisch sehr kompliziert ist. Aber die Grenzen für Inhalt und Verlauf liegen endlich fest – und das gibt mir das Gefühl, daß ich in absehbarer Zeit fertig werden kann – sofern nichts Störendes dazwischen kommt.« 22. 8. (an Signe Jahnn): »Ich habe gut gearbeitet, wenn auch nicht genug. Am Drama fehlen noch drei Szenen, und keineswegs die am leichtesten zu gestaltenden. Die Schlußszene ist fertig, und damit ist das Gitter gezogen, in dem sich alles bewegen soll.«

28. 8. (an Ellinor Jahnn): »Heute nur ein paar Zeilen, weil ich noch versuchen will, am Drama zu arbeiten. Alles in allem bin ich vorangekommen, in einem mäßigen Tempo, womit ich zufrieden sein müsste, wenn ich zukünftig Muße genug hätte, weiterzuarbeiten. – Auch die vorletzte Szene ist gestern fertig geworden, sodaß alles in allem noch 2 Szenen fehlen. Dann kommt die letzte Überarbeitung.« 31. 8. (an Signe Jahnn und Yngve Trede): »Mit dem Drama bin ich bis auf eine halbe Szene fertig. Wenn meine Laune nicht zu schlecht ist, werde ich morgen und übermorgen fertig werden. Heute bin ich den ganzen Tag gestört worden.« 1. 9. (an Ellinor Jahnn): »Das Drama ist gestern fertig geworden. Ich habe also das Programm erfüllt, obgleich es manchmal für mich so aussah, als ob ich's nicht schaffen würde. Allerdings liegt damit noch sehr viel Arbeit vor mir, denn manches muß straffer gefasst und besser formuliert werden. Doch das ist überwiegend eine Fleißarbeit, die ich laufend durchführen kann. Alles in allem ›steht‹ das Drama nun. Es ist eine Art Riesenschau geworden. Aber das Urteil darüber wird später bekannt gegeben werden. Die letzten Sätze (also die Vollendung) bezahlte ich damit, daß ich während der Nacht darauf tausende von Formulierungen, also die geschriebenen und nicht geschriebenen Entwürfe zu den Dialogen in wirrem Durcheinander hersagte. Die Erinnerung an alle Erwägungen und verworrenen Sätze war im Traum so stark und so lückenlos, daß ich (also im Traum) unablässig redete, verbesserte, formulierte. Der Mechanismus war also noch nicht zum Halten gebracht. Ich könnte nicht sagen, daß ich erschöpft bin; aber irgend eine Art von Bewußtlosigkeit ist doch da, die aber bestimmt keine 24 Stunden mehr anhalten wird. Ich habe wieder erfahren, daß nach einer gewissen Zeit der Muße, meine Phantasie wieder ganz wach ist, und daß das mir eigentümliche Prinzip des Schreibens (oder Schaffens) in Wirksamkeit tritt. Ich habe doch nun an diesem Stück (oder Stoff) mehrere Jahre gearbeitet. Ich habe hier und da Einschiebsel geschrieben, etwas kaum Dazugehöriges. Und gerade das wurden die Bausteine. Das Gesicht der Arbeit ist nicht durch die ›Idee‹ bestimmt, die Tendenz, sondern durch die Entfaltung neben der Tendenz, das Leben. Das scheint mir, ist gut, wenn es auch viele geben wird ⟨,⟩ die mich darum tadeln. So ist es aber kein ›Zeitstück‹, ein Gebilde, vor dem es mir graut.«
Bei der Wahl des Titels greift Jahnn kurz vor Abschluß der Arbeit, wie aus dem Brief vom 2. 9. 1959 zurückgeht, auf eine Anregung seitens H. Riepls, des Leiters der Europäischen Verlagsanstalt, zurück: »Nochmals Dank für Ihre Hilfe bei der Findung eines Titels für mein Drama! Es bleibt also endgültig dabei: ›Der staubige Regenbogen‹.«
Walter Muschg schreibt er am 5. 9. 1959 – »Auf dem Schiff nach Kopenhagen« –: »Nach einigen Wochen Aufenthalt auf Bornholm Heimreise. Ich war im Häuschen, um zu arbeiten. Alle Störungen weit weg geschoben. Ich habe wenigstens mein Ziel erreicht: das neue Drama ist fertig. Der vorläufige Titel: ›Trümmer des Gewissens‹. Wie es auf meine Freunde und die Verleger wirken wird, kann ich nicht einmal vermuten. Man wird es ja recht bald erfahren. – Ich habe Dich um Verzeihung zu bitten, weil ich Dich mit der Korrektur allein gelassen habe; ich war so sehr darauf versessen, das Theaterstück zu vollenden, daß ich Dir zumutete, allein zu lesen, zumal ich auch ›Medea‹ und ›Holzschiff‹ korrigieren mußte. Schließlich sollte ich die Arbeit

zweier Jahre zum Abschluß bringen, und es war anfangs für mich mehr als schwierig, diesen Stoff, Probleme unserer Zeit, ins Allgemeingültige zu rücken. Wie weit mir das gelungen ist, weiß ich nicht. Ich habe jedenfalls geschrieben, umgeschrieben und umgedacht. Die letzten Wochen täglich 5–6 Stunden am Schreibtisch. Aber wie erholend ist es, von allen Geschäften nichts zu hören, nicht abgelenkt zu werden! – Nun, zwei Tage, nachdem ich fertig wurde, ist diese kleine, so glückliche Epoche [?] vorbei; Aber eine Beruhigung ist geblieben: weniger behindert durch den Vorsatz, noch einmal für das Theater zu schreiben, kann ich an meine großen Prosaarbeiten gehen, die ein wenig lange auf gute Gelegenheiten haben warten müssen. [. . .]«

In den folgenden Wochen entscheidet Jahnn sich endgültig für den neuen Titel. Am 22. 9. 1959 teilt er Siegfried Unseld mit: »Heute nur die kurze Mitteilung, daß der Titel des neuen Dramas endgültig ›Der staubige Regenbogen‹ ist.« Überarbeitend stellt er eine Maschinenabschrift der auf Bornholm vollendeten Fassung her – 29. 9. 1959 an Walter Muschg: »Ich bin jetzt dabei, das neue Drama in die Schreibmaschine zu bekommen. Von Dr. Unseld vom Suhrkamp Verlag und von der Europäischen Verlagsanstalt habe ich so etwas wie einen Vorvertrag bekommen, aber beide Verlage haben ja das Stück noch nicht gelesen.«

Die Antwort Signe Jahnns auf eine telegraphische Anfrage der Städtischen Bühnen Frankfurt (21. 10. 59) vom 22. 10. 1959 gibt den Blick auf die Arbeitsweise frei: »Das Drama – Arbeitstitel ›Die Trümmer des Gewissens‹ – ist fertig und bis auf einige Scenen bereits in die Maschine diktiert.

Sobald Herr Jahnn wieder zurückgekehrt ist, wird er die Arbeit beenden – ich nehme an, daß er Ihnen sofort schreiben wird.« Vier Tage später stellt Jahnn Siegfried Unseld die Übersendung der fertigen Abschrift für »diese Woche« in Aussicht. Am 30. 10. 1959 übermittelt Jahnn Siegfried Unseld »die erste Hälfte« der Tragödie und merkt an: »Das Drama ist fertig abgeschrieben, aber ich möchte es doch gewissenhaft durchsehen und ich hoffe, daß ich damit am Sonntag fertig werde. Ich schicke Ihnen diesen ersten Teil, damit Sie evtl. – falls nötig – weitere Abschriften anfertigen lassen können.

Es hat sich meiner Ansicht nach die Notwendigkeit ergeben, daß ich ein Vorwort zu dem Stück schreibe – hauptsächlich deshalb, weil es einen verhältnismäßig großen Umfang hat und ohne Striche – bei den heutigen Anschauungen von Theater – nicht auf die Bühne gebracht werden kann. Ich möchte jedem Regisseur Freiheit lassen, mit dem Stück zu verfahren, wie er es für Recht hält. Im für mich gültigen Text möchte ich die z. T. wissenschaftlichen und weltanschaulichen Auslassungen nicht fort lassen. Schließlich könnte ich mich sogar damit einverstanden erklären, daß die eine oder andere Scene ganz fortgelassen wird. Oder – wie z. B. der Abschnitt ›Verkündigung der Freiheit‹ – auf den Handlungsablauf mit dem Groom reduziert wird.

In dieser Woche werde ich das Vorwort nicht mehr fertigbringen, da ich die Terminarbeit vor mir habe, am Mittwoch einen Vortrag halten zu müssen. Ich schreibe Ihnen diese Andeutungen, damit Sie sie bei den Verhandlungen mit den Bühnen bekannt geben können.«

Am 5. 11. 1959 sendet Jahnn Siegfried Unseld »den Schluß des Dramas ›Der staubige Regenbogen‹.«

Am Nachlaß wird unter Nummer 35 verwahrt: Handschrift I: Heft mit schwarzem Wachstucheinband, 48 Blätter (210 × 148 mm); die Seiten 1–87 und 96 sind mit blauer und schwarzer Tinte beschriftet (Sofortkorrekturen; Korrekturschicht Tinte blau, Korrekturschicht Tinte schwarz). Das Heft besitzt keine Aufschrift. Auf der vorderen Heftinnenseite findet sich:
»l. Akt: Arbeitszimmer Chervats
2. Akt: Laboratorium Lambachers
1. Szene: Lambacher – ⟨⟨Randello⟩⟩
(Insekten)
2. Szene. Lamb. – Randello
– Arran
Ebba Rantzow
Szene: Geheimsitzung bei Sarkis«
Seite eins überliefert die Überschrift: »Die Trümmer des Gewissens von / von / H. H. J.« und das Personenverzeichnis. Auf Seite drei beginnt die Szene »Arbeitszimmer Chervats« (= Szene 1), die im Umriß schon den endgültigen Verlauf besitzt. Auf Seite 57 beginnt die Szene »Laboratorium Lambacher« (= Szene 2), ihr Entwurf führt bis zu S. 821. Auf Seite 69 rechts oben findet sich das Datum »Freitag, 19. 12. 58« (siehe S. 811/17ff.). Drei Blätter unterschiedlicher Formate überliefern Einfügungen. Beiliegt ein Konvolut von 17 Blättern (296 × 209 mm), einseitig mit blauer Tinte verschiedener Sorten beschriftet (Sofortkorrekturen, Einfügungen). Blatt eins trägt die Überschrift »Die Trümmer des Gewissens. Drama mit Weglassungen / Das Zimmer Elias«. Es handelt sich um den ersten Entwurf der späteren 5. Szene. Ein weiteres beiliegendes Einzelblatt (296 × 209 mm) mit sieben numerierten Einfügungen und der Notiz in Blei: »4. Bild, 3. Fassung vor Seite 7 Klammer« hat ursprünglich nicht zu diesem Konvolut gehört, sondern findet seinen Ort in Handschrift II, Heft II.

Handschrift II bestehend aus drei Heften mit rotem Rücken und je 32 Blätter (219 × 173 mm), unliniert; Heft I trägt die Aufschrift: »Die Trümmer des Gewissens / H. H. J. /Dritte Fassung / ①«; die Beschriftung erfolgt überwiegend in schwarzblauer Tinte (Sofortkorrekturen, Streichungen [einmal mit Blei]); Seite eins und zwei vermerken das ausführliche Personenverzeichnis; der Szenentitel auf Seite drei »① Das goldene Haus« ist erst im Zuge der späteren Korrektur mit brillantblauer Tinte eingefügt; auf S. 47 steht unter dem Textende von Szene 1 die Markierung »②«; der Rest von Seite 47 und die Seiten 48–64 bleiben unbeschriftet; – Heft II trägt die Aufschrift (* markiert den ursprünglichen Text):
»*Die Trümmer des Gewissens
*H. H. J. Schlafzimmer
*4. Bild / *⟨⟨ . . . Bild⟩⟩ Ebba Rantzows
/ 3. Fassung
Redaktionszimmer
Zwei Intermezzi
Insgesamt 4 Szenen ⟨am rechten Rand findet sich die Notiz:⟩ voll«

Das Heft ist bis einschließlich der hinteren inneren Umschlagseite beschriftet: Blatt 1–17 oben überwiegend mit brillantblauer Tinte, Blatt 17–36 überwiegend mit schwarzblauer Tinte, Blatt 39–64 und das hintere Umschlagblatt neuerlich mit brillantblauer Tinte. Zahlreiche Korrekturen, Streichungen, Einfügungen (auch mit anderen Tintensorten); Inhalt: S. 1–29 »IV. Elegie auf Peter Rantzow« (= Szene 4), S. 30–55 »Redaktionszimmer. Verkündigung der Freiheit« (= Szene 7), S. 56–59 »Intermezzo II« (= Szene 6), am Ende die Bemerkung »Hier folgt: Das Echo«, S. 60 bis zum Ende des Heftes »Intermezzo III« (= Szene 9); dem Heft ist ein Blatt (300 × 210 mm, gefaltet, mit brillantblauer Tinte beschriftet) mit der Einfügung des Beginns Szene 7 beigefügt; ursprünglich hat zu diesem Heft auch das jetzt irrtümlich in Handschrift I, Konvoluteinlage, eingefügte Einzelblatt gehört; – Heft III ist bis Seite 53 mit brillantblauer Tinte beschriftet (Sofortkorrekturen, Streichungen, Einfügungen, auch mit anderen Tintensorten); die Seiten 54 bis 64 bleiben unbeschriftet; die Heftaufschrift weist zwei Schichten auf (die ursprüngliche Beschriftung erfolgte mit heller [= ⋆], die spätere Beschriftung mit dunkler Tinte):

»⊗ 1.) Das goldene Haus
⊕ 2.) Ein Hinterzimmer der Schöpfung
⊗ 3.) Erstes Intermezzo
⊕ 4.) ⟨⟨Elegie auf / für⟩⟩ Epitaph des Peter Rantzow
⊗ 5.) Drama mit ⟨⟨Aus⟩⟩ Fortlassungen
⊕ 6.) Verkündigung der Freiheit.
⊗ 7.) Zweites Intermezzo
⊗ 8.) Fast eine Pantomime
⋆⟨⟨Die Trümmer des Gewissens⟩⟩
⊗ 9.) Drittes Intermezzo
⋆H. H. J.
⊕ + 10.) Der Bund der Schwache⟨n⟩
⋆Schlußszene
11.) Remis

⋆Der Bund der Schwachen
⋆(vorletzte Szene)
⋆⟨⟨(Das Echo,)⟩⟩
⋆⟨⟨Beinahe⟩⟩ Fast eine Pantomime
Der staubige Regenbogen«

Inhalt: S. 1–21 »11. Remis« (=Szene 11), S. 22–38 »Der Bund der Schwachen« (=Szene 10), S. 39–45 »⟨⟨Das Echo,⟩⟩ Beinahe eine Pantomime« (=Szene 8), S. 46–53 »Erstes Intermezzo« (=Szene 3).

Mappe mit Notizen:

a) Blattausriß (ca. 210 × 149 mm), einseitig mit Tinte, Blei und Grünstift beschriftet. Die Notiz in Blei: »Ludwig Renn, Trini / Der Kinderbuchverlag, Berlin / DDR« ⟨erstmals erschienen 1954⟩.

b) Blattausriß (ca. 150 × 110 mm), einseitig mit Grünstift beschriftet, teilweise mit Tinte durchgestrichen.

c) Briefumschlag (Herbert Jäger an Jahnn, Bornholm), Poststempel »8. 12. 58«, beschriftet in hellblauer Tinte.

d) Blattausriß (210 × 150 mm), beidseitig mit Tinte und Blei beschriftet. Auf der Vorderseite ein durchgestrichener Textentwurf (Textinzipit »Arran: Mutter Du hast Geheimnisse vor mir«). Auf der Rückseite neben einer Rechenaufgabe: »Indianische Namen:
Kisoli, Mrai, Iringo
S 460 von seiner ›Mannheit leben‹
Wo er etwas zu essen fand, dort schlief
er dann auch.
S 134 die Geburt ist überall gleich
S 108, 110, 441«
e) Visitenkarte des Rowohlt Verlages anläßlich der Überreichung eines Buches (106 × 75 mm); mit blauer Tinte notiert Jahnn:
»Uraufführung Th. Ch.
Gärtnerin aus Liebe
Lessings Abschied
Atom-Vortrag, Hamburg
Universität
Nachruf auf Günther Ramin
Nachruf auf Bertolt Brecht«
⟨Quergestellt der Ortsname:⟩ »Göteborg«

Typoskriptdurchschlag: 140 Blätter, nicht durchgängig paginiert, einseitig beschriftet, ohne Überschrift, von unterschiedlicher Provenienz:
Szene 1 (Pagina 3–32): Typoskriptdurchschlag auf Schreibpapier (297 × 210 mm) mit Korrekturen in Tinte von Jahnns Hand und Korrekturen in Blei von fremder Hand. Das Konvolut ist durchgehend für den Satz ausgezeichnet, der durchgehende Falz in der Mitte rührt vom Postversand per Kuvert. Mit an Sicherheit grenzender Wahrscheinlichkeit handelt es sich um die Vorlage für den Druck in »Sinn und Form« (siehe S. 923 ff.). Szenen 2–11: Typoskriptdurchschlag auf dünnem, weißem Durchschlagpapier (298 × 210 mm) mit wenigen Korrekturen in Tinte von Jahnns Hand (darunter die Umstellung der ursprünglichen Szene 7 »Zweites Intermezzo« als Szene 6). Darüber hinaus zahlreiche handschriftliche Korrekturen und Streichungen mit Kugelschreiber und Tinte, die nach Signe Trede von Jahnns Sekretärin Anneliese Seitz stammen.
Erstdruck: Sinn und Form. Beiträge zur Literatur, 11. Jg. (1959), H. 4–6, S. 485–509 (mit der handschriftlich Aufschrift in Blaustift »H. H. J. Beleg!«). Auf S. 640 des Heftes die Notiz: »Hans Henny *Jahnn* überließ uns aus dem Manuskript seines neuen Dramas ›Die Trümmer des Gewissens‹ den ersten Akt.« – Siehe S. 923 ff. Der Text enthält keine Emendationen. (Meyer Nr. 28).
Der Erstdruck erfolgte posthum: Hans Henny Jahnn. Die Trümmer des Gewissens – Der staubige Regenbogen –. Drama. Herausgegeben und mit einem Nachwort versehen von Walter Muschg. Frankfurt am Main 1961.
Muschg hat im Nachwort eine Deutung des Stücks gegeben, die Bühnenbearbeitung der Uraufführung durch Karlheinz Braun und Erwin Piscator (Meyer Nr. 11 b) abgelehnt und seine editorische Entscheidung mit den Worten begründet:

»Einen Monat vor seinem Tod kam Jahnn für sechs Tage zu mir, um von der Arbeit an diesem Manuskript auszuruhen, während es abgeschrieben wurde. Er war in einem Zustand der Erschöpfung, Unsicherheit über sein Wagnis quälte ihn. Er hatte Angst davor, das Stück aus der Hand zu geben, weil er wußte, auf welche Widerstände er stoßen werde, und sich ihnen nicht mehr gewachsen fühlte. In dieser Stimmung hatte er sich soeben dazu überreden lassen, den bisherigen Arbeitstitel ›Die Trümmer des Gewissens‹ in ›Der staubige Regenbogen‹ abzuändern. Es war ein Zeichen seiner Resignation. Schon einige Jahre zuvor hatte er auf einer Tagung geäußert, daß er nicht mit einer Aufführung des Stückes rechne. Der neue Titel ist schon deshalb schlechter, weil er das Thema auf die Atombombe verengert; er ist auch unverkennbar durch den Schlußband von Stefan Andres' Sintflut-Trilogie ›Der graue Regenbogen‹ angeregt. Der graue Regenbogen im Atompilz wird in Jahnns Stück nirgends erwähnt. Noch die Abschrift hat den ersten Titel, der zweite wurde darin erst nachträglich von einer andern Hand eingesetzt. Jahnn arbeitete an dieser auf der Schreibmaschine hergestellten Abschrift weiter, änderte vieles, stellte das sechste und siebente Bild um, brachte zahlreiche Kürzungen und Ergänzungen an. Er hätte sie höchstwahrscheinlich noch weiter umgestaltet, wenn er nicht mitten in dieser Arbeit gestorben wäre.
[...]
Unser Druck beruht auf dem von Jahnn handschriftlich überarbeiteten Exemplar der Kopie in Maschinenschrift, das er zwei Wochen vor seinem Tod dem Verlag für den Druck übergab. Die Änderungen lassen eine gewisse Hast erkennen, sie sind da und dort unsorgfältig ausgeführt. Ein Zeichen der Ermüdung sind wohl auch die überreichlichen Gedankenstriche, die er hier nach seiner Gewohnheit anstelle von Satzzeichen oder in Verbindung mit solchen verwendet. Da sie einen sicher nicht beabsichtigten Gefühlston in den Dialog hineintragen, habe ich sie gelegentlich weggelassen beziehungsweise durch die übliche Interpunktion ersetzt. Auch Flüchtigkeiten und abweichende Schreibungen gleicher Wörter wurden von mir bereinigt, Zahlen in Wörter umgeschrieben. Um den Abstand des Originals von der Bühnenbearbeitung hervorzuheben, habe ich ihm den älteren Titel zurückgegeben und den späteren in Klammern darunter gesetzt.«

Darlegung der editorischen Entscheidung

Die Textkonstitution von »Der staubige Regenbogen« stellt den Herausgeber vor die schwierigste Entscheidung der gesamten Hamburger Ausgabe. Jahnn hat das Drama zwar noch vor seinem Tod abgeschlossen, aber nicht mehr zum Druck gebracht. Er hat die Druckvorlage (in Form einer Maschinenabschrift) einen Monat vor seinem Tod an den Suhrkamp Verlag geschickt; von dort gelangte sie später nachweislich zur Europäischen Verlagsanstalt, wo die von Walter Muschg herausgegebene Erstausgabe 1961 erschien. Dieses Typoskript befindet weder im Nachlaß noch unter den heute in Hamburg befindlichen Archivbeständen der EVA noch im Besitz von Signe Trede und muß als verloren gelten. Es lag – nach Muschgs eigenem

Zeugnis – dem von ihm betreuten Erstdruck zugrunde (siehe S. 1324). Für die Textkonstitution stehen demnach drei Textzeugen zur Verfügung: der im Nachlaß vorhandene Typoskriptdurchschlag, der Vorabdruck der ersten Szene »Das goldene Haus« in »Sinn und Form« sowie der Erstdruck.

Die Probleme beginnen bereits mit dem Titel. Im Typoskriptdurchschlag des Nachlasses fehlen die Blätter 1 und 2 mit der Titelei und dem Personenverzeichnis. Der ursprüngliche Titel war »Die Trümmer des Gewissens«; ihn trägt noch der Vorabdruck in »Sinn und Form«. Im Zuge der weiteren Überarbeitung hat Jahnn diesen Titel aber noch auf dem Umschlag von Heft 3 / Handschrift II (d. h. der dritten handschriftlichen Fassung des Entwurfs) durchgestrichen und durch »Der staubige Regenbogen« ersetzt. Zwar hat Jahnn in seiner Entscheidung bis zuletzt geschwankt, aber alle wesentlichen brieflichen Zeugnisse und auch die verlorene Druckvorlage dokumentieren diese Wahl. An diese letztgültige Entscheidung halten wir uns, fügen aber den geläufigeren Titel – für den sich Muschg, hauptsächlich aus inneren Gründen, entscheiden zu müssen glaubte – im Kleindruck hinzu. Das fehlende Personenverzeichnis ergänzen wir nach dem Erstdruck.

Der im Nachlaß überlieferte Typoskriptdurchschlag ist von unterschiedlicher Provenienz und repräsentiert zwei verschiedene Textstufen. Szene 1 entspricht dem Vorabdruck in »Sinn und Form«; Jahnn hat diese Druckvorlage am 22. 6. 1959 an Peter Huchel geschickt, das Heft lag Ende September 1959 im Druck vor (Jahnn / Huchel, S. 103 beziehungsweise 105). Die Szenen 2 bis 11 entsprechen mit hoher Wahrscheinlichkeit dem Zustand von Jahnns letzter Überarbeitung des Textes. Dafür sprechen einmal formale Gründe (unterschiedliches Papier und unterschiedliche Schreibmaschine gegenüber Szene 1), zum andern der Text selbst. Ein Textvergleich zwischen dem Typoskriptdurchschlag der 1. Szene, dem Vorabdruck und dem Erstdruck ergibt: der Vorabdruck weicht vom Text des Typoskripts (Zustand vor den redaktionellen Eingriffen) nur hinsichtlich der typographischen Auszeichnung des Dramensatzes sowie in der (stärkeren) Normalisierung der Orthographie und der (leichteren) Normalisierung der Zeichensetzung ab. Der Erstdruck weist gegenüber diesen beiden Überlieferungsträgern aber zahlreiche textliche Änderungen sowie vor allem Streichungen auf, die in der Beschaffenheit (Raffung und Verknappung des Dialogs) den handschriftlichen Streichungen in den Szenen 2 bis 11 des Typoskripts entsprechen. Für die Textkonstitution bedeutet dies, daß das Typoskript von Szene 1 als Textgrundlage ausscheidet. Der in »Sinn und Form« veröffentlichte Text kommt als eigenständige Realisierung des Entwurfs im Anhang zum Abdruck; dabei folgt unsere Texteinrichtung in der Typographie des Dramensatzes »Sinn und Form«, während alle dortigen Abweichungen vom Textbestand, der Orthographie und der Zeichensetzung (sofern sie nicht von der Hand Jahnns stammen) nach Maßgabe der Typoskriptvorlage emendiert wurden. Nur eindeutige Tippfehler sind stillschweigend verbessert, alle übrigen Texteingriffe sind so vollzogen, daß der Leser/die Leserin sie nachvollziehen kann.

Der Textvergleich von Typoskript und Erstdruck für die Szenen 2 bis 11 bestätigt im wesentlichen die Angaben Muschgs in seinem Nachwort (siehe S. 1324). Bei der Masse der Abweichungen handelt es sich um Eingriffe in

Orthographie und Zeichensetzung (Ausmerzung der Schreib-Idiosynkrasien Jahnns, Ausschreibung von Zahlen, Anpassung der Groß/Klein- beziehungsweise Getrennt/Zusammen-Schreibung an die Dudennorm, Eliminierung zahlloser Gedankenstriche, Anpassung der Zeichensetzung an die Dudennorm). Auch bei einem Teil der insgesamt 18 semantischen Abweichungen könnte es sich um nachträgliche Normierungen oder um abweichende / zusätzliche Korrekturen der verlorenen Druckvorlage gegenüber dem erhaltenen Typoskriptdurchschlag handeln – lediglich zwei größere Streichungen (S. 867/2ff. beziehungsweise 921/3f.) nähren den Verdacht eines Geschmacks- oder Zensureingriffes durch Muschg. – Mutmaßlich darf man schließen, daß der überlieferte Typoskriptdurchschlag und das verlorene Typoskript demselben Schreibgang entstammten und in ihrem Textbestand nur geringfügige Änderungen aufwiesen. Daraus kann für den Text der 1. Szene, wie ihn Muschg zum Abdruck bringt, geschlossen werden, daß er inhaltlich dem verlorenen Typoskript entspricht, im übrigen aber – wie beschrieben – von Muschg normiert wurde.

Für die Textkonstitution ergeben sich folgende Entscheidungen:

1) Szene 1 folgt, mit Ausnahme einer Emendation, der Textgestalt des Erstdrucks. Jede andere Entscheidung hätte einen Mischtext zur Folge gehabt entweder durch die Präsentation einer älteren Textstufe (Vorabdruck »Sinn und Form«) oder durch die Kontamination zweier unterschiedlicher Textstufen. Der Leser/die Leserin muß sich aber bei der Lektüre dieser 1. Szene stets bewußt bleiben, es mit einem »dokumentarischen« Abdruck zu tun zu haben.

2) Szenen 2 bis 11 folgen dem im Nachlaß überlieferten Typoskriptdurchschlag einschließlich aller dort vollzogenen Streichungen und Korrekturen. Eindeutige Tippfehler sind stillschweigend verbessert, ebenso die weder in der Abschrift noch im handschriftlichen Korrekturgang konsequent durchgeführte Großschreibung der Anrede. Alle übrigen editorischen Eingriffe sind dagegen so vorgenommen, daß der Leser/die Leserin sie nachvollziehen kann. Der entscheidende Unterschied unserer Textgestalt gegenüber der des redigierten Erstdrucks liegt in der konsequenten Beibehaltung des Gedankenstrichs (den Jahnn auf ähnliche exzessive Weise auch im »Epilog«-Fragment beziehungsweise in »Jeden ereilt es« gebraucht hat). Der Gebrauch des Gedankenstrichs – nach Muschg »ein Zeichen der Ermüdung« – hat vielfältige Bedeutung: er zeigt Elisionen an, gliedert und akzentuiert die Rede gerade auch in ihren Stockungen und er gibt, nicht zuletzt dem Schauspieler, Hinweise auf Satzrhythmus und Intonation.

Der Apparat begründet, wo nötig, die editorischen Eingriffe und hält die inhaltlichen Abweichungen des Vorabdrucks beziehungsweise des Erstdrucks gegenüber unserer Textkonstitution fest. Er verzeichnet darüber hinaus sämtliche nicht von der Hand Jahnns stammenden Streichungen und Korrekturen im Typoskriptdurchschlag der Szenen 2 bis 11, sofern sie semantische Bedeutung besitzen. Auf diese Weise macht die Ausgabe den Textbestand des Typoskriptdurchschlags, des Erstdrucks sowie des Vorabdrucks der 1. Szene auf umfassende Weise nachvollziehbar, um so den Verlust der authentischen Druckvorlage des Erstdrucks wenigstens annäherungsweise auszugleichen.

Im folgenden sind die Abweichungen der 1. Szene »Das goldene Haus« zwischen dem Erstdruck und dem Vorabdruck in »Sinn und Form« (SuF) verzeichnet. Vor dem Lemma steht immer die Lesart des von uns emendierten Erstdruckes, nach dem Lemma in der Regel die Lesart in »Sinn und Form« (=SuF).

774/*19* ⟨güst⟩*] Im Erstdruck: *Geist* – nach SuF und Typoskript emendiert (in Typoskript ist *Geist* von Jahnn handschriftlich in *güst* korrigiert) /*32* Du mußt offener sprechen] *Ich glaube, du mußt offener sprechen* (SuF)

775/*6* wäre ein Irrtum] *sei ein Irrtum* (SuF) /*28f.* Gefühl von Erhabenheit] *Gefühl und Erhabenheit* (SuF), dort Druckfehler

776/*19* der erdenkbar besten.] *der erdenkbar besten – sie ist eine der schlechtesten.* (SuF)

781/*22* daß er beschädigt ist.] *daß er beschädigt ist – daß ihm etwas Grauenvolles widerfuhr!* (SuF) /*34* Einflüsse -] Fehlt in SuF

782/*2* Annahme.] *Annahme – dieser Theorie.* (SuF)

783/*30* angestrichen habe.] Danach folgt in SuF: *Herrn Professor Molkenbuhr antworten Sie in französischer Sprache, bitte.*

785/*30* unsere Feinde.] *die Hehler unserer Niedergeschlagenheit; sie gefährden unsere Verantwortung.* (SuF) /*37* wir nicht einig sein können.] *ich dich bedränge.* (SuF)

786/*12* diese Fleisch sind] *das alles Fleisch ist* - (SuF) /*17* Neigungen,] *Neigungen, Gedanken* – (SuF) /*18f.* Glücksumstand] *Glücksumstand brachte uns dies* – (SuF) /*30* Unabhängigkeit] Davor in SuF: *Dies und besseres dazu:*

788/*8* Warum ... Freundes –.] *Es wäre mir lieber – Nein – Ich habe ein Empfinden, daß ich mich beeilen muß.* (SuF) /*18* Ich ... beeilen muß.] Fehlt in SuF /*20* begreife nicht] *begreife wirklich nicht* (SuF)

789/*21* Es war taktlos von mir.] Danach folgt SuF: *Ich kenne Sie sehr wenig, Alexander Ducasse.*

790/*14* gebieten würdest.] *gebieten würdest – für eine kurze Zeit.* – (SuF) /*21* Jahrtausende] *Jahrzehntausende* (SuF)

791/*2* unumstößlich.] Danach folgt in SuF: – *Ich streite nicht mit dem magnetischen Kraftfeld.* /*2* in uns.] *unserer Gedanken.* (SuF)

794/*18f.* gelegentlich besuchen.] *besuchen – gelegentlich.* (SuF)

796/*3* nicht hohl.] Danach folgt in SuF: *Wenn wir uns in unsere Privaträume zurückziehen, sind wir so allein wie nirgendwo. Dies hier ist mein Arbeitszimmer – halb öffentlich.*

800/*15* demütigen.] *demütigen, niederschlagen* – (SuF) /*17* Ihrem Genie,] *Ihrem Genie – Ihren Theorien* – (SuF)

802/*30* verdächtig.] *verdächtig, Chervat.* (SuF) /*31* mit Weitsicht.] Danach folgt in SuF: *Sie haben die Pflicht, nicht vorzeitig zu erschrecken. Ducasse sollte es unterlassen, Sie zu verwirren – sofern er Ihr Freund ist. Chervat: Entscheidet darüber nicht er allein? Sarkis (abweisend): Ich kam in der Absicht, Ihnen zu raten – und zu helfen.* /*33* bald] Fehlt in SuF

803/*12* wie ihresgleichen] *derer* (SuF) /*21* geworden wärest.] *geworden seiest.* (SuF)

Im folgenden werden die Abweichungen des von uns nach Maßgabe des Typoskriptdurchschlags konstituierten Textes der Szenen 2 bis 11 vom Text der Erstausgabe verzeichnet. Dabei steht vor dem Lemma immer die Lesart unseres Drucks, nach dem Lemma die Lesart der Erstausgabe Muschg.
805/*24* Der Pater Randello] *Pater Randello*
806/*23f.* CHERVAT: Pater Randello] *Chervat (zögernd) Pater Randello*
807/*11f.* wie einem Tier] Fehlt im Erstdruck
809/*6* stellen sich ganz in die Ecke] *stellen sich in die Ecke*
811/*2* befeuernde] *befeuerte*
821/*20f.* die erhöhten Strahlenmenge⟨n⟩, die seit der Explosion wirksam waren] *die erhöhte Strahlenmenge, die seit der Explosion wirksam war –*
826/*9* ⟨um⟩*] Das Typoskript liest *und*
833/*13* ⟨daß⟩*] Das Typoskript liest *das*
836/*17* kreuzigt] *dich kreuzigt*
843/*33* Geheimnis darf] *Geheimnis, das wir einander bedeuten, darf*
852/*5* an den Tisch] *auf den Tisch* /*32* Ein Einspruch Lucies.] *Einspruch Lucies.*
855/*22* preßte hart] *preßte es hart*
867/*2ff.* Zwischen den Schenkeln hat er allerlei Gutes – sofern man den schön gewölbten Ausbuchtungen seiner Badehose trauen kann.] Fehlt im Erstdruck.
875/*30* Dein Gewissen] *Den Gewissen* (Druckfehler)
882/*7* von diesem Burschen] *von diesen Burschen*
885/*11f.* kein selbständiges Denken] Fehlt im Erstdruck
909/*4* hier] Fehlt Erstdruck
921/*3f.* Diese behaarten Arschlöcher!] Fehlt im Erstdruck

Im folgenden werden alle Abweichungen des von uns nach Maßgabe des Typoskriptdurchschlags konstituierten Textes der Szenen 2 bis 11 von der Druckvorlage verzeichnet – einschließlich der dort nicht von der Hand Jahnns vorgenommenen, aber mutmaßlich vom ihm sanktionierten Verbesserungen und Streichungen. Vor dem Lemma steht immer der Wortlaut unseres Drucks, danach der Wortlaut des Typoskripts.
805/*24* Der Pater Randello] Verbessert aus: *Der Curé Randello* /*28f.* Er brauchte ... im Urwald.] Davor gestrichen: *Ich war sein Dolmetsch.* Danach gestrichen: *Die Sprache, aus der ich übersetzte, gibt es nicht mehr.*
806/*3* Pfarrer] Verbessert aus: *Curé* /*19* Ich weiß nur das Ungefähre.] Danach gestrichen: *Ich bin feige und weiche immer zurück, wenn das Gräßliche auf mich zukommt. Dabei haben wir uns längst dazu gebracht, unsere Lippen hinzuhalten, wenn Satan einen Kuß darauf drücken will. Er küßt nicht anders, nicht kälter als irgend ein anderer verwegener Roßtäuscher.* /*21* Du möchtest ... verschweigen.] Verbessert aus: *Du verschweigst das Eigentliche* /*24f.* als Dolmetsch.] Handschriftlich ergänzt; danach gestrichen: *denn Randello sprach die Worte des verständigen Jungen. – Was ich weiß ist der Bericht aus dritter Hand. Ich habe mich an die schneidende Wahrheit nicht mehr herangedrängt. – Wenn ich Falsches berichte, unterbrich mich, Tiripa.* /*33* Öl.] danach gestrichen: - *oder war es Uran?* /*37* ein altes Laster] Verbessert aus: *das alte Laster* /*38* entfacht.] Danach gestrichen: *Ehemals sucht man Gold. Sklaven jagte man. Land wurde geraubt –*
807/*8* Pater Randello] Verbessert aus: *Der Curé* /*10f.* Der Pater] Verbessert

aus: *Der Curé* /*30* Pater Randello] Verbessert aus: *Der Curé* /*36* lahm] Danach gestrichen: *undeutliche Träume kamen zu mir.*

808/*11* sogleich] Verbessert aus: *zugleich* /*19* müde.] Danach gestrichen: *Meine Muskeln sind kraftlos.* /*30f.* Es geschieht mir ... kommt.] Verbessert aus: *Es ist mir nicht entgangen, daß es sich um Versuche handelt. Ich fühle das auch –* /*33* Herr Lambacher darf] Verbessert aus: *Ich werde Herrn Lambacher befragen. Er* /*35* Jakob –?] Danach gestrichen: *Lasen wir nicht kürzlich in einer Tageszeitung daß zwölf junge Männer, Kriegsgegner aus religiösen Gründen, gezwungen werden, mit einer Diät zu beginnen, die aus Lebensmitteln besteht, die Atombestrahlungen ausgesetzt waren?*

809/*12* Hier nun] Verbessert aus: *Und hier nun* /*12* aufeinander. -] Danach gestrichen: *Wahrscheinlich hat Herr Lambacher auch sie gebeten, das von ihm vollbrachte biologische Wunder festzustellen und zu begutachten.* /*25* Pater] Verbessert aus: *Curé*

810/*32* was weiß ich.] Danach gestrichen: *Auch ein Hecht, der Jahr nach Jahr wächst, wird in seinem Teiche allmählich einsam. Schließlich hat er seines gleichen und alles andere Vertilgbare verzehrt. Dann muß er sterben, der starke Herrscher, in seinem verwüsteten Reich.* /*35* abberufen] Verbessert aus: *abgerufen* /*36* wurden.] Danach gestrichen: *Es gab eine Zeit, wo überwiegend Riesenechsen die Form der größeren Lebewesen prägten. Selbst Säugetiere befleißigten sich, wie jene Reptilien auszusehen. –*

812/*9f.* durch Wachstum zu formen.] Verbessert aus: *mit dem Phantastischen zu erweitern.* /*32* nicht ⟨. -⟩*] Nach »nicht« gestrichen: *kaum ihr Leben. –*

813/*22* den Züchter] Möglicherweise nicht korrigierter Tippfehler (*dem Züchter*)

814/*36f.* hingenommen hätte.] Danach gestrichen: *Aber der Indianerjunge konnte sich auch einen anderen Menschen ausersehen. Und sogleich bedachte ich die Folgen*

815/*7* Ich nahm ihn zu mir.] Danach gestrichen: *Das Zusammensein mit ihm in der Einsamkeit war mir ein Trost – ein geheimnisvolles Geschenk; – und zugleich der Anfang einer Zuneigung, die mich allmählich verwirrte.* /*13* verwirrende,] Handschriftlicher Korrekturzusatz /*20f.* Gleichmütigkeit] Verbessert aus: *Gleichgültigkeit*

817/*28* Sie wissen] Danach gestrichen: *doch* /*23* ⟨Sie⟩*] Im Typoskript: *sie* /*29* Er weiß es -] Danach gestrichen: *Sie wissen es –* /*35* Beide] Verbessert aus: *Und beide*

820/*12* das seinen Auftrag] Verbessert aus: *der seinen Auftrag* /*16* zu Narren] Verbessert aus: *zum Narren*

822/*14* Diese Überrumpelung –.] Verbessert aus: *Ich verstehe deine Überrumpelung nicht.*

825/*22* erkannten wir] Verbessert aus: *erkannte ich*

826/*4* Seele.] Danach gestrichen: *Offenbar haben sich meine Empfindungen ganz meinem Körper anvertraut.*

827/*2* legen Sie] Verbessert aus: *legen sich*

829/*25* liebe Mutter -] Danach gestrichen: *Ich verstehe nur halb.*

830/*4* Erinnerung.] Danach gestrichen: *Nur du bist gegenwärtig.* /*23* Schlüssel.] Danach gestrichen: *Verwahre ihn gut!* /*38* Wenn ich] Verbessert aus: *Und wenn ich*

831/*3* oder eine] Verbessert aus: *und eine*
832/*15* geweint, geweint, geweint,] Verbessert aus: *geweint, geweint, mich betäubt* /*22* fast nichts.] Danach gestrichen: *Er war noch übermächtig.* /*35f.* Sieger steigen. -] Danach gestrichen: *und haben keine Träne mehr in ihrem Auge.* /*39* vernünftig.] Danach gestrichen: *Ich eignete mir bestimmte Absichten und Ziele an.*
833/*25* sehen] Verbessert aus: *machen* /*25* und sündig -] Danach gestrichen: *ja, sündig liebe ich dich –. Du bist, nächst deinem Vater das Maß – mein Maß.* /*30f.* deiner unwürdig zu sein.] Verbessert aus: *mich deiner unwürdig zu machen.*
834/*23* und Wissenschaftler.] Danach gestrichen: *Von den Vorbereitungen.* /*26* will.] Nach »will:« gestrichen: *das Erzverbrechen zu begehen.*
835/*6* ob wir bereit sind] Danach gestrichen: *, ob die Vernunft, die Barmherzigkeit, das Mitleid in uns erloschen ist.* /*14* die Leiden, die] Danach gestrichen: *aufgestapelt,* /*32f.* Aber er stirbt] Danach gestrichen: *fürchterlich verstümmelt, versengt.*
836/*6* so ende] Danach gestrichen: *wenn du mich liebst – und du sagst es.* /*8* Ich wünsche] Davor gestrichen: *Ich liebe dich.* /*19* sie erfährt.] Danach gestrichen: *Das mußt du begreifen lernen.* /*30* schon ehemals] Verbessert aus: *auch ehemals* /*34* Das ist] Danach gestrichen: *ungenaue und unsichere Rede,* /*35f.* Vorstellungen und Vertauschungen] Verbessert aus: *Vorstellungen, Annahmen, Möglichkeiten, Vertauschungen* /*38* Du bis⟨t⟩] Davor gestrichen: *Vermute nicht, ich wolle mit der Weisheitslehre der Metempsychose argumentieren.*
837/*3* Richtstätten] Danach gestrichen: *waren Zeichen* /*10* Ich habe gehört] Davor gestrichen: *Nur scheinbar haben wir uns im Dickicht verfangen. –* /*11* ich nicht.] Danach gestrichen: *Ist da ein Zusammenhang mit der Auflehnung – der Berufung?* /*17f.* Das geschieht] Verbessert aus: *Das jedenfalls geschieht* /*19* Laboratorien] Danach gestrichen: *Lambachers* /*20* aufgenommen worden.] Danach gestrichen: *Das zu wissen, verletzt keine Schweigepflicht.* /*24* dieser Stadt] Danach gestrichen: *– wie du auch*
838/*21* dich zunimmt.] Danach gestrichen: ARRAN *Was willst du, daß ich tun soll?* EBBA *Dir selber folgen. Die Furcht ist mein Anteil an dir.* /*25f.* ihm flüchtig die Lippen] Verbessert aus: *ihn auf die Lippen* /*27* heidnische Güte -] Danach gestrichen: *und deine alles hinnehmende Unschuld*
839/*27* Es ist] Verbessert aus: *Aber es ist*
840/*6* Ja, Lucie.] Danach gestrichen: *Es ist mit einiger Verschwendung eingerichtet.* /*11* Parfums] Danach gestrichen: *seit jeher* /*15* zu entschuldigen.] Danach gestrichen: *Sie ist eine überlegene Frau.* /*20f.* Ich vermute . . . glücklich waren.] Verbessert aus: *Meine Eltern haben sich sehr geliebt. Ich vermute, daß sie miteinander glücklich waren.*
841/*35* oder] Handschriftlich eingefügt
842/*16* Sie wird . . . demütigen.] Verbessert aus: *Nicht um uns zu demütigen oder zu beunruhigen.*
843/*21* deinen Worten] Danach gestrichen: *, und schnell mit deinen Folgerungen* /*27* zugleich.] Danach gestrichen: ARRAN *Daß wir einander vertrauter werden, wünsche ich.* LUCIE /*29* Warum] Davor gestrichen: *Ach, Lucie –* /*33* darf nicht weiter bestehen] Verbessert aus: *das wir einander bedeuten, muß preisgegeben werden.* /*35* »Verführung ist die eigentliche Gewalt.«] Die Anführungszeichen sind handschriftlich ergänzt /*37* Gewalt.] Danach gestrichen: *Gut.* /*38* ein Gerät] Danach gestrichen: *, ein Gefäß*

844/*16* das Kerzenlicht -] Danach gestrichen: *diese Überrumpelungen* – /*16* hat] Danach gestrichen: *offenbar* /*19* Halunke?] Danach gestrichen: *Ist es Auflehnung gegen mich – gegen diesen Arran, daß er lebt und neben dir da ist?* /*21* (langsam)] Danach gestrichen: *Ich wehre mich noch gegen die Gewalt.*
845/*4* dies andere] Verbessert aus: *dies neue* /*20* Du bist da.] Danach gestrichen: *Wir lieben uns.*
848/*11* am Kopf] Verbessert aus: *an dem Kopf*
849/*10* Ausweg] Danach gestrichen: *für unsere Seele* /*11* Schrank!] Danach gestrichen: – *Wenn sich die Staatsleute und Militärs darauf vorbereiten, eine Milliarde Menschen umzubringen – aus Idealismus – aus Pflichtgefühl – für eine Idee, für die Freiheit, für den Glauben oder für irgend eine andere Wohltat; die Tiere sind ihnen sowieso Dreck – dann muß Tugendhaftes am Morden sein.* /*11f.* Das Blut . . . abwischen.] Verbessert aus: *Aber das Blut kannst du dir abwischen.*
850/*18* echte] Handschriftlich ergänzt
851/*24* Ihr verwirrt] Davor gestrichen: *Es scheint,*
852/*4* Messer] Danach gestrichen: *irgendwie* /*19* Sekunde -] Danach gestrichen: *ich glaube, es ist das kürzeste an Zeit, das man sich außerhalb der Atome errechnet hat – oder* ⟨*das*⟩* *man hypot*⟨*h*⟩*etisch als kürzeste Zeit annimmt* /*38* brauchen wir] Danach gestrichen: *vielleicht*
853/*38* lang] Handschriftlich ergänzt
854/*1* Es äußert] Verbessert aus: *Und es äußert*
855/*9* genauer als wir.] Danach gestrichen: *Die Gerüchte – oder die Mauern des Hauses flüstern das Gleiche.* /*34* Sie hat mich] Davor gestrichen: *Sie hat mir nicht auferlegt zu schweigen.* Danach gestrichen: *sogar*
856/*8* Er ist] Danach gestrichen: *völlig*
857/*29* Regeln gäbe.] Danach gestrichen: *Wir sind die Le*⟨*t*⟩*zten. Wir haben nur uns.*
861/*24* erweitere das Wort.] Danach gestrichen: *Ich gebe es in die Obhut der Vernunft.* /*30* Wir haben] Verbessert aus: *Wir zwei haben*
862/*8* herabfallen kann] Danach gestrichen: *, wenn wir herumtoben* /*10* Das Seidentuch ist] Verbessert aus: *Er ist anmutig mit seinem Seidentuch; es ist* /*15* zu denken; -] Danach gestrichen: *frei zu denken*
863/*18* Mir blieb] *Mir* handschriftlich ergänzt – davor gestrichen: *Da auch du nicht mehr begehrtest, was du dir vorher erträumt hattest* /*21* in der Tasche] Verbessert aus: *in meiner Tasche* /*35* Niederschlag -] Danach gestrichen: *ein ausgebreitetes Hemd mit einem großen, deutlich erkennbaren Fleck: die letzte Entleerung eines schon Toten.*
864/*33f.* ich die Kissen] Danach gestrichen: *als ob zweie darin miteinander gespielt hätten.*
865/*6* seitdem wie eine Mitwissende an.] Verbessert aus: *seitdem an, wie eine Mitwissende.*
867/*13* doch] Von Jahnn eigenhändig verbessert aus: *einfach nur* /*36f.* durch Vorstellungen] Danach von Jahnn eigenhändig gestrichen: *, aber nicht wild.*
868/*5* glücklich] Danach von Jahnn eigenhändig gestrichen: *Ich schäme mich nicht* /*8* geschieht.] Danach von Jahnn eigenhändig gestrichen: *Ich möchte für Tiripa sterben, damit ungeschehen wird, was geschehen ist. Ich möchte mit dir, Elia, mein dir nützliches Fleisch teilen.* /*32* gezeigt werden] Danach von Jahnn eigenhändig gestrichen: *, was man mit uns vor hat. Uns kann kein Engel schwängern, sodaß nach neun Monaten ein Engelchen da ist.*

871/*11* (Er umarmt ihn.)] Handschriftlich ergänzt /*35f.* einen Klub] Davor gestrichen: *irgen⟨d⟩*
872/*25* den Befehl] Verbessert aus: *die Auflage*
873/*15* Druckpressen] Verbessert aus: *Druckmaschinen* /*39* Kinderschlachten] Danach gestrichen: *ein reines Nichts*
875/*22* die erste] Verbessert aus: *der erste*
876/*11* unvorstellbar] Verbessert aus: *unvorstellbaren*
879/*12* gibt einen Schein] Handschriftlich ergänzt /*13* Hier -] Danach gestrichen: *ein Schein* /*33* ⟨feuriges⟩*] Typoskript liest: *feuriches* /*35* philosophisch-physikalische Vorstellung] Verbessert aus: *philosophische physikalische Theorie*
880/*14* Erzzerstörung] Im Typoskript (in Übereinstimmung mit Handschrift II) aus *Erdzerstörung* handschriftlich in *Erzzerstörung* korrigiert /*29f.* Zufall bedienen.] Danach gestrichen: *Es gibt eine verwerfliche Form der Nüchternheit – einen kalten Sadismus, einen ungeschlechtlichen, mumifizierten Sadismus – einen längs⟨t⟩ verworfenen Zweck –*
881/*19* Es gibt] Danach gestrichen: *auch* /*24* ⟨jenen⟩*] Typoskript liest: *jenem* /*27* das Glied] Verbessert aus: *ein Glied* /*33* Graue Gedanken, Jakob -] Verbessert aus: *Deine Überlegungen geraten auf Abwege, Jakob.*
884/*19* umgekommen waren.] Danach gestrichen: *Ich habe dich irgendwo hin getrieben* /*37* dir] Verbessert aus: *wir* /*38* Stümperhaften] Danach gestrichen: *ein Trost,*
885/*11f.* ⟨kein selbstständiges Denken⟩*] Im Zuge einer Streichung wohl versehentlich gestrichen. Danach von Jahnn eigenhändig gestrichen: *Ich bin Redakteur einer Arbeiterzeitung; ich habe Erfahrung, warum es keine Auflehnung gegen den Untergang gibt.*
888/*9* ⟨Gegner⟩*] Typoskript liest: *Gegnern* /*11* ⟨weitesten⟩*] Typoskript liest: *weitestens*
892/*23* nehmen sie] Über ausge-x-tem *nimm* nachträglich eingetippt
893/*32* im Winter] Von Jahnn eigenhändig verbessert aus: *in Leder*
895/*2* begrüßen] Danach von Jahnn eigenhändig gestrichen: *müssen* /*25f.* das Paar] Von Jahnn eigenhändig verbessert aus: *sie*
898/*21f.* Faust ⟨unter⟩* die Nase] Typoskript liest: *Faust und die Nase*
899/*6* Weingeist] Verbessert aus: *eine Flasche Portwein* /*16f.* ⟨Billette⟩*] Typoskript liest: *Billiette*
901/*27* der selben Bank] Verbessert aus: *der gleichen Bank*
903/*13* Papa?] Verbessert aus: *Vater?* /*27* Massenvernichtung.] Davor gestrichen: *Eine* /*38* ihnen gegenüber] Verbessert aus: *ihm gegenüber*
905/*10* Oberflächlich] Davor gestrichen: *Es könnte so scheinen. Dennoch* /*12* Gefrorenes] Danach gestrichen: *, Abstraktes* /*20* Weshalb] Verbessert aus: *Warum* /*21* Weshalb] Verbessert aus: *Warum* /*24* da sein wird.] Danach gestrichen: *Unsere Gedanken werden die Gedanken der Anderen sein, weil die Bomben und Raketen ihnen vordenken, was sie uns vordenken.* /*28* Überlebenden] Danach gestrichen: *aber* /*32* Übergewicht gibt.] Danach gestrichen: *Daß unter den Trümmern, die sich auch hier aufhäufen werden, brauchbares Menschenleben erhalten bleibt.*
906/*2* Ich bezweifle] Davor gestrichen: *Ich weiß es nicht.* /*17* (müde)] Handschriftlich ergänzt /*23* Vorrecht, das] Danach gestrichen: *kein Anderer als* /*38* (erregt)] Handschriftlich ergänzt

907/*10* Amateur] Verbessert aus: *Dilletant* /*12* daß es getan] Verbessert aus: *das getan* /*16* weit reicht] Danach gestrichen: *Darum umwirbt er mich.* /*19* (verzweifelt)] Handschriftlich ergänzt /*20* Du kennst nicht Rat noch Tat.] Verbessert aus: *Was willst du, das wir tun sollen?* /*27* (eisig)] Handschriftlich ergänzt
908/*5* Ich habe mich entschlossen.] Davor gestrichen: *Die Kochfrau, der Gärtner, der Fahrer, Tauno und Angelika gehören zum Inventar dieses Hauses. Sie sind da. Sie werden da bleiben. Sie lassen sich nichts zu schulden kommen.* /*28* Schnaps] Verbessert aus: *Portwein*
911/*14* unruhig] Handschriftlich ergänzt
912/*25* mitgeholfen, daß] Danach gestrichen: *wir* /*26* besteht] Verbessert aus: *erhalten haben* /*39* vergeblich, wenn] Verbessert aus: *vergeblich, daß*
913/*1* krank] Verbessert aus: *irre* /*25* Warum . . . Plan?] Verbessert aus: *Was erwarten Sie von mir? Was verlangen Sie von mir?* /*27* Damit Sie] Verbessert aus: *Daß sie*
914/*16* das wir] Verbessert aus: *das sie* /*19* zu dulden -] Danach gestrichen: *nicht die Haut eines Menschen anzusehen – uns mit ihnen einzurichten – nicht das Tier zu schädigen.* /*26* Das ist so . . . Versuch] Verbessert aus: *Das ist so eine Art Alibi für ihr Bestreben* /*28* zu machen.] Danach gestrichen: *Sie waren so edel, jenen aus Lambachers Laboratorium zu steh⟨l⟩en und störten damit dessen Versuche. Jetzt ist ein Neger beschafft worden. Wollen Sie auch den in ihr Haus nehmen? Man könnte es vermuten.* /*30* Exzellenz Sarkis.] Danach gestrichen: *Ich kann nicht Jeden, der mißbraucht wird, vor dem Schändlichen bewahren.*
915/*5* vorhanden.] Danach gestrichen: *Nicht, daß unsere Mediziner das Problem – ohne Einbuße an Lust für den Einzelnen – lösen könnten.* /*7* Ansprüche.] Danach gestrichen: *Kein noch so ausgewogener Numerus könnte den Schlüssel für eine unbestrittene Aufteilung der festzusetzenden Zahlen auf Rassen, Staaten, Erdteile liefern.* /*12* Die Gewaltlosigkeit . . . notwendigerweise] Verbessert aus: *Ihre Pläne der Gewaltlosigkeit müssen notwendigerweise* /*13* bringen] Danach gestrichen: *, die uns abgehen würden* /*14* würden] Verbessert aus: *müßten* /*22* Zaudern ist Hochverrat.] Verbessert aus: *Zu zaudern wäre Verbrechen.* /*30* (brutal)] Handschriftlich ergänzt /*37* Professor Lambacher] Verbessert aus: *Doktor Lambacher*
916/*2* im Rausch] Verbessert aus: *irre* /*7* verkehrte] Verbessert aus: *ein und ausging* /*14* Bestellte Arbeit -] Verbessert aus: *Es sind wuchernde Phantasien.* /*21f.* er antwortet] Verbessert aus: *aber er antwortet*
917/*5* Gilbert] Danach gestrichen: *einem Klub oder*
918/*34* (zu Jeanne)] Handschriftlich ergänzt
920/*39* zugestoßen, Robert?] Verbessert aus: *zugestoßen*?
921/*27* etwa] Handschriftlich ergänzt
922/*22* es anders] Verbessert aus: *uns das Schlimme*

Im folgenden werden die Abweichungen des von uns konstituierten Textes des Vorabdrucks der 1. Szene (»Das goldene Haus«) aus »Sinn und Form« verzeichnet. Vor dem Lemma steht dabei immer der Wortlaut unseres Drucks, nach dem Lemma der davon abweichende Wortlaut in »Sinn und Form« (=SuF) beziehungsweise in dem diesem Druck zugrundeliegenden Typoskriptdurchschlag (Ts).
923/*1ff.* Die Trümmer des Gewissens . . . Zeit: jetzt] Titel und Personenverzeichnis fehlen im Typoskript

927/*5* etc.] *undsoweiter* (SuF)
928/*24f.* wäre ein Irrtum] *sei ein Irrtum* (SuF – Korrektur in Ts nicht eigenhändig)
929/*8* Gefühl von Erhabenheit] *Gefühl und Erhabenheit* (SuF – dort wohl Druckfehler) /*21* als dich und deinesgleichen] *als für dich und deinesgleichen* (SuF) /*32* Fußball-Spielplätzen] *Fußballplätzen* (SuF)
930/*18* errät⟨st⟩] *errätst* (SuF)
934/*16* Umweltsbedingungen] *Umweltbedingungen* (SuF) /*39f.* um Zufälle] – *Zufälle* (SuF)
937/*15* und nützlicher] Fehlt in SuF – diese Streichung geht möglicherweise auf Jahnn zurück /*31* vorne] *vorn* (SuF – auch bei dieser Buchstabenstreichung läßt der Befund des Typoskripts keine eindeutige Entscheidung zu, ob sie von Jahnn oder vom SuF-Korrektor herrührt)
938/*12* Mastaben] *Mastabas* (SuF)
942/*33* wohlmöglich] *womöglich* (SuF)
948/*7* öffnet sie.] *öffnet.* (SuF)
952/*8* wie ihresgleichen] *derer* (SuF) /*17* geworden wärest.] *geworden seist.* (SuF)

Kommentar

769/*1* **Der staubige Regenbogen]** Das Atom-Drama war Jahnns letzte literarische Arbeit. Daß er annähernd fünf Jahre benötigte, um dem Stoff die ihn überzeugende Gestalt zu geben, zeigt, wie schwer er es sich nicht nur mit diesem Thema machte, sondern wie schwer ihm das literarische Schreiben in diesen letzten Lebensjahren überhaupt fiel. Nach 1956, also zur selben Zeit, in der er am Atom-Drama schrieb, nahm er auch sporadisch die Arbeit an den beiden liegengebliebenen Romanprojekten »Epilog« (dem Schlußband von »Fluß ohne Ufer«) und »Jeden ereilt es« wieder auf, ohne die beiden Fragmente jedoch abschließen zu können. »Der staubige Regenbogen« befaßt sich auf einer vordergründigen Ebene mit jenem politischen Thema, das Jahnns Denken und seine politische Publizistik der 50er Jahre weitgehend beherrscht. Seit dem Abwurf der ersten Atombomben auf Hiroshima und Nagasaki im August 1945 (siehe die Tagebuchnotiz vom 17. August 1945, in: Fluß ohne Ufer III, S. 597–604) hatte Jahnn sich mit dem drohenden atomaren Menetekel befaßt und nach 1948 in zahllosen Reden, Essays und Stellungnahmen warnend seine Stimme erhoben (siehe jetzt: Schriften II, S. 345–613 und die Anm. dazu). Er gehörte zu jenen Schriftstellern und Künstlern, die immer wieder auf die Gefahr eines Atomkrieges und die Gefahren seiner Auswirkungen auf die Menschheit hinwiesen. Stellvertretend für viele andere sei nur der Publizist Robert Jungk genannt, dessen 1952 erstmals erschienenes Buch »Die Zukunft hat schon begonnen« Jahnns Überzeugungen maßgeblich beeinflußte. Jungk schildert dort auch seinen Besuch in der Atomstadt Los Alamos (»Ein Ort, über dem ›GEHEIM‹ steht« – S. 118ff.) – ein Bericht, der Jahnn wahrscheinlich zur Szenerie der Atomstadt und des »Goldenen Hauses« in »Der staubige Regenbogen« inspiriert hat. Mit seinem Atom-Drama wollte er auch von der Bühne herab

seinen Mahn- und Warnreden Nachdruck verleihen. »Der staubige Regenbogen« ist aber kein politisches Thesenstück. Jahnn hat kein dokumentarisches Drama – wie später Heinar Kipphardt mit seinem Stück »In der Sache J. Robert Oppenheimer« – geschrieben, sondern sich an eine freie poetische Transposition gewagt: er verknüpft dabei das Thema Moral und Wissenschaft (das auch Brechts 1955 im Druck erschienenem »Leben des Galilei« zugrunde liegt) mit Motiven, die aus seinen anderen Werken der späten 40er beziehungsweise frühen 50er Jahre bekannt sind: der jugendlichen Gruppe, den Hormon-Experimenten, der Homosexualität, der Alters-Resignation und der Vorstellung eines dunklen Engels. Dringt man in eine tiefere, verborgene Schicht, so darf man auch dieses Drama – nicht anders als »Spur des dunklen Engels« oder, in den 20er Jahren, »Der Arzt / Sein Weib / Sein Sohn« und »Der gestohlene Gott« – als ein Familienstück bezeichnen. Jahnn inszeniert nicht nur in Jakob Chervat seine eigenen Überzeugungen; auch in den Figurenreden des biologischen Experimentators Lambacher und des auf egoistische Weise altruistischen Pater Randello klingen seine eigenen Themen und Worte an – die Tatsache, daß er sie diesen negativ gezeichneten Figuren in den Mund legt, zeigt das Ausmaß seiner inzwischen erreichten selbstkritischen Skepsis. Und in der Gruppe der Jungen – Elia, Arran, Lucie, Tiripa – spiegelt sich der Anfangs der 50er Jahre um ihn gescharte jugendliche Kreis: Yngve Trede, Klaus von Spreckelsen, Herbert Jäger, Hubert Fichte, Henny Voss und seine eigene Tochter Signe. Insbesondere Elia besitzt auf kaum camouflierte Weise Eigenschaften des jungen Yngve Trede. Das Stück beschwört aber auch, ein letztesmal, in der Szene »Epitaph für Peter Rantzow«, die Erinnerung an den Jugendfreund Gottlieb Harms, dessen Tod und sein Weiterleben in der Schrift. – Jahnn hat bis zum Schluß geschwankt, welchen Titel er dem Stück geben sollte, sich aber schließlich gegen den langjährigen Arbeitstitel »Die Trümmer des Gewissens« und für den Titel »Der staubige Regenbogen« entschieden (siehe auch S. 1320). Die Metapher des »staubigen Regenbogens« bezieht sich auf das physikalische Phänomen, daß bei einer Atomexplosion Staub freigesetzt wird, der ein dem Regenbogen vergleichbares Farbenspektrum am Himmel aufleuchten läßt.
771/*1* Personen] »Die Namen, die Hans Henny Jahnn den Figuren seines Stückes ›Die Trümmer des Gewissens‹ gab, sind bewußt gewählt bzw. gestaltet. Jahnn griff auf ein weites kulturelles Spektrum zu einer ›sprechenden‹ Namensgebung zurück, von den Gestalten des Alten Testaments, den Heiligen und Märtyrern der katholischen Kirche, Namen keltischen und nordischen Ursprungs, auf Anspielungen wie z. B. in Sarkis auf Sarkasmus und Sarkophag d. h. fleischfressend bis hin zu kunstvollen Verschränkungen wie Alexander Ducasse. Der Name Alexander bedeutet in seinem griechischen Ursprung ›männerabwehrend‹. Er wurde berühmt durch Alexander den Großen, war im Mittelalter Papstname; später trugen ihn russische Zaren. In Hans Henny Jahnns ›Perrudja‹ gibt es einen Jungen namens Alexander. Es heißt, Jahnn habe den Namen Alexander als Chiffre für Homosexualität verwendet, auf die angebliche homosexuelle Neigung Alexander des Großen anspielend. Ducasse ist deutbar als Abwandlung des französischen Adelsprädikats Duchesse (Herzogin), im Italienischen Duchessa. Vielleicht handelt es sich bei ›Alexander Ducasse‹ um eine bewußte Zusammen-

stellung eines Namens, der mit Herrschaft und damit mit Männlichkeit assoziiert wird, den Jahnn mit einem Hinweis auf Homosexualität versieht, und eines verfremdeten weiblichen Titels.« (Landestheater Tübingen, Programm 2 [1989/90], unpag.) /*11* **Pentheus]** In der griechischen Mythologie König von Theben: als er heimlich die Bacchanalien zu beobachten versucht, wird er von den Frauen zerrissen – Euripides hat Pentheus' Geschichte in seiner Tragödie »Bakchen« gestaltet. /*15* **Arran]** Der Name kommt bereits im »Thomas Chatterton« vor; siehe dort die Anm. zu S. 606/1 f. und 697/24. /*21* **Tiripa]** Auf einem Notizblatt (siehe den Abschnitt Überlieferung, S. 1323) hat Jahnn sich indianische Namen notiert – wahrscheinlich entnahm er auch den Namen Tiripa dieser Quelle, die nicht nachgewiesen werden konnte.
772/*2* **ein Groom]** Engl.: Reitknecht, junger Diener, Page.
773/*2* **Das goldene Haus]** Domus aurea (lat.: goldenes Haus) nannte Nero seinen Palast, den er nach dem Brand Roms errichten ließ. Siehe Jahnns dramatischen Entwurf »Der Tod des Domitius«, S. 292/19 sowie die Anm. dazu.
774/*19* **güst]** Niederdt.: unfruchtbar, nicht milchgebend – Jahnn verwendet das Wort bereits in der »Niederschrift« (Fluß ohne Ufer I, S. 779).
775/*3f.* **Wenn ich an die vielen Milliarden Gräber denke]** Zum Topos »Grab« bei Jahnn siehe die Anm. zu S. 212/17ff., 456/6 und 656/4. /*7f.* **wir, die wir wir sagen ... dünner als Seidenpapier]** Die Figurenrede rekapituliert Formulierungen aus dem Romanfragment »Jeden ereilt es«, die dort im Zusammenhang mit den Engelsvorstellungen stehen (Späte Prosa, S. 77 – siehe dort auch S. 233). Jahnn hat das Bild, das die Immaterialität der Liebe bezeichnet, auch in »Die Nacht aus Blei« verwendet (Späte Prosa, S. 267). /*7* **Amalgamschicht]** Amalgame sind Legierungen von Metallen mit Quecksilber. Eigenschaften: Amalgame werden mit steigender Temperatur weicher und bei Abkühlung starr, durch Erhitzen auf mehrere hundert Grad kann Quecksilber abdestilliert werden. Verwendung u. a. zur Herstellung von Spiegeln: ein äußerst dünner Belag wird auf die Glasfläche aufgebracht, das Quecksilber dann durch Erhitzen entfernt. /*17* **Gravitation]** Jahnn verwendet den physikalischen Begriff, der die Anziehungskraft zwischen der Erde und den in ihrer Nähe befindlichen Körpern bezeichnet, in seinem Werk häufig: Fluß ohne Ufer I, S. 307, 382, 683; Fluß ohne Ufer II, S. 55, 351, 508; Späte Prosa, S. 264, 314; Schriften II, S. 254. Seine Vorstellung deckt sich dabei nicht mit dem positivistischen Begriff der Naturwissenschaft, sondern steht in Zusammenhang mit dem harmonikalen Schöpfungsgedanken. /*25* **wird uns zu Engeln machen]** Zu Jahnns Engelvorstellungen in seinem Spätwerk siehe die Anm. zu S. 295/2f. /*32f.* **Da hieß einmal jemand Josquin oder Ogkeghem oder Gesualdo.]** Josquin Desprez (um 1440–1521), der führende Vertreter der niederländischen Vokalpolyphonie an der Wende vom 15. zum 16. Jahrhundert, von Jahnn mehrfach in »Fluß ohne Ufer« (I, S. 660, 804) und vielfach in den essayistischen und Orgelschriften erwähnt (Schriften II, S. 166). – Johannes Okeghem (um 1410–1497), eine Generation älter als Josquin, dessen Lehrer er war (siehe Fluß ohne Ufer I, S. 804; Schriften II, S. 193; Späte Prosa, S. 251): »Es ist nicht grundlos, daß polyphone Werke wie die der niederländischen Schule, ein Ockeghem oder Josquin des Prés [...] meinem Empfinden näherstehen

als die musikalischen Äußerungen des 19. Jahrhunderts.« (Ein Brief, in: Sinn und Form, 11. Jg. [1955], S. 647) – Don Carlo Gesualdo, Principe da Venosa (um 1561–1613), italienischer Madrigalkomponist. Er war erst in den 50er Jahren in Jahnns Bewußtsein getreten. Die Ausgabe seiner »Sämtlichen Werke« begann 1957 im Ugrino Verlag zu erscheinen. Siehe Schriften II, S. 636 und S. 767.

776/*7* **Ihr Antrag galt allein den Ebenbürtigen]** Jahnn wandelt hier eine der Formeln seines Werks ab: »Zu einem Genie begeistert man sich nicht, man glaubt ihm. Es wendet sich niemals an die Allgemeinheit, seine Werke sind nicht Augen und Ohren gefällig, jedenfalls niemals ohne einen oberflächlichen ethischen oder ästhetischen Mangel, sein Schaffen ist ein Antrag an seinesgleichen.« (Dramen I, S. 259) Siehe Dramen I, S. 949; Schriften II, S. 123 u. 1227 (Brief an Matthias Thoms vom 4. 5. 1942). /*11* **Auch Mozart]** Mozarts Musik und seine Gestalt scheinen erst in den frühen 30er Jahren in Jahnns Blickfeld getreten zu sein, um dann allerdings einen zentralen Platz neben den Niederländern, Buxtehude und Bach einzunehmen. Seit der »Niederschrift« ist er im Werk omnipräsent; 1956 gibt Jahnn zudem eine Neuausgabe von Mozarts Oper »Die Gärtnerin aus Liebe« heraus (siehe Schriften II, S. 748 ff. und den Kommentar dazu). Siehe auch die Anm. zu S. 672/5. /*20* **Sie ist auf Fressen und Gefressenwerden aufgebaut]** Eine von Jahnns ubiquitären Formeln (Fluß ohne Ufer I, S. 648; Schriften II, S. 152, 303, 777). Sie kommt wörtlich bei Freud vor, wenn er vom »Dilemma vom Fressen und Gefressenwerden« spricht, »das die organische Lebewelt beherrscht« (Sigmund Freud: Gesammelte Werke. Bd. 15, Frankfurt/M. 1952, S. 118). Da kaum anzunehmen ist, daß Jahnn diese Formulierung Freuds gekannt hat, dürften beide auf eine gemeinsame, nicht nachweisbare dritte Quelle zurückgehen.

777/*25f.* **geblieben sein, was ich werden werde]** Siehe die ganz ähnliche Formulierung in »Thomas Chatterton« (S. 620/8).

786/*28* **Mastabas]** Altägyptische Grabbauten. Für die Kultstätte Ugrino hat der junge Jahnn einen Entwurf für eine »Mastaba, gelegen am Tor neben der Hauptkirche« gezeichnet (siehe Schriften II, S. 843).

790/*14* **den finstersten Engel]** Siehe die Anm. zu S. 295/2f. /*18* **Erinnerung]** Siehe die Anm. zu S. 102/14f. /*23* **im Morphiumrausch]** Siehe die Anm. zu S. 372/22f. /*35* **Wir fanden die geistige Lässigkeit eines Sexualmörders]** Siehe die Anm. zu S. 320/4f.

791/*30* **Die Evolution hat nicht versprochen, vor der Menschengestalt Halt zu machen.]** Jahnn übernimmt die Aussage aus dem Aufsatz »Die Gefahren der Atomspaltung« von Arvid Hedvall (in: Torsten Magnusson und J. Arvid Hedvall: Atom Bomben Staub Energie. Aachen 1955, S. 39f.), den er u. a. in seinem Vortrag »⟨Der Mensch im Atomzeitalter⟩ Der Dichter« zitiert (Schriften II, S. 433).

805/*12* **Er ist grünweiß im Angesicht.]** Siehe die Anm. zu S. 57/24 sowie Späte Prosa, S. 166, S. 266, S. 469.

808/*21f.* **Kisoli, Mrai, Iringo]** Quelle nicht ermittelt; siehe S. 1323. /*28f.* **Ich muß allerlei Speisen und Delikatessen essen ...]** Die Verwendung von jungen Männern als Versuchsobjekte der Wissenschaft wird Jahnn durch die Lektüre von Robert Jungks Buch »Die Zukunft hat schon begonnen« be-

kannt, das er in seinen Vorträgen und Essays zur atomaren Bedrohung regelmäßig zitiert (ausführlich in »Versuch einer Erklärung« Schriften II, S. 390 und S. 410f.); über Experimente mit radioaktiver Nahrung berichtet Jahnn in »Der Mensch im veränderten Weltbild« (Schriften II, S. 495f.).
810/*25* **Rieseninsekten]** Lambachers Experimente konnotieren neben naturwissenschaftlichen Genmanipulationen auch Jahnns eigene Hormonexperimente (siehe die Anm. zu S. 301/2) sowie Frode Faltins »Sonderbare Versuchsreihen der Schöpfung« im »Epilog«-Fragment (Fluß ohne Ufer III, S. 61 sowie die Anm. dazu – man siehe ebenda auch die Kuckucks-Geschichte »Was kann man vom Menschen erwarten«, S. 462). – Man siehe auch das in »Fluß ohne Ufer« II (S. 8f, 213) geschilderte Grauen vor den Insekten sowie Jahnns Brief an Ludwig Voss vom 22. 12. 1942 (»die Insekten sind dabei, mir die Harmonik zu zerschlagen«, zit. Fluß ohne Ufer III, S. 861f.). Die Figur Lambachers faßt alle diese Aspekte ein letztes Mal zusammen.
811/*21f.* **als bedeute der Fortschritt in der Forschung einen Zurückfall der Wirklichkeit in bereits Verworfenes]** Die Figurenrede ist möglicherweise ein Reflex auf Brechts »Leben des Galilei«, dessen Erstdruck 1955 erschien und den Jahnn (zumindest aus dem Vorabdruck in Heft 3 des Jahrgangs 1955 von »Sinn und Form« – im selben Heft erschien sein »Gruß an Thomas Mann«) gekannt hat (siehe den 1956 entstandenen Nachruf »Vom armen B. B.«, Schriften II, S. 314).
813/*4* **Die Ägypter]** Jahnn hat die ägyptische Kultur und Kunst in ganz außerordentlichem Maße bewundert – siehe die Bornholmer Tagebucheintragung vom 5. 1. 1935 (Fluß ohne Ufer III, S. 545f.) sowie »Verfassungen und Satzungen der Glaubensgemeinde Ugrino« (Schriften I, S. 71) und Dramen I, S. 1140. /*10f.* **das Pferd ... wohl möglich edler als er selber]** Siehe die Anm. zu S. 55/2. /*11f.* **»Ein Fohlen, ... in seinem Innern Scham empfinden lerne.«]** Quelle nicht ermittelt. /*34* **Sie ist für mich das Symbol des Nicht-statthaften.]** Jahnn hat sich gegen »die zur Norm gewordene Kastration des Schlachtviehs« (Fluß ohne Ufer III, S. 522) ausgesprochen – eine Aversion, die er auf alles »Verschneiden« übertrug.
815/*19* **Engel haben keine Sittlichkeit ... Sie sind gleichmütig, von grenzenloser Gleichmütigkeit.]** Siehe die Anm. zu S. 295/2f. Die Figurenrede läßt, zusammen mit Chervats unmittelbarer Replik, einen selbstkritischen Gestus des Autors erkennen.
816/*35* **Das Variantenbedürfnis ... das ist die Idee aller Formen.]** Chiffre für das Schöpfungsprinzip in Jahnns harmonikaler Weltanschauung – Jahnn hat sie am 14. 11. 1933 im Gespräch mit Walter Muschg erläutert (Gespräche, S. 85). Siehe auch Schriften I, S. 573, S. 669 und öfter. – Auch hier wird die einstige Überzeugung durch die verbrecherische Anwendung Lambachers in ein skeptisches Licht gerückt.
820/*17* **Yggdrasil]** Räumlicher Mittelpunkt der germanischen Mythologie: die Weltesche Yggdrasil breitet ihre Äste über das All, an ihren Wurzeln sind die Quellen der Weisheit und des Schicksals, an denen sich die Schicksalsgöttinnen (Nornen) Urd, Werandi und Skuld aufhalten. – Mit diesem Bild distanziert Jahnn sich von der germanophilen, zur Rassentheorie des Nationalsozialismus führenden Züchtungslehre eines Ernst Haeckel und seiner Nachfolger.

825/*34f.* **Ich brauche nichts anderes als Harn.]** »Harn«, läßt Jahnn Matthieu in »Jeden ereilt es« dozieren, »Harn eines gesunden Menschen, ist eines der keimfreiesten Produkte, die unser Körper hervorbringt.« (S. 119f.) Auch hier läßt Jahnn Lambacher zum Sprachrohr seiner eigenen Überzeugungen und Unternehmungen werden. Hormonversuche mit Pferdeharn hatte er bereits auf Bornholm durchgeführt. Er nannte das daraus gewonnene Präparat »Miramon« und hielt es, wie es im »Epilog« einmal heißt, für ein »Wundermittel der Natur« (Fluß ohne Ufer III, S. 166 – siehe ebenda auch die Anm. S. 923ff. sowie den in Schriften II, S. 1250f. zitierten Brief vom 23. 3. 1954 an Sybille Harms-Grüter). Er hat diese Urinexperimente nach 1949 in Hamburg an Knaben fortgesetzt – in der Überzeugung, daß das jugendliche Genie auf einer hormonalen Disposition beruhe – siehe dazu auch die Anm. zu S. 301/2. Von der Antike bis in die frühe Neuzeit galt Harn in der volkstümlichen Medizin als ein Allheilmittel. An dieser Stelle des »Staubigen Regenbogens« besitzt der hormonelle Austausch zwischen Arran und Elia aber auch den Charakter eines homosexuellen Initiationsritus (wie schon in einer Szene zwischen Ernst und Walter in »Pastor Ephraim Magnus« – Dramen I, S. 177f.).
832/*20f.* **Aber er liegt draußen in einer gemauerten Gruft.]** Zum Motiv der gemauerten Gruft in Jahnns Werk siehe man die Anm. zu S. 212/17ff. sowie die »Bestattungsbestimmungen der Glaubensgemeinde Ugrino« (Schriften I, S. 105 und Schriften II, S. 833 sowie die Anm. dazu). – Zusammen mit der Szenenüberschrift »Epitaph für Peter Rantzow« deuten Figuren- und Handlungskonstellation auf eine letzte Erinnerung des toten Harms in der »Schrift«: in einer Art Verschiebung verwandelt Jahnn seine eigene Rolle in diesem Freundschaftskult *theatralisch* in eine Frau, Ebba Rantzow, was nicht überraschen muß, spielte er, »Henny«, doch in der »Ehe« mit Friedel (Gottlieb Harms) den weiblichen Part; die Figur des Toten spaltet in der Person Arrans zugleich den geistigen Nachfolger »Friedels« im Leben Jahnns, Yngve Trede, ab.
835/*14f.* **Die Schöpfung hat für das Erbarmen keinen Raum gelassen.]** Siehe die Anm. zu S. 635/4 sowie Fluß ohne Ufer III, S. 387. /*36* **Es wird kein Name mehr gerufen.]** Eine Zurücknahme des leitmotivischen »conclamatum est« der »Niederschrift« (Fluß ohne Ufer II, S. 582, 691), die auf den antiken Totenritus anspielt. Der Ausdruck »es ist gerufen worden« (conclamatum est – lat.: es ist aus, es ist alles verloren) geht auf die altrömische Totenklage zurück, wonach der auf den Scheiterhaufen gelegte Leichnam noch dreimal beim Namen gerufen wurde, gleichsam um zu erfahren, ob er noch lebe.
836/*36* **Dimension Zeit]** »›Dimension‹, ist im Gegensatz zum Raumausmaß gleichzeitig der spirituelle Ausdruck der Ausdehnung (um Leonardo da Vinci zu zitieren).« (Jahnn an Henry Goverts, 8. 5. 1937 – zit. Fluß ohne Ufer III, S. 812).
838/*39* **Quilibet-Klubhaus]** Ein »Hôtel Quilibet« wird schon im Kapitel »Die Suche nach dem rechten Mann« des »Epilog«-Fragments erwähnt (Fluß ohne Ufer III, S. 249f.) – Quilibet fortunae suae faber: lat. Sprichwort, »ein jeder ist seines Glückes Schmied«.
839/*30* **Ein nacktes Mädchen von Ingres.]** Jean Auguste Dominique

Ingres (1780–1867), klassizistischer franz. Maler, der hauptsächlich durch seine zahllosen Odaliskenbilder berühmt wurde. /*31* **Das Urteil des Paris von Feuerbach.]** Anselm Feuerbach (1829–1880), klassizistischer deutscher Maler. Jahnn meint sein 1870 entstandenes Gemälde »Das Urteil des Paris«, das sich im Besitz der Hamburger Kunsthalle befindet.
842/*11* Die Tatsachen sind heilig.] »Als der Domprediger Liddon der St.-Pauls-Kathedrale in London am Sarge Charles Darwins stand, um den Leib dieses Irrgläubigen für die Erde einzusegnen, entlastete er sein Gewissen und ersparte der Trauerversammlung ein Ärgernis, indem er ausrief: ›Heilig ist die Tatsache!‹« (Fluß ohne Ufer I, S. 245f. – siehe auch den Kommentar dazu in: Fluß ohne Ufer III, S. 823 und 828)
843/*35* »Verführung ist die eigentliche Gewalt.«] Die Figurenrede zitiert Gotthold Ephraim Lessing, »Emilia Galotti« V/7: »Gewalt! Gewalt! wer kann der Gewalt nicht trotzen? Was Gewalt heißt, ist nichts: Verführung ist die wahre Gewalt.« Jahnn zitiert die Stelle auch in seiner 1956 gehaltenen Rede »Lessings Abschied« (Schriften II, S. 293).
847/*20f.* Der Mut, mit fleischlichen Gespenstern zu verkehren – mit sich selber –] Jahnn läßt Arran in dieser Initiationszene – der Initiation mit dem Tod – das verschlossene Zimmer betreten, wie ein Archäologe die Grabkammer einer Pyramide öffnet. – Man siehe auch Jahnns im Bornholmer Tagebuch vom 12. 1. 1935 festgehaltenen Traum, in dem er den toten Harms in seinem Grab aufsucht (Fluß ohne Ufer III, S. 549f.).
848/*9* versuchen, einander damit zu verwunden] Die rituelle Verwundung und die Wunde als ein Durchlaß zwischen innen und außen sind Jahnnsche Urmotive. Sie chiffrieren in seinem Kosmos als zeichenhafte Gebärde das sadomasochistische Begehren, den Liebes- wie den Opfertod. Sie treten erstmals in Erscheinung in dem Fragment gebliebenen Roman »Ugrino und Ingrabanien«. Später kommen sie in zwei Episoden von »Fluß ohne Ufer« vor (der Augustus-Episode in »Die Niederschrift des Gustav Anias Horn« und der Mov-Episode des »Epilog«-Fragments vor – siehe Fluß ohne Ufer I, S. 509f. und Fluß ohne Ufer III, S. 48.) Zum zentralen Motiv werden sie in dem 1951/52 entstandenenen Romanfragment »Jeden ereilt es« und in der 1956 veröffentlichten Novelle »Die Nacht aus Blei« (Späte Prosa, S. 12, S. 168ff., S. 302ff.). Die Handlung und die Figurenreden dieser Szene machen es, wie selten im Werk Jahnns, ganz unmaskiert deutlich, daß der sadomasochistische Wunsch nach der stigmatisierenden Verletzung dem Wunsch der »Verletzung« durch die Liebe entspringt. Er findet seine höchste Steigerung in Elias Äußerung »Daß man den besten Freund hinterrücks töten darf – aus reiner Freude am Töten« (851/27f.). Solche Opferrituale hat Jahnn schon in seinen beiden frühen Dramen »Pastor Ephraim Magnus« und »Des Buches erstes und letztes Blatt« inszeniert (Dramen I, S. 48, 68, 88, 134, 136, 206, 235). Weitere Beispiele finden sich in »Die Krönung Richards III.« (Dramen I, S. 443), »Der Arzt / Sein Weib / Sein Sohn« (Dramen I, S. 507, 567, 573) sowie »Medea« (Dramen I, S. 627). »Die innere Erfahrung der Erotik verlangt von dem, der sie macht, eine nicht weniger große Sensibilität gegenüber der Angst, die das Verbot begründet, als für das Verlangen, das zu seiner Übertretung führt. Es ist die *religiöse* Sensibilität, die Verlangen und Schrecken, intensive Lust und Angst

stets miteinander verbindet. [...] Diese Gefühle haben nichts Krankhaftes; aber sie sind im Leben des Menschen das, was die Puppe für das vollendete Tier ist. Die *innere Erfahrung* des Menschen setzt in dem Moment ein, in dem er, die Puppe durchbrechend, das Bewußtsein hat, sich selbst zu zerreißen, und nicht einen von außen entgegengesetzten Widerstand. Die Überwindung des objektiven Bewußtseins, das in der Puppenhülle eingeschlossen war, ist ohne diesen Umsturz undenkbar.« (Georges Bataille: Der heilige Eros. Frankfurt/M. u.a. 1979, S. 35) – siehe auch: Roger Caillois: Der Mensch und das Heilige, München 1988). Die Kunst wird zur Chiffre einer Souveränität, die der Mensch in der Wirklichkeit nicht mehr erwerben kann (siehe Georges Bataille: Die psychologische Struktur des Faschismus. Die Souveränität, München 1978, S. 73 ff.). Siehe auch die Anm. zu S. 333/3 f.

859/*33ff.* **Ich gehöre einer unvorteilhaften Blutgruppe an. ⟨...⟩ Rhesusaffe negativ.]** In einer Notiz des Aufbau-Taschenkalenders 1952, der Entwürfe zu »Jeden ereilt es« enthält, hat Jahnn vermerkt: »Blutgruppe Hans Henny Jahnn: A_1 rh (negativ)« (Späte Prosa, S. 225). Er hat diese Blutgruppe im Romanfragment auf Matthieu übertragen (ebenda, S. 176).

862/*7* **Mastix]** Harz des Mastixbaumes, das für Pflaster, Lacke u.a. verwendet wird – mit Mastix hatte schon Gari die Bauchwunde Matthieus in »Jeden ereilt es« notdürftig verbunden (Späte Prosa, S. 172).

863/*26* **Ich zog mich langsam aus.]** Arrans Figurenrede, die vom Eindringen in das Sterbezimmer seines Vaters berichtet, rekapituliert die traumatische Atmosphäre, die Jahnn in »Die Nacht aus Blei« zeichnet, wenn Matthieu Elviras Etablissement betritt (Späte Prosa, S. 259 ff.). /*31f.* **wie die leere Grabkammer einer Pyramide]** Siehe die Anm. zu S. 847/20 f.

866/*2* **Zweites Intermezzo]** Auch diese Szene ist, wie die vorhergehende, eng mit dem Romanfragment »Jeden ereilt es« verbunden – man siehe dort das Kapitel »Die Badeanstalt« (Späte Prosa, S. 114 ff. sowie den Kommentar dazu).

867/*1* **anmutige Brustwarzen]** Siehe die Anm. zu S. 311/16 f.

868/*33* **in einem versiegelten Buche]** Die Figurenrede spielt an auf das biblische »Buch des Lebens« (Phil. 4,3), in das Gott die Namen der Gerechten schreibt und aus dem er die Namen der Sünder tilgt, sowie auf das in Offenbarung 5,1 genannte »Buch mit sieben Siegeln«.

870/*6* **der Groom Robert]** Die undämonische Wiederholung des Grooms aus »Die Nacht aus Blei« (Späte Prosa, S. 255 ff.). /*15* **Kamschadka]** Kamtschatka, Halbinsel in Sibirien.

872/*23* **Professor Holokrin.]** »holokrin: eine Sekretion betreffend, bei der die Zellen der Drüse während der Sekretbildung zugrundegehen, mit dem Sekret abgestoßen u. durch nachrückende Zellen ersetzt werden.« (Roche Lexikon Medizin. München u.a. 1984, S. 735)

873/*20* **Zentauren]** Siehe die Anm. zu S. 105/25. /*34* **Eine allgemeine Geburtenbeschränkung wurde vorgeschlagen.]** »Ich möchte nun aussprechen, was Hedvall, ohne metaphysischen Beigeschmack, nur andeutet, was ich vor Jahrzehnten selbst formuliert habe: es gibt nur noch ein Problem von bedeutendem Ernst: die Geburtenregulierung.« (Atome Bomben Staub Energie, in: Schriften II, S. 790). Für eine Geburtenbeschränkung ist Jahnn schon in seinen Reden und publizistischen Schriften der späten 20er und frühen 30er Jahre eingetreten: »Die Menschheit, die gesund, ohne Feinde, muß die Geburtenregulierung als sittliche Tat wollen. Sie ist offenbar die einzige Voraussetzung für alle anderen sittlichen Reformen.« (Schriften I, S. 767 – siehe dort auch S. 753) Er greift diese Forderung 1956 in seinem »Weihnachtsappell« »Das Recht der Tiere« wieder auf (Schriften II, S. 309). */21* **die Pestgöttin Labartu mit ihrem Esel]** Jahnn entnahm den Namen der Labartu, der babylonisch-assyrischen Pestgöttin oder Fieberdämonin, Ungnad (S. 246 und öfter). Er erwähnt sie schon in »Perrudja« (Perrudja, S. 86f.).

874*/3* **Sadebaum]** Wacholderartiger Nadelbaum, dessen Zweige in der Volksmedizin als Abortivmittel benutzt werden. */18* **Der Prinz Hem-On]** Neben dem Baumeister Imhotep (siehe Schriften II, S. 892f. und Dramen I, S. 1144f.) ist Hem-On (Hemiûn) die zweite altägyptische Figur, die Jahnn als Identifikationsmetapher dient. (Siehe Gespräche, S. 30).

Hem-On, ein ägyptischer Baumeister der 4. Dynastie, gilt als verantwortlicher Bauleiter beim Bau der Cheops-Pyramide. Er besaß ehrenvolle Titel, unter anderem wahrscheinlich den eines Prinzen, ist allerdings von den Ägyptern nicht göttlich verehrt worden wie Imhotep. Aus der Geschichte namentlich hervorgegangen ist Hem-On vor allem dank einer ihm zuteil gewordenen Auszeichnung, die darin bestand, daß er eine Porträtstatue in seinem Grab aufstellen durfte. Diese gut erhaltene Sitzfigur aus Kalkstein, an der vor allem die androgyn hervormodellierten Brüste auffallend sind – Jahnn chiffriert Hem-On zumeist im Kontext homosexueller Männerliebe – gehört zum Bestand des Roemer Pelizaeus Museums zu Hildesheim. Jahnn hat diese Plastik gekannt und wahrscheinlich 1921 in Hildesheim im Original studiert. In seiner Bornholmer Handbibliothek befindet sich der Band: Die Denkmäler des Pelizaeus-Museums zu Hildesheim. Unter Mitwirkung von Albert Ippel bearbeitet von Günther Roeder. Mit 78 Abbildungen und 16 Tafeln. Berlin / Hildesheim 1921. Dort findet sich die Sitzfigur auf S. 49 abgebildet und auf S. 48 folgende Beschreibung: »Prinz Hem-On, leiblicher Sohn des Königs Snofru (?), der das höchste Staatsamt eines Wesirs, Oberrichters und Oberbaumeisters bekleidete. Fetter Mann in reifem Alter mit dickem Körper und hängender Brust; kurzes natürliches Haar (schwarz). Die Augen, die aus Metall und Halbedelsteinen (bzw. Glasfluß) eingesetzt waren, sind von antiken Grabräubern herausgebrochen und jetzt in der Farbe des Steins ergänzt. Die Modellierung des Körpers ist an der Brust, den Händen und Füßen besonders fein ausgeführt; das ungewöhnliche Gesicht mit vollem Kinn und starkgebogener Nase dem Leben nachgebildet. Der Körper war rotbraun bemalt, die Hieroglyphen am Sockel [...] sind vertieft und mit bunten Pasten ausgefüllt.« Handschriftlich hat Jahnn, dem Duktus nach nicht vor Mitte der 30er, möglicherweise sogar erst in den 50er Jahren, hinzugefügt: »Pyramiden-Erbauer; Cufu sein Freund, den er zum König machte. (Wechsel der Dynastie ohne jeden Kampf)«. – Siehe Schriften I, S. 122, S. 822; Schriften II, S. 100, S. 368, S. 421; Perrudja, S. 617; Fluß ohne Ufer III, S. 545. Aufschlußreich im Zusammenhang mit der Figurenrede ist vor allem die Erwähnung in »Jeden ereilt es«, da Jahnn dort den Namen Hem-Ons in die Aufzählung einer homosexuellen Schöpfungs-Genealogie stellt (siehe Späte Prosa, S. 14). */19* **den Chufu lieben]** Chufu ist die altägyp-

tische Schreibweise des gräzisierten Namens Cheops, des Pharaos (4. Dynastie), der die größte der Pyramiden bei Gîza erbauen ließ. /*20* **Euripides war nicht verächtlich, weil er durch die Kniekehlen des Agathon in höchste Leidenschaft geriet.]** Agathon (ca. 448/46 v. Chr.–ca. 400/399 v. Chr.) war einer der bedeutendsten attischen Tragiker, ein jüngerer Zeitgenosse des Euripides. Von seinen Werken sind nur bruchstückhafte Verse sowie sechs Titel überliefert. Seine vielgerühmte Schönheit und Eleganz brachte ihm auch den Schimpf des Weibischen ein: Aristophanes verspottete ihn 411 v. Chr. in seinem Lustspiel »Die Weiber am Thesmophorenfest«. In Platons »Symposion« tritt er als Lobredner des Eros auf und im »Protagoras« ist er unter den Gesprächsteilnehmern zu finden. Aristoteles erwähnt ihn in seiner »Poetik« (9. und 18.). Jahnn erwähnt ihn mehrfach in den Entwürfen zu »Jeden ereilt es« (Späte Prosa, S. 211, S. 215 und S. 242). Jahnns Quelle war das in seiner Bornholmer Handbibliothek befindliche Buch: Hugo Licht, Sittengeschichte Griechenlands, Berlin 1925: »Die uns aus der Besprechung des Äschyleischen Dramas ›Laios‹ schon bekannte Sage von Chrysippos, dem jungen Lieblinge des Laios, hat auch Euripides einem Drama zugrunde gelegt. Der Anlaß zu diesem Drama, das nach dem Helden ›Chrysippos‹ hieß, war ein persönliches Erlebnis des Dichters selbst. Zu den schönsten Jünglingen, die in jener Zeit hellenischer Sinnenfreude in den Straßen Athens die Augen auf sich zogen, gehörte Agathon, der Sohn des Tisamenos. Es ist derselbe Agathon, von dem Aristophanes in den ›Thesmophoriazusen‹ die bekannte geistreiche Charakteristik entwirft und der in Platons ›Symposion‹ eine bekannte Rolle spielt, derselbe Agathon, der als tragischer Dichter noch von Aristoteles hoch gepriesen wird. Den Zeitgenossen des Agathon schien es, als sei ein Gott herabgestiegen und wandle in irdischer Gestalt unter den Menschen. Viele aber drängten sich nach der Liebe dieses Epheben; seine Schönheit führte zu jener Eifersuchtsszene zwischen Sokrates und Alkibiades, die Platon im ›Gastmahl‹ so köstlich geschildert hat. Es wird uns nun berichtet, daß auch der Spötter Euripides von den ungewöhnlichen Reizen dieser Wundererscheinung sich habe besiegen lassen: ja ihm zuliebe habe er seinen ›Chrysippos‹ gedichtet und auf die Bühne gebracht. Wenn diese Nachricht richtig ist, und wir haben keinen Grund, sie anzuzweifeln, so darf man vermuten, daß der Held des Stückes, eben Chrysippos, nach dem schönen Vorbilde, Agathon, vom Dichter erschaffen war und daß der Dichter sich selbst in der Rolle des Laios gedacht habe. Nun findet sich aber bei Cicero eine Notiz, aus der hervorgeht, daß die Grundlage des Stückes verlangende Sinnlichkeit war und daß die Wünsche des um die Gunst des Knaben werbenden Laios ziemlich unverblümt und deutlich hervortreten. Man muß sich klarmachen, daß es sich um ein öffentlich aufgeführtes Drama handelt, bei dem natürlich Euripides und der schöne Agathon zugegen waren. So warb in Athen um die Wende des fünften Jahrhunderts ein berühmter Dichter um die Gunst eines ob seiner Schönheit wie feiner Bildung gleich gefeierten vornehmen Jünglings.« (Hans Licht: Sittengeschichte Griechenlands. In zwei Bänden und einem Ergänzungsband. [Bd. I.] Die griechische Gesellschaft. Dresden und Zürich 1925, S. 140ff.)
875/*30f.* **Dein Gewissen hat es gelernt, sich vor einem Spiegel zu putzen?]** Die Figurenrede paraphrasiert eine Replik Dantons aus Georg

Büchners »Dantons Tod« I/6: »Das Gewissen ist ein Spiegel vor dem ein Affe sich quält; jeder putzt sich wie er kann, und geht auf seine eigne Art auf seinen Spaß dabei aus.« Siehe auch Schriften I, S. 688.

876/*12* **Ultraviolette Schwingungsmassen ...]** Die Entwicklung von Lasern (Aussendung gebündelter infraroter Strahlen) wurde in den fünfziger Jahren stark vorangetrieben (die theoretischen Grundlagen hatte Albert Einstein bereits 1917 gelegt); die Herstellung des ersten funktionstüchtigen Lasers gelang jedoch erst 1960, und es dauerte weitere 23 Jahre, bis die USA mit der Produktion von Laserwaffen begannen. – Die Quelle der von Jahnn in seinem Essay »Das Wort« zitierten Meldung ist nicht nachgewiesen (Schriften II, S. 596). /*26* **Krieg der toten Hand]** Automatisch ausgeführter Vergeltungsschlag des bereits vernichteten angegriffenen Staates. Siehe »Haben wir das neue Weltbild im Geiste bewältigt?« (Schriften II, S. 553)

893/*6f.* **Man spielt gerade den »Lila Tiger«]** Laut mündlicher Mitteilung (Signe und Yngve Trede) hat Jahnn im Freundeskreis gerne Tanzmusik und Rags auf dem Klavier gespielt, darunter mit Vorliebe den »Tiger Rag«.

900/*39f.* **Wir sind zwischen Kot und Harn geboren, so etwa beklagt sich der heilige Augustin]** Quelle nicht ermittelt. Siehe auch Schriften II, S. 420.

906/*13* **gestorbene Pyramidenerbauer]** Wie Hem-On und Imhotep – siehe die Anm. S. 874/18. /*14* **oder für die Gebeine Johann Bachs]** Jahnn hat sich 1958/59 im Zusammenhang mit seinem Essay »Der Schädel J. S. Bachs – und sein Bild« (Schriften II, S. 760ff.) auch mit der Geschichte von Bachs Grab und der Exhumierung seiner mutmaßlichen Gebeine 1894 befaßt (ebenda, S. 762ff. und 1412f.).

914/*14* **- und Tieren]** Zum Thema Tier und Schöpfung siehe »Das Recht der Tiere« (Schriften II, S. 303ff. und die Anm. dazu S. 1300).

919/*5f.* **eine Glasampulle]** Eine solche führt auch David (»Spur des dunklen Engels«) mit sich (siehe die Anm. zu S. 388/18), verfehlt aber im entscheidenden Augenblick den Selbstmord. Selbstmörder wie Chervat ist aber Thomas Chatterton im gleichnamigen, dem »Staubigen Regenbogen« unmittelbar vorausgehenden Theaterstück.

922/*35* **Sie tun das Falsche! Sie hoffen!]** Roberts letzte Figurenrede ist möglicherweise eine Replik auf den Schlußsatz von Robert Jungks Buch »Die Zukunft hat schon begonnen« (Stuttgart-Hamburg 1952): »›Sie meinen also, daß die Zukunft nicht einfach eine Übersteigerung der schreckensvollen und bedrängten Gegenwart sein wird, in der wir leben?‹ fragte ich. ›Nein‹, sagte er ⟨ein Mitarbeiter des Princeton »Institute of Advanced Studies«⟩, ›Sie dürfen trotz allem hoffen.‹« (S. 316) Jahnn erwähnt Jungk erstmals in dem 1953 geschriebenen »Versuch einer Erklärung« (Schriften II, S. 402). Von diesem Zeitpunkt an wird Jungk mit seinen Reportagen – Jahnn hat auch das 1956 erschienene Buch zur Entwicklungsgeschichte der Atombombe »Heller als tausend Sonnen« gekannt – in jeder öffentlichen Äußerung Jahnns zu Technik und Fortschritt präsent sein.

⟨FRAGMENTE EINER OFFENSIVE II⟩

Betrachtungen zur Theaterkrise

Entstehung und Überlieferung

Zeugnisse zur Entstehung sind nicht bekannt. Am Nachlaß wird unter der Nr. 311 verwahrt: Ausschnitt (Beleg) des Erstdrucks in: Deutscher Theaterdienst. Berlin, 12. [21.] März 1930, Blatt 204. Wiederabdruck in: Musik und Gesellschaft. Arbeitsblätter für soziale Musikpflege und Musikpolitik, 1. Jg. (1930), H. 1, S. 28.
Textgrundlage der Edition ist der Erstdruck.

Kommentar

955/*1* Betrachtungen zur Theaterkrise] An der Umfrage über die Theaterkrise haben sich neben Jahnn u. a. Gerhart Hauptmann, Walter Hasenclever, Thomas Mann, Heinrich Mann und Hans J. Rehfisch beteiligt.
Zur Diskussion um die Theaterkrise siehe Dramen I, S. 897f.; Weimarer Republik. Manifeste und Dokumente zur deutschen Literatur 1918–1933. Hrsg. v. Anton Kaes. Stuttgart 1983, S. 396–412. /*4* **Unsummen für ein in jedem Sinne schädliches Heer]** Siehe Schriften I, S. 648. /*7f.* **planmäßige Verhetzung der kommunistischen Weltanschauung]** Siehe Schriften I, S. 650 und den Kommentar dazu. /*14* **Zensurhebel]** Der Kampf gegen die politische Inkriminierung von Kunst, vor allem gegen das 1926 beschlossene »Gesetz zur Bewahrung der Jugend vor Schund- und Schmutzschriften« gehört zu den durchgängigen Themen von Jahnns politischer Publizistik zwischen 1926 und 1933. Siehe die Anm. zu S. 961/18f.

H. E. Mutzenbecher in der Patriotischen Gesellschaft

Entstehung und Überlieferung

Zeugnisse zur Entstehung sind nicht überliefert. Am Nachlaß werden unter der Nr. 312 verwahrt: Typoskriptdurchschlag (»H. E. Mutzenbecher in der Patriotischen Gesellschaft«): drei Blätter (209 × 297 mm), einseitig beschriftet, mit handschriftlichen Korrekturen in Blei.
Erstdruck: Zur Opernkrise. Vortrag in der Patriotischen Gesellschaft. In: Hamburger Nachrichten, 27. April 1930 (signiert: »- nn«).
Textgrundlage der Edition ist der Typoskriptdurchschlag

Vor dem Lemmazeichen steht der Text unseres Abdrucks nach dem Typoskriptdurchschlag, nach dem Lemmazeichen die Lesart des Erstdrucks.
956/*3* hatten] *haben* /*3* schon Diebold] *schon die Schauspielkritiker Diebold* /*4* patriotischen] *Patriotischen* /*7* Mutzenbecher] *H. E. Mutzenbecher* /*8* von der Oper] *von der Oper* /*8* Vor allem.] Fehlt im Erstdruck /*9* zur Krise. Kein] *zur Krise: kein* /*10* tausend bis fünftausend] *1000 bis 5000* /*11* benötige. Kein] *benötigt, kein* /*12f.* balanzieren. Erschreckend] *balancieren, erschreckend* /*13* Spielplanes] *Spielplans* /*18f.* heutige Opernbetrieb überwiegend eine museale Angelegenheit, eine museale Angelegenheit großer Dürftigkeit ist] *heutige Opernbetrieb überwiegend eine museale Angelegenheit* /*25f.* zu erfüllen.] Im Erstdruck folgt ein Absatz /*27f.* höheren Wirklichkeit des Geschehens] *höheren Wirklichkeit des Geschehens*
957/*8* geprägt sähen. Daß] *geprägt sähen, daß* /*11* Schönberg] *Schönberg* /*12* u. a] Fehlt im Erstdruck /*15* zu instrumentieren] *zu instrumentieren;* /*17* gothische] *gotische* /*18* Geistvorstellungen bewegen.] Im Erstdruck folgt ein Absatz /*25f.* müsse man an die Zukunft der Oper glauben] *müsse man an die Zukunft der Oper glauben* /*28* nicht geleugnet werden,] *nicht geleugnet werden:* /*37f.* hamburgische Theaterverhältnisse] *hamburgische Theaterverhältnisse* /*38f.* Plan, hier eine neue Bühne zu errichten] *Plan, hier eine neue Bühne zu errichten*
958/*9* Projekt Gropius] *Projekt Gropius* /*15* wollen wir nicht,] *wollen wir nicht:* /*17* Opernregisseur sprach.] Im Erstdruck folgt kein Absatz /*18* Diskussion] *Diskussion* /*24* Theaterneubau] *Theaterneubau* /*26* noch genug Klippen vorhanden] *noch genug Klippen vorhanden* /*28* H. H. Jahnn] *nn.*

KOMMENTAR

956/*1* **H. E. Mutzenbecher]** Hans Esdres Mutzenbecher (1897-?), war seit 1928 Regisseur und Dramaturg an der Frankfurter Oper. /*3* **Diebold]** Bernhard Diebold (1886–1945), einflußreicher Theaterkritiker. /*3* **Ihering]** Herbert Ihering (1888–1977), einflußreicher Theaterkritiker der Weimarer Republik (Berliner »Börsen-Courier«); nach 1945 Mitarbeiter von »Sinn und Form«. Er hat Jahnn vielfach publizistisch unterstützt. /*5* **Krise der deutschen Schau- und Opernbühne]** Siehe »Betrachtungen zur Theaterkrise«, S. 955 und den Kommentar dazu.
957/*1* **polyphon ... abstrakt]** Zu Jahnns Begriff einer »abstrakten« Musik, im Gegensatz zur »pathetischen« des 19. Jahrhunderts siehe »Abstrakte und pathetische Musik« (Schriften II, S. 684 ff. und den Kommentar, S. 1389 ff.). /*2f.* **der »Wozzek« Alban Bergs]** Alban Bergs Oper »Wozzeck« wurde am 14. 12. 1925 in Berlin uraufgeführt. Zur zeitgenössischen Diskussion um diese Oper siehe: Konrad Vogelsang: Dokumentation zur Oper »Wozzeck« von Alban Berg. Laaber 1977. /*3f.* **Strawinskis ... »Ödipus Rex«]** Strawinsky war einer der wenigen zeitgenössischen Komponisten, die Jahnn nicht rundweg abgelehnt hatte: »Die Psalmen-Symphonie von Stravinsky kenne ich nicht. Du weißt, daß ich den Oedipus Rex hochschätze, und es

steht nichts im Wege, daß ich an die Großartigkeit des mir unbekannten Werkes glaube.« (Jahnn an Hilmar Trede, 8. 1. 1938). Das szenische Oratorium »Oedipus Rex« in zwei Teilen nach Sophokles auf einen Text von Jean Cocteau (ins Lateinische übertragen von Abbé Jean Daniélou) wurde am 25. 2. 1928 an der Berliner Krolloper durch Otto Klemperer szenisch erstaufgeführt. Siehe »Glossen zum Schicksal gegenwärtiger Dichtkunst« (Dramen I, S. 945 und S. 1261 f.) sowie Schriften II, S. 164, 258 und 1258. */11* **Schönberg]** Arnold Schönberg (1874–1951), Erfinder der Zwölftonlehre; Jahnn erwähnt ihn in »Über den Anlaß« (Schriften II, S. 258). Schönbergs Oper »Von heute auf morgen« wurde am 1. 2. 1930 in Frankfurt/M. uraufgeführt. */12* **Hindemith]** Paul Hindemith (1895–1963). Von ihm kamen am 9. 11. 1926 in Dresden »Cardillac« und am 8. 6. 1929 in Berlin »Neues vom Tage« zur Uraufführung. */13* **die letzte Oper Schrekers]** Franz Schreker (1878–1934) – seine Oper »Der singende Teufel« wurde am 10. 12. 1928 an der Berliner Staatsoper uraufgeführt. Schrekers »Spätstil verzichtet auf die Mittel funktioneller Harmonik zugunsten freizügiger und dissonanter Linearität; der reich gestufte Mischklang des Orchesters wird reduziert, Gegenüberstellung kontrastierender Gruppen bevorzugt. In den Opern ›Der singende Teufel‹, ›Christophorus‹, ›Der Schmied von Gent‹ und den Instrumental-Werken der letzten Jahre nehmen Formen der absoluten Musik größeren Raum ein.« (Gösta Neuwirth – MGG Bd. 12, Sp. 76) */38ff.* **den Plan, hier eine neue Bühne zu errichten ... Er erläuterte das Projekt Gropius]** Der Architekt Walter Gropius (1883–1969) war von 1919 bis 1928 Direktor des Bauhauses in Weimar und Dessau; er entwarf 1926/27 für Erwin Piscator das Modell eines »Totaltheaters«, das aber nicht realisiert wurde.

958/*20* **Direktor Ziegel]** Der Schauspieler, Regisseur und Theaterleiter Erich Ziegel (1876–1950) war von 1918 bis 1926 Intendant der Hamburger Kammerspiele, von 1926 bis 1928 des Deutschen Schauspielhauses Hamburg und danach bis 1932 wieder der Kammerspiele. Sein fortschrittlicher, dem Theaterexperiment gegenüber offener Spielplan war wohl von einflußreicher Auswirkung auf Jahnns dramatisches Schaffen. Ziegel war es, der Jahnns »Medea« am 21. 10. 1927 zur Hamburger Premiere verhalf. Siehe die ausführliche Anmerkung in: Schriften II, S. 988f. */20* **Intendant Röbbeling]** Hermann Röbbeling (1875–1949), war von 1914 bis 1932 Intendant des Thalia-Theaters Hamburg und von 1932 bis 1938 des Burgtheaters Wien. */20f.* **Intendant Sachse]** »Der aus künstlerischer Bühnenpraxis hervorgegangene Intendant Leopold Sachse führte das Institut ⟨d. i. Hamburger Stadttheater⟩ seit 1922, mitten in der allgemeinen Krise des Opernschaffens und in weitblickender Fühlung mit den Ereignissen und den bedeutendsten Persönlichkeiten der Musikwelt, in zehnjähriger hochgespannter Tätigkeit über Busoni, Respighi, Pfitzner und Ravel bis an Hindemith, Strawinsky, Janaček und Křenek heran, ohne darüber ein immer neues Bemühen um Mozart oder Wagner zu versäumen.« (MGG Bd. 5, Sp. 1412) Jahnn erwähnt Sachse auch in »Die automatische Orgel – und das Tasteninstrument« (Schriften I, 1058/32 f.).

⟨Disussionsrede zum IV. Internationaler Theaterkongress Hamburg 1930⟩

Entstehung und Überlieferung

IV. internationaler Theaterkongreß Hamburg / Vorbereitungs-Ausschuß / Henry Goverts an Jahnn, 8. 7. 30: »In der Anlage übersende ich Ihnen den stenographischen Bericht Ihrer in der Sektion ›Kritik, Presse und Theatergeschichte‹ gehaltenen Diskussionsrede mit der Bitte, dieselbe für die französische Drucklegung der Kongreßarbeit einer Durchsicht zu unterziehen. Für baldige Rücksendung wäre ich Ihnen sehr verbunden.«

Unter Nr. 304, Nr. 305 und Nr. 305/1 werden am Nachlaß verwahrt: Typoskriptdurchschlag (Überschrift von fremder Hand: »Diskussionsrede zum IV. Internationalen Theaterkongreß 1930.«): drei Blätter – gezählt als Seiten 19 bis 21 – (209 × 297 mm), einseitig beschriftet, mit einer handschriftlichen Ergänzung Jahnns in schwarzer Tinte. – Bei diesem Exemplar handelt es sich um den Auszug aus dem Kongreßprotokoll.
Erstdruck: Les Cahiers du Théâtre. N°7, Décembre 1930. Paris. Numéro Exceptionnel. Le IVe Congrès International du Théâtre à Hambourg 12–21 Juin 1930. – Jahnns Diskussionsrede vom 18. 6. findet sich dort in gekürzter Form in französischer Übersetzung auf S. 35. Auf S. 14–15 findet sich, ebenfalls in französischer Übersetzung, ein wahrscheinlich extemporierter Redebeitrag Jahnns, für den kein deutschsprachiges Manuskript nachzuweisen ist. – Diese französischen Texte finden sich aus dokumentarischen Gründen im Apparat abgedruckt.
Referat Hans Henny Jahnn in: Der Zeitungshändler. Das Film- und Kunstproblem, 4. Jg. (1930), Nr. 38, S. 2.
Textgrundlage der Edition sind der Typoskriptdurchschlag und der Erstdruck.

Apparat zu ⟨Diskussionsrede ...⟩

960/*17* ⟨gesendet⟩*] Im Typoskriptdurchschlag: *gesandt*
961/*36* ⟨bejaht⟩*] Im Typoskriptdurchschlag: *bejaht wird.*

Apparat zu Vierter Internationaler Theaterkongress

M. SACHSE. – L'incident est clos et je donne la parole à M. Henny Jahnn connu par un grand nombre des pièces. Ceci sera une exception puisque M. Jahnn n'est pas délégué; il parlera simplement en son nom personnel comme auteur.
M. HENNY JAHNN. – Je reviens au problème objectif, c'est-à-dire au rôle de la régie au théâtre, je suis d'avis que nous vivons tous dans l'actualité; mais tout en vivant au milieu de nous dans un moment actuel, quelques-uns d'entre nous retardent; ils vivent en l'an 1500, tandis que quelques autres peuvent dire qu'ils vivent dans l'avenir.

On ne peut pas revivre les circonstances du temps passé; c'est une utopie que de croire que nous pouvons revivre l'époque de Shakespeare. Voilà pourquoi la fidélité historique au théâtre est une utopie.
Pourtant l'artiste régisseur doit s'efforcer de reconstituer le passé avec plus ou moins de bonheur et de chance.
Toute grande oeuvre d'art a quelque chose qui dépasse le temps. Une belle oeuvre d'art présente toujours d'ailleurs des mérites très divers.
L'un voit dans le grand artiste du passé surtout le révolutionnaire, l'autre voit surtout la beauté de la forme.
Il y a dans toute oeuvre d'art un élément conservateur et c'est l'élément de la forme artistique. Il y a aussi toujours un élément révolutionnaire et c'est la tendance. Car j'affirme que toute oeuvre d'art comporte une intention, une tendance nouvelle, comme d'autre part toute oeuvre d'art est aussi conservatrice, quant à la beauté de la forme.
On ne peut pas dire que celui qui voit plutôt ceci que cela dans l'oeuvre d'art ait raison. Chacun a raison pour soi.
Mais ce qui nous attire surtout au théâtre, c'est le « vécu ». C'est que nous avons le sentiment d'assister là à la vie; nous n'allons pas au théâtre comme nous allons au musée pour voir des momies. Cela ne nous intéresse pas. Ce que Jessner trouvait intéressant au théâtre, c'était le sens vivant qu'il y découvrait: dans Hamlet, par exemple, la pourriture politique d'un royaume. Jessner, lui non plus, ne peut pas se débarrasser de l'influence de son temps. C'est un enfant de son temps comme nous le sommes tous.
Maintenant, nous sommes les premiers à regretter, étant partisans de Piscator, que Piscator ne parle pas. Mais nous savons aussi que l'absence de M. Piscator est involontaire aussi bien de sa part que de la part de la direction du Congrès. [. . .]
M. HANS HENNY JAHNN. – J'admets la critique; mais je n'admets pas la censure. Car la censure ne cherche pas à comprendre, elle supprime.
M. MATTEI ROUSSOU. – Est-ce qu'en Allemagne il existe une censure littéraire ? En France, il n'y en a plus que pour le film.
M. HANS HENNY JAHNN. – Il existe chez nous une censure gouvernementale.
Mais ce n'est pas la plus redoutable à vrai dire.
Ce dont je veux surtout parler, c'est de la censure privée, de la censure sans caractère officiel. Je reconnais cinq espèces de censure.
En premier lieu, la censure capitaliste; deuxièrement, la censure communiste; troisièmement, la censure qui se base sur la conception routinière de la vie, quatrièmement, la censure raciale.
Toutes ces censures constituent des forces dangereuses. Mais le péril le plus grave vient de la censure de « l'homme normal ».
Je m'explique:
Cet« homme normal », cet homme de « moralité moyenne » dont on vous rebat les oreilles, en réalité n'existe pas. Il n'a jamais existé. N'empêche qu'au nom de la « moralité moyenne » et de la conception de « l'homme normal », on censure toutes les oeuvres d'art.
Exemple: Chez nous la censure du film a des vues très étroites quant à la sexualité. Or comment comprendre la vie sans la sexualité ?

La censure est toujours absurde quand elle n'est pas odieuse.
On a dit ce mot profond: «La chrétienté accepte tous les arts pourvu qu'ils s'approchent à genoux.»
Eh bien! dans toutes les nations la censure officielle ou occulte agit de même. Elle accepte les arts si les arts s'humilient devant elle, si les arts s'approchent d'elle à genoux. Je vous rappellerai l'exemple de Descartes qui pour échapper aux foudres ecclésiastiques mit une sourdine à sa pensée et se réfugia dans la science, où il inventa la géométrie analytique.
Nous, les auteurs menacés par la censure, force nous est aussi d'emprunter des détours pour nous exprimer au sujet des questions biologiques et physiologiques.
Notre seule chance, c'est de pouvoir glisser des vérités entre les vétos des différentes censures dont je parlais tout à l'heure. Car il arrive quelquefois par bonheur que ces censures se combattent et se neutralisent.
En Allemagne une liste blanche a été dressée. Ce n'est pas une liste noire d'écrivains suspects. C'est au contraire une liste d'auteurs qu'il faut laisser en paix et que la censure n'a pas le droit d'inquiéter.
Après quoi, on a voté une loi qui permet de censurer tous ceux dont les tendances diffèrent de celles que suivent les écrivains de la liste blanche.

Kommentar

959/*2* **IV. Internationaler Theaterkongreß 1930]** Der IV. Internationale Theaterkongreß fand vom 12.–21. 6. 1930 in Hamburg statt. Im Vorfeld des Kongresses kam es zu einer Beschwerde des »Kartells Hamburger Künstlerverbände«, weil unter den Mitwirkenden und Referenten kein namhafter Hamburger vorgesehen war – eine Beschwerde, die, wie Jahnns Diskussionsbeiträge zeigen, in letzter Minute Erfolg hatte (siehe Materialien). – Jahnn erwähnt den Kongreß noch 1958 in seiner Rede zur »Eröffnung der Ausstellung Karl Kluth« (Schriften II, S. 140). /*8* **Zensur]** Siehe die Anm. zu S. 955/14. /*17ff.* **Inquisition ... auf den Scheiterhaufen brachte]** Jahnns Lektüre der beiden monumentalen Bände »Geschichte der Hexenprozesse« ist bezeugt (siehe: Fluß ohne Ufer III, S. 565). Die von Max Bauer neu bearbeitete und herausgegebene Ausgabe (2 Bde., München: Verlag G. Müller, o. J.) befindet sich noch heute in seiner Bornholmer Handbibliothek.
961/*14* **Filmzensur]** Art. 118 der Weimarer Verfassung ließ die Zensur für »Lichtspiele«, d. h. für den Film, ausdrücklich zu (Klaus Petersen: Literatur und Justiz in der Weimarer Republik. Stuttgart 1988; sowie: Weimarer Republik. Manifeste und Dokumente zur deutschen Literatur 1918–1933, S. 135–156). /*16f.* **In einem Rundfunkvortrag]** Nicht ermittelt. /*24* **ein Wort anführen, das Professor Muth geschrieben hat]** Carl Muth (1867–1944), kath. Publizist, Begründer und bis 1941 auch Herausgeber der kulturpolitischen Zeitschrift »Hochland«. Die Quelle des Zitats, das Jahnn auch in dem am 22. 3. 1931 gehaltenen Vortrag »Die neue Linke greift an« zitiert (Schriften I, S. 644), war nicht zu ermitteln. /*34f.* **Als Descartes versuchte ... drohte ihm der Scheiterhaufen.]** René Descartes (1596–1650), verließ 1628 Frankreich und ging nach Holland: »In Frankreich

hatte Descartes Grund um seine Sicherheit zu fürchten. Nichtaristotelisches Philosophieren war dort mit der Todesstrafe bedroht, und der Einfluß der Kirche, d. h. hier vor allem der Jesuiten am Hof des Herrschers, war kaum zu unterschätzen.« (Metzler Philosophen Lexikon. Hrsg. von Bernd Lutz. Stuttgart 1989, S. 181f.) In Jahnns Bornholmer Bibliothek befindet sich »René Descartes. Über die Methode des richtigen Vernunftgebrauchs und der wissenschaftlichen Wahrheitsforschung« (übersetzt von Ludwig Fischer. 2., verbesserte Auflage, Leipzig o. J. [Reclams Universal-Bibliothek Nr. 3767]). */18f.* **Das Gesetz zum Schutz der Jugend gegen Schmutz und Schund]** Das Gesetz wurde trotz heftigster Proteste am 3. 12. 1926 vom Reichstag verabschiedet. Jahnn hat gegen das Gesetz mit seinem Artikel »Die Reglementierung des freien Geistes« protestiert (Schriften I, S. 706ff. und Schriften II, S. 1044f.). */20f.* **eine Art weißer Liste]** Nicht ermittelt.

963/7 Sie zu bejahen ist seine Aufgabe.] »Es ist jedenfalls sehr schwer, zu sehen, zu bejahen. Zu hören, zu bejahen. Mit allen Sinnen zu bejahen. Eigentlich steht die Todesstrafe auf Bejahung seit jeher.« (»Selbstanzeige des ›Perrudja‹« – Perrudja, S. 818)

Materialien

Kartell Hamburger Künstlerverbände.
Sitzung des Arbeitsausschusses, Curiohaus 29. Mai 1930.

Der Arbeitsausschuß stellte zu Punkt »IV. Internationaler Theaterkongress Hamburg« folgendes fest:

1. Herr Roters hat über eine Mittelsperson Anregungen für die Gestaltung des Theaterkongresses schon vor Monaten gegeben.
2. Weder das Kartell Hamburger Künstlerverbände, noch irgendeine Privatperson, die dem Kartell Hamburger Künstlerverbände nahesteht, ist zu den Vorbereitungen herangezogen worden. Anregungen, die gegeben wurden mußten ganz inoffiziell über eine Mittelsperson geleitet werden.
3. Das K. H. K. hat keine Nachricht von der Programmgestaltung erhalten. Der Arbeitsausschuß ersieht aus einer Zeitungssnotiz, daß kein namhafter Hamburger Künstler zu den Mitwirkenden zählt. Er nimmt an, daß diese Nachricht auf Richtigkeit beruht, da sie zum zweiten Mal unwidersprochen zum Abdruck gelangt ist.

Beschluss: Herr Jahnn und Herr Professor Illies werden beauftragt bei den maßgebenden Stellen Beschwerde zu führen. Gleichzeitig wird eine Notiz an die hamburgische Presse gegeben, folgenden Wortlauts:
Der Arbeitsausschuß des Kartells Hamburger Künstlerverbände hat sich mit dem bevorstehenden IV. Internationalen Theaterkongress in Hamburg beschäftigt. Er nahm mit Bedauern davon Kenntnis, dass unter Mitwirkenden und Referenten kein namhafter Hamburger vertreten ist. Der Vorsitzende des Kartells, Hans Henny Jahnn, und das Mitglied des Präsidiums, Professor Illies, wurden beauftragt, gegen die traditionelle Ausschaltung der Hamburger Künstler zu protestieren. –

Modernes Theater

Entstehung und Überlieferung

Zeugnisse zur Entstehung sind nicht überliefert. Unter Nachlaß Nr. 309 wird ein Typoskriptdurchschlag (»Hamburger Fremdenblatt. / Modernes Theater. / Von H. H. Jahnn«) verwahrt: drei Blätter (223 × 285 mm).
Erstdruck: Hamburger Fremdenblatt, 28. Oktober 1930.
Textgrundlage der Edition ist der Erstdruck.

Kommentar

964/*1* **Modernes Theater.]** Der Text entwirft ein ästhetisches Modell, das in unmittelbarem Zusammenhang mit dem 1929/30 entstandenen Theaterstück »Straßenecke« steht, zu dem er als begleitender Kommentar gelesen werden kann. Siehe S. 70f. /*5f.* **Die Angriffe des Films und des Rundfunks]** Zur zeitgenössischen Debatte »Lesen oder sehen« siehe: Weimarer Republik. Manifeste und Dokumente zur deutschen Literatur 1918–1933. Hrsg. v. Anton Kaes. Stuttgart 1983, S. 219–239; zur neuen Öffentlichkeit des Rundfunks: ebenda, S. 197–218. – Als vierte Stadt nach Berlin eröffnete 1924 die Norag in Hamburg die Rundfunkära. /*19f.* **Nachdem der Film sich aus den Fesseln (?) des Stummseins gelöst hat]** Die ersten Tonfilme in Deutschland entstanden 1928/29 (siehe Siegfried Kracauers skeptische Rezension »Tonbildfilm« vom 12. 10. 1928, in: Siegfried Kracauer. Schriften. Bd. 2: Von Caligari zu Hitler. Frankfurt/M. 1979, S. 409). /*24* **Montagearbeit]** Das Montageprinzip wurde vor allem vom russischen Film und vom russischen Theater (Meyerhold, Tairow) mit avantgardistischer Stoßkraft eingesetzt (ein Gastspiel Tairows war anläßlich des Kongresses 1930 in Hamburg zu sehen). In Deutschland war sein Vorkämpfer Piscator, den Jahnn in seiner vor dem Kongreß improvisierten Rede (S. 1349) ausdrücklich nennt. In seinem 1929/30 entstandenen Theaterstück »Straßenecke« wendet Jahnn selbst vielfältig Formen eines szenisch-literarischen Montageprinzips an.

965/*6ff.* **daß der menschliche Geist ... keine Musik geben.]** Jahnn übernimmt diese Passage fast wörtlich aus seinem Vorredenentwurf zu »Straßenecke« (S. 70/28–38). /*7f.* **Erinnerung, die bis in die Zukunft reicht]** Siehe die Anm. zu S. 13/16 und 102/14f. /*18f.* **die Handlungen und Dialoge in der Dirnengasse im »Ulysses« von James Joyce]** Verweis auf die »Mabbott Street«-Szene im zweiten Teil des »Ulysses«. /*21* **»Chien andaloux«]** Der in Zusammenarbeit von Salvador Dali und Luis Bunuel entstandene Kurzfilm »Un chien andalou« (1928) schockierte die Zeitgenossen durch seinen surrealistischen Diskurs sowie seine angebliche Blasphemie. In Jahnns Versuch, eine Dramatik auf der Höhe der Zeit zu entwerfen, gewinnt »Un chien andalou« zentrale Bedeutung. Jahnn erwähnt den Film auch in seinen am 8. 3. 1931 im Hamburger Millerntor-Theater (siehe den Bericht im »Hamburger Anzeiger« vom 9. 3. 1931) gehaltenen einführenden Worten zu einer Rede von Sergei Tretjakoff (Schriften I, 653) sowie in seiner

Bergener Rede »Aufgabe des Dichters in dieser Zeit« (Schriften I, S. 676). */32* **in meinem letzten Bühnenwerk »Straßenecke«]** »Straßenecke« war zu diesem Zeitpunkt noch nicht im Druck erschienen. */35f.* **eines großen harmonikalen Geschehens]** Siehe die Anm. zu S. 97/11. */39* **»Sie ist, wie sie ist.«]** Anklang an Jahnns fatalistische Formel »Es ist, wie es ist und es ist fürchterlich.« – Siehe die Anm. zu S. 95/24f. und 107/2.
966/*3* **wie Schiller, als er seine »Räuber«]** Eine der seltenen Erwähnungen Schillers bei Jahnn. Möglicherweise hatte er Erich Ziegels aktualisierende Aufführung gesehen, in der Franz im Smoking, mit Monokel und Zigarre und die Räuber in Soldatenuniformen mit Stahlhelmen und modernen Gewehren auftraten (Christoph Trilse / Klaus Hammer / Rolf Kabel. Theaterlexikon. Berlin⟨-Ost⟩ ²1978, S. 621). */3f.* **wie Büchner, als er seinen »Wozzek« schrieb]** Zur Bedeutung Büchners für Jahnns dramatisches Ouevre siehe: Dramen I, S. 1032.

Existentialismus, Liebe und Film

Entstehung und Überlieferung

Zeugnisse zur Entstehung sind nicht überliefert. – Ein Typoskriptdurchschlag befindet sich im Besitz von Signe Tredes. Textgrundlage der Edition ist der Erstdruck: Hermann Lober: Existentialismus, Liebe und Film. Ein Gespräch mit Hans Henny Jahnn, in: Neuer Westfälischer Kurier, Hamm, 31. 3. 1948.
Eine gekürzte Fassung erschien unter dem Titel »Gespräch mit dem Dichter Hans Henny Jahnn« in: Hamburger Echo, 23. 3. 1948. – Jochen Meyer verzeichnet in seiner Bibliographie unter Nr. 337 einen weiteren Druck (Flensburger Tageblatt, 17. 4. 1948), der nicht eingesehen wurde.

Apparat

Im folgenden sind die Abweichungen des Nachdrucks im »Hamburger Echo« (=HE) sowie im Typoskriptdurchschlag (=TsD) verzeichnet. Vor dem Lemma steht immer die Lesart unseres Drucks.
968/*2* von geistiger Reaktion] *von schwärzester geistiger Reaktion* (TsD) */6* schätze] *glaube* (TsD) */15* einer Gestalt] *seiner Gestalt* (HE, TsD) */15* einer Existenz] *seiner Existenz* (TsD)
969/*2* Unterbewußtseins] *des Unterbewußten* (TsD, HE) */3* am Erlebten] *im Erlebten* (HE) */4* mich betroffen] *sich betroffen* (TsD) */7* Ich fuße auf mir selbst.] Fehlt TsD */31* – dem man politisch manches vorwirft –] Fehlt TsD */34* abgebrochen:] *abgebrochen. Waldemar Rördams Übersetzung geriet in Verruf, weil er sich später zum Nationalsozialismus bekannte.* (TsD) */35f.* »als ... geprägt«] Im TsD fehlen die Anführungszeichen
970/*3* gedenke ich] *bin ich entschlossen* (TsD) */5* beschäftige: die] *beschäftige: ich will die* (TsD) */7* Regent war.] Danach folgt TsD: *Die wenigen Verse, die uns erhalten sind, erlauben keinerlei Urteil über seine künstlerischen Qualitäten. Sicher*

ist indessen, dass die Orgel durch seine nächsten Mitarbeiter wesentlich verbessert wurde. Die grausamen Zirkusspiele hat er entschlossen verboten und statt ihrer die grossen griechischen Dichter auf die Bühne gebracht. Dass er am Brand Roms unschuldig ist, hat die Geschichtsforschung seit langem bewiesen und die Verfolgung der Christen ist eine Fabel. /*15* ⟨Hände⟩*] Der Erstdruck liest *Händen* (emendiert nach HE und TsD) /*21* ⟨dieses⟩*] Der Erstdruck liest *diese* (emendiert nach HE; TsD liest *dies*) /*24* für einen ausgezeichneten Gegenstand der Verfilmung.] *für ein ausgezeichnetes Drama für die Verfilmung.* (TsD) /*25ff.* Den ... Vorwurf.] Fehlt in TsD

Kommentar

967/*2* **Hermann Lober]** Nach Ausweis von Jochen Meyers »Verzeichnis der Schriften von und über Hans Henny Jahnn« hat Hermann Lober im Zeitraum zwischen 1948 und 1950 zahlreiche Artikel über Jahnn veröffentlicht, darunter eine Besprechung der ersten Buchausgabe sowie der Hamburger Premiere von »A. R. M. u. T« und eine Rezension des ersten Bandes der »Niederschrift des Gustav Anias Horn«. /*3* **Anläßlich des Erscheinens ...]** Die erste Buchausgabe des Dramas war, mit dem Impressum 1948, im Dezember 1947 im Willi Weismann Verlag, München, erschienen. /*4* **Jürgen Fehling]** 1885–1968, Regisseur, vor allem am Staatstheater Berlin tätig; dort inszenierte er am 4. 5. 1926 die Uraufführung von Jahnns »Medea« (siehe Dramen I, S. 1208f., sowie: Uwe Schweikert: »Untergang, Untergang, Untergang«. Jahnns »Medea« in der Kritik. In. Medea. Hans Henny Jahnn. Ein Theaterbuch von Manfred Weber. Berlin 1989, S. 183–186). Fehling hat die Uraufführung von »A. R. M. u. T.« schließlich nicht inszeniert (siehe die Anm. zu S. 972/26). Zu Fehlings Äußerung über Jahnn siehe die Anm. zu S. 971/22ff. /*10ff.* **1933 ... auf die Insel Bornholm entfliehen.]** Jahnn befand sich seit April 1933, mit kurzen Unterbrechungen im Ausland: von April bis Juli überwiegend in Dänemark, seit Ende August auf Einladung Walter Muschgs in der Schweiz; im April 1934 erwirbt er den Hof Bondegaard auf Bornholm, wohin er im Mai übersiedelt. Da er seinen deutschen Paß behielt und legal ausreiste, kann er im strikten Sinne weder als Exilierter noch als Emigrant bezeichnet werden. Man siehe hierzu auch: Per Øhrgaard. Exilautor und / oder Auslandsdeutscher? Hans Henny Jahnns Aufenthalt in Dänemark nach 1933; in: Deutschsprachiges Exil in Dänemark nach 1933. Zu Methoden und Einzelergebnissen. Vorträge des Kolloquiums am 1. und 2. Oktober 1984, hrsg. von Ruth Dinesen u. a. (=Text & Kontext Sonderreihe, Bd. 21) Kopenhagen u. München 1986, S. 199ff. /*17f.* **seine Vaterstadt besucht hatte und nun wiederum in Hamburg eintraf]** Jahnn hatte im November und Dezember 1946 zum ersten Mal nach dem Krieg Deutschland besucht; von Ende April bis August 1947 weilte er zum zweiten Mal dort und am 2. März 1948 traf er zum dritten Mal in Hamburg ein. /*22* **Sartres Freiheitsbegriff]** Zu Jean Paul Sartres und Jahnns Freiheitsbegriff siehe Schriften II, S. 1313f. /*23* **Der Mensch ist zur Freiheit verurteilt.]** Das Zitat verweist auf Jean-Paul Sartres philosophisches Hauptwerk »L'être et le néant« (1943; »Das Sein und das Nichts«), an dessen Schluß

Sartre schreibt: »Die wesentliche Konsequenz unserer vorangehenden Ausführungen ist, daß der Mensch, dazu verurteilt, frei zu sein, das Gewicht der gesamten Welt auf seinen Schultern trägt: er ist für die Welt und für sich selbst als Seinsweise verantwortlich.« (zitiert nach: Metzler Philosophenlexikon, a. a. O., S. 685 f.)
968/*11* haben Sie den Satz geprägt] Lober zitiert aus der dem Roman vorangestellten »Inhaltsangabe«: »Daß wir groß Unrecht tun, indem wir einen Maßstab aufrichten, der nur die Gestalt abbildet, die wir sein möchten, eine Puppe, ein Götze, auch wenn wir ihn Gott nennen. Daß wir nötig haben uns zu bekennen, nicht zu Seiner Gestalt, sondern zu Seiner Existenz.« (Perrudja, S. 8) /*19* **Kierkegaard]** Dem zweiten Band der »Niederschrift« wollte Jahnn ursprünglich ein Motto von Kierkegaard voranstellen (siehe Fluß ohne Ufer III, S. 825). In seiner Bornholmer Handbibliothek befindet sich noch heute der Band: Bibliothek der Philosophen. Geleitet von Franz Mauthner. 11. Band. Kierkegaard. Auswahl aus seinen Bekenntnissen und Gedanken. Hrsg. v. Fritz Droop. München 1914. /*24f.* **als »Freud-Existenzialisten« bezeichnet]** Siehe die Anm. zu S. 971/22 ff. /*27* **mein »Pastor Ephraim Magnus« erschien]** Das 1919 erschienene Drama »Pastor Ephraim Magnus« war Jahnns erste Veröffentlichung. /*30f.* **konnte man in letzter Zeit lesen]** Quelle nicht ermittelt. /*39f.* **Mein Freund Ludwig Voß äußerte anläßlich meines letzten Romans]** »Von dem Fluss habe ich die Blätter bis Seite 322 (März) in Händen. Die innere Fülle und Gedrängtheit ist so überwältigend, dass man fragen könnte, was ist in diesem Buch nicht enthalten und was kann danach noch gesagt werden. Fraglos ist solch ein Buch eine Gefahr für alle gestaltenden Geister. Es umfasst den Gesamtbestand der Schöpfung und kann durch nichts mehr überboten werden. Die Summe der Erfahrungen an der Realität – das ist der Fluss. Von zufälligen Berührungen unsrer Sinne von aussen bis zum schicksalhaften Zugriff unsres Innern, dieselben Dinge im Rausch und in der Ernüchterung, in der Wärme des Sinnlichen und in der Kühle des Begrifflichen. Entscheide fordernde, überwältigende und abgleitende Bewegungen, reiche Perspektiven für das Erschaubare und eine scharfe Sonde in die Schichten des Erlebbaren. Eine wunderbare Lösung⟨,⟩ wie im Ringen mit dem Widersacher-Freund die Ergebnisse zu Sätzen sich formen. Eine allgegenwärtige Sicht, entfaltet im Rahmen eines chronologischen und schicksalhaften Ablaufs. Dir ist das Wort Unterbewusstsein nicht bekannt. Es wurde erfunden für das Verdrängte, für das dem Blick entzogene Funktionieren. Die Furchtsamen und Unehrlichen werden Dein Buch meiden. Dass menschliches Wissen eine solche Höhe, wenn auch nur in einem Einzelnen erreichen konnte, gibt mir manchmal das unheimliche Gefühl, als ob hier ein Ende gegeben sei. Oder ein Anfang – nach furchtbaren Untergängen.« (Ludwig Voss an Jahnn, 14. 2. 1948 – zit. nach einer Abschrift Ellinor Jahnns in einem privaten Notizbuch aus dem Besitz Signe Tredes).
969/*10f.* »Allmählich ist die Liebe unser Eigentum geworden.«] Siehe S. 120/1 f. und die Anm. dazu. /*13f.* **des »naturwidrigen« Mitleids]** Siehe die Anm. zu S. 635/14 f. und 835/4. /*30f.* **Die Nachdichtung Waldemar Rördams]** »Valdemar Rørdam (1872–1946) war ein bekannter und geschätzter nationaler Dichter, bis er im Juni 1941 den Einmarsch der deut-

schen Truppen in die Sowjetunion hymnisch pries.« (Øhrgaard, a. a. O., S. 214) Die Übersetzung ist unter Nachlaß Nr. 32 überliefert. */32f.* **hatte bereits mit den Proben begonnen]** Zu Jahnns Versuchen, »A. R. M. u. T« in Dänemark zur Aufführung zu bringen siehe Øhrgaard, S. 208 f. */34ff.* **der staatliche Theaterzensor ...]** 1934 bot Jahnn sein Stück dem Königlichen Theater an. Aber das Gutachten des Theaterzensors J. Anker-Larsen (1874–1957 – Dramatiker und Romancier) datiert erst vom 18. 10. 1935: »Viele in der deutschen Jugend blicken nach Jahnn als dem großen Erneuerer der dramatischen Dichtung. Hier soll nicht die Frage entschieden werden, ob er der ist, ›der da kommen soll oder sollen wir einen anderen erwarten‹, sondern es soll nur gesagt werden, daß ›Armut, Reichtum, Mensch und Tier‹ von Anfang bis Ende den Stempel des dichterischen Genies trägt. Nicht ganz ohne Furcht denkt man an die nüchternen dänischen Schauspieler, die den Geist dieses Schauspiels wiedergeben sollen, aber seine Schönheit und Tiefe machen es zur Pflicht, eine Aufführung ernsthaft zu erwägen. Was gegen eine Annahme vorgebracht werden kann, wird jedenfalls den Wert dieser Arbeit als dichterisches Werk nicht schmälern können.« Der Schluß des Gutachtens – so Øhrgaard – »bietet dem Theater eine Ablehnung geradezu an, und diese erfolgte denn auch wenige Tage später.« (a. a. O., S. 214 und S. 208)
970/*3* der bösartigen Märchenstücke Strindbergs] Verweis auf die beiden 1901 entstandenen Stücke »Die Kronbraut« und »Schwanenweiß« von August Strindberg (1849–1912). Vor allem das erstere besitzt Milieu-, Motiv- und Figurenparallelen mit Jahnns »A. R. M. u. T«. Siehe die Anm. zu S. 125/2. */5* **die letzten 5 Tage Neros]** Gemeint ist: »Der Tod des Domitius« – siehe S. 281 ff. und die Anm. dazu. */18f.* **Die erste Fassung ... benutzte den Film.]** Siehe den Apparat zu »A. R. M. u. T«, S. 1164. */24* **Gegenstand der Verfilmung]** Zu einem weiteren, nicht verwirklichten Filmplan Jahnns aus dieser Zeit siehe das Exposé »Die Schuldigen« (Späte Prosa, S. 185 ff.).

Materialien

Ein weiteres Interview, das in der »Hamburger Freien Presse« Anfang November 1946 erschien (»Hans Henny Jahnns Heimkehr«), bei Meyer nicht verzeichnet ist und erst nach Abschluß des Textteils aufgefunden wurde, kommt hier dokumentarisch zum Abdruck:
»Seit Senatsdirektor Erich Lüth in unserer Zeitung seinen Brief an Hans Henny Jahnn auf Bornholm veröffentlichte, sind drei Monate vergangen. Dem unablässigen Bemühen verschiedener Hamburger Stellen ist es inzwischen gelungen, die Einreiseerlaubnis für Jahnn nach Deutschland zu erwirken. Seit einigen Tagen befindet sich der Dichter, Orgelbauer, Baumeister und Landwirt wieder in seiner Vaterstadt. Die Rückkehr Jahnns nach Deutschland, die freilich noch nicht als endgültig angesehen werden kann, ist nicht nur für Hamburg bedeutsam, sondern findet in der ganzen kulturellen Welt stärkste Beachtung. Wir konnten den Dichter bald nach seiner Ankunft in ein Gespräch verwickeln, dessen markanteste Punkte hier wiedergegeben seien:

Ihre Einreiseerlaubnis, Herr Jahnn, wurde auf fünf Wochen befristet. Gedenken Sie, nach dieser ersten Fühlungnahme mit der Heimat für immer nach Deutschland zurückzukehren?
›Ich komme nur dann für dauernd zurück, wenn ich meine Fähigkeiten nutzbringend einsetzen kann.‹
Sie haben sich sicherlich auch über das künftige Verhältnis zwischen Dänemark und Deutschland Gedanken gemacht?
›Ich bin 13 Jahre Gast in Dänemark gewesen, ich habe die Insel Bornholm lieben gelernt, habe, wie ich glaube, meine Dankesschuld in den Naturschilderungen des Epos "Fluß ohne Ufer" abgestattet und wünsche nur: ein inniges Verhältnis zwischen Dänemark und Deutschland.‹
Ist Ihnen nach Ihrer ersten kurzen Anwesenheit in Deutschland etwas Besonderes aufgefallen?
›Daß die deutsche Sprache völlig ruiniert ist. Das sind wohl die schlimmsten Trümmer.‹
Wie denken Sie sich Ihren Beitrag, diesem Ruin der Sprache zu begegnen?
›Ich habe mein Buch "Fluß ohne Ufer" geschrieben, von dem im Ausland behauptet wird, daß es im besten Deutsch geschrieben sei.‹
Von diesem, Ihrem neuesten Werk hörten wir schon, während der Nazidiktatur wie von einer Sage. Stimmen die Angaben über den Umfang? Es soll sich um sechs Bände handeln?
›Ja, es ist ein Werk von 3000 Seiten, eng gedruckt. Der erste Teil wurde heimlich in Leipzig von Payne gedruckt und liegt seit 1941 zum Erscheinen bereit. Den zweiten Teil habe ich in meinem Koffer als Manuskript mitgebracht und werde seine Drucklegung hier in Deutschland vorbereiten.‹
In Hamburg haben wir nun nicht nur den Dichter Hans Henny Jahnn zurückerwartet. Ein großer Kreis setzt besondere Hoffnung auf den Orgelsachverständigen. In erster Linie hofft man wohl, daß Sie zum zweiten Male den Wiederaufbau der Jakobi-Orgel betreiben werden.
›Ich glaube nicht, daß ich mit dieser Aufgabe betraut werde. Sehr gern möchte ich das Meisterwerk Arp Schnitgers zum zweiten Male der Stadt zurückretten, aber zu Konzessionen kann ich mich bei dieser Arbeit nicht bereiterklären.‹
Auch die zahlreichen Anhänger der früher von Ihnen ins Leben gerufenen Ugrino-Gemeinschaft haben Sie sehnsüchtig zurückerwartet. Wie denken Sie sich Ihre Mitarbeit an dem Neubau dieser Gemeinschaft?
›Ich möchte, daß sie weiterlebt.‹
Das Hamburger Schauspielhaus hat Ihr Stück ›Arm und reich, Mensch und Tier‹ für diese Winterspielzeit auf den Spielplan gesetzt. Wäre es nicht sehr schön, wenn es noch während Ihres Hamburger Aufenthaltes zur Aufführung des Stückes käme?
›Mir liegt nur an einer guten Aufführung.‹
Sicher haben Sie für die kurzen Wochen Ihres Hamburger Aufenthaltes einen sehr gedrängten Arbeitsplan. Werden Sie auch öffentlich hervortreten, etwa mit Vorträgen?
›In der Beziehung mußte ich mir ein ganzes "Vorlesungsverzeichnis" anlegen. Am 14. November werde ich in der ersten Vollsitzung des Kulturrats einen Kurzvortrag mit dem Thema Erste Ansprache halten. Vor dem

Schutzverband Deutscher Autoren und dem Hamburger Künstlerklub spreche ich am 15. November, im Gästehaus des Senats über Gestrandete Literatur. Besonders am Herzen liegt mir der Vortrag, den ich vor der Jugend akademischer und freier Verbände zu halten aufgefordert wurde. Die Jugend ist unsere einzige Hoffnung. Daß sie als "lasterhaft" beschimpft wird, berührt mich nicht, höchstens bedaure ich, daß sie durch Lasterhaftigkeit krank werden könnte. Der Vortrag heißt: Mein Glaube an die Jugend. Zu einem späteren Zeitpunkt werde ich nochmals vor dem Kulturrat das Wort zu längeren Ausführungen mit dem Thema Bemerkungen zur deutschen Kulturpolitik nehmen. Zu Fragen des Orgelbaus und der Wiederherstellung zerstörter Orgeln werde ich vom Rundfunk aus sprechen. In einem Vortrag Nochmals Orgelreform gedenke ich von neuen eigenen Erkenntnissen und von meiner Arbeit als Orgelbauer in Skandinavien zu berichten, die dort nicht geruht hat.‹

Und als Epiker wollen Sie sich den Hamburgern nicht Erinnerung bringen, zum Beispiel mit einer Autorenvorlesung aus eigenen Werken?

›Wolf Beneckendorff hat sich freundlicherweise erboten, aus meinem Roman "Fluß ohne Ufer" zu lesen.‹

Somit bieten Sie Ihren Hamburger Freunden in kurzer Zeit so vieles, daß sie wohl zufrieden sein können. Ihr Aufenthalt wird aber doch kaum auf Hamburg begrenzt bleiben?

›Ich beabsichtige mit der Unterstützung des Kulturrats eine Reise durch die Westzone zu unternehmen. Mein Wunsch ist es, einen Eindruck von den zerstörten Kulturdenkmälern zu gewinnen, um möglicherweise einen Plan für den Wiederaufbau zu entwickeln.‹

Sie kommen doch nun nicht nur als Dichter, Orgelsachverständiger und Vortragender zu uns, sondern Sie waren doch in Dänemark in erster Linie Landwirt und hatten als solcher besondere Erfolge aufzuweisen. Falls Sie endgültig nach Deutschland zurückkehren, planen Sie dann auch eine Fortsetzung Ihrer landwirtschaftlichen Arbeit?

›Ja, ich möchte all meine Versuche mit Hormondüngung fortsetzen, mit dem Ziel, die landwirtschaftlich Produktion bei gleicher Anbaufläche um 3 bis 5 Prozent zu steigern.‹

Welche Voraussetzungen müßten Ihnen dafür von Hamburg, beziehungsweise von Deutschland erfüllt werden? ›Voraussetzung wäre ein genügend großer Hof, auf dem ich so viele Rinder und Pferde zur Verfügung halten kann, als für meine Versuchszwecke nötig sind.‹«

⟨Interview zu »Armut, Reichtum, Mensch und Tier⟩

Entstehung und Überlieferung

Zeugnisse zur Entstehung sind nicht überliefert. Am Nachlaß wird unter Nr. 260 ein Typoskriptdurchschlag verwahrt: zwei Blätter (223 × 266 mm), einseitig beschriftet (Korrekturen in Blei). Auf Blatt eins von fremder Hand der Vermerk mit violettem Farbstift: »gesendet 21/6. 48. Echo des Tages. Nordr. Rundfunk«.

Grundlage der Edition ist der als Fragment überlieferte Typoskriptdurchschlag.

Kommentar

971/*3* am Tage der Währungsreform] »Aufgrund des ›Gesetzes zur Neuordnung des Geldwesens in den Westzonen‹ (18. Juni 1948) schaffen die Militärregierungen die Reichsmark ab und führen die deutsche Mark (DM) ⟨am⟩ 21. Juni 1948 ein. Durch diese Währungsreform wird der aus der nationalsozialistischen Wirtschaftspolitik und der Kriegsfinanzierung resultierende Geldüberhang beseitigt und die Grundlage für die Gesundung des Wirtschaftslebens geschaffen.« (Der grosse Ploetz. Auszug aus der Geschichte. Würzburg [30]1986, S. 1294). /*11* **»Ihr erstes Gastspiel⟨«⟩ von Conny Kay]** Die Uraufführung fand am 25. 6. 1948 im Thalia-Theater statt. /*12* **in den Kammerspielen »Claudia« von Rose Franke]** Die Premiere des Stückes von Rose Franken fand am 26. 6. 1948 statt. /*12f.* **im Haus der Jugend]** Die am 25. 7. 1948 stattfindende Hamburger Aufführung inszenierte Theodor Haerten; die Wuppertaler Premiere vom selben Tage Willi Rhode. Siehe »Vorbemerkungen ⟨zu ›Spur des dunklen Engels‹⟩«, S. 974ff. sowie den auf S. 1367ff. abgedruckten Brief Jahnns an seine Frau Ellinor vom 29. 6. 1948. /*16f.* **haben wir ... wiederholt gehört]** Siehe dazu den Abschnitt »Entstehung« im Kommentar zur »A. R. M. u. T«, S. 1157. /*22ff.* **Der DPD meldete ...]** Unter dem Titel »FEHLING ÜBER DAS MODERNE THEATER« (»dpd-Interview mit dem künstlerischen Leiter des Hebbel-Theaters über seine Pläne«) meldet der Deutsche Presse-Dienst am 14. 2. 1948: »Der künstlerische Leiter des Hebbel-Theaters, Jürgen Fehling, hat am Donnerstag die Welturaufführungsrechte für das Drama ›Armut, Reichtum, Mensch und Tier‹ von Hanns Henny Jahnn vom Willi Weismann Verlag, München, wo es soeben erschienen ist, erworben. Die Dichtung spielt unter norwegischen Bauern und gestaltet das Schicksal des einsamen und gefährdeten Menschen Manao Vinje. Elisabeth Flickenschildt, den Berlinern vom Staatstheater in bester Erinnerung, wird für dieses Stück von Fehling an das Hebbeltheater verpflichtet werden.

In einem dpd-Interview nannte Fehling die Aufführung des Dramas von Jahnn ein allererstes Theaterereignis. In seinem Bekenntnis zum kühnen zeitgenössischen Theater äußerte der Regisseur: ›Seit dem Verblassen Hauptmanns und dem Tode Wedekinds krankt das deutsche Theater an einer übertriebenen Buhlschaft der Regisseure und der Klassiker.‹ Der klassischen Stilprobe seien nach Fehlings Meinung viele Regisseure nicht gewachsen gewesen. Sie hätten sich zu stilfindenden Experimenten hinreissen lassen. ›Viel Unfug wäre unterblieben‹, sagte Fehling, ›wenn den begabten Regisseuren zeitgenössische Literatur angeliefert worden wäre. Aus diesem Blickwinkel begreift man, daß die Rückkehr Jahnns in die deutsche theatralische Wirklichkeit ein allererstes Theaterereignis ist.‹

Fehling, der Jahnn seit langen Jahren kennt, äußerte über die Persönlichkeit des Hamburger Dichters: ⟨›⟩Dieser Orgelbauer aus Hamburg, der vor zehn Jahren einem Weltkongress der Organisten seine tief erschütternde

Erfindung auf dem Gebiet des Orgelbaus einer technisierten Welt verraten hat, der sein die Ordnung (Staatsordnung) sprengendes Dichtertum vor Hitler nach Bornholm retten mußte, schickt sich an, nach Hamburg zurückzukehren. Sein letztes Drama „Armut, Reichtum, Mensch und Tier" schrieb er vor 12 Jahren und überarbeitete es im Exil. Er übergab es mir jetzt zu treuen Regiehänden.‹

Fehling, der vor 15 Jahren Jahnns ›Medea‹ unter Jessner im Staatstheater mit Agnes Straub inszenierte, fuhr fort: ›Seit damals besteht unser Verbundensein gegen jene, die in der Kunst die gute Stube des Lebens zu verehren pflegen und noch immer und in Ewigkeit die gefährlichsten Feinde aller revolutionären, also jeder absoluten Theaterkunst waren und sein werden.‹ Über Jahnns dramatisches Werk befragt erwiderte Fehling: ›Jahnn fusst auf Hamburg ⟨Hamsun?⟩ und Sigmund Freud. Die Kritik wird ihn wahrscheinlich einen Freud-Existenzialisten nennen, Jahnn der ein satanisch gescheiter Mann ist, wird es sich lächelnd gefallen lassen.‹ Auf Sartre und ›Die Fliegen‹ anspielend bemerkte Fehling: ›Es wird ähnlich sein wie bei Sartre, der sich der Fliegenden Blätter, die mit tiefschürfendem Rüssel über seine "Fliegen" herfielen, mit souveränem Charm⟨e⟩ erwehrte. Sartre tat das in einer ebenso luciden wie eleganten "Exegea" seines Wesens als Europäer, der philosophiert und es manchmal nicht lassen kann, Stücke zu schreiben.‹

›Ich hoffe,‹ rief Fehling, ›daß die Premiere des Jahnn'schen Dramas ein wichtiges Datum der Literatur- und Theatergeschichte sein wird.‹ Wann die Uraufführung stattfinden kann, hänge von der Rückkehr Elisabeth Flickenschildts nach Berlin ab. Die Verhandlungen mit der grossen Künstlerin seien erfolgreich. ›Wenn mir der Abend glückt‹, meinte Fehling, ›so können wir vom Theaterstandpunkt aus sagen: Hans im Glück.‹ Fehling betonte, Jahnns Drama sei seit der ›Wupper‹ von Else Lasker-Schueler das erste ebenbürtige Stück für die deutschen Bühnen.

An weiteren modernen Stücken wird Fehling, dessen Inszenierung des ›Blauen Boll‹ von Barlach im Staatstheater unvergessen ist, Barlachs ›Findling‹ und ›Seedemunds‹ inszenieren. Auf die Frage, welche Schauspieler er holen wollte, antwortete er: ›Ich hoffe, daß die ganze Garde, Koerner, Koppenhöfer und wie sie alle heißen kommt.‹«

972/*1f.* **die erste Fassung am Züricher See]** Siehe S. 1159ff. /*3* **als ich zum ersten Mal aus der Handschrift vorlas]** Jahnn las am 11. 11. 1933 in Zürich vor geladenen Gästen aus dem Drama vor: »Auch der deutsche Generalkonsul ist geladen und hat sein Kommen angekündigt.« (Brief vom 10. 11. 1933, Jahnn an Ernst Eggers). /*4f.* **bezeichnete Prof. Muschg]** Siehe die Anm. zu S. 975/1ff. /*6f.* **es wurde zweimal ins Dänische übersetzt]** Siehe S. 969/30f. und den Kommentar dazu.

/*21* **Fehling ist ein alter Freund von mir.]** Siehe die Anm. zu S. 967/4. /*26f.* **Der Theaterkrach mit Fehling ...]** Jahnn schrieb am 17. 6. 1948 an Fehling, dessen Forderungen vom Theater abgelehnt worden waren, daß, hätte er die Regie übernommen, »bei den gegebenen Verhältnissen im Schauspielhaus in Hamburg ein endgültiger Krach zwischen Ihnen und verschiedenen Persönlichkeiten geradezu unvermeidbar gewesen sein würde.«

973/*1* **in der Bornholmer Emigration]** D. h. nach 1934. /*6* **im Hirsch-**

park Blankenese] Jahnn bewohnte das sogenannte Kavaliershaus im Hirschpark in Blankenese, das ihm die Stadt Altona zur Verfügung gestellt hatte, vom Oktober 1931 bis zu seiner Übersiedlung nach Bornholm und dann wieder seit 1950. /*7* **mußte emigrieren]** Siehe die Anm. zu S. 967/10ff. /*10f.* **in das Gründungskomitee des neuen deutschen Pen-Clubs berufen]** Das Internationale Exekutivkommitee des PEN wählte für die Neugründung des deutschen PEN-Zentrums zehn Gründer aus (darunter Hans Henny Jahnn) und schlug sie dem Internationalen PEN-Kongreß 1948 in Kopenhagen vor – siehe Helmut Peitsch: Hans Henny Jahnn in den gesamtdeutschen PEN-Zentren *Deutschland* und *Ost und West*; in: Siegener Hans Henny Jahnn Kolloquium. Homosexualität und Literatur. Hrsg. v. Dietrich Molitor und Wolfgang Popp. Essen 1986, S. 120.

Vorbemerkungen 〈zu »Spur des dunklen Engels«〉

Entstehung und Überlieferung

Zeugnisse zur Entstehung sind nicht überliefert. Terminus post quem für die Entstehung ist der 4. 8. 1949. An diesem Tag schreibt Jahnn Grete Möckli: »Es fehlt nur noch das Vorwort, das ich dem Stück mit auf den Weg geben will.« Auf der Rückseite des Briefdurchschlags notiert er u. a.: »Ahnfrau / Revolverschuß aus der Kinderpistole«. Diese Stichworte und die Tatsache, daß er sich im Herbst 1949 in Deutschland befindet, legen eine Niederschrift der Vorbemerkung noch im August 1949 auf Bornholm nahe. – Am Nachlaß wird unter der Nr. 263 eine Handschrift verwahrt: 12 Blätter (211 × 341 mm), einseitig mit Tinte beschriftet (Sofortkorrekturen).
Textgrundlage der Edition ist die Handschrift.

Apparat

974/*13* 〈einer〉*] In d. Hs.: *eine oder/un〈d〉* ~~*andere*~~
975/*10* •*] In d. Hs. Markierung für die Einfügung von S. 976/13.
/*15* w〈ie〉 auch*] In d. Hs.: *wauch* /*35* Nobelpreis.*] In d. Hs. folgt, von Jahnn gestrichen: *Gerüchte über das Buch sind nach der Kapitulation bis nach Dänemark gedrungen; der Reichsadvokat meinte, es handle sich um ein pornographisches Buch, und deshalb könnte die Beschlagnahme meines Vermögen nicht benützt werden; der Beschlagnahmekommissar hingegen wollte nicht gehört haben, daß das Buch irgendwie die Akten beschwert hätte.*
976/*3* Dinge,*] In d. Hs. folgt, von Jahnn gestrichen: *denn man wollte mich damals* /*13* •*] Beginn der auf S. 975/10 angezeigten einzufügenden Textpartie /*25* 〈geprägt〉*] In d. Hs.: *gebrpägt*
977/*11* li〈e〉ß*] Lesungsalternative: *biß* /*15f.* 〈Kritik meines Vaterlandes〉*] In d. Hs.: *meines Vaterlandes Kritik*
978/*13* etwa*] Lesungsalternative: *etwas*
979/*37* 〈mich〉*] In d. Hs. irrtümlich im Zuge einer Korrektur getilgt
980/*7* 〈Ideal〉*] In d. Hs.: *Ideals.*

981/*37* ⟨schön gemalte⟩*] In d. Hs.: *schon gemählte*; Lesungsalternative: *schon gewölbte*
982/*34* ⟨glich⟩*] In der Hs.: *gleich*
983/*33f.* ⟨Mitgeschöpf⟩*] In d. Hs.: *Mitgeschäft*
984/*4* ⟨Anklagend⟩*] In d. Hs.: *Anklald* /*6* die*] Lesungsalternative: *den* /*7f.* jenes ... müssen] Lesungsalternative: *jenes [...] seine Mißbilligung verstärkt, durch Revolte ausdrücken müssen* /*22* ⟨kein⟩*] In d. Hs.: *keinen* /*24* rechnender*] Lesungsalternative: *redender* /*34* ⟨Jonathan⟩*] In d. Hs.: *Jonathans* /*35* ⟨Eine⟩*] In d. Hs.: *Eine, eine* /*36* ⟨Königssohn,⟩*] In d. Hs.: *Königshen* oder *Königshon*
985/*8* ⟨sie⟩*] In d. Hs.: *sie zu* /*27* ⟨Absalom⟩*] In d. Hs.: *Abasolan* /*39* ⟨...⟩*] Jahnn läßt in d. Hs. eine einzeilige Lücke für eine Einfügung.

Kommentar

974/*1* **⟨Vorbemerkungen⟩]** Jahnn entwirft – im Horizont der Möglichkeiten wie der Schwierigkeiten der Theatralisierung seines literarischen Textes – Bausteine einer Theatertheorie, die in allen weiteren der Theaterpraxis gewidmeten Schriften bis hin zum Kieler Vortrag vom März 1959 wenn nicht direkt wiederaufgegriffen, so doch zumindest paraphrasiert werden. Voraus geht der lange Brief vom 29. 6. 1948 an seine Frau Ellinor über die beiden »A. R. M. u. T«-Aufführungen, der gleichsam als Keimzelle dieser »Vorbemerkungen« gelten kann und deswegen unter »Materialien« (S. 1367ff.) abgedruckt ist. /*9f.* **aus den Aufführungen der »Armut« in Hamburg + W.⟨uppertal⟩ gelernt habe]** Regisseur der Hamburger Inszenierung war Theodor Haerten, der Wuppertaler Inszenierung Willi Rhode. /*17f.* **Es wurde 1933 am Zürcher See in der Emigration geschrieben.]** Siehe »A. R. M. u. T.« den Abschnitt »Entstehung und Überlieferung« S. 1157ff. /*22* **Abläufe]** Siehe die Anm. zu S. 107/1. /*27f.* **mittels des Films ... Bühnenanweisungen]** In der ursprünglichen Version von »A. R. M. u. T« (wie sie der hektographierte Bühnendruck von 1934 dokumentiert) kommt den filmischen Sequenzen allerdings kein »montierender«, sondern eher ein illusionistischer Charakter zu. Siehe den Abdruck der Bühnenanweisungen im Apparat, S. 1164.
975/*1ff.* **Prof. Dr. Walter Muschg ... gab seiner Begeisterung ... in der Frankfurter Zeitung beredten Ausdruck.]** Walter Muschg (1898–1965), der damals als Privatdozent an der Universität Basel unterrichtete, lud Jahnn, mit dem er im Jahr zuvor in brieflichen Kontakt getreten war, im Frühjahr 1933 als Gast in die Schweiz ein. Jahnn hielt sich von Ende August bis Mitte Dezember 1933 und nochmals im Februar 1934 in Zürich auf. Muschg, der seit 1936 Professor an der Universität Basel war (wo Jahnn ihn im September 1937 besuchte), hat sich nicht nur publizistisch für Jahnns Werk eingesetzt, sondern ihn bis zum Kriegsausbruch 1939 auch materiell durch finanzielle Zuwendungen unterstützt. Der von Jahnn erwähnte Artikel Muschgs erschien am 28. 1. 1934 in der »Frankfurter Zeitung«. /*4f.* **Der Verlag S. Fischer, Berlin, später Suhrkamp-Verlag]** Nach der Emigration Gottfried Berman-Fischers leitete Peter Suhrkamp seit 1936 den in

Deutschland verbliebenen Verlagsteil, der 1942 zur Namensänderung gezwungen wurde und nun als »Suhrkamp Verlag« firmierte. /*5* **Bühnenvertrieb]** Die Ausgabe erschien 1934 – siehe S. 1164. /*5ff.* **Aufführungen ... schienen sich anzubahnen.]** Siehe den Abschnitt »Entstehung und Überlieferung« S. 1157ff. /*31* **Vielheit von Zensoren]** Siehe S. 959ff. /*31* **Die Lichtwarkstiftung]** Der Roman »Perrudja« erschien im Herbst 1929 im Kiepenheuer Verlag, Berlin-Potsdam. Möglich gemacht wurde das Erscheinen durch die im März 1929 gegründete Hamburger Lichtwark-Stiftung, die sich verpflichtete, eine limitierte Auflage von 1020 Exemplaren, für die eine Subskription eröffnet wurde, durch die Abnahme von 250 Exemplaren finanziell zu unterstützen. Siehe das Nachwort von Gerd Rupprecht in: Perrudja, S. 911–913. /*34f.* **ungewöhnlich gelobt worden]** U. a. von Klaus Mann, Wolfgang Koeppen und Alfred Döblin (siehe Meyer Nr. 943–956). /*35f.* **Eine polnische Zeitung]** Jahnn hatte die Rezension von Franz Goldstein (Wirtschaftskorrespondenz für Polen. Beilage: Buch- und Kunstrevue, 1. 3. 1930, S. 2) bereits in seiner »Autobiographie Funkstunde Berlin 7. April 1930« zitiert (Schriften I, S. 605) Diese und Jahnns Formulierung desavouiert die immer wieder angestellten Spekulationen, das schwedische Nobelpreiskomitee habe Jahnn für den Nobelpreis in Erwägung gezogen. /*36* **Alfred Döblin]** Am 24. 2. 1929 schickte Jahnn Döblin zwei Kapitel aus dem Manuskript des »Perrudja« mit der Bitte um Besprechung. Als der Roman im November 1929 erschienen war, empfahl ihn Döblin in seiner Antwort auf die Rundfrage »Die besten Bücher des Jahres«: »Höchst lesenswert und eine Sache für sich ist der Roman von Hans Henny Jahnn ›Perrudja‹, zwei Bände, Lichtwarkstiftung im Verlag Kiepenheuer. Über das Buch will ich noch nachdenken, und dann kann ich vielleicht sagen, was ich darüber meine. Es ist ein Buch voller wilder Bilder und Exzesse. – Jahnn in vollster Freiheit.« (Das Tagebuch, 10. Jg. [1929], H. 49 [7. 12. 1929], S. 2097) Im Frühjahr 1930 zeigte er ihn in der Umfrage »Mein Bücherkoffer für eine Südsee-Fahrt« (Uhu 6. Jg. [1930], H. 6, S. 89) neben Joyces »Ulysses« als lesenswert an. Bereits am 31. 1. 1930 hatte Döblin an Jahnn geschrieben: »Ich lese täglich Perrudja, – es hat herrliche Sachen, ich habe große Freude daran, – wenn ich durch bin, werde ich ein paar Notizen darüber veröffentlichen« (Alfred Döblin: Briefe. Hrsg. v. Heinz Graber. Olten / Freiburg i. Brsg. 1970, S. 150). Am 24. 4. 1930 teilte Jahnn Döblin mit, das »Hamburger Fremdenblatt« werde ihn zu einer Besprechung auffordern – dazu ist es jedoch nicht gekommen. Siehe auch Schriften I, S. 1101f. und Schriften II, S. 1184f. /*36* **Gustav Gründgens]** Gustaf Gründgens (1899–1963), von 1923 bis 1928 an den Hamburger Kammerspielen engagiert, seit 1928 als Schauspieler, Regisseur und Theaterleiter in Berlin wirkend; von 1947 bis 1955 Intendant des Düsseldorfer Schauspielhauses, 1955 bis 1962 des Hamburger Schauspielhauses. Jahnn war mit Gründgens seit dessen Hamburger Zeit in den zwanziger Jahren in persönlicher Verbindung: 1928 inszenierte Gründgens die Uraufführung von »Der Arzt/Sein Weib/Sein Sohn« (siehe Dramen I, S. 1150f.), 1956 die von »Thomas Chatterton«. /*37f.* **in die Bibliothek Hermann Görings gelangt]** »Der ›Perrudja‹ ist im Auftrage der Partei und des Ministeriums für Propaganda gelesen worden, der Gewährsmann hat das Buch hervorragend gefunden.

Auch Herr Minister Göring soll es kennen.« (Brief vom 4. 1. 1937, Jahnn an Henry Goverts – ähnlich schon brieflich am 16. 7. 1936 an Walter Muschg). Zu dieser abenteuerlichen Geschichte, die Jahnn mehrfach erzählt hat und deren möglicherweise wahrer Kern von seinen sicherlich beträchtlichen Ausschmückungen nicht zu unterscheiden ist, siehe man Freeman (S. 383 ff.)
976/*1* **Einer seiner Beamten]** Der Gewährsmann war Helmuth Steinhaus – Jahnns Geschichte scheint den Tatsachen nicht zu entsprechen. /*11* **einigen Nationalsozialisten verdanke]** Für Jahnn setzten sich im Dritten Reich ein: Oscar Walcker, Gustaf Gründgens, Friedrich Bethge, Hans Hinkel, Helmuth Steinhaus (Freeman, S. 382). /*16f.* **Natürlich wären die Stiefel auf der Straße]** Siehe S. 972/36ff. /*18ff.* **das Dagmar-Theater ... zwei Übersetzungen]** Zu Jahnn Versuchen, »A. R. M. u. T« in Kopenhagen zur Aufführung zu bringen siehe S. 1186ff. /*23* **S. Anker-Larsen]** Siehe die Anm. zu S. 969/34ff. /*30f.* **wie die »Kronbraut« Strindbergs]** Siehe die Anm. zu S. 970/3.
977/*9* **Ich wurde Landwirt]** Im April 1934 erwarb Jahnn, auf den Namen seines Mündels Eduard Harms, den Hof Bondegaard auf Bornholm, den er bis März 1940 und dann nochmals kurzfristig im Frühjahr und Sommer 1945 bewirtschaftete. /*11f.* **den Roman »Fluß ohne Ufer« zu schreiben]** Die (nicht abgeschlossene) Trilogie entstand in den Jahren 1935–47. /*25* **Ich arbeitete an meiner Mutations-Theorie]** Zu Jahnns Hormontheorie und seinen Hormonforschungen siehe die Anm. zu S. 301/2. /*31f.* **Gelegentlich kamen auch Beamte der Gestapo]** Bornholm stand, wie Dänemark, seit dem 9. 4. 1940 unter deutscher Besetzung. Am 1. 6. 1943 wurde die Insel zum militärischen Sicherheitsbereich erklärt; ab Anfang 1944 war auch die Gestapo auf der Insel stationiert. Nach seinen eigenen Angaben (siehe den Brief vom 12. 8. 1945 an Werner Helwig) wurde Jahnn in der Folgezeit fünfmal von der Gestapo aufgesucht. Per Øhrgaard, der auch die einschlägigen dänischen Polizeiakten einsehen konnte, kommt zu dem Schluß, »daß sich Jahnn während der Okkupationszeit nichts zuschulden kommen ließ« (S. 207).
978/*4ff.* **die Mithilfe des Films ... gestrichen]** Siehe die Anm. zu S. 974/27f. /*13f.* **der knappen Szene an der Kirchhofsmauer]** Siehe S. 137.
979/*25* **die Geistermusik des Kirchhofs]** Jahnn spielt an auf die Szene XI, die sogenannte Komturszene, sowie auf die Szene XV des zweiten Aktes von Mozarts »Don Giovanni« an. Zu Jahnns Mozartbild, in dem der von ihm »tragisch« gedeutete »Don Giovanni« eine zentrale Rolle spielt, siehe die Anm. zu S. 322/27f. sowie Fluß ohne Ufer II, S. 645ff. und Schriften II, S. 1391 und 1401f. /*33* **die ⟨»⟩Ahnfrau⟨«⟩ Gril⟨l⟩parzers]** Franz Grillparzers (1791–1872) Trauerspiel »Die Ahnfrau« (1817) gehört in die Reihe der sogenannten Schicksalsdramen. In seinen »Einleitende⟨n⟩ Worte⟨n⟩ zu einer Lesung von Shaws Essay ›Töten als Sport‹« vom 21. 1. 1951 datiert Jahnn seine Begegnung mit diesem Stück Grillparzers auf sein 14. oder 15. Lebensjahr, also 1908/09 (Schriften II, S. 112). /*34f.* **Gruftsprengung ... und das En⟨t⟩steigen des Gespenstes]** Jahnn meint die im »Grabgewölbe« der toten Ahnfrau des Hauses Borotin spielende Schlußszene des fünften Aufzugs von Grillparzers Trauerspiel »Die Ahnfrau«. Die Szene führt an die Wurzel des literarischen Modells, das den zahllosen in

Jahnns Dramen gestalteten Gruftszenen und der Vorstellung eines gemeinsamen Begräbnisses der Liebenden in einem Sarg zugrundeliegt. Jaromir, der mit Bertha vermählt werden sollte, entpuppt sich im Verlauf des Stükkes als deren in frühester Jugend entführter Bruder. Der alte Graf stirbt nach dieser Enthüllung, Bertha nimmt sich das Leben und Jaromir stirbt in der Umarmung mit der verfluchten Ahnfrau. (Franz Grillparzer. Werke in sechs Bänden. Band 2: Dramen 1817–1828. Hrsg. v. Helmut Bachmaier, Frankfurt/M. 1986, S. 115ff.). Helmut Bachmaier interpretiert die »doppelte inzestuöse Bindung an Schwester und Mutter« als »Verschiebung des Begehrens in der Verwechslung« (S. 729). */38f.* **eine Aufführung von Zuckmeiers »Teufelsgeneral«]** Verweis auf Carl Zuckmeyer (1896–1977) und sein Stück »Des Teufels General« (1946). »Das im amerikanischen Exil im Jahre 1942 entstandene und 1946 im Züricher Schauspielhaus uraufgeführte Drama ›Des Teufels General‹ entwickelte sich seit der Spielzeit 1947/48 zu dem Bühnenerfolg der Nachkriegszeit. Allein in diesem Jahr gab es 17 Inszenierungen, im nächsten sensationelle 53 (mehr als 2000 Aufführungen insgesamt).« (Hansers Sozialgeschichte der deutschen Literatur vom 16. Jahrhundert bis zur Gegenwart. Bd. 10: Literatur in der Bundesrepublik Deutschland bis 1967. Hrsg. v. Ludwig Fischer. München 1986, S. 496).

Jahnn spielt an auf die Konfrontation zwischen der Gestapo-Figur Dr. Schmidt-Lausitz, Kulturleiter, und General Harras im zweiten Akt »Galgenfrist oder Die Hand«, auf deren Höhepunkt Harras eine Schießübung veranstaltet. Jahnn erwähnt diese Szene auch in seinen »Einleitende⟨n⟩ Worte⟨n⟩ zu einer Lesung von Shaws Essay ›Töten als Sport‹« aus dem Jahre 1951 (Schriften II, S. 112 – siehe die Anm. zu S. 979/33) sowie in seinem Vortrag »Der Bühnenautor und das Theater« aus dem Jahre 1959 (S. 1026).

980/*1* **(Einmischung der Militärregierung)]** Die Hamburger Premiere fand am 8. 11. 1947 im Deutschen Schauspielhaus statt: »Den größten, bis in die folgende Spielzeit fortwirkenden Erfolg hatte ›Des Teufels General‹ von Zuckmayer in der Inszenierung Friedrich Brandenburgs. Die Diskussionen um dieses Werk sind längst unübersehbar geworden. Sie trugen vor allem politischen Charakter und kulminierten in der Kritik der Gestalt Oderbruchs und des Problems der angeblichen Förderung der ›Dolchstoßlegende‹. [...] Das Stück wurde sogar nach der Währungsreform vor ausverkauften Häusern gespielt.« (René Drommert, in: Hamburger Jahrbuch für Theater und Musik 1948–49 Hrsg. v. Dr. Paul Th. Hoffmann, Hamburg 1949, S. 246f.). Ob Jahnn die Aufführung gesehen hat, ließ sich nicht ermitteln. Das Bestehen der alliierten Militärzensur bis zur Gründung der Bundesrepublik Deutschland im September 1949 gab den Besatzungsmächten das Recht zu einem derartigen Eingriff. */8* **Meine Medea]** Siehe Dramen I, S. 581ff. und 763ff. */11f.* **Jürgen Fehling mit seine⟨r⟩ berliner Inszenierung]** Die Uraufführung der »Medea« fand am 4. Mai 1926 im Berliner Staatstheater unter der Regie von Jürgen Fehling statt. */12* **An den Bühnenapparat]** Siehe Jahnns Brief vom 9. 2. 1926 an Fehling (Dramen I, S. 1208f.), in dem er seine szenischen Vorstellungen entwickelt. */16f.* **atombombenhaftes Erdbeben]** Siehe Dramen I, S. 849f. */20f.* **die »Straßen-**

ecke« willkürlich zu unterbrechen] Siehe S. 38f. und den Kommentar dazu. /*31ff.* **Endlich wird eine Lynchung durch einen proletarischen Sprechchor verdrängt.]** Siehe S. 67ff. und 72ff. Jahnn gibt hier eine Anregung preis, die unmittelbar in die kommunistische Kulturpolitik der 20er Jahre führt. 1922 gründete die Berliner Parteiorganisation der KPD den »Zentralen Sprechchor«, der mit 25 Sprechern eine chorische Rezitation proletarischer Gedichte aufführte. Im Herbst 1923 übernahm Gustav von Wangenheim den Sprechchor und schrieb dafür den »Chor der Arbeit«. Der Begriff »proletarischer Sprechchor«, den Jahnn verwendet, wurde 1922 von Gertrud Alexander geprägt, die als Feuilletonredakteurin der »Roten Fahne« eine proletarische Kultur propagierte (siehe den Abdruck ihres Artikels »Proletarischer Sprechchor« in: Weimarer Republik. Manifeste und Dokumente zur deutschen Literatur 1918–1933. Hrsg. von Anton Kaes. Stuttgart 1983, S. 422ff.). Der »Zentrale Sprechchor« wurde 1924 aufgelöst. Massendramaturgische Effekte lebten aber in den verschiedensten szenisch-theatralischen Projekten der revolutionären Literaturbewegung weiter. So wurde in Hamburg 1927 unter dem Namen »Nieter« eine proletarische Propagandatruppe gebildet. Erwin Piscator hat diese und ähnlich Versuche in sein politisches Theater integriert. Siehe dazu Ludwig Hoffmann / Daniel Hoffmann-Ostwald: Deutsches Arbeitertheater 1918–1933. München 1973, S. 107–133, S. 279–297.
981/*15* Drehbühne] Jahnn kam auf diesen Vorschlag noch mehrfach zurück – siehe S. 1000, S. 1004, S. 1058 und S. 1077. /*33f.* **(Kathedrale – Bretterbude〉]** Die Dichotomie bezeichnet in Jahnns Werk einen unter dem Eindruck norwegischer Holzkirchen entstandenen Topos für die vom ökonomischen Denken beherrschten christlichen Kirchen. Siehe den 1924 entstandenen Essay »Von der Wirklichkeit« (Schriften I, S. 128) und »Spätgotische Umkehr« (1927 Schriften I, S. 719) sowie Fluß ohne Ufer I, S. 613, 618.
982/*6* Der Trottel Polonius] Jahnn zitiert Shakespeare »Hamlet« (II/2) in der Übersetzung Schlegel/Tiecks.
983/*34* heidnische Schöpfungsbeziehung] Siehe den 1924 entstandenen Essay »Die Orgel« (Schriften I, S. 543).
984/*2* Minettis] Bernhard Minetti (geb. 1905); der von 1947 bis 1949 am Deutschen Schauspielhaus Hamburg engagierte Schauspieler spielte die Rolle des Manao Vinje. /*15* **der heilige Franz von Assisi]** Franz von Assisi (1182–1224), Wanderprediger und Ordensstifter. Der Heilige wurde belächelt wegen seiner radikalen Demut gegenüber allem Kreatürlichen und seines naiv-kindlichen »Sonnengesanges« und seiner »Vogelpredigt«. Jahnn erwähnt ihn in »Pastor Ephraim Magnus« (Dramen I, S. 109) sowie in seinem Weihnachtsappell 1956 »Das Recht der Tiere« (Schriften II, S. 304). /*19* **Josua 11, 6 + 9]** »Und der HErr sprach zu Josua: Fürchte dich nicht vor ihnen! denn morgen um diese Zeit will ich sie alle erschlagen geben vor den Kindern Israel; ihre Rosse sollst du verlähmen und ihre Wagen mit Feuer verbrennen.« »Da tat ihnen Josua, wie der HErr ihm gesagt hatte, und verlähmte ihre Rosse und verbrannte ihre Wagen.« Jahnn spielt auf diese Stelle schon in Fluß ohne Ufer I, S. 958 an.
985/*7* dem Bogenliede] Verweis auf 2. Samuel 1, 18–27. /*8f.* **daß 〈sie〉* erfüllender als Frauenliebe gewesen sei]** 2. Samuel 1, 26: »deine Liebe ist

mir sonderlicher gewesen, denn Frauenliebe ist.« Siehe auch die Anm. zu S. 454/29. */17* **Rosseverlähmer]** Siehe Samuel 8,4: »Und David fing aus ihnen tausend und sieben hundert Reiter und zwanzig tausend des Fußvolks und verlähmte alle Rosse der Wagen und behielt übrig hundert Wagen.« */21* **Samuelis 12, 31]** »Aber das Volk darinnen führete er heraus, und legte sie unter eiserne Sägen und Zacken, und eiserne Keile, und verbrannte sie in Ziegelöfen. So that er allen Städten der Kinder Ammons. Da kehrete David und alles Volk wieder gen Jerusalem.« */21f.* **Seine sexuellen Ausschweifungen]** Davids ehebrecherisches Verhältnis mit Bathseba und seinen befohlenen Mord an deren Mann Uria beschreibt 2. Samuel Kap. 11. */26f.* **In der Liebe zu seinem aufrührerisch⟨en⟩ Sohne ⟨Absalom⟩*]** Absalom, der dritte Sohn Davids, erhebt sich wider seinen Vater, fällt aber in der Schlacht (2. Samuel 15–19). Davids Klage um den Toten (2. Samuel 19, 1) gehört zu den in der Vokalmusik der Renaissance und des Frühbarock wieder und wieder vertonten alttestamentarischen Texten. */31* **das Genie David-Robert]** Zur doppelten Namengebung der Personen von »Spur des dunklen Engels« siehe S. 300. */38* **Die Verteidigungsrede für das Tier]** Siehe Anm. zu S. 52/37f.

Materialien

Kaub a/Rh. 29. Juni 1948

Liebe Ellinor,
Am Tage der Uraufführung in Hamburg versuchte ich noch, Dir einen Brief zu schreiben, aber die Turbulenz der Ereignisse und die Forderungen der Geldreform ließen diesen Brief nach den ersten Zeilen schon stranden. Heute nun bin ich mit Hans Richters in Kaub mit dem Vorsatz, hier einige Flaschen Wein zu leeren; aber – um gewissenhaft zu sein – bis jetzt schmeckt es mir nicht.

Größere Gegensätze als die Uraufführung in Hamburg und die in Wuppertal kann man sich kaum denken. In Hamburg: eine neue moderne Bühne mit allen Beleuchtungseffekten, ein reiches und stabiles Bühnenbild, auf dessen Dach sich sogar Menschen bewegen können, Kostüme, Ausstattung, alles von einer gewissen Verschwendung und Großartigkeit – in Wuppertal: eine kleine Bühne, kaum größer als sie die Versammlungshäuser bei uns auf den Dörfern haben, primitive Beleuchtung usw. Demgemäß war die Auffassung und Darstellung des Stückes so gegensätzlich wie es sein konnte.

Die Schwierigkeiten der kleinen Wuppertaler Bühne waren meisterlich überwunden worden, und die Aufführung hat auf mich, Hans Richters und den Baron von Veltheim, der mit uns gereist war, einen großen Eindruck gemacht. Die Einzelheiten dieser Aufführung werdet Ihr sicherlich aus der Besprechung Hans Richters' erfahren, außerdem schicken wir Euch Zeitungsausschnitte, sobald wir deren welche haben. Die schauspielerischen Leistungen waren indessen nicht gleichwertig. Wuppertal hatte für den Troll Yngve den sehr jugendlichen, gleichsam fröhlichen Caninenberg eingesetzt. Die Art, wie er oder der Regisseur die Vorsprüche zu den einzelnen Akten löste, war geradezu meisterhaft und machte auf mich einen gewaltigen

Eindruck. Er durchschritt jedesmal das bereits völlig gestellte Bühnenbild und wies mit wenigen Handbewegungen auf die handelnden Personen. In Hamburg waren die ursprünglich für einen Nichtschauspieler (in der ersten Reihe) vorgesehenen Vorsprüche gestrichen worden. Dennoch währte die Hamburger Aufführung fast eine Stunde länger (4 Stunden), was für das Publikum und die Verkehrsmittel entschieden zu lang war, so daß der Erfolg nicht voll ausgewertet werden konnte. Es gab nur 29 oder 30 Vorhänge, und auch ich mußte mich immer wieder zeigen. Der Troll in Hamburg war meines Erachtens unübertrefflich, und hätte die Jytte ihm seine Szene im 11. Bild nicht verpatzt, würde dem Publikum ein Schauer nach dem anderen über den Rücken gelaufen sein (wie bei der Generalprobe, die auch vor geladenen Gästen stattfand). Also dieser Troll Offenbachs war meisterlich und verdient das größte Lob. Sehr gut war in Hamburg auch Tunrider (Anklam), während der Wuppertaler von kindischer Gespensterhaftigkeit war, was durchaus einen großen Eindruck machte. Nun aber zu den Hauptpersonen: Minetti als Manao (Hamburg) war zweifelsohne überragend. Er spielte sehr verhalten, versponnen, vielleicht ein wenig zu langsam. Aber die erste und die zweite Szene in der Bergmühle waren in Wuppertal überzeugender, weil einmal die Gegenwart des Pferdes geradezu tastbar wurde und das Verhältnis zu Ole und der Bruch mit Ole sinnlich spürbar wurde. Der Wuppertaler Manao war schlichter, bäuerlicher, aber auch geistig enger, dabei von überzeugender Echtheit. Hervorragend in Hamburg der vitale Kleinau als Gunwald, dumpfer, triebhafter und weniger wandlungsfähig der Wuppertaler Gunwald. Hingegen war der Wuppertaler Ole überzeugender und echter.
Die Wuppertaler Aufführung bewies, daß die Kirchhofsmauer und die wenigen Worte des alten Vinje nicht gestrichen werden dürfen (in Hamburg waren sie es und zwar aus bühnenbildlichen Gründen). In Hamburg brachte man als Dauerbild nur einen Innenraum, selbstverständlich mit entsprechenden Veränderungen, dieser aber war so gut, daß er die Weite und Einsamkeit der Landschaft atmosphärisch einschloß. In Hamburg waren die drei Bauern echte Komparsen und deshalb schwach. In Wuppertal waren es auch Komparsen; aber der Regisseur brachte sie auf der kleinen Bühne in rotierende Bewegung, so daß das Ganze wie ein Tanz von Derwischen aussah, was aber einen ausgezeichneten Eindruck machte. Baron von Veltheim nahm in Hamburg Anstoß an der Wiege (sicherlich aus innersekretorischen Gründen), aber in Wuppertal wurde er davon überzeugt, daß sie in das Stück hineingehört. Die Anna in Wuppertal gebärdete sich etwa, wie es die Straub getan haben würde. Sie wirkte dadurch überzeugend, besessen, etwa wie die Zauberin Kunigunde in »Kätchen von Heilbronn«, wobei ich zu meinem eigenen Lob sagen möchte, daß der Zauber der »Armut« bedeutend echter ist als der Kleists. Ganz anders, doch nicht weniger schön, war die Anna der Ursula Burg in Hamburg. Daß Manao diese Anna Ursula Burgs heiratete, ist ohne weiteres glaubwürdig, während diese Ehe in Wuppertal weniger motiviert erscheint. Nun, ich möchte jetzt, um mich nicht in Einzelheiten zu verlieren, zusammenfassen: Die Rolle der Sofia war an beiden Stellen an der unteren Grenze. Sie befriedigte nicht völlig, und in Hamburg mißlang die Sterbeszene meines Erachtens völlig. Ich hatte es

vorausgesagt und versuchte, noch in den letzten Tagen, diese Szene knapper und weniger sentimental spielen zu lassen; ohne Erfolg. Sie wurde gegen den Text des Stückes und gegen den klinischen Verlauf gespielt, beides zusammen mußte den Worten die Wirkung nehmen. Dennoch hätte der Troll die Schwäche dieser Darstellung ausgeglichen, wenn nicht die Hamburger Jytte ein lächerlicher Mißgriff in der Besetzung gewesen wäre.
Ein großes blondes Mädchen wie ein Stück Holz, mit einer Sprache wie eine werdende Erzieherin in einem christlichen Internat, ohne Herz, ohne Pubertät, ohne Menschlichkeit; ein Wesen, das die gütigen und gewagten Worte ihrer Rolle einfach nicht sprechen kann. Ich stellte mich gänzlich auf die Seite des Publikums, das über sie lachte, wodurch der Erfolg der Aufführung beinahe in Gefahr geriet. Jedenfalls wurde die Schlußszene danach miserabel zuende gebracht. Der Hauptdarsteller Minetti schrie ins Publikum, warf rollende Blicke. Aus dem geschlossenen Vorhang konnte man einmal die Worte »verfluchte Scheiße« hören, kurz, ich habe sofortige Umbesetzung der Jytte verlangt, und hoffentlich hat die kleine Bechler die Rolle übernommen mit der Textveränderung, daß statt »dänisches Mädchen« »Lappenmädchen« steht. Die Jytte in Wuppertal war nicht viel besser; sie war ein junge blonde Nachwuchsschauspielerin, leider mit einem Stich ins BDMhafte. (Man hatte hierfür ursprünglich die Darstellerin der Sofia (Frau Köster) vorgesehen, da aber eine Gastschauspielerin für Sofia ausfiel, mußte Frau Köster Sofia übernehmen). Eines ist mir klar geworden: man kann das Drama sehr verschieden auffassen und spielen, eines kommt immer eindeutig heraus: die gewaltige Verteidigungsrede für Tierheit und Schöpfung. Eine Verteidigung aller echten Liebesgefühle, mögen sie noch so sehr ins Dunkle getaucht sein. Die Rolle der Jytte muß ganz groß besetzt werden, und die Schlußszene darf nur presto gespielt werden.
Nun aber zu den Nebenumständen der Uraufführung in Hamburg. Der Senat war vollzählig vertreten, einschließlich beider Bürgermeister. Auch die Militärregierung war mit ihren Spitzen vollzählig vertreten. (Alles in allem 450 Ehrengäste). Ludwig war da, Weissenfels, Jäger, Ernst Kreuder und Frau, Maya Chrusczc und die näherwohnenden alten Bekannten und Ugrinomitglieder. Französische, amerikanische, dänische, sicher auch englische Presse. Eine Kritik haben wir noch nicht zu Gesicht bekommen. Zum Schluß mußten wir für die Schauspieler und Bühnenarbeiter in Hamburg noch 85 Flaschen Starkbier beschaffen. Von einer Feier mußten wir absehen, weil wir am nächsten Morgen schon früh nach Wuppertal abreisen mußten.
In Wuppertal lud mich ein gewisser Mr. Federick, der als höchster Beamter des Kultursektors ab August nach Hamburg berufen ist, zu einer Reise nach England ein.
An meinen Reiseplänen ist bis jetzt nichts geändert. Deutschland ist nach der Umwertung das teuerste Land der Welt. Meine Reise kann ich nur durchführen, weil ich in Hamburg einen Vorschuß erhielt.
Ich schicke diesen Brief über Signe, weil ich nicht weiß, wo Du Dich aufhältst. Judith wird ja am 9. Juli auf Bornholm sein. Ein Wuppertaler Programm beiliegend, das Hamburger folgt später.

⟨Erläuterungen zu »Spur des dunklen Engels«⟩

Entstehung und Überlieferung

Es sind keine Zeugnisse zur Entstehung überliefert. – Unter Nachlaß Nr. 264 wird eine Handschrift verwahrt: drei Blätter (211 × 341 mm), einseitig mit Tinte beschriftet (Sofortkorrekturen).
Textgrundlage der Edition ist die Handschrift.

Apparat

987/*11* ⟨zur⟩*] In d. Hs.: *zur der*
988/*7* ⟨die⟩*] In d. Hs.: *der*
989/*28* ⟨Rosseverlähmer⟩*] In d. Hs.: *Rosse verlähme*
990/*8* un⟨d⟩*] Lesungsalternative: *im*

Kommentar

987/*1f.* **⟨Erläuterungen zu »Spur des dunklen Engels«⟩**] Die vorliegenden Erläuterungen greifen Teile aus dem Schlußabschnitt der wohl früher entstandenen »Vorbemerkungen« wieder auf (S. 984ff.), wobei sie sich – im Unterschied zu diesem Text – ausschließlich auf »Spur des dunklen Engels« konzentrieren. Teile des vorliegenden Entwurfs wiederum sind in die zusammen mit dem Drama gedruckten Vorbemerkungen eingegangen (siehe S. 301f.). /*11* **Meine kurze Bemerkung ⟨zur⟩* Liste der Personen]** Siehe S. 300. /*25f.* **in die Abgründe der Tragik]** Siehe die Anm. zu S. 295/2f. /*29f.* **hormonale Beschaffenheit]** Siehe die Anm. zu S. 301/2.
988/*2* **das Genie]** Siehe das Drama »Des Buches erstes und letztes Blatt« (Dramen I, S. 255 und S. 259). /*7f.* **denn die Natur lässt ⟨die⟩* Hälfte aller männlichen Menschen]** Siehe hierzu auch Jahnns Äußerungen zur Homosexualität in seiner Rezension von André Gides Schrift »Corydon« aus dem Jahre 1933 (Schriften I, S. 1122 und die Anm. dazu). /*29* **Johann Sebastian Bach]** Bach ist eine der musikalischen Portalfiguren im Referenzsystem von Jahnns Denken und Schreiben – von dem fragmentarischen Ansatz eines Essays aus dem Jahre 1917 (Schriften I, S. 403) bis zu dem Essay »Der Schädel J. S. Bachs – und sein Bild« aus dem Todesjahr 1959 (Schriften II, S. 760ff.). »Verfassung und Satzungen der Glaubensgemeinde Ugrino« (1921) nennt Bach maßgeblich unter den approbierten, vorbildlichen Künstlern der Vergangenheit (Schriften I, S. 72). Zu Jahnns Bachverständnis siehe auch »Abstrakte und pathetische Musik« (Schriften II, S. 684ff. und die Anm. dazu). /*29* **Mozart]** Siehe die Anm. zu S. 322/27. /*30* **Michel Angelo]** Auch Michelangelo gehörte zu den sanktionierten, maßgeblichen Vorbildern der Ugrino-Bewegung: siehe »Leonardo da Vinci: Quaderni d' Anatomia« (Schriften I, S. 21), »Verfassung und Satzungen der Glaubensgemeinde Ugrino« (Schriften I, S. 71) und »Des Buches erstes und letztes Blatt« (Dramen I, S. 192).

989/*1f.* **»Talent der Erfindung dessen, was nicht gelehrt und gelernt werden kann«]** Siehe die Anm. zu S. 301/5f. /*7ff.* **Der zweite König ... Modell seines echten Verlangens.]** Der Absatz ist identisch mit S. 984/27–985/28. Siehe dort die Anm.
990/*5ff.* **In privaten Unterhaltungen ... stellt sich selbst infrage.]** Diese Zeilen sind identisch mit S. 984/19–26. Siehe dort die Anm.

⟨Theater, Schauspieler, Bühnenautoren⟩

Entstehung und Überlieferung

Zeugnisse zur Entstehung sind nicht überliefert. – Am Nachlaß wird unter der Nr. 301 eine Handschrift verwahrt: ein Blatt beidseitig mit Tinte beschriftet, Sofortkorrekturen.
Druck eines Auszuges als Grußwort: Programmankündigung der Hamburger Lektürebühne, o. O und o. J [Dezember 1950]. Siehe Materialien.
Textgrundlage der Edition ist die Handschrift.

Apparat

991/*4* deutschen [?]*] In d. Hs. nicht zu entzifferndes Wort /*15* bleibe.] Danach gestrichen: *, an die wir uns im zivilen Dasein wohl oder übel haben gewöhnen müssen. Jeder Szenenwechsel muß im Bruchteil einer Minute vollzogen werden können. Man darf vom Zuschauer im Theater nicht eine Geduld fordern, die ihm im übrigen Tageslauf ausgetrieben worden ist.*
992/*10* ⟨Wenn⟩*] In d. Hs.: ~~*Und*~~ wenn /*11* noch ⟨...⟩*] In d. Hs.: *noch noch*

Kommentar

991/*1f.* **daß 2/3 der in deutscher Sprache geschriebenen Stücke]** Siehe S. 993/17f. /*14f.* **sein technischer Apparat nicht im Widerspruch zu den jetzt gültigen Lebensformen bleibe]** Siehe S. 1000 und S. 1054. /*27f.* **einen Aufsatz mit der Überschrift: »Ein Manuskript im Schreibtisch.«]** »Ein Wozzek im Schreibtisch« erschien am 30. 10. 1926 im »Hamburger Fremdenblatt« (Dramen I, S. 903 ff).
958/*18* **»Trommeln in der Nacht«]** »Trommeln in der Nacht«, Bertolt Brechts zweites Theaterstück, erschien erstmals 1923 im Druck. Das Stück wurde im März 1923 an den Hamburger Kammerspielen inszeniert, wo Jahnn es gesehen haben könnte. /*19* **»Fegefeuer«]** Marieluise Fleißer (1901–1974). Als Jahnn 1928 den Kleist-Preis zu vergeben hatte, befanden sich unter den eingesandten Manuskripten auch zwei Theaterstücke Marieluise Fleißers: »Fegefeuer in Ingolstadt« (1926) und »Pioniere in Ingolstadt« (1928). Jahnn, der den Preis an Anna Seghers vergab, hebt in seinem Artikel »Rechenschaft Kleistpreis« unter den nicht prämierten Autoren insbeson-

dere Marieluise Fleißer hervor (Schriften I, S. 742f.). 1932 schreibt er eine damals unveröffentlicht gebliebene Rezension von Fleißers Erzählbänden »Ein Pfund Orangen und neun andere Geschichten« (1929) sowie »Andorranische Abenteuer« (1932) – siehe Schriften I, S. 1119f. und Schriften II, S. 1191f. Das wohl damals zur Preisverleihung eingereichte, als Bühnendruck vervielfältigte Regie- und Soufflierbuch von »Fegefeuer in Ingolstadt« befindet sich noch heute in Jahnns Bornholmer Bibliothek.

Materialien

Wenn wir, dieser kleine Kreis von Verrückten, die noch immer an die Möglichkeit eines unmittelbaren Theaters glauben, darauf bestehen, daß allerlei Schubladen aufgezogen werden, so treibt uns vor allem der Reiz, eine größere dramatische Vielheit zu erfahren, als es das bestehende Theater vermitteln kann. Ganz zuletzt findet sich dann auch noch die Hoffnung, daß wir auf das Außerordentliche stoßen könnten, auf Gestalten, die dem Durchschnittsbürger nicht geheuer sind, die aber von »Trommeln in der Nacht und vom Fegefeuer in den Städten wissen.«

Hans Henny Jahnn
Präsident der Freien Akademie der Künste in Hamburg

(Programmankündigung der Hamburger Lektürebühne, o. O, o. J [Dezember 1950])

Deutsche Schriftsteller zur Deutschen Dramatik. Eine bedeutsame Rundfrage

Entstehung und Überlieferung

Es sind keine Zeugnisse zur Entstehung überliefert. Unter Nachlaß Nr. 278 werden verwahrt: Typoskriptdurchschlag, 3 Blätter, 210 × 297 mm, Blatt eins und zwei einseitig, Blatt drei beidseitig beschriftet (handschriftliche Korrekturen in Tinte).

Erstdruck: Deutsche Schriftsteller zur deutschen Dramatik, in: Blätter der Hamburger Kammerspiele Spielzeit 1951/52, H. 2, S. 14, 16 (= Antwort auf Frage eins und zwei); Blätter der Hamburger Kammerspiele Spielzeit 1951/52, H. 3, S. 22 (= Antwort auf Frage drei).

Beide Überlieferungsträger (Typoskriptdurchschlag und Erstdruck) kommen in unserer Edition als Beispiel einer Redaktion von Jahnns und fremder Hand zum Abdruck.

Kommentar

993/*11f.* **Arno Holz schrieb vor Jahrzehnten: ...]** Arno Holz (1863–1929), naturalistischer Lyriker und Dramatiker. Jahnn zitiert aus Holz' Literatursatire »Die Blechschmiede« (1. Ausgabe 1902, endgültige Ausgabe 1921) Zeilen aus dem Beginn des ersten Hauptteils:

»DER HERR MITTE DREISSIG,
frischer, kraftvoller, männlicher Baßbariton; blasphemischst-bitterst-sarkastischst zu der ihn melodramatisch-widerborstig begleitenden Musik:
O Haupt voll Blut und Wunden,
o deutsche Poesie,
wie hat man dir geschunden
dein Tüpferl auf dem i!
Durch Mond und Sterngeflimmer
welteinwärts glänzt ein Steg
das Maultier sucht noch immer
im Nebel seinen Weg!«
(Arno Holz: Werke. Hrsg. von Wilhelm Emrich u. Anita Holz. Bd. VI: Die Blechschmiede I. Neuwied/Berlin 1963, S. 18). Jahnn zitiert dieselben Zeilen auch in seinem 1953 entstandenen Entwurf »⟨Zum Schmutz- und Schundgesetz⟩« (Schriften II, S. 116). */17f.* **in den Schubladen der unterschiedlichen Schreibtische lägen]** Siehe dazu den 1926 entstandenen Essay »Ein Wozzek im Schreibtisch« (Dramen I, S. 903).
994/*3* von Herbert Ihering als das beste deutsche Festspiel bezeichnet] Herbert Ihering (siehe die Anm. zu S. 956/3) schrieb, Lübeck habe »die Chance verpaßt, dem Salzburger ›Jedermann‹ alljährlich ein nordisches Gegenstück an die Seite zu setzen und die Marienkirche zu einem zweiten kosmopolitischen Wallfahrtsort zu machen«; Jahnns Werk habe »hohen Rang« und »starke szenischen Wirkungen« (zit nach: Christian E. Lewalter. Heidnisches Oratorium; in: Die ZEIT, 22. 11. 1951). */4* **bei S. Fischer in der »Neuen Rundschau« gedruckt]** Siehe S. 75ff. */4f.* **vom NWDR als Hörspiel eingerichtet und gesendet]** Die Norag Hamburg brachte am 27. 4. 1932 eine von Ludwig Benninghoff bearbeitete und inszenierte Funkfassung. */15f.* **»Medea« am Staatstheater Berlin einen großen Erfolg errungen hatte]** Siehe die Anm. zu S. 967/4. */16* **Erich Ziegel]** Siehe die Anm. zu S. 958/20. */18f.* **Es wurde nach 4maliger Aufführung ... vom Spielplan gestrichen]** Die Inszenierung von Hanns Lotz hatte am 21. 10. 1927 im Deutschen Schauspielhaus Premiere. Die Aufführung wurde vom Theaterkritiker der »Hamburger Nachrichten«, C. A. Piper, als »Veitstanz aller möglichen Perversitäten« und »widernatürliche Orgie schlimmster Gewaltphantasien« exemplarisch verrissen (siehe den Abdruck in: Dramen I, S. 1227f.) In einem Brief vom 5. 11. 1927 an die Direktion des Deutschen Schauspielhauses verlangte »Der Kirchenrat der Evangelisch-lutherischen Kirche im Hamburgischen Staate« die Absetzung der Aufführung vom Spielplan (siehe den Abdruck in: Dramen I, S. 1225). Jahnn hat die Affäre, auf die er in den 50er Jahren noch mehrfach zu sprechen kam (S. 994, 1052), in satirischer Form in »Die Zwickmühle oder Die Gezeichneten« (Dramen I, So. 851–860) persifliert. */25f.* **ein Drama, das ein Bühnenvertrieb]** Nicht ermittelt.
996/*5* Sa⟨r⟩tre] Anfang Dezember 1948 sah Jahnn eine Aufführung von Sartres Stück »Schmutzige Hände« (Freeman, S. 524). Siehe die Anm. zu S. 967/22.

Diskussion über das »Drama«. Buchwoche 1952. 31. 10. 52

Entstehung und Überlieferung

Zeugnisse zur Entstehung sind nicht überliefert. Am Nachlaß werden unter Nr. 307 verwahrt:
Typoskriptdurchschlag I: zwei Blätter (210 × 297 mm), einseitig beschriftet (handschriftliche Korrekturen in schwarzer Tinte und einer Korrekturschicht in Blei).
Typoskriptdurchschlag II: zwei Blätter (210 × 297 mm) mit handschriftlichen Korrekturen in blauer Tinte und Blei. Auf Blatt eins oben findet sich von fremder Hand (roter Farbstift) die Notiz »39«.
Textgrundlage der Edition ist die aus Typoskriptdurchschlag I konstituierte Vortragsfassung, wie Jahnn sie mutmaßlich am 31. 10. 1952 gehalten hat.

Apparat

1001/*5* . . . deshalb uninteressant.] Dieser Absatz ist im Befund zunächst in »6.)« verändert und dann mit Blei durchgekreuzt worden. Darüber steht in Blei das Notat: »Siehe 1. Langeweile Entspannung + Erbauung«. /*15* 3.)] In d. Hs. durch zwei Ausrufezeichen in Blei hervorgehoben /*27* 4.)] Daneben steht in d. Hs. ein »x« sowie die Nr. »7.)« /*25* Verödung das Resultat] Danach folgt in d. Hs. ⟨Dispositionsskizze⟩:

1.) Publikum
2.) Schauspieler Schmiere in Brieg.
Sakrale Brüllen – Konversation. Ensembel.

3.) Regisseur Gründgens Fehling nichts mehr zu sagen.
4.) Dramaturgen laut oder leise sprechen Barlach Landahl - Intendant
5.) Intendanten – Subventionen
6.) Kritiker – Menschen – fähige – unfähige.
7.) Autoren. – –

Entspannung + Erholung
Glauben das Gute zurückzugewinnen.

Spannung.
Freude + Probleme.

Entspannung + Erbauung
Sammlung

8.) Stoff = Fabel

Das erste Wort auf der Bühne
Orientierung

Spannung + Entspannung.

Dem Leben einen Sinn
zu geben / moralische
Anstalt

1000/*6f.* die Entwürfe für das neue Opernhaus in Hamburg] Der Zuschauerraum der Hamburger Staatsoper war 1943 durch Bomben zerstört worden; der Spielbetrieb fand bis 1955 in Behelfsräumen statt. 1955 wurde das durch den Architekten Gerhard Weber entworfene neue Zuschauerhaus eingeweiht.
1001/*5ff.* Wir haben es also mit einer kapitalistischen Zensur ...] S. 962/5 ff. und die Anm. dazu.

Requisiten des Theaters

Entstehung und Überlieferung

Am 18. 3. 1953 fragt Hansheinrich Thomas, Redakteur des Mindener Tageblatts, bei Jahnn an, ob dieser eine Kurzbiographie mit Bild und einen kleinen neuen Beitrag, oder Auszug aus seinem Werk, oder etwas »Unveröffentlichtes« zur Verfügung stellen könne. Mit Brief vom 22. 3. 1953 schickt Jahnn eine Kurzbiographie und ein Photo und merkt an: »Ich bin mir im Augenblick noch nicht darüber klar, was ich dazu wählen werde. Vielleicht muß ich den einen oder anderen Abschnitt aus meinen schon gedruckten Werken heraussuchen.« Am 24. 3. 1953 übermittelt Jahnn Hansheinrich Thomas den gewünschten Beitrag: »Ich schicke Ihnen heute meinen Zeitungsbeitrag ›Requisiten des Theaters‹. Es handelt sich dabei mehr oder minder um Stichworte und die ›Requisiten‹ sind nicht alle aufgeführt. Ich glaube, daß die Länge einigermaßen dem Bedürfnis entspricht. Viele Sätze wird man nicht mehr herausnehmen können, da ich selbst das Geschriebene sehr ausgestrichen habe. Veröffentlicht ist der Beitrag noch nicht. Sollte Ihnen die Arbeit gar nicht gefallen, könnte man aus meinen gedruckten Werken den einen oder anderen Abschnitt wählen.«
Am Nachlaß wird unter der Nr. 313 ein Typoskriptdurchschlag verwahrt: drei Blätter (210 × 297 mm), einseitig beschriftet, mit handschriftlichen Korrekturen in Tinte. Beigefügt ist ein Blatt Typoskriptdurchschlag »Requisiten des Theaters. / Anekdote. / 1. Von den Personen«: 210 × 297 mm, einseitig beschriftet, mit handschriftlichen Korrekturen in Tinte und einem Strich in Blaustift (Paralipomenon, S. 1005 f.). Das dazugehörige Typoskript wird am Nachlaß unter der Nr. 116/1 verwahrt (Überschrift: »Anekdote.«, einseitig beschriftet, mit handschriftlich Korrekturen in Blei).
Erstdruck unter dem Titel: Requisiten des Theaters, zeitgemäße und mutige Worte, in: Mindener Tageblatt, 10. April 1953 (Beilage: »Zur Neugründung der ›Kogge‹«).
Textgrundlage der Edition ist der Typoskriptdurchschlag.

1002/*9f.* Man braucht keine lebende⟨n⟩ Dichter ...] Siehe S. 1049/2ff. /*20* **Da konnte ein fünfzehnjähriger Junge]** Siehe S. 982/38.
1004/*5* Drehbühnen] Siehe S. 1058/19ff. /*25* **die Querstellung zur Umwelt]** Siehe die Anm. zu S. 1031/1.
1005/*4* mit allerlei Zensuren] Siehe S. 962/5ff. und die Anm. dazu. /*16* **Anekdote.]** Siehe 995/5ff. /*23* **meine »Medea« in der Regie Jürgen Fehlings]** Siehe die Anm. zu S. 1053/6ff. und S. 1064/6ff. /*33f.* **mein Drama »Armut, Reichtum, Mensch und Tier« aufzuführen]** Siehe die Anm. zu S. 969/34ff.

ZUM »NEUEN LÜBECKER TOTENTANZ«

ENTSTEHUNG UND ÜBERLIEFERUNG

Jahnns Bemerkungen zum »Neuen Lübecker Totentanz«, die in mehrfach abgewandelter Form zum Abdruck kamen (Meyer Nr. 195–195e), waren für die Aufführungen in Köln (16. 4. 1954) und in Hamburg (17. 11. 1954) bestimmt. Am Nachlaß werden unter der Nr. 256, Nr. 257 und Nr. 258 verwahrt:
Nr. 256:
1. Typoskriptdurchschlag (2 Exemplare): 6 Blätter (210 × 296 mm), einseitig beschriftet, mit handschriftlichen Korrekturen in blauer Tinte.
2. Beleg des Erstdrucks: Zum »Neuen Lübecker Totentanz«, in: Die Tribüne. Halbmonatsschrift der Bühnen der Stadt Köln. Hrsg. von den Bühnen der Stadt Köln, 1953/54 (23. Jg., Heft 15), S. 169–174. (= Meyer Nr. 195).
Textgrundlage der Edition ist der Typoskriptdurchschlag.
Nr. 257:
1. Typoskriptdurchschlag: drei Blätter (210 × 298 mm), mit handschriftlichen Korrekturen in blauer Tinte. Am Schluß des Textes auf Blatt drei datiert auf den »2. 11. 54«.
2. Beleg des Erstdrucks: Zum »Neuen Lübecker Totentanz«, in: Die Volksbühne. Blätter für Kunst und Volkskultur, hrsg. von der Hamburger Volksbühne e. V., Hamburg, Dezember 1954 (5. Jg., Heft 6), S. 106–107. (=Meyer Nr. 195a). Es handelt sich um die abgewandelte Form der zweiten Hälfte von Meyer Nr. 195.
Textgrundlage der Edition ist der Typoskriptdurchschlag.
Nr. 258:
1. Beleg der nochmals abgewandelten und gekürzten Fassung von Meyer 195 und 195a: Zum »Neuen Lübecker Totentanz«. In: Die Rampe. Blätter des deutschen Schauspielhauses Hamburg. Spielzeit 1954/55 (Heft 8), S. 66–68.
2. Beleg des Drucks: Neuer Lübecker Totentanz. Hans Henny Jahnn. Studiobühne an der Universität Hamburg. 18. 1. 1963. S. 4–6.
Ferner liegen bei: Handschrift, ein Blatt, zu einem nicht identifizierten essayistischen Text.

Typoskriptdurchschlag, vier Blätter (Überschrift: »Neuer L. Totentanz v. HHJ.«). Ausriß aus dem Bühnendruck des »Neuen Lübecker Totentanz« mit handschriftlichen Emendationen.
Typoskriptdurchschlag (ohne Überschrift, Textinzipit »Ein Tusch für Europa«), zwei Blätter. Der Text, der keine handschriftlichen Vermerke trägt und keinen Verfasser nennt, ist aller Wahrscheinlichkeit nach nicht von Jahnn. Möglicherweise wurde er bei der Aufführung am 18. 1. 1963 verwendet.

Apparat zu ⟨I⟩

1011/*5* geformt.] Im Erstdruck: *geformt, ein symphonischer Satz mit nur einem Thema.* /*29* Klangdruck] Im Erstdruck: *Klangausdruck* – dort wohl Druckfehler
1011/*35* so allgewaltig es sich auch gibt] Nach Ausweis von Jahnns Brief vom 26. 3. 1954 an Hans-J. Weitz (Städtische Bühne Köln) handelt es sich hier in allen Textzeugen um ein Textverderbnis. Die Stelle muß lauten: *so allgewaltig sie sich auch gibt.*

Kommentar zu ⟨I⟩

1007/*1* **Zum »Neuen Lübecker Totentanz« ⟨I⟩]** Der Text entstand anläßlich der ersten öffentliche Aufführung der Neufassung, die unter der Regie Friedrich Siems' am 16. 4. 1954 im Studio der Bühnen der Stadt Köln stattfand. Zur Entstehungsgeschichte des Stückes siehe S. 1127ff., zur Entstehung der Musik S. 1142f.
/*12ff.* **Kantate ... Walter Kraft]** Siehe die Anm. zu S. 77/2 und 79/1.
1008/*2f.* **mein Freund Werner Helwig]** Der Schriftsteller Werner Helwig (1905–1985) war mit Jahnn seit den zwanziger Jahren befreundet. Über die Zusammenarbeit am »Neuen Lübecker Totentanz« siehe die Anm. zu S. 83/21. /*22* **Marktplatz in Lübeck]** Siehe S. 80/7ff. /*28* **dem Lettner der St. Marienkirche]** Siehe die Anm. zu S. 83/21. /*30* **St. Katharinen-Kirche]** Siehe die Anm. zu S. 88/26. /*31* **St. Jürgen, der den Drachen tötet]** Siehe die Anm. zu S. 88/27. /*32* **in der Jan Adam's Reinken begraben liegt]** Johann (Jan) Adam Rein(c)ken (1623–1722), Komponist und Organist, der seit 1658 an der Hamburger Katharinenkirche wirkte. Er wurde nach seinem Tod in einem 1707 aufgekauften Erbbegräbnis in der Lübecker Katharinenkirche beigesetzt (MGG 11, Sp. 184f.). /*33f.* **Bild von seinem Epitaph wurde damals gestohlen]** Die Katharinenkirche war seit 1806 profaniert und dient erst wieder seit dem 2. Weltkrieg für gottesdienstliche Zwecke.
1009/*9f.* **ich möchte mich eines lübeckischen Stoffes bedienen, etwa des Totentanzes]** Siehe die Anm. zu S. 75/1f. Jahnn hat vermutlich die folgende Ausgabe des alten Textes vorgelegen: Die niederdeutschen Verse von 1463 und die hochdeutschen Verse von 1701 zum Totentanz in der St. Marienkirche zu Lübeck aus dem Jahre 1463. Erneuert 1701. Hrsg. von

W. Dahms. Lübeck 1929. – Zu Jahnns Kenntnis des Lübecker Totentanzes siehe die Anm. zu S. 75/1 f. */21* **Mein nächster Freund Harms war gestorben]** Gottlieb Friedrich Harms starb am 24. 2. 1931. Zu ihm und seiner Bedeutung für Jahnns Leben und Werk siehe »⟨Rede zur Einweihung der Gruftplatte Friedrich Gottlieb Harms'⟩« (Schriften I, S. 666 ff.; sowie Schriften II, S. 1019 ff). */26* **Er führte die Feder und gestaltete die Verse.]** Siehe den Abschnitt »Überlieferung« S. 1130. sowie die Anm. zu S. 83/21. */33f.* **Die Aufführung des Festspiels kam nicht zustande.]** Siehe den Abschnitt »Entstehung« S. 1127 ff. sowie die unter »Materialien« abgedruckten Dokumente.

1010/*2f.* **Oskar Loerke]** Oskar Loerke (1884–1941), Schriftsteller und seit 1917 Lektor des S. Fischer Verlags. Er engagierte sich früh für Jahnn, brachte »Pastor Ephraim Magnus« 1919 zum Druck und verlieh Jahnn 1920 den Kleist-Preis. Siehe »Oskar Loerke bereitete mir den Weg« (Schriften II, S. 61 ff., S. 1219 f). »Oskar Loerke [...] ließ damals ⟨1931⟩ Jahnn wissen, daß er die Rede des feisten Todes auf dem Marktplatz, den Monolog des Wanderers und den Verzweiflungsgesang der ›Armen Seele des guten Menschen‹ für großartige, nie wieder erreichbare Höhepunkte deutscher Gegenwartsdichtung halte.« (Werner Helwig: Die Parabel vom gestörten Kristall. Mainz 1977, S. 102) Nach Ausweis von Jahnns Korrespondenz war aber nicht Loerke, sondern Rudolf Kayser als Redakteur der »Neuen Rundschau« für den Abdruck zuständig. */4* **in der »Neuen Rundschau« veröffentlichte]** Siehe den Abschnitt »Überlieferung« S. 1132. */5* **namhafte Kritiker]** Jahnn meint Herbert Ihering (siehe die Anm zu S. 956/3) und Paul Theodor Hoffmann. */9* **Ludwig Benninghoff]** Ludwig Benninghoff war Herausgeber der Zeitschrift »Der Kreis«, an der auch Jahnn mitarbeitete; nach 1933 war er Pressechef in Altona und Leiter des Altonaer Theaters, in der frühen Nachkriegszeit Dramaturg am Hamburger Schauspielhaus. */10* **Funksendung]** Gesendet am 27. 4. 1932. */14f.* **Der alte gemalte Totentanz war ... vernichtet.]** Siehe die Anm. zu S. 75/1. */17* **In den kurzen Monaten meines Aufenthalts]** Jahnn hielt sich erstmals wieder vom 1. 11. bis 19. 12. 1946 in Deutschland auf. */18f.* **meinen Patensohn Yngve Trede näher kennen]** Zu Trede siehe die Anm. zu S. 295/5 und S. 461/3 f. Yngve Jan Trede lebte seit 1950 im Haushalt Jahnns in Hamburg. */19f.* **Ein Jahr später besprach ich mit ihm ... zum ersten Male eine Musik]** Siehe »Bild eines 14-Jährigen« (1948 – Schriften II, S. 162/8 sowie die Anm. dazu). */26* **die Introduktion]** Siehe S. 501 ff.

1011/*1f.* **Das Trompetenwerk der astronomischen Uhr]** Siehe die Anm. zu S. 475/21. */4f.* **die Musik »Das hohe Lied des Ablaufs«]** Siehe die Anm. zu S. 495/8. */6f.* **Im Herbst 1951 ... durch die Lektürebühne]** Zur »Lektürenbühne« siehe auch Schriften II, S. 1381. */10* **eine kleine Musik]** »Yngve schickte von Bornholm die letzten Teile seiner kleinen Bühnenmusik zum ›Neuen Lübecker Totentanz‹. Die Instrumentierung ist außerordentlich kühn und beschränkt sich auf vier Instrumente und zwei Pauken. Der musikalische Inhalt ist neuartig und einfallsreich dabei knapp in den Formen. Ich sage nicht zu viel, wenn ich diese Musik, die in kaum drei Wochen geschrieben wurde, als den ersten gewaltigen Flügelschlag seines Genies bezeichne. Es ist also der Geburtstag seiner großen Berufung.« (Brief vom 28. 10. 1951, Jahnn an Hanns Ulbricht – zit. Katalog, S. 103 f.) /*12f.* **Ich hielt mich in Solignac auf und erkrankte an jenem 18. November schwer.]** Siehe Jahnns Bericht in seinen diktierten »Reise Notizen in Frankreich« (Späte Prosa, So. 348–51) sowie den knappen Hinweis in dem 1959 veröffentlichten Essay »Reise zu den Kuppelkirchen Aquitaniens« (Späte Prosa, S. 374). /*15* **der Oberschule in Harburg]** Die geschlossene Aufführung fand 1952 statt. /*21f.* **sodaß wir uns aufs Neue ... beschäftigten]** Anlaß der 1952 in Angriff genommenen musikalischen Neufassung war die für Juni 1954 geplante und dann nicht zustande gekommene Aufführung bei den Ruhrfestspielen Recklinghausen.

Kommentar zu ⟨II⟩

1012/*1* Zum »Neuen Lübecker Totentanz« ⟨II⟩] Jahnn schrieb diesen Text aus Anlaß der am 17. 11. 1954 stattfindenden szenischen Lesung am Deutschen Schauspielhaus Hamburg mit der neuen Musik Yngve Jan Tredes. Die Musik wurde unter der Leitung Alfred Herings vom Hamburger Symphonie-Orchester gespielt, Regie führte Hanskarl Zeiser. Zu den Auseinandersetzungen um diese Aufführung siehe S. 1153 f. /*2* **Im Rowohlt Verlag Hamburg erschien in diesen Tagen]** Siehe die Abschnitte »Entstehung« (S. 1127) und »Überlieferung« (S. 1130). /*4f.* **Die »Freie Akademie der Künste in Hamburg« hat mitgeholfen]** Die Akademie wurde 1950 maßgeblich durch die Initiative Jahnns in Leben gerufen. Er war Präsident dieser Institution bis zu seinem Tod 1959.
1014/*14* die Leitung des Deutschen Schauspielhauses in Hamburg] Intendant war damals Albert Lippert.

Zur Tragödie Thomas Chattertons

Entstehung und Überlieferung

Am Nachlaß werden unter Nr. 284 verwahrt: Handschrift I (»Zur Tragödie Thomas Chattertons / (Vortrag am 18. 12. 54)«), 28 Blätter (210 × 297 mm), einseitig (teilweise auch beidseitig) mit Tinte beschriftet (Sofortkorrekturen, Streichungen, Einfügungen, Arbeitsnotizen, auch in Blei und Rotstift).
Typoskript: 29 Blätter (210 × 297 mm), mit handschriftlichen Korrekturen in Tinte und Blei; Kürzungsmarkierungen in Blei für den Vortrag (die alle im Erstdruck wieder aufgemacht wurden), rote Striche und Bleistiftstriche am Rand.
Handschrift II: zwei Blätter (210 × 297 mm), einseitig mit Tinte beschriftet. Siehe Paralipomenon S. 1039 f.
Typoskriptdurchschlag (zwei Exemplare): 29 Blätter mit handschriftlichen Korrekturen in Tinte (identisch).
Erstdruck (Meyer Nr. 203, siehe unten) als Sonderdruck (keine Emendationen).
Druck der gekürzten Fassung (Meyer Nr. 203 c) in: Schloßpark-Theater Berlin-Steglitz, Spielzeit 1957/58 (Programmheft 68).

Erstdruck: Zur Tragödie Thomas Chattertons von Hans Henny Jahnn. In: Akademie der Wissenschaften und der Literatur. Jahrbuch 1954. Wiesbaden [1955], S. 280–298. – Der Erstdruck trägt auf S. 280 unten den Vermerk: »Vortrag am 18. 12. 1954 im Festsaal des Altonaer Museums«.
Textgrundlage der Edition ist der Erstdruck.

Am 6. 10. 1954 schreibt Peter Huchel an Jahnn: »meine Frau und ich haben mit großer Bewunderung den dritten Akt Ihres ›Chattertons‹ gelesen, – ganz besonders herrlich die Stellen, wo Chatterton über sich und seine Träume spricht!
Doch andererseits: Es wird vielleicht Leser geben, die über die Ungerechtigkeit und Grausamkeit der damaligen sozialen Ordnung so wenig Bescheid wissen, daß dieser dritte Akt möglicherweise mißverstanden werden kann. Und nicht zuletzt müssen wir auch an eine ›Kritik‹ denken, die sich mit dem schmierigen Fernglas einer kleinbürgerlichen Moral bewaffnet und das Reine nur verzerrt sehen wird. Wir müssen also durch ein paar einführende Worte, etwa 8 bis 10 Zeilen, unseren ›Chatterton‹-Auszug ins rechte Licht rücken, das heißt, ich bitte Sie sehr, mir etwas über die Zustände der damaligen Zeit zu schreiben, und zwar in der Art, wie Sie es mir gegenüber erzählenderweise bereits getan haben: daß die jungen Menschen von der besitzenden Klasse schamlos ausgebeutet wurden, daß sie für Kaufherren, die nicht lesen und schreiben konnten, Verträge entwarfen, daß sie räumlich in sehr gedrängten Verhältnissen leben mußten und oft zusammen in einem Bett schliefen, um wenigstens so nicht ganz der Kälte ausgesetzt zu sein, u. a. Denn der Untertitel ›Eine Tragödie, der geschichtlichen Wirklichkeit nachgezeichnet‹ würde als Erklärung wohl nur dann genügen, wenn man das ganze Drama brächte. [...] Da es sich ja nur um einige Zeilen handelt, wäre ich Ihnen, lieber Hans Henny Jahnn, sehr dankbar, wenn Sie diese möglichst umgehend schrieben und an mich schickten. Der 15. Oktober wäre dafür der späteste Termin.«
Am 9. 10. 1954 antwortet Jahnn: »Ich sende Ihnen beigeschlossen auch den ersten Akt des neuen Dramas, und sofern Sie in Ihrer Zeitschrift Raum dafür haben, möchte ich bitten, auch diesen ersten Akt gemeinsam mit dem dritten abzudrucken.
Meine erklärenden Zeilen sind selbstverständlich in keiner Weise erschöpfend. Sie sollen auch nur dazu dienen, den unvorbereiteten Leser⟨n⟩ die Aufnahme des Dramentextes zu erleichtern.
[...]
P. S. Mein Vorwort ist gegen meinen Willen recht lang geworden. Streichen Sie daraus, was Ihnen unnötig erscheint. Da ich verreisen muß, habe ich eilig geschrieben und habe jetzt keine Zeit mehr, noch selbst daran zu arbeiten.«

Unter Nachlaß Nr. 283/1 werden verwahrt: Typoskriptdurchschlag (»Zur Tragödie Thomas Chattertons«), fünf Blätter (210 × 297 mm), einseitig beschriftet, mit handschriftlichen Korrekturen in Tinte und Blei. Bei dieser Fassung, die vom Erstdruck abweicht, handelt es sich um die Überarbeitung für Meyer Nr. 199a.
Erstdruck: Hans Henny Jahnn. Zur Tragödie »Thomas Chatterton«. In:

Sinn und Form. Beiträge zur Literatur, 6. Jg. (1954), H. 5. und 6, S. 805–809 (=Meyer Nr. 199) – S. 810–829 folgt dort ein Vorabdruck des Ersten Aktes sowie eines Teils des Dritten Aktes von »Thomas Chatterton«.
Druck (gekürzt): Dichten und Trachten. Jahresschau des Suhrkamp Verlages Berlin und Frankfurt a. M. VI. Im Herbst 1955. S. 68–73 (=Meyer Nr. 199a). – S. 73–78 folgt dort der Vorabdruck einer Szene aus dem Dritten Akt von »Thomas Chatterton«.
Textgrundlage der Edition ist der Erstdruck. – Bei der Abwandlung des Zweitdrucks handelt es sich durchweg um nochmalige Kürzungen.

Apparat zu I

1015/*26* Schlachterjungen] Im Erstdruck: *Schlächterjungen*; die Textkonstitution greift auf den Befund des Typoskripts zurück

Apparat zu II

1041/*8* erschossen] *geschossen* (Dichten und Trachten)

Kommentar zu I

1015/*6f.* **in einem Hause der Brooke-Street]** Siehe die Anm. zu S. 697/18f. /*15ff.* **»Ich weiß nicht ... verhungern«]** »... she told him she did not know anything *poet folks* were good for, but to sit in an dirty cap and gown in a garret, and at last to be starved« (Meyerstein, S. 379). /*24ff.* **Die Zeitungen ... tot umfiel.]** Jahnn paraphrasiert Meyerstein (S. 449): »Rareley is an English poet's death good journalistic copy, a starving youth's suicide is better; but the public prints of August, 1770, found no place for the tragedy of Brooke Street. An overdriven bullock that tossed and gored a butcher's boy with a tray full of meat, and broke both his legs, running down Cannon Street into Tower Street on Friday the 24th, was reported, also a poor widow who stabbed herself fatally in Cock Alley, Carnaby Market, on Sunday the 26th, and a country salesman who dropped dead bargaining at the door of the Red Cow in Smithfield on the 27th.« /*32* **Thomas Cary]** Jahnn folgt Meyerstein (S. 31): »... Cary was called Chatterton's second self, and he is probably the schoolmate ›that had been his bed-fellow‹«
1016/*3* **eine Elegie]** Siehe Meyerstein, der Carys »Elegy to the Memory of Mr. Thomas Chatterton, late of Bristol« S. 540ff. abdruckt. /*6* **Den Akten nach]** Siehe die Anm. zu S. 705/17ff. /*11f.* **Die romantische Legende]** Siehe Meyerstein S. 444 und S. 520. /*24* **Michael Lort]** 1725–1790. Lort machte sich bereits 1771 auf die Spuren Chattertons. Jahnn folgt in der Wertschätzung Lorts Meyerstein (S. XVI). /*26* **Wordsworth, Coleridge, Keats, Shelley, Rossetti]** William Wordsworth, Samuel T. Coleridge, John Keats, Percy Bysshe Shelley, Dante Gabriel Rossetti: englische Lyriker des 19. Jahrhunderts – Jahnn verweist auf Meyerstein, S. 505f. (Words-

worth), S. 488 f., 492 f., 501 ff. (Coleridge), 509 ff. (Keats), 512 (Shelley), 515 f. (Rossetti). /*33 f.* **Horace Walpole sagt]** »poisened himself on being refused a loaf of bread« (Meyerstein, S. 433). /*35* **Thomas Warton]** »died for want of bread« (ebenda). /*36* **Der Apotheker Cross]** Siehe die Anm. zu S. 702/5 f. /*38* **Sir Herbert Croft]** In seinem Buch »Love and Madness« (1780): »That he should have been driven to it ⟨i. e. suicide⟩ by *absolute want*, though I don't say it was *not* so, is not very possible; since he never indulged himself in meat, and drank nothing but water ... the cause (*real* indigence) is not. Can any one be sure he was not determined to seal his secret with his death?« (zit. Meyerstein, S. 439).

1017/5 Ebenezer Sibly] Das Zitat aus Ebenezer Siblys »A New and Complete Illustration of the Occult Sciences« (1797, S. 810) fand Jahnn bei Meyerstein (S. 442): »At the end of the century Ebenezer Sibly, the astrologer, found in the poet's horoscope evidence of certain ruin by means of wicked and debauched women, Venus being in conjunction with Saturn, the Anareta or destroyer of life. His words are: ›Finding himself encompassed with private enemies, surrounded with the evils of poverty, and destitute of every means of subsistence, he quitted Bristol, to try his fortune in the metropolis. Having fixed himself in private lodgings, he sought for bread through the medium of his literary talent, which falling short of his expectations, as well as of his merit, he most unfortunately fell into the hands of the lower order of prostitutes, by whom he was duped, diseased, and finally deserted! In this deplorable situation he continued a few months, occasionally drudging for the booksellers, who neither having the generosity to reward him as he deserved, nor spirit to advance upon the credit of his future productions, he at length, oppressed with poverty and disease, and overcome by despair, put an end to his existence, in the month of August, 1770, by a dose of poison, which he prepared with his own hand.‹« Siehe auch den Abdruck des Horoskops bei Meyerstein, S. 531 ff. /*29* **in der Juninummer der Critical Review]** Jahnn zitiert Meyerstein (S. 439 f.): »However, in the notice of *Love* and *Madness* in the *Critical Review* for June, 1782, a notice written with considerable knowledge of the poet, and mentioning the poorness of his drawings, there is this emphatic statement: ›We can only say with confidence that he *did not die for want*. He sent, we believe, the day before the fatal termination of his existence to a very respectable friend for some money, and pledged his honour, that he would return an equivalent in a few days. The money was sent, with an assurance that he might have more, if he wanted it; but two or three days afterwards his friend was informed that he was dead and buried.‹

The writer continues: ›We are well convinced that he wished to seal his secret with his death. He knew that he and Rowley were suspected to be the same; his London friends spoke of it with little scruple, and he neither confessed nor denied it. He might fear somewhat from; might dread the effects of increasing obligation; and be struck with horror at the thought of a public detection. He sometimes seemed wild, abstracted, incoherent; at others he had a settled gloominess in his countenance, the sure presage of his fatal resolution. In short, this was the very temperament and constitution from which we should, in similar circumstances, expect the same event.‹«

1018/*12f.* **Erst in letzter Zeit ist bekannt geworden]** Durch Meyerstein – siehe die Anm. zu S. 651/32. /*21* **Hogarths]** William Hogarth (1697–1764), englischer Maler und Kupferstecher, der für seine drastisch-satirische Gesellschaftskritik bekannt ist. /*26f.* **Peter Smith]** Siehe die Anm. zu S. 654/6. /*29f.* **des Bierbrauers Richard Smith]** Siehe die Anm. zu S. 623/33. /*31* **William]** Siehe die Anm. zu S. 650/19f.
1019/*10* **An jenem 12. August]** Siehe die Anm. zu S. 654/6. /*18* **der Art seines Begräbnisses]** Siehe die Anm. zu S. 655/31f. /*29f.* **das Grabgewölbe]** Siehe die Anm. zu S. 655/31f. /*32* **St. Mary Redcliffe]** Siehe die Anm. zu S. 609/28. /*38f.* **Richard Phillips]** Siehe die Anm. zu S. 644/18.
1020/*15* **Elegy on Mr. Wm. Smith]** Siehe die Anm. zu S. 652/31f. /*31* **das Wort »freudlos«]** Siehe die Anm. zu S. 663/37. /*32* **Thomas Phillips]** Siehe Meyerstein, S. 49. /*37* **ein paar Verse]** Jahnn zitiert die Schlußstrophe nach Meyerstein, S. 302.
1021/*5* **ein anderes Gedicht]** Meyerstein nennt die »Elegy to the Memory of Mr. Thomas Phillips« »a deathbed picture foreboding the top room in Brooke Street« (S. 301). Jahnn zitiert die erste Strophe des Gedichts, die auch Meyerstein (ebenda) abdruckt. /*12f.* **Alumne der Colston-Schule]** Jahnn folgt der Darstellung Meyersteins, S. 25–36. Siehe auch die Anm. zu S. 609/7. /*19f.* **gefängnisartiger Abgeschlossenheit]** Siehe das Gemälde mit der Ansicht des Schulinnenhofes bei Meyerstein vor S. 25. /*32f.* **er wolle sich ... ihn erschaffen«]** Jahnn folgt einem Zitat Crofts bei Meyerstein (S. 32f.): »Chatterton when a boy, hardly ever touched meat, and drank only water; when a child he would often refuse to take anything but bread and water, even if it did happen that his mother had a hot meal, ›because he had a work in hand, and he must not make himself more stupid than God had made him.‹«
1022/*2* **Jeweils zwei der älteren ...]** »At the Great House two of the elder, or three of the younger, boys slept in each bed – they did not sleep singly till 1837; and, since they had to spend nearly half their time in bed [...] a congenial mate was perhaps more of a solace than at a boarding school today.« (Meyerstein, S. 31) /*10* **Thomas Cary]** Siehe die Anm. zu S. 1015/32. /*35* **seinem sexuellen Verhalten]** Siehe Meyerstein S. 79–103. /*38* **Seine grauen Augen]** Bei Meyerstein (S. 494) fand Jahnn die Beschreibung, die Chattertons Schwester Mary gab: »describing him as thin of body, but neatly made, not handsome, but of striking appearance, owing to his eyes – the left eye seemed to ›flash fire‹ –, reserved, and fond of seclusion ...«. /*39* **denen Mozarts]** Siehe die Anm. zu S. 322/27f.
1023/*4* **William war einfältig ...]** »according to his nephew, while never ceasing to pour out verses himself, always refused to believe that Tom Chatterton wrote Rowley« (Meyerstein, S. 431). /*13f.* **Er spricht von Thomas]** Siehe die Anm. zu S. 704/39f.
1024/*15f.* **Nach 1800 war er gnadenhalber Portier ...]** »much later he is described as doorkeeper or prompter to the theatre« (Meyerstein, S. 431). /*19* **Bristol]** Jahnn entnimmt alle Informationen Meyerstein (S. 13ff.). /*30* **mehr aus Tod als aus Leben gemacht]** Siehe die Anm. zu S. 611/20f. /*31* **sein Vater bereits dreieinhalb Monate begraben]** Siehe die Anm. zu S. 611/17f. /*32* **Giles Malpas]** Siehe die Anm. zu S. 611/20f. /*34f.* **Seine**

junge Mutter ... Schwester] Zu Chattertons Familie siehe Meyerstein, S. 1–11, 21–24.

1025/*6* **Richard Phillips]** Siehe die Anm. zu S. 644/18. /*12f.* **Aus dem Schatzhaus der Kirche]** Siehe die Anm. zu S. 617/25f. /*29* **Es wird berichtet]** Meyerstein (S. 22) schreibt: »Dates are obscure here, and we have to rely, with one important exception, mainly on the poet's sister's letter to Herbert Croft, a letter, be it noted, written at a distance of nearly twenty-six years from her brother's birth. He did not know many letters at four, she says, ›and always objected to read in a small book. He learnt the Alphabet from an old Folio musick book of father's my mother was then tearing up for wast paper, the capitals at the beginning of the verses.‹ She omits to say that he was sent to the Pile Street School and thrown back on his mother's hands as a dullard, ›incapable of improvement,‹ by Mr. Love, which detail Dr. Gregory [...] reports on the authority of Jacob Bryant, adding, on that of Dean Milles, that the old folio was a French MS. (Milles says ›on vellum‹). Dr. Gregory gives the mother's own words: ›*he fell in love* with the illuminated capitals.‹ If the schoolmaster antiquary's volume were indeed of such a nature, one can gauge his widow's intelligence, even at that time, by the domestic act of vandalism, which is hardly on a par with using ancient deeds to cover Bibles and copy-books. Later, the little boy was taught to read from a black letter Testament: thus early was a love for antiquity, part of the paternal inheritance, stimulated by pure accident.« /*32* **so schreibt Croft]** »She ⟨Sarah Chatterton⟩ told Lort also that he was six before he could read [...] Here, too, the words of Croft, in his parallel between Chatterton and Milton, may fitly be quoted: ›C. became his own teacher, and his own schoolmaster, before other children are subjects for instruction.‹« (Meyerstein, S. 23) /*38* **Nekromantie]** Siehe die Anm. zu S. 612/7.

1026/*1f.* **Die Toten – die andere Wirklichkeit]** Siehe die Anm. zu S. 612/10f. /*4* **mit François Villon und Arthur Rimbaud verglichen]** Meyerstein, u. a. S. 430. /*8* **Christian Günther]** In seinem Klopstock-Vortrag (1953) kam Jahnn auch auf den deutschen Barocklyriker Johann Christian Günther (1695–1723) zu sprechen (Schriften II, S. 211). /*32* **Die Lehrverträge]** In seiner Darstellung der Lehrzeit bei Lambert folgt Jahnn dem entsprechenden Kapitel Meyersteins (S. 63–78). Siehe auch die Anm. zu S. 617/12.

1027/*16* **Die Arbeitszeit]** Siehe die Anm. zu S. 627/2. /*26* **(er hat es später geleugnet)]** Siehe Meyerstein, S. 68. /*35* **Der Biograph Lort berichtet]** Siehe das Zitat zu Anm. S. 627/2.

1028/*1f.* **seinem Freunde John Paget gegenüber geäußert]** Siehe das Zitat zu Anm. S. 627/2. /*16* **Ein Berichterstatter aus dem Jahre 1724 schreibt]** Siehe Meyerstein, S. 15. /*23f.* **In den gedruckten Berichten]** Siehe Meyerstein, S. 17. /*28* **Um neun Uhr abends]** Siehe Meyerstein (S. 15f.): »The people were early risers, for St. Nicholas tolled curfew at nine every night, and the streets were so ill-lighted – public lamps being extinguished at that hour – and the watchmen so drunk or somnolent, that walking even in the city by the pair (three was a reckless extravagance) of tallow candles in the shops was hazardous. Not only robbers were to be feared; late hours were propitious for the wreaking of private vengeance. In

1764 (June 30) *Felix Farley's Journal* reports the case of two persons, one of whom had his face blacked or covered with crape, attacking a woman in the Back Lane near Old Market because she spread a report of the other starving a manservant to death who died in the house while she lived with him; and there is a legend (told, it is true, to the credulous George Cumberland) that the poet was waylaid on the Drawbridge shortly before he left for London, by someone who threatened to ›spoil his writing arm.‹ Street fights were frequent and sanguinary; in 1762 the butchers in the market and the Glamorganshire militia men had a ›fray‹ in Nicholas Street; one butcher was mortally wounded, and the rioters went unpunished. Nor was this to be wondered at when pugilism was the Bristolian's pet sport. In a boxing match of 1756 the challenger had ›one eye beaten out, eight ribs broke, his brisket sunk in, his omoplates in four quarters, and his under jaw-bone in three pieces; it is said he is since dead,‹ while his opponent had ›his nose struck level with his face, his collarbone broke, and his left ear torn off.‹ [...] If the bloodthirsty tone of *Battle of Hastings* be derived from Drayton and Pope's Homer, that of *The Consuliad* is local and contemporary. In Wine Street, as well as a pump, stood pillory and whipping post, and the city boasted five cock-pits, not to speak of the fashionable Ostrich Inn on Durdham Downs, besides its bowling greens.«

1029/*11f.* **Das Hospital des Wundarztes Townsend]** Siehe die Anm. zu S. 655/28f. /*15* **Unmenschlichkeit auch gegen Tiere.]** Siehe Meyerstein, S. 13: »The twisted streets were laid out for packhorses, not pedestrians, that is to say paved with rough stones laid with serrations or ridges to help the animals to climb. Though iron-bound carts were suffered to enter the city [...] all heavy goods were drawn on sledges, and called ›geehoes‹; and this practice killed a good many horses.« /*28f.* **seines »Spouting Clubs«]** Siehe die Anm. zu S. 651/32. /*35* **steht der Satz]** »What shall we say, but that we are slaves, and ever shall be so, till we know how to free ourselves.« (zit. Meyerstein, S. 345) /*39* **des Fleischessens]** Siehe Meyerstein, S. 32.

1030/*1* **über den Umgang mit Mädchen]** Jahnn gibt den Bericht von Chattertons Schwester Mary wieder (Meyerstein, S. 87): »›Till this time he was remarkably indifferent to females. One day he was remarking to me the tendency sever study had to sour the temper and declared he had always seen all the sex with equal indifference but those that nature made dear, he thought of makeing an acquaintance with a girl in the neighbourhood supposeing it might soften the austerity of temper study had ocationd, he wrote a poem to her and they commenced corrisponding acquaintance.‹« /*7f.* **Promiskuität]** »But there is no doubt that his attentions were promiscuous« (Meyerstein, S. 96). /*8* **verfertigte er Liebesgedichte]** Siehe Meyerstein, S. 79ff.

1031/*1* **Querstellung zur Umwelt]** Jahnn apostrophiert hier Chatterton mit der Formel seines eigenen gesellschaftspolitischen Engagements – siehe S. 1004/25. /*18f.* **Er stellt sich auf die Seite der Neger]** Siehe Meyerstein, S. 358. /*19f.* **Er will Mohammedaner werden]** Siehe Meyerstein, S. 441. /*20f.* **Schiffsarzt zu werden]** Siehe die Anm. zu S. 669/25.

1032/*3* **die Rowley Papers]** Siehe die Anm. zu S. 606/10. /*11* **Meyerstein hat herausgefunden]** Siehe Meyerstein, S. 171–179. /*16f.* **ein Buch in**

französischer Sprache] Siehe Meyerstein, S. 22. */28f.* **»kaum zwanzig richtig lesen und schreiben konnten«]** Siehe Meyerstein, S. 16. */35* **als Mönch gefühlt haben]** Siehe die Anm. zu S. 609/7.
1033/*4f.* **Der Arzt William Barrett]** Siehe die Anm. zu S. 638/22. */13f.* **Zinngießer Catcott]** Siehe die Anm. zu S. 638/23. */17f.* **ein Sonderling von hohen Graden]** Jahnn paraphrasiert Meyerstein – siehe die Anm. zu S. 638/23. */25* **Henry Burgum]** Siehe die Anm. zu S. 638/23.
1034/*1* **William Canynge(s)]** Siehe die Anm. zu S. 617/25f. */3* **Thomas Rowley]** Siehe die Anm. zu S. 639/5. */11* **John Lydgate]** Die Informationen über John Lydgate (1370?-1451?) bezog Jahnn von Meyerstein (S. 159ff.): »So far, then, so good; we have the groundwork of a romance; the wealthy, generous, illuminated mayor of Bristol, William Canynge, who renounced the world, and his schoolfellow, friend, and protégé, Thomas Rowley, priest of St. John's; one element is lacking, the poetry. Was there a precedent for a poetical monk of the fifteenth century?
There was, indeed, in John Lydgate (1370?-1451?), the monk of Bury, the most voluminous as well as the most famous versifier of his age, who was not only the poet of his monastery, as Warton says, but of the world in general, and wrote pageants for the Mercers' and Goldsmiths' Companies, ballades to the sheriffs and aldermen of London, verses for the Queen's marriage, and satires on women and their headgear [...]« */21* **(Thistlethwaite)]** Siehe Meyerstein, S. 156. */30* **hatte er irgendwo gelesen]** Siehe Meyerstein, S. 179: »Whether Chatterton had any philosophy of language or composition I doubt, but in Hooke's *Bristollia* (1748, Dissertation, p. 47 n), he could have read, ›All languages are, in fact, equally *learned*. Words in their own Nature are only arbitrary signs of ideas, coin'd by custom, and made current by popular authority; and consequently can be no part of real knowledge.‹«
1035/*7* **das erbärmliche Schaustück eines Testaments]** Siehe die Anm. zu S. 662/15 und 672/4. */16f.* **Sein Zorn trifft auch Burgum]** Siehe Meyerstein, S. 338f. */21* **Michael Clayfield]** Siehe die Anm. S. 662/6. */26* **einen Brief]** Siehe Meyerstein, S. 335: »Upon recollection, I don't know how Mr. Clayfleid, could [a second ›could‹ scratched through] come by his Letter, as I intended to have given him a Letter but did not. In regard to my Motives for the supposed rashness, I shall observe, that I keep no worse Company than *myself*; I never drink to Excess, and have, without Vanity, too much Sense to be attached, to the mercenary retailers of Iniquity. – No; It is my PRIDE, My damn'd, native, unconquerable Pride, that plunges me into Distraction. You must know that the 19/20th of my Composition is Pride I must either live a Slave, a Servant; to have no Will of my own, no Sentiments of my own which I may freely declare as such; – or DIE -Perplexing Alternative! But it distracts me to think of it – I will endeavor to learn Humility, but it cannot be here. What it may cost me in the Trial Heaven knows!«
1036/*6* **Die Mutter des Advokaten]** Siehe Meyerstein, S. 336. */12* **der vierzehnjährige Mozart]** Siehe die Anm. zu S. 672/15. */16* **eine Abschiedsfeier]** Siehe Meyerstein, S. 347. */23* **Shoreditch]** Siehe die Anm. zu S. 685/2. */33* **William Beckford]** Siehe die Anm. zu S. 685/24f. */35* **Die**

Redakteure Fell und Edwards] Siehe die Anm. zu S. 687/37. */37f.* **Frau Ballance ... berichtet]** Siehe die Anm. zu S. 700/39f.

1037/*2* **Brooke Street]** Siehe die Anm. zu S. 699/1f. */11* **Sein Singspiel]** Siehe die Anm. zu S. 694/38f., 695/1, 696/10. */24f.* **»diesem verhaßten modernen Babylon«]** Siehe Chattertons Gedicht »The Whore of Babylon« (Meyerstein, S. 327). */26* **»Die Auktion«]** Siehe Meyerstein, S. 383ff. */31ff.* **Moderner Dichter reine Reime]** Siehe die Anm. zu S. 691/17ff.

1038/*3* **einen Brief]** Siehe die Anm. zu S. 704/6ff. Jahnn übersetzt mit dem Brief auch die Worterklärungen, die er bei Meyerstein fand (S. 430).

1039/*10* **⟨Einleitende Worte⟩]** Jahnn schickte die hier erstmals veröffentlichten Worte seinem Vortrag »Zur Tragödie Thomas Chattertons« voraus, um für die Feier zu danken, die ihm am Vorabend seines 60. Geburtstags am 18. 12. 1954 im Festsaal im Altonaer Museum gegeben wurde. */11* **Sehr verehrter Herr Senator]** Hans Harder Biermann-Ratjen, Jurist, auch schriftstellerisch tätig, war damals als Senator Präses der Kulturbehörde der Freien und Hansestadt Hamburg. */18f.* **das Erscheinen der schönen Denkschrift]** Verweis auf: Hans Henny Jahnn. Hamburg [1954]. */20f.* **meine Zugehörigkeit zu meiner Vaterstadt]** Zu Jahnns spannungs- wie emotionsgeladenem Verhältnis zu Hamburg siehe seine Essays »... in Hamburg« (Schriften I, S. 607ff.), »Gedanken zu einer hamburgischen Festrede über Lessing« (ebenda, S. 737ff.) und »Ein Nachwort« (Schriften II, S. 327ff.).

1040/*7f.* **meine Rede im Rathause zu Hamburg, etwa 1947 oder 1948]** Jahnn hielt am 2. 6. 1947 anläßlich der Eröffnung der Hamburger »Woche der Dichtung« (2.–11. 6. 1947) im Festsaal des Hamburger Rathauses einen Festvortrag, dessen Text als verloren gelten muß (siehe Schriften II, S. 1267f.). */11f.* **Es gilt, die Welt mit Musik, soll heißen: mit Harmonie einzuwölben.]** Jahnn benutzt diese Formulierung auch in seinem Essay »Oskar Loerke bereitete mir den Weg« (Schriften II, S. 65): »Es war uns Beiden somit nicht schwer, uns darin zu einigen, daß den Deutschen eigentlich nur eine Aufgabe in der Welt zufällt: ›sie mit Musik einzuwölben‹. Ich glaube mich zu entsinnen, daß es dies Wort war, mit dem wir der heimatlichen Staats- und Militär-›Kunst‹ und ihren unablässigen Fehlentscheidungen entgegen traten.« Ein solches Zitat ist bei Loerke nicht nachzuweisen. Wahrscheinlich ist dieses Wort nur im Gespräch gefallen.

Kommentar zu II

1041/*1* **Zur Tragödie »Thomas Chatterton«]** Jahnn hat den Text, wie der Titel ausweist, einem Vorabdruck aus seiner Tragödie »Thomas Chatterton« vorangestellt. Bis auf wenige Zusätze geht er freilich auf den Vortrag »Zur Tragödie Thomas Chattertons« (S. 1015ff.) zurück, dessen Text er großflächig zusammenrafft und in konzentriertester Form wiedergibt. Diese Selbstentleihungen sind im Kommentar nicht eigens ausgewiesen. Wer beide Texte vergleicht, wird feststellen, wie geschickt Jahnn als Kompilator und Zitator seiner selbst aufzutreten wußte – ein Verfahren, das in den journalistisch-essayistischen Texten der 50er Jahre (auch dieses Bandes)

immer wieder anzutreffen ist. */13f.* **Erst in letzter Zeit ist bekannt geworden]** Jahnn bezieht sich auf Meyerstein, S. 100–103 – siehe die Anm. zu S. 651/32.*/20f.* **die härtesten Blätter Hogarths]** William Hogarth (1697–1764), vor allem durch seinen gesellschaftskritischen Realismus bekannter englischer Maler und Kupferstecher.
1042/*9f.* **»Ein Zuchtgefängnis für hundert werdende Lehrlinge«]** »a training prison for a hundred future apprentices, tradesmen in embryo« (Meyerstein, S. 27). */16f.* **erst im Jahre 1837 aufgegeben]** Meyerstein, S. 31. */20* **sein »zweites Ich«]** »Cary was called Chatterton's second self« (Meyerstein, S. 31). */23* **William]** Siehe Meyerstein, S. 431.
1043/*11* **Die Lehrverträge]** Siehe die Anm. zu S. 617/12.
1046/*16* **von der »schändlichen Krankheit« befallen]** Siehe die Anm. zu S. 702/5f. */17f.* **Sein letzter Brief an William Smith]** Siehe die Anm. zu S. 704/6ff.

Darmstädter Gespräch 1955 Theater

Entstehung und Überlieferung

Am 26. 4. 1955 schreibt Jahnn aus Darmstadt an seine Tochter Signe: »Ich schreibe in Eile, weil ich in wenigen Minuten von Intendant Sellner mit dem Wagen abgeholt werde. [...] Das Gespräch: ziemlich mißglückt.«
Am Nachlaß werden unter Nr. 306 verwahrt: Typoskriptdurchschlag, 7 Blätter (210 × 297 mm). Es handelt sich dabei um eine Abschrift des Tonbandprotokolls (mit der handschriftlichen Überschrift in Tinte »Darmstädter Gespräch«), wenige handschriftliche Korrekturen in blauer Tinte. Beiliegt Jahnns Beleg des Erstdrucks (Buch), das zahlreiche Anstreichungen im Text sowie angekreuzte Namen im Register aufweist und auf eine gründliche Lektüre schließen läßt.
Erstdruck: Darmstädter Gespräch Theater. Herausgegeben im Auftrag des Magistrats der Stadt Darmstadt und des Komitees Darmstädter Gespräch 1955 von Egon Vietta. Darmstadt 1955. Jahnns Diskussionsbeiträge finden sich dort auf den S. 176f., 235–237 und 241f.
Textgrundlage der Edition ist der Erstdruck.

Kommentar

1047/*1* **Darmstädter Gespräch 1955 Theater]** Das fünfte Darmstädter Gespräch zum Thema »Theater« fand vom 23.–25. 4. 1955 in der Otto-Berndt-Halle der Technischen Hochschule Darmstadt unter der Leitung des damaligen Darmstädter Intendanten Gustav Rudolf Sellner statt. Gleichzeitig fand in den Ausstellungsräumen der Mathildenhöhe, Darmstadt, die Ausstellung »Theaterbau« statt, die Hans Werner Hegemann konzipiert hatte. Jahnn hatte bereits 1953 am vierten Darmstädter Gespräch zum Thema »Individuum und Organisation« teilgenommen (siehe seine dort gehaltene Rede in: Schriften II, S. 117ff.). */3* **Zweiter Tag: »Das Werk«]**

Am ersten Tag, der unter dem Thema »Das Publikum« stand, hat Jahnn nicht gesprochen. */15f.* **was jeden ereilt oder ereilen kann]** Anspielung auf den Titel seines Romans »Jeden ereilt es«, an dem Jahnn seit 1951 arbeitete. */22f.* **von Herrn Sieburg gesagt]** Friedrich Sieburg (1893–1964), Schriftsteller und Journalist. Er führte unter anderem aus: »Ein großes Unglück wäre die Abschaffung des subventionierten Theaters zweifellos für die Oper.« (Darmstädter Gespräch Theater, S. 161). */23f.* **von Herrn Kallmorgen betont]** Werner Kallmorgen, Architekt; er war nach dem II. Weltkrieg für zahlreiche Theaterneubauten in Norddeutschland verantwortlich. Jahnn hatte zusammen mit Kallmorgen 1929 das Wohnhaus für Felisa Nordwald erbaut (siehe die Abb. in: Ist der Mensch zu retten?, S. 51). Kallmorgen gehörte auch nach 1950 zum Freundeskreis Jahnns. Kallmorgens Rede (Darmstädter Gespräch Theater, S. 20–26) kommt auf die Oper nicht in dem von Jahnn unterstellten Zusammenhang zu sprechen. */28f.* **Wagner ... ein ... Unglück angerichtet hat]** Jahnns Abneigung gegen Wagner äußert sich auch in der »Niederschrift«: »Am äußersten Punkt meines Widerwillens steht Richard Wagner.« (Fluß ohne Ufer I, S. 61). Siehe auch »Abstrakte und pathetische Musik«, Schriften II, S. 684.
1048/*9f.* **begrüße ich den Spielplan von Herrn Intendant Dr. Rennert]** Der Opernregisseur Günther Rennert (1911–1978) war 1946–56 Intendant der Hamburger Staatsoper, wo er einen ausgesprochen modernen, dem zeitgenössischen Musiktheater offenen Spielplan pflegte. In diesem Sinne äußerte Rennert sich auch auf dem Darmstädter Gespräch (S. 141, 142, 152) und nannte unter den gespielten Opern u. a. »Volo di Notte« (»Nachtflug«) von Luigi Dallapiccola (1904–1975), gegen die tags darauf Friedrich Sieburg polemisierte: »Der ›Nachtflug‹ von Dallapiccola ist keine gute Oper. Das ist meine Ansicht.« (S. 167).
1049/*20f.* **von der ... Subvention ausgeschlossen sind]** Jahnn greift hier abgewandelt eine Idee auf, für die er sich bereits in der Weimarer Republik stark gemacht hatte: der Forderung nach »Dichtergagen« (siehe Schriften I, S. 887–895). 1951 forderte er die Einführung eines »Ehrensoldes« (siehe Schriften II, S. 201f.). */31f.* **Es ist die Frage aufgeworfen worden ...]** Friedrich Sieburg: »Aber was ich fast noch bedenklicher finde, die Subvention zwingt die Theaterleitung zu einem gewissen Konformismus nach der anderen Seite hin, das heißt nach der Seite der kulturellen Rechtfertigung. Das ist der sogenannte moderne Spielplan. Meine Damen und Herren, einen modernen Spielplan gibt es nicht.« (S. 167). */36.* **Okeghem, Josquin, Brumel, selbst der frühe Dufay]** Jahnn nennt diese Komponisten der frankoflämischen Vokalpolyphonie des 15./16. Jahrhunderts als Beispiele der von ihm favorisierten »abstrakten« (Schriften II, S. 684) Musik: Johannes Okkeghem (1410?-1497), Josquin Desprez (1440–1521), Antoine Brumel (ca. 1460-ca. 1515), Guillaume Dufay (ca. 1400–1474) – insbesondere Okkeghem und Josquin finden sich vielfach in Jahnns Schriften erwähnt.
1050/*2* **»Eduard II.« von Marlowe]** Zu Jahnns Auffassung von Marlowes Tragödie in den 50er Jahren siehe »Vom armen B. B.« (Schriften II, S. 317) und »Der Bühnenautor und das Theater« (S. 1068f.); ebenso Dramen I, S. 1067ff. */6f.* **der eingeborenen hormonalen Gebundenheit]** Siehe die Anm. zu S. 301/2. */9f.* **durch Bestimmung homosexuell verhält]** Siehe

S. 1069/2f. /*15f.* **vom »Uns paßt die janze Richtung nicht« eines preußischen Polizeipräsidenten]** Jahnn spielt an auf einen Ausspruch Traugott von Jagows (1865–1941), von 1909 bis 1916 Berliner Polizeipräsident und als solcher für die Zensur verantwortlich; bekannt geworden durch die Auseinandersetzung mit Alfred Kerr um dessen Zeitschrift »Pan« 1910. Siehe »⟨Gegen Kulturbarbarei und Faschismus⟩« (Schriften I, S. 660) und »Gestrandete Literatur« (Schriften II, S. 80f.). Der »Büchmann« gibt eine andere Quelle für dieses Zitat an: »Am 23. Okt. 1890 antwortete der Berliner Polizeipräsident Bernhard Frh. von Richthofen (1836–1895) dem Direktor des Lessing-Theaters, Oskar Blumenthal, in mündlicher Unterredung auf die Frage nach den Gründen des Verbotes von Sudermanns ›Sodoms Ende‹: *Die ganze Richtung paßt uns* nicht!« (Georg Büchmann: Geflügelte Worte. 31. Aufl. München 1967, S. 745) /*17* **Schlagwort vom Formalismus]** Mit diesem Schlagwort diffamierte die orthodoxe kommunistische Kunsttheorie der 40er und 50er Jahre alle formal oder inhaltlich avancierten Richtungen und Strömungen der westlichen modernen Kunst. Siehe »Zwischen den Stühlen« (Schriften II, S. 362f.). /*35* **Ich bin wiederholt gefragt worden]** Siehe S. 993, S. 997 und S. 1000.

1051/*13f.* **äußerte sich in diesem Sinne ein Mann]** Jahnn meint wohl Friedrich Sieburg, der dem Theater »die Vernachlässigung eines brauchbaren Unterhaltungstheaters« vorwarf: »Und das ist für die Bühnen selbst ein verhängnisvoller Mißstand geworden, denn der Rang eines Theaters bestimmt sich danach, wie gut oder schlecht dort Komödie gespielt wird, nicht danach, in welchem Maße es die Literatur begünstigt.« (S. 172). /*17* **vorschmeckend]** Die altertümlich-emphatischen Wendungen »Vorschmack« und »vorschmeckend« gehören zu Jahnns idiosynkratisch bevorzugten verbalen Besonderheiten. /*35* **Linfert]** Carl Linfert (1900–1981), Journalist, war nach 1945 Mitglied der Feuilletonredaktion »Der Kurier« (Berlin) und von 1949 bis 1966 Leiter und Redakteur des »Nachtprogramms« des »Nordwestdeutschen Rundfunks« Köln.

1052/*3* **die Krise des Librettos]** Jahnn knüpft an die Ausführungen des Schweizer Komponisten und Musikdramatikers Rolf Liebermann (geb. 1910) an (S. 218f.). /*9f.* **Mit dem »Don Giovanni« Mozarts]** Siehe S. 979/19f. und die Anm. dazu. /*12f.* **denn ich habe mich daran gemacht, einen Operntext zu schreiben]** Jahnn verweist auf »Schlimmer und schlimmer« – siehe S. 711ff. und die Anm. dazu. /*19f.* **im sogar räumlichen Zusammensein mit dem Komponisten]** Yngve Jan Trede, siehe zu ihm die Anm. zu S. 711/6f. /*25* **das erste Lustspiel]** Eine »Komödie« sollte auch das geplante Stück »Der Tod des Domitius« werden, das allerdings über Entwürfe nicht hinausgedieh – siehe S. 281ff. /*38* **Der große Beifall, den Herr Hering bekommen hat]** Gerhard F. Hering (geb. 1908), Regisseur, Theaterleiter, Dramaturg, Kritiker. Jahnn antwortet auf Herings Diskussionsbeitrag.

1053/*6f.* **Unter der Regie Jürgen Fehlings wurde meine »Medea«]** Siehe die Anm. zu S. 967/4. /*7* **die »schwarze Medea«]** In Jahnns »Medea« ist die Titelfigur als Negerin gezeichnet. /*7f.* **Agnes Straub]** Siehe die Anm. zu S. 1062/5. /*10* **Erich Ziegel]** Siehe die Anm. zu S. 958/20. /*17f.* **Die Landeskirche hatte dem Intendanten einen Brief geschrieben]** Siehe die Anm. zu S. 994/18f.

Forderung an die Bühneneinrichtung

Entstehung und Überlieferung

Zeugnisse zur Entstehung sind nicht überliefert. – Am Nachlaß wird unter der Nr. 314 ein Typoskriptdurchschlag verwahrt: sieben Blätter – unterschiedlicher Papiersorten – (210 × 297 mm), einseitig beschriftet, mit handschriftlichen Korrekturen in blauer Tinte. Es handelt sich um die Druckvorlage des Erstdrucks. Der Beleg des Erstdrucks ist mit handschriftlichen Korrekturen versehen.
Erstdruck: Forderung an die Bühneneinrichtung, in: köln. vierteljahrsschrift für die freunde der stadt. Hrsg.: Stadt Köln Verkehrsamt. Köln 1959, Heft 3 (Sonderheft: Glauben Sie an die Zukunft des europäischen Theaters), unpaginiert.
Textgrundlage der Edition ist der Erstdruck.

Apparat

1054/*15f.* Regnen ... Rundfunk?] Im Belegexemplar ist dieser Satz mit Blei durchgestrichen, die Streichung durch Unterpunktelung wieder rückgängig gemacht.
1055/*39* sodaß] Im Erstdruck: *so daß*; die Textkonstitution greift auf den Befund des Typoskripts zurück
1056/*36ff.* Ich möchte ... muß.] Im Beleg ist dieser Satz mit Blei durchgestrichen.
1057/*38* Zirkus-Busch-Gebäude*] Im Erstdruck: *Zirkus-Buch-Gebäude*; die Textkonstitution greift auf den Befund des Typoskripts zurück
1058/*17* ⟨-⟩*] Nach Typoskript ergänzt

Kommentar

1054/*2f.* **Im Vorwort ... schrieb ich]** Siehe S. 302/20–34.
1055/*1* **Der Architekt Werner Kallmorgen]** Siehe die Anm. zu S. 1047/23f. /*1f.* **hat ... gesagt]** Jahnn zitiert aus Kallmorgens Darmstädter Rede (Darmstädter Gespräch Theater, S. 21ff.). /*23f.* **als Einführung in die großartige Ausstellung »Theaterbau«]** Siehe die Anm. zu S. 1047/1. Bildteil und Katalog dieser Ausstellung sind in dem Band »Darmstädter Gespräch Theater« (S. 33–100) abgedruckt enthalten. /*31* **»Idealtheaters«]** Das von Kurt Gutzeit (1886-?) entworfene Projekt eines Idealtheaters – siehe »Darmstädter Gespräch Theater«, S. 92 und die Abb. 60-62. /*31f.* **Kombinationen von »Guckkasten« und »Raumtheater«]** Roman Clemens, (geb. 1910) Theaterprojekt »B« – siehe ebenda, S. 93f. und die Abb. 71/72. /*32* **Abwandlungen des »Arenatheaters«]** André Perrottet von Labans und Erwin Stoecklins Projekt für ein Stadttheater in Krefeld bzw. Werner Freys und Jacques Schraders Projekt Stadttheater Basel – siehe ebenda, S. 93 und Abb. 58/59 bzw. 65–70. /*33* **Projekt eines Totaltheaters Walter Gro-**

pius'] Siehe die Anm. zu S. 957/38 ff. – Gropius' Projekt eines Totaltheaters entstand 1927 für Erwin Piscator (ebenda, S. 92 und die Abb. 53–57). /*34* **Wie folgt beschrieben]** Jahnn zitiert: Darmstädter Gespräch Theater, S. 92. Die Auslassungen finden sich schon in diesem Abdruck.
1056/*29* **Die Dramen Barlachs z. B.]** Siehe die Anm. zu S. 1067/4. /*31* **Die meisten Opern Mozarts]** Siehe die Anm. zu S. 979/19 f. und 1052/9. /*36 f.* **die Bühneneinrichtung des neuen Kölner Opernhauses]** Der Neubau der Kölner Oper durch Wilhelm Riphahn wurde 1957 der Öffentlichkeit übergeben. Jahnn konnte Pläne und Fotos der Entwürfe bereits 1955 auf der Darmstädter Ausstellung sehen – a. a. O., S. 99 und die Abb. 48 und 76.
1057/*5* **Also:]** Jahnn bezieht sich in seinen folgenden Ausführungen wieder auf den Vortrag Werner Kallmorgens (Darmstädter Gespräch Theater, S. 24 f.). /*36 f.* **die Darstellung des »Verlorenen Sohnes« von Schmidtbonn in der Inszenierung Reinhardts]** Max Reinhardt (1873–1943), Schauspieler, Regisseur und Theaterleiter. Jahnn versuchte zweimal, erfolglos, mit Reinhardt in Kontakt zu treten: 1915 schrieb er ihm aus Anlaß des am 18./19. 11. 1915 in Oslo stattfindenden Gastspiels einen Brief, den Reinhardt nicht beantwortete; 1932 übersandte er ihm den Druck seines »Neuen Lübecker Totentanzes«. – Reinhardt unternahm seit 1910 sogenannte Arenaspiele – Massentheater in überdimensionalen Räumen – von gigantischem Ausmaß, mit denen er innerhalb und außerhalb Deutschlands gastierte. Die Uraufführung von Wilhelm Schmidtbonns (1876–1952) »Legendenspiel« »Der verlorene Sohn« erfolgte am 24. 10. 1913 in Berlin. /*37 f.* **im Zirkus-Busch Gebäude St. Paulis sah]** Das Gastspiel fand am 19., 20. und 21. 3. 1914 statt. – Weitere Hamburger Reinhardt-Gastpiele in dieser Zeit waren die beiden Arenaaufführungen von Sophokles / Hofmannsthals »König Ödipus« (24. 3. 1911) und Karl Vollmoellers »Das Mirakel« (15. 1. 1914) sowie Hofmannsthals »Jedermann« (28. 1. 1912). /*39* **Der junge Schildkraut]** Joseph Schildkraut (1895/96?-1964), Sohn des Reinhardtschauspielers Rudolf Schildkraut (1862–1930), debütierte bereits 1910 in New York und spielte 1912/13 an den Reinhardt-Bühnen Berlin. Er übernahm in der Uraufführung die Rolle des Jether, des jüngeren »verlorenen« Sohnes.
1058/*2 f.* **und liegt fast nackt im Rund der Manege ... auf den ausgestreckten Händen hinausgetragen]** Ein zeitgenössisches Foto der Aufführung, die in der Reinhardt-Forschung nur marginal dokumentiert ist, findet sich in: Reinhardt und seine Bühne. Bilder von der Arbeit des Deutschen Theaters. Hrsg. v. Ernst Stern und Heinz Herald. Berlin 1920, S. 161. /*7 f.* **wie der Hamlet Reinhardts]** Reinhardt hat Shakespeares »Hamlet« mehrfach inszeniert; ein Gastspiel in Hamburg fand nicht statt. Welche der Berliner Inszenierungen Jahnn zwischen 1919 und 1932 gesehen hat, war nicht zu ermitteln. /*13* **das Wort: »Heimgekehrt«]** Das Stück schließt mit den refrainartig wiederholten Zeilen »Heimgekehrt! / Unser Sohn ist heimgekehrt!«, zuletzt als »Gesang unsichtbarer Frauen aus dem Weltenraum«, den Schmidtbonn mit Noten als Vertonung abdruckt (Wilhelm Schmidtbonn: Der verlorene Sohn. Ein Legendenspiel in drei Aufzügen. Berlin 1912, S. 100–102). /*16* **einer leicht schwingenden Erotik]** Siehe S. 1000/3 ff.
1059/*14* **Dr. Hans Werner Hegemann spricht davon]** Jahnn zitiert aus Hegemanns einleitenden Überlegungen zu der von ihm in Darmstadt konzi-

pierten Ausstellung »Theaterbau« (Darmstädter Gespräch Theater, S. 30). /24 **weil er der »letzte Mann« ist]** Siehe S. 1002/2ff. und 1005/16ff.

Der Bühnenautor und das Theater

Entstehung und Überlieferung

Am Nachlaß wird unter der Nr. 302 verwahrt: Typoskript, 29 Blätter (209 × 297 mm), einseitig beschriftet, mit handschriftlichen Korrekturen in Tinte und Bleistift sowie Kürzungen in Tinte und Bleistift. Textgrundlage unserer Edition ist das Typoskript, dabei sind die für Jahnn typischen Markierungen der Kürzungen für den Vortrag aufgehoben, im Apparat jedoch vermerkt.

Apparat

1060/*3* 2. 3. 1959] Danach folgt im Typoskript: *von Hans Henny Jahnn Hamburg-Blankenese Elbchaussée 499ª (Hirschpark)* /*21f.* (Ich bin ... gedacht.)] Strich in der Redefassung
1061/*14f.* »Regen und Sturm ...« wirkten überzeugend.] Strich in der Redefassung /*33ff.* Nach dem Urheberrecht ... entmutigen.] Strich in der Redefassung
1062/*2ff.* In meinem Roman ... jenseits der Rampe.] Strich in der Redefassung
1063/*7ff.* Meine Tätigkeit ... gewesen sei.] Strich in der Redefassung /*38ff.* daß die Zuschauer ... zu sehen?] Strich in der Redefassung
1065/*23ff.* Das Mittel ... Ordnung enthält.] Strich in der Redefassung
1066/*31ff.* Es kann einem auch geschehen ... ergriffen wurde.*] Strich in der Redefassung
1068/*21ff.* Ich will nicht ... widerlegen sich selbständig;] Strich in der Redefassung
1069/*14ff.* Wir wissen ... zu Tode gequetscht.] Strich in der Redefassung /*25* gewaltsamer] In der Redefassung zu *gewaltsam* verändert /*25* auch] Strich in der Redefassung
1072/*33ff.* Daß seine ... des Sprechtheaters.] Strich in der Redefassung
1074/*14ff.* Wir sind noch immer ... immer wieder Kopfzerbrechen.] Strich in der Redefassung /*29ff.* Sei ... zu nehmen.«] Strich in der Redefassung /*35* Kallmorgens] In der Redefassung gestrichen.
1075/*7* einiges mehr.] Am Fußende der Seite steht in Bleistift die Notiz: *30 Minuten Redezeit*
1076/*5ff.* Man muß ... mit eingehen.] In der Redefassung gestrichen.
1077/*7ff.* etwa derart ... Renaissance-Prospekt.] In der Redefassung gestrichen. /*22ff.* Dr. Hans Werner Hegemann spricht davon ... das ist alles.] In der Redefassung gestrichen. /*23* ⟨den⟩*] Im Typoskript: *um den*
1078/*8ff.* Jeder Barockfürst ... nicht zurückzustehen.] In der Redefassung gestrichen. /*14f.* Das Wort »Subvention« ... verbunden] Strich in der Redefassung.

1079/*15ff.* Die negative Auswertung ... vorgenommen.] Strich in der Redefassung.
/*28ff.* Ebenso schlimm ... zu verwundern.] Strich in der Redefassung.
1081/*19* gelesen.] Danach folgt am Fuß der Seite noch die hs. Notiz: *(Letzte Seite)*

Kommentar

1026/*1* **Der Bühnenautor und das Theater]** Der Kieler Vortrag vom 2. 3. 1959 ist, wie auch der am 4. 11. 1959 in der Radbruch-Gesellschaft gehaltene Vortrag (Schriften II, S. 598ff.), mit dem er sich passagenweise deckt, eine Kompilation älterer Texte. Das Typoskript am Nachlaß gibt deutlich zu erkennen, daß zunächst der Text bis S. 1073/26 geschrieben wurde. Dann wird als Abschnitt 2. eine Abschrift von »Forderung an die Bühneneinrichtung« (siehe S. 1054ff.) eingeschoben (die ursprüngliche Paginierung 1 bis 7 wird handschriftlich überschrieben und weitergezählt) und hand- bzw. maschinenschriftlich überarbeitet und gekürzt. Daran schließt sich der ebenfalls neu geschriebene Abschnitt 3. an. Nur im interpolierten Mittelabschnitt sind längere Passagen großflächig und kräftig mit Tinte durchgestrichen – Passagen, die als endgültig getilgt anzusehen sind. Davon heben sich, über den gesamten Text verteilt, die zahlreichen zarteren, geschweiften Markierungen ab, die in Jahnns Redemanuskripten Kürzungen aus Zeitgründen anzeigen. Diese Kürzungen wurden für unseren Abdruck wiederaufgehoben. – Jahnn hat für diese Rede neben seinen eigenen Texten auch die Dokumentation des »Darmstädter Gesprächs Theater« (siehe S. 1047ff.) »ausgewertet«, die er sorgfältig studiert hat. Wo direkte Entlehnungen oder Anregungen nachzuweisen sind, werden sie im folgenden vermerkt. /*8f.* **wenn dieser Mensch sich in zwei Personen aufspaltet]** Siehe S. 1052/12ff. /*22* **den letzten Mann]** Siehe S. 1002/2ff., 1005/16ff. und 1059/14.
1061/*1* **Gustaf Gründgens]** Siehe die Anm. zu S. 975/36. /*2f.* **Erich Ziegel]** Siehe die Anm. zu S. 958/20. /*4f.* **»Der Arzt, sein Weib, sein Sohn«]** Siehe Dramen I, S. 481ff. Die Erstausgabe des Dramas erschien 1922 im Ugrino Verlag. /*5* **das niemand verlegen wollte]** Siehe Dramen I, S. 1136. /*10* **Ich mietete die Kammerspiele.]** Das Drama wurde am 1. 4. 1928 in den Hamburger Kammerspielen unter der Regie von Gründgens als »Drama in 13 Bildern« uraufgeführt (Veranstaltungsleitung und szenischer Entwurf: Hans Henny Jahnn). Siehe auch die Erinnerungen an diese Aufführung, wie Gründgens sie in seinem Geburtstagsbrief vom 27. 10. 1954 an Jahnn gibt (Hans Henny Jahnn. Hamburg ⟨1954⟩, S. 19f.). Zitiert: Dramen I, S. 1150f. /*14f.* **»Regen und Sturm im Gebirge«]** Siehe die II. Szene »Feld« (Dramen I, S. 500).
1062/*2f.* **In meinem Roman »Fluß ohne Ufer«]** Fluß ohne Ufer II, S. 44–46. Jahnn zitiert diese Passage hier etwas verkürzt. Im Brief vom 13. 12. 1947 an Hans Richters hat Jahnn diese Persiflage erläutert: »Sie ist eine der wenigen Stellen, die zum Ausdruck bringen, daß ich am Kulturbetrieb der Zivilisation nichts mehr ernst nehme. Es ist dreifache Persiflage. Die Textstelle ist aus der ›Medea‹, sie ist einer Frau in den Mund gelegt, obgleich

sie der Ausspruch eines Mannes ist. Sie ist eine Verhöhnung des Dichters und der Schauspielkunst, richtet sich also auch gegen mich selbst. Ursprünglich wollte ich die Stelle überhaupt streichen. Da ich aber nirgendswo auch nur Ansätze zu natürlichen Textauffassungen in Dichtkunst und Musik finde [...], lasse ich die Verhöhnung stehen.« /*5* **Agnes Straub]** 1890–1941, seit 1914 in Berlin engagiert. /*7ff.* **In Deiner blaken Seele ...]** Figurenrede des Jason, mit der er Medea verhöhnt – Dramen I, S. 837/6f. /*16* **Epitheton necessarium]** Das sachlich unterscheidende, notwendige Beiwort (im Gegensatz zum epitheton ornans, dem schmückenden Beiwort). /*27* **portato]** Ital.: getragen.

1063/*8f.* **mir wurde ... ein Prozeß ... gemacht]** Nicht ermittelt. /*10f.* **die alliierten Besatzungsmächte erteilten mir ... die Erlaubnis]** Nicht ermittelt. /*16f.* **Diese verhängnisvolle Unterlassung]** Siehe S. 982/22ff. /*37* **Die Währungsreform verbreitete Nervosität.]** Siehe die Anm. zu S. 971/3.

1064/*1* **ein mir sonst wohlgesinnter Kritiker]** Verweis auf die mit Dr. H. K. gezeichnete Besprechung »Armut, Reichtum, Mensch und Tier. Uraufführung in Hamburg und Wuppertal« (Die Welt, Hamburg, 29. 6. 1948), die mit dem Absatz beginnt: »Es ist ein Jammer. Haben wir mal einen Dichter, der Deutsch kann, dann ist er überspannt. Und nur ein kongenial überspannter Regisseur könnte ihn inszenieren.« /*6* **Jürgen Fehling]** Siehe die Anm. zu S. 967/4. /*7f.* **meiner »Medea« zu ... Erfolg]** Siehe die Anm. zu S. 967/4. /*8* **die »schwarze Medea«]** Siehe die Anm. zu S. 1053/7. /*18f.* **es wurde zu oft zu laut gesprochen]** Siehe Jahnns Vorstellungen von Szene und Deklamation, wie er sie in seinem Brief vom 9. 2. 1926 an Fehling entwickelt (Dramen I, S. 1208f.). /*21* **von dem jungen Harlan]** Veit Harlan spielte in der Berliner Uraufführung die Rolle des Älteren Knaben. /*27* **der Kritiker Herbert Ihering]** Siehe die Anm. zu S. 956/3. Ihering besprach die Aufführung am 14. 5. 1926 (2. Jg., Nr. 20) in »Die literarische Welt«: »Hans Henny Jahnn wurde in Berlin durchgesetzt, weil er am Staatstheater an Künstler geriet, wie die Straub, wie Fehling, die von demselben Werkdienst erfüllt sind. So wurde es keine Locarno-Aufführung, so gab es keinen zivilen Ausgleich der tragischen Erschütterungen; es wurde, wenn auch in den kleinen Partien viel zu laut und in der Organverteilung zu gleichmäßig und angestrengt, konzessionslos Theater gespielt. Es war der Abend eines Dichters, einer Schauspielerin, eines Regisseurs.« (S. 3) /*33f.* **Er hat auch Stücke Barlachs inszeniert]** Fehling inszenierte zwischen 1923 und 1930 einen Barlach-Zyklus in Berlin. /*38* **daß Barlach selber]** Jürgen Fehling hat auf dem Dramaturgentag in Berlin, 10.–15. 9. 1953, u. a. auch über seine Beziehungen zu Barlach gesprochen. Ob Jahnn diesen erst 1965 veröffentlichten Text, sei es durch Teilnahme am Dramaturgentag, sei es durch anderweitige Auslassungen Fehlings kannte, muß offenbleiben (siehe: Jürgen Fehling: Die Magie des Theaters. Äußerungen und Aufzeichnungen. Mit einem Essay von Siegfried Melchinger. Velber 1965, S. 71f.).

1065/*6f.* **das Wesen des echten Dialogs]** Siehe S. 1051/18ff. /*27f.* **Mozart hat es einmal den »Gesamtschwall« genannt]** Siehe die Anm. zu S. 311/27. /*39* **Der Don Giovanni Mozarts]** Siehe die Anm. zu S. 979/25.

1066/*1* **Leitmotiv]** Der musikalische Terminus geht auf Richard Wagner zurück und bezeichnet ein musikalisches Motiv, das bestimmte Situationen oder Personen wiederkehrend charakterisiert. /*9* **Revolverknall]** Siehe die Anm. zu S. 979/38. /*27ff.* **als ich mein erstes gedrucktes Drama ... in der Gemeinschaftsregie von Bert Brecht und Arnolt Bronnen sah]** »Pastor Ephraim Magnus« wurde am 23. 8. 1923 von dem von Jo Lherman kurz zuvor gegründeten privaten Unternehmen »Das Theater« in einer Bearbeitung von Arnolt Bronnen und Bertolt Brecht unter der Regie Bronnens uraufgeführt (Dramen I, S. 1060f. und Schriften II, S. 62). Siehe: Arnolt Bronnen: Tage mit Bertolt Brecht. München 1960, S. 154f.; Arnolt Bronnen: Arnolt Bronnen gibt zu Protokoll. Kronberg 1978, S. 107. /*37f.* **So spielten die Gymnasiasten von Harburg meinen »Neuen Lübecker Totentanz«]** Siehe die Anm. zu S. 1011/15.

1067/*4f.* **die Dramen Barlachs im Piper-Verlag neu erschienen]** Ernst Barlachs (1870–1938) Dramen erschienen 1956 als erster Band der dreibändigen Ausgabe »Das dichterische Werk«. Jahnn kommt in seinen essayistischen Schriften mehrfach auf Barlach zu sprechen – siehe »⟨Gegen Kulturbarbarei und Faschismus⟩« (Schriften I, S. 662), »Der Geldstandpunkt – Poelzig und Hoeger« (Schriften I, S. 899) und »Vom armen B. B.« (Schriften II, S. 321). In Jahnns Bornholmer Handbibliothek befindet sich die Erstausgabe von Barlachs Drama »Die echten Sedemunds« (Berlin: Cassirer 1920). /*20* **ein Antrag an Seinesgleichen]** Siehe Schriften II, S. 123/37f. /*15–27* Jahnn verwendet diesen Abschnitt wörtlich in seinem am 4. 11. 1959 vor der Radbruch-Gesellschaft gehaltenen Vortrag – siehe Schriften II, S. 610/34–611/12. /*26* **dem Urteil einer Fußballwettspielgemeinschaft]** Hinter diesem Vergleich versteckt sich eine polemische Anspielung auf den Vortrag, den Friedrich Sieburg 1955 auf dem »Darmstädter Gespräch Theater« hielt: »Es wird da eine Kulturfassade aufgerichtet, die mit sehr viel Geld gestützt werden muß, eine Kulturfassade, die im wesentlichen auf die Repräsentanz der verschiedenen Städte und Länder hinausläuft – ich habe auch nichts dagegen, es ist besser, sie repräsentieren mit dem Theater als mit ihren Fußballveranstaltungen *Beifall*, obwohl Sie einmal gesehen haben müßten, wie eine Mannschaft in eine deutsche Großstadt zurückkommt, wie das alles hinweggefegt wird, was da aufgebaut worden ist an mühsamem Respekt vor kulturellen Einrichtungen, vor gesittetem Leben, wie die Oberbürgermeister, von ihrer Polizei begleitet, am Bahnhof erscheinen, *Starker Beifall* achtzigtausend Menschen – ich habe es selbst gesehen – ich spreche nicht von den großen nationalen Ereignissen *Heiterkeit* wie in Bern, sondern nur von Schalke 04 und so weiter. *Starker Beifall* Achtzigtausend Köpfe, von Bannern überweht, Menschen mit Tränen in den Augen ... *Heiterkeit* Meine Damen und Herren, das ist nicht übertrieben. Wer unter ihnen an solchen Veranstaltungen ab und zu teilnimmt, weiß, daß da ein Enthusiasmus und ein Zusammengehörigkeitsgefühl entfesselt werden, das mit anderen, nämlich künstlerischen Mitteln überhaupt nicht mehr zu erreichen ist. *Beifall*« (Darmstädter Gespräch Theater, S. 168). Jahnn verwendet das Bild auch in »Der staubige Regenbogen« – siehe S. 929/32. /*37f.* **die »Emilia Galotti« das überragende Werk]** Siehe »Vom armen B. B.« (Schriften II, S. 315). /*38f.* **von der Wolfenbütteler gruftgleichen Vereinsamung]** Lessings tragische Vereinsamung ist das Thema von Jahnns 1956 gehaltenem Vortrag »Lessings Abschied« (Schriften II, S. 274ff.).

1068/*7f.* **eine einzige Stelle, die Grillparzer »widerlich« nannte: »Verführung ist die wahre Gewalt«]** Jahnn spielt an auf das von Erich Schmidt in seiner Lessing-Biographie »Lessing. Geschichte seines Lebens und seiner Schriften« (2 Bde. Vierte durchgesehene Auflage. Berlin 1923 – hier: Bd. II, S. 38) zitierte Urteil Grillparzers. /*18* **Christopher Marlowe]** Siehe die Anm. zu S. 233/1. /*22f.* **daß der vielgereiste und kluge Marlowe auch der Verfasser der Dramen Shakespeares sei]** Nicht ermittelt. /*24f.* **Man hat im vergangenen Jahr das Grab des 1593 Ermordeten öffnen lassen]** Nicht ermittelt. /*32* **sein Meisterwerk »Eduard II.«]** Siehe die Anm. zu S. 1052/2. /*35* **Brecht hat eine Bearbeitung des Werkes hergestellt]** »Leben Eduards des Zweiten von England. Historie (Nach Marlowe)« (Potsdam 1924). Siehe auch »Vom armen B. B.« (Schriften II, S. 316). /*37f.* **Betrachtet man die Statue des Königs auf seinem Sarkophag]** Siehe »Vom armen B. B.« (Schriften II, S. 317): »der als liegende Statue auf seinem Sarkophag noch die scheuen weiblichen Brüste zeigt«.

1069/*3* **die angeordnete Beschaffenheit eines Menschen]** Anspielung auf Jahnns Theorie der hormonalen Veranlagung – siehe die Anm. zu S. 301/2. /*4* **Querstellungen zur Umwelt]** Siehe S. 1031/1. /*7f.* **in einer offenbar guten Aufführung gezeigt]** Möglicherweise Verweis auf die 1959 im Lyric Theatre, Hammersmith (London), gezeigte Inszenierung von Toby Robertsen. Bereits 1956 inszenierte Joan Littlewood das Stück am Royal Theatre, Stratford East (London), eine Aufführung, die 1959 noch lief. /*8* **ein dänischer Kritiker]** Nicht ermittelt. /*14f.* **daß Eduard II. ermordet wurde]** Jahnn kannte den Bericht über Eduards II. Ermordung aus Raphael Holinsheds »Chroniken von England, Schottland und Irland« (1578) – siehe das Zitat Schriften II, S. 1305f. /*19* **die Bühnenanweisung]** In der von Jahnn benutzten Ausgabe (The Plays of Christopher Marlowe. With Introduction by Edward Thomas. Everyman's Library. London 1924) sagt Lightborn zunächst: »[...] I shall need your help; / See that in the next room I have a fire, / And get me a spit, and let it be redhot.« Der eigentliche Mord geschieht dann mit einem Tisch: »(Matrevis brings in a table. King Edward is murdered by holding him down on the bed with the table, and stamping on it.) *Lightborn.* So, lay the table down, and stamp on it, / But not too hard, lest that you bruise his body.« (S. 291) /*22* **Im Schaustück »Massacre at Paris«]** Siehe Jahnns Übersetzungsfragment »Blutbäder von Paris« S. 233ff. sowie die Anm. zu S. 233/1. /*22f.* **das sich in die Gegenwart Marlowes vorwagt]** Das 1592 entstandene Stück behandelt die sogenannte Bartholomäusnacht 1572, den organisierten Mord der katholischen Liga an den protestantischen Hugenotten in Frankreich. /*28f.* **um dem Dichter einen Dolch ins Auge zu stoßen.]** Jahnn folgt hier Hippolyte Taine und Alfred Walter Heymel – siehe Dramen I, S. 1068. /*30ff.* **Es gehört nicht zum Thema ... arbeitet.]** Jahnn übernimmt diesen Passus wörtlich in seinen am 4. 11. 1959 gehaltenen Vortrag vor der Radbruch-Gesellschaft – siehe Schriften II, S. 611/13–19.

1070/*18ff.* **Der Gegenwartsliteratur ... gegenüber haben wir kein gültiges Urteil.]** Siehe S. 1048/20ff.

1071/*8f.* **»Camino Real« Tennessee Williams]** Tennessee Williams (geb. 1911) Stück »Camino Real« (1953), dessen deutsche Erstaufführung Gustav Rudolf Sellner 1954 in Darmstadt inszeniert hatte, wurde während des »Darmstädter Gesprächs Theater« mehrfach erwähnt (siehe dort vor allem S. 174, 247, 281). /*10f.* **wie Herbert Ihering sich einmal äußerte]** Jahnn zitiert aus Herbert Iherings Diskussionsbeitrag auf dem »Darmstädter Gespräch 1955 ›Theater‹«: »Ich glaube, daß eine Aufführung wie die gestrige gar nicht so weit entfernt ist von den Aufführungen, sagen wir, von Brecht oder von Schuh oder von – es gibt doch überall Möglichkeiten, die zusammengehören, obwohl ich ja das Stück ›Camino Real‹ nicht so erwähnenswert finde, sondern da ist eigentlich alles, was in Europa im Theater gewesen ist, in einen Sack gepackt und hier noch mal ausgeschüttet worden.« (Darmstädter Gespräch Theater, S. 315) /*13* **»Die Meuterei auf der Caine«]** Auch Herman Wouks (geb. 1915) Erfolgsstück »Die Meuterei auf der Caine« (1954) wurde in Darmstadt mehrfach erwähnt (S. 242f., 267ff., 271, 274f.). /*19* **Sieburg]** Jahnn zitiert wörtlich aus Friedrich Sieburgs Darmstädter Vortrag (S. 174). /*22f.* **»Liebe der vier Obersten« von Ustinow]** Peter Ustinovs (geb. 1921) Schauspiel »Die Liebe der vier Obersten« (1951) – von Walther Karsch auf dem »Darmstädter Gespräch Theater« (S. 268) im Zusammenhang mit Wouk und dem »Kleinen Teehaus« erwähnt. /*23f.* **das im gesellschaftlichen Sinne gefährliche »Kleine Teehaus«]** John Patrick (geb. 1907) schrieb nach einem Roman von Vern Sneider die Komödie »Teahouse of the August Moon« (1953; dt. »Das kleine Teehaus«). Auch dieses Stück wurde während des »Darmstädter Gesprächs Theater« erwähnt (S. 267f., S. 274). Jahnn erwähnt die kolonialistische US-Klamotte in zwei politischen Vorträgen der späten 50er Jahre »Der Mensch im veränderten Weltbild« (Schriften II, S. 497) und »Freiheit – Frieden – im veränderten Weltbild« (Schriften II, S. 516). /*26* **die auch dem »Herrenhaus« Thomas Wolfes anhaftet]** Thomas Wolfes (1900–1938) Schauspiel »Herrenhaus« wurde am 29. 11. 1953 in der Regie Gustaf Gründgens in Düsseldorf erstmals in Deutschland gespielt. Jahnn paraphrasiert, was Friedrich Sieburg auf dem »Darmstädter Gespräch Theater« über dieses Stück gesagt hatte: »Auch Thomas Wolfes ›Herrenhaus‹ ist nach dem Lehrbuch zusammengebastelt. Aber die Genialität des Autors bricht eben durch alle mechanisch hergestellten Fugen. [...] Es hat ja etwas Fatales an sich, daß wir solche Stücke einführen müssen, Stücke also, die gemacht werden können, für die es eine Herstellungsanweisung gibt, deren Montierung absolut erlernt ist.« (S. 174). /*29f.* **Thornton Wilder etwa mit »Unsere kleine Stadt«]** Thornton Wilders (1897–1975) Schauspiel »Our Town« (1938; dt. »Unsere kleine Stadt«), ein Stück des poetischen Realismus, wurde nach dem Krieg in Deutschland viel gespielt – Jahnn erwähnt Wilder, der 1957 den Friedenspreis des deutschen Buchhandels erhielt, auch in seinem Vortrag »Freiheit – Frieden – im veränderten Weltbild« (Schriften II, S. 511). /*30f.* **der Name »O'Neills«]** Eugene O'Neill (1888–1953), amerikanischer Dramatiker. Jahnn hatte wahrscheinlich die Hamburger Inszenierungen seiner Stücke »Alle Kinder Gottes haben Flügel« (1924) und »Trauer muß Elektra tragen« (1947) gesehen. Zur Bedeutung O'Neills für Jahnns »Straßenecke« siehe die Anm. zu S. 5/1 und S. 9/1. /*34f.* **Frank Wedekind ... in seiner**

Lulu-Tragödie] Frank Wedekind (1864–1918), seine zweiteilige Lulu-Tragödie: »Der Erdgeist« (1898), »Die Büchse der Pandora« (1904). Zur Bedeutung Wedekinds für den jungen Jahnn siehe Dramen I, S. 1082f. Das fortdauernde Interesse wird durch die neunbändige Ausgabe von Wedekinds »Gesammelten Werken« (München 1924) dokumentiert, die sich in Jahnns Bornholmer Handbibliothek befindet.
1072/*1* **Frey]** Jahnn meint Christopher Fry (geb. 1907). /*7* **»Warten auf Godot« Beckett's]** Samuel Becketts Stück »Warten auf Godot« wurde 1953 in Deutschland erstaufgeführt. »Sobald man ein wenig allein ist, hat man, selbst bei harter Arbeit, Zeit, über viele Dinge nachzudenken. Man wird milder und melancholischer zugleich. Ich stelle fest, dass mein Selbstvertrauen nicht mehr besonders standfest ist. Nun habe ich aber die beiden Bücher von Beckett gelesen, ›Warten auf Godot‹ und ›Molloy‹; das hat mich wieder aufgerichtet. Das Drama ist so unerwartet schlecht, dass nur ein verlorenes Europa an diesem Ausdruck höchster geistiger Impotenz Gefallen finden kann. Es ist das Ende jeder literarischen Kritik, wenn man, anstatt über solches Unkönnen zur Tagesordnung überzugehen, Lobeshymnen spinnt. Aber lassen wir das.« (Jahnn an Ellinor Jahnn, 14. 6. 1954) Das Exemplar von »Molloy« (Frankfurt 1954) befindet sich noch heute in Jahnns Bornholmer Bibliothek. /*27ff.* **Übersetzungsdeutsch zu sprechen ... vor ein paar Jahrzehnten]** Jahnn paraphrasiert Oscar Fritz Schuhs Ausführungen auf dem »Darmstädter Gespräch Theater«: »[...] ich glaube, entscheidend ist, daß der Schauspieler leider gezwungen wird, 90% Übersetzungsdeutsch zu spielen. Das Übersetzungsdeutsch befähigt und zwingt ihn, jeden Satz so lange umzudrehen – er muß es in den meisten Fällen, denn die meisten Übersetzungen sind sehr schlecht –, bis er ihm paßt, bis es ihm auf seinen Mund zugeschnitten ist. Was dieser Verzicht auf die disziplinierende Kraft der unverrückbaren Sprache bedeutet, bemerken wir schon, wenn wir etwa Kleist spielen. Der Schauspieler braucht heute, um eine Rolle von Kleist in den Kopf zu kriegen, eine viel längere Zeit, als das etwa vor zwanzig Jahren üblich war. Ich glaube, daß nur der Zwang zur Sprache das Theater wieder in dem zentralen Bezug belebt, der ihm verlorengegangen ist. Wir könnten heute sehr gut pantomimisch, gestisch Theater spielen, wir wissen sehr gut, was mit dem Theater der Geste heute anzufangen ist. Aber wir haben sehr stark verlernt, das Mittel der Sprache in der Weise zu gebrauchen, die eigentlich zu den Grundprinzipien des Theaters gehören müßte.« (S. 258).
1073/*28ff.* **Es ist an der Zeit ... das ist alles.]** Siehe S. 1054/1ff. /*29* **Im Vorwort]** Siehe die Anm. zu S. 1054/2.
1074/*20ff.* **Der Architekt Werner Kallmorgen ... Wörtlich:]** Siehe die Anm. zu S. 1055/1. /*37* **die großartige Ausstellung »Theaterbau«]** Siehe die Anm. zu S. 1047/1.
1075/*4ff.* **Da gab es Projekte ... und noch einiges mehr.]** Siehe die Anm. zu S. 1055/30ff. /*9* **Walter Gropius hat die Frage beantwortet]** Siehe die Anm. zu S. 1055/33. /*29f.* **Die meisten Opern Mozarts]** Siehe die Anm. zu S. 1056/31.
1077/*22* **Dr. Hans Werner Hegemann spricht davon]** Siehe die Anm. zu S. 1059/14. /*32* **»Doch die Ferse war Erz des Achill]** Nicht ermittelt. /*33*

Knapp 80% aller Theater ...] Große Teil des Folgenden hat Jahnn auch in der Schlußsequenz seines am 4. 11. 1959 in der Radbruch-Gesellschaft gehaltenen Vortrags wiederholt – siehe Schriften II, S. 611–613.
1078/*8ff.* **Jeder Barockfürst ... zurückzustehen.]** Siehe den Vortrag Werner Kallmorgens (»Darmstädter Gespräch Theater«, S. 21f.) /*11* **Ich persönlich halte die Subvention für nützlich ...]** Man siehe Jahnns Redebeiträge zum »Darmstädter Gespräch Theater«, S. 1049ff. /*35* **»keine Experimente«]** Jahnn greift ein Schlagwort der CDU im Wahlkampf zum dritten deutschen Bundestag 1957 auf – siehe Schriften II, S. 1364f.
1079/*12ff.* **daß Lessing ...]** Nicht ermittelt. /*21f.* **Die vor mehr als 50 Jahren gestorbenen sind billig]** Die Urheberschutzfrist betrug vor 1964 50 Jahre, seit 1964 beträgt sie 70 Jahre.
1080/*11* **Hans Werner Richter]** Geb. 1908; gründete zusammen mit Alfred Andersch nach dem Krieg die im April 1947 von der Besatzungszensur verbotene Zeitschrift »Der Ruf« und etablierte 1947 die Gruppe 47. Die Quelle des von Jahnn Richter zugeschrieben Zitats konnte nicht ermittelt werden.
1081/*12ff.* **Der Freiherr von Berger]** Alfred von Berger (1853–1912), zunächst Privatdozent für Philosophie, dann Professor für Ästhetik, 1900–1910 erster Direktor des neugegründeten Hamburger Schauspielhauses, 1910–1912 Intendant des Burgtheaters Wien. Jahnn entnahm die Anekdote fast wörtlich einem Diskussionsbeitrag Gerhard F. Herings auf dem »Darmstädter Gespräch Theater«: »Es gibt eine alte Theaterweisheit: Es ging jemand zu dem Freiherrn von Berger, als er das Deutsche Schauspielhaus in Hamburg leitete, einer der großen, verehrungswürdigen, produktiven Intendanten, denn die gibt es und gab es und gibt es immer weiter, und fragte: Mein lieber Herr Intendant, wann gehen denn nun die Leute eigentlich ins Theater? Darauf sagte Berger, vollkommen gelassen: ›Sie gehen ins Theater, wann sie wollen!‹ Zunächst einmal sieht das vom Theater her tatsächlich so roh und brutal aus. Das Theater versucht dann ja auch, den Dingen nachzuhelfen.« (S. 239 f.) /*18* **Bei einem Fußballwettkampf ist es anders.]** Siehe die Anm. zu S. 1067/26.

Prolog ⟨zu »Der Arzt, sein Weib, sein Sohn«⟩

Entstehung und Überlieferung

Zeugnisse zur Entstehung sind nicht überliefert. Der »Prolog« ist wahrscheinlich nicht zur selben Zeit wie das Drama (Erstdruck: 1922), sondern erst aus Anlaß der Uraufführung am 1. April 1928 in den Hamburger Kammerspielen (siehe Dramen I, S. 1150f.) entstanden.
Ob er bei der Uraufführung gesprochen wurde, muß mangels überlieferter Zeugnisse offen bleiben (siehe »Der Arzt, sein Weib, sein Sohn« in: Dramen I, S. 481ff. sowie S. 1135ff.). – Unter Nachlaß Nr. 261 wird ein Typoskript verwahrt: ein Blatt Briefpapier – »Ugrino Oberleitung Abteilung Bauhütte« – (220 × 282 mm), einseitig beschriftet, mit handschriftlichen Korrekturen in Blei und Vermerken in Rot- und Blaustift.

Textgrundlage der Edition ist das Typoskript.
Erstdruck in: Hans Henny Jahnn. Dramen II. Mit einem Nachwort von Walter Muschg. Frankfurt/M. 1965, S. 954. – Der Text wurde dort fälschlicherweise dem Drama »Armut, Reichtum, Mensch und Tier« zugeordnet, gehört aber eindeutig zu dem früher entstandenen Stück »Der Arzt, sein Weib, sein Sohn«.

⟨Der Raub der Europa⟩

Entstehung und Überlieferung

Entstanden 1928. Zur Überlieferung der beiden Typoskriptdurchschläge siehe S. 1131.
Erstdruck: Der Raub der Europa. Eine Pantomime von Nleh Pasi [d. i. Hans Leip]. Text des Sprechers von Hans Henny Jahnn. Musik von Hermann Erdlen. In: Das Mondhaus zu Bimbelim. Almanach, im Auftrag der Hamburger Gruppe hg. von L. Beil. Hamburg 1928, S. 5–11. Wiederabgedruckt in: Perrudja, S. 843–849.
Textgrundlage der Edition ist der Typoskriptdurchschlag I.

Kommentar

1086/*1* Der Raub der Europa] Jahnn hat den Text für das im Januar 1928 im Curio-Haus von der »Hamburger Gruppe« veranstaltete Kostümfest »Mondhaus zu Bimbelim« geschrieben: »Höhepunkt des Balls war die von Hans Leip in Szene gesetzte Tanzpantomime *Der Raub der Europa* nach der von Hermann Erdlen komponierten und dirigierten Jazzmusik. Jahnn steuerte eine Verserzählung bei [. . .]. Klutmann, der die Rolle des erzählenden Zauberers übernommen hatte, trug Jahnns Verse mit donnernder Stimme aus der Kuppel des Ballsaals vor: in einem langen Gewand, das bis zum Boden reichte und ihm das Aussehen eines Riesen verlieh, schwebte er über der Menge.« (Freeman, S. 240) Jahnn hat sich in den späten 50er Jahren in dem erst aus dem Nachlaß veröffentlichten Text »Es gibt einen Altersunterschied« dieses Festes erinnert (Schriften II, S. 336f.). – Der Titel spielt auf die in Ovids »Metamorphosen« (2, Vers 836–875) erzählte Sage von der griechischen Königstochter Europa an, die Zeus in der Gestalt eines Stieres entführte.
1087/*28* Abraxas] Siehe: Dramen I, S. 724. Jahnn nennt Abraxas in seinem dramatischen Fragment »Die Schüler« (Dramen I, S. 754). /*32ff.* **Apsu . . . Am Bett der duftreichen Tiâma]** Jahnn entnahm die Namen des Götterpaares Apsu und Tiama(t), der Personifizierungen der beiden Urstoffe, nämlich des Meerwassers (Tiâmat) und des Süßwassers (Apsû) dem »Babylonischen Weltschöpfungsgedicht«, das er bei Ungnad fand (dort S. 25ff.). Die Verse hat Jahnn frei erfunden.

NACHBEMERKUNG

»Je mehr ein Werk sich selbst kommentiert, um so mehr Kommentare ruft es auf den Plan, je mehr es mit seiner eigenen Mitte ›Reflexionsbeziehungen‹ (Verdoppelungsbeziehungen) unterhält, um so mehr erhält es gerade durch diese Dualität einen rätselhaften Charakter.« Der französische Dichter-Essayist Maurice Blanchot, von dem dieses Zitat stammt (»Von Kafka zu Kafka«, Frankfurt 1993, S. 157), hat dabei an Cervantes' »Don Quixote« und an Kafkas »Schloß« gedacht. Aber trifft seine Aussage nicht ebenso auf Jahnn zu, dessen Œuvre prinzipiell mit einer solchen changierenden Dualität, mit einer selbstreferentiellen Reflexions- oder Verdoppelungsstrategie operiert, dergestalt, daß noch der kürzeste Text den Leser durchs Nadelöhr der umfassenden Kontextualisierung zwingt?

Dem kommentierenden Herausgeber jedenfalls hat die – unendliche, niemals abzuschließende – Arbeit am Kommentar die Stücke dieses Bandes zugleich nähergebracht und fernergerückt, ein sich bedingender Prozeß, der mit keinem von der Totalität des höheren Zusammenhangs aus operierenden Nachwort mehr überbrückt oder gar harmonisiert werden kann. Jahnn muß als Dramatiker mit noch mehr Widerstand rechnen denn als großformatiger Epiker oder als sich quer gegen die Zeit stellender Essayist. Wenn die in diesem Band versammelten Theaterstücke überhaupt zur Kenntnis genommen werden, dann mit einem verlegenen Achselzucken, das ausdrückt, für wie mißglückt man sie hält.

Ulrich Bitz hat, im ersten »Dramen«-Band der »Hamburger Ausgabe« von Jahnns Schriften, dessen theatralische Produktion mit den theoretischen Manifesten eines anderen, fast gleichaltrigen Autors vernetzt: mit Antonin Artauds »Theater der Grausamkeit«. Dieser Kartographie eines Theaters der Leiblichkeit und des transzendentalen Terrors sind auch Jahnns spätere Theaterstücke eingeschrieben – mit einer Tendenz zur formalen Abschleifung, zur Theatralisierbarkeit, die zu um so genauerer Lektüre, zu um so bohrenderem Umgang zwingt, je konventioneller sich die Texte auf den ersten Anschein hin geben.

Im Lichte eines solchen Gegen-den-Strich-Lesens wächst ihrer Sprache, ihren Gebärden, ihren zeichenhaften Konstellationen und dem Kontur ihrer Handlung eine Widerständigkeit zu, die sie entschieden an die archaische Wucht des Frühwerks heranrückt. Ihre volle Wirkung kann Jahnns Schrift der phantasmagorisierten Geistkörperlichkeit aber erst im vierdimensionalen Raum der Bühne entfalten. Die hiermit abgeschlossene zweibändige Ausgabe seiner Dramen ist denn auch eine Aufforderung an die Theater, diesem Tragiker und seinen Obsessionen nicht länger auszuweichen.

Uwe Schweikert

INHALT